KB031449

熱河日記
열하일기
下

연암 박지원 지음
연민 이가원 옮김

明文堂

연암 박지원의 초상

『열하일기』「호질」(홍재덕 본)

중국판 열하일기

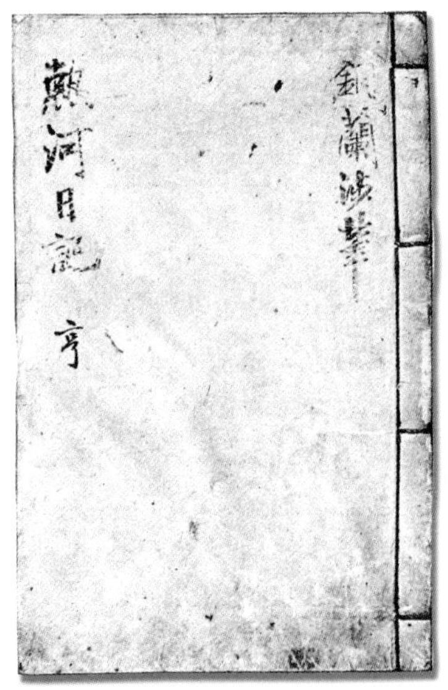

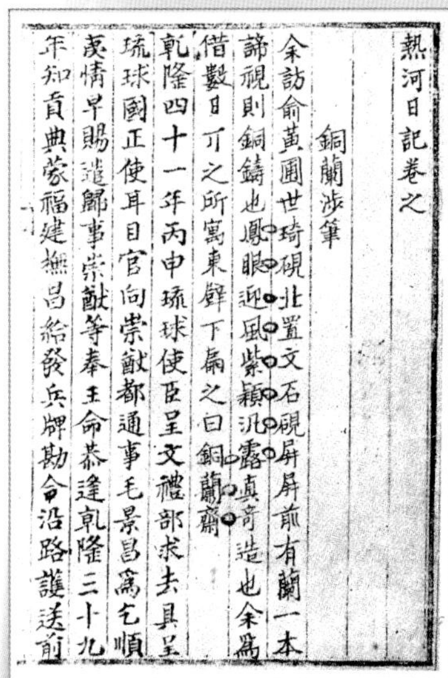
熱河日記卷之

銅蘭涉筆

余訪俞萬圃世琦硯北置文石硯屛屛前有蘭一本諦視則銅鑄也鳳眼迎風紫穎汎露眞奇造也余爲借數日玩之所寓東壁下扁之曰銅蘭齋

乾隆四十一年丙申琉球使臣呈文禮部求去具呈

琉球國正使耳目官向崇猷都通事毛景昌爲乞順輿情早賜遣歸事崇猷等奉王命恭逢乾隆三十九年如貢典蒙福建撫院給發兵牌勘合沿路護送前

열하일기(熱河日記) : 권 15〈동란섭필〉표지와 원문

건곤일초정(乾坤一草亭) : 1800년(정조 24) 연암 박지원(朴趾源 1737~1805)이 면천군수로 있을 때 세워졌다는 정자. 충청남도 당진군 면천면 성상리 골정지(骨井池)에 위치해 있다.

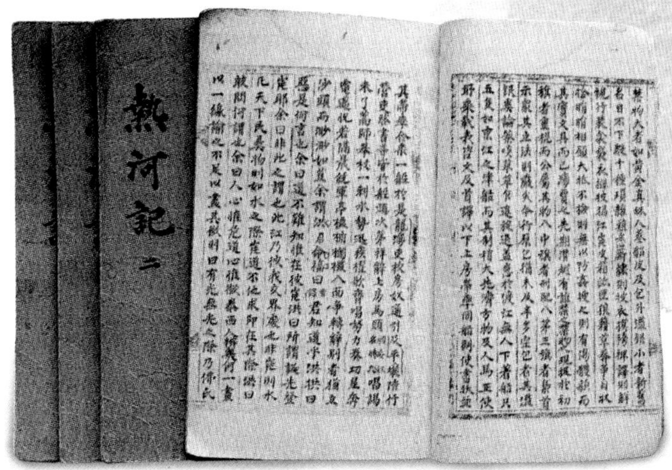

열하일기 원본

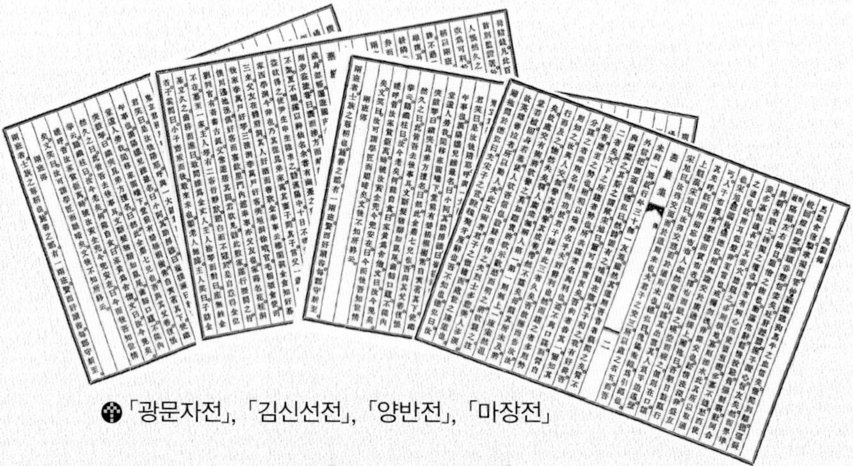

「광문자전」, 「김신선전」, 「양반전」, 「마장전」

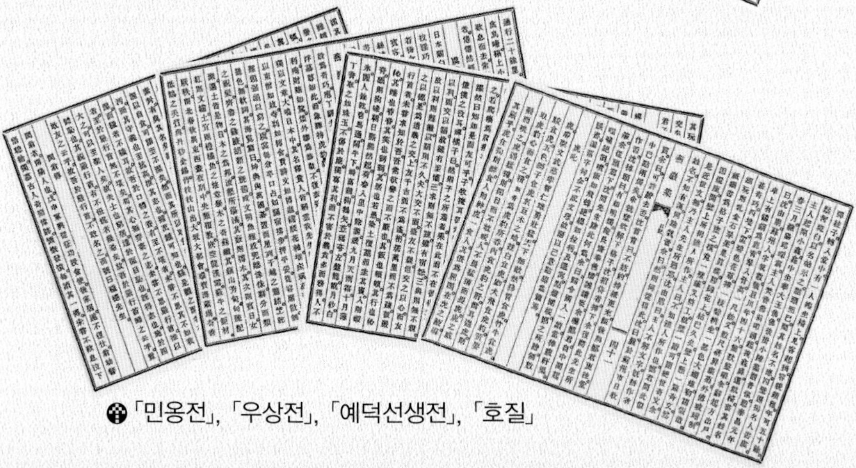

「민옹전」, 「우상전」, 「예덕선생전」, 「호질」

熱河日記
열하일기
下

일러두기

1. 이 책은 '열하일기' 해설에서도 밝힌 바와 같이 연암의 수사본 또는 수택본을 근거로 하고, 누락된 부분을 보충한 것을 국역 대본으로 하였다.
2. 번역은 직역을 원칙으로 하였으나, 직역만으로는 원저자의 뜻을 잘 나타내지 못할 경우에는 의역(意譯)을 하였다.
3. 대본에 오탈자가 있는 경우 여러 필사본을 참고하여 바로잡았으며, 각주 처리하여 밝혔다.
4. 한글 표현에 있어서는 맞춤법 · 띄어쓰기 기타를 교과부안에 따름을 원칙으로 하였으나 약간의 예외를 두었다.
5. ( )속의 한자(漢字)는 역사적인 사건 및 인물 기타 고유명사를 비롯하여 본문의 이해를 돕기 위하여 수록하였으며, 운문에는 원문을 병기하였다.
6. 본문을 앞에 두고 간단한 주석은 본문 속에 간주(間註)로 넣었으며, 그렇지 않은 것은 각주(脚註)로 처리하였다. 원문(原文)을 함께 수록하여 학습 효과를 높였으며 한글 음(音)을 표기하였다.
7. 외국의 인명과 지명(地名)은 원음(原音)을 알 수 있는 것은 원음으로 표기하였으나, 원음을 알 수 없는 것은 한자음으로 표기하였다.
8. 연암이 기재한 날짜는 음력이다.
9. 이 책에 사용된 부호는 다음과 같다.

   『』: 책명, 「」: 작품, " " : 직접 인용, ' ' : 강조 혹은 간접 인용.

열하일기 熱河日記 下

12 열하일기(熱河日記) 下

13. 한문소설(漢文小說)__1065

열하일기熱河日記 上

열하일기熱河日記 中

熱河日記

下

박지원朴趾源

1

양매시화(楊梅詩話)

양매서가(楊梅書街)에서 중국 학자들과 문답한 한시화(漢詩話)이다. 최근 연암의 후손에 의하여 발견되었으므로 이에 보충하였다.

양매시화서(楊梅詩話序)

내가 황포(黃圃) 유세기(兪世琦)를 유리창(琉璃廠)에서 처음 만났는데, 그의 자(字)는 식한(式韓)이며 거인(擧人 : 과거 시험에 응시하던 사람)이었다. 그 뒤 열하로부터 황성(皇城 : 북경)에 돌아오자, 곧바로 황포와 양매서가(楊梅書街)에서 만나 이야기하기로 약속하여 무릇 일곱 차례나 만났다.

황포가 해내(海內 : 중국)의 명사들을 많이 소개하였다. 거인(擧人) 능야(凌野), 태사(太史) 고역생(高棫生), 한림(翰林) 초팽령(初彭齡), 한림(翰林) 왕성(王晟), 거인(擧人) 풍승건(馮承健)[1] 등이 모두 재주가 높고 운치가 많아서, 그들의 글자 한 자나 한마디 말이라도 입맛에 향기롭지 않은 것이 없었다.

그러나 필담했던 초고는 대부분 여러 명류(名流)들에게 빼앗겼다. 그리하여 돌아올 때 행장을 점검하여 보니 겨우 10

---

1) 풍승건(馮承健)의 '健'이 「천애결린집(天涯結隣集)」에는 '鞬'으로 되어 있다.

분의 3, 4가 남았는데, 더러는 술 취한 뒤에 쓴 어지러운 글귀였고, 더러는 저무는 햇빛에 흘려 쓴 필적이었다. 비유하건대 마치 저 여산(廬山)[2]의 새벽 구름인 양 참 모습을 찾기 어려웠고, 소옹(小翁 : 중국 고대의 선인(仙人))이 휘장을 가리고 있어 옥패(玉佩) 소리가 누긋이 들리는 듯싶었다. 엄계(罨溪)[3]에서 한가한 날에 며칠 아침을 뒤적거린 끝에 비로소 순서를 정하였다.

아아, 당시의 일을 상상해 보니, 나 홀로 붉은 난간에 비스듬히 기대어 많은 손님을 눈맞이 하였더니 말과 수레가 앞뒤를 잇달았으며, 언론이 시작되어 흉금을 터놓고 농담을 주고받던 일이 마치 눈에 뵈는 듯하며, 이야기가 분분하여 마치 저 담화(曇花)[4]가 어지러운 듯하였다. 긴 해를 보내면서 파리채[5]를 휘두르는 손과 팔이 염려스러웠지만, 인간 세상에 이 기쁨이야말로 어느 때에 잊혀질 수 있으리오?

---

2) 여산(廬山) : 강서성(江西省)에 있는 명승지(名勝地).

3) 엄계(罨溪) : 연암서당(燕巖書堂) 앞에 있는 시내 이름이다.

4) 담화(曇花) : 『법화경(法華經)』에서 이르는 우담발화(優曇鉢花)의 약어. 우담은 인도에서 3,000년에 한 번씩 꽃이 핀다고 하는 상상의 나무이다.

5) 파리채 : 사슴의 꼬리로 만든 불자(拂子). 원래는 먼지를 떨거나 벌레를 쫓을 때 사용하였으나, 뒷날 선종(禪宗)의 승려가 번뇌를 떨치는 표지로 썼던 제구이다.

양매시화(楊梅詩話)[6]

◘ 전방표(錢芳標)의 자는 보분(寶汾) 또는 보분(葆翂)으로, 강남(江南)의 화정(華亭)에 사는 사람이다. 병오년(1666년)에 거인(擧人)으로서 벼슬이 중서사인(中書舍人)에 이르렀다. 일찍이 「내직잡시(內直雜詩)」[7] 10수가 있었는데, 그 시의 한 구절에,

붉은 주사 거듭 찍어[8] 경전[9] 그 빛 고운 종이 丹砂印重鏡箋勻
조선서 보낸 글월 해 걸러 자주 오네. 隔歲朝鮮拜表頻

---

6) 원문에는 이 소제(小題)가 없다.(편집자주)
7) 「내직잡시(內直雜詩)」 : 내부(內府)에 당직(當直)을 하면서 여러 가지 잡감(雜感)을 읊은 시이다.
8) 시전지(詩箋紙)에 붉은 주사로 무늬를 찍은 것을 말한다.
9) 경전(鏡箋) : 거울같이 맑고 매끄러운 시전지이다.

섬나라 낭호필이 망가졌음 못 믿거나　　不信狼毫窮島筆
승두 같은 글씨[10] 위부인의 필첩이네.[11]　　蠅頭慣搨衛夫人

라고 하였다.

중국 사람이 흔히들 우리나라 백추지(白硾紙 : 다듬잇돌에 놓고 다듬이질하여 반듯하게 편 백지)와 낭미필(狼尾筆)을 자주 시편(詩編)에 나타내었으나, 실제로 우리나라에는 애초에 낭(狼 : 이리)이 없으니 어찌 그 꼬리로 붓을 만들 수 있으리오? 보분(寶汾)이 일컬은 '경전(鏡箋)'이란 곧 백추지였으니 종이의 면이 몹시 매끄럽고, 낭의 털이란 곧 우리나라 사람이 일컬은 '황모(黃毛)'였다. '황모'란 곧 예서(禮鼠 : 족제비)였으나 국산 예서는 쓸 수 없게 되었으므로, 국내에서 쓰는 것이 모두 당황모(唐黃毛)였음에도 중국 사람은 이 사실을 전혀 알지 못하는 것이다.

우리나라 사자관(寫字官)이 중엽(中葉) 이전에는 모두 위부인의 글씨체를 썼으나, 요즈음에 이르러서는 모두 홍무정운체(洪武正韻體)[12]를 쓰게 되었다.

---

10) 파리 대가리처럼 가는 글씨를 뜻한다.

11) 진(晉)나라 왕희지(王羲之)의 스승이던 위부인이 쓴 서첩(書帖)을 가리킨다.

12) 홍무정운체(洪武正韻體) : 명(明)나라 홍무(洪武) 때에 악소봉(樂韶鳳) 등이 칙명을 받들어서 편찬하였다.

◘ 눈 질환은 뱃속에서 생긴 눈병이 아니라 일시적으로 돌고 도는 전염병이다. 당황련(唐黃蓮), 담반(膽礬), 백반(白礬), 홍화(紅花), 행인(杏仁 : 살구씨), 방풍(防風), 당귀(當歸) 각 3푼씩 농도를 진하게 달여서 찌끼를 제거하지 말고 따뜻하게 한 다음 수차례 씻어야 신통한 효험이 생긴다. 이 처방은 호주(湖州) 사람인 육비(陸飛)가 홍담헌(洪湛軒 : 홍대용(洪大容))에게 말해준 것으로, 내가 담헌에게서 들어 알게 되었는데, 여러 차례 시험하여 모두 효능이 입증되었다.

육일루(六一樓) 연회에 모여서 이야기를 나누는 중에 거인(擧人) 능야(凌野)가 돌림눈병이 생겨서 내가 이 처방을 말해주었는데, 그 다음다음날 다시 만나보니 능군(凌君 : 능야)의 눈이 말끔하게 나았다. 〈능군은〉 좋은 처방을 알려준 데 대해 깊이 감사해하면서 해와 달을 다시 보게 되고, 부모에게 거듭 태어났다고 말하는 것이었다.

◘ 중국 사람이 우리나라의 사장(詞章)을 뽑을 때는 대체로 잘 다듬어 빛깔을 내기도 하려니와 깎아 내기도 하고 끊어 버리기도 하여 다만 그 유명한 글귀만을 뽑았던 것이다. 비유하건대 거친 숲을 불사른 뒤에야 아름다운 나무가 스스로 나타남과 다름없는 것이다. 그리하여 그 하자와 잘못되었던 것을 덮어서 아름다운 경지(境地)로 이끌려고 하였다.

그럼에도 불구하고 우리나라의 습속에는 반드시 남의 문장이나 험한 글귀들을 꼬집어 내곤 하였다. 그리하여 가끔 농담조로 쓰여진 시제(詩題)나 글귀는 일시적인 농담 끝에 나온 것으로써, 반드시 그 사람의 기억에 남아 있지 못한 것들에 대해서도 기어코 남에게 전파(傳播)하여 그의 이름과 성을 들어서 질책하되 기를 높이면서 그 잘못된 것을 지적하기도 하였다. 더러는 이 한 가지의 일로써 그의 일생의 업적을 덮어 버리기도 하였으니, 참으로 한탄스럽고 애석한 일이다.

내가 왕사진(王士禛)[13]이 엮은 『감구집(感舊集)』을 보았는데, 그중에 청음(淸陰)[14]의 시(詩)를 뽑았으되 고치고 끊어 버린 부분이 많았으므로 내가 여기에 상세히 기록하였다.

〈『감구집』에는 청음이 지은〉「효발평도(曉發平島 : 새벽에 평도를 떠나며)」라는 시가,

만 리 먼 곳까지 큰 바람 불어 사신 깃발 보내는데

長風萬里送行旌

외로운 돛단배 열흘 동안 열 개의 섬을 지났네.

---

13) 왕사진(王士禛) : 청(淸)나라의 이름 높던 문학가로, 자는 이상(貽上)·자진(子眞)이고, 호는 완정(阮亭)·어양산인(漁洋山人)이며, 별명은 왕사정(王士禎)다. 옹정 황제의 이름이 윤진(胤禛)이었기 때문에 이름자를 피하기 위해 왕사진(王士禛)에서 왕사정(王士正) 혹은 왕사징(王士徵)으로 개명했는데, 건륭 황제가 왕사정(王士禎)이라는 이름을 하사했다.

14) 청음(淸陰) : 조선 인조(仁祖) 때의 문신 김상헌(金尙憲)의 호이다. 자는 숙도(叔度)이고, 또 다른 호는 석실산인(石室山人)·서간노인(西磵老人)이다.

十日孤帆十島經
물은 용궁까지 닿았으나 바닥이 안 보일 만큼 검고
水到龍堂無底黑
산은 쇠 부리처럼 서렸으나 푸르름이 남았네.
山蟠鐵觜了餘青
한가을 바닷가엔 기러기 처음 찾아오고 三秋海岸初賓雁
새벽녘 하늘에는 떠돌이별 하나 있다네. 五夜天門一客星
집이 해 뜨는 곳과 가까워 재차 동쪽을 바라보니
家近扶桑更東望
구름과 노을 드문드문 보이고 바닷물 아득하도다.
雲霞寥落水冥冥

라고 되어 있다.— 원집[15]을 살펴보면 〈끝의 두 구절은〉 "소동파의 옛 시는 정말 엉터리 말이고〔坡老舊詩眞謾詑〕, 우리네 심사 홀로 깨어 슬기롭네〔吾人心事獨惺惺〕."라고 되어 있다.

「등주야좌문격탁(登州夜坐聞擊柝 : 등주에서 밤에 앉아 딱따기 치는 소리를 들으며)」이라는 시는,

딱따기 치고 또 딱따기 치며 擊柝復擊柝
긴긴 밤 멈추지 않다네. 夜長不得息
어떤 이는 추운 날에 옷이 없고 何人寒無衣
어느 군졸 주려도 먹지를 못하네. 何卒飢不食

15) 『청음집(淸陰集)』의 「조천록」을 일컫는다.

어찌 친애하는 사람이겠는가? 豈是親與愛
서로 알고 지내지도 않지만 亦非相知識
자연스레 동포의 정의 생겨나고 自然同胞義
내 마음에 측은한 생각 일게 하네. 使我心肝惻

라고 되어 있다. ― 원집을 살펴보면 "어느 군졸 주려도 먹지를 못하네〔何卒飢不食〕"라는 구절 아래에 "집집마다 각자 집에서 편히 쉬건만〔萬家各安室〕, 홀로 성 위에서 묵는구나〔獨向城上宿〕"라는 구절이 더 있는데, 왕사진은 이 두 구절을 지워버렸다.

「등주차오수재운(登州次吳秀才韻 : 등주에서 오 수재의 시를 차운하며)」이라는 시는,

신녀 모신 작은 사당엔 산뜻한 구름 이슬비 내리고 澹雲微雨小姑祠
국화꽃 무성하고 난초 시드니 때마침 팔월이로다. 菊秀蘭衰八月時
한없는 나그네의 시름이 사라지지 않아 無限旅愁消不得
그대의 좋은 시구 접하니 애틋한 생각 쌓이누나. 因君好句重相思

라고 되어 있다. ― 원집을 살펴보면, 이 시는 본래 4운 율시인데 왕사진이 잘라서 절구로 만들었다. 그 두 연(3·4구, 5·6구)에 "지기석(支機石)은 견우와 직녀가 놀던 물가와 가깝고〔機石近依牛女渚〕, 계수나무 꽃은 광한전의 가지

를 낮게 비춘다〔桂花低映廣寒枝〕. 꿈에서 깨니 외로운 베개에 큰 물결 출렁이고〔夢回孤枕鯨濤撼〕, 먼 허공 바람 흩어져 기러기 줄 어긋나네〔風散遙空鴈列差〕"라고 되어 있는데, 지금 잘라 버린 것이다. 원집에는 '미우(微雨)'가 '경우(輕雨)'로 되어 있고, '국수란쇠(菊秀蘭衰)'가 '가국쇠란(佳菊衰蘭)'으로 되어 있고, '인군호구중상사(因君好句重相思)'가 '희군시구위기리(喜君詩句慰羈離)'로 되어 있다.

또 「차오수재운(次吳秀才韻 : 오 수재의 시를 차운하며)」이라는 시는,

새벽녘 수성의 끝에 떠 있는 희미한 달빛에 五更殘月水城頭
누군가 홀로 떠날 채비하는 배에서 역사를 읊는구나. 詠史何人獨艤舟
동쪽 바다 향하여 돌아갈 길 찾지 않고 不向東溟覓歸路
도리어 북두칠성 의지하여 중국 땅 바라보누나. 還依北斗望神州

라고 하였고, 「동방삭고리(東方朔故里 : 동방삭의 옛 마을)」라는 시는,

한밤중에 열린 임금님의 정실(正室)에 면류관이 근엄한데 夜開宣室儼珠旒
창을 잡은 낭관이 푸른 활팔찌를 낀 채로 달려가네. 執戟郎官走綠韝

나갈까 말까 망설이는 대신들은 모두 붙좇는데

首鼠轅駒俱碌碌

한 명의 배우[16]가 한나라 조정의 기강이네.

漢庭綱紀一俳優

라고 하였다.

「차동행김어사운(次同行金御史韻 : 동행한 김 어사의 시에 차운하며)」— <원집을> 살펴보면 김 어사의 이름은 지수(地粹)이고, 자는 거비(去非)이다. 중국에 갈 때 서장관이었다.— 이라는 시는,

어수선한 사람의 일 걸핏하면 서로 비롯하게 만드니

紛紛人事動相産

세상 인연 끊고 돌아갈 때 언제인가? 歸去何時了世緣
띳집이며 바위틈 샘물 있는 도혈리에서 茅屋石泉陶穴里
약 달이고 시집 보면서 남은 생 보내리라. 藥爐詩卷送殘年

라고 하였다.— 원집을 살펴보면 '귀거(歸去)'가 '숙채(宿債)'로 되어 있다.

「조춘(早春 : 이른 봄)」이라는 시는,

물 맞닿은 성 주변에 아지랑이 아른아른 피어오르고

水際城邊野馬飛

16) 동방삭을 가리킨다.

시각 알리는 소리 한낮이라 점점 조용하고 어렴풋이 들리네.

漸聞宮漏晝閑稀

동풍 불어와 어린 궁궁이 날마다 푸릇푸릇하니

東風日日蘼蕪綠

북쪽 변방 사람 강남 사람 모두 돌아갈 생각하누나.

塞北江南總憶歸

라고 하였고 또,

왕여울의 흐르는 물 강가를 감돌고 王灘流水遶江涯
— 원집을 살펴보면 '요강애(遶江涯)'가 '입강타(入江沱)'로 되어 있다.
강가의 솔숲이 바로 나의 집이러라. 江上松林是我家
어젯밤 꿈속에서 검은 돌길을 찾아가니 昨夜夢尋烏石路
산의 앞뒤로 철 이른 매화 피었어라. 山前山後早梅花

라고 하였다. 또 6언시 한 수를 두 줄로 써서 기록하기를,

황현의 성 주변으로 해가 지는데 黃縣城邊落日
주교역 안에서 중양절[17] 맞이하네. 朱橋驛裏重陽
국화꽃은 의연하게 나그네에게 미소짓는데 菊花依然笑客
구레나룻 머리칼엔 또 가을 서리 지나간다. 鬢髮又度秋霜

17) 중양절(重陽節) : 음력 9월 9일이다. 9는 양수(陽數)인데, 양(陽)이 거듭되는 날이기 때문에 일컫는 말이다.

라고 하였다.

어떤 사람은 말하기를 "『감구집』에 기록된 시는 필시 선생(청음)이 중국에 갈 때의 원고일 것이고, 귀국하고 나서 많이 추가해서 고쳤기 때문에 원집과 이것은 차이가 나게 된 것이다."라고 하는데, 그런 천한 소견을 어찌 족히 따질 것인가?

• 『어양시화(漁洋詩話)』에는 "천계(天啓 : 명나라 희종의 연호, 1621~1627) 연간에 김숙도(金叔度 : 속도는 김상헌의 자)가 등주에서 들어와 조공(朝貢)을 바쳤다. 추평(鄒平)에 살고 있는 장충정(張忠定)— 살펴보건대 이름은 연등(延登)이고, 왕사진의 처조부이다. — 공이 자기의 집에 그를 묵게 하고서 그의 시 1권을 인쇄하여 출판하였는데, 제법 아름다운 구절이 많다."라고 하였다.

• 『감구집』의 주(註)에 이르기를, "강희 기미년(1679년)에 시위(侍衛) 낭심(狼瞫)과 태학생 손치미(孫致彌)를 파견하여 조선에 가서 시를 채록하게 하였는데, 대체로 보아 율시와 절구가 10분의 9가 되고, 고시(古詩), 가(歌), 행(行)[18] 등은 간략하

18) 고시(古詩)는 글자 수와 평측(平仄)과 압운(押韻)에 제한이 없어 형식이 자유로운 한시를 말한다. 가(歌)는 가사(歌辭)를 뜻하는데, 행수(行數)에 제한이 없고, 3·4조 또는 4·4조 연속체로 되었으며, 운문과 산문의 중간 형태인 우리나라 고유의 문학형식이다. 행(行)은 한시(漢詩)의 체의 하나인데, 악부(樂府)에서 나온 것으로 사물이나 감정을 거침없이 표현하는 형식이다.

여 개요만 드러내었을 뿐이다."라고 했고, 또 "장화동(張華東) — 화동은 장연등의 호이다.— 공이 김숙도의 『조천록』 1권을 간행하였다."라고 하였다.

• 옛사람 중에 이름과 자가 많기로는 남궁괄(南宮括)이 으뜸이다. 이름은 설(說)인데 또 다른 이름은 도(縚 : 韜의 오자)이고, 자는 자용(子容) 또는 경숙(敬叔)이며, 또 처보(處父)로도 일컬어졌다. 우리나라에서 이름과 자가 많기로는 매월당(梅月堂 : 김시습(金時習))이 으뜸이다. 김시습의 자는 열경(悅卿)이고, 승명(僧名)은 설잠(雪岑)이다. 또 동봉(東峰)이라고 이름하기도 하고, 호는 오세동자(五歲童子)이다.

• 강인(康仁)은 형주(荊州) 사람이다. 명나라 가정(嘉靖 : 명나라 세종의 연호, 1522~1566) 36년 정사년(1557년) 겨울에 금주(金州)의 참장(參將)으로 발탁되어 몽고를 정벌하는 전쟁에 참전했다가 사망하여 지휘사(指揮使)로 추증되었다. 유복자 강림(康霖)은 만력(萬曆 : 명나라 신종의 연호, 1573~1619) 20년 임진년(1592년)에 경략(經略) 양호(楊鎬)를 따라서 동쪽으로 조선에 나와서 왜(倭)를 정벌하다가 전쟁 중에 사망하여 도지휘사(都指揮使)에 추증되었다. 아들 강국태(康國泰)는 자가 영우(寧宇)인데, 청주(淸州)의 통판(通判)으로 있다가 만력 47년 기미년(1619년)에 경략 양호를 따라서 건주(建州 : 여진족)를 정벌하다가 전쟁 중에 사망하였다. 아들 강세작(康世爵)은 자가 자영

(子榮)이다. 양호를 대신하여 경략이 된 웅정필(熊廷弼)이 〈강세작을〉 막하(幕下)에 불러들여 〈전쟁터에서 사망한 아버지의〉 복수를 하라고 싸움을 독려하였다. 웅정필이 죄인으로 붙잡혀가고 설국용(薛國用)이 그 자리를 대신하게 되자, 〈강세작은〉 또 그 휘하에 예속되었다. 설국용이 패하여 죽게 되자, 강세작은 달아나서 봉황성에 이르렀다.

유광한(劉光漢)과 함께 봉황성을 지키다가 성이 함락되자 동쪽으로 조선에 나왔다. 인조(仁祖) 을축년(1625년) 8월 강계(江界)에 이르렀다가 몸을 돌려서 북도(北道)에 들어갔다. 숙종 을축년(1685년)에 회령(會寧)의 도곤지(都昆地)에서 죽었으니, 향년 84세였다.

우리나라 여성에게 장가를 들어 만갑(萬甲)과 만령(萬齡) 두 아들을 두었다. 손자 성훈(成勳)이 추은(推恩)하게 되어 강세작은 공조참의로 추증되었다. 강세작의 자손이 번창하여 증손과 현손이 70여 명에 이르렀으므로 관북 지방의 큰 성씨가 되었다.

「강세작전(康世爵傳)」은 약천(藥泉) 남구만(南九萬)과 서계(西溪) 박세당(朴世堂)이 지었고, 묘지명은 곤륜(昆崙) 최창대(崔昌大)가 지었으며, 「강세작전후서(康世爵傳後序)」는 직재(直齋) 이기홍(李箕洪)이 지었다.

• 어떤 사람이 "상례에서 조문객들에게 주연(酒宴)을 베풀거나 음악을 연주하는 풍속이 언제 시작되었는가?" 하고 묻

기에, "국사(國史)를 살펴보면 그것은 몽고씨가 남긴 풍속일 것이다. 홍무(洪武 : 명나라 태조의 연호, 1368~1398) 초년에 어사(御史) 고원간(高原侃)이 이를 금지하기를 청했고, 홍치(弘治 : 명나라 효종의 연호, 1488~1505) 연간에 주사(主事) 진강(陳江)이 금지하기를 청하였으므로 모두 조서를 내려 시행하라고 반포했으나, 지금까지 그대로 따르고 있다. 어질고 훌륭한 임금께서 300년 동안 행하신 정치와 교화로도 마침내 몽고가 남긴 풍속을 바꾸지 못하고 있다."고 하였다.

오중(吳中 : 강소성 일대)의 부자들은 사람이 죽으면 폐백을 중하게 하고 귀빈들을 초빙하는 것이 부모를 영광스럽게 만든다고 말한다.

백성들은 대부분 초빈을 하고 아직 성복을 하지 않았으면 재(齋)를 지내지 않을 뿐더러 손님도 대접하지 않는다.

칠칠재(七七齋 : 49재)는 불교의 행사이다. 첫 번째 7일(초재)에서 일곱 번째 7일(마지막 재)에 이르기까지 참회를 한다. 살풀이는 무속의 일이다. 불교는 〈49재를 통해〉 명복을 빌고, 무속은 〈살풀이로〉 여러 살을 물리친다.

• 부친상과 모친상에 상복을 입는 기간을 똑같게 만든 제도는 명나라 태조 때부터 시작되었다. 홍무 8년(1375년)에 손귀비(孫貴妃)가 죽자 조서를 내려 상복에 대해 논의하라고 하였다. 예관들이 예전의 학설을 진언하자, 황제(태조)는 불가하다면서 "부모는 똑같다."라고 하였다. 학사 송렴(宋濂)과 상

서 우량(牛諒)이 모친상에 대해 논한 옛사람을 고찰하여 42인 중에서 3년상이 마땅하다고 말한 자는 28명이었다고 진언하자, 황제가 "여기에서 인정(人情)을 알 수 있겠다."라고 말하고는 곧 〈부모의 초상에 똑같이 3년상을 하도록〉 제도를 정하였다. 그리고는 『효자록(孝慈錄)』을 지었다.

혹자는 "당나라 때 측천무후가 그보다 앞서 어머니를 숭상하는 길을 열었다."라고 말한다. 『가례(家禮)』[19]를 살펴보면, "시아버지를 위해 참최(斬衰) 3년복을 입고 시어머니는 재최(齊衰)를 입는다."고 했으나, 지금 제도는 모두 참최복을 입는다. 남편이 남의 후사로 양자를 갔을 경우에 『의례(儀禮)』에서는 그 시부모를 위해 무슨 복을 입을 것인지 말하지 않았으나, 지금 남편을 따라서 참최복을 입는다. 『의례』에서는 또 낳아준 시부모를 위해 입는 복에 대해서는 말하지 않았는데, 다만 『예기』 상복소기(喪服小記) 편에 "낳아준 시부모에 대해서 대공복(大功服)을 입는다."고 했다. 『가례』도 이를 따랐으며, 지금의 제도 역시 그와 같이 한다.

• 옛날에는 높였다가 지금은 줄이는 상례 제도는 부모가 적자(嫡子 : 맏아들)를 위한 것과 첩이 지아비의 큰아들을 위한

---

19) 『가례(家禮)』 : 명나라 때에 구준(丘濬)이 한집안에서 지켜야 할 예법인 관혼상제(冠婚喪祭)에 관한 주자의 학설을 모아서 만든 책이다.

것이니, 옳다.

• 옛날에는 줄였다가 지금은 높이게 된 상례 제도는 자식이 어머니를 위해 참최복을 입는 것과 며느리가 시부모를 위해 참최복을 입는 것이니, 옛날 제도가 옳고 지금이 틀렸다. 옛날에는 없다가 지금은 있게 된 상복은 형제의 아내와 종형제의 아내이니, 옛날 제도가 틀렸고 지금이 옳다.

原文

楊梅詩話
양 매 시 화

楊梅詩話序
양 매 시 화 서

余初遇俞黃圃世琦于琉璃廠中　字式韓擧人也　既
여 초 우 유 황 포 세 기 우 유 리 창 중　자 식 한 거 인 야　기
自熱河還皇城　卽約黃圃會話于楊梅書街　凡七遭.
자 열 하 환 황 성　즉 약 황 포 회 화 우 양 매 서 가　범 칠 조

黃圃多引海內名士　如凌擧人野　高太史棫生　初翰
황 포 다 인 해 내 명 사　여 능 거 인 야　고 태 사 역 생　초 한
林彭齡　王翰林晟　馮擧人乘健　皆才高韻淸　其隻字
림 팽 령　왕 한 림 성　풍 거 인 승 건　개 재 고 운 청　기 척 자
片語無不芬馥牙頰.
편 어 무 불 분 복 아 협

然其談艸多爲諸名流所掠去　及檢歸裝　僅存其十
연 기 담 초 다 위 제 명 류 소 략 거　급 검 귀 장　근 존 기 십
之三四　而或醉後亂墨　或迫嚑赤筆　譬如廬山曉雲
지 삼 사　이 혹 취 후 란 묵　혹 박 훈 적 필　비 여 여 산 효 운
眞面難尋　小翁施帳珮聲遲遲　罨溪暇日　繙閱累朝
진 면 난 심　소 옹 시 장 패 성 지 지　엄 계 가 일　번 열 루 조
始能第次.
시 능 제 차

噫　像想當日　獨憑紅欄　眄徠諸客　而車騎後先　逢
희　상 상 당 일　독 빙 홍 란　면 래 제 객　이 거 기 후 선　봉

迎初開暢襟談謔　如在其談眼中　其談屑霏微曇花歷
영 초 개 창 금 담 학　여 재 기 담 안 중　기 담 설 비 미 담 화 력

亂　永日揮麈手腕可念　人間此歡何日可忌.
란　영 일 휘 주 수 완 가 념　인 간 차 환 하 일 가 기

楊梅詩話
양매시화

錢芳標字寶汾 一字葆馚 江南華亭人 丙午擧人
전방표자보분 일자보분 강남화정인 병오거인
官中書舍人 嘗有內直雜詩十首 其一云 丹砂印重鏡
관중서사인 상유내직잡시십수 기일운 단사인중경
箋勻 隔歲朝鮮拜表頻 不信狼毫窮島筆 蠅頭慣搨衛
전균 격세조선배표빈 불신낭호궁도필 승두관탑위
夫人.
부인

中州人 每以吾東白硾紙狼尾筆 屢形諸詩篇 而吾
중주인 매이오동백추지낭미필 누형저시편 이오
東本無狼 安得其尾以爲筆哉 寶汾所稱鏡箋 卽白硾
동본무랑 안득기미이위필재 보분소칭경전 즉백추
紙 紙面溜滑 狼毫卽東俗所稱黃毛 黃毛卽禮鼠 而
지 지면유활 낭호즉동속소칭황모 황모즉예서 이
鄕禮鼠不堪用 國中所用皆唐黃毛 中州人殊不識此.
향예서불감용 국중소용개당황모 중주인수불식차

吾東寫字官中葉以前 皆衛夫人體 挽近皆洪武正
오동사자관중엽이전 개위부인체 만근개홍무정
韻體.
운체

眼疾非胎眚 一時輪染 唐黃蓮 膽礬 白礬 紅花
안질비태생 일시륜염 당황련 담반 백반 홍화
杏仁 防風 當歸 各三分 濃煎勿去滓溫 洗數次神
행인 방풍 당귀 각삼분 농전물거재온 세수차신
效 此方湖州人陸飛言之洪湛軒 余得之湛軒 屢試屢
효 차방호주인육비언지홍담헌 여득지담헌 누시루

驗.
험

及六一樓燕談會中　凌擧人野有輪眚　余爲言此方
급 육 일 루 연 담 회 중　능 거 인 야 유 륜 생　여 위 언 차 방

其再明復會　凌君眼睫淸快　深謝良方　以爲再看日月
기 재 명 부 회　능 군 안 첩 청 쾌　심 사 량 방　이 위 재 간 일 월

重生爺孃.
중 생 야 양

中州人選入吾東詞章　類爲潤色刪截　只摘其名句
중 주 인 선 입 오 동 사 장　유 위 윤 색 산 절　지 적 기 명 구

譬如焚榛莽　而嘉木自列　匿瑕掩纇務趁佳境.
비 여 분 진 망　이 가 목 자 열　익 하 엄 류 무 진 가 경

而吾東累俗　必摘人鉤章棘句　或弄題戲作之　出於
이 오 동 루 속　필 적 인 구 장 극 구　혹 롱 제 희 작 지　출 어

一時談謔之餘　未必其人之所記有　而必爲傳播　叱名
일 시 담 학 지 여　미 필 기 인 지 소 기 유　이 필 위 전 파　질 명

責姓瑕斥崢嶸　或有以此掩其平生　良可歎惜.
책 성 하 척 쟁 영　혹 유 이 차 엄 기 평 생　양 가 탄 석

余於王士禛所編感舊集中　其選淸陰詩多所改截
여 어 왕 사 진 소 편 감 구 집 중　기 선 청 음 시 다 소 개 절

吾故詳錄之.
오 고 상 록 지

其曉發平島曰　長風萬里送行旌　什日孤帆十島經
기 효 발 평 도 왈　장 풍 만 리 송 행 정　십 일 고 범 십 도 경

水到龍堂無底黑　山蟠鐵觜了餘靑　三秋海岸初賓雁
수 도 룡 당 무 저 흑　산 반 철 자 료 여 청　삼 추 해 안 초 빈 안

五夜天門一客星　家近扶桑更東望　雲霞寥落水冥冥
오 야 천 문 일 객 성　가 근 부 상 갱 동 망　운 하 료 락 수 명 명

—按原集 坡老舊詩眞謾訑 吾人心事獨惺惺.
안원집 파로구시진만타 오인심사독성성

其登州夜坐聞擊柝 擊柝復擊柝 夜長不得息 何人
기등주야좌문격탁 격탁부격탁 야장부득식 하인

寒無衣 何卒飢不食 豈是親與愛 亦非相知識 自然
한무의 하졸기불식 기시친여애 역비상지식 자연

同胞義 使我心肝惻—按原集 何卒飢不食下 有萬家各安室
동포의 사아심간측 안원집 하졸기불식하 유만가각안실

獨向城上宿 王士禛刪去此兩句.
독향성상숙 왕사진산거차양구

其登州次吳秀才韻曰 澹雲微雨小姑祠 菊秀蘭衰
기등주차오수재운왈 담운미우소고사 국수란쇠

八月時 無限旅愁消不得 因君好句重相思—按原集 此
팔월시 무한려수소부득 인군호구중상사 안원집 차

詩本爲四韻律詩 而王士禛截爲絶句 其兩聯曰 機石近依牛女渚
시본위사운율시 이왕사진절위절구 기양련왈 기석근의우녀저

桂花低映廣寒枝 夢回孤枕鯨濤撼 風散遙空鴈列差 今截之 原
계화저영광한지 몽회고침경도감 풍산요공안렬차 금절지 원

集 微雨爲輕雨 菊秀蘭衰爲佳菊衰蘭 因君好句重相思爲喜君詩
집 미우위경우 국수란쇠위가국쇠란 인군호구중상사위희군시

句慰羈離.
구위기리

又次吳秀才韻 五更殘月水城頭 詠史何人獨艤舟
우차오수재운 오경잔월수성두 영사하인독의주

不向東溟覓歸路 還依北斗望神州 其東方朔故里曰
불향동명멱귀로 환의북두망신주 기동방삭고리왈

夜開宣室儼珠旒 執戟郎官走綠韝 首鼠轅駒俱碌碌
야개선실엄주류 집극낭관주록구 수서원구구녹록

漢庭綱紀一俳優.
한정강기일배우

次同行金御史韻—按金御史名地粹 字去非 朝天時書狀官
차 동 행 김 어 사 운 안 김 어 사 명 지 수 자 거 비 조 천 시 서 장 관
紛紛人事動相產 歸去—按原集 歸去爲宿債—何時了世緣
분 분 인 사 동 상 산 귀 거 안 원 집 귀 거 위 숙 채 하 시 료 세 연
茅屋石泉陶穴里 藥爐詩卷送殘年.
모 옥 석 천 도 혈 리 약 로 시 권 송 잔 년

其早春曰 水際城邊野馬飛 漸聞宮漏晝閑稀 東風
기 조 춘 왈 수 제 성 변 야 마 비 점 문 궁 루 주 한 희 동 풍
日日蘼蕪綠 塞北江南總憶歸 又曰 王灘流水遶江涯
일 일 미 무 록 새 북 강 남 총 억 귀 우 왈 왕 탄 류 수 요 강 애
—按原集 入江沱 江上松林是我家 昨夜夢尋烏石路 山
안 원 집 입 강 타 강 상 송 림 시 아 가 작 야 몽 심 오 석 로 산
前山後早梅花 又選六言一首雙書入錄曰 黃縣城邊
전 산 후 조 매 화 우 선 륙 언 일 수 쌍 서 입 록 왈 황 현 성 변
落日 朱橋驛裏重陽 菊花依然笑客 鬢髮又度秋霜.
락 일 주 교 역 리 중 양 국 화 의 연 소 객 빈 발 우 도 추 상

或曰 感舊集所錄 必先生朝天時原稿 而還國後多
혹 왈 감 구 집 소 록 필 선 생 조 천 시 원 고 이 환 국 후 다
追改 故原集與此有異云 陋見何足與較.
추 개 고 원 집 여 차 유 이 운 누 견 하 족 여 교

漁洋詩話 天啓中金叔度由登州入貢 鄒平張忠定
어 양 시 화 천 계 중 김 숙 도 유 등 주 입 공 추 평 장 충 정
公—按名延登 士禛之妻祖 館之于家 刻其詩一卷 頗多
공 안 명 연 등 사 진 지 처 조 관 지 우 가 각 기 시 일 권 파 다
佳句.
가 구

感舊集註云 康熙己未 遣侍衛狼瞫太學生孫致彌
감구집주운 강희기미 견시위낭심태학생손치미
往朝鮮採詩 大抵律絶居十之九 古詩歌行略 見梗槩
왕조선채시 대저률절거십지구 고시가행략 현경개
而已 又曰 張華東公—延登號 刊金叔度朝天錄一卷
이이 우왈 장화동공 연등호 간김숙도조천록일권
云.
운

古人名字之多 南宮括爲最 名說 一名縚 字容又
고인명자지다 남궁괄위최 명설 일명도 자용우
敬叔 又稱處父 我東名字之多 梅月堂爲最 金時習
경숙 우칭처보 아동명자지다 매월당위최 김시습
字悅卿 僧名雪岑 又名東峰 號五歲童子.
자열경 승명설잠 우명동봉 호오세동자

康仁荊州人 明嘉靖三十六年丁巳冬 擢爲金州參
강인형주인 명가정삼십육년정사동 탁위금주참
將 從征蒙古戰亡 贈指揮使 遺腹子霖 萬曆二十年
장 종정몽고전망 증지휘사 유복자림 만력이십년
壬辰 從經略楊鎬 東出朝鮮 征倭戰亡 贈都指揮使
임진 종경략양호 동출조선 정왜전망 증도지휘사
子國泰 字寧宇 淸州通判 萬曆四十七年己未 從經
자국태 자영우 청주통판 만력사십칠년기미 종경
略楊鎬 征建州戰亡 子世爵 字子榮 熊廷弼代楊鎬
략양호 정건주전망 자세작 자자영 웅정필대양호
爲經略 招致幕下使督戰復讐 熊被拿而薛國用代之
위경략 초치막하사독전복수 웅피나이설국용대지

則又隸其麾下 及薛敗死 世爵奔至鳳凰城.
즉 우 례 기 휘 하 급 설 패 사 세 작 분 지 봉 황 성

與劉光漢同守鳳凰城 城陷東出 仁廟乙丑八月至
여 유 광 한 동 수 봉 황 성 성 함 동 출 인 묘 을 축 팔 월 지

江界 轉入北道 肅廟乙丑卒於會寧之都昆地 壽八十
강 계 전 입 북 도 숙 묘 을 축 졸 어 회 령 지 도 곤 지 수 팔 십

四.
사

娶東婦 有二子萬甲萬齡 以孫成勳推恩 贈世爵工
취 동 부 유 이 자 만 갑 만 령 이 손 성 훈 추 은 증 세 작 공

曹參議 世爵子孫蕃昌 曾玄至七十餘人 爲關北大
조 참 의 세 작 자 손 번 창 증 현 지 칠 십 여 인 위 관 북 대

姓.
성

康世爵傳 南藥泉九萬及朴西溪世堂撰 墓誌銘 崔
강 세 작 전 남 약 천 구 만 급 박 서 계 세 당 찬 묘 지 명 최

昆崙昌大撰 傳後序 李直齋箕洪撰.
곤 륜 창 대 찬 전 후 서 이 직 재 기 홍 찬

或問 喪之宴且樂也何始乎 曰考之國史 其蒙古氏
혹 문 상 지 연 차 악 야 하 시 호 왈 고 지 국 사 기 몽 고 씨

遺風乎 洪武初御史高原侃請禁之 弘治時主事陳江
유 풍 호 홍 무 초 어 사 고 원 간 청 금 지 홍 치 시 주 사 진 강

請禁之 皆詔頒行 而迄于今沿之 賢聖之君三百年政
청 금 지 개 조 반 행 이 흘 우 금 연 지 현 성 지 군 삼 백 년 정

敎 卒無以易蒙古之遺俗.
교 졸 무 이 역 몽 고 지 유 속

吳中富人 死重幣 來貴賓謂榮親也.
오 중 부 인 사 중 폐 내 귀 빈 위 영 친 야

民多殯而不成服 無以齋也 無以讌賓也.
민다빈이불성복 무이재야 무이연빈야

七佛事也 一七至七七懺焉 煞巫也 佛以資冥福
칠불사야 일칠지칠칠참언 살무야 불이자명복

巫以禳諸煞.
무이양제살

父母喪之齊也 自明太祖始 洪武八年孫貴妃薨 詔
부모상지재야 자명태조시 홍무팔년손귀비훙 조

議服 禮官以古說進 帝不可曰 父母勻也 學士宋濂
의복 예관이고설진 제불가왈 부모균야 학사송렴

尙書牛諒 考古論母喪者 四十二人言當三年者二十
상서우량 고고론모상자 사십이인언당삼년자이십

八人以進 帝曰 此可以識人情矣 乃定制 因作孝慈
팔인이진 제왈 차가이식인정의 내정제 인작효자

錄.
록

或曰 唐武后先之以崇母道 按家禮 爲舅斬衰三年
혹왈 당무후선지이숭모도 안가례 위구참최삼년

姑則齊 今制皆斬 夫爲人後者 儀禮不言爲舅姑何服
고즉재 금제개참 부위인후자 의례불언위구고하복

今從夫斬 儀禮又不言爲本生舅姑服 獨戴禮小記 本
금종부참 의례우불언위본생구고복 독대례소기 본

生舅姑大功 家禮因之 今制亦如之.
생구고대공 가례인지 금제역여지

古隆而今殺者 父母爲嫡子 妾爲君長子是也.
고륭이금쇄자 부모위적자 첩위군장자시야

古殺而今隆者 子爲母斬衰 婦爲舅姑 古是而今非
고쇄이금륭자 자위모참최 부위구고 고시이금비

古無而今有者 兄弟之妻從兄弟之妻 古非而今是.
고무이금유자 형제지처종형제지처 고비이금시

2

동란섭필(銅蘭涉筆)

본편은 연암 박지원이 열하를 다녀오는 동안 만리장성 밖에서 들은 이야기들을 수록한 것이다. 곧 동란재(銅蘭齋)에 머무를 때의 수필이다. 주로 가사(歌辭), 향시(鄕試), 서적, 언해, 양금(洋琴) 등에 대한 여러 가지 기록이다. 동란(銅蘭)은 구리로 만든 난초를 가리키는데, 연암이 중국인으로부터 동란을 빌려와 거처하는 방에 두고 '동란재'라고 이름을 붙였다.

동란섭필서(銅蘭涉筆序)[1]

내가 황포(黃圃) 유세기(兪世琦)를 찾아갔더니, 벼루 머리에 무늬 있는 돌로 만든 연병(硯屛)[2]이 놓여 있었고, 연병 앞에는 난초(蘭草) 한 포기가 있었다. 자세히 보니 구리를 부어서 만든 것인데, 봉황의 눈매 같은 잎사귀는 바람을 맞으며 자줏빛 이삭이 이슬에 젖은 것처럼 참으로 기이하게 만들었다. 나는 〈난초를〉 며칠 동안 빌려다가 내가 거처하는 방 동쪽 벽 밑에 놓고, 편액(扁額)을 붙여 '동란재(銅蘭齋)'라고 하였다.

1) 동란섭필서(銅蘭涉筆序) : 모든 본(本)에는 이 소제(小題)가 없었으나, 여기에서는 주설루본에 의거하여 수록하였다.
2) 연병(硯屛) : 바람이나 먼지 또는 먹이 튀는 것을 막기 위해 벼루 맡에 둘러치는 병풍을 말한다.

동란섭필(銅蘭涉筆)[3]

◐ 건륭(乾隆 : 청나라 고종의 연호, 1736~1795) 41년 병신(1776년)에 유구국(琉球國) 사신이 예부(禮部)에 글을 올려 돌아가기를 청했다. 유구국 정사(正使) 이목관(耳目官 : 어사) 상숭유(向崇猷)와 도통사(都通事) 모경창(毛景昌)이 자기들의 사정에 따라 빨리 돌아갈 것을 승낙해 달라고 청한 글에,

"상숭유 등은 왕명을 받들고 건륭 39년(1774년)에 조공을 하고자 복건(福建) 무창(撫昌)으로부터 병패(兵牌)를 발급받고, 연로(沿路)에서 일행의 호송(護送)을 받으며 와서 작년 12월 초1일에 북경에 도착했습니다. 은혜로운 분부를 내려 반열에 따라 예를 행하게 되고, 조정에 나아가 임금에게 하례(賀禮)할 때와 원조(元朝 : 설날)와 명절에는 작은 나라의 하찮은 말단 관리로서 황제의 얼굴을 가까이에서 뵈었습니다. 그리고

3) 원문에는 이 소제(小題)가 없다. (편집자주)

상급(賞給)과 식사까지 돌봐주시어 상숭유 등은 감격하기 그지없습니다. 이에 공무를 이미 끝내고 한가히 거처하고 있습니다.

유구국은 땅이 해외에 속하여 왕래할 때는 오로지 바닷바람에 의지해야 하는 상황인 만큼, 이때에 복건으로 돌아간다고 하는 것은 귀국할 시기에 가장 알맞기 때문입니다. 다만 상숭유 등이 북경에 올 때는 바로 한겨울이라 강물이 얼어서 부득이 왕가영(王家營)을 거쳐 곧바로 육로로 왔습니다. 지금 노젓는 것을 되돌려 돌아간다면 때가 바로 봄철인지라 바람은 화창하고 땅은 따뜻하여 길을 떠나기에 알맞습니다.

정성을 다해서 간절히 청하오니, 대인(大人)은 우러러 황상께서 어루만져 주시는 지극한 뜻을 받들고 멀리서 온 자의 사정을 보살피시는 한편, 전례에 따르고 비추어 육로로 제녕(濟寧 : 산동성)까지 가서 배를 타고 돌아가도록 허가해 주시기 바랍니다. 이치로 보면 응당 미리 대인께 글로 밝혀야 될 일이오나, 빨리 칙서와 병부(兵部)의 문서를 2월 초순 안으로 내리도록 주청해 주시면, 상숭유 등은 소식을 듣는 대로 출발하겠사옵니다. 실로 이 은혜는 천추에 그 공덕을 잊지 못할 것입니다. 간절히 원하옵니다. 건륭 41년 정월 24일에 갖추어 올립니다."

라고 하였는데, 그 서술이 솔직하고 심정이나 말이 간곡하였다.

이것은 오래된 「당보(塘報 : 관보의 일종)」 종이에서 나온 것인데, 이번에 우리나라 사신이 몇 번 올린 글도 당연히 「당보」에 실려서 천하에 널리 전하여 퍼졌을 것이다.

◘ 유구국이 조공을 하는 규례는 유황(硫黃) 10,000근, 구리쇠 1,000근, 주석과 납 3,000근이라고 한다.

◘ 『태평어람(太平御覽)』[4]에 이르기를,

“한(漢)나라 때의 곽리자고(霍里子高)는 조선 사람이다. 새벽에 일어나 배를 젓다가 머리가 하얗게 센 어떤 광부(狂夫)가 머리를 풀어헤치고 술병을 찬 채 강물을 가로질러 건너려 하는 것을 보았는데, 그 아내가 말렸으나 듣지 못하고 마침내 물에 빠져 죽었다. 그러자 아내는 공후(箜篌)를 뜯으며 노래를 불렀는데,

임은 강물을 건너지 마옵소서 하였으나	公無渡河
임은 끝내 강물을 건너시다가	公終渡河
임은 빠져 숨졌으니	公淹而死
임이시여 이 몸은 어찌할꼬?	當奈公何

라고 하였다.

4) 『태평어람(太平御覽)』: 송나라 태종(太宗)의 명을 받아서 이방(李昉) 등이 엮은 백과사전이다. 1860종의 서적에서 발췌하여 모두 55개 부문으로 나누어 실었는데, 총 1,000권이다.

그 노랫소리가 몹시 처절하였는데, 곡조가 끝나자 역시 물속에 몸을 던져 죽었다. 곽리자고는 집에 돌아와 그 노랫소리를 아내 여옥(麗玉)에게 이야기했더니, 여옥은 슬퍼하면서 공후를 이끌어 그 노랫소리를 본떠서 불렀는데, 이것을 「공후인(箜篌引)」이라고 하였다."
라고 하였다.

내가 열하의 태학(太學)에 있을 때 악기들을 구경했으나, 소위 '공후'라는 것은 없었고, 여러 번 사람을 시켜 황성(皇城 : 북경)의 유리창(琉璃廠)에 가서 구해 보게 하였으나, 이 악기를 얻어 보지 못하여 그 모양을 알지 못하였다.

◘ 천비(天妃 : 바다의 여신)는 세속에서 전하기를 '황하(黃河)의 신'이라고 한다. 이제 청(淸)나라에서 칙령으로 〈황하의 신을〉 천후(天后)로 봉하였다고 하는데, 회회(回回) 사람들 중에는 이 종교에 많이 가입하였다고 한다. 천비의 신은 열두 글자의 존호(尊號)가 있는데, 청나라의 사전(祀典 : 제사 의식에 관한 책)에 실려 있다.

◘ 우리나라의 도포와 갓과 띠는 중국의 승려들 옷과 흡사하다. 그들이 여름에 쓰는 갓은 등(藤)나무로 만들기도 하고 종려나무로 만들기도 한다. 도포는 다만 깃이 네모난 것이 다를 뿐이다. 그러나 그들의 도포는 모두 검정 공단이거나 무늬 있는 얇은 비단〔紋紗〕을 쓰고, 가난한 자들은 오히려 수화주

(秀花紬)나 야견사(野繭紗)로 도포를 만들어 입는다.

나는 의원(醫員) 변관해(卞觀海)와 더불어 옥전(玉田)의 어느 상점에 들어갔더니, 수십 명이 둘러서서 우리들이 입은 베 도포를 앞 다투어 구경하다가, 만든 제도를 자세히 살펴보고는 매우 의아하게 여기면서 저희들끼리 서로 말하기를,

"저 중은 어디에서 왔을까?"

하니, 어떤 사람이 장난으로 대답하기를,

"사위국(舍衛國)의 급고원(給孤園)[5]으로부터 왔겠지."

라고 한다. 우리들이 조선 사람임을 모르는 것은 아니지만, 우리들의 도포와 갓을 보고서 걸승(乞僧 : 동냥중)들과 비슷하다고 조롱하는 것이다.

대체로 중국의 여자와 승려(僧侶)와 도류(道流 : 도사패)들은 옛날 제도를 그대로 따르고 있는데, 동방(우리나라)의 의관은 신라의 옛 제도를 답습한 것이 많았다. 신라는 처음에는 중국 제도를 본뜬 것이다. 그러나 시대의 풍속이 불교를 숭상하므로 민간에서는 중국의 승복을 많이 본떠서 1,000여 년이 지난 오늘에 이르도록 변할 줄을 모르고, 도리어 중국의 승려들이 우리나라 의관을 좋아해서 본떴다고 말했으니, 어찌 그렇다고 하겠는가?

---

5) 사위국(舍衛國)은 고대 중인도(中印度) 가비라위국(迦毘羅衛國)의 서북쪽에 위치한 나라이며, 급고원(給孤園)은 사위성 남쪽에 있는 승원(僧園)으로, 석가여래가 25년 동안 설법하던 곳이다.

◘ 〈중국〉 중들이 쓰는 갓이, 등나무 실로 짠 것은 그 빛깔이 우리나라의 초립(草笠)과 같고, 종려나무 실로 짠 것은 그 빛깔이 우리나라의 주립(朱笠 : 붉은 갓)과 같다. 등나무 갓에는 종려나무 실로 무늬를 놓고, 종려나무 갓에는 등나무 실로 무늬를 놓는다.

몽고 사람들도 역시 여름철에 갓을 쓰는데, 가죽으로 만들어 칠을 한 위에 구름무늬를 그린 것이 많다. 우리나라 풍속에는 겨울철에도 갓을 쓰고 눈 속에도 부채를 들고 있다 보니 다른 나라 사람들의 웃음거리가 되고 있다.

◘ 중국의 향시(鄕試 : 지방 고시)의 규정은 첫 번째 시험장에서 사서(四書)로 글짓는 것 세 편과 성리론(性理論 : 유교의 기본 철학에 관한 논문) 한 편을 하루 밤낮 동안에 마치고, 두 번째 시험장에서 경문(經文 : 아홉 가지 유교경전에 관한 글) 네 편과 배율시(排律詩)[6] 한 수를 하루 동안에 마치고, 세 번째 시험장에서 책문(策問)[7] 다섯 편을 역시 하루 밤낮 동안에 마치는데, 모두 편마다 1,000여 자씩 된다.

회시(會試)[8]의 규정도 역시 향시와 같다. 전시(殿試)[9]는 단

6) 배율시(排律詩) : 장편 시로, 글귀마다 운율을 배열(排列)하는 시체(詩體)의 하나이다.

7) 책문(策問) : 관리를 등용하는 시험에서, 시무(時務)에 관한 문제에 자기의 포부와 실력을 서술하는 문체의 하나이다.

8) 회시(會試) : 향시에서 급제한 자를 서울에 모아서 치르는 두 번째

번에 책문(策問) 한 편을 써서 역시 하루 밤낮에 마치는데, 반드시 글은 10,000여 자가 되어야 한다. 그런 연후에라야 격식에 들어맞게 된다. 또 이 격식에 하나도 어긋남이 없어야 한림(翰林)에 들어갈 수 있다.

전시 뒤에는 또 조고시(朝考試)가 있어 조(詔 : 황제의 지시문)·고(誥 : 황제의 교서)·논(論 : 논문)·시(詩)를 단 하루 동안에만 치르게 된다. 향시나 회시에서는 다섯 편의 책문 중에서 세 조(條)는 옛날 역사에서 글제를 내고, 두 조(條)는 시무(時務 : 시사)에서 제목을 내고, 전시에서는 전적으로 시무에 대해서만 낸다. 한 번 향시에 합격하면 이내 거인(擧人)이 되고, 회시 때마다 직접 응시할 수 있다. 비록 회시에 합격하지 못하더라도 10여 년 뒤에는 지방의 고을 수령 한 자리를 얻을 수 있다.

◐ 이탁오(李卓吾)[10]는 머리가 손질하기 성가시고 가려워서 공공연하게 머리를 깎았다. 중국 사람들은 또한 그것이 그의 흉악한 성질 탓이라고 말했지만, 이것은 대체로 중국 사람들이 머리를 깎고 변발을 하게 될 징조라고 할 것이다.

의 고시인데, 합격자에게는 진사(進士)라는 학위를 주었다.

9) 전시(殿試) : 회시 합격자를 대상으로 황제가 직접 정전에서 보이는 중앙 고시의 일종이다.

10) 이탁오(李卓吾) : 명(明)나라 말기의 사상가이자 문학가인 이지(李贄). 탁오는 자(字). 청나라가 명나라를 정복하자 제일 먼저 머리를 깎은 인물이다.

지금 중국 사람들이 머리를 깎는 풍속은 금나라 · 원나라 시절에도 없었던 풍속이다. 만일 명나라 태조(太祖)와 같은 군주가 있다면 건곤(乾坤 : 천하)을 맑게 숙청할 것이다. 그리고 어리석은 백성들은 이런 습속에 젖어 풍속을 이룬 지도 이미 100여 년이나 지나고 보니, 당연히 또한 머리를 묶고 모자를 쓰게 한다면 도리어 성가시고 가려워서 불편하다고 할 자가 나올 것이다.

◗ 내가 중국에 들어오는 연로(沿路) 2,000여 리 사이에, 때는 바야흐로 여름과 가을의 중간이라서 지독히 더웠으므로 낮에는 언제나 네댓 번씩은 말에서 내려 인가(人家)에 들어가 쉬어 가곤 했다. 두 길이나 되는 파초(芭蕉)며, 태호석(太湖石 : 태호산(太湖產)의 괴석(怪石))이며, 차미(茶蘼 : 장미 종류의 꽃이름)를 올린 시렁이며, 갈색 반점의 대나무를 두른 난간들이 종종 있었고, 섬돌을 덮은 푸른 대나무와 주렴에 가득 찬 푸른 오동나무를 도처에서 많이 보았다.

◗ 고려 때는 송나라 장삿배들이 해마다 자주 예성강(禮成江 : 황해도 배천군에 있는 강 이름)에 정박하여서 중국의 온갖 재화(財貨)가 몰려들었다. 고려왕은 예절을 차려서 그들을 대우했으므로 당시에 〈중국의〉 서적들이 훌륭히 갖추어졌고, 중국의 기물(器物)들 중 〈고려로〉 들어오지 않은 것이 없었다.

우리나라(조선)는 뱃길로 중국 남방과 재화를 통상하지 못하므로 문헌에는 더구나 캄캄하며, 삼왕(三王)[11]의 일을 몰랐던 것도 온전히 이 때문이다.

그러나 일본은 강남(江南) 지방과 통하므로 명나라 말년에 골동 기물과 서화와 서적과 약료(藥料)가 장기도(長崎島)에 몰려들었다. 지금의 겸가당(蒹葭堂) 주인인 목씨 홍공(木氏弘恭 : 일본의 서화가이자 장서가)의 자는 세숙(世肅)인데, 30,000권의 책을 가지고 있으며, 중국의 명사와도 많은 교제가 있다고 한다.

◘ 반선(班禪)이 거처하는 자리는, 앞은 평상이고 뒤는 거울이며, 왼편에는 종을 달았고 오른편에는 옥을 걸었으며, 위에는 물을 소반에 떠 놓았고 아래에는 보도(寶刀)를 걸었는데, 종일토록 향을 피우고 있다고 하니, 아연히 한 번 웃을 일이다.

◘ 지금의 호부상서(戶部尙書) 화신(和珅)은 황제의 총애를 받는 신하로, 구문제독(九門提督 : 황성의 아홉 개 문을 수비하는 금군의 책임자)을 겸해서 귀한 이름을 조정에 떨치고 있다. 황제의 탄신일에 내가 산장(山莊 : 피서산장)의 문 밖에 이르렀더니,

---

11) 삼왕(三王) : 명(明)나라가 망한 뒤에 남방으로 도망한 세 왕족으로, 임시 정부를 조직한 복왕(福王) · 계왕(桂王) · 당왕(唐王)을 말한다.

공헌(貢獻)하는 물건들이 문 앞까지 폭주하고 있는데, 모두 누런 보자기를 덮은 것이 금부처가 아니면 옥그릇들이라고 했다. 화신이 실어 온 물건에는 바로 진주로 만든 포도 한 덩굴이 그 속에 있었다고 한다. 금과 은과 오동(烏銅 : 검붉은 빛이 나는 구리)으로 빛을 내어 덩굴과 잎을 만들고, 화제(火齊 : 구슬의 일종)와 슬슬(瑟瑟 : 푸른색을 띠는 구슬의 일종)로 포도알을 만들었는데, 이야말로 참으로 초룡주장(艸龍珠帳 : 극단적인 사치품)이라고 할 수 있겠다.

강희 황제(康熙皇帝)의 만수절(萬壽節 : 탄생일)은 3월인데, 강희 계미년(1703년) 이날은 구경(九卿)이 모두 고물 옥그릇과 서화를 진상하여 장수를 축하하였다. <물건은> 모두 내부(內府 : 궁중의 창고)로 받아들였는데, 왕사정(王士禎 : 왕사진의 별명)은 당시 형부상서(刑部尙書)로 있으면서 역시 자기 집에서 옛날부터 간직해오던 왕진경(王晉卿 : 송나라의 관리)의 「연강첩장도(煙江疊嶂圖)」[12] 장권(長卷 : 긴 두루마리) 뒷장에 미원장(米元章)의 글씨와 동파(東坡)의 긴 시구가 쓰여져 있는 것을 바쳤더니, 강희 황제는 분부하여 말하기를,

"지난번에 가져와 바친 그림들은 대개 오래된 물건이 없었더니, 지금 이 두루마리그림 뒤에 있는 미원장의 글씨가 매우 아름다우므로 특별히 받아들이고, 이 사실을 알리도록 하라."

---

12) 「연강첩장도(煙江疊嶂圖)」 : 연기가 자욱하게 낀 강물에 첩첩이 쌓인 산을 그렸다.

하였다. 이것으로 강희 시절의 고물 옥그릇이나 서화를 헌납하는 절차가 미상불 겉치레에 불과했다는 것을 알 수 있는데, 이것이 다시 바뀌어 금부처와 진주 포도를 바치는 것으로 되고 말았으니, 신하로서 사사로이 황제에게 물건을 바치는 관습은 강희 황제가 처음으로 열어 놓은 것이다.

화신은 지금 한창 황제의 총애를 받고 있으므로 황제도 역시,

"화신은 나를 사랑하는구나. 제 집 일은 잊어버리고 짐에게만 바치는구나."

라고 말한 것으로 보아 황제는 장차,

'짐은 사해의 부자이면서도 이런 진주 포도가 없었는데, 화신은 대체 어디에서 이것을 얻었을까?'

라고 말할 수도 있을 것이다. 그렇게 되면 화신도 위태로울 것이로다.[13]

◑ 『경직도(耕織圖)』[14]는 송(宋)나라 때부터 그려지기 시작했다. 오잠(於潛 : 임안 지방)의 수령으로 있던 사명(四明) 누숙(樓璹 : 송나라의 관리)이 지어서 사릉(思陵 : 송나라 고종(高宗)의 능)에 헌납했다. 매 그림의 단락마다 헌성황후(憲成皇后)가 쓴 제

---

13) 훗날 건륭 황제가 죽은 뒤에 가경 황제 4년(1799년)에 화신(和珅)은 탐관오리로 지목되었고, 전 재산이 몰수되었다.

14) 『경직도(耕織圖)』: 논농사와 길쌈하는 전체 과정을 그렸다.

자(題字)가 있는데, 강희 황제 때에 와서 다시 명령해서 본떠 베끼게 하고 각 단마다 강희 황제의 시가 친필로 쓰여 있다.

건륭(乾隆 : 청나라 고종의 연호, 1736~1795) 연간에는 휘주(徽州)의 지방관이 각 단마다 먹판각으로 본떠서 정교하게 새겼다. 먹은 모두 네 갑인데, 한 갑에 먹 열두 개씩을 넣어 값이 은 130냥이 된다고 한다. 건륭 신묘 연간(1771년)에 그 값이 이렇다고 했는데, 병신년(1776년)에는 값이 떨어져 은 80냥이 되었다고 한다.

이번에 나는 몸소 유리창(琉璃廠)에 와서 두 갑을 찾아내었는데, 거의 사람의 솜씨로 만든 것 같지가 않을 정도로 정교하였다. 내가 문포(文圃) 서황(徐璜)에게 값을 물었더니 그는 대답하기를,

"먹은 그다지 뛰어나게 좋은 제품이 아니요, 또 <『경직도』의> 순서로 보아 예전에 먹 두 자루가 빠졌으므로 오랫동안 팔리지 않았지만, 그래도 값은 60냥에서 떨어지지는 않습니다."

라고 하였다.

◘ 서황(徐璜)은 내게 말하기를,

"장서(藏書)를 좀먹지 않게 하는 방법으로는 한식(寒食)날 밀가루에다 납일(臘日 : 동지 뒤의 셋째 술일(戌日))에 받은 눈 녹인 물을 섞어 풀을 쑤어서 장정(표구)을 하면 좀이 먹지 않고, 검정콩의 깍지가루를 책 속에 넣어 두면 역시 좀이 먹지 않는

다고 합니다. 이 방법은 송나라의 왕 문헌(王文憲 : 미상)에게 서 나온 것입니다.

붓을 보관하는 방법〔養筆方〕으로는 유황(硫黃)을 끓여 붓촉을 펴서 담그는데, 소동파는 황련(黃連 : 한약재)을 끓인 물에 경분(輕粉 : 한약재)을 섞고 붓촉을 적셨다가 말려서 간수했다고 합니다. 황산곡(黃山谷)은 천초(川椒)와 황벽(黃蘗 : 한약재)을 달인 물에 붓을 적셔 보관하면 더욱 좋다고 하였습니다."
라고 하였다.

◘ 방사(方士)[15]의 말에 삼신산(三神山)은 봉래산(蓬萊山) · 방장산(方丈山) · 영주산(瀛洲山)인데, 바다 가운데 있어서 언제나 신선이 왕래하면서 그 사이에서 놀고 산다고 한다. 일본 사람들은 자기 나라에 이런 산이 있다고 스스로 인정하고 있고, 우리나라 역시 금강산을 '봉래산'이라 하고, 제주 한라산(漢拏山)을 '영주산'이라 하고, 지리산을 '방장산'이라고 한다.

『황여고(皇輿攷)』[16]에는 이르기를,

"천하의 명산이 여덟이 있는데, 그중에 다섯은 중국에 있어 태산(泰山) · 화산(華山) · 소실산(少室山) · 태실산(太室山) · 수양산(首陽山)이요, 그 외에 셋은 중국 밖의 오랑캐 땅에 있다."

15) 방사(方士) : 도술로 신선이 된다고 하는 중국의 술객이다.

16) 『황여고(皇輿攷)』 : 명나라 신종(神宗) 때 장천복(張天復)이 편찬한 지리서이다.

라고 하였으니, 이것은 잘못된 말이다. 『황여고』에는 방사의 말을 따라 세 산이 외지의 오랑캐 땅에 있다고 하여, 우리나라와 일본에서 분분하게 저마다 있고 없는 것을 따지고 있는 것은 잘못된 것이니, 천하의 명산이 어찌 여덟에 그칠 것이랴? 그리고 중국의 명산이 어찌 다섯에 그칠 것이며, 외지의 오랑캐 땅에 있는 명산이 또한 어찌 셋에만 그칠 것이랴?

◑ 『황여고』에 말하기를,

"천하에 큰물 셋이 있으니, 황하(黃河) · 장강(長江)과 압록강(鴨綠江)이다. 그러나 압록강은 역시 외지의 오랑캐 땅에 있다."

라고 하였다.

『양산묵담(兩山墨談)』 – 진정(陳霆)이 지었다. – 에 이르기를,

"장회(長淮 : 회수(淮水))는 중국의 남북을 가르는 큰 한계가 되는데, 장회 이북은 북쪽 줄기가 되어 모든 물은 대하(大河 : 황하)를 조종으로 삼고 있으므로 '강(江)'이라는 이름을 붙인 강물이 없으며, 장회 남쪽은 남쪽 줄기가 되어 모든 물은 대강(大江 : 양자강)을 조종으로 삼고 있으므로 '하(河)'라는 이름을 붙인 강물이 없다. 이 두 줄기 물 이외에 북으로 고려에 있는 물은 혼동강(混同江)과 압록강이라고 하고, 남으로 만조(蠻詔)[17]에 있는 물은 대도하(大渡河)라고 하는데, 그것은 우(禹)임금이 했

17) 만조(蠻詔) : 운남, 사천, 귀주 등지에 있던 왕조 이름이다.

던 치수 사업 지역에 들지 않았다."
라고 하였으나, 이 말은 옳지 않다. 강과 하(河)는 맑고 흐린 것으로 구별한 것이다.

내가 압록강을 건널 때 강 너비는 한강(漢江)보다 넓지 않았으나, 물이 맑기로는 한강에 비할 만했다. 여기서부터 북경에 이르기까지 무려 물을 10여 차례나 건너면서, 때로는 배로 건너고 때로는 말이 물에 뜬 채로 건넜다. 물 이름은 혼하(混河)·요하(遼河)·난하(灤河)·태자하(太子河)·백하(白河) 등인데, 어디나 누런 흙탕물이었다.

대체로 들에 흐르는 물은 탁하고, 산골에서 흐르는 물은 맑다. 압록강은 장백산에서 발원하여 국경의 여러 산속을 흘러내리므로 언제든지 맑다. 동팔참(東八站 : 책문에서 요양의 영수사(迎水寺)까지를 말함)의 여러 물들은 모두 맑으니, 이것도 이유는 같은 것이다.

나는 비록 장강(長江)을 보지는 못했지만, 〈그 근원이〉 민산(岷山)과 아미산(峨眉山) 같은 첩첩한 산중에서 발원하여 삼협(三峽)을 뚫고 내려온 것이고 보니, 물이 맑다는 것을 알 수 있다.

소위 남쪽 줄기의 여러 물들에 하(河)라고 이름 붙인 것이 없는 것은 초(楚) 땅의 남쪽은 산도 많고 돌도 많으므로 물이 모두 맑은 까닭이다. 그러니 남쪽 만조(蠻詔)에 흐르는 대도하(大渡河)도 필시 평야에서 발원하여 물이 탁하므로 '하(河)'라고 불렀을 것이라 생각된다.

◗ 양순길(楊循吉 : 명나라의 문학가)이 지은 『지이(志異)』에 이르기를,

"황조(皇朝 : 명나라)의 문신(文臣)으로 가장 높은 품작(品爵)을 받은 자가 몇 명 되지 않는 중에, 위녕백(威寧伯) 왕공(王公) 같은 분이 그중 한 사람이다. 왕공은 궁중에서 과거 보는 날에 글쓰기를 겨우 마치자 갑자기 겨드랑 밑에 회오리바람이 일어나 그 종이를 불어 하늘로 날아 올렸다. 조정의 신하들과 함께 과거를 보던 자들이 일제히 하늘을 우러러 쳐다보니, 〈그 시권(試券)이〉 점점 더 높이 올라가 마침내 보이지 않았다.

궁중의 관리들이 이 일을 황제에게 여쭈었더니, 명령을 내려 다른 종이로 다시 써서 올리게 하였다. 뒤에 왕공은 집헌(執憲)의 벼슬을 거쳐 대사마(大司馬)를 지내고 백작(伯爵)에까지 올랐다."

라고 하였으니, 이는 왕월(王越)의 사적이다.

우리나라 성종조(成宗朝) 때 경복궁(景福宮) 간의대(簡儀臺)가에 중국 조정에서 쓰는 시권 한 장이 떨어져 있었는데, 봉미(封彌)18)에는 바로 왕월의 이름이 붙어 있었다. 조정에서는 중국에 조공을 보내는 사절 편에 이 시권을 보냈더니, 천자는

18) 봉미(封彌) : 고려 문종 11년인 1062년에 과거 시험의 부정을 방지하기 위해 답안지 오른쪽에 응시자의 이름·생년월일·본관·주소·4조(祖) 등을 쓰고 풀로 붙여서 채점이 끝날 때까지 뜯지 않았는데, 일명 호명법(糊名法)이라고 한다.

왕월의 사람됨이 남을 움직일 수 있는 힘이 있음을 가상히 여겨서 즉시 집헌의 직책을 맡겼다.

양순길의 기록에는 다만 회오리바람이 시권을 날렸다는 말만 하고 그 시권이 어디에 떨어졌는지에 대해서는 자세하게 말하지 않았으며, 그가 집헌을 거쳐 승진한 일은 죄다 말하면서 실상 우리나라를 거쳐 천자에게 주달되었다는 것은 알지 못하였다.

◑ 『원시비서(原始秘書)』[19]에 이르기를,

"고려의 학문은 기자(箕子)로부터 시작되었고, 일본의 학문은 서복(徐福)[20]으로부터 시작되었으며, 안남(安南 : 베트남)의 학문은 한(漢)나라가 군현(郡縣) 제도를 세우고 자사(刺史)를 두어 중국의 문학을 편 데서 시작되었으며, 뒷날 오대(五代) 말기에 절도사(節度使) 오창문(吳昌文)[21]의 시기에 와서야 성황을 이루었다.

19) 『원시비서(原始秘書)』 : 명나라 영왕(寧王) 주권(朱權)이 편찬한 백과사전 성격의 책이다. 주권은 명나라 태조인 주원장의 아들로, 영왕에 봉해졌다. 호는 단구선생(丹丘先生)·구선(臞仙)이다.

20) 서복(徐福) : 진(秦)나라 시황 때의 방사(方士)인 서시(徐市)를 말한다. 복(福)은 별명이다.

21) 오창문(吳昌文) : 중국의 오랜 식민지배로부터 독립하여 세운 베트남 응오 왕조 때의 인물로, 천책왕(天策王) 오창급(吳昌岌)을 폐한 후 남진왕(南晉王)이라고 칭하고 4대왕에 올랐다.

중국으로부터의 문화가 외지의 오랑캐로 퍼져 나간 지 수천 년 사이에, 그들의 문학은 모두 이적(夷狄)의 풍습을 면하지 못하고 궁하며 고루해서 성인의 가르침을 계승하기 부족하였으니, 이는 대개 그 성음(聲音)이 같지 않기 때문이다. 그 기묘하고 심오한 이치야 붓 끝으로 가히 전할 수 없으므로 서로 합하지 않았던 것이다."

라고 하였으니, 이것은 적절한 이론이라고 할 수 있다.

우리나라에서는 협음(叶音)[22]의 묘미를 알지 못하므로 유미암(柳眉菴)[23]을 한자의 음운 이해에 능하다고 불렀지만, 그가 언문(諺文)으로 해석한 모시(毛詩)[24]는 협음을 따르지 못하였으므로 운(韻)이 끊어진 곳이 많았다. 예를 들면 '왕희지차(王姬之車 :『시경』의 한 구절)'에서 차(車) 자를 마(痲) 자 운을 따르지 않고 어(魚) 자 운을 따라서 '거(車)' 음으로 표기한 것이 그러한 예이다.

---

22) 협음(叶音) : 시를 지을 때 운율(韻律)을 맞추기 위해 같은 운(韻)에 속하지 않는 글자를 서로 통용해서 같은 운(韻)으로 사용하는 것을 말한다.

23) 유미암(柳眉菴) : 조선 중종(中宗) 때의 학자 유희춘(柳希春). 미암은 호이고, 자는 인중(仁仲)이다. 원문에는 암(菴)이라고 되어 있으나, 연암이 암(巖)을 잘못 표기한 것이다.

24) 모시(毛詩) :『시경(詩經)』에 모형(毛亨)과 모장(毛萇)의 전(傳)이 있으므로 '모시'라고 한다.

◑ 『유양잡조(酉陽雜俎)』[25]에 보면,

"요사이 어떤 바다 사람이 신라로 가는 길에 바람에 밀려서 한 섬 위에 이르니, 산에 가득하게 온통 검게 옻칠을 한 숟가락과 젓가락이 달린 큰 나무가 많았다. 그가 자세히 들여다보니 숟가락과 젓가락은 모두 나무의 꽃과 수염들이었다.

그는 이내 100여 벌을 주워 가지고 돌아왔고, 써 보았더니 무거워서 쓸 수가 없었다. 뒤에 우연히 이 젓가락으로 찻물을 젓다가 보니, 그대로 녹아 버렸다."

라고 하였는데, 이는 허튼 소리만 같다. 우리나라 남쪽 연해(沿海)의 섬에 이런 나무가 있었다면 어찌 듣지 못했을 이치가 있으랴?

◑ 허항종(許亢宗)[26]의 『행정록(行程錄)』에는,

"동주(同州)로부터 40리를 가서 숙주(肅州)에 이르러 동쪽을 바라보면 큰 산이 보이는데, 금나라 사람들은 이것을 '신라산(新羅山)'이라고 부른다. 이 산중에는 인삼과 백부자(白附子 : 한약재로 쓰이는 독초)가 나는데, 고구려와 접경해 있다."

라고 하였으나, 이것은 허튼 소리이다.

---

25) 『유양잡조(酉陽雜俎)』: 당나라 단성식(段成式)이 지은 책이다.

26) 허항종(許亢宗) : 송나라 휘종 선화 7년(1125년)에 금나라 태종의 보위 등극을 축하하기 위해 송나라 사절단의 일원으로서 금나라를 방문하여 기록한 것이 『선화을사봉사금국행정록(宣和乙巳奉使金國行程錄)』이다.

동주와 숙주가 어디에 있는지는 모르지만, 금나라 사람들이 '신라산'이라고 가리킨 데가 어찌 고구려와 접경이 될 수 있겠는가? 가히 남과 북의 위치가 뒤바뀐 셈이라 할 수 있다.

◘ 「고려인삼찬(高麗人蔘讚)」[27]에,

세 가지에 다섯 잎이 三椏五葉
양지를 등지고 응달로 향했구나 背陽向陰
나를 얻고자 이곳을 오려거든 欲來求我
유자나무 밑에서 찾으려무나 椵樹相尋

라고 하였는데, 중국의 문헌에는 이 글을 많이들 싣고 있다.

유자나무 잎은 오동나무 잎과 비슷하면서 매우 넓어서 그늘이 많이 지므로 인삼이 이런 음지에서 자란다고 한다. 유자나무는 곧 우리나라에서 책 판각에 쓰는 이른바 자작나무로서 우리나라에서는 매우 흔한 것인데, 중국에서는 산소에 모두 이 나무를 심어서 청석령(靑石嶺 : 심양과 산해관 중간에 있는 재) 같은 데는 숲을 이루고 있었다.

◘ 『대당신어(大唐新語)』[28]에 보면,

27) 이 시는 송나라 때 사람인 이석(李石)이 지은 『속박물지(續博物志)』에 수록되어 있는데, 작자는 미상이다.
28) 『대당신어(大唐新語)』 : 당(唐)나라 유숙(劉肅)이 지었다.

"이습예(李襲譽)[29]는 성질이 검소하고 독서를 좋아해서 책을 베낀 것이 수만 권이나 되었다. 그는 자제들에게 이르기를, '내가 재물을 좋아하지 않으므로 이토록 가난하다. 그러나 수도에는 나라에서 하사한 밭이 열 이랑이 있어 밥은 먹을 수 있고, 하남(河南)에는 뽕나무 1,000그루를 심어 둔 것이 있어 옷은 지어 입을 수 있고, 책 10,000권을 베껴 두었으니 벼슬자리를 구할 수도 있는 만큼 너희들이 함께 이 세 가지를 부지런히 한다면, 무엇을 다른 사람들에게 구할 것인가?"
라고 하였다.

나 역시 성질이 재물을 좋아하지 않으므로 매우 가난하게 되었으나, 평생에 베낀 책을 점검해 보니 불과 10권이 차지 못하고, 연암 골짜기에 손수 심은 뽕나무가 겨우 열두 그루인데, 긴 가지라는 것이 겨우 어깨에 닿을지 말지 하니 일찍이 슬픈 한탄을 금할 수 없었다. 그런데 이번에 요동(遼東) 들판을 지나오면서 밭 가에 둘러선 뽕나무숲이 끝없이 넓은 것을 바라보고는 또 망연히 정신만 얼떨떨하였다.

◘ 중원 사람들은 『시경』의 '소서(小序)'[30]를 반드시 폐지

29) 이습예(李襲譽) : 당(唐)나라의 관리로, 자는 무실(茂實)이다.

30) 소서(小序) : 『시경(詩經)』의 각 편마다 머리에 써놓은 짧은 서문으로, 주로 저작 동기를 밝혀 놓았으며, 복상(卜商)이 지었다고 한다.

할 수 없다고 하는데, 이에 대한 논의는 완정(阮亭 : 청나라 시문학자인 왕사진의 호)의 학설이 아주 공정하다. 그는 다음과 같이 말하기를,

"정자(程子 : 정이(程頤))가 말하기를, '소서는 반드시 당시 사람들이 자기 나라 역사에서 성공과 실패의 자취를 밝혀 전하려고 한 것이다.'라고 한 것은 옳은 말이다. 이것이 없었다면 이 시편들의 뜻이 무엇인지를 어떻게 알아낼 것인가? 또 대서(大序)는 중니(仲尼 : 공자)가 지은 것으로, 요컨대 모두 〈『시경』의〉 대의를 얻은 것이라고 하였다.

주자는 두 정자(程子 : 정호(程顥)와 정이(程頤))를 학문의 조종으로 삼으면서도 소서(小序)에 대해서만 유독 의견을 달리했던 것은 무슨 까닭일까?

학초망(郝楚望)[31]이 시 한 편마다 반드시 주자의 주석을 반박한 것도 역시 옳지 못하다. 상숙(常熟) 지방의 고대소(顧大韶) 중공(仲恭 : 고대소의 자(字))은 책 한 권을 간행하면서 모전(毛傳)[32]을 주장하되, '모전'이 잘 통하지 않는 데가 있어야만 정주(鄭註)[33]를 참고하고, 모형과 정현의 주가 반드시 통하지 않는 데가 있어야만 주자의 주석을 참고로 하였고, 모형

31) 학초망(郝楚望) : 명(明)나라 말기의 학자 학경(郝敬). 초망은 호이고, 자는 중여(仲輿)이다.

32) 모전(毛傳) : 한(漢)나라 모형(毛亨)의 『시전(詩傳)』을 말한다.

33) 정주(鄭註) : 한나라 정현(鄭玄)이 새긴 『시경』의 주석(註釋)을 말한다.

의 주석이나 정현의 주석, 주자의 주석이 모두 통하지 않은 뒤에라야만 여러 학설을 망라해서 자기의 의견과 절충했다.

엄찬(嚴粲)의 『시집(詩緝)』은 주자의 주석이 나온 이후에 지어져 특별히 여러 주석가들의 주석들보다 우수하다고 하나, 『대전(大全)』이란 것들은 주자의 주석을 부연한 것이므로 새로운 발견도 전혀 없으니, 장독 덮개로나 쓰는 것이 좋을 것이다."

라고 하였다.

대저 중국 사람들이 주자가 <『시경』의> '소서(小序)'를 다 없앤 것에 대해 배척하는 것은, 이 세상의 한 가지 큰 시론(時論)이 되었다. 주죽타(朱竹坨 : 죽타는 주이준(朱彝尊)의 호)의 『경의고(經義攷)』－200권－에는 주자(朱子)를 배척하여 「목과(木瓜 : 『시경』의 편명)」에서 제(齊)나라 환공(桓公)을 찬미한 것이라든지, 「자금(子衿 : 『시경』의 편명)」에서 학교 폐지한 것을 풍자한 것이라든지, 「야유만초(野有蔓草 : 『시경』의 편명)」와 유왕(幽王 : 주나라 말기의 왕)을 풍자하고, 정홀(鄭忽 : 정나라의 공자(公子))을 풍자한 것이라든지 하는 모든 시는 경전(經傳)을 깊이 상고하여 모두 명확한 근거가 있는 것이다. 그런데 주자는 이것을 모두 반대하여 자기의 의사대로 결단해서 '소서(小序)'를 모두 없애 버렸다.

그러나 그는 실상 '소서(小序)'를 종주로 삼아 많이 이용하면서 유독 정(鄭) · 위(衛)[34]의 시만은 "정(鄭)나라의 노래를 버리라"[35]는 한마디 말에 근거하여 모두 음탕한 시의 부류에 남겨 두었으니, "소리는 음탕하지만 시는 음탕하지 않다"고 한 말은 서하(西河 : 모기령의 호) 모씨(毛氏 : 모기령(毛奇齡))의 학설로서, 대체로 '소서'를 두둔하는 자의 학설은 모두 이와 같았다.

말로는 이 주석이 주자의 친필이 아니라 반드시 그의 문인들의 손에서 나온 것이라 말하지만, 이는 '문인'이란 명색을 붙여 마음놓고 〈주자를〉 공격하자는 심산인 것이다.

『송사(宋史)』 유림전(儒林傳)에 왕백(王栢)이 말하기를,

"『시경』 300편이 어찌 모두 공자의 손으로만 산정된 것이랴? 추린 시 중에는 혹은 민간에서 입에 떠돌아다니는 천박하고 경솔한 시들 중에서 한(漢)나라의 선비들이 이것을 주워 모아 없어진 시를 보태어 편찬한 것도 있을 것이다."

라고 했으니, 이 말이 심히 이치에 합당한 듯하다. 그렇다면 중국에서 지지(支持)하는 '소서(小序)' 중에도 어찌 한(漢)나라의 선비들이 꿰어 맞춘 것이 없다고 할 수 있겠는가?

내가 일찍이 한림(翰林) 초팽령(初彭齡), 태사(太史) 고역생(高棫生)과 함께 단가루(段家樓)에서 술을 마시면서 떠들썩하게 '소서(小序)'를 가지고 서로 질문한 적이 있었다. 내가 큰소리로,

"『시경』 300편은 당시의 민간에 떠돌아다니는 풍요(風謠 :

---

34) 정(鄭) · 위(衛) : 『시경』의 정풍(鄭風)과 위풍(衛風)을 말한다.

35) 『논어』에 나오는 구절이다.

노래)에 불과할 것입니다. 기쁘고 즐겁고 아프고 희로(喜怒)와 애락(哀樂)이 있을 때에는 이런 소리가 없을 수 없는 것이니, 마치 시절과 기후에 따라 벌레와 새가 스스로 울고 읊는 것과 같을 것입니다. 당시 풍속을 관찰하는 자가 이런 풍요를 모아서 글자와 구절을 맞추어 학교에 벌여놓고 악기에 맞춘 것이 소위 여러 나라의 풍악으로서 '시(詩)'라는 이름도 여기에서 생긴 것입니다.

작자의 성명을 어떻게 알 수 있겠습니까? '소서(小序)'에는 시를 설명하면서 반드시 시의 저작자가 모두 있다고 하며, 이것이 누구누구의 작품이라고 하여 마치 후세의 『전당시(全唐詩)』에 수록된 시의 저작자인 것처럼 말하나, 이것은 틀림없이 억측으로 끌어다 붙여 하는 말이라는 것을 알 수 있는 만큼, 마치 초중경(焦仲卿)의 아내가 지었다는 것[36]과 같은 말입니다. 「고시(古詩) 19수」[37]는 언제 작자의 성명이 있었습니까?"

라고 하였더니, 여러 사람들이 모두 잠잠하였으나 겉모습은 그렇게 생각하는 것 같지 않았다.

대개 '소서(小序)'를 으뜸으로 소중히 여긴 것은 소자유(蘇子

36) 「공작동남비(孔雀東南飛)」라는 장편 서사시(敍事詩)를 한말(漢末) 여강부(廬江府)의 말단 관리인 초중경의 아내가 지었다고 하였다.

37) 「고시(古詩) 19수」 : 매승(枚乘)이 지은 것이라고도 하고, 부의(傅毅) · 장형(張衡) · 채옹(蔡邕) 등이 지은 것이라고도 한다.

由)[38]로부터 시작하였고, '소서'를 공격한 것은 정협제(鄭夾漈)[39]로부터 시작하였고, 주자의 주석을 공박하기로는 마단림(馬端臨 : 송나라의 학자) · 모기령(毛奇齡) · 주이준(朱彝尊) 등에 이르러서 극심했으며, 근세에 와서는 아주 시의(時義)로 되어 버렸다.

◘ 오군(吳郡)의 풍시가(馮時可 : 명나라의 학자)가 지은 『봉창속록(蓬窓續錄)』에,

"취두선(聚頭扇)은 곧 접부채(접었다 폈다 하는 쥘부채)로 영락(永樂 : 명나라 성조의 연호, 1403~1424) 연간에 <중국에> 공물로 들어가 국내에 많이 유행되었다. 동파(東坡)는 말하기를, '고려의 백송선(白松扇)은 펴면 넓이가 한 자가 넘고 접으면 다만 두 손가락 정도밖에 안 된다고 하였다. 왜인들이 만든 검정대〔烏竹〕 뼈대에 금색으로 부채면을 칠한 것이 곧 이것(취두선)이다. 내가 북경에 닿으니 외국의 도인(道人)인 이마두(利瑪

---

38) 소자유(蘇子由) : 송나라의 문학가 소철(蘇轍). 자유는 자이고, 호는 난성(欒城)이다. 당송팔대가(唐宋八大家)의 한 사람이며, 저서에 『시전(詩傳)』, 『춘추집전(春秋集傳)』, 『난성집(欒城集)』 등이 있다.

39) 정협제(鄭夾漈) : 송나라의 문학가 정초(鄭樵). 자는 어중(漁仲)이고, 협제는 호이다. 박학다식했으나 과거에 응시하지 않고 30여 년 동안 협제산에 은거하여 독서와 저술에 전념하다가 고종 때 우정공란을 거쳐서 추밀원 편수관을 지냈다. 저서에 『이아주(爾雅注)』, 『협제유고(夾漈遺稿)』, 『통지(通志)』가 있다.

竇)[40]가 나에게 왜선(倭扇) 네 자루를 선물로 보냈는데, 합치면 손가락 하나의 부피도 못 되는데 매우 가볍고 바람이 잘 나는데다가 튼튼하기까지 했다'고 하였다."
라고 했으니, 이것으로 본다면 중국에서 처음에는 접고 펴고 하는 부채가 없었고, 모두 단선(團扇)으로서 우리나라에서 말하는 미선(尾扇)과 비슷했던 것이다.

대개 옛 그림에 보이는 파초잎 · 오동잎 · 흰 깃 같은 것으로 만든 것이 이것이다. 우리나라 기물 중에는 일본을 모방한 것이 많으니, 접었다 폈다 하는 부채도 고려는 일본에서 배웠고, 중국은 고려에서 배워 갔는데, 중국에서 큰 부채를 '고려선(高麗扇)'이라고 부르면서 만든 품이 매우 질박하고, 조선 종이를 붙여서 누런 기름을 먹여 세밀하게 글씨와 그림을 그린 것을 자못 신기롭게 여겼다.

◑ 구라파의 철현금(鐵絃琴 : 쇠줄로 된 거문고)은 우리나라에서는 '서양금(西洋琴)'이라고 부르며, 서양 사람들은 '천금(天琴)'이라고 부르고, 중국인들은 '번금(番琴)' 또는 '천금'이라고 부른다. 이 악기가 어느 때 우리나라에 나왔는지는 알 수 없으

---

40) 이마두(利瑪竇) : 마테오 리치. 이탈리아에서 중국으로 들어왔던 예수회 선교사로, 자는 서태(西泰)이다. 명나라 만력제(萬曆帝)로부터 북경에 머물 수 있는 허가를 받고, 가톨릭 포교 활동을 하며 서양 학술 서적을 중국어로 번역하였다. 저서에 『천주실의(天主實義)』가 있다.

나, 향토 곡조를 여기에 맞추어 풀어내기는 홍덕보(洪德保 : 홍대용)로부터 시작되었다.

건륭(乾隆 : 청나라 고종의 연호, 1736~1795) 임진년(1772년) 6월 18일에, 내가 홍덕보의 집에 앉았을 때 유시(酉時 : 오후 5~7시)쯤 그가 이 칠현금을 해득하는 것을 그 자리에서 보았다. 대개 홍덕보는 음악 감상에 예민해 보였고, 또 이것이 비록 작은 예술이긴 하지만 벌써 그것이 〈우리나라에서〉 맨 처음 연주하기 시작했던 일이므로 나는 그 날짜를 자세히 기록했던 것이다. 그것이 전(傳)한 지 이제 9년 사이에 마침내 넓게 퍼져서 여러 금사(琴師)들 중에 탈 줄 모르는 자가 없었다.

오군(吳郡)의 풍시가(馮時可)가 처음 북경에 와서 이마두로부터 이것을 얻어 가졌는데, 구리철사로 줄을 만들어 손가락으로 타지 않고 단지 작은 나무쪽으로 건드리면 그 소리가 한층 더 맑았다고 하였다. 또 자명종(自鳴鍾)은 겨우 작은 향합(香盒)만 한데, 정밀한 쇠로 만들어서 하루 열두 시간에 열두 번을 울리니 역시 이상하다고 하였다. 이 말은 모두 『봉창속록(蓬窓續錄)』에 보인다. 대개 이 두 가지 기계는 명나라 만력(萬曆 : 명나라 신종의 연호, 1573~1619) 연간에 처음으로 중국에 들어왔다고 한다.

내가 사는 산중에 있는 양금(洋琴)은 뒷등에 '오음서기(五音舒記)'라고 낙인(烙印)이 찍혔는데, 만든 것이 매우 정밀하였으므로 이번 중국에 온 김에 남의 부탁을 들어주기 위하여 이것을 구해 보고자 두루 돌아다니면서 구경했으나, 소위 '오음서기'는 끝내 얻지 못했다.

◑ 『단청기(丹青記)』[41]에,

"왕유(王維 : 당나라 문학가)가 기왕(岐王 : 미상)을 위해서 큰 돌을 한 개 그렸는데, 붓 가는 대로 휘두르고 보니 천연(天然)의 운치가 있었다. 기왕이 이를 보물로 여겨서 때로 부시(罘罳)[42]를 친 처마 밑에 홀로 앉아 주시(注視)하면서 산속에 와 있는 생각을 하노라니, 유연(悠然)히 넘치는 운치가 있었다. 그 뒤 몇 해를 지나니 그림에 더욱 정채(精彩)가 돌았다.

어느 날 아침 폭풍우가 몰아치고 천둥번개가 함께 일어나면서 갑자기 돌이 뽑혀 날아가고 집도 함께 무너졌다. 웬 영문인지 모르다가 뒤에 보니 그림 축(軸)에 빈 종이만 남았으므로 이에 그림 속의 돌이 날아간 것을 알게 되었을 뿐이다.

헌종(憲宗) 때 고려에서 사신을 보내어 말하기를, '모년 모월 모일에 큰 비바람이 일더니 신숭산(神嵩山 : 개성(開城)의 송악) 위에 웬 이상한 돌 하나가 날아왔는데, 아래쪽에는 '왕유' 라는 글자가 박혀 있었으므로 중국에서 날아온 돌인 줄을 알고 왕께서는 감히 그대로 머물러 둘 수 없다고 하여 사신을

41) 『단청기(丹青記)』 : 그림에 관하여 기록한 책인데, 저자는 미상이다.

42) 부시(罘罳) : 전각(殿閣)의 처마에 둘러치는 철망인데, 주로 참새나 비둘기 등 새가 앉지 못하게 하기 위해 설치했다.

보내어 가져다 바칩니다.' 했다.

황제가 여러 신하들에게 명하여 왕유의 글씨를 가져다가 비교해 보았더니 터럭만큼도 틀림이 없었다. 황제는 비로소 왕유의 그림이 신묘하다는 것을 알고 국내에 두루 그의 그림을 찾아 궁중에 간직하도록 하고, 땅바닥에 닭과 개의 피를 뿌려 돌이 날아가지 않도록 예방했다."

라고 하였으니, 이것으로 미루어 보아 중국 『제해(齊諧 : 괴담(怪談)을 수록한 글)』의 기록들이 엉성하고 틀리다는 것을 알 수 있다.

중국이 고구려를 고려로 부른 것은 이미 오래되었지만, 고구려는 당(唐)나라 고종(高宗) 영휘(永徽 : 고종의 연호, 650~655) 연간에 망했으니, 헌종 때에 어떻게 사신을 보낼 수 있었을 것인가?

왕씨의 고려는 송악산(松岳山) 밑에 도읍했고, 송악을 '신숭(神嵩)'이라고 불렀는데, 만약 이것이 왕씨의 고려라고 한다면 고려 태조가 나라를 일으킨 것은 바로 주량(朱粱 : 주전충(朱全忠)이 세운 후량(後梁)) 우정(友貞 : 후량의 마지막 임금)의 정명(貞明) 4년(918년)이니 헌종보다 100여 년 뒤이고, 왕유는 당나라 명황(明皇) 때 사람인 만큼 헌종보다 100여 년이나 앞섰다.

그 돌이 날아갔다는 이야기는 본래 황당한 말이고, 또 기록한 것도 심히 어그러지고 틀렸으니, 이는 필시 왕월(王越)의 시권 이야기를 희미하게 본떠 만든 이야기일 뿐이다.

◐ 우리나라는 동파(東坡 : 소식(蘇軾)의 호)에게는 가장 잘못 보였던 모양이다. 고려가 송(宋)나라에게 서사(書史)를 구하자, 동파는 한(漢)나라 동평왕(東平王)[43]의 고사(故事)를 인용하여 황제에게 상소를 올려 준열하게 배척했다.

"그(소동파)가 항주(杭州)에서 통판(通判)으로 있을 때의 일이다. 고려에서 조공을 가지고 〈중국에〉 들어온 사신이 주군(州郡)의 관리를 능멸(凌蔑)하고, 사신을 인도하는 관리들이 모두 연도(沿道)의 관고(管庫 : 창고의 관리)로서 세도를 업고 제 맘대로 날뛰어, 검할(鈐轄 : 항주의 무관)과 대등하게 맞서서 예(禮)를 행하기에 이르렀다 하여 공(公 : 소동파)이 사람을 시켜 이르기를,

'먼 지방 오랑캐들이 중국을 사모하여 왔으니 이치상 반드시 공손하여야 할 터인데, 지금 보니 저들이 이렇게도 사납고 방자하니 이는 너희들이 잘못 지도한 것이다. 이것을 고치지 않으면 마땅히 황제께 아뢰리라.'

라고 하니, 인도하던 관리들이 두려워서 조금 수그러졌다.

고려의 사신은 관리에게 폐백을 보내면서 편지 끝에 날짜를 갑자(甲子)만 썼더니 공은 이를 물리치면서,

'고려가 우리 조정에 신하로 자칭하면서 연호를 써서 아뢰지 않는다면 내가 어찌 감히 받겠는가?'

라고 하니, 사신은 재빨리 글을 바꾸어 '희녕(熙寧 : 송나라 신종

---

43) 동평왕(東平王) : 후한 광무제의 아들 동평헌왕(東平憲王)이다.

의 연호)'이라고 쓴 뒤에야 이를 받아들였는데, 당시에는 <소동파를> 체례(體禮)에 맞았다고 여겼다."

라는 이야기가 있으니, 이것은 소동파의 '묘지(墓誌)'에 실려 있다.

"원우(元祐) 5년(1090년) 2월 17일, 나(소동파)는 백호(伯虎) 왕병지(王炳之)를 만났더니 그가 말하기를,

'옛날에 추밀원(樞密院)의 예방(禮房) 검상문자(檢詳文字)로 있을 때 고려 공안(高麗公案)을 보았습니다. 처음에 장성일(張誠一)이 거란 이야기를 하면서 거란의 군막 속에서 고려 사람을 만났는데, 자기 나라 임금이 중국을 사모하고 있다는 뜻을 몰래 말하더라고 하는 말을 듣고 돌아와 이를 황제에게 아뢰었더니, 황제는 <이 말을 듣고> 비로소 고려 사신을 불러 볼 뜻을 갖게 되었습니다. 추밀사(樞密使) 이공필(李公弼)이 <황제의> 뜻에 맞추어 친필로 상소를 올려 고려 사신을 부르자고 청하였더니, 드디어 발운사(發運使) 최극(崔極)에게 명령하여 상인을 보내어 부르게 했습니다.'

라고 한다.

세상에서는 최극이 그르다는 것을 알면서도 이공필의 잘못은 모르고 있으며, 장성일 같은 자는 족히 이야기할 것도 없는 것이다."[44]

라고 하였다.

44) '원우(元祐) 5년'부터 여기까지가 첫 번째 이야기이다.

또,

“회동(淮東)의 제거(提擧)로 있는 황실(黃實)의 말에 의하면 사신으로서 명령을 받들고 고려에 갔던 사람을 만났더니 하는 말이, 〈고려에〉 보낸 선물 중에는 가짜 금과 은의 낟알이 있었는데, 오랑캐(고려인)들이 모조리 깨뜨려 알맹이까지 훤히 드러나게 쪼개는 바람에 사신들이 심히 불쾌하게 생각했다. 그러자 고려 사람들은 ‘감히 오만한 것이 아니라, 혹시 북쪽 오랑캐(거란인)들이 이를 엿보고 진짜로 여길까봐 걱정스러워서 그러한 것입니다’라고 변명했다고 하였다.

이것으로 본다면 고려는 우리가 보낸 선물을 얻어서 북쪽 오랑캐들과 나누어 가지는지도 모를 일이다. 그런데도 어떤 사람은 이 일을 상세히 알지 못하고는 고려가 우리(송나라)에게 조회오는 것을 오랑캐(거란)가 알지 못할 것이라 말하고, 어떤 사람은 다른 기회에 〈고려를 이용하여〉 북쪽 오랑캐를 견제할 수 있을 것이라고 말하는 자도 있으니, 어찌 잘못된 것이 아니랴?”[45]

라고 하였다.

이상의 두 가지 이야기는 모두 『동파지림(東坡志林)』에 실려 있다.

자첨(子瞻 : 소식의 자)은 당시 고려를 불러들인 것을 잘못된 계책이라고 생각하였다. 여러 가지 기술(記述)한 것을 보

45) ‘회동(淮東)의 제거(提擧)로’부터 여기까지가 두 번째 이야기이다.

면 모두 국가를 위한 깊고도 먼 걱정에서 나온다. 그러나 당시 <송(宋)나라의> 사대부들은 유달리 중국을 사모하는 고려의 정성이 진정에서 나온 것임을 몰라주었다. 요(遼)나라와 금(金)나라의 견제 때문에 한마음으로 송나라를 섬기지 못한 것이 고려의 역대 조정으로서는 지극히 유감스러웠던 것이다.

<고려 사람들은> 매양 송나라 사대부들의 서적을 얻으면 분향을 하면서 공손히 읽는데, 이와 같은 지극한 정성을 능히 드러내 보이지 못한 채 한갓 중국의 사대부들로부터 비루하다고 천대를 받은 것은 족히 한심스러운 일이다. 나는 왕곡정(王鵠汀)에게 이 일을 극구 변론하였다.

◘ 『명산기(名山記 : 저자 미상)』에 이르기를,

"강원도 금강산 속에 웅덩이 하나가 있는데 '관음담(觀音潭)'이라고 한다. 관음담 둘레의 언덕 이름은 '수건애(手巾崖 : 수건바위)'라고 한다. 돌 복판에는 절구처럼 오목하게 움푹 파인 곳이 있는데, 세속에서 전하는 말에는 관음보살이 빨래하던 곳이라고 한다."

라고 하였다.

◘ 숭정(崇禎 : 명나라 의종(毅宗)의 연호, 1628~1644) 정축년(1637년) 11월 22일 정조사(正朝使)-건주(建州 : 여진족)와 더불어 화해를 한 뒤이다.- 한형길(韓亨吉)46)과 서장관(書狀官) 이후양

(李後陽 : 미상)의 일행이 사절로 갔을 때, 정해진 진상품 외에 별도의 조공으로 홍시(紅柿) 30바리를 가져다 바쳤더니, 칙사는 또 다시 20,000개를 더 바치라고 독촉하였다.

그때 칙사로 온 사람은 영아아대(英俄兒代 : 만인(滿人)) · 마복탑(馬福塔)[47] · 대운증(戴雲曾 : 미상) 등으로 연로에서 말을 달려 사냥을 하면서 고을 기생들의 수청을 강요하였고, 조금이라도 여의치 못할 때는 매질을 하고 야료를 낭자하게 부렸다. 왜인들도 말 300필과 매 300마리와 황새 300마리를 요구해 왔다.

그런데 이번 사행에서 가지고 온 방물(方物)은 종이와 깔개에 불과했으나, 중국은 우리가 유숙하는 비용을 치르는 것만 하더라도 언제나 10여만 냥이 든다고 하니, 청나라 초기에 비한다면 도리어 중국에 폐를 끼치는 셈이 된다고 할 수 있다.

◘ 서위(徐渭 : 명나라 문학가)의 『노사(路史)』에 이르기를,

"당나라 시절에 고려는 송연묵(松煙墨 : 소나무 연기 그을음으로 만든 먹)을 조공으로 진상했는데, 이것은 송연(松煙)에다가

46) 한형길(韓亨吉) : 조선 선조(宣祖) 때의 문신이다. 본관은 청주(清州)이고, 자는 태이(泰而)이며, 호는 유촌(柳村)이다. 1606년(선조 39년) 진사시에 합격하였고, 우승지, 동부승지, 병조참의, 도승지를 지냈다.

47) 마복탑(馬福塔) : 청(清)나라의 장수. 우리나라에서는 흔히들 마골대(馬骨大)라고 한다.

사슴의 아교를 섞어 만든 먹으로서 '유미(隃麋)'라고 불렀다." 라고 하였다.

왕완정(王阮亭)의 고증에 의하면, 한(漢)나라의 고을 이름에 '유미'라는 데가 있는데, 그 땅에서 '석묵(石墨 : 돌먹)'이 나오기는 하나 고려와는 아무런 관계가 없다고 했을 뿐, 당나라 시절에는 애초에 고려가 없었다는 것을 설명하지 않은 것은 무슨 까닭일까? 유미에서 난다는 석묵은 응당 요사이 쓰고 있는 석탄일 것이다. 한나라 시절에는 석탄을 땔 줄은 모르고 석묵이라 했는지 모르겠다.

◘ 명(明)나라의 만력 9년(1581년)에 서양 사람 이마두(利瑪竇)가 중국에 들어와 북경에 머무른 지 29년 동안 중국 사람으로서는 한 사람도 그를 믿는 자가 없었고, 다만 그의 역법(曆法)을 힘써 주장한 자는 서광계(徐光啓)[48] 한 사람뿐이었으며, 드디어 그는 만세(萬歲) 역법(曆法)의 원조가 되었다. 그렇다면 〈당시 명나라가〉 연호를 '만력(萬曆)'이라 한 것은 바로 이마두가 중국에 들어올 조짐이었던 것이다.

◘ 만력 임진년(1592년)에 신종(神宗) 천자가 군사를 크게 일

48) 서광계(徐光啓) : 명나라의 과학자이자 정치가로, 이마두에게 역법을 배운 천주교 신자이다. 자는 자선(子先)이고, 호는 현호(玄扈)이며, 저서에 『측량법의(測量法義)』, 『기하원본(幾何原本)』 등의 번역서가 있다.

으켜 동쪽으로 우리나라의 난리를 구제했는데, 그 당시 내부(內府)에서 지출한 은이 800만 냥이라고 한다.

◨ 신라 시대 토산물(土産物)로 대화어아금(大花魚牙錦)·소화어아금(小花魚牙錦)·조하금(朝霞錦)·백첩포(白氎布)[49]가 있었다.

◨ 왕원미(王元美)[50]는 조선종이를 쳐 주었고, 서문장(徐文長)[51]은 돈을 만드는 종이처럼 두꺼운 조선 한지를 무척 좋아하였다. 종백경(鍾伯敬)[52]은 일찍이 〈조선종이에〉 당(唐)나라 유신허(劉愼虛)의 시 14수를 썼다.

◨ 중국에서는 진사(進士)에 급제(及第)한 출신으로 일갑(一甲)이 세 사람인데, 그중 첫째가 '장원(壯元)'이고, 다음이 '방안(榜眼)'이고, 또 다음은 '탐화(探花)'라고 한다. 장원에게는 즉시로 한림원(翰林院) 수찬(修撰)의 벼슬을 주고, 방안과 탐화에게는 한림원 편수(編修) 벼슬을 준다.

---

49) 대화어아금·소화어아금·조하금은 비단의 명칭이고, 백첩포는 모직물의 명칭이다.

50) 왕원미(王元美) : 명나라의 문인 왕세정(王世貞). 원미는 자(字).

51) 서문장(徐文長) : 명나라의 서화가 서위(徐渭). 문장은 자.

52) 종백경(鍾伯敬) : 명나라의 문학가이자 산수화가인 종성(鍾惺). 백경은 자이고, 호는 퇴곡(退谷)이다.

이갑(二甲)은 8, 90명인데, 그중 첫째는 '전려(傳臚)'라 하여 역시 한림의 벼슬을 준다.

삼갑(三甲)은 100여 명이나 되는데, 이갑들과 함께 모두 조고(朝考 : 황제가 친림하여 보이는 시험)에 응시할 수 있는 만큼, 혹은 한림의 후보가 되기도 하고, 혹은 육부(六部)의 주사(主事 : 각 성의 지도원급 관리)가 되기도 하고, 더러는 고을 수령 벼슬을 주기도 하는데, 여기에 참여하지 못하면 진사의 반열로 돌아간다. 〈이런 중국의 제도는〉 우리나라에서 지체와 문벌을 따져서 3관(館)[53]에 나누어 벼슬을 주는 규정에는 비할 바가 아니다.

◘ 옹정(雍正) 임자년(1732년)에 역관(譯官) 최수성(崔壽城)이 고교보(高蹻堡)를 지나다가 오광빈(吳光霦)을 만났다고 한다. 오광빈은 일찍이 오삼계(吳三桂)[54]에게 받은 위조 직

53) 3관(館) : 예문관(藝文館) · 교서관(校書館) · 성균관(成均館)을 말한다.

54) 오삼계(吳三桂) : 명말청초의 장수로, 자는 장백(長白)·월소(月所)이다. 명나라 말기에 청나라가 건국되었을 때 청나라의 공격을 막기 위해 산해관에서 방어하는 임무를 맡았다가 이자성이 이끄는 농민반란군이 베이징을 함락시키자, 오히려 청나라에 투항하여 청나라 군에 협력한 공으로 번왕에 봉해졌다. 청나라 제4대 황제 강희제(성조)가 번을 폐하려고 하자, 운남에서 명나라를 재건국한다는 명분을 내세워 광동의 상지신, 복건의 경정충과 함께 군사를 이끌고 반란을 일으켰으나 실패하였다.

첩을 가지고 있다가, 이것 때문에 귀양살이를 하다가 그대로 눌러 이곳에 살고 있었다. 당시에 나이가 87세로 귀가 먹고 정신이 혼몽하여 아무런 말도 주고받지도 못하고, 당시의 문적(文籍)들을 꺼내어 보여주었다고 한다.

그 첫째의 것은,

"'천하도초토병마대원수(天下都招討兵馬大元帥) 주왕(周王 : 오삼계(吳三桂)의 손자 오세번(吳世璠))이 관원의 직위를 승진시키는 일에 관한 문건.' 나는 천지가 혼몽하여 마치 한밤중에 사는 것 같은데, 우러러 하늘의 뜻을 받들어 의병을 일으켜 백성을 구하고자 하니, 반드시 슬기롭고 용맹스런 인재를 얻어 함께 태평한 세상을 만들고자 한다.

여기에 인재를 찾다가 오광빈을 얻게 된 만큼, 이제 금오시위유격(金吾侍衛遊擊)에 임명함으로써 우수한 인재를 임명하는 본을 보인다. 이 때문에 문건을 발급한다. 해당 관원은 여기에 따라 〈그에게〉 일을 맡기도록 하라. 그대는 이 임무를 맡고 마땅히 더욱 분발하고 노력할 것이요, 그 반열에 처하여 공훈을 많이 세워 등용한 책임에 부응하라. 만일 충분히 기록할 만한 특이한 공로를 세울 때는 자연스레 특별한 관직과 포상이 있을 것이니, 그대는 부디 노력할 것이다. 모름지기 이 문건에 해당하는 자로서 임명을 받은 유격 오광빈은 이대로 시행하도록 하라. 주(周)나라 4년(1681년) 5월 27일."

이라고 하였다.

그 둘째의 것은,

"'병부(兵部)에서 관리를 승진시켜 임명하는 일에 관한 문건.' 홍화(洪化 : 주(周)나라의 연호) 원년(1678년) 7월 16일, 병과(兵科)에 뽑힌 이소보(李少保)와 금오위좌장군(金吾衛左將軍) 호제(胡題) 등을 관원에 보임해서 등용함에 관한 문건에 의하면, 이번에 인재를 찾다가 알게 된 시위유격(侍衛遊擊) 오광빈은 사람됨이 노련하여 응당 참장(參將) 직함을 주고, 국내의 일들을 관리하게 할 터인데, 오광빈의 임명장에 의한 비준 문서를 보내라는 것이다. 이것은 협의에 의하여 임용하기로 하였는데 병부에서는 이를 알고 공경히 준수하도록 하라. 이를 실행하기 위하여 문건을 갖추어 보내니, 해당 관리는 해당 부서의 지시에 따라 직무를 받들어 준수하여 시행할 것이다. 모름지기 이 문건에 해당하는 자로서 임명을 받은 참장 오광빈은 이대로 시행하도록 하라. 홍화 원년 7월 21일."
이라고 하였다.

또 하나의 문서는 호부(戶部)에서 관원을 증가하기 위하여 신청한 것이었는데, 이것은 바로 오광빈에게 호부원외랑(戶部員外郞)으로 임명한 문건이다. 여기에도 '홍화 2년 7월 26일'이라 하였고, 인장과 수결이 갖추어졌다.

대개 오삼계는 군대를 일으킨 지 4년 만에 연호를 고치고 스스로 「구석선문(九錫禪文)」[55]을 지었는데, 이는 이극용(李

55) 「구석선문(九錫禪文)」 : 천자가 제후에게 최고 공훈을 표창하는 아홉 가지의 문건을 내릴 때의 고시문을 말한다.

克用 : 후당(後唐)을 창립한 임금)조차도 하지 않았던 일이거니와 이극용은 죽음을 맹세하고 다음날 당(唐)나라의 사직(社稷)을 회복하겠다고 약속했던 것이다.

대명(大明)의 유민(遺民)들이 날마다 의기(義旗)를 바라고 있는데, 천하에 누가 주가(周家)의 '홍화'라는 연호를 알겠는가? 오광빈은 아직도 〈오삼계에게 받은〉 이 문건(임명장)을 집안의 유물로 삼고 있으니, 그의 뜻을 알 수 있을 것이요, 또한 당시의 정치가 관대했다는 것도 짐작되는 일이다.

◘ 흡독석(吸毒石 : 독기를 빨아들이는 돌)은 크기가 대추만 하고 검푸른 빛깔이다. 이는 소서양(小西洋 : 중국에서 만 리 정도 떨어진 중앙아시아)에 있는 일종의 독사(毒蛇) 머리 속에 든 돌인데, 이 돌은 능히 사갈(蛇蝎 : 뱀과 전갈)과 지네 같은 여러 가지 독충들에게 물린 상처를 낫게 하고, 발찌와 일체의 독종과 악창까지도 낫게 한다.

즉 이 돌을 종기 부위에 놓으면 돌이 저절로 단단하게 붙어 떨어지지 않다가, 독기를 다 빨아내면 돌이 저절로 떨어지고 종기 부위는 당장에 낫는다고 한다. 그러나 반드시 사람의 젖〔乳〕한 종지를 미리 준비했다가 떨어진 돌을 빨리 집어넣어 젖 빛깔이 약간 푸른빛이 날 때까지 담근 채로 기다렸다가 곧바로 맑은 물에 씻고 깨끗이 닦아서 다음에 쓸 수 있도록 한다. 만일 너무 오랫동안 젖에 담가 두면 돌의 독이 지나치게 빠져서 오랜 뒤에는 영험이 없어진다고 한다.

◘ 산해관(山海關)에서 10여 리 못 가서 강녀묘(姜女廟)와 새로 지은 행궁(行宮)이 있다. 그리고 망부석(望夫石) 옆에는 조그만 정자가 있어 '진의정(振衣亭)'이라고 부른다.

진(秦)나라 시절에 범칠랑(范七郞)이 장성(長城 : 만리장성)을 쌓다가 육라산(六螺山) 아래에서 죽었는데, 아내의 꿈에 나타났다. 그의 아내 허씨(許氏)는 이름이 맹강(孟姜)인데, 섬서 동관(同官) 사람이다. 혼자 수천 리를 가서 범칠랑의 유해를 수습해 가지고 이곳을 지나면서 쉬었다고 하여 후세 사람들이 사당을 세웠다고 한다. 강녀(姜女)는 마침내 유해를 지고 바다로 들어가 죽었는데, 며칠이 못 되어 바다 가운데서 바윗돌이 솟아나와 조수가 밀려와도 물에 잠기지 않았다고 한다.

망부석(望夫石)이란 세 글자는 태원(太原) 백휘(白暉)의 글씨요, '작여시관(作如是觀)' 네 글자는 내각(內閣)의 수찬(修撰) 하정좌(賀廷佐)의 글씨요, 이반(李蟠)이 지은 사기(祠記 : 사당의 기문)는 고병(高昺)의 글씨이다. 사당 뒤에는 비석 네 개가 서 있는데, 하나는 장간(張揀)이 지은 글로서 명나라 만력 갑오년(1594년)에 세운 것이고, 하나는 장시현(張時顯)이 지은 글로 만력 병신년(1596년)에 세운 것이고, 하나는 정관이(程觀頤)가 지은 글로 강희 기유년(1669년)에 세운 것이고, 하나는 고제대(高齊岱)가 지은 글로 강희 무진년(1688년)에 세운 것이다.

당나라 시절 왕건(王建)이 읊은 '망부석'은 무창(武昌)에 있

는데 혹자는 이르기를,

"진나라 시절에는 '섬(陝)'이라 부르지 않았고 '낭(郎)'이란 이름도 없었으며, '강(姜)'이라는 성을 보아서 제(齊)나라의 여자일 것이다."

라고 한다.

◑ 왕민호(王民皥)는 청나라가 건국할 때 하나의 임금 제도를 찬미하여,

"밖으로는 삼왕(三王)이요, 안으로는 이교(二教)라고 하였으니, 이는 대체로 석가와 노자(老子)의 학설에 유교를 섞어서 빛깔을 낸 것입니다."

라고 하였다.

옹정(雍正) 시대에 황제에게 비밀히 청하여 "중들에게 모두 배필을 정해 주어 환속(還俗)하도록 하면 직속 군대 100만 명을 얻을 수 있을 것입니다."라고 했으므로 옹정 황제(雍正皇帝)는 조서를 내려 분명히 타이르기를,

"불교와 노자의 교지는 심성(心性)의 근원과 선악의 감응(感應)과 이기(理氣)의 근본에 두고 있다. 예로부터 천하를 다스리는 자는 윤상(倫常 : 인륜의 떳떳한 도리)에 근본을 두고 사업의 공적에 표준하였으니, 이 두 가지 교리는 예악(禮樂)과 형정(刑政)의 구역에 참여하지 않았다. 그것이 밝은 교화에 방해될까 두려워서 밝은 임금과 어진 천자는 이 교리들을 소홀히 하여 멀리 한 일이 있었다. 그러나 짐은 아직 두 가지 교리

가 사람의 성품에 어긋난다고 하여 이것을 좌절시켰다는 말은 듣지 못했다.

요즈음 나에게 비밀히 아뢰어 불교를 혹독하게 비방하면서 중들을 모두 환속시키자고 청하는 자가 있으나, 짐이 걱정하는 것은 한 지아비 한 지어미라도 저들이 거처할 곳을 얻지 못하게 될까 하는 점이다. 이제 그들의 사정도 물어보지 않고 속인으로 만든다면 거처할 곳을 얻지 못하는 자가 수백만 명이 될 뿐만 아닐 것이다. 중들은 곧 환과(鰥寡 : 홀아비와 과부)와 고독(孤獨)한 자들인 만큼 마땅히 불쌍히 여겨야 할 자들이다.

이학(理學 : 성리학)을 한다는 자들은 먼저 석가와 노자를 욕하면서 스스로 이학자로 자처하고 있으나, 이 관습은 어느 경전에서 시작되었는지 알 수 없는 일이다. 무릇 이학이란 몸소 실천하는 것을 귀하게 여기는데, 만일 헛되이 석가와 노자를 비방하는 것으로써 이학을 삼는다면, 이는 천박한 생각일 것이다. 국가가 이학을 떠받드는 뜻은 본래 이와 같은 뜻이 아니니, 만일 요망한 말로써 사람들을 미혹시키고 간사한 짓을 하며 죄과를 범하는 자가 모두 중들의 무리에서 나온다고 한다면, 그들이 자기 교리에 또한 실천궁행(實踐躬行)이 없음에서 생긴 결과이지, 기율을 범하고 법을 무시하는 행동이 어찌 참으로 본래의 교리의 책임이라고 하겠느냐?

또 요사이 중죄를 범하고 극형을 받은 자가 또 하필 승려와 도사(道士)들 뿐이겠는가? 법을 집행함이 공평하지 못하면 천하를 다스릴 수 없고, 주장하는 이론이 공평하지 못하면 사람의 마음을 감복시킬 수 없는 것이다. 그러므로 여기에 유시(諭示)하는 바이다."
라고 하였다.

이 글은 재상(宰相) 민응수(閔應洙)[56]의 『계축연행록(癸丑燕行錄)』에 실려 있는데, 왕씨(왕민호)의 말과 서로 부합된다.

◘ 건륭 40년 을미년(1775년) 11월 20일에 내각은 황제의 유시를 받들었다. 내용은,

"충정(忠貞 : 충성과 정절)을 숭상하고 장려하는 것은 풍속과 교화를 세우고 신하의 절개를 고무하기 위함이다. 그러나 예로부터 조정이 한 번 바뀌면 전조(前朝)의 충신으로 나라를 위하여 죽음으로 섬겼던 신하들의 기록이 드물었을 뿐 아니라 이름도 바뀐 것이 있다.

오직 우리 세조 장황제(章皇帝)는 나라를 세운 초기에 숭정 말년에 순국한 신하들 중에 태학사 범경문(范景文 : 명나라의 명신) 등 20명에게 특별히 은혜를 베풀어 시호(諡號)를 내렸으니, 전조의 충신들을 마음 아프게 생각하는 그의 하늘처럼 높은 성스러운 도량을 우러러볼 때 실로 만고에 뻗칠 만한 전례에 없던 은전이라고 할 것이다.

---

56) 민응수(閔應洙) : 조선 영조 때의 정치가로, 자는 성보(聲甫)이고 호는 오헌(梧軒)이다. 1733년 사은사로 청나라에 다녀왔다.

당시는 겨우 전해 들리는 소문에 근거하고 아뢰는 사건마저 두루 알아볼 겨를도 없었으므로 이런 표창을 받은 자가 단지 이들 몇몇 수효에 불과했으나, 조금 지나서 남은 행적들이 점점 드러나고, 또 다시 논의해서 판정을 거쳐야 했던 것은 지금의 『명사(明史)』에 실린 것을 살펴보더라도 알 수 있을 것이다.

이를테면 사가법(史可法) 같은 자가 외로운 충성을 힘써 맹세하고, 망해가는 판국을 붙들려다가 마침내 한번 몸을 바친 일이라든가, 또 유종주(劉宗周)[57] · 황도주(黃道周)[58] 등과 같은 사람은 조정에 서면 기탄없는 바른말로 뭇 아첨꾼들과 맞서 대항했고, 어려운 시국과 위험한 시기를 당하면 목숨을 바쳤으니, 넉넉히 한 시대의 훌륭한 인물이 될 만하므로 이런 인물들은 응당 표창하고 찬양해야 할 것이다.

이 밖에도 혹 고성(孤城)을 사수하기도 하고, 싸움터에서 목숨을 바치기도 하고, 포로로 붙들려 참살을 당하는 등 죽음을

57) 유종주(劉宗周) : 명나라 말기의 유학자로, 자는 기동(起東)이고, 호는 염대(念臺)·즙산(蕺山)이다. 24세에 진사에 급제한 후 순천부윤·공부좌시랑·좌도어사를 지냈으나, 명나라가 망하자 단식하다가 23일 만에 죽었다.

58) 황도주(黃道周) : 명나라 말기의 학자이자 정치가·화가로, 자는 유원(幼元)·이약(螭若)이고, 호는 석재(石齋)이다. 명나라가 멸망하자 당왕(唐王)을 받들고 명나라 황실(皇室)의 회복을 위해 청나라 군사와 맞서 싸우다가 패한 끝에 붙잡혀 죽었다.

초개처럼 여긴 자도 있었다. 당시는 임금이 거느린 군사가 진격함에 따라 저절로 법령을 펴서 귀순자와 반역자를 밝히지 않을 수 없었다. 그러나 일이 지난 뒤에 평탄한 심정으로 이런 인물들을 의논한다면, 그들은 모두 거센 바람에도 〈꿋꿋한〉 경초(勁草 : 단단한 억센 풀)처럼 부끄러울 바가 없는 인물로서, 곧 자기 몸을 희생하여 명예와 절개를 온전히 했으니, 그 심정은 역시 가엾게 여길 것이다.

비록 복왕(福王)[59]은 창졸간에 한쪽 구석에서 조정을 만들었고, 당왕(唐王 : 주율건(朱聿鍵))과 계왕(桂王 : 영력제(永曆帝) 주유랑(朱由榔))이 또 〈명나라 끝을 이어〉 함께 정처 없이 떠돌아다니며 자취를 감추다가 나라를 위하여 다시 성공하지 못했다 하더라도, 당시 여러 사람들은 갖은 고생을 겪어가면서 함께 따르며 목숨을 버리면서도 의리를 취하여 각각 섬기는 대상에게 충성을 다했으니, 또한 어찌 이런 일을 인멸시키고 드러내지 않을 수 있겠는가? 마땅히 역사책을 상고하여 모두 시호를 표창해야 할 것이다.

혹 포의(布衣 : 벼슬하지 않은 사람)의 출신으로서 성명도 잘 모르는 자들까지도 강개(慷慨)하여 생명을 가볍게 여긴 이가 있었겠지만, 이들에게 일일이 시호를 주기는 어려울 것이므로 역시 저마다 고향에다 〈사당을 세워서〉 제사를 받들게 함으

59) 복왕(福王) : 명나라가 망한 뒤에 마사영(馬士英) 등이 남경에서 세운 주유숭(朱由崧)의 봉호이다.

로써 위로해 주어야 할 것이다.

일찍이 우리 태조의 실록(實錄)을 공손히 읽어보니, 살이호(薩爾滸)의 전쟁에서 명나라의 양호(楊鎬) 등은 20만 병사를 끌어 모아 네 갈래 길로 나누어 우리 홍경(興京)을 침범하자, 우리 태조와 태종(太宗) 및 패륵(貝勒)의 대신들은 정예병 수천을 거느리고 〈명나라의 군대를〉 반 이상 섬멸했다. 그리하여 당시 명나라의 양장(良將 : 명장) 유정(劉綎) · 두송(杜松) · 양호 등이 모두 진중에서 죽었다는 내용이 실려 있다. 요즘 나는 이 사적을 들어 친히 글 한 편을 지어 조상들의 충렬을 찬양하여 역사에 전하도록 하였다.

오직 이같이 국가를 창건하는 시기에 우리 편에 반항하여 선봉으로 오는 자는 원래 사냥을 하고 풀을 베듯이 무찔러 죽이는 것이 마땅했지만, 칼날과 창끝을 무서워하지 않고 충성을 다하여 목숨을 바치는 태도는 〈적군이라도〉 가상하고 불쌍히 여기지 않을 수 없었던 것이다.

또 명나라 사직이 장차 망하려는 무렵 손승종(孫承宗 : 명나라의 충신) · 노상승(盧象昇 : 명나라의 충신) 등은 우리 왕의 군대에 저항하다가 몸이 들녘에서 기름이 되고 말았고, 주우길(周遇吉) · 채무덕(蔡懋德) · 손전정(孫傳廷) 등은 목을 내놓고 몸을 짓밟혀 가면서 적을 막다가 몸은 죽었어도 그들의 늠름한 태도는 오히려 생기가 있었다.

이런 일들은 모두 명나라의 정치가 해이했던 데서 말미암았고, 만력 시대로부터 숭정에 이르기까지 권세가 있는 간신

(奸臣)이 꼬리를 물고 환관들이 횡행하여 마침내 흑백이 뒤섞이고 충신과 선량한 신하는 흔적이 없게 되어 언제나 이를 갈면서 불평을 하게 되었다.

복왕 때에 간혹 시호를 추봉(追封)한 자가 있었으나, 이것도 처리가 공평치 못하여 종잡을 수 없었다. 짐은 오직 공평무사하게 그들을 전형하여 무릇 명나라 말년에 절개를 완전히 지킨 여러 신하들 가운데 이미 나라를 위하여 충성을 다한 자는 우대하고 표창하여 실제로 아무런 차이를 두지 않게 할 것이다.

그러나 전겸익(錢謙益)과 같이 스스로 깨끗한 듯이 큰소리를 치다가 부끄러워하지 않는 얼굴로 항복을 해 왔거나, 김보(金堡)·굴대균(屈大均) 등과 같은 무리들이 죽음을 두려워하여 요행히 살아 보고자 거짓 중노릇을 한 자들은 모두 창자도 없고 수치도 모르는 자들이니, 이런 무리들이 과연 절개에 죽을 자이겠는가?

그들은 오늘 내가 표정(表旌)한 대열 속에도 들어 있는 듯하니, 이에 이미 목숨을 버리지 못하고 오히려 언어와 문자를 빌려 스스로 살 것을 찾는 시늉을 엄폐하는 자들에 대하여는 반드시 그들의 진퇴의 절차가 근거도 없이 잘못된 것을 명백히 배척할 것이며, 어둠 속에 표창을 받은 것을 삭탈하여 하나의 상이나 하나의 벌도 가장 명백히 밝혀 천하 만세로 하여금 사리에 비추어 좋아하고 싫어함을 공정하게 함으로써 강상(綱常 : 삼강오륜)을 세우고, 이로써 또 잘한 것을 표창하는 짐의 뜻을 알도록 할 것이다.

시호를 받을 여러 사람들은 아울러 『명사』와 『집람(輯覽 : 저자 미상)』에 실린 바를 조사하되 세조 때의 전례에 비추고, 본래의 관직에 따라 시호를 줄 것이다. 시호의 결정을 어떻게 분별하여 처리할 것인가는 태학사와 구경(九卿) · 경당(京堂) · 한림(翰林) · 첨사(詹事) · 과도(科道)[60]에게 맡겨서 협의하여 보고할 것이다. 아울러 여기서 중외(中外)에 이를 통지하노니 알아서 시행하라. 이상."

라고 하였다.

이 조서를 살펴보면, 우리나라 삼학사(三學士)[61]와 청음(淸陰 : 김상헌)의 사적이 응당 청나라 태종(太宗)의 실록에 실려 있어야 할 터인데, 아무런 기록도 없음은 무슨 까닭일까?

대체로 외국의 신하로서 중국을 위하여 존왕양이(尊王攘夷 : 왕실을 높이고 이적을 물리침)를 지킨 일은 천고에 없었던 것이다. 건륭 황제는 천하 만대를 위하여 스스로 공정한 논의를 표방하면서 다만 우리나라의 여러 현인(賢人)들에 대해서는 조금도 보인 데가 없으니, 그 일이 외국에 관계되었다고 하여 미처 정리하지 못한 것인가?

---

60) 구경(九卿)·경당(京堂)·한림(翰林)·첨사(詹事)·과도(科道) : 도찰원(都察院)의 소속 육과(六科)의 급사중(給事中)과 15도(道) 감찰어사(監察御使)를 총칭한 말이다.

61) 삼학사(三學士) : 병자호란에 척화신(斥和臣)으로 이름 높았던 홍익한(洪翼漢)·오달제(吳達濟)·윤집(尹集)을 가리킨다.

중국 인사들이 종종 청음(김상헌)에 관하여 언급했다는 것도 다만 몇 편의 보잘것없는 시구를 기록하는 데 그쳤을 뿐이요, 그의 큰 절의(節義)가 일월과 빛을 다툴 만하다는 데 대해서는 하나도 듣지 못하였다. 이것은 또한 우리나라와의 강화(講和)가 실상 관외(關外)에 있었을 때의 일이고 보니, 중국 사람들로서는 아직 자세히 알지 못한 까닭일까? 그렇지 않으면 수답(酬答)하기를 꺼려서 짐짓 모른 체함인가? 아니면 일부러 『감구집(感舊集)』 – 어양(漁洋) 왕사정(王士禎)이 편집한 『감구집』에는 청음(김상헌) 선생의 시가 기록되어 있고, 그 '소서(小序)'에는 그의 관함과 이름과 자가 갖추어 기록되어 있다. – 같은 데에 의탁해서 말 못할 뜻을 은미하게 나타내려고 한 것일까?

나는 매양 청음 두 글자를 들을 때마다 미상불 머리털이 움직이고 맥이 뛰어 비록 아무도 모르게 목구멍 속에서 맴도는 말을 감히 입 밖으로 내지 못하지만, 거의 왕곡정(王鵠汀)이 말한 바와 같이 체증이 생기려 하고 있으니 어찌할 것인가? 어찌할 것인가?

◘ 요동(遼東)에 이르기 전에 〈동쪽으로〉 왕상령(王祥嶺)이란 고개가 있고, 고개를 넘어 10여 리를 가면 냉정(冷井 : 차가운 샘물)이 있는데, 사행(使行)이 있을 때는 장막을 치고 아침을 먹는 곳이다. 돌로 쌓은 우물이 아니요, 길가에 솟아나온 샘물이 웅덩이에 가득 차 넘치고 있었다. 물맛은 매우 달고 맑으며, 겨울에는 따뜻하고 여름에는 차다. 우리나라 사신이

갈 때마다 샘이 흘러넘치게 솟다가도 조선 사람이 떠나면 즉시 말라 버린다고 하니, 대개 요동은 본래 조선 땅이므로 기운이 서로 닮아 감응해서 그렇다고 한다.

◘ 우리나라에서 난리를 피할 복지(福地)가 모두 열 곳이 있는데,[62] 이것은 모두 세상에서 전하기로 우리나라의 명승(名僧) 무학(無學)[63]과 방사(方士) 남사고(南師古)[64]가 터를 잡은 곳이라고 한다.

내가 생각하기에는 복지란 임금이 파천(임금이 난을 피한 곳)한 곳 만한 데가 없을 것이다. 비록 포의(布衣)와 미천한 선비라 할지라도 틀림없이 피난처가 될 것이다. 임금을 모시고 말고삐를 잡고 그 좌우를 떠나지 않는 것이 옳을 것이다.

갑자기 병란(兵亂)을 당하면 남녀들은 물 끓듯이 매양 심산궁곡을 찾아 바위 구멍에 자취를 감추니, 그것은 매우 슬기롭

62) 일명 십승지지(十勝之地)라고 하는데, 풍수가가 말하는 기근(饑饉)·병화(兵火)의 염려가 없어 피난하기에 안성맞춤인 열 군데의 땅이다. 곧, 성주(星州)의 만수동, 봉화(奉化)의 춘양, 영월(寧越)의 정동 상류, 운봉(雲峰)의 두류산, 예천(醴泉)의 금당동, 공주(公州)의 유구·마곡, 보은(報恩)의 속리산, 부안(扶安)의 변산, 무주(茂朱)의 무풍, 풍기(豊基)의 금계촌.

63) 무학(無學) : 조선의 태조 이성계가 한양에 도읍을 정할 때 도와주었던 승려인 박자초(朴自超)이다. 무학은 승호(僧號).

64) 남사고(南師古) : 조선 선조(宣祖) 때의 학자로, 역학과 풍수(風水)에 가장 유명하였다. 호는 격암(格庵)이다.

지 못한 것이다. 양식이 이미 떨어지면 반드시 먼저 스스로 굶주려 죽을 것이니 이것이 그 첫째 어리석음이요, 군사도 못 보고 범이나 표범 같은 짐승에게 먼저 해를 입을 것이니 그 둘째 어리석음이요, 외간 소식이 막히고 끊어져서 어디로 갈 바를 알지 못하니 그 셋째 어리석음이요, 풀과 나무와 안개와 이슬에 먼저 전염병이 들 터이니 그 넷째 어리석음이요, 만일 토적(土賊)을 만나면 반드시 약한 놈이 먹힐 터이니 그 다섯째 어리석음이라.

세상이 불행해서 임진왜란과 병자호란을 당하고 보니, 용만(龍灣 : 의주(義州))과 남한산성(南漢山城)은 모두 복지가 되었다. 당시에 피난 간 사람들은 이 두 곳을 가로막힌 험한 곳의 고립된 성이라고 여겼으나, 나는 왕령(王靈)이 있는 곳에는 반드시 천지가 힘을 같이하고 온갖 신(神)이 보호할 터이니 나라가 있으면 제 몸도 있을 것이요, 나라가 망하면 제 몸도 망할 것이며, 몸을 멀리 풀숲에 숨기고 하찮은 충성을 지킨다고 구렁 속에 사는 것보다 차라리 살아서 충신이 되고 죽어서 의로운 귀신이 되는 것만 같지 못할 것이라고 생각하였다.

일찍이 『송계기행(松溪記行)』 — 인평대군(麟坪大君)이 지은 것이다. — 을 보니,

"청나라 병사들이 송산(松山)에 진격하여 포위했을 때 우리나라 효종대왕(孝宗大王)은 당시 봉림저(鳳林邸)에 있을 적인데, 소현세자(昭顯世子 : 효종의 형)를 모시고 있다가 인질로 잡혀 함께 청나라 진중에 머물러 있었다.

군막 자리가 지세로 인해서 불편하여 겨우 다른 곳으로 옮겼더니, 이날 밤에 영원(寧遠) 지방의 총병(摠兵) 오삼계(吳三桂)가 기병(騎兵) 10,000여 명을 거느리고 포위망을 뚫고 도망쳐 나왔는데, 군막 자리를 처음 쳤던 곳이 바로 포위망을 무너뜨린 길목이었다."

라고 하였으니, 당시에 군막을 옮긴 것은 하늘이 돕고 귀신이 보살폈던 것 같다.

우리나라 사람 100명이 넘는 종인(從人)들이 만일 왕령(王靈)에 의탁하지 않았던들 어떻게 그들의 습격에 유린당하는 변을 면할 수 있었을 것인가? 그러므로 나는 불행히 어려움에 맞서 아홉 번 죽을 고비를 당할지라도 임금을 모시고 있는 자리가 곧 복지라고 말하는 것이다.

◑ 열하에 있을 때에 반선(班禪)이 거처하는 금전(金殿 : 황금전각)의 용마루 위를 바라보니, 금으로 만든 한 쌍의 누런 용이 말처럼 일어서 있었다. 길이는 모두 두 길 남짓인데, 땅에서 보는 모습이 이와 같은 만큼 그 길이와 높이를 가히 짐작할 수 있을 것이다. 그 모양이 보통 그림에서 보는 신룡(神龍)과는 몹시 같지 않았다.

양용수(楊用修 : 용수는 명나라 학자 양신(楊愼)의 자)의 『단연록(丹鉛錄)』에는,

"용은 용이 되지 못하는 새끼 아홉 마리를 낳는다. 첫째 놈은 비희(贔屭)인데 모양이 거북같이 생겨서 무거운 짐을 잘

진다. 지금의 비석 바탕돌로 거북 모양을 만든 것이 이것이요, 둘째는 치문(鴟吻)인데 성질이 멀리 바라보기를 좋아하므로 지금의 지붕 모퉁이에 짐승 모양으로 만든 것이요, 셋째는 포뢰(蒲牢)인데 성질이 울기를 잘하므로 지금의 종(鍾)에 매는 끈이 되었고, 넷째는 폐간(狴犴)인데 모양이 범과 비슷하므로 옥문 앞에 세웠고, 다섯째는 도철(饕餮)인데 성질이 먹이를 탐하므로 솥뚜껑에 새겼고, 여섯째는 공하(蚣蝮)인데 성질이 물을 좋아하므로 다리 기둥에 세웠고, 일곱째는 애자(睚眦)인데 성질이 죽이는 것을 좋아하므로 칼자루에 새겼고, 여덟째는 금세(金蜺)인데 모양이 사자 같고 성질이 연기와 불을 좋아하므로 향로에 세우고, 아홉째는 초도(椒圖)인데 모양이 소라같이 생기고 성질이 문을 닫고 잘 숨는 것을 좋아하므로 문고리에 세웠다."

라고 하였다.

또 황금전각의 네 모서리에 일어서 있는 금으로 만든 황룡(黃龍)은 모습이 용마루 위에 세워 놓은 것과 또 달랐다. 치미(鴟尾)니 치문(鴟吻)이니 하는 말도 전하는 기록마다 모두 다르다. 대개 중국에서는 궁전을 세울 때는 반드시 치미와 치문을 먼저 만들어서 그 집의 성공과 허물어짐, 길흉을 점치게 되므로 이를 소중하게 여긴다.

『대류총귀(對類總龜 : 저자 미상)』에 이르기를,

"용이 새끼 아홉 마리를 낳는다. 그중에 하나는 조풍(嘲風)이라고 하는데 모험을 좋아하므로 전각 귀퉁이에 세우고, 또 하나는 치문(蚩吻)이라고 하는데 삼키기를 좋아하므로 전각 용마루에 세운다."

라고 하였고, 『박물지일편(博物志逸篇 : 저자 미상)』에 이르기를,

"이문(螭吻)은 모양이 짐승 같은데 성질이 바라보기를 좋아하므로 전각 모서리에 세우고, 만전(蠻蜼)은 모양이 용과 비슷한데 성질이 바람과 비를 좋아하므로 지붕의 용마루에 쓴다."

라고 하였으니, 『단연록(丹鉛錄)』의 이야기와 모두 다르다.

한나라 무제(武帝) 때 백량전(柏梁殿)에 불이 났는데, 무당이 말하기를,

"바다 속에 이름이 규(虯)라고 하는 물고기가 있어 그 꼬리가 치(鴟 : 솔개)와 비슷한데 물결을 치면 비가 내리므로 그 모양을 만들어 전각의 용마루 위에 얹어 두면 화재를 막을 수 있습니다."

라고 하였다.

또 건장궁(建章宮)을 크게 세울 때 무당은 화재 예방으로 치미(鴟尾)의 형상을 전각의 용마루에 설치할 것을 아뢰었다고 했다. 우리나라에서는 뱃고물을 '치(鴟)'라고 하는데, 치미의 '치'인 것 같기도 하다.

또 『박물지일편』에는,

"비희(贔屭)는 성질이 무거운 것을 좋아하므로 비석을 지게 하고, 이호(螭虎)는 모양이 용처럼 생기고 성질이 문채를

좋아하므로 비문 위에 세운다."
라고 하였다.

또『대류총귀』에는 이르기를,

"용의 아홉 마리 새끼 중에 하나는 패하(霸夏)라고 하는데 무거운 것을 짊어지기를 좋아하므로 빗돌 바탕으로 사용하고, 비희는 글을 좋아하므로 비문의 양쪽에 새긴다."
라고 하였다.

이와 같이 여러 가지 이야기가 역시 각각 다르니, 용 새끼의 이름과 성정(性情)을 무엇으로 알 것인가? 옛날이야기의 부회(附會 : 이치에 닿지 않는 사실을 억지로 끌어다 맞춤)함이 이렇듯 많았다.

◐ 복희씨(伏羲氏 : 중국 전설상의 황제)로부터 지금의 건륭황제(乾隆皇帝)까지 정통(正統)을 이은 천자가 모두 250명이다. 만일 여후(呂后 : 한(漢)나라 고조의 황후인 여치(呂雉))와 무후(武后 : 당(唐)나라 고종의 황후인 무조(武曌))와 정통이 아닌 천자인 조조(曹操)의 위(魏)나라, 손권(孫權)의 오(吳)나라, 남북조(南北朝)로부터 오대(五代)에 이르기까지 통계(通計)한다면 모두 85명이 될 것이요, 왕위를 찬탈한 가짜 제왕인 후예(后羿 : 하(夏)나라 제왕)로부터 주(周)나라의 홍화 황제(弘化皇帝)인 오삼계(吳三桂)까지 친다면 도합 270명이요, 춘추(春秋) 때 임금으로 불린 것이 490여 명이다.

◘ 산동(山東) 등 여러 곳을 순행하면서 농사를 관리 감독하고 겸하여 군무를 관리하던 도찰원 우부도어사(都察院右副都御史) 악(岳)은 황제의 거룩한 덕이 갖추어 지극하시고 하늘에서 내린 복이 더욱 높으시어 상서로운 기린(麒麟)이 태어나서 아름다운 응보(應報)가 밝게 비치고 있는 일을 삼가 보고하였는데, 그 글에 이르기를,

“옹정 10년 임자년(1732년) 6월 13일 포정사(布政使) 정선보(鄭禪寶)가 조주(曹州) 거야현(鉅野縣 : 산동성에 있음)의 현령인 요개춘(寥開春)의 보고에 근거하여 전하는 말에 의하면, 옹정 10년 6월 초5일에 신성보(新城保)의 하급 관리인 축만년(祝萬年) 등이 말하기를, ‘이 보에 속한 이가장(李家莊) 이은(李恩)의 집에서는 금년 6월 초5일 진시(辰時)에 소가 기린을 낳았는데, 금빛이 싸고돌아 진시(辰時)와 사시(巳時) 두 시(時)를 지낸 뒤에는 원근의 구경꾼들이 모여들어 모두들 기이하다고 말하면서 이치상 반드시 상부에 보고해야 합니다.’라고 했습니다.

그들은 즉시 기린이 태어난 곳까지 직접 나아가서 삼가 자세히 검사해 보니, 노루 몸뚱이에 소 꼬리를 하고 있었습니다. 온 몸뚱이에는 모두 갑옷 같은 것을 뒤집어썼는데 갑옷은 모두 붉은 털로 기운 것같이 얼룩덜룩 옥 같은 무늬가 있으며 광채가 찬란하여, 실로 성스러운 세상의 상서로운 징조로 보이기에 상부에 보고하는 것이 합당하다고 여겨 보고한다고 했습니다.

그리하여 신(臣)이 즉시 사람을 거야현으로 달려가서 더 자세히 살펴 조사하게 했습니다. 그들의 말에 의하면, 상서로운 기린의 몸뚱이는 길이가 1척 8촌이요, 높이가 1척 6촌이요, 노루 몸뚱이에 소꼬리를 하였고, 머리에는 고깃덩이로 된 뿔이 났고, 정수리에는 곱실한 털이 있으며, 눈은 수정 같고 이마는 백옥 같으며, 온 몸에는 비늘 갑옷을 둘렀는데 모두가 푸른빛을 띠었다고 합니다. 비늘들은 모두 자줏빛 융털로 기운 것 같고, 등은 검정빛으로서 세 마디로 되었는데, 가운데 마디는 털이 모두 꼿꼿이 섰고, 앞마디는 털이 모두 앞으로 향하고, 뒷마디는 털이 모두 뒤로 향했다고 합니다. 가랑이와 배와 발굽과 다리에는 모두 흰 털이 났고, 꼬리의 길이는 5촌 5푼인데 꼬리 끝에는 검정 털 4올이 났다고 합니다.

그림을 그려서 신에게 보내왔으므로 신이 삼가 열람해 보니, 실로 기쁘고 즐겁기 짝이 없었습니다. 즉시 공손히 향안(香案)을 설치하고 대궐을 향하여 머리를 조아려 경축하였습니다.

삼가 생각하건대, 황제 폐하께서는 도리가 태평 시대에 맞으시고, 공로는 천지가 만물을 낳고 기르는 일에 참여하셨습니다. 하늘의 뜻을 본받아 정교를 세우자, 육부(六府)[65]가 다스려지고, 삼사(三事)[66]가 조화되었습니다. 표준을 세워서 백

65) 육부(六府) : 『서경(書經)』 대우모(大禹謨)에 나오는 말로, 수(水) · 화(火) · 금(金) · 목(木) · 토(土)의 오행과 곡(穀)을 이른다.

성에게 펴게 되자, 오전(五典 : 오륜(五倫))이 도타워지고 구주(九疇)[67]가 펼쳐졌습니다.

그리하여 빛나는 별이 제 궤도를 따르고 상서로운 하늘에는 쌍구슬(해와 달)이 반짝이고, 맑은 이슬이 감로수로 맺혀서 수놓인 듯한 아름다운 땅에서 방울방울 돋고 있습니다.

황하(黃河)는 조주(曹州 : 산동성에 있는 지명)와 선주(單州 : 산동성에 있는 지명) 사이에서 맑아졌으니, 그 물결이 비단 진(秦 : 섬서성)과 농(隴 : 감숙성)에서만 맑은 것이 아니요, 상서로운 구름은 수(洙 : 산동성에 있는 물 이름)와 사(泗 : 산동성에 있는 물 이름)의 물가에 나타났으니, 어찌 전(滇 : 운남성)과 검(黔 : 귀주성)에서만 빛이 났겠습니까?

이제 여기 거야현의 시골에서도 다시 상서로운 기린이 자라고 있는 모습이 나타났는데, 사슴의 몸뚱이에 소의 꼬리를 하여 참으로 이상한 꼴을 지녔고, 외뿔에 둥근 발굽은 모두 괴이한 물건이라 하였습니다.

신(臣)이 삼가 『서경(書經)』과 『춘추(春秋)』를 상고하여 보니, 복건(服虔)[68]의 주(註)에는 '왕위에 있는 이가 보살핌이

66) 삼사(三事) : 『서경』 대우모에 나오는 말로, 정덕(正德) · 이용(利用) · 후생(厚生)을 이른다.

67) 구주(九疇) : 기자(箕子)가 주(周)나라 무왕(武王)에게 진술한 천하를 다스리는 아홉 가지의 정치 요강(要綱)을 말한다.

68) 복건(服虔) : 후한(後漢)의 경학자로, 자는 자신(子愼)이고, 본명은 복중(服重) 또는 복기(服祇)였는데 나중에 건(虔)으로 개명했다.

밝고 예법이 닦였을 때에 기린이 나타난다.'라고 하였고, 또 『예두위의(禮斗威儀)』[69]에는 '임금이 정치와 송사가 공평하면 기린이 교외(郊外)에 나타난다.'라고 하였고, 또 『효경(孝經)』의 원신계(援神契 : 『효경』의 편명)에는 '임금의 덕이 새와 짐승에게까지 미치면 기린이 나타난다.'라고 하였습니다.

이러므로 헌원(軒轅) 황제의 조정에는 기린이 놀았다는 기록이 있고, 성왕(成王)과 강왕(康王) 시대에는 인지(麟趾 : 『시경』의 편명)를 노래하였습니다. 이 신령스러운 동물이 탄생함을 보아서 더욱이 상서로운 증험이 나타났으니, 이는 진실로 우리 황제께옵서 그 공경이 사표(四表)에 빛나기를 마치 일월이 내려 쬐는 것과 같으며, 정치가 팔굉(八紘)에 두루 미쳐서 마치 건곤이 널리 덮었음과 같았습니다.

하물며 이 산동 지방은 수도와 멀지 않아서 은택과 교화가 더욱 빠르고, 길이 서울의 거리와 접하여 은혜를 입음이 가장 흡족하였으니, 이것으로도 기린의 상서를 신빙할 수 있겠습니다. 오색의 찬란한 빛은 문명이 크게 열릴 것을 미리 점쳤으며, 사령(四靈 : 기린 · 봉 · 거북 · 용)의 으뜸이었으니 다가오는 복록을 예측할 수 있겠습니다.

신(臣)은 외람되이 봉강(封疆)의 책임을 맡아서 이런 성대하

벼슬은 상서시랑 · 구강태수(九江太守) 등을 지냈으며, 저서에 『춘추좌씨전해(春秋左氏傳解)』가 있다.

69) 예두위의(禮斗威儀) : 청나라 교송년(喬松年)이 엮은 책이다.

고 아름다운 일을 만났사오니, 하늘로부터 내린 명령에서 완전한 복록이 이르렀음을 알았습니다. 원컨대 승항(升恒)[70]의 찬송을 본받아서 신하의 예절과 정성을 펴려 하옵니다.

엎드려 비옵건대, 이 일을 사신(史臣)에게 내리시어 나라 안팎으로 선포하여 알리십시오. 그 기린을 교외의 숲에서 키워 천추에 산천의 기이함을 드러내시고, 도서(圖書)에 실어서 만고에 규루(奎婁)[71]의 별을 빛내옵소서. 황제께옵서 친히 보시고 시행하시옵기를 빌면서 이 글을 갖추오니, 예부(禮部)에 자문하시어 대조해 보시옵기를 바랍니다. 이 문건을 예부(禮部)에 바칩니다."

라고 하였으니, 이는 도곡(陶谷) 이상(李相) - 이의현(李宜顯) - 의 『연행잡지(燕行雜識)』에 실려 있는 글이다.[72]

<이 글을 보고한 것은> 산동을 감독하고 순행하는 악(岳)이란 성을 가진 자이다. 이 글은 우리나라 과려(科儷 : 과거문(科擧文)의 변려체(騈儷體)) 문체에 비교하면 거칠기는 하지만 화려하고 풍성한 맛이 있어 저절로 옛날 티가 났다.

윤형산(尹亨山)이 말하기를,

---

70) 승항(升恒) : 『시경(詩經)』 구여(九如)의 글귀로, '해가 오르는 듯이 달이 이지러지지 않는 듯이'라는 뜻이다.

71) 규루(奎婁) : 28수(宿) 중에 '규'는 문명을 맡은 별이요, '루'는 원목(苑牧)을 맡은 별이다.

72) '이는 도곡(陶谷)'에서부터 여기까지는 친필 초고본에 나오는 내용이다.

"산동에만 치우쳐서 기린이 잘 태어나서 강희 때는 네 마리를 모두 소가 낳았고, 옹정 때는 다섯 마리를 낳았는데 소가 두 마리를 낳고 돼지가 세 마리를 낳았습니다. 금상(今上) 성조(聖朝)에는 다섯 마리를 낳았는데, 사천(泗川) · 복건(福建) · 절강(浙江) · 하남(河南)에서 두 해 동안에 모두 소가 낳았고, 한 마리는 직례(直隷 : 하북 지방)의 양향(良鄕)에서 돼지가 낳았답니다."
라고 하였다.

◘ 순치(順治) 병신년(1656년) 10월 16일에, 네 공주(公主)가 각각 막북(漠北)으로 돌아갔는데, 그들은 모두 몽고왕의 부인인 까닭이다. 길은 옥하관(玉河館) 앞을 거쳐 갔는데, 몽고왕은 그 부하들을 데리고 약대와 말을 성대하게 차리고 달려갔고, 공주도 역시 말을 타고 갔다. 번인(蕃人 : 몽고인)과 한인들이 뒤를 따라가는 것은 모두 멀리 전송하기 위함이다. 이것은 인평대군(麟坪大君)이 본 일이라고 한다.

◘ 건륭 41년 병신년(1776년) 1월 25일 내각이 황제의 유시를 받들었는데, 그 글에는,
"전일 명나라 말년에 순절(殉節)한 여러 신하들이 저마다 각각 자기 임금을 위해서 바친 의리와 충렬이 가상히 여길 만하다 하여 시호를 내리기 위해 이를 조사해 밝힘이 마땅하므로 즉시 태학사(太學士)와 구경(九卿) · 경당(京堂) · 한림(翰林) · 첨

사(詹事) · 과도(科道)들에게 명하여 의논을 모아 아뢰도록 하였다. 이는 충성스럽고 선량한 자를 표창함으로써 후세 자손들로 하여금 본받기를 바랐던 것이다.

다시 생각하건대, 건문(建文 : 명나라 혜제(惠帝)의 연호, 1399~1402)이 쫓겨날 때 절개를 지켜 위난(危難)에 죽은 신하로 사책(史冊)에 실린 이는 매우 많았다. 당시의 영락(永樂 : 명나라 성조의 연호, 1403~1424)은 지위가 본래 번신(藩臣 : 왕실을 지키는 신하)으로서 모반하여 병사를 이끌고 음모로 나라를 빼앗았으니,[73] 모든 사람들은 저마다 당연히 의리로 보아 함께 한 하늘 밑에서 살 수 없었을 것이다.

비록 제태(齊泰 : 명나라의 충신)나 황자징(黃子澄 : 명나라의 충신) 같은 인물들은 경솔할 뿐만 아니라 꾀가 적었고, 방효유(方孝孺)는 식견이 미련하여 어린 임금을 돕기에 부족했다. 그러나 그들이 자기 임금을 떠받들고 역적을 베어 없애고자 한 심정은 실로 모두 이해할 수 있다. 대세가 이미 기울어졌으나 오히려 군사를 모집하여 나라를 보존하려고 도모하고, 끝내 저항하면서 배척하다가 목숨을 바치고 일족이 희생되었으되, 백절불굴한 그들의 정신은 참으로 세상에 교훈할 자료로 내놓아도 부끄럽지 않을 것이다.

이 밖에 경청(景淸 : 명나라의 충신)이나 철현(鐵鉉 : 회족 출

73) 연왕(燕王)이던 성조(成祖)가 조카인 황제 혜제(惠帝)를 축출한 것을 말한다.

신의 장수) 같은 이들은 혹은 강개 비분하게 자기 몸을 바쳤고, 혹은 잠자코 의리를 지켰으니, 비록 목숨을 바친 방법은 달랐으나 지조와 절개는 늠름하여 모두 대의를 능히 밝혔다고 할 수 있는 자들이다.

심지어 '동호(東湖)의 나무꾼'이나 '가마솥 땜장이' 같은 부류까지도 비록 성명을 감추고 은둔하여 드러나지 못했지만, 그 심정들은 모두 족히 가상하다고 할 것이다.

특히 영락 임금은 성질이 잔학하여 자기 맘대로 형벌을 남용하여 참혹한 도륙(屠戮)을 마치 오이덩굴이 죽 이어지듯이 관련시켜 단번에 죽여 없앴으니, 거의 사람의 심리라고는 볼 수 없었다.

짐은 역사를 읽다가 여기에 이르러서는 미상불 분하고 한스러워하지 않은 적이 없었다. 명나라 중엽(中葉)에 이르러 비록 엄한 법을 조금 늦추었으나, 사사로운 정에 따르고 곡해하여 끝내 드러내어 표창을 못했으므로 충신과 의사들의 옳은 행실은 오랫동안 나타내지 못했으니, 실로 민망하고 불쌍한 일이다.

무릇 전조의 혁명(革命) 시기에 우리에게 반항하여 온 자까지도 오히려 그들의 충성을 생각하여 특히 표창을 해주었는데, 더구나 건문 연간의 여러 신하들은 불행히 내란을 당하여 나라를 위해 몸을 바쳐 인(仁)을 이루고 의(義)를 취했거늘, 어찌 이를 그대로 사라지도록 묻어 없앨 것인가?

이들에게도 마땅히 모두 시호를 의논하여 어둠을 헤치고

광명이 드러나도록 하고, 공도(公道 : 공명정대한 도리)를 밝혀야 할 것이다. 그들은 응당 어떻게 분별하고 시호를 하사할 것인지에 관한 처리는 전에 지시한 대로 태학사 등에게 맡겨 한꺼번에 자세한 조사와 의논을 합쳐서 갖추어 보고함으로써 충(忠貞)을 숭상하고 장려하는 짐의 지극한 뜻에 맞도록 하라. 이상."
라고 하였다.

◑ 황명(皇明) 숭정 11년(1638년)에 우리나라의 장수 이시영(李時英)이 군사 5,000명을 거느리고 〈청나라의〉 건주(建州)로 들어가니, 청나라 사람이 이시영을 협박하여 앞장을 세우고 명나라의 도독(都督) 조대수(祖大壽)와 송산(松山)에서 싸우게 했다. 우리나라 군사들은 모두 정밀한 총을 가지고 있어 조대수의 군사를 많이 죽였는데, 조대수는 군중(軍中)에 명령을 내려 청나라 병사의 머리 하나에는 은 50냥을 주고, 조선 군사의 머리 하나에는 은 100냥을 준다고 하였다.

조선 군사 중에 이사룡(李士龍)은 성주(星州) 사람으로서 홀로 의리상 총에 탄환을 재지 않고 무릇 세 번을 쏘아도 아무도 상하지 않게 하였으니, 이는 본국(조선)의 심정을 밝히려고 했던 것이다. 청나라 사람들이 이것을 깨닫고 드디어 이사룡을 목베어 조리를 돌렸다. 조대수의 군사는 이것을 바라보고 모두 크게 울었고, 조대수는 이에 깃발 위에 큰 글씨로 '조선 의사(義士) 이사룡(李士龍)'이라고 써서 이시영의 군사를 선동하였다.

지금 성주 옥천(玉川) 가에 충렬사(忠烈祠)가 있으니, 곧 이사룡을 제사 지내는 곳이다. 진실로 황제로 하여금 이사룡의 이름을 듣게 했다면 특별히 아름다운 시호를 내려 주는 것이 합당할 것이다. 나는 송산을 지나면서 글을 지어 이사룡의 혼령을 조상(弔喪)하였다.

◑ 목재(牧齋) 전겸익(錢謙益)의 자는 수지(受之)이다. 그의 신분은 절반은 중국이요 절반은 오랑캐이며, 그의 문장은 절반은 유교요 절반은 불교이다. 그의 명예와 절개는 땅을 쓸다시피 되어 마침내는 부랑자(浮浪子)의 칭호를 면치 못하게 되었다. 위로는 스승되는 고양 지방의 손승종(孫承宗)에게 부끄러울 것이요, 아래로는 그의 제자 유수(留守 : 벼슬 이름) 구식사(瞿式耜)에게 부끄러울 것이요, 중간으로는 그의 아내 하동군(河東君) 류여시(柳如是)[74]에게 부끄러울 것이다. 수지(전겸익)가 늙어 죽을 때는 하동군이 아직도 젊었는데, 여러 불량소년들이 수지를 미워한 나머지 류씨를 욕보이려고 하자, 류씨는 자살해 버렸다.

지금 건륭 황제의 조서를 보면 황제는 수지를 배척해 말하

74) 류여시(柳如是) : 여기에서는 아내라 하였으나, 실제로는 첩이었다. 하동군은 봉호가 아닌 별칭이고, 자는 미무(蘼蕪)요, 본명은 양애(楊愛)이다. 그가 일찍이 전겸익에게 목숨을 끊으라고 권했으나 좇지 못했다.

기를,

"스스로 청류(清流)인 듯이 큰소리를 치다가, 뻔뻔스런 얼굴로 항복하여 복종하고서 거짓 중노릇을 하였으니, 양심도 없고 부끄러움도 몰랐다."

라고 하였으니, 전겸익으로서도 부끄러워 죽을 일이라고 할 만하다.

우리나라 선배들은 수지의 이 같은 잘못된 행동을 모르고 다만 그의 『유학집(有學集)』과 『초학집(初學集)』[75] 등 책만을 보고는 그를 미상불 마음 아파하고 애석히 여길 뿐 아니라, 그의 시문(詩文)을 뽑아서 만고 충신 문 승상(文丞相 : 문천상(文天祥))이나 사첩산(謝疊山 : 첩산은 사방득(謝枋得)의 호)의 아래에 많이 늘어놓기도 한다. 근년에 와서 자못 그의 책판을 없애고 간직하기를 금하는 영이 있다는 말도 들었지만, 과거 공부를 하는 속생(俗生)으로서는 반드시 다 알지는 못할 것이므로 지금 여기에 자세히 기록해 둔다.

◑ 소동파가 고려를 미워하는 것은 까닭이 있다. 당시에 고려는 오로지 거란을 섬기고 있었는데, 특히 중국을 사모할 뜻을 가지고 때로는 송나라의 조정을 찾았다. 중국 선비들은 고려의 충정(衷情)을 알뜰히 보아 주지 않고 혹은 조정을 정탐하려는 것이라고 의심하는 것도 전혀 괴이할 것이 없다.

---

75) 둘 다 전겸익의 시문집이다.

또 그 조공을 바치는 길이 명주(明州 : 절강성)로부터 배에서 뭍으로 내려 반드시 유신(儒臣)으로 접대관을 삼았으므로 그 들어가는 막대한 비용은 항상 요나라의 사신에 버금가고 있었다. 〈고려가 중국을 편들어 주는〉 국가와의 외교도 아니고 속번(屬藩)도 아닌데, 매양 강한 하(夏 : 서하)를 접대하는 경비보다 더 많이 드니, 당시 사대부들이 무익(無益)하다고 말하는 것도 마땅한 일이다.

우리 조정이 황명(皇明)에 충직하게 순종한 지도 장차 300년이나 되어 가는 만큼 일심으로 중국을 사모하기는 고려 시대보다 더 했건만, 동림당(東林黨)[76]의 무리들은 번번이 조선을 좋아하지 않았다. 전목재(錢牧齋 : 목재는 전겸익(錢謙益)의 호)는 동림당의 괴수였던 만큼 우리나라를 야비한 오랑캐라고 여기는 것을 아주 정당한 이론으로 삼았으니, 분하고 억울함을 이길 수 있으랴?

더구나 우리나라 시문(詩文)에 이르러서는 더더구나 말살하기가 일쑤여서 그의 『황화집(皇華集)』[77] 발문에 보면,

---

76) 동림당(東林黨) : 명나라의 고헌성(顧憲成)이 고반룡(高攀龍) 등과 무석(無錫)에 있는 동림서원(東林書院)에서 시정(時政)과 인물을 논하여 동림당의 지목을 얻었다. 곧 명나라 말기에 생긴 일부 학자들을 중심으로 한 정계의 파벌로 당시의 여론을 형성하여 명나라 말기에 큰 영향을 끼쳤다.

77) 『황화집(皇華集)』 : 1450년(세종 32)부터 1633년(인조 11)까지 24차례 명나라 사신이 조선에 칙사로 나올 때마다 조선의 원접사

"본조(本朝)의 시종(侍從)으로 있던 신하가 칙사가 되어 고려에 갈 때는 으레적으로 『황화집』을 편찬한다. 이 책은 가정(嘉靖) 18년 기해년(1539년)에 황천(皇天) 상제(上帝)에게 큰 호(號)를 올리고, 황조(皇祖)와 황고(皇考)에게 성스러운 호(號)를 올릴 때, 석산(錫山) 지방의 수찬(修撰) 화찰(華察)이 황제의 조서와 유시를 반포하고 전하기 위해 〈조선에 다녀오며〉 지은 것이다.

조선의 문체(文體)는 글씨를 평범하게 늘어놓은 수준인데도, 여러 사림(詞林)들이 깎고 고치는 것을 아끼지 않고 조선에 나아가서 먼 곳 사람들을 회유하는 데에 뜻을 두었으므로 보배롭고 아름다운 시구는 극히 적었다. 그중 배신(陪臣)의 시편을 보면 매양 두 글자가 일곱 자의 뜻을 포함하였다. 예를 들면,

나라 안에 창이 없이 한 사람만 앉아 있네[78] 國內無戈坐一人

와 같은 글귀는 바로 그 나라에서 소위 소동파의 체(體)일 것이니, 여러분들은 아예 그들 조선인과 더불어 시를 주고받지

(遠接使)와 주고받은 시문을 화찰(華察)이 편찬한 문집이다. 『황화집』이라는 이름은 『시경』에 나오는 '황황자화(皇皇者華)'에서 따왔다.

78) '나라 국(國)' 자 속에 있는 '혹(或)' 자에서 '과(戈)' 자를 없애면 '구(口)'가 남는 것을 글자 풀이한 것이다.

않는 것이 옳을 것이다."
라고 하였다.

우리나라 문체가 진실로 그의 말과 같은 것은 사실이나, 그렇다고 어찌 헐뜯기를 이 같이 할 수가 있으랴? 나는 짐짓 이것을 자세히 기록함으로써 목재가 우리나라를 훼방하는 것이 소동파와도 차원이 다르다는 것을 보이려고 한다.

◑ 전증(錢曾)의 자는 준왕(遵王)인데, 목재(전겸익)의 족손(族孫)이다. 서건학(徐乾學 : 청나라 학자)과 함께 경전의 해석을 편집하여 당시 오매촌(吳梅村)[79] · 공지록(龔芝麓)[80]과 함께 삼대가(三大家)로 불렸다. 그들 모두 명나라 조정의 현달한 관리로서 역시 지금의 청조에서 벼슬한 자들이다.

그가 조선에 칙사로 나가는 유홍훈(劉鴻訓)에게 지어 준 목재의 글을 주석했는데, 주석한 말이 실상이 아닌 것이 많았다. 또 <임진왜란 때> 이 제독(李提督 : 이여송(李如松))이 조선을 도왔던 일에는 더욱 잘못된 기록이 많으니, 가히 개탄할 일이다.

◑ 지금 황제(건륭)가 전겸익을 배척한 조서에서 말하기를,
"<전겸익은> 오히려 거짓으로 문자(文字)를 빌려 구차하게

79) 오매촌(吳梅村) : 청(淸)나라 학자 오위업(吳偉業). 매촌은 자.
80) 공지록(龔芝麓) : 청(淸)나라 학자 공정자(龔鼎孳). 지록은 호.

살아남은 허물을 덮어 가리려고 도모하였다."
라고 한 것은 그의 간사한 심정을 깊이 꿰뚫어 본 말이다. 예를 들어 고려판(高麗板) 유종원(柳宗元)의 문집에 발(跋)을 쓴 것 같은 류가 그것이다. 그 발문에는,

"고려(조선)에서 판각(板刻)한 당(唐)나라 유 선생(유종원)의 시문집(詩文集)은 견지(繭紙)[81]로 탄탄하고 치밀하게 장정하였으며, 자획이 가늘고 빳빳해서 중국에서도 역시 좋은 책이라고 한다. 조선의 신하인 남수문(南秀文 : 조선 의 집현전 학자)이 발문의 앞뒤에 공손히 쓰기를, '정통(正統) 무오년(1438년) 여름과 정통 4년(1439년) 겨울 11월이라.' 하였으니, 정삭(正朔)을 존중하고 명나라가 천하를 통일하고 있는 뜻이 내왕하는 편지에도 숙연히 나타나 있었다.

대개 <조선은> 기자의 풍교(風教 : 풍속과 교화)가 그대로 남아 있고 명나라의 문화가 만맥(蠻貊 : 외국)에게까지 베풀어진 것은 진실로 당나라 시절에 비교할 바가 아니다. 하늘이 무너지고 땅이 기울어지다시피 팔방이 붕괴되어 명나라가 망한 뒤에 고려는 동문(同文)의 꿈을 꾸지 않은 지 오래였다. 나는 이 책을 어루만지면서 산연(潸然)히 눈물을 흘린다."
라고 하였다.

조선의 신하로서 교서를 받들어 책을 편찬한 자는 집현전

---

81) 견지(繭紙) : 닥나무를 방망이로 두드리고 다듬어서 만든 종이인데, 비단처럼 얇고 몹시 질긴 것이 특징이다.

(集賢殿) 부제학(副提學) 최만리(崔萬里)[82], 직제학(直提學) 김빈(金鑌), 박사(博士) 이영서(李永瑞), 성균관 사예(成均館司藝) 조수(趙須) 등이요, 응교(應敎) 남수문이 관함을 서명하였는데, 그의 관직은 '조산대부 집현전응교 예문관응교 지제교 경연검토관 겸 춘추관기주관(朝散大夫集賢殿應敎藝文館應敎知製敎經筵檢討官兼春秋館記注官)'이라고 하였다. 이제 아울러 써서 이로써 조선의 고사(故事)를 보존하려고 한다.

조선 사람들이 매양 '동문몽(同文夢 : 같은 문자를 가진 꿈)'이란 한마디 말을 전고로 삼아서 과거 시험에 시제(詩題)로 쓰고 있으니 정말 비루한 노릇이다.

진립재(陳立齋 : 미상)의 집에는 『고문백선(古文百選)』과 『유문초(柳文抄)』가 있었는데, 모두 한구자(韓遘字)[83]로서 이것을 고려판(高麗板)이라고 하여 자못 귀중히 여기고 있으니, 대개 이 발문에 근거한 것이다.

◑ 우리나라 합천(陜川)의 해인사(海印寺) 홍류동(紅流洞)에 있는 원융각(元戎閣)에는 명나라의 중군도독(中軍都督) 태자태보(太子太保) 이여송(李如松)이 쓰던 갓과 전포(戰袍)와 당시에

82) 최만리(崔萬里) : 조선 세종 때의 학자로, 자는 자명(子明)이다. 이(里)는 이(理)를 잘못 표기한 것이다.

83) 한구자(韓遘字) : 조선 숙종(肅宗) 때 한구(韓構)가 쓴 글자체를 말한다. 구(遘)는 구(構)를 잘못 표기한 것이다.

지은 시 한 편을 보관해 두었다.

내가 일찍이 해인사를 유람할 때에 갓과 전포를 꺼내어 구경하니, 갓모자의 둘레가 세 뼘이나 되어[84] 그 머리통의 크기를 가히 짐작할 수 있겠다. 절에 있는 중 가운데 키가 가장 큰 자를 뽑아 전포를 입혀 보았더니 땅에 한 자나 남게 끌렸다.

만력 임진년(1592년)에 우리나라가 왜인의 침로를 당했을 때 공(이여송(李如松))은 요계보정산동군무(遼薊保定山東軍務)의 제독으로 군사를 거느리고 우리나라를 도와 평양(平壤)으로 빠르게 달려 나와서 왜장(倭將) 평행장(平行長 : 소서행장(小西行長))을 모란봉(牧丹峰) 아래서 격파시켰다. 장사(壯士) 누국안(婁國安)을 평행장의 군영에 보내서 왕자 순화군(順和君 : 조선 선조(宣祖)의 여섯째아들)과 대신 김귀영(金貴榮) · 황정욱(黃廷彧) 등을 빼앗아 돌아왔다.

〈그는 본국으로 돌아간 지〉 6년 뒤에 요동에서 전사했는데, 의관을 갖추어 장사를 지내도록 조서를 내리고, 소보(少保)의 벼슬을 추증(追贈)하고, 시호를 충렬(忠烈)이라 불렀다.

공이 우리나라로 올 때에 군사를 몰아 조령(鳥嶺)을 넘어 문경(聞慶)으로부터 충주(忠州)로 돌아왔으므로 그의 갓과 전포가 합천에 남아 있었던 것이다. 공은 본래 조선 사람으로 그의 먼 조상은 이영(李英)인데, 홍무(洪武 : 명나라 태조의 연호, 1368~1398) 연간에 처음으로 중국에 들어가 양평(襄平)에 살았

---

84) 『남화경(南華經)』 추수(秋水) 편에 나오는 구절이다.

다.

우리나라 사람으로 그의 근본을 아는 자가 드물었지만, 일찍이 왕이상(王貽上 : 왕사정(王士禛))의 『대경당집(帶經堂集)』에 실린 청나라의 병부시랑(兵部侍郎) 이휘조(李輝祖)의 신도비(神道碑)를 보니 거기에는,

"철령(鐵嶺) 이씨는 영원백(寧遠伯) 이성량(李成樑)으로부터 시작하고 문벌이 명나라 시절에 현달한 가문이었다. 본조(本朝 : 청나라)에 들어와서는 가문이 더욱 커져서 안으로는 경악(經幄 : 황제 앞에서 경서를 강의하는 자리)에 참례하게 되고, 밖으로는 장수의 지위에 나아가게 되었다. 이씨의 선조는 조선 사람으로서 제일 먼저 양평으로 이사한 사람은 '이영(李英)'이었는데, 이영은 군공(軍功)으로 철령위도지휘사(鐵嶺衛都指揮使)에 임명되었다. 그의 아들은 문빈(文彬)이요, 문빈의 아들 다섯 중 맏이가 춘미(春美)이고, 춘미의 아들이 경(逕)이고, 경의 아들이 영원백(寧遠伯)이고, 영원백의 장자(長子)가 바로 공(이여송(李如松))이다. 이휘조(李輝祖)는 바로 춘미의 아우인 춘무(春茂)의 후손이다."

라고 했다. 이로써 공이 우리나라 사람인 것을 더욱 알 수가 있겠다.

숭정 말년에 공의 아들(이성충)과 이여백(李如栢) · 이여매(李如梅)의 아들들이 조선으로 탈출해 온 것은 그 부형들이 조선에서 큰 공을 세웠기 때문인 만큼, 비단 옛 은혜를 내세우려 하는 것만이 아니라 역시 여우가 죽을 때 머리를 제 고향으로

향한다는 뜻일 것이다. 그러나 중국에 혁명이 나면서 우리나라 역시 꺼리고 숨기지 않을 수 없었으니, 우리나라에 온 여러 이씨들도 감히 자기들의 출신 배경을 분명하게 밝혀 말할 수 없었다.

내가 선무문(宣武門) 안의 첨운패루(瞻雲牌樓) 앞에서 한 미소년(美少年)을 만났는데, 그는 자신을 영원백(이성량)의 후손이며 이름은 이홍문(李鴻文)이라고 말하였다. 이튿날 비단 점방으로 나를 찾아와 품속에서 인쇄한 족보(族譜) 두 권을 꺼내놓는데, 바로 철령이씨세보(鐵嶺李氏世譜)였다. 이영(李英)으로부터 시작하여 계통을 이어서 조선 사람이라고 하였으니, 내가 전에 알던 것과 더욱 들어맞아 의심할 것이 없었다.

홍문의 할아버지 되는 이편덕(李偏德)은 금년에 나이 82세인데, 중풍으로 마비가 되어 기동을 하지 못하고, 그 손자로 하여금 조선 사람의 여관을 두루 찾아서 뜻 있는 사람을 만나 이것을 전해서 우리나라 사람들에게 자기 마음을 살피도록 했다고 한다. 더구나 이훤(李萱 : 미상) 같은 자가 지금 우리나라에 벼슬을 하고 있는 줄 몰랐고, 나 역시 감히 영원백의 후손으로 누구누구가 본국에 있다고 분명히 말을 하지 못했다.

날이 저물어 여관으로 돌아와 급히 촛불을 켜고 박래원(朴來源)의 무리와 더불어 족보를 살펴보니, 대개 영원백(寧遠伯)의 장자가 이여송(李如松)이요, 이여송의 한 아들이 이성충(李性忠)이요, 이성충의 아래로는 무후(無後 : 자손이 없음)라고 되어 있는데, 이것은 이성충이 <청나라에서> 달아나서 조선으로 도망해 왔기 때문이다. 내 비록 이훤과 일면식도 없으나, 마땅히 조선으로 나가면 이를 전하려 한다.

◘ 만력 시절에 형문(荊門 : 호북성에 있는 지명) 사람 강국태(康國泰)는 죄에 연좌되어 요양(遼陽)으로 귀양을 갔다. 도독(都督) 유정(劉綎)이 건주(建州)를 칠 때 강국태는 종군했다가 전사했고, 아들 강세작(康世爵)은 나이 17세에 곧바로 청군(淸軍) 속에 들어가 아버지의 시체를 찾았다.

병부(兵部) 웅정필(熊廷弼)이 그를 휘하에 두었더니, 요양이 함락되자 강세작은 마등산(馬登山)으로 도망해 들어갔다가 밤에 성 못을 헤엄쳐 요새(要塞)를 빠져 나와서 다시 봉황성(鳳凰城)을 지켰다. 봉황성이 함락되자 금석산(金石山)으로 들어가 날마다 나뭇잎을 먹으면서 죽음을 면하였다.

간간이 의주(義州)로 나오곤 하다가 드디어 난리를 피하여 회령부(會寧府)에 살았는데, 항상 초(楚)나라 제도의 관을 쓰고 자기 집을 '초책당(楚幘堂)'이라 불렀다. 내가 금석산을 지날 때 의주의 마부꾼들이 가리키면서 강세작이 은신했던 곳이라고 이야기를 하는데, 기이한 말들이 많았다.

◘ 고려 충선왕(忠宣王) ─ 휘는 장(璋)이다 ─ 은 원(元)나라에 가서 연경 저택에 만권당(萬卷堂)을 짓고, 염복(閻復)·요수(姚燧)·조맹부(趙孟頫)·우집(虞集) 등과 더불어 교유하면서 서사

(書史)를 연구했다. 원나라에서는 그를 심양왕(瀋陽王)에 봉하고 승상으로 삼았다.

<충선왕은> 박사 유연(柳衍) 등을 파견하여 강남(江南)으로 보내어 서적을 사들이게 했는데, 배가 파선하여 당시 판전교(判典校)였던 홍약(洪瀹)이 남경(南京)에 있으면서 보초(寶鈔) 150정(錠)을 유연에게 주어 서적 10,800권을 사가지고 돌아왔다. 홍약은 또 황제에게 여쭈어 책 4,070권을 충선왕에게 하사하게 하였으니, 이것은 모두 송나라의 비각(秘閣)에 간수했던 책들이다.

심양왕(충선왕)은 원나라 영종(英宗)에게 강남에 강향(降香)할 것을 청하여, 강소(江蘇) · 절강(浙江) 지방을 유람하고 보타산(寶陀山)에 이르렀다. 이듬해에 또 강향(降香)을 청하여 금산사(金山寺)까지 이르렀더니, 황제는 사신을 보내어 급히 불렀다. 그리고는 군사를 시켜 옹위해서 급히 본국으로 호송(護送)하라고 명령했다.

충선왕은 지체하고 즉시 떠나지 않으니, 황제는 명령하여 머리카락을 깎고 불경을 공부하라는 핑계로 토번(吐蕃)의 살사길(撒思吉)이란 땅으로 유배(流配)시켰다. 그때 박인간(朴仁幹) 등 18명이 그를 따라갔는데, 이곳은 연경에서 15,000리나 떨어진 곳이었으니, 충선왕이 어찌 한갓 천승(千乘 : 제후국)의 왕이라는 지위를 버리고 서적만 탐혹해서 그랬을 것인가?

<『사기(史記)』에 의하면> 옛날 남월왕(南越王) 위타(尉佗)는 육가(陸賈 : 한(漢)나라 때의 변사(辯士))를 만나고 매우 기뻐서

며칠 동안 머물면서 그와 함께 술을 마셔가며 말하기를,

"월(越)나라에서는 족히 더불어 이야기할 사람이 없더니, 당신을 만난 뒤로 날마다 전해 듣지 못했던 이야기를 듣게 되었소."

라고 했다고 하니, 귀로 들은 것도 이와 같은데, 더구나 정말 눈으로 직접 봄에랴? 소위 하백(河伯)이 넓은 바다를 바라보고 탄식했다는 망양지탄(望洋之嘆)[85]과 다름없었을 것이다.

당시에 <충선왕을> 따라간 신하로서 이제현(李齊賢)과 같은 무리는 비록 문학과 재망(才望)으로 우리나라에서 거벽(巨擘)이라 일컬었지만, 염복 · 요수 · 조맹부 · 우집 같은 이들의 틈에 끼었다면 도리어 응당 하백이 바다를 바라본 것처럼 부끄러워했을 것이다. 옥동교(玉蝀橋) 가에서 멀리 오룡정(五龍亭)을 바라볼 때 참으로 이른바 인간의 세상이라 하겠다.

◘ 육비(陸飛)는 자가 기잠(起潛)이며, 호는 소음(篠飮)으로 항주(杭州) 인화(仁和) 사람이다. 건륭 병술년(1766년) 봄에 엄성(嚴誠) · 반정균(潘庭筠)과 함께 연경(북경)에 와서 홍덕보(洪德保)와 건정호동(乾淨衚衕)에서 교제를 하여 『회우록(會友錄)』을 냈다. 나는 일찍이 이 책에 서문(序文)을 써 준 적이

85) 『남화경(南華經)』 추수(秋水) 편에 나오는 구절로, 자신보다 뛰어난 인물을 보면서 자신의 힘이 미치지 못함을 부끄러워 탄식했다는 뜻이다.

있다. 소음의 집은 서호(西湖)에 있는데, 동네 이름은 호서대관(湖墅大關) 안의 주아담(珠兒潭)이다.

기잠은 말하기를,

"육계(肉桂 : 한약 재료)는 교지(交趾 : 베트남 북부 지역)에서 나는 한약재인데 근세에는 또한 구하기 어려우며, 육계는 성질이 화기(火氣)를 이끌어서는 근원으로 돌아가게 하는 것이요, 계피(桂皮 : 한약 재료)는 숨은 화기를 일으키는 것이므로 그 용처가 서로 아주 같지 않습니다."

라고 하였다.

우리나라에서 망령되이 조금 두꺼운 계피를 육계로 대용(代用)하고 있으니, 매우 위험한 일이다. 나는 일찍이 이 이야기를 두루 의원들과 약국에 알려주었다. 마침 통주(通州) 어느 약국에서 육계를 찾았더니 주먹만 한 큰놈을 내어 보이면서 값은 은 50냥이라고 했다.

범생(范生)이란 자가 나를 따라오면서 가만히 말하기를,

"이것도 진품이 아닙니다. 중국에서도 진품이 떨어진 지 이미 20여 년이나 되었답니다."

라고 하였다.

◘ 『진택장어(震澤長語)』[86]에 이르기를,

---

86) 『진택장어(震澤長語)』 : 명나라의 명신(名臣)이자 문학가인 왕오(王鏊)가 지은 일종의 수필집이다. 왕오는 오현(吳縣) 사람으로 자는

"조종(祖宗) 때 해마다 사용한 황랍(黃蠟) 한 가지로만 말하더라도, 국초(國初)에는 1년에 불과 2,000근이던 것이 경태(景泰 : 명나라 대종의 연호, 1450~1456) · 천순(天順 : 명나라 영종의 연호, 1457~1464) 사이에는 85,000근으로 늘어났고, 성화(成化 : 명나라 헌종의 연호, 1465~1487) 이후는 120,000근으로 불어났으니, 그 나머지들은 미루어 짐작할 수 있을 것이다."
라고 하였다.

또 이르기를,

"정덕(正德 : 명나라 무종의 연호, 1506~1521) 16년(1521년)에 공부(工部)에서 아뢴 것을 보면, 건모국(巾帽局 : 모자를 취급하는 기관)에서 소비되는 내시(內侍)의 신발에 드는 삼실과 사모(紗帽)와 가죽 등 재료가 성화 연간에는 20여 만이었고, 정덕 8, 9년에는 46만에 이르고, 말년(末年)에는 72만에 이르렀다고 하니, 이것으로도 그 나머지는 알 만한 것이다."
라고 하였다.

◑ 우리나라에서는 동전을 셀 때 10문(文)이 1전이고, 10전이 1냥이다. 그런데 지금 중국에서는 160푼이 1초(鈔)이고 16문(文)이 1맥(陌)이다. 우리나라 풍속에는 동전 1문(文)을 1푼(分)이라 하고, 동전 10푼을 1전(錢)이라 한다. 형암(炯菴) 이

제지(濟之)·수계(守溪)이고, 호는 졸수(拙叟)·진택선생(震澤先生)이다.

덕무(李德懋)가 말하기를,

"그 뜻은 저울과 자에서 나온 것이므로 자로 치면 10리(釐)가 1푼(分)이요, 10푼이 1촌(寸)이며, 10촌이 1척(尺)이다. 동전 1문의 두께는 10리(釐)를 쌓은 두께로 1푼이 되고, 10문을 쌓은 두께는 10푼의 두께로 1촌이 되니 100문의 두께는 1자이다. 저울로 치면 10리가 1푼이요, 10푼이 1전(錢)이고, 10전(錢)이 1냥이다. 지금 동전을 세는 명칭은 저울에서 딴 것이다."

라고 하였다. 그러나 지금 우리나라 동전은 크고 작은 것과 두껍고 얇은 것이 고르지 못해서 이를 표준으로 삼기 어렵다.

◘ 『해외기사(海外記事)』 1권은 광동 영표(嶺表)의 탁발수행 승려 산엄(汕厂)이 강희 갑술년(1694년)에 대월국(大越國 : 남양군도)에 갔을 때 본 여러 가지 일을 기록한 것이다.

대월국은 경주(瓊州)에서 남쪽 바닷길로 10,000여 리 떨어진 곳에 있다. 매일 아침이면 전조(箭鳥)란 새가 바다 가운데로부터 날아와 배를 한 바퀴 돌고 앞으로 향해 날아갔다. 뱃사람들은 이것을 신령스러운 새라고 합니다. 바다 가운데에는 여러 가지 괴이한 것이 보였다. 물결 위에는 혹은 붉고 혹은 검은 작은 깃대가 세워져 있어 잠깐 잠겼다가 잠깐 뜨곤 하였다. 이것은 한 가지가 지나가면 또 한 가지가 다시 와서 계속하여 10여 가지씩 오는데, 뱃사람들은 이것을 귀전(鬼箭 : 귀신 화살)이라고 하며, 보기만 해도 이롭지 못하다고 한다.

풍랑(風浪)이 크게 일고 구름과 흙비가 자욱하게 밀려오면 검은 용이 꿈틀거리며 배의 왼편에 나타났다. 뱃사람들이 급히 유황과 닭털을 태우고 더러운 물건을 섞어서 〈물에〉 뿌리면 가까이 오지 못한다고 했다.

하루 저녁에는 검은 구름이 컴컴하고 별과 달빛이 없는데, 홀연 뒤에서 일어난 화산(火山)의 불빛이 돛대 위에 비추는데 마치 들판의 불〔燒〕과 석양처럼 비추더니 점점 배와 가까워졌다. 뱃사람들은 나무로 뱃전을 두드리며 계속 소리를 내었으나, 그런 지 두어 시간이 지난 뒤에야 배의 키가 그 몸뚱이에 걸린 것을 알게 되었다. 배를 조금 옆으로 돌리자 불은 사라져 보이지 않았으니, 대개 이것은 '해추(海鰍 : 바닷고기의 이름)'의 눈에서 나오는 번갯불이라고 한다.

이미 배가 그 나라에 도착하고 보니, 모든 사람들이 벌거숭이에 머리카락을 풀고 베로 짠 끈으로 그 앞을 가렸을 뿐이었다. 북상투를 틀고 이빨에는 검게 옻칠을 하였다. 물 위에는 연꽃이 떠서 움직이는데, 푸른 잎이 번득거리며 뿌리도 없고 줄기도 없었다.

그 나라에서 전쟁을 할 때는 모두 코끼리를 사용하고, 국왕이 군사들의 훈련장에 나와서 연무(演武 : 군사 조련)할 때는 매양 코끼리 열 마리로 짝을 지어 등에는 붉은 칠을 한 나무 안장을 얹고 세 사람이 코끼리 한 마리에 함께 타는데, 모두 금 투구에 초록빛 겉옷을 입고 금속 창을 들고 코끼리의 등에 선다. 풀을 묶어 허수아비를 만들어 축대 위에 벌여 세운 다음, 마치 군진(軍陣 : 군대 진영) 모양으로 구리로 만든 북을 계속해서 울리고 화기(火器)를 함께 쏘면 여러 군사들은 앞으로 돌격하여 코끼리 떼에 부딪친다. 이때 코끼리 떼 역시 축대를 밟고 올라가 앞으로 달아나는데, 모든 군사들은 물러서서 피하고 코끼리들은 저마다 코로 풀을 묶어 만든 허수아비를 말아 들고 돌아온다.

국가에서 죄인을 사형할 때는 코끼리를 풀어놓아서 사람을 몇 길 위로 던지고 이빨로 받게 하여 가슴과 배를 꿰뚫어 시체가 잠시잠깐 사이에 썩어문드러지도록 하기에, 산엄(汕厂)이 그 사형 제도를 없애도록 권했었다.

그 나라 국왕이 말하기를,

"이 나라 산중에는 서우(犀牛 : 코뿔소)와 코끼리가 떼를 지어 사는데, 산 채로 코끼리를 잡는 데는 길들인 암코끼리 두 마리를 써서 수놈을 꾀어 오게 하여, 굵은 밧줄로 발을 묶어 나무 사이에 매어 움직이지 못하게 하고, 며칠 동안 굶주리고 목마르게 한 다음 상노(象奴)를 시켜 점점 가까이 가서 먹을 것을 주어 조금씩 길을 들인 뒤에 두 암놈이 끼고 돌아옵니다."

라고 하였다.

때는 마침 이른 봄이라 평평한 논에는 푸른 모가 이미 이삭을 팼고, 거름도 주지 않는데도 한 해에 세 번 수확을 한다고 한다. 풍토(風土)와 기후는 항상 따뜻하여 그늘이 배양을 돕고 볕이 따가워 쇠라도 녹일 것 같으므로 만물은 가을과 겨울에 피어난다고 한다.

그들은 일은 밤에 하며, 여자가 남자보다 지혜롭다. 나무는 파라밀(波羅蜜) · 야자(椰子) · 빈랑(檳榔) · 산석류(山石榴) · 정향(丁香) · 목란(木蘭) · 번말리(番茉莉)가 많다. 그 시골 촌락들은 모두 초가에 대나무 울타리이다.

◘ 강희 을미(1715년) 연간에 우리나라 사람들은 흑진국(黑眞國) 사람이 여자 하나와 같이 가는 것을 산해관(山海關) 밖에서 만났다. 영고탑(寧古塔) 동북쪽으로 수천 리를 가면 얼음바다가 있어 5년에 한 번씩 육지(陸地)까지 얼어붙는데, 이곳에 '흑진국'이라는 나라가 있다.

일찍이 육지에 통하지 못한 지 10여 년에 흑진국 사람 하나가 졸지에 얼음을 건너 서쪽 언덕에 이르렀다. 처음에는 무슨 물건인지 분별하지 못하겠더니, 자세히 살펴보니 사람이었다. 온몸을 짐승 가죽으로 둘러싸고, 다만 머리와 얼굴만 드러냈는데, 머리털은 양털처럼 곱슬머리였다. 변방 사람들이 산 채로 붙들어 황경(북경)으로 보냈다.

강희 황제가 그를 불러 보고 밥을 주었더니 먹을 줄을 알지 못하고, 오직 생선과 날고기만 씹어 먹었다. 여러 가지 물건을 앞에 벌여 놓고 무엇을 갖고 싶어 하는가 보았더니, 끝내 돌아보지도 않았다. 여자를 끌어다가 보였더니 즉시 기뻐하며 끌어안았다. 이에 황제가 총명한 여자를 골라 배필로 삼아

주고, 또 영리한 시위(侍衛) 다섯 명으로 하여금 여자와 함께 보호하게 하여 본국으로 돌려보냈다.

〈황제는〉 그들에게 오곡의 종자와 농사짓는 법을 가르쳐 보냈더니, 5년 뒤에 그는 여자와 함께 다시 얼음바다를 건너와서 은혜를 사례했는데, 주먹만 한 큰 구슬 몇 개와 한 길이 넘는 초피(貂皮 : 담비가죽)를 갖다 바쳤다. 여자의 말에,

"나라는 큰 바다 가운데 있는데 임금도 어른도 없으며, 키가 큰 사람은 세 길이나 되고 작아도 한 길은 넘어 된다. 오직 금수를 사냥하고 생선과 자라를 날로 먹는 것뿐이요, 바다 속에는 구슬이 가득하고 광채가 괴상하여 헤아릴 수 없습니다."

라고 한다.

이 이야기는 일암(一菴 : 이기지(李器之))의 『연행기(燕行記)』에 실려 있었다. 나는 이야기를 하다가 학지정(郝志亭)에게 이 일을 두고 물었더니, 그의 대답도 대동소이(大同小異)했다. 이로써 더욱 천하는 넓고 없는 물건이 없다는 것을 알았다.

◑ 이른바 군기대신(軍機大臣)[87]이란 모두 만주 사람들이다. 일찍이 듣건대, 나라에 기밀(機密)에 관한 큰일이 있으면 황제는 비밀히 군기대신을 불러서 함께 높은 누각(樓閣)에 올라가는데, 밑에서 사닥다리를 치워 버렸다가 누각 위에서 방

87) 군기대신(軍機大臣) : 황제의 정치를 보좌하기 위해 청나라 때에 설치한 군기처의 으뜸 벼슬이다.

울 소리가 난 연후에야 도로 그 사닥다리를 가져다 놓는다. 비록 며칠이라도 방울 소리가 들리지 않으면 좌우의 누구도 감히 누각 가까이 가지 못한다고 한다.

옹정(雍正) 때 군기대신은 망곡립(莽鵠立)이었는데, 몽고 사람으로 그림을 잘 그려 일찍이 강희 황제와 옹정 황제의 초상을 그렸다. 악이태(鄂爾泰)·팽공야(彭公冶)는 모두 문무(文武)를 겸한 재사였으며, 김상명(金常明)이란 자는 우리나라 의주 사람으로, 역시 군기대신의 칭호를 띠고 있었다.

지금 복차산(福次山)은 밀운점(密雲店)까지 따라왔는데, 나이는 25, 6세 가량이고 역시 군기대신이라고 불렀다.

◐ 옹정 2년(1724년) 정월 경자일에 흠천감(欽天監 : 천체와 일기를 관찰하는 기관)이 아뢰기를,

"해와 달이 함께 떠올라 같이 밝고, 오성(五星 : 금·목·수·화·토성)이 구슬 꿰듯 이어져서 영실(營室)[88]의 다음으로 돌아드니, 그 위치는 추자(娵訾)[89]의 별자리에 해당하옵니다."

라고 하였다. 황제는 사관(史館)에 칙명을 내려 그 사실을 나라 안팎에 알리게 하였다.

또 옹정 4년(1726년)에 친히 적전(籍田)[90]에 나가 밭을 가는

88) 영실(營室) : 28개 성좌(星座) 중의 하나인 실성(實星) 성좌.

89) 추자(娵訾) : 미성(尾星)의 16도와 규성(奎星)의 4도에 있는 성좌.

90) 적전(籍田) : 황제가 종묘(宗廟)에 바칠 곡식을 친히 경작하는 밭.

데, 잘된 벼이삭은 한 줄기에 두 이삭으로부터 8, 9이삭까지 나왔었다. 이때 오중(吳中 : 절강 지방)에서는 또 상서로운 누에고치를 바쳤는데, 크기가 모자만 했다고 한다.

이 밖에도 기린이 나타나고, 봉황이 울고, 황하가 맑아지며, 경운(慶雲 : 오색구름)이 뜨고, 단 이슬과 신령스러운 지초가 났다는 등 이런 상서가 없는 해가 없었다.

그런데 사사정(査嗣庭)[91]의 『일록(日錄)』에는 〈이런 상서로운 일을〉 도리어 재앙이 있을 변으로 삼았고, 더러는 중국에 진인(眞人)이 나올 조짐이라고 하였다. 그래서 사사정의 옥사(獄事)가 생기자 옹정 황제는 국내외에 조서를 내리기를,

"너희 한인들이 이미 태평을 함께 누리면서도 그 복을 국가에 돌릴 줄 모르고 반드시 진인이 나올 것이라고 하니, 이것은 진실로 무슨 마음인가? 이는 정말 반역을 생각하는 백성들이다……."

라고 하였다. 이 옥사에 연좌된 수가 수만 호에 달했다.

요즘 70개의 성(省)에서 나타난 상서로운 일들은 옹정 황제

91) 사사정(査嗣庭) : 청나라 때의 관리로, 자는 윤목(潤木)이고 호는 횡포(橫浦)이다. 옹정 4년(1726년)에 예부시랑이던 사사정이 강서성의 향시(鄕試)에서 출제한 제목이 『시경(詩經)』의 '유민(維民所止)'였는데, '유(維)' 자와 '지(止)' 자가 '옹정(雍正)' 두 글자의 머리부분을 잘라 풍자한 것이라고 고발당하였다. 이로 인해 사사정은 '문자(文字)의 옥(獄)'에 걸려 투옥되었고, 옥사 후 시신이 능치처참 당하였다.

때보다 더욱 많았으며, 〈상서가 있을 때마다〉 한인들이 문득 옛 한(漢 : 망한 명나라)을 생각하다가 감옥살이를 하게 되니, 이는 과연 상서로운 조짐이 아니라 재앙의 조짐인가 보다.

◗ 청(淸)나라 경릉(景陵 : 강희)의 시호는 곧 성조(聖祖) 인황제(仁皇帝)이다. 그 아들들은 모두가 명사(名士)들이다. 과군왕(果郡王 : 열일곱째 아들인 과친왕(果親王)) 윤례(允禮)의 글씨는 축지산(祝枝山 : 지산은 명나라의 서예가 축윤명(祝允明)의 호)에게 비교할 바가 아니다. 강녀묘(姜女廟)와 북진묘(北鎭廟)에는 모두 과친왕의 주련(柱聯)이 있었고, 무령현(撫寧縣) 서초분(徐苕芬)의 집에도 역시 과친왕의 글씨가 있기에, 나는 모사해서 돌아오려고 했으나 길이 바빠서 해내지 못하였다.

◗ 강희는 모두 스물○명의 아들을 두었는데, 재주 있는 아들로는 이친왕(怡親王) 윤상(允祥), 장친왕(莊親王) 윤록(允祿), 과친왕(果親王) 윤례(允禮), 넷째아들인 옹정 황제 윤진(允禛), 여덟째왕자 윤아(允䄉), 아홉째왕자 윤당(允禟), 열셋째왕자 윤제(允禔), 열다섯째왕자 윤우(允祐), 염친왕(廉親王) 윤사(允禩)이다.

열넷째왕자 윤제(允禵)는 본명이 윤정(允禎)인데, 여러 번 큰 공을 세워 여러 사람들의 신망(信望)을 모았다. 그런데 강희 황제의 병이 위중해지자, 한족의 각로(閣老) 왕담(王惔)과 함께 고명(顧命)을 받들면서 '진(禛)' 자를 '정(禎)' 자로, 넷째 아들인 것을 열넷째 아들로 잘못 알았다가 왕담은 죄를 받았고, 윤정은 역적의 괴수가 되어 '정(禎)' 자를 '제(禵)' 자로 고쳤다고 한다.

◘ 우리나라 서해안 장연(長淵)·풍천(豊川) 해변의 고기잡이에는 중국 배들이 휩쓸고 있다. 이들은 모두 각화도(覺華島) 사람으로, 매년 5월 초에 와서 7월 초에 돌아간다. 잡아가는 물건은 방풍(防風 : 한약 재료)과 해삼(海蔘)뿐으로, 때로는 육지에 내려 양식을 청하므로 우리나라에서는 중국 황제께 아뢰어 금지할 것을 청했다.

강희 54년(1715년) 2월에 예부에서 다시 〈황제에게〉 주청하여 봉천장군(奉天將軍)·봉천부윤(奉天府尹)과 산동(山東)·강남(江南)·절강(浙江)·복건(福建)·광동(廣東) 등지의 독무(督務 : 지방관) 등에게 문서를 돌려 연해의 수사영(水師營)에서는 조선의 가까운 해상에서 고기를 잡지 못하도록 신칙(申飭)하고, 밀항(密航)하여 바다를 건너다가 붙들려 조선에 압송되는 자에 대해 엄하게 치죄(治罪)할 것과, 그 지방 관리와 해당 부서에서는 서로 협의하여 역시 엄격히 신칙하도록 하였다. 또 조선 연변을 지키는 관리나 군사들이 불시에 순찰하여 만일 이런 무리를 발견할 때는 즉시 붙들어 압송할 것을 운운하였다.

지금도 중국 배가 서해안에 오면 지방 이교(吏校 : 아전과 장

교)들이 비록 즉시 해당 지방관에게 보고하지만 실상은 금지할 방도가 없다 보니, 알고도 모른 체하고 있다가 돌아갈 시기를 기다려 멀리서 배 떠나는 날짜를 묻고 그제야 수영(水營)에 역마를 달려 아뢰었다. 방금 배가 왔다고 하면 수영에서는 한편으로는 조정에 보고하고, 다른 한편으로는 그 지방 관리에게 그날로 쫓아 보내라고 엄하게 신칙하는데, 실상은 모두 귀 막고 방울 도둑질하는 격이니, 우리나라의 국경 수비가 가히 한심하다고 하겠다.

◑ 한(漢)나라 제도[92]에 삼공(三公)[93]은 매월 녹봉이 350곡(斛 : 1곡은 10말)이고, 이 밖에 중간 2,000섬〔石〕으로부터 100섬에 이르기까지 무릇 14등급으로 나누었으니, 중간 2,000섬은 매월 녹봉이 180곡이고, 100섬은 매월 녹봉이 16곡이다.

후한(後漢) 시대에는 대장군과 삼공은 매월 350곡을 받고, 중간 2,000섬은 매월 72곡에 돈 9,000냥을 받았으며, 100섬은 매월 4곡 8말에 돈 800냥을 받았다.

진(晉)나라의 제도는 품질(品秩)에 있어 제 1등급이 1,800곡을 받았고, 후주(後周)에서는 9등급으로 나누어 삼공은 10,000

92) 관리의 연봉을 곡식의 석수로 표시하던 한(漢)나라의 관제(官制)를 말한다.

93) 삼공(三公) : 한나라 때는 승상 · 태위 · 어사대부요, 명나라와 청나라에서는 태자 · 태부 · 태보를 일컫는다.

섬을 받았고, 제일 낮은 일명(一命)은 125섬을 받았다.

당나라의 제도는 정1품이 매년 700섬에 돈 31,000냥을 받았고, 종9품에 이르러서는 52섬에 돈 1,970냥을 받았다.

송나라의 제도는 41등급인데, 재상과 추밀사(樞密使)는 매월 돈 3백 1,000냥(30만 냥)을 받았고, 보장정(保章正)의 경우는 2,000냥을 받았다.

명나라에서는 정1품에 매월 쌀 87섬을 주고, 종9품에 5섬을 주었다. 대체로 비교해서 춘추 전국(戰國) 시대는 대신의 녹봉이 10,000종(鍾)[94]이라 하였으니, 한나라 제도에서 삼공이 매월 받는 녹봉으로는 너무 약소한 편이다. 지금 청나라의 녹봉 제도와 지방관들의 보수를 상고해 보면 또한 명나라 제도보다 적은 편이다.

◘ 고려는 중서령(中書令)과 상서령(尙書令)과 문하시중(門下侍中)은 연봉이 쌀 400섬이었고, 조교(助敎 : 국자감 같은 태학의 교수 후부)에 이르러는 쌀 10섬이었다.

우리 조정(조선)에서는 정1품은 연봉 98섬에 명주 6필, 정포(正布 : 품질 좋은 베) 15필, 저화(楮貨 : 지폐) 10장이고, 종9품은 12섬에 정포 2필, 저화 1장이다. 임진왜란 뒤에는 1품 연봉이 60여 섬에 명주와 정포와 저화는 없었다. 대개 녹봉 제도가 전 시대보다 검약해진 것이 아니라, 쓸데없는 관원이 많

94) 종(鍾) : 1종은 10부(釜)인데, 한나라의 1석에 해당한다.

아졌기 때문이다.

◘ 중국에서는 겨울철 창문살에 종이를 붙이는데, 격자무늬 간살에 인물과 화초를 그려 넣은 유리 조각을 끼운다. 방 안으로부터 밖을 보면 작은 것이라도 보이지 않는 것이 없으나, 밖에서 안을 보면 아무것도 보이지 않는다. 이것은 원래 구양초옹(歐陽楚翁)의 「어가사(漁家詞)」에 나오는 화호(花戶) 유창(油窓)이다. 연로(沿路)의 저자에서 채색 그림을 그린 유리를 파는 자가 아주 많은데, 모두 창문살에 끼우는 것이다.

◘ 〈벼슬아치들이〉 염주〔數珠〕를 목에 거는 제도는 반드시 5품 이상이라야 하였는데, 한림(翰林)들은 7품이라도 거는 것이 허락되었다. 지방으로 나가서 지현(知縣 : 지방관)이 되면 걸지 못하는 법인데, 통관(通官) 오림포(烏林哺)와 서종현(徐宗顯)의 무리들도 함께 염주를 걸 수 있는 것은 외국 사람들에게 영화롭게 보이기 위하여 임시로 걸게 한 것이다.

◘ 명나라 270년 간에 세 가지 기이한 일이 있었으니, 태조 고황제는 중으로서 황제가 되었고, 건문 황제는 대내(大內)에서 중으로 늙었으며, 숭정 황제는 머리를 풀고 나라를 위해 죽었다는 것이다.

◘ 왕양명(王陽明 : 왕수인(王守仁))의 도학과 척남궁(戚南宮 :

척계광(戚繼光))의 무략(武略)과 왕남명(汪南溟)[95]의 문장으로도 모두 사나운 아내가 있어 평생을 두려워하며 굽실거리고 감히 제 기운을 내지 못했다고 하니, 이 또한 명나라의 세 가지 기이한 일에 들 것이다.

◘ 강희 연간에 왕사정(王士禎)은 형부(刑部)에 있으면서 매일 「원서(爰書 : 죄인들이 진술한 범죄사실을 기록한 책)」를 열람해 보니, 성씨로 묘씨(妙氏) · 도씨(島氏) · 반씨(盤氏) · 민씨(民氏) · 전씨(纏氏) · 저씨(杵氏) · 천씨(剷氏) · 율씨(律氏) · 다씨(茶氏) · 연씨(煙氏) · 양씨(穰氏) · 수씨(首氏) · 비씨(卑氏) · 위씨(威氏) · 빙씨(氷氏) · 감씨(坎氏) · 탑씨(榻氏) · 남씨(欖氏) · 자씨(慈氏) 등등이 있었는데, 모두 중국에서 드문 성씨들이라 하였다.

내가 심양에 이르니, 빈희안(貧希顔) · 희헌(希憲) 형제가 있

95) 왕남명(汪南溟) : 명나라의 문학가 왕도곤(汪道昆). 자는 백옥(伯玉) · 옥경(玉卿)이고, 호는 남명 · 태함(太函)이다. 가정(嘉靖) 26년(1547) 진시에 급제하여 의오령(義烏令)에 임명되어서는 백성들에게 무예를 가르쳐 사람마다 돌을 던지고 장애물을 뛰어넘는 재주를 익히게 하였으며, 후에 민해(閩海)의 전쟁에서 척계광과 의오병(義烏兵)을 모집하여 왜구를 물리친 공으로 사마랑(司馬郞)에 발탁되었고, 승진을 거듭하여 병부시랑까지 올랐으나 연로한 부모님을 봉양하기 위해 벼슬을 그만두고 고향으로 돌아갔다. 시문으로 세상에 이름을 떨쳐 왕세정(王世貞)과 함께 양사마(兩司馬)로 불렸다.

었는데 모두 강남의 큰 장사꾼이라고 했고, 산해관(山海關)에 오니 구승(臼勝)이란 자가 있었는데 거인(擧人)이라고 했다.

우리나라에도 역시 부씨(夫氏)·양씨(良氏)가 있으니, 모두 탐라(耽羅 : 제주도) 출신이다. 또 뼘씨(乀氏)·궉씨(鴌氏)도 있는데, 비단 성이 드물 뿐만 아니라 글자도 상고할 수 없으니, 괴상한 일이다.

옛날 이루(離婁)가 있었는데, 이씨(離氏)가 감씨(坎氏)와 더불어 혼인하고 저씨(杵氏)가 구씨(臼氏)와 더불어 짝이 되었으니, 가히 하늘이 정해 준 배필이라고 말할 만하다.[96]

◘ 세상에 전하기를, 옹백(雍伯)이 옥을 심었다고 하는데, 지금 내가 지나가는 옥전현(玉田縣)이 바로 이곳이다.

『오후청(五侯鯖 : 저자 미상)』에 실려 있기를,

“설경(薛瓊)은 지극한 효자인데, 집이 가난하여 나무를 하러 가다가 늙은 농부를 만났더니, 그가 무슨 물건 하나를 주면서 말하기를,

‘이것은 은실(銀實 : 은 열매)인데, 서쪽 벽토(壁土)를 파다가 구리로 된 화분에 심으면 꼭 은을 얻을 것이다.’

라고 하였다. 그 말대로 심었더니 열흘이 되어 싹이 나고 다시 열흘이 되어 꽃이 피었는데, 꽃빛은 은색이어서 소라껍질

---

96) 옛날 …… 말할 만하다 : 수택본에 나오는 내용이다.

로 된 자개와 같았다고 하며, 열매를 맺었는데 모두 은이었다."
라고 한다.

태사(太史) 고역생(高棫生)이 나에게 말하기를,

"서역(西域)에서는 양의 배꼽을 심는데, 양을 잡을 때 먼저 배꼽을 따서 이를 흙으로 깊게 묻어 심으면 1년 만에 양이 생겨난다고 했다. 양이 땅 위에 엎드려 꼭 짐승 모양으로 되었다가 천둥소리를 들으면 배꼽이 떨어진다고 하는데, 이것은 『원사(元史)』에 실려 있습니다."
라고 한다. 양의 배꼽을 심을 수 있다면 은과 옥도 역시 심을 수 있을 것인가?

◘ 옹정 원년(1723년)의 조서에 이르기를,

"대행황제(大行皇帝)[97]의 서사(書笥) 속에서 아직 반포하지 않은 유지(諭旨)를 찾아냈다. 그 내용에 '명나라 태조(太祖)는 벼슬하지 않은 평민으로서 우뚝 일어나 천하를 통일하였다. 문(文)을 경(經)으로 삼고 무를 위(緯)로 삼은 점은 한나라와 송나라의 여러 임금들이 따르지 못할 바이다. 그 뒤로 대를 이은 임금들도 역시 전 시대와 같이 포학하고 음탕하여 나라를 망치던 자취는 없었으니, 이제 지파(支派 : 갈래) 자손 하

97) 대행황제(大行皇帝) : 황제가 붕어(崩御)하여 아직 시호(諡號)가 없을 때의 호칭이다.

나라도 찾아서 적당한 관직을 주고, 봄가을에 제사라도 받들고자 한다.'라고 하셨다.

짐이 생각해 보니, 『사기(史記)』에는 동루(東樓)[98]를 기록했고, 『시경(詩經)』에는 백마(白馬)를 노래했는데,[99] 후세에서는 모두 이를 의심하고 기휘해서 역대 임금의 종사(宗祀)가 끊어지고 말았다. 짐은 황고(皇考)－강희(康熙)이다－의 하늘 같은 마음을 우러러 받들고, 멀리 옛 임금의 성대한 덕을 본받아서 삼가 대행황고(大行皇考)인 성조(聖祖) 인황제(仁皇帝)의 유지를 반포하여 명나라 태조의 지파 자손을 찾아 적당한 직함(職啣)을 주고, 그로 하여금 봄가을에 제사를 모시도록 할 것이다."라고 하였다.

이때 주씨(朱氏) 한 사람이 성명을 바꾸어 외읍에 벼슬을 하였는데, 그의 원수되는 사람이 고발을 하였다. 이에 황제가 그를 불러 그 근본을 자세히 묻고는, 특명으로 국공(國公)에 봉하고 명(明)나라의 제사를 받들도록 했다고 한다.

◐ '파극십(巴克什)'은 만주말로 '큰 선비'를 일컫는 말이다. 청나라 태종(太宗) 때 파극십 달해(達海)란 자가 있었는데, 만주 사람으로 나이 21세에 죽자, 제자로서 효복(孝服)을 입은

---

98) 동루(東樓) : 주나라 무왕이 천하를 통일한 뒤에 하우(夏禹)의 후손을 동루에 봉하였다.

99) 황고(皇考) 기자가 백마로 조주(朝周)한 일을 읊었다.

자가 3,000명이나 되었으니, 신인(神人)이라 불렀다고 한다.

신라의 사다함(斯多含)은 15세에 풍표(風標 : 외모)가 맑고 빼어났으며, 지기(志氣 : 의지와 기개)가 방정해서 당시 사람들이 화랑(花郞)으로 삼았더니, 그 무리가 1,000여 명이나 되었다. 내가 사다함 이야기를 들어서 달해의 숙성(夙成)함과 비교했더니 풍병건(馮秉健)이 웃으면서 말하기를,

"신라 화랑의 칭호가 케케묵은 흔해 빠진 이학 선생(理學先生)보다 훨씬 낫습니다. 명나라의 육경대(陸瓊臺)는 타고난 자질이 고매해서 나이 겨우 약관(弱冠)에 선비들을 동림(東林)[100]에 모아 강론을 하였는데, 옷을 걷고 허리를 구부리면서 방 안에 벌여 서는 제자가 하루아침에도 800명이나 되었답니다."

라고 하였다.

◘ 명나라의 특진광록대부 전군도독부 좌도독(特進光祿大夫前軍都督府左都督)인 남창(南昌)의 유정(劉綎)은 자가 자신(子紳)이다. 그는 언제나 대도(大刀) 쓰기를 좋아했으며, 대도의 무게가 120근이나 되었으므로 유대도(劉大刀)라고 불렀다.

전라도 순천부(順天府)에 있는 열무관(烈武觀)은 곧 그가 임진년에 조선을 도우러 왔을 때 군사를 사열하던 곳이다. 유

100) 동림(東林) : 명나라 말기에 동림당(東林黨)의 학자가 강학하던 동림서원(東林書院)이다.

정이 이 제독(李提督 : 이여송(李如松))을 따라 진격하여 왜군의 추장(酋長) 소서행장(小西行長)을 문경(聞慶)에서 무찔렀다. 제독은 본국으로 돌아가고 유정은 혼자 성주(星州)에 주둔하면서 거성(莒城)에 들어가 도독 진린(陳璘)과 함께 소서행장을 순천 앞바다에서 격파하고, 예교(曳橋)를 포위했으나 10여 일만에 소서행장은 도주했다. 우리나라에 출사(出師)한 전후 7년 동안 그의 공이 가장 컸고, 그로부터 20년 후에 심하(深河) 싸움에서 죽었다.

명나라가 출사할 때 유정이 보졸(步卒) 5,000명으로 왜병을 공격하겠다고 하니, 신종 황제(神宗皇帝)가 장하게 여겨 허락한 것이다. 『명사』에는 소서행장이 기병 1,000여 명을 출전시키자 유정이 드디어 물러났다고 했으나, 이것은 모두 잘못된 역사 기록이다. 역사책에 또 이르기를,

"두송(杜松)의 군사가 패하자, 양호(楊鎬)가 기병을 보내 유정을 불렀으나, 기병이 도착하기 전에 유정은 이미 죽었다."

라고 하였다.

지금 청나라의 천자는 정월 초하룻날 아침에는 반드시 먼저 종묘(宗廟)에 제사 지내고 친히 당자(堂子)[101]에 참배한다.

101) 당자(堂子) : 청나라 때 신에게 제사를 받들기 위해 설치한 건물인데, 정월 초하루에 황제가 하늘을 숭배하는 행사나 중요한 제사 의식이 행해졌다.

<이 사당을> 어떤 이는 등장군(鄧將軍 : 등좌(鄧佐))의 묘[102]라고도 하고, 어떤 이는 유대도(劉大刀)의 사당이라고도 하는데, 중국 사람들은 이것을 몹시 비밀스럽게 여겨 꺼린다.

어떤 이는 말하기를,

"유정이 갑자기 죽자 그의 영혼은 심히 영험이 있었다. 천자가 친히 제사를 지내지 않으면 천하에 큰 역질이 돌고 흉년이 들며, 종묘에도 문득 재이(災異)가 생겨 편안하지 못하다."

라고 하였다.

■ 송당(松堂) 박영(朴英)은 양녕대군(讓寧大君)의 외손이다. 타고난 성품이 호탕하고도 고매하며 집안도 부유했다. 나이 17세에 요동에 들어가 집비둘기를 사 가지고 돌아왔다.

내가 요동에 이르렀을 때, 한 점포에서 먹이는 비둘기 수천 마리가 떼를 지어 저녁이 되면 날아서 돌아와 각각 제 집을 찾아든다. 점포 안에는 큰 돌구유에 미리 잿물을 부어 두었다가 아침에 요동들에 나가 콩을 배부르게 주워 먹은 비둘기가 돌아와서 잿물을 다투어 먹고 콩을 모두 토해 놓으면 이것으로 말을 먹인다고 한다.

---

102) 등장군(鄧將軍)의 묘 : 등좌(鄧佐)는 청나라 초기에 전공(戰功)을 세운 장군인데, 죽은 후에 기이하고 이상한 일들이 많이 생기자, 이 소문을 듣고 황제가 사당을 세우라고 명했다.

◑ 왕원미(王元美 : 왕세정)의 『완위여편(宛委餘編)』에는 여자로서 병관(兵官)이 된 자가 실려 있는데, 예를 들면 군사마(軍司馬) 공씨(孔氏)는 고침(顧琛)의 어머니요, 정렬장군(貞烈將軍) 왕씨(王氏)는 왕흠(王廞)의 딸이다. 당나라 행영절도(行營節度) 허숙기(許叔冀)의 부하 왕씨 · 당씨(唐氏) · 후씨(侯氏)는 모두 그 행영에서는 과의(果毅 : 군관 이름) 출신 교위(校尉)들이다.

진주(陳州)의 백경아(白頸鵝)란 여자가 거란의 회화장군(懷化將軍)이 되었다고 하였으나, 다만 당나라 태종이 신라의 선덕여왕(善德女王)을 추증하여 광록대부(光祿大夫)로 삼고, 또 진덕여왕(眞德女王)을 주국(柱國)에 책봉하여 낙랑군왕(樂浪郡王)으로 봉했으며, 왕(진덕여왕)이 죽고 나자 고종이 개부의동삼사(開府儀同三司)로 추증한 것은 실리지 못했다.

나는 일찍이 이덕무(李德懋)의 『이목구심서(耳目口心書)』에서 이 기록을 보았다. 유리창(琉璃廠)에 있는 양매서가(楊梅書街)에서 능야(凌野) · 고역생(高棫生)과 더불어 술을 마시면서 이야기하다가 이 말을 했더니, 능야와 고역생, 그 밖의 여러 사람들도 자못 아는 것이 매우 많다고 나를 칭찬하였다.

◑ 나는 가는 곳마다 낙화생(落花生 : 땅콩)과 귤병(橘餠 : 귤떡) · 매당(梅糖 : 매화사탕) · 국차(菊茶 : 국화차) 등으로 대접을 많이 받았는데, 모두가 복건과 절강 지방에서 나는 것들이다. 양매(楊梅)는 5월에 익는데, 그 빛이 붉고 고우며, 크기

는 지름이 한 치쯤 되고, 성분이 더워서 많이 먹으면 이를 상하게 한다고 한다.

◘ 정효(鄭曉)[103]의 『고언(古言)』에 이르기를,

"구양영숙(歐陽永叔 : 영숙은 구양수(歐陽脩)의 자)은 「계사전(繫辭傳)」을 비방하였고, 사마군실(司馬君實 : 군실은 사마광(司馬光)의 자)은 『맹자(孟子)』를 비방하였으며, 왕개보(王介甫 : 개보는 왕안석(王安石)의 자)는 『춘추(春秋)』를 잘못되었다고 하였고, 두 정자(程子 : 정이(程頤) · 정호(程顥))는 옛날 『대학(大學)』을 뜯어고쳤고, 회암선생(晦菴先生 : 주희(朱熹))은 자하(子夏 : 복상(卜商)의 자)가 쓴 『시경』의 서문(序文)을 쓰지 않았으니, 이들은 모두 알 수 없는 일이다."

라고 하였다. 나도 적이 여기에서 느낀 바가 있었다.

◘ 사람은 자기의 해박함을 너무 자랑하고 함부로 책을 기술해서는 안 된다. 강희 연간에 왕사정(王士禎)의 저서가 가장 많았는데, 그의 『필기(筆記 : 향조필기)』에서 이르기를,

"『풍속통(風俗通)』[104]에 한나라의 태수(太守)에 뇌선담(頋

103) 정효(鄭曉) : 명나라 말기의 학자로, 자는 질보(窒甫)이고 호는 담천(淡泉)이다.

104) 『풍속통(風俗通)』 : 응소(應劭)가 지은 『풍속통의(風俗通義)』의 약칭이다.

先井) ─그 자주(自註)에 정(井)의 음은 담(膽)이라고 하였다. ─이란 자가 있었는데, 자기 성명 세 글자 중에서 두 글자는 자기도 모른다고 했다."

라고 하였다. 내가 일찍이 이 말을 이무관(李懋官 : 무관은 이덕무(李德懋)의 자)에게 했더니 무관이 말하기를,

"이것은 어양(漁洋 : 왕사정)이 잘못 안 것입니다. 『풍속통』에는 교지태수(交趾太守)로 뇌선(賴先)이란 자가 있는데, 뇌(頿) 자는 바로 뇌(賴)의 옛날 글자입니다. 또 『옥해(玉海 : 왕응린(王應麟)이 지음)』에는 한나라에 뇌담(賴井)이란 교위(校尉)가 있었으니, 이것은 뇌선과 뇌담을 합하여 두 사람의 이름을 한 사람으로 만든 것입니다. '담(井)' 자는 또 '정(井)' 자의 본래 글자이니, 주석을 내어 음이 '담'이라고 할 필요도 없습니다."

라고 하였다.

단가루(段家樓)의 술자리에서 누명재(漏明齋)에게 이 이야기를 했더니, 누명재는 이무관의 박식함이 어양(왕사정)보다도 더 낫다고 하였다.

◘ 『춘명몽여록(春明夢餘錄)』─북평(北平) 손승택(孫承澤)이 지었다. ─에 이르기를,

"그들의 국사(國史) ─『고려사(高麗史)』─를 상고해 보니, 원(元)나라의 전성 시절에 원효왕(元孝王 : 고려의 고종(高宗))이 강화도(江華島)로 옮기니, 원나라도 어쩔 수가 없어서 다만 그가 육

지에 오르지 않는 것만 책망했을 뿐이었다. 그는 필경 원나라에 신하로 복종했지만, 죽을 때까지 육지에 오르지 않았다.

그의 아들 순효왕(順孝王 : 고려의 원종(元宗)) 때에 이르러 친히 왕주(王主) – 원(元)나라의 공주(公主) – 를 맞이하여 원나라의 복색으로 함께 가마〔輦〕를 타고 본국으로 들어왔다. 그러자 보는 자들이 해괴히 여겼으며, 그때 따르는 종실들은 머리를 깎지 않았다고 하여 왕이 이를 책망하였다.

그 아들 충렬왕(忠烈王) 때에 이르러 재상으로부터 하급 관료에 이르기까지 머리를 깎지 않는 자가 없었다. 다만 금내(禁內)에 있는 학관(學館)에서만 머리를 깎지 않았으므로 좌승지(左承旨) 박환(朴桓)이 집사(執事)를 불러 타일러서, 이때에야 관학생(館學生)들도 모두 머리카락을 깎았다."

라고 하였다.

청나라가 처음 일어날 때 한족들을 포로로 붙잡는 대로 반드시 머리를 깎았으며, 정축년(1637년) 맹약(盟約)에는 다만 우리나라 사람들의 머리는 깎지 않도록 했다. 여기에는 까닭이 있었으니 세상에서 전하는 말에는,

"청나라 사람들이 여러 번 한(汗 : 칸) – 청나라의 태종(太宗) – 에게 우리나라 사람들의 머리를 깎도록 명령하라고 권했으나, 한(汗)은 묵묵히 응하지 않고 가만히 여러 패륵(貝勒)들에게 이르기를,

'조선은 본래 예의로 이름이 나서 머리털을 자기 목숨보다 더 심하게 사랑하는데, 이제 만일 억지로 그 심정을 꺾는다면

우리 군사가 돌아온 뒤에는 반드시 본래의 상태로 되돌릴 터이니, 그들의 풍속에 따라 예의로써 얽매어 두는 것만 못할 것이다. 저들이 만약 도리어 우리 풍속을 익힌다면 말타고 활쏘기가 편리해질 터이니, 이는 우리에게 이로운 것이 아니다.'

라고 하고는 드디어 논의를 중지시켰다."

라고 한다.

우리로서 말하자면 다행함이 이보다 큰 것이 없었다 하더라도, 저들의 계산을 따져본다면 다만 우리들의 문약(文弱)함을 그대로 두려 했던 것이었다.

原文

銅蘭涉筆
동 란 섭 필

銅蘭涉筆序
동 란 섭 필 서

余訪兪黃圃世琦　硯北置文石硯屛　屛前有蘭一本
여 방 유 황 포 세 기　연 북 치 문 석 연 병　병 전 유 란 일 본
諦視則銅鑄也　鳳眼迎風　紫穎汎露　眞奇造也　余爲
체 시 즉 동 주 야　봉 안 영 풍　자 영 범 로　진 기 조 야　여 위
借數日　丌之所寓東壁下　扁之曰　銅蘭齋.
차 수 일　기 지 소 우 동 벽 하　편 지 왈　동 란 재

銅蘭涉筆
동란섭필

乾隆四十一年丙申 琉球使臣呈文禮部求去 具呈
건륭사십일년병신 유구사신정문예부구거 구정
琉球國正使耳目官向崇猷 都通事毛景昌 爲乞順夷
유구국정사이목관상숭유 도통사모경창 위걸순이
情早賜遣歸事 崇猷等奉王命 恭逢乾隆三十九年知
정조사견귀사 숭유등봉왕명 공봉건륭삼십구년지
貢典蒙福建撫昌給發兵牌 勘令沿路護送前來 近於
공전몽복건무창급발병패 감령연로호송전래 근어
上年十二月初一日抵京 恩準隨班行禮 及朝賀元朝
상년십이월초일일저경 은준수반행례 급조하원조
令節 則小邦末員 得近天顔 加以賞給廩餼 猷等感
령절 즉소방말원 득근천안 가이상급름희 유등감
激無地 玆公務已竣 空閒守居.
격무지 자공무이준 공한수거

琉球地屬海外 往來全憑風貺 此時回閩回國 正値
유구지속해외 왕래전빙풍황 차시회민회국 정치
其候 但猷等來京時 逢隆冬 河凍結冰 不得不由王
기후 단유등래경시 봉륭동 하동결빙 부득불유왕
家營 一直起旱而來 現今返棹 時値仲春 風和地暖
가영 일직기한이래 현금반도 시치중춘 풍화지난
正可起程.
정가기정

含情叩懇 大人仰體皇上撫綏至意 俯鑒遠人 體照
함정고간 대인앙체황상무수지의 부감원인 체조
前例 恩準由旱而至濟寧 登舟而歸 理應預先呈明大
전례 은준유한이지제녕 등주이귀 이응예선정명대

人臺下 迅賜奏請勅書 併關兵部塡給 勘合賜 於二
인대하 신사주청칙서 병관병부전급 감합사 어이
月初內 猷等聽候遣發 寔爲恩便 千秋戴德 切呈
월초내 유등청후견발 식위은편 천추대덕 절정
乾隆四十一年正月二十四日具呈云 其自叙直而情辭
건륭사십일년정월이십사일구정운 기자서직이정사
婉切.
완절

此出塘報舊紙 今番我使數番呈文 當出塘報 流傳
차출당보구지 금번아사수번정문 당출당보 유전
天下.
천하

琉球國貢例 硫黃一萬斤 赤銅一千斤 錫鑞三千斤
유구국공례 유황일만근 적동일천근 석랍삼천근
云.
운

太平御覽云 漢時霍里子高 朝鮮人也 晨起刺船
태평어람운 한시곽리자고 조선인야 신기자선
見一白首狂夫 被髮携壺 亂流而渡 其妻止之不及
견일백수광부 피발휴호 난류이도 기처지지불급
遂溺死 妻乃携箜篌鼓之 歌曰 公無渡河 公終渡河
수익사 처내휴공후고지 가왈 공무도하 공종도하
公淹而死 當奈公何.
공엄이사 당내공하

音甚悽切 曲終亦投河而死 子高還以其聲語妻麗
음심처절 곡종역투하이사 자고환이기성어처여

玉 麗玉傷之 引箜篌寫其聲 爲箜篌引.
옥 여옥상지 인공후사기성 위공후인

余在熱河太學 閱樂器 無所謂箜篌者 皇城琉璃廠
여재열하태학 열악기 무소위공후자 황성유리창

中多使人求之 而適未得果 不識其製.
중다사인구지 이적미득과 불식기제

天妃 俗傳黃河之神 今淸勅封爲天后 回回人多入
천비 속전황하지신 금청칙봉위천후 회회인다입

此敎云 天妃神有十二字尊號 載淸祀典.
차교운 천비신유십이자존호 재청사전

我東袍笠與帶 恰似中國之僧 其夏天所戴 或藤或
아동포립여대 흡사중국지승 기하천소대 혹등혹

稯 袍特方領異耳 然袍皆黑貢緞 或紋紗 其貧者猶
종 포특방령이이 연포개흑공단 혹문사 기빈자유

袍秀花紬野繭紗.
포수화주야견사

與卞醫觀海入玉田一舖 則數十人圍 觀爭閱吾輩
여변의관해입옥전일포 즉수십인위 관쟁열오배

布袍 詳察其製樣而大疑之 私相謂曰 這個化齋的那
포포 상찰기제양이대의지 사상위왈 저개화재적나

地來哩 或戲答云 從舍衛國給孤園來哩 非不知我爲
지래리 혹희답운 종사위국급고원래리 비부지아위

朝鮮人 而見袍笠 譏其類乞僧也.
조선인 이견포립 기기류걸승야

大約中國女子及僧徒道流 不變舊制 而東方衣冠
대약중국여자급승도도류 불변구제 이동방의관

多襲新羅之舊 新羅始倣華制 然俗尚佛教 故閭閻多
다습신라지구 신라시방화제 연속상불교 고여염다
效中國僧服 至今千餘年而不知變 反謂中國僧徒 悅
효중국승복 지금천여년이부지변 반위중국승도 열
我東衣冠而效之 豈其然乎.
아동의관이효지 기기연호

僧笠之以藤絲結者 其色如我東草笠 以椶絲結者
승립지이등사결자 기색여아동초립 이종사결자
其色如我東朱笠 藤笠 以椶絲爲紋 椶笠 以藤絲爲
기색여아동주립 등립 이종사위문 종립 이등사위
紋.
문

蒙古人 亦夏天戴笠 多皮造鍍金 上畵雲氣 東俗
몽고인 역하천대립 다피조도금 상화운기 동속
之冬 天戴笠 雪裏把扇 爲他國所笑.
지동 천대립 설리파선 위타국소소

中國鄕試之規 第一場 試以四書文三篇 性理論一
중국향시지규 제일장 시이사서문삼편 성리론일
篇 一晝夜而畢 第二場 試以經文四篇 排律一首
편 일주야이필 제이장 시이경문사편 배율일수
一日而畢 第三場 試以策五道 亦一晝夜而畢 皆千
일일이필 제삼장 시이책오도 역일주야이필 개천
餘言.
여언

會試之規亦同 殿試則單試策一道 亦一晝夜 必萬
회시지규역동 전시즉단시책일도 역일주야 필만

餘言　然後中式　又其格式無一差誤　然後乃可入翰林.
여언　연후중식　우기격식무일차오　연후내가입한림

殿試後　又有朝考試　以詔誥論詩　只許一日而畢鄕會試五道策內　三條古策　二條時務　殿試則專試時務　一得中鄕試　則因爲擧人　每會試直赴　雖未得會試　十餘年後　得一知縣.
전시후　우유조고시　이조고론시　지허일일이필향회시오도책내　삼조고책　이조시무　전시즉전시시무　일득중향시　즉인위거인　매회시직부　수미득회시　십여년후　득일지현

李卓吾以其煩癢　公然剃髮　中國人亦謂其凶性　蓋中國剃髮之徵也.
이탁오이기번양　공연체발　중국인역위기흉성　개중국체발지징야

今中國人開剃　金元之所無　若中國生出眞主　如皇明太祖　掃廓乾坤　而愚民之習熟成俗者　已百餘年之久　則應亦或有以束髮加帽　反爲煩癢而不便者矣.
금중국인개체　금원지소무　약중국생출진주　여황명태조　소곽건곤　이우민지습숙성속자　이백여년지구　즉응역혹유이속발가모　반위번양이불편자의

余入中國　沿道二千里之間　時方夏秋之交劇暑　常晝日四五下馬　入人家休憩而去　丈二芭蕉　太湖石
여입중국　연도이천리지간　시방하추지교극서　상주일사오하마　입인가휴게이거　장이파초　태호석

茶蘼架子 斑竹欄干 往往而有 護階綠竹 滿簾翠梧
차미가자 반죽난간 왕왕이유 호계록죽 만렴취오
到處多見.
도처다견

高麗時 宋商舶頻年來泊於禮成江 百貨湊集 麗王
고려시 송상박빈년래박어예성강 백화주집 여왕
待之以禮 故當時書籍大備 中國器物無不來者.
대지이례 고당시서적대비 중국기물무불래자
我國不以水道通南貨 故文獻尤貿貿 不識三王事
아국불이수도통남화 고문헌우무무 불식삼왕사
者 全由此也.
자 전유차야
日本通江南 故明末 古器書畫書籍藥料輻輳于長
일본통강남 고명말 고기서화서적약료폭주우장
崎島 今蒹葭堂主人木氏弘恭 字世肅 有書三萬卷
기도 금겸가당주인목씨홍공 자세숙 유서삼만권
多交中國名士云.
다교중국명사운

班禪所居 前枰後鏡 左鍾右玉 上盤水 下寶刀 晝
반선소거 전평후경 좌종우옥 상반수 하보도 주
日焚香 哦然一笑.
일분향 아연일소

卽今戶部尙書和珅 皇帝寵臣也 兼九門提督 貴振
즉금호부상서화신 황제총신야 겸구문제독 귀진
朝廷 皇帝誕日 余至山莊門外 貢獻之物 輻輳門前
조정 황제탄일 여지산장문외 공헌지물 폭주문전

皆覆黃褓 非金佛則皆玉器云 和之所擧來者 卽珍珠
개복황보 비금불즉개옥기운 화지소거래자 즉진주
葡萄一架在其中 以金銀烏銅出色爲蔓葉 以火齊瑟
포도일가재기중 이금은오동출색위만엽 이화제슬
瑟爲葡萄 眞所謂艸龍珠帳.
슬위포도 진소위초룡주장

康熙皇帝萬壽節 在三月 康熙癸未 是日 九卿皆
강희황제만수절 재삼월 강희계미 시일 구경개
進古玉書畫爲壽 皆蒙納入內府 王士禎時爲刑部尙
진고옥서화위수 개몽납입내부 왕사정시위형부상
書 亦獻其家舊藏王晉卿煙江疊嶂圖長卷 後有米元
서 역헌기가구장왕진경연강첩장도장권 후유미원
章書東坡長句 康熙傳旨云 向來進御凡畫 槪無古者
장서동파장구 강희전지운 향래진어범화 개무고자
此卷畫後米字甚佳 故特納之 因諭知 康熙時 古玉
차권화후미자심가 고특납지 인유지 강희시 고옥
書畫之奉 未嘗非緣飾雅素 而再轉爲金佛珠萄 則人
서화지봉 미상비연식아소 이재전위금불주도 즉인
臣私獻 康熙啓之也.
신사헌 강희계지야

和珅方其貴寵 故皇帝亦嘗曰 珅愛我也 忘其家而
화신방기귀총 고황제역상왈 신애아야 망기가이
獻於朕云爾 則亦將曰 朕以四海之富 無此眞珠葡萄
헌어짐운이 즉역장왈 짐이사해지부 무차진주포도
珅安從得此 珅其危哉.
신안종득차 신기위재

耕織圖始于宋 於潛令四明樓璹 以獻思陵 逐段有
경직도시우송 오잠령사명누숙 이헌사릉 축단유

憲成皇后題字 康熙中 復命工摹寫 逐段有康熙詩御
헌성황후제자 강희중 부명공모사 축단유강희시어
筆.
필

乾隆中 徽州守臣 逐段摹刻于墨板 鏤刻精巧 墨
건륭중 휘주수신 축단모각우묵판 누각정교 묵
凡四匣 一匣十二笏 價銀一百三十兩 乾隆辛卯年間
범사갑 일갑십이홀 가은일백삼십냥 건륭신묘년간
其價如此云 丙申價低 爲銀八十兩.
기가여차운 병신가저 위은팔십냥

今余親至廠中 覓得兩函 精巧殆非人手造成 余問
금여친지창중 멱득양함 정교태비인수조성 여문
價于徐文圃璜 則答墨非絶品 且第次中舊闕二笏 故
가우서문포황 즉답묵비절품 차제차중구궐이홀 고
久不能售 然價猶不下六十兩銀云.
구불능수 연가유불하육십냥은운

徐璜爲余言 藏書辟蠹方 以寒食麵和臘雪水爲糊
서황위여언 장서벽두방 이한식면화랍설수위호
裝潢則不蠹 以皁莢末置書中則不蠹 此方出宋王文
장황즉부두 이조래말치서중즉부두 차방출송왕문
憲.
헌

養筆方 以硫黃湯 舒其毫 蘇東坡以黃連煎水 調
양필방 이유황탕 서기호 소동파이황련전수 조
輕粉蘸筆頭 候乾收之 黃山谷以川椒黃蘗煎湯染筆
경분잠필두 후건수지 황산곡이천초황벽전탕염필
藏之 尤佳.
장지 우가

方士所說三神山 蓬萊 方丈 瀛洲 在海中 神仙常
방사소설삼신산 봉래 방장 영주 재해중 신선상
往來遊居其間 日本人自認爲其國所有 我國亦以金
왕래유거기간 일본인자인위기국소유 아국역이금
剛山爲蓬萊 濟州漢拏山爲瀛洲 智異山爲方丈.
강산위봉래 제주한라산위영주 지리산위방장

皇輿攷曰 天下名山有八 而五在中國 泰山 華山
황여고왈 천하명산유팔 이오재중국 태산 화산
少室 太室 首陽 而其三在外夷 此妄也 皇輿攷 據
소실 태실 수양 이기삼재외이 차망야 황여고 거
方士所稱 謂三在外夷 而我國與倭紛紛然較有無 則
방사소칭 위삼재외이 이아국여왜분분연교유무 즉
惑也 天下名山豈止有八 而中國豈止於五 外夷名山
혹야 천하명산기지유팔 이중국기지어오 외이명산
亦豈止三.
역기지삼

皇輿攷云 天下有三大水 黃河長江幷鴨綠江 然鴨
황여고운 천하유삼대수 황하장강병압록강 연압
綠江亦在外夷.
록강역재외이

兩山墨談-陳霆著-云 長淮爲南北大限 自淮以北
양산묵담 진정저 운 장회위남북대한 자회이북
爲北條 凡水皆宗大河 未有以江名者 自淮以南爲南
위북조 범수개종대하 미유이강명자 자회이남위남
條 凡水皆宗大江 未有以河名者 二條之外 北之在
조 범수개종대강 미유이하명자 이조지외 북지재
高麗 曰混同江 鴨綠江 南之在蠻詔 曰大渡河 禹
고려 왈혼동강 압록강 남지재만조 왈대도하 우

跡之所略也 此說非是 江與河以淸濁分.
적 지 소 략 야 차 설 비 시 강 여 하 이 청 탁 분

余渡鴨綠江 江之廣不踰於漢江 而淸則比之 自至
여 도 압 록 강 강 지 광 불 유 어 한 강 이 청 즉 비 지 자 지

皇京 凡渡水十餘 或舟涉馬浮 而所名混河 遼河
황 경 범 도 수 십 여 혹 주 섭 마 부 이 소 명 혼 하 요 하

灤河 太子河 白河等水 皆黃濁.
난 하 태 자 하 백 하 등 수 개 황 탁

蓋野水濁 而峽水淸也 鴨綠江發源長白山 而行塞
개 야 수 탁 이 협 수 청 야 압 록 강 발 원 장 백 산 이 행 새

上諸山中 故常淸 東八站諸水皆淸 亦其驗.
상 제 산 중 고 상 청 동 팔 참 제 수 개 청 역 기 험

余雖未見長江 而發源於岷峨萬山中 穿三峽而下
여 수 미 견 장 강 이 발 원 어 민 아 만 산 중 천 삼 협 이 하

則其淸可知.
즉 기 청 가 지

所謂南條諸水 未有以河名者 楚之南多山多石 故
소 위 남 조 제 수 미 유 이 하 명 자 초 지 남 다 산 다 석 고

水皆淸故也 然則南詔之大渡河 想應發源平野而水
수 개 청 고 야 연 즉 남 조 지 대 도 하 상 응 발 원 평 야 이 수

濁 故稱河耳.
탁 고 칭 하 이

楊循吉志異云 皇朝文臣得拜極品爵者 不數人 威
양 순 길 지 이 운 황 조 문 신 득 배 극 품 작 자 불 수 인 위

寧伯王公 其一也 公當廷試日 稿甫就 忽旋風起腋
녕 백 왕 공 기 일 야 공 당 정 시 일 고 보 취 홀 선 풍 기 액

下 騰其卷於雲霄中 廷臣與同試者咸仰視 彌久彌高
하 등 기 권 어 운 소 중 정 신 여 동 시 자 함 앙 시 미 구 미 고

至不見乃已.
지 불 견 내 이

中官以聞 詔許別楮騰進 後公由中執法大司馬以
중 관 이 문 조 허 별 저 등 진 후 공 유 중 집 법 대 사 마 이

進於伯爵 此王越事也.
진 어 백 작 차 왕 월 사 야

我成宗朝 景福宮簡儀臺邊 落一紙中朝試券 其封
아 성 종 조 경 복 궁 간 의 대 변 낙 일 지 중 조 시 권 기 봉

彌乃王越名 附貢使奏其券 天子嘉越有風力 乃拜執
미 내 왕 월 명 부 공 사 주 기 권 천 자 가 월 유 풍 력 내 배 집

憲之職.
헌 지 직

循吉所記 只言其旋風飛券 而不詳其下落 泛言其
순 길 소 기 지 언 기 선 풍 비 권 이 불 상 기 하 락 범 언 기

由執憲以進 而未諳其實由我國奏聞于天子也.
유 집 헌 이 진 이 미 암 기 실 유 아 국 주 문 우 천 자 야

原始秘書言 高麗之學 始於箕子 日本之學 始於
원 시 비 서 언 고 려 지 학 시 어 기 자 일 본 지 학 시 어

徐福 安南之學 始於漢立郡縣 而置刺史 被之以中
서 복 안 남 지 학 시 어 한 립 군 현 이 치 자 사 피 지 이 중

國之文學 後至五代末 節度使吳昌文方盛.
국 지 문 학 후 지 오 대 말 절 도 사 오 창 문 방 성

自中國流衍外夷 數千年間 其文皆不免於夷狄之
자 중 국 류 연 외 이 수 천 년 간 기 문 개 불 면 어 이 적 지

風 窘竭鄙陋 不足以續聖敎者 蓋其聲音不同 其奇
풍 군 갈 비 루 부 족 이 속 성 교 자 개 기 성 음 부 동 기 기

妙幽玄之理 非筆舌之可傳 故不相合 此可謂切論.
묘 유 현 지 리 비 필 설 지 가 전 고 불 상 합 차 가 위 절 론

吾東不知叶音之妙　故柳眉菴號能知音　而其諺解
오 동 부 지 협 음 지 묘　고 유 미 암 호 능 지 음　이 기 언 해

毛詩　不從叶音　詩多絶韻　如王姬之車　不從麻韻
모 시　부 종 협 음　시 다 절 운　여 왕 희 지 차　부 종 마 운

而從魚韻之類是也.
이 종 어 운 지 류 시 야

西陽雜俎　近有海客往新羅　吹至一島上　滿山悉是
유 양 잡 조　근 유 해 객 왕 신 라　취 지 일 도 상　만 산 실 시

黑漆匙筯多大木　客仰窺匙筯　皆木之花與鬚也.
흑 칠 시 저 다 대 목　객 앙 규 시 저　개 목 지 화 여 수 야

因拾百餘雙而還　用之肥不能使　後偶取攪茶立消
인 습 백 여 쌍 이 환　용 지 비 불 능 사　후 우 취 교 다 립 소

此似妄也　吾南沿海島中　若有是木　豈有不聞之理.
차 사 망 야　오 남 연 해 도 중　약 유 시 목　기 유 불 문 지 리

許亢宗行程錄　自同州四十里　至肅州　東望大山
허 항 종 행 정 록　자 동 주 사 십 리　지 숙 주　동 망 대 산

金人云此新羅山　其中産人蔘白附子　與高句麗接界
금 인 운 차 신 라 산　기 중 산 인 삼 백 부 자　여 고 구 려 접 계

此妄也.
차 망 야

雖未知同州肅州在於何處　而金人所指新羅山　安
수 미 지 동 주 숙 주 재 어 하 처　이 금 인 소 지 신 라 산　안

得與高句麗接界　可謂朔南貿遷.
득 여 고 구 려 접 계　가 위 삭 남 무 천

高麗人蔘讚 三椏五葉 背陽向陰 欲來求我 椵樹
고려인삼찬 삼아오엽 배양향음 욕래구아 가수
相尋 中國文書 多載此贊.
상심 중국문서 다재차찬

椵樹葉似桐 而甚大多陰 故人蔘生其陰云 椵樹卽
가수엽사동 이심대다음 고인삼생기음운 가수즉
我國所謂自作木 以爲冊板 我國至賤 而中原墳墓皆
아국소위자작목 이위책판 아국지천 이중원분묘개
種此樹 靑石嶺成林.
종차수 청석령성림

大唐新語 李襲譽性儉約 好讀書 寫書數萬卷 謂
대당신어 이습예성검약 호독서 사서수만권 위
子弟曰 吾不好財貨 故以至貧乏 然京城有賜田十頃
자제왈 오불호재화 고이지빈핍 연경성유사전십경
可以充食 河南有桑千株 可以充衣 寫得書萬卷 可
가이충식 하남유상천주 가이충의 사득서만권 가
以求官 汝曹共勤于此三事 何求於人.
이구관 여조공근우차삼사 하구어인

余亦性不好貨 故以至貧乏 然點檢平生所寫書 不
여역성불호화 고이지빈핍 연점검평생소사서 불
滿十卷 燕巖手所種桑纔十二株 其長條纔得及肩 嘗
만십권 연암수소종상재십이주 기장조재득급견 상
不禁惋歎 今經遼野護田桑林 一望無際 則又茫然自
불금완탄 금경요야호전상림 일망무제 즉우망연자
失矣.
실의

中原人以詩小序 必不可廢 阮亭說頗公 其言曰
중원인이시소서 필불가폐 완정설파공 기언왈
程子謂 小序必是當時人所傳國史 明乎得失之迹者
정자위 소서필시당시인소전국사 명호득실지적자
是也 不得此 何緣知此篇是甚意思 大序則是仲尼所
시야 부득차 하연지차편시심의사 대서즉시중니소
作 要之皆得大意.
작 요지개득대의

朱子學宗二程 而于小序獨不然 何也.
주자학종이정 이우소서독불연 하야

郝楚望之每一詩 必駁朱註 亦自不可 常熟顧大韶
학초망지매일시 필박주주 역자불가 상숙고대소
仲恭 欲刊定一書 用毛傳爲主 毛必不可通 然後用
중공 욕간정일서 용모전위주 모필불가통 연후용
鄭 毛鄭必不可通 然後用朱 毛鄭朱皆不可通 然後
정 모정필불가통 연후용주 모정주개불가통 연후
網羅群說 而以己意折衷之.
망라군설 이이기의절충지

嚴粲詩緝 作于朱註之後 獨優于諸家 大全之作敷
엄찬시집 작우주주지후 독우우제가 대전지작부
衍朱註 全無發明 用覆醬瓿可也.
연주주 전무발명 용복장부가야

大抵中國人斥朱子盡去小序 爲此世一大時論 朱
대저중국인척주자진거소서 위차세일대시론 주
竹坨經義攷-二百卷-闢朱子 如木瓜美齊桓 子衿刺
죽타경의고 이백권 벽주자 여목과미제환 자금자
學校廢 野有蔓草及刺幽王 刺鄭忽諸詩 皆按之經傳
학교폐 야유만초급자유왕 자정홀제시 개안지경전
確鑿可據 而朱子盡反之 斷以己意 盡廢小序.
확착가거 이주자진반지 단이기의 진폐소서

然其實多宗小序 獨于鄭衛之詩 據放鄭聲一語 幷
연기실다종소서 독우정위지시 거방정성일어 병
置淫奔之科 聲淫非詩淫 此西河毛氏之說 而大約扶
치음분지과 성음비시음 차서하모씨지설 이대약부
小序者 說皆如此.
소서자 설개여차

謂非朱子手筆 而必出於門人之手者 欲放膽於門
위비주자수필 이필출어문인지수자 욕방담어문
人 而便於攻伐之計也.
인 이편어공벌지계야

宋史儒林傳 王栢曰 詩三百篇 豈盡定於夫子之手
송사유림전 왕백왈 시삼백편 기진정어부자지수
乎 所刪之詩 或有存於閭巷浮薄之口 漢儒取以補亡
호 소산지시 혹유존어여항부박지구 한유취이보망
此說甚似有理 然則中土所扶小序 亦豈無漢儒傅會
차설심사유리 연즉중토소부소서 역기무한유부회
哉.
재

余嘗與初翰林彭齡 高太史棫生飮段家樓 紛紛以
여상여초한림팽령 고태사역생음단가루 분분이
小序相質 余大言曰 詩三百 不過當時閭巷間風謠
소서상질 여대언왈 시삼백 불과당시여항간풍요
歡愉疾痛 喜怒哀樂之際 不得不有此聲 如候蟲時鳥
환유질통 희노애락지제 부득불유차성 여후충시조
之自鳴自吟 觀風者採其謠 而字而句 而列之學校
지자명자음 관풍자채기요 이자이구 이렬지학교
被之管絃 是所謂列國之風 而詩之名所由立也.
피지관현 시소위열국지풍 이시지명소유립야

何從得作者姓名哉 小序說詩 必皆有作詩之人 曰
하종득작자성명재 소서설시 필개유작시지인 왈

此某某之作 如後世之全唐詩 則斷可見其傳會 如爲
차 모 모 지 작 여 후 세 지 전 당 시 즉 단 가 견 기 부 회 여 위

焦仲卿妻作 及古詩十九首 何嘗有作者姓名哉 諸人
초 중 경 처 작 급 고 시 십 구 수 하 상 유 작 자 성 명 재 제 인

皆默然 貌似不然之.
개 묵 연 모 사 불 연 지

蓋宗小序始于蘇子由 而攻小序始于鄭夾漈 駁朱
개 종 소 서 시 우 소 자 유 이 공 소 서 시 우 정 협 제 박 주

註極于馬端臨毛奇齡朱彝尊 而近世靡然爲時義.
주 극 우 마 단 림 모 기 령 주 이 준 이 근 세 미 연 위 시 의

吳郡馮時可蓬窓續錄 聚頭扇卽摺疊扇 貢於永樂
오 군 풍 시 가 봉 창 속 록 취 두 선 즉 접 첩 선 공 어 영 락

間 盛行於國 東坡謂高麗白松扇 展之廣尺餘 合之
간 성 행 어 국 동 파 위 고 려 백 송 선 전 지 광 척 여 합 지

只兩指 倭人所製 泥金面烏竹骨 卽此 余至京 有
지 량 지 왜 인 소 제 이 금 면 오 죽 골 즉 차 여 지 경 유

外國道人利瑪竇 贈余倭扇四柄 合之不能一指 甚輕
외 국 도 인 이 마 두 증 여 왜 선 사 병 합 지 불 능 일 지 심 경

而有風 又堅緻云 由此觀之 中國初無摺疊扇 扇皆
이 유 풍 우 견 치 운 유 차 관 지 중 국 초 무 접 첩 선 선 개

團扇 類我東所稱尾扇.
단 선 유 아 동 소 칭 미 선

蓋見之古畵 如蕉葉桐葉白羽之類是也 我東器什
개 견 지 고 화 여 초 엽 동 엽 백 우 지 류 시 야 아 동 기 십

多倣日本 則摺疊扇 高麗學之日本 中原學之高麗歟
다 방 일 본 즉 접 첩 선 고 려 학 지 일 본 중 원 학 지 고 려 여

中國大扇名高麗扇 製甚樸 傅東紙油黃 細書畵 頗
중 국 대 선 명 고 려 선 제 심 박 부 동 지 유 황 세 서 화 파

珍之.
진지

歐邏鐵絃琴 吾東謂之西洋琴 西洋人稱天琴 中國
구라철현금 오동위지서양금 서양인칭천금 중국
人稱番琴 亦稱天琴 此器之出我東 未知何時 而其
인칭번금 역칭천금 차기지출아동 미지하시 이기
以土調解曲 始于洪德保.
이토조해곡 시우홍덕보

乾隆壬辰六月十八日 余坐洪軒 酉刻 立見其解此
건륭임진유월십팔일 여좌홍헌 유각 입견기해차
琴也 槪見洪之敏於審音 而雖小藝 旣系創始 故余
금야 개견홍지민어심음 이수소예 기계창시 고여
詳錄其日時 其傳遂廣 于今九年之間 諸琴師無不會
상록기일시 기전수광 우금구년지간 제금사무불회
彈.
탄

吳郡憑時可始至京 得之利瑪竇 以銅鐵絲爲絃 不
오군빙시가시지경 득지이마두 이동철사위현 불
用指彈 只以小板案 其聲更淸越云 又自鳴鍾僅如小
용지탄 지이소판안 기성갱청월운 우자명종근여소
香盒 精金爲之 一日十二時 凡十二次鳴 亦異云云
향합 정금위지 일일십이시 범십이차명 역이운운
幷見蓬窓續錄 蓋此兩器 皇明萬曆時 始入中國也.
병견봉창속록 개차량기 황명만력시 시입중국야

余山中所有洋琴 背烙印五音舒記 製頗精好 故今
여산중소유양금 배낙인오음서기 제파정호 고금
來中國 爲人應求遍覽 所謂五音舒 而竟未得.
래중국 위인응구편람 소위오음서 이경미득

丹靑記 王維爲岐王畫一大石 信筆塗抹 有天然之
단청기 왕유위기왕화일대석 신필도말 유천연지
趣 王甚寶之 時於罘罳間 獨坐注視 作山中想 悠
취 왕심보지 시어부시간 독좌주시 작산중상 유
然有餘趣 數年之後 益有精彩.
연유여취 수년지후 익유정채

一朝大風雨中 雷電俱作 忽拔石去 屋宇俱壞 不
일조대풍우중 뇌전구작 홀발석거 옥우구괴 부
知所以 後見空軸 乃知畫石飛去耳.
지소이 후견공축 내지화석비거이

憲宗朝 高麗遣使言 某年月日大風雨中 神嵩山上
헌종조 고려견사언 모년월일대풍우중 신숭산상
飛一奇石 下有王維字印 知爲中國之物 王不敢留
비일기석 하유왕유자인 지위중국지물 왕불감류
遣使奉獻.
견사봉헌

上命群臣 以維手迹較之 無毫髮差謬 上始知維畫
상명군신 이유수적교지 무호발차류 상시지유화
神妙 徧索海內 藏之宮中 地上俱洒鷄狗血壓之恐飛
신묘 편색해내 장지궁중 지상구쇄계구혈압지공비
去也 以此推之 中國齊諧所記 其疏謬可知.
거야 이차추지 중국제해소기 기소류가지

中國稱高句麗爲高麗者雅矣 而高句麗亡於唐高宗
중국칭고구려위고려자아의 이고구려망어당고종
永徽中 則憲宗時 安得遣使.
영휘중 즉헌종시 안득견사

王氏高麗 都於松岳之下 松岳號神嵩 而且將謂王
왕씨고려 도어송악지하 송악호신숭 이차장위왕
氏高麗 則太祖之興國 乃在朱梁友貞貞明四年 後憲
씨고려 즉태조지흥국 내재주량우정정명사년 후헌

宗百餘年矣　王維唐明皇時人　則先憲宗百餘年矣.
종 백 여 년 의　왕 유 당 명 황 시 인　즉 선 헌 종 백 여 년 의

其飛石之說　本自荒誕　而所記又甚乖謬　此應本之
기 비 석 지 설　본 자 황 탄　이 소 기 우 심 괴 류　차 응 본 지

王越試券事　依俙爲此說耳.
왕 월 시 권 사　의 희 위 차 설 이

吾東最不得志於東坡　高麗求書史於宋　則東坡引
오 동 최 부 득 지 어 동 파　고 려 구 서 사 어 송　즉 동 파 인

漢東平王故事　上箚峻斥之.
한 동 평 왕 고 사　상 차 준 척 지

其通判杭州時　高麗入貢使者　凌蔑州郡　押班使臣
기 통 판 항 주 시　고 려 입 공 사 자　능 멸 주 군　압 반 사 신

皆本路管庫　乘勢馳橫　至與鈐轄亢禮　公使人謂之曰
개 본 로 관 고　승 세 치 횡　지 여 검 할 항 례　공 사 인 위 지 왈

遠夷慕華而來　理必恭順　今乃爾暴恣　非汝導之不至
원 이 모 화 이 래　이 필 공 순　금 내 이 폭 자　비 여 도 지 부 지

是也　不悛　當奏之　押班者懼爲少戢.
시 야　부 전　당 주 지　압 반 자 구 위 소 집

使者發幣於官吏　書稱甲子　公却之曰　高麗於本朝
사 자 발 폐 어 관 리　서 칭 갑 자　공 각 지 왈　고 려 어 본 조

稱臣　而不稟正朔　吾安敢受之　使者亟易書稱熙寧
칭 신　이 불 품 정 삭　오 안 감 수 지　사 자 극 역 서 칭 희 녕

然後受之　時以爲得體　此見東坡墓誌.
연 후 수 지　시 이 위 득 체　차 견 동 파 묘 지

元祐五年二月十七日　見王伯虎炳之言　昔爲樞密
원 우 오 년 이 월 십 칠 일　견 왕 백 호 병 지 언　석 위 추 밀

院禮房檢詳文字　見高麗公案　始因張誠一言　契丹於
원 예 방 검 상 문 자　견 고 려 공 안　시 인 장 성 일 언　거 란 어

虜帳中 見高麗人 私語本國主 向慕中國之意 歸而
로장중 견고려인 사어본국주 향모중국지의 귀이
奏之 先帝始有招來之志 樞密使李公弼 因而迎合
주지 선제시유초래지지 추밀사이공필 인이영합
親書箚子 乞招致 遂命發運使崔極 遣商人招之.
친서차자 걸초치 수명발운사최극 견상인초지

天下知非極 而不知罪公弼 如誠一 蓋不足道也.
천하지비극 이부지죄공필 여성일 개부족도야

又淮東提舉黃實言 見奉使高麗人 言所致贈作有
우회동제거황실언 견봉사고려인 언소치증작유
假金銀錠 夷人皆坼壞 使露胎素 使者甚不樂 夷云
가금은정 이인개탁괴 사로태소 사자심불락 이운
非敢慢也 恐北虜有覘之者 以爲眞爾.
비감만야 공북로유첨지자 이위진이

由此觀之 高麗所得吾賜物 北虜蓋分之矣 而或者
유차관지 고려소득오사물 북로개분지의 이혹자
不察 謂虜不知高麗朝我 或以爲異時可使牽制北虜
불찰 위로부지고려조아 혹이위이시가사견제북로
豈不誤哉.
기불오재

此二條俱載東坡志林.
차이조구재동파지림

子瞻以當時招徠高麗爲失計 觀其諸所記述 俱爲
자첨이당시초래고려위실계 관기제소기술 구위
國家深長之慮 然當時士大夫 殊不知高麗慕華之誠
국가심장지려 연당시사대부 수부지고려모화지성
出於赤心 爲遼金所牽制 不能一心事宋 此高麗列朝
출어적심 위요금소견제 불능일심사송 차고려열조
至恨.
지한

每得宋之士大夫文字 則焚香敬讀 如此悃愊 未能
매득송지사대부문자 즉분향경독 여차곤핍 미능
見暴 徒爲中土士大夫所鄙外 足爲寒心 余與王鵠汀
견폭 도위중토사대부소비외 족위한심 여여왕곡정
極言辨之.
극언변지

名山記曰 江原道金剛山中 有一泓曰 觀音潭 潭
명산기왈 강원도금강산중 유일홍왈 관음담 담
畔崖名曰 手巾崖 石心有凹如杵臼 諺傳觀音浣處.
반애명왈 수건애 석심유요여저구 언전관음완처

崇禎丁丑十一月二十二日 正朝使－與建州和解後 韓
숭정정축십일월이십이일 정조사 여건주화해후 한
亨吉 書狀官李後陽之行 定例外別貢紅柹三十馱 勅
형길 서장관이후양지행 정례외별공홍시삼십태 칙
使又督納二萬箇.
사우독납이만개

其時勅使英俄兒代 馬福塔 戴雲曾 在道馳獵 責
기시칙사영아아대 마복탑 대운증 재도치렵 책
納房妓 少不如意 則鞭扑狼藉 倭人亦求馬三百 鷹
납방기 소불여의 즉편복낭자 왜인역구마삼백 응
三百 野鶴三百.
삼백 야학삼백

今此使行 所持方物 不過紙席 而中國賜賚供給
금차사행 소지방물 불과지석 이중국사뢰공급
留館員役 常費十餘萬云 比諸淸初 可謂反爲貽弊中
유관원역 상비십여만운 비저청초 가위반위이폐중

國.
국

徐渭路史云　唐時　高麗貢松煙墨　和麋鹿膠造墨
서위노사운　당시　고려공송연묵　화미록교조묵

名隃麋.
명유미

王阮亭辨　漢縣名隃麋　地出石墨　與高麗無涉　而
왕원정변　한현명유미　지출석묵　여고려무섭　이

獨不辨唐時元無高麗　何也　隃麋所出石墨　想應今時
독불변당시원무고려　하야　유미소출석묵　상응금시

所用石煤也　漢時不識爇火　以爲石墨歟.
소용석매야　한시불식열화　이위석묵여

皇明萬曆九年　西洋人利瑪竇入中國　留北京二十
황명만력구년　서양인이마두입중국　유북경이십

九年　中國人無信之者　獨力主其曆法者　徐光啓一人
구년　중국인무신지자　독력주기역법자　서광계일인

遂爲萬歲曆法之祖宗　則萬曆記年　乃利瑪竇入中國
수위만세역법지조종　즉만력기년　내이마두입중국

之兆.
지조

萬曆壬辰　神宗天子大發兵　東救我國之難　其時所
만력임진　신종천자대발병　동구아국지난　기시소

發帑銀八百萬兩.
발탕은팔백만냥

新羅時土産 有大小花魚牙錦 朝霞錦 白氎布.
신라시토산 유대소화어아금 조하금 백첩포

王元美稱東紙 徐文長甚愛東紙如錢厚者 鍾伯敬嘗書唐劉愼虛詩十四首.
왕원미칭동지 서문장심애동지여전후자 종백경상서당유신허시십사수

中原進士及第出身 一甲三人 壯元 次榜眼 次探花 壯元卽授翰林修撰 榜眼及探花 爲翰林編修.
중원진사급제출신 일갑삼인 장원 차방안 차탐화 장원즉수한림수찬 방안급탐화 위한림편수

二甲八九十人 第一人謂之傳臚 亦授翰林.
이갑팔구십인 제일인위지전려 역수한림

三甲百餘人 則與二甲通納朝考 或點翰林 或授六部主事 或授知縣 不與於此 則爲歸班進士 不比我東較量地閥 分授三館之規.
삼갑백여인 즉여이갑통납조고 혹점한림 혹수육부주사 혹수지현 불여어차 즉위귀반진사 불비아동교량지열 분수삼관지규

雍正壬子 譯官崔壽城過高喬堡 見吳光霦 光霦嘗受吳三桂僞牒 以此被謫 仍居於此 年方八十七 耳聾神昏 不能酬酌 出視當時文籍.
옹정임자 역관최수성과고교보 견오광빈 광빈상수오삼계위첩 이차피적 잉거어차 연방팔십칠 이롱신혼 불능수작 출시당시문적

一 天下都招討兵馬大元帥周王 爲陞授官員事 予
일 천하도초토병마대원수주왕 위승수관원사 여

以宇宙昏蒙 如居長夜 仰承天意 倡義救民 必資智
이 우 주 혼 몽 여 거 장 야 앙 승 천 의 창 의 구 민 필 자 지

勇之才 共濟昇平之烈.
용 지 재 공 제 승 평 지 렬

查得吳光霦 今授以金吾侍衛遊擊 用示優異 合行
사 득 오 광 빈 금 수 이 금 오 시 위 유 격 용 시 우 이 합 행

給劄 爲此劄付 本官遵照任事 爾受玆委任 宜益加
급 차 위 차 차 부 본 관 준 조 임 사 이 수 자 위 임 의 익 가

奮勵 戮力行間 茂建勳勞 以膺顯用 儻有奇功足錄
분 려 육 력 행 간 무 건 훈 로 이 응 현 용 당 유 기 공 족 록

自有不次爵賞 汝其勉哉 須至劄付者 右劄付遊擊吳
자 유 불 차 작 상 여 기 면 재 수 지 차 부 자 우 차 부 유 격 오

光霦 準此 周四年五月廿七日劄付.
광 빈 준 차 주 사 년 오 월 입 칠 일 차 부

二 兵部爲陞授官員事 洪化元年七月十六日 兵科
이 병 부 위 승 수 관 원 사 홍 화 원 년 칠 월 십 륙 일 병 과

抄出李少保 金吾衛左將軍胡題 爲補用官員 請給劄
초 출 이 소 보 금 오 위 좌 장 군 호 제 위 보 용 관 원 청 급 차

付事 今查得侍衛遊擊吳光霦 老成練達 應加以參將
부 사 금 사 득 시 위 유 격 오 광 빈 노 성 련 달 응 가 이 참 장

職啣 管理內府事等 因具題旨吳光霦等 依議用 兵
직 함 관 리 내 부 사 등 인 구 제 지 오 광 빈 등 의 의 용 병

部知道欽此欽遵 擬合就行 爲此合劄 本官遵照本部
부 지 도 흠 차 흠 준 의 합 취 행 위 차 합 차 본 관 준 조 본 부

欽奉旨內事理 欽遵任事施行 須至劄付者 右劄付參
흠 봉 지 내 사 리 흠 준 임 사 시 행 수 지 차 부 자 우 차 부 참

將吳光霦 準此 洪化元年七月廿一日 經承劄付.
장 오 광 빈 준 차 홍 화 원 년 칠 월 입 일 일 경 승 차 부

三 戶部請添官員事 乃是差授光霦戶部員外郞者
삼 호 부 청 첨 관 원 사 내 시 차 수 광 빈 호 부 원 외 랑 자

也 稱洪化二年七月廿六日 俱有印押.
야 칭홍화이년칠월입륙일 구유인압

蓋吳三桂起兵四年而改元也 自作九錫禪文 李克用之所不爲 誓死他日復唐社稷.
개오삼계기병사년이개원야 자작구석선문 이극용지소불위 서사타일복당사직

大明遺黎日望義旗 天下有誰知周家洪化 吳光霦尙以此牒 爲家藏舊迹 其意可知 而亦可見當時寬大之政.
대명유려일망의기 천하유수지주가홍화 오광빈상이차첩 위가장구적 기의가지 이역가견당시관대지정

吸毒石 棗子大 靑黑色 小西洋一種毒蛇 頭裏生石 能治蛇蝎蜈蚣諸蟲咬傷 幷治癰疽 一切毒瘇惡瘡.
흡독석 조자대 청흑색 소서양일종독사 두리생석 능치사갈오공제충교상 병치옹저 일체독종악창

卽將石置傷處 石自緊黏不落 吸毒盡時 石自離落 患可除痊 須預備人乳一鍾 急將石浸之 候至乳色略綠 卽洗淸水 淨抹收貯 以待後用 若浸乳稍遲 則石毒過出 久後無靈.
즉장석치상처 석자긴점불락 흡독진시 석자리락 환가제전 수예비인유일종 급장석침지 후지유색략록 즉세청수 정말수저 이대후용 약침유초지 즉석독과출 구후무령

未及山海關十餘里　有姜女廟　新建行宮　望夫石旁
미급산해관십여리　유강녀묘　신건행궁　망부석방

有小亭　曰振衣亭.
유소정　왈진의정

奏時　范七郎築長城　死於六螺山下　夢感　其妻許
주시　범칠랑축장성　사어육라산하　몽감　기처허

氏孟姜　陜西同官人也　獨行數千里　收七郎骸骨　歷
씨맹강　섬서동관인야　독행수천리　수칠랑해골　역

憩于此　後人立祠　姜女竟負骸入海死　旣數日　有石
게우차　후인립사　강녀경부해입해사　기수일　유석

出海中　潮至不沒云.
출해중　조지불몰운

望夫石三字　太原白暉題　作如是觀四字　內閣修撰
망부석삼자　태원백휘제　작여시관사자　내각수찬

賀廷佐書　李蟠撰祠記　高昺書　祠後立四碑　一張揀
하정좌서　이반찬사기　고병서　사후립사비　일장간

撰　皇明萬歷甲午立　一張時顯撰　萬曆丙申立　一程
찬　황명만력갑오립　일장시현찬　만력병신립　일정

觀頤撰　康熙己酉立　一高齊岱撰　康熙戊辰立.
관이찬　강희기유립　일고제대찬　강희무진립

唐時人王建所咏望夫石在武昌　或曰　秦時不稱陜
당시인왕건소영망부석재무창　혹왈　진시불칭섬

且無稱郎　姜者　齊女也.
차무칭랑　강자　제녀야

王民皥　贊淸建國一王之制曰　外三王而內二敎　蓋
왕민호　찬청건국일왕지제왈　외삼왕이내이교　개

以釋老二氏之術　雜儒道而文之也.
이석노이씨지술　잡유도이문지야

雍正時 有密奏請 令所在僧尼 相配還俗 可得旗下百萬 雍正下詔洞諭曰 佛老之敎 心性本源 善惡感應 理氣根窟 自昔理天下者 本之倫常 效之事功 則二氏之敎 無與乎禮樂刑政之區 恐其有妨於明敎 則哲王賢辟疏而遠之則有之 朕未聞其悖其性而挫折之也.
옹정시 유밀주청 영소재승니 상배환속 가득기하백만 옹정하조통유왈 불노지교 심성본원 선악감응 이기근굴 자석리천하자 본지윤상 효지사공 즉이씨지교 무여호예악형정지구 공기유방어명교 즉철왕현벽소이원지즉유지 짐미문기패기성이좌절지야

近有密奏進來 毒詆釋氏 請令所在僧尼還俗 朕恐一夫一婦不獲其所 今不問情願還俗 則不獲其所者不啻數百萬人 僧尼卽鰥寡孤獨 所當矜憐.
근유밀주진래 독저석씨 청령소재승니환속 짐공일부일부불획기소 금불문정원환속 즉불획기소자불시수백만인 승니즉환과고독 소당긍련

理學之人 先罵二氏 自以爲理學者 此習不知創自何典 夫理學 貴於躬行實踐 若虛詆二氏 卽爲理學則卑淺矣 國家尊尙理學之意 本不如此 若云妖言惑衆 作姦犯科 皆出於僧徒 此等果於本敎 亦無躬行實踐 其干紀冒法 豈誠本敎之罪哉.
이학지인 선매이씨 자이위이학자 차습부지창자하전 부이학 귀어궁행실천 약허저이씨 즉위이학즉비천의 국가존상이학지의 본불여차 약운요언혹중 작간범과 개출어승도 차등과어본교 역무궁행실천 기간기모법 기성본교지죄재

卽如近日獲重罪處極刑者 又何嘗皆僧尼道士耶
즉여근일획중죄처극형자 우하상개승니도사야

執法不平　不足以治天下　持論不公　不足以服人心
집 법 불 평　부 족 이 치 천 하　지 론 불 공　부 족 이 복 인 심

故玆諭示.
고 자 유 시

此載閔相應洙癸丑燕行錄中　與王氏說相符.
차 재 민 상 응 수 계 축 연 행 록 중　여 왕 씨 설 상 부

乾隆四十年乙未十一月二十日　內閣奉上諭　崇獎
건 륭 사 십 년 을 미 십 일 월 이 십 일　내 각 봉 상 유　숭 장

忠貞　所以樹風敎勵臣節　然自昔嬗代　凡勝國死事之
충 정　소 이 수 풍 교 려 신 절　연 자 석 선 대　범 승 국 사 사 지

臣　罕有錄與易名.
신　한 유 록 여 역 명

惟我世祖章皇帝定鼎之初　崇禎之末殉難之臣　太
유 아 세 조 장 황 제 정 정 지 초　숭 정 지 말 순 난 지 신　태

學士范景文等二十人　特恩賜謚　仰見聖度如天　軫恤
학 사 범 경 문 등 이 십 인　특 은 사 시　앙 견 성 도 여 천　진 휼

遺忠　實爲亘萬古之曠典.
유 충　실 위 긍 만 고 지 광 전

當時僅徵據傳聞　題奏事件未暇遍爲搜訪　故得邀
당 시 근 징 거 전 문　제 주 사 건 미 가 편 위 수 방　고 득 요

表章者　只有此數　殆久而遺事漸彰　復經論定　今明
표 장 자　지 유 차 수　태 구 이 유 사 점 창　부 경 론 정　금 명

史所載　可按而知也.
사 소 재　가 안 이 지 야

至若史可法之力矢孤忠　支撑殘局　終蹈一死　又如
지 약 사 가 법 지 력 시 고 충　지 탱 잔 국　종 도 일 사　우 여

劉宗周黃道周等　立朝謇諤　抵觸僉壬　及遭際時艱臨
유 종 주 황 도 주 등　입 조 건 악　저 촉 첨 임　급 조 제 시 간 림

危授命 足爲一代之完人 爲褒揚所當及.
위수명 족위일대지완인 위포양소당급

其他或死守孤城 或身隕行陣 與夫俘禽騈戮 視死如歸者 當時王旅徂征 自不得不申法令 以明順逆 而事後平情而論 若而人者 皆無愧于疾風勁草 卽自盡以全名節 其心亦可矜憐.
기타혹사수고성 혹신운행진 여부부금병륙 시사여귀자 당시왕려조정 자부득불신법령 이명순역 이사후평정이론 약이인자 개무괴우질풍경초 즉자진이전명절 기심역가긍련

雖福王倉卒偏安 唐桂二王 幷且流離竄跡 已不復成其爲國 而諸人茹苦相從 捨生取義 各能忠于所事 亦豈可令其湮滅不彰 自宜稽攷史書 一體旌諡.
수복왕창졸편안 당계이왕 병차유리찬적 이불부성기위국 이제인여고상종 사생취의 각능충우소사 역기가령기인멸불창 자의계고사서 일체정시

其或諸生韋布及不知姓名之流 幷能慷慨輕生 議諡固難于槪及 亦當俎豆其鄕 以纘軫慰.
기혹제생위포급부지성명지류 병능강개경생 의시고난우개급 역당조두기향 이찬진위

嘗恭讀我太祖實錄 載薩爾滸之戰 明楊鎬等 集兵二十萬 四路分出侵我興京 我太祖太宗及貝勒大臣 統勁旅數千 殲戮過半 明之一時良將 如劉綎杜松楊鎬等 皆沒于陣 近日親製書事一篇 用揚祖烈而傳示信史.
상공독아태조실록 재살이호지전 명양호등 집병이십만 사로분출침아흥경 아태조태종급패륵대신 통경려수천 섬륙과반 명지일시양장 여유정두송양호등 개몰우진 근일친제서사일편 용양조렬이전시신사

惟是王業肇基 其抗我顔行者 原當獮薙 然迹其冒
유시왕업조기 기항아안행자 원당선치 연적기모
鎬迎鋒 竭忠效命 未嘗不爲嘉愍.
호영봉 갈충효명 미상불위가민

又若明社將亡 孫承宗盧象昇等 抵拒王師 身膏原
우약명사장망 손승종노상승등 저거왕사 신고원
野 而周遇吉蔡懋德孫傳廷等 以闖獻蹂躪 禦賊身亡
야 이주우길채무덕손전정등 이틈헌유린 어적신망
凜凜猶有生氣.
늠름유유생기

揔由明政不綱 自萬曆以至崇禎 而權奸接踵 閹豎
총유명정불강 자만력이지숭정 이권간접종 엄수
橫行 遂至黑白混淆 忠良泯滅 每爲之切齒不平.
횡행 수지흑백혼효 충량민멸 매위지절치불평

福王時 雖間有追謚之人 而去就不公 亦未足爲重
복왕시 수간유추시지인 이거취불공 역미족위중
朕惟以大公至正爲衡 凡明季完節諸臣 旣能爲國抒
짐유이대공지정위형 범명계완절제신 기능위국서
忠 優奬實同一視.
충 우장실동일시

至若錢謙益之自詡淸流 靦顔降附 金堡屈大均輩
지약전겸익지자후청류 전안항부 김보굴대균배
倖生畏死 詭托緇徒 均屬喪心無恥 若輩果能死節.
행생외사 궤탁치도 균속상심무치 약배과능사절

今日亦當在予表旌之列 乃旣不能捨命 而猶假言
금일역당재여표정지렬 내기불능사명 이유가언
語文字 以自圖掩飾其偸生 是必當明斥其進退無據
어문자 이자도엄식기투생 시필당명척기진퇴무거
之非 以隱殛其冥漠不靈之魂 一褒一貶 衮鉞昭然
지비 이은극기명막불령지혼 일포일폄 곤월소연

使天下萬世 共知朕意 準情理而公好惡 卽以是植綱
사천하만세 공지짐의 준정리이공호오 즉이시식강

常 卽以是示彰癉.
상 즉이시시창단

所有應謚諸人 並査明史及輯覽所載 遵照世祖時
소유응시제인 병사명사급집람소재 준조세조시

之例 因其原官 予以謚號 其如何分別定謚之處 著
지례 인기원관 여이시호 기여하분별정시지처 착

太學士九卿京堂翰詹科道 集議以聞 幷玆通諭中外
태학사구경경당한첨과도 집의이문 병자통유중외

知之 欽此.
지지 흠차

以此詔觀之 我國三學士及淸陰事迹 當載淸太宗
이차조관지 아국삼학사급청음사적 당재청태종

實錄 而漠然無聞 何也.
실록 이막연무문 하야

夫陪臣之爲中國尊攘 千古所未曾有也 乾隆爲天
부배신지위중국존양 천고소미증유야 건륭위천

下萬世 自附公正之論 而獨於我東諸賢 不少槪見者
하만세 자부공정지론 이독어아동제현 불소개견자

以其事系外國 而未及修擧耶.
이기사계외국 이미급수거야

中州人士 往往提及淸陰 而只錄其寂寥詩篇而已
중주인사 왕왕제급청음 이지록기적요시편이이

其大節之爭光日月 未有擧似者 抑吾東講和 實在關
기대절지쟁광일월 미유거사자 억오동강화 실재관

外之時 則中國未之詳知歟 抑嫌於酬答 而佯若不知
외지시 즉중국미지상지여 억혐어수답 이양약부지

歟 抑故托感舊集－王漁洋士禎輯感舊集 錄淸陰先生詩 其小
여 억고탁감구집 왕어양사정집감구집 녹청음선생시 기소

序具書官啣名與字－ 以微見其意歟.
서구서관함명여자 이미현기의여

余每聞淸陰二字 未嘗不髮動脈跳 雖闇自喉裏徘徊 而未敢發諸齒外 幾成王鵠汀痞證 柰何柰何.
여매문청음이자 미상불발동맥도 수암자후리배회 이미감발저치외 기성왕곡정비증 내하내하

未及遼東 有王祥嶺 踰嶺十餘里 有冷井 使行時設幕朝飯處也 非石甃 乃路傍 泉源盈科 味甚甘冽冬溫夏冷 每我東使行時 泉必滔滔湧出 而東人去則立竭 蓋遼東本朝鮮地 故氣類相感而然云.
미급요동 유왕상령 유령십여리 유냉정 사행시설막조반처야 비석추 내로방 천원영과 미심감렬동온하냉 매아동사행시 천필도도용출 이동인거즉립갈 개요동본조선지 고기류상감이연운

我東避兵福地 共有十處 而皆世傳東方名僧無學及方士南師古所占云.
아동피병복지 공유십처 이개세전동방명승무학급방사남사고소점운

余以爲福地莫如去邠之所 雖韋布微賤之士 必爲間關 陪扈執羈靮不離左右可也.
여이위복지막여거빈지소 수위포미천지사 필위간관 배호집기적불리좌우가야

猝當兵亂 士女波蕩 每尋深山絶峽 藏蹤巖穴之中其不智甚矣 運粮旣絶 必先自餓死 其愚一也 不見
졸당병란 사녀파탕 매심심산절협 장종암혈지중기부지심의 운량기절 필선자아사 기우일야 불견

兵而先爲虎豹所害 其愚二也 外間消息阻絶 莫識去
병이선위호표소해 기우이야 외간소식조절 막식거
向 其愚三也 草樹霧露 先有疾疫之患 其愚四也
향 기우삼야 초수무로 선유질역지환 기우사야
若遇土賊 必爲弱肉 其愚吾也.
약우토적 필위약육 기우오야

人生不幸 値壬辰倭亂丙子虜兵 則龍灣南漢皆爲
인생불행 치임진왜란병자로병 즉용만남한개위
福地 當時避兵者 皆以兩處爲絶地孤城 而余以爲王
복지 당시피병자 개이량처위절지고성 이여이위왕
靈所在 必天地同力 百神呵護 國在與在 國亡與亡
령소재 필천지동력 백신가호 국재여재 국망여망
與其竄身草莽守諒溝瀆 無寧生爲忠臣死爲義鬼也.
여기찬신초망수량구독 무녕생위충신사위의귀야

嘗見松溪記行 –麟坪大君著– 淸兵之進圍松山也 我
상견송계기행 인평대군저 청병지진위송산야 아
孝宗大王在鳳林邸時 陪昭顯世子被質 俱駐淸陣中.
효종대왕재봉림저시 배소현세자피질 구주청진중

幕次因地勢不便 纔移他所 是夜 寧遠摠兵吳三桂
막차인지세불편 재이타소 시야 영원총병오삼계
率所部萬騎潰圍馳出 幕次初設之地 適當潰圍之路
솔소부만기궤위치출 막차초설지지 적당궤위지로
當時移幕 若有天佑神助.
당시이막 약유천우신조

吾東過百從人 倘非依托王靈 烏能免奔衝蹂躪之
오동과백종인 당비의탁왕령 오능면분충유린지
變乎 故曰 不幸當難九死 扈蹕 是乃福地也.
변호 고왈 불행당난구사 호필 시내복지야

在熱河時　見班禪所居金殿屋脊上　一對金軀黃龍
재열하시　견반선소거금전옥척상　일대금구황룡
起行如馬　長皆二丈餘　自下望之如此　則其長與高可
기행여마　장개이장여　자하망지여차　즉기장여고가
知也　其狀殊不類所畵神龍.
지야　기상수불류소화신룡

楊用修丹鉛錄曰　龍産九子不成龍　一曰贔屭　形似
양용수단연록왈　용산구자불성룡　일왈비희　형사
龜　善負重　今碑龜趺是也　二曰鴟吻　性好望　今屋
귀　선부중　금비귀부시야　이왈치문　성호망　금옥
獸　三曰蒲牢　性好吼　今鍾紐　四曰狴犴　形似虎　立
수　삼왈포뢰　성호후　금종뉴　사왈폐간　형사호　입
獄門　五曰饕餮　性貪食　刻鼎蓋　六曰蚣蝮　性好水
옥문　오왈도철　성탐식　각정개　육왈공하　성호수
立橋柱　七曰睚眦　性好殺　立刀環　八曰金蜺　形類
입교주　칠왈애자　성호살　입도환　팔왈금세　형류
獅　好煙火　立香爐　九曰椒圖　形似螺蚌　性好閉　立
사　호연화　입향로　구왈초도　형사라방　성호폐　입
門鋪.
문포

又金殿四角　起行金軀黃龍　而形與屋脊所立又不
우금전사각　기행금구황룡　이형여옥척소립우부
同　鴟尾鴟吻之說　傳記不一　蓋中國起宮殿　必先鑄
동　치미치문지설　전기불일　개중국기궁전　필선주
鴟尾鴟吻　以占屋之成毁吉凶　故重之.
치미치문　이점옥지성훼길흉　고중지

對類總龜謂　龍産九子　一名嘲風　好險　立殿角　一
대류총귀위　용산구자　일명조풍　호험　입전각　일
名蚩吻　好呑　立殿脊　博物志逸篇云　螭吻形似獸
명치문　호탄　입전척　박물지일편운　이문형사수

性好望 故立殿角 蠻蛀 形似龍 性好風雨 故用于
성호망 고립전각 만전 형사룡 성호풍우 고용우

屋脊 與丹鉛錄說 皆不同.
옥척 여단연록설 개부동

漢武帝柏梁殿災 越巫言 海中有魚 名虯 其尾似
한무제백량전재 월무언 해중유어 명규 기미사

鴟 激浪則降雨 作其形置殿脊 以壓火災.
치 격랑즉강우 작기형치전척 이압화재

又大起建章宮 越巫上厭勝之法 設鴟尾之象于殿
우대기건장궁 월무상엽승지법 설치미지상우전

脊 我國船尾謂鴟 則似鴟尾之鴟也.
척 아국선미위치 즉사치미지치야

又博物志逸篇云 贔屭 性好重 故載碑 螭虎 形似
우박물지일편운 비희 성호중 고재비 이호 형사

龍 性好文采 故立于碑文上.
룡 성호문채 고립우비문상

又總龜云 龍之九子 一名覇夏 好負重 故爲碑座
우총귀운 용지구자 일명패하 호부중 고위비좌

贔屭好文 故在碑文兩旁.
비희호문 고재비문양방

諸說亦各不同 龍子名號及性情 何以知之 古說傅
제설역각부동 용자명호급성정 하이지지 고설부

會多此類.
회다차류

自伏羲氏至今乾隆皇帝 正統天子總二百五十 若
자복희씨지금건륭황제 정통천자총이백오십 약

通計呂后武后無統天子 自曹魏孫吳南北朝至五季
통계여후무후무통천자 자조위손오남북조지오계

總八十五 僭僞帝王 自后羿至周弘化皇帝吳三桂 總
총팔십오 참위제왕 자후예지주홍화황제오삼계 총

二百七十 春秋之君 四百九十有奇.
이백칠십 춘추지군 사백구십유기

巡撫山東等處 督理營田兼理軍務 都察院右副都
순무산동등처 독리영전겸리군무 도찰원우부도

御史岳 爲聖德之保和備至 天心之錫福彌隆 恭報瑞
어사악 위성덕지보화비지 천심지석복미륭 공보서

麟毓生 光照嘉應事 雍正十年壬子六月十三日 據布
린육생 광조가응사 옹정십년임자유월십삼일 거포

政使鄭禪寶 據曹州鉅野縣知縣寥開春稱 雍正十年
정사정선보 거조주거야현지현요개춘칭 옹정십년

六月初五日 據新城保地保祝萬年等稱 該保李家莊
유월초오일 거신성보지보축만년등칭 해보이가장

李恩家 於本年六月初五日辰時 有牛生麟 金光繚繞
이은가 어본년유월초오일진시 유우생린 금광요요

歷辰巳兩時 遠近聚觀 咸稱奇異 理合稟報等情.
역진사양시 원근취관 함칭기이 이합품보등정

隨卽親詣產麟處所 敬謹看檢 係麕身牛尾 渾身皆
수즉친예산린처소 경근간검 계균신우미 혼신개

甲 甲縫皆有紫毫 玉定文定 光采燦生 實屬聖世瑞
갑 갑봉개유자호 옥정문정 광채찬생 실속성세서

徵 擬合轉報等情.
징 의합전보등정

職迅卽委員馳赴鉅野 細加看審 據稱 瑞麟身長一
직신즉위원치부거야 세가간심 거칭 서린신장일

尺八寸 高一尺六寸 麕身牛尾 頭含肉角 定戴旋毛
척팔촌 고일척육촌 균신우미 두함육각 정대선모

目如水晶 額如白玉 遍身鱗甲 悉係靑色 甲縫俱有
목여수정 액여백옥 편신인갑 실계청색 갑봉구유

紫色絨毛 脊背黑色三節 中節毛皆直竪 前節毛皆向
자색융모 척배흑색삼절 중절모개직수 전절모개향

前 後節毛皆向後 胯腹蹄腕 皆有白毫 尾長五寸五
전 후절모개향후 과복제완 개유백호 미장오촌오

分 尾尖有黑毫四縷.
푼 미첨유흑호사루

見經圖繪 呈送到職 職敬閱之下 實甚懽忭 隨卽
견경도회 정송도직 직경열지하 실심환변 수즉

恭設香案 望闕叩頭慶賀訖.
공설향안 망궐고두경하흘

欽惟皇帝陛下 道恊淸寧 功參化育 體元立政 六
흠유황제폐하 도협청녕 공참화육 체원립정 육

府修而三事和 建極敷民 五典惇而九疇叙.
부수이삼사화 건극부민 오전돈이구주서

華星順軌 丹霄麗雙璧之輝 湛露凝甘 繡甸闊千珠
화성순궤 단소려쌍벽지휘 담로응감 수전활천주

之液.
지액

乃若黃河淸於曹單之間 不獨波澄秦隴 慶雲見於
내약황하청어조선지간 부독파징진롱 경운견어

洙泗之涯 豈徒彩煥滇黔.
수사지애 기도채환전검

玆當鉅野之鄕 復覩瑞麟之育 麕身牛尾 允擅殊姿
자당거야지향 부도서린지육 균신우미 윤천수자

一角圓蹄 咸推異品.
일각원제 함추이품

職伏稽書傳春秋 服虔註曰 王者視明 禮修則麒麟
직복계서전춘추 복건주왈 왕자시명 예수즉기린

至 又禮斗威儀曰 王者政訟平 則麒麟在郊 又孝經
지 우예두위의왈 왕자정송평 즉기린재교 우효경
援神契曰 王者德至鳥獸 則麒麟臻.
원신계왈 왕자덕지조수 즉기린진

是以軒轅之朝 麟遊其記 成康之世 麟趾有歌 撫
시이헌원지조 인유기기 성강지세 인지유가 무
玆神物之誕生 益見瑞符之照格 良由我皇上 欽恭光
자신물지탄생 익견서부지조격 양유아황상 흠공광
于四表 如日月之照臨 安阜遍於八紘 此乾坤之幬
우사표 여일월지조림 안부편어팔굉 차건곤지주
載.
재

況東省壤聯畿輔 沐化尤先 路接康衢 蒙庥最渥
황동성양련기보 목화우선 노접강구 몽휴최악
是知麟之所兆 信而可徵 五色含章 卜文明之大啓
시지린지소조 신이가징 오색함장 복문명지대계
四靈冠首 占戩穀之方來.
사령관수 점전곡지방래

職恭任封疆 欣逢盛美 自天申命 已知純嘏 願效
직공임봉강 흔봉성미 자천신명 이지순하 원효
升恒之頌 用抒拜舞之誠.
승항지송 용서배무지성

伏祈照付史臣 宣示中外 毓於郊藪 千秋表河嶽之
복기조부사신 선시중외 육어교수 천추표하악지
奇 載在圖書 萬古煥奎婁之象 伏祈皇上 聖監施行
기 재재도서 만고환규루지상 복기황상 성감시행
爲此除具 合咨貴部 煩請查照 須至咨者 右咨禮部
위차제구 합자귀부 번청사조 수지자자 우자예부
此載陶谷李相-宜顯-燕行雜識.
차재도곡이상 의현 연행잡지

山東督撫岳者 其姓也 咨表比我東科儷則疏 而爛
산 동 독 무 악 자 기 성 야 자 표 비 아 동 과 려 즉 소 이 란
燁豐腴自生 古色過之.
엽 풍 유 자 생 고 색 과 지

尹亨山云 山東偏産麒麟 康熙朝四 皆牛産 雍正
윤 형 산 운 산 동 편 산 기 린 강 희 조 사 개 우 산 옹 정
時五 牛産二豕三 當宁聖朝五 蜀閩中浙河南 兩歲
시 오 우 산 이 시 삼 당 저 성 조 오 촉 민 중 절 하 남 양 세
內皆牛産 而一則豕産直隷良鄕云.
내 개 우 산 이 일 즉 시 산 직 례 양 향 운

順治丙申十月十六日 四公主各歸漠北 皆蒙古王
순 치 병 신 시 월 십 륙 일 사 공 주 각 귀 막 북 개 몽 고 왕
妻也 路由玉河館前 蒙王率其下馳去 駝馬甚盛 公
처 야 노 유 옥 하 관 전 몽 왕 솔 기 하 치 거 타 마 심 성 공
主亦乘馬行 蕃漢隨後而行 皆遠餞也 麟坪大君見
주 역 승 마 행 번 한 수 후 이 행 개 원 전 야 인 평 대 군 견
之.
지

乾隆四十一年丙申正月二十五日 內閣奉上諭 前
건 륭 사 십 일 년 병 신 정 월 이 십 오 일 내 각 봉 상 유 전
以明季殉節諸臣 各爲其主義烈可嘉 自宜査明錫諡
이 명 계 순 절 제 신 각 위 기 주 의 열 가 가 자 의 사 명 석 시
因命太學士九卿 京堂翰詹科道等 集議奏聞 冀以褒
인 명 태 학 사 구 경 경 당 한 첨 과 도 등 집 의 주 문 기 이 포
闡忠良 風示來世子孫.
천 충 량 풍 시 래 세 자 손

復念建文革除之際　其臣之仗節死難者　史冊所載
부 념 건 문 혁 제 지 제　기 신 지 장 절 사 난 자　사 책 소 재

甚多　當時永樂位本藩臣　乃犯順稱兵　陰謀奪國　諸
심 다　당 시 영 락 위 본 번 신　내 범 순 칭 병　음 모 탈 국　제

人自當義不戴天.
인 자 당 의 부 대 천

雖齊泰黃子澄等　輕率寡謀　方孝孺識見迂闊　未足
수 제 태 황 자 징 등　경 솔 과 모　방 효 유 식 견 우 활　미 족

輔助少主　然其尊王鋤强之心　實堪共諒　及大勢已去
보 조 소 주　연 기 존 왕 서 강 지 심　실 감 공 량　급 대 세 이 거

猶且募旅圖存　抗辭詆斥　雖殞身湛族　百折不回　洵
유 차 모 려 도 존　항 사 저 척　수 운 신 담 족　백 절 불 회　순

爲無慚名敎者.
위 무 참 명 교 자

其他若景淸鐵鉉等　或慷慨捐軀　或從容就義　雖致
기 타 약 경 청 철 현 등　혹 강 개 연 구　혹 종 용 취 의　수 치

命不同　而志節凜然　皆可爲克明大義.
명 부 동　이 지 절 름 연　개 가 위 극 명 대 의

甚至如東湖樵夫補鍋匠之流　雖姓名隱晦不彰　其
심 지 여 동 호 초 부 보 과 장 지 류　수 성 명 은 회 불 창　기

心均足嘉尙.
심 균 족 가 상

特以永樂性或殘刻　逞志淫刑　其屠戮之慘　極于蔓
특 이 영 락 성 혹 잔 각　령 지 음 형　기 도 륙 지 참　극 우 만

瓜　牽連之誅　殆非人理.
과　견 련 지 주　태 비 인 리

朕讀史至此　未嘗不憤恨　迨其中葉　雖少弛厲禁
짐 독 사 지 차　미 상 불 분 한　태 기 중 엽　수 소 이 려 금

而徇私曲諱　終不肯顯示褒揚　使忠臣義士之義　久矣
이 순 사 곡 휘　종 불 긍 현 시 포 양　사 충 신 의 사 지 의　구 의

不申 殊堪閔惻.
불신 수감민측

夫以勝國革命之時 其抗我顔行者 尙念其忠 特予表章 矧建文諸臣 不幸遘遭內難 爲國捐生 成仁取義 豈可湮沒.
부이승국혁명지시 기항아안행자 상념기충 특여표장 신건문제신 불행구조내난 위국연생 성인취의 기가인몰

自當一體議謚 以發幽光而昭公道 其應如何分別予謚之處 著同前旨 交太學士等 一并詳查 集議具奏 稱朕崇獎忠貞 有加無已之至意 欽此.
자당일체의시 이발유광이소공도 기응여하분별여시지처 착동전지 교태학사등 일병상사 집의구주 칭짐숭장충정 유가무이지지의 흠차

皇明崇禎十一年 我國將李時英率兵五千 入建州清人劫時英爲前行 與明都督祖大壽戰於松山 士兵皆精砲 祖軍多殲 下令軍中 虜頭一顆 予銀五十兩鮮人一級 予銀百兩.
황명숭정십일년 아국장이시영솔병오천 입건주청인겁시영위전행 여명도독조대수전어송산 사병개정포 조군다섬 하령군중 노두일과 여은오십냥선인일급 여은백냥

士兵李士龍 星州人也 獨礮義不入丸 凡三發無傷欲以明本國之心也 淸人覺之 遂斬士龍以徇 祖軍望見皆大哭 大壽乃大書旂上曰 朝鮮義士李士龍 以風
사병이사룡 성주인야 독포의불입환 범삼발무상욕이명본국지심야 청인각지 수참사룡이순 조군망견개대곡 대수내대서기상왈 조선의사이사룡 이풍

時英軍.
시 영 군

今星州玉川上 有忠烈祠 卽士龍俎豆之所 苟使皇
금 성 주 옥 천 상 유 충 렬 사 즉 사 룡 조 두 지 소 구 사 황
帝聞士龍名 合當特予美謚 余過松山 作文以弔士龍
제 문 사 룡 명 합 당 특 여 미 시 여 과 송 산 작 문 이 조 사 룡
之魂.
지 혼

錢牧齋謙益 字受之 其身世半華半胡 其文章半儒
전 목 재 겸 익 자 수 지 기 신 세 반 화 반 호 기 문 장 반 유
半佛 其名節掃地 終不免浪子之號 上愧其師孫高陽
반 불 기 명 절 소 지 종 불 면 랑 자 지 호 상 괴 기 사 손 고 양
承宗 下愧其弟子瞿留守式耜 中愧其妻河東君柳如
승 종 하 괴 기 제 자 구 유 수 식 사 중 괴 기 처 하 동 군 류 여
是 受之旣老死 河東君尙少 諸惡少嫉受之 欲汚柳
시 수 지 기 로 사 하 동 군 상 소 제 악 소 질 수 지 욕 오 류
柳自殺.
유 자 살

今見乾隆詔 斥受之 謂其自詡淸流 靦顔降附 詭
금 견 건 륭 조 척 수 지 위 기 자 후 청 류 전 안 항 부 궤
託緇徒 喪心無恥 可謂愧殺錢謙益.
탁 치 도 상 심 무 치 가 위 괴 살 전 겸 익

我東先輩 不知受之之失身 徒見其有學初學等集
아 동 선 배 부 지 수 지 지 실 신 도 견 기 유 학 초 학 등 집
未嘗不爲之傷惜 抄其詩文 多列之文丞相 謝疊山之
미 상 불 위 지 상 석 초 기 시 문 다 렬 지 문 승 상 사 첩 산 지
下 近歲以來 頗亦聞其毁板禁藏 而功令俗生家 未
하 근 세 이 래 파 역 문 기 훼 판 금 장 이 공 령 속 생 가 미

必能盡知之 故今詳錄焉.
필 능 진 지 지 고 금 상 록 언

蘇東坡之惡高麗 則有以也 當時高麗專事契丹 而
소 동 파 지 오 고 려 즉 유 이 야 당 시 고 려 전 사 거 란 이
特以慕華之意 時入宋庭 中州之士 未必鑒悉表衷
특 이 모 화 지 의 시 입 송 정 중 주 지 사 미 필 감 실 표 충
或謂之窺偵朝廷者 無足怪也.
혹 위 지 규 정 조 정 자 무 족 괴 야

且其貢路 自明州下陸 必儒臣館伴 而其供億之費
차 기 공 로 자 명 주 하 륙 필 유 신 관 반 이 기 공 억 지 비
常亞於遼使 非與國非屬藩 而每在倔强夏國之上 則
상 아 어 요 사 비 여 국 비 속 번 이 매 재 굴 강 하 국 지 상 즉
當時士大夫 謂之無益者固宜.
당 시 사 대 부 위 지 무 익 자 고 의

我朝忠順皇明 且將三百年 一心慕華 尤賢於勝國
아 조 충 순 황 명 차 장 삼 백 년 일 심 모 화 우 현 어 승 국
而東林一隊 輒不悅朝鮮 錢牧齋爲東林黨魁 則以鄙
이 동 림 일 대 첩 불 열 조 선 전 목 재 위 동 림 당 괴 즉 이 비
夷我東爲淸論 可勝憤惋耶.
이 아 동 위 청 론 가 승 분 완 야

至於東國詩文 則尤爲抹摋 其跋皇華集曰 本朝侍
지 어 동 국 시 문 즉 우 위 말 살 기 발 황 화 집 왈 본 조 시
從之臣 奉使高麗 例有皇華集 此則嘉靖十八年己亥
종 지 신 봉 사 고 려 예 유 황 화 집 차 즉 가 정 십 팔 년 기 해
上皇天上帝泰號 皇祖皇考聖號 錫山華修撰察 頒詔
상 황 천 상 제 태 호 황 조 황 고 성 호 석 산 화 수 찬 찰 반 조
播諭而作也.
파 유 이 작 야

東國文體平衍　詞林諸公不惜貶調　就之以寓柔遠
동 국 문 체 평 연　사 림 제 공 불 석 폄 조　취 지 이 우 유 원

之意　故絶少瑰麗之詞　若陪臣篇什　每二字含七字意
지 의　고 절 소 괴 려 지 사　약 배 신 편 십　매 이 자 함 칠 자 의

如國內無戈坐一人者　乃彼國所謂東坡體耳　諸公勿
여 국 내 무 과 좌 일 인 자　내 피 국 소 위 동 파 체 이　제 공 물

與酧和可也.
여 수 화 가 야

我東文體　誠如所論　而何乃卑薄若是　吾故詳錄之
아 동 문 체　성 여 소 론　이 하 내 비 박 약 시　오 고 상 록 지

以見牧齋毁我異於東坡.
이 견 목 재 훼 아 이 어 동 파

錢曾字遵王　牧齋族孫　與徐乾學共輯經解　同時吳
전 증 자 준 왕　목 재 족 손　여 서 건 학 공 집 경 해　동 시 오

梅村龔芝麓　俱稱三大家　皆明朝達官　而亦仕乎今
매 촌 공 지 록　구 칭 삼 대 가　개 명 조 달 관　이 역 사 호 금

淸.
청

其註牧齋贈劉鴻訓奉使朝鮮　註說多失實　又於李
기 주 목 재 증 유 홍 훈 봉 사 조 선　주 설 다 실 실　우 어 이

提督東援事　尤多誣筆　可慨也.
제 독 동 원 사　우 다 무 필　가 개 야

今皇帝斥錢謙益詔　有曰　猶假借文字　以自圖掩飾
금 황 제 척 전 겸 익 조　유 왈　유 가 차 문 자　이 자 도 엄 식

其偸生者　可謂洞照其姦情矣　如跋高麗板柳文之類
기 투 생 자　가 위 통 조 기 간 정 의　여 발 고 려 판 류 문 지 류

是也 其跋語高麗刻唐柳先生集 繭紙堅緻 字畫瘦勁
시야 기발어고려각당류선생집 견지견치 자획수경
在中華亦爲善本 陪臣南秀文跋尾 前後敬書正統戊
재중화역위선본 배신남수문발미 전후경서정통무
午夏 正統四年冬十一月 尊正朔大一統之意 肅然著
오하 정통사년동십일월 존정삭대일통지의 숙연저
見于簡牘.
현우간독

蓋箕子之風敎故在 而明皇家文命誕敷 施及蠻貊
개기자지풍교고재 이명황가문명탄부 시급만맥
信非唐家所可比倫也 天傾地仄 八表分崩 高麗久不
신비당가소가비륜야 천경지측 팔표분붕 고려구부
作同文夢矣 摩挲此本潸然隕涕.
작동문몽의 마사차본산연운체

陪臣奉敎編次者 集賢殿副提學崔萬里 直提學金
배신봉교편차자 집현전부제학최만리 직제학김
鑌 博士李永瑞 成均司藝趙須等 而南秀文應敎署啣
빈 박사이영서 성균사예조수등 이남수문응교서함
則云朝散大夫 集賢殿應敎 藝文應敎 知製敎 經筵
즉운조산대부 집현전응교 예문응교 지제교 경연
檢討官兼春秋館記注官 幷書之以存東國故事.
검토관겸춘추관기주관 병서지이존동국고사

東人每以同文夢一語爲故實 作科體詩題 陋甚陋
동인매이동문몽일어위고실 작과체시제 누심루
甚.
심

陳立齋家 有古文百選及柳文抄 皆韓遘字 以爲高
진립재가 유고문백선급류문초 개한구자 이위고
麗板 頗珍之 蓋本之此跋也.
려판 파진지 개본지차발야

我國陜川海印寺紅流洞　有元戎閣　藏明中軍都督
아 국 합 천 해 인 사 홍 류 동　유 원 융 각　장 명 중 군 도 독

太子太保李如松笠與袍　其時所爲詩一篇.
태 자 태 보 이 여 송 립 여 포　기 시 소 위 시 일 편

余嘗遊海印寺　出袍笠觀之　笠帽可三圍　可驗其頭
여 상 유 해 인 사　출 포 립 관 지　입 모 가 삼 위　가 험 기 두

腦　揀寺僧最長者　著其袍　委地尺餘.
뇌　간 사 승 최 장 자　착 기 포　위 지 척 여

萬曆壬辰　我東被倭寇　公以提督遼薊保定山東軍
만 력 임 진　아 동 피 왜 구　공 이 제 독 요 계 보 정 산 동 군

務　率師東援　疾趨平壤　破倭將平行長於牡丹峯下
무　솔 사 동 원　질 추 평 양　파 왜 장 평 행 장 어 모 란 봉 하

遣壯士婁國安入行長營　奪王子順和君及大臣金貴榮
견 장 사 누 국 안 입 행 장 영　탈 왕 자 순 화 군 급 대 신 김 귀 영

黃廷彧等以歸.
황 정 욱 등 이 귀

後六年　戰死遼東　詔具衣冠而葬之　贈少保　諡曰
후 륙 년　전 사 요 동　조 구 의 관 이 장 지　증 소 보　시 왈

忠烈.
충 렬

公東來時　進兵踰鳥嶺　自聞慶還忠州　故其袍笠遺
공 동 래 시　진 병 유 조 령　자 문 경 환 충 주　고 기 포 립 유

在陜川　公本朝鮮人　自其遠祖英　洪武時始入中國
재 합 천　공 본 조 선 인　자 기 원 조 영　홍 무 시 시 입 중 국

居襄平.
거 양 평

我國人鮮有知其本者　曾見王貽上帶經堂集　載淸
아 국 인 선 유 지 기 본 자　증 견 왕 이 상 대 경 당 집　재 청

兵部侍郎李輝祖神道碑　有曰　鐵嶺李氏　自寧遠伯成
병 부 시 랑 이 휘 조 신 도 비　유 왈　철 령 이 씨　자 영 원 백 성

樑 以閥閱顯勝國 至本朝 其門益大 入參經幄 出
량 이벌열현승국 지본조 기문익대 입참경악 출
爲將帥 李之先出於朝鮮 其徙襄平 自英始 英以軍
위장수 이지선출어조선 기사양평 자영시 영이군
功 授鐵嶺衛都指揮使 子文彬 文彬子五人 長春美
공 수철령위도지휘사 자문빈 문빈자오인 장춘미
春美子涇 涇子寧遠 寧遠之長子 卽公也 輝祖乃春
춘미자경 경자영원 영원지장자 즉공야 휘조내춘
美之弟 春茂之後也 於是益知公爲我國出也.
미지제 춘무지후야 어시익지공위아국출야

崇禎末 公之子及如栢如梅之子 脫身東來 爲其父
숭정말 공지자급여백여매지자 탈신동래 위기부
兄建立大功於朝鮮 則非但舊恩可售 亦狐死首邱之
형건립대공어조선 즉비단구은가수 역호사수구지
意也 然中州鼎革之際 本國亦不無忌諱 則諸李之來
의야 연중주정혁지제 본국역불무기휘 즉제리지래
歸者 亦不敢明言其所自出也.
귀자 역불감명언기소자출야

余於宣武門內瞻雲牌樓前 逢一美少年 自言寧遠
여어선무문내첨운패루전 봉일미소년 자언영원
伯之後 名鴻文 翌日 爲訪余錦緞鋪 出懷中印本族
백지후 명홍문 익일 위방여금단포 출회중인본족
譜二卷 乃鐵嶺李氏世譜 而自英始系之曰 朝鮮人
보이권 내철령이씨세보 이자영시계지왈 조선인
與余舊所識 益合無疑.
여여구소식 익합무의

鴻文祖偏德 年今八十二歲 風痺不能起動 使其孫
홍문조편덕 연금팔십이세 풍비불능기동 사기손
遍訪朝鮮館外 逢有心人 傳之使東 察其意 殊不識
편방조선관외 봉유심인 전지사동 찰기의 수불식

李萱輩之今官于我國 而余亦不敢明言寧遠伯之後
이 훤 배 지 금 관 우 아 국 이 여 역 불 감 명 언 영 원 백 지 후

有某某在於本國也.
유 모 모 재 어 본 국 야

及暮歸館 急點燭 與來源輩觀之 蓋寧遠伯長房曰
급 모 귀 관 급 점 촉 여 래 원 배 관 지 개 영 원 백 장 방 왈

如松 如松一子曰性忠 性忠下曰無後 蓋性忠莽逃東
여 송 여 송 일 자 왈 성 충 성 충 하 왈 무 후 개 성 충 망 도 동

出故也 吾雖不識李萱一面 當出而傳之.
출 고 야 오 수 불 식 이 훤 일 면 당 출 이 전 지

萬曆時 荊門人康國泰 坐法徙遼陽 都督劉綎征建
만 력 시 형 문 인 강 국 태 좌 법 사 요 양 도 독 유 정 정 건

州 國泰從戰死 子世爵年十七 直入虜軍 求父屍.
주 국 태 종 전 사 자 세 작 년 십 칠 직 입 로 군 구 부 시

兵部熊廷弼置之麾下 及遼陽陷 世爵亡入馬登山
병 부 웅 정 필 치 지 휘 하 급 요 양 함 세 작 망 입 마 등 산

夜泅壕出塞 保鳳凰城 城陷入金石山 日食木葉 得
야 수 호 출 새 보 봉 황 성 성 함 입 금 석 산 일 식 목 엽 득

不死.
불 사

間出義州 遂避地居會寧府 常冠楚制而自號其堂
간 출 의 주 수 피 지 거 회 령 부 상 관 초 제 이 자 호 기 당

曰楚幘 余過金石山 義州刷馬驅人輩 指點言世爵隱
왈 초 책 여 과 금 석 산 의 주 쇄 마 구 인 배 지 점 언 세 작 은

身處 多奇聞.
신 처 다 기 문

高麗忠宣王－諱璋－ 朝元 搆萬卷堂於燕邸 與閻復
고려충선왕 휘장 조원 구만권당어연저 여염복
姚燧 趙孟頫 虞集等遊 攷究書史 元封瀋陽王 以
요수 조맹부 우집등유 고구서사 원봉심양왕 이
爲丞相.
위승상

遣博士柳衍等 詣江南購書籍 船敗 時判典校洪瀹
견박사유연등 예강남구서적 선패 시판전교홍약
在南京 以寶鈔一百五十錠遺衍 購書一萬八百卷而
재남경 이보초일백오십정유연 구서일만팔백권이
還 瀹又奏元 賜王書四千七十卷 皆宋秘閣所藏也.
환 약우주원 사왕서사천칠십권 개송비각소장야

瀋王請于元英宗 降香江南 遊江浙 至寶陀山 明
심왕청우원영종 강향강남 유강절 지보타산 명
年 又請降香 行至金山寺 遣使急召 令騎擁逼以北
년 우청강향 행지금산사 견사급소 영기옹핍이북
命護送本國.
명호송본국

王遲留不卽發 帝命祝髮 以學佛經爲名 流之吐蕃
왕지류부즉발 제명축발 이학불경위명 유지토번
撒思吉之地 朴仁幹等十八人從之 距燕京萬五千里
살사길지지 박인간등십팔인종지 거연경만오천리
忠宣豈徒爲遺外千乘 耽嗜書籍而已哉.
충선기도위유외천승 탐기서적이이재

昔南越王尉佗 逢陸賈大悅 留與飮數日曰 越中無
석남월왕위타 봉육가대열 유여음수일왈 월중무
足與語 至生來 令我日聞所不聞 耳聞如此 況眞乃
족여어 지생래 영아일문소불문 이문여차 황진내
目見乎 所謂河伯望洋而歎.
목견호 소위하백망양이탄

當時從臣如李齊賢輩 雖文學才望 推爲東國之巨
당시종신여이제현배 수문학재망 추위동국지거
擘 然置諸閻姚趙虞之間 還應望洋而知醜矣 玉蝀橋
벽 연치저염요조우지간 환응망양이지추의 옥동교
邊 遙望五龍亭 眞所謂人間世.
변 요망오룡정 진소위인간세

陸飛字起潛 號篠飮 杭洲仁和人也 乾隆丙戌春
육비자기잠 호소음 항주인화인야 건륭병술춘
與嚴誠潘庭筠來燕京 洪德保證交乾淨衚衕 有會友
여엄성반정균래연경 홍덕보증교건정호동 유회우
錄 余曾有序 篠飮家在西湖 坊名湖墅大關內珠兒
록 여증유서 소음가재서호 방명호서대관내주아
潭.
담

起潛言 肉桂交趾産 近世亦難得 肉桂性引火歸源
기잠언 육계교지산 근세역난득 육계성인화귀원
桂皮性發起伏火 用法大相不同云.
계피성발기복화 용법대상부동운

吾東之妄以桂皮之稍厚者代用 危哉危哉 余曾以
오동지망이계피지초후자대용 위재위재 여증이
此語遍告醫人及藥局 偶於通州藥肆覓肉桂 則出示
차어편고의인급약국 우어통주약사멱육계 즉출시
拳大者 價銀五十兩.
권대자 가은오십냥

有范生隨余 潛囑此非眞 中國絶眞亦已廿餘年云.
유범생수여 잠촉차비진 중국절진역이입여년운

震澤長語云 祖宗時歲用 以黃蠟一事言之 國初歲
진택장어운 조종시세용 이황랍일사언지 국초세
用不過二千斤 景泰天順間 加至八萬五千斤 成化以
용불과이천근 경태천순간 가지팔만오천근 성화이
後 加至十二萬斤 其餘可推知也.
후 가지십이만근 기여가추지야

又正德十六年 工部奏 巾帽局缺內侍靴鞋 合用紵
우정덕십륙년 공부주 건모국결내시화혜 합용저
絲紗帽皮張等料 成化間二十餘萬 正德八九年 至四
사사모피장등료 성화간이십여만 정덕팔구년 지사
十六萬 末年至七十二萬 卽此 其餘可知云.
십륙만 말년지칠십이만 즉차 기여가지운

我東以錢十文爲一錢 以十錢爲一兩 今中國以百
아동이전십문위일전 이십전위일냥 금중국이백
六十分爲一鈔 十六文爲一陌 我俗以錢一文 稱一分
륙십푼위일초 십륙문위일맥 아속이전일문 칭일푼
錢十分 爲一錢 李炯菴德懋謂 其義出衡與度也 十
전십푼 위일전 이형암덕무위 기의출형여도야 십
釐爲一分 十分爲一寸 十寸爲一尺 錢一文之厚 合
리위일푼 십푼위일촌 십촌위일척 전일문지후 합
十釐之積 爲一分也 十文之積 合十分之厚 一寸也
십리지적 위일푼야 십문지적 합십푼지후 일촌야
百文之積厚 可一尺也 衡則十釐爲一分 十分爲一錢
백문지적후 가일척야 형즉십리위일푼 십푼위일전
十錢爲一兩 今錢之名數 取衡之名數也 然今我錢大
십전위일냥 금전지명수 취형지명수야 연금아전대
小厚薄不倫 難以取準矣.
소후박불륜 난이취준의

海外記事一卷 嶺表頭陀汕广 康熙甲戌 往大越國
해외기사일권 영표두타산엄 강희갑술 왕대월국
所錄諸事.
소록제사

大越國在瓊州南海道萬餘里 每朝日有箭鳥從洋中
대월국재경주남해도만여리 매조일유전조종양중
起 繞船一匝 向前飛去 舟人曰 此神鳥也 洋中見
기 요선일잡 향전비거 주인왈 차신조야 양중견
諸怪異 浪上竪小旂 或紅或黑 乍沈乍浮 一枝纔過
제괴이 낭상수소기 혹홍혹흑 사침사부 일지재과
一枝復來 續有十數枝 船人曰 此名鬼箭 見則不利.
일지부래 속유십수지 선인왈 차명귀전 견즉불리

風濤奮發 雲霾滾滾 有烏龍 蜿蜒出船左 舟中人
풍도분발 운매곤곤 유오룡 완연출선좌 주중인
急燒硫黃鷄毳 雜以穢物 揮洒不得近.
급소유황계취 잡이예물 휘쇄부득근

一夕陰雲晦冥 星月無光 忽有火山從後起 光燭帆
일석음운회명 성월무광 홀유화산종후기 광촉범
上 如野燒返照 漸與船近 舟中人以木扣舷不絶響
상 여야소반조 점여선근 주중인이목구현부절향
約兩更時候 審知舵掛其體 船稍橫開 始隱不見 蓋
약양경시후 심지타괘기체 선초횡개 시은불견 개
海鰍目電云.
해추목전운

旣至其國 皆裸體被髮 以布絛纏蔽其前 推髻漆齒
기지기국 개나체피발 이포조전폐기전 추계칠치
水面蓮花浮動 翠葉便翩 而無根無藕.
수면연화부동 취엽편편 이무근무우

其國戰陣皆以象 國王出場演武 每以十象爲偶 背
기국전진개이상 국왕출장연무 매이십상위우 배

載丹漆木鞍 三人共一象 皆金盔綠襖 執金槍而立其
재단칠목안 삼인공일상 개금회록오 집금창이립기
背 縛蒭爲人 列樹臺上 如軍陣狀 連響銅鼓 齊發
배 박추위인 열수대상 여군진상 연향동고 제발
火器 諸軍直前觸象群 象亦騰踏奮前 則諸軍退避
화기 제군직전촉상군 상역등답분전 즉제군퇴피
象各以鼻卷取蒭人而還.
상각이비권취추인이환

國有死罪 則縱象抛起數丈 仰齒貫之 洞胸穿腹
국유사죄 즉종상포기수장 앙치관지 통흉천복
須臾糜爛 汕厂勸除其刑.
수유미란 산엄권제기형

國王具言 本國山中 犀象成群 要拘生象 用兩馴
국왕구언 본국산중 서상성군 요구생상 용양순
牝誘 夾之以大纜 絆其足於樹間 使不得動 飢渴之
빈유 협지이대람 반기족어수간 사부득동 기갈지
數日 使象奴 漸迫近而飮食之少習 兩牝挾而歸.
수일 사상노 점박근이음식지소습 양빈협이귀

時方早春 平疇綠苗已含穗 不糞而一歲三穫云 風
시방조춘 평주록묘이함수 불분이일세삼확운 풍
土氣候常煖 陰以長養 陽以消鑠 故萬物發生於秋
토기후상난 음이장양 양이소삭 고만물발생어추
冬.
동

其作事用夜 女慧於男 樹多波羅蜜 椰子 檳榔 山
기작사용야 여혜어남 수다파라밀 야자 빈랑 산
石榴 丁香 木蘭 番茉莉 其鄕邑聚落 皆茆屋竹籬.
석류 정향 목란 번말리 기향읍취락 개묘옥죽리

康熙乙未間 我國人逢黑眞國人於山海關外 與一
강희을미간 아국인봉흑진국인어산해관외 여일
女同行 蓋寧古塔東北數千里 有氷海 五年一氷 有
녀동행 개영고탑동북수천리 유빙해 오년일빙 유
國曰黑眞.
국왈흑진

未嘗通陸 前此十餘年 黑眞一人 忽涉氷至西岸
미상통륙 전차십여년 흑진일인 홀섭빙지서안
初不辨是何物 細察之 則人也 遍身蒙獸皮 但出頭
초불변시하물 세찰지 즉인야 편신몽수피 단출두
面 髮鬈如羊 邊人生致皇京.
면 발권여양 변인생치황경

康熙皇帝招見 餽之飯 則不知喫 惟啖生魚肉 陳
강희황제초견 궤지반 즉부지끽 유담생어육 진
列百物於前 觀其所欲得 而卒無所顧 引示女人 卽
열백물어전 관기소욕득 이졸무소고 인시여인 즉
欣然摟抱 於是帝命擇配聰慧女子 且令伶俐侍衛五
흔연루포 어시제명택배총혜여자 차령영리시위오
人 幷女領還本國.
인 병녀령환본국

給五穀種耕 且使敎之農 後五年 與其女子復渡氷
급오곡종경 차사교지농 후오년 여기여자부도빙
海而來謝恩 持大珠如拳者數枚 貂皮長丈餘以貢 女
해이래사은 지대주여권자수매 초피장장여이공 여
言國在大海中 無君長 人長者三丈 小不下丈餘 惟
언국재대해중 무군장 인장자삼장 소불하장여 유
獵禽獸食生魚鱉 珠滿海中 光怪不測.
렵금수식생어별 주만해중 광괴불측

此載一菴燕行記 余談次 問之郝志亭 其答大同小
차재일암연행기 여담차 문지학지정 기답대동소

異 益知天下之大 無物不有也.
이 익지천하지대 무물불유야

所謂軍機大臣 皆滿人也 嘗聞國中有機密大事 則
소위군기대신 개만인야 상문국중유기밀대사 즉
皇帝密詔軍機大臣 同登高樓 自下去梯 聞樓上鈴聲
황제밀조군기대신 동등고루 자하거제 문루상령성
然後還置其梯 雖數日未聞鈴聲 則左右無敢近樓.
연후환치기제 수수일미문령성 즉좌우무감근루

雍正時 軍機大臣莽鵠立 蒙古人 工畵 曾寫康熙
옹정시 군기대신망곡립 몽고인 공화 증사강희
皇帝及雍正像 鄂爾泰 彭公冶 皆文武全才 金常明
황제급옹정상 악이태 팽공야 개문무전재 김상명
者 我國義州人也 亦帶是號.
자 아국의주인야 역대시호

今福次山 追到密雲店中 年可廿五六 亦稱軍機大
금복차산 추도밀운점중 연가입오륙 역칭군기대
臣云.
신운

雍正二年正月庚子 欽天監奏稱 日月合璧以同明
옹정이년정월경자 흠천감주칭 일월합벽이동명
五星聯珠而共貫 躔宿營室之次 位當娵訾之宮 皇帝
오성련주이공관 전숙영실지차 위당추자지궁 황제
勅付史館 知委中外.
칙부사관 지위중외

又雍正四年 親耕籍田 嘉禾一莖雙穗 以至八九穗
우옹정사년 친경적전 가화일경쌍수 이지팔구수

是時吳中 又進瑞繭 其大如帽.
시시오중 우진서견 기대여모

其他麟至鳳鳴 河淸慶雲 甘露靈芝之屬 無歲無之.
기타린지봉명 하청경운 감로영지지속 무세무지

而査嗣庭日錄 反以爲災異 或稱中國眞人當出之應 及査獄 雍正皇帝詔諭中外曰 爾漢人旣同享太平而不知歸福國家 必曰眞人當出 是誠何心 此眞思亂之民云云 是獄所連數萬家.
이사사정일록 반이위재이 혹칭중국진인당출지응 급사옥 옹정황제조유중외왈 이한인기동향태평이부지귀복국가 필왈진인당출 시성하심 차진사란지민운운 시옥소련수만가

年七十省所呈靈瑞 尤多於雍正時 而漢人輒遭思漢之獄 則果非瑞伊災.
연칠십성소정령서 우다어옹정시 이한인첩조사한지옥 즉과비서이재

淸景陵號 卽聖祖仁皇帝也 其諸子箇箇名士 果郡王 允禮筆法 非祝枝山所比 姜女廟北鎭廟 皆有果郡王柱聯 撫寧縣徐苕芬家 亦有果王所題 余欲摹歸而行忙未果.
청경릉호 즉성조인황제야 기제자개개명사 과군왕 윤례필법 비축지산소비 강녀묘북진묘 개유과군왕주련 무령현서초분가 역유과왕소제 여욕모귀이행망미과

康熙共二十-缺-子 而才子怡親王允祥 莊親王允
강희공이십 결 자 이재자이친왕윤상 장친왕윤
祿 果親王允禮 雍正帝允禛 第四子也 八王允禩
록 과친왕윤례 옹정제윤진 제사자야 팔왕윤아
九王允禟 十三王允禔 十五王允祐 廉親王允禩.
구왕윤당 십삼왕윤제 십오왕윤우 염친왕윤사
十四王允禵 本名允禎 屢建大功 衆望所屬 及康
십사왕윤제 본명윤정 누건대공 중망소속 급강
熙大漸 漢閣老王惔 同承顧命 誤認禛字爲禎字 第
희대점 한각로왕담 동승고명 오인진자위정자 제
四爲十四 惔被罪 而允禎爲逆魁 改禎爲禵.
사위십사 담피죄 이윤정위역괴 개정위제

我國西沿長淵豊川海邊 漁採荒唐船 皆覺華島人
아국서연장연풍천해변 어채황당선 개각화도인
每年五月初來 七月初歸 漁採之物 只是防風海蔘
매년오월초래 칠월초귀 어채지물 지시방풍해삼
或下陸丐粮 我國陳奏請禁.
혹하륙개량 아국진주청금
康熙五十四年二月 禮部覆奏請 行文奉天將軍 奉
강희오십사년이월 예부복주청 행문봉천장군 봉
天府尹 及山東江南浙江福建廣東等處督務等 申飭
천부윤 급산동강남절강복건광동등처독무등 신칙
沿海水師營 嚴行禁止 在朝鮮境上漁採 及私行越江
연해수사영 엄행금지 재조선경상어채 급사행월강
者 被朝鮮捕送 則嚴行治罪 該地方官 交該部查議
자 피조선포송 즉엄행치죄 해지방관 교해부사의
亦令嚴飭 朝鮮國沿邊防守官兵 不時巡查 如有此等
역령엄칙 조선국연변방수관병 불시순사 여유차등

之徒 使之拿獲解送云云.
지도 사지나획해송운운

今唐船之來西沿 吏校雖卽報知該地方官 實無可
금당선지래서연 이교수즉보지해지방관 실무가
禁之道 則佯若不知 候其當去之期 遙問收矴日字
금지도 즉양약부지 후기당거지기 요문수정일자
始乃馳報水營 若今日初來之狀 水營一邊馳啓丁朝
시내치보수영 약금일초래지상 수영일변치계정조
廷 一邊嚴飭該地方官 刻日逐送 其實皆掩耳偸鈴之
정 일변엄칙해지방관 각일축송 기실개엄이투령지
術 我國邊防 可爲寒心.
술 아국변방 가위한심

漢制 三公月俸三百五十斛 自中二千石至百石 凡
한제 삼공월봉삼백오십곡 자중이천석지백석 범
十四等 中二千石月俸百八十斛 百石月俸十六斛.
십사등 중이천석월봉백팔십곡 백석월봉십륙곡

後漢 大將軍三公月俸三百五十斛 中二千石月俸
후한 대장군삼공월봉삼백오십곡 중이천석월봉
七十二斛錢九千 至百石月俸四斛八斗 錢八百.
칠십이곡전구천 지백석월봉사곡팔두 전팔백

晉制 品秩第一等 一千八百斛 後周 凡九命 三公
진제 품질제일등 일천팔백곡 후주 범구명 삼공
一萬石 至下士一命 一百二十五石.
일만석 지하사일명 일백이십오석

唐制 正一品歲七百石 錢三萬一千 至從九品五十
당제 정일품세칠백석 전삼만일천 지종구품오십
二石 錢一千九百七十.
이석 전일천구백칠십

宋制 四十一等 宰相樞密使月錢三百千 至保章正
송제 사십일등 재상추밀사월전삼백천 지보장정
二千.
이천

皇明正一品月支米八十七石 從九品五石 大約較
황명정일품월지미팔십칠석 종구품오석 대약교
之春秋戰國時 卿祿萬鍾 則漢制三公月俸已爲些略
지춘추전국시 경록만종 즉한제삼공월봉이위사략
攷今淸制祿 州縣養廉 又些略於皇明之制矣.
고금청제록 주현양렴 우사략어황명지제의

高麗中書尙書令門下侍中 歲米四百石 至助敎十
고려중서상서령문하시중 세미사백석 지조교십
石.
석

我朝正一品歲九十八石 紬六疋 正布十五疋 楮貨
아조정일품세구십팔석 주육필 정포십오필 저화
十張 從九品十二石 正布二疋 楮貨一張 壬辰倭亂
십장 종구품십이석 정포이필 저화일장 임진왜란
後 一品歲俸六十餘石 無紬布楮貨 大約制祿 非儉
후 일품세봉육십여석 무주포저화 대략제록 비검
於前代 官多冗員故也.
어전대 관다용원고야

中國冬月 以紙糊窓 格間用琉璃片 畫作人物花草
중국동월 이지호창 격간용유리편 화작인물화초
以嵌之 由室內視外 無微不矚 從外視內 則無所見
이감지 유실내시외 무미불촉 종외시내 즉무소견

此元歐陽楚漁家詞花戶油窓也　沿路市上　賣彩畵琉
차원구양초어가사화호유창야　연로시상　매채화유
璃者極多　皆窓格所嵌.
리자극다　개창격소감

數珠之制　必須五品以上帶之　而翰林則以七品而
수주지제　필수오품이상대지　이한림즉이칠품이
亦許帶　出爲知縣則不得帶　通官烏林哺徐宗顯輩　俱
역허대　출위지현즉부득대　통관오림포서종현배　구
得帶珠者　所以詑榮外國　乃權帶也.
득대주자　소이이영외국　내권대야

皇明始終　有三異事　太祖高皇帝起自比丘　建文皇
황명시종　유삼이사　태조고황제기자비구　건문황
帝大內老禪　崇禎皇帝被髮殉社.
제대내로선　숭정황제피발순사

王陽明之道學　戚南宮之武略　汪南溟之文章　皆有
왕양명지도학　척남궁지무략　왕남명지문장　개유
悍妻　平生畏伏　不敢出氣　亦備皇明三異事.
한처　평생외복　불감출기　역비황명삼이사

康熙中　王士禎在刑部　日閱爰書　有姓妙氏島氏盤
강희중　왕사정재형부　일열원서　유성묘씨도씨반
氏民氏纏氏杵氏　釗氏律氏茶氏煙氏穰氏首氏卑氏威
씨민씨전씨저씨　천씨율씨다씨연씨양씨수씨비씨위
氏氷氏坎氏榻氏欖氏慈氏　皆中國稀姓也.
씨빙씨감씨탑씨남씨자씨　개중국희성야

余至瀋陽　有貧希顔希憲兄弟　皆江南大商　至山海
여 지 심 양　유 빈 희 안 희 헌 형 제　개 강 남 대 상　지 산 해
關　有臼勝者　擧人也.
관　유 구 승 자　거 인 야

我東亦有夫氏良氏　皆出自耽羅　又有乀氏䨥氏　非
아 동 역 유 부 씨 양 씨　개 출 자 탐 라　우 유 뼘 씨 궉 씨　비
但爲姓稀　字亦無攷　怪哉.
단 위 성 희　자 역 무 고　괴 재

古有離婁　離氏與坎氏爲婚　杵氏與臼氏作配　則可
고 유 이 루　이 씨 여 감 씨 위 혼　저 씨 여 구 씨 작 배　즉 가
爲天定伉儷.
위 천 정 항 려

世傳雍伯種玉　今吾所經玉田縣是也.
세 전 옹 백 종 옥　금 오 소 경 옥 전 현 시 야

五侯鯖載　薛瓊至孝　家貧采薪　遇老夫　以一物遺
오 후 청 재　설 경 지 효　가 빈 채 신　우 노 부　이 일 물 유
之曰　此銀實也　用西壁土種之銅盆中　當得銀　如言
지 왈　차 은 실 야　용 서 벽 토 종 지 동 분 중　당 득 은　여 언
種之　旬日生苗　再旬開花　花有銀色如螺鈿　及結實
종 지　순 일 생 묘　재 순 개 화　화 유 은 색 여 라 전　급 결 실
皆銀也.
개 은 야

高太史棫生謂余曰　西域有種臍羊　捕羊先採臍　種
고 태 사 역 생 위 여 왈　서 역 유 종 제 양　포 양 선 채 제　종
之厚土　至朞生羊　羊伏地上　形如家畜　開雷則臍落
지 후 토　지 기 생 양　양 복 지 상　형 여 가 축　개 뢰 즉 제 락
此載元史云　羊可種臍　銀玉亦可種也.
차 재 원 사 운　양 가 종 제　은 옥 역 가 종 야

雍正元年 詔曰 大行皇帝書笥中 檢得未經頒發諭
옹정원년 조왈 대행황제서사중 검득미경반발유
旨 以明太祖崛起布衣 統一方夏 經文緯武 爲漢宋
지 이명태조굴기포의 통일방하 경문위무 위한송
諸帝之所未及 其後繼體之君 亦未有如前代 荒暴淫
제제지소미급 기후계체지군 역미유여전대 황포음
虐亡國之跡 欲訪其支派一人 量授官職 以奉春秋陳
학망국지적 욕방기지파일인 양수관직 이봉춘추진
薦.
천

朕思史記東樓 詩歌白馬 後世類多疑忌 以致歷代
짐사사기동루 시가백마 후세류다의기 이치역대
之君宗祀殄絶 朕仰體皇考－康熙－ 如天之心 遠法
지군종사진절 짐앙체황고 강희 여천지심 원법
隆古盛德之事 謹將大行皇考聖祖仁皇帝諭旨頒發
륭고성덕지사 근장대행황고성조인황제유지반발
訪求明太祖支波子孫 量授職啣 俾之承奉春秋享祀.
방구명태조지파자손 양수직함 비지승봉춘추향사

是時朱氏一人變其姓名 作官外邑 爲仇人所告 帝
시시주씨일인변기성명 작관외읍 위구인소고 제
召見 詳問其根脚 特命封國公 以奉明祀云.
소견 상문기근각 특명봉국공 이봉명사운

巴克什 滿洲語大儒之稱 淸太宗時 有巴克什達海
파극십 만주어대유지칭 청태종시 유파극십달해
者 滿洲人也 二十一死 弟子孝服者三千人 號稱神
자 만주인야 이십일사 제자효복자삼천인 호칭신
人.
인

新羅斯多含年十五 風標清秀 志氣方正 時人奉以
신라사다함년십오 풍표청수 지기방정 시인봉이
爲花郎 其徒千餘人 余擧以比達海之夙成 馮秉健笑
위화랑 기도천여인 여거이비달해지숙성 풍병건소
曰 新羅花郎之號 絕勝理學先生 芬人齒頰 明陸瓊
왈 신라화랑지호 절승이학선생 분인치협 명육경
臺 天資高邁 年纔弱冠 會講東林 摳衣趨隅 立弟
대 천자고매 연재약관 회강동림 구의추우 입제
子之列者 一朝八百人.
자지렬자 일조팔백인

明特進光祿大夫 前軍都督府左都督 南昌劉公綎
명특진광록대부 전군도독부좌도독 남창유공정
字子紳 喜用大刀 重百二十斤 號劉大刀.
자자신 희용대도 중백이십근 호유대도
全羅道順天府 有烈武觀 乃其壬辰東援時 視師之
전라도순천부 유열무관 내기임진동원시 시사지
地也 綎從李提督進 剿倭酋行長於聞慶 提督還 而
지야 정종이제독진 초왜추행장어문경 제독환 이
綎獨戍星州 入莒城 與都督陳璘 合擊行長于順天海
정독수성주 입거성 여도독진린 합격행장우순천해
口 圍曳橋十餘日 行長遁 而東師首尾七年 功最多
구 위예교십여일 행장둔 이동사수미칠년 공최다
後二十年 死深河之役.
후이십년 사심하지역
當皇明出師之時 綎請以步卒五千擊倭 神宗皇帝
당황명출사지시 정청이보졸오천격왜 신종황제
壯而許之 明史行長潛出兵千餘騎 綎遂退云者 皆誣
장이허지 명사행장잠출병천여기 정수퇴운자 개무

史也 史又稱杜松兵敗 楊鎬馳騎召綎 騎未至而綎已
사야 사우칭두송병패 양호치기소정 기미지이정이
死云.
사운

今淸天子 正朝必先宗廟 而親謁堂子 或稱鄧將軍
금청천자 정조필선종묘 이친알당자 혹칭등장군
廟 或稱劉大刀祠 中原人甚秘諱之.
묘 혹칭유대도사 중원인심비휘지

或曰 劉綎暴歿 其神甚靈 天子不親祀 則天下大
혹왈 유정포몰 기신심령 천자불친사 즉천하대
疾疫凶歉 宗廟輒有災異不寧云.
질역흉겸 종묘첩유재이불녕운

朴松堂英 讓寧大君外孫也 天資豪邁 家又富厚
박송당영 양녕대군외손야 천자호매 가우부후
年十七 入遼東 爲購鵓鴿而還.
연십칠 입요동 위구발합이환

余至遼東 店中所養鵓鴿 千百爲群 旣夕飛還 各
여지요동 점중소양발합 천백위군 기석비환 각
尋其家 店中大石槽 預灌灰水 鵓鴿朝出遼野 飽豆
심기가 점중대석조 예관회수 발합조출요야 포두
而歸 爭飮灰水 皆吐豆 則以飼馬.
이귀 쟁음회수 개토두 즉이사마

王元美宛委餘編載女子爲兵官者 若軍司馬孔氏
왕원미완위여편재여자위병관자 약군사마공씨
顧琛母也 貞烈將軍王氏 王廞女也 唐行營節度許叔
고침모야 정렬장군왕씨 왕흠녀야 당행영절도허숙

冀部下 王氏唐氏侯氏 皆其行營果毅校尉也.
기 부 하 왕 씨 당 씨 후 씨 개 기 행 영 과 의 교 위 야

陳女白頸鵝 爲契丹懷化將軍 獨不知唐太宗追贈
진 녀 백 경 아 위 거 란 회 화 장 군 독 부 지 당 태 종 추 증

新羅善德女王爲光祿大夫 又冊眞德女王爲柱國 封
신 라 선 덕 여 왕 위 광 록 대 부 우 책 진 덕 여 왕 위 주 국 봉

樂浪郡王 旣薨 高宗贈開府儀同三司.
낙 랑 군 왕 기 훙 고 종 증 개 부 의 동 삼 사

余嘗見之 李德懋耳目口心書中 琉璃廠楊梅書街
여 상 견 지 이 덕 무 이 목 구 심 서 중 유 리 창 양 매 서 가

與凌野高棫生飮 談次及之 凌高諸君頗詡博雅.
여 릉 야 고 역 생 음 담 차 급 지 능 고 제 군 파 후 박 아

余所至 多以落花生橘餠梅糖菊茶見待 皆閩越所出
여 소 지 다 이 낙 화 생 귤 병 매 당 국 차 견 대 개 민 월 소 출

也 楊梅五月熟 其色赤鮮 大亦徑寸 性熱 多食則令人
야 양 매 오 월 숙 기 색 적 선 대 역 경 촌 성 숙 다 식 즉 령 인

損齒云.
손 치 운

鄭曉古言云 歐陽永叔毀繫辭 司馬君實詆孟子 王
정 효 고 언 운 구 양 영 숙 훼 계 사 사 마 군 실 저 맹 자 왕

介甫非春秋 二程子改古大學 晦菴先生不用子夏詩
개 보 비 춘 추 이 정 자 개 고 대 학 회 암 선 생 불 용 자 하 시

序 皆不可解云 余竊有所感於此也.
서 개 불 가 해 운 여 절 유 소 감 어 차 야

人不可以自誇博雅 妄有紀述 康熙中 王士禎著書
인 불 가 이 자 과 박 아 망 유 기 술 강 희 중 왕 사 정 저 서

最富 其筆記云 風俗通 漢有太守頧先丹者－其自註丹
최부 기필기운 풍속통 한유태수뇌선담자 기자주정
音贍－ 自以爲姓名三字 二字不通 余嘗擧此語之李
음담 자이위성명삼자 이자불통 여상거차어지이
懋官 懋官曰 此漁洋未審耳 風俗通 交趾太守有賴
무관 무관왈 차어양미심이 풍속통 교지태수유뇌
先者 頧卽賴古文 又玉海 漢有校尉賴丹者 是合賴
선자 뇌즉뇌고문 우옥해 한유교위뇌담자 시합뇌
先賴丹 二人名爲一人 如丹又井之本文 不必註音爲
선뇌담 이인명위일인 여담우정지본문 불필주음위
贍.
담

段樓酒席 語之漏明齋 漏以爲懋官博雅 更勝漁洋
단루주석 어지누명재 누이위무관박아 갱승어양
云.
운

春明夢餘錄－北平孫承澤著－ 攷其國史－高麗史－ 元
춘명몽여록 북평손승택저 고기국사 고려사 원
盛時 元孝王遷居江華島 元無如之何 但責其不登陸
성시 원효왕천거강화도 원무여지하 단책기불등륙
而已 竟臣服於元 而終不登陸.
이이 경신복어원 이종불등륙

至其子順孝王 親迎王主－元公主－ 以元服同輦入
지기자순효왕 친영왕주 원공주 이원복동련입
國 觀者駭愕 時從行宗室 不開剃 王責之.
국 관자해악 시종행종실 불개체 왕책지

至其子忠烈王 則宰相至下僚 無不開剃 惟禁內學
지기자충렬왕 즉재상지하료 무불개체 유금내학

館不剃　左承旨朴桓呼執事諭之　於是館學生皆剃髮
관불체 좌승지박환호집사유지 어시관학생개체발
云.
운

　清之初起　俘獲漢人　必隨得隨剃　而丁丑之盟　獨
청지초기 부획한인 필수득수체 이정축지맹 독
不令東人開剃　剃亦有由　世傳　淸人多勸汗－淸太宗－
불령동인개체 체역유유 세전 청인다권한 청태종
令剃我國　汗默然不應　密謂諸貝勒曰　朝鮮素號禮義
영체아국 한묵연불응 밀위제패륵왈 조선소호예의
愛其髮甚於其頭　今若强拂其情　則軍還之後　必相反
애기발심어기두 금약강불기정 즉군환지후 필상반
覆　不如因其俗　以禮義拘之　彼若反習吾俗　便於騎
복 불여인기속 이예의구지 피약반습오속 편어기
射　非吾之利也　遂止.
사 비오지리야 수지

　自我論之　幸莫大矣　由彼之計　則特狃我以文弱
자아론지 행막대의 유피지계 즉특뉴아이문약
耳.
이

3

옥갑야화(玉匣夜話)

북경으로 돌아오던 중 ‘옥갑’이라는 곳에 묵으며 여러 비장들과 밤새도록 주고받은 이야기를 적은 것이다. 특히 역관들의 신용문제를 이야기하면서 허생(許生)의 행적을 소개하고 있다. 뒷날 이 이야기를 「허생전」이라고 하여 독립적인 작품으로 수록하였다.

옥갑야화(玉匣夜話)

일행이 옥갑(玉匣)에 돌아와서 여러 비장들과 더불어 침상을 이어 머리를 맞대고 밤새도록 이야기를 나누었다.

연경(북경)은 옛날에는 풍속이 순후하여 우리 역관들이 비록 10,000금이라도 능히 빌려 쓰곤 했었는데, 요즈음에는 그들이 사기 치는 것을 능사로 삼으니, 이는 실로 그 잘못이 우리나라 사람들에게서 시작되지 않은 것이 없었던 것이다.

지금으로부터 30년 전에 한 역관이 아무 것도 가진 것 없이 연경에 들어갔다가, 돌아갈 무렵에 자신이 묵었던 단골집 주인을 보고서 울었다. 단골 주인은 괴이하게 여겨서 이유를 물었더니 그는,

"압록강을 건널 때에 다른 사람의 은자를 몰래 말아가지고 오다가 일이 발각되어 제 것까지 모두 관(官)에 몰수되었습니다. 이제 빈손으로 돌아가려니 무엇으로도 생활할 수 없겠기에 차라리 돌아가지 않는 것만 못합니다."

라고 대답하고는 곧 칼을 뽑아 자살하려고 하였다. 단골 주인

이 놀라서 급히 그를 껴안고 칼을 빼앗으면서 묻기를,

“몰수된 은자가 얼마나 되는가요?”

하였더니 그는,

“3,000냥입니다.”

하였다. 주인은 위로하면서,

“대장부는 다만 이 세상에 태어나지 않았음이 걱정이지, 은자가 없기로 무엇이 근심이요? 이제 이곳에서 죽고 돌아가지 않는다면, 당신의 처자식에게 어떻게 하려는 거요? 내가 당신에게 10,000금을 빌려드릴 테니, 다섯 해 동안 재물을 늘리면 다시 10,000금은 남길 수 있겠지요. 그때 가서 본전으로 나에게 갚아 주시오.”

라고 하였다.

역관은 갑자기 10,000금을 얻게 되자, 마침내 물건을 많이 사가지고 돌아왔다. 당시에는 그 일을 아는 이가 없었으므로 모두들 그의 재능을 신기하게 여기지 않는 이가 없었다. 그는 과연 다섯 해 만에 마침내 큰 부자가 되었다. 그는 곧 사역원의 역관 명부에서 자기의 이름을 빼버리고는 다시는 연경에 들어가지 않았다.

이윽고 그의 친구 하나가 연경에 들어가기에 그는 은밀하게 부탁하기를,

“연경 저자에서 만일 아무개 단골집 주인을 만나면 그는 응당 나의 안부를 물을 테니, 자네는 그의 온 집안이 몹쓸 유행병을 만나서 죽었다고 꼭 전해 주게.”

라고 하였다. 그 친구는 이 말이 너무나 허황되므로 자못 곤란한 빛을 보였다. 그는,

“다만 그렇게만 하고 돌아온다면 마땅히 자네에게 100금을 바치겠네.”

라고 하였다.

그 친구가 연경에 들어서자 과연 그 단골집 주인을 만났다. 주인이 역관의 안부를 묻기에 그 친구의 부탁한 바와 같이 답하였더니, 주인은 곧 얼굴을 〈손으로〉 가리고 한바탕 통곡하며 비 오듯 눈물을 흘리면서,

“하늘이시여, 하늘이시여. 무슨 일로 이다지 착한 사람의 집에 이렇듯 참혹한 재앙을 내리셨나요?”

라고 하고는 드디어 100금을 그에게 주면서,

“그이가 처자식과 함께 죽었다니 제사 지내 줄 이도 없을 테니, 당신이 고국에 돌아가거든 나를 위하여 50금으로 제물을 갖추어 제사를 지내 주고, 또 나머지 50금으로는 재(齋)를 올려서 명복(冥福)을 빌어 주시면 다행이겠습니다.”

라고 하였다. 그 친구는 몹시 아연했으나, 이미 거짓말을 한 이상 하는 수 없이 100금을 받아 가지고 돌아왔다.

그런데 그 역관의 온 집안은 이미 역질을 만나서 몰사하여 살아남은 사람이 없었다. 그는 크게 놀라는 한편 두렵기도 하여 그 100금으로 단골집 주인이 말한 대로 재를 드리고, 죽을 때까지 다시는 연경에 가지 않기로 작정하고 말하기를,

“내 무슨 낯으로 다시 단골집 주인을 만나겠는가?”

라고 하였다고 한다.

또 어떤 이가 말하기를,

"지사(知事) 이추(李樞)[1]는 근세에 이름 있는 통역관이었으나 평소에 입으로 돈 이야기를 한 적이 없었고, 40여 년을 연경에 드나들었으되 손에는 일찍이 돈을 잡아본 적이 없었으며, 언제나 근실한 군자(君子)의 풍도를 지녔다."

라고 한다.

어떤 이는 또 다음과 같이 말하였다.

당성군(唐城君) 홍순언(洪純彦)은 명나라 만력(萬曆 : 명나라 신종(神宗)의 연호, 1573~1620) 때의 이름난 통역관이었다.

그가 일찍이 황성(연경)에 갔을 때 기생집에 놀러 갔었다. 당시 기생의 얼굴에 따라서 놀이채의 등급을 매겼는데, <하룻밤에> 1,000금이나 요구하는 여자가 있었다. 홍순언은 1,000금으로 하룻밤 놀기를 청하였다. 여인은 나이가 바야흐로 16세에 뛰어난 미모를 지녔는데, 홍순언과 마주 앉아서 울면서 하는 말이,

---

1) 이추(李樞) : 숙종, 경종, 영조 때의 역관으로, 자가 두경(斗卿)이다. 사람됨이 청렴하고 성실하였고, 관직은 사역원정에 오래 종사하였다.『명사(明史)』에 잘못 기록되어 있는 인조반정(仁祖反正)의 내용을 바로잡기 위해 조정에서 13차례나 사신을 보냈는데, 그때마다 역관으로 동행하여 마침내 1783년(영조 14)에 바로잡기에 성공했다.

“제가 비싼 값을 요청한 까닭은 진실로 이 세상에는 모두들 인색한 사나이가 많으므로 1,000금을 버리려 할 자 없으리라고 생각하고서 당분간의 모욕을 면하려는 의도였던 것입니다. 그리하여 하루 이틀을 지나면서 기생집 주인을 속이는 한편, 이 세상에 어떤 의기를 지닌 남자가 있어서 저의 저당 잡힌 몸을 속량하여 사랑해 주기를 희망하였던 것입니다.

그러나 제가 창관(娼館 : 기생집)에 들어온 지 닷새가 지났으나 감히 1,000금을 갖고 오는 이가 없었더니, 오늘 다행히 이 세상의 의기 있는 남자를 만나게 되었습니다. 그러나 공(公)께서는 외국 사람인 만큼 법적으로 보아서 저를 데리고 고국으로 돌아가시기에는 어렵사옵고, 이 몸은 한 번 더럽혀지면 다시 씻는 것은 불가능합니다.”

라고 하였다. 홍순언은 그를 몹시 불쌍히 여겨서 그녀에게 기생집에 들어온 경로를 물었더니, 여인은 대답하기를,

“저는 남경(南京)의 호부시랑(戶部侍郎) 아무개의 딸이옵니다. 아버지께서 장물(贓物)에 얽매여서 집안이 적몰당하고 추징당했으므로 스스로 기생집에 몸을 팔아서 아버지의 죽음을 속죄한 것이옵니다.”

라고 하기에 홍순언은 크게 놀라면서 말하기를,

“나는 실로 이런 줄은 몰랐소이다. 이제 내가 당신을 속량해 줄 테니 그 액수(額數)는 얼마나 되는가?”

라고 하니 여인은 말하기를,

“2,000금입니다.”

라고 하였다.

홍순언은 곧바로 그 액수대로 치르고 작별하였다. 여인은 홍순언을 은혜로 정한 아버지〔恩父〕라 일컬으면서 수없이 절하고는 떠났다. 그 뒤로 홍순언은 이에 대하여 다시는 전혀 괘념(掛念)치 않았다.

〈홍순언은〉 일찍이 또 중국에 들어가게 되었는데, 길가에서 사람들이 '홍순언이 들어오시나요?' 하고 여러 번 물어보아서 홍순언은 괴이하게 여겼다. 연경 가까이에 이르자, 길 왼편에 장막을 성대하게 설치해 놓고 홍순언을 맞이하면서,

"저희 병부상서(兵部尙書) 석노야(石老爺)께서 환영하옵니다."

라고 하고는 곧 석씨(石氏)의 사저로 인도하였다.

석 상서(石尙書)가 맞이하여 절하며,

"은혜로 맺은 장인이시옵니까? 장인어른의 따님이 아버지를 기다린 지 오래되었답니다."

하고는 마침내 손을 잡고 내실로 들어갔다. 그의 부인이 화려한 화장으로 마루 아래로 내려와 절을 한다. 홍순언은 송구하여 어쩔 줄을 몰랐다. 석 상서는 웃으면서,

"장인(丈人)어른께서는 오랫동안 따님을 잊으셨습니까?"

라고 하자, 홍순언은 그제야 비로소 그 부인이 바로 기생집에서 속량해 주었던 여인인 줄을 알았다.

그녀는 기생집에서 나오게 되자, 곧바로 석성(石星)의 후처가 되어 있었다. 석성이 전보다 귀하게 되었으나 부인은 오히

려 손수 비단을 짜면서 모두 보은(報恩)이라는 글자를 무늬로 수놓았다고 한다. 홍순언이 고국으로 돌아올 때에 그녀는 보은(報恩)을 수놓은 비단 외에도 각종 비단과 금은 등을 이루 헤아리지 못할 만큼 행장 속에 넣어주어 전송하였다고 한다.

임진왜란이 일어나자 석성이 병부에 있으면서 출병(出兵)을 힘써 주장하였으니, 이는 석성이 애초부터 조선 사람을 의롭게 여겼던 까닭이라고 한다.

어떤 이는 또 이렇게 말하였다.

조선의 장사꾼들이 친하게 지냈던 단골집 주인인 정세태(鄭世泰)는 연경에서 제일가는 부자였다. 그런데 정세태가 죽자, 그 집 살림은 다시 일어설 수 없을 정도로 한순간에 망가지고〔一敗塗地〕[2] 말았다. 정세태에게는 다만 손자 하나가 있었는데, 사내 중에서도 절색(絶色)이었으나 어린 나이로 광대들의 놀이마당에 팔려갔다.

정세태가 살아 있을 적에 그 집에서 회계(會計)를 보던 임가(林哥)라는 이가 지금에 와서는 대단한 부자가 되어 있었다. 극장에서 어떤 미남자가 연극하는 것을 보고 마음으로 퍽 애처롭게 생각하던 차에 그가 정씨(鄭氏)의 손자라는 말을 듣고

2) 『사기』 고조본기(高祖本紀)에 나오는 말인데, 싸움에 한 번 패하여 간과 뇌가 땅바닥에 으깨어진다는 뜻으로, 여지없이 패하여 다시는 일어설 수 없는 지경에 이르렀음을 말한다.

는 서로 껴안고 울었다. 마침내 1,000금으로 그를 속량해 집에 데리고 돌아와 집안사람들에게 타이르기를,

"잘 대우해 주도록 해라. 이 아이는 우리 집의 옛 주인이니, 배우의 몸이라 해서 천시하지 말아라."

하고는, 그가 장성한 뒤에 자기 재산의 절반을 나눠서 살림을 차려주었다. 정세태의 손자는 몸이 살찌고 살결이 희며 얼굴이 아름답고도 화려하였다. 그는 아무런 하는 일도 없이 다만 연(鳶) 날리기를 하며 성 안을 노닐 따름이었다고 한다.

옛날에는 〈이곳에서〉 물건을 매매할 때는 봇짐을 풀어 검사하지 않고, 곧 연경에서 싸 보낸 그대로 갖고 돌아와서는 물목대장과 대조해 보아도 조금도 그릇됨이 없었다.

어느 때인가 흰 털모자를 포장해서 보내왔는데, 귀국해서 풀어 보니 모두 흰색 모자〔白帽 : 초상 때 쓰는 모자〕였다. 그래서 미처 검사해 보지 못했던 것을 스스로 후회하였다. 그런데 정축년(1757년)에 두 번이나 국상(國喪)을 당하자[3] 도리어 배나 되는 값을 받았다. 그러나 이것은 역시 그네들 중국이 옛날과 같지 않다는 전조(前兆)인 것이다. 근년에는 화물(貨物)을 스스로 포장하지, 단골집 주인에게는 포장해서 보내는 일

3) 두 번이나 국상(國喪)을 당하자 : 2월에는 영조의 비 정성왕후(貞聖王后) 서씨(徐氏)의 국상이 있었고, 3월에는 숙종의 계비 인원왕후(仁元王后) 김씨(金氏)의 국상이 있었다.

을 맡기지 않는다고 한다.

어떤 이는 또 다음과 같이 말하였다.

변승업(卞承業)이 병에 걸리자, 자신이 모은 재산과 불린 돈이 모두 얼마나 되는지 알고자 하여 모든 회계를 맡고 있는 청지기와 장부(帳簿)를 모아서 계산하게 하였더니, 은(銀)이 모두 50여만 냥이나 되었다. 그의 아들이 청하기를,

"이를 흩어 놔둔다면 거두기도 귀찮을 뿐더러 시일을 오래 끌면 소모되고 말 테니, 이를 계기로 한꺼번에 거둬들이는 것이 좋겠습니다."

하자 변승업은 크게 분개하면서,

"이 돈은 한양 도성의 1만 가구의 목숨 줄이거늘, 어째서 하루아침에 끊어버릴 수 있겠느냐?"

하고는 빨리 돌려보내게 하였다. 변승업은 이미 늙었으므로 그의 자손들에게 경계하기를,

"내가 섬겨본 공경(公卿)[4]들은 대부분 나라의 권세를 잡고서 자기의 사사로운 이익을 꾀하는 사람들이었는데, <그 권세가> 삼대를 뻗는 사람이 없었다. 그리고 온 나라 사람 중에서 재물을 늘리는 이들이 우리 집안의 거래를 표준삼아서, 오르

4) 공경(公卿) : 삼공(三公)과 구경(九卿)을 아울러 이르는 말이다. 삼공은 의정부에서 국가의 주요 정책을 결정하는 일을 맡아보던 삼정승을 가리키고, 구경은 조선 시대 의정부의 좌우참찬, 육조 판서, 한성부 판윤을 가리킨다.

내리는 것도 역시 국론(國論)인 만큼 이를 흩어버리지 않는다면 장차 재앙이 미칠 것이다."
라고 하였다. 그러므로 그 자손이 번성하기는 했어도 모두들 가난한 것은, 변승업이 만년에 재산을 너무 많이 흩어버린 까닭이다.

나도 역시 이에 대한 이야기를 했다.

나는 일찍이 윤영(尹映)이란 자에게서 변승업의 부(富)에 관한 이야기를 들었다. 그의 부는 애초부터 유래가 있어서 승업의 조부 때에는 돈이 몇 만 냥에 지나지 않았다. 일찍이 허씨(許氏) 성(姓)을 지닌 선비의 은 10만 냥을 얻어서 드디어[5] 일국의 으뜸이 되었던 집안이 변승업 때에 이르러서 조금 쇠퇴한 셈이다. 그가 처음 재산을 일으킬 때에 역시 운명이 있는 듯싶었다. 허생의 일을 살펴보면 참말 이상스럽다고 할 수 있다. 허생은 끝내 자기의 이름을 말하지 않았으므로 세상에서는 그를 아는 이가 없었다고 한다. 이제 윤영의 이야기를 다음 장 「허생전」에 적기로 한다.

5) 승업의 조부 …… 드디어 : 옥갑야화(玉匣夜話)로 되어 있는 여러 본에는 누락되었는데, 여기에서는 옥류산관본(玉溜山館本) 「진덕재야화(進德齋夜話)」에 의거하여 보충하였다.

原文

玉匣夜話
옥 갑 야 화

行還至玉匣 與諸裨連床臥語.
행 환 지 옥 갑 여 제 비 련 상 와 어

燕京舊時風俗淳厚 譯輩雖萬金能相假貸 今則彼以欺詐爲能事 而其曲未嘗不先自我人始也.
연 경 구 시 풍 속 순 후 역 배 수 만 금 능 상 가 대 금 즉 피 이 기 사 위 능 사 이 기 곡 미 상 불 선 자 아 인 시 야

三十年前 有一譯空手入燕 將還 對其主顧而泣 主顧怪而問之 對曰 渡江時 潛挾他人銀 事發 併己包沒于官 今空手還 無以爲生 不如無還 拔刀欲自殺 主顧驚急抱持 奪刀問曰 所沒銀幾何 曰三千兩 主顧慰曰 大丈夫獨患無身 何患無銀 今死不還 將如妻子何 吾貸君萬金 五年貨殖 可復得萬金 以本銀償我.
삼 십 년 전 유 일 역 공 수 입 연 장 환 대 기 주 고 이 읍 주 고 괴 이 문 지 대 왈 도 강 시 잠 협 타 인 은 사 발 병 기 포 몰 우 관 금 공 수 환 무 이 위 생 불 여 무 환 발 도 욕 자 살 주 고 경 급 포 지 탈 도 문 왈 소 몰 은 기 하 왈 삼 천 냥 주 고 위 왈 대 장 부 독 환 무 신 하 환 무 은 금 사 불 환 장 여 처 자 하 오 대 군 만 금 오 년 화 식 가 부 득 만 금 이 본 은 상 아

譯旣得萬金 遂大貿而還 當時未有識之者 莫不神其才 五年中遂致鉅富 乃自削籍譯院 不復入燕.
역 기 득 만 금 수 대 무 이 환 당 시 미 유 식 지 자 막 불 신 기 재 오 년 중 수 치 거 부 내 자 삭 적 역 원 불 부 입 연

久之 密囑其所親之入燕者曰 燕市若遇某主顧 當
구지 밀촉기소친지입연자왈 연시약우모주고 당
問安否 須道闔家遘癘死 所親以說謊頗難之 譯曰
문안부 수도합가구려사 소친이설황파난지 역왈
第如此而還 當奉君百金.
제여차이환 당봉군백금

既入燕 果遇某主顧 問譯安否 俱對如所受囑 主
기입연 과우모주고 문역안부 구대여소수촉 주
顧掩面大慟 泣如雨下曰 天乎天乎 何降禍善人之家
고엄면대통 읍여우하왈 천호천호 하강화선인지가
若是之慘耶 遂以百金托之曰 彼妻子俱亡 無主者
약시지참야 수이백금탁지왈 피처자구망 무주자
幸君還國 爲我以五十金具幣設奠 以五十金追齋薦
행군환국 위아이오십금구폐설전 이오십금추재천
福 所親者殊錯愕然 業已謬言 遂受百金而還.
복 소친자수착악연 업이류언 수수백금이환

其譯家已遘癘沒死 無遺者 其人大驚且懼 悉以百
기역가이구려몰사 무유자 기인대경차구 실이백
金爲主顧薦齋 終身不復爲燕行曰 吾無面目復見主
금위주고천재 종신불부위연행왈 오무면목부견주
顧.
고

有言李知事樞 近世名譯也 平居口未嘗言錢 出入
유언리지사추 근세명역야 평거구미상언전 출입
燕京四十餘年 手未嘗執銀 有愷悌君子之風.
연경사십여년 수미상집은 유개제군자지풍

有言唐城君洪純彦 明萬曆時名譯也.
유 언 당 성 군 홍 순 언 명 만 력 시 명 역 야

入皇城 嘗遊娼館 女隨色第價 有千金者 洪以千
입 황 성 상 유 창 관 여 수 색 제 가 유 천 금 자 홍 이 천
金求薦枕 女方二八 有殊色 對君泣曰 奴所以索高
금 구 천 침 여 방 이 팔 유 수 색 대 군 읍 왈 노 소 이 색 고
價者 誠謂天下皆慳男 無肯損千金者 祈以免斯須之
가 자 성 위 천 하 개 간 남 무 긍 손 천 금 자 기 이 면 사 수 지
辱 一日再日 本欲以愚館主 一以望天下有義氣人
욕 일 일 재 일 본 욕 이 우 관 주 일 이 망 천 하 유 의 기 인
贖奴作箕帚妾.
속 노 작 기 추 첩

奴入娼館五日 無敢以千金來者 今日幸逢天下義
노 입 창 관 오 일 무 감 이 천 금 래 자 금 일 행 봉 천 하 의
氣人 然公外國人 法不當將奴還 此身一染 不可復
기 인 연 공 외 국 인 법 부 당 장 노 환 차 신 일 염 불 가 부
浣 洪殊憐之 問其所以入娼館者 對曰 奴南京戶部
완 홍 수 련 지 문 기 소 이 입 창 관 자 대 왈 노 남 경 호 부
侍郎某女也 家被籍追贓 自賣身娼館 以贖父死 洪
시 랑 모 녀 야 가 피 적 추 장 자 매 신 창 관 이 속 부 사 홍
大驚曰 吾實不識如此 今當贖妹 償價幾何 女曰
대 경 왈 오 실 불 식 여 차 금 당 속 매 상 가 기 하 여 왈
二千金.
이 천 금

洪立輸之 與訣別 女百拜稱恩父而去 其後洪復絶
홍 립 수 지 여 결 별 여 백 배 칭 은 부 이 거 기 후 홍 부 절
不置意.
불 치 의

嘗又入中國 沿道數訪洪純彦來否 洪怪之 及近皇
상 우 입 중 국 연 도 수 방 홍 순 언 래 부 홍 괴 지 급 근 황

城 路左盛設供帳 迎謂洪曰 本兵石老爺奉邀 及至
성 노좌성설공장 영위홍왈 본병석노야봉요 급지

石第.
석제

石尙書迎拜曰 恩丈也 公女待翁久 遂握手入內室
석상서영배왈 은장야 공녀대옹구 수악수입내실

夫人盛粧拜堂下 洪惶恐不知所爲 尙書笑曰 丈人久
부인성장배당하 홍황공부지소위 상서소왈 장인구

忘乃女耶 洪始知夫人乃娼館所贖女也.
망내녀야 홍시지부인내창관소속녀야

出娼館 卽歸石星爲繼室 比石貴 夫人猶手自織錦
출창관 즉귀석성위계실 비석귀 부인유수자직금

皆刺報恩字 及洪歸 裝送報恩緞及他錦綺金銀 不可
개자보은자 급홍귀 장송보은단급타금기금은 불가

勝數.
승수

及壬辰倭寇 石在本兵 力主出兵者 以石本義朝鮮
급임진왜구 석재본병 역주출병자 이석본의조선

人故也.
인고야

有言朝鮮商賈熟主顧鄭世泰之富 甲于皇城 及世
유언조선상고숙주고정세태지부 갑우황성 급세

泰死 一敗塗地 世泰只有一孫 男中絶色 幼賣場戱.
태사 일패도지 세태지유일손 남중절색 유매장희

世泰時夥計林哥 今鉅富 見場戱中一美男子呈戱
세태시과계임가 금거부 견장희중일미남자정희

心慕之 聞其爲鄭家兒郞 相持泣 遂以千金贖之 與
심모지 문기위정가아랑 상지읍 수이천금속지 여

俱歸家 戒家人曰 善視之 此吾家舊主人 勿以戲子
구귀가 계가인왈 선시지 차오가구주인 물이희자
賤之 及長 中分其財而業之 世泰孫身肥白美麗 無
천지 급장 중분기재이업지 세태손신비백미려 무
所事 惟飛紙鷂遊戲皇城中.
소사 유비지요유희황성중

舊時買賣 不開包檢驗 直以燕裝還 照帳無少差
구시매매 불개포검험 직이연장환 조장무소차
謬.
류

有誤以白毳帽裝送者 及歸開視 皆白帽也 自悔未
유오이백취모장송자 급귀개시 개백모야 자회미
閱 丁丑兩恤 反獲倍直 然亦彼中不古之徵也 近歲
열 정축량휼 반획배치 연역피중불고지징야 근세
則物貨自裝 不任主顧裝送云.
즉물화자장 불임주고장송운

有言卞承業之病也 欲閱視貨殖都數 聚諸夥計帳
유언변승업지병야 욕열시화식도수 취제과계장
簿合籌之 共銀五十餘萬 其子曰 斂散煩 久且耗
부합주지 공은오십여만 기자왈 렴산번 구차모
請因而收之 承業大恚曰 此都城中萬戶命脈也 奈何
청인이수지 승업대에왈 차도성중만호명맥야 내하
一朝絶之 亟還之 承業既老 戒其子孫曰 吾所事公
일조절지 극환지 승업기로 계기자손왈 오소사공
卿 多獨秉國論 爲家計者 鮮及三世矣 國中之爲財
경 다독병국론 위가계자 선급삼세의 국중지위재

者 視吾家出入 爲高下 是亦國論也 不散且及禍
자 시오가출입 위고하 시역국론야 불산차급화

故其子孫蕃 而擧貧窶者 承業旣老 多散之也.
고기자손번 이거빈구자 승업기로 다산지야

余亦言有尹映者 嘗道卞承業之富 其貨財有自來
여역언유윤영자 상도변승업지부 기화재유자래

承業祖父時 錢不過數萬 嘗得許姓士人銀十萬 遂富
승업조부시 전불과수만 상득허성사인은십만 수부

甲一國 至承業時少衰 方其初起時 莫不有命存焉
갑일국 지승업시소쇠 방기초기시 막불유명존언

觀許生事可異也 許生竟不言其名 故世無得而知者
관허생사가이야 허생경불언기명 고세무득이지자

云 映之言曰.
운 영지언왈

허생전(許生傳)

허생(許生)은 묵적동(墨積洞 : 서울시 중구 묵정동)에 살고 있었다. 곧장 남산 밑에 닿으면 우물가에 오래된 은행나무가 있고, 사립문이 나무를 향하여 열려 있는데, 두어 칸 되는 초가집은 그나마 비바람을 가리지 못할 정도였다. 그런데도 허생은 책 읽기만을 좋아했으므로 그의 아내가 남의 집 바느질품을 팔아서 간신히 입에 풀칠을 하였다.

하루는 아내가 매우 굶주려서 울면서 하는 말이,

"당신은 평생 과거를 보러 가지도 않으면서 책을 읽어서 무엇을 하시려오?"

라고 하니 허생은 웃으면서,

"내가 책 읽는 것이 아직도 충분치 못한가보오."

라고 하였다. 아내가,

"그렇다면 공장이[1] 노릇이라도 못하신단 말인가요?"

라고 하자 허생이,

"공장이 노릇은 원래 배우지 못했으니 어떻게 하란 말이오?"
라고 하니 아내가,
"그럼 장사치 노릇이라도 해야지 않겠소?"
라고 하므로 허생이,
"장사는 밑천도 없는데 어떻게 하란 말이오?"
라고 하였다. 그러자 그의 아내가 성을 내며 톡하고 내뱉기를,
"밤낮으로 책만 읽었으면서 단지 '어떻게 하란 말이오?'라는 것만 배웠단 말이오? 공장이 노릇도 못하고 장사치 노릇도 못한다면, 어찌 도적질이라도 못한단 말이오?"
라고 하니 허생은 책을 덮고 일어서면서,
"애석하구나. 내가 책 읽기를 원래 10년을 기약했는데, 이제 7년째가 되었군."
라고 하고는 문 밖을 나서서 가 버렸다.

아는 사람이라곤 아무도 없었으므로 곧바로 운종(종로) 네거리로 가서 장터 사람에게 묻기를,
"한양에서 누가 제일가는 부자요?"
라고 하자, 변씨(卞氏)[2]라고 말해 주는 이가 있었다. 허생이 마침내 그 집을 찾아갔다. 허생이 〈변씨를 보고서〉 길게 읍(揖)

---

1) 공장이 : 물건을 만드는 것을 업으로 삼는 사람을 뜻한다.
2) 변씨(卞氏) : 최고로 부자였던 변승업(卞承業)의 조부를 말한다.

을 하고는,

"내가 집이 가난한데 조금 시험해보고자 하는 것이 있으니, 그대에게 돈 1만 금을 빌리기를 원합니다."

라고 하니 변씨는,

"좋소."

하고는 그 자리에서 1만 금을 내주었다. 그러자 허생은 끝내 고맙다는 인사도 없이 가 버렸다.

변씨의 자제와 빈객(賓客)[3]들은 허생의 꼴을 보니 거렁뱅이였다. 허리에 실띠를 둘렀으나 술이 빠졌고, 가죽신을 꿰었으나 뒷굽이 자빠졌으며, 찌그러진 갓과 새까맣게 그을린 도포를 걸치고 있었는데, 코에서는 맑은 콧물이 훌쩍훌쩍 흘러내렸다. 허생이 간 뒤에 모두들 크게 놀라서,

"주인 영감은 그 손님을 아십니까?"

라고 하니 변씨는,

"모르오."

"그러면 오늘 하루아침에 평소 어떠한 사람인지 알지도 못하는 사람에게 1만 금을 헛되이 던져주시면서 그의 성명조차 묻지 않는 것은 어째서입니까?"

라고 하니 변씨는,

"이건 너희들이 알 바가 아니다. 대체로 남에게 무엇을 얻

---

3) 빈객(賓客) : 문객. 고관집이나 부잣집 사랑에 거처하는 사람들이다.

으려고 하는 사람은 반드시 의지(意志)를 과장하여 먼저 신의를 나타내는 법이다. 그러나 얼굴빛은 부끄럽고도 비굴하고 말은 자꾸 되풀이하기 일쑤이니라. 그런데 그 손님은 비록 옷과 신은 남루하지만, 말이 간단하고 눈빛이 오만하며 얼굴에 부끄러운 기색이 없으니, 물질을 기다리기 전에 스스로 만족하는 사람일 것이다. 그 사람이 시험하고자 하는 것이 작은 일은 아닐 터이니, 나 또한 손님에게 시험해 보려는 바가 있다. 주지 않을 요량이라면 그뿐이지만, 이미 1만 금을 준 이상 성명은 물어서 무엇하겠느냐?"
라고 하였다.

이에 허생은 1만 금을 얻어 가지고 다시 집으로 돌아가지 않고, 안성(安城)은 경기도와 충청도의 접경이자 삼남(충청도 · 전라도 · 경상도)의 길목이라고 생각하고는 마침내 거기에 머물러 살았다. 그는 <안성에 머물면서> 대추 · 밤 · 감 · 배 · 감자 · 석류 · 귤 · 유자 등의 과실을 모두 시가(時價)보다 배(倍)의 값으로 사재기하였다.

허생이 과일을 도거리해 버리자 나라 안에서는 잔치나 제사를 치를 수 없었다. 얼마쯤 지나자 앞서 허생에게 배(倍)의 값을 받았던 모든 장사치들이 도리어 10배를 주고 사 갔다. 허생은 길게 한숨을 쉬고 탄식하며,

"겨우 1만 금으로 나라를 뒤흔들었으니, 이 나라 경제의 얕고 깊음을 짐작할 수 있구나."
라고 하였다.

허생은 또한 칼 · 호미 · 베 · 명주 · 솜 등을 사 가지고 제주도로 들어가서 말총[4]을 전부 사들이면서,

"몇 해만 지나면 나라 사람들이 머리를 싸매지 못할 것이다."

라고 하였다. 과연 얼마 안 가서 망건 값이 10배나 올랐다.

허생은 늙은 뱃사공에게,

"혹시 바다 건너에 사람이 살 만한 빈 섬이 있소?"

하고 물었더니 뱃사공이,

"있습지요. 내 언젠가 바람에 휩쓸려서 곧바로 서쪽으로 간지 사흘 밤 만에 어느 빈 섬에 닿았습니다. 아마도 사문도(沙門島)와 장기도(長崎島)[5] 사이라 생각하옵니다. 꽃과 나무가 저절로 피고, 온갖 과일과 오이가 절로 익고, 사슴들이 떼를 지어 다니고, 노니는 물고기는 〈사람을 보아도〉 놀라지 않습디다."

라고 한다. 허생은 크게 기뻐하면서,

"당신이 나를 그 섬으로 인도해 준다면 부귀를 같이 누릴 걸세."

라고 하니, 사공은 그의 말을 따랐다.

---

4) 말총 : 말의 갈기나 꼬리의 털. 상투 튼 사람의 머리에 두르는 망건(網巾)을 만드는 데 쓰인다.

5) 사문도(沙門島)와 장기도(長崎島) : 사문도는 마카오(홍콩)를 일컫고, 장기도는 일본 구주에 있는 항구도시이다. 여기서는 대마도를 일컫는 듯하다.

마침내 바람을 타고 동남쪽으로 그 섬에 들어갔다. 허생은 높은 곳에 올라 바라보면서 처량한 얼굴로 탄식하듯 말하기를,

"땅이 1,000리가 채 못 되니 무엇을 능히 해보겠느냐? 그렇지만 땅이 기름지고 샘물이 달콤하니, 부잣집의 늙은 주인 노릇쯤은 하겠구나."

라고 하자 사공이 말하기를,

"사람 하나 없는 빈 섬에서 누구와 더불어 산단 말이옵니까?"

라고 하니 허생은,

"덕 있는 사람에겐 사람이 모여드는 법이지요. 오히려 덕이 없음이 걱정이지, 어찌 사람 없는 것을 근심한단 말이오?"

라고 하였다.

이때 변산(邊山) 지방에 수천 명의 도적이 떼를 지어 들끓고 있었다. 주군(州郡)에서는 군사를 풀어 뒤쫓아 잡으려 하였으나 잡을 수가 없었다. 그러나 도적떼도 감히 나와서 노략질을 하지 못하여 바야흐로 굶주리고 어려운 지경이 되었다. 〈이 소문을 듣고〉 허생은 도적이 있는 곳으로 들어가서 그 괴수를 달래기를,

"1,000명이 1,000금을 훔쳐서 나누면 한 사람 앞에 얼마씩 돌아가는고?"

라고 하니 그가,

"한 사람 앞에 1냥씩이지요."

라고 하였다. 허생이,

"그대들은 아내가 있는가?"

라고 하니 도적떼들이,

"없소이다."

라고 하기에 허생이,

"너희들에게 밭은 있는가?"

라고 하자 도적떼들은 비웃으면서 말하기를,

"밭이 있고 아내가 있으면야 무엇 때문에 괴롭게 도적질을 하겠소이까?"

라고 한다. 허생이,

"정말 그렇다면 왜 아내를 얻어 가정을 꾸리고 집을 세우고, 소를 사서 농사를 짓지 않나? 그렇게 살면 도둑놈이란 이름도 없을 것이고, 살림살이엔 부부의 즐거움도 있을 뿐더러, 어디를 나돌아다녀도 잡혀 갈 걱정이 없을 것이고, 길이길이 풍족하게 잘 입고 먹고 살 수 있지 않겠는가?"

라고 하니 도적떼들이,

"어찌 그렇게 되기를 바라지 않겠소? 단지 돈이 없을 따름이지요."

라고 하였다. 허생은 웃으면서 말하기를,

"그대들은 도적질을 한다면서 어찌 돈 없음을 근심하는가? 내가 그대들을 위해서 돈을 마련해 주겠네. 내일 바닷가에 바람결에 펄럭이는 붉은 깃발을 단 배가 보일 것이야. 그것이 모두 돈을 실은 배일 것이니, 그대들 마음대로 가져가도록 하려무나."
라고 하였다. 허생은 도적떼들과 약속을 하고는 떠나버렸다. 그러자 도적떼들은 모두 미친놈이라고 비웃었다.

다음 날 바닷가에 도착해 보니, 허생이 돈 30만 냥을 싣고 기다리고 있었다. 모두 크게 놀라 나란히 절을 하면서 말하기를,

"오로지 장군님의 명령대로 따르겠소이다."
라고 하니 허생은,

"힘 있는 대로 지고 가거라."
라고 하였다. 이에 도적떼들은 다투어 돈을 짊어졌으나, 한 사람 앞에 100금이 넘지 못하였다. 허생이,

"너희들은 힘이 100금을 들기에도 부족하면서 무슨 도적질을 변변히 할 수 있단 말이냐? 이제 너희들이 평민이 되고자 하더라도 이름이 도적의 명부에 올랐으니 갈 곳이 없을 것이다. 내가 여기서 너희들을 기다릴 것이니, 각각 100금씩 가지고 가서 사람마다 아내 한 사람과 소 한 마리씩 데리고 오너라."
라고 하자 도적떼들은,
"예이."
라고 하고는 모두들 흩어져 가 버렸다.

그리고 허생은 스스로 2,000명이 1년간 먹을 양식을 갖춰 놓고 기다렸다. 도적떼들은 기일이 되자 모두 도착하였는데 뒤처진 자가 없었다. 마침내 모두들 배에 싣고 그 빈 섬으로

들어갔다. 허생이 도적을 도거리로 몰아치자 나라 안이 잠잠해졌다.

이에 〈그들은 섬에서〉 나무를 베어 집을 짓고, 대를 엮어 울타리를 만들었고, 땅 기운이 온전하니 온갖 곡식이 크고 무성하여 묵정밭을 갈지 않고 김을 매지 않아도 한 줄기에 이삭이 아홉씩이나 달렸더라.

3년 동안 먹을 식량을 쌓아놓고 나머지는 모두 배에 싣고 장기도(長崎島)에 가서 팔았다. 장기도는 일본에 속해 있는 고을로 호수(戶數)가 31만인데, 때마침 큰 기근이 들어 있었으므로 마침내 이들을 진휼하고서 은(銀) 100만 냥을 얻었다.

허생은 탄식하면서,

"이제야 내가 조그마한 시험을 해 보았구나!"

라고 하고는 남녀 2,000명을 모두 불러 놓고 명령을 내리기를,

"내가 처음에 그대들과 더불어 이 섬에 들어올 때에는 먼저 부유하게 한 연후에 따로 문자도 만들고, 의관(衣冠) 제도도 새로 만들려 했다만, 땅이 작고 내 덕이 모자라니 나는 이제 이곳을 떠나겠다. 어린아이가 태어나서 숟가락을 잡을 만하거든 수저는 오른손으로 잡도록 가르치고, 하루라도 나이가 많은 사람에게는 음식을 먼저 먹도록 사양하게 하여라."

라고 하였다. 그리고는 나머지 배들을 모두 불살라 버리면서,

"가지 않으면 오는 사람도 없겠지."

라고 하고 은 50만 냥을 바다 속에 던지면서 말하기를,

"바닷물이 마르면 얻는 사람이 있겠지. 100만 냥은 나라 안에서도 다 쓰지 못할 텐데, 더구나 작은 섬에서야?"
라고 하였다. 글 아는 사람들을 모조리 배에다 싣고 함께 떠나오면서,
"이 섬에 화근(禍根)을 없애기 위해서라네."
라고 하였다.
〈허생은 육지로 나와서〉 온 나라 안을 두루 돌아다니면서 가난하고 하소연할 곳 없는 사람들에게 재물을 나눠주었다. 그랬는데도 아직 은(銀) 10만 냥이 남았기에,
"이것으로 변씨에게 빌린 돈을 갚아야지."
라고 하고는 변씨를 찾아가 만나보고서,
"그대는 나를 기억하겠소?"
라고 하자 변씨는 놀라면서,
"그대의 얼굴빛이 조금도 나아지지 않았으니, 1만 금을 다 잃어버린 것이 아니오?"
라고 하였다. 허생은 웃으며,
"재물로써 얼굴빛을 좋게 꾸미는 것은 당신네들이나 할 일일 뿐이지. 1만 금이 어찌 도(道)를 살찌우게 하겠소?"
라고 하고는 이에 은 10만 냥을 변씨에게 주면서,
"내가 한 때의 굶주림을 참지 못하여 글 읽는 것을 마치지 못하고 당신에게서 1만 금을 빌렸으니 부끄럽소이다."
라고 하니 변씨는 크게 놀라서 일어나 절하고 사양하면서 10분의 1의 이자만을 받겠다고 했다. 허생은 크게 노여워하면

서,

"당신은 왜 나를 천한 장사치로 보는 거요?"

라고 하고는 옷소매를 뿌리치고 가 버렸다.

변씨가 가만히 뒤를 밟아 따라가 보니, 허생은 남산 밑으로 향하더니 조그마한 오막살이집으로 들어가는 것이 멀리서 보였다. 때마침 늙은 할미가 우물가에서 빨래를 하고 있기에 변씨가,

"저 작은 오막살이집은 뉘 집이오?"

라고 물으니 할미는,

"허생원 댁이랍니다. 가난하지만 글 읽기를 좋아하더니, 어느 날 아침에 집을 나가고는 돌아오지 않은 지가 벌써 5년이나 된답니다. 부인이 홀로 살면서 그가 집을 나간 날짜에 제사를 지낸답니다."

라고 하였다. 변씨는 비로소 그의 성이 허씨라는 것을 알고 탄식하며 돌아왔다.

다음 날 〈변씨는 허씨가 가져온〉 은전을 모두 가지고 가서 그에게 주었으나 허생은 사양하면서 말하기를,

"내가 부자가 되고 싶었다면 무엇 때문에 100만 냥을 버리고 10만 냥을 취하겠소? 나는 이제부터 당신의 도움을 얻어 살 것이니, 당신이 자주 나를 돌보아주게나. 식구를 헤아려서 양식을 보내 주고 몸을 재어서 옷감이나 보내 준다면, 일평생 이렇듯이 만족할 것이니, 어찌 재물로써 마음을 괴롭히고 싶겠소이까?"

라고 하였다.

변씨는 백방으로 허생을 설득하였으나, 끝끝내 어찌할 수가 없었다. 변씨는 이로부터 허생의 옷이며 쌀이 떨어질 만한 때를 헤아려 번번이 자진하여 찾아가서 갖다 주면, 허생은 기뻐하며 받았다. 혹시라도 분량을 더 가져오면 기뻐하지 않으면서,

"당신은 어째서 내게 재앙을 끼쳐 주려는 게요?"
라고 하였다.

그러나 술을 가지고 가면 더욱 크게 기뻐하여 서로 권하거니 마시거니 하며 취하도록 마셨다. 이렇게 몇 해를 지내고 나니 두 사람의 정의는 날마다 돈독해졌다.

어느 날 〈변씨가〉 조용히,

"5년 동안에 어떻게 해서 100만 냥을 벌었소?"
하고 물어보기에 허생은,

"이것은 가장 알기 쉬운 일이오. 조선이란 나라는 배가 외국과 통하지 못하고 수레가 나라 안에 다니지 못하기 때문에 온갖 물건이 그 안에서 생산되고 그 안에서 소비되는 처지이지요.

대체로 1,000금은 적은 재물이라서 물건을 모두 사기는 부족하나, 이것을 열로 쪼개면 100금이 열이나 되는 만큼 이것으로 열 가지 물건이야 족히 살 수 있겠지요. 물건이 가벼우면 굴리기가 쉽기 때문에 한 가지 물건이 비록 밑졌다 하더라도 아홉 가지 물건에서 만회할 수 있단 말이오. 이것은 보통 이문을 내는 길이며, 작은 장사치들이 하는 방법이지요.

그러나 대체로 1만금을 가지고 있으면 물건을 다 살 수 있으므로 수레에 있는 것이면 수레를 모조리 살 수 있고, 배에 있는 것이면 배를 모두 살 수 있고, 한 고을에 있는 것이면 고을을 통째로 살 수 있으니, 이는 마치 그물에 그물코가 있어서 물건을 모조리 훑어 들임과 같은 것이지요. 그리하여 육지에서 나는 만 가지 물건 중에서 그 한 가지를 슬그머니 독점하고, 물에서 나는 만 가지 물고기의 종족 중에서 그 한 가지를 슬그머니 독점하고, 의약의 재료 만 가지 중에서 그 한 가지를 슬그머니 독점하게 되면, 그 한 가지의 물건이 한 곳에 슬그머니 갇혀 있으매 모든 장사치의 물건이 모두 마를 것이니, 이것은 백성을 해치는 방법이지요. 후세에 나라 일을 맡은 사람들이 만일 나와 같은 방법을 쓰는 사람이 있다면 반드시 그 나라를 병들게 할 것이오."

라고 하였다. 변씨가,

"처음에 그대는 어떻게 내가 1만 금을 내줄 줄 알고서 나를 찾아와 빌리려고 했던 거요?"

라고 하니 허생이,

"그것은 반드시 당신만 나에게 빌려 줄 것이란 건 아닐세. 능히 1만 금을 가진 사람이라면 주지 않을 자 없었을 것이오. 나 스스로 생각에도 내 재주가 족히 100만 금을 벌 수 있겠다 싶었으나, 운명은 하늘에 달려 있으니 낸들 어찌 알 수 있었겠소? 그러므로 나를 능히 쓰는 사람이야말로 복이 있는 사람이어서 그는 반드시 부(富)에서 더 큰 부자가 될 것이니, 이는 하늘이 명하는 바라 어찌 빌려 주지 않을 수 있겠소?

이미 1만 금을 얻은 다음엔 그 〈돈을 꾸어준〉 사람의 복에 의탁하여 일을 한 까닭에 장사할 때마다 번번이 성공을 한 것이지요. 만약 내가 사사로이 혼자서 일을 하였다면 성공과 실패는 역시 알 수 없었을 것이오."

라고 하였다.

변씨가,

"지금 사대부들이 남한산성에서 당한 치욕[6]을 씻으려고 하니, 이제야말로 뜻있는 선비들이 팔뚝을 불끈 쥐고 슬기를 떨칠 때이지요. 그대 같은 재주를 가지고 어찌 스스로 괴롭게 어둠에 잠겨서 세상을 마치려 하시오?"

라고 하여 허생이,

"옛날부터 어둠에 잠겼던 사람들이 어찌 한이 있겠소? 조성기(趙聖期)[7]－졸수재(拙修齋)－는 적국에 사신으로 보낼 만하였지만 〈벼슬도 못하고〉 베잠방이로 늙어 죽었고, 유형원(柳馨遠)[8]－반계거사(磻溪居士)－은 족히 군량을 댈 만하였으나 저 해곡

6) 병자호란 때에 인조(仁祖) 임금이 남한산성에서 항전을 포기하고 삼전도(三田渡)에서 굴욕적으로 항복한 일을 말한다.

7) 조성기(趙聖期) : 숙종 때의 학자로, 자는 성경(成卿)이고 호는 졸수재이다. 과거에 응시하여 여러 번 사마시(司馬試 : 생원과 진시를 뽑던 과거)에 합격하였으나, 벼슬의 뜻을 버리고 성리학을 연구했다. 저서에 한문소설 『창선감의록(彰善感義錄)』이 있다.

8) 유형원(柳馨遠) : 조선 후기의 실학자로, 자는 덕부(德夫)이고 호는

(海曲 : 전라북도 부안 지방)에서 바장이었소. 지금 나라의 정치를 다스린다는 사람들을 가히 알 만하지 않겠소? 나는 장사를 잘하는 사람이라 번 돈으로 구왕(九王)[9]의 머리라도 살 수 있었으나, 다 바닷속에 던져 버리고 온 것은 쓸 곳이 없었기 때문이오."
라고 하니, 변씨는 '후유' 하며 한숨을 쉬고 크게 탄식하면서 가 버렸다.

변씨는 본래 정승 이완(李浣)[10]과 친했다. 이공은 때마침 어영대장(御營大將)으로 있었는데, 일찍이 변씨와 이야기하다가,

"위항(委巷)과 여염(閭閻) 사이에 혹 뛰어난 재주가 있어서 같이 큰일을 함께할 만한 사람이 있는가?"
라고 하자, 변씨는 허생의 이야기를 하였다. 이공(이완)은 크게 놀라며,

"이상도 하오. 참으로 그런 사람이 있단 말이오? 그 이름이

반계(磻溪)이다. 진사시에 합격했으나, 야인으로 지내면서 학문 연구와 저술에 힘썼다. 임진왜란과 병자호란으로 피폐해진 민생을 구제하고 국력을 회복하기 위해서는 국가제도 전반에 걸친 개혁이 필요하다고 역설했다. 저서에 『반계수록(磻溪隨錄)』이 있다.

9) 구왕(九王) : 청나라 태조 누르하치의 열넷째 아들로 이름은 다이곤(多爾袞)이고, 병자호란 때 우리나라에 왔다.

10) 이완(李浣) : 효종 때 북벌의 대업을 계획했으나, 효종의 죽음으로 인해 무산되었다.

무엇이라 하던가?"

라고 하니 변씨가,

"소인이 3년을 같이 지냈으나, 아직껏 그 이름을 알지 못하옵니다."

라고 하자 이공은,

"그이는 별난 사람이니, 그대와 함께 같이 가 보세."

라고 하였다. 밤에 이공은 수행하는 사람들을 물리치고 다만 변씨와 함께 걸어서 허생의 집에 찾아갔다.

변씨는 이공을 말려 문 밖에 세워 놓고, 홀로 먼저 들어가 허생을 만나보고 이공이 찾아온 이유를 갖추어 말하였다. 그러나 허생은 못 들은 체하고,

"자네가 차고 온 술병이나 빨리 풀게나."

하고는 서로 즐겁게 마셨다. 변씨는 이공이 오랫동안 한데에서 있는 것을 민망스럽게 여겨 여러 차례 말을 했으나, 허생은 응하지 않았다. 밤이 이슥하자 허생이,

"손님을 불러도 되겠소?"

라고 한다.

이공이 들어왔지만, 허생은 편안히 앉은 채 일어나지도 않았다. 이공은 몸 둘 바를 몰라 하다가 마침내 나라에서 어진 사람을 구하려는 뜻을 진술하니 허생은 손을 저으면서,

"밤은 짧은데 말이 길다보니 듣기에 무척 지루하이. 너는 지금 벼슬이 무엇인고?"

라고 하니 그는,

“대장(大將)입니다.”

라고 하기에 허생이,

“그렇다면 너는 바로 나라의 믿음직한 신하로고. 내 와룡선생(臥龍先生)[11]을 천거할 테니, 네가 임금에게 여쭈어 그에게 삼고초려(三顧草廬)[12]할 수 있도록 하겠느냐?”

라고 하였다. 이공은 머리를 숙이고 한참 있더니 말하기를,

“어렵사옵니다. 그 다음의 것을 얻어 듣고자 합니다.”

라고 하니 허생이,

“나는 아직껏 ‘그 다음’이란 말을 배우지 못했다네.”

라고 한다. 그래도 이공이 굳이 물으니 허생이,

“명나라 장수와 병졸들은 조선이 옛날에 입은 은혜가 있다고 하여 그 자손들이 몸을 뽑아서 동쪽(우리나라)으로 많이 와서 떠돌이 생활에 고독한 홀아비로 지내고 있다. 네가 조정에 청하여 이들에게 종실의 딸들을 뽑아서 두루 시집보내고, 김류(金瑬)와 장유(張維)[13]의 집을 빼앗아 저들의 살 곳을 마

---

11) 와룡선생(臥龍先生) : 촉나라의 군사이자 승상인 제갈량을 말한다.

12) 삼고초려(三顧草廬) : 삼국 시대 촉한(蜀漢)의 유비(劉備)가 남양(南陽)에 은거하고 있던 제갈량의 초가집을 세 번이나 찾아가 자신의 뜻을 밝히고 그를 초빙하여 군사(軍師)로 삼았다는 고사이다.

13) 김류(金瑬)와 장유(張維)는 모두 인조반정(仁祖反正)의 공신으로, 김류의 자는 관옥(冠玉)이고, 장유의 자는 지국(持國)이다. 수택본·서울대학본·대만영인본에는 이귀(李貴)와 김류(金瑬)로 되어

련해 줄 수 있겠느냐?"

라고 하였다. 이공은 머리를 숙이고 한참 있다가,

"그것도 어렵사옵니다."

라고 하니 허생이,

"이것도 어렵고 저것도 어렵다고 하니, 무슨 일을 할 수 있단 말이냐? 가장 쉬운 일이 있는데, 네가 그것은 할 수 있겠느냐?"

라고 하니 이공이,

"듣고 싶습니다."

라고 하여 허생이,

"대체로 천하에 대의(大義 : 큰 뜻)를 외치고자 한다면 먼저 천하의 호걸들과 사귀어 맺지 않고서는 되지 않는 법이고, 다른 나라를 치고자 한다면 먼저 첩자를 이용하지 않고서는 성공할 수 없는 법이다. 지금 만주족(청나라)이 갑자기 천하의 주인이 되었으나, 그들은 아직 중국과 친하게 지내지 못하고 있습니다. 그러나 조선은 다른 나라보다 솔선하여 항복했으니, 저들편에서는 우리를 믿어줄 것이다. 진실로 저들에게 '우리의 자제들을 보내어 입학도 시키고 벼슬도 하게 해서 옛날의 당나라와 원나라 때 하던 일[14]을 본받고, 장사꾼의 출입도

있고, 계서본(溪西本)·자연경실본(自然經實本)·박영철본·광문회본(光文會本)·김택영본(金澤榮本)·김택영증편본·주설루본·국립도서관본에는 훈척(勳戚)과 권귀(權貴)로 되어 있으나, 여기에서는 일재본·옥류산관본(玉溜山館本)·녹천산관본(綠天山館本)을 따랐다.

막지 말아 달라'고 청한다면, 그들은 반드시 우리의 친절을 보고 기뻐하여 허락할 것이다.

이렇게 되면 나라 안의 자제를 가려 뽑아서 청나라 사람처럼 머리를 깎고 오랑캐 의복을 입혀서 군자(지식층)들은 가서 빈공과(賓貢科)에 응시하고, 소인(小人 : 일반사람)들은 멀리 강남에 가서 장사를 하면서 그들의 허실을 엿보고 호걸들과 정의를 맺어서 천하를 도모할 수 있을 것이며 나라의 치욕도 씻을 수 있을 것이야.

만약에 <명나라를 다시 세우려> 주씨(朱氏)[15]를 물색해도 구하지 못한다면, 천하의 제후들을 거느려서 임금이 될 만한 인물을 하늘에 추천하도록 하라. 잘되면 대국(大國)의 스승노릇을 할 것이고, 실패한다 해도 백구지국(伯舅之國)[16]의 지위를 잃지는 않을 것이야."

라고 한다. 이공이 낙담한 표정으로,

"사대부(士大夫)들은 모두 예법만 삼가 지키고 있는데, 누가 머리를 깎고 오랑캐 의복을 입으려고 하겠습니까?"

라고 하니, 허생이 크게 꾸짖으며,

"소위 사대부란 것이 무엇 하는 놈들이냐! 오랑캐(조선)의

14) 빈공과(賓貢科)를 설치하여 우리나라 유학생을 받았었다.

15) 주씨(朱氏) : 명나라 황족의 후손. 시조는 주원장(朱元璋)이다.

16) 백구지국(伯舅之國) : 천자가 성(姓)이 다른 제후를 존경하여 일컫는 말이다. 제후 중에서 가장 큰 나라 또는 황제의 맏외숙의 나라이다.

땅에 태어나서 자칭 사대부라고 뽐내니, 어찌 어리석지 않느냐? 저고리와 바지는 순전히 흰 것만 입으니 이는 상주들의 차림이고, 머리털을 한데 묶어서 송곳처럼 죄었으니 이는 남쪽 오랑캐의 방망이 상투에 불과한데, 무엇이 예법이란 말이냐?

번오기(樊於期)[17]는 사적인 원망을 갚기 위하여 자신의 머리를 아까워하지 않았고, 무령왕(武靈王)[18]은 자기 나라를 강하게 만들기 위하여 오랑캐 의복을 입는 것을 부끄러워하지 않았다.

그런데 지금 대명(大明)을 위해서 원수를 갚겠다면서 오히려 한줌밖에 안 되는 상투 머리털을 아낀단 말인가? 이제 장차 말을 달리며 칼로 치고 창으로 찌르며 활을 쏘고 돌을 날릴 것인데, 그 넓은 소매를 고치지도 않고서 제딴엔 그것이 예법이라고 한단 말이냐?

---

17) 번오기(樊於期) : 원래 진나라의 장수였다가 연(燕)나라로 망명하여 태자 단(丹)에게 몸을 의탁하고 있을 때 형가가 진시황을 암살하기 위해 진나라에 들어가자, 현상금이 걸려 있던 자신의 목을 선뜻 베어서 형가(荊軻)에게 내주었고, 형가가 이를 진시황에게 예물로 바침으로써 의심을 사지 않게 되었다. 『사기』 형가전(荊軻傳)에 나온다.

18) 무령왕(武靈王) : 조(趙)나라의 임금인 조옹(趙雍)으로, 무령은 시호이다. 오랑캐들에게 둘러싸인 조나라를 부강하게 하기 위해 주위의 비웃음에도 불구하고 오랑캐 의복을 입은 채 기마술과 궁술을 익혔다. 『사기』 조세가(趙世家)에 나온다.

내가 처음으로 세 가지를 말하였는데, 너는 한 가지도 하지 못하면서 네딴엔 신임받는 신하라고 말하니, 신임받는 신하란 원래 이런 것이냐? 이런 놈은 목을 베어 버려야 한다!"
라고 하고는, 좌우를 돌아보며 칼을 찾아서 찌르려고 했다. 이공은 크게 놀라 일어서서 뒷 들창으로 뛰어나와 달음박질쳐서 〈집으로〉 돌아왔다.

다음 날 다시 찾아갔으나, 이미 집을 비우고 허생은 어디론가 떠나 버렸다.

原文

許生傳
허생전

許生居墨積洞 直抵南山下 井上有古杏樹 柴扉向
허생거묵적동 직저남산하 정상유고행수 시비향
樹而開 草屋數間 不蔽風雨 然許生好讀書 妻爲人
수이개 초옥수칸 불폐풍우 연허생호독서 처위인
縫刺以糊口.
봉자이호구

一日妻甚饑 泣曰 子平生不赴擧 讀書何爲 許生
일일처심기 읍왈 자평생불부거 독서하위 허생
笑曰 吾讀書未熟 妻曰 不有工乎 生曰 工未素學
소왈 오독서미숙 처왈 불유공호 생왈 공미소학
奈何 妻曰 不有商乎 生曰 商無本錢奈何 其妻恚
내하 처왈 불유상호 생왈 상무본전내하 기처에
且罵曰 晝夜讀書 只學奈何 不工不商 何不盜賊
차매왈 주야독서 지학내하 불공불상 하부도적
許生掩卷起曰 惜乎 吾讀書本期十年 今七年矣 出
허생엄권기왈 석호 오독서본기십년 금칠년의 출
門而去.
문이거

無相識者 直之雲從街 問市中人曰 漢陽中誰最富
무상식자 직지운종가 문시중인왈 한양중수최부
有道卞氏者 遂訪其家 許生長揖曰 吾家貧 欲有所
유도변씨자 수방기가 허생장읍왈 오가빈 욕유소
小試 願從君借萬金 卞氏曰諾 立與萬金 客竟不謝
소시 원종군차만금 변씨왈낙 입여만금 객경불사

而去.
이 거

子弟賓客 視許生丐者也 絲條穗拔 革屨跟顚 笠
자 제 빈 객 시 허 생 개 자 야 사 조 수 발 혁 구 근 전 입

挫袍煤 鼻流淸涕 客旣去 皆大驚曰 大人知客乎
좌 포 매 비 류 청 체 객 기 거 개 대 경 왈 대 인 지 객 호

曰 不知也 今一朝 浪空擲萬金於生平所不知何人
왈 부 지 야 금 일 조 랑 공 척 만 금 어 생 평 소 부 지 하 인

而不問其姓名何也 卞氏曰 此非爾所知 凡有求於人
이 불 문 기 성 명 하 야 변 씨 왈 차 비 이 소 지 범 유 구 어 인

者 必廣張志意 先耀信義 然顔色媿屈 言辭重複
자 필 광 장 지 의 선 요 신 의 연 안 색 괴 굴 언 사 중 복

彼客衣屨雖弊 辭簡而視傲 容無怍色 不待物而自足
피 객 의 구 수 폐 사 간 이 시 오 용 무 작 색 부 대 물 이 자 족

者也 彼其所試術不小 吾亦有所試於客 不與則已
자 야 피 기 소 시 술 불 소 오 역 유 소 시 어 객 불 여 즉 이

旣與之萬金 問姓名何爲.
기 여 지 만 금 문 성 명 하 위

於是許生旣得萬金 不復還家 以爲安城畿湖之交
어 시 허 생 기 득 만 금 불 부 환 가 이 위 안 성 기 호 지 교

三南之綰口 遂止居焉 棗栗柹梨柑榴橘柚之屬 皆以
삼 남 지 관 구 수 지 거 언 조 률 시 리 감 류 귤 유 지 속 개 이

倍直居之.
배 치 거 지

許生榷菓 而國中無以讌祀 居頃之 諸賈之獲倍直
허 생 각 과 이 국 중 무 이 연 사 거 경 지 제 고 지 획 배 치

於許生者 反輸十倍 許生喟然嘆曰 以萬金傾之 知
어 허 생 자 반 수 십 배 허 생 위 연 탄 왈 이 만 금 경 지 지

國淺深矣.
국 천 심 의

以刀鏄布帛綿入濟州　悉收馬鬉鬣曰　居數年　國人
이 도 단 포 백 면 입 제 주　실 수 마 종 렵 왈　거 수 년　국 인
不褁頭矣　居頃之　網巾價至十倍.
불 과 두 의　거 경 지　망 건 가 지 십 배

許生問老篙師曰　海外豈有空島可以居者乎　篙師
허 생 문 로 고 사 왈　해 외 기 유 공 도 가 이 거 자 호　고 사
曰　有之　嘗漂風直西行三日夜　泊一空島　計在沙門
왈　유 지　상 표 풍 직 서 행 삼 일 야　박 일 공 도　계 재 사 문
長崎之間　花木自開　菓蓏自熟　麋鹿成群　游魚不驚
장 기 지 간　화 목 자 개　과 라 자 숙　미 록 성 군　유 어 불 경
許生大喜曰　爾能導我　富貴共之　篙師從之.
허 생 대 희 왈　이 능 도 아　부 귀 공 지　고 사 종 지

遂御風東南　入其島　許生登高而望　悵然曰　地不
수 어 풍 동 남　입 기 도　허 생 등 고 이 망　창 연 왈　지 불
滿千里　惡能有爲　土肥泉甘　只可作富家翁　篙師曰
만 천 리　오 능 유 위　토 비 천 감　지 가 작 부 가 옹　고 사 왈
島空無人　尙誰與居　許生曰　德者人所歸也　尙恐不
도 공 무 인　상 수 여 거　허 생 왈　덕 자 인 소 귀 야　상 공 부
德　何患無人.
덕　하 환 무 인

是時邊山群盜數千　州郡發卒逐捕　不能得　然群盜
시 시 변 산 군 도 수 천　주 군 발 졸 축 포　불 능 득　연 군 도
亦不敢出剽掠　方饑困　許生入賊中說其魁帥曰　千人
역 불 감 출 표 략　방 기 곤　허 생 입 적 중 세 기 괴 수 왈　천 인
掠千金　所分幾何　曰人一兩耳　許生曰　爾有妻乎
략 천 금　소 분 기 하　왈 인 일 냥 이　허 생 왈　이 유 처 호
群盜曰無　曰爾有田乎　群盜笑曰　有田有妻　何苦爲
군 도 왈 무　왈 이 유 전 호　군 도 소 왈　유 전 유 처　하 고 위
盜　許生曰　審若是也　何不娶妻樹屋　買牛耕田　生
도　허 생 왈　심 약 시 야　하 불 취 처 수 옥　매 우 경 전　생

無盜賊之名 而居有妻室之樂 行無逐捕之患 而長享
무 도 적 지 명 이 거 유 처 실 지 락 행 무 축 포 지 환 이 장 향

衣食之饒乎 群盜曰 豈不願如此 但無錢耳 許生笑
의 식 지 요 호 군 도 왈 기 불 원 여 차 단 무 전 이 허 생 소

曰 爾爲盜何患無錢 吾能爲汝辦之 明日 視海上風
왈 이 위 도 하 환 무 전 오 능 위 여 판 지 명 일 시 해 상 풍

旗紅者 皆錢船也 恣汝取去 許生約群盜 旣去 群
기 홍 자 개 전 선 야 자 여 취 거 허 생 약 군 도 기 거 군

盜皆笑其狂.
도 개 소 기 광

及明日 至海上 許生載錢三十萬 皆大驚羅拜曰
급 명 일 지 해 상 허 생 재 전 삼 십 만 개 대 경 라 배 왈

唯將軍令 許生曰 惟力負去 於是群盜 爭負錢 人
유 장 군 령 허 생 왈 유 력 부 거 어 시 군 도 쟁 부 전 인

不過百金 許生曰 爾等力不足以擧百金 何能爲盜
불 과 백 금 허 생 왈 이 등 력 부 족 이 거 백 금 하 능 위 도

今爾等雖欲爲平民 名在賊簿 無可往矣 吾在此俟汝
금 이 등 수 욕 위 평 민 명 재 적 부 무 가 왕 의 오 재 차 사 여

各持百金而去 人一婦一牛來 群盜曰諾 皆散去.
각 지 백 금 이 거 인 일 부 일 우 래 군 도 왈 낙 개 산 거

許生自具二千人一歲之食以待之 及群盜至 無後
허 생 자 구 이 천 인 일 세 지 식 이 대 지 급 군 도 지 무 후

者 遂俱載入其空島 許生搉盜 而國中無警矣.
자 수 구 재 입 기 공 도 허 생 각 도 이 국 중 무 경 의

於是伐樹爲屋 編竹爲籬 地氣旣全 百種碩茂 不
어 시 벌 수 위 옥 편 죽 위 리 지 기 기 전 백 종 석 무 불

菑不畬 一莖九穗.
치 불 여 일 경 구 수

留三年之儲 餘悉舟載往糶長崎島 長崎者 日本屬
유 삼 년 지 저 여 실 주 재 왕 조 장 기 도 장 기 자 일 본 속

州 戶三十一萬 方大饑 遂賑之 獲銀百萬.
주 호삼십일만 방대기 수진지 획은백만

許生歎曰 今吾已小試矣 於是悉召男女二千人 令
허생탄왈 금오이소시의 어시실소남녀이천인 영

之曰 吾始與汝等入此島 先富之 然後別造文字 創
지왈 오시여여등입차도 선부지 연후별조문자 창

製衣冠 地小德薄 吾今去矣 兒生執匙 敎以右手
제의관 지소덕박 오금거의 아생집시 교이우수

一日之長 讓之先食 悉焚他船曰 莫往則莫來 投銀
일일지장 양지선식 실분타선왈 막왕즉막래 투은

五十萬於海中曰 海枯有得者 百萬無所容於國中 況
오십만어해중왈 해고유득자 백만무소용어국중 황

小島乎 有知書者載與俱出曰 爲絶禍於此島.
소도호 유지서자재여구출왈 위절화어차도

於是遍行國中 賑施與貧無告者 銀尙餘十萬曰 此
어시편행국중 진시여빈무고자 은상여십만왈 차

可以報卞氏 往見卞氏曰 君記我乎 卞氏驚曰 子之
가이보변씨 왕견변씨왈 군기아호 변씨경왈 자지

容色 不少瘳 得無敗萬金乎 許生笑曰 以財粹面
용색 불소추 득무패만금호 허생소왈 이재수면

君輩事耳 萬金何肥於道哉 於是以銀十萬付卞氏曰
군배사이 만금하비어도재 어시이은십만부변씨왈

吾不耐一朝之饑 未竟讀書 慙君萬金 卞氏大驚 起
오불내일조지기 미경독서 참군만금 변씨대경 기

拜辭謝 願受什一之利 許生大怒曰 君何以賈豎視我
배사사 원수십일지리 허생대노왈 군하이고수시아

拂衣而去.
불의이거

卞氏潛踵之 望見客向南山下 入小屋 有老嫗 井
변씨잠종지 망견객향남산하 입소옥 유노구 정

上澣 卞氏問曰 彼小屋誰家 嫗曰 許生員宅 貧而
상한 변씨문왈 피소옥수가 구왈 허생원댁 빈이
好讀書 一朝出門不返者已五年 獨有妻在 祭其去日
호독서 일조출문불반자이오년 독유처재 제기거일
卞氏始知客乃姓許 歎息而歸.
변씨시지객내성허 탄식이귀

明日悉持其銀往遺之 許生辭曰 我欲富也 棄百萬
명일실지기은왕유지 허생사왈 아욕부야 기백만
而取十萬乎 吾從今得君而活矣 君數視我 計口送糧
이취십만호 오종금득군이활의 군삭시아 계구송량
度身授布 一生如此足矣 孰肯以財勞神.
탁신수포 일생여차족의 숙긍이재로신

卞氏說許生百端 竟不可奈何 卞氏自是度許生匱
변씨세허생백단 경불가내하 변씨자시탁허생궤
乏 輒身自往遺之 許生欣然受之 或有加則不悅曰
핍 첩신자왕유지 허생흔연수지 혹유가즉불열왈
君奈何遺我災也.
군내하유아재야

以酒往則益大喜 相與酌至醉 旣數歲 情好日篤.
이주왕즉익대희 상여작지취 기수세 정호일독

嘗從容言五歲中 何以致百萬 許生曰 此易知耳
상종용언오세중 하이치백만 허생왈 차이지이
朝鮮舟不通外國 車不行域中 故百物生于其中 消于
조선주불통외국 거불행역중 고백물생우기중 소우
其中.
기중

夫千金小財也 未足以盡物 然析而十之 百金十亦
부천금소재야 미족이진물 연석이십지 백금십역
足以致十物 物輕則易轉 故一貨雖絀 九貨伸之 此
족이치십물 물경즉이전 고일화수출 구화신지 차

常利之道 小人之賈也.
상리지도 소인지고야

夫萬金足以盡物 故在車專車 在船專船 在邑專邑
부만금족이진물 고재거전거 재선전선 재읍전읍

如網之有罟 括物而竭之 陸之產萬 潛停其一 水之
여망지유고 괄물이갈지 육지산만 잠정기일 수지

族萬 潛停其一 醫之材萬 潛停其一 一貨潛藏 百
족만 잠정기일 의지재만 잠정기일 일화잠장 백

賈涸 此賊民之道也 後世有司者 如有用我道 必病
고학 차적민지도야 후세유사자 여유용아도 필병

其國 卞氏曰 初子何以知吾出萬金 而來吾求也 許
기국 변씨왈 초자하이지오출만금 이래오구야 허

生曰 不必君與我也 能有萬金者 莫不與也 吾自料
생왈 불필군여아야 능유만금자 막불여야 오자료

吾才足以致百萬 然命則在天 吾何能知之 故能用我
오재족이치백만 연명즉재천 오하능지지 고능용아

者 有福者也 必富益富 天所命也 安得不與.
자 유복자야 필부익부 천소명야 안득불여

既得萬金 憑其福而行 故動輒有成 若吾私自與
기득만금 빙기복이행 고동첩유성 약오사자여

則成敗亦未可知也.
즉성패역미가지야

卞氏曰 方今士大夫欲雪南漢之恥 此志士搤腕奮
변씨왈 방금사대부욕설남한지치 차지사액완분

智之秋也 以子之才 何自苦沈冥以沒世耶 許生曰
지지추야 이자지재 하자고침명이몰세야 허생왈

古來沈冥者何限 趙聖期－拙修齋－可使敵國 而老死
고래침명자하한 조성기 졸수재 가사적국 이로사

布褐 柳馨遠－磻溪居士－ 足繼軍食 而逍遙海曲 今
포갈 류형원 반계거사 족계군식 이소요해곡 금

之謀國政者 可知已 吾善賈者也 其銀足以市九王之
지모국정자 가지이 오선고자야 기은족이시구왕지
頭 然投之海中而來者 無所可用故耳 卞氏喟然太息
두 연투지해중이래자 무소가용고이 변씨위연태식
而去.
이거

卞氏本與李政丞浣善 李公時爲御營大將 嘗與言
변씨본여이정승완선 이공시위어영대장 상여언
委巷閭閻之中 亦有奇才可與共大事者乎 卞氏爲言
위항여염지중 역유기재가여공대사자호 변씨위언
許生 李公大驚曰 奇哉 眞有是否 其名云何 卞氏
허생 이공대경왈 기재 진유시부 기명운하 변씨
曰 小人與居三年 竟不識其名 李公曰 此異人 與
왈 소인여거삼년 경불식기명 이공왈 차이인 여
君俱往 夜公屛騶徒 獨與卞氏俱步至許生.
군구왕 야공병추도 독여변씨구보지허생

卞氏止公立門外 獨先入 見許生具道李公所以來
변씨지공립문외 독선입 견허생구도이공소이래
者 許生若不聞者曰 輒解君所佩壺 相與歡飮 卞氏
자 허생약불문자왈 첩해군소패호 상여환음 변씨
閔公久露立數言之 許生不應 旣夜深 許生曰可召
민공구로립수언지 허생불응 기야심 허생왈가소
客.
객

李公入 許生安坐不起 李公無所措躬 乃叙述國家
이공입 허생안좌불기 이공무소조궁 내서술국가
所以求賢之意 許生揮手曰 夜短語長 聽之太遲 汝
소이구현지의 허생휘수왈 야단어장 청지태지 여
今何官 曰大將 許生曰 然則汝乃國之信臣 我當薦
금하관 왈대장 허생왈 연즉여내국지신신 아당천

臥龍先生　汝能請于朝三顧草廬乎　公低頭良久曰　難
와 룡 선 생 여 능 청 우 조 삼 고 초 려 호 공 저 두 량 구 왈 난

矣　願得其次　許生曰　我未學第二義　固問之　許生
의 원 득 기 차 허 생 왈 아 미 학 제 이 의 고 문 지 허 생

曰　明將士以朝鮮有舊恩　其子孫多脫身東來　流離惸
왈 명 장 사 이 조 선 유 구 은 기 자 손 다 탈 신 동 래 유 리 경

鰥　汝能請于朝　出宗室女遍嫁之　奪金瑬張維家　以
환 여 능 청 우 조 출 종 실 녀 편 가 지 탈 김 류 장 유 가 이

處之乎　公低頭良久曰　難矣　許生曰　此亦難彼亦難
처 지 호 공 저 두 량 구 왈 난 의 허 생 왈 차 역 난 피 역 난

何事可能　有最易者　汝能之乎　李公曰　願聞之　許
하 사 가 능 유 최 이 자 여 능 지 호 이 공 왈 원 문 지 허

生曰　夫欲聲大義於天下　而不先交結天下之豪傑者
생 왈 부 욕 성 대 의 어 천 하 이 불 선 교 결 천 하 지 호 걸 자

未之有也　欲伐人之國　而不先用諜　未有能成者也
미 지 유 야 욕 벌 인 지 국 이 불 선 용 첩 미 유 능 성 자 야

今滿洲遽而主天下　自以不親於中國　而朝鮮率先他
금 만 주 거 이 주 천 하 자 이 불 친 어 중 국 이 조 선 솔 선 타

國而服　彼所信也　誠能請遣子弟入學遊宦　如唐元故
국 이 복 피 소 신 야 성 능 청 견 자 제 입 학 유 환 여 당 원 고

事　商賈出入不禁　彼必喜其見親而許之.
사 상 고 출 입 불 금 피 필 희 기 견 친 이 허 지

妙選國中之子弟　薙髮胡服　其君子往赴賓擧　其小
묘 선 국 중 지 자 제 체 발 호 복 기 군 자 왕 부 빈 거 기 소

人遠商江南　覘其虛實　結其豪傑　天下可圖而國恥可
인 원 상 강 남 첨 기 허 실 결 기 호 걸 천 하 가 도 이 국 치 가

雪.
설

若求朱氏而不得　率天下諸侯　薦人於天　進可爲大
약 구 주 씨 이 부 득 솔 천 하 제 후 천 인 어 천 진 가 위 대

國師 退不失伯舅之國矣 李公憮然曰 士大夫皆謹守
국사 퇴불실백구지국의 이공무연왈 사대부개근수

禮法 誰肯薙髮胡服乎 許生大叱曰 所謂士大夫 是
예법 수긍체발호복호 허생대질왈 소위사대부 시

何等也 產於彝貊之地 自稱曰士大夫 豈非騃乎 衣
하등야 산어이맥지지 자칭왈사대부 기비애호 의

袴純素 是有喪之服 會撮如錐 是南蠻之椎結也 何
고순소 시유상지복 회촬여추 시남만지추결야 하

謂禮法.
위예법

樊於期欲報私怨 而不惜其頭 武靈王欲强其國 而
번오기욕보사원 이불석기두 무령왕욕강기국 이

不恥胡服.
불치호복

乃今欲爲大明復讎 而猶惜其一髮 乃今將馳馬擊
내금욕위대명복수 이유석기일발 내금장치마격

劍刺鎗弓飛石 而不變其廣袖 自以爲禮法乎.
검자장궁비석 이불변기광수 자이위예법호

吾始三言 汝無一可得而能者 自謂信臣 信臣固如
오시삼언 여무일가득이능자 자위신신 신신고여

是乎 是可斬也 左右顧索劍欲刺之 公大驚而起 躍
시호 시가참야 좌우고색검욕자지 공대경이기 약

出後牖疾走歸.
출후유질주귀

明日復往 已空室而去矣.
명일부왕 이공실이거의

허생 후지(許生後識)[1] Ⅰ

어떤 이는 말하기를,

"그이는(허생을 가리킴) 황명(皇明 : 명나라)의 유민(遺民)이다."라고 한다. 숭정(崇禎) 갑신년(甲申年)[2] <명나라가 망한> 뒤에 명나라의 사람들이 우리나라로 많이 망명해 와서 살았다. 허생도 혹시 그런 사람이라면 그 성이 반드시 허씨는 아니리라고 생각된다.

세상에서 전하는 말이 있으니 다음과 같았다.

"판서(判書) 조계원(趙啓遠)[3]이 경상감사(慶尙監司)가 되어 순행을 하다가 청송(靑松)에 이르렀을 때, 길 왼편에 웬 중 두

---

1) 허생 후지(許生後識) : 여러 본에 모두 이 소제(小題)가 없었으나, 여기에서는 주설루본에 의거하여 수록하였다.

2) 숭정(崇禎) 갑신년(甲申年) : 1664년. 당시는 청나라 강희 4년이었으나, 조선에서는 오히려 명나라의 연호인 숭정을 썼다.

3) 조계원(趙啓遠) : 조선 효종 때의 관리로, 자는 자장(子長)이고 호는 약천(藥泉)이다.

명이 서로 마주 베고 누워 있었다. 앞선 마졸(馬卒)이 비켜달라고 고함을 쳤으나 그들은 피하지를 않고, 채찍으로 갈겨도 일어나지 않기에 여럿이 붙들어 끌어도 움직일 수가 없었다.

조(趙)[4]가 이르러 가마를 멈추고는,

"어디에 살고 있는 중들이냐?"

하고 물었더니, 두 명의 중은 일어나 앉아서는 한결 더 뻣뻣한 태도로 눈을 흘기고 한참 동안 있다가 하는 말이,

"너는 헛된 소리를 치며 권세를 붙좇아 감사의 자리를 얻었다던데, 이제 또다시 그럴 것이냐?"

라고 한다. 조(조계원)가 중들을 보니 한 명은 붉은 상판이 둥글고, 또 한 명은 검은 상판이 길었으며, 말하는 태도가 자못 범상치 않았다. 이에 가마에서 내려 그들과 이야기를 하려고 하니 중은,

"따르는 자들을 물리치고 나를 따라오려무나."

라고 한다. 조계원은 몇 리를 따라가노라니 숨이 가빠지고 땀이 자꾸만 흘러 좀 쉬어서 가자고 청했더니 중은 화를 내면서,

"네가 평소에 여러 사람들과 있을 때는 언제나 큰소리를 치면서 몸에는 갑옷을 입고 창을 잡아 선봉(先鋒)을 맡아서 대명

4) 조(趙) : 박영철본에는 조공(趙公)으로 되어 있으나 김택영(金澤榮)이 추가한 것이므로, 여기에서는 수택본과 주설루본을 따랐다. 다음에 나오는 「허생 후지(許生後識) II」도 이에 따랐다.

(大明 : 명나라)을 위하여 복수를 하고 치욕을 씻겠노라고 떠들더니, 이제 몇 리를 걸었다고 한 발자국에 열 번 헐떡이고, 다섯 발자국에 세 번을 쉬려고 하는구나. 이러고서 어찌 요동(遼東)과 계주(薊州)의 벌판을 맘대로 달릴 수 있겠느냐?"

라고 하였다. 그리고 어떤 바위 밑까지 닿으니 나무에 기대어서 집을 만들고, 땔나무를 쌓고는 그 위에 가서 눕는 것이었다. 조계원이 매우 목이 말라 물을 청하자 중은,

"에구 귀인이시니, 또 배도 고프겠지!"

하고는, 황정(黃精)[5]으로 만든 떡을 꺼내어 먹이려고 솔잎 가루를 개천 물에 타서 주었다. 조계원은 이마를 찡그리며 마시지를 못했다. 중은 다시 크게 호통치며,

"요동벌은 물이 귀하므로 목이 마르면 말 오줌이라도 마셔야 한다."

하고는 두 중은 마주 부둥켜안고 엉엉 울면서,

"손노야(孫老爺 : 대감), 손노야!"

하고 부르더니 조계원에게 묻기를,

"오삼계(吳三桂)[6]가 운남(雲南)에서 군사를 일으켜서 강소

---

5) 황정(黃精) : 한약재의 일종. 도사(道士)들이 장생(長生)을 위하여 복용했다고 한다.

6) 오삼계(吳三桂) : 명나라의 장수로, 자는 장백(長白)·월소(月所)이다. 1644년에 유적(流賊) 이자성(李自成)이 북경을 점령하자 청나라 군과 결탁하여 탈환하였고, 청나라의 중국 본토 진출에 중대한 역할을 함으로써 평서왕(平西王)에 봉해졌다. 그러나 1673년 강희황

(江蘇)와 절강(浙江) 지방이 소란한데, 네가 이런 사실을 아느냐?"

라고 한다. 조계원은,

"아직 듣지 못했소이다."

하였더니 두 중은 탄식을 하면서,

"네가 방백(方伯)의 몸으로서 천하에 이런 큰 일이 있건마는 듣지도 못하고 알지도 못하고는 한갓 큰소리만 쳐서 벼슬자리를 얻었을 뿐이로구나."

한다. 조계원이,

"스님은 어떤 분이십니까?"

하고 물었더니 중은,

"물을 필요가 없다! 세상에는 역시 우리를 아는 이도 있을 것이다. 너는 여기에 앉아서 조금만 우리를 기다려라. 내가 우리 선생님하고 꼭 같이 와서 너에게 할 이야기가 있다."

하고는 두 중은 함께 일어나 깊은 산 속으로 들어갔다.

조금 뒤에 해는 지고 오래 지나도 중은 돌아오지 않았다. 조계원은 중이 돌아오기만 기다리고 있었는데, 밤이 깊어져 풀나무에는 우수수 바람 소리가 나면서 범이 으르렁대며 싸

제가 막강한 군사력과 막대한 재산과 권력을 보유한 오삼계를 위협적인 존재로 보고 철수명령을 내리자, 그는 운남(雲南) 지방을 근거지로 하여 삼번(三藩)의 난을 일으켰다. 1678년 5월에 스스로 황제라고 칭하고는 국호를 주(周)라 하고, 연호를 소무(昭武)라 하였으나 그해 10월에 병으로 죽었다.

우는 소리가 들려왔다. 조계원은 기겁을 하고 거의 까무러쳤다.

얼마 있다가 여럿이 횃불을 켜들고 감사를 찾아왔다. 그리하여 조계원은 거기서 낭패를 당하고 골짜기 속에서 빠져 나왔다. <이 일이 있은 지> 오래 되어도 항상 마음이 불안하여 가슴속에는 한을 품게 되었다.

뒷날 조계원은 <이 일을> 우암(尤菴 : 송시열(宋時烈)) 송 선생에게 물었더니 선생은,

"이는 아마도 명(明)나라 말년의 총병관(總兵官) 같아 보이네."

라고 했다. 조계원은 또,

"그는 언제나 저를 깔보고, '네'니 '너'니 하고 부르는 것은 무슨 까닭이었겠습니까?"

라고 하니 선생은,

"그들이 스스로 우리나라 중이 아님을 밝히는 것이고, 땔나무를 쌓아둔 것은 와신상담(臥薪嘗膽)[7]을 의미함일세."

---

7) 와신상담(臥薪嘗膽) : 원수를 갚거나 어떤 목적을 달성하기 위해 갖은 어려움과 괴로움을 참고 견디는 것을 비유하는 말이다. 중국 춘추전국 시대에 오왕(吳王) 부차(夫差)가 아버지 합려(闔閭)의 원수를 갚기 위해 섶나무 위에서 잠을 자며 월왕(越王) 구천(句踐)을 향한 복수심을 불태웠고, 그에게 패배한 월왕 구천은 쓰디쓴 곰 쓸개를 핥으며 패전의 굴욕을 되새겼다는 고사에서 유래하였다. 『사기』 월세가(越世家)와 『십팔사략(十八史略)』에 나온다.

라고 한다. 조계원은 또,

"울 때면 반드시 '손노야'를 부르니, 이것은 무슨 뜻이겠습니까?"

라고 하니 선생은,

"아마도 태학사(太學士) 손승종(孫承宗 : 명나라 말기의 무장)을 가리킨 듯싶네. 손승종이 일찍이 산해관(山海關)에서 군대를 감독하고 있었던 만큼, 두 중은 아마 손승종의 부하인 듯하네."

라고 하였다.

原文

許生後識 其一
허생후지 기일

或曰 此皇明遺民也 崇禎甲申後 多來居者 生或者其人 則亦未必其姓許也.
혹왈 차황명유민야 숭정갑신후 다래거자 생혹자기인 즉역미필기성허야

世傳趙判書啓遠爲慶尙監司 巡到靑松 路左有二僧相枕而臥 前騶至 呵之不避 鞭之不起 衆捽曳之莫能動.
세전조판서계원위경상감사 순도청송 노좌유이승상침이와 전추지 가지불피 편지불기 중졸예지막능동

趙至停轎問 僧何居 二僧起坐 益偃蹇 睥睨 良久曰 汝以虛聲趨勢 得方伯 乃復爾耶 趙視僧 一赤面而圓 一黑面而長 語殊不凡 乃下轎欲與語 僧曰屛徒衛 隨我來 趙行數里 喘息汗流不止 願小憩僧罵曰 汝平居衆中 常大言身被堅執銳 當先鋒 爲大明復讐雪恥 今行數里 一步十喘 五步三憩 尙能馳遼薊之野乎 至一巖下 因樹爲屋 積薪而寢處其上
조지정교문 승하거 이승기좌 익언건 비예 양구왈 여이허성추세 득방백 내부이야 조시승 일적면이원 일흑면이장 어수불범 내하교욕여어 승왈병도위 수아래 조행수리 천식한류부지 원소게승매왈 여평거중중 상대언신피견집예 당선봉 위대명복수설치 금행수리 일보십천 오보삼게 상능치요계지야호 지일암하 인수위옥 적신이침처기상

趙渴甚求水 僧曰 此貴人又當饑也 出黃精餠以饋之
조 갈 심 구 수 승 왈 차 귀 인 우 당 기 야 출 황 정 병 이 궤 지

屑松葉和澗水以進 趙嚬蹙不能飮 僧復大罵曰 遼野
설 송 엽 화 간 수 이 진 조 빈 축 불 능 음 승 부 대 매 왈 요 야

水遠 渴當飮馬溲 兩僧相持痛哭曰 孫老爺孫老爺
수 원 갈 당 음 마 수 양 승 상 지 통 곡 왈 손 노 야 손 노 야

問趙曰 吳三桂起兵滇中 江浙騷然 汝知之乎 曰未
문 조 왈 오 삼 계 기 병 전 중 강 절 소 연 여 지 지 호 왈 미

之聞也 兩僧歎曰 身爲方伯 天下有如此大事 而不
지 문 야 양 승 탄 왈 신 위 방 백 천 하 유 여 차 대 사 이 불

聞不知 徒大言得官耳 趙問僧是何人 曰 不必問
문 부 지 도 대 언 득 관 이 조 문 승 시 하 인 왈 불 필 문

世間亦應有知我者 汝且少坐待我 我當與吾師俱來
세 간 역 응 유 지 아 자 여 차 소 좌 대 아 아 당 여 오 사 구 래

與汝有言 兩僧俱起 入深山.
여 여 유 언 양 승 구 기 입 심 산

小焉日沒 僧久不返 趙待僧至 夜深草動風鳴 有
소 언 일 몰 승 구 불 반 조 대 승 지 야 심 초 동 풍 명 유

虎鬪聲 趙大怒幾絶.
호 투 성 조 대 로 기 절

已而衆明燎炬 尋監司而至 趙狼狽出谷中 久之
이 이 중 명 료 거 심 감 사 이 지 조 낭 패 출 곡 중 구 지

居常悒悒 恨于中也.
거 상 읍 읍 한 우 중 야

後趙公問于尤菴宋先生 先生曰 此似是明末總兵
후 조 공 문 우 우 암 송 선 생 선 생 왈 차 사 시 명 말 총 병

官也 常斥我以爾汝者何 先生曰 自明其非東國緇徒
관 야 상 척 아 이 이 여 자 하 선 생 왈 자 명 기 비 동 국 치 도

也 積薪者 臥薪之義也 趙曰 哭必呼孫老爺何也
야 적 신 자 와 신 지 의 야 조 왈 곡 필 호 손 노 야 하 야

先生曰　似是太學士孫承宗也　孫承宗嘗視師山海關
선 생 왈　사 시 태 학 사 손 승 종 야　손 승 종 상 시 사 산 해 관

兩僧似是孫之麾下士也.
양 승 사 시 손 지 휘 하 사 야

허생 후지(許生後識) Ⅱ 1)

내 나이가 20살(1756년)이 되었을 때 봉원사(奉元寺)에서 글을 읽고 있었다. 그때 어떤 손님 하나가 음식을 적게 먹으며 밤이 새도록 잠을 자지 않고 도인법(導引法)[2]을 익혔다. 그는 정오가 되면 번번이 벽을 기대고 앉아서 약간 눈을 감은 채 용호교(龍虎交)[3]를 시작했다. 나이가 자못 늙었으므로 나는 그를 공경하였다.

그는 가끔 나에게 허생의 일과 염시도(廉時道)[4] · 배시황

---

1) 허생 후지(許生後識) Ⅱ : 여러 본에 모두 이 소제(小題)가 없었으나 여기에서는 주설루본을 따라 수록하였으며, 또 여러 본에는 모두 이 편이 없었고, 다만 일재본 · 옥류산장본(玉溜山莊本)」 · 녹천산장본(綠天山莊本)을 따라서 수록하였다.

2) 도인법(導引法) : 신선한 공기를 몸 안에 끌어들인다는 도교(道敎)의 양생법(養生法)이다.

3) 용호교(龍虎交) : 도가(道家)에서 말하는 물과 불의 교합을 뜻한다. 도인술(導引術)의 하나.

(裵時晃)[5]·완홍군부인(完興君夫人)[6] 등에 대한 이야기를 늘어놓는데, 잇달아 수많은 말로써 며칠 밤을 걸쳐 끊이지 않았다. 그 이야기가 허황되고 기이하고 괴상하고 변화무쌍하여 모두 들어봄 직하였다. 그때 그는 스스로 성명을 윤영(尹映)이라고 하였으니, 이때가 곧 병자년(1756년) 겨울이었다.

그 뒤 계사년(1773년) 봄에 나는 서쪽(평안도)으로 구경갔다가 비류강(沸流江)[7]에서 배를 타고서 십이봉(十二峯)[8] 밑까지 이르자, 조그마한 암자가 하나 있었다. 윤영이 홀로 중 한 사람과 이 암자에서 기거하고 있었다. 그는 나를 보고 깜짝 놀라는 듯이 기뻐하면서 서로 위로의 말을 나누었다.

열여덟 해를 지났지만 그의 얼굴은 더 늙지 않았다. 나이가 응당 팔십이 넘었음에도 불구하고 걸음걸이는 나는 듯하였다. 나는 그에게,

---

4) 염시도(廉時道) : 신광수(申光洙)의 『석북잡록(石北雜錄)』과 이원명(李源命)의 『동야휘집(東野彙輯)』에는 염시도(廉時度)로 되어 있고, 일명씨의 『성수총화(醒睡叢話)』에는 염희도(廉喜道)로 되어 있다.

5) 배시황(裵時晃) : 이익(李瀷)의 『성호사설(星湖僿說)』에는 배시황(裵是熀)으로 되어 있고, 이규경(李圭景)의 『오주연문장전산고(五洲衍文長箋散藁)』에는 배시황(裵是愰)으로 되어 있다.

6) 완홍군부인(完興君夫人) : 완홍군은 인조(仁祖) 때 정사공신(靖社功臣) 삼등의 하나인 이원영(李元榮)인 듯하다.

7) 비류강(沸流江) : 평안도 성천(成川)에 있는 강 이름이다.

8) 십이봉(十二峯) : 성천부 동북 30리에 있는 흘골산(紇骨山)을 가리키는데, 속칭 무산(巫山) 12봉이라고 한다.

"허생 이야기에 한두 가지 모순(矛盾)되는 점이 있더군요."
하고 물었더니, 노인은 곧바로 이야기를 들추어내어 풀이해 주는데 마치 어제 겪은 일처럼 역력하였다.

그는 또,

"자네가 지난날 창려(昌黎 : 한유(韓愈)의 봉호)의 글을 읽더니 의당…….[9)]"
하고는 또 뒤를 이어서,

"자네가 일찍이 허생을 위해서 전(傳)을 짓겠다고 하더니 이젠 글이 벌써 완성되었겠지?"
라고 하기에, 나는 아직 짓지 못했음을 사과하였다. 이야기할 때 내가 '윤 노인(尹老人)'이라고 불렀더니 노인은,

"내 성은 신(辛)이요, 윤이 아니네. 자네가 잘못 안 것일세."
라고 한다. 나는 깜짝 놀라서 그의 이름을 물었더니 그는,

"내 이름은 색(嗇)이라오."
라고 한다. 내가,

"영감님의 성명이 어찌 윤영(尹映)이 아닙니까? 지금 어찌하여 '신색'이라고 고쳐서 말씀하십니까?"
하고 따졌더니 노인은 크게 화를 내면서,

"자네가 잘못 알고서는 남더러 성명을 고쳤다고 말하는 건가?"
라고 한다. 나는 다시 따지려고 했으나, 노인은 더욱 화를 내

9) 원전(原典)에 한 글자가 탈락되었다.

며 파란 눈동자가 번뜩일 뿐이다. 나는 그제야 비로소 노인이 바로 이상한 도술을 지닌 선비임을 알았다. 혹시 망한 집안의 후손이거나, 또는 올바르지 못한 좌도(左道) 이단(異端)으로서 사람을 피하여 자취를 감추는 무리인지도 알 수 없는 일이다.

내가 문을 닫고 떠날 무렵에도 노인은 혀를 차면서,

“참 가엾게 되었구나. 허생의 아내는 마침내 다시 굶주리게 되었을 거요.”

라고 하였다.

또 광주(廣州) 신일사(神一寺)에 한 노인이 있었다. 호를 ‘삿갓〔篛笠〕 이 생원’이라 하는데, 나이는 아흔 살이 넘었으나 힘은 범을 껴잡았을 정도이며, 바둑과 장기도 잘 두었고, 가끔 우리나라 옛 일을 이야기할 때는 언론이 풍부하여 바람이 불어오는 듯했다. 남들은 그의 이름을 아는 이가 없었으나, 그의 나이와 얼굴 생김을 듣고 보니 윤영(尹映)과 매우 흡사하였다. 내가 그를 한번 만나보려 하였으나 이루지 못하였다.

세상에는 물론 이름을 감추고 세상을 피해 숨어 살며, 세상일을 경시(輕視)하고 공손하지 않는 자가 있으니, 어찌 유독 허생에 대해서만 의심할까보냐?

평계(平溪)[10]의 국화 밑에서 술을 조금 마신 뒤에 붓을 잡아 쓴다. 연암(燕巖)은 기록하다.

---

10) 평계(平溪) : 연암서당(燕巖書堂) 앞에 있는 시내 이름이다.

原文

許生後識 其二
허 생 후 지 기 이

余年二十時 讀書奉元寺 有一客能少食 終夜不寐
여 년 이 십 시 독 서 봉 원 사 유 일 객 능 소 식 종 야 불 매
爲導引法 至日中 輒倚壁坐 少合眼爲龍虎交 年頗
위 도 인 법 지 일 중 첩 의 벽 좌 소 합 안 위 용 호 교 연 파
老 故貌敬之.
로 고 모 경 지

時爲余談許生事 及廉時道裵時晃完興君夫人 亹
시 위 여 담 허 생 사 급 염 시 도 배 시 황 완 흥 군 부 인 미
亹數萬言 數夜不絶 詭奇怪譎 皆可足聽 其時自言
미 수 만 언 수 야 부 절 궤 기 괴 휼 개 가 족 청 기 시 자 언
姓名爲尹映 此丙子冬也.
성 명 위 윤 영 차 병 자 동 야

其後癸巳春 西遊 泛舟沸流江 至十二峯下 有小
기 후 계 사 춘 서 유 범 주 비 류 강 지 십 이 봉 하 유 소
庵 尹映獨與一僧居此庵 見余躍然而喜 相勞苦.
암 윤 영 독 여 일 승 거 차 암 견 여 약 연 이 희 상 노 고

十八年之間 貌不加老 年當八十餘 而行步如飛
십 팔 년 지 간 모 불 가 로 연 당 팔 십 여 이 행 보 여 비
余問 許生一二有矛盾事 老人卽擧解說 歷歷如昨日
여 문 허 생 일 이 유 모 순 사 노 인 즉 거 해 설 역 력 여 작 일
事.
사

曰 子前讀昌黎文 當○ 又曰 子前欲爲許生立傳
왈 자 전 독 창 려 문 당 우 왈 자 전 욕 위 허 생 립 전

文當已就否　余謝未能　語間余呼尹老人　老人曰　我
문당이취부　여사미능　어간여호윤노인　노인왈　아
姓辛　非尹也　子誤認　余愕然問其名　曰吾名嗇也
성신　비윤야　자오인　여악연문기명　왈오명색야
余詰之曰　老人豈非姓名尹映耶　今何改言辛嗇也　老
여힐지왈　노인기비성명윤영야　금하개언신색야　노
人大怒曰　君自誤認　乃謂人變姓名耶　余欲再詰　則
인대노왈　군자오인　내위인변성명야　여욕재힐　즉
老人轉益怒　靑瞳瑩瑩　余始知老人乃異趣之士　或廢
노인전익노　청동영영　여시지노인내이취지사　혹폐
族　或左道異端　避人晦遮之徒　是未可知也.
족　혹좌도이단　피인회차지도　시미가지야

余闔戶去　老人嘖嘖言可哀　許生妻竟當復飢也.
여합호거　노인책책언가애　허생처경당부기야

又廣州神一寺有一老人　號篛笠李生員　年九十餘
우광주신일사유일노인　호약립이생원　연구십여
力搤虎　善奕棋　往往談東方故事　言論風生　人無知
역궤호　선혁기　왕왕담동방고사　언론풍생　인무지
名者　聞其年貌　甚類尹映　余欲一見　而未果.
명자　문기년모　심류윤영　여욕일견　이미과

世固有藏名隱居　玩世不恭者　何獨於許生而疑之
세고유장명은거　완세불공자　하독어허생이의지
乎.
호

谿菊下小飮　援筆書之　燕巖識.
계국하소음　원필서지　연암지

차수평어(次修評語)[1)]

차수(次修)[2)]는 다음과 같이 말하였다.

“허생에 대한 글은 대략 「규염(虬髥)」[3)]을 「화식(貨殖)」[4)]에 합친 것이었으나, 그중에는 중봉(重峯)[5)]의 「봉사(封事)」[6)]와

1) 차수평어(次修評語) : 여러 본에는 모두 이 소제(小題)가 없었으나, 주설루본을 따라 수록하였다.
2) 차수(次修) : 박제가(朴齊家)의 자.
3) 「규염(虬髥)」 : 당(唐)나라 두광정(杜光庭)이 지은 「규염객전(虬髥客傳)」으로, 당나라 때의 경제에 관한 전기 소설이다.
4) 「화식(貨殖)」 : 「화식열전(貨殖列傳)」. 한(漢)나라 사마천(司馬遷)이 엮은 『사기』와 반고(班固)가 지은 『한서』에 나오는 편명으로, 춘추 말기부터 한나라 초기에 이르기까지 재물을 모아 부(富)를 이룬 사람들의 전기 소설이다.
5) 중봉(重峯) : 조선 선조(宣祖) 때의 유학자이자 의병장인 조헌(趙憲). 자는 여식(汝式)이고, 호는 중봉(重峯) · 도원(陶原) · 후율(後栗)이고, 시호는 문열(文烈)이다. 문집으로 『중봉집(重峯集)』이 있다.
6) 봉사(封事) : 조헌이 중국에 갔다가 돌아와서 임금에게 올린 글인

유씨(柳氏)[7]의 『수록(隨錄)』[8] 및 이씨(李氏)[9]의 『사설(僿說)』[10] 등에서 말하지 못했던 부분이 들어 있다. 문장이 더욱 소탈하고 호탕하고 비분(悲憤)하고 강개하여 압수(鴨水 : 압록강) 동쪽에 있어서의 유수한 문자이다.[11] 박제가(朴齊家)는 삼가 쓰다."

「만언봉사」를 말한다.

7) 유씨(柳氏) : 조선 후기의 실학파(實學派) 학자인 유형원(柳馨遠). 자는 덕부(德夫)이고, 호는 반계(磻溪)이다.

8) 『수록(隨錄)』 : 유형원이 실학의 이론을 저술한 책인 『반계수록(磻溪隨錄)』을 말한다. 주로 농촌 생활에서의 체험과 경세제민(經世濟民)의 내용을 담고 있다.

9) 이씨(李氏) : 조선 후기의 유학자이자 실학파 학자인 이익(李瀷). 자는 자신(子新)이고, 호는 성호(星湖)이다. 저서에 『성호사설(星湖僿說)』·『곽우록(藿憂錄)』·『이선생예설(李先生禮說)』 등이 있다.

10) 『사설(僿說)』 : 『성호사설(星湖僿說)』. 이익의 제자 안정복(安鼎福)이 유선하여 『성호사설유선(星湖僿說類選)』을 만들었다.

11) 어떤 본에는 이를 중존(仲存)의 평어라고 하였으나 잘못되었다.

原文

次修評語
차 수 평 어

次修曰 大略以虯髥配貨殖 而中有重峯封事 柳氏
차 수 왈 대 략 이 규 염 배 화 식 이 중 유 중 봉 봉 사 유 씨

隨錄 李氏僿說 旣不能道者 行文尤疏宕悲憤 鴨水
수 록 이 씨 사 설 기 불 능 도 자 행 문 우 소 탕 비 분 압 수

東有數文字 朴齊家識.
동 유 수 문 자 박 제 가 지

4

행재잡록(行在雜錄)

열하에서 청나라 조정 예부가 조선 사신단에게 내린 문건들을 수록하였다. 이 문건을 통해 당시 청나라와 조선과의 외교 관계를 살펴볼 수 있으며, 특히 청나라의 관료들이 조선 사신을 어떻게 인식하고 대접했는가를 엿볼 수 있다.

'행재(行在)'란 천자가 머무른 곳을 뜻하므로 당시 건륭 황제가 머물렀던 열하를 말한다.

행재잡록서(行在雜錄序)[1]

아아, 황명(皇明 : 명나라)은 우리의 상국(上國)이다. 상국이 속국(우리나라)에게 주는 물건은 비록 터럭같이 작은 것일지라도 하늘에서 떨어진 듯이 영광이 전국에 진동하고 경사스러움이 만세(萬世)에 끼칠 것이요, 그 따뜻한 말과 몇 줄 되는 편지쪽을 받들더라도 높기는 운한(雲漢 : 은하수)과 같고, 놀랍기는 우레와 같으며, 감격하기는 때를 맞추어 오는 비와 같은 것은 무슨 까닭인가? 그것은 상국인 까닭이다.

무엇을 상국이라 하는가? 중화(中華)[2]를 가리켜 하는 말인데, 우리 선왕(先王)들과 여러 조정에서 명(命)을 받았기 때문이다.[3] 그러므로 그들이 도읍한 연경(燕京)을 '경사(京師)'라

1) 행재잡록서(行在雜錄序) : 여러 본에 모두 이 소제(小題)가 없었으나, 여기에서는 주설루본에 의거하여 수록하였다.

2) 중화(中華) : 세계의 중앙에 있으며 문명이 가장 화려한 나라라는 뜻으로, 중국 사람들이 자기 나라를 이르는 말이다.

3) 명(命)을 받았다는 말은 우리의 선왕들과 여러 조정을 임금과 나라

하고, 그 순행(巡幸)하는 곳을 '행재(行在)'라 하며, 우리나라의 토산물(土產物)을 바치는 의식을 '직공(職貢)'이라 하고, 당시의 임금을 '천자(天子 : 하늘의 아들)'라 하며, 그 조정을 '천조(天朝 : 천자의 조정)'라 하고, 사신이 그 조정에 가는 것을 '조천(朝天 : 천자에게 조회하러 간다)'이라 하고, 그 나라 사신이 우리나라의 강토로 나오는 것을 '천사(天使 : 천자의 사신)'라 하여, 속국인 우리나라의 부인이나 어린아이들까지도 상국을 말할 때는 언제나 '하늘〔天〕'이라 일컬으며 높이지 않는 법이 없어 400년을 하루같이 하였으니, 대개 우리나라가 명나라 황실의 은혜를 잊을 수 없기 때문이다.

옛날 〈임진년에〉 왜놈들이 우리의 강역(疆域)을 뒤엎었을 때[4] 우리 신종(神宗) 황제는 천하의 군사를 몰아 우리나라를 구원했다. 궁중의 내탕금을 고갈시키면서까지 군비에 다 써서 우리의 삼도(三都 : 서울 · 개성 · 평양)를 회복하고 우리의 팔로(八路)[5]를 도로 찾게 하였던 것이다. 이로써 우리 조종(祖宗)은 없어진 나라를 다시 가지게 되었고, 우리 백성들은 이마에 문양을 새기고 풀 옷을 입는 오랑캐의 풍속을 면하게 되었다. 이야말로 그 은혜가 뼈에 사무쳐 만세(萬世)토록 길이 잊지 못할 것이니, 이것은 모두 우리 상국의 은혜인 것이다.

로 인정해 주었다는 말이다.

4) 1592년에 일어났던 임진왜란을 말한다.

5) 팔로(八路) : 당시 조선조 때의 팔도로 나눈 행정 구역.

지금의 청(淸)나라는 명(明)나라의 옛 신하들을 어루만져 사해(四海)를 통일하고서 여러 대를 두고 우리나라에 은혜를 베풀어 왔다. <우리가 물건을 바치는데> 금은 토산(土產 : 그 나라에서 나는 생산물)이 아니라고 해서 이것을 그만두게 하였고, 무늬가 있는 말이 쇠약하고 작다고 하여 이를 면제해 주었으며, 쌀과 모시와 종이와 돗자리 같은 폐백도 해마다 그 수를 감해 주었으며, 몇 해 동안 칙사(勅使)를 내보낼 만한 일도 반드시 관례대로 적당히 문서로 처리함으로써 사신을 맞이하고 보내는 폐단을 없애도록 하였다.

이번에 우리나라 사신이 열하에 들어오자 특별히 군기대신(軍機大臣)을 보내서 길에서 맞이하게 하였고, <사신이> 조정에 설 때에는 청나라 대신들의 반열 속에 서도록 명령하였고, 연극을 볼 때에는 조정의 대신들과 나란히 하여 주연을 베풀고 즐기도록 했으며, 또 조서를 내려 정식 공물 이외에 별사(別使)가 바치는 방물(方物)은 길이 면제하게 했으니, 이는 실로 세상에 없는 성전(盛典)으로서 일찍이 황명(皇明) 시대에도 있어 보지 못했던 것이다.

그러나 우리는 우대해 주는 것으로 여길 뿐 은혜로 생각하지 않고, 걱정으로 여길 뿐 영화로 생각하지 않는 것은 무슨 까닭일까? 상국이 아니기 때문이다. 우리가 지금 황제가 있는 곳을 행재(行在)라 일컬어서 그 사실을 기록하지만, 상국이라 이르지 않는 것은 무슨 까닭일까? 중국이 아니기 때문이다. 우리가 힘을 굽혀서 저들에게 복종하였으니 그들을 대국이라 하는 것이요, 대국(청나라)이 능히 힘으로써 우리를 굴복시키기는 했으나 우리나라를 처음부터 나라로 인정해 준〔受命〕 천자의 나라는 아니었다.

이제 그들이 준 여러 가지 우대와 공물을 감면해 주라는 명령은 대국으로서는 작은 것을 돌보아 주고 먼 곳을 회유하자는 정사에 지나지 않은 만큼, 비록 한 세대(世代)마다 한 번씩 공물을 없애주고 해마다 한 번씩 폐백을 면제해 주더라도 이는 우대일 뿐, 우리가 말하는 은혜는 아닌 것이다.

슬프다. 오랑캐의 성질은 깊은 골짜기와 같아서 만족할 줄을 모르는 것이다. 가죽 폐백이 부족하면 개나 말을 받고, 개나 말이 부족하면 구슬과 옥을 받는 것인데, 지금은 그렇지 아니하여 사랑하고 이해하며 관대하고 용서하며 찬찬하고 자상해서 번거롭고 가혹한 것을 베풀지 않아도 어기거나 거절하는 일이 없다. 이는 비록 우리의 사대(事大)하는 정성이 족히 저들을 감동시켜 그들의 성질을 부드럽게 한 것이라 하겠으나, 저들의 뜻은 역시 아직도 단 하루라도 우리를 잊지 않았던 것이다.

왜냐하면 저들이 중국에 빌붙어 산 지 100여 년이 되도록 아직 한 번도 중국의 땅을 객지로 생각하지 않은 적이 없었고, 아직 한 번도 우리 동방을 이웃으로 생각하지 않은 적이 없었다. 오늘과 같이 온 세상이 평화로운 날에 와서 가만히 우리에게 친절을 베풀려는 사람이 많은 이유는 대우를 두텁게 해서 그 덕을 팔고자 함이요, 인정을 단단하게 맺어 그 방

비를 해이하게 하고자 함이다.

다음 날 자기의 땅(만주)으로 돌아가 국경을 누르고 앉아서 우리에게 옛날 군신의 예를 따져, 굶주린 해에는 구제를 청하고 전쟁이 날 때에는 도움을 바란다면, 어찌 오늘날 저들이 자질구레한 종이나 돗자리 같은 공물을 면제해 주는 것이 다음 날에 견마(犬馬)와 주옥(珠玉)을 청하는 자료가 되지 않으리라고 할 것인가? 그러므로 가히 걱정이 될지언정 영화스럽게 여기지 않는다고 말하는 것은 바로 이것 때문이다.

지금 황제의 뜻이 반드시 오로지 그런 데서 나온 것은 아니라 하더라도, 우리 동방이 대국에게 사사로이 후한 대우를 받은 지 여러 해가 되었고 보니, 인심이 편안해져서 소홀하기가 쉬운 것이다. 나는 여기에서 황제에게 올린 글과 칙유(勅諭)를 아울러 기록해서 천하의 걱정거리를 먼저 걱정하는 사람을 기다리고자 하는 바이다.

행재잡록(行在雜錄)[6]

예부(禮部)가 대사(大使) 장문금(張文錦)[7]에게 내린 분부

이제 황제의 교지를 받들어 이르노라. 교지에 "조선(朝鮮)으로부터 온 정사(正使)와 부사(副使)가 열하에 와서 예를 행할 것이다."라고 했으니, 즉시 이 뜻을 받들어 조선의 사신에게 전하고 열하로 데리고 가도록 하라. 관원과 따르는 사람들의 성명을 상세히 적은 문건을 즉시 정선사(精饍司)[8]로 보내고, 내일은 곧 데리고 떠나게 하라. 이를 위해 특별히 분부하는 것이다.

8월 초4일 초저녁.

---

6) 원문에는 이 소제(小題)가 없다.(편집자주)

7) 회동사역관(會同四譯館)의 대사(大使)인 장문금(張文錦)은 자가 환연(煥然)이요, 순천(順天) 대흥(大興) 사람이다. 사람됨이 키가 작고 다부지게 생겼다. －원문 주

8) 정선사(精饍司) : 음식을 맡은 관청이다.

예부가 대사 장(張)에게 내린 분부

황제의 뜻을 받들어 조선의 사신 등을 데리고 열하로 가서 예를 행할 것은 이미 명령한 바 있다. 즉시 사신의 성명과 수행관들의 성명을 함께 상세히 적은 문건을 곧 예부로 보내도록 하라고 분부하고 보고를 기다리고 있는데 아직도 보고가 이르지 않았으니, 황제의 뜻을 받드는 일이 어찌 정체되어 늦어질 수가 있는가? 즉시 상세히 적은 명단을 속히 베껴서 예부로 보내줄 것을 서서 기다리노라.

아울러 이번에 파견되어 수행할 통관(通官) 오림포(烏林哺)와 사가(四哥) –서종현(徐宗顯)– 와 보수(保壽) –박보수(朴寶樹)– 등 세 사람에게 즉시 이 분부를 전해 알려서, 그들로 하여금 내일 사시(巳時 : 오전 9시~11시)에 조선의 사신들을 데리고 임구(林溝)에 가서 숙박할 것을 특별히 분부하노라. 아울러 분부할 것은 대사 장문금이 내일 묘시(오전 5시~7시)에 아문(衙門)에서 기다리면 만나서 알려 줄 일이 있으니 특별히 분부하노라.

8월 초4일.

조선국 진하 겸 사은사(朝鮮國進賀兼謝恩使)로 먼저 열하의 행재소(行在所)로 갈 명단

정사(正使) 금성위(錦城尉) 박명원(朴明源), 부사(副使) 이조판서 –임시직– 정원시(鄭元始), 서장관 겸 장령(書狀官兼掌令) 조정진(趙鼎鎭), 대통관(大通官) 홍명복(洪命福) · 조달동(趙達東) · 윤갑종(尹甲宗), 종관(從官) 주명신(周命新) –정사의 비

장(裨將)－·정창후(鄭昌後)·이서구(李瑞龜)－부사의 비장－·조시학(趙時學)－서장관의 비장－, 따르는 사람 64명, 이상 모두 74명과 말 55필.

상서(尙書) 조수선(曹秀先)과 덕보(德甫)가 황제에게 아뢴 상주문

신(臣) 조(曹)와 신(臣) 덕(德)－만주인 상서(尙書)는 덕보(德甫)요, 한족인 상서는 조수선(曹秀先)인데, 육부(六部)가 모두 만주인과 한인을 써서 상서와 시랑(侍郞)을 두었다.－은 아뢰나이다. 조선국의 사신으로 만수절(萬壽節)을 경하하기 위해 온 정사 금성위 박(박명원(朴明源))과 이조판서 정(정원시(鄭元始)) 및 따르는 사람들로 하여금 이달 초9일에 열하에 도착시켜 신 등이 별도로 사람을 보내어 평온하게 보살펴 드리도록 하였습니다. 이 때문에 아뢰는 것입니다.

건륭 45년 8월 초9일에 아룀.

황제께서 "잘 알았다."고 하신 뜻을 받들었다.

상서 조수선과 덕보가 황제에게 아뢴 상주문

신 조(曹)와 신 덕(德)은 사정에 따라 삼가 천은(天恩)을 감사하는 사건에 대하여 대신 아뢰나이다. 조선국 사신 금성위 박(박명원)과 이조판서 정(정원시) 등이 올린 글을 보면,

"엎드려 아뢰오니 국왕이 황제의 칠순(七旬) 만수절을 만나 기뻐함을 이기지 못한 나머지 저희들을 시켜 국서를 받들고

경하 드리기 위해 오게 하였는데, 열하에 이르러 예식을 행할 수 있게 해 주신 데 대해 이미 영광과 다행으로 생각하옵니다. 또 성지(聖旨)를 입어 소국(小國)의 사신들로 하여금 천조(天朝)의 이품(二品) · 삼품(三品) 대신들의 끝에서 예식을 행하도록 은혜를 베푼 것은 관례에 벗어난 일이었고 천고에 없던 일이었습니다.

삼가 마땅히 돌아가서는 국왕에게 아뢰어 황제의 은혜에 대하여 감사히 여기며 공경하여 떠받들 것이요, 저희들의 춤출 듯 기뻐하는 정성을 청컨대 예부의 대인(大人)들께서는 이 뜻을 대신 아뢰어 주십시오."

하고, 진정으로 문서를 갖추어 보내왔으므로 이로써 삼가 갖추어 아뢰옵니다.

건륭 45년 8월 10일에 아룀.

황제께서 "잘 알았다."고 하신 뜻을 받들었다.

예부의 상주문

예부는 삼가 주문(奏聞)하는 일로써 아뢰나이다. 이달 12일에 신 등이 분부를 좇아 회동이번원(會同理藩院)[9]의 사원(司員)들을 보내서 조선의 사신 정사 박(박명원)과 부사 정(정원시), 서장관 조(조정진) 등을 데리고 찰십륜포(札什倫布)에 가

9) 회동이번원(會同理藩院) : 주변국 사신들의 일을 주선하고 처리하는 관청이다.

서 액이덕니(額爾德尼)에게 절을 하고 찾아뵙는 예절을 행하였습니다.

예가 끝나자, 〈액이덕니는〉 앉으라 하고 차를 마시도록 하고는, 그 나라의 원근(遠近)과 아울러 조공(朝貢)을 바치는 내력에 대해 물었습니다. 그러자 조선의 사신들은 대답하기를,

"황상의 칠순 되는 큰 경사를 축하하는 표(表)를 올리고 아울러 천은을 삼가 사례하러 온 것입니다."

하니 액이덕니는 이 말을 듣고 매우 기뻐하여 즉시,

"영원하도록 공손하고 순종하면 자연히 복을 얻으리라."

라고 신칙을 하면서, 이어 사신에게 내리는 동불(銅佛 : 구리 부처)과 서장의 향과 양털로 만든 모직 옷감 등을 주자, 조선의 사신들은 즉시 머리를 조아려 사례하였습니다. 사신들에게 준 구리 불상 등의 물건 목록을 문서로 적어 황제께 보이기 위해서 여기에 삼가 갖추어 아뢰옵니다.

건륭 45년 8월 12일에 아룀.

황제께서 "잘 알았다."고 하신 뜻을 받들었다.

原文

行在雜錄
행재잡록

行在雜錄序
행재잡록서

嗚呼 皇明 吾上國也 上國之於屬邦 其錫賚之物
오호 황명 오상국야 상국지어속방 기석뢰지물
雖微如絲毫 若隕自天 榮動一域 慶流萬世 而其奉
수미여사호 약운자천 영동일역 경류만세 이기봉
溫諭 雖數行之札 高若雲漢 驚若雷霆 感若時雨
온유 수수행지찰 고약운한 경약뢰정 감약시우
何也 上國也.
하야 상국야

何爲上國 曰中華也 吾先王列朝之所受命也 故其
하위상국 왈중화야 오선왕열조지소수명야 고기
所都燕京曰京師 其巡幸之所曰行在 我效土物之儀
소도연경왈경사 기순행지소왈행재 아효토물지의
曰職貢 其語當宁曰天子 其朝廷曰天朝 陪臣之在庭
왈직공 기어당저왈천자 기조정왈천조 배신지재정
曰朝天 行人之出我疆場曰天使 屬邦之婦人孺子語
왈조천 행인지출아강장왈천사 속방지부인유자어
上國 莫不稱天而尊之者 四百年猶一日 蓋吾明室之
상국 막불칭천이존지자 사백년유일일 개오명실지
恩 不可忘也.
은 불가망야

昔倭奴覆我疆域 我神宗皇帝 提天下之師東援之
석왜노복아강역 아신종황제 제천하지사동원지

竭帑銀以供師旅 復我三都 還我八路 我祖宗無國而
갈 탕 은 이 공 사 려 복 아 삼 도 환 아 팔 로 아 조 종 무 국 이

有國 我百姓得免雕題卉服之俗 恩在肌髓 萬世永賴
유 국 아 백 성 득 면 조 제 훼 복 지 속 은 재 기 수 만 세 영 뢰

皆吾上國之恩也.
개 오 상 국 지 은 야

今淸按明之舊臣 一四海 所以加惠我國者 亦累葉
금 청 안 명 지 구 신 일 사 해 소 이 가 혜 아 국 자 역 루 엽

矣 金非土産則蠲之 綵馬衰小則免之 米苧紙席之幣
의 금 비 토 산 즉 견 지 채 마 쇠 소 즉 면 지 미 저 지 석 지 폐

世減其數 而比年以來 凡可以出勅者 必令順付以除
세 감 기 수 이 비 년 이 래 범 가 이 출 칙 자 필 령 순 부 이 제

迎送之弊.
영 송 지 폐

今我使之入熱河也 特遣軍機近臣道迎之 其在庭
금 아 사 지 입 열 하 야 특 견 군 기 근 신 도 영 지 기 재 정

也 命班于大臣之列 其聽戲 得比廷臣而宴賚之 又
야 명 반 우 대 신 지 렬 기 청 희 득 비 정 신 이 연 뢰 지 우

詔永蠲正貢外別使方物 此實曠世盛典 而固所未得
조 영 견 정 공 외 별 사 방 물 차 실 광 세 성 전 이 고 소 미 득

於皇明之世也.
어 황 명 지 세 야

然而我以惠而不以恩 以憂而不以榮者 何也 非上
연 이 아 이 혜 이 불 이 은 이 우 이 불 이 영 자 하 야 비 상

國也 我今稱皇帝所在之處曰行在而錄其事 然而不
국 야 아 금 칭 황 제 소 재 지 처 왈 행 재 이 록 기 사 연 이 불

謂之上國者 何也 非中華也 我力屈而服彼 則大國
위 지 상 국 자 하 야 비 중 화 야 아 력 굴 이 복 피 즉 대 국

也 大國能以力而屈之 非吾所初受命之天子也.
야 대 국 능 이 력 이 굴 지 비 오 소 초 수 명 지 천 자 야

今其賜賚之寵　蠲免之諭　在大國不過爲卹小柔遠
금기사뢰지총　견면지유　재대국불과위술소유원

之政　則雖代蠲一貢　歲免一幣　是惠也　非吾所謂恩
지정　즉수대견일공　세면일폐　시혜야　비오소위은

也.
야

噫　戎狄之性如谿壑　不可厭也　皮幣之不足而犬馬
희　융적지성여계학　불가염야　피폐지불족이견마

焉　犬馬之不足而珠玉焉　今乃不然　慈諒而款至　體
언　견마지부족이주옥언　금내불연　자량이관지　체

恕而委曲　不施煩苛　無所違拒　雖吾事大之誠　足以
서이위곡　불시번가　무소위거　수오사대지성　족이

感彼而馴其性　然彼其意　亦未嘗一日而忘吾也.
감피이순기성　연피기의　역미상일일이망오야

何則　彼寄居中國　百有餘年　未嘗不視中土爲逆旅
하즉　피기거중국　백유여년　미상불시중토위역려

也　未嘗不視吾東爲鄰比也　及今四海昇平之日　所以
야　미상불시오동위린비야　급금사해승평지일　소이

陰狃我人者多矣　遇之厚欲其市德也　結之固欲其弛
음뉴아인자다의　우지후욕기시덕야　결지고욕기이

備也.
비야

他日歸巢　壓境而坐　責之以舊君臣之禮　饑瘵焉求
타일귀소　압경이좌　책지이구군신지례　기채언구

其周　軍旅焉望其助　安知今日區區紙席之蠲　不爲異
기주　군려언망기조　안지금일구구지석지견　불위이

時犬馬珠玉之需乎　故曰　可以憂而不榮者　此也.
시견마주옥지수호　고왈　가이우이불영자　차야

今皇帝之意　未必專出於此　而吾東之爲大國所私
금황제지의　미필전출어차　이오동지위대국소사

厚者有年　則人心之所晏然而易忽者也　吾於是倂錄
후 자 유 년　즉 인 심 지 소 안 연 이 이 홀 자 야　오 어 시 병 록

其奏單及勅諭　以俟夫先天下之憂而憂者.
기 주 단 급 칙 유　이 사 부 선 천 하 지 우 이 우 자

行在雜錄
행재잡록

禮部諭大使張－會同四譯館大使張文錦 字煥然 順天大興人
예부유대사장 회동사역관대사장문금 자환연 순천대흥인
也 爲人短小精悍－ 今奉旨 朝鮮所來正副使 著來熱河
야 위인단소정한 금봉지 조선소래정부사 착래열하
行禮 欽此 卽將此旨傳諭該國使臣 將帶往熱河 官
행례 흠차 즉장차지전유해국사신 장대왕열하 관
並從人開寫姓名清單 卽刻送至精膳司 明日撥上發
병종인개사성명청단 즉각송지정선사 명일발상발
往 爲此特諭.
왕 위차특유

八月初四日起更時.
팔월초사일기경시

禮部諭大使張 奉旨 將朝鮮使臣等 帶往熱河行禮
예부유대사장 봉지 장조선사신등 대왕열하행례
已令 卽將使臣姓名 隨往官役姓名 並開寫清單 卽
이령 즉장사신성명 수왕관역성명 병개사청단 즉
行送部等候封報 至今尙未送到 事關奉旨 何得短稽
행송부등후봉보 지금상미송도 사관봉지 하득단계
緩 卽速開寫清單送部 立等.
완 즉속개사청단송부 입등

幷此次派出隨往通官烏林哺 四哥－徐宗顯－ 保壽－
병차차파출수왕통관오림포 사가 서종현 보수
朴寶樹－等三員 卽將此諭傳知該員等 令其明日巳刻
박보수 등삼원 즉장차유전지해원등 영기명일사각
帶同朝鮮使臣等往宿林溝 特諭 並諭大使張 明日卯
대동조선사신등왕숙임구 특유 병유대사장 명일묘

刻 在衙門伺候 有面交事件 特諭.
각 재아문사후 유면교사건 특유

八月初四日.
팔월초사일

朝鮮國進賀兼謝恩使 前往熱河行在淸單 正使錦城尉朴明源 副使吏曹判書-權啣- 鄭元始 書狀官兼掌令趙鼎鎭 大通官洪命福 趙達東 尹甲宗 從官周命新-正使裨將- 鄭昌後 李瑞龜-副使裨將- 趙時學-書狀裨將- 從人六十四名 已上共七十四人 馬五十五疋.
조선국진하겸사은사 전왕열하행재청단 정사금성위박명원 부사이조판서 권함 정원시 서장관겸장령조정진 대통관홍명복 조달동 윤갑종 종관주명신 정사비장 정창후 이서구 부사비장 조시학 서장비장 종인육십사명 이상공칠십사인 마오십오필

臣曹臣德-滿尙書德甫 漢尙書曹秀先 六部皆置滿漢爲尙書侍郞-奏 爲奏聞事 所有朝鮮國來使慶賀萬壽節 令該使錦城尉朴 吏曹判書鄭及從人等 於本月初九日來到熱河 臣等派另照料妥挿外 爲此奏聞.
신조신덕 만상서덕보 한상서조수선 륙부개치만한위상서시랑 주 위주문사 소유조선국래사경하만수절 영해사금성위박 이조판서정급종인등 어본월초구일래도열하 신등파령조료타삽외 위차주문

乾隆四十五年八月初九日奏.
건륭사십오년팔월초구일주

奉旨知道了.
봉 지 지 도 료

臣曹臣德奏 爲據情代奏 恭謝天恩事 據朝鮮國使
신 조 신 덕 주 위 거 정 대 주 공 사 천 은 사 거 조 선 국 사
臣錦城尉朴 吏曹判書鄭等呈稱 伏以國王恭遇皇上
신 금 성 위 박 이 조 판 서 정 등 정 칭 복 이 국 왕 공 우 황 상
七旬萬壽 不勝歡忭 使職等賫表來賀 得赴熱河行禮
칠 순 만 수 불 승 환 변 사 직 등 재 표 래 하 득 부 열 하 행 례
已屬榮幸 又蒙聖旨 令小國陪臣等 得附天朝二品三
이 속 영 행 우 몽 성 지 영 소 국 배 신 등 득 부 천 조 이 품 삼
品大臣之末行禮 恩施格外 事曠千古.
품 대 신 지 말 행 례 은 시 격 외 사 광 천 고

謹當歸啓國王 感戴皇恩 所有職等忭舞之忱 呈請
근 당 귀 계 국 왕 감 대 황 은 소 유 직 등 변 무 지 침 정 청
禮部大人代爲轉奏等情 具呈前來 爲此謹具奏聞.
예 부 대 인 대 위 전 주 등 정 구 정 전 래 위 차 근 구 주 문

乾隆四十五年八月十日奏.
건 륭 사 십 오 년 팔 월 십 일 주

奉旨知道了 欽此.
봉 지 지 도 료 흠 차

禮部謹奏 爲奏聞事 本月十二日 臣等遵旨派員會
예 부 근 주 위 주 문 사 본 월 십 이 일 신 등 준 지 파 원 회
同理藩院司員等 帶領朝鮮使臣正使朴 副使鄭 書狀
동 이 번 원 사 원 등 대 령 조 선 사 신 정 사 박 부 사 정 서 장
官趙等 前詣札什倫布 拜見額爾德尼.
관 조 등 전 예 찰 십 륜 포 배 견 액 이 덕 니

行禮後 令坐吃茶 詢問該國遠近 幷入貢緣由 該
행례후 영좌흘다 순문해국원근 병입공연유 해
使臣答以 因皇上七旬大慶 進表稱賀 幷恭謝天恩
사신답이 인황상칠순대경 진표칭하 병공사천은
額爾德尼聞之甚喜 卽囑令永遠恭順 自然獲福 仍給
액이덕니문지심희 즉촉령영원공순 자연획복 잉급
以使臣銅佛藏香氆氇等物 該使等當卽叩謝 所有給
이사신동불장향방로등물 해사등당즉고사 소유급
與使臣銅佛等物件 開單呈覽 爲此謹具奏聞.
여사신동불등물건 개단정람 위차근구주문

乾隆四十五年八月十二日奏.
건륭사십오년팔월십이일주

奉旨知道了 欽此.
봉지지도료 흠차

반선사 후지(班禪事後識)[1]

사신 일행이 반선을 만나본 일은 내가 「찰십륜포기(札什倫布記)」에 갖추어서 실었다. 이제 예부의 상주문을 보면, 액이덕니(額爾德尼)에게 절을 하고 찾아뵈었다든가 사신들에게 구리 불상〔銅佛〕과 서장의 향과 양털로 짠 옷감을 주었을 때 사신 등이 즉시 머리를 조아리고 사례를 했다고 운운한 것은 모두 허망한 것이다. 그러나 상주한 말에는 사세가 부득이 했었을 것이다. 중원의 사대부는 반선에 대해 말하게 되면 곧 부처에게 절했다고 일컫는 만큼, 나 역시 감히 절을 하지 않을 수 없었다.

반선을 마주대하여 절을 하고 안하고에 대해서는 여러 말을 할 필요가 없겠지만, 다만 내가 목격한 바에 근거해서 자세히 기록함으로써 연암 산속에 돌아가 등을 볕에 쪼이며 일을 하

1) 반선사 후지(班禪事後識) : 여러 본에 모두 이 소제(小題)가 없었으나, 여기에서는 주설루본에 의거하여 수록하였다.

면서 한번 웃음거리로 삼을 것이다. 이 글을 보는 자는 마땅히 자세히 살펴야 할 것이다.

반선이 사신에게 내린 물품 목록

정사에게는 구리 불상 1존(尊), 양털로 짠 옷감 18매, 합달(哈達)-합달은 비단 폐백(幣帛)과 같은 말이다.- 1개, 붉은 양탄자 2필, 서장의 향 24묶음, 계협편(計夾片)-무엇을 하는 물건인지 알 수 없다.- 1주머니.

부사에게는 구리 불상 1존, 양털로 짠 옷감 14매, 합달 1개, 붉은 양탄자 1필, 서장의 향 20묶음.

서장관에게는 구리 불상 1존, 양털로 짠 옷감 10매, 합달 1개, 붉은 양탄자 1필, 서장의 향 14묶음.

原文

班禪事後識
반 선 사 후 지

使臣見班禪事　余具載之札什倫布記　及見禮部之
사 신 견 반 선 사　여 구 재 지 찰 십 륜 포 기　급 견 예 부 지

奏　其稱拜見額爾德尼　使臣等給以銅佛藏香氆氌　該
주　기 칭 배 견 액 이 덕 니　사 신 등 급 이 동 불 장 향 방 로　해

使臣等卽當叩謝云者　皆妄也　然而奏語事勢想不得
사 신 등 즉 당 고 사 운 자　개 망 야　연 이 주 어 사 세 상 부 득

不爾　中原士大夫語班禪　則稱拜佛　余亦不敢不以不
불 이　중 원 사 대 부 어 반 선　즉 칭 배 불　여 역 불 감 불 이 불

拜.
배

對之拜與不拜　不必多辨　而第據吾所目覩者詳記
대 지 배 여 불 배　불 필 다 변　이 제 거 오 소 목 도 자 상 기

之　以資山中曝背一粲　覽者當有以察之.
지　이 자 산 중 폭 배 일 찬　람 자 당 유 이 찰 지

正使銅佛一尊　氆氌十八　哈達一介 – 哈達者　猶云幣帛
정 사 동 불 일 존　방 로 십 팔　합 달 일 개　합 달 자　유 운 폐 백

–　猩猩氈子二匹　藏香二十四把　計夾片一帒 – 不識爲
성 성 전 자 이 필　장 향 이 십 사 파　계 협 편 일 대　불 식 위

何物.
하 물

副使銅佛一尊　氆氌十四　哈達一介　猩猩氈子一匹
부 사 동 불 일 존　방 로 십 사　합 달 일 개　성 성 전 자 일 필

藏香二十把.
장 향 이 십 파

書狀官銅佛一尊 氆氌十 哈達一介 猩猩氈子一匹
서 장 관 동 불 일 존 방 로 십 합 달 일 개 성 성 전 자 일 필

藏香十四把.
장 향 십 사 파

동불사 후지(銅佛事後識)[1)]

소위 구리 부처〔銅佛〕란 높이가 한 자가 넘으니, 이는 '호신불(護身佛 : 몸에 지니고 다니는 불상)'이다. 중국에서는 으레 멀리 여행하는 자에게 서로 선물하여 반드시 이것을 가지고 아침저녁으로 공양한다. 서장(西藏)의 풍속에는 연례(年例)로 진공(進貢)하는데, 부처 1존(尊)을 첫째로 쳐주어 방물을 삼는다. 이번 이 구리 부처도 바로 법왕(法王)이 우리 사신을 위해서 여행의 무사함을 비는 가장 아름다운 폐백으로 준 것이다. 그러나 우리나라에서는 한 번이라도 부처와 인연을 맺은 일이 있으면 평생에 누(累)가 되는 것인데, 하물며 이것을 준 자가 바로 번승(番僧 : 서번의 중)이었음에랴?

사신은 북경으로 돌아와서 그 폐백들을 모두 역관들에게 내주었으나, 여러 역관들도 똥오줌처럼 자신을 더럽다고 보

---

1) 동불사 후지(銅佛事後識) : 여러 본에 모두 이 소제(小題)가 없었으나, 여기에서는 주설루본에 의거하여 수록하였다.

아 은 90냥에 팔아 일행의 마두배(馬頭輩)들에게 나누어주려고 하였고, 〈마부들도〉 이 은(銀)으로는 술 한 잔도 사먹을 수 없다 했으니, 결백하다면 결백하다고 할 것이다. 그러나 다른 나라 풍속으로 본다면 물정이 어두운 시골티를 면치 못할 것이다.

예부의 공문

예부(禮部)는 공무(公務)에 관한 일에 대하여 조선국으로 발송하는 공문은 한 통이더라도 응당 병부(兵部)로 보내어 〈병부에서〉 돌려 발송해야 한다.

주객사에서 내린 문건

주객사(主客司)[2]는 행재소 예부의 공문에 준하여 아뢴 것이다. 본부(예부)에서 상주한 조선 사신이 열하에 도착했다는 문서 한 건, 또 상주한 조선 사신이 천자의 은혜를 공손히 사례한다는 문서 한 건, 또 상주한 반선(班禪) 액이덕니(額爾德尼)가 사신에게 준 물건의 명목을 아뢴 문서 한 건을 응당 베껴서 각각 공문을 갖추어 알리라는 것이다.

이상과 같이 보내온 상주문(上奏文)들은 응당 각각의 원문대로 베낄 것은 물론이고, 아울러 유지(諭旨)를 받들어서 이송

---

2) 주객사(主客司) : 황제의 직속 기관인 접빈처(接賓處)이다.

(移送)한 문서까지도 베껴서 일과 문서를 담당한 곳에 보내어 처리하게 할 것이다. 방례과(房禮科)와 절강(浙江 : 절강의 관원)에도 아울러 알리도록 하라.

예부에서 황제에게 올리는 상주문

예부는 삼가 예의(禮儀)에 관한 일을 상주하나이다. 삼가 살피건대 건륭 45년 8월 13일은 황제의 칠순 만수성절(萬壽聖節)로 경하례(慶賀禮)를 행하겠습니다.

이날 난의위(鑾儀衛 : 황제의 의례를 맡은 관청)는 미리 황제의 법가노부(法駕鹵簿 : 황제가 타는 수레와 의장)를 담박경성전(淡泊敬誠殿) 뜰에 차려 놓고, 중화소악(中和韶樂 : 제사나 조회에 연주하는 음악)을 담박경성전 처마 밑 양편에 설치하며 단폐대악(丹陛大樂 : 99가지의 악기를 연주하는 음악)을 두 궁(宮) 문안 양편의 정자 속에 설치하여 모두 북향하게 하겠습니다.

〈왕의 뒤를 따라〉 호종(扈從)하는 화석친왕(和碩親王) 이하 입팔분공(入八分公)[3] 이상 및 몽고의 왕공(王公) 토이호특(土爾扈特) 등은 모두 망포보복(蟒袍補服 : 이무기 흉배를 단 관복)을 입고 담박경성전 앞에 이르러 차례대로 나란히 날개 모양으로 벌려 서고, 문무 대신과 조선국 정사와 토사(土司)[4]들

---

3) 입팔분공(入八分公) : 친왕(親王) 이하, 보국공(輔國公) 이상으로 모두 6개 등급의 귀족을 통칭하는 말이다.

4) 토사(土司) : 남방 만족(蠻族)들의 추장.

은 두 궁문 밖에 각각 품계의 등급에 따라 차례대로 나란히 날개 모양으로 벌려 서고, 3품 이하 각 관원과 조선의 부사와 번자(番子)·두인(頭人)[5]들은 피서산장(避暑山莊) 문 밖에서 각각 품계의 등급에 따라 차례대로 나란히 날개 모양으로 벌려 설 것입니다.

이때 예부의 당관(堂官 : 상서(尙書))이 황상께서 용포(龍袍)와 곤복(袞服)을 입고 담박경성전 보좌(寶座)에 오르실 것을 주청(奏請)할 것입니다. 이때에 중화소악은 건평장(乾平章 : 악장(樂章) 이름)을 연주할 것이요, 황상께서 자리에 오르시면 음악을 그칠 것입니다.

난의위의 관원이 명편(鳴鞭)[6]을 하라고 소리를 지르면 뜰 아래에서 세 번 명편을 하고 명찬관(鳴贊官)[7]이 반열을 차립니다. 이때에 단폐대악을 연주하는데, 경평장(慶平章 : 악장 이름)을 연주하면, 홍려시(鴻臚寺)의 관원이 여러 왕들과 문무의 각 관원을 인도하여 반열을 차려 섭니다.

명찬관이 들어와서 무릎을 꿇으라고 외치면 왕 이하 모든 관원들은 모두 나아가 무릎을 꿇습니다. 다시 머리를 조아리고 일어나라고 외치면 왕 이하 모든 관원들은 세 번 무릎을

---

5) 번자(番子)·두인(頭人) : 만주의 벼슬 이름.

6) 명편(鳴鞭) : 채찍을 울려 정숙하기를 경고하는 의례.

7) 명찬관(鳴贊官) : 창홀(唱笏)하는 집사(執事). 곧 의식을 호령하는 관리를 말한다.

꿇고, 아홉 번 머리를 조아리는 예를 행합니다. 명찬관이 물러서라고 외치면 왕 이하 모든 관원들은 다 함께 제자리에 돌아와 서게 됩니다. 이때에 음악은 그치고, 난의위의 관원이 명편을 하라고 외치고 섬돌 아래에서 세 번 명편을 하면, 예부의 당관은 예식이 끝났음을 아뢰고, 중화소악은 태평장(太平章 : 악장 이름)을 연주합니다.

이때 황상이 타신 수레는 환궁하시게 되고 음악이 그치면서 왕공 이하 모든 관원들은 모두 나오게 됩니다. 내감(內監 : 환관)이 황상께 내전의 보좌에 오르시기를 주청하면, 비빈(妃嬪)들은 용포와 곤복을 갖추어 황상 앞에 내놓고 여섯 번 숙배(肅拜)하고 세 번 무릎을 꿇고 세 번 절하는 예를 행하면 예식이 모두 끝나게 됩니다. 황상께서 자리에서 일어나면 비빈들은 대궐로 돌아가고 황자(皇子)와 황손(皇孫)과 황증손(皇曾孫)들이 예식을 거행하게 됩니다. 이것으로써 삼가 갖추어 주문하나이다.

주객사의 공문

주객사(主客司)는 행재소 예부의 문서에 준해서 다음과 같이 알리노라. 건륭 45년 8월 12일에 내각은 다음과 같은 황상의 유지를 받들었노라.

"조선은 대대로 번봉(藩封 : 봉해 준 신하의 나라)을 잘 지켜서 본래부터 공순하다고 일컬었고, 해가 바뀔 때마다 공물(貢物)을 정성껏 바쳤으니 가상한 일이다. 때로 특별히 칙유(勅

諭)를 내리거나 필요한 물자를 갖추어 자기 나라로 돌려보내는 등의 일이 있을 때는 유구(琉球) 같은 나라처럼 역시 글을 갖추어 감사의 뜻을 올리게 되는데, 오직 조선국만은 반드시 토산물을 갖추고 나서 표문(表文)을 붙여 보냄으로써 정성을 바치고 있다.

지난번에 특별한 일로 인해 사신이 멀리 왔는데, 만약에 그들이 가지고 온 폐백을 돌려보낸다면 산을 넘고 내를 건너는 수고만 더하겠기에 〈그것을 높이 평가하여〉 여러 차례 정식 공물로 삼음으로써 그들을 우대하여 구휼(救卹)하고 있음을 보여주었다. 그러나 그 나라(조선)는 자기들 직분을 분명히 지켜서 정식 공물을 보낼 때에는 따로 예물을 갖추어 바쳐서 왕래하기에 더 복잡하고 보니, 도리어 한 가지 의식이 더 많아진 셈이다.

우리의 군신 관계는 서로 성의로 맺어지고 믿음으로 두 나라가 한 몸과 같이 되었으니, 이러한 번거롭고 헛된 절차가 무슨 필요가 있을 것인가? 올해 짐(朕)의 칠순 만수절(萬壽節)에도 그 나라에서는 표문을 갖추어 칭송하고 축하하였다. 이미 어명을 전달하여 사신을 행재소까지 오게 하여 우리 조정의 신하들과 함께 일제히 예식을 행하였다. 가지고 온 표문과 공물을 이번에는 받음으로써 그 나라(조선)가 경축한다는 정성을 펴도록 하였지만, 다음부터는 세시(歲時)나 경사스런 명절의 정식 공물만을 전례대로 받을 것이며, 그 외의 진사(陳謝)하는 표장(表章)이나 표문을 갖춘 공물은 모두 정지시켜,

짐이 먼 나라 사람을 사랑하여 실상을 주로 하고 허식을 취하지 않는다는 지극한 뜻에 맞도록 하라."

덕보와 조수선이 〈조선 사신을 대신하여〉 올린 상주문

신 덕(德 : 덕보)과 신 조(曹 : 조수선)는 황제의 은혜를 삼가 사례한다는 일에 대하여 사정에 의해 대신 아뢰나이다. 조선국 사신 금성위 박(朴 : 박명원)과 이조판서 정(鄭 : 정원시) 등이 올린 글에 의거하면,

"삼가 황상의 만수절을 맞이하여 구역(九域 : 온 누리)에 경사가 넘쳐흘러서 본국에서도 기뻐하고 즐거워하는 축하를 이기지 못하여 변변치 못하나마 진하(進賀)하는 정성을 올렸던 바 －예부에서는 '〈라마의〉 성승(聖僧)을 뵈옵고 복을 받았다'는 문구를 여기에다 첨가하였다.－ 일전에는 격식에서 벗어난 은상(恩賞)을 작은 나라에 특별히 내리시어 천한 사신에게까지 미쳤으니,－예부에서는 이 대문을 고쳐서, '국왕과 사신과 아울러 따라온 사람들에게 비단과 은을 더 주었다.'라고 하였다.－ 영광의 힘입은 바는 실로 전후에 없었던 일입니다.

삼가 마땅히 돌아가서 국왕에게 여쭈어서－예부에서는 이 대문에 '따로 표문을 갖추어 감사의 뜻을 올렸습니다.'라고 첨가하였다.－ 황은(皇恩)에 감격하게 할지니, 예부의 대인들께서는 이 사실을 황제께 대신 아뢰어 주시기 바랍니다."

라고 문서를 보내왔습니다. 이에 이 일을 삼가 갖추어 아뢰나

이다.

건륭 45년 8월 14일에 아룀.

황제께서 "잘 알았다."고 하신 뜻을 받들었다.

原文

銅佛事後識
동불사후지

所謂銅佛 高尺餘 此護身佛也 中國例相贈遺遠遊
소위동불 고척여 차호신불야 중국례상증유원유
者 必持此朝夕供養 藏俗年例進貢 首以佛一尊爲方
자 필지차조석공양 장속년례진공 수이불일존위방
物 今此銅佛 乃法王所以爲我使祈祝行李之上幣也
물 금차동불 내법왕소이위아사기축행리지상폐야
然而吾東一事涉佛 必爲終身之累 況此所授者 乃番
연이오동일사섭불 필위종신지루 황차소수자 내번
僧乎.
승호.

使臣旣還北京 以其幣物盡給譯官 諸譯亦視同糞
사신기환북경 이기폐물진급역관 제역역시동분
穢 若將浼焉 售銀九十兩 散之一行馬頭輩 而不以
예 약장매언 수은구십냥 산지일행마두배 이불이
此銀沽飮一盃酒 潔則潔矣 以他俗視之 則未免鄕
차은고음일배주 결즉결의 이타속시지 즉미면향
闇.
암.

禮部爲公務事所有外 撥朝鮮國公文一角 相應咨送
예부위공무사소유외 발조선국공문일각 상응자송
兵部轉撥可也.
병부전발가야.

主客司呈 爲知照事 準行在禮部咨 稱本部具奏朝
주객사정 위지조사 준행재예부자 칭본부구주조
鮮使臣來到熱河一摺 又具奏朝鮮使臣恭謝天恩一摺
선사신래도열하일접 우구주조선사신공사천은일접
又具奏班禪額爾德尼給與使臣物件奏聞一摺 相應抄
우구주반선액이덕니급여사신물건주문일접 상응초
錄 各具奏底知照等.
록 각구주저지조등

因前來相應抄錄各原奏 幷欽奉諭旨 移咨上謝事件
인전래상응초록각원주 병흠봉유지 이자상사사건
處稽察 房禮科浙江 幷知照.
처계찰 방례과절강 병지조

禮部謹奏 爲禮儀事 恭照乾隆四十五年八月十三
예부근주 위례의사 공조건륭사십오년팔월십삼
日 皇上七旬萬壽聖節行慶賀禮.
일 황상칠순만수성절행경하례

是日 鑾儀衛 預陳皇上法駕鹵簿於淡泊敬誠殿庭
시일 난의위 예진황상법가노부어담박경성전정
設中和韶樂於淡泊敬誠殿簷下兩旁 設丹陛大樂於二
설중화소악어담박경성전첨하양방 설단폐대악어이
宮門內兩旁亭內 俱北向.
궁문내양방정내 구북향

扈從之和碩親王以下入八分公以上 及蒙古王公土
호종지화석친왕이하입팔분공이상 급몽고왕공토
爾扈特等 俱蟒袍補服 至淡泊敬誠殿前 按翼排立
이호특등 구망포보복 지담박경성전전 안익배립
文武大臣曁朝鮮國正使土司等 在二宮門外 各照品
문무대신기조선국정사토사등 재이궁문외 각조품

級　按翼排立　三品以下各官暨朝鮮副使番子頭人等
급　안익배립　삼품이하각관기조선부사번자두인등
在避暑山莊門外　各照品級　按翼排立.
재피서산장문외　각조품급　안익배립

禮部堂官奏請皇上御龍袍袞服　陞淡泊敬誠殿寶座
예부당관주청황상어룡포곤복　승담박경성전보좌
中和韶樂作奏乾平之章　皇上陞座樂止.
중화소악작주건평지장　황상승좌악지

鑾儀衛官贊鳴鞭　階下三鳴鞭　鳴贊官排班　丹陛大
난의위관찬명편　계하삼명편　명찬관배반　단폐대
樂作奏慶平之章　鴻臚寺官引諸王文武各官排班立.
악작주경평지장　홍려시관인제왕문무각관배반립

鳴贊官贊引贊跪　王以下衆官皆進跪　贊叩頭興　王
명찬관찬인찬궤　왕이하중관개진궤　찬고두흥　왕
以下衆官行三跪九叩頭禮　鳴贊官贊退　王以下衆官
이하중관행삼궤구고두례　명찬관찬퇴　왕이하중관
俱復原位立　樂止　鑾儀衛官贊鳴鞭　階下三鳴鞭　禮
구복원위립　악지　난의위관찬명편　계하삼명편　예
部堂官奏禮成　中和韶樂作奏太平之章.
부당관주례성　중화소악작주태평지장

皇上鑾駕還宮　樂止　王公以下衆官俱出　內監奏請
황상난가환궁　악지　왕공이하중관구출　내감주청
皇上御內殿陞座　妃嬪具龍袍袞服於皇上前　行六肅
황상어내전승좌　비빈구룡포곤복어황상전　행륙숙
三跪三拜禮　禮成　皇上起座　妃嬪等還宮　皇子皇孫
삼궤삼배례　예성　황상기좌　비빈등환궁　황자황손
皇曾孫等行禮　爲此謹具奏聞.
황증손등행례　위차근구주문

主客司呈 爲知照事 準行在禮部咨 稱乾隆四十五
주객사정 위지조사 준행재예부자 칭건륭사십오
年八月十二日內閣奉上諭.
년팔월십이일내각봉상유

朝鮮世守藩封 素稱恭順 歲時職貢 祇愼可嘉 間
조선세수번봉 소칭공순 세시직공 지신가가 간
遇特頒勅諭 及資送歸國等事 如琉球等國 亦俱章陳
우특반칙유 급자송귀국등사 여유구등국 역구장진
謝 惟朝鮮國必備具土物 附表呈進 以藉悃忱.
사 유조선국필비구토물 부표정진 이자곤침

向因專使遠來 若令賫回 徒滋跋涉 是以歷次留作
향인전사원래 약령재회 도자발섭 시이력차류작
正貢 以示優卹 而該國恪供職守 屆應正貢時 仍復
정공 이시우휼 이해국각공직수 계응정공시 잉부
備物呈獻 往來煩複 轉覺多一儀文.
비물정헌 왕래번복 전각다일의문

我君臣推誠孚信 中外一體 又何必爲此繁縟之節
아군신추성부신 중외일체 우하필위차번욕지절
耶 今歲朕七旬萬壽 該國具表稱賀 業已宣命來使前
야 금세짐칠순만수 해국구표칭하 업이선명래사전
赴行在 隨朝臣一體行禮宴賚 其隨表貢物 此次卽行
부행재 수조신일체행례연뢰 기수표공물 차차즉행
收受 以伸該國慶祝之誠 嗣後除歲時慶節正貢 仍聽
수수 이신해국경축지성 사후제세시경절정공 잉청
其照例備進 其餘陳謝表章 所有隨表貢物 概行停止
기조례비진 기여진사표장 소유수표공물 개행정지
毋庸備進 副朕柔惠遠人 以實不以文之至意
무용비진 부짐유혜원인 이실불이문지지의

臣德臣曹奏 爲據情代奏 恭謝天恩事 據朝鮮國使
신덕신조주 위거정대주 공사천은사 거조선국사

臣錦城尉朴 吏曹判書鄭等呈稱 伏以恭遇皇上萬壽
신금성위박 이조판서정등정칭 복이공우황상만수

節届 九域慶溢 本國不勝歡忭之祝 略效進賀之忱－
절계 구역경일 본국불승환변지축 약효진하지침

禮部添 瞻望聖僧獲沾福佑－ 乃者格外恩賞 特沾小邦 至
예부첨 첨망성승획첨복우 내자격외은상 특첨소방 지

及於陪臣之賤－禮部改 加賞國王陪臣幷從人等 緞匹銀兩－
급어배신지천 예부개 가상국왕배신병종인등 단필은냥

榮光所被 曠絶前後.
영광소피 광절전후

謹當歸奏國王－禮部添 另行具表陳謝－ 感戴皇恩 呈
근당귀주국왕 예부첨 영행구표진사 감대황은 정

請禮部大人代爲轉奏等情 具呈前來 爲此謹具奏聞.
청예부대인대위전주등정 구정전래 위차근구주문

乾隆四十五年八月十四日奏.
건륭사십오년팔월십사일주

奉旨知道了 欽此.
봉지지도료 흠차

행재잡록 후지(行在雜錄後識)[1]

필첩식(筆帖式)[2]이 가지고 있는 문서 장부 가운데는 이러한 뜻으로 쓴 글인데도 원본과 많이 다른 것이 있었으니, 대개 예부에서 전하여 상주할 적에 덧붙이고 고쳤기 때문이다. 이에 사신은 크게 놀라 일을 맡은 역관을 시켜 먼저 예부의 조방(朝房)으로 가서 그 이유를 따져 묻기를,

"무슨 까닭으로 바치는 글을 몰래 고쳐서 우리가 모르게 하였느냐?"

라고 했더니 낭중(郎中)은 크게 화를 내면서 말하기를,

"너희들이 바친 글이 사실을 전부 빠뜨렸기 때문에 예부의 대인들이 너희 나라를 위해서 주선하여 이미 아뢰어서 바친

---

1) 행재잡록 후지(行在雜錄後識) : 여러 본에는 이 소제(小題)가 없었으나, 여기에서는 주설루본에 의거하여 수록하였다.

2) 필첩식(筆帖式) : 청(淸)나라 때 각 관청에서 만주어로 문서를 만드는 서기(書記)의 벼슬 이름이다.

것인데, 너희들은 덕이 되는 것도 알지 못하고 도리어 기를 쓰고 와서 따져 묻는 것은 무슨 까닭이냐?"
라고 하였다.

6부(部) 가운데 예부는 거행하는 일이 가장 많아서 천지(天地)·교묘(郊廟)·산천의 제사를 비롯하여 황제의 기거와 사해 만국의 일에 이르기까지 관계되지 않는 일이 없었다.

내가 열하에 있을 때 예부에서 거행하는 일이 우리나라와 관련되는 것을 보아서 천하의 일을 짐작할 수 있었다. 황제가 사신에게 특별한 은혜를 베푸는 것이 있으면, 예부는 여기에 따라서 즉시 글을 올려 전주(轉奏)[3]하겠다고 협박하여 명령했다. 이것은 사신의 의리에 해당하는 일이므로 머리를 조아리고 사례를 하거나 하지 않는 것은 사신의 자유일 것이다.

대국의 체통으로 보더라도 비록 외국의 사신이 제 스스로 사례를 하여 전주(轉奏)해 달라고 요구하더라도 번거롭고 시끄러운 폐단이라는 이유로 물리치는 것이 사세상 마땅할 것인데, 지금은 그렇게 하지 않고 오직 글을 올린 시간이 뒤늦어져서 제때에 전주(轉奏)에 미치지 못할까 두려워하고, 심지어는 사신에게 물어보지도 않고 몰래 글귀를 고치기까지 한 나머지 큰 체면을 돌아보지 않고, 다만 한때 황제를 기쁘게

---

3) 전주(轉奏) : 남을 대신하여 어떤 일의 내용을 임금에게 상주함을 말한다.

할 자료만 필요로 함으로써 스스로 윗사람을 속이는 죄과에 빠지고 외국의 멸시를 달게 취하고 있다. 예부가 이와 같으니, 다른 여러 부서야 가히 짐작할 수 있을 것이다.

또 사신은 며칠이 안 되어 응당 돌아가야 할 처지여서 중국이 보내는 공문은 자연스레 받아서 갈 수 있는 터인데도, 먼저 서둘러서 파발로 발송하여 마치 자기 공로를 내세우기에 눈이 어두워 거리의 소인배처럼 행세를 한다. 대국의 일이 어찌 그리 천박한가? 이것으로서는 족히 천하의 법도를 삼을 수 없을 것이다.

또 심히 걱정되는 것은 예부가 우리의 일에 분주히 재촉하는 이유가 우리를 두려워해서 그러는 것이 아니라, 다만 황제의 명령이 엄하고 급한 것을 두려워해서 그러는 것이다. 사신은 앉은 채로 예부의 독촉만 받고, 〈예부는〉 어렵고 쉬운 일 할 것 없이 오직 속히 이루어지기만 바라고 있으니, 이것은 다름이 아니라 저들도 깨닫지 못한 사이에 후하게 대우해 준다고 세도를 부리는 것이다.

근년 이래로 이미 이러한 규례(規例)가 생기고 보니, 통관(通官)과 서반(序班)[4]도 그 사이에서 제 마음대로 조종할 바가

4) 서반(序班) : 명나라와 청나라 때 외국의 조공이나 외국 사신의 접대를 담당하기 위해 두었던 홍려시(鴻臚寺)에 소속된 벼슬 이름이다. 주로 백관(百官)의 반차(班次)를 담당하고, 황제의 칙명을 전하는 일을 맡았으며, 우리나라의 통사(通事)와 같이 통역 업무도 보았다.

없어 우리 사신에게 불평이 쌓인 지도 이미 오래되었다. 만일 황제가 하루아침에 조회를 보지 않고 예부가 명을 받들어 거행하는 것을 빌려 조금이라도 잘못이 있다면, 서반 한 사람으로도 넉넉히 우리 사신의 진퇴를 제약할 수 있었다. 게다가 하물며 예부가 분주하게 재촉하는 이유가 본래 황제의 환심을 사고 임시로 이리저리 꾸며대어 눈가림만 하는 일에서 나옴에랴. 사신이 된 자는 이를 살피지 않을 수 없을 것이다.

무릇 사신의 진퇴에 관한 일은 전적으로 예부에 관계되는 것이니, 사신이 독촉해서 이루는 일은 담당 역관을 상대할 따름이고, 담당 역관은 통관에게 도모하고 부탁할 뿐이고, 통관은 아문(衙門)에 도모하고 부탁할 뿐이다. 소위 아문이란 것은 곧 사역(四譯)의 제독(提督)과 대사(大使)를 말함이다. 제독과 대사가 예부의 당관(堂官) 사이에는 엄격한 등차가 있어서 쉽게 청탁할 수 없는 처지이다. 그러나 사신이 의심과 노여움을 항상 역관에게 하고 있으니, 이것은 대개 자신이 언어에 능통하지 못해서 피차가 역관의 혀만 믿기 때문이다. 사신은 이미 그들에게 속았다고 의심하고 담당 역관은 항상 해명하기 어려움을 원망하여 상하의 사정과 처지에 간격이 생겨 서로 통하지 못하니, 담당 역관에 대한 사신의 독촉이 더할수록 서반(序班)과 통관(通官)의 조종은 더욱 심해진다. 진퇴와 완급(緩急)이 비로소 손아귀에 들어 걸핏하면 뇌물을 찾는 것이 해마다 더하고 늘어 마침내 하나의 전례가 되었다.

이제 그들의 조종을 받는 일이란 돌아갈 기한이 잠시 지체되거나 문서를 조금 뒤로 물린다거나 하는 여부에 불과할 뿐이지만, 만일 급한 일이 생겨서 대국에서 사신을 접대하는 것이 전일과 달라서 정상을 보전하지 못하면, 여관 속에 깊이 앉아 있는 자는 외국의 사신에 불과할 뿐이니 장차 누구를 믿을 것인가? 오직 서반에게 일의 형편을 지켜보게 되어, 예부에 관련한 모든 일은 비로소 아주 터놓고 공공연히 조종을 부리게 될 것이니, 사신된 자는 근심하지 않을 수 없는 것이다.

청(淸)나라가 일어난 지 140여 년에 우리나라 사대부들은 중국을 오랑캐라고 하여 부끄러워하고, 비록 사신의 내왕은 부지런히 힘써 하면서도 문서의 거래라든지 사정의 허실에 대해서는 일체 역관에게 맡겨 두고 있다. 강을 건너고부터 연경에 들어가기까지 거쳐 오는 2,000리 사이에 각 주(州) · 현(縣)의 관원과 관문의 장수들은 그 얼굴을 접해 보지 못했을 뿐 아니라 또한 그 이름조차 모르고 있다.

이로 말미암아 통관(通官)이 공공연히 뇌물을 찾는데, 우리 사신은 그들의 조종을 달게 받고 역관은 황황히 명을 받들어 행하기에 겨를이 없어서, 마치 항상 그 사이에 무슨 큰 기밀이라도 숨겨져 있는 것처럼 행동한다. 이야말로 사신들이 망령되이 높은 체하고 자기 편한 대로만 하려는 데 허물이 있는 것이다.

사신이 담당 역관에 대하여 너무 의심을 하는 것은 정리가 아니지만, 그렇다고 지나치게 믿는 것 또한 옳지 않다. 만일 하루아침에 걱정거리가 생기면 세 사신은 장차 말없이 서로 쳐다보고 한갓 담당 역관의 입에만 의존하고 말 것이니, 사신된 자는 힘써 연구하지 않을 수 없을 것이다.

연암이 쓰다.

原文

行在雜錄後識
행 재 잡 록 후 지

筆帖式所持文簿中　有此旨下呈文　而與原本大異
필 첩 식 소 지 문 부 중　유 차 지 하 정 문　이 여 원 본 대 이
蓋禮部轉奏時添改也　使臣大駭之　令任譯先往禮部
개 예 부 전 주 시 첨 개 야　사 신 대 해 지　영 임 역 선 왕 예 부
朝房　詰其由曰　何故潛改呈文　而不令相知　郎中大
조 방　힐 기 유 왈　하 고 잠 개 정 문　이 불 령 상 지　낭 중 대
怒曰　爾們呈文　全沒事實　故禮部大人　爲你國周旋
노 왈　이 문 정 문　전 몰 사 실　고 예 부 대 인　위 니 국 주 선
已稟下　爾們不知爲德　而乃反盛氣來詰　何耶.
이 품 하　이 문 부 지 위 덕　이 내 반 성 기 래 힐　하 야

六部中　禮部最多擧行　自天地郊廟　山川祠典　皇
육 부 중　예 부 최 다 거 행　자 천 지 교 묘　산 천 사 전　황
帝起居　四海萬國　莫不關由.
제 기 거　사 해 만 국　막 불 관 유

余在熱河　視禮部擧行之關我國者　有以占天下事
여 재 열 하　시 예 부 거 행 지 관 아 국 자　유 이 점 천 하 사
矣　皇帝有特恩於使臣　則禮部隨卽迫令呈文　爲之轉
의　황 제 유 특 은 어 사 신　즉 예 부 수 즉 박 령 정 문　위 지 전
奏　此在使臣義分　其叩謝當否　自由使臣在.
주　차 재 사 신 의 분　기 고 사 당 부　자 유 사 신 재

大國體統　雖外國陪臣　私自鳴謝　以要轉奏　事當
대 국 체 통　수 외 국 배 신　사 자 명 사　이 요 전 주　사 당

退卻　以煩屑瀆擾爲辭　乃今不然　惟恐呈文之後時
퇴각　이번설독요위사　내금불연　유공정문지후시

轉奏之不及　甚至於不詢使臣　潛改句語　不顧大體
전주지불급　심지어불순사신　잠개구어　불고대체

只要一時悅豫之資　自陷罔上之科　而甘取外國之侮
지요일시열예지자　자함망상지과　이감취외국지모

禮部如此　諸部可知矣.
예부여차　제부가지의

且使臣不日當還　則咨文自可受去　而急先轉撥　有
차사신불일당환　즉자문자가수거　이급선전발　유

若委巷小人衒功德色者然　大國事何其淺淺然　無足
약위항소인현공덕색자연　대국사하기천천연　무족

法於天下也.
법어천하야

又有所深可憂者　禮部之所以奔趨我事　非畏我也
우유소심가우자　예부지소이분추아사　비외아야

特畏皇帝之嚴急也　使臣之坐督禮部　事無難易　惟期
특외황제지엄급야　사신지좌독예부　사무난이　유기

速成　此無他　自不覺其有恃乎接遇之厚也.
속성　차무타　자불각기유시호접우지후야

比年以來　已成規例　通官序班　無所操縱於其間
비년이래　이성규례　통관서반　무소조종어기간

久已積不平於我使矣　若皇帝一朝不視朝　而禮部之
구이적불평어아사의　약황제일조불시조　이예부지

假借承奉　少有差池　則一序班　足以制我使之進退矣
가차승봉　소유차지　즉일서반　족이제아사지진퇴의

又況禮部所以奔趨者　本出於悅豫彌縫之事乎　爲使
우황예부소이분추자　본출어열예미봉지사호　위사

臣者　不可以不察也.
신자　불가이불찰야

凡使事進退 專闗禮部 使臣之所以督成 不過任譯
범사사진퇴 전관예부 사신지소이독성 불과임역
而已 任譯不過圖囑通官 通官不過圖囑衙門 所謂衙
이이 임역불과도촉통관 통관불과도촉아문 소위아
門 卽四譯提督及大使也 提督大使之於禮部堂官 等
문 즉사역제독급대사야 제독대사지어예부당관 등
威截嚴 非可造次干托也 然而使臣之疑怒 恒在譯官
위절엄 비가조차간탁야 연이사신지의노 항재역관
者 蓋由言語莫能自通 而只憑彼此譯舌故也 使臣旣
자 개유언어막능자통 이지빙피차역설고야 사신기
疑其受欺 而任譯常怨其難明 上下情地否隔 不得相
의기수기 이임역상원기난명 상하정지비격 부득상
通 使臣之督責任譯逾急 則序班通官之操縱逾甚 進
통 사신지독책임역유급 즉서반통관지조종유심 진
退緩急 始在掌握 動輒索賂 歲增年加 遂成前例.
퇴완급 시재장악 동첩색뢰 세증년가 수성전례

今其所被操縱 不過回期之暫滯 文書之差退而已
금기소피조종 불과회기지잠체 문서지차퇴이이
萬一有事且急 而大國之所以慰接使臣者 未保其恒
만일유사차급 이대국지소이위접사신자 미보기항
如前日 則深坐館中者 不過外國之陪臣耳 將誰恃乎
여전일 즉심좌관중자 불과외국지배신이 장수시호
惟得仰成於序班 而凡係禮部者 始得沛然 而公行其
유득앙성어서반 이범계예부자 시득패연 이공행기
操縱矣 爲使者 不可以不慮也.
조종의 위사자 불가이불려야

清興百四十餘年 我東士大夫夷中國而恥之 雖黽
청흥백사십여년 아동사대부이중국이치지 수민
勉奉使 而其文書之去來 事情之虛實 一切委之於譯
면봉사 이기문서지거래 사정지허실 일체위지어역

官 自渡江入燕京 所經二千里之間 其州縣之官 關
관 자도강입연경 소경이천리지간 기주현지관 관

阨之將 不但未接其面 亦不識其名.
액지장 부단미접기면 역불식기명

由是而通官 公行其索賂 則我使甘受其操縱 譯官
유시이통관 공행기색뢰 즉아사감수기조종 역관

遑遑然承奉之不暇 常若有大機關之隱伏於其間者
황황연승봉지불가 상약유대기관지은복어기간자

此使臣妄尊自便之過也.
차사신망존자편지과야

使臣之於任譯 太疑則非情 而過信亦不可 如有一
사신지어임역 태의즉비정 이과신역불가 여유일

朝之虞 則三使者其將默然相視 而徒仰任譯之口而
조지우 즉삼사자기장묵연상시 이도앙임역지구이

已哉 爲使者 不可以不講.
이재 위사자 불가이불강

燕巖識.
연암지

중존평어(仲存評語)[1)]

중존씨(仲存氏)는 다음과 같이 논평하기를,

"이상의 글은 모두 〈나라를 위한〉 깊은 걱정과 앞날에 대한 염려에서 나온 것이다. 이 편은 원집(原集) 중에 실려 있는 '은화(銀貨)를 의논한 한 단락(段落)'과 함께 정치를 맡은 자는 마땅히 익숙히 연구하여야 하겠다."

라고 하였다.

1) 중존평어(仲存評語) : 여러 본에는 이 소제(小題)가 없었으나, 여기에서는 주설루본에 의거하여 수록하였다.

原文

仲存評語
중 존 평 어

仲存氏曰　俱是深憂遠慮　此編及原集中所論銀貨
중 존 씨 왈　구 시 심 우 원 려　차 편 급 원 집 중 소 론 은 화

一段　有司者宜熟講.
일 단　유 사 자 의 숙 강

5

금료소초(金蓼小抄)

명나라 때 명의들의 경험 처방을 기록한 『금릉쇄사(金陵瑣事)』와 『요주만록(蓼州滿錄)』의 첫글자를 따서 '금료소초(金蓼少抄)'라고 하였다. 이 편에서는 의학에 관한 처방과 민간의 응급처방을 수록하였다.

금료소초서(金蓼小抄序)[1)]

우리나라의 의학(醫學) 지식은 넓지 못하고 약재료도 그다지 많지 못하므로 대부분 중국의 약재를 수입해다 쓰면서도 항시 그것이 진품이 아닌 것을 걱정하였다. 이와 같은 넓지 못한 의학 지식을 가지고 진품이 아닌 약재를 쓰고 있으니, 그 병은 으레 낫지 않는 것이다. 내가 열하에 있을 때에 대리시경(大理寺卿) 윤가전(尹嘉銓)에게,

"요즘 의서(醫書)들 중에 새로운 경험 처방을 수록해 사 가지고 갈 만한 책이 있습니까?"

하고 물었더니 윤경(尹卿 : 윤가전)은,

"근세에 일본(日本)에서 판각한 『소아경험방(小兒經驗方)』이 가장 좋은 책인데, 이 책은 서남 해양에 있는 하란원(荷蘭院 : 네덜란드의 교회)에서 나왔다고 합니다. 또 『서양수로방(西

---

1) 금료소초서(金蓼小抄序) : 여러 본에는 이 소제(小題)가 없었으나, 여기에서는 주설루본에 의거하여 수록하였다.

洋收露方)』이란 책이 지극히 정미로우나, 시험해 보니 그다지 효력이 없었습니다. 이는 대체로 사방의 풍토와 기후가 각각 다르고, 옛날과 지금 사람들의 기품과 성질이 다른 까닭입니다. 처방문만 따라서 약을 준다면 또 조괄(趙括)[2]의 병법(兵法) 이야기와 무엇이 다르겠습니까?

정편과 속편 『금릉쇄사(金陵瑣事)』[3]에도 근세의 경험들을 많이 수록하였고, 또 『요주만록(蓼洲漫錄)』[4]이란 책이 있고, 또 『초비초목주(苕翡草木注)』·『귤옹초사략(橘翁草史略)』·『한계태교(寒溪胎敎)』·『영추외경(靈樞外經)』·『금석동이고(金石同異考)』·『기백후정(岐伯侯鯖)』·『의학감주(醫學紺珠)』·『백화정영(百華精英)』·『소아진치방(小兒診治方)』 등은 모두 근세의 저명한 학자들이 지은 책이어서 북경의 서점에서는 무엇이나 구할 수 있을 것입니다."

라고 하였다.

나는 연경(북경)으로 돌아와 하란(荷蘭)의 『소아방(小兒方)』과 『서양수로방』을 구해 보았으나 모두 얻지 못했고, 그 밖

2) 조괄(趙括) : 전국 시대 조(趙)나라 장수이다. 조괄은 아버지 조사(趙奢)의 병법(兵法)을 잘 외우기는 하였으나, 그 방법을 활용하고 변통할 줄을 몰라 결국 진나라 장군 백기(白起)에게 패하여 전군을 몰살시켰다.

3) 『금릉쇄사(金陵瑣事)』 : 명나라 때 주휘(朱輝)가 지었다.

4) 『요주만록(蓼洲漫錄)』 : 명나라 때의 관리인 주순창(周順昌)이 지었다.

에 여러 가지 책들도 더러는 광동(廣東) 지방의 판각본(板刻本) 들이라고 말해 주는 사람은 있었으나, 서점에서는 모두 이름조차 몰랐다.

우연히 『향조필기(香祖筆記)』[5]를 들추다가 그중에서 『금릉쇄사』와 『요주만록』의 기록을 발견했으나, 그 원서(元書)는 모두가 의학 관계의 내용은 아니었다.

이상(貽上 : 왕사진(王士禛)의 자)이 기록한 것은 전부가 경험에 관계되는 기록이었으므로, 나는 그중에 수십 종의 법을 뽑아서 베끼고, 이 밖의 지기(誌記) 및 필기 중에 실린 옛날 방문과 잡록들을 아울러 초록하여 '금료소초'라고 이름하였다.

내가 살고 있는 산중에는 의서도 없고 약재도 없으므로, 이질이나 학질에 걸리면 무엇이든 가늠으로 대중하여 치료를 하였는데, 때로는 우연히 맞히는 것도 있었기에 지금 아래에 붙여 함께 기록하여 보충함으로써 산골 속에서 쓰는 경험방으로 삼는다.

연암씨(燕巖氏)는 쓰다.

---

5) 『향조필기(香祖筆記)』 : 청나라 왕사진(王士禛)이 지었다.

금료소초(金蓼小抄)[6]

◘ 『물류상감지(物類相感志)』[7]에 이르기를,

"산길을 가다가 길을 잃을 염려가 있을 때는, 향충(嚮蟲 : 여치인 듯함) 한 마리를 잡아 손에 쥐고 가면 길을 잃지 않는다."

하였다.

◘ 『유환기문(遊宦紀聞)』[8]에,

"정사수(程沙隨)[9]는 신장(腎臟)이 허하여 허리가 아픈 병을

---

6) 원문에는 이 소제(小題)가 없다.(편집자주)

7) 『물류삼감지(物類相感志)』: 송나라 소식(蘇軾)이 지었다.

8) 『유환기문(遊宦紀聞)』: 송나라 장세남(張世男)이 지은 책인데, 약물이나 술 등에 대해 기록하였다.

9) 정사수(程沙隨) : 송나라 정형(程逈). 사수는 호이고, 자는 가구(可久)이다.

치료하는 데에는 두충(杜冲 : 한약재의 일종)을 술에 담갔다가 불에 구워 말린 뒤에, 빻아서 가루를 만들 때 재를 없이 하여 술에 타서 마신다."

라고 기록하였고 또,

"날것이나 찬 것을 먹고서 심장이나 비장이 아픈 것을 치료하는 데는, 진수유(陳茱萸 : 묵은 산수유. 한약재의 일종) 5, 60알을 물 한 잔에 달여서 즙은 취하고 찌꺼기는 버린 다음 평위산(平胃散 : 위를 편안케 하는 한약재) 3돈쭝을 넣어서 다시 달여 뜨거운 채로 먹는다."

라고 기록하였고 또,

"사수(沙隨)가 일찍이 임질(淋疾)을 앓았는데, 날마다 백동과(白東瓜 : 동아. 한약재의 일종)를 큰 사발에 세 번씩 먹고 나았다."

라고 하였다.

◘ 강린기(江鄰幾 : 강휴복(江休復))의 『잡지(雜志)』와 『후정록(侯鯖錄)』[10]에 모두 적혀 있기를,

"옛날 약방문에 쓰인 1냥쭝은 지금의 3냥쭝이 된다. 수(隋)나라 때에 3냥을 합쳐서 1냥으로 만들었다."

라고 하였다.

10) 『후정록(侯鯖錄)』 : 송나라 조령치(趙令畤)가 지은 책인데, 고사(故事)와 시화(詩話) 등을 수록하였다.

◐ 『풍창소독(楓窓小牘)』11)에는,

"소동파(蘇東坡)의 『일첩록(一帖錄)』에, 발이 아픈 병에는 위령선(葳靈仙 : 한약재의 일종)과 우슬(牛膝 : 한약재의 일종) 두 가지를 가루로 만들어 꿀에 버무려서 환을 만들어 공복에 먹으면 신효를 보게 된다."
라고 하였다.

◐ 수종(水腫)으로 몸이 붓는 병을 다스리는 데는, 논에서 나는 우렁이와 큰 마늘과 차전초(車前草 : 질경이)를 한데 갈아서 큼직한 지짐떡 만큼 고약으로 만들어 배꼽 위에 붙여두면, 물이 대소변에 따라 나오고 곧바로 병이 낫는다.

◐ 해소를 낫게 하는 경험 처방으로는, 향연(香櫞 : 유자나무와 같은 레몬)의 씨를 발라내고 엷게 썰어 가늘게 조각을 내어서 청주(淸酒)와 함께 연하게 간 뒤에 사기 탕관에 넣고는, 저녁때부터 오경(五更 : 오전 5시~7시)까지 푹 익혀서 다시 꿀에 타서 잘 버무려 둔 다음, 자다가 일어나서 한 숟가락씩 저어서 떠먹으면 매우 효험이 있다고 하였다.

또 남쪽으로 뻗은 부드러운 뽕나무 가지 한 묶음을 한 마디씩 잘게 잘라 노구솥에 넣고, 물 다섯 보시기를 부은 뒤에 한 보시기나 되도록 달여서 목이 마를 때마다 마신다.

11) 『풍창소독(楓窓小牘)』 : 송나라 원경(袁褧)이 지었다.

◗ 송나라 효종(孝宗)은 게를 지나치게 많이 먹고 이질을 앓았다. 때마침 엄방어(嚴防禦)란 자가 새로 캔 연뿌리를 잘게 갈아서 뜨거운 술에 섞어 먹었더니 과연 나았다.

◗ 붉은 막이 덮인 눈병을 다스리는 데는, 흰 소라〔白螺〕 한 마리를 껍질을 까서 황련(黃連 : 한약재의 일종) 가루에 버무려서 하룻밤 이슬을 맞혔다가 새벽에 취해서 보면 소라의 살은 녹아서 물이 된다. 이 물을 눈에 떨어뜨리면 붉은 막이 저절로 사라진다.

◗ 물고기의 가시가 목에 걸렸을 때는 개의 침을 먹고, 곡식 까끄라기가 목에 걸렸을 때는 거위의 침을 넘기면 즉시 낫는다.

◗ 무릇 물에 빠져 물을 많이 먹었거나 쇳가루를 삼켰을 때는 오리 피를 먹으면 곧바로 낫는다.

◗ 갑자기 귀머거리가 되었을 때는, 전갈〔蝎〕 한 마리를 독을 없애고 가루로 만들어 술에 타서 귓구멍에 방울로 떨어뜨리면 소리가 들리며 곧바로 낫는다.

◗ 구기자(枸杞子)로 기름을 짜서 등불을 켜고 책을 읽으면 시력을 더 좋게 할 수 있다.

◘ 쇠 연장에 베었거나 다쳤을 때는 외톨이 큰 밤을 말려 갈아서 가루를 내어 붙이면 곧바로 낫는다.

◘ 후비(喉痺 : 목구멍에 난 종기)와 유아(乳鵝 : 편도선 염증)의 치료에는, 두꺼비 껍질과 봉미초(鳳尾草 : 한약재)를 잘게 갈아서 소금에 절인 상매육(霜梅肉 : 한약재)과 함께 술에 넣고 달여서 각각 조금씩 섞어서는, 다시 갈아서 가는 베로 짜서 즙을 내어 거위깃으로 찍어 환부에 바르면 담(痰)을 토하고 곧바로 멍울이 사라진다.

◘ 악창이나 독한 종기가 처음 돋을 때는 당귀(當歸 : 한약재의 일종) · 황벽피(黃蘗皮 : 한약재의 일종) · 강활(羌活 : 한약재의 일종)을 잘게 가루로 만들고, 노사등(鷺鷥藤 : 인동초. 한약재의 일종)을 날것으로 즙을 내어 섞어서 종기 자리의 네 변두리에 붙이면, 자연히 독기를 빨아내거나 한데로 모여 작게 도드라지게 되어 곧바로 터지기도 한다. 절대로 종기의 머리에 함께 붙여서는 안 된다.

◘ 『향조필기(香祖筆記)』에 이르기를,

"송(宋)나라 때 경산(徑山)에 살고 있던 중이 동산에 들어갔다가 뱀에게 발을 물렸을 때, 마침 손님으로 왔던 어떤 중이 이를 치료하였다. 먼저 맑은 물을 길어 물린 부위를 씻고, 또 계속 물 몇 섬이 들도록 바꾸어 씻어서 곪아 썩은 고름 살을 다 없애 버리고, 상처 위에 흰 힘줄이 보일 때 부드러운 명주에다가 약 가루를 묻혀 상처 속에 골고루 집어넣으니, 더러운 진물이 샘솟듯 솟아났다. 그 이튿날에도 깨끗하게 씻고는 처음 모양으로 약을 발라 두니, 한 달 만에 독은 다 뽑히고 새살이 돋아 예전과 다름이 없이 회복되었다. 그 약방문은 곧 향백지(香白芷 : 한약재의 일종)를 가루로 만들어 오리주둥이와 담반(膽礬 : 한약재의 일종), 사향(麝香)을 각기 조금씩 넣어서 만든 것이다. 이는 『담수(談藪)』[12]에 실려 있다."

라고 하였다.

◘ 여자들이 생리로 인해 출혈이 심할 때는 당귀(當歸) 한 냥쭝과 형개(荊芥 : 한약재의 일종) 한 냥쭝을 술 한 종지와 물 한 종지에 달여 마시면 곧 그친다.

◘ 무주(撫州)에 살고 있던 상인이 이질을 만나 매우 위급하자, 태학생(太學生) 예(倪) 아무개가 당귀 가루와 아위(阿魏 : 한약재의 일종)로 환을 만들어 팔팔 끓인 물을 삼키게 하였고, 세 번 복용시켜 곧 낫게 하였다.

◘ 또 이질을 다스리는 방법으로는 황화(黃花 : 한약재의 일종)와 지정(地丁 : 한약재의 일종)을 찧어 거기에서 난 즙을 술

12) 『담수(談藪)』 : 송나라 방원영(龐元英)이 지었다.

한 잔 분량에다 벌꿀을 조금 타서 먹으면 신효를 본다.

◐ 습담(濕痰)으로 종기가 나서 걸을 수 없을 때는 희렴초(豨薟草)·수홍화(水紅花)·나복영(蘿葍英)·백금봉화(白金鳳花)·수룡골(水龍骨)·화초(花椒)·괴조(槐條)·창출(蒼朮)·금은화(金銀花)·감초(甘草) 등 열 가지 약재를 달여 환부에 김을 쐬도록 하고, 물이 조금 따뜻해지면 곧바로 씻는다.

◐ 소장(小腸)의 산기(疝氣)에는 오약(烏藥 : 한약재의 일종) 6돈쭝과 천문동(天門冬 : 한약재의 일종) 5돈쭝을 맹물에 끓여서 먹으면 신효를 본다.

◐ 소변이 잘 통하지 않을 때는 망초(芒硝 : 한약재의 일종) 1돈쭝을 보드랍게 갈아 용안육(龍眼肉 : 한약재의 일종)으로 싸서 잘게 씹어 넘기면 당장에 낫는다.

◐ 혹을 다스리는 방법으로는, 댓가지를 써서 혹 위쪽의 살껍질을 피가 나지 않을 정도로 조금씩 긁어 헤치고는, 구리에 슨 푸른 녹 약간을 보드랍게 빻아서 〈혹의〉 긁어 헤친 곳에 뿌리고 고약으로 붙여 둔다.

◐ 골절된 뼈를 잇는 방법으로는, 기왓장을 불에 달구어서

잘 말린 자라〔土鼈〕 반 냥쭝 · 흠뻑 담금질한 자연동(自然銅) · 유향(乳香) · 몰약(沒藥) · 채과자인(菜瓜子仁) 등을 각기 등분해서 가늘게 가루를 내어 복용할 때마다 한 푼 반 냥쭝씩 술에 타서 먹되, 상체가 상했을 때는 밥을 먹은 뒤에 먹고, 하체가 상했을 때는 식전 공복에 먹는다.

◘ 온역(瘟疫 : 급성전염병)으로 머리와 얼굴이 부었을 때 치료하는 방법으로는 금은화(金銀花) 두 냥쭝을 푹 달여서 한 잔 마시면 붓기가 곧 사라진다.

◘ 바늘이 뱃속에 들어갔을 때는 참나무 숯가루 3돈쭝을 우물물에 타서 먹으면 곧 내려간다. 또 다른 방법으로는 자석(磁石)을 항문 밖에 대 두면 끌어당겨 나온다.

◘ 형개(荊芥 : 명아주과의 한해살이풀) 이삭을 가루로 만들어 3돈쭝을 술에 타서 먹으면 중풍이 당장에 낫는다.

◘ 주마감(走馬疳)[13]을 다스리는 데는 와롱자(瓦壟子)-홍합

---

13) 주마감(走馬疳) : 몸의 이곳저곳을 옮겨 다니며 나는 종기인데, 대부분 천연두를 앓고 남은 독기운 때문에 생긴다. 처음에는 입과 잇몸이 헐고 피가 나면서 악취가 나고, 심하면 이가 빠지고 잇몸 주위가 검게 변하며, 뺨이 붓고 구멍이 생기면서 입술이 갈라진다.

(紅蛤)보다 조금 작으며 소금이나 간장에 절이지 않은 것이다. ㅡ를 불에 태워 남은 재 덩어리를 찬 데에 두고 잔으로 덮어씌워 다 식기를 기다렸다가 끄집어낸 다음, 맷돌에 갈아서 가루를 만들어 환부에 바른다. 또 다른 방법으로는 말발굽을 태운 재에 소금을 조금 뿌려 환부에 바르기도 한다.

◑ 천연두나 홍역으로 살이 〈내뿜다가〉 검게 잦아들 때는 침향(沈香)·유향(乳香)·단향(檀香 : 향나무의 일종)을 양의 다소에 구애받지 말고 화로 안에 넣고 불을 놓아 태우고, 아이를 안아 그 연기 위에 쬐면 즉시 내뿜는다.

◑ 악창(심한 종기)을 다스리는 데는 동과(冬瓜 : 박과의 한해살이 덩굴성 식물) 한 개를 반으로 쪼개어 먼저 한 쪽을 헌데에 엎어 붙인다. 동과가 더워지면 더운 데는 베어 버리고 다시 가져다 붙여, 열이 식어지면 이에 그만둔다. 또 다른 방법으로는 마늘을 짓이겨서 떡처럼 만들어 헌데에 얹고 불을 당겨 뜸을 뜬다. 뜨면 아프지 않기도 하고 또는 아프기도 한데, 아픈 데는 뜨고 아프지 않으면 즉시 그만둔다.

◑ 어린아이들의 귀 뒤에 나는 부스럼을 '신감(腎疳)'이라고 하는데, 지골피(地骨皮 : 한약재의 일종인 구기자나무껍질) 한 가지만을 가루로 내어 굵은 가루는 뜨거운 물에 타서 환부를 씻고, 가는 가루는 참기름에 섞어서 바른다.

◘ 광동(廣東) · 광서(廣西) 지방과 운남(雲南) · 귀주(貴州) 등지에는 독충이 많은데, 음식을 먹은 후에 당귀를 씹으면 곧바로 독이 풀린다.

◘ 섭포주(葉蒲州)의 『남암전(南巖傳)』에는 칼에 다친 상처를 치료하는 약방문이 적혀 있는데,

"단옷날 부추를 취하여 찧어서 즙을 낸 후에 거기다가 석회를 섞고 다시 찧어서 이를 익혀서 떡을 만들어 상처가 난 곳에 붙이면 피는 곧바로 멈추고, 뼈까지 상했더라도 아물게 되어 신효를 볼 것이다."

라고 하였다.

◘ 의이(薏苡 : 율무)는 다른 이름으로 '간주(簳珠)'라고도 한다.

◘ 『계신잡지(癸辛雜志)』[14]에 이르기를,

"목이 메었을 때는 장대산(帳帶散 : 한약재의 일종)을 쓰되, 다만 백반(白礬 : 한약재의 일종) 한 가지만을 쓰면 더러 다 낫지 않기도 한다. 남포(南浦)에 어떤 늙은 의원이 가르치기를, '오리주둥이와 담반(膽礬)을 부드럽게 갈아 아주 독한 식초

14) 『계신잡지(癸辛雜志)』 : 송나라 주밀(周密)이 지었다. 지(志)는 지(識)가 잘못 표기된 것이다.

에 섞어서 마시라'고 했다. 어떤 관가의 늙은 호위병의 아내가 이 병을 앓아 거의 죽게 되었는데, 이 방법으로 약을 썼더니 약을 목구멍으로 넘기자마자 즉시 빽빽한 담을 두어 되나 크게 토하고는 당장에 효험을 보았다."
라고 하였다. 또,
"눈에 티가 끼었을 때는 곰의 쓸개를 깨끗한 물에 조금 풀어서 눈곱 먼지와 눈알을 죄다 씻고, 빙뇌(氷腦) 한두 쪽을 쓰되, 간지러울 때는 생강가루를 조금 넣어 때때로 은젓가락으로 찍어 눈에 떨어뜨리면 신효를 본다. 눈이 충혈되었을 때도 쓸 수 있다."
라고 하였다.

◘ 『민소기(閩小紀)』[15]에 이르기를,
"연와(燕窩 : 금사연(金絲燕)의 제비집)에는 검은색, 흰색, 붉은색 등 세 가지가 있는데, 그중 붉은색 제비집은 제일 구하기가 어렵고, 흰색 제비집은 담(痰) 질환을 고칠 수 있고, 붉은색 제비집은 어린애들의 홍역에 좋은 것이다."
라고 하였다.

◘ 당나라 태종(太宗)이 이질을 앓는데, 여러 의원들이 약을 써도 효험을 보지 못하였다. 금오(金吾 : 벼슬 이름)의 장사(長史)

15) 『민소기(閔小紀)』: 청나라 주량공(周亮工)이 지었다.

장보장(張寶藏)이 처방문을 올렸는데, 그에 의하여 필발(蓽茇 : 후추과에 속하는 풀)을 젖에 달여 먹었더니 당장에 효험이 있었다.

◘ 주공근(周公謹)16)이 괄창(括蒼)17)에서 나는 진피(陳皮 : 한약재의 일종)에 대하여 기록하기를,

"두창(痘瘡)을 치료하는 데 쓴다고 하였는데, 얼굴빛이 검게 되고 보조개가 뒤틀어지고 입술이 얼음장처럼 차가워질 때는 개이파리(개에 기생하여 피를 빨아먹고 사는 곤충) 일곱 마리를 잘게 찧어 거르지 않은 술에 타서 조금씩 먹이면, 얼마 못 되어 붉은 윤기가 예전과 같이 돌게 된다. 겨울철에는 개이파리가 개의 귓속에 있다."

라고 하였다.

◘ 천연두 독이 밖으로는 조여들고 안으로는 막힐 때 치료하는 방법으로는, 뱀 허물 한 벌을 깨끗하게 씻어 불에 쬐어 말리고는 다시 천화분(天花粉 : 한약재의 일종인 하늘타리 뿌리가루)을 같은 분량으로 부드럽게 가루로 만들어, 양(羊)의 간을 따서 속을 쪼개고 그 안에 약 가루를 집어넣은 뒤, 삼 껍질로 동여매고는 뜨물에 삶아 익혀서 썰어 먹이면 열흘이 되면

16) 주공근(周公謹) : 이름은 주밀(周密)이고, 공근(公謹)은 자이다.
17) 괄창(括蒼) : 절강성 동남쪽에 있는 현(縣) 이름이다.

곧바로 낫는다.

◐ 졸지에 더위를 먹어 숨이 막혔을 때는 큰 마늘 한 줌과 길바닥의 볕에 쬔 뜨거운 흙을 섞어 갈아서 이긴 뒤, 새로 길어 온 물을 부어 걸러서 찌꺼기를 버리고 마시면 즉시 낫는다. 이 말은 『피서록(避暑錄)』에 실려 있다.

◐ 단풍나무에 생기는 버섯을 먹으면 웃음을 참을 수 없게 된다. 도은거(陶隱居)[18]의 『본초주(本草注)』에 보면,

"땅을 파고 냉수를 부어 휘둘러서 흐리도록 만들었다가, 조금 뒤에 이 물을 떠서 마신다. 이것을 지장(地漿)이라고 부르며, 여러 가지 버섯독을 낫게 할 수 있다."

하였다.

◐ 『향조필기(香祖筆記)』에 이르기를,

"황생(黃生) 아무개는 여주(廬州) 사람으로, 우리 고을로 유람와서 우연히 단방(單方)으로 병을 치료했는데, 모두 효험이 있었다. 그중에서 세 가지만을 적어본다.

18) 도은거(陶隱居) : 남조(南朝) 시대 양(梁)나라의 의약학자이자 도가로, 유교·불교·도교에 능통했다. 이름은 도홍경(陶弘景)이고, 자는 통명(通明)이며, 은거는 호인데, 화양은거(華陽隱居)라고 자호(自號)하였다. 저서에 『신농본초경』, 『본초경집주』, 『양생경』 등이 있다.

뱃속이 막히고 결리는 병을 다스리는 방법으로는, 껍질을 벗긴 대비마(大萆麻 : 큰 피마자) 150개와 괴목나무 가지 일곱 치〔寸〕를 향유(香油 : 참기름) 반 근에 함께 넣어 사흘 밤낮을 담가 두었다가 타도록 볶은 후, 찌꺼기를 버리고 비단(飛丹 : 한약재) 4냥쭝을 넣어 고약을 만들어서 다시 우물 속에 넣어 사흘 밤 동안을 담가 두었다가 끄집어내어, 먼저 피초(皮硝 : 유산 소다) 녹인 물로 환부를 씻어내고 이 고약을 붙인다.

치질을 다스리는 방법으로는, 대변을 본 후 감초(甘草) 끓인 물로 뒷물을 하고, 오배자(五棓子 : 한약재)와 여지초(荔枝草 : 한약재) 두 가지를 사기 냄비에 넣어 달인 물로 씻는다. 여지초의 다른 이름은 나하마초(癩蝦蟆草)로서, 사철 언제나 있는데 앞면은 푸르고 등쪽은 희다. 얽은 구멍이 더덕더덕 있으면서 괴상한 냄새를 피우는 것이 곧 이 풀이다.

혈붕증(血崩症)[19]을 치료하는 방법으로는, 저종초(豬鬃草 : 한약재) 4냥쭝을 동변(童便)[20]과 청주(淸酒) 각 한 종지씩에 섞어 넣어 한 종지가 되도록 달여서 따뜻하게 먹는다. 저종초는 사초(莎草)와 같고 잎은 둥글다. 깨끗하게 씻어서 사용할

19) 혈붕증(血崩症) : 생리 기간이 아닌데도 과다하게 출혈이 계속되는 증상이다.

20) 동변(童便) : 12살 이하 사내아이의 오줌인데, 두통 · 학질 · 골절상 등에 쓰인다.

것이다.”
라고 하였다.

◘ 왕개보(王介甫 : 왕안석(王安石))는 언제나 편두통을 앓자 신종(神宗 : 북송의 제6대 황제, 1067~1085)이 궁중에서 쓰는 방문을 하사하였는데, 새로 나온 나복(蘿菖 : 무)을 취하여 즙을 내고 생룡뇌(生龍腦 : 한약재)를 조금 넣고 골고루 잘 섞은 뒤, 고개를 뒤로 젖히고 약 방울을 콧구멍에 떨어뜨린다. 왼쪽 머리가 아플 때는 오른쪽 콧구멍에 떨어뜨리고, 오른쪽 머리가 아플 때는 왼쪽 콧구멍에 떨어뜨린다.

◘ 원앙초(鴛鴦草)는 덩굴로 자라나서 노란 꽃과 흰 꽃이 마주 쌍으로 핀다. 이 약은 옹저(癰疽 : 등창과 같은 종기) 같은 독한 종기를 치료하는 데 더욱 효험이 있다. 먹기도 하고 붙이기도 다 할 수 있는데, 심존중(沈存中)[21]의 『양방(良方 : 소심양방(蘇沈良方)의 약칭)』에 실린 금은화(金銀花)가 곧 그것이다. 또 다른 이름으로는 노옹수(老翁鬚)라고도 하는데, 『본초주(本草注)』에는 이를 ‘인동(忍冬)’이라 하였고, 『군방보(群芳譜)』[22]에

21) 심존중(沈存中) : 북송(北宋) 때의 과학자이자 정치가로, 이름은 심괄(沈括)이고, 존중은 자이고, 호는 몽계옹(夢溪翁)이다. 박학다식하여 천문·수학·지리·본초(本草)에 밝았으며, 저서에 『양방』, 『몽계필담』 등이 있다.

22) 『군방보(群芳譜)』 : 『이여당군방보(二如堂群芳譜)』. 명나라의 관리

는 '노사등(鷺鷥藤)'이라 하였으며, 또 '금차골(金釵骨)'이라고도 하였다.

◘ 사재항(謝在杭)[23]의 『문해피사(文海披沙)』에 이르기를,

"슬가(蝨瘕 : 이에 물려서 헌데가 된 것)는 황룡연수(黃龍沿水 : 똥에서 생기는 맑은 물)로 다스리고, 응성충(應聲蟲)[24]은 뇌환(雷丸 : 대나무 뿌리에 기생하는 버섯)과 쪽〔藍〕으로 다스리고, 식폐계충(食肺系蟲 : 폐를 갉아먹는 벌레)은 달조(獺爪 : 수달의 발톱)로 다스리고, 격식충(膈食蟲 : 명치를 갉아먹는 벌레)은 남즙(藍汁)으로 다스리고, 얼굴에 돋은 종기는 패모(貝母 : 한약재)로 다스린다."

라고 하였다.

◘ 무창(武昌 : 호북성의 지명)의 소남문(小南門)에 있는 헌화사(獻花寺)의 늙은 중 자구(自究)란 자는, 음식으로 목이 막

이자 농학자인 왕상진(王象晉)이 지은 책인데, 곡물(穀物)·소과(蔬菓)·화훼(花卉)의 종류, 효능, 재배법 등에 대해 설명해 놓은 백과사전이다.

23) 사재항(謝在杭) : 명나라 시인이자 학자인 사조제(謝肇淛). 재항은 자이고, 호는 무림(武林)이다. 저서에 『문해피사(文海披沙)』, 『오잡조(五雜組)』 등이 있다.

24) 응성충(應聲蟲) : 몸속에 기생하는 벌레인데, 말을 할 때 목구멍에서 그 말을 따라 하는 소리를 내는 증상을 말한다.

히는 병에 걸려서 죽을 때가 되자 그 제자들에게 말하기를,

"내가 불행히 이 병에 걸리기는 했으나, 가슴 사이에 필시 무슨 물건이 있는 것이 빌미가 되었을 터이니, 죽은 뒤에 가슴을 갈라 살펴보고 입관(入棺)을 해 달라."

라고 하였다. 그 제자들은 시키는 대로 하여 비녀처럼 생긴 뼈 한 개를 끄집어내었다. 이 뼈를 취하여 불경 공부하는 책상 위에 두었다.

오랜 뒷날에 군사를 거느리고 가던 어떤 장교가 이 방을 빌려 썼다. 어느 날 부하들이 거위를 잡을 때 거위의 목이 쉽사리 끊어지질 않았는데, 우연히 이 뼈를 발견하고는 뼈를 취하여 찔러 죽이자, 거위의 피가 뼈에 묻은 즉시 뼈는 당장에 사라져 없어졌다.

훗날 그 제자가 역시 <음식으로> 목이 막히는 병이 들었을 때, 전날의 일이 생각나서 거위의 피로 치료할 수 있다는 것을 깨닫고, 여러 차례 먹었더니 드디어 나았다. 그리하여 이 처방문을 사람들에게 널리 퍼뜨려서 누구나 다 낫게 되었다.

◗ 난산(難產)을 다스리는 방법으로는, 행인(杏仁 : 살구씨) 한 알의 껍데기를 벗겨서 한 쪽에는 '날 일(日)' 자를 쓰고, 또 한 쪽에는 '달 월(月)' 자를 써서 벌꿀을 묻혀 붙이고, 겉에는 볶은 꿀로 환을 만들어 백비탕이나 혹은 술을 마셔서 넘긴다. 이 처방문은 어떤 방술(方術)하는 중이 전한 것이다.

◘ 손사막(孫思邈 : 당나라의 학자)의 『천금방(千金方 : 천금요방(千金要方)의 약칭)』에 이르기를,

"인삼탕(人蔘湯)은 반드시 흐르는 물을 사용해서 달일 것이요, 고인 물을 사용하면 효험이 없는 법이다. 이는 『인삼보(人蔘譜)』에 실려 있는 말이다."

라고 하였다.

◘ 『담포(談圃)』[25]에 기록하기를,

"증노공(曾魯公 : 증공량(曾公亮))이 나이 70여 세에 이질에 걸렸는데, 고향 사람 진응지(陳應之)가 수매화(水梅花)를 납다(臘茶)에 복용하도록 하였더니 마침내 나았다."

라고 하였으나, 수매화가 무슨 물건인지 알 수 없다.

◘ 첨사(僉事 : 벼슬 이름) 장탁(張鐸 : 송나라의 무관(武官))의 말에 의하면,

"비둘기는 어린애들의 감질(疳疾)[26]을 물리칠 수 있다. 비둘기를 방에 많이 두고 기르고, 맑은 새벽마다 어린아이에게 방문을 열고 비둘기를 날리게 하여 비둘기의 기운이 얼굴에

25) 『담포(談圃)』 : 『손공담포(孫公談圃)』. 송나라 손승(孫升)이 지은 책이다.

26) 감질(疳疾) : 수유 조절을 잘못하여 어린 아기의 얼굴이 누렇게 뜨고 위장이 나빠 몸이 야위고 배가 불러 끓는 증상이 나타나는 병이다.

닿으면 감질의 기운이 없어진다."
라고 하였다.

◘ 『권유록(倦遊錄)』[27]에 쓰여 있기를,

"신가헌(辛稼軒)[28]이 산질(疝疾 : 아랫배가 붓는 병)에 걸렸을 때, 어떤 도인(道人)이 율무 알과 황토로 바른 동쪽 벽토를 함께 섞어 볶아서, 다시 물에 달여 고약을 만들어 먹어보라고 가르쳐 주었으므로 여러 번 먹었더니 <산질이> 곧바로 사라졌다. 정사수(程沙隨)도 이 병에 걸리자, 신가헌이 이 처방문을 가르쳐 주어서 역시 나았다."
라고 하였다.

◘ 『문창잡록(文昌雜錄)』[29]에 이르기를,

"정주 통판(鼎州通判) 유응진(柳應辰)이 생선뼈에 걸린 병을 다스리는 처방문을 전해 왔는데, 역류로 흐르는 물 반 잔을 떠다 놓고, 먼저 환자더러 병의 증세를 묻고, 그로 하여금 입안으로 그 기운을 빨아들이게 한 다음에, 동쪽으로 향하여

27) 『권유록(倦遊錄)』 : 송나라의 장사정(張師正)이 지었다.

28) 신가헌(辛稼軒) : 남송(南宋)의 시인이자 정치가인 신기질(辛棄疾). 가헌은 호이고, 자는 유안(幼安)이다. 관직에서 물러나와 신주(信州)에 머물 때 자신이 거주하는 집을 호를 따서 가헌이라고 했을 정도로 농업을 중히 여기고 상공업을 경시하였다.

29) 『문창잡록(文昌雜錄)』 : 송나라의 요원영(廖元英)이 지었다.

원(元)·형(亨)·이(利)·정(貞)을 일곱 번 외우게 하고는 공기를 들이마신 다음, 숨을 내쉬지 않은 채 물을 조금 마시면 즉시 낫는다."

라고 하였다.

◘ 수질(水疾 : 배멀미, 물에서 얻은 병)을 다스리는 법은, 배를 젓는 노(櫓)와 노가 서로 마찰하는 데를 조금 긁고, 또 배 밑에 묻은 흙과 뱃사공의 손바닥에 묻은 때를 섞어서 환약을 만든 다음, 소금물로써 세 알을 삼켜 넘기면 신통한 효험이 있다고 하였다.

原文

金蓼小抄
금료소초

金蓼小抄序
금료소초서

吾東醫方未博 藥料不廣 率皆資之中國 常患非眞
오동의방미박 약료불광 솔개자지중국 상환비진
以未博之醫 命非眞之藥 宜其病之不效也 余在漠北
이미박지의 명비진지약 의기병지불효야 여재막북
問大理尹卿嘉銓曰 近世醫書中 新有經驗方 可以購
문대리윤경가전왈 근세의서중 신유경험방 가이구
去者乎 尹卿曰 近世和國所刻小兒經驗方 最佳 此
거자호 윤경왈 근세화국소각소아경험방 최가 차
出西南海中荷蘭院 又西洋收露方 極精 然試之多不
출서남해중하란원 우서양수로방 극정 연시지다불
效 大約四方風氣各異 古今人禀質不同 循方診藥
효 대약사방풍기각이 고금인품질부동 순방진약
又何異趙括之談兵乎.
우하이조괄지담병호

正續金陵瑣事 亦多錄入近世經驗 又有蓼洲漫錄
정속금릉쇄사 역다록입근세경험 우유요주만록
又苕翡草木注 橘翁草史略 寒溪胎教 靈樞外經 金
우초비초목주 귤옹초사략 한계태교 영추외경 금
石同異考 岐伯侯鯖 醫學紺珠 百華精英 小兒診治
석동이고 기백후정 의학감주 백화정영 소아진치

方 俱近世扁倉所錄 京師書肆中 俱可有之.
방 구근세편창소록 경사서사중 구가유지

余旣還燕 求荷蘭小兒方及西洋收露方 俱不得 其他諸書 或有粤中刻本云 書肆中俱不識名目.
여기환연 구하란소아방급서양수로방 구부득 기타제서 혹유월중각본운 서사중구불식명목

偶閱香祖筆記 得其所錄金陵瑣事及蓼洲漫錄 其元書 未必皆醫方.
우열향조필기 득기소록금릉쇄사급요주만록 기원서 미필개의방

而貽上所錄 俱係經驗 余故拈其數十則錄之 餘外誌記及古方雜錄之載筆記中者 倂爲抄錄 目之曰金蓼小抄.
이이상소록 구계경험 여고념기수십즉록지 여외지기급고방잡록지재필기중자 병위초록 목지왈금료소초

余山中無醫方 倂無藥料 凡遇痢瘧 率以臆治 而亦時偶中 則今倂錄于下以補之 爲山居經驗方.
여산중무의방 병무약료 범우리학 솔이억치 이역시우중 즉금병록우하이보지 위산거경험방

燕巖氏題.
연암씨제

金蓼小抄
금 료 소 초

物類相感志　山行慮迷　握嚮蟲一枚于手中則不迷
물 류 상 감 지　산 행 려 미　악 향 충 일 매 우 수 중 즉 불 미

矣.
의

遊宦紀聞　記程沙隨　治腎虛腰痛　方杜冲酒浸透灸
유 환 기 문　기 정 사 수　치 신 허 요 통　방 두 충 주 침 투 구

乾擣羅爲末　無灰酒調下　又記治食生冷心脾痛　方用
건 도 라 위 말　무 회 주 조 하　우 기 치 식 생 랭 심 비 통　방 용

陳茱萸五六十粒　水一盞　煎取汁去滓　入平胃散三錢
진 수 유 오 륙 십 립　수 일 잔　전 취 즙 거 재　입 평 위 산 삼 전

再煎熱服　又沙隨嘗患淋　日食白東瓜三大甌而愈.
재 전 열 복　우 사 수 상 환 림　일 식 백 동 과 삼 대 구 이 유

江鄰幾雜志及侯鯖錄　俱言古藥方一兩　乃今之三
강 린 기 잡 지 급 후 정 록　구 언 고 약 방 일 냥　내 금 지 삼

兩　隋合三兩　爲一兩.
냥　수 합 삼 냥　위 일 냥

楓窓小牘　記東坡一帖錄　足疾用葳靈仙牛膝二味
풍 창 소 독　기 동 파 일 첩 록　족 질 용 위 령 선 우 슬 이 미

爲末　蜜丸空心服　神效.
위 말　밀 환 공 심 복　신 효

治水腫方 用田螺 大蒜 車前草 和硏爲膏 作大餠
치수종방 용전라 대산 차전초 화연위고 작대병
覆臍上 水從便出 卽愈.
복제상 수종변출 즉유

治嗽驗方 香櫞去核 薄切作細片 以淸酒同硏 入
치수험방 향연거핵 박절작세편 이청주동연 입
砂礶內 煑令爛熟 自黃昏至五更爲度 用蜜拌勻 當
사관내 자령란숙 자황혼지오경위도 용밀반균 당
睡中喚起 用匙挑服 甚效.
수중환기 용시도복 심효

又向南柔桑條一束 每條寸折 納鍋中 用水五碗
우향남유상조일속 매조촌절 납과중 용수오완
煎至一碗 渴卽飮之.
전지일완 갈즉음지

宋孝宗 食蟹過多患痢 有嚴防禦者 用新采藕節硏
송효종 식해과다환리 유엄방어자 용신채우절연
細 熱酒調服 果愈.
세 열주조복 과유

治眼病生赤障者 用白螺一枚去掩 以黃連末糝之
치안병생적장자 용백라일매거엄 이황련말삼지
置露中一夜 曉取肉化爲水 滴目則障自消.
치로중일야 효취육화위수 적목즉장자소

骨鯁用犬涎 穀芒用鵝涎灌之 卽愈.
골경용견연 곡망용아연관지 즉유

凡溺水及服金屑　用鴨血灌之　卽瘥.
범 닉 수 급 복 금 설　용 압 혈 관 지　즉 채

耳聾暴症　用全蝎去毒爲末　酒調滴耳中　聞聲卽
이 성 폭 증　용 전 갈 거 독 위 말　주 조 적 이 중　문 성 즉
愈.
유

枸杞子榨油點燈觀書　能益目力.
구 기 자 자 유 점 등 관 서　능 익 목 력

金瘡傷　用獨殼大栗　研乾末　敷之立愈.
금 창 상　용 독 각 대 률　연 건 말　부 지 립 유

治喉痺乳鵝　用蝦蟆衣鳳尾草　擂細入鹽霜梅肉煮
치 후 비 유 아　용 하 마 의 봉 미 초　뇌 세 입 염 상 매 육 자
酒　各小許調和　再研細布絞汁　以鵝毛刷患處　吐痰
주　각 소 허 조 화　재 연 세 포 교 즙　이 아 모 쇄 환 처　토 담
卽消.
즉 소

惡瘡腫毒初起　當歸　黃蘗皮　羌活爲細末　生鷺鷥
악 창 종 독 초 기　당 귀　황 벽 피　강 활 위 세 말　생 노 사
藤搗汁　調傅瘡之四圍　自然收毒　聚作小頭卽破　切
등 도 즙　조 부 창 지 사 위　자 연 수 독　취 작 소 두 즉 파　절
不可併瘡頭傅之.
불 가 병 창 두 부 지

筆記云 宋時徑山僧行園 爲蛇傷足 一參方僧爲治
필기운 송시경산승행원 위사상족 일참방승위치

之 先汲淨水洗之 易水數斛 令腐膿敗肉悉去 瘡上
지 선급정수세지 역수수곡 영부농패육실거 창상

白筋見 乃挹以軟帛 以藥末勻糝瘡中 惡水泉湧 明
백근견 내읍이연백 이약말균삼창중 악수천용 명

日淨洗 敷藥如初 一月毒盡肉生 平復如舊 其方乃
일정세 부약여초 일월독진육생 평복여구 기방내

香白芷爲末 入鴨嘴膽礬麝香各少許 見談藪.
향백지위말 입압취담반사향각소허 견담수

治血山崩 當歸一兩 荊芥一兩 酒一鍾 水一鍾 煎
치혈산붕 당귀일냥 형개일냥 주일종 수일종 전

服立止.
복립지

撫州商人病痢危甚 太學生倪某用當歸末 阿魏丸
무주상인병리위심 태학생예모용당귀말 아위환

之 白滾湯送下 三服而愈.
지 백곤탕송하 삼복이유

又治痢方 黃花地丁搗取自然汁 一酒盞加蜂蜜少
우치리방 황화지정도취자연즙 일주잔가봉밀소

許 服之神效.
허 복지신효

濕痰腫痛不能行 用豨薟草 水紅花 蘿蔔英 白金
습담종통불능행 용희렴초 수홍화 나복영 백금

鳳花 水龍骨 花椒 槐條 蒼朮 金銀花 甘草以上十
봉화 수룡골 화초 괴조 창출 금은화 감초이상십
味煎 水蒸患處 水稍溫卽洗之.
미전 수증환처 수초온즉세지

治小腸疝氣 烏藥六錢 天門冬五錢 白水煎服 神
치소장산기 오약륙전 천문동오전 백수전복 신
效.
효

治小便不通 芒硝一錢硏細 以龍眼肉包之 細嚼嚥
치소변불통 망초일전연세 이용안육포지 세작연
下立愈.
하립유

治瘤方 用竹刺將瘤頂 稍稍撥開油皮 勿令見血
치류방 용죽자장류정 초초발개유피 물령견혈
細硏銅綠小許 放撥開處 以膏藥貼之.
세연동록소허 방발개처 이고약첩지

接骨方 土鼈用新瓦焙乾半兩錢 酣淬次自然銅 乳
접골방 토별용신와배건반냥전 감쉬차자연동 유
香 沒藥 菜瓜子仁各等分 爲細末 每服一分半酒調
향 몰약 채과자인각등분 위세말 매복일푼반주조
下 上體傷食後服 下體傷空心服.
하 상체상식후복 하체상공심복

治疫頭面腫方　金銀花二兩　濃煎一盞服之　腫立
치 역 두 면 종 방　금 은 화 이 냥　농 전 일 잔 복 지　종 립
消.
소

針入腹　用櫟炭末三錢　井水調服卽下　又方　以磁
침 입 복　용 력 탄 말 삼 전　정 수 조 복 즉 하　우 방　이 자
石置肛門外引下.
석 치 항 문 외 인 하

荊芥穗爲末　以酒調下三錢　治中風立愈.
형 개 수 위 말　이 주 조 하 삼 전　치 중 풍 립 유

治走馬疳　用瓦壟子－比蚶子差小　用未經鹽醬者　連肉
치 주 마 감　용 와 롱 자　비 감 자 차 소　용 미 경 염 장 자　연 육
煅燒存性　置冷地　用盞蓋覆　候冷取出　碾爲末　滲
하 소 존 성　치 랭 지　용 잔 개 복　후 랭 취 출　연 위 말　삼
患處　又一方　馬蹄燒灰　入鹽小許　滲患處.
환 처　우 일 방　마 제 소 회　입 염 소 허　삼 환 처

治痘疹黑陷　用沈香乳香檀香　不拘多少　放火盆內
치 두 진 흑 함　용 침 향 유 향 단 향　불 구 다 소　방 화 분 내
焚之　抱兒於烟上熏之　卽起.
분 지　포 아 어 연 상 훈 지　즉 기

治惡瘡　取冬瓜一枚　中截之　先以一頭合瘡　候瓜
치 악 창　취 동 과 일 매　중 절 지　선 이 일 두 합 창　후 과

熱削去再合 熱減乃已 又一方 用蒜泥作餠 瘡上炙
열삭거재합 열감내이 우일방 용산니작병 창상자

不痛炙痛 痛者炙不痛卽止.
불통자통 통자자불통즉지

小兒耳後生瘡 腎疳也 地骨皮一味爲末 麁者 熱
소아이후생창 신감야 지골피일미위말 추자 열

湯洗之 細者香油調搽.
탕세지 세자향유조차

兩廣雲貴多有蟲毒 飮食後 咀嚼當歸 卽解.
양광운귀다유충독 음식후 저작당귀 즉해

葉蒲州南巖傳治刀瘡藥方 端午日取韭菜搗汁 和
섭포주남암전치도창약방 단오일취구채도즙 화

石灰杵 熟爲餠 用敷瘡處 血卽止 卽骨破亦可合
석회저 숙위병 용부창처 혈즉지 즉골파역가합

奇效.
기효

薏苡 一名簳珠.
의이 일명간주

癸辛雜志云 治喉閉 用帳帶散 惟白礬一味 或不
계신잡지운 치후폐 용장대산 유백반일미 혹부

盡驗 南浦有老醫 敎以用鴨嘴膽礬研細 以釅醋調灌
진험 남포유노의 교이용압취담반연세 이엄초조관

有鈴下老兵妻 患此垂殆 如法用之 藥甫下咽 卽大
유 령 하 노 병 처 환 차 수 태 여 법 용 지 약 보 하 인 즉 대
吐膠痰數升 立差 又治眼障 用熊膽少許 以淨水略
토 교 담 수 승 입 차 우 치 안 장 용 웅 담 소 허 이 정 수 략
調 盡去筋膜塵土 用氷腦一二片 痒則加生薑粉些少
조 진 거 근 막 진 토 용 빙 뇌 일 이 편 양 즉 가 생 강 분 사 소
時以銀筋點之 奇驗 赤眼亦可用.
시 이 은 근 점 지 기 험 적 안 역 가 용

閩小紀云 燕窩有烏白紅三種 惟紅者 最難得 白
민 소 기 운 연 와 유 오 백 홍 삼 종 유 홍 자 최 난 득 백
者 能治痰疾 紅者 有益小兒痘疹.
자 능 치 담 질 홍 자 유 익 소 아 두 진

唐太宗病痢 諸醫不效 金吾長史張寶藏進方 以乳
당 태 종 병 리 제 의 불 효 금 오 장 사 장 보 장 진 방 이 유
煎蓽茇 服之立瘥.
전 필 발 복 지 입 채

周公謹述括蒼陳皮言 治痘瘡 色黑倒靨唇口氷冷
주 공 근 술 괄 창 진 피 언 치 두 창 색 흑 도 엽 순 구 빙 랭
方 用狗蠅七枚 擂碎和醅酒 少許調服 移時卽紅潤
방 용 구 승 칠 매 뇌 쇄 화 배 주 소 허 조 복 이 시 즉 홍 윤
如舊 冬月蠅藏狗耳中.
여 구 동 월 승 장 구 이 중

治痘毒上攻內障方 用蛇蛻一具 淨洗焙燥 再用天
치 두 독 상 공 내 장 방 용 사 태 일 구 정 세 배 조 재 용 천

花粉 等分 細末之 取羊肝破開 入藥末于內 痲皮
화분 등분 세말지 취양간파개 입약말우내 마피
縛定 泔水煮熟 切食之 旬日卽愈.
박정 감수자숙 절식지 순일즉유

卒然中暑氣閉 取大蒜一握 道上熱土 雜硏爛 以
졸연중서기폐 취대산일악 도상열토 잡연란 이
新汲水和之 濾去滓 灌之卽蘇 見避暑錄.
신급수화지 여거재 관지즉소 견피서록

楓樹菌 食之則笑不可止 陶隱居本草注 掘地以冷
풍수균 식지즉소불가지 도은거본초주 굴지이냉
水 攪之令濁 少頃取飮 謂之地漿 可療諸菌毒.
수 교지령탁 소경취음 위지지장 가료제균독

香祖筆記曰 黃生某 廬州人 遊于吾郡 偶以偏方
향조필기왈 황생모 여주인 유우오군 우이편방
療疾 皆效 記其三.
료질 개효 기기삼

治積痞方 用大萆痲去其殼 一百五十箇 槐枝七寸
치적비방 용대비마거기각 일백오십개 괴지칠촌
香油半觔 二味同入油內 浸三晝夜 熬至焦 去渣
향유반근 이미동입유내 침삼주야 오지초 거사
入飛丹四兩成膏 再入井中 浸三日夜取出 先以皮硝
입비단사냥성고 재입정중 침삼일야취출 선이피초
水 洗患處貼之.
수 세환처첩지

治痔方 便後以甘草湯 盪洗過 用五棓子茘枝草二
치치방 변후이감초탕 탕세과 용오배자여지초이

味 以砂鍋煎水 盪洗 荔枝草一名癩蝦蟆草 四季皆
미 이사과전수 탕세 여지초일명나하마초 사계개
有之 面靑背白 麻紋壘壘 奇臭者是也.
유지 면청배백 마문누루 기취자시야

治血崩方 用豬鬃草四兩 童便淸酒各一鍾 煎一鍾
치혈붕방 용저종초사냥 동변청주각일종 전일종
溫服 豬鬃草 如莎草而葉圓 淨洗用之.
온복 저종초 여사초이엽원 정세용지

王介甫常患偏頭痛 神宗賜以禁方 用新蘿葍取自
왕개보상환편두통 신종사이금방 용신나복취자
然汁 入生龍腦少許調勻 昂首滴入鼻竅 左痛則灌右
연즙 입생룡뇌소허조균 앙수적입비규 좌통즉관우
竅 右痛則反之.
규 우통즉반지

鴛鴦草 藤蔓而生 黃白花對開 治癰疽腫毒尤妙
원앙초 등만이생 황백화대개 치옹저종독우묘
或服或傅 皆可 沈存中良方所載 卽金銀花也 又曰
혹복혹부 개가 침존중양방소재 즉금은화야 우왈
老翁鬚 本草注 忍冬 群芳譜 一名鷺鷥藤 一名金
노옹수 본초주 인동 군방보 일명노사등 일명금
釵骨.
차골

謝在杭文海披沙云 蝨瘕 黃龍沿水治之 應聲蟲
사재항문해피사운 슬가 황룡연수치지 응성충
雷丸及藍治之 食肺系蟲 獺爪治之 膈食蟲 藍汁治
뇌환급람치지 식폐계충 달조치지 격식충 남즙치

之 人面瘡 貝母治之.
지 인면창 패모치지

武昌小南門獻花寺老僧自究者 病噎食 臨終謂其
무창소남문헌화사노승자구자 병일식 임종위기

徒曰 我不幸罹斯疾 胸臆間必有物爲祟 歿後剖視
도왈 아불행리사질 흉억간필유물위수 몰후부시

乃可入斂 其徒如教 得一骨如簪形 取置經案.
내가입렴 기도여교 득일골여잠형 취치경안

久之 有兵帥借寓 從者殺鵝 其喉未殊 偶見此骨
구지 유병수차우 종자살아 기후미수 우견차골

取以挑刺 鵝血淺骨 骨立消.
취이도자 아혈천골 골립소

後其徒亦病噎 因前事悟 鵝血可療 數飮之 遂愈
후기도역병일 인전사오 아혈가료 수음지 수유

因廣其傳 以方授人 無弗愈者.
인광기전 이방수인 무불유자

治難產方 用杏仁一枚去皮 一邊書日字 一邊書月
치난산방 용행인일매거피 일변서일자 일변서월

字 用蜂蜜黏住 外用熬蜜爲丸 滾白水或酒呑下 此
자 용봉밀점주 외용오밀위환 곤백수혹주탄하 차

方乃異僧所傳.
방내이승소전

孫思邈千金方 人蔘湯須用流水煑 用止水則不驗
손사막천금방 인삼탕수용류수자 용지수즉불험

見人蔘譜.
견인삼보

談圃記 曾魯公七十餘病痢 鄕人陳應之 用水梅花
담포기 증노공칠십여병리 향인진응지 용수매화
臘茶服之 遂愈 但不知水梅花 是何物.
납다복지 수유 단부지수매화 시하물

張鐸僉事言 鴿能辟小兒疳氣 當多置房養之 淸晨
장탁첨사언 합능벽소아감기 당다치방양지 청신
令兒開房放鴿 其氣著面則無疳氣.
령아개방방합 기기착면즉무감기

倦遊錄 載辛稼軒患疝疾 一道人敎以薏苡米 用東
권유록 재신가헌환산질 일도인교이의이미 용동
壁黃土炒過煮爲膏服 數服卽消 程沙隨病此 稼軒以
벽황토초과자위고복 수복즉소 정사수병차 가헌이
方授之 亦效.
방수지 역효

文昌雜錄云 鼎州通判柳應辰 傳治魚鯁法 以到流
문창잡록운 정주통판유응진 전치어경법 이도류
水半盞 先問其人 使之應 吸其氣入口中 面東誦元
수반잔 선문기인 사지응 흡기기입구중 면동송원
亨利貞七遍 吸氣入水飮小許 卽瘥.
형리정칠편 흡기입수음소허 즉채

治水疾 櫓槳交戛處 刮取小許 艎底塵土 和舵工
치수질 노장교알처 괄취소허 황저진토 화타공
掌垢爲丸 鹽湯呑下三丸 神驗.
장구위환 염탕탄하삼환 신험

부(附)

◗ 얼굴에 난 수지(水疷)는 속칭 무사마귀〔武射莫爲〕라고 한다. 그를 다스리는 방법은 가을 바닷물로 씻으면 곧바로 흔적도 없이 사라진다. 나의 사촌 아우 박수원(朴綏源) 이중(履仲 : 박수원의 자)이 8, 9세 때 얼굴에 무사마귀를 함빡 덮어 쓰다시피 하여서 백약이 무효였는데, 어가(魚哥) 성을 가진 늙은 의원이 8 · 9월의 바닷물로 씻으라고 가르쳐 주기에 여러 번 씻었더니 당장에 효험을 보았다.

◗ 내가 열한두 살 났을 때 얼굴에 쥐의 젖(살가죽에 생기는 작은 사마귀)을 함빡 뒤집어쓰게 되었는데, 눈시울과 귓가가 더욱 심했다. 더덕더덕 밥티가 붙은 것 같아서, 거울을 들여다볼 때마다 몹시 울면서 화를 냈지만 백약이 무효였다. 때가 바로 봄과 여름철이어서 가을철까지 바닷물을 기다릴 수 없어, 염전(鹽田)의 물거품을 가져다가 물에 타서 몇 차례 씻고는 그대로 말렸더니 아주 신효를 보았다. 나는 이 방법을 널

리 전했더니 효험을 보지 않은 자가 없었다.

◘ 왕곡정(王鵠汀)의 하인인 악가(鄂哥)는 나이 스물한 살인데, 얼굴이 제법 깨끗하게 생겼었다. 마침 이질에 걸려 많이 앓고 있던 판이라, 곡정은 나에게 우리나라 태의(太醫)를 좀 청해 달라고 부탁했다. 나는,

"의사에게 물어볼 필요도 없소. 축축한 땅을 파고 지렁이 수십 마리를 잡아 백비탕에 넣어 끓이고는 즙을 짜서 답답하고 목이 마를 때마다 이 물을 많이 마시면 효험을 볼 것입니다."

하였더니, 곡정이 당장에 시험하여 곧바로 나았다.

◘ 목생(穆生)이란 자가 마침 학질을 앓아서, 곡정은 목생을 데리고 와서 나에게 보이고 처방문을 청했다. 나는 이슬 맞힌 생강즙을 마실 것을 말해 주었더니, 목생은 사례를 하면서 가 버렸는데, 그 이튿날 그곳을 떠났으므로 이것을 먹고 효험을 보았는지 모르겠다.

대체로 이슬 맞힌 생강즙은 학질을 고치는 데 좋은 처방문이다. 날생강 한 뿌리를 갈아서 즙을 내어 하룻밤을 한데 내어 두었다가, 해뜨기 전에 동쪽을 향해 앉아 마신다. 여러 번 시험해 보았는데 다 효험을 보았다.

◘ 고북구(古北口 : 만리장성에 있는 요새) 밖에 살고 있는 사람

들은 목에 혹이 많이 달렸는데, 여자가 유달리 심하였다. 나는 곡정에게 한 가지 처방문을 가르쳐 주면서,

"혹이 만일 담핵(痰核 : 멍울)이라면, 끼니마다 밥을 먹을 때 먼저 한 술을 떠서 손바닥 안에 놓고 밥을 동글동글하게 비벼 쥐고 있다가, 밥을 다 먹은 뒤에 손바닥 안의 밥에 소금을 조금 넣고 엄지손가락으로 섞어 개어서 상처에 붙이도록 하세요. 오랫동안 붙이면 저절로 없어진답니다. 그리고 밥은 멥쌀로 지어서 쓴답니다."

라고 하였다.

◗ 해산을 빨리 시키는 방법은 피마자 한 알을 찧어 발바닥 한복판의 용천혈에 붙이면 순산을 한다. 순산한 뒤엔 곧바로 떼어 버려야 한다. 만일 잊어버리고 즉시 떼지 않으면 대하증(帶下症)이 생길 염려가 있다.

◗ 양기를 돕는 데는 가을 잠자리를 잡아 머리와 날개와 다리를 떼어 버리고, 아주 곱게 갈아서 쌀뜨물에 반죽하여 환을 만들어 세 홉을 먹으면 아이를 낳을 수 있고, 한 되를 먹으면 늙은이가 젊은 여자를 사랑할 수 있을 것이다.

이상의 처방문을 기록하여 왕곡정에게 주었다.

原文

附
부

面上水痣 俗號武射莫爲 治方 秋海水洗 立消無
면상수지 속호무사막위 치방 추해수세 입소무
痕 余從弟綏源履仲 八九歲時 滿面水痣 百方無效
흔 여종제수원이중 팔구세시 만면수지 백방무효
有魚姓老醫 敎洗八九月海水 數洗立效.
유어성노의 교세팔구월해수 수세립효

余十一二歲 滿面鼠乳瘢 眼睫耳輪尤甚 纍纍如黏
여십일이세 만면서유반 안첩이륜우심 누루여점
飯顆 照鏡輒大啼恚 百方無效 時方春夏 難等秋海
반과 조경첩대제에 백방무효 시방춘하 난등추해
水 取鹽井水泡 和水數洗 自乾神效 余廣其傳 無
수 취염정수포 화수수세 자건신효 여광기전 무
不收效.
불수효

王鵠汀僕鄂哥 年二十一 貌頗佼好 方患痢苦劇
왕곡정복악가 연이십일 모파교호 방환리고극
鵠汀問余 請敎貴國太醫 余曰 不須問醫 掘土濕處
곡정문여 청교귀국태의 여왈 불수문의 굴토습처
得蚯蚓數十條 入白滾湯取汁 煩渴引飮 以此水多飮
득구인수십조 입백곤탕취즙 번갈인음 이차수다음

之 當有效 鵠汀立試之 卽差.
지 당유효 곡정립시지 즉차

有穆生者 方患瘧 鵠汀引生示余請方 余言露薑汁
유목생자 방환학 곡정인생시여청방 여언노강즙

穆稱謝而去 翌日還程 未知試此收效否也.
목칭사이거 익일환정 미지시차수효부야

蓋露薑汁治瘧良方 取生薑一角 擦取汁 露置一夜
개노강즙치학량방 취생강일각 찰취즙 노치일야

日出前東向坐嚥下 屢試屢效.
일출전동향좌연하 누시루효

口外人多癭 女子尤甚 余授鵠汀一方曰 癭若是痰
구외인다영 여자우심 여수곡정일방왈 영약시담

核 則每飯時先抄一匙 置掌中團握 飯畢 以鹽少許
핵 즉매반시선초일시 치장중단악 반필 이염소허

入掌中飯 以拇指擦爛貼之 久久自潰 飯用粳米飯.
입장중반 이무지찰란첩지 구구자궤 반용갱미반

催產方 取萆麻子一箇 搗傅足掌中湧泉 順產 產
최산방 취비마자일개 도부족장중용천 순산 산

後須卽去之 若忘未卽去 恐生帶下.
후수즉거지 약망미즉거 공생대하

壯陽方 取秋蜻蜓 去頭翅足 硏極細 泔水和丸 三
장양방 취추청정 거두시족 연극세 감수화환 삼

合 能生子 一升 老人能媚少姬.
홉 능생자 일승 노인능미소희

已上書與王鵠汀.
이 상 서 여 왕 곡 정

6

환희기(幻戲記)

요술(마술)의 연희를 관람한 기록이다. 황제의 생일을 맞이하여 열하에 모여든 마술사들이 펼친 요술의 연희 과정을 구체적으로 서술하여 현장감이 생생하게 전해진다.

환희기서(幻戲記序)[1]

아침에 광피사표패루(光被四表牌樓)를 지나는데 패루 아래 많은 사람들이 빼곡히 거리에 둘러서서 시장은 웃음소리가 땅을 뒤흔들었다. 쏜살같이 지나가는데 웬 사람이 싸우다가 죽어서 길에 가로 넘어진 것이 보였으므로 부채로 얼굴을 가리고 걸음을 재촉해서 지나쳤다. 따라오던 자가 뒤쳐져 있다가 갑자기 쫓아오면서 부르기를,

"볼 만한 괴이한 구경거리가 있습니다."

라고 한다. 나는 멀리서,

"무엇이냐?"

하고 물었더니 따르던 자가 말하기를,

"어떤 사람이 하늘 위에 가서 복숭아를 훔치려다가 지키는 자에게 얻어맞고서 땅에 뚝 떨어졌답니다."

1) 환희기서(幻戲記序) : 여러 본에는 이 소제(小題)가 없었으나, 여기에서는 주설루본을 따라서 수록하였다.

라고 한다. 나는 해괴한 소리를 한다고 나무라고는 돌아다보지도 않고 떠나왔다.

이튿날 또 그곳을 지나가는데, 대체로 천하의 기이한 재주와 음란한 장난과 잡스런 연극 패들이 모두 천추절에 열하로 가려고 기다리면서 날마다 패루에 나와서 온갖 놀음을 연습하고 있었다. 비로소 어제 뒤따르던 자가 본 것이 곧 요술(妖術)의 한 가지였음을 알았다.

대개 상고시대로부터 이런 데 능한 자가 있어 꼬마 귀신을 부려 사람의 눈을 속였으므로 이것을 '요술'이라고 했다. 하(夏)나라 시절에는 유루(劉累 : 술사의 이름)가 용을 길들여 공갑(孔甲 : 하나라 임금)을 섬겼고, 주나라 목왕(穆王) 때는 언사(偃師)[2]란 자가 있었다. 묵적(墨翟)[3]은 군자인데도 능히 나무로 만든 솔개를 날렸으며, 후세에도 좌자(左慈)와 비장방(費長房 : 동한(東漢) 때의 요술사)의 무리는 모두 이런 술법을 가지고 사람들을 놀렸다. 연(燕)나라와 제(齊)나라의 신기하고 괴상한 선비들은 신선 이야기로써 당시 임금들을 현혹시켰으니, 이것은 모두 요술이다.

당시에 사람들은 이것을 능히 깨닫지 못하고, 그 술법이 서역(西域)에서 나왔으므로 구라마십(鳩羅摩什)[4]과 불도징(佛

---

2) 언사(偃師) : 술사의 이름. 산 사람과 다름없는 인형을 만들었다.

3) 묵적(墨翟) : 묵자. 전국 시대 공자와 병칭하던 학자로서 겸애설(兼愛說)을 주창한 철학자이다.

圖澄)[5]과 달마(達摩)[6] 같은 자들이 더욱 요술을 잘할 줄 알았을 것이다.

어떤 사람은 말하기를,

"이런 술법을 팔아 생계를 유지하는 자들은 스스로 왕법(王法 : 국법) 밖에 있는데도 이들을 처벌하여 제거하지 않는 것은 무슨 까닭입니까?"

라고 하기에 내가,

"이는 중국 땅덩어리가 워낙 크다 보니 능히 회회(恢恢 : 넓고 큰 모양. 크게 포용하는 모양)하여 끝이 없어 이런 것도 같이 길러낼 수 있으므로 정치에 병폐가 되지 않기 때문이지요. 만일 천자가 좀스러워서 이런 것을 법률로 견주어보고 깊게 추궁한다면, 도리어 깊숙한 곳에 잘 보이지 않게 숨어살다가 때때로 나와서 세상을 흐려 놓을 것이니, 천하의 큰 근심이 될 것이다.

그러므로 이것을 날마다 사람으로 하여금 장난삼아 구경하게 하면 비록 부인이나 어린이라도 이것을 요술로 알게 되어 족히 마음이 놀라고 눈이 현란해지지 않을 것이니, 이것이 임

4) 구라마십(鳩羅摩什) : 구마라십(鳩摩羅什)을 잘못 표기한 것이다. 서역 구자(龜玆) 나라의 명승으로, 불경을 한문으로 번역하였다.

5) 불도징(佛圖澄) : 진(晉)나라 때 천축(天竺 : 인도)의 명승. 어떤 본에는 불국증(佛國證)으로 되어 있으나 잘못 표기한 것이다.

6) 달마(達摩) : 양(梁)나라 무제(武帝) 때 인도로부터 들어온 명승이며, 선종(禪宗)의 시조이다.

금된 자로서 세상을 이끌어 가는 방법이 되는 것입니다."
라고 하고는, 드디어 그 구경한 여러 가지 요술 스무 가지를 기록하여 장차 우리나라에서 아직 이 놀음을 못 본 사람들에게 보여주고자 한다.

환희기(幻戱記)[7]

요술쟁이가 세숫대야에 손을 씻고 수건으로 깨끗하게 닦은 뒤에 얼굴을 정제하고 사방을 돌아보면서 손바닥을 치고 이리저리 뒤집어서 여러 사람들에게 두루 보인 다음, 왼손 엄지손가락과 둘째손가락을 합해서 마치 환약을 비비듯이 하고 이나 벼룩을 잡듯이 마주 비비니, 갑자기 가느다란 물건이 생겨 겨우 좁쌀만 했다.

연거푸 이것을 비비니 점점 커져서 녹두알만 해지고 차차 앵두알만 해졌다가 다시 점점 빈랑(檳榔 : 계란 모양의 열매)만 해지더니 차츰 계란만 해졌다. 두 손바닥으로 재빨리 마주 비벼 굴리니 더 둥글어지고 더 커져서 조금 노랗고 깨끗한 흰색의 거위알만큼 커졌다. 거위알만큼 커지자 이번에는 더 이상 커지지 않고 별안간 수박만 하게 되었다.

요술쟁이는 두 무릎을 꿇고 가슴을 점점 젖히고는 더 빨리

7) 원문에는 이 소제(小題)가 없다.(편집자주)

비벼 굴려 장고를 끌어안은 듯 팔뚝이 아플 만해서야 그치더니, 이내 탁자 위에 놓는다. 그 몸뚱이는 매우 둥글고, 그 빛깔은 샛노랗고, 그 크기는 동이만 한 것이 다섯 말 들이는 되어 보였다. 무게는 무거워서 들 수가 없고 단단하여 깨뜨릴 수도 없어 돌도 아니요 쇠도 아니며, 나무도 아니요 가죽도 아니며, 흙으로 둥글게 만든 것도 아니어서 무어라 형언할 수 없다. 냄새도 없고 향기도 없이 무엇이 무엇인지 모를 만치 제강(帝江)[8] 같았다.

요술쟁이는 천천히 일어나 손뼉을 치면서 사방을 둘러보더니 다시 그 물건을 만지는데, 부드럽게 굴리고 가만히 쓰다듬으니 물건은 부드러워지고, 손을 슬며시 대니 물거품처럼 가벼워지며 점점 줄어들고 사라져서 잠깐 사이에 다시 손바닥 속으로 들어갔다. 다시 두 손가락으로 집어서 비비다가 한 번 튀기니까 즉시 물건이 사라져 버린다.

◗ 요술쟁이가 사람을 시켜 종이 몇 권을 잘게 찢게 하고는 큰 통에 물을 붓고 찢은 종이를 통 속에 집어넣고서 손으로 그 종이를 빨래하듯 저으니, 종이는 풀어지고 흐트러져서 마치 흙을 물속에 넣은 것과 같았다. 여러 사람들을 두루 불러

8) 제강(帝江) : 여섯 개의 다리에 네 개의 날개가 달렸고, 눈도 코도 없이 누런 주머니처럼 생겼으며, 음악과 춤을 이해하는 신령스러운 새 이름이다. 『산해경(山海經)』 서산경(西山經)에 나온다.

서 통 속에 있는 종이와 물이 질퍽하게 섞여 있는 것을 가까이에서 보이니 가히 한심한 일이다.

이때 요술쟁이는 손뼉을 치고 한 번 웃더니 두 소매를 걷고서 두 손으로 물을 길어 올리듯이 통을 붙잡고 종이를 건져내자, 마치 고치에서 실을 뽑아내듯이 종이가 서로 노끈처럼 이어져 나오는데, 처음에 잘게 찢을 때와 같고 이은 흔적이 없었다.

어느 사람이 풀로 발랐는지, 그 폭이 허리띠와 같이 수십 수백 발이나 되는 것을 땅바닥에 풀어놓아 바람에 펄럭거렸다. 다시 통 속을 살펴보니 찌꺼기 하나 없이 맑고 깨끗하여 마치 새로 길은 물과 같았다.

◘ 요술쟁이가 나무 기둥을 등지고 서서 사람을 시켜 손을 뒤로 젖혀 붙이고 두 엄지손가락을 묶으라고 했다. 기둥은 두 팔 사이에 있고 두 엄지손가락은 검푸르게 되어 아픔을 참지 못하니, 여러 사람들이 둘러서서 보다가 눈살을 찌푸리지 않는 이가 없었다. 조금 있더니 요술쟁이는 기둥에서 떨어져 나와 섰는데 손은 가슴 앞에 있고 묶은 데는 이전이나 다름없이 아직 풀지 못했다. 손가락의 피는 한 곳으로 모여서 부어오르고 빛깔은 더욱 검붉어 몹시 아픈 것을 견디지 못했다. 여러 사람이 이에 노끈을 풀어주니, 혈기가 점점 통하고 노끈 자리는 아직도 붉었다.

우리 일행인 역부(驛夫)가 눈을 부릅뜨고 자세히 보다가 마음속에 슬며시 화가 나서 얼굴빛에 의분을 내고는 주머니를 털어 돈을 꺼내어 큰 목소리로 요술쟁이를 불러 먼저 돈을 주고는, 다시 한 번 자세히 보기를 요구했다. 요술쟁이는 원망하는 듯이,

"내가 너를 속이지 않았는데 너는 나를 못 믿으니, 네가 맘대로 나를 묶어 보려무나."

라고 한다.

역부는 씩씩대며 〈요술쟁이의〉 노끈을 던져버리고, 자기가 가진 채찍 줄을 끌러 입에 물어 축인 다음 요술쟁이를 붙들어 기둥에 등지게 하고 뒷손을 젖혀서 묶는데, 처음보다 훨씬 세게 묶었다. 요술쟁이는 아프다고 소리를 치는데 뼛속까지 아픈지 콩알만 한 눈물이 떨어진다. 역부가 크게 웃으니 구경꾼들이 더욱 많아졌다. 벗는 것을 볼 사이도 없이 요술쟁이는 벌써 스스로 기둥을 떠나 있고 묶은 데는 끝내 풀어지지 않았다. 이런 신통한 것을 세 번이나 보였으니, 아무리 하여도 할 수 없는 일이다.

◑ 요술쟁이가 둥근 수정 구슬 두 개를 탁자 위에 놓았는데, 구슬은 계란보다 조금 작았다. 언뜻 한 개를 집어 입을 벌리고 넣으니 목구멍은 좁고 구슬은 커서 삼키지 못하고, 구슬을 토해 내어 도로 탁자 위에 놓았다. 다시 광주리 속에서 두 개의 계란을 꺼내어 눈을 부릅뜨고 목을 늘이고서 알 하나를 삼키는데, 마치 닭이 지렁이를 삼키는 것 같고 뱀이 두꺼비를

삼키는 것 같아 계란이 목 속에 걸려서 거죽으로 혹이 달린 것처럼 보였다.

다시 또 알 하나를 삼키니 과연 목구멍을 틀어막아 목이 메어 재채기를 하고 구역질하더니, 목에 핏대가 서자 요술쟁이는 후회하고 한스러워하며 살고 싶지 않은 듯이 대 젓가락으로 목구멍을 쑤시니 젓가락이 꺾어져 땅에 떨어진다. 이제 어쩔 수가 없어 입을 벌리고 사람들에게 보여주는데, 목구멍 속에는 조금 희끔한 것이 드러난다.

가슴을 치고 목을 두드리며 답답하고 가슴이 막혀 쩔쩔매는 꼴을 보고 사람들은,

“조그만 재주를 함부로 경솔히 자랑하다가 아아, 이제는 죽겠구나!”

라고 하였다. 요술쟁이는 가만히 듣더니 귀가 가려운 듯 귀를 기울이고 잠시 긁는다. 마치 무슨 의심이 가는 것이 있는 것처럼 손가락 끝으로 귓구멍을 후벼 흰 물건을 끄집어내니, 과연 계란이었다. 이때에 요술쟁이는 오른손으로 계란을 쥐고 여러 사람들에게 두루 보이더니, 왼쪽 눈에 넣었다가 오른쪽 귀에서 뽑아내고, 오른편 눈에 넣었다가 왼편 귀에서 뽑아내며, 콧구멍에 넣었다가 뒤통수로 뽑아내는데, 목구멍에는 아직도 계란 한 개가 막혀 있었다.

◗ 요술쟁이가 흰 흙 한 덩어리로 땅에 큼직하게 동그라미를 그리고는 여러 사람들을 동그라미 밖에 둘러앉게 했다. 요

술쟁이는 이때 모자를 벗고 옷을 풀고, 모래로 벼려서 시퍼렇게 간 칼을 꺼내어 땅 위에 꽂아 놓고는 다시 댓가지로 목을 쑤셔 계란을 깨뜨리려고 했다.

땅을 버티고 서서 한 번 토해도 계란은 끝내 나오지 않자 이에 그 칼을 뽑아 좌에서 우로 휘두르고 우에서 좌로 휘두르다가, 공중을 쳐다보고 한 번 던져 이것을 손바닥으로 받는다. 또 한 번 높이 던지고는 하늘을 향하여 입을 벌리니 칼끝이 똑바로 떨어져 입 속에 꽂혀서 들어간다.

이때에 여러 사람들은 얼굴빛을 변하여 모두 일어나고 깜짝 놀라 말이 없다. 요술쟁이는 고개를 젖히고 두 손을 늘이고 뻣뻣이 한참을 선 채, 두 눈 한 번 깜박하지 않고 푸른 하늘을 똑바로 쳐다보면서 잠시 있다가 칼을 삼키는데 병을 기울여 무엇을 마시는 듯하고, 목과 배가 서로 마주 응하는 것이 마치 성난 두꺼비 배처럼 불룩거렸다. 칼고리가 이빨에 걸려 칼자루만 넘어가지 않고 남아 있다.

요술쟁이는 네 발로 기듯이 칼자루를 땅에 쿡쿡 다져 이빨과 〈칼의〉 고리가 맞부딪쳐 딱딱 소리가 났다. 또 다시 일어나 서서 주먹으로 칼자루 머리를 치고서 한 손으로 배를 만지고 한 손으로는 칼자루를 잡고 내두르니 뱃속에서 칼이 어지럽게 뒤섞이는데, 칼이 살가죽 밑에서 오가는 것이 마치 붓으로 종이에 줄을 긋는 것과 같았다.

여러 사람들은 가슴이 섬뜩하여 똑바로 보지 못하고, 어린 애들은 무서워서 울면서 등을 지고 달아나다가 엎어지고 자

빠졌다. 이때에 요술쟁이는 손뼉을 치고 사방을 돌아보고 늠름하게 똑바로 서서 이내 천천히 칼을 뽑아 두 손으로 받들어 들며, 여러 사람들의 바로 눈앞에 두루 보이면서 인사를 하는데, 칼끝에 붙은 핏방울에는 더운 기운이 무럭무럭 났다.

◑ 요술쟁이가 종이를 나비 날개처럼 수십 조각을 오리고 손바닥 속에서 비비고는, 여러 사람들 중에서 한 명의 어린이를 불러내어 눈을 감고 입을 벌리라고 하였다. 요술쟁이가 손바닥으로 입을 가리니, 어린이는 발을 구르면서 울었다. 요술쟁이가 웃으면서 손을 떼니 어린이는 울다가 토(吐)하는데, 청개구리가 뛰어나온다. 연달아 청개구리 수십 마리를 토해 내니, 모두 땅바닥에서 팔짝팔짝 뛰놀곤 하였다.

◑ 요술쟁이가 탁자 위를 깨끗하게 닦더니 붉은 양탄자 보자기를 툭툭 털어 탁자 위에 펴놓고, 사방을 돌아보면서 손뼉을 쳐서 여러 사람들에게 두루 보였다. 요술쟁이는 천천히 탁자 앞으로 걸어와서 한 손으로 보자기 복판을 누르고 한 손으로는 보자기 모서리를 집어 올려 젖히니, 붉은 새 한 마리가 한 번 짹하고 울면서 남쪽을 향해서 날아갔다. 또 한 번 손을 동쪽으로 쳐드니 푸른 새가 동쪽을 향해서 날아갔다.

손을 보자기 밑에 집어넣어 가만히 참새 한 마리를 집어내는데, 빛은 희고 부리는 붉었다. 두 발로 허공을 허우적거리다가 요술쟁이의 수염을 움켜잡았다. 요술쟁이가 수염을 쓰다듬으니, 새는 다시 요술쟁이의 왼쪽 눈을 쪼았다. 요술쟁이는 새를 버리고 눈을 문지르니, 새는 서쪽을 향해서 날아갔다. 요술쟁이는 분해서 한숨을 쉬면서 다시 가만히 손으로 검정 참새 한 마리를 잡아서 다른 사람에게 주려고 하다가 잘못해서 놓치는 바람에 참새가 땅에 떨어져 빙 돌아서 탁자 밑으로 들어갔다. 어린이들이 다투어 참새를 붙잡으려고 하자, 참새는 폴짝 일어나 북쪽을 향하여 날아갔다. 요술쟁이는 분이 나서 보자기를 집어치우자, 수없는 앵무새와 구관조들이 한꺼번에 날아가서 날개를 치면서 빙빙 돌다가 지붕의 처마 위에 모여 앉았다.

◐ 요술쟁이가 주석으로 만든 작은 병을 가지고 오른손으로 물 한 대접을 떠서 병 주둥이에 철철 넘도록 부었다. 요술쟁이가 대접을 탁자 위에 놓고 대젓가락을 가지고 병 밑창을 찌르니, 물이 병 밑바닥에서 새어 똑똑 방울져 흐르더니 조금 있다가는 낙숫물처럼 줄줄 흘렀다. 요술쟁이가 고개를 젖히고 병 밑바닥을 입으로 부니, 새던 물이 뚝 그쳤다.

요술쟁이가 공중을 향해서 옆으로 흘겨보면서 입 속으로 주문(呪文)을 외니, 물은 병 주둥이로부터 몇 자나 치솟아 올라 땅바닥에 가득히 쏟아졌다. 요술쟁이가 소리를 꽥 지르면서 솟아오르는 물 중간을 움켜잡으니, 물은 중간이 끊어지면서 쭈그러져 병 속으로 들어갔다. 요술쟁이는 다시 그 대접을 가져다가 병의 물을 도로 따르니, 병에 든 물의 분량은 처음과 같은데 땅바닥에 물이 흐른 자국은 몇 동이나 쏟아놓은 것 같았다.

◑ 요술쟁이가 쇠고리 두 개를 꺼내어 탁자 위에 놓더니 여러 사람들을 두루 불러서 이 쇠고리를 보여주었다. 둘레는 두 뼘이나 되는데 밑도 끝도 없이 둥글둥글한 것이 마치 하늘의 조화로 만들어진 것 같다. 요술쟁이는 이때 두 손을 쫙 벌리고 각각 고리 하나씩을 쥐고는 내둘러 춤을 추면서 공중을 향하여 고리를 던졌다가 고리로 고리를 받으니, 두 개의 고리는 서로 이어졌다. 이 이어진 고리를 여러 사람에게 두루 보여주는데, 끊어진 데도 없고 틈도 없으니 누가 이을 때를 보았으랴.

요술쟁이는 이때 두 손을 쫙 벌리고 각각 고리 하나씩을 잡고 한 번 떼었다가 한 번 붙였다 하고, 한 번 이었다가 한 번 끊었다 하면서 끊고 잇고 떼고 붙이곤 했다.

◑ 요술쟁이가 수놓은 모직물 보자기를 탁자 위에 펴 놓고 보자기 한 모서리를 약간 들어 주먹만 한 자줏빛 돌 한 개를 끄집어내어, 칼끝으로 조금 찌르고 돌 밑에 잔을 바치니 소주가 조금씩 흘러 내렸다. 〈소주가〉 잔에 차면 그치는데, 여러 사람들이 다투어 가면서 돈을 내어 술을 사 마신다.

사괴공(史蒯公)을 마실 것을 청하면 돌에서 사괴공이 흘러나오고, 불수로(佛手露)를 마실 것을 청하면 돌에서 불수로

가 흘러나오며, 장원홍(壯元紅)을 마실 것을 청하면 돌에서 장원홍이 흘러나온다. ―사괴공·불수로·장원홍은 모두 술 이름이다.― 한 가지만 능한 것이 아니라 청하는 대로 척척 응하여 한 줄기 맑은 향기가 위(胃) 속에 들어가면 볼이 붉어진다. 연거푸 수십 잔을 쏟더니 홀연히 돌이 있는 곳을 잃어버렸다. 요술쟁이는 놀라지도 않고 당황하지도 않으며, 손가락으로 멀리 흰 구름을 가리키면서 말하기를,

"돌이 하늘 위로 돌아갔소이다."

라고 하였다.

◘ 요술쟁이가 손을 보자기 밑에 넣어 빈과(蘋果) 세 개를 끄집어냈다. ―빈과는 곧 우리나라에서 일컫는 사과(沙果)이다. 중국에서 일컫는 사과는 곧 우리나라의 임금(林檎 : 능금)이다. 우리나라에서는 원래 빈과가 없었는데, 동평위(東平尉) 정재륜(鄭載崙)이 사신으로 갔을 때에 가지에 접을 붙여 귀국한 뒤로 우리나라에 비로소 퍼졌으며, 이름은 잘못 전해진 것이라고 한다.― 가지가 붙어 있고 잎이 붙은 것을 한 개 가지고 우리나라 사람에게 사라고 청한다. 우리나라 사람은 머리를 흔들며 즐겨 사려 하지 않으면서,

"당신이 지난날에 항상 말똥으로 사람을 희롱한다는 말을 들었소이다."

라고 하니, 요술쟁이는 웃으면서 이것을 변명하지 않는다. 그러자 여러 사람들은 다투어 사서 씹어 먹었다. 우리나라 사람이 비로소 팔라고 청하니, 요술쟁이는 처음에는 아끼는 듯하

다가 얼마 뒤에야 한 개를 끄집어내어 준다. 그러자 우리나라 사람이 한 입 베어 먹고는 곧바로 토하는데, 말똥이 한 입 가득 차서 온 저자 사람이 모두 웃었다.

◘ 요술쟁이가 바늘 한 줌을 입에 넣어 삼켰는데, 간지럽지도 않고 아프지도 않고 말하는 것이나 웃는 것이 평상시와 다름없이 밥을 먹고 차를 마셨다. 천천히 일어나서 배를 문지르고는 붉은 실을 비벼서 귓구멍에 넣고 조용히 한참 동안 서 있더니, 재채기를 몇 번 하고는 코를 쥐어 콧물을 내고 수건으로 코를 닦고 나서 콧구멍에 손가락을 넣어 코털을 뽑는 것 같더니, 잠시 후에 붉은 실이 콧구멍에서 조금 보였다.

요술쟁이가 손톱을 족집게처럼 만들어 그 실 끝을 뽑아 당기니, 실이 한 자 남짓 나오면서 갑자기 바늘 한 개가 콧구멍으로 누워서 나오는데 실이 꿰어져 있었다. 가느다랗게 질질 끌려 뽑아지는 실은 자꾸만 길어져서 백 개, 천 개의 바늘이 모두 실 한 끝에 꿰어졌고, 혹은 밥알이 바늘 끝에 붙어 있었다.

◘ 요술쟁이는 흰 대접 하나를 꺼내어 여러 사람들에게 뒤집어서 보여주고는 땅바닥에 놓았는데, 〈대접 안에는〉 아무 물건도 없었다. 요술쟁이는 사방을 돌아보면서 손뼉을 쳐 여러 사람들에게 보여주고는 접시 한 개를 가져다가 대접 위를 덮고 사방을 향하여 노래를 부른다. 얼마 있다가 〈대접을 덮었

던 접시를> 열어 보니, 은(銀)이 다섯 조각이 있는데 모양은 흰 마름처럼 생겼다.

요술쟁이는 사방을 돌아보고 손뼉을 쳐 여러 사람에게 보여주고는 다시 접시로 대접을 처음처럼 덮고서 공중을 향하여 옆으로 흘겨보며 크게 외치는 한마디 소리가 욕하는 것 같더니, 얼마 있다가 열어 보니 은(銀)은 돈으로 변하였고 그 수효도 역시 다섯 개였다.

◐ 요술쟁이가 은행 한 소반을 땅 위에 놓고 큰 항아리 하나로 이것을 덮고 공중을 향하여 주문을 외우다가 한참 만에 열어 보니, 은행은 보이지 않고 모두 산사(山査 : 한약재의 일종)가 되었다. 다시 그 항아리를 덮고 공중을 향하여 주문을 외우다가 한참 만에 열어 보니, 산사는 보이지 않고 모두 육두구(肉荳蔻 : 한약재의 일종)가 되었다. 다시 그 항아리를 덮고 공중을 향하여 주문을 외우다가 한참 만에 열고 보니, 육두구는 보이지 않고 모두 붉은 능금이 되었다. 다시 그 항아리를 덮고 공중을 향하여 주문을 외우다가 한참 만에 열고 보니, 붉은 능금은 보이지 않고 모두 염주(念珠)가 되었다.

전단(栴檀)[9]에 여러 개의 포대(布袋)[10] 목상(木像)을 조각하

9) 전단(栴檀) : 인도에서 나는 향나무인데, 목재는 불상을 만드는 재료로 쓰인다.

10) 포대(布袋) : 불경에서 이르는 칠복신(七福神)의 하나로서 '미륵보

였으며, 하나하나가 웃음을 머금고 낱낱이 뚱뚱하여 한 줄에 108개를 꿰었는데 처음도 끝도 없이 가지런했다. 아무리 셈을 잘하는 교력(巧歷)[11]이라도 어디서부터 시작하여 셀 수 있으랴? 이때 요술쟁이는 사방을 돌아보면서 손뼉을 쳐서 여러 사람들을 두루 불러 용한 술법을 자랑하며 보여주었다.

다시 그 항아리를 덮어서 땅 위에 엎었다가 뒤집어 놓으니, 항아리는 밑으로 가고 소반은 위에 있게 되었다. 옆 눈으로 보면서 마치 화가 난 듯이 소리를 치고 한참 만에 열어 보니, 염주는 하나도 없고 맑은 물이 철철 넘치며, 한 쌍의 금붕어가 항아리 속에서 활발히 노니는데 물을 먹고 진흙을 뱉어내며 뛰기도 하며 헤엄치곤 했다.

◑ 요술쟁이가 한 자 넓이나 되는 꽃 그림이 그려진 자기 쟁반 다섯 개를 탁자 위에 놓고, 다시 가는 댓개비 수십 개를 탁자 아래에 놓았는데, 댓개비의 크기와 길이는 화살과 비슷하고 모두 그 끝을 뾰족하게 깎았다. 댓개비 한 개를 가지고 그 끝에 쟁반을 얹고 대를 흔들어 돌리니, 쟁반은 기울지도 않고 삐뚤어지지도 않으며, 도는데 조금 느리게 돌면 다시 손으로 쳐서 빨리 돌게 한다. 쟁반은 빨리 도는 바람에 떨어질 생각

살'이라고도 하는 중을 말한다.

11) 교력(巧歷) : 셈에 능한 인물인데, 『장자(莊子)』 제물론(齊物論) 편에 나온다.

을 하지 않는다. 쟁반이 만약 조금 기울 때는 다시 댓가지로 질러 올리면 쟁반이 대나무 끝에서 한 자 남짓 높이 솟았다가 똑바로 댓개비에 그대로 내려 앉아 팽팽 돌았다.

요술쟁이는 이것을 오른쪽 가죽신발 속에 꽂아 놓으니, 쟁반은 저절로 돌고 있었다. 또 한 댓개비로 쟁반을 처음처럼 돌리다가 왼쪽 가죽신발 속에 꽂고, 또 한 댓개비로 돌리다가 오른쪽 옷깃에 꽂고, 또 다른 한 댓개비로 쟁반을 돌리다가 왼쪽 옷깃에 꽂았으며, 다시 한 댓개비는 그 끝에 쟁반을 엎어 흔들고 치밀고 핑핑 돌리니 손으로 칠 때마다 쟁쟁 소리가 났다.

이때 요술쟁이는 댓개비에 댓개비를 잇달아 꽂자, 쟁반은 무겁고 댓개비는 길어지니 댓가지 허리가 절로 구부러지는데, 쟁반이 떨어져 부서진다는 생각은 전혀 하지 않고 끊임없이 돌린다. 댓개비 10여 개를 이으니 높이가 지붕 위에까지 올라갔다. 이때 요술쟁이는 꽂았던 댓개비를 천천히 빼어 쟁반을 차례차례 옆에 있는 사람에게 주어 탁자 위에 도로 놓도록 했다.

이때 요술쟁이는 입에 댓개비 하나를 담뱃대처럼 물고는 입에 문 댓개비 끝에 높은 댓개비를 세우며 두 팔을 늘어뜨리고 뻣뻣이 한참 동안 서 있으니, 이때 여러 사람들은 온몸이 짜릿하지 않는 이가 없었다. 이는 쟁반을 아껴서 그런 것이 아니라 실제로는 목격하기가 너무 아찔하고 위험해서였다.

별안간 바람이 일어 댓개비는 과연 중간이 부러지면서 이

때 여러 사람들이 일제히 놀라 소리를 치자, 요술쟁이 역시 움찔하며 재빨리 좇아가 쟁반을 받아서 다시 한 번 높이 던지니 쟁반은 100척이나 높이 날아갔다. 이때 요술쟁이는 사방 구경꾼을 돌아보면서 편안한 듯 가볍게 쟁반을 받는데, 자랑하는 빛도 없고 뽐내는 기색도 없이 마치 옆에 사람이 없는 것처럼 했다.

◘ 요술쟁이가 벼 알곡 네댓 말을 앞에 놓고 두 손으로 다투듯이 움켜쥐고 마치 짐승 고기를 즐기듯이 잠깐 사이에 다 먹어 버리니 땅바닥은 핥은 듯 깨끗했다. 이때 요술쟁이가 땅바닥을 버티고 겨를 토하는데, 침이 뭉쳐서 덩어리가 되어 나왔다. 겨가 다 나오더니 계속해서 연기가 입술과 이 사이에 어리어 손으로 수염을 닦고 물을 찾아 양치질을 해도 연기는 끝내 그치지 않았다. 답답함을 참지 못하여 가슴을 치고 입술을 쥐어뜯으며 연거푸 물을 몇 그릇 마셨으나, 연기의 기세는 더욱 심하여 입을 벌리고 한 번 토하니 붉은 불길이 입에 꽉 찼다. 젓가락으로 집어내니 반은 숯이요 반은 타고 있었다.

◘ 요술쟁이가 금 호로병(葫蘆甁)을 탁자 위에 놓고, 또 청동 꽃병을 꺼내놓는데 공작의 깃을 꽂아 놓았다. 조금 있다 보니 금 호로병이 간 곳이 없다. 요술쟁이는 구경꾼들 중의 한 사람을 가리키면서,

"저 나리가 감추었네!"

하니 그 사람은 화가 나서 얼굴빛이 변하면서,

"어찌 이렇게 무례하단 말이오?"

했다. 요술쟁이는 웃으면서,

"나리께서는 정말 거짓말을 하십니다. 호로병은 나리의 품속에 있습니다."

하니, 그 사람은 크게 화가 나서 입 속으로 욕을 하면서 자신의 옷을 한 번 털어 보이니, 홀연 품속에서 땡그랑 소리가 나면서 <호로병이> 땅에 떨어졌다. 온 저자가 일제히 웃으니 그 사람은 한참을 묵묵히 있다가 다른 사람 등 뒤에 가서 섰다.

◨ 요술쟁이가 탁자 위를 깨끗이 닦고는 책을 진열하고, 조그만 향로에 향불을 피우고, 흰 유리 접시에 복숭아 세 개를 담아 두었는데 복숭아는 모두 큰 대접만 했다. 탁자 앞에 바둑판과 검고 흰 바둑알을 담은 통을 놓고, 초석을 단정하게 깔아놓았다.

잠깐 휘장으로 탁자를 가렸다가 조금 후에 걷으니, 구슬 관에 연잎 옷을 입은 자도 있고, 신선의 옷차림에 구름문양의 신을 신은 자도 있으며, 나뭇잎으로 옷을 해 입고 맨발로 있는 자도 있고, 혹은 마주앉아 바둑을 두기도 하며, 혹은 지팡이를 짚은 채 옆에 서 있기도 하고, 혹은 턱을 괴고 앉아서 조는 자도 있는데, 모두가 수염이 아름답고 얼굴들이 예스럽고 기이하게 생겼다.

접시에 있던 복숭아 세 개가 갑자기 가지가 돋고 잎이 붙고 가지 끝에 꽃이 피니, 구슬 관을 쓴 자가 복숭아 한 개를 따서 서로 베어 먹고, 그 씨를 꺼내어 땅속에 심었다. 그리고 나서 또 다른 복숭아를 먹는데 절반도 못 먹어서 땅에 심었던 복숭아씨가 벌써 몇 자를 자라서 꽃이 피고 열매를 맺었다. 바둑을 두던 자들이 갑자기 머리가 반백(斑白)이 되더니 이윽고 하얗게 세어 버렸다.

◗ 요술쟁이가 큰 유리 거울을 탁자 위에 놓고 시렁을 만들어 세웠다. 이때 요술쟁이는 여러 사람들을 두루 불러서 이 거울을 열어 구경시켰다.

여러 층의 누각과 몇 겹의 전각에 아름다운 단청이 곱게 칠해져 있는데, 관원 한 사람이 손에 파리채〔蠅拂〕를 잡고 난간을 따라 서서히 걸어갔다. 아름다운 여자들이 서넛씩 짝을 지어 어떤 이는 보검을 가지고, 어떤 이는 금 호로병을 받들고, 어떤 이는 생황을 불고, 어떤 이는 비단 공도 차는데, 아름다운 귀고리에 구름 같은 머리채가 묘하고 고와서 비할 바가 없었다. 방 안에 있는 온갖 물건과 수없는 보물들로 보아 참으로 세상에서 부귀가 지극한 사람 같았다.

이때 여러 사람들은 부러워하고 기뻐하지 않는 사람이 없고, 푹 빠져서 다투어 서로 구경하기에 바빠서 이것이 거울인 줄도 잊어버리고 곧바로 뚫고 들어가려고 했다. 그러자 요술쟁이는 구경꾼들을 내몰며 꾸짖어 물리치고 즉시 거울 문을 닫아 더 오래 보지 못하도록 했다.

요술쟁이가 한가로이 걸어서 사방을 향하여 노래를 부르다가 또 그 거울을 열어서 여러 사람을 불러 와서 보라고 했다. 전각은 적막하고 누각과 정자들은 황량한데, 세월이 얼마나 지났는지 아름다운 여자들은 어디로 갔는지? 한 사람이 침상 위에서 옆으로 누워 자는데, 옆에는 아무 물건도 없다. 손으로 귀를 받치고 잠을 자는데, 정수리에는 이상한 기운이 나와 연기처럼 꼬물꼬물 떠오르는데, 처음은 가늘고 끝은 둥그런 모습이 마치 늘어진 젖통 같았다.

종규(鍾馗)[12]가 여동생을 시집보내고 올빼미가 장가를 드는데, 〈푸른 하늘의 기운인〉 버들 귀신이 앞을 서고 〈복을 가

12) 종규(鍾馗) : 당(唐)나라 고조 황제로부터 받은 은혜를 갚기 위해 현종의 꿈에 나타나서 잡귀를 쫓아냄으로써 현종의 병을 낫게 해줬다는 귀신 이름이다. 현종이 병석에 누워 꿈을 꾸었는데, 꿈에 온갖 잡귀가 나타나 궁궐 이곳저곳을 뛰어다니면서 물건을 훔치는 등 요망한 짓을 하자 종규가 나타나서 잡귀를 붙잡아 손가락으로 눈알을 파먹고 죽였더니, 현종이 꿈에서 깨어났을 때 병이 말끔히 나아 있었다. 이후 현종은 화가 오도자(吳道子)로 하여금 꿈에서 보았던 종규의 모습을 그리게 하였고, 민간에서는 섣달 그믐날밤에 잡귀를 쫓기 위해 종규의 그림을 벽이나 문에 붙였다고 한다. 종규는 고조 황제 때 무과(武科)에 응시했다가 불합격하자 너무나 부끄러운 나머지 궁중의 계단에 머리를 부딪쳐 자살했는데, 고조 황제가 후하게 장례를 치러주었더니 그 은혜에 감동하여 천하의 요괴를 퇴치함으로써 나라의 평안을 도모하겠다고 맹세하였다고 한다.

져다준다는〉 박쥐가 깃발을 들고는 정수리에서 나오는 기운을 타고 공중에 올라가서 안개 속에서 논다. 잠자던 자가 기지개를 켜면서 깨려다가 도로 잠이 들었는데, 갑자기 두 다리가 두 개의 수레바퀴로 바뀌면서 굴대와 바퀴살은 아직 만들어지지 않았다. 이때에 구경꾼들은 징그러워하지 않는 자가 없어 거울을 가린 채 등을 돌리고 달아났다.

〈요술쟁이가 선언하듯 엄숙하게 말을 한다.〉

"세계가 꿈결과 환상적인 것은 본래 이와 같아서 오히려 거울 속의 염량(炎涼) 변천이 갑자기 달라진다. 일체 인간의 가지가지 일들이 아침에 무성했다가 저녁에 시들고, 어제는 부자였다가 오늘은 가난하고, 잠깐 젊었다가 갑자기 늙는 것이 꿈속에서 꿈 이야기를 하는 것 같아서, 슬쩍 죽었다가 바야흐로 살고, 무엇이 있고 무엇이 없으며, 무엇이 참이요 무엇이 거짓인지 모를 일이다.

세상에 착한 마음을 지닌 착한 사내와 보살(菩薩)의 형제들에게 말하노니, 헛세상에 꿈같은 몸과 거품 같은 금과 번개 같은 비단으로 큰 인연을 맺어서 기운에 따라 잠시 머무를 뿐이니, 원컨대 이 거울을 표준삼아 덥다고 나아가지 말고, 차다고 물러서지 말며, 있는 돈을 골고루 흩어서 이 가난하고 궁핍한 사람들을 구제할지어다."

◗ 요술쟁이가 큰 동이 하나를 탁자 위에 놓고 수건으로 깨끗하게 닦고서 붉은 옷감으로 〈위를〉 덮었다. 장차 무슨 요

술을 부리려고 주선할 즈음에 품속에서 접시 하나가 쨍그랑 하고 땅에 떨어지면서 붉은 대추가 흩어지니, 여러 사람들은 일제히 웃고 요술쟁이도 웃었다. 그릇과 도구를 주워 담아 이내 놀음을 파하니, 이것은 재주가 없어 그러는 것이 아니라, 날이 저물어 바로 파하려 했으므로 일부러 파탄(破綻)을 내어 여러 사람들에게 본래 이것이 거짓이라는 것을 보여준 것이다.

原文

幻戲記
환 희 기

幻戲記序
환 희 기 서

朝日過光被四表牌樓 樓下萬人簇圍 市笑動地 驀
조 일 과 광 피 사 표 패 루 누 하 만 인 족 위 시 소 동 지 맥
然見鬪死橫道者 蔽扇促步而過 從者後 俄而追呼
연 견 투 사 횡 도 자 폐 선 촉 보 이 과 종 자 후 아 이 추 호
有怪事可觀 余遙問 謂何 從者曰 有人偸桃天上
유 괴 사 가 관 여 요 문 위 하 종 자 왈 유 인 투 도 천 상
爲守者所擊 塌然落地 余叱爲怪駭 不顧而去.
위 수 자 소 격 탑 연 락 지 여 질 위 괴 해 불 고 이 거

明日又行其地 蓋天下奇伎淫巧雜劇 皆趁千秋節
명 일 우 행 기 지 개 천 하 기 기 음 교 잡 극 개 진 천 추 절
待詔熱河 日就牌樓 演較百戲 始知昨日從者所見
대 조 열 하 일 취 패 루 연 교 백 희 시 지 작 일 종 자 소 견
乃幻術之一也.
내 환 술 지 일 야

蓋自上世有此 能役使小鬼 眩人之目 故謂之幻也
개 자 상 세 유 차 능 역 사 소 귀 현 인 지 목 고 위 지 환 야
夏之時 劉累擾龍 以豢孔甲 周穆王時 有偃師者
하 지 시 유 루 요 룡 이 환 공 갑 주 목 왕 시 유 언 사 자
墨翟君子也 能飛木鳶 後世如左慈費長房之徒 皆挾
묵 적 군 자 야 능 비 목 연 후 세 여 좌 자 비 장 방 지 도 개 협

此術以游戲人間 而燕齊迂怪之士 談神仙以誑惑世
차 술 이 유 희 인 간 이 연 제 우 괴 지 사 담 신 선 이 광 혹 세

主者 皆幻術.
주 자 개 환 술

當時未之能覺 意者其術出自西域 故鳩羅摩什 佛
당 시 미 지 능 각 의 자 기 술 출 자 서 역 고 구 라 마 십 불

圖澄 達摩 尤其善幻者歟.
도 징 달 마 우 기 선 환 자 여

或曰 售此術以資生 自在於王法之外 而不見誅絕
혹 왈 수 차 술 이 자 생 자 재 어 왕 법 지 외 이 불 견 주 절

何也 余曰 所以見中土之大也 能恢恢焉並育 故不
하 야 여 왈 소 이 견 중 토 지 대 야 능 회 회 언 병 육 고 불

爲治道之病 若天子挈挈然與此等較三尺 窮追深究
위 치 도 지 병 약 천 자 설 설 연 여 차 등 교 삼 척 궁 추 심 구

則乃反隱約於幽僻罕觀之地 時出而衒耀之 其爲天
즉 내 반 은 약 어 유 벽 한 도 지 지 시 출 이 현 요 지 기 위 천

下患大矣.
하 환 대 의

故日令人以戲觀之 雖婦人孺子 知其爲幻術 而無
고 일 령 인 이 희 관 지 수 부 인 유 자 지 기 위 환 술 이 무

足以驚心駭目 此王者所以御世之術也哉 遂記其所
족 이 경 심 해 목 차 왕 자 소 이 어 세 지 술 야 재 수 기 기 소

觀諸幻共二十則將以示吾東之未見此戲者.
관 제 환 공 이 십 칙 장 이 시 오 동 지 미 견 차 희 자

幻戲記
환희기

幻者盥手帨淨 整容四顧 鼓掌翻覆 遍示衆人 乃
환자관수세정 정용사고 고장번복 편시중인 내
以左手拇指合其食指 摩如丸藥 如擦蚤蝨 忽萠微物
이좌수무지합기식지 마여환약 여찰조슬 홀맹미물
僅如粟子.
근여속자

連摩漸大 漸如菉豆 漸如櫻桃 漸如檳榔 漸如鷄
연마점대 점여록두 점여앵도 점여빈랑 점여계
卵 則以兩掌疾相摩轉 益團益大 微黃淡白 如鵝卵
란 즉이양장질상마전 익단익대 미황담백 여아란
大 纔過鵝卵 其大不漸 倏如西蓏.
대 재과아란 기대불점 숙여서라

幻者雙跪 其胸漸仰 摩團益疾 如抱腰鼓 臂苦乃
환자쌍궤 기흉점앙 마단익질 여포요고 비고내
止 按置卓上 其體正圓 其色正黃 其大如盎 可盛
지 안치탁상 기체정원 기색정황 기대여앙 가성
五斗 重不可擧 堅不可破 非石非鐵 非木非革 非
오두 중불가거 견불가파 비석비철 비목비혁 비
土團成 不可名狀 无臭无香 混沌帝江.
토단성 불가명상 무취무향 혼돈제강

幻者徐起 鼓掌四顧 復按其物 柔團溫摩 物軟手
환자서기 고장사고 부안기물 유단온마 물연수
媚 輕輕如泡 漸縮漸消 指顧之間 還入掌裏 復以
미 경경여포 점축점소 지고지간 환입장리 부이
兩指摩摩一彈 卽無有物.
양지마마일탄 즉무유물

幻者使人剉紙數卷 大桶沒水 納紙桶中 手攪其紙
환 자 사 인 좌 지 수 권 대 통 몰 수 납 지 통 중 수 교 기 지
如澣濯衣 紙解融混 如土入水 遍招衆人 臨觀桶中
여 한 탁 의 지 해 융 혼 여 토 입 수 편 초 중 인 임 관 통 중
紙水泥濃 可謂寒心.
지 수 니 농 가 위 한 심

于時幻者鼓掌一笑 卷其雙袖 據桶撈紙 兩手汲引
우 시 환 자 고 장 일 소 권 기 쌍 수 거 통 로 지 양 수 급 인
如繭抽絲 紙乃相紉 如初剉時 无有續痕.
여 견 추 사 지 내 상 인 여 초 좌 시 무 유 속 흔

誰爲粘之 其廣如帶數十百丈 盤委地上 風動翻颭
수 위 점 지 기 광 여 대 수 십 백 장 반 위 지 상 풍 동 번 점
更觀桶中 澄淸無滓 如新汲水.
갱 관 통 중 징 청 무 재 여 신 급 수

幻者負柱而立 使人反接其手 縛其兩拇 柱在臂間
환 자 부 주 이 립 사 인 반 접 기 수 박 기 양 무 주 재 비 간
兩拇靑黑 痛不可忍 衆人環看 無不酸悲 於焉幻者
양 무 청 흑 통 불 가 인 중 인 환 간 무 불 산 비 어 언 환 자
離柱而立 手在胸前 其縛如故 未嘗解脫 指血會腫
이 주 이 립 수 재 흉 전 기 박 여 고 미 상 해 탈 지 혈 회 종
色益黑紫 不忍奇痛 衆乃解繩 血氣漸通 繩迹猶紅.
색 익 흑 자 불 인 기 통 중 내 해 승 혈 기 점 통 승 적 유 홍

我人驛夫注目諦視 心中自怒 義形于色 鼓囊出錢
아 인 역 부 주 목 체 시 심 중 자 노 의 형 우 색 고 낭 출 전
大呼幻者 先給與錢 要再細觀 幻者稱寃 我不汝愚
대 호 환 자 선 급 여 전 요 재 세 관 환 자 칭 원 아 불 여 우
汝不我信 任汝縛我.
여 불 아 신 임 여 박 아

驛夫發憤 投棄其繩 自解鞭絛 含口柔之 乃執幻
역부발분 투기기승 자해편조 함구유지 내집환
者 背負其柱 反接縛之 比初益急 幻者哀號 痛楚
자 배부기주 반접박지 비초익급 환자애호 통초
入骨 淚落如荳 驛夫大笑 觀者益衆 未見脫時 已
입골 누락여두 역부대소 관자익중 미견탈시 이
自離柱 縛竟不解 以示神通 如是三次 無可柰何.
자리주 박경불해 이시신통 여시삼차 무가내하

幻者以水晶圓珠二枚 置卓上 珠比鷄子差小 乃持
환자이수정원주이매 치탁상 주비계자차소 내지
一枚 張口納之 喉窄珠大 未可呑下 吐出其珠 還
일매 장구납지 후착주대 미가탄하 토출기주 환
置卓上 復於筐裏 出兩鷄子 瞋目延頸 乃呑一卵
치탁상 부어광리 출양계자 진목연경 내탄일란
如鷄飮蚓 如蛇呑蟾 卵滯項中 如附癭瘤.
여계음인 여사탄섬 난체항중 여부영류

復呑一卵 果梗其喉 噎噫哇歍 項赤筋立 幻者悔
부탄일란 과경기후 일희왜오 항적근립 환자회
恨 如不欲生 乃以竹箸 搠刺其咽 箸折落地 无可
한 여불욕생 내이죽저 삭자기인 저절락지 무가
奈何 張口示人 喉露小白.
내하 장구시인 후로소백

扣胸搥項 悶塞煩寃 小技浮誇 嗚呼死矣 幻者默
구흉추항 민색번원 소기부과 오호사의 환자묵
聽 若癢耳朶 傾耳乍爬 如有所疑 以禁指尖窋其耳
청 약양이타 경이사파 여유소의 이금지첨줄기이
孔 引出白物 果是鷄子 于是幻者 右手持卵 遍示
공 인출백물 과시계자 우시환자 우수지란 편시

衆人 納于左目 拔出右耳 納于右目 拔出左耳 納
중인 납우좌목 발출우이 납우우목 발출좌이 납
于鼻竅 拔出腦後 項邊一卵 終猶滯在.
우비규 발출뇌후 항변일란 종유체재

幻者以白土一塊 畫地爲一大圈 衆人環坐圈外 幻
환자이백토일괴 획지위일대권 중인환좌권외 환
者于時脫帽解衣 以沙礪劍 發出光色 揷于地上 復
자우시탈모해의 이사려검 발출광색 삽우지상 부
以竹筋 搠刺項上 欲破鷄卵.
이죽근 삭자항상 욕파계란

據地一嘔 卵竟不出 乃拔其劍 左揮右旋 右揮左
거지일구 난경불출 내발기검 좌휘우선 우휘좌
旋 仰空一擲 承劍以掌 又一高擲 張口向天 劍頭
선 앙공일척 승검이장 우일고척 장구향천 검두
直落 揷入口中.
직락 삽입구중

于時衆人變色齊起 錯愕无言 幻者仰面 垂其兩手
우시중인변색제기 착악무언 환자앙면 수기양수
挺挺久立 不瞬雙目 直視靑天 須臾呑劍 如倒甁飮
정정구립 불순쌍목 직시청천 수유탄검 여도병음
頸腹相應 如蟾懷忿 劍環掛齒 不沒惟靶.
경복상응 여섬회분 검환괘치 불몰유파

幻者四據 以柄築地 齒環相格 閣閣有聲 又復起
환자사거 이병축지 치환상격 각각유성 우부기
立 拳擊柄頭 一手捫腹 一手握柄 亂攪腹中 劍行
립 권격병두 일수문복 일수악병 난교복중 검행
皮間 如筆畫紙.
피간 여필획지

衆人寒心 不忍正視 小兒怖啼 背走顚仆 于時幻
중 인 한 심 불 인 정 시 소 아 포 제 배 주 전 부 우 시 환

者 鼓掌四顧 毅然正立 乃徐拔劍 雙手捧持 遍向
자 고 장 사 고 의 연 정 립 내 서 발 검 쌍 수 봉 지 편 향

衆人 直前爲壽 劍尖血滴 煖氣蒸蒸.
중 인 직 전 위 수 검 첨 혈 적 난 기 증 증

幻者剪紙如蝶翅 爲數十片 擦在掌中 誘衆中一小
환 자 전 지 여 접 시 위 수 십 편 찰 재 장 중 유 중 중 일 소

兒 闔目張口 幻者以掌掩口 兒頓足啼哭 幻者笑而
아 합 목 장 구 환 자 이 장 엄 구 아 돈 족 제 곡 환 자 소 이

放手 兒且啼且哇 綠蛙跳出 連吐數十蛙 皆跳躍地
방 수 아 차 제 차 왜 녹 와 도 출 연 토 수 십 와 개 도 약 지

上.
상

幻者淨拭卓面 振拂紅氈 鋪卓上 四顧鼓掌 遍示
환 자 정 식 탁 면 진 불 홍 전 포 탁 상 사 고 고 장 편 시

衆人 幻者緩步至卓前 一手托定氈心 一手拈起氈角
중 인 환 자 완 보 지 탁 전 일 수 탁 정 전 심 일 수 념 기 전 각

赤色一鳥 叫一聲爵 向南飛去 又一撩揭東方 靑鳥
적 색 일 조 규 일 성 작 향 남 비 거 우 일 료 게 동 방 청 조

向東飛去.
향 동 비 거

納手氈底 潛撈一雀 色白味丹 兩足爬空 握幻者
납 수 전 저 잠 로 일 작 색 백 주 단 양 족 파 공 악 환 자

鬚 幻者攬鬚 則又啄幻者左目 幻者捨鳥摩目 鳥向
수 환 자 람 수 즉 우 탁 환 자 좌 목 환 자 사 조 마 목 조 향

西飛去 幻者憤嘆 又潛手執一黑雀 將以與人 失手
서비거 환자분탄 우잠수집일흑작 장이여인 실수
放之 雀墜地宛轉卓下 童子爭執雀 雀決起向北飛去
방지 작추지완전탁하 동자쟁집작 작결기향북비거
幻者發憤 撤去氈子 無數鸚鵒 一時飛起 鼓翅盤旋
환자발분 철거전자 무수앵욕 일시비기 고시반선
集于屋簷.
집우옥첨

幻者持小錫瓶 右手酌水一椀 注于瓶中 瀲灩瓶口
환자지소석병 우수작수일완 주우병중 염염병구
幻者置椀卓上 持竹箸衝瓶底 水漏瓶底 點滴良久
환자치완탁상 지죽저충병저 수루병저 점적량구
淋瀉如簷溜 幻者仰吹瓶底 漏水卽止.
임사여첨류 환자앙취병저 누수즉지

幻者向空側睨 口中念呪 水湧瓶口數尺 放瀉滿地
환자향공측예 구중념주 수용병구수척 방사만지
幻者喝聲 掬執水腰 水中截縮 入瓶中 幻者復持其
환자갈성 국집수요 수중절축 입병중 환자부지기
椀 還斟瓶水 多小如初 而地上水跡 如傾數瓮.
완 환짐병수 다소여초 이지상수적 여경수옹

幻者出二金環 置卓上 遍招衆人 視此金環 規可
환자출이금환 치탁상 편초중인 시차금환 규가
二圍 無始無終 團團天成 幻者于是開張兩手 各執
이위 무시무종 단단천성 환자우시개장양수 각집
一環 回旋乍舞 向空飛環 以環受環 兩環相連 持
일환 회선사무 향공비환 이환수환 양환상련 지

此連環 遍示衆人 无罅无隙 孰見連時.
차련환 편시중인 무하무극 숙견련시

幻者于是開張兩手 各執一環 一離一合 一連一斷
환자우시개장양수 각집일환 일리일합 일련일단

斷之連之 離之合之.
단지련지 이지합지

幻者鋪繡氍毹於卓上 微揭氍毹一角 拈出拳大紫
환자포수구유어탁상 미게구유일각 염출권대자

石 以刀尖微刺之 承杯石底 燒酒細瀉 滿杯則止
석 이도첨미자지 승배석저 소주세사 만배즉지

衆人爭出錢沽飮.
중인쟁출전고음

要飮史蒯公 則石流史蒯公 要飮佛手露 則石流佛
요음사괴공 즉석류사괴공 요음불수로 즉석류불

手露 要飮壯元紅 則石流壯元紅 – 史蒯公 佛手露 壯元
수로 요음장원홍 즉석류장원홍 사괴공 불수로 장원

紅 皆酒名 不專一能 惟求輒應 一縷冽香 落胃暈頰
홍 개주명 부전일능 유구첩응 일루렬향 낙위훈협

連瀉數十杯 忽失石所在 幻者不驚不惶 遙指白雲曰
연사수십배 홀실석소재 환자불경불황 요지백운왈

石歸天上.
석귀천상

幻者納手氈底 摸出蘋果三枚 – 蘋果 卽我國所稱沙果
환자납수전저 모출빈과삼매 빈과 즉아국소칭사과

中國所稱沙果 卽我國林檎 我國古無蘋果 東平尉鄭公載崙奉使時
중국소칭사과 즉아국임금 아국고무빈과 동평위정공재륜봉사시

得接枝東還 國中始盛 而名則訛傳云 連枝帶葉者一枚 指
득접지동환 국중시성 이명즉와전운 연지대엽자일매 지
向我人請買 我人掉頭不肯曰 聞汝往日 常以馬矢戲
향아인청매 아인도두불긍왈 문여왕일 상이마시희
人 幻者笑而不辨 于時衆人爭沽啖之 我人始乃請沽
인 환자소이불변 우시중인쟁고담지 아인시내청고
幻者始靳 久乃拈出一枚與之 我人一嗑卽哇 馬矢滿
환자시근 구내념출일매여지 아인일합즉왜 마시만
口 一市皆笑.
구 일시개소

幻者以針一握 納口呑之 不癢不痛 言笑平常 噉
환자이침일악 납구탄지 불양불통 언소평상 담
飯啜茶 徐起捫腹 乃以紅絲摩納耳孔 靜立良久 嚔
반철다 서기문복 내이홍사마납이공 정립량구 체
咳數度 捉鼻出涕 以帨拭鼻 納指鼻竅 若拔鼻毛
해수도 착비출체 이세식비 납지비규 약발비모
須臾紅絲小見鼻竅.
수유홍사소견비규

幻者以爪鑷 抽其一端 絲出尺餘 忽有一針 臥度
환자이조섭 추기일단 사출척여 홀유일침 와도
鼻竅 貫絲嫋嫋 抽絲益長 百十千針 皆貫一絲 或
비규 관사뇨뇨 추사익장 백십천침 개관일사 혹
有飯顆 黏刺針端.
유반과 점자침단

幻者出白色椀子 覆示衆人 置諸地上 卽无有物
환자출백색완자 복시중인 치저지상 즉무유물

幻者四顧 鼓掌示衆 持一楪子 覆諸椀口 四向唱詞
환자사고 고장시중 지일접자 복저완구 사향창사
良久開示 有銀五片 形如白蘋.
양구개시 유은오편 형여백빈

幻者四顧 鼓掌示衆 復以楪子覆椀如初 向空側睨
환자사고 고장시중 부이접자복완여초 향공측예
喝聲若罵 良久開視 銀化爲錢 厥數亦五.
갈성약매 양구개시 은화위전 궐수역오

幻者以銀杏一盤 置地上 以一大盆覆之 向空念呪
환자이은행일반 치지상 이일대분복지 향공념주
良久開視 不見銀杏 盡是山査 復覆其盆 向空念呪
량구개시 불견은행 진시산사 부복기분 향공념주
良久開視 不見山査 盡是荳蔻 復覆其盆 向空念呪
양구개시 불견산사 진시두구 부복기분 향공념주
良久開視 不見荳蔻 盡是丹柰 復覆其盆 向空念呪
양구개시 불견두구 진시단내 부복기분 향공념주
良久開視 不見丹柰 盡是念珠.
양구개시 불견단내 진시염주

栴檀刻成 盡像布袋 一一含笑 箇箇胖腴 一串百
전단각성 진상포대 일일함소 개개반유 일관백
八 无始无終 雖有巧歷 從何數起 于時幻者 四顧
팔 무시무종 수유교력 종하수기 우시환자 사고
鼓掌 遍招衆人 誇示妙術.
고장 편초중인 과시묘술

復覆其盆 翻置地上 盆下盤上 側目喝聲 若有所
부복기분 번치지상 분하반상 측목갈성 약유소
怒 良久開視 无一念珠 淸水瀲灩 一雙金鮒 活潑
노 양구개시 무일염주 청수렴염 일쌍금부 활발

盆中 呷水吐泥 一躍一泳.
분중 합수토니 일약일영

幻者置畫瓷盤 經尺有咫者 五枚于卓上 復以細竹
환자치화자반 경척유지자 오매우탁상 부이세죽
數十枚置卓下 竹大小長短比箭 皆削其端令銳之 乃
수십매치탁하 죽대소장단비전 개삭기단령예지 내
持一竹 置盤其端 搖竹旋之 不傾不攲 若旋少緩
지일죽 치반기단 요죽선지 불경불기 약선소완
則更以手擊之令疾 盤急於回旋 不念危墮 盤若小攲
즉갱이수격지령질 반급어회선 불념위타 반약소기
則更以竹激而騰之 盤離竿頭尺餘 安下正中 回回旋
즉갱이죽격이등지 반리간두척여 안하정중 회회선
旋.
선

幻者乃揷之右脚靴中 而盤自回回 又以一竿旋盤
환자내삽지우각화중 이반자회회 우이일간선반
如初 揷左靴中 又以一竿旋盤 揷右領 又以一竿旋
여초 삽좌화중 우이일간선반 삽우령 우이일간선
盤 揷左領 復以一竿置盤其端 搖之激之 旋旋回回
반 삽좌령 부이일간치반기단 요지격지 선선회회
以手擊之 錚錚有聲.
이수격지 쟁쟁유성

于時幻者以竹揷竹 次次續之 盤重竿長 竿腰自彎
우시환자이죽삽죽 차차속지 반중간장 간요자만
全忘落碎 回旋之不止 竿至十餘續 則高出屋上 于
전망락쇄 회선지부지 간지십여속 즉고출옥상 우
時幻者徐拔前所揷竿 盤次第與旁人 還置卓上.
시환자서발전소삽간 반차제여방인 환치탁상

于時幻者口含一竿 如橫煙竹 以其高竿 立之所含
우 시 환 자 구 함 일 간 여 횡 연 죽 이 기 고 간 입 지 소 함
竹端 垂其兩手 挺挺久立 于時衆人 莫不骨酸 非
죽 단 수 기 양 수 정 정 구 립 우 시 중 인 막 불 골 산 비
爲愛盤 實所目擊 危哉危哉.
위 애 반 실 소 목 격 위 재 위 재

一瞥風動 竿果中折 于時衆人 一齊驚讙 幻者亦
일 별 풍 동 간 과 중 절 우 시 중 인 일 제 경 환 환 자 역
動 疾走承盤 更一高擲 盤飛百尺 于時幻者顧眄四
동 질 주 승 반 갱 일 고 척 반 비 백 척 우 시 환 자 고 면 사
衆 意思安閒 輕輕受盤 不矜不誇 旁若無人.
중 의 사 안 한 경 경 수 반 불 긍 불 과 방 약 무 인

幻者置稻穀四五斗於前 兩手爭掬 如嗜芻豢 須臾
환 자 치 도 각 사 오 두 어 전 양 수 쟁 국 여 기 추 환 수 유
盡啖 地面如舐 于時幻者據地吐糠 涎團成塊 糠盡
진 담 지 면 여 지 우 시 환 자 거 지 토 강 연 단 성 괴 강 진
煙繼 籠冪唇齒 以手拭髯 索水嗽口 煙竟不止 扣
연 계 농 멱 순 치 이 수 식 염 색 수 수 구 연 경 부 지 구
胸摸唇 不耐煩燥 連飮數椀 煙勢彌熾 張口一喀
흉 모 순 불 내 번 조 연 음 수 완 연 세 미 치 장 구 일 객
赤火塞口 以箸挾出 半炭半燒.
적 화 색 구 이 저 협 출 반 탄 반 소

幻者以金葫蘆置卓上 又出綠銅花觚 揷孔雀羽 須
환 자 이 금 호 로 치 탁 상 우 출 록 동 화 고 삽 공 작 우 수
臾失金葫蘆所在 幻者指衆中一人曰 這位老爺藏弃
유 실 금 호 로 소 재 환 자 지 중 중 일 인 왈 저 위 노 야 장 기

其人怒形于色曰 那得无禮 幻者笑曰 眞定老爺欺負
기 인 노 형 우 색 왈 나 득 무 례 환 자 소 왈 진 정 노 야 기 부

葫蘆在老爺懷中 其人大怒 口中且罵 一振其衣 忽
호 로 재 노 야 회 중 기 인 대 노 구 중 차 매 일 진 기 의 홀

自懷中 鏗然墮地 一市齊笑 其人默然久之 立人背
자 회 중 갱 연 타 지 일 시 제 소 기 인 묵 연 구 지 입 인 배

後.
후

幻者淨拭卓面 陳列圖書 小爐爇香 白琉璃盤盛桃
환 자 정 식 탁 면 진 열 도 서 소 로 열 향 백 유 리 반 성 도

三枚 桃皆椀兒大 卓前置棊局及白黑子筒 設茵鋪席
삼 매 도 개 완 아 대 탁 전 치 기 국 급 백 흑 자 통 설 인 포 석

端方雅魚.
단 방 아 어

暫施帷幕於卓 須臾撤之 有珠冠荷衣者 有霞袂雲
잠 시 유 막 어 탁 수 예 철 지 유 주 관 하 의 자 유 하 몌 운

履者 有衣葉跣足者 或對坐擺局 或拄杖傍立 或支
리 자 유 의 엽 선 족 자 혹 대 좌 파 국 혹 주 장 방 립 혹 지

頤坐睡 皆美鬚髯 形貌古奇.
이 좌 수 개 미 수 염 형 모 고 기

盤中三桃 忽連枝帶葉 枝頭開花 珠冠者摘桃一枚
반 중 삼 도 홀 련 지 대 엽 지 두 개 화 주 관 자 적 도 일 매

相與啖之 出其核 種之地中 又食他桃未半 地中桃
상 여 담 지 출 기 핵 종 지 지 중 우 식 타 도 미 반 지 중 도

子已長數尺 開花結子 對局者奄然斑白 俄而皎雪.
자 이 장 수 척 개 화 결 자 대 국 자 엄 연 반 백 아 이 교 설

幻者置大琉璃鏡于卓上　設架立之　于時幻者遍招衆人　開視此鏡.
환자치대유리경우탁상　설가립지　우시환자편초중인　개시차경

重樓複殿　窈窕丹靑　有大官人　手執蠅拂　循欄徐行　佳人美女　四四三三　或擎寶刀　或奉金壺　或吹鳳笙　或踢繡毬　明璫雲鬟　妙麗无雙　室中百物　種種寶玩　眞定世間極富貴者.
중루복전　요조단청　유대관인　수집승불　순란서행　가인미녀　사사삼삼　혹경보도　혹봉금호　혹취봉생　혹척수구　명당운환　묘려무쌍　실중백물　종종보완　진정세간극부귀자

于是衆人莫不羨悅　耽嗜爭觀　忘此爲鏡　直欲鑽入于是幻者麾衆喝退　卽掩鏡扉　不令久視.
우시중인막불선열　탐기쟁관　망차위경　직욕찬입우시환자휘중갈퇴　즉엄경비　불령구시

幻者閒步　四向唱詞　又開其鏡　招衆來視　殿閣寂寞　樓榭荒凉　日月幾何　寶女何去　有一睡人　側臥牀上　傍無一物　以手撑耳　頂門出氣　裊裊如煙　本纖末圓　形如垂乳.
환자한보　사향창사　우개기경　초중래시　전각적막　누사황량　일월기하　보녀하거　유일수인　측와상상　방무일물　이수탱이　정문출기　요뇨여연　본섬말원　형여수유

鍾馗嫁妹　鵂鶹娶婦　柳鬼前導　蝙蝠執幟　乘此頂氣　騰空游霧　睡者乍伸　欲寤還寢　俄然兩腿　化爲雙輪　而其輻軸　猶然未成　于是觀者　莫不寒心　掩
종규가매　휴류취부　유귀전도　편복집치　승차정기　등공유무　수자작신　욕오환침　아연양퇴　화위쌍륜　이기복축　유연미성　우시관자　막불한심　엄

鏡背走.
경 배 주

世界夢幻 本自如此 猶於鏡裏 炎凉頓殊 一切世
세 계 몽 환 본 자 여 차 유 어 경 리 염 량 돈 수 일 체 세

間 種種萬事 朝榮暮枯 昨富今貧 俄壯倏老 夢中
간 종 종 만 사 조 영 모 고 작 부 금 빈 아 장 숙 로 몽 중

說夢 方死方生 何有何亡 孰眞孰假.
설 몽 방 사 방 생 하 유 하 망 숙 진 숙 가

寄語世間 善心善男 菩薩兄弟 幻界夢身 泡金電
기 어 세 간 선 심 선 남 보 살 형 제 환 계 몽 신 포 금 전

帛 結大因緣 隨氣暫住 願準是鏡 莫爲熱進 莫爲
백 결 대 인 연 수 기 잠 주 원 준 시 경 막 위 열 진 막 위

寒退 齊施錢陌 濟此貧乏.
한 퇴 제 시 전 맥 제 차 빈 핍

幻者置一大盆于卓上 以帨拭淨 覆以紅氈 若將有
환 자 치 일 대 분 우 탁 상 이 세 식 정 복 이 홍 전 약 장 유

所爲術也 周旋之際 懷中一盤 錚然墜地 赤棗迸散
소 위 술 야 주 선 지 제 회 중 일 반 쟁 연 추 지 적 조 병 산

衆人齊笑 幻者亦笑 收藏器什 因爲罷戲 非不能也
중 인 제 소 환 자 역 소 수 장 기 십 인 위 파 희 비 불 능 야

日暮將罷 故爲破綻 以示衆人 本此假者.
일 모 장 파 고 위 파 탄 이 시 중 인 본 차 가 자

환희기 후지(幻戲記後識)[1]

이날 홍려시(鴻臚寺) 소경(少卿)[2] 조광련(趙光連)과 의자를 나란히 하고 요술을 구경했는데 내가 조경(趙卿 : 조광련)에게,

"눈이 있어도 시비를 분별하지 못하고 참과 거짓을 살피지 못한다면, 비록 눈이 없다고 말한대도 옳을 것입니다. 그러나 항상 요술쟁이에게 속는 것은 눈이 일찍이 헛되게 보여 그런 것이 아니라, 〈눈으로써〉 밝게 보려고 하는 것이 도리어 탈이 된 것입니다."

라고 하니 조경은,

"비록 요술을 잘하는 자가 있더라도 소경에게는 눈속임을

---

1) 환희기 후지(幻戲記後識) : 여러 본에는 이 소제(小題)가 없었으나, 여기에서는 주설루본에 의거하여 수록하였다.

2) 홍려시(鴻臚寺) 소경(少卿) : 홍려시는 손님을 접대하는 관청이고, 소경은 차관(次官)을 말한다.

할 수 없을 것이니, 눈이란 과연 떳떳한 것일까요?"
라고 한다. 나는,

"우리나라에 서화담(徐花潭)[3] 선생이 있는데, 밖에 나갔다가 길에서 우는 자를 만나 '너는 어찌 우느냐?'고 물으니, 대답하기를 '내가 세 살에 소경이 되어 이제 40년이 되었습니다. 전일에는 걸음을 걸을 때는 발을 의지해서 보고, 물건을 잡을 때는 손을 의지해서 보고, 목소리를 들어 누구인지 분별하니 귀를 의지해서 보고, 냄새를 맡아 무슨 물건인지 살피니 코를 의지해서 보았습니다.

딴 사람들은 두 눈만 가졌지만, 나는 손과 발과 코와 귀가 모두 눈 아닌 것이 없었습니다. 또한 하필이면 수족과 코와 귀뿐이겠습니까? 해가 이르고 늦은 것은 낮에 피로한 것으로 보고, 물건의 모양과 빛깔은 밤에 꿈으로 봅니다. 아무런 장애도 없고 일찍이 의심과 혼란이 없었습니다.

그런데 이제 길을 걸어오다가 두 눈이 홀연히 밝아지고 동자가 스르르 열려 천지가 넓고 아득했으며, 산천이 요란하게 엉켰고, 만물이 눈을 가리고 모든 의심이 가슴을 막아서, 수족과 코와 귀는 착각을 일으키고 전도(顚倒)되어서 모두 옛날의 떳떳한 모습을 잃고 보니, 묘연(渺然)히 우리 집조차 잊어

3) 서화담(徐花潭) : 조선 명종(明宗) 때의 유학자 서경덕(徐敬德). 자는 가구(可久)이고, 화담은 호이다. 물질불변론(物質不變論)을 주장하였다.

버려서 스스로 돌아갈 수가 없으므로 웁니다.' 하더랍니다.

화담 선생은 '네가 네 길잡이에게 물어보면 길잡이가 응당 스스로 알 것이 아니냐?'고 하였더니, 그는 '내 눈이 이미 밝았는데 길잡이에게 물어 무엇하겠습니까?'라고 하기에, 선생은 '도로 네 눈을 감으면 네가 서 있는 곳이 곧 네 집일 것이다.'라고 했습니다.

이로써 논한다면 눈이란 이처럼 그 밝은 것을 자랑할 것이 못 됩니다. 오늘 요술을 구경하는데도 요술쟁이가 눈속임을 해서 속은 것이 아니라, 사실은 보는 자가 스스로 속은 것입니다."

했더니 조경은,

"그렇습니다. 세상에서는 비연(飛燕)[4]은 너무 야위었고, 옥환(玉環 : 당나라 양귀비의 어릴 적 이름)은 너무 살쪘다고 말합니다. 무릇 '너무'라고 하는 말은 '지나치게 심하다'는 말인데, 이미 그 살찌고 야윈 것을 논했으면서 경솔히 '지나치게 심하다'는 말을 더 붙였으니, 이들은 이미 절세(絶世)의 가인(佳人)이 아닐 것입니다. 그럼에도 저 두 임금[5]의 눈은 유독 살찌고 야윈 사이에 홀렸던 것입니다.

세상에는 광명한 눈과 진정한 식견이 없어진 지 오래되었

4) 비연(飛燕) : 한(漢)나라 성제(成帝)의 애첩이었던 조 황후(趙皇后)의 별호이다. 제비처럼 춤을 잘 추고 몸매가 날씬한 미인이었다.

5) 두 임금 : 한나라 성제(成帝)와 당나라 현종(玄宗)을 말한다.

습니다. 태백(太伯)이 몸에 문신을 하고 약을 캔 것은 효도로써 요술을 부린 것이요,[6] 예양(豫讓)이 몸에 옻칠을 하고 숯을 삼킨 것은 의리로써 요술을 부린 것이요,[7] 기신(紀信 : 한나라 고조(高祖)를 위하여 죽은 장수)이 누런 휘장을 씌운 황제의 수레를 타고 앉아 깃발로 왼쪽을 꾸민 것은 충성으로써 요술을 부린 것입니다.[8]

패공(沛公 : 한(漢)나라 고조 유방(劉邦)이 천자가 되기 전의 봉호)의 요술은 깃발로 부렸고,[9] 장량(張良)의 요술은 돌로 부렸으며,[10] 전단(田單)은 소로써,[11] 초평(初平)은 양으로써,[12] 조

6) 태백(太伯)이 …… 것이요 : 주(周)나라의 태백이 아버지의 뜻을 살펴서 왕위(王位)를 아우에게 양보하기 위해 머리를 깎고 몸에 무늬를 그려 형만(荊蠻)으로 피신하였음을 말한다.

7) 예양(豫讓)이 …… 것이요 : 전국 시대 사람인 예양이 자신의 임금 지백(智伯)의 원수를 갚기 위해 몸에 옻칠을 해서 변장하고 숯을 삼켜 거짓으로 벙어리가 되어서 조양자(趙襄子)를 죽이려고 하였음을 말한다.

8) 기신(紀信)이 …… 것입니다 : 한나라 고조 유방이 항적(項籍 : 항우)에게 포위되었을 때에 평복(平服)으로 도망치게 하고는, 기신이 대신하여 누런빛 휘장을 씌운 천자가 타는 수레를 타고 항적의 진중(陣中)에 들어가서 항복을 가장(假裝)했다가 사로잡혀 죽었음을 말한다.

9) 패공(沛公)의 …… 부렸고 : 기신에게 붉은 깃발을 주어 투항을 가장하게 함을 말한다.

10) 장량(張良)의 …… 부렸으며 : 장량이 황석공(黃石公)이라는 신선으로부터 병서(兵書)를 얻었는데, 황석공이 장량에게 "출세한 뒤

고(趙高)는 사슴으로써,[13] 황패(黃霸 : 한나라 선제(宣帝) 때의 승상)는 참새로써,[14] 맹상군(孟嘗君)은 닭으로써 요술을 부린 것입니다.[15]

치우(蚩尤 : 황제(黃帝) 때 모반한 제후)는 구리로 된 머리와 쇠로 된 이마를 가지고 요술을 부렸으며, 제갈량(諸葛亮)은 목

에 나를 찾으려거든 이 산 밑에 있는 누런 돌이 곧 나이다."라고 말했다는 고사가 있다.

11) 전단(田單)은 소로써 : 전국 시대 제(齊)나라의 장수 전단이 소한테 오색의 옷을 입히고, 소의 뿔에 불을 붙여 적진으로 몰아넣은 끝에 승리하였다.

12) 초평(初平)은 양으로써 : 황초평이 돌을 꾸짖어서 양으로 변하게 했음을 말한다.

13) 조고(趙高)는 사슴으로써 : 진(秦)나라의 승상 조고가 권세를 독차지하여 반대자를 없애기 위한 시험으로, 이세(二世) 황제 호해(胡亥)에게 사슴을 바치면서 말이라고 했는데도 조고가 두려워 감히 사슴이라고 반박하는 자가 거의 없었고, 간혹 사슴이라고 바른말을 한 사람에게는 죄를 씌워 죽여 버렸음을 말한다. 지록위마(指鹿爲馬).

14) 황패(黃霸)는 참새로써 : 한나라의 재상이었던 황패가 꿩처럼 생긴 새인 할(鶡)을 봉황이라고 속여 선제(宣帝)에게 바쳤다.

15) 맹상군(孟嘗君)은 ……부린 것입니다 : 제(齊)나라 사람인 맹상군이 진(秦)나라 소왕(昭王)의 부름을 받고 진나라의 재상이 되었으나 진나라 신료들의 모함으로 구금당하였다가 도망쳐 나와 함곡관(函谷關)에 닿았다. 그러나 닭이 울기 전에는 문을 열지 못하게 되어 있어 난감하던 터에 자신의 부하로 있는 자가 닭 울음소리를 잘 내어 관문을 열게 하였다. 계명구도(鷄鳴狗盜).

우유마(木牛流馬)로 요술을 부렸고,[16] 왕망(王莽)이 금등(金縢)을 이용해 천명을 청한 것은 요술이 되다가 만 것이요,[17] 조조(曹操)가 동작대(銅雀臺)에서 향을 나눈 것은[18] 요술이 파탄 난 것이요, 안녹산(安祿山)의 적심(赤心 : 충성심)[19]과 노기(盧杞)의 남면(藍面)[20]은 모두 요술의 졸렬한 작태였습니다.

예로부터 부인들이 더욱 요술을 잘 부렸는데, 예를 들면 포사(褒姒 : 주(周)나라 유왕(幽王)의 애희)의 봉화(烽火)[21]와 여희

---

16) 제갈량(諸葛亮)은 …… 부렸고 : 제갈량이 나무로 만든 소를 말처럼 달리게 하여 험한 산악 지대에 군량을 힘 들이지 않고 수송하였다.

17) 왕망(王莽)이 …… 것이요 : 금등(金縢)은 주나라 때 국가의 주요 문건을 비장하는 금고이다. 한나라 때의 역신 왕망이, 주공(周公)이 금등에 글을 넣었던 옛 일을 본떠서 자기에게 황제의 위(位)를 전하라는 금등 문건이 있다고 꾸며서 나라를 빼앗았다.

18) 조조(曹操)가 …… 것은 : 조조가 위공(魏公)으로 있을 때 동작대를 짓고 죽을 때에 궁녀(宮女)들에게 향(香)을 나누어주며, 사후에라도 동작대에 와서 자기에게 제사지내라고 하였다.

19) 안녹산(安祿山)의 적심(赤心) : 안녹산의 불룩한 배를 보고서 당나라 현종이 농담으로 뱃속에 무엇이 들었느냐고 묻자, 자기의 뱃속에는 언제나 붉은 정성이 가득 들어 있다고 대답하였다.

20) 노기(盧杞)의 남면(藍面) : 당나라 덕종(德宗) 때의 간신인 노기는 얼굴이 귀신처럼 시퍼렇게 생기고 성격이 음험하여 간사한 말을 잘했으며, 권력을 멋대로 휘둘러 많은 사람들을 죽였다고 한다.

21) 포사(褒姒)의 봉화(烽火) : 포사가 평소에 잘 웃지를 않자 유왕(幽

(驪姬 : 진(晉)나라 헌공(獻公)의 애희)의 벌[22)]이 그러한 것이었습니다. 그러나 성인(聖人)께서 도(道)를 세우고 교화를 베푸는 데도 역시 그런 요술을 썼습니다. 나는 비록 요임금의 뜰에 난 풀이 아첨쟁이를 가리키고,[23)] 소악(韶樂 : 순임금의 음악)을 듣고 봉황이 뜰에 날아왔다는 것[24)]에 대해 감히 의심을 못 한다 하더라도, 또한 누런 용이 나와서 배를 등에 졌다는 것[25)]과 붉은 까마귀가 집에 들어왔다는 것[26)]은 다 믿을 수가

王)이 포사를 웃기기 위하여 일없이 봉화를 들었는데, 제후들이 속아 군사를 몰고 모여들었다가 헛걸음함을 보고서야 비로소 웃었다.

22) 여희(驪姬)의 벌 : 여희가 태자 신생(申生)을 미워한 나머지 신생이 자기의 속옷에 일부러 벌을 집어넣었다고 모함하여 죽게 한 것을 말한다.

23) 요임금의 뜰에 …… 가리키고 : 요(堯)임금의 대궐 뜰에 났던 풀인 지영초(指佞草)는 아첨하는 신하가 뜰에 들어오면 어김없이 구부러져 그를 가리켜 주었다고 한다. 본래는 요임금의 대궐 뜰에 매일 꽃이 피고 지는 풀로 달력을 삼고 점을 친 영초(靈草)를 말한다.

24) 소악(韶樂)을 …… 것 : 『서경』 익직(益稷) 편에 나온다.

25) 누런 …… 것 : 『회남자(淮南子)』에 나오는 우(禹)임금의 고사이다. 우임금이 양자강을 건널 때 황룡이 나타나 배를 등에 지고 뒤집으려고 하다가 우임금이 '천명(天命)을 받고 백성을 보살피려고 하는데 용 따위는 걱정할 것이 없다.'고 하자, 그냥 달아났다고 한다.

26) 붉은 …… 것 : 주(周)나라 무왕(武王)이 제후들과 동맹하고자 가

없습니다.

예로부터 신성(神聖)한 자나 어리석고 평범한 자는 누구나 한 가지씩 알 수 없는 일이 있는데, 혹은 부스럼딱지 먹기를 즐기는 자[27]가 있는가 하면, 혹은 당나귀 울음소리 내기를 즐기는 자[28]가 있으니, 이것은 비록 요술이라 해도 좋을 것이요, 비록 천성이라 하더라도 또한 좋을 것입니다.

요술의 술법은 비록 천변만화를 하더라도 족히 두려울 게 없습니다. 그러나 천하에 가히 두려워할 만한 요술이 있으니, 그것은 크게 간사한 자가 충성스러운 체하는 것과 향원(鄕愿)[29]이면서도 덕행이 있는 체하는 것일 겁니다."

는 길에 하늘에서 붉은 까마귀가 날아들었다고 한다.

27) 부스럼딱지 …… 자 : 남송(南宋) 때의 유옹(劉邕)은 부스럼딱지 맛이 복어와 비슷하다고 여겨 부스럼딱지 먹기를 즐겼다고 한다. 어느 날 자창(炙瘡 : 화상)에 걸린 맹영휴(孟靈休)를 찾아가 그의 상처 부위에서 떨어진 부스럼딱지를 먹자, 깜짝 놀란 맹영휴가 떨어지지도 않은 부스럼딱지까지 떼어서 유옹에게 먹였다고 한다. 『남사(南史)』 유옹전(劉邕傳)에 나온다.

28) 당나귀 …… 자 : 후한 말기 유표(劉表)의 막하에 있다가 조조(曹操)가 위왕(魏王)에 오르자 시중(侍中)을 지낸 왕찬(王粲)이 당나귀 울음소리를 잘 냈다고 한다. 『삼국지』 위서(魏書) 왕찬전(王粲傳)에 나온다.

29) 향원(鄕愿) : 시골 사람으로 아무런 특색이 없이 겸손하고 삼가는 척하는 사람을 말한다. 덕이 있다고 칭송을 받지만 실제로는 그렇지 못하다. 『논어』 양화(陽貨) 편에 나온다.

라고 한다. 나는,

"호광(胡廣)[30] 같은 정승은 중용(中庸)으로 요술을 하고, 풍도(馮道)[31]와 같이 오대(五代)를 정승살이 한 것은 명철(明哲)한 것으로 요술을 했으니, 웃음 속에 칼을 품고 있는 것이 입 속에 칼을 삼키는 것보다 더 혹독한 것이겠지요?"

라고 하고는 서로 크게 웃으면서 일어났다.

---

30) 호광(胡廣) : 후한의 정치가로, 자는 백시(伯始)이다. 30여 년 동안 안제(安帝)·순제(順帝)·충제(冲帝)·질제(質帝)·환제(桓帝)·영제(靈帝) 등 여섯 임금을 섬기면서 큰 탈 없이 벼슬하였으므로 "만사(萬事)를 호광에게 물어보고, 천하에 중용을 지키는 이는 호공(胡公) 한 사람만이 있다"라는 칭찬을 받았으나, 나중에는 일을 잘못해서 비웃음거리의 대상이 되었다.

31) 풍도(馮道) : 당나라 말기부터 5대 10국 시기에 뛰어난 처세술로 다섯 왕조(후당·후진·요·후한·후주)의 재상을 지냈으며, 여덟 성씨 열 황제를 섬겼다.

原文

幻戱記後識
환 희 기 후 지

是日鴻臚寺少卿趙光連 聯椅觀幻 余謂趙卿曰 目
시 일 홍 려 시 소 경 조 광 련 연 의 관 환 여 위 조 경 왈 목
不能辨是非察眞僞 則雖謂之無目可也 然常爲幻者
불 능 변 시 비 찰 진 위 즉 수 위 지 무 목 가 야 연 상 위 환 자
所眩 則是目未嘗非妄而視之 明反爲之祟也 趙卿曰
소 현 즉 시 목 미 상 비 망 이 시 지 명 반 위 지 수 야 조 경 왈
雖有善幻 難眩瞽者 目果常乎哉 余曰 弊邦有徐花
수 유 선 환 난 현 고 자 목 과 상 호 재 여 왈 폐 방 유 서 화
潭先生 出遇泣于道者曰 爾奚泣 對曰 我三歲而盲
담 선 생 출 우 읍 우 도 자 왈 이 해 읍 대 왈 아 삼 세 이 맹
今四十年矣 前日行則寄視於足 執則寄視於手 聽聲
금 사 십 년 의 전 일 행 즉 기 시 어 족 집 즉 기 시 어 수 청 성
音而辨誰某 則寄視於耳 嗅臭香而察何物 則寄視於
음 이 변 수 모 즉 기 시 어 이 후 취 향 이 찰 하 물 즉 기 시 어
鼻.
비

人有兩目 而吾手足鼻耳 無非目也 亦奚特手足鼻
인 유 양 목 이 오 수 족 비 이 무 비 목 야 역 해 특 수 족 비
耳 日之早晏 晝以倦視 物之形色 夜以夢視 无所
이 일 지 조 안 주 이 권 시 물 지 형 색 야 이 몽 시 무 소
障礙 未曾疑亂.
장 애 미 증 의 란

今行道中 兩目忽淸 瞖瞙自開 天地寥廓 山川紛
금 행 도 중 양 목 홀 청 예 막 자 개 천 지 요 확 산 천 분

鬱 萬物礙目 群疑塞胸 手足鼻耳 顚倒錯謬 皆失
울 만물애목 군의색흉 수족비이 전도착류 개실

故常 渺然忘家 無以自還 是以泣爾.
고상 묘연망가 무이자환 시이읍이

先生曰 爾問爾相 相應自知 曰我眼旣明 用相何
선생왈 이문이상 상응자지 왈아안기명 용상하

地 先生曰 還閉爾眼 立地汝家.
지 선생왈 환폐이안 입지여가

由是論之 目之不可恃其明也如此 今日觀幻 非幻
유시론지 목지불가시기명야여차 금일관환 비환

者能眩之 實觀者自眩爾 趙卿曰 然 世言飛燕太瘦
자능현지 실관자자현이 조경왈 연 세언비연태수

玉環太肥 凡言太者 已甚之辭也 旣論其肥瘦 而輕
옥환태비 범언태자 이심지사야 기론기비수 이경

加以已甚之辭 則已非絶世之佳人 彼二帝之目 獨眩
가이이심지사 즉이비절세지가인 피이제지목 독현

于肥瘦之間.
우비수지간

世之無光明眼眞定見久矣 太伯之文身採藥 幻以
세지무광명안진정견구의 태백지문신채약 환이

孝者也 豫讓之漆身呑炭 幻以義者也 紀信之黃屋左
효자야 예양지칠신탄탄 환이의자야 기신지황옥좌

纛 幻以忠者也.
독 환이충자야

沛公其幻也幟 張良其幻也石 田單以牛 初平以羊
패공기환야치 장량기환야석 전단이우 초평이양

趙高以鹿 黃霸以雀 孟嘗君以鷄.
조고이록 황패이작 맹상군이계

蚩尤之幻銅頭鐵額 諸葛之幻木牛流馬 王莽之金
치우지환동두철액 제갈지환목우유마 왕망지금

滕請命　幻之未成也　曹操之銅雀分香　幻之破綻也
등 청 명　환 지 미 성 야　조 조 지 동 작 분 향　환 지 파 탄 야
祿山之赤心　盧杞之藍面　皆幻之拙者也.
녹 산 지 적 심　노 기 지 남 면　개 환 지 졸 자 야

自古婦人尤能善幻　如褒姒之於烽也　驪姬之於蠭
자 고 부 인 우 능 선 환　여 포 사 지 어 봉 야　여 희 지 어 봉
也　然聖人神道設敎　亦有然者　愚雖未敢致疑於階草
야　연 성 인 신 도 설 교　역 유 연 자　우 수 미 감 치 의 어 계 초
之指佞　庭鳳之儀韶　而亦未能盡信於負舟之黃龍　流
지 지 녕　정 봉 지 의 소　이 역 미 능 진 신 어 부 주 지 황 룡　유
屋之赤烏.
옥 지 적 오

自古神聖愚凡　莫不有一番不可知之事　或有嗜瘡
자 고 신 성 우 범　막 불 유 일 번 불 가 지 지 사　혹 유 기 창
痂者　或有好驢鳴者　雖謂之幻可也　雖謂之性　亦可
가 자　혹 유 호 려 명 자　수 위 지 환 가 야　수 위 지 성　역 가
也.
야

幻之爲術也　雖千變萬化　无足畏者　天下有可畏之
환 지 위 술 야　수 천 변 만 화　무 족 외 자　천 하 유 가 외 지
幻　大姦之似忠也　鄕愿之類德也　余曰　胡廣之三公
환　대 간 지 사 충 야　향 원 지 류 덕 야　여 왈　호 광 지 삼 공
幻以中庸　馮道之五代　幻以明哲　而笑中之有刀　酷
환 이 중 용　풍 도 지 오 대　환 이 명 철　이 소 중 지 유 도　혹
於口裏之呑劍耶　相與大笑而起.
어 구 리 지 탄 검 야　상 여 대 소 이 기

7

산장잡기(山莊雜記)

피서산장에서 쓴 여러 편의 기행으로, 연경에서 열하에 이르는 여정과 산장에서의 일 등을 사실적으로 묘사하였다. 「야출고북구기(夜出古北口記)」 외에 여덟 편의 잡문이 수록되었다.

야출고북구기(夜出古北口記)[1]
―밤에 고북구를 나서며

연경(燕京 : 북경)으로부터 열하에 이르는 데는 창평(昌平)으로 길을 잡으면 서북쪽으로는 거용관(居庸關)으로 나오게 되고, 밀운(密雲)으로 길을 잡으면 동북쪽으로 고북구(古北口)로 나오게 된다. 고북구로부터 장성(長城)을 따라서 동쪽으로 산해관(山海關)에 이르기까지는 700리요, 서쪽으로 거용관에 이르기까지는 280리로서 거용관과 산해관의 중간에 있어 장성의 험한 요새로는 고북구만 한 곳이 없다. 몽고가 출입하는 데 항상 그 목구멍에 해당하므로 겹겹으로 된 관문을 만들어 그 험준한 요새를 누르고 있다.

나벽(羅壁)[2]의 『지유(識遺)』에 이르기를,

---

1) 야출고북구기(夜出古北口記) : 다백운루본(多白雲樓本)에는 「도고북구하기(渡古北口河記)」로 되어 있다.

2) 나벽(羅壁) : 송나라의 학자로, 자는 자창(子蒼)이고 호는 묵경(默耕)이다.

"연경 북쪽 100리 밖에는 거용관이 있고, 거용관의 동쪽 200리 밖에는 호북구(虎北口)가 있는데, 호북구가 곧 고북구이다."
라고 하였다. 당(唐)나라 초기부터 이름을 고북구라 해서 중원 사람들은 장성 밖을 말할 때 모두 '구외(口外)'라고 부르는데, 구외는 모두 당나라 시절 해왕(奚王 : 오랑캐의 추장)의 근거지로 되어 있었다. 『금사(金史)』를 상고해 보면,
"그 나라 말로 유알령(留斡嶺)이라고 부르는 곳이 곧 고북구이다."
라고 했다.

대개 장성을 빙 둘러서 '구(口)'라고 일컫는 데가 100여 곳을 헤아릴 수 있을 정도이다. 산을 의지해서 성을 쌓았는데, 끊어진 구렁과 깊은 시내는 입을 벌린 듯이, 구멍이 뚫린 듯이 흐르는 물이 부딪쳐 뚫어지면 성을 쌓을 수 없어 정장(亭鄣)[3]을 만들었다. 황명 홍무(洪武 : 태조의 연호, 1368~1398) 때 수어천호(守禦千戶 : 벼슬이름)를 두어 다섯 겹으로 관문을 만들었다.

나는 무령산(霧靈山)을 따라 배로 광형하(廣硎河)를 건너 밤중에 고북구를 빠져나가는데, 때는 밤이 이미 삼경(三更)이 되었다. 겹겹의 관문을 나와서 말을 장성 아래에 세우고 그

3) 정장(亭鄣) : 변방의 요새(要塞)에 담장을 치고 정각(亭閣)을 설치하여 사람의 출입을 검열하던 관문을 말한다.

높이를 헤아려보니 10여 길이나 되었다. 붓과 벼루를 끄집어 내어 술을 부어 먹을 갈고 성을 어루만지면서 글을 쓰기를,

'건륭 45년 경자 8월 7일 밤 삼경에 조선 박지원(朴趾源)이 이곳을 지나다.'

하고는 이내 크게 웃으면서,

"나는 서생(書生)으로서 머리가 하얗게 세어서야 한 번 장성 밖을 나가는구나!"

라고 했다.

옛적에 몽 장군(蒙將軍 : 몽염(蒙恬))은 스스로 말하기를,

"내가 임조(臨洮 : 감숙성에 있는 현 이름)로부터 시작해서 요동에 이르기까지 성과 참호를 만여 리나 쌓는데, 그중에는 지맥(地脈)을 끊지 않을 수 없었다."

라고 하였다.[4] 이제 보니 그가 산을 파헤치고 골짜기를 메운 것이 사실이었다.

슬프다. 여기는 옛날부터 수없이 싸운 전쟁터이다. 후당(後唐)의 장종(莊宗)이 유수광(劉守光)[5]을 잡자 별장(別將) 유광준(劉光濬)은 고북구에서 이겼고, 거란의 태종(太宗)이 산 남쪽을 취할 적에 먼저 이곳 고북구로 내려왔고, 여진(女眞)이

4) 진(秦)나라 시황제(始皇帝)가 죽자, 조고(趙高)가 조서(詔書)를 위조하여 몽염에게 사사(賜死)하여 스스로 목숨을 끊게 했는데, 이 부분은 몽염이 죽음에 임해서 한 말이다.

5) 유수광(劉守光) : 후량(後梁)의 장수로서 5대 10국 시대 연(燕)나라의 황제라고 자칭하였다.

요(遼)나라를 멸망시킬 때 희윤(希尹 : 여진의 장수)이 요나라 군사를 크게 파했다는 곳도 바로 이곳이요, 그들이 연경을 취할 때 포현(蒲莧 : 여진의 장수)이 송나라 군사를 패배시킨 곳도 바로 이곳이다.

원나라 문종(文宗)이 즉위하자 당기세(唐其勢 : 여진의 장수)가 군사를 이곳에 주둔시켰고, 살돈(撒敦 : 여진의 장수)이 상도(上都) 군사를 추격한 것도 이곳이었다. 독견첩목아(禿堅帖木兒)[6]가 쳐들어올 때 원나라 태자는 이 관문으로 도망쳐서 홍송(興松)으로 달아났고, 명나라의 가정(嘉靖 : 세종의 연호, 1522~1566) 연간에는 엄답(俺答 : 미상)이 경사(京師 : 황성)를 침범할 때에도 모두 이 관문을 통하여 출입하였다.

고북구 장성 아래는 바로 날고 뛰고 치고 베던 싸움터로서 지금은 온 천하가 군사를 쓰지는 않지만, 그래도 사방으로는 산이 둘러싸이고 수많은 골짜기들은 음산하고 어두컴컴하다.

때마침 초승달이 산마루턱에 걸려 떨어지려 하는데, 그 빛이 싸늘하기가 마치 갈아세운 칼날과 같았다. 조금 있다가 달이 더욱 고개 너머로 기울어지자, 오히려 뾰족한 두 끝을 드러내어 졸지에 불빛처럼 붉게 변하면서 마치 횃불 두 개가 산 위에 나오는 것 같았다.

---

6) 독견첩목아(禿堅帖木兒) : 몽고 사람인데, 원(元)나라 왕실의 후예(後裔)이다.

북두칠성은 반이 남아 관문 안에 꽂혔는데, 벌레 소리가 사방에서 일어나고 긴 바람이 숙연(肅然)해지더니 숲과 골짜기가 함께 운다. 그 짐승 같은 언덕과 귀신 같은 바위들은 창을 세우고 방패를 벌여 놓은 것 같고, 큰물이 양쪽의 산 틈에서 쏟아져 흘러 사납게 다투는 소리는 마치 군사가 싸우는 소리나 말이 뛰고 징과 북을 치는 소리와 같다. 하늘 밖에 학이 우는 소리가 대여섯 번 들리는데, 맑고 애잔한 것이 마치 길게 이어지는 피리소리와 같아서 어떤 이는 말하기를 이는 천아(天鵝)[7] 소리라고 했다.

7) 천아(天鵝) : 나라에 사변(事變)이 생겼을 때 군사를 불러 모으기 위해 길게 부는 나팔소리를 말한다.

原文

山莊雜記
산 장 잡 기

夜出古北口記
야 출 고 북 구 기

自燕京至熱河也 道昌平則西北出居庸關 道密雲
자 연 경 지 열 하 야 도 창 평 즉 서 북 출 거 용 관 도 밀 운
則東北出古北口 自古北口循長城 東至山海關七百
즉 동 북 출 고 북 구 자 고 북 구 순 장 성 동 지 산 해 관 칠 백
里 西至居庸關二百八十里 中居庸山海 而爲長城險
리 서 지 거 용 관 이 백 팔 십 리 중 거 용 산 해 이 위 장 성 험
要之地 莫如古北口 蒙古之出入 常爲其咽喉 則設
요 지 지 막 여 고 북 구 몽 고 지 출 입 상 위 기 인 후 즉 설
重關以制其阨塞焉.
중 관 이 제 기 액 새 언

羅壁識遺曰 燕北百里外 有居庸關 關東二百里外
나 벽 지 유 왈 연 북 백 리 외 유 거 용 관 관 동 이 백 리 외
有虎北口 虎北口 卽古北口也 自唐始名古北口 中
유 호 북 구 호 북 구 즉 고 북 구 야 자 당 시 명 고 북 구 중
原人語長城外 皆稱口外 口外皆唐時奚王牙帳 按金
원 인 어 장 성 외 개 칭 구 외 구 외 개 당 시 해 왕 아 장 안 금
史 國言稱留斡嶺 乃古北口也.
사 국 언 칭 유 알 령 내 고 북 구 야

蓋環長城稱口者 以百計 緣山爲城 而其絶壑深磵
개 환 장 성 칭 구 자 이 백 계 연 산 위 성 이 기 절 학 심 간

呿呀陷 水所衝穿 則不能城而設亭鄣 皇明洪武時
거하함 수소충천 즉불능성이설정장 황명홍무시
立守禦千戶所 關五重.
입수어천호소 관오중

余循霧靈山 舟渡廣硎河 夜出古北口 時夜已三更
여순무령산 주도광형하 야출고북구 시야이삼경
出重關 立馬長城下 測其高可十餘丈 出筆硯噀酒磨
출중관 입마장성하 측기고가십여장 출필연손주마
墨 撫城而題之曰 乾隆四十五年庚子八月七日夜三
묵 무성이제지왈 건륭사십오년경자팔월칠일야삼
更 朝鮮朴趾源過此 乃大笑曰 乃吾書生爾 頭白一
경 조선박지원과차 내대소왈 내오서생이 두백일
得出長城外耶.
득출장성외야

昔蒙將軍自言 吾起臨洮 屬之遼東 城塹萬餘里
석몽장군자언 오기임조 속지요동 성참만여리
此其中不能無絶地脈 今視其塹山塡谷 信矣哉.
차기중불능무절지맥 금시기참산전곡 신의재

噫 此古百戰之地也 後唐莊宗之取劉守光也 別將
희 차고백전지지야 후당장종지취유수광야 별장
劉光濬克古北口 契丹太宗之取山南也 先下古北口
유광준극고북구 거란태종지취산남야 선하고북구
女眞滅遼 希尹大破遼兵 卽此地也 其取燕京也 蒲
여진멸요 희윤대파요병 즉차지야 기취연경야 포
莧敗宋兵 卽此地也.
현패송병 즉차지야

元文宗之立也 唐其勢屯兵於此 撒敦追上都兵於
원문종지립야 당기세둔병어차 살돈추상도병어
此 禿堅帖木兒之入也 元太子出奔此關趨興松 明嘉
차 독견첩목아지입야 원태자출분차관추흥송 명가

靖時　俺答犯京師　其出入皆由此關.
정 시　엄 답 범 경 사　기 출 입 개 유 차 관

其城下乃飛騰戰伐之場　而今四海不用兵矣　猶見其四山圍合　萬壑陰森.
기 성 하 내 비 등 전 벌 지 장　이 금 사 해 불 용 병 의　유 견 기 사 산 위 합　만 학 음 삼

時月上弦矣　垂嶺欲墜　其光淬削　如刀發硎　少焉月益下嶺　猶露雙尖　忽變火赤　如兩炬出山.
시 월 상 현 의　수 령 욕 추　기 광 쉬 삭　여 도 발 형　소 언 월 익 하 령　유 로 쌍 첨　홀 변 화 적　여 량 거 출 산

北斗半揷關中　而蟲聲四起　長風肅然　林谷俱鳴　其獸嶂鬼巘　如列戟摠干而立　河瀉兩山間鬪狠　如鐵駟金鼓也　天外有鶴鳴五六聲　淸戛如笛聲長　或曰此天鵝也.
북 두 반 삽 관 중　이 충 성 사 기　장 풍 숙 연　임 곡 구 명　기 수 장 귀 헌　여 렬 극 총 간 이 립　하 사 양 산 간 투 한　여 철 사 금 고 야　천 외 유 학 명 오 륙 성　청 알 여 적 성 장　혹 왈 차 천 아 야

야출고북구기 후지(夜出古北口記後識)[1)]

우리나라 선비들은 생장하고 늙고 병들고 죽을 때까지 나라의 강토를 벗어나지 못했으나, 근세의 선배로는 오직 김가재(金稼齋)[2)]와 내 친구 홍담헌(洪湛軒 : 홍대용)이 중원의 한 모퉁이를 밟았다.

전국(戰國) 시대 일곱 나라 중에서 연(燕)나라가 그중의 하나였고, 『서경』 우공(禹貢 : 『서경(書經)』의 편명)에 나오는 구주(九州) 중에 기주(冀州)가 바로 그중의 하나이다. 천하로써 본다면 한 구석의 땅이라고 할 수 있지만, 원나라와 명나라를 거쳐 지금의 청나라에 이르기까지 통일한 천자들의 도읍터로 되어 마치 옛날의 장안(長安)이나 낙양(洛陽)과 같다.

---

1) 야출고북구기 후지(夜出古北口記後識) : 여러 본에는 이 소제(小題)가 없었으나, 여기에서는 주설루본에 의거하여 수록하였다.

2) 김가재(金稼齋) : 조선 시대의 문학가 김창업(金昌業). 가재는 별호인 노가재(老稼齋)의 준말이다.

소자유(蘇子由)[3]는 중국의 선비지만 오히려 경사(京師)에 이르러 천자의 궁궐이 웅장함과 창고(倉庫)와 부고(府庫 : 곳간), 성곽과 연못, 후원들이 크고 넓은 것을 우러러보고 나서 천하의 크고 화려한 것을 알게 된 것을 스스로 다행으로 여겼다. 하물며 우리 동방 사람으로서 그 크고 화려한 것을 한번 보았다면 스스로 다행으로 여김이 마땅히 어떠했으리오? 지금 내가 이번 걸음을 더욱 스스로 다행으로 생각한 것은 장성을 나와서 막북(漠北)에까지 이른 것이니, 선배들에게 일찍이 없었던 일이다.

그러나 깊은 밤에 노정(路程)을 따라 소경같이 행하고 꿈속같이 지나다 보니, 그 산천의 뛰어난 경치와 관문, 요새들의 웅장하고 기이한 모습을 두루 보지 못했다. 때는 가을달이 비껴 비추고, 관내(關內)의 양쪽 언덕은 100길 벼랑으로 깎아 섰는데, 길이 그 가운데로 나 있다.

나는 어려서부터 담(膽)이 작고 겁이 많은 성격이어서 혹 낮에도 빈 방에 들어가거나 밤에 조그만 등불을 만나기만 해도 머리털이 움직이고 혈맥이 뛰지 않은 적이 없었다. 금년에 내 나이 44세건만 그 무서움을 타는 성질이 어릴 때와 같다. 오늘 한밤중에 홀로 만리장성 밑에 섰는데, 달은 떨어지고 하수(河水)는 울며 바람은 처량하고 반딧불이 날아다녀서, 만나는 모든 경개가 놀랍고 두려우며 기이하고 이상하지 않은 것

3) 소자유(蘇子由) : 송나라의 문학가 소철(蘇轍). 자유는 자이다.

이 없다. 그런데 홀연히 두려운 마음은 없어지고 이상하게도 신이 날대로 발발(勃勃)하여 공산(公山)의 초병(草兵)[4]이나 북평(北平)의 호석(虎石)[5]도 나를 놀라게 하지 못하니, 이는 더욱이 스스로 다행으로 여기는 바이다.

한스러운 바는 붓이 가늘고 먹이 말라 글자를 서까래만큼 크게 쓰지 못하고, 또 장성의 고사(故事)를 시로 쓰지 못하는 것이다. 그러나 본국으로 돌아가는 날에 동리에서 다투어 병술로 서로 위로하며, 또 열하의 행정(行程)을 물을 때에는 이 기록을 내보여서 머리를 마주대고 한 번 읽고 책상을 치면서 기이하다고 떠들어 보리라.

4) 초병(草兵) : 5호 16국 시대 전진(前秦)의 제 3대 왕인 부견(苻堅)이 동진(東晉)과의 싸움에서 크게 패한 후 겁을 먹고 팔공산(八公山)을 지나다가 그곳에 서 있는 풀까지도 군사로 보였다는 고사이다.

5) 호석(虎石) : 한(漢)나라의 이광(李廣)이 우북평(右北平)의 바위를 범으로 보고서 활을 쏘았다는 고사이다.

原文

夜出古北口記後識
야출고북구기후지

我東之士 生老病死 不離疆域 近世先輩唯金稼齋
아동지사 생로병사 불리강역 근세선배유김가재
吾友洪湛軒 踏中原一隅之地.
오우홍담헌 답중원일우지지

戰國時七國 燕其一也 禹貢九州 冀乃一也 以天
전국시칠국 연기일야 우공구주 기내일야 이천
下視之 可謂一隅之地 而自元皇明至今淸 爲一統天
하시지 가위일우지지 이자원황명지금청 위일통천
子之都 如古之長安洛陽.
자지도 여고지장안낙양

蘇子由中國之士也 猶自幸其至京師 仰觀天子宮
소자유중국지사야 유자행기지경사 앙관천자궁
闕之壯 與倉廩府庫城池苑囿之富且大 而後知天下
궐지장 여창름부고성지원유지부차대 이후지천하
之巨麗 況如我東之士 一得巨麗之觀 其所自幸 當
지거려 황여아동지사 일득거려지관 기소자행 당
如何哉 今余此行 尤有自幸者 出長城至漠北 先輩
여하재 금여차행 우유자행자 출장성지막북 선배
之所未嘗有也.
지소미상유야

然而深夜追程 瞽行夢過 其山川之形勝 關防之雄
연이심야추정 고행몽과 기산천지형승 관방지웅
奇 未得以周覽 時微月斜照 關內兩崖 百丈壁立
기 미득이주람 시미월사조 관내양애 백장벽립

路出其中.
노 출 기 중

余自幼時 膽薄性怯 或晝入空室 夜遇昏燈 未嘗
여 자 유 시 담 박 성 겁 혹 주 입 공 실 야 우 혼 등 미 상

不髮動脈跳 今年四十四 其畏性如幼時也 今中夜獨
불 발 동 맥 도 금 년 사 십 사 기 외 성 여 유 시 야 금 중 야 독

立於萬里長城之下 月落河鳴 風凄燐飛 所遇諸境
립 어 만 리 장 성 지 하 월 락 하 명 풍 처 린 린 소 우 제 경

無非可驚可愕可奇可詭 而忽無畏心 奇興勃勃 公山
무 비 가 경 가 악 가 기 가 궤 이 홀 무 외 심 기 흥 발 발 공 산

草兵 北平虎石 不動于中 是尤所自幸者也.
초 병 북 평 호 석 부 동 우 중 시 우 소 자 행 자 야

所可恨者 筆纖墨焦 不能大書如椽 且未及題詩
소 가 한 자 필 섬 묵 초 불 능 대 서 여 연 차 미 급 제 시

爲長城故事也 及東還之日 里中爭以壺酒相勞 且問
위 장 성 고 사 야 급 동 환 지 일 이 중 쟁 이 호 주 상 로 차 문

熱河行程 爲出此記 聚首一讀 競拍案叫奇.
열 하 행 정 위 출 차 기 취 수 일 독 경 박 안 규 기

일야구도하기(一夜九渡河記)
—하룻밤에 아홉 번 강을 건너다

하수(물)는 두 산 사이에서 나와 돌과 부딪쳐 으르렁거리며 사납게 싸운다. 그 놀란 파도와 성난 물결과 슬퍼하며 우는 여울과 성난 물보라, 그리고 슬픈 곡조와 원망하는 소용돌이가 달아나며 부딪치고 굽이쳐 돌면서 우는 듯, 소리치는 듯, 바쁘게 호령하는 듯, 언제나 만리장성을 꺾어서 무너뜨릴 기세이다. 전차(戰車) 만 승(乘)과 전기(戰騎 : 기병) 만 대(隊)나 전포(戰砲) 만 가(架)와 전고(戰鼓) 만 좌(坐)로도 그 무너뜨리고 내뿜는 소리를 족히 형용할 수 없을 것이다.

모래밭 위에 큰 돌은 우뚝히 떨어져 서 있고, 강 언덕에 버드나무는 어둡고 컴컴하여 물지킴과 하수 귀신이 다투어 나와서 사람을 놀리는 듯한데, 좌우의 교룡과 이무기가 서로 붙들려고 애쓰는 듯싶었다. 혹자는 말하기를,

"여기는 옛 전쟁터이므로 강물이 저같이 우는 것이다."

라고 하지만, 이는 그런 것이 아니라 강물 소리는 듣기 여하

에 달렸을 뿐이다.

산중의 내집 문 앞에는 큰 시내가 있어 매양 여름철이 되어 소낙비가 한 번 지나가면, 시냇물이 갑자기 불어나서 항상 수레 소리, 말 달리는 소리, 대포 소리, 북소리를 듣게 되어 결국은 귀에 젖어 버렸다.

내가 일찍이 문을 닫고 누워서 소리 종류를 비교해 들어보니, 깊은 소나무가 퉁소 소리를 내는 것은 듣는 이가 청아한 탓이요, 산이 찢어지고 언덕이 무너지는 듯한 것은 듣는 이가 분노한 탓이요, 뭇 개구리가 다투어 우는 듯한 것은 듣는 이가 교만한 탓이요, 1만 개의 대피리가 수없이 우는 듯한 것은 듣는 이가 화난 탓이요, 천둥과 우레가 급한 듯한 것은 듣는 이가 놀란 탓이요, 찻물이 끓는 듯이 문무(文武)가 겸한 듯한 것은 듣는 이가 취미로운 탓이요, 거문고가 궁(宮)과 우(羽)에 맞는 듯한 것은 듣는 이가 슬픈 탓이요, 종이 창에 바람이 우는 듯한 것은 듣는 이가 의심하는 탓이니, 모두 바르게 듣지 못하고, 다만 가슴속에 먹은 뜻을 가지고 귀에 들리는 대로 소리를 만든 것이다.

지금 나는 한밤중에 하나의 강을 아홉 번이나 건넜다. 강은 만리장성 밖 변방에서 나와서 장성을 뚫고 유하(楡河)와 조하(潮河)·황화(黃花)·진천(鎭川) 등의 모든 물과 합쳐져 밀운성 밑을 거쳐서 백하(白河)가 되었다. 나는 어제 배로 백하를 건넜는데, 이곳은 바로 하류(下流)였다.

내가 아직 요동에 들어오지 못했을 때는 바야흐로 한여름이라, 뜨거운 뙤약볕을 가노라니 홀연히 큰 강이 앞을 가로막았는데, 붉은 흙탕물이 산더미처럼 일어나 끝 간 곳이 보이지 않았다. 이것은 대개 천 리 밖에서 폭우(暴雨)가 내린 까닭이다.

물을 건널 때는 사람들이 모두 머리를 들고 하늘을 쳐다보았다. 내가 생각하기에는 사람들이 머리를 들고 하늘에 묵도(默禱)하는 것인 줄 알았는데, 나중에 알고 보니 물을 건너는 사람들이 물이 넘실넘실 빨리 돌아 탕탕히 흐르는 모습을 보면, 마치 자기 몸은 물을 거슬러 올라가는 것 같고 눈은 강물과 함께 따라 내려가는 것 같아서 갑자기 현기증이 나면서 물에 빠지게 된다는 것이다.

그들이 머리를 들고 우러러보는 것은 하늘에 비는 것이 아니라, 바로 물을 피하여 보지 않으려 함이다. 또한 어느 겨를에 잠깐 동안의 목숨을 위하여 조용히 기도드릴 수 있으랴? 그 위험함이 이와 같으니, 물소리도 듣지 못하고 모두 말하기를,

"요동벌은 펀펀하고 넓기 때문에 물소리가 요란하게 나지 않는 것이다."

라고 하지만, 이것은 물소리를 알지 못하는 말이다. 요동의 강물이 일찍이 물소리를 내지 않았던 것이 아니라, 다만 밤에 건너보지 않았기 때문이다. 낮에는 눈으로 물을 볼 수 있으므로 눈이 오로지 위험한 데만 보느라고 바야흐로 무서워서 도리어 눈이 있는 것을 걱정하는 판인데, 다시 어찌 들리는 소

리가 있을 것인가?

지금 나는 밤중에 물을 건너는지라 눈으로는 위험한 것을 볼 수가 없으니, 위험은 오로지 듣는 데만 있기 때문에 바야흐로 귀가 무서워하여 그 걱정을 이기지 못하는 것이다.

나는 이제야 도(道)를 알았도다. 마음이 어두운 자는 귀와 눈이 누(累)가 되지 않고, 귀와 눈만을 믿는 자는 보고 듣는 것이 더욱 밝아져서 더욱 병이 되는 것이다.

오늘 내 마부(창대를 말함)가 발이 말발굽에 밟혀서 뒷수레에 실렸으므로 나는 마침내 혼자 고삐를 늦추어 강물에 띄웠다. 무릎을 구부려 발을 모으고 안장 위에 앉았으니, 한 번만 떨어지면 강이었다. 물을 땅으로 삼고, 물을 옷으로 삼으며, 물을 몸으로 삼고, 물을 성정으로 삼으니, 이제야 내 마음은 한 번 떨어질 것을 각오한 터이므로 내 귓속에는 드디어 강물 소리가 없어지고 무릇 아홉 번 건너는데도 걱정이 없어 마치 의자 위에서 앉고 눕고 기거(起居)하는 것 같았다.

옛날 우(禹)임금이 강물을 건너는데, 황룡(黃龍)이 배를 등으로 떠받쳐 지극히 위험했다. 그러나 사생의 판단이 먼저 마음속에 분명해지고 보니, 그의 앞에는 용이거나 지렁이거나 크거나 작거나가 족히 관계될 바 없었다.

소리와 빛은 외물(外物)이다. 외물은 언제나 귀와 눈에 누가 되어 사람으로 하여금 이와 같이 똑바로 보고 듣는 것을 잃게 한다. 하물며 사람이 세상을 살아갈 때 그 험하고 위태로운 것이 강물보다 심하고, 보고 듣는 것이 문득 병이 되는 것임에 있어서랴. 나는 장차 우리 산중으로 돌아가 다시 앞 시냇물 소리를 들으면서 이것을 증험해 보고자 한다. 이로써 몸 가지는데 교묘하고 스스로 총명함을 자신하는 자에게 경고하는 바이다.

原文

一夜九渡河記
일야구도하기

河出兩山間 觸石鬪狠 其驚濤駭浪 憤瀾怒波 哀
하출양산간 촉석투한 기경도해랑 분란노파 애
湍怨瀨 犇衝卷倒 嘶哮號喊 常有摧破長城之勢 戰
단원뢰 분충권도 시효호함 상유최파장성지세 전
車萬乘 戰騎萬隊 戰砲萬架 戰鼓萬坐 未足諭其崩
차만승 전기만대 전포만가 전고만좌 미족유기붕
塌潰壓之聲.
탑궤압지성

沙上巨石 屹然離立 河堤柳樹 窅冥鴻濛 如水祇
사상거석 흘연리립 하제류수 요명홍몽 여수지
河神 爭出驕人 而左右蛟螭 試其挐攫也 或曰 此
하신 쟁출교인 이좌우교리 시기나확야 혹왈 차
古戰場 故河鳴然也 此非爲其然也 河聲在聽之如何
고전장 고하명연야 차비위기연야 하성재청지여하
爾.
이

余家山中 門前有大溪 每夏月急雨一過 溪水暴漲
여가산중 문전유대계 매하월급우일과 계수폭창
常聞車騎砲鼓之聲 遂爲耳祟焉.
상문거기포고지성 수위이수언

余嘗閉戶而臥 比類而聽之 深松發籟 此聽雅也
여상폐호이와 비류이청지 심송발뢰 차청아야
裂山崩崖 此聽奮也 群蛙爭吹 此聽驕也 萬筑迭響
열산붕애 차청분야 군와쟁취 차청교야 만축질향

此聽怒也　飛霆急雷　此聽驚也　茶沸文武　此聽趣也
차 청 노 야　비 정 급 뢰　차 청 경 야　다 비 문 무　차 청 취 야

琴諧宮羽　此聽哀也　紙窓風鳴　此聽疑也　皆聽不得
금 해 궁 우　차 청 애 야　지 창 풍 명　차 청 의 야　개 청 부 득

其正　特胸中所意設而耳爲之聲焉爾.
기 정　특 흉 중 소 의 설 이 이 위 지 성 언 이

今吾夜中一河九渡　河出塞外　穿長城會楡河潮河
금 오 야 중 일 하 구 도　하 출 새 외　천 장 성 회 유 하 조 하

黃花鎭川諸水　經密雲城下　爲白河　余昨舟渡白河
황 화 진 천 제 수　경 밀 운 성 하　위 백 하　여 작 주 도 백 하

乃此下流.
내 차 하 류

余未入遼時　方盛夏　行烈陽中而忽有大河當前　赤
여 미 입 요 시　방 성 하　행 렬 양 중 이 홀 유 대 하 당 전　적

濤山立　不見涯涘　蓋千里外暴雨也.
도 산 립　불 견 애 사　개 천 리 외 폭 우 야

渡水之際　人皆仰首視天　余意諸人者　仰首默禱于
도 수 지 제　인 개 앙 수 시 천　여 의 제 인 자　앙 수 묵 도 우

天　久乃知渡水者　視水洄駛洶蕩　身若逆溯　目若沿
천　구 내 지 도 수 자　시 수 회 사 흉 탕　신 약 역 소　목 약 연

流　輒致眩轉墮溺.
류　첩 치 현 전 타 닉

其仰首者非禱天也　乃避水不見爾　亦奚暇默祈其
기 앙 수 자 비 도 천 야　내 피 수 불 견 이　역 해 가 묵 기 기

須臾之命也哉　其危如此　而不聞河聲　皆曰遼野平廣
수 유 지 명 야 재　기 위 여 차　이 불 문 하 성　개 왈 요 야 평 광

故水不怒鳴　此非知河也　遼河未嘗不鳴　特未夜渡爾
고 수 불 노 명　차 비 지 하 야　요 하 미 상 불 명　특 미 야 도 이

晝能視水　故目專於危　方惴惴焉　反憂其有目　復安
주 능 시 수　고 목 전 어 위　방 췌 췌 언　반 우 기 유 목　부 안

有所聽乎.
유 소 청 호

今吾夜中渡河 目不視危 則危專於聽 而耳方惴惴
금 오 야 중 도 하 목 불 시 위 즉 위 전 어 청 이 이 방 췌 췌

焉 不勝其憂.
언 불 승 기 우

吾乃今知夫道矣 冥心者 耳目不爲之累 信耳目者
오 내 금 지 부 도 의 명 심 자 이 목 불 위 지 루 신 이 목 자

視聽彌審 而彌爲之病焉.
시 청 미 심 이 미 위 지 병 언

今吾控夫 足爲馬所踐 則載之後車 遂縱鞚浮河
금 오 공 부 족 위 마 소 천 즉 재 지 후 거 수 종 공 부 하

攣膝聚足於鞍上 一墜則河也 以河爲地 以河爲衣
연 슬 취 족 어 안 상 일 추 즉 하 야 이 하 위 지 이 하 위 의

以河爲身 以河爲性情 於是心判一墜 吾耳中遂無河
이 하 위 신 이 하 위 성 정 어 시 심 판 일 추 오 이 중 수 무 하

聲 凡九渡無虞 如坐臥起居於几席之上.
성 범 구 도 무 우 여 좌 와 기 거 어 궤 석 지 상

昔禹渡河 黃龍負舟至危也 然而死生之辨 先明於
석 우 도 하 황 룡 부 주 지 위 야 연 이 사 생 지 변 선 명 어

心 則龍與蝘蜓 不足大小於前也.
심 즉 룡 여 언 정 부 족 대 소 어 전 야

聲與色外物也 外物常爲累於耳目 令人失其視聽
성 여 색 외 물 야 외 물 상 위 루 어 이 목 영 인 실 기 시 청

之正如此 而况人生涉世 其險且危 有甚於河 而視
지 정 여 차 이 황 인 생 섭 세 기 험 차 위 유 심 어 하 이 시

與聽 輒爲之病乎 吾且歸吾之山中 復聽前溪而驗之
여 청 첩 위 지 병 호 오 차 귀 오 지 산 중 부 청 전 계 이 험 지

且以警巧於濟身 而自信其聰明者.
차 이 경 교 어 제 신 이 자 신 기 총 명 자

만국진공기(萬國進貢記)[1]

건륭(乾隆) 45년 경자(1780년)에는 황제의 나이가 일흔인데 남쪽 지방을 순시하고 곧바로 북쪽 열하까지 돌아왔다. 가을 8월 13일은 곧 황제의 천추절(千秋節)이다. 특별히 우리나라 사신을 불러 천추절 전에 행재소(行在所)까지 와서 뜰에 참여하여 하례하도록 했다.

나는 사신을 따라 북쪽으로 만리장성을 빠져나가서 밤낮으로 달렸다. 길에서 보니 사방으로부터 조공 드리러 가는 수레가 만 대는 될 것 같았다. 또 사람은 지고, 약대에는 싣고, 가마에 태우고 가는데, 형세가 비바람과 같았으며, 들것에 메고 가는 것은 물건 중에서 더욱 귀중하고 다치기 쉬운 것들이라고 하였다.

수레마다 말이나 노새를 예닐곱 마리씩 끌리고, 가마는 혹

1) 만국진공기(萬國進貢記) : 다백운루본에는 「진공만차기(進貢萬車記)」로 되어 있다.

작대기를 연결하여 노새 네 마리에 끌려 위에는 누런빛 작은 깃발을 꽂았는데 모두 '진공(進貢)'이란 글자가 쓰여 있다.

진공물(進貢物)들은 모두 거죽은 붉은빛 양탄자와 여러 빛깔의 모직 옷감과 삿자리나 등자리로 쌌는데, 모두 옥으로 만든 기물(器物)들이라고 한다.

수레 하나가 길에 넘어져 바야흐로 다시 싣는데, 거죽을 싼 등자리가 닳고 떨어진 틈으로 궤짝의 모습이 조금 드러난다. 궤짝은 누런 칠을 하여 작은 정자 한 칸만 했다. 한가운데는 '자유리보일좌(紫琉璃普一座)'라고 썼는데, '보(普)' 자 아래와 '일(一)' 자 위에는 두세 글자가 있어 보였으나, 자리 모서리가 조금 덮여져서 무슨 글자인지 알아볼 수 없었다. 무슨 유리그릇의 크기가 이 정도인지. 이것을 보면 다른 여러 수레에 실은 짐을 미루어 알 수 있겠다.

날이 이미 황혼이 되니 더욱 수레들이 길을 다투어 재촉해 달리는데, 횃불이 마주 비치고 방울 소리가 땅을 흔들며 채찍 소리가 벌판을 울리는 가운데 범과 표범을 우리에 집어넣은 것이 10여 수레나 된다. 우리에는 모두 창문이 있고, 겨우 범 한 마리를 넣을 만큼 만들었다. 범들은 모두 쇠사슬로 목을 감았으며, 눈빛은 누렇고 독살스러웠다. 바닥에 뒹굴고 있는 이리는 몸뚱이가 매우 나지막하고 털은 텁수룩하고 꼬리는 커다랗다.

이 밖에 곰과 여우와 사슴 종류는 이루 다 기록할 수 없었다. 사슴 중에도 붉은 굴레를 씌워 말을 몰듯 몰고 가는 놈이 있는데, 이는 길들인 사슴이다. 악라사(鄂羅斯 : 러시아)의 개는 높이가 거의 말만 하고, 온몸의 뼈는 가늘고 털이 짧으며, 날씬한 것이 우뚝 서니 여윈 정강이가 학같이 보이고, 꼬리는 뱀같이 놀며, 허리와 배는 가느다랗고 길며, 귀로부터 주둥이까지는 한 자 남짓 되는데 이것이 모두 입이었다. 능히 범이나 표범도 쫓아가서 죽인다고 한다. 큰 닭이 있는데, 모양은 약대와 같고 높이는 서너 자나 되고 발은 약대의 발굽과 같다. 날개를 치면서 하루에 300리는 간다고 하는데, 이름을 '타계(駝鷄 : 타조)'라고 한다.

낮에 본 것은 모두 응당 이런 종류일 것인데, 상하가 길 가기에 바빠서 무심코 지나갔다. 마침 날이 저물자, 하인들 중에 표범의 우는 소리를 들은 자가 있어 드디어 부사(副使)와 서장관(書狀官)과 함께 범 실은 수레에 올라가 보고서야 비로소 하루에 지나 보낸 수없는 수레에 비단 옥기(玉器)나 보물뿐만 아니라, 역시 천하만국의 기이한 새와 괴상한 짐승들도 많았던 사실을 알았다.

연극 구경을 할 때에 지극히 작은 말 두 마리가 산호수(珊瑚樹)를 싣고 전각 속으로부터 똑똑히 나왔다. 말의 크기는 겨우 두 자에 몸빛은 황백색(黃白色)인데, 갈기머리는 땅에 솔솔 끌리고 울음을 울고 뛰고 달리는 것이 준마(駿馬)의 체통을 갖추었다. 산호수의 가지와 줄기는 엉성한 것이 말보다 컸다.

아침에 행재소 문 밖으로부터 혼자 걸어서 여관으로 돌아오다가 길에서 보니, 부인 하나가 태평차(太平車)를 타고 가는데 얼굴에는 흰 분을 바르고 수놓은 비단 옷을 입었으며, 수레 옆에는 한 사람이 맨발로 채찍질을 하면서 수레를 모는데 몹시 빨리 갔다. 머리털은 짧아 어깨를 덮었고, 머리털 끝은 모두 양털처럼 말려들었는데, 금고리로 이마를 둘렀다. 얼굴은 붉고 살쪘으며, 눈은 고양이처럼 둥근 편이었다. 수레를 따르면서 구경하는 자들이 뒤섞여 몰려오고, 검은 먼지가 날려서 하늘을 덮었다.

처음에는 수레를 모는 자의 모양이 유난히 이상하므로 미처 수레 위에 있는 부인을 살펴보지 못했는데, 다시 한 번 자세히 들여다보니 부인이 아니라, 바로 사람 형상을 한 짐승 종류였다. 털손은 원숭이처럼 생겼고, 가지고 있는 물건은 접는 부채 같은데, 얼핏 보면 얼굴은 아주 요염한 것 같았다.

그러나 자세히 살펴보니 늙은 노파와 같고 요괴스럽고 사납게 생겼으며 키는 겨우 몇 자 남짓한데, 수레의 휘장을 걷어 올려서 좌우를 돌아보는 눈이 마치 잠자리 눈같이 보였다. 대체로 이것은 남방에서 나는 것으로 능히 사람의 뜻을 안다고 한다. 혹자는 말하기를,

"이것은 산도(山都 : 원숭이의 일종)이다."

라고 했다.

原文

萬國進貢記
만 국 진 공 기

乾隆四十五年庚子 皇帝壽七十 巡自南方 直北還
건 륭 사 십 오 년 경 자 황 제 수 칠 십 순 자 남 방 직 북 환
熱河 秋八月十三日 乃皇帝千秋節 特召我使 前赴
열 하 추 팔 월 십 삼 일 내 황 제 천 추 절 특 소 아 사 전 부
行在參庭賀.
행 재 참 정 하

余從使者 北出長城 晝夜兼行 道見四方貢獻車可
여 종 사 자 북 출 장 성 주 야 겸 행 도 견 사 방 공 헌 거 가
萬兩 又人擔駝負轎駕而去 勢如風雨 其杠而擔者
만 량 우 인 담 타 부 교 가 이 거 세 여 풍 우 기 강 이 담 자
物之尤精軟云.
물 지 우 정 연 운

每車引馬騾六七頭 轎或聯杠駕四騾 上挿小黃旗
매 거 인 마 라 륙 칠 두 교 혹 련 강 가 사 라 상 삽 소 황 기
皆書進貢字.
개 서 진 공 자

進貢物 皆外裹猩猩氈 諸色氆氌 竹簟籐席 皆稱
진 공 물 개 외 과 성 성 전 제 색 방 로 죽 점 등 석 개 칭
玉器.
옥 기

一車道蹶 方改裝 所裹籐席磨弊 稍露櫃面 櫃黃
일 거 도 궐 방 개 장 소 과 등 석 마 폐 초 로 궤 면 궤 황
漆 可如一間小亭 正中書紫琉璃普一座 普下一上可
칠 가 여 일 칸 소 정 정 중 서 자 유 리 보 일 좌 보 하 일 상 가

有二三字 而席角小掩 不可見也 何物琉璃器 其大
유이삼자 이석각소엄 불가견야 하물유리기 기대

如許 視此可推諸車所載.
여허 시차가추제거소재

日旣黃昏 益見車乘爭道催趕 篝燈相照 鈴鐸動地
일기황혼 익견거승쟁도최간 구등상조 영탁동지

鞭聲震野 虎豹裝檻柙者十餘乘 柙皆有窓 纔容一虎
편성진야 호표장함합자십여승 합개유창 재용일호

虎皆鐵絚鎖項 眼光黃碧 轉地狼體甚卑 而豐毫厖
호개철긍쇄항 안광황벽 전지랑체심비 이풍호방

尾.
미

熊羆狐鹿之類 不可殫記 鹿有紅羈 如馬牽者 此
웅비호록지류 불가탄기 녹유홍기 여마견자 차

馴鹿也 鄂羅斯犬 高幾如馬 通身骨纖毛淺 蹺桀峙
순록야 악라사견 고기여마 통신골섬모천 교걸치

立 脛瘦如鶴 尾回如蛇 腰腹細脩 從耳至喙可尺餘
립 경수여학 미회여사 요복세수 종이지훼가척여

皆口也 能逐殺虎豹 有大鷄形類橐駝 高三四尺 足
개구야 능축살호표 유대계형류탁타 고삼사척 족

如駝蹄 鼓翅日行三百里云 名駝鷄.
여타제 고시일행삼백리운 명타계

晝日所閱 皆應此類 而上下行忙 無心而過 適日
주일소열 개응차류 이상하행망 무심이과 적일

暮下隷聞豹狺者 遂與副使書狀登虎車 始知日閱萬
모하례문표은자 수여부사서장등호거 시지일열만

車 不獨玉器寶玩 亦多四海萬國奇禽怪獸也.
거 부독옥기보완 역다사해만국기금괴수야

聽戲時 有二極小馬 載珊瑚樹 自殿中的歷而出
청희시 유이극소마 재산호수 자전중적력이출

馬高纔二尺 色黃白 然鬃鬣窣地 嘶哮騰驤 具駿馬
마고재이척 색황백 연종렵솔지 시효등양 구준마
之體 珊瑚樹 枝幹扶疏 大於馬.
지체 산호수 지간부소 대어마

朝日自行在門外 獨步歸館 道見一婦人 乘太平車
조일자행재문외 독보귀관 도견일부인 승태평차
而行 面施粉白 衣錦繡 車旁一人跣足拂鞭 驅車甚
이행 면시분백 의금수 거방일인선족불편 구거심
疾 髮短覆肩 而端皆卷曲如羊毛 以金環箍額 面赤
질 발단복견 이단개권곡여양모 이금환고액 면적
而肥 眼圓如貓 隨車行 觀者雜沓 緇塵漲空.
이비 안원여묘 수거행 관자잡답 치진창공

初驅車者 形殊不類 故未及察車上婦人 更熟視之
초구거자 형수불류 고미급찰거상부인 갱숙시지
非婦人 乃人形而獸類也 手毛如猿 所持物若摺扇
비부인 내인형이수류야 수모여원 소지물약접선
瞥視則貌似絶艶.
별시즉모사절염

然視之審 如老嫗而妖厲 長纔數尺餘 車褰襜帷
연시지심 여노구이요려 장재수척여 거건첨유
左右顧眄 目如蜻蜓 大抵南方産 能解人意云 或曰
좌우고면 목여청정 대저남방산 능해인의운 혹왈
此山都也.
차산도야

만국진공기 후지(萬國進貢記後識)[1]

내가 몽고 사람 박명(博明)에게 "이것이 무슨 짐승이냐?"고 물었더니 박명은 말하기를,

"옛날에 장군 풍승액(豐昇額)[2] 공을 따라서 옥문관(玉門關)[3]을 나서서 돈황(燉煌)으로부터 4,000리를 떨어진 산골짜기에 가서 자는데, 아침에 일어나서 보니 장막 속에 두었던 나무 갑(匣)과 가죽 상자가 없어졌습니다.

당시 같이 간 막료들이 차차 알아보니 잃은 것이 분명했답니다. 군사들 사이에서 말이 있기를, '이것은 야파(野婆 : 유인

1) 만국진공기 후지(萬國進貢記後識) : 여러 본에는 이 소제(小題)가 없었으나, 여기에서는 주설루본에 의거하여 수록하였다.

2) 풍승액(豐昇額) : 만주 양황기(鑲黃旗) 사람으로, 병부상서를 거쳐 양람기몽고도통(鑲藍旗蒙古都統)을 지냈으며, 시호는 성무(誠武)이다.

3) 옥문관(玉門關) : 한 나라 무제 때 서역(西域)으로부터 옥을 수입하기 위해 세운 관문인데, 만리장성 맨 서쪽에 있다.

원의 한 종류)가 절도해 간 것이다.'고 하므로 군사를 내어 포위했더니, 야파는 모두 나무를 타는데 나는 원숭이처럼 빨랐습니다. 형세가 궁해지자 슬피 울면서 기어코 붙들리지 않으려고 하다가 모두 나뭇가지에 스스로 목을 매어 죽었습니다.

그래서 잃었던 물건을 모두 찾았는데, 상자나 목갑은 잠가 놓은 그대로 있었고, 잠근 것을 열고 보니 속에 기물들도 역시 버리거나 상한 것이 없었답니다. 상자 속에는 모두 붉은 분과 머리꽂이 패물과 화장품보관함을 많이 넣어 두었고, 아름다운 거울도 있었으며 또 바늘과 실, 가위와 자까지 있었는데, 〈야파는〉 대개 짐승으로서 여자를 본떠 치장하는 것으로 즐거움을 삼는다고 합니다."

라고 하였다.

유황포(兪黃圃)[4]가 나에게 막북(漠北)의 기이한 구경거리에 대해 묻기에 나는 '타계(駝鷄 : 타조)'를 말했다. 황포는 축하하면서 말하기를,

"그것은 바로 먼 서쪽 지방에 사는 기이한 짐승으로서 중국 사람들도 이름만 들었을 뿐 형상은 보지 못했는데, 공(公)께서는 외국 사람으로서 용케 보았습니다."

라고 한다. '산도(山都)' 이야기를 했더니, 그것을 보았다는 사람은 아무도 없었다.

---

4) 유황포(兪黃圃) : 유세기(兪世琦). 황포는 호이다. 박지원이 북경에서 사귀었던 친구이다.

내가 열하로부터 돌아올 때에 청하(淸河)에 이르러 시장 안에서 난쟁이 하나를 보았다. 키는 겨우 두 자 남짓하고, 배는 크기가 북만 하여 불쑥 내밀어서 그림에 있는 포대화상(布袋和尙)[5]과 같고, 입과 눈이 모두 낮게 붙었고, 팔뚝과 다리도 없이 손과 발이 몸뚱이에 그대로 달렸고, 담배를 물고 뽐내면서 걷는데, 손을 펴고 흔들면서 춤을 추었다. 사람을 보면 문득 크게 웃고, 홀로 머리를 깎지 않고 뒤통수에 상투를 했으며 선도건(仙桃巾)을 걸쳤다. 무명 도포는 소매가 넓고, 배를 통째 드러내놓고 있는데, 모양이 옹종하여 그 모습이 기괴함을 말로 다할 수 없으니, 조물주(造物主)는 가히 장난을 퍽 좋아하는 모양이다.

내가 이것을 황포에게 이야기했더니, 황포와 여러 사람들은 모두 말하기를,

"이것은 이름하여 '하늘이 별종의 생물을 만든〔天生異物〕' 것인데, 인간을 자라처럼 만들어 조롱하는 것입니다. 지금 거리에서는 이런 것을 많이 볼 수 있습니다."

라고 했다.

나의 평생에 괴이한 구경은 열하에 있을 때 만한 것이 없었으나 그 이름조차 모르는 것이 많고, 문자로는 능히 형용할 수 없는 것들이어서 모두 빼놓고 기록하지 못하니, 가히 한스

---

5) 포대화상(布袋和尙) : 불교에서 말하는 일곱 복신(福神) 중의 하나인데, 작은 키에 배가 불룩 튀어나왔다.

러운 일이다.

평계(平溪)[6]의 비 내리는 집에서 연암은 쓰다.

6) 평계(平溪) : 연암서당(燕巖書堂) 앞에 있는 시내 이름이다.

原文

萬國進貢記後識
만국진공기후지

余與蒙古人博明問 此何獸 博明言 昔從將軍豐公
여여몽고인박명문 차하수 박명언 석종장군풍공
昇額 出玉門關 距燉煌四千里 宿山谷間 朝起失帳
승액 출옥문관 거돈황사천리 숙산곡간 조기실장
裏木匣皮箱.
리목갑피상

當時同游幕侶 取次見失 軍中有言 此野婆盜之也
당시동유막려 취차견실 군중유언 차야파도지야
發卒圍之 野婆皆乘木 捷如飛猱 勢窮哀號 不肯就
발졸위지 야파개승목 첩여비노 세궁애호 불긍취
執 皆自經樹梢而死.
집 개자경수초이사

盡得所失 箱篋封鎖如舊 開視之器物 亦卒無所遺
진득소실 상협봉쇄여구 개시지기물 역졸무소유
毁 而箱內悉藏朱粉 多首飾奩裝 得佳鏡 亦有針線
훼 이상내실장주분 다수식렴장 득가경 역유침선
刀尺 蓋獸而效婦人都治自喜者也.
도척 개수이효부인도야자희자야

兪黃圃問余漠北異觀 余言駞鷄 黃圃賀曰 此乃極
유황포문여막북이관 여언타계 황포하왈 차내극
西奇畜生 中國者 聞名而未覩形 公外國人 乃能見
서기축생 중국자 문명이미도형 공외국인 내능견
之也 爲言山都 皆無見之者.
지야 위언산도 개무견지자

余自熱河還時　至淸河　市中有一矮人　長才二尺餘
여 자 열 하 환 시　지 청 하　시 중 유 일 왜 인　장 재 이 척 여

腹大如鼓彭漲　類所畵布俗和尙　口眼皆尾低　無腕無
복 대 여 고 팽 창　유 소 화 포 대 화 상　구 안 개 미 저　무 완 무

脛　卽有手足　含煙昂藏而行　張手回旋而舞　視人輒
경　즉 유 수 족　함 연 앙 장 이 행　장 수 회 선 이 무　시 인 첩

大笑　獨不薙髮　爲髻於腦後　繫仙桃巾　布袍袖闊
대 소　독 불 치 발　위 계 어 뇌 후　계 선 도 건　포 포 수 활

坦然露腹　狀貌臃腫　難以言語盡其形容之詭奇也　造
탄 연 로 복　상 모 옹 종　난 이 언 어 진 기 형 용 지 궤 기 야　조

物者可謂太嗜詼諧.
물 자 가 위 태 기 회 해

余擧此言於黃圃　黃圃諸人皆曰　此名天生異物　人
여 거 차 언 어 황 포　황 포 제 인 개 왈　차 명 천 생 이 물　인

而鼈弄者也　卽今市肆間多見之云.
이 별 롱 자 야　즉 금 시 사 간 다 견 지 운

平生詭異之觀　無逾在熱河時　然多不識其名　文字
평 생 궤 이 지 관　무 유 재 열 하 시　연 다 불 식 기 명　문 자

之所不能形者　皆闕不錄　可恨也哉.
지 소 불 능 형 자　개 궐 불 록　가 한 야 재

平溪雨屋燕巖識.
평 계 우 옥 연 암 지

상기(象記)[1]—코끼리 이야기

만일 괴상스럽고 특별하고 우습고 기이하며 어마어마한 것을 구경하려면 먼저 선무문(宣武門) 안에 있는 상방(象房 : 코끼리 우리)에 가 봐야 할 것이다. 내가 북경에서 본 코끼리가 열여섯 마리인데, 모두 쇠사슬로 발을 묶어 두어서 움직이는 모양을 아직 보지 못했다. 이제 코끼리 두 마리를 열하 행궁(行宮) 서쪽에서 보았는데, 온 몸뚱이를 꿈틀거리면서 걸어가는 것이 마치 비바람이 움직이는 듯 몹시 거창스러웠다.

내가 언젠가 새벽에 동해(東海)에 나갔을 때 파도 위에 말처럼 우뚝 선 것이 수없이 많은 것을 보았는데, 모두 집채같이 큰 것이어서 물고기인지 짐승인지 알지를 못했다. 해 돋기를 기다려 자세히 보려고 했는데, 해가 막 돋기도 전에 파도 위에 말처럼 우뚝 섰던 것들은 이미 바다 속으로 숨어 버렸었

1) 상기(象記) : 박영철본에는 이 편이 「희본명목기(戱本名目記)」 밑에 있었으나, 여기에서는 수택본에 의거하여 이곳으로 옮겼다.

다.

이번에 코끼리를 10보 밖에서 보았는데, 그때 동해에서 보았던 것과 방불할 만큼 크게 생겼다. 그 코끼리의 몸뚱이는 소 같고 꼬리는 나귀와 같으며, 약대의 무릎에, 범의 발톱에, 털은 짧고 잿빛이며, 성질은 어질게 보이고, 울음소리는 처량하며, 귀는 구름장같이 드리웠고, 눈은 초승달 같았다. 두 어금니는 크기가 두 아름은 되고, 길이는 한 발〔丈〕 남짓 되며, 코는 어금니보다 길어서 구부리고 펴는 것이 자벌레와 같고, 두르르 마는 모습은 굼벵이 같으며, 코끝은 누에 등 같은데, 물건을 끼우는 것이 족집게 같아서 두르르 말아 입에 집어넣는다.

때로는 코를 입부리로 생각하는 사람도 있어 다시 코 있는 데를 따로 찾아보기도 하는데, 그도 그럴 것이 코 생긴 모양이 이럴 줄이야 생각지도 못했던 것이다. 혹은 코끼리의 다리가 다섯이라고도 하고, 혹은 코끼리의 눈이 쥐눈 같다고 하는 것은 대개 코끼리를 볼 때는 코와 어금니 사이를 주목하는 까닭이니, 그 몸뚱이를 통틀어서 제일 작은 놈을 가지고 보면 이렇게 엉뚱한 추측이 생길 만하다. 대체로 코끼리는 눈이 몹시 가늘어서 마치 간사한 사람이 아양을 부리면서 눈부터 먼저 웃는 것과 같으나, 그의 어진 성품은 역시 눈에 있는 것이다.

강희(康熙) 시대에 남해자(南海子)[2]에 사나운 범 두 마리가 있었는데, 오랫동안 길을 들일 수 없어서 황제가 노하여 범을 코끼리 우리로 몰아넣으라고 명했더니, 코끼리가 몹시 겁을 내어 코를 한 번 휘두르자 범 두 마리가 그 자리에서 넘어져 죽었다고 한다. 코끼리가 범을 죽이고 싶어서 한 것이 아니라, 범의 냄새를 싫어하여 코를 휘두른 것이 잘못 부딪쳤던 것이다.

아아, 세상의 사물(事物) 중에 털끝같이 작은 것이라도 하늘이 내지 않은 것이 없다고 한다. 그러나 하늘이 어찌 다 명령해서 냈을까보냐? 하늘은 형체로 말한다면 천(天)이요, 성질로 말한다면 건(乾)이요, 주재(主宰)하는 이는 상제(上帝)요, 미묘한 작용을 하는 것은 신(神)이라고 하니, 그 이름이 여러 가지요, 또 일컫는 명색이 너무 친밀하다. 〈허물이 없이 말하자면〉 이(理)와 기(氣)를 화로와 풀무로 삼고, 생장과 품부를 조물(造物)이라고 한다. 이는 하늘을 마치 재주 있는 공장이에 비유하여 망치 · 끌 · 도끼 · 칼 같은 것으로 조금도 쉬지 않고 일을 한다고 하는 것과 같다.

그러므로 『역경(易經)』에 이르기를,

"하늘이 초매(草昧)[3]를 지은 것이다."

라고 하였는데, 초매란 것은 그 빛이 검고 그 형태는 안개가 낀 듯하여 마치 동이 틀듯 말듯한 무렵 같아서 사람이나 물건을 똑바로 분간할 수 없다 하니, 나는 알지 못하겠다. 하늘이

---

2) 남해자(南海子) : 북경 숭문문(崇文門) 남쪽에 있는 동산이다.

3) 초매(草昧) : 천지가 개벽하면서 만물이 혼돈한 현상을 말한다.

캄캄하고 안개 낀 듯 자욱한 속에서 만들어 낸 것이 과연 무슨 물건인지.

국수집에서 맷돌에 밀을 갈 때에 작고 크거나 가늘고 굵거나 할 것 없이 뒤섞여 바닥에 쏟아지는 것이니, 무릇 맷돌의 작용이란 도는 것일 뿐인데, 애초에 가루가 가늘고 굵은 데야 무슨 마음을 먹었겠는가?

그런데 이야기하는 자들은 말하기를,

"뿔이 있는 놈에게는 이빨을 주지 않았다."

라고 하여 만물을 창조하는 데 무슨 결함이라도 있는 듯이 생각하나, 이것은 잘못이다. 감히 묻노니,

"이빨을 준 자는 누구일 것인가?"

라고 한다면 사람들은 장차,

"하늘이 주었지요."

라고 말할 것이다. 그러나 다시,

"하늘이 이빨을 준 이유는 장차 무엇 때문일까?"

라고 묻는다면 사람들은 장차,

"하늘이 이것으로 먹이를 씹으라고 주었지요."

라고 할 것이다. 다시,

"이빨을 가지고 물건을 씹는다는 것은 무엇일까?"

라고 물으면 사람들은 장차,

"이는 대체로 〈하늘이 낸〉 이치랍니다. 금수는 손이 없으므로 반드시 그 입부리를 구부려 땅에 닿게 해서 먹을 것을 찾게 된 것이요, 그러므로 학의 정강이가 높고 보니, 부득이

목이 길지 않을 수 없고, 그래도 혹시 〈입이〉 땅에 닿지 않을까 염려하여 또 그 입부리를 길게 만든 것이요, 만일 닭의 다리가 학과 같았다면 할 수 없이 마당에서 굶어 죽었을 것입니다."

하고 말하리라. 나는 〈이 말을 듣고〉 크게 웃으면서,

"그대들이 말하는 이치란 것은 소·말·닭·개 같은 것에나 맞는 이치이다. 하늘이 이빨을 준 것이 반드시 구부려서 무엇을 씹도록 한 것이라고 한다면, 이제 저 코끼리에게는 쓸데없는 어금니가 세워져 있어서 장차 입을 땅에 닿으려고 하면 어금니가 먼저 땅에 걸릴 것이니, 이른바 물건을 씹는 데도 오히려 방해가 되지 않겠는가?"

라고 하니 혹자는 말하기를,

"그것은 코가 있기 때문이다."

라고 하리라. 그러나 나는,

"긴 어금니를 주고서 코를 빙자하려면 차라리 어금니를 없애고 코를 짧게 한 것만 못할 것이 아닌가?"

라고 했더니, 이때에야 말하는 자들이 처음의 주장을 우겨대지 못하고, 자기들이 배운 바를 조금 수그렸다.

이는 언제나 생각이 미친다는 것이 오직 말·소·닭·개뿐이요, 용이나 봉황, 거북, 기린 같은 짐승에게는 생각이 미치지 못한 까닭이다.

코끼리는 범을 만나면 코로 때려눕히니, 그 코는 천하에 상대가 없다. 그러나 쥐를 만나면 코를 가지고도 쓸모가 없어

하늘을 쳐다보고 멍하니 섰다니, 그렇다고 쥐가 범보다 무섭다고 하면 아까 말한 소위 하늘이 낸 이치에 맞다고는 못할 것이다.

대체로 코끼리는 오히려 눈에 보이는 것인데도 그 이치에 있어 모르는 것이 이와 같거늘, 하물며 천하의 사물이 코끼리보다도 만 배나 복잡함에랴? 그러므로 성인이 『역경』을 지을 때 '코끼리 상(象)' 자를 따서 지은 것도 이 코끼리 같은 형상을 보고 만물이 변하는 이치를 연구하게 하려는 것이다.[4)]

4) 『역경』을 …… 것이다 : '象'은 형상의 상으로, 『역경』에 사상(四象)이 팔괘(八卦)를 낳고 팔괘가 육십사괘를 낳는다는 사물의 변화와 이치를 말하였다.

原文

象記
상 기

將爲怪特譎詭 恢奇鉅偉之觀 先之宣武門內 觀于
장 위 괴 특 휼 궤 회 기 거 위 지 관 선 지 선 무 문 내 관 우
象房可也 余於皇城見象十六 而皆鐵鎖繫足 未見其
상 방 가 야 여 어 황 성 견 상 십 륙 이 개 철 쇄 계 족 미 견 기
行動 今見兩象於熱河行宮西 一身蠕動 行如風雨.
행 동 금 견 양 상 어 열 하 행 궁 서 일 신 연 동 행 여 풍 우

余嘗曉行東海上 見波上馬立者無數 皆穹然如屋
여 상 효 행 동 해 상 견 파 상 마 립 자 무 수 개 궁 연 여 옥
弗知是魚是獸 欲俟日出暢見之 日方浴海 而波上馬
불 지 시 어 시 수 욕 사 일 출 창 견 지 일 방 욕 해 이 파 상 마
立者 已匿海中矣.
립 자 이 닉 해 중 의

今見象於十步之外 而猶作東海想 其爲物也牛身
금 견 상 어 십 보 지 외 이 유 작 동 해 상 기 위 물 야 우 신
驢尾 駝膝虎蹄 淺毛灰色 仁形悲聲 耳若垂雲 眼
려 미 타 슬 호 제 천 모 회 색 인 형 비 성 이 약 수 운 안
如初月 兩牙之大二圍 其長丈餘 鼻長於牙 屈伸如
여 초 월 양 아 지 대 이 위 기 장 장 여 비 장 어 아 굴 신 여
蠖 卷曲如蠐 其端如蠶尾 挾物如鑷 卷而納之口.
확 권 곡 여 제 기 단 여 잠 미 협 물 여 섭 권 이 납 지 구

或有認鼻爲喙者 復覓象鼻所在 蓋不意其鼻之至
혹 유 인 비 위 훼 자 부 멱 상 비 소 재 개 불 의 기 비 지 지
斯也 或有謂象五脚者 或謂象目如鼠 蓋情窮於鼻牙
사 야 혹 유 위 상 오 각 자 혹 위 상 목 여 서 개 정 궁 어 비 아

之間 就其通體之最少者 有此比擬之不倫 蓋象眼甚
지간 취기통체지최소자 유차비의지불륜 개상안심

細 如姦人獻媚 其眼先笑 然其仁性在眼.
세 여간인헌미 기안선소 연기인성재안

康熙時 南海子有二惡虎 久而不能馴 帝怒命驅虎
강희시 남해자유이악호 구이불능순 제노명구호

納之象房 象大恐 一揮其鼻而兩虎立斃 象非有意殺
납지상방 상대공 일휘기비이양호립폐 상비유의살

虎也 惡生臭而揮鼻誤觸也.
호야 오생취이휘비오촉야

噫 世間事物之微 僅若毫末 莫非稱天 天何嘗一
희 세간사물지미 근약호말 막비칭천 천하상일

一命之哉 以形體謂之天 以性情謂之乾 以主宰謂之
일명지재 이형체위지천 이성정위지건 이주재위지

帝 以妙用謂之神 號名多方 稱謂太褻 而乃以理氣
제 이묘용위지신 호명다방 칭위태설 이내이이기

爲爐鞴 播賦爲造物 是視天爲巧工 而椎鑿斧斤不少
위로배 파부위조물 시시천위교공 이추착부근불소

間歇也.
간헐야

故易曰天造草昧 草昧者 其色皁而其形也霾 譬如
고역왈천조초매 초매자 기색조이기형야매 비여

將曉未曉之時 人物莫辨 吾未知天於皁霾之中 所造
장효미효지시 인물막변 오미지천어조매지중 소조

者果何物耶.
자과하물야

麵家磨麥 細大精粗雜然撒地 夫磨之功轉而已 初
면가마맥 세대정조잡연살지 부마지공전이이 초

何嘗有意於精粗哉.
하상유의어정조재

然而說者曰　角者不與之齒　有若爲造物缺然者　此
연이설자왈 각자불여지치 유약위조물결연자 차
妄也　敢問齒與之者誰也　人將曰　天與之　復問曰
망야 감문치여지자수야 인장왈 천여지 부문왈
天之所以與齒者　將以何爲　人將曰　天使之齧物也
천지소이여치자 장이하위 인장왈 천사지설물야
復問曰　使之齧物何也　人將曰　此夫理也　禽獸之無
부문왈 사지설물하야 인장왈 차부리야 금수지무
手也　必令嘴喙俛而至地以求食也　故鶴脛旣高　則不
수야 필령취훼면이지지이구식야 고학경기고 즉부
得不頸長　然猶慮其或不至地　則又長其嘴矣　苟令鷄
득불경장 연유려기혹부지지 즉우장기취의 구령계
脚效鶴　則餓死庭間　余大笑曰　子之所言理者　乃牛
각효학 즉아사정간 여대소왈 자지소언리자 내우
馬鷄犬耳　天與之齒者　必令俛而齧物也　今夫象也
마계견이 천여지치자 필령면이설물야 금부상야
樹無用之牙　將欲俛地　牙已先距　所謂齧物者　不其
수무용지아 장욕면지 아이선거 소위설물자 불기
自妨乎　或曰　賴有鼻耳　余曰　與其牙長而賴鼻　無
자방호 혹왈 뇌유비이 여왈 여기아장이뢰비 무
寧去牙而短鼻　於是乎說者　不能堅守初說　稍屈所
녕거아이단비 어시호설자 불능견수초설 초굴소
學.
학

是情量所及　惟在乎馬牛鷄犬　而不及於龍鳳龜麟
시정량소급 유재호마우계견 이불급어룡봉귀린
也.
야

象遇虎則鼻擊而斃之　其鼻也天下無敵也　遇鼠則
상우호즉비격이폐지 기비야천하무적야 우서즉

置鼻無地 仰天而立 將謂鼠嚴於虎 則非向所謂理
치비무지 앙천이립 장위서엄어호 즉비향소위리

也.
야

夫象猶目見 而其理之不可知者如此 則又況天下
부상유목견 이기리지불가지자여차 즉우황천하

之物 萬倍於象者乎 故聖人作易 取象而著之者 所
지물 만배어상자호 고성인작역 취상이저지자 소

以窮萬物之變也歟.
이궁만물지변야여

승귀선인행우기(乘龜仙人行雨記)
—거북을 탄 신선이 비를 뿌리다

8월 14일에 피서산장(避暑山莊)에 들어가서 바라다보니 황제는 누런 휘장을 늘인 전각 속에 깊이 들어앉아 있었다. 뜰 아래 반열에는 사람도 매우 드문데, 뜰 가운데 홀로 노인 하나가 상투에 선도건(仙桃巾 : 명주실로 거칠게 짠 두건)을 걸고 누런 장삼에 검고 모난 옷깃과 가장자리를 꾸민 소매를 달아 입었는데, 모두 검은 선을 둘렀다. 허리에는 붉은 비단 장식 띠를 둘렀으며, 붉은 신을 신고, 반백(半白) 수염이 가슴까지 늘어졌다.

지팡이 끝에는 금호로(金葫蘆)와 비단 축(軸)이 달렸고, 오른손에는 파초선(芭蕉扇)을 쥐고, 큰 거북 위에 서서 두루 뜰을 도는데, 거북은 머리를 위로 젖히고 무지개가 드리운 것처럼 물을 뿜는다. 거북은 검푸른 빛에 크기가 맷방석만 한데, 처음에는 가는 비를 뿜어 전각의 처마와 기와를 적시고 가느다란 물방울이 날리고 튀어서 안개처럼 자욱하다. 혹은 화분을 향하여 뿜기도 하고 혹은 석가산(石假山)을 향해서 뿌리기도 한다.

조금 있더니 비의 기세가 더욱 거세져서 처마 물은 폭우처럼 쏟아져 햇빛이 비낀 전각 모퉁이는 수정 주렴을 드리운 듯하고, 전각 위의 누런 기와는 흘러내릴 듯이 물이 많다. 동산의 동쪽 나뭇잎들은 더욱 밝고 화려해졌다. 물이 온 뜰에 가득하여 흡족하게 축인 뒤에 〈거북은〉 물러나서 그 노인은 오른쪽 장막 속으로 들어갔다.

황문(黃門 : 환관) 수십 명이 각각 대빗자루를 들고 마당의 물을 쓸었다. 거북의 배에 물을 100섬이나 간직했더라도 이같이 뿌리지는 못했을 것이다. 또 사람들이 입은 옷은 적시지 않게 했으니, 그 비를 오도록 하는 공로가 가히 귀신이라고 하겠다.

만일 온 세상이 비가 오기를 바랄 때에 이렇게 뜰 하나만 적시는 것에 그친다면 역시 일은 다 되었다고 하리라.

原文

乘龜仙人行雨記
승귀선인행우기

十四日 入避暑山莊 望見皇帝殿中 黃幄深坐 庭班甚稀 庭中獨有一老人 髻繫仙桃巾 衣黃衫 黑方領 緣袪皆黑 腰係紅羅飄帶 履赤舃 鬍髯半白而過胸.
십사일 입피서산장 망견황제전중 황악심좌 정반심희 정중독유일노인 계계선도건 의황삼 흑방령 연거개흑 요계홍라표대 이적석 호염반백이과흉

杖端係金葫蘆及錦軸 右手持芭蕉扇 立大龜上 周行庭除 龜仰首噴水如垂虹 龜色青黑 大如盤托 初噴細雨 殿簷瓦溝淋漓 細沫飛跳 霏靄籠罩 或向花盆而噀 或向假山而灑.
장단계금호로급금축 우수지파초선 입대귀상 주행정제 귀앙수분수여수홍 귀색청흑 대여반탁 초분세우 전첨와구림리 세말비도 비애롱조 혹향화분이손 혹향가산이쇄

少焉雨勢益壯 簷溜暴霔 霖鈴殿角 斜陽如垂水晶簾 殿上黃瓦 瀏瀏欲流 苑東樹葉 益明麗 水滿一庭 霈然周洽 然後退入右帳中.
소언우세익장 첨류폭주 임령전각 사양여수수정렴 전상황와 유류욕류 원동수엽 익명려 수만일정 패연주흡 연후퇴입우장중

黃門數十人 各持竹帚 掃除庭水 龜腹雖貯水百斛
황문수십인 각지죽추 소제정수 귀복수저수백곡

不能如此沱也 且不令霑人衣服 其行雨之功 可謂神
불 능 여 차 타 야 차 불 령 점 인 의 복 기 행 우 지 공 가 위 신

矣.
의

若夫四海之望雲霓 而澤止于一庭 則亦已矣.
약 부 사 해 지 망 운 예 이 택 지 우 일 정 즉 역 이 의

만년춘등기(萬年春燈記)—만년춘의 등불

황제가 동산 동쪽에 있는 별전(別殿)으로 옮겨 거둥하는데, 수많은 관리들이 피서산장을 나와서 모두 말을 타고 궁성의 담을 끼고 5리 남짓 가서 동산의 문(門)으로 들어갔다.

좌우에는 부도(浮圖)가 있어 높이 예닐곱 길이요, 불당과 패루(牌樓)가 몇 리를 뻗쳤으며, 전각 앞에는 누런 장막이 하늘과 이은 듯한데 장막 앞에는 모두 흰 천막을 침침하게 둘러쳤고, 1,100개의 채색 등불이 걸려 있다. 앞에는 붉은빛 궐문이 세 곳이나 서 있는데, 높이가 모두 여덟아홉 길은 되었다.

풍악을 울리고 잡희(雜戲 : 잡극)를 시작하자 해는 이미 저물었다. 누런빛의 큰 궤짝을 붉은 궐문에 다니, 궤짝 밑으로 갑자기 북만 한 크기의 등불 하나가 떨어지자 등불은 노끈 하나에 이어져서 그 끝에서는 갑자기 저절로 불이 붙어 탄다. 〈불은〉 노끈을 따라 타 올라가서 궤짝 밑에 닿으니, 궤짝 밑으로부터 또 한 개의 둥근 등불이 드리워지고, 노끈에 붙은 불은 그 등불을 태워 땅에 떨어뜨린다.

궤짝 속으로부터 또 쇠로 만든 채롱 주렴이 드리워지는데, 주렴의 표면에는 모두 전자(篆字)로 '수(壽) · 복(福)'이란 글자를 썼고, <글자에> 새파란 불이 붙어 한동안 타다가 '수와 복'이란 글자에 붙은 불은 스스로 꺼져 땅에 떨어진다. 또 궤짝 속으로부터 연주등(聯珠燈) 100여 줄이 드리워지는데, 한 줄에 달린 등이 4, 50개씩이나 되었고, 등불 속은 차례대로 저절로 타면서 일시에 환하게 밝았다.

또 1,000여 명의 미모의 남자들이 수염은 없고 비단 도포에 수놓은 비단 모자를 쓰고, 각각 '정(丁)' 자 지팡이를 가지고 있었다. <지팡이> 양쪽 끝에 모두 조그만 붉은 등불을 달고, 나갔다 물러섰다 하기도 하고 빙빙 돌기도 하면서 군진(軍陣) 모양을 갖추었다. 그러더니 갑자기 세 무더기 오산(鼇山)[1]으로 변했다가 별안간 변해서 누각(樓閣)이 되고, 졸지에 네모진 진형(陣形)으로 변하기도 하였다.

이미 황혼이 되자 등불 빛은 더욱 밝아지더니 갑자기 '만년춘(萬年春)'이란 석 자로 변했다가 또 '천하태평(天下太平)'의 네 글자로 변하고, 갑자기 변하여 두 마리 용이 되었는데, 비늘과 뿔과 발톱과 꼬리가 공중에서 꿈틀거린다. 잠시 잠깐 사이에 변환하고 이합(離合)하되 저울의 눈금이나 좁쌀만큼도 어긋남이 없고 글자의 획이 명료한데, 다만 수천 명의 발자국 소리만 들릴 뿐이었다.

---

1) 오산(鼇山) : 자라 등 위에 섰다는 신선이 사는 산 이름이다.

이것은 잠시 동안의 놀음일 뿐이지만 그 기율(紀律)의 엄격함이 이와 같은데, 더욱이 이런 법으로 군대가 전쟁터에 임한다면 천하에 누가 감히 다칠 것인가? 그러나 〈천하의 태평은〉 덕에 있는 것이지 병법에 있는 것이 아니거늘, 하물며 〈천자가 이런〉 놀음으로 천하에 보임에랴?

原文

萬年春燈記
만 년 춘 등 기

皇帝移御苑東別殿 千官出避暑山莊 皆騎 循宮墻
황 제 이 어 원 동 별 전 천 관 출 피 서 산 장 개 기 순 궁 장

行五里餘 入苑門.
행 오 리 여 입 원 문

左右浮圖高六七丈 佛宇及牌樓 彌亘數里 殿前黃
좌 우 부 도 고 륙 칠 장 불 우 급 패 루 미 긍 수 리 전 전 황

幄連天 幄前皆白幕沈沈 懸彩燈千百 前立紅闕三所
악 련 천 악 전 개 백 막 침 침 현 채 등 천 백 전 립 홍 궐 삼 소

高皆八九丈.
고 개 팔 구 장

樂作 陳雜戲 日旣曛 懸黃色大櫃于紅闕 櫃底忽
악 작 진 잡 희 일 기 훈 현 황 색 대 궤 우 홍 궐 궤 저 홀

落一燈 其大如鼓 燈聯一繩 繩端火忽自燃 緣繩而
락 일 등 기 대 여 고 등 련 일 승 승 단 화 홀 자 연 연 승 이

走上及櫃底 櫃底又垂一圓燈 繩火燒其燈落地.
주 상 급 궤 저 궤 저 우 수 일 원 등 승 화 소 기 등 락 지

自櫃中又垂鐵籠簾子 簾面皆篆壽福字 着火靑瑩
자 궤 중 우 수 철 롱 렴 자 렴 면 개 전 수 복 자 착 화 청 형

良久壽福字火自滅落地 又自櫃中垂下聯珠燈百餘行
양 구 수 복 자 화 자 멸 락 지 우 자 궤 중 수 하 연 주 등 백 여 행

一行所聯爲四五十燈 燈中次第自燃 一時通明.
일 행 소 련 위 사 오 십 등 등 중 차 제 자 연 일 시 통 명

又有千餘美貌男子 無髭鬚 衣錦袍 戴繡幘 各持
우 유 천 여 미 모 남 자 무 자 수 의 금 포 대 수 책 각 지

丁字杖 兩頭皆懸小紅燈 進退回旋 作軍陣狀 忽變
정자장 양두개현소홍등 진퇴회선 작군진상 홀변

而爲三座鼇山 忽變而爲樓閣 忽變而爲方陣.
이위삼좌오산 홀변이위누각 홀변이위방진

既黃昏 燈光益明 忽變而爲萬年春三字 又變而爲
기황혼 등광익명 홀변이위만년춘삼자 우변이위

天下太平四字 忽變而爲兩龍 鱗角爪尾 蜿蜒轉空
천하태평사자 홀변이위양룡 인각조미 완연전공

頃刻之間 變幻離合而不錯銖黍 字畫宛然 只聞數千
경각지간 변환이합이불착수서 자획완연 지문수천

靴響而已.
화향이이

此斯須之戲耳 其紀律之嚴 有如是者 以此法 臨
차사수지희이 기기율지엄 유여시자 이차법 임

軍陣 天下孰敢嬰之哉 然而在德不在法 況以戲示天
군진 천하숙감영지재 연이재덕부재법 황이희시천

下哉.
하재

매화포기(梅花砲記)

날이 이미 어둑해지자 수많은 매화포(梅花砲)[1]가 동산 안에서 터져 들려오는데, 그 소리는 천지를 진동하고 매화꽃이 사방으로 흩어져 마치 숯불을 부채질하면 불꽃이 튀어 흐르는 것과 같았다.

〈각양각색의 불꽃 모양이〉 마치 거울을 들여다보면서 웃음을 짓는 듯, 바람을 맞이하여 비스듬히 기대는 듯도 하려니와, 마치 노포(魯褒)[2]의 돈이 이지러진 듯, 토끼의 주둥이가 살아나지 못한 채(이지러진 달을 말함) 흩어진다. 이어서 『병사(甁史)』[3]의 월표(月表)에 의하면 〈온갖 화병을 진열하고는〉

---

1) 매화포(梅花砲) : 종이로 만든 딱총. 불똥 튀는 모양이 매화꽃이 지는 것과 같다고 하여 붙여진 이름이다.

2) 노포(魯褒) : 진(晋)나라의 학자로 자는 원도(元道)이고, 「전신론(錢神論)」을 지었다.

3) 『병사(甁史)』 : 명나라의 시인 원굉도(袁宏道)가 꽃의 감상법에 대해 기록한 책이다.

여사(女士)가 그 품위의 상하를 평정하는데, 화방(花房)에 드리운 꽃술과 꽃받침이 분명하고 봉오리에 찍힌 검은 점이 가느다랗게 된 것들이 모두 불꽃으로 화하여 날아간다.

계속해서 날짐승, 길짐승, 벌레, 물고기 등속이 날아가고 달리고 뛰놀고 하는 것이 모두 정상(情狀)을 갖추었는데, 새의 모양을 한 꽃은 혹 날개를 펴서 벌리기도 하고, 혹 입부리로 깃을 문지르기도 하며, 혹 발톱으로 눈깔을 비집기도 하고, 혹 벌과 나비를 좇기도 하고, 혹 꽃과 과실을 쪼아 먹기도 한다. 짐승 모양을 한 놈들은 모두 뛰놀고 버티며, 입을 벌리고 꼬리를 펴서 천태만상이 모두 붉게 빛나며 꽃불로 펄펄 날아가서 하늘 한가운데에 이르러서는 시름시름 꺼지곤 한다.

대포 소리는 더욱 커지고, 불빛은 더욱 밝아지면서 100명의 신선과 10,000명의 부처가 훨훨 날아올라가 혹은 뗏목을 타고, 혹은 연잎 배를 타며, 혹은 고래와 학을 타고, 혹은 호로병(葫蘆瓶)을 들고, 혹은 보검(寶劍)을 차며, 혹은 석장(錫杖)을 휘두르고, 혹은 맨발로 갈대를 밟기도 하며, 혹은 손으로 범의 이마를 어루만지면서 허공에 떠서 천천히 흘러가지 않는 것이 없는데, 눈으로 다 볼 새가 없이 번득번득 눈이 어른거렸다.

정사(正使)가 말하기를,

"매화포(梅花砲)가 좌우로 벌여 있는데, 그 통이 어떤 것은 크고 어떤 것은 작아서 긴 놈은 서너 길이 되고, 짧은 놈은 서너 자가 되어 우리나라 삼혈총(三穴銃)같이 만들었고, 불꽃이 하늘 한가운데에서 가로 퍼지는 모습이 우리나라의 신기전(神機箭)과 같네그려."

라고 한다.

불이 다 꺼지기 전에 황제는 일어나서 반선(班禪)을 돌아다보고 잠깐 이야기를 하더니 가마를 타고 안으로 돌아갔다. 때는 바야흐로 칠흑같이 어두웠는데, 앞에서 인도하는 등불이 하나도 없었다.

대체로 여든한 가지 놀음 가운데 매화포로써 끝을 맺는다. 이것을 '구구대경회(九九大慶會)'라고 불렀다.

原文

梅花砲記
매화포기

日旣黃昏 萬砲出苑中 聲震天地 梅花四散 如扇
일기황혼 만포출원중 성진천지 매화사산 여선
炭而火矢迸流也.
탄이화시병류야

窺鏡嫣然 迎風攲斜 魯錢欲古 兎嘴未敷 繼以瓶
규경언연 영풍기사 노전욕고 토취미부 계이병
史月表 女士殿最 跗綬分明 蘂靨廉纖 皆火而飛也.
사월표 여사전최 부수분명 예엽렴섬 개화이비야

纖而鳥獸蟲魚之族 飛走蠕躍 咸具情狀 鳥或展翅
섬이조수충어지족 비주연약 함구정상 조혹전시
而伸 或以咮刷羽 或以爪刮目 或趁蜂蝶 或啣花菓
이신 혹이주쇄우 혹이조괄목 혹진봉접 혹함화과
獸皆騰驤拏攫 呀口張尾 千態萬狀 皆爀爀火飛至半
수개등양나확 하구장미 천태만상 개혁혁화비지반
空 冉冉而銷.
공 염염이소

砲聲益大 火光益明 而百仙萬佛 迸出飛昇 或乘
포성익대 화광익명 이백선만불 병출비승 혹승
槎 或乘蓮舟 或騎鯨駕鶴 或擎葫蘆 或負寶劍 或
사 혹승련주 혹기경가학 혹경호로 혹부보검 혹
飛錫杖 或跣足踏蘆 或手撫虎頂 無不泛空徐流 目
비석장 혹선족답로 혹수무호정 무불범공서류 목
不暇視 閃閃羞明.
불가시 섬섬수명

正使云梅花砲　分列左右者　其桶　或大或小　長或
정사운매화포　분열좌우자　기통　혹대혹소　장혹
三四丈　短者三四尺　製類我國三穴銃　火焰之橫亘半
삼사장　단자삼사척　제류아국삼혈총　화염지횡긍반
空　如我國神機箭.
공　여아국신기전

火未及滅　皇帝起而顧班禪少話　乘轝還內　時方昏
화미급멸　황제기이고반선소화　승여환내　시방혼
黑而無一燈前導.
흑이무일등전도

大約八十一戲　以梅花砲終之　名曰九九大慶會.
대약팔십일희　이매화포종지　명왈구구대경회

납취조기(蠟嘴鳥記)

납취조(蠟嘴鳥)는 비둘기보다는 작고 메추라기보다는 큰데, 회색빛에 푸른 날개요, 큰 입부리가 밀랍으로 만든 초와 같으므로 이렇게 이름을 지은 것이다. 또 '오동조(梧桐鳥)'라고도 하는데, 능히 사람의 말을 알아들어 무릇 가르치고 시키면 이를 알아듣고 못하는 일이 없었다.

이 새를 길들여 가지고 시장에서 돈을 받고 놀리는 자가 골패 서른두 개를 그릇 속에 담고 손바닥으로 비벼서 평평하게 섞어 놓고는 보는 사람으로 하여금 골패 한 개를 잡아서 무슨 골패인지 알게 한 연후에 새를 놀리는 자에게 그 골패를 준다. 그러면 새를 놀리는 자는 여러 사람들에게 두루 보여준 뒤에 도로 그릇 속에 넣고 다시 손으로 어루만져 흩어지도록 섞은 다음 새를 불러 그 골패를 가져오라고 한다. 그러면 새는 즉시 그릇 속에 들어가 입부리로 그 골패를 물고는 날아서 나무 가름대 위에 올라앉는데, 그것을 취해서 보면 과연 알아두었던 바로 그 골패 쪽이었다.

또 오색기(五色旗)를 세워놓고 새로 하여금 아무 빛깔의 깃대를 뽑아 오라고 하면, 역시 대답을 하고 깃대를 뽑아 사람에게 준다. 종이로 만든 겹처마의 누런 집을 실은 수레를 코끼리에게 메우고 새로 하여금 수레를 몰게 하면, 새는 머리를 수그리고 코끼리 배 밑으로 들어가 입부리로 코끼리 두 다리 틈을 물고 수레를 민다.

무릇 맷돌을 돌리고 말을 타며 활을 쏘고, 범춤과 사자춤을 추어 사람이 지휘하는 대로 다 따르는데, 하나도 착오가 없었다.

또 종이로 구중(九重) 합문(閤門)이 있는 조그만 전각을 만들고서 새로 하여금 전각 속에 들어가 무슨 물건을 가져오라 하면, 새는 즉시 날아 들어가 호령에 따라 물고 나와서 탁자 위에 벌여놓는다.

비록 말은 앵무새보다 못하나 그 교묘한 꾀는 나은 것 같았다. 얼마 동안 부리고 나니 새는 열을 이기지 못하여 입을 벌리고 혀를 빼물고 있는데, 털과 깃이 땀에 젖었다. 매양 한 번 놀릴 때마다 희롱으로 참깨 한 알씩을 먹이는데, 새를 놀리는 자는 매양 자기의 입속에서 꺼내어 준다.

原文

蠟嘴鳥記
납취조기

蠟嘴鳥 小於鳩 大於鵪鶉 灰色而翠羽 大嘴如蠟
납취조 소어구 대어암순 회색이취우 대취여랍
所以名也 又名梧桐鳥 能曉人語 凡有指使 莫不應
소이명야 우명오동조 능효인어 범유지사 막불응
聲聽承.
성청승

有馴而貨于市者 以骰牌三十二箇貯器中 以掌摩
유순이화우시자 이투패삼십이개저기중 이장마
平 令觀者取牌一箇 識其爲某牌 然後以其牌與馴鳥
평 영관자취패일개 식기위모패 연후이기패여순조
者 則馴鳥者 遍以示衆 然後還置器中 再撫摩使亂
자 즉순조자 편이시중 연후환치기중 재무마사란
之 呼鳥取其牌 則鳥卽就器中 以嘴含其牌 飛上叉
지 호조취기패 즉조즉취기중 이취함기패 비상차
木 取視之 果所識某牌也.
목 취시지 과소식모패야

豎五色旗 令鳥拔某色旗 則亦應聲拔以與人 紙造
수오색기 영조발모색기 즉역응성발이여인 지조
重簷黃屋車駕象 令鳥驅車 鳥俛首入象腹下 以嘴含
중첨황옥거가상 영조구거 조면수입상복하 이취함
象兩股間以推之.
상양고간이추지

凡轉磨馳射 舞虎舞獅 悉隨人指揮 無一錯誤者.
범전마치사 무호무사 실수인지휘 무일착오자

又以紙爲小殿閣九重閶闔 令鳥入殿中 取某物來
우이지위소전각구중창합 영조입전중 취모물래
鳥卽飛入 隨號含來 列置卓上.
조즉비입 수호함래 열치탁상

雖不能言語如鸚鵡 其巧慧似勝之 役使良久 鳥不
수불능언어여앵무 기교혜사승지 역사량구 조불
勝熱 張口吐舌 汗浹毛羽 每一使弄 輒食麻子一粒
승열 장구토설 한협모우 매일사롱 첩식마자일립
馴鳥者 每自口中出而與之.
순조자 매자구중출이여지

희본명목기(戲本名目記)—희곡 대본의 목록

구여가송(九如歌頌) · 광피사표(光被四表) · 복록천장(福祿天長) · 선자효령(仙子效靈) · 해옥첨주(海屋添籌) · 서정화무(瑞呈花舞) · 만희천상(萬喜千祥) · 산령응서(山靈應瑞) · 나한도해(羅漢渡海) · 권농관(勸農官) · 첨복서향(簷蔔舒香) · 헌야서(獻野瑞) · 연지헌서(蓮池獻瑞) · 수산공서(壽山拱瑞) · 팔일무우정(八佾舞虞庭) · 금전무선도(金殿舞仙桃) · 황건유극(皇建有極) · 오방정인수(五方呈仁壽) · 함곡기우(函谷騎牛) · 사림가악사(士林歌樂社) · 팔순분의권(八旬焚義券) · 이제공당(以躋公堂) · 사해안란(四海安瀾) · 삼황헌세(三皇獻歲) · 진만년상(晉萬年觴) · 학무정서(鶴舞呈瑞) · 복조재중(復朝再中) · 화봉삼축(華封三祝) · 중역래조(重譯來朝) · 성세숭유(盛歲崇儒) · 가객소요(嘉客逍遙) · 성수면장(聖壽綿長) · 오악가상(五岳嘉祥) · 길성첨요(吉星添耀) · 구산공학(緱山控鶴) · 명선동(命仙童) · 수성기취(壽星旣醉) · 낙도도(樂陶陶) · 인봉정상(麟鳳呈祥) · 활발발지(活潑潑地) · 봉호

근해(蓬壺近海)·복록병진(福祿幷臻)·보합대화(保合大和)·구순이취헌(九旬移翠巘)·여서구가(黎庶謳歌)·동자상요(童子祥謠)·도서성칙(圖書聖則)·여환전(如環轉)·광한법곡(廣寒法曲)·협화만방(協和萬邦)·수자개복(受玆介福)·신풍사선(神風四扇)·휴징첩무(休徵疊舞)·회섬궁(會蟾宮)·사화정서과(司花呈瑞菓)·칠요회(七曜會)·오운롱(五雲籠)·용각요첨(龍閣遙瞻)·응월령(應月令)·보감대광명(寶鑑大光明)·무사삼천(武士三千)·어가환음(漁家歡飮)·홍교현대해(虹橋現大海)·지용금련(池湧金蓮)·법륜유구(法輪悠久)·풍년천강(豊年天降)·백세상수(百歲上壽)·강설점년(絳雪占年)·서지헌서(西池獻瑞)·옥녀헌분(玉女獻盆)·요지묘세계(瑤池杳世界)·황운부일(黃雲扶日)·흔상수(欣上壽)·조제경(朝帝京)·대명년(待明年)·도왕회(圖王會)·문상성문(文象成文)·태평유상(太平有象)·조신기취(竈神旣醉)·만수무강(萬壽無疆).

8월 13일은 곧 황제의 만수절(萬壽節)이다. 이날을 전후로 각각 사흘 동안 한가지로 연극놀이를 했는데, 모든 관리들은 오경(五更 : 오전 3시~5시)에 대궐로 들어가 황제에게 문안을 올리고, 묘시(卯時 : 오전5시~7시) 정각에 반열에 참여하여 연극을 구경하고, 미시(未時 : 오후 1시~3시) 정각에 파하고 나온다.

희본(戱本 : 희곡)은 모두 조정 신하들이 황제에게 바친 시와 부(賦)와 가사(歌辭) 같은 것으로 이를 연출하여 연극을 만들어 하는 것이다. 따로 연극 무대를 행궁(行宮)의 동쪽에 설치했는데, 누각은 모두 겹처마이고, 높이는 다섯 길이 넘는 기를 세울 만하고, 넓이는 수만 명이 들어설 만했다. 이 무대를 세웠다가 허무는 데는 아무런 지장이 없이 쉽게 된다. 무대의 좌우에는 나무로 가산(假山)을 만들었는데 높이가 전각과 같고, 옥처럼 아름다운 나무숲이 그 위에 얽혔으며, 비단을 오려서 꽃을 만들고 술을 달아서 과일을 만들었다.

연극 한 막(幕)씩을 할 때마다 배우들이 무려 수백 명씩 나오는데 모두 비단에 수놓은 옷을 입었고, 연극이 바뀔 때마다 옷도 바꾸어 입는데 모두 한족(漢族)들의 의관 차림이었다.

연극을 장치할 때는 잠시 비단 막으로 무대를 가리면 무대 위는 조용하여 인기척이 없고, 다만 발소리만 들리다가 조금 지나서 막이 열리면 이미 무대에는 산이 우뚝 생기고, 바닷물이 출렁거리고 소나무가 서고 태양이 날아올라 있는데, 이것이 소위 「구여가송(九如歌頌)」이다.

노랫소리는 모두 우조(羽調)의 음으로서 보통 음률의 갑절이나 맑은 소리를 낸다. 악률(樂律 : 악기의 음률)은 모두 높고 맑아서 마치 하늘 위에서 나는 소리 같으며, 청탁(淸濁)과 서로 화(和)하는 음이 없었다. 악기는 모두 생황 · 저 · 피리 · 종 · 경쇠 · 거문고 · 비파 등의 소리로서 다만 북소리만 들리지 않고, 간간이 바라 소리가 들렸다. 삽시간에 산이 옮겨지고 바다가 움직이는데 한 가지도 복잡한 것이 없이 질서정연하였다. 황제와 요 · 순의 시대로부터 시작해서 본을 뜨지 않은 의관이 없이 제목에 따라 연극을 했다.

왕양명(王陽明)1)은 말하기를,

"소(韶)는 순임금의 한 편 연극 대본이요, 무(武)는 무왕의 한 편 연극 대본일 것인데, 그렇다면 걸(桀) · 주(紂) · 유(幽) · 여(厲) 같은 폭군들에게도 한 편씩의 연극 대본이 있을 것이다."

1) 왕양명(王陽明) : 명나라의 학자 왕수인(王守仁). 양명은 호이다.

라고 했는데, 오늘 연출되는 연극은 곧 오랑캐들의 한 편의 연극 대본일지도 모를 일이다.

내 이미 계찰(季札 : 오(吳)나라의 명신)과 같은 지식이 없으니, 갑자기 그들의 도덕과 정치를 논할 수 없다. 그러나 대체로 악기의 음률이 지나치게 높고 외로움이 극도에 달하면 윗사람이 아랫사람을 사귀지 못할 것이요, 노래가 맑으면서도 너무 격하면 아랫사람이 숨을 곳이 없을 것이니, 중국에 전래하던 훌륭한 선왕(先王)의 음악에 대해서 나로서는 어찌해 볼 수가 없었다.

原文

戲本名目記
희본명목기

九如歌頌 光被四表 福祿天長 仙子效靈 海屋添
구여가송 광피사표 복록천장 선자효령 해옥첨
籌 瑞呈花舞 萬喜千祥 山靈應瑞 羅漢渡海 勸農
주 서정화무 만희천상 산령응서 나한도해 권농
官 簷蔔舒香 獻野瑞 蓮池獻瑞 壽山拱瑞 八佾舞
관 첨복서향 헌야서 연지헌서 수산공서 팔일무
虞庭 金殿舞仙桃 皇建有極 五方呈仁壽 函谷騎牛
우정 금전무선도 황건유극 오방정인수 함곡기우
士林歌樂社 八旬焚義券 以躋公堂 四海安瀾 三皇
사림가악사 팔순분의권 이제공당 사해안란 삼황
獻歲 晉萬年觴 鶴舞呈瑞 復朝再中 華封三祝 重
헌세 진만년상 학무정서 복조재중 화봉삼축 중
譯來朝 盛世崇儒 嘉客逍遙 聖壽綿長 五岳嘉祥
역래조 성세숭유 가객소요 성수면장 오악가상
吉星添耀 緱山控鶴 命仙童 壽星旣醉 樂陶陶 麟
길성첨요 구산공학 명선동 수성기취 낙도도 인
鳳呈祥 活潑潑地 蓬壺近海 福祿幷臻 保合大和
봉정상 활발발지 봉호근해 복록병진 보합대화
九旬移翠巘 黎庶謳歌 童子祥謠 圖書聖則 如環轉
구순이취헌 여서구가 동자상요 도서성칙 여환전
廣寒法曲 協和萬邦 受玆介福 神風四扇 休徵疊舞
광한법곡 협화만방 수자개복 신풍사선 휴징첩무
會蟾宮 司花呈瑞菓 七曜會 五雲籠 龍閣遙瞻 應
회섬궁 사화정서과 칠요회 오운롱 용각요첨 응

月令 寶鑑大光明 武士三千 漁家歡飮 虹橋現大海
월령 보감대광명 무사삼천 어가환음 홍교현대해

池湧金蓮 法輪悠久 豊年天降 百歲上壽 絳雪占年
지용금련 법륜유구 풍년천강 백세상수 강설점년

西池獻瑞 玉女獻盆 瑤池杳世界 黃雲扶日 欣上壽
서지헌서 옥녀헌분 요지묘세계 황운부일 흔상수

朝帝京 待明年 圖王會 文象成文 太平有象 竈神
조제경 대명년 도왕회 문상성문 태평유상 조신

旣醉 萬壽無疆.
기취 만수무강

八月十三日 乃皇帝萬壽節 前三日後三日 皆設戲
팔월십삼일 내황제만수절 전삼일후삼일 개설희
千官五更 赴闕候駕 卯正入班聽戲 未正罷出.
천관오경 부궐후가 묘정입반청희 미정파출

戲本 皆朝臣獻頌詩賦若詞 而演而爲戲也 另立戲
희본 개조신헌송시부약사 이연이위희야 영립희
臺於行宮東 樓閣皆重簷 高可建五丈旗 廣可容數萬
대어행궁동 누각개중첨 고가건오장기 광가용수만
人 設撤之際 不相罥礙 臺左右木假山 高與閣齊
인 설철지제 불상견애 대좌우목가산 고여각제
而瓊樹瑤林 蒙絡其上 剪綵爲花 綴珠爲菓.
이경수요림 몽락기상 전채위화 철주위과

每設一本 呈戲之人無慮數百 皆服錦繡之衣 逐本
매설일본 정희지인무려수백 개복금수지의 축본
易衣 而皆漢官袍帽.
역의 이개한관포모

其設戲之時 暫施錦步障於戲臺 閣上寂無人聲 只
기설희지시 잠시금보장어희대 각상적무인성 지
有靴響 少焉掇帳 則已閣中山峙 海涵松矯日翥 所
유화향 소언철장 즉이각중산치 해함송교일저 소
謂九如歌頌者 卽是也.
위구여가송자 즉시야

歌聲皆羽調 倍淸 而樂律皆高亮 如出天上 無淸
가성개우조 배청 이악률개고량 여출천상 무청
濁相濟之音 皆笙簫篪笛鍾磬琴瑟之聲 而獨無鼓響
탁상제지음 개생소호적종경금슬지성 이독무고향
間以疊鉦 頃刻之間 山移海轉 無一物參差 無一事
간이첩정 경각지간 산이해전 무일물참치 무일사
顚倒 自黃帝堯舜 莫不像其衣冠 隨題演之.
전도 자황제요순 막불상기의관 수제연지

王陽明曰 韶是舜一本戲 武是武王一本戲 則桀紂
왕양명왈 소시순일본희 무시무왕일본희 즉걸주

幽厲 亦當有一本戲 今之所演 乃夷狄一本戲耶.
유려 역당유일본희 금지소연 내이적일본희야

既無季札之知 則未可遽論其德政 而大抵樂律高
기무계찰지지 즉미가거론기덕정 이대저악률고

孤亢極 上不下交矣 歌淸而激 下無所隱矣 中原先
고항극 상불하교의 가청이격 하무소은의 중원선

王之樂 吾其已矣夫.
왕지악 오기이의부

8

구외이문(口外異聞)

장성 밖에서 들은 기이한 이야기들을 기록하였다. 구외(口外)는 고북구 장성 밖이란 뜻으로 열하를 말한다.

반양(盤羊)

반양은 사슴의 몸에 가는 꼬리가 있으며 두 뿔이 구부러졌고, 또 등에는 겹친 무늬가 있다. 밤이면 뿔을 나뭇가지에 걸고 자서 다른 짐승의 침범을 예방한다. 그 모양은 마치 노새처럼 생겼으며, 더운 날씨에 떼를 지어 다니므로 티끌과 이슬이 서로 엉겨 뿔 위에 풀이 나곤 한다. 혹은 '영양(麢羊)'이라 부르기도 하고, 또는 '완양(羱洋)'이라고도 부른다.

『설문(說文)』[1]에,

"영양은 커다란 양(羊)으로서 가는 뿔이 돋친 놈이다."

라고 하였고, 육전(陸佃)[2]의 『비아(埤雅)』에는,

---

1) 『설문(說文)』: 한(漢)나라 허신(許愼)이 편찬한 자전(字典)인 『설문해자(說文解字)』를 말한다. 9,353자의 한자를 부수에 따라 540부(部)로 분류하고, 육서(六書)에 따라 글자의 모양과 뜻과 발음을 분석하고 해설하였다.

2) 육전(陸佃): 송나라 학자로 육유(陸遊)의 조부이고, 문자학에 정통하였다. 자는 농사(農師)이고, 호는 도산(陶山)이다. 저서에 『도산

"완양은 마치 오(吳)나라의 양과 같이 생겼으면서도 커다랗다."

라고 하였다. 이번 만수절(萬壽節)에 몽고에서 가지고 와서 〈황제께〉 드렸는데, 황제는 이를 반선(班禪)에게 공양한 것이다.

집(陶山集)』, 『예상(禮象)』, 『춘추후전(春秋後傳)』 등이 있다.

原文

口外異聞
구 외 이 문

盤羊
반 양

盤羊 鹿身細尾 兩角盤 背上有蹙文 夜則懸角木
반 양 녹 신 세 미 양 각 반 배 상 유 축 문 야 즉 현 각 목
上以防患 狀若騾 群行暑天 塵露相團 角上生草
상 이 방 환 상 약 라 군 행 서 천 진 로 상 단 각 상 생 초
或曰麢羊 或曰羱羊.
혹 왈 영 양 혹 왈 완 양

說文麢大羊而細角 陸佃埤雅 羱羊 似吳羊而大
설 문 영 대 양 이 세 각 육 전 비 아 완 양 사 오 양 이 대
今萬壽節 蒙古來獻 皇帝以供班禪.
금 만 수 절 몽 고 래 헌 황 제 이 공 반 선

채요(彩鷂)와 호접(蝴蝶)

강희(康熙) 40년(1701년)에 황제가 구외(口外 : 장성 밖 열하)에서 피서(避暑)를 하였을 때에 나리달(喇里達 : 번족(蕃族)의 이름) 번족의 두목되는 자가 채요(彩鷂 : 장끼같이 생긴 새매) 한 둥주리와 파란 날개 달린 호접(蝴蝶 : 나비) 한 쌍을 바쳤는데, 채요는 범을 사로잡을 수 있으며, 호접은 새를 잘 잡았다. 이 기록은 왕이상(王貽上)[1]의 『향조필기(香祖筆記)』에 실려 있다.

1) 왕이상(王貽上) : 청(淸)나라 때의 시인 왕사진(王士禛). 이상은 자이고, 호는 완정(阮亭)·어양산인(漁洋山人)이다. 32쪽 주 12) 참조.

原文

彩鷂·蝴蝶
채요 호접

康熙四十年 帝避暑口外 喇里達蕃頭人 進彩鷂一
강희사십년 제피서구외 나리달번두인 진채요일
架 青翅蝴蝶一雙 鷂能擒虎 蝶能捕鳥 見王貽上香
가 청시호접일쌍 요능금호 접능포조 견왕이상향
祖筆記.
조필기

고려주(高麗珠)—고려 구슬

중국 사람들이 우리나라의 진주를 보배롭게 여겨서 '고려주(高麗珠)'라 부르고 있다. 빛깔은 희맑기가 차거(硨磲 : 거거과의 조개)와 같다. 요즘 모자의 앞 챙 끝에 한 알씩을 깊숙이 달아서 <모자의> 앞뒤를 표시하였다. 그리하여 우리나라의 진주는 <무게가> 8푼 이상이면 보물로 인정되었다. 황제가 가진 고려주는 7돈이나 되는 무게이며 사악한 꿈과 가위 눌리는 것을 막는 보물로 삼았고, 황후(皇后)의 고려주는 6돈 4푼의 무게이며 모양이 흰 가지처럼 생겼다. 건륭 30년(1765년)에 황후가 고려주를 잃었을 때 회후(回后 : 회회족(回回族) 출신의 황후)가 황후를 참소하자, 수색한 끝에 황제의 거둥에 호위하는 군졸의 집에서 고려주를 찾아내었으므로 황후는 마침내 폐출(廢黜)을 당하여 차가운 후궁에 갇혔다.

귀주 안찰사(貴州按察使) 기풍액(奇豐額)이 모자의 끝에 우리나라의 진주를 달긴 하였으나, 빛깔이 몹시 좋지 못하였다. 기풍액이 말하기를,

"이 진주는 무게가 6푼 7리(釐)[1]에 값이 은(銀) 40냥이라오."

하기에 나는,

"그 진주는 우리나라 토산(土產)이 아닙니다. 혹시 홍합(紅蛤)을 먹다가 입 안에서 발견되기도 하는데 이를 '육주(陸珠)'라고 하며, 너무 가늘어서 보배로울 것이 없습니다. 부녀자들의 머리꽂이와 귀고리에 꾸민 것은 모두 왜산(倭產)이며, 붉은 빛깔이 제법 보배롭더군요."

라고 하였더니 기 안찰사는 웃으면서,

"아닙니다. 이건 조개껍질을 둥글게 갈아서 만든 것이지, 고려주는 아닙니다. 고려주를 보배로 여기는 것은 조개의 기운이 없이 천연적으로 보배로운 빛깔이 저절로 나기 때문입니다."

라고 한다. 이 말이 매우 이치에 맞는 것이기는 하나, 나는 알지 못하겠다. 우리나라의 진주가 어디에서 나며, 또 누가 능히 캐어서 세상에 널리 깔려 있게 되었는지.

---

1) 6푼(分) 7리(釐) : 무게의 단위인데, '分'은 1냥(兩)의 100분의 1이고, '釐'는 1냥의 1,000분의 1, 1푼의 10분의 1이다.

原文

高麗珠
고 려 주

中國人寶東珠 以爲高麗珠 色淡白如硨磲 今帽前
중 국 인 보 동 주 이 위 고 려 주 색 담 백 여 차 거 금 모 전
簷端嵌安一箇 以表南北 東珠八分已上爲寶 皇帝有
첨 단 감 안 일 개 이 표 남 북 동 주 팔 푼 이 상 위 보 황 제 유
東珠七錢重 爲鎭夢魘寶 皇后東珠六錢四分重 形如
동 주 칠 전 중 위 진 몽 염 보 황 후 동 주 륙 전 사 푼 중 형 여
白茄子 乾隆三十年 皇后失東珠 回后讒皇后 搜得
백 가 자 건 륭 삼 십 년 황 후 실 동 주 회 후 참 황 후 수 득
東珠鑾儀衛卒家 后遂廢 幽之冷宮.
동 주 란 의 위 졸 가 후 수 폐 유 지 랭 궁

貴州按察使奇豐額帽簷東珠 色殊不佳 奇言珠六
귀 주 안 찰 사 기 풍 액 모 첨 동 주 색 수 불 가 기 언 주 륙
分七釐 價銀四十兩 余言珠非土產 或有食蛤得之牙
푼 칠 리 가 은 사 십 냥 여 언 주 비 토 산 혹 유 식 합 득 지 아
頰間 謂之陸珠 瑣細不足珍 婦女簪珥所粧 皆倭珠
협 간 위 지 육 주 쇄 세 부 족 진 부 녀 잠 이 소 장 개 왜 주
有紅光可寶 奇按察笑曰 否也 這是蠣房磨圓 非珠
유 홍 광 가 보 기 안 찰 소 왈 부 야 저 시 려 방 마 원 비 주
也 所寶東珠者 無貝氣 自有天然寶光 此言殊有理
야 소 보 동 주 자 무 패 기 자 유 천 연 보 광 차 언 수 유 리
然吾未知 東珠產於何處 而誰能採之 而遍於天下
연 오 미 지 동 주 산 어 하 처 이 수 능 채 지 이 편 어 천 하
乎.
호

숭정 상신(崇禎相臣)

숭정(崇禎 : 명나라 의종(毅宗)의 연호, 1628~1644)이 위(位)에 오른 지 17년 사이에 정승으로 임명했다가 파면된 자가 모두 50명이다. 변방을 지키는 장수가 조금이라도 조정의 뜻을 어긴다면 문득 머리를 잘라 구변(九邊 : 모든 변방)에 조리를 돌렸으니, 그때 군율(軍律)의 엄격함이 역대에 보기 드물었으나, 역시 국가의 승패(勝敗)와 존망(存亡)의 운수에는 아무런 도움이 되지 못하였다.

原文

崇禎相臣
숭정상신

崇禎十七年間 相臣拜罷五十人 邊帥少失廷旨 輒
숭정십칠년간 상신배파오십인 변수소실정지 첩
傳首九邊 當時帥律之嚴 歷代所罕 而亦無補於勝敗
전수구변 당시수률지엄 역대소한 이역무보어승패
存亡之數.
존망지수

이상아(伊桑阿)와 서혁덕(舒赫德)

강희(康熙) 시대의 정승의 직위에 있던 자 가운데 문장(文章)과 학문(學問)이 갖추어진 사람을 꼽으라고 한다면 모두 이상아(伊桑阿)를 추천하게 된다. 그는 만주 사람이었으며 강희 무진(1688년)에 예부상서(禮部尙書)로서 정승에 제수(除授)되어 재상의 지위를 누린 지 열다섯 해 만에 죽으니, 나이는 여든 여섯이요, 시호는 문단(文端)이다. 예순세 살에 구양(歐陽)[1]이 걸휴(乞休 : 사직을 청함)하던 예를 인용하여 사직소장을 서른 번이나 올렸으나, 그 사의(辭意)가 갈수록 더욱 간절하였으므로 윤허(允許)를 얻었다.

근년에 이르러 정승으로서 성대한 업적이 있는 이로는 서

1) 구양(歐陽) : 구양수(歐陽脩). 송나라의 정치가이자 문학자로 자는 영숙(永叔)이고, 호는 취옹(醉翁)·육일거사(六逸居士)이다. 당송팔대가의 한 사람이며, 저서에 『신당서(新唐書)』, 『신오대사(新五代史)』, 『구양문충공집(歐陽文忠公集)』 등이 있다.

혁덕(舒赫德)이 으뜸인데, 서혁덕 역시 만주 사람이었다. 상부(相府 : 정승의 관사)에 있은 지 40여 년 만인 지난해에 죽었으니, 나이는 여든 여덟이었다. 당시 사람들은 그를 문로공(文潞公)[2]에 견주었다.

2) 문로공(文潞公) : 송(宋)나라의 명신 문언박(文彦博). 노공은 봉호이고, 자는 관부(寬夫)이며, 시호는 충렬(忠烈)이다. 인종(仁宗) 때에 진사에 급제하여 1055년부터 50년 동안 재상의 지위에 있으면서 네 명의 임금을 섬겼다.

原文

伊桑阿 . 舒赫德
이 상 아 　 서 혁 덕

康熙時　相業文章學問　皆推伊桑阿　滿洲人　康熙
강 희 시 　 상 업 문 장 학 문 　 개 추 이 상 아 　 만 주 인 　 강 희
戊辰　以禮部尙書大拜　在相位十五年卒　年八十六
무 진 　 이 예 부 상 서 대 배 　 재 상 위 십 오 년 졸 　 연 팔 십 륙
諡文端　六十三　援歐陽乞休　章三十上　彌出彌懇
시 문 단 　 육 십 삼 　 원 구 양 걸 휴 　 장 삼 십 상 　 미 출 미 간
得請.
득 청

近歲相業之盛　舒赫德爲首　舒亦滿洲人也　處相府
근 세 상 업 지 성 　 서 혁 덕 위 수 　 서 역 만 주 인 야 　 처 상 부
四十餘年　去歲卒　年八十八　時人比之文潞公.
사 십 여 년 　 거 세 졸 　 연 팔 십 팔 　 시 인 비 지 문 로 공

왕진의 무덤〔王振墓〕

지난해, 곧 건륭 기해(1779년)에 왕진(王振)[1]의 무덤을 서산(西山)에서 발견하여 그 관(棺)을 쪼개어 그의 죄목을 열거한 다음 시신을 찢고, 이울러 그 파당들의 20여 무덤을 파헤쳐 모두 목을 잘랐다.

『명사(明史)』를 상고하면,

"황제가 토목(土木 : 하북성에 있는 보(堡)의 이름)에 이르자, 왕진의 수레와 짐바리가 1,000여 대나 되었다. 그때 적병(敵兵)이 사방에서 추격해 왔으므로 당시 따르던 종관(從官)과 장병들이 모두 함몰되었다."

라고 하였으니, 왕진이 어찌 혼자서 탈출할 수 있었겠는가? 또 당시에 왕진의 한 집안을 다 베었고, 마순장(馬順長)을 때려죽였고, 왕진의 조카 왕산(王山)까지 거리에서 시신을 찢

1) 왕진(王振) : 명나라 영종(英宗) 때의 환관으로, 정권을 잡아 폭정을 행하였다.

었다고 하였으니, 그 파당이 어찌 무덤을 쓸 수 있었겠는가?

그러나 천순제(天順帝 : 천순은 명나라 영종의 연호, 1457~1464)가 복위(復位)되자 왕진의 벼슬을 복직시키고 사당을 세워 제사 지냈다고 했다. 그렇다면 왕진의 무덤이 남아 있었음도 괴이할 것은 없으리라.

原文

王振墓
왕 진 묘

去年乃乾隆己亥 得王振墓於西山 剖其棺 數其罪
거 년 내 건 륭 기 해 득 왕 진 묘 어 서 산 부 기 관 수 기 죄
而礫之 並掘其黨與二十餘塚 皆斬之.
이 책 지 병 굴 기 당 여 이 십 여 총 개 참 지

按明史 駕至土木 振輜重千餘兩 敵四面追之 一
안 명 사 가 지 토 목 진 치 중 천 여 량 적 사 면 추 지 일
時從官及兵將皆沒 振安得獨脫 且當時族誅振家 毆
시 종 관 급 병 장 개 몰 진 안 득 독 탈 차 당 시 족 주 진 가 구
殺馬順長 礫振侄王山於市 則其黨與安得有墓.
살 마 순 장 책 진 질 왕 산 어 시 즉 기 당 여 안 득 유 묘

天順旣復位 復振官爵 立祠祀之 然則振之有墓
천 순 기 복 위 복 진 관 작 입 사 사 지 연 즉 진 지 유 묘
亦無足怪也已.
역 무 족 괴 야 이

조조의 수장〔曹操水葬〕

건륭 무진(1748년)에 황제가 장하(漳河)[1]에서 물고기잡이를 하는데, 헤엄치던 자가 허리가 끊어져 물 위에 떠올랐다. 황제가 군졸 수만 명을 풀어 강물 옆을 파서 물을 돌리고 강물 속을 살펴보니, <물속에는> 수많은 쇠뇌에 살이 매어져 있고 그 밑에는 무덤이 있었다. 드디어 발굴하여 관(棺)을 찾아냈는데, 은해(銀海 : 은으로 꾸민 바다)와 금부(金鳧 : 금으로 된 물오리)가 있었으며, 황제의 면류관(冕旒冠)과 옷차림을 갖추고 있었으니, 곧 조조(曹操)[2]의 시신이었다.

---

1) 장하(漳河) : 산서성 동부에서 발원하는 두 강물이 합쳐진 강물을 말한다.

2) 조조(曹操) : 삼국 시대 위(魏)나라의 시조. 자는 맹덕(孟德)이고, 시호는 무황제(武皇帝)이다. 어려서부터 독서도 많이 하고 시부(詩賦)에도 재능이 뛰어나 『위무주손자(魏武註孫子)』를 남겼다. 후한(後漢) 말기에 황건(黃巾)의 난을 평정하여 공을 세우고, 원소(袁紹)와 함께 흉노와 도적을 토벌하였으며, 동탁(董卓)을 살해한 후 정권을

황제가 친히 관묘(關廟 : 관우묘)와 소열(昭烈 : 촉한의 황제 유비(劉備))의 소상(塑像) 앞에 나아가 그 시신을 무릎꿇리고 목을 베었다. 이는 비단 천고에 쌓인 신인(神人)의 분통을 씻은 것일 뿐만이 아니라, 일흔두 개의 〈가짜〉 무덤을 만들었다는 전설의 의혹을 통쾌하게 깨친 것이다.[3)]

장악하였고, 후한의 헌제(獻帝)를 옹립하고 북방의 여러 무리들을 평정하였다. 208년에 적벽(赤壁) 대전에서 손권과 유비의 연합군에게 대패(大敗)하여 중국이 삼분(三分)된 후 스스로를 위왕(魏王)으로 봉했다.

3) 일흔두 개의 …… 깨친 것이다 : 조조가 후세에 자신의 무덤이 파헤쳐질까 두려워하여 죽은 뒤 72개의 가짜 무덤을 만들게 하였다고 한다.

原文

曹操水葬
조 조 수 장

乾隆戊辰 漁於漳河 泅水者腰斷浮水 帝發卒數萬
건 륭 무 진 어 어 장 하 수 수 자 요 단 부 수 제 발 졸 수 만
塹河傍 別疏之 視河中 萬弩俱張 其下有塚 遂掘
참 하 방 별 소 지 시 하 중 만 노 구 장 기 하 유 총 수 굴
得其棺 銀海金鳧 具帝者冕服 乃曹操屍也.
득 기 관 은 해 금 부 구 제 자 면 복 내 조 조 시 야

帝親至關廟 昭烈像前 跽其屍而斬之 此擧非但雪
제 친 지 관 묘 소 열 상 전 기 기 시 이 참 지 차 거 비 단 설
千古神人之憤 快破七十二塚之疑.
천 고 신 인 지 분 쾌 파 칠 십 이 총 지 의

위충현(魏忠賢)[1]

숭정(崇禎 : 명나라 의종의 연호, 1628~1644) 초년에 위충현(魏忠賢)을 봉양(鳳陽)에 귀양 보내고, 그 집을 적몰(籍沒)시켰다. 충현이 군졸을 거느려 몸을 옹위하자 황제가 크게 노하여 명령을 내려서 충현을 체포하였다. 충현이 죄를 면치 못할 것을 짐작하고 스스로 목매어 죽었다. 충현의 시신을 하간(河間)에서 찢었으니, 그렇다면 충현이 어찌 무덤이 있다고 하겠는가?

강희(康熙) 연간에 강남 도감찰어사(江南道監察御史) 장원(張瑗)이 상소문[2]을 올리기를,

---

1) 위충현(魏忠賢) : 명나라 말기의 환관이자 정치가이다. 본명은 이진충(李進忠)이고, 시정(市井)에서 불량배 생활을 하다가 도박으로 가산(家產)을 탕진하고 스스로 환관이 되어 성과 이름을 위충현으로 바꾸었다. 희종(熹宗)의 총애를 받아 정치를 농단하다가 탄핵을 당하여 유배지인 봉양(鳳陽)으로 가는 도중에 자살하였다.

2) 『향조필기(香祖筆記)』에 상소문의 전문(全文)이 실려 있다.

“황상께옵서 지난해에 남쪽으로 순시하실 때, 명령을 내려 악비(岳飛 : 송나라 충신)의 무덤을 수축하라 하시고, 우겸(于謙 : 명나라 충신)의 비석에 글씨를 쓰셨사옵니다. 이는 실로 두 신하의 충성이 일월(日月)을 꿰뚫으며, 정의가 산하(山河)보다 장한 까닭으로 이를 표창하여 온 천하 사람들에게 선전하신 것입니다.

신이 칙명을 받들어 서성(西城)을 돌아보고, 앞으로 나아가 서산(西山)의 일대를 사열하던 중에 향산(香山) 벽운사(碧雲寺)에 이르렀답니다. 절 뒤에는 높은 집과 둘러쳐진 담장이 몇 리나 덮었고, 울창한 숲이 뻗쳤으며 단청이 휘황찬란했는데, 이는 곧 옛 명(明)나라의 역신(逆臣) 위충현의 무덤이었습니다.

무덤 위에는 두 개의 높은 비(碑)가 우뚝하게 나란히 서 있는데, 두 비면(碑面)에는 ‘흠차총독 동창관기판사 장석신사 내부공용고 상선감인무사례감 병필총독 남해자제독 보화등전 완오 위공충현지묘(欽差總督 東廠官旗辦事 掌惜薪司 內府供用庫 尙膳監印務司禮監 秉筆總督 南海子提督 保和等殿完吾 魏公忠賢之墓)’라고 쓰여 있었습니다. 수도가 가까운 곳에 오히려 이런 더럽고 포악한 자취와 참람한 제도를 그대로 놔두고서야 장차 어떻게 대악(大惡)을 경계하며 공법(公法)을 밝히겠사옵니까?

하물며 칙명을 받들어 『명사(明史)』를 수찬(修纂)하게 되었으니, 무릇 명나라 말년에 화를 입은 충성스럽고 어진 모든 신하를 위하여 전기(傳記)를 쓰지 않을 수 없겠사옵니다. 그렇다면 밝은 하늘 햇빛 아래 어찌 간신(奸臣)의 남은 패당들이 대담하고 악랄하게도 법을 무시한 일을 용서하겠나이까? 우러러 바라옵건대 폐하(陛下)께서 그 지방의 유사(有司)에게 칙명을 내리시어 비석을 엎어버리고 무덤을 깎게 하옵소서."
라고 하였다.

그리하여 칙명이 내려져 서성(西城)의 관원들과 함께 비석을 엎어버리고 무덤을 깎아 평지로 만들었다. 이것으로 따진다면 왕진(王振)도 응당 무덤이 있었으리라 생각된다. 나는 이에 아울러 기록함으로써 명나라 말년에 법률을 숭상함이 엄격하였건만 기강(紀綱)이 이렇게 서지 않았음을 밝혀 둔다.

原文

魏忠賢
위충현

崇禎初 謫魏忠賢于鳳陽 籍其家 忠賢擁徒衆 上
승정초 적위충현우봉양 적기가 충현옹도중 상
震怒 命逮 忠賢知不免 自經死 磔忠賢屍於河間
진노 명체 충현지불면 자경사 책충현시어하간
然則忠賢安得有墓.
연즉충현안득유묘

康熙中 江南道監察御史張瑗疏言 皇上前歲南巡
강희중 강남도감찰어사장원소언 황상전세남순
命修岳飛之墓 賜題于謙之碑 誠以此二臣者 忠貫日
명수악비지묘 사제우겸지비 성이차이신자 충관일
月 義壯山河 故表而揚之 風示天下.
월 의장산하 고표이양지 풍시천하

臣奉命巡視西城 前往西山 一帶查閱 至香山碧雲
신봉명순시서성 전왕서산 일대사열 지향산벽운
寺 寺後峻宇繚墻 覆壓數里 鬱葱綿亘 金碧輝暎
사 사후준우료장 복압수리 울총면긍 금벽휘영
乃故明逆璫魏忠賢之墓也.
내고명역당위충현지묘야

墓上有二穹碑 屹然並立 合書 欽差總督 東廠官
묘상유이궁비 흘연병립 합서 흠차총독 동창관
旗辦事 掌惜薪司 內府供用庫 尚膳監印務司禮監
기판사 장석신사 내부공용고 상선감인무사례감
秉筆總督 南海子提督 保和等殿完吾 魏公忠賢之墓
병필총독 남해자제독 보화등전완오 위공충현지묘

畿輔近地　尙留此穢惡之蹟　僭越之制　何以儆大憝昭
기 보 근 지　상 류 차 예 악 지 적　참 월 지 제　하 이 경 대 대 소

公法哉.
공 법 재

況當奉旨纂修明史　凡明季被禍忠良諸臣　無不立
황 당 봉 지 찬 수 명 사　범 명 계 피 화 충 량 제 신　무 불 립

傳　光天化日之下　豈容奸孽餘黨　膽大潑天　目無三
전　광 천 화 일 지 하　기 용 간 얼 여 당　담 대 발 천　목 무 삼

尺　仰祈天威　勅地方有司　仆碑剗墓.
척　앙 기 천 위　칙 지 방 유 사　부 비 잔 묘

奉旨交與該城官員　仆毁剗平　由是觀之　王振亦應
봉 지 교 여 해 성 관 원　부 훼 잔 평　유 시 관 지　왕 진 역 응

有墓　余玆並錄之　以見明季尙法之嚴　而紀綱不立
유 묘　여 자 병 록 지　이 견 명 계 상 법 지 엄　이 기 강 불 립

有如此者.
유 여 차 자

양귀비의 사당〔楊貴妃祠〕

청(淸)나라가 나라를 세울 때 오로지 어진 사람을 표창하고 악한 자를 누르는 법전으로써 천하의 민심을 복종시키려고 하였음에도 불구하고, 계주(薊州) 반산(盤山)에 안녹산(安祿山)[1]의 사당이 있음은 물론이요, 동탁(董卓 : 동한(東漢) 때의 역신)과 조조(曹操), 오원제(吳元濟 : 당(唐)나라의 역신) · 황소(黃巢)[2] 따위까지도 여기저기에 사당이 있으니, 왜 이런 것을 헐어서 없애 버리지 않았는지, 참 알 수 없는 일이다.

---

1) 안녹산(安祿山) : 당나라의 무장(武將). 현종(玄宗)의 신임을 받고 이간질하려던 양국충(楊國忠)을 제거하기 위해 반란을 일으켜 낙양(洛陽)에서 대연 황제(大燕皇帝)라고 칭하였으나, 둘째아들 경서(慶緖)에게 피살되었다.

2) 황소(黃巢) : 당나라 희종(僖宗) 때 농민을 대표하여 폭동을 일으킨 사람이다. 한때 수도 장안(長安)을 점령하여 스스로 황제라고 칭하고, 국호를 '대제(大齊)'라고 하였으나, 훗날 이극용(李克用) 등에게 패하여 자살하였다.

장성 밖 어느 길가에 양귀비(楊貴妃)의 사당이 있는데, 안녹산의 소상(塑像)도 있다고 한다. 마두들이 들어가서 보니 양귀비의 소상은 요염(妖艶)하기가 마치 살아 있는 듯싶고, 안녹산의 소상은 뚱뚱보에다 흰 배가 드러난 채 갖은 추태가 다 보이더라고 한다. 이러한 음사(淫祠)를 헐어버리지 않음은 이로써 뒷사람들을 경계함이 아닐까 싶었다.

原文

楊貴妃祠
양귀비사

淸之立國 專以表賢癉惡之典 服天下心 而薊州盤山 有安祿山廟 董卓 曹操 吳元濟 黃巢輩 往往有廟 而何不所在毁撤 是未可曉也.
청지입국 전이표현단악지전 복천하심 이계주반산 유안녹산묘 동탁 조조 오원제 황소배 왕왕유묘 이하불소재훼철 시미가효야

口外路傍 有楊貴妃祠 並塑祿山 馬頭輩入見之 貴妃像妖艶如生 而祿山像胖大 皤然露腹 備極醜態云 不毁此淫祠者 所以鑑戒後人歟.
구외로방 유양귀비사 병소녹산 마두배입견지 귀비상요염여생 이녹산상반대 파연로복 비극추태운 불훼차음사자 소이감계후인여

『초사(樵史)』

『초사(樵史)』 한 권은 누가 지은 것인지 모르겠으나, 명(明)나라의 황실(皇室)이 어지럽고 망했던 연유를 기록하여 비분(悲憤)한 생각을 붙인 것이다. 그중 객씨(客氏)[1]의 이야기라든가, 웅정필(熊廷弼 : 명나라의 장수)을 죽인 사실에는 여러 가지 못 들은 소문까지 자못 많이 게재하였다.

또 만력제(萬曆帝 : 만력은 명나라 신종(神宗)의 연호)가 자발적으로 조선(朝鮮)을 구원하다가 창고가 텅 비고 인민이 정처 없이 떠돌아다녔으나, 조정에 있는 신하들이 어쩔 줄을 모르고 있었다고 했다. 그 순간에 한 망령된 자가 시임(時任) 재상에게 광산을 개발하자고 헌책(獻策)하자, 마침내 이를 흔연히 받아들였으므로 인민이 더욱 크게 곤궁해지고 모두 도적으로 변하여 나라가 망하는 경지에 이르렀다고 하였다.

1) 객씨(客氏) : 명나라 희종(熹宗)의 유모(乳母)인데, 위충현과 간통하여 악정(惡政)을 함께하였다.

그리고 그 말에 애절한 곳이 많아서 정사(正使)와 함께 읽으니, 눈물이 저절로 떨어짐을 깨닫지 못하였다. 다만 갈 길이 바빠서 베끼지 못하였으며, 이는 금서(禁書)이기 때문에 이 등본(謄本)만 있을 뿐이라고 하였다.

原文

樵史
초사

　樵史一卷　不知何人所著　記明室亂亡之由　以寓悲
　초사일권　부지하인소저　기명실란망지유　이우비
憤　其載客氏及殺熊廷弼事　頗多異聞.
분　기재객씨급살웅정필사　파다이문

　又咎萬曆自救朝鮮　府庫空虛　人民流離　而在朝之
　우구만력자구조선　부고공허　인민유리　이재조지
臣　罔知所措手　有一妄人　言采礦于時相　遂欣然行
신　망지소조수　유일망인　언채광우시상　수흔연행
之　民益大困　皆化爲盜賊　以至於亡.
지　민익대곤　개화위도적　이지어망

　言多悲切　與正使讀之　不覺涕零　第緣行忙　未之
　언다비절　여정사독지　불각체령　제연행망　미지
謄　此係禁書　只此謄本云.
등　차계금서　지차등본운

주각해(麈角解)—고라니 뿔이 빠지다

오직 천자(天子)만이 〈한 나라의〉 예법을 논의할 수 있다고 했는데,[1] 지금 황제가 「월령(月令)」[2]을 고쳤으니 이를 보아서 증빙할 수 있으리라.

내가 연암 초당(燕巖艸堂)에 있을 때 일찍이 푸른 사슴이 와서 앞 냇물을 마시는데, 머리가 마치 물레처럼 생겼기에 가만가만 다가가서 그 털과 뿔을 자세히 보려고 살펴보려던 차에 사슴이 크게 놀라 뛰어가 버려서 마침내 상세히 보지 못하였다.

이제 장성(長城) 밖을 나와서 날마다 진공한 사슴 떼를 구경하였는데, 큰 놈은 노새처럼 생겼고, 작은 놈도 당나귀처럼 생겼다. 새문(塞門 : 장성) 안에 돌아와 한 약포(藥鋪 : 약국)에

1) 『중용(中庸)』에 나오는 내용이다.
2) 「월령(月令)」 : 『예기(禮記)』의 편명. 옛날 천자가 실시할 일을 열두 달에 배정한 일종의 연중행사표이다.

앉았을 때 보니 사슴뿔이 성기면서도 길이가 모두 네댓 자나 되는 것이 집안에 가득 차 있는데, 이것이 모두 '녹용(鹿茸)'이라고 한다. 나는,

"이건 모두 미용(麋茸 : 순록의 뿔)이니, 녹용을 좀 보여주시오."

라고 하였더니 약국 주인은 껄껄 웃으면서,

"'미(麋)'는 '녹(鹿)'의 큰 놈[3]이란 말을 들어보지 못했습니까? 녹의 큰 놈이 미라면, 미의 작은 놈은 녹이 될 것이니, 뿔이 무엇이 다르겠어요?"

라고 하기에 나는,

"하지(夏至)에 녹각(鹿角)이 빠지므로 『역경(易經)』에 있어서 구괘(姤卦 : 『역경』에 나오는 64괘의 하나)가 되는 동시에 하나의 음(陰)이 생겨나므로 그것이 보음(補陰)의 약재가 되고, 동지(冬至)엔 미각(麋角)이 빠지므로 『역경』에 있어서 복괘(復卦)가 되는 동시에 하나의 양(陽)이 생겨나므로 그것이 보양(補陽)의 약재가 되는 것입니다. 둘의 효과와 쓰임이 아주 다른 것이라오."

라고 하였더니 약국 주인은,

"선생은 아직 시헌서(時憲書 : 책력)를 보시지 못하셨는지요? 벌써 「월령(月令)」이 고쳐졌답니다. 황제께서 일찍이 '미'

3) '미(麋)'는 …… 큰 놈 : 『맹자(孟子)』 양혜왕(梁惠王) 상편의 주(註)에 나오는 구절이다.

와 '녹'의 뿔에 대하여 의문을 품었으므로 온 천하에 명령을 내려 글자 중에서 '사슴 록(鹿)' 부수가 붙은 것으로서 뿔이 돋친 놈은 모두 사로잡아다가 해자(海子 : 남해자(南海子). 동산 이름) 안에 길러서 따로 갈라놓고 서로 흘레하지 말게 하였더니, 하지(夏至)에 이르러 '미(麋 : 순록)'나 '녹(鹿 : 사슴)'은 모두 같은 때에 뿔이 빠지고, 동지(冬至)에 뿔이 빠지는 놈은 '주(麈 : 고라니)' 하나뿐이므로 곧 동짓달 「월령」 중의 '미각이 빠지다〔麋角解〕'를 '주각이 빠진다〔麈角解〕'로 고쳤답니다."[4]

라고 한다.

이로 따진다면 우리나라의 관북(關北)에서 나는 녹용(鹿茸)이 반드시 녹용이라 할 수는 없건만, 그럼에도 불구하고 국내의 녹용이 날이 갈수록 귀해지니, 어찌 탄식하지 않을 수 있으랴? 나는 또,

"주(麈)는 모양이 어떠하오?"

하고 물었더니 약국 주인은,

"일찍이 보진 못했습니다만, 혹자는 앞은 사슴인데 뒤는 말이라고 합디다."

라고 한다.

대체로 「월령」을 고치더라도 천자의 위세(威勢)가 아니라

4) 『예기(禮記)』 월령(月令) 편에 나오는 내용인데, 건륭 이전에는 '미각해(麋角解)'로 되어 있고, 건륭 이후에는 '주각해(麈角解)'로 고쳐져 있다.

면 온 천하 사람들의 마음을 복종시키고 믿게 할 수 없는 일일 것이므로 '오직 천자라야 예법을 〈고쳐〉 의논할 수 있을 것이다.'고 말하였던 것이다.

原文

麈角解
주 각 해

惟天子可以議禮　今皇帝改月令可徵焉.
유 천 자 가 이 의 례　금 황 제 개 월 령 가 징 언

余燕巖艸堂　嘗有蒼鹿來飮前澗　頭如紡車　欲詳觀
여 연 암 초 당　상 유 창 록 래 음 전 간　두 여 방 거　욕 상 관

其毛角　徐往臨觀　鹿大驚超去　竟不得詳.
기 모 각　서 왕 림 관　녹 대 경 초 거　경 부 득 상

今出長城外　日閱貢獻鹿群　大者如騾　小者如驢
금 출 장 성 외　일 열 공 헌 록 군　대 자 여 라　소 자 여 려

及還入塞　坐一藥鋪　見鹿角扶疏　長皆四五尺　充溢
급 환 입 새　좌 일 약 포　견 녹 각 부 소　장 개 사 오 척　충 일

棟宇　皆稱鹿茸　余曰　此皆麋茸耳　願得鹿茸　鋪主
동 우　개 칭 녹 용　여 왈　차 개 미 용 이　원 득 녹 용　포 주

大笑曰　豈不聞麋鹿之大者乎　鹿之大者爲麋　則麋之
대 소 왈　기 불 문 미 록 지 대 자 호　녹 지 대 자 위 미　즉 미 지

小者爲鹿爾　角豈有異哉　余曰　夏至鹿角解　在易爲
소 자 위 록 이　각 기 유 이 재　여 왈　하 지 녹 각 해　재 역 위

姤　一陰生　爲補陰之劑　冬至麋角解　在易爲復　一
구　일 음 생　위 보 음 지 제　동 지 미 각 해　재 역 위 복　일

陽生　爲補陽之劑　功用顯殊　鋪主曰　足下未見時憲
양 생　위 보 양 지 제　공 용 현 수　포 주 왈　족 하 미 견 시 헌

書耶　已改月令矣　萬歲爺嘗有疑麋鹿之茸　令天下凡
서 야　이 개 월 령 의　만 세 야 상 유 의 미 록 지 용　영 천 하 범

文字之持鹿傍　而有角者　皆生致之　養之海子中　區
문 자 지 지 록 방　이 유 각 자　개 생 치 지　양 지 해 자 중　구

而別之 不相亂倫 及夏至 麋與鹿 皆同時解角 冬
이별지 불상란륜 급하지 미여록 개동시해각 동
至解角者 麈爾 遂改十一月令麋角解曰 麈角解.
지해각자 주이 수개십일월령미각해왈 주각해

由此觀之 我國關北所出鹿茸 未必是鹿茸 而國中
유차관지 아국관북소출녹용 미필시녹용 이국중
鹿茸日貴 可勝歎哉 余曰 麈形何如 鋪主曰 未曾
녹용일귀 가승탄재 여왈 주형하여 포주왈 미증
見 或曰 前鹿後馬.
견 혹왈 전록후마

大約改月令 非天子之威勢 無以服信天下 故曰
대약개월령 비천자지위세 무이복신천하 고왈
唯天子可以議禮.
유천자가이의례

하란록(荷蘭鹿)—네덜란드 사슴

약국 주인이 또 말하기를,

“사슴 중에도 아주 작은 놈이 있더군요.”

라고 하며 스스로 제 주먹을 보이면서,

“이 정도에 불과하더군요. 일찍이 하란(荷蘭 : 화란(和蘭), 네덜란드)에서 바쳐 온 사슴 한 쌍을 보았습니다만, 푸른 바탕에 흰색 얼룩무늬가 있습니다.”

라고 한다.

原文

荷蘭鹿
하 란 록

鋪主又道 鹿亦有至小 自視其拳曰 不過如許 曾
포 주 우 도 녹 역 유 지 소 자 시 기 권 왈 불 과 여 허 증

見荷蘭貢鹿一雙 蒼質雪斑.
견 하 란 공 록 일 쌍 창 질 설 반

사답(砟荅)—타조의 알

나는 약국 주인에게,

"점포 안에는 희귀하고 기이한 약재료가 갖추어져 있는지요?"

하고 물었더니 약국 주인이,

"초목(草木)과 금석(金石)을 논할 것 없이 이름을 지적하고 보기를 요구하신다면 곧 올려드리겠습니다."

라고 한다. 나는,

"희귀하고 기이한 진품(珍品)이 별안간 생각에 떠오르지 않는구려."

라고 하였더니, 약국 주인이 동편 바람벽 밑에 있는 붉게 칠한 궤짝을 가리키며,

"이 속에 사답(砟荅) 하나가 있는데, 참으로 희귀하고 기이해서 얻기 어려운 약재료지요."

라고 하기에 나는,

"사답이란 무슨 물건입니까?"

하고 물었더니 약국 주인은 웃음을 짓고 일어나면서,

"단지 구경하시는 것이야 무방하겠지요."

하고는 궤를 열더니 둥근 돌 하나를 끄집어낸다. 크기는 두어 되들이 바가지와 같고, 모양은 흡사 거위알처럼 생겼다. 내가,

"이건 수마석(水磨石)이 아니오? 무슨 희롱이요?"

라고 하였더니 약국 주인은,

"어찌 감히 짐짓 오만 무례하오리까? 이건 타조의 알인데, 이름 지을 수 없는 괴상한 병을 치료할 수 있답니다."

라고 하였다.

原文

砟答
사답

余問 鋪中藥料希奇俱全否 鋪主曰 無論艸木金石
여문 포중약료희기구전부 포주왈 무론초목금석

指名要看 輒敢奉正 余曰 稀奇珍品 偶未思名 鋪
지명요간 첩감봉정 여왈 희기진품 우미사명 포

主指東壁下紅漆櫃子曰 這裡砟答一枚 眞是稀奇難
주지동벽하홍칠궤자왈 저리사답일매 진시희기난

得之料 余問砟答何物 鋪主笑而起曰 第不妨觀看
득지료 여문사답하물 포주소이기왈 제불방관간

開櫃出一團石 大如數升匏子 形似鵞卵 余曰 此水
개궤출일단석 대여수승포자 형사아란 여왈 차수

磨石也 何相戲耶 鋪主曰 何敢故慢無禮 這是駝卵
마석야 하상희야 포주왈 하감고만무례 저시타란

能治難名奇疾.
능치난명기질

입정승(入定僧)[1]

장성(長城) 밖에 있는 백운탑(白雲塔)의 돌로 된 감실 속에 요(遼)나라 시대에 선정(禪定)에 들어간 중이 있는데, 그는 육신(肉身)이 지금까지 허물어지지 않고, 약간의 온기가 있으며 부드러운 윤기가 흐르나, 다만 눈을 감은 채 숨을 쉬지 않을 뿐이라고 한다.

1) 입정승(入定僧) : 참선하여 무념무상의 삼매경(三昧境)에 든 중을 일컫는 말이다.

原文

入定僧
입 정 승

長城外白雲塔石龕中 有遼時入定僧 肉身至今不
장 성 외 백 운 탑 석 감 중 유 요 시 입 정 승 육 신 지 금 불
壞 微溫柔澤 但瞑目無氣息.
괴 미 온 유 택 단 명 목 무 기 식

별단(別單)—비공식 문서

북경(北京)에 사는 하류(下流) 중에는 글자를 아는 사람이 매우 드물었다. 소위 필첩식(筆帖式)이나 서반(序班 : 청(淸)나라 때의 하급 관리) 중에는 남방의 가난한 집 아들이 많았는데, 얼굴이 초라하고 야위어서 후덕하거나 느긋한 자가 하나도 없었다. 비록 봉급을 받기는 하나 극히 적어서 만리 객지에서 생계가 쓸쓸하고, 가난하고 군색한 기색이 얼굴에 나타나 있었다.

우리 사신 일행이 갈 때면 서책이나 필묵의 매매는 모두 서반배들이 주로 가운데에서 거간꾼 노릇을 함으로써 남은 이문을 먹었다. 그리고 역관들이 그 사이의 비밀을 알려고 들면 서반을 통해야 정보를 구하기 때문에 이들이 크게 거짓말을 퍼뜨리되 일부러 신기하게 말을 꾸미는데, 모두 해괴망측하여 역관들의 남은 돈을 골려 먹는다.

시정(時政 : 시국정책)을 물으면 아름다운 업적은 숨기고, 나쁜 것들만을 꾸며서 천재(天災)와 변고 또는 요사스러운 사물

따위에도 역대에 없던 일들을 모았으며, 심지어 변방의 침략과 백성들의 원망에 이르기까지 한때 소란한 형상의 표현이 극도에 달하여, 마치 나라 망하는 재화가 조석에 박두한 듯이 장황하게 과장 기록하여 역관들에게 주면, 역관들은 이것을 사신에게 바친다. 그러면 서장관이 이를 취사선택하여, 듣고 본 중에 가장 믿을 만한 사실이라 하여 별단(정식이 아닌 별지의 예단(禮單))에 써서 임금께 아뢴다. 그 거짓이 이러하였다.

임금께 아뢰는 말씀이 얼마나 근엄한 일인데, 어찌 함부로 돈만 허비하여 허황하고 맹랑한 말들을 사서 복명하는 자료로 삼을 수 있겠는가? 사신들이 자주 드나든 지 100년이 되도록 이러하였다. 가장 염려되는 일은 이 따위 문서가 불행히 유실된 채 저들에게 들어간다면 그 근심과 피해가 과연 어떠하겠는가?

비록 이번 열하(熱河)까지 오가는 일로 말하더라도 목격(目擊)한 일이어서 가장 사실적인 기록이었지만, 그렇다고 해서 먼저 보내드린 장계(狀啓)에 붙여 아뢴 한두 가지의 사건(事件)에는 시휘(時諱 : 시세에 맞지 않는 언행)에 저촉될 만한 것이 없지 않다. 그렇다면 압록강을 건너기 전에는 줄곧 걱정으로 날을 보내곤 하였다.

내 생각에는 저들 중국의 정세에 대해서 허실(虛實)을 논할 것 없이, 장계에 붙여서 먼저 보내는 글은 모두 언서(諺書 : 한글)로 써서 장계가 도착되는 대로 정원(政院)에서 다시 한문으로 번역하여 임금께 올림이 좋을 듯싶다.

原文

別單
별단

北京卑流 解字者甚鮮 所謂筆帖式序班 多是南方
북경비류 해자자심선 소위필첩식서반 다시남방
窶人子 顔貌憔悴尖削 無一厖厚者 雖有廩食 極爲
구인자 안모초췌첨삭 무일방후자 수유름식 극위
凉薄 萬里羈旅 生理蕭條 艱難貧窘之色 達於面目.
량박 만리기려 생리소조 간난빈군지색 달어면목

使行時 書冊筆墨賣買 皆序班輩主張 居間爲駔儈
사행시 서책필묵매매 개서반배주장 거간위장쾌
以食剩利 且譯輩欲得此中秘事 則因序班求知 故此
이식잉리 차역배욕득차중비사 즉인서반구지 고차
輩大爲謊說 其言務爲新奇 皆怪怪罔測 以賺譯輩賸
배대위황설 기언무위신기 개괴괴망측 이잠역배승
銀.
은

時政則隱沒善績 粧撰粃政 天災時變 人妖物怪
시정즉은몰선적 장찬비정 천재시변 인요물괴
集歷代所無之事 至於荒徼侵叛 百性愁怨 極一時騷
집력대소무지사 지어황요침반 백성수원 극일시소
擾之狀 有若危亡之禍 迫在朝夕 張皇列錄 以授譯
요지상 유약위망지화 박재조석 장황렬록 이수역
輩 譯輩以呈使臣 則書狀揀擇去就 作爲聞見事件
배 역배이정사신 즉서장간택거취 작위문견사건
別單書啓 其不誠若此.
별단서계 기불성약차

告君之辭 何等謹嚴 而豈可浪費銀貨 買得虛荒孟
고군지사 하등근엄 이기가낭비은화 매득허황맹
浪之說 以爲反命之資耶 使价頻繁 百年如此 所可
랑지설 이위반명지자야 사개빈번 백년여차 소가
慮者 此等文書 不幸闖失 遺落彼中 其爲患害 當
려자 차등문서 불행서실 유락피중 기위환해 당
復如何.
부여하

雖以今番熱河往來言之 事皆目擊 雖最爲實錄 然
수이금번열하왕래언지 사개목격 수최위실록 연
先來狀啓附奏一二事件 不無忌諱 則渡江之前 無非
선래장계부주일이사건 불무기휘 즉도강지전 무비
飮氷之日也.
음빙지일야

愚意彼中消息 無論虛實 附奏先來者 皆以諺書狀
우의피중소식 무론허실 부주선래자 개이언서장
啓 到政院翻謄 上達爲妙耳.
계 도정원번등 상달위묘이

등즙교석(籐汁膠石)—돌을 붙이는 등나무 즙

왕삼빈(王三賓)의 말에 의하면,

“전(滇 : 운남성)과 검(黔 : 귀주성) 지방에 〈깨어진〉 돌을 이어붙이는 등나무가 있는데, 이름을 ‘양도등(羊桃籐)’이라고 하며 그 즙(汁)을 내어 돌을 붙여서 산중에서 공중에 걸쳐 다리를 놓는다. 그러면 비록 수십 길이라도 한 번 이어지면 끊어지지 않고, 마치 종이에 풀칠하고 널판에 아교칠한 것 같아서 검주(黔州 : 귀주) 사람들은 이를 ‘점석교(黏石膠 : 돌을 붙이는 아교)’라고 부른다.”

라고 한다. 그 말이 몹시 황당하긴 하나, 우선 그대로 기록하여 다른 이의 참고로 삼는다.

原文

籐汁膠石
등 즙 교 석

王三賓言 滇黔中 有續石籐 名羊桃籐 取汁膠石
왕 삼 빈 언 전 검 중 유 속 석 등 명 양 도 등 취 즙 교 석
山中架空造梁 雖數十丈 聯續不斷 如糊紙膠板 然
산 중 가 공 조 량 수 수 십 장 연 속 부 단 여 호 지 교 판 연
黔人呼黏石膠云 其言殊極荒唐 姑錄之 以資他考.
검 인 호 점 석 교 운 기 언 수 극 황 당 고 록 지 이 자 타 고

조라치(照羅赤)

번역된 몽고(蒙古)의 말 중에 '필도치(必闍赤)'란 말은 서생(書生)이요, '팔합식(八合識)'은 선생이란 말이다. 우리나라의 궁궐이나 임금을 호위하는 내삼청(內三廳 : 금군)에 소속된 하인(下人)들을 '조라치(照羅赤)'라고 부르니, 이것은 당연히 고려(高麗)의 옛말을 그대로 따른 듯싶다. 고려 시대에는 외올(畏兀 : 위구르)의 말을 많이 배웠으니, 조라치도 반드시 몽고의 말일 것이다.

原文

照羅赤
조 라 치

蒙古譯言必闍赤者 書生也 八合識者 師傅也 我
몽 고 역 언 필 도 치 자 서 생 야 팔 합 식 자 사 부 야 아
國內三廳下隷 號照羅赤 此當因襲高麗之舊 麗世多
국 내 삼 청 하 례 호 조 라 치 차 당 인 습 고 려 지 구 여 세 다
習畏兀語 照羅赤者 必蒙語也.
습 외 올 어 조 라 치 자 필 몽 어 야

원사천자명(元史天子名)

『원사(元史)』를 읽어보면 천자의 호와 이름부터 몹시 이상하여 늘 읽기 어려움이 딱하였다. 장성 밖에 원나라 때 세운 황폐한 절 하나가 있는데, 그곳에는 허리가 잘린 빗돌에 원나라 역대 황제들의 공덕(功德)을 빠짐없이 새겼다. 거기에 성길사(成吉思)라고 한 사람은 태조(太祖)요, 와활태(窩濶台)는 태종(太宗)이요, 설선(薛禪)은 세조(世祖)요, 완택(完澤)은 성종(成宗)이요, 곡률(曲律)은 무종(武宗)이요, 보안독(普顔篤)은 인종(仁宗)이요, 격견(格堅)은 영종(英宗)이요, 홀도독(忽都篤)은 명종(明宗)이요, 역련진반(亦憐眞班)은 중종(中宗)을 말함이다.

原文

元史天子名
원 사 천 자 명

看元史 自天子號名殊不類 常恨艱讀 口外有一廢
간 원 사 자 천 자 호 명 수 불 류 상 한 간 독 구 외 유 일 폐

刹 元舊也 斷碑有歷叙元諸帝功德 有曰 成吉思者
찰 원 구 야 단 비 유 력 서 원 제 제 공 덕 유 왈 성 길 사 자

太祖也 窩濶台者 太宗也 薛禪者 世祖也 完澤者
태 조 야 와 활 태 자 태 종 야 설 선 자 세 조 야 완 택 자

成宗也 曲律者 武宗也 普顏篤者 仁宗也 格堅者
성 종 야 곡 률 자 무 종 야 보 안 독 자 인 종 야 격 견 자

英宗也 忽都篤者 明宗也 亦憐眞班者 中宗也.
영 종 야 홀 도 독 자 명 종 야 역 련 진 반 자 중 종 야

만어(蠻語)

오랑캐 말 중에 '애막리(愛莫離)'는 중국말로 '묵은 인연이 있다'는 말이요, '낙물혼(落勿渾)'은 중국말로 '몰염치(沒廉恥)'라는 뜻이요, '예락하(曳落河)'란 만주어로 '장사(壯士)'라는 뜻이다.

原文

蠻語
만 어

蠻語 愛莫離者 華語有宿緣也 落勿渾者 華語沒
만 어 애 막 리 자 화 어 유 숙 연 야 낙 물 혼 자 화 어 몰

廉恥也 曳落河者 滿語壯士也.
렴 치 야 예 락 하 자 만 어 장 사 야

여음리(麗音離)와 동두등절(東頭登切)

<사행에 따라간 우리의> 역졸(驛卒)들이나 말몰이꾼들이 배운 중국말은 모두가 그릇됨이 많았다. 그들의 말은 자기들도 모르는 채 그대로 쓰고 있다.

냄새가 몹시 역겨운 것을 '고린내〔高麗臭〕'라고 한다. 이는 고려 사람들이 목욕을 하지 않으므로 발에서 나는 냄새가 몹시 나쁘다는 데서 이르는 말이다. 그리고 물건을 잃고는 '뚱이〔東夷〕'라고 한다. 이는 동이가 훔쳐 갔다는 데서 이르는 말이다. 그러면 '려(麗)'의 발음은 '리(離)'요, '동(東)'의 발음은 '두(頭)'와 '등(登)'의 반절음인 '둥'이다. 우리나라 사람들은 이를 알지 못한 채 좋지 않은 냄새를 맡으면,

"고린내〔高麗臭〕."

라고 하고, 어떤 사람이 물건을 훔쳤다고 의심될 때에는,

"아무개가 '뚱이〔東夷〕'야."

라고 한다. 그리하여 '뚱이'는 곧 물건을 훔쳤다는 별명인 양 되었으니, 가히 한심함을 이길 수 있겠는가?

原文

麗音離東頭登切
여 음 리 동 두 등 절

驛卒刷驅輩 所學漢語 皆訛謷 渠輩語 渠輩不覺
역 졸 쇄 구 배 소 학 한 어 개 와 오 거 배 어 거 배 불 각
而恒用也.
이 항 용 야

臭之甚穢曰高麗臭 謂高麗人不沐浴 足臭可惡也
취 지 심 예 왈 고 려 취 위 고 려 인 불 목 욕 족 취 가 악 야
有失物 則曰東夷 謂東夷偸去也 麗音離 東頭登切
유 실 물 즉 왈 동 이 위 동 이 투 거 야 여 음 리 동 두 등 절
我人殊不識此 聞臭之不善 則稱高麗臭 疑人偸物
아 인 수 불 식 차 문 취 지 불 선 즉 칭 고 려 취 의 인 투 물
則稱某也東夷 東夷遂爲偸物之號 可勝嘆哉.
즉 칭 모 야 동 이 동 이 수 위 투 물 지 호 가 승 탄 재

병오 을묘 설날의 일식〔丙午乙卯元朝日蝕〕

황제(건륭 황제)가 등극하는 날,[1] 황제는 향불을 피운 제사상 앞에서 머리를 조아리며 하늘에 감사하였다. 그날 밤 꿈에 옥황상제(玉皇上帝)께서 황제에게 백년 장수(長壽)를 점지한다고 하였다. 황제는 다시금 향불을 피운 제사상 앞에 나아가 머리를 조아리며 하늘에 감사드리기를,

"원하건대 오는 을묘년(1795년)에는 자리를 물려주겠습니다. 그렇게 하면 저의 통치하는 햇수가 황조(皇祖 : 강희 황제)보다 한 해가 적을 것이옵니다."

라고 하였다고 한다.[2]

올해(1780년)에 흠천감(欽天監)[3]에서 아뢰기를,

---

1) 건륭 황제는 옹정 13년 을묘년(1735년) 9월 초3일에 즉위하였다.

2) 강희 황제는 61년 동안 재위하였고, 건륭 황제는 60년 동안 재위하였다.

3) 흠천감(欽天監) : 명나라와 청나라 때에 천문, 역법, 시보(時報) 등 천문 기상 현상의 관측에 관한 일을 맡아보던 관서이다.

"앞으로 6년 후인 병오년(1786년) 원조(元朝 : 설날)에 일식(日蝕)[4]이 있을 것이고, 10년 후인 을묘년(1795년) 설날에도 일식이 있을 것이옵니다."
라고 하자 황제는 계획을 변경하여,

"을묘년에 만일 선위(禪位)한다면 새로운 천자의 원년(元年)에 마침 일식을 맞이할 테니, 설날의 조하(朝賀)는 그로 인해 중지하게 될 것이다."
라고 하였다. 이것은 송나라 고종(高宗)이 선위를 명분으로 삼았으나, 실제는 금나라 사람과 맞서지 않으려는 의도에 다름없는 일이었다. 황제는 또,

"만일 을묘년을 지나면 짐이 통치하는 햇수가 황조보다 도리어 두 해가 많을 테니, 이 때문에 불안한 일이다."
라고 했다고 한다.

그러나 이 이야기는 극히 요망한 말이어서 반드시 황제가 한 말이 아닐 것이다. 예로부터 제왕(帝王)들이 등극한 지가 이미 오래되면 사방에서 다투어 상서로운 물건을 바친다. 모든 신하들이 뜻을 엿보아 경축을 꾸미자니 속이는 일이 없을 수는 없겠지만, 그렇다고 해서 어찌 오늘처럼 미래에 일식할 것을 미리 점쳐서 그 선위할 해를 앞당겼다 물렸다 할 수 있

4) 일식(日蝕) : 일식(日食). 태양·달·지구가 일직선 위에 놓이게 되어 지구에서 보면 태양의 일부 또는 전부를 달이 가리는 현상을 말한다.

겠는가?

이는 반드시 천하에 아첨하는 무리들이 성인(聖人)의 90세를 산다는 꿈을 빌려서[5] 황제의 옳지 못한 점을 덮어버리는 것일 뿐이다.

---

5) 『예기』 문왕세자(文王世子) 편에 의하면, "주나라 문왕이 꿈속에서 무왕에게 '나는 백 살까지 살고 너는 아흔 살까지 산다고 하니, 내가 세 살을 너에게 주겠다'고 했는데, 마침내 문왕은 97세를 살았고, 무왕은 93세를 살았다."고 한다.

原文

丙午乙卯元朝日蝕
병 오 을 묘 원 조 일 식

皇帝卽位之日　叩頭香案以謝天　夢上帝錫帝百齡
황 제 즉 위 지 일　고 두 향 안 이 사 천　몽 상 제 석 제 백 령
帝復詣香案前　叩頭謝天曰　願以來乙卯歲傳位　俾御
제 부 예 향 안 전　고 두 사 천 왈　원 이 래 을 묘 세 전 위　비 어
極之年　少皇祖一歲.
극 지 년　소 황 조 일 세

至今年欽天監奏　後六年丙午歲元朝當日蝕　後十
지 금 년 흠 천 감 주　후 륙 년 병 오 세 원 조 당 일 식　후 십
年乙卯元朝當日蝕　皇帝變計言　乙卯年若禪位　則新
년 을 묘 원 조 당 일 식　황 제 변 계 언　을 묘 년 약 선 위　즉 신
天子元年　適當日蝕　元朝朝賀因此當停　是若宋高宗
천 자 원 년　적 당 일 식　원 조 조 하 인 차 당 정　시 약 송 고 종
以禪位爲名　而其實不欲當金人也　若又挨過乙卯　則
이 선 위 위 명　이 기 실 불 욕 당 금 인 야　약 우 애 과 을 묘　즉
是御極之年　反多于皇祖二歲　以是不安云.
시 어 극 지 년　반 다 우 황 조 이 세　이 시 불 안 운

此說極妖妄　必非皇帝之言也　自古帝王　御宇旣久
차 설 극 요 망　필 비 황 제 지 언 야　자 고 제 왕　어 우 기 구
則四方爭獻符瑞　群下希旨飾慶　不無矯誣之事　而豈
즉 사 방 쟁 헌 부 서　군 하 희 지 식 경　불 무 교 무 지 사　이 기
若今日預占未來之日蝕　進退其禪傳之年歲耶.
약 금 일 예 점 미 래 지 일 식　진 퇴 기 선 전 지 년 세 야

此必海內奸佞之徒　借聖人九齡之夢　以文皇帝鍾
차 필 해 내 간 녕 지 도　차 성 인 구 령 지 몽　이 문 황 제 종

漏之嫌耳.
루 지 혐 이

육청(六廳)

열하에 있는 태학(太學) 대성문(大成門) 밖의 동쪽 바람벽에는 건륭(乾隆) 43년(1778년)에 황제가 내린 유시(諭示)를 모셔 놓았다. 그 글에 이르기를,

"경기의 동북쪽 400리에 있는 열하 지방은 고북구(古北口) 북녘에 있는데, 곧 「우공(禹貢 : 『서경』의 편명)」 편의 기주(冀州)의 변두리였으며, 하(夏)나라와 은(殷)나라, 주(周)나라 때는 유주(幽州)의 영역이었다.

진(秦)나라와 한(漢)나라 이래로 이곳은 중국의 판도(版圖)에 들지 않았고, 원위(元魏 : 위나라) 때엔 안주(安州)와 영주(營州) 두 고을을 세웠으며, 당(唐)나라 때는 영주 도독부(營州都督府)를 두었으나, 기관(機關)을 임시로 내지(內地 : 경기 지방)에 둔 것에 불과하였다.

요(遼)나라, 금(金)나라, 원(元)나라에 이르러서는 비로소 '영주'라는 고을 이름을 가졌으나,[1] 옛 땅은 곧 황폐하게 되었다. 명(明)나라에서는 대령(大寧 : 열하의 동북 지방)을 버려서 별

개의 지역으로 취급하였다.

앞서 승덕주(承德州)를 세웠으니, 이제 의당 부(府)로 승격시켜 즉시 <그 우두머리를> 승덕부동지(承德府同知)로 바꾸어 설치하고, 그 나머지 육청(六廳)도 예컨대 객라하둔청(喀喇河屯廳)은 난평현(灤平縣)으로 고치고, 사기청(四旗廳)은 풍녕현(豐寧縣)으로 고치고, 팔구청(八溝廳)은 그 땅이 비교적 넓으므로 평천주(平泉州)로 고치고, 오란합달청(烏蘭哈達廳)은 적봉현(赤峰縣)으로 고치고, 탑자구청(塔子溝廳)은 건창현(建昌縣)으로 고치고, 삼좌탑청(三座塔廳)은 조양현(朝陽縣)으로 고쳐서 모두 승덕부(承德府)에 귀속시켜 통할하게 하라."

라고 하였다.

1) 『흠정열하지(欽定熱河志)』에는 영주(營州)를 열하로 표기하였다.

原文

六廳
육청

熱河太學大成門外東壁　坎置乾隆四十三年上諭曰
열하태학대성문외동벽　감치건륭사십삼년상유왈
京畿東北四百里熱河地方　在古北口以北　卽禹貢冀
경기동북사백리열하지방　재고북구이북　즉우공기
州邊末　而虞及殷周幽州之境也.
주변말　이우급은주유주지경야

秦漢以來　未入版圖　元魏時　建安營二州　唐有營
진한이래　미입판도　원위시　건안영이주　당유영
州都督府　然不過僑置治所於內地.
주도독부　연불과교치치소어내지

遼金及元　始鄕其名　而古地旋荒　明棄大寧　視爲
요금급원　시향기명　이고지선황　명기대령　시위
別域.
별역

向者曾設承德州　今宜陞爲府　卽以同知改設　而其
향자증설승덕주　금의승위부　즉이동지개설　이기
餘六廳　如喀喇河屯廳　改爲灤平縣　四旗　改爲豐寧
여륙청　여객라하둔청　개위난평현　사기　개위풍녕
縣　八溝廳　其地較廣　改爲平泉州　烏蘭哈達廳　改
현　팔구청　기지교광　개위평천주　오란합달청　개
爲赤峰縣　塔子溝廳　改爲建昌縣　三座塔廳　改爲朝
위적봉현　탑자구청　개위건창현　삼좌탑청　개위조
陽縣　並屬承德府統轄云云.
양현　병속승덕부통할운운

삼학사[1]가 살신성인한 날 〔三學士成仁之日〕

미곶첨사(彌串僉使)[2] 장초(張超)의 일기(日記)에,

"학사(學士) 오달제(吳達濟)와 학사(學士) 윤집(尹集)이 정축년(1637년) 4월 19일에 피살되었다."

라고 하였으므로, 두 집안에서는 이 일기에 근거하여 19일에 제사를 지냈다. 정축년은 곧 명(明)나라 숭정(崇禎) 10년이었으며, 두 학사가 살해를 당한 때는 청(淸)나라 사람들이 심양(瀋陽)에 있을 때였다.

학사(學士) 홍익한(洪翼漢)에 대한 일은 일기(日記)에 실려 있

1) 삼학사(三學士) : 세 사람의 학사. 곧 홍익한 · 윤집 · 오달제로, 조선 인조(仁祖) 병자호란 당시 청나라에 항복하는 것을 반대하다가 척화신(斥和臣)으로 청나라에 붙잡혀 가서 끝끝내 굴하지 않다가 살해당하였다.

2) 미곶첨사(彌串僉使) : 미곶은 압록강에 있는 말곶이라는 지명인데, 한자로 미곶(彌串) 또는 진곶(辰串)으로 표기했다.

지 않았으므로 그가 장렬하게 죽은 날이 명확히 어느 때인지 자세히 알 수 없기에 역시 두 학사와 같이 19일에 제사를 지낸다.

이제 청나라 사람이 엮은 청나라 태종(太宗) 문황제(文皇帝)의 사적을 열람하니,

"숭덕(崇德) 2년(1637년) 3월 갑진(甲辰)에 조선(朝鮮)의 신하 홍익한(洪翼漢) 등을 죽여서 두 나라의 맹세를 깨뜨리고 군사를 일으켰으며, 물의를 빚어내어 명나라를 도우려한 죄를 바로잡았다."

라고 특별히 써 놓았다. 숭덕은 곧 청나라 태종의 연호(年號)였으며 3월 갑진은 일간(日干)을 따져보면 초엿새에 해당되고, 그중의 '아무개 등(等)'이란 글자가 있음을 보면 오달제와 윤집 두 학사가 살해를 당한 것도 역시 당연히 그와 마찬가지인 3월 초엿새일 것이다.

原文

三學士成仁之日
삼 학 사 성 인 지 일

彌串僉使張超日記 吳學士達濟 尹學士集 以丁丑
미 곶 첨 사 장 초 일 기 오 학 사 달 제 윤 학 사 집 이 정 축
四月十九日被害云 故兩家據日記 以十九日祭之 丁
사 월 십 구 일 피 해 운 고 양 가 거 일 기 이 십 구 일 제 지 정
丑乃皇明崇禎十年 而兩學士遇害 於淸人之在瀋陽
축 내 황 명 숭 정 십 년 이 양 학 사 우 해 어 청 인 지 재 심 양
時也.
시 야

洪學士翼漢 不載日記 則不詳其成仁之日 的在何
홍 학 사 익 한 부 재 일 기 즉 불 상 기 성 인 지 일 적 재 하
辰 故亦從兩學士 祭以十九日.
신 고 역 종 양 학 사 제 이 십 구 일

今覽淸人所撰淸太宗文皇帝特書 崇德二年三月甲
금 람 청 인 소 찬 청 태 종 문 황 제 특 서 숭 덕 이 년 삼 월 갑
辰 殺朝鮮臣洪翼漢等 以正敗盟搆兵 倡議袒明之罪
진 살 조 선 신 홍 익 한 등 이 정 패 맹 구 병 창 의 단 명 지 죄
崇德乃淸太宗年號 而三月甲辰 考之日干 爲初六日
숭 덕 내 청 태 종 연 호 이 삼 월 갑 진 고 지 일 간 위 초 륙 일
以所謂等字觀之 吳尹兩學士之遇害 亦當同是三月
이 소 위 등 자 관 지 오 윤 양 학 사 지 우 해 역 당 동 시 삼 월
初六日也.
초 륙 일 야

요즘의 중국 명사〔當今名士〕

요즘 중국의 명사(名士)로는 양국치(梁國治)·팽원서(彭元瑞)·호가 효람(曉嵐)인 기균(紀勻)·오성흠(吳聖欽)·대구형(戴衢亨)과 그의 형 대심형(戴心亨) 등은 모두 오(吳) 땅의 사람이었고, 축덕린(祝德麟)·이조원(李調元)은 모두 촉(蜀) 땅의 면죽(綿竹) 사람이다.

내게는 대심형이 쓴 주련(柱聯) 한 쌍이 있는데,

> 책을 펴니 말들은 품위를 지키고　　開帙群言守其雅
> 거문고 어루만지니 육기[1]가 맑아지누나.　　撫琴六氣爲之淸

라고 되어 있다.

---

1) 육기(六氣) : 천지 혹은 인간의 육정(六情)인 호(好)·오(惡)·희(喜)·노(怒)·애(哀)·낙(樂)을 뜻한다.

原文

當今名士
당 금 명 사

當今海內名士 梁國治 彭元瑞 紀勻號曉嵐 吳聖
당 금 해 내 명 사 양 국 치 팽 원 서 기 균 호 효 람 오 성
欽 戴衢亨 其兄心亨 俱吳人 祝德麟 李調元 並蜀
흠 대 구 형 기 형 심 형 구 오 인 축 덕 린 이 조 원 병 촉
綿竹人.
면 죽 인

余有戴心亨所書柱聯一對 開帙群言守其雅 撫琴
여 유 대 심 형 소 서 주 련 일 대 개 질 군 언 수 기 아 무 금
六氣爲之淸.
육 기 위 지 청

명련자봉왕(明璉子封王)
—한명련의 아들을 왕으로 봉하다

인조(仁祖) 갑자년(1624년)에 구성부사(龜城府使) 한명련(韓明璉)이 평안병사(平安兵使) 이괄(李适)과 함께 모반하여 군사를 거느리고 대궐을 침범했다가 군사가 패하여 달아나다가 모두 사로잡혀 죽게 되었다. 한명련의 두 아들 윤(潤)과 난(瀾)은 눈 위에서 짚신을 거꾸로 신고, 건주(建州)로 도망쳐 들어가 장군이 되었다. 그 뒤 13년 만에 청나라 태종(太宗)을 따라 조선에 왔다고 한다.

이 이야기는 당시의 전설(傳說)에서 나왔으므로 그것이 참인지 거짓인지를 알지 못하였는데, 이제 새로 간행된 『태종실록(太宗實錄)』을 보니 과연 "조선(朝鮮) 장수 한명련이 그의 부하에게 피살당하자, 그 아들 윤(潤)과 의(義)가 와서 항복하였으므로 의(義)를 이친왕(怡親王)에 봉하였다."고 하였으니, 이는 아마 난(瀾)이 이름을 의(義)라고 고친 듯싶다. 『소대총서(昭代叢書)』[1] 안의 「시호록(謚號錄)」에 마땅히 그의 이름이 실려 있을 테니, 뒷날에 상고해 보기로 하겠다.

아아, 슬프도다. 우리 조선이 나라 세운 지 400년 동안 흉악한 역적으로서 죽임을 당한 자가 없지 않았으나, 이 두 역적처럼 군사를 일으켜 대궐을 침범한 자는 아직 없었다. 그 흉악한 역적의 자손들이 오랑캐에 투항하여 장수가 되자, 군사를 빌려서 멋대로 날뜀이 이런 극악함에 이르렀다.

당시 건주 일대는 망명(亡命)으로 모여드는 도망자들의 소굴이 되었으니, 평소부터 국경 관문의 경비가 엄하지 못하였던 것과 압록강 연변의 방비가 허술하였던 것을 족히 짐작할 수 있겠다. 또 억센 이웃 나라가 얕보고 업신여기는데, 그 앞에서 일하는 장수의 성명조차 누구인 줄을 알지 못하였으니, 어찌 하물며 인재와 용맹과 슬기가 나온 곳일까 보냐? 이러고서도 한갓 헛된 말로만 큰 적을 꺾으려고 하며, 한손으로 대의(大義)를 붙들려고 하니, 아아, 참으로 딱한 일이로다.

---

1) 『소대총서(昭代叢書)』: 청(淸)나라 장조(張潮)가 편찬하였다.

原文

明璉子封王
명련자봉왕

仁廟甲子　龜城府使韓明璉　與平安兵使李适同叛
인묘갑자　구성부사한명련　여평안병사이괄동반
擧兵犯闕　兵敗走　皆擒誅　明璉二子潤瀾　雪上倒着
거병범궐　병패주　개금주　명련이자윤란　설상도착
芒鞋　亡入建州爲將　其後十三年　從淸太宗東來云.
망혜　망입건주위장　기후십삼년　종청태종동래운

此出當時傳說　其眞僞未可知　今覽新刊太宗實錄
차출당시전설　기진위미가지　금람신간태종실록
果言朝鮮將韓明璉　爲其下所殺　其子潤義來降　封義
과언조선장한명련　위기하소살　기자윤의래항　봉의
怡親王　瀾似改名爲義　昭代叢書中謚號錄　當載其名
이친왕　난사개명위의　소대총서중시호록　당재기명
後當考.
후당고

吁　我朝立國四百年來　不無凶逆之誅殛　而未有如
우　아조립국사백년래　불무흉역지주극　이미유여
兩賊之擧兵犯闕者　其凶醜遺孽　投虜爲將　借兵猖獗
양적지거병범궐자　기흉추유얼　투로위장　차병창궐
至於此極.
지어차극

當時建州爲逋逃之淵藪　而足想平日邊門之不嚴
당시건주위포도지연수　이족상평일변문지불엄
沿江守禦之疏虞　强隣憑陵　而其用事將率之姓名　不
연강수어지소우　강린빙릉　이기용사장솔지성명　불

識誰某　則何況其材勇謀猷之所出乎　如此而徒欲以
식 수 모　즉 하 황 기 재 용 모 유 지 소 출 호　여 차 이 도 욕 이

空談摧大敵　隻手扶大義　嗚呼　難矣哉.
공 담 최 대 적　척 수 부 대 의　오 호　난 의 재

고아마홍(古兒馬紅)

고아마홍이라는 자는 의주(義州) 관청의 노비였던 정명수(鄭命壽)이며, 강공렬(姜功烈)이라는 자는 도원수(都元帥)를 지낸 강홍립(姜弘立)이다. 그들은 모두 이름을 고치고 오랑캐에게 투항하였다.

그중에도 정명수가 가장 흉악하여 제 부모의 나라를 업신여겨 학대함이 극도에 이르렀다. 필선(弼善) 정뇌경(鄭雷卿)이 분개를 이기지 못하고 정명수를 찔러 죽이고자 하던 끝에 그 원리(院吏 : 시강원의 아전) 강효원(姜孝元)과 모의하여 사람을 시켜 정명수의 모든 간리(姦利)에 관한 일을 청나라 사람에게 고발하게 하였다. 그러나 청나라 사람들은 도리어 글월을 올린 자를 참수하고, 정뇌경과 강효원도 사형에 처하게 하였다. 그리고 정명수로 하여금 형장을 감독하게 하였는데, 지극히 매우 참혹하였다. 그 뒤 청나라 사람들도 역시 정명수가 우리나라에서 쌓은 죄가 컸음을 깨닫고 드디어 목을 베었다.

강홍립은 광해군(光海君) 때에 도원수가 되어서 심하(深河)의 전투에서 오랑캐에게 항복하였다. 인조(仁祖)가 반정(反正)하자 〈강홍립은〉 그의 온 가족이 모조리 살육되었다는〔誅夷〕[1] 〈헛된〉 소문을 듣고는 크게 노하여 오랑캐의 군사를 이끌고 평산(平山)까지 이르렀다. 조정에서는 할 수 없이 강홍립의 가족을 군문 앞에 내세웠다. 그의 숙부되는 강진(姜縉)이 강홍립을 꾸짖자, 강홍립은 크게 부끄러워하였다.

얼마 있다가 만주도 강홍립의 거짓을 알고 마침내 휴전을 선언하고 떠나면서 강홍립을 머무르게 하여 본국에서 정도에 맞게 처리하라고 맡겼으나, 조정에서는 만주의 강함이 두려워 감히 드러내놓고 죽이지는 못하였다. 강홍립은 양화도(楊花渡 : 마포나루)에 있는 그의 강가 정자에 나가서 살았는데, 나라 사람들을 볼 낯이 없어서 방안에서 나가지 않고, 다만 길게 한숨을 쉬는 소리만 들렸다고 한다.

그 후 5, 6년 뒤에 그의 집안사람이 강홍립의 목을 졸라 죽였다고 한다.

1) 모조리 살육되었다는〔誅夷〕: '誅'는 죄가 일문(一門)에 미치는 것을 뜻하고, '夷'는 죽음이 구족(九族)에 미치는 것을 뜻한다.

原文

古兒馬紅
고아마홍

古兒馬紅者 義州官奴鄭命壽也 姜功烈者 都元帥
고아마홍자 의주관노정명수야 강공렬자 도원수
姜弘立也 皆改名投虜.
강홍립야 개개명투로

命壽最凶惡 陵虐其父母之邦 無所不至 鄭弼善雷
명수최흉악 능학기부모지방 무소부지 정필선뇌
卿不勝忿 欲刺殺命壽 與其院吏姜孝元謀 乃使人告
경불승분 욕자살명수 여기원리강효원모 내사인고
命壽諸姦利事于淸人 淸人斬上書者 而鄭雷卿姜孝
명수제간리사우청인 청인참상서자 이정뇌경강효
元坐死 使命壽監刑 極甚慘酷 後淸人亦覺命壽稔惡
원좌사 사명수감형 극심참혹 후청인역각명수임악
於本國 遂斬之.
어본국 수참지

姜弘立 光海時爲都元帥 深河之役 降於虜 及仁
강홍립 광해시위도원수 심하지역 항어로 급인
祖改玉 聞其家誅夷 大怒 引虜兵至平山 朝廷不得
조개옥 문기가주이 대노 인로병지평산 조정부득
已送弘立家屬于軍前 其叔父縉 責弘立 弘立大慙.
이송홍립가속우군전 기숙부진 책홍립 홍립대참

旣而滿洲知弘立詐 遂講和而去 留置弘立 聽本國
기이만주지홍립사 수강화이거 유치홍립 청본국
調度 朝廷畏滿洲强 未敢顯誅 弘立出居其楊花渡江
조도 조정외만주강 미감현주 홍립출거기양화도강

亭 無面目以見國人 不出房闥 但聞長吁聲.
정 무면목이견국인 불출방달 단문장우성

後五六年 其家人縊殺之.
후오륙년 기가인액살지

『동의보감(東醫寶鑑)』

우리나라 서적(書籍)으로서 중국에서 간행된 것이 매우 드물었으나, 다만 『동의보감』 25권만이 성행하였고, 판본이 정묘하기 짝이 없었다.

우리나라의 의술이 널리 퍼지지 못하고, 토산 약품이 옳지 못하였으므로 우리 선조 대왕(宣祖大王)께서 태의(太醫) 허준(許浚)[1]과 유의(儒醫) 고옥(古玉 : 정작의 호) 정작(鄭碏)과 의관(醫官) 양예수(楊禮壽) · 김응택(金應澤) · 이명원(李命源) · 정예남(鄭禮男) 등에게 명령을 내려 편찬국을 차리고 책을 편찬하게 하였다. 내부(內府 : 왕실 창고)에 보관된 의방(醫方 : 궁중에서 쓰는 의학 처방) 500권을 꺼내어 고증의 자료로 삼도록 하였다. 이 책은 선조 병신(1596년)에 시작하여 광해군 3년 경술

1) 허준(許浚) : 조선 선조 때의 명의(名醫)로, 자는 청원(淸源)이고 호는 구암(龜巖)이다. 선조와 광해군의 어의(御醫)를 지냈고, 선조의 명에 따라 1610년에 『동의보감』 25권을 편찬하였다.

(1610년)에 완성되었으니, 때는 실로 만력(萬曆) 38년이었다.

중국에서 간행된 본의 서문(序文)의 문장이 아주 막힘이 없고 유창하였다. 그 글에 이르기를,

"『동의보감』은 곧 명(明)나라 때 조선의 양평군(陽平君) 허준이 엮은 것이다. 상고하건대 조선의 풍속은 애초부터 문자(文字 : 한문)를 알고, 글 읽기를 좋아하였다. 허준은 또 세족(世族)이어서 만력 때 허봉(許篈 : 조선 때의 문학가. 자는 미숙(美叔))·허성(許筬 : 자는 공언(功彥))·허균(許筠 : 자는 단보(端甫)) 등 형제 세 사람이 모두 문장으로 날렸으며, 누이동생 허경번(許景樊 : 경번은 허초희(許楚姬)의 자)의 재주와 명성이 다시 그의 오빠들보다 뛰어났으니, 중국 주변의 모든 나라 중에서 가장 걸출한 자였던 것이다.

책명 '동의(東醫)'라는 말은 무슨 뜻일까? 그 나라가 동쪽에 있으므로 의원에서도 동(東)이라고 일컫는 것이었다. 옛날 이동원(李東垣)[2]이 『십서(十書)』를 지었고 북의(北醫)로서 강소·절강 지방에 행세하였으며, 주단계(朱丹溪)[3]는 『심법(心法)』을 지었고 남의(南醫)로서 관중(關中)지방에서 유명하였다. 이제 양평군(陽平君 : 허준)이 궁벽한 외국 변방에서 능히 책을 지어서 중국에 유행되었으니, 대체로 말이란 족히 전

2) 이동원(李東垣) : 금(金)나라의 의학자 이고(李杲). 동원은 호이다.

3) 주단계(朱丹溪) : 원(元)나라의 의학자 주진형(朱震亨). 단계는 호이다.

할 것을 기약하는 것이지, 어떤 지역으로써 한계를 지을 것은 아니리라.

'보감(寶鑑)'이란 무엇을 말함인가? 햇빛이 구멍으로 새어나오고 묵은 음기가 풀리듯이 살을 나누고 피부를 쪼개듯이, 독자로 하여금 책장을 들추게 하면 환하게 밝은 빛을 비추는 것이 마치 거울과 같음을 말하는 것이다. 옛날 나익지(羅益之)[4]는 『위생보감(衛生寶鑑)』을 지었고, 공신(龔信 : 명나라의 의학자)은 『고금의감(古今醫鑑)』을 지었는데, 모두 '감(鑑)'을 사용하여 이름을 지었으나 지나치게 과장하였다고 의심하지 않았었다.

가만히 논하건대 사람에게는 오직 오장(五藏)이 있을 뿐이요, 병은 칠정(七情)[5]에 그치는 것이다. 그 사이에 기품을 타고나는 데서 편벽되냐 온전하냐의 구별이 있을 것이요, 병이 점염(漸染)되는 데도 얕고 깊음의 차이가 있고, 증세의 변화가 통하냐 막혔느냐에 차이가 있어서 양후(兩候 : 1후는 5일간) 간의 맥박의 움직임에 뜨고〔浮〕, 중간이고〔中〕, 가라앉는〔沈〕 세 부분이 있다. 이를 상세히 살펴보면 마치 저 밭이랑처럼 나뉘어져 있으니 넘을 수도 없거니와, 햇불처럼 밝아서 덮을 수도

---

4) 나익지(羅益之) : 원(元)나라의 의학자 나천익(羅天益). 익지는 자이다.

5) 칠정(七情) : 희(喜) · 노(怒) · 애(哀) · 구(懼) · 애(愛) · 오(惡) · 욕(欲).

없을 것이다.

그리고 대황(大黃 : 한약재의 일종)이 체한 것을 내려가게 하는 줄만 알고 속을 차갑게 하는 것인 줄은 알지 못하며, 부자(附子 : 한약재의 일종)가 허함을 돕는 줄만 알고 독을 끼친다는 것을 모른다면 병을 고칠 수 없을 것이다. 그러므로 뛰어난 명의는 병이 나기 전에 다스리고 이미 생긴 뒤에는 치료하지 않는 법이니, 병이 난 뒤에야 비로소 다스림은 가장 하책(下策)이다. 그러함에도 불구하고 다시금 용렬한 의원에게 맡긴다면 어찌 낫기를 바랄 것인가?

심지어 사리(私利)를 품은 자는 병 없는 사람을 다스려 공적을 남기고, 처음 의원에 종사하는 자는 병자를 이용하여 의원 공부를 하기까지 한다. 『역경(易經)』에서 말한 '약을 먹이지 않고 병을 절로 낫게 한다'[6]는 점사(占辭)와 '남쪽 사람들의 말에, 항심(恒心)이 없으면 무당이나 의원도 될 수 없다고 했다'[7]는 경계가 마치 일찌감치 이런 무리들을 위해 어떤 덮개를 떼버리는 듯싶었다.

편작(扁鵲 : 전국 시대의 의학자)이 이르기를, '사람들은 병자가 많음을 걱정함에 비하여 의원은 치료하는 방법이 적음을 마음 아프게 여겼다'고 하였으나, 헌원(軒轅 : 황제(黃帝)의 별칭)과 기백(岐伯)[8] 이후로 시대마다 명의(名醫)가 있어서 지금에

6) 『주역』 무망괘(无妄卦)에 나오는 내용이다.

7) 『논어』 자로(子路) 편에 나오는 내용이다.

이르러서는 그 저술의 번다함이 한우충동(汗牛充棟)할 만큼 쌓여 있으니, 의술의 부족을 걱정할 것이 없을 것이다.

그러나 그들의 약방문을 써서 맞는 것도 있고 안 맞는 것도 있으니, 어찌 옛사람이 각기 본 바로 학설(學說)을 만든 것이 아니겠는가? 의술을 선택하는 데 정밀하지 못한 자는 설명이 상세하지 못하고, 하나에 집착된 자는 옳은 길을 해치는 것이다. 이는 남의 병을 고치고자 하면서 그의 마음을 고쳐주지 않았다든지, 또는 남의 마음을 고치고자 하면서 그의 뜻을 통하지 못한 까닭이다.

이제 이 책을 살펴보면, 첫째 내경(內景)[9]을 논하였음은 그 근원을 따름이요, 다음에 외형(外形)을 논한 것은 그 끝을 나눔이었고, 다음에 잡병(雜病)을 논한 것은 그 증세를 분간함이었고, 마지막에 탕약과 뜸질로써 마친 것은 그 방법을 정함이었다. 그 속에서 인용한 책으로 말한다면, 『천원옥책(天元玉冊 : 저자 미상)』으로부터 『의방집략(醫方集略 : 저자 미상)』에 이르기까지 모두 80여 종이나 되는데, 대부분 우리 중국의 책들이었고 동국(東國 : 조선)에서 간행된 것은 불과 3종뿐이었다. 옛사람이 이룩한 방법을 따르면서 능히 신통하게 밝혀내었으며, 우주(宇宙) 사이의 결함을 보충하고 4대(大 : 땅 · 물 · 불 · 바람)에 양기(陽氣)를 베풀었다. 이 책은 이미 황제께 올려

8) 기백(岐伯) : 황제의 신하. 황제와 함께 중국 의학계의 시조.

9) 내경(內景) : 내과(內科) 계통. 원래에는 도가(道家)의 용어이다.

서 국수(國手)임이 인정되었으나, 다만 여태까지 비각(秘閣)에 간직되어 세상에서는 엿보기 어려웠다.

얼마 전에 차사(鹺使 : 염운사(鹽運使)의 별칭)를 지낸 산좌(山左)의 왕공(王公 : 미상)이 월(粤 : 광동 · 광서 · 운남 · 귀주의 총칭)을 맡았을 때, 당시 의원들의 그릇됨이 많음을 딱하게 여겨 특별히 사람을 북경에 보내어 이를 베꼈으나, 미처 간행하지 못한 채 일이 있어서 떠나게 되었다.

순덕(順德)에 살고 있는 명경(明經)[10] 좌한문(左翰文) 군은 나의 총각 때부터의 친구였는데, 개연(慨然)히 이를 간행하여 널리 전할 것을 생각하였다. 그리하여 약 300민(緡 : 엽전 1,000개)이 넘는 돈을 소비하였으나 조금도 아까운 빛이 없었다. 대체로 그 마음은 병든 생명을 건지고 사물을 이롭게 하려는 마음에서 나온 것이고, 그 일은 음양(陰陽)의 조화를 잘 이루려는 일인 동시에 천하의 보배는 마땅히 천하와 같이하여야 할 생각이라는 것이니, 좌군(좌한문)의 어진 마음이 크다고 하겠다. 판각이 끝나자 나에게 서(序)를 부탁하므로 드디어 기쁨에 겨워 그 머리에 쓴다.

건륭(乾隆) 31년 병술(1766년) 난추(蘭秋 : 7월의 별칭) 상완(上浣 : 상순)에 원임(原任)인 호남의 소양, 예릉, 홍령, 계양

10) 명경(明經) : 국가 시험에 시부(詩賦)로 합격한 자를 '진사'라고 하고, 경서(經書)로 합격한 자를 '명경'이라고 했으나, 청(淸)나라에서는 공생(貢生)을 명경이라고 하였다.

현의 현사(縣事)를 지내고, 경오, 임신, 계유, 병자년에 사과(四科) 호광향시 동고관〔原任湖南邵陽醴陵興寧桂陽縣事 充庚午壬申癸酉丙子四科湖廣鄕試同考官〕이었던 번우(番禺 : 지명)의 능어(淩魚)[11]는 짓노라."

라고 하였다.

내 집에는 좋은 의서가 없어서 매양 병이 나면 사방 이웃에 돌아다니며 빌려 보았더니, 이제 이 책을 보고서 몹시 사 갖고 싶었으나, 문은(紋銀)[12] 닷 냥을 마련할 길이 없어서 섭섭함을 이기지 못한 채 돌아올 제, 다만 능어가 지은 서문(序文)만을 베껴서 뒷날의 연구 자료로 삼고자 한다.

---

11) 능어(淩魚) : 청나라의 학자. 자는 서파(西波)이다.

12) 문은(紋銀) : 청나라 때 사용하던 화폐로, 은의 함유량이 가장 많은 말굽 모양의 은덩어리이다.

原文

東醫寶鑑
동의보감

我東書籍之入梓於中國者　甚罕　獨東醫寶鑑二十五卷盛行　板本精妙.
아동서적지입재어중국자　심한　독동의보감이십오권성행　판본정묘

我國醫方未廣　鄕藥不眞　我宣祖大王命　太醫許浚與儒醫鄭古玉碏及醫官楊禮壽　金應澤　李命源　鄭禮男等　設局撰集　出內府醫方五百卷　以資考據　書始於宣廟丙申　而成於光海三年庚戌　實萬曆三十八年也.
아국의방미광　향약부진　아선조대왕명　태의허준여유의정고옥작급의관양예수　김응택　이명원　정예남등　설국찬집　출내부의방오백권　이자고거　서시어선묘병신　이성어광해삼년경술　실만력삼십팔년야

其所刊弁卷之文　頗疏暢　東醫寶鑑者　乃明時朝鮮陽平君許浚所撰也　按朝鮮俗　素知文字　喜讀書　許又世族　萬曆間　篈筬筠兄弟三人　俱以文鳴　女弟景樊　才名復出厥兄之右　九邊諸國　最爲傑出者也.
기소간변권지문　파소창　동의보감자　내명시조선양평군허준소찬야　안조선속　소지문자　희독서　허우세족　만력간　봉성균형제삼인　구이문명　여제경번　재명부출궐형지우　구변제국　최위걸출자야

其言東醫者何　國在東　故醫言東也　昔李東垣著十
기언동의자하　국재동　고의언동야　석이동원저십

書 以北醫而行於江淛 朱丹溪著心法 以南醫而顯于
서 이북의이행어강제 주단계저심법 이남의이현우
關中 今陽平君僻介外蕃 乃能著書 行於華夏 言期
관중 금양평군벽개외번 내능저서 행어화하 언기
足傳 不以地限也.
족전 불이지한야

言寶鑑者何 日光穿漏 宿陰解駁 分肌劈腠 使人
언보감자하 일광천루 숙음해박 분기벽주 사인
開卷 瞭然光明似鑑也 昔羅益之著衛生寶鑑 龔信著
개권 요연광명사감야 석나익지저위생보감 공신저
古今醫鑑 皆以鑑名 不嫌夸也.
고금의감 개이감명 불혐과야

竊嘗論之 人惟五藏 病止七情 其間稟受有偏全
절상론지 인유오장 병지칠정 기간품수유편전
漸染有淺深 證變有通塞 兩候脉動 有浮中沈三部
점염유천심 증변유통색 양후맥동 유부중침삼부
諦而察之 如畝斯劃 莫可越也 如燎斯晰 莫可蔽也.
체이찰지 여무사리 막가월야 여료사석 막가폐야

知大黃可以導滯 而不知其寒中 知附子可以補虛
지대황가이도체 이부지기한중 지부자가이보허
而不知其遺毒 罔攸濟矣 是以至人 治病於未起之前
이부지기유독 망유제의 시이지인 치병어미기지전
不治於既成之後 病既成而始治 策斯下矣 而復委決
불치어기성지후 병기성이시치 책사하의 이부위결
於庸醫 豈有瘳哉.
어용의 기유추재

甚而懷私利者 以無疾人爲功 初從事者 至於費人
심이회사리자 이무질인위공 초종사자 지어비인
爲學 大易勿藥之占 南人無恒之戒 若早爲此輩發覆
위학 대역물약지점 남인무항지계 약조위차배발복

也.
야

扁鵲有言 人之所病 病疾多 醫之所病 病道少 然
편작유언 인지소병 병질다 의지소병 병도소 연
自軒岐以後 代有名醫 迄今著述之繁 幾於汗牛充棟
자헌기이후 대유명의 흘금저술지번 기어한우충동
不患其少矣.
불환기소의

而術有驗有不驗 豈古人各以所見爲說歟 擇不精
이술유험유불험 기고인각이소견위설여 택부정
者 語不詳 執於一者 賊乎道 欲療人之病 而不療
자 어불상 집어일자 적호도 욕료인지병 이불료
人之心 欲療人之心 而不通人之意故也.
인지심 욕료인지심 이불통인지의고야

今觀是編 先之以內景 泝其源也 次之以外形 疏
금관시편 선지이내경 소기원야 차지이외형 소
其委也 次之以雜病 辨其證也 終之以湯灸 定其方
기위야 차지이잡병 변기증야 종지이탕구 정기방
也 中所援引 自天元玉冊以曁醫方集略 計八十餘種
야 중소원인 자천원옥책이기의방집략 계팔십여종
率吾中土之書 其東國所撰者 不過三種而已 循古人
솔오중토지서 기동국소찬자 불과삼종이이 순고인
之成法 而能神而明之 補缺憾於兩間 播熙陽於四大
지성법 이능신이명지 보결감어양간 파희양어사대
業已上獻闕廷 見推國手矣 顧書藏秘閣 世罕得窺.
업이상헌궐정 견추국수의 고서장비각 세한득규

前鹺使山左王公 建節臨粤 憫時醫多誤 專人赴都
전차사산좌왕공 건절림월 민시의다오 전인부도
鈔錄 未及梓行 隨以事去.
초록 미급재행 수이사거

順德明經左君翰文 予總角交也 慨然思鋟版 廣其
순덕명경좌군한문 여총각교야 개연사침판 광기
傳 約費三百餘緡 略無吝色 蓋心則濟人利物之心
전 약비삼백여민 약무인색 개심즉제인리물지심
事則調陽變陰之事 天下之寶 當與天下共之 左君之
사즉조양변음지사 천하지보 당여천하공지 좌군지
仁大矣 刻成 屬予爲序 遂喜而書其端.
인대의 각성 촉여위서 수희이서기단

時乾隆三十一年 歲在丙戌蘭秋上浣 原任湖南卲
시건륭삼십일년 세재병술난추상완 원임호남소
陽醴陵興寧桂陽縣事 充庚午壬申癸酉丙子四科湖廣
양예릉흥령계양현사 충경오임신계유병자사과호광
鄕試同考官 番禺凌魚撰.
향시동고관 번우능어찬

余家無善本 每有憂病 則四借鄰閈 今覽此本 甚
여가무선본 매유우병 즉사차린한 금람차본 심
欲買取 而難辦五兩紋銀 齎悵而歸 乃謄其凌魚所撰
욕매취 이난판오냥문은 재창이귀 내등기능어소찬
序文 以資後攷.
서문 이자후고

심의(深衣)—선비의 옷

우리나라의 심의(深衣)[1]는 반드시 삼베로 만들고 무명으로 만들지 않으니, 이는 잘못된 일이다. 삼으로 짠 것은 마땅히 '마포(麻布 : 삼베)'라고 하여야 하며, 모시로 짰다면 마땅히 '저포(苧布 : 모시베)'라고 하여야 하며, 솜으로 짰다면 마땅히 '면포(綿布 : 면베)'라고 하여야 할 것이다. 그런데 우리나라 말에 '포(布)'를 '베(保)'—보(補)와 외(外)의 반절음이다.—라 하므로 '포(布)' 자를 '베포(保布)'라고 읽는다. 다만 삼으로 짠 것만 오로지 '포'라고 한다.

이로 말미암아 마포(麻布)를 파는 가게는 '베전〔布廛〕'이라 부르고, 저포(苧布)를 파는 가게는 '모시전〔苧布廛〕'이라 부르나, 면포(綿布)에 대해서는 구별 지을 것이 없었다. 우리나라 말에 면화(綿花)를 '목화(木花)'라 하므로 마침내 솜으로 짠

1) 심의(深衣) : 신분이 높은 선비들이 입던 웃옷. 흰 베로 두루마기처럼 만들었는데, 소매가 넓고 검은 비단으로 가장자리를 둘렀다.

것을 목(木)이라고 이름을 붙이면서도, 그들은 면포가 곧 '대포(大布)'임을 알지 못한다. 면포를 대포라 부르지 않고도 그 파는 가게를 '백목전(白木廛)'이라고 하였으며, 심지어 두 가지의 세금(稅金)을 대포에 부과하면서 '전세목(田稅木), 대동목(大同木)'이라고 한다. 그리고 대포는 곧 이와 별개의 물건으로 간주하여 <전세목이니 대동목이니 하는> 이런 이름이 관가의 문부(文簿)에까지 올려져 온 나라가 쓰고 있다.

어째서 대포라 부르느냐 하면, 옛날 순수하게 흰 옷에는 포백(布帛)의 무늬가 알맞다고 하였으니, 면이라는 것은 모든 직물(織物)에서의 큰 바탕인 동시에 다섯 가지 채색의 찬란한 빛을 꾸미기는 어려우나, 그 바탕이 검소하고 빛이 순수하여 무늬가 없는 무늬를 가지고 있다. 그러므로 '거칠게 짠 옷〔大布之衣〕'[2]이라는 말이 곧 이를 말함이었고, '완전하고도 비용이 들지 않는 옷으로, 선의(善衣 : 관복이나 제사복)의 다음간다'[3]고 하였으니, 완전하고도 비용이 들지 않는다는 말은 무명베〔綿布〕를 두고 한 말이다. 대포로 만든 옷이 곧 심의(深衣)이다.

중국의 삼승포(三升布 : 석새삼베)는 양털에다 무명을 섞어 함께 베를 짠 것이었다. 우리나라 장사치들이 삼승포를 도매로 떼어다 파는 곳을 유독 '청포전(青布廛)'이라 부르고, 아울러 대포를 팔면서 그를 '큰 베〔大保〕'라 하고 또는 '문삼승(門

2) 『춘추좌전』에 나오는 내용이다.

3) 『예기』 심의(深衣) 편에 나오는 구절이다.

三升)'이라 하여 값을 배로 받았으나, 백목전에서 이를 알아내지 못하는 것은 그의 이름과 실제 내용을 규명하지 못하기 때문이었다.

중국의 상복(喪服)은 모두 면포로 한다. 이번에 길에서 만났던 상복을 입은 사람들은 마포(麻布 : 삼베) 옷을 입은 사람은 하나도 볼 수 없었고, 두건도 모두 면포로 하였다. 때가 바야흐로 한여름 철이라 땀과 기름이 뒤엉겨 젖어서 두건이 저절로 꺾여서 늘어져 있다.

내가 지금 입고 있는 면포 겹옷을 중국 사람들이 뒤적거려 보고는 올 짜인 것이 매우 정밀함을 자못 진기하게 여겨, 심의의 옷감으로 사겠다고 요구하는 이가 많았다. 내가,

"중국엔 어째서 유독 가는 베가 없는가요?"

하고 물었더니 모두 탄식하면서,

"중국은 대체로 여러 가지의 비단을 입어서 대포(大布)로 옷을 지어 입는 것을 부끄러워하고 있습니다. 그러니 옛날 성인이 만든 원대하고도 경제적인 제도를 버려두고 연구도 하지 않은 지가 오래랍니다. 그러므로 비록 포대나 전대를 만들 때는 베를 짜기도 하나 굵고 거칠어서, 이것으로는 선의(善衣)의 다음가는 옷을 만들 수 없답니다."

라고 한다. 내가,

"선의란 어떤 옷인지요?"

라고 물었더니 그는,

"선의란 좋은 옷입니다. 천자로부터 서민에 이르기까지 다

들 상상품 좋은 옷을 가지고 있어 무늬로써 귀천을 표시합니다. 그러나 심의란 것은 귀천이나 남녀의 구별이 없고, 길흉의 구별도 없이 똑같은 복장입니다. 이를 대포로 만드는 것은 그 검소함을 밝히는 것이니, 이것이 어찌 선의의 다음가는 옷이 아니겠습니까?"

라고 대답한다.

우리나라의 유가(儒家)에서는 더욱이 심의를 중히 여겨 그림을 그린다, 말로 설명을 한다 하여 서로 부산하게 다투기도 한다. 소매와 깃을 두고도 내가 옳다거나, 네가 그르다거나, 한 치 한 푼을 서로 고집하고 있지만, 마포와 면포 중에서 무엇이 심의의 옷감인지도 모르니, 어찌 매우 우스운 일이 아니겠는가?

原文

深衣
심 의

我國深衣之必以麻布　而不以綿布者　非也　織麻則
아 국 심 의 지 필 이 마 포　이 불 이 면 포 자　비 야　직 마 즉

當曰麻布　織苧則當曰苧布　織綿則當曰綿布　乃方言
당 왈 마 포　직 저 즉 당 왈 저 포　직 면 즉 당 왈 면 포　내 방 언

訓布爲保－補外翻　讀布曰保布　獨織麻之家　專名爲
훈 포 위 베　보 외 번　독 포 왈 베 포　독 직 마 지 가　전 명 위

布.
포

由是而麻布之市曰布廛　苧布之市曰苧布廛　至於
유 시 이 마 포 지 시 왈 포 전　저 포 지 시 왈 저 포 전　지 어

綿布則無以區別　方言綿花曰木花　遂名織綿曰木　殊
면 포 즉 무 이 구 별　방 언 면 화 왈 목 화　수 명 직 면 왈 목　수

不識綿布者　乃大布也　不名綿布爲大布　而號其市曰
불 식 면 포 자　내 대 포 야　불 명 면 포 위 대 포　이 호 기 시 왈

白木廛　以至兩稅之賦大布而曰田稅木大同木　布之
백 목 전　이 지 양 세 지 부 대 포 이 왈 전 세 목 대 동 목　포 지

大者　遂爲別件物事　以此號　登於官府文簿　通國行
대 자　수 위 별 건 물 사　이 차 호　등 어 관 부 문 부　통 국 행

之.
지

何謂大布也　純素之物　稱布帛之文　而綿乃織之大
하 위 대 포 야　순 소 지 물　칭 포 백 지 문　이 면 내 직 지 대

本也　不可以絺繡五采　質儉而其色純　有無文之文
본 야　불 가 이 치 수 오 채　질 검 이 기 색 순　유 무 문 지 문

故曰大布之衣者是也 曰完且不費 善衣之次 完且不
고왈대포지의자시야 왈완차불비 선의지차 완차불
費者 綿布之謂也 大布之衣 卽深衣也.
비자 면포지위야 대포지의 즉심의야

中國三升布 雜羊毛於綿 而同繅爲布者也 我國市
중국삼승포 잡양모어면 이동소위포자야 아국시
人轉賣三升布者 獨名靑布廛 兼賣大布曰大保 亦曰
인전매삼승포자 독명청포전 겸매대포왈대보 역왈
門三升 以博倍價 而白木廛 不得察糾者 不核名實
문삼승 이박배가 이백목전 부득찰규자 불핵명실
之故也.
지고야

中國衰服皆綿布 今行道路所逢衰服者 無一麻布
중국최복개면포 금행도로소봉최복자 무일마포
所着 頭巾亦皆綿布 時方夏天 膏汗凝漬拉垂.
소착 두건역개면포 시방하천 고한응지랍수

余今所着綿布裌衣 中國人閱視之 頗珍其縷績精
여금소착면포겹의 중국인열시지 파진기루적정
密 多求其深衣之資 余問中國何獨無細織耶 皆歎曰
밀 다구기심의지자 여문중국하독무세직야 개탄왈
中國擧服綾緞綺縠 耻衣大布 則古聖人深遠 不費之
중국거복릉단기곡 치의대포 즉고성인심원 불비지
制 閣而不講者久矣 故雖爲槖爲囊 時入機杼而麁莽
제 각이불강자구의 고수위탁위낭 시입기저이추망
不堪作善衣之次 余問善衣何衣也 答曰 善衣者 好
불감작선의지차 여문선의하의야 답왈 선의자 호
衣也 自天子達於庶人 皆有上件好衣 爲文章以表貴
의야 자천자달어서인 개유상건호의 위문장이표귀
賤 夫深衣者 貴賤同服 男女同服 吉凶同服 縫以
천 부심의자 귀천동복 남녀동복 길흉동복 봉이

大布者 昭其儉也 豈不是善衣之次乎.
대 포 자 소 기 검 야 기 불 시 선 의 지 차 호

我東儒家 尤重深衣 而圖之說之 爭辨紛紜 袪袷
아 동 유 가 우 중 심 의 이 도 지 설 지 쟁 변 분 운 거 겁

之間 膠守分寸 麻綿之間 不識何布 豈非可笑之甚
지 간 교 수 푼 촌 마 면 지 간 불 식 하 포 기 비 가 소 지 심

者乎.
자 호

나약국의 국서〔羅約國書〕

"건륭(乾隆) 44년(1779년) 12월에 나약국(羅約國)의 가달(假獺)은 황제 폐하께 글을 올립니다. 신(臣)이 듣자오니 삼황(三皇)이 처음 나오고 오제(五帝)가 뒤를 이어 억조창생 위에 군림하여 나라를 다스리고, 하늘을 대신하여 법을 세웠다고 하는데, 왜 하필 '중국에만 임금이 있으라' 하고, '오랑캐에게는 임금이 없으라'는 법이 있겠습니까? 하늘과 땅은 넓고 커서 한 사람이 혼자 주재할 바가 못 될 것이요, 우주는 광대하여 한 사람이 독차지할 바가 못 됩니다. 천하는 곧 천하 인민의 천하요, 한 사람의 천하가 아닌 것입니다.

신이 살고 있는 나약국은 수도가 불과 몇 백 리요, 강토는 3,000리를 넘지 않습니다만, 언제나 만족을 아는 마음을 가지고 있습니다. 그러나 폐하께서는 중원에 자리를 잡고 통솔하면서 만승의 주인이 되어 수도가 몇 천 리요, 강토가 몇 만 리인데도 불구하고 오히려 만족할 줄 모르는 욕심을 품고 매양 남의 강토를 병탄할 뜻을 가지니, 하늘이 살기(殺氣)를 내뿜으면 귀신이 울부짖고 통곡하는 법이요, 땅이 살기를 내뿜으면 용과 범이 달아나 숨는 법이요, 사람이 살기를 내뿜으면 천지가 뒤집혀지는 법입니다.

요(堯)임금과 순(舜)임금은 도덕이 있으니 온 세상이 조공을 바쳤고, 우(禹)임금과 탕(湯)임금이 은혜를 베푸니 만국이 손을 잡고 섬기게 되었다고 합니다. 진시황(秦始皇)은 여러 번 흉노(匈奴)를 정벌하다가 그의 몸뚱이가 소금에 절인 생선이 되었고, 거란은 중원 땅을 크게 유린하다가 몸이 소금에 절인 제파(帝羓)[1]가 되고 말았다 합니다.

덕을 쌓으면 저와 같이 되고, 악을 쌓으면 이와 같이 됩니다. 여기에서 오는 길흉과 화복은 뿌리와 가지가 서로 맞닿은 것과 같고, 그 믿음직함은 춘 · 하 · 추 · 동이 제때에 닥침과 같고, 그 힘은 뇌성벽력과 같으니, 조심할 일이 아니겠습니까? 이 이치에 순응하는 자라 해서 반드시 생명을 보존하지는 못하였으며, 역행하는 자라 해서 반드시 멸망을 당하지도 않았습니다. 이는 인간의 이치가 상도에 어긋남이요, 천도가 뒤틀려 가는 것일 것입니다.

그런데 신이 홀로 무슨 마음으로 순천부(順天府 : 북경의 별칭)를 향하여 머리를 숙이고 무릎을 꿇겠습니까? 비록 폐하께서

1) 제파(帝羓) : 요(遼)나라 임금 야율덕광(耶律德光)이 죽었을 때 그 나라 사람들이 시체의 배에 소금을 잔뜩 넣은 뒤 본국으로 가져갔는데, 당시 사람들이 이를 제파라고 불렀다.

친히 육사(六師 : 친위군(親衛軍))의 정예를 인솔하고 초원과 사막 지대를 왕래하다가 우리를 하란산(賀蘭山)[2] 기슭에서 서로 만난다 하더라도, 채찍을 들고 서로 문안을 하고 말 위에서 천하를 의논할 것입니다. 이때에는 바로 구름 사막 만 리 길에 범과 용이 자웅을 겨루게 될 것입니다.

대체로 전쟁이란 두 편이 다 이기는 법이 있을 수 없고, 복이란 쌍방에 한꺼번에 오는 법은 없는 것입니다. 그러므로 군대를 해산하고 전쟁을 중지하여 생령들의 괴로움을 풀어 주고 군사들의 어려움을 늦추어 줌만 같지 못할 것입니다. 그렇게 된다면 신은 삼가 마땅히 해마다 조공을 바쳐서 대대로 신하라 일컫겠습니다. 그렇지 않다면 저희 나약국에도 인문을 논하는 공자(孔子)와 맹자(孟子) 같은 성현의 경술(經術)이 있고, 무략을 말하는 강태공(姜太公 : 태공은 강여상(姜呂尙)의 시호)과 손자(孫子 : 손무(孫武)) 같은 이의 『육도(六韜)』[3] · 『삼략(三略)』[4]이 있는 이상, 어찌 중국에 많은 양보를 하여야만 하겠습니까? 원하옵건대 폐하께서는 깊이 한 번 살펴주옵소서.

이에 대신 다리마(多里馬)를 보내어 폐하께서 계신 대궐에 삼가 배알하게 하여 삼가 충심을 보이는 바, 지극한 정성은

2) 하란산(賀蘭山) : 감숙성 영하현 서쪽에 있다.

3) 『육도(六韜)』 : 강태공(姜太公)이 지은 병서(兵書)이다.

4) 『삼략(三略)』 : 황석공(黃石公)이 장량(張良)에게 주었다는 병서이다.

하늘을 덮고 감격한 눈물은 땅에 사무치옵니다."

역관(譯官) 조달동(趙達東)이 별단(別單 : 비공식 문서)을 꾸미려다가 이 글을 서반(序班)으로부터 얻어 밤에 나에게 보여주었다. 서장관(書狀官) 역시 와서 이르기를,

"아까 나약국의 국서를 보셨는지요? 세상일이 크게 야단났습니다."

라고 하여 나는,

"세상일이란 원래 그런 것이지요. 그러나 세상에는 애초에 나약국이란 없는 것인가 하오. 내가 20년 전에 일찍이 별단 중에서 이 같은 문서를 보았는데, 역시 황극달자(黃極韃子)라고 칭하는 이의 오만한 글이었습니다. 선배들과 함께 둘러앉아 한 번 읽은 뒤 북방을 매우 우려한 적이 있었지요. 더러는 청(淸)나라의 정권을 대신할 자는 '황극'이라고 말하는 이도 있었습니다. 이제 이 글을 보니, 가감 없이 그것과 비슷하오.

서반배들이라는 게 모두 강남(江南) 빈민들의 자식으로서 객지에서 몸 붙일 곳이 없어, 이 따위의 터무니없는 소리를 날조하여 우리 역관들에게 공비(公費) 돈을 받고 속여 파는 것일 것입니다. 별단에는 비록 보고 들은 사건을 싣도록 허락하긴 하지만, 모두 길목에서 들은 이야기들이었으니, 어째서 해마다 이 신빙성 없는 허탄한 이야기를 돈을 주고 사서는 사행 때마다 위조한 문건을 막중한 어전에 여쭙는 자료로 삼는단 말입니까? 내 생각으로는 별단 중에서 적당히 짐작하여 취사

함이 좋겠습니다.”

라고 하였더니, 서장관 역시 꼭 그러하여야 할 것을 깊이 납득하였다. 그러나 조 역관(조달동)은 퍽 변명하려고 애쓰는 모양이다. 나는 조 역관에게,

“그대는 나이 젊어 사리를 잘 모르고 있네. 우리나라의 사대부(士大夫)들은 건성으로 『춘추(春秋)』만 떠들어서 왕(王)을 높이고 오랑캐를 물리칠 것을 부질없이 이야기해 온 지 100여 년에 중국 인사들인들 또한 어찌 이런 마음이 없을 것인가? 그러므로 연갱요(年羹堯)[5]와 사사정(査嗣庭)[6]과 증정(曾靜)[7] 같은 따위들이 상서스러운 일을 보고는 재앙이라 하고, 좋은 정치 실적을 악정이라고 모함하여 온 세상을 선동하고 문자로 베껴 전파시켜, 마치 위급하고 망하려는 형세가 조석에 박두한 듯이 한 것이라네.

그런데도 우리 역관들은 허탄한 소리를 즐거워하여 저절로 바보 놀음을 하였네. 그리고 세 분의 사신은 오랫동안 깊숙한

---

5) 연갱요(年羹堯) : 강희 시대의 총독을 지냈으며, 자는 양공(亮工)이고, 호는 쌍봉(雙峰)이다. 여동생이 청나라 황실에 시집갔다.

6) 사사정(査嗣庭) : 옹정 시대에 벼슬을 하였으며, 문자옥(文字獄)에 걸려 옥사했다. 자는 윤목(潤木)이고, 호는 횡포(橫浦)이다.

7) 증정(曾靜) : 반청(反淸) 사상을 지닌 인물이다. 명말 청초의 문인이자 사상가로서 망국의 한을 품고 반청복명 투쟁을 벌였던 여유량(呂留良)을 추종하였고, 악종기를 포섭하여 반란을 일으키라고 종용하기도 하였다.

여관 속에 앉아 소일할 거리가 없어서 울적할 즈음에, 걸핏하면 자네들을 불러 새로운 소문에 대해 물으면 〈자네들은〉 길에서 주워들은 이야기로써 답답한 가슴을 후련하게 풀곤 했지.

그러면 사신들은 아무 것도 모른 채 수염을 추어올리고 부채를 펴면서 '오랑캐놈들은 백년 가는 운수가 없지.' 하고는 강개하게 강 복판에서 노(櫓)를 치던[8] 생각을 가지고 있으니, 참으로 허망하기 짝이 없는 일일세. 더구나 먼저 보내는 군관이 밤낮 없이 질주를 할 때는 절반은 말 등 위에서 잠과 꿈으로 지내는 형편이니, 혹시 〈문서를〉 저들 국경 안에서 떨어뜨린다면 닥쳐올 재변을 또 어떻게 감당할 것인가?"

라고 하였다. 서장관은 크게 한바탕 웃었으나 일변 놀라면서 조 역관(조달동)에게 무어라 경계한다. 그 후에 과연 추리고 남긴 결과가 어떻게 되었는지는 모르겠다.

8) 조적(祖狄)의 고사이다.

原文

羅約國書
나 약 국 서

乾隆四十四年十二月　羅約國假㺚上書皇帝陛下
건 륭 사 십 사 년 십 이 월　나 약 국 가 달 상 서 황 제 폐 하

臣聞三皇首出　五帝繼作　臨御億兆　代天立極　豈特
신 문 삼 황 수 출　오 제 계 작　임 어 억 조　대 천 립 극　기 특

中華之有主　而抑亦夷狄之無君乎　乾坤浩蕩　非一人
중 화 지 유 주　이 억 역 이 적 지 무 군 호　건 곤 호 탕　비 일 인

之獨主　宇宙曠大　非一人之能專　天下乃天下人之天
지 독 주　우 주 광 대　비 일 인 지 능 전　천 하 내 천 하 인 지 천

下　非一人之天下也.
하　비 일 인 지 천 하 야

臣居羅約之方　城池不過數百里　封疆不越三千里
신 거 나 약 지 방　성 지 불 과 수 백 리　봉 강 불 월 삼 천 리

而常有知足之心　陛下統據中原　爲萬乘之主　城池數
이 상 유 지 족 지 심　폐 하 통 거 중 원　위 만 승 지 주　성 지 수

千里　封疆數萬里　猶懷無厭之慾　每含並呑之意　天
천 리　봉 강 수 만 리　유 회 무 염 지 욕　매 함 병 탄 지 의　천

發殺氣　神號鬼哭　地發殺氣　龍虎遁藏　人發殺氣
발 살 기　신 호 귀 곡　지 발 살 기　용 호 둔 장　인 발 살 기

天地翻覆.
천 지 번 복

堯舜有道　四海入貢　禹湯施恩　萬方拱手　秦皇數
요 순 유 도　사 해 입 공　우 탕 시 은　만 방 공 수　진 황 수

伐匈奴　體化鮑魚　契丹大躪中土　身爲帝豝.
벌 흉 노　체 화 포 어　거 란 대 린 중 토　신 위 제 파

積德則如彼 稔惡則若此 吉凶禍福 相根相條 其
적덕즉여피 임악즉약차 길흉화복 상근상조 기
信如春夏秋冬 其暴如雷霆霹靂 可不愼哉 順之者
신여춘하추동 기폭여뢰정벽력 가불신재 순지자
未必保其生 逆之者 未必獲其殲 此人理之舛其常
미필보기생 역지자 미필획기섬 차인리지천기상
而天道所以違其行也.
이천도소이위기행야

臣獨何心 抑首跪膝於順天之府乎 雖陛下親率六
신독하심 억수궤슬어순천지부호 수폐하친솔육
師之輕銳 往來於水澤之間 而相逢於賀蘭山下 擧鞭
사지경예 왕래어수택지간 이상봉어하란산하 거편
問平安 馬上論天下 雲沙萬里 虎跳龍躍 一雄一雌
문평안 마상론천하 운사만리 호도용약 일웅일자
之秋也.
지추야

夫戰無兩勝 福不雙至 不如罷兵休戰 解生靈之疾
부전무양승 복불쌍지 불여파병휴전 해생령지질
苦 弭甲兵之艱難 臣謹當年年奉貢 世世稱臣 不然
고 미갑병지간난 신근당년년봉공 세세칭신 불연
則論文而有孔聖孟賢之經術 語武而有太公孫子之韜
즉론문이유공성맹현지경술 어무이유태공손자지도
略 寧肯多讓於中國哉 願陛下熟察焉.
략 영긍다양어중국재 원폐하숙찰언

斯遣大臣多里馬 祗謁丹墀 恭暴赤心 誠切戴天
사견대신다리마 지알단지 공폭적심 성절대천
感涕徹地.
감체철지

趙譯達東將修別單 得此於序班 夜以示余 書狀亦
조 역 달 동 장 수 별 단 득 차 어 서 반 야 이 시 여 서 장 역
來語曰 俄見羅約國書乎 天下事大惶恐 余曰 天下
래 어 왈 아 견 나 약 국 서 호 천 하 사 대 황 공 여 왈 천 하
事姑舍是 但恐天下元無羅約國 吾於二十年前 曾於
사 고 사 시 단 공 천 하 원 무 나 약 국 오 어 이 십 년 전 증 어
別單中 見似此文書 亦稱黃極㺚子慢書 先輩圍坐一
별 단 중 견 사 차 문 서 역 칭 황 극 달 자 만 서 선 배 위 좌 일
讀 深以北方爲憂 或謂代淸者極也 今見此書 似無
독 심 이 북 방 위 우 혹 위 대 청 자 극 야 금 견 차 서 사 무
加減.
가 감

序班輩皆江南寠人子 羈旅無賴 類作此等危妄語
서 반 배 개 강 남 구 인 자 기 려 무 뢰 유 작 차 등 위 망 어
以賺我譯 公費銀兩 別單雖許 聞見事件 皆是道聽
이 잠 아 역 공 비 은 냥 별 단 수 허 문 견 사 건 개 시 도 청
塗說 奈何逐年買謊語 每行沽僞撰 以備莫重奏御之
도 설 내 하 축 년 매 황 어 매 행 고 위 찬 이 비 막 중 주 어 지
資乎 愚意則別單中合當商量去就 書狀大以爲然 趙
자 호 우 의 즉 별 단 중 합 당 상 량 거 취 서 장 대 이 위 연 조
譯頗分疏 余謂趙譯曰 君年少不解事 我國士大夫
역 파 분 소 여 위 조 역 왈 군 년 소 불 해 사 아 국 사 대 부
白地春秋 空談尊攘 百有餘年 中州人士 亦豈無此
백 지 춘 추 공 담 존 양 백 유 여 년 중 주 인 사 역 기 무 차
心乎 所以年羹堯 查嗣庭 曾靜輩 指祥瑞爲災咎
심 호 소 이 연 갱 요 사 사 정 증 정 배 지 상 서 위 재 구
誣治績爲疵政 鼓扇四海 播騰文字 有若危亡之象
무 치 적 위 자 정 고 선 사 해 파 등 문 자 유 약 위 망 지 상
迫在朝夕.
박 재 조 석

我譯樂其誕而自愚　三使久處深館　鬱鬱無消遣之
아역락기탄이자우　삼사구처심관　울울무소견지
資　輒招君輩　問新所聞　則摭拾道途　博暢幽襟.
자　첩초군배　문신소문　즉척습도도　박창유금

使臣全不理會　掀髯拊箑曰　胡無百年之運　慨然有
사신전불리회　흔염부삽왈　호무백년지운　개연유
中流擊檝之想　其虛妄甚矣　又況先來軍官　晝夜疾馳
중류격즙지상　기허망심의　우황선래군관　주야질치
半是馬上睡夢　或致彼境遺落　其爲禍患　當復如何哉
반시마상수몽　혹치피경유락　기위화환　당부여하재
書狀大笑　且大驚　戒趙譯云云　未知其後存拔之果如
서장대소　차대경　계조역운운　미지기후존발지과여
何耳.
하이

불교 서적〔佛書〕

불교의 서적이 처음 중국에 들어온 것은 불과 42장(章)이고, 그 후 불경이라고 부르는 것들은 태반이 위(魏)나라와 진(晉)나라 시대 문인들의 손에서 만들어진 것이다. 불경을 만드는 일은 요진(姚秦 : 후진(後秦))[1]에서 성행하였고, 소량(蕭梁)[2]에서 극성하였으며, 당(唐)나라 때 완전히 갖추어져 거의 유가(儒家)의 전적들과 맞먹게 되었다.

대체로 상고 시대부터 이미 이 불교와 유사한 학문이 있었다. 황제(黃帝)·광성자(廣成子 : 황제(黃帝)의 스승)·남곽자기(南郭子綦 : 『남화경(南華經)』에 나오는 도사(道士))·묘고야산인(藐姑射山人 : 『남화경』에 나오는 도사(道士))·허유(許由)·소보(巢

---

1) 요진(姚秦) : 5호 16국 가운데 하나인데, 강족(羌族)의 추장 요장(姚萇)이 전진(前秦)으로부터 독립하여 장안(長安)에 세운 나라이다.

2) 소량(蕭梁) : 남조(南朝) 시대의 양(梁)나라이다. 양나라 왕실의 성씨가 소씨(蕭氏)였으므로 양나라를 가리키는 말이다.

父)[3] · 변수(卞隨) · 무광(務光)[4] · 장저(長沮 : 『논어』에 나오는 은사) · 걸익(桀溺 : 『논어』에 나오는 은사)들은 일찍이 그들을 가리켜 부처라고 한 자도 없거니와, 또 그들은 일찍이 아무런 저술도 없었으므로 후세에 와서 다만 불교가 오랑캐로부터 나왔다는 것만 알고 중국에서 먼저 이런 도가 있었다는 사실을 자못 모르고 있는 것이다.

공자(孔子)가 이르기를,

"우리의 도는 하나로 꿰뚫는다〔吾道一以貫之〕."[5]

라고 하였고 노자(老子)는,

"성인은 하나의 도를 껴안는다〔聖人抱一〕."[6]

라고 하였는데 불씨(佛氏 : 석가)는,

"만 가지의 법칙이 하나로 돌아간다〔萬法歸一〕."[7]

라고 하였다. 불교의 이른바 만 가지의 법칙이 하나로 돌아간다는 말은, 우리 유가(儒家)에서 '이치는 하나이나 만 가지로 달라진다'는 말과 그 지닌 뜻은 미상불 서로 비슷한 것이었

3) 허유(許由) · 소보(巢父) : 허유와 소보는 철인(哲人)으로, 요(堯)임금이 그들에게 천하를 양보하려 하였으나 받지 않았다.

4) 변수(卞隨) · 무광(務光) : 탕(湯)임금이 변수와 무광에게 천하를 양보하려 하였으나 거절하고 물에 빠져 죽었는데, 후세 사람들이 그들을 의인이라 불렀다.

5) 『논어』에 나오는 구절이다.

6) 『도덕경(道德經)』에 나오는 구절이다.

7) 불경(佛經)에 나오는 구절이다.

다. 세상에 떠도는 불교 서적이란 모두가 『남화경(南華經)』의 주석이요, 『남화경』은 곧 『도덕경(道德經)』의 풀이에 불과한 것이다.

저들은 다 타고난 자질이 뛰어나고 생각들과 도량이 탁월하였으니, 어찌 인의(仁義)와 예악(禮樂)이 함께 천하를 다스리는 대법칙이 되는 줄을 몰랐을 것인가? 불행히 그들은 망하는 세상에 태어나서, 본질은 없어지고 형식만 꾸미는 데 대해 눈살을 찌푸리며 상심하다가 보니, 분개하여 도리어 태고(太古)의 정치를 연모하게 되었던 것이다. 그들의 이른바 '성인을 없애고 슬기를 버리고, 도량형기(度量衡器)를 파괴해야 된다'[8]는 따위의 이야기는 모두 세태와 풍속을 분개하고 미워해서 나온 말들이다.

3,000여 년 이래로 이런 책을 배척한 자가 또한 한 사람뿐만이 아니었지만 이 책들은 필경 보존되어 있고, 또 이런 책이 비록 있다 해서 마침내 천하가 조용하고 어지러운 데에는 아무런 관계가 없었다.

한창려(韓昌黎 : 창려는 한유(韓愈)의 자)는 맹자(孟子)가 일찍이 양자(楊子)[9]와 묵자(墨子)[10]에 대항하여 배척했음을 희미하게나마 상상하고는, 이에 도교와 불교를 배척하는 것으로써

---

8) 『남화경』에 나오는 구절이다.

9) 양자(楊子) : 양주(楊朱). 극단적인 이기주의자이다.

10) 묵자(墨子) : 묵적(墨翟). 사회주의의 선구자이다.

자기의 교조로 내세웠다. 맹자의 재능이 다만 양자와 묵자만을 배척함으로써 아성(亞聖)[11]이 된 것도 아니었지만, 한창려는 다만 그들의 책만 불사름으로써 맹자의 뒤를 계승하려고 하였다. 과연 그 책을 불사르는 것만으로 〈양자 · 묵자 같은 이단을 배척하는〉 본령이 될 수 있을는지 모르겠다.

11) 아성(亞聖) : 맹가(孟軻)의 별칭. 공자 다음이라는 뜻이다.

原文

佛書
불 서

佛氏書初入中國者 不過四十二章 其後號佛經者
불 씨 서 초 입 중 국 자 불 과 사 십 이 장 기 후 호 불 경 자
太半作于魏晉間文人之手 盛于姚秦 熾于蕭梁 大備
태 반 작 우 위 진 간 문 인 지 수 성 우 요 진 치 우 소 량 대 비
于唐 幾與儒家典籍等.
우 당 기 여 유 가 전 적 등

蓋自上世 已有似此學問 黃帝 廣成子 南郭子綦
개 자 상 세 이 유 사 차 학 문 황 제 광 성 자 남 곽 자 기
藐姑射山人 許由 巢父 卞隨 務光 長沮 桀溺 未
묘 고 야 산 인 허 유 소 보 변 수 무 광 장 저 걸 익 미
曾號其人爲佛 而亦未嘗著有其書 故後世但知佛氏
증 호 기 인 위 불 이 역 미 상 저 유 기 서 고 후 세 단 지 불 씨
之出自夷狄 而殊不識中土先有此道也.
지 출 자 이 적 이 수 불 식 중 토 선 유 차 도 야

孔子曰 吾道一以貫之 老子曰 聖人抱一 乃佛氏
공 자 왈 오 도 일 이 관 지 로 자 왈 성 인 포 일 내 불 씨
則曰 萬法歸一 所謂萬法歸一 與吾儒理一萬殊 其
즉 왈 만 법 귀 일 소 위 만 법 귀 일 여 오 유 리 일 만 수 기
守約之旨 未始不相似也 世間所有佛書 都是南華經
수 약 지 지 미 시 불 상 사 야 세 간 소 유 불 서 도 시 남 화 경
箋註 南華經乃道德經之傳疏.
전 주 남 화 경 내 도 덕 경 지 전 소

彼皆天資超絶 情量卓異 豈不知仁義禮樂俱爲治
피 개 천 자 초 절 정 량 탁 이 기 부 지 인 의 예 악 구 위 치

天下之大經哉 不幸生值衰季 蒿目傷心於質滅文勝
천 하 지 대 경 재 불 행 생 치 쇠 계 호 목 상 심 어 질 멸 문 승
則慨然反有慕于結繩之治 其如絶聖棄智 剖斗折衡
즉 개 연 반 유 모 우 결 승 지 치 기 여 절 성 기 지 부 두 절 형
之類 皆憤世嫉俗之言也.
지 류 개 분 세 질 속 지 언 야

三千年來 排之者亦不一人 而其書竟亦尙存 其書
삼 천 년 래 배 지 자 역 불 일 인 이 기 서 경 역 상 존 기 서
雖存 竟亦無關於天下之治亂.
수 존 경 역 무 관 어 천 하 지 치 란

韓昌黎依俙見孟子之距楊墨 乃以闢老佛爲家計 孟
한 창 려 의 희 견 맹 자 지 거 양 묵 내 이 벽 로 불 위 가 계 맹
子本領非直距楊墨爲亞聖 乃韓昌黎直欲火其書以繼
자 본 령 비 직 거 양 묵 위 아 성 내 한 창 려 직 욕 화 기 서 이 계
鄒聖 未知果有火其書本領否也.
추 성 미 지 과 유 화 기 서 본 령 부 야

황명 마패(皇明馬牌)

우리나라 상서원(尙瑞院)[1]에 보관되어 있는 황명(皇明 : 명나라)의 마패(馬牌)[2]는 짙은 누런색의 무늬 없는 비단에 오목(烏木)을 축(軸)으로 만든 하나의 두루마리이다. 길이는 두 자 네 치요, 넓이는 다섯 자 남짓하고, 가장자리에는 이무기와 용을 수놓았고, 복판에는 안장을 갖춘 붉은 말 한 필을 수놓았다.

거기에 황제의 지시문(指示文)을 써 놓았는데,

"공무로 가는 인원이 역을 통과하는 데는 이 부험(符驗 : 마패)을 나누어 지니고 있어야 마필의 제공을 허락한다. 만일 이 부험이 없는데도 함부로 역말을 준다든가, 각 역의 관리가 법대로 집행하지 않고 정실(情實)에 따라 말을 내준다면 모두 각각 중죄로 다스릴 것이니, 마땅히 이 명령을 지킬지어다.

---

1) 상서원(尙瑞院) : 옥새, 도장 등을 맡아 관리하던 기관이다.
2) 마패(馬牌) : 황제가 친히 발급하는 통행증이다.

홍무(洪武) 23년(1390년) 월 일."
이라 하였다.

글자는 모두 검정 실로 수를 놓았고, 연호(年號) 위에는 옥새(玉璽)를 찍었다. 그 새문(璽文)에는 '제고지보(制誥之寶)'라고 하였다. 왼편에는 가는 글씨로 '통자칠십호(通字七十號 : 발급하는 문서의 일련번호)'라고 썼으며, 아래쪽 연결된 폭에는 작은 옥새의 절반을 찍었다.

또 붉은 말 한 필을 그린 축(軸)에는 '통자육십칠호(通字六十七號)'라 하였고, 또 푸른 말 한 필을 그린 축에는 '통자육십팔호(通字六十八號)'라 하였고, 붉은 말 두 필을 그린 축에는 '달자삼십호(達字三十號)'라 쓰여 있다. 대체로 이것들은 홍무(洪武) 경오년(1390년)에 군산도(群山島)에서 배를 출발하여 금릉(金陵 : 남경)으로 조회 갈 때에 명나라가 발급한 부험 네 종류이다.

또 붉은 말 두 필을 그린 축 하나는 만력(萬曆) 27년(1599년) ○월 ○일에 발급된 '달자십륙호(達字十六號)'였고, 또 붉은 말 두 필을 그린 또 다른 축은 '달자십삼호(達字十三號)'이다. 황제의 지시문과 연호는 검정 실로 수를 놓았고, 네 가장자리는 이무기와 용을 수놓았으며, 그 위에 옥새를 찍은 것이 모두 홍무 연간의 제도와 같았다.

그리고 왼편에 가늘게 쓴 '통(通)' 자와 '달(達)' 자 등의 몇몇 자호(字號)는 모두 수를 놓지 않았음을 보아서 이들은 아마 임시로 몇째 자호라고 쓰고, 문서를 만들어 옥새의 반절을 찍어서 내준 것이리라.

그리고 '홍무통자육십칠호'와 푸른 말 이하의 여덟 필 말은 모두 안장과 굴레를 그리지 않았다. 대체로 만력 기해년(1599년)에 요양(遼陽) 길이 막히고 보니, 우리나라 가도(椵島)에서 〈배로 출발하여〉 중국 등주(登州)에 이르러 뭍으로 내려 북경으로 조회를 갈 때 하사한 부험 두 종류이다.

축은 모두 붉게 칠한 가죽통에 넣어서 주석 장식을 붙이고, 또다시 사슴가죽 주머니에 넣었다. 그런데 당시의 사절이 돌아오며 이를 돌려주지 않은 것은 무슨 까닭인지 모를 일이다. 혹시 명(明)나라의 예전 관례에 따라서 외국 사신이 수로(水路)로 조회를 갈 때만 이를 위하여 나누어주었는가?

이번 열하 행차에도 역시 말을 내주라는 황제의 지시가 있었을 것인 만큼 응당 이런 부험을 내주었을 듯한데, 도중에 서로 길이 어긋나서 그런지 증명을 맞추어 보는 절차가 어떤 제도였는지 보지 못하였다.

原文

皇明馬牌
황명마패

尙瑞院所藏皇明馬牌 深黃無紋綾 烏木軸一卷 長
상서원소장황명마패 심황무문릉 오목축일권 장
二尺四寸 廣五尺有咫 沿邊刺繡螭龍 中繡鞍具赤馬
이척사촌 광오척유지 연변자수이룡 중수안구적마
一疋.
일필

制誥 皇帝聖旨 公差人員經過驛 分持此符驗 方
제고 황제성지 공차인원경과역 분지차부험 방
許應付馬疋 如無此符 擅便給驛 各驛官吏不行執法
허응부마필 여무차부 천편급역 각역관리불행집법
循情應付者 俱各治以重罪 宜令準此 洪武二十三年
순정응부자 구각치이중죄 의령준차 홍무이십삼년
月日.
월일

字皆黑線刺繡 年號上安玉璽 其文曰 制誥之寶
자개흑선자수 연호상안옥새 기문왈 제고지보
左旁細書 通字七十號 下方聯幅 安小璽之半.
좌방세서 통자칠십호 하방련폭 안소새지반

又赤馬一疋一軸 通字六十七號 又靑馬一疋一軸
우적마일필일축 통자육십칠호 우청마일필일축
通字六十八號 赤馬二疋一軸 達字三十號 蓋洪武庚
통자육십팔호 적마이필일축 달자삼십호 개홍무경
午 由群山島發船 朝金陵時 所賜符驗四度也.
오 유군산도발선 조금릉시 소사부험사도야

又赤馬二疋一軸 萬曆二十七年月日 達字十六號
우 적 마 이 필 일 축 만 력 이 십 칠 년 월 일 달 자 십 륙 호
又赤馬二疋一軸 達字十三號 制誥及年號黑線刺繡
우 적 마 이 필 일 축 달 자 십 삼 호 제 고 급 연 호 흑 선 자 수
四沿螭龍 上安璽寶 皆同洪武制.
사 연 이 룡 상 안 새 보 개 동 홍 무 제

左旁細書 通達幾字號 皆不刺繡 似是臨時寫 其
좌 방 세 서 통 달 기 자 호 개 부 자 수 사 시 임 시 사 기
第幾字號 皆具書 印半璽出給也.
제 기 자 호 개 구 서 인 반 새 출 급 야

洪武通字六十七號 青馬以下八馬 皆無鞍勒 蓋萬
홍 무 통 자 육 십 칠 호 청 마 이 하 팔 마 개 무 안 륵 개 만
曆己亥遼陽路梗 由椵島至登州下陸 以朝北京時 所
력 기 해 요 양 로 경 유 가 도 지 등 주 하 륙 이 조 북 경 시 소
賜符驗二度也.
사 부 험 이 도 야

每一軸 貯朱漆皮筒 鍮錫粧飾 更貯鹿皮囊 未知
매 일 축 저 주 칠 피 통 유 석 장 식 갱 저 녹 피 낭 미 지
當時使還 不爲還納 何也 抑皇明舊例 外國使臣由
당 시 사 환 불 위 환 납 하 야 억 황 명 구 례 외 국 사 신 유
水路朝天者 因爲頒給歟.
수 로 조 천 자 인 위 반 급 여

今此熱河之行 亦有給馬之旨 則似當傳給符驗 而
금 차 열 하 지 행 역 유 급 마 지 지 즉 사 당 전 급 부 험 이
道次互違 未見其應付勘合之何樣制度也.
도 차 호 위 미 견 기 응 부 감 합 지 하 양 제 도 야

합밀왕(哈密王)

동직문(東直門)을 나서서 열하를 향하여 몇 리를 못 가서 황성(북경)의 교군(轎軍 : 가마꾼) 30여 명이 어깨에 가마채를 메고 발을 맞추어 간다. 그리고 회회국(回回國) 사람 10여 명이 뒤를 따르는데, 얼굴이 매우 사납고 코가 크며 눈은 푸르고 머리카락과 수염이 억세었다.

그중 두 사람은 눈매가 맑고 고우며, 복색이 가장 화려하였다. 붉은 전립을 썼는데, 좌우 가장자리 끝을 말아 붙이고 앞뒤 가장자리는 뾰족하여 마치 아직 피지 않은 연잎사귀와 같았다. 이리저리 돌아볼 때는 경망스러워 우스꽝스러웠다. 마두(馬頭)들은 추측만 하고 그들을 회회국의 태자(太子)라고 불렀다.

그들과 앞섰다 뒤섰다 하며 길을 간 지 사나흘 동안 때로는 말 위에서 담배도 서로 나누어 피우곤 했는데, 그 행동거지가 꽤 공순하였다. 하루는 한낮이 되어 너무 덥기에 말에서 내려 길 가운데 있는 삿자리 가게 아래에서 쉬고 있는데, 두 사람

이 뒤따라와서 역시 말에서 내려 마주 대면하여 의자에 앉았다. 나에게 묻기를,

"만주말을 하시오? 몽고말을 하시오?"

라고 하기에 나는 농담조로 대답하기를,

"양반이 어떻게 몽고말이고 만주말을 알겠나?"

라고 하고는 곧 글로 써서 회회국 내력을 물었더니, 한 사람은 머리를 흔들면서 다른 편을 쳐다보는 모습이 아주 글은 까막눈인 것 같고, 한 사람은 흔연히 붓을 매만지며 한참을 깊이 생각하더니 겨우 한 글자를 쓰는데, 젖먹던 힘까지 다 짜내는 듯이 몹시 어려운 모양이다.

그는 스스로 합밀(哈密)[1]의 왕이라 하고, 같이 온 사람을 가리키면서 역시 12부(部)의 번왕(蕃王)이라 운운했다. 그리고 대답하는 말이 전연 문리(文理)에 닿지 않아서 알아들을 수가 없었다. 그에게,

"메고 온 물건들은 무엇인가?"

하고 물었더니,

"모두 황제께 진상하는 옥그릇들이요. 그중에 가장 큰 것은 자명종(自鳴鍾)입니다."

라고 한다. 번왕이라 일컬은 사람이 주머니를 풀더니 차(茶)

---

1) 합밀(哈密) : 중국 신장 자치구 동부에 있는 도시인데, 중국 중심부에서 텐산〔天山〕 지구 쪽으로 향하는 철도가 이곳을 경유한다. 하미〔哈密 : 멜론〕라는 명칭은 이곳에서 생산되는 과일인 멜론이 유명하기 때문에 붙여졌다.

를 꺼내고는 따르는 사람을 시켜 끓이게 하여 서로 나누어 마시면서 나에게도 한 잔을 권한다. 아마 색다른 차라고 생각하는 모양이었으나, 그 향내와 빛깔을 보니 곧 북경에서 보통 파는 차였던 것이다. 화로라든가 찻잔들은 모두 붉게 칠한 가죽으로 집을 만들어서 주렁주렁 허리띠에 달린 장식품같이 허리에 차고 등에 짊어졌는데, 극히 간편해 보였다. 그는 차를 마신 뒤 먼저 일어나 채찍을 한 번 들어 치면서 떠나갔다.

이튿날 아침에 또 강가에서 서로 만나서 중국말로,

"합밀왕의 나이는 몇이시오?"

하고 물었더니 그는 역시 중국말로,

"서른여섯이오."

라고 대답한다. 번왕은 더욱이 중국말을 잘하였으나, 다시금 손바닥을 두 번 합쳤다가 한 손을 펴서 스물다섯 살이란 것을 표시했다.

『당서(唐書)』를 상고해 보면 "회흘(回紇)은 일명 회골(回鶻)이다." 하였고, 『원사(元史)』에는 외올아부(畏兀兒部)가 있는데 외올이 곧 회골이었고, 회회는 곧 회골의 음이 변한 것이다. 『고려사(高麗史)』에 "원(元)나라의 사람이 고려 사람에게 외오아(畏吾兒) 말을 가르쳐 익히게 했다." 하였으니, 외오아는 또 외올(畏兀)의 음이 변한 것이다.

합밀은 한(漢)나라 때에는 이오(伊吾)에 속한 땅이요, 당(唐)나라 때에는 이주(伊州)에 속한 땅이었다. 고려 말기에 설손(偰遜)이란 자가 곧 회홀 사람으로서 원나라 조정에 벼슬하다가 공주(公主)를 따라 동쪽(조선)으로 와서 그대로 눌러 앉아 고려에서 벼슬을 하였다. 조선조에 들어와서 벼슬한 설장수(偰長壽)는 곧 설손의 아들이다.

原文

哈密王
합밀왕

出東直門　向熱河　行不數里　皇城脚夫三十餘人
출동직문 향열하 행불수리 황성각부삼십여인
扁擔接武而行　回子十餘人殿後　面貌獰猙　高鼻綠瞳
편담접무이행 회자십여인전후 면모녕쟁 고비록동
髮鬚强礫.
발수강책

其中兩人眉眼明秀　服着最華　戴猩猩氈笠　卷其左
기중양인미안명수 복착최화 대성성전립 권기좌
右兩簷　則前後簷尖銳　如未敷荷葉　顧眄之際　輕佻
우양첨 즉전후첨첨예 여미부하엽 고면지제 경조
可笑　馬頭輩臆稱回回國太子.
가소 마두배억칭회회국태자

與之後先作行者三四日　時於馬上換煙相吸　其動
여지후선작행자삼사일 시어마상환연상흡 기동
止頗爲恭順　一日停午極暑　下馬憩路中簞屋下　兩人
지파위공순 일일정오극서 하마게로중단옥하 양인
後至　亦下馬對椅而坐　問我滿洲話否　蒙古話否　我
후지 역하마대의이좌 문아만주화부 몽고화부 아
戱答曰　兩班安知蒙滿話　卽書問回回來歷　一人掉頭
희답왈 양반안지몽만화 즉서문회회내력 일인도두
視他　似全塞矣　一人欣然操筆　沈思良久　纔下一字
시타 사전색의 일인흔연연필 침사량구 재하일자
備盡人間艱難辛苦之狀.
비진인간간난신고지상

自稱哈密王 指其伴來者 亦稱蕃王十二部云云 所
자 칭 합 밀 왕 지 기 반 래 자 역 칭 번 왕 십 이 부 운 운 소
對全無文理 不可解矣 問擔來何物 則皆進貢玉器
대 전 무 문 리 불 가 해 의 문 담 래 하 물 즉 개 진 공 옥 기
而其中最大者 自鳴鍾云 所稱蕃王 解囊出茶 使其
이 기 중 최 대 자 자 명 종 운 소 칭 번 왕 해 낭 출 다 사 기
從人烹瀹相飮 亦勸余一椀 意其必異茶也 視其香色
종 인 팽 약 상 음 역 권 여 일 완 의 기 필 이 다 야 시 기 향 색
乃皇城中尋常行賣之物也 爇爐鎗椀 皆以朱漆皮革
내 황 성 중 심 상 행 매 지 물 야 열 로 쟁 완 개 이 주 칠 피 혁
爲外套 纍纍如帶銙腰帶背負 極其簡便矣 茶後先起
위 외 투 누 루 여 대 과 요 대 배 부 극 기 간 편 의 다 후 선 기
一鞭跑去.
일 편 포 거

明朝又相逢於河邊 以漢話問 哈密王年紀多少 亦
명 조 우 상 봉 어 하 변 이 한 화 문 합 밀 왕 년 기 다 소 역
以漢話對三十六 蕃王尤善漢話 合掌二次 張其一手
이 한 화 대 삼 십 륙 번 왕 우 선 한 화 합 장 이 차 장 기 일 수
稱二十五.
칭 이 십 오

按唐書回紇 一名回鶻 元史有畏兀兒部 畏兀 卽
안 당 서 회 흘 일 명 회 골 원 사 유 외 올 아 부 외 올 즉
回鶻也 回回者 卽回鶻之轉聲也 高麗史元使高麗人
회 골 야 회 회 자 즉 회 골 지 전 성 야 고 려 사 원 사 고 려 인
敎習畏吾兒語 畏吾兒 又畏兀之轉聲也.
교 습 외 오 아 어 외 오 아 우 외 올 지 전 성 야

哈密 漢時伊吾地 唐時伊州地 麗末偰遜者 回鶻
합 밀 한 시 이 오 지 당 시 이 주 지 여 말 설 손 자 회 골
人也 仕於元朝 從公主東來 因仕於麗朝 其仕於本
인 야 사 어 원 조 종 공 주 동 래 인 사 어 려 조 기 사 어 본

朝者 偰長壽 卽遜之子也.
조 자 설 장 수 즉 손 지 자 야

서화담집(徐花潭集)

서화담(徐花潭) 선생은 – 서경덕(徐敬德)이다. 수학(數學)이 강절(康節 : 송(宋)나라 유학자 소옹(邵雍)의 시호)과 비슷하다. 시(詩)와 문(文) 몇 편이 있긴 하나 그다지 볼 만한 것이 없는데, 『사고전서(四庫全書)』 – 지금의 건륭 황제가 지은 것이다. – 에 편입되었다.

原文

徐花潭集
서화담집

徐花潭先生 – 敬德 數學類康節 有詩若文若干篇 無可觀 而編入四庫全書中 – 今皇帝所著.
서화담선생 경덕 수학류강절 유시약문약간편 무가관 이편입사고전서중 금황제소저

장흥루판(長興鏤板)

오늘의 오사란(烏絲欄)[1)]은 곧 옛날의 편죽(編竹)이다. 옛날에는 글자를 모두 대쪽에다가 옻칠로 쓰고 가죽끈으로 엮었으니, 이것이 이른바 간책(簡冊)이다. 그 모양은 오사란과 같았다. '공자(孔子)가 『역경(易經)』을 읽는데, 가죽끈이 세 번이나 끊어졌다〔韋編三絶〕'[2)]는 것이 이것이다. 한나라 무제(武帝)가 하동(河東)을 건너갈 때 책 다섯 상자를 잃어버렸는데, 다행히 장안세(張安世 : 한(漢)나라의 유신(儒臣))의 암송에 힘입어 이를 기록하였다는 것으로 보아 당시에 판본으로 새긴 책이 없었음을 알 수 있을 것이다.

후세에 판본을 처음으로 새기기 시작한 것은 후당(後唐)의 명종(明宗) 때이다. 명종은 오랑캐 지방의 사람으로 글이라고는 알지 못했으나, 구경(九經)을 판각으로 새긴 것은 곧 장흥

---

1) 오사란(烏絲欄) : 책을 베끼기 위해 줄을 친 공책을 말한다.

2) 『사기(史記)』 공자세가(孔子世家)에 나오는 구절이다.

(長興 : 후한 명종의 연호, 930~933) 연간의 일이다. 그 공로야말로 홍도(鴻都)[3]의 석경(石經)[4]보다 적다고는 못할 것이다.

명종은 당시의 사대부들이 길한 예와 흉한 예로써 죽은 사람끼리 혼인시키는 것과 복상 중에 관리로 등용하는 제도가 있음을 보고 탄식하기를,

"선비가 효도와 우애를 중하게 여김은 그것으로써 풍속을 돈독하게 함이거늘, 이제 아무런 전쟁도 없는 터에 복상 중에 있는 이를 관리로 기용할 수야 있을 것인가? 혼인은 길한 예인데, 어찌 죽은 사람에게 이것을 쓸 것인가?"

라고 하고는, 곧 유악(劉岳)[5]에게 조서를 내려 문학에 밝고 고금의 역사에 정통한 선비들을 뽑아서 함께 이 예문을 정리하게 하였다. 그러나 태상박사(太常博士) 단옹(段顒)과 전민(田敏) 등은 모두 야비한 자로서 이 책을 더하고 빼며 정리한다는 것이 당시의 각 가정에서 전해 내려오는 습속들을 참고

3) 홍도(鴻都) : 한(漢)나라 때 도서를 보관하던 곳이다.

4) 석경(石經) : 명나라 양신(楊愼)의 『단연총록(丹鉛總錄)』에 "한(漢)나라 영제 희평(熹平) 4년(175년)에 채옹(蔡邕)이 당계전, 마일제, 장순, 한열, 선양 등과 함께 육경문자(六經文字)를 바로잡아 정할 것을 건의하자 영제가 허락하였고, 이에 채옹이 직접 글을 비석에 쓰고 석공(石工)으로 하여금 새겨서 태학문(太學門) 밖에 세우게 했던 것이다."라고 하였다.

5) 유악(劉岳) : 후당(後唐) 때 사람으로 자는 소보(昭輔)이며, 문학과 예학에 뛰어났다.

하였음에 지나지 않았다. 그리고 오늘의 취진판(聚珍板)[6]을 간행함에 있어서 글자를 새기는 일은 호부시랑(戶部侍郞) 김간(金簡)[7]이 감독하여 간행한 것이다.

---

6) 취진판(聚珍板) : 청(淸)나라 고종 38년(1773년)에 『사고전서(四庫全書)』의 귀중본을 뽑아서 활자로 간행한 책인데, 이 활자판에 대해 임금이 붙여준 이름이다.

7) 김간(金簡) : 자세한 내용은 『열하일기』중(中) 「태학유관록」 편의 8월 초10일에 나온다.

原文

長興鏤板
장흥루판

今之烏絲欄 卽古之編竹也 古者文字 皆以漆書之
금지오사란 즉고지편죽야 고자문자 개이칠서지
竹片 以韋編之 所謂簡冊 其形如烏絲欄 孔子讀易
죽편 이위편지 소위간책 기형여오사란 공자독역
韋編三絶者是也 漢武帝渡河東 亡書五篋 幸賴張安
위편삼절자시야 한무제도하동 망서오협 행뢰장안
世誦而錄之 其無鏤板可知.
세송이록지 기무루판가지

後世鏤板 始於後唐明宗 明宗胡人 目不知書 然
후세루판 시어후당명종 명종호인 목부지서 연
其九經鏤板 乃在長興中 功不在鴻都石經之下.
기구경루판 내재장흥중 공부재홍도석경지하

帝歎當時士大夫吉凶之禮 有冥昏起復之制曰 儒
제탄당시사대부길흉지례 유명혼기복지제왈 유
者所以隆孝悌而敦風俗 且無金革之事而起復 可乎
자소이륭효제이돈풍속 차무금혁지사이기복 가호
婚姻吉禮也 如之何其用於死者 乃詔劉岳 選文學通
혼인길례야 여지하기용어사자 내조유악 선문학통
知古今之士 共刪定之 太常博士段顒田敏等 皆鄙俚
지고금지사 공산정지 태상박사단옹전민등 개비리
增損其書 不過當時家人所常傳習者 卽今聚珍板刻
증손기서 불과당시가인소상전습자 즉금취진판각
字 戶部侍郞金簡所監董.
자 호부시랑김간소감동

주한(周翰)과 주앙(朱昻)

사람이 젊을 적에는 앞길이 창창하여 마치 자기는 늙을 날이 없을 듯이 무슨 이야기를 하다가 노인을 업신여기는 실수를 가끔 범한다. 이것은 비단 철없는 악소년의 경박한 짓일 뿐 아니라 대개는 앞날의 복도 받지 못하는 것이니, 불가불 조심해야 할 것이다.

찬성(贊成) 민형남(閔馨男)[1]은 나이 칠십이 넘어서 손수 과일나무의 접을 붙이니, 같은 동네에 살고 있는 여러 젊은 이름난 벼슬아치들이 이를 비웃으면서,

"어르신께서는 아직도 백년 사실 계획을 하시는 것입니까?"

라고 하니 민공은,

"바로 그대들을 위하여 선물로 남길 것이네."

1) 민형남(閔馨男) : 조선 광해군 때의 문신으로, 자는 윤부(潤夫)이고 호는 지애(芝崖)이며 시호는 장정(莊貞)이다.

라고 하였다. 그 뒤 민공은 아흔네 살까지 살았는데, 여러 이름난 벼슬아치들의 제삿날에 항상 손수 과일을 따서 부조하였다.

옛날 양대년(楊大年)[2)]이 약관(弱冠 : 스무 살)이었을 적에 주한(周翰) · 주앙(朱昻)과 함께 한림원(翰林院)에 있었는데, 두 사람은 그때 이미 머리가 하얗게 세었었다. 매사를 의논할 때마다 양대년은 그들을 업신여기며,

"두 노인의 생각엔 어떻습니까?"

라고 하면 주한은 〈모욕을〉 견디지 못하여,

"그대는 늙은이를 그리 깔보지 마소. 필경은 이 백발을 남겨 그대에게 꼭 선사할 것이네."

라고 하자 주앙이,

"백발을 남겨서 그를 주지 마오. 다른 사람이 또 그를 깔보는 것을 못하도록 해야지요."

라고 하였다. 그 후 양대년은 과연 나이 오십도 살지 못했다.

열하의 태학(太學)에는 늙은 학구(學究)가 있었는데, 그는 곧 왕곡정(王鵠汀 : 왕민호(王民皥))이라고 일컬었다. 그는 민가(民家 : 한족)의 어린아이 호삼다(胡三多)에게 글을 가르쳤는데, 나이가 열세 살이었다. 또 만주 사람으로 왕라한(王羅漢)이란 자가 있었는데, 나이가 바야흐로 일흔세 살이어서 호삼다에

2) 양대년(楊大年) : 송(宋)나라의 시인 양억(楊億)으로, 대년은 자이다. 『태종실록(太宗實錄)』, 『책부원귀(冊府元龜)』 등을 편찬하였다.

게 비하면 한 갑자(甲子)가 더 많은 무자생(1708년)이다.

곡정으로부터 강의(講義)를 받는데, 매일 맑은 새벽이면 호삼다와 함께 책을 끼고 앞서거니 뒤서거니 발걸음을 맞추어 곡정을 찾아뵙는다. 곡정이 혹시 담론하느라 틈이 없을 때는 〈왕라한은〉 언뜻 몸을 돌려 어린아이 호삼다에게 고개를 숙이고는 주저하지 않고 강의를 한 차례 받고는 돌아가곤 하였다.

곡정이 말하기를,

"저 늙은이는 손자가 다섯에 증손이 둘이나 있는데, 날마다 몸소 와서 강의를 듣고서는 돌아가 여러 손자들에게 되돌려 가르친답니다. 그의 근면하고 성실한 태도가 이와 같습니다."

라고 하였다. 이렇듯 늙은이는 부끄러워하지 않고, 어린아이는 업신여김이 없었다. 이 점은 중국이 예의가 장하다는 것을 전날에 들은 바 있으나, 이런 변방의 풍속이 이렇게 순박한 것을 더욱 감탄하지 않을 수 없다.

어느 날 어린아이 호삼다가 붉은 종이 첩지에 문은(紋銀) 두 냥을 가지고 와서 나에게 보여주었다. 그 첩지에 쓰여 있기를,

"삼가 함께 공부하는 동경(同庚 : 때가 같음)의 아우 '호(胡)'에게 부탁하여 조선의 박 공자(朴公子)에게 청심환 한두 알을 전편으로 청하옵니다. 삼가 변변찮은 폐백을 갖추어 대금으로 보내오니, 물건은 하찮으나 〈박 공자의〉 정이 깊고 의리는

가없이 온 세계에 무거울 것입니다."
라고 했다.

나는 그 돈은 돌려보내고 환약 두 알을 찾아서 주었다. 그의 이른바 '함께 공부하는 동경(同庚)의 아우님 호'라 함은 곧 호삼다를 가리킨 말이니, 더욱 허리가 끊어질 정도로 웃을 지경이다. 그러나 남달리 스스로 원만하고 중후한 태도는 주앙이 양대년에게 퍼부은 독설과는 매우 달랐으므로, 여기에 함께 기록하여 젊은이들이 늙은이를 업신여기는 데 경계로 삼을까 한다.

原文

周翰 . 朱昂
주한 주앙

人於年少時 前程甚遠 若無可老之日 言語間易觸
인어년소시 전정심원 약무가로지일 언어간이촉
侮老人 非但惡少輕薄 類不福祿延長 不可不愼.
모노인 비단악소경박 유불복록연장 불가불신

閔贊成馨男 年踰七耋 手自接菓 里中諸少年名官
민찬성형남 연유칠질 수자접과 이중제소년명관
笑之曰 公猶復百年計耶 公曰 政爲君輩留贈耳 其
소지왈 공유부백년계야 공왈 정위군배류증이 기
後公享年九十四 諸名官諱日 公輒手自摘菓以助祭.
후공향년구십사 제명관휘일 공첩수자적과이조제

昔楊大年弱冠 周翰朱昂 同在翰林 兩人時已皤然
석양대년약관 주한주앙 동재한림 양인시이파연
每論事 楊侮之曰 兩老翁以爲如何 翰頗不堪謂曰
매론사 양모지왈 양노옹이위여하 한파불감위왈
君莫欺老 竟當留白贈君 昂曰 莫留贈他 免得他人
군막기로 경당류백증군 앙왈 막류증타 면득타인
還又欺他 後楊果不及五旬.
환우기타 후양과불급오순

熱河太學 有老學究曰王鵠汀者 敎授民家小兒胡
열하태학 유노학구왈왕곡정자 교수민가소아호
三多 年十三 復有旗下王羅漢者 年方七十三 較三
삼다 연십삼 부유기하왕라한자 연방칠십삼 교삼
多爲先甲戊子生.
다위선갑무자생

講義於鵠汀　每日淸晨　與三多挾書後先踵門朝鵠
강의어곡정　매일청신　여삼다협서후선종문조곡

汀　鵠汀或談論無暇　則輒轉身屈首於胡童　四受一遍
정　곡정혹담론무가　즉첩전신굴수어호동　창수일편

而去.
이거

鵠汀云　彼有五孫二曾孫　身自日來講義　歸而轉授
곡정운　피유오손이증손　신자일래강의　귀이전수

衆孫　其勤實如此　然而老者不恥　稚者不侮　中州禮
중손　기근실여차　연이노자불치　치자불모　중주예

義之盛　日有聞矣　而邊末風俗之淳益可見耳.
의지성　일유문의　이변말풍속지순익가견이

一日　胡童持一帖硃紙　二兩紋銀而來　以示余　其
일일　호동지일첩주지　이냥문은이래　이시여　기

帖曰　敬托同學庚弟胡　轉丐朝鮮朴公子　淸心元一兩
첩왈　경탁동학경제호　전개조선박공자　청심원일량

丸　謹具薄幣　以代羊鴈　物些情深義重海內.
환　근구박폐　이대양안　물사정심의중해내

余還其銀　而覔給二丸　所謂同學庚弟胡者　胡三多
여환기은　이멱급이환　소위동학경제호자　호삼다

也　尤爲絶倒　然殊自渾厚　頗異於朱昂之毒呪楊大年
야　우위절도　연수자혼후　파이어주앙지독주양대년

並記之　以爲年少侮老之戒.
병기지　이위년소모로지계

무열하(武列河)

역도원(酈道元)[1]의 『수경주(水經注)』를 보면, '유수(濡水)는 동남쪽으로 흐르는데 무열하(武列河)의 물이 거기에서 합한다.'고 하였다. 유수는 지금의 난하(灤河)요, 무열하의 물은 지금의 열하이다. 열하의 이름은 『수경(水經)』[2]에 나타나지 않았으니, 아마도 무열의 음이 변한 듯싶다. 그 근원은 세 군데에 있으니, 하나는 무욱리하(武郁利河)에서 나왔고, 또 하나는 석파이대(石巴伊臺)에서 나왔으며, 또 하나는 탕천(湯泉)에서 나와 한 곳에 모여서 열하가 되어 산장(山莊)을 안

---

1) 역도원(酈道元) : 남북조 시대 북위(北魏) 때의 지리학자로, 자는 선장(善長)이다. 10년에 걸쳐 실제 답사를 통해 완성한 『수경주(水經注)』는 상흠의 『수경』에 주석을 붙여 황하와 양자강의 물줄기로부터 1,252개의 중국 하천의 계통 및 그 주변의 도읍, 고적, 산수, 신화, 전설, 풍속 등을 기록한 종합적인 지리서인데, 총 40권이다.

2) 『수경(水經)』 : 한(漢)나라 상흠(桑欽)이 지은 책인데, 중국의 하천과 물의 계통에 대해 기록하였다.

고 남쪽으로 흘러 난하에 든다고 하였다.

우리 사신 일행이 줄달음질로 열하에 들어왔을 때 더러는 이 길로 바로 질러 고국으로 돌아가자는 의논이 있었으므로, 사신은 담당 역관으로 하여금 미리 동쪽으로 돌아갈 노정을 연구하도록 하였다. 담당 역관이 통관(通官)에게 알아보았더니 통관들은 깜짝 놀라며,

"산 뒤에는 모두 달자(㺚子 : 서북쪽의 소수민족)들이 살고 있는 지방으로 의무려산(醫巫閭山)을 껴안고 동북으로 돌아가는 길 어간에서 반드시 달자를 만나 겁탈당할 것입니다. 우리네 중국 땅 사람도 이 길을 아는 자가 없습니다. 이 길로 질러 돌아가는 것이 비록 황제의 뜻이라 하더라도 사신은 예부(禮部)에 글을 올려 이 길을 면하도록 간청을 하는 것이 좋을 것입니다."

라고 하였다.

담당 역관은 다시금 탐문할 곳이 없어서 바야흐로 답답해하던 판에 마침 한 늙은 장경(章京 : 만주의 벼슬 이름) 중에 일찍이 이 길을 가 본 자가 있어서 분명하게 말을 할 수 있다고 하기에 종이와 붓을 내주며 쓰게 하였다. 그랬더니 한자를 전연 몰라 하늘만 빤히 쳐다보다가 땅을 굽어보고 금을 긋고는 손으로 모래를 모아 산 모양을 만들고 다시금 검부러기를 잘라 배를 만들어 건너는 시늉을 한 뒤에 붓을 잡고 빠르게 글씨를 쓰는데 곧 만주 글자였다. 아무도 이를 알아보는 자가 없어서 구경하던 사람들이 모두 껄껄거리고 웃었다.

나는 우연히 이 종이를 가져다가 왕곡정에게 보였더니, 곡정 역시 해득하지 못하여 왕라한(王羅漢)에게 보여주었다. 왕라한은,

"제가 비록 이 글을 안다고 하나, 한자(漢字)로 번역하기는 어렵습니다. 제가 사는 이웃에 봉천(奉天 : 심양) 사람으로서 손님으로 와 있는 이가 있는데, 아마도 이 길을 알 듯합니다. 내일 그 사람에게 물어서 상세히 적어서 갖고 오겠습니다."

라고 하고는, 이내 종이를 품속에 집어넣고 가 버린다. 이튿날 과연 자세히 적어 가지고 왔다. 그 기록은,

"열하로부터 30리를 가면 평대자(平臺子)에 이르고, 또 30리를 가면 홍석령(紅石嶺)에 이르고, 또 25리를 가면 황토량(黃土梁)에 이르고, 또 15리를 가면 서육구(西六溝)에 이르는데, 여기가 곧 승덕부(承德府)의 경계가 되는 곳으로서 경계비(境界碑)가 있다.

여기서부터 20리를 가면 상운령(祥雲嶺)이 있고, 여기서 칠구(七溝)까지 30리, 봉황령(鳳凰嶺)까지 30리, 평천주(平泉州)까지 20리, 대묘참(大廟站)까지 35리인데, 여기는 평천주의 경계이다.

여기서부터 양수구(楊樹溝)까지 40리, 쌍묘(雙廟)까지 25리, 송가장(宋家莊)까지 30리, 건창현(建昌縣)까지 30리, 장호자(長鬍子)까지 30리, 야불수(夜不收)까지 25리, 공영자(公營子)까지 20리, 담장구(擔杖溝)까지 30리인데, 여기가 곧 건창현의 경계이다.

여기서부터 행호자대(杏湖子臺)까지 10리, 랄마구(喇麻溝)까지 25리, 호접구(蝴蝶溝)까지 20리, 대영자(大營子)까지 15리, 조양현(朝陽縣)까지 25리, 대릉하(大淩河)까지 25리인데, 다시금 강을 건너서 망우영(蟒牛營)까지 25리, 장가영(張家營)까지 30리, 만자령(蠻子嶺)까지 25리, 석인구(石人溝)까지 25리인데, 여기가 조양현의 경계이다.

여기서부터 육대변문(六臺邊門)까지 30리, 최가구(崔家口)까지 30리요, 20리를 더 가서 의주성(義州城)을 지나쳐 대릉하를 건너 금주위(錦州衛)로 나와 광녕로(廣寧路)를 거쳐 간다."

라고 하였다.

原文

武列河
무열하

酈道元水經注 濡水東南流 武列水入焉 濡水 今
역도원수경주 유수동남류 무열수입언 유수 금
灤河 武列水 今熱河 熱河之號 不著於經 則似是
난하 무열수 금열하 열하지호 부저어경 즉사시
武列之轉聲 其源有三 一出武郁利河 一出石巴伊臺
무열지전성 기원유삼 일출무욱리하 일출석파이대
一出湯泉 同會爲熱河 抱山莊南行入灤河云.
일출탕천 동회위열하 포산장남행입난하운

我使趲程行 旣入熱河 或有自此徑還之議 使臣使
아사찬정행 기입열하 혹유자차경환지의 사신사
任譯 預講東還路程 任譯探於通官 通官輩大驚曰
임역 예강동환노정 임역탐어통관 통관배대경왈
山後皆㺚子地方 抱醫巫閭而北東繞轉 道途間必遭
산후개달자지방 포의무려이북동요전 도도간필조
㺚子所刦略 俺等中土人 無有識此路者 雖蒙皇旨
달자소겁략 엄등중토인 무유식차로자 수몽황지
自此徑還 使臣呈文禮部 懇免此路可也.
자차경환 사신정문예부 간면차로가야

任譯更無向人探問處 方納悶 有一老章京曾經行
임역갱무향인탐문처 방납민 유일로장경증경행
者 能歷歷言之 而給紙筆 使之開錄 則目不識漢字
자 능력력언지 이급지필 사지개록 즉목불식한자
仰視天 俯畫地 手扱沙作山形 復截芥爲舟渡狀 然
앙시천 부획지 수급사작산형 부절개위주도상 연

後操筆疾書 乃滿字 無解見者 觀者皆大笑.
후조필질서 내만자 무해견자 관자개대소

余偶以此紙示王鵠汀 鵠汀亦不能解 以示王羅漢
여우이차지시왕곡정 곡정역불능해 이시왕라한
羅漢曰 吾雖知之 漢字翻謄則難 俺鄰舍有奉天人來
나한왈 오수지지 한자번등즉난 엄린사유봉천인래
客者 似當識此路 明日問諸此人 詳錄以來也 因納
객자 사당식차로 명일문저차인 상록이래야 인납
紙懷中而去 明日果爲詳錄而來 自熱河三十里至平
지회중이거 명일과위상록이래 자열하삼십리지평
臺子 三十里至紅石嶺 二十五里至黃土梁 十五里至
대자 삼십리지홍석령 이십오리지황토량 십오리지
西六溝 此是承德府交界處 有交界碑.
서육구 차시승덕부교계처 유교계비

自此二十里至祥雲嶺 三十里至七溝 三十里至鳳
자차이십리지상운령 삼십리지칠구 삼십리지봉
凰嶺 二十里至平泉州 三十五里至大廟站 平泉州
황령 이십리지평천주 삼십오리지대묘참 평천주
界.
계

自此四十里至楊樹溝 二十五里至雙廟 三十里至
자차사십리지양수구 이십오리지쌍묘 삼십리지
宋家莊 三十里至建昌縣 三十里至長鬍子 二十五里
송가장 삼십리지건창현 삼십리지장호자 이십오리
至夜不收 二十里至公營子 三十里至擔杖溝 此乃建
지야불수 이십리지공영자 삼십리지담장구 차내건
昌縣界也.
창현계야

自此十里至杏湖子臺 二十五里至喇嘛溝 二十里
자차십리지행호자대 이십오리지랄마구 이십리

至蝴蝶溝 十五里至大營子 二十五里至朝陽縣 二十
지호접구 십오리지대영자 이십오리지조양현 이십

五里至大淩河 再渡 二十五里至蟒牛營 三十里至張
오리지대릉하 재도 이십오리지망우영 삼십리지장

家營 二十五里至蠻子嶺 二十五里至石人溝 朝陽縣
가영 이십오리지만자령 이십오리지석인구 조양현

界.
계

自此三十里至六臺邊門 三十里至崔家口 二十里
자차삼십리지육대변문 삼십리지최가구 이십리

過義州城 渡大淩河出錦州衛 由廣寧路云云.
과의주성 도대릉하출금주위 유광녕로운운

옹노후(雍奴侯)

내가 어릴 때에 역사책을 읽다가 '한(漢)나라의 구순(寇恂)을 옹노후(雍奴侯)에 봉하였다.'[1]는 기록을 보고서, '후(侯)로 봉할 이름이 그다지 없어서 하필 옹노후라 했을까?' 하며 적이 괴이하게 여긴 적이 있다.

살펴보니 옹노는 지명으로 어양(漁陽)의 우북평(右北平)에 있었다. 내가 지난번 연(燕)·계(薊) 지방을 들어오느라 어양의 북평 지방을 지나왔다. 오늘날은 옹노가 어떤 이름으로 변했는지를 알 수 없겠고, 혹시 또 옹노 땅을 지나왔는지의 여부도 모를 일이다.

옹노는 또 수택(藪澤)[2]에 관한 이름으로서 『수경주(水經注)』

---

1) 『한서(漢書)』 등구열전(鄧寇列傳)에 나온다. 구순(寇恂)은 동한(東漢) 때 28장군 중의 한 명이다.

2) 수택(藪澤) : 잡초나 잡목이 우거진 늪을 말하는데, '藪'는 물이 없는 곳을 뜻하고, '澤'은 물이 있는 곳을 뜻한다.

에,

"사면에 물이 둘러 있는 것을 '옹(雍)'이라 하고, 흐르지 않고 고여 있는 것을 '노(奴)'라 한다."

라고 하였다.

原文

雍奴侯
옹 노 후

童子時讀史 竊怪漢封寇恂爲雍奴侯 侯號何限 而何必曰雍奴侯.
동 자 시 독 사 절 괴 한 봉 구 순 위 옹 노 후 후 호 하 한 이 하 필 왈 옹 노 후

按雍奴地名 在漁陽右北平 余曩入燕薊 道出漁陽北平 今未知雍奴變作何名 而儻亦經行其地否也.
안 옹 노 지 명 재 어 양 우 북 평 여 낭 입 연 계 도 출 어 양 북 평 금 미 지 옹 노 변 작 하 명 이 당 역 경 행 기 지 부 야

雍奴又藪澤名 水經注 四面有水曰雍 不流曰奴.
옹 노 우 수 택 명 수 경 주 사 면 유 수 왈 옹 불 류 왈 노

사(𣳇)

『한서(漢書)』 지리지(地理志)를 보면 "청하군(清河郡)에 사제현(𣳇題縣)이 있다"고 하였다. 내가 막북(漠北)으로부터 고북구(古北口)로 돌아올 때 밤에 청하현에서 잤으나, 이제는 사제현이 어디 있는 줄을 알 길이 없었다. 요컨대 청하의 근방일 것이다. 안사고(顔師古 : 당나라의 학자)의 주(註)에는 "사(𣳇)는 사(莎)의 옛 글자이다."라고 하였다.

原文

𢘍
사

漢書地理志 淸河郡有𢘍題縣 余行自漠北 還入古
한서지리지 청하군유사제현 여행자막북 환입고
北口 夜宿淸河縣 今不知𢘍題何在 而要之淸河近境
북구 야숙청하현 금부지사제하재 이요지청하근경
顔師古註 𢘍古莎字.
안사고주 사고사자

순제묘(順濟廟)

『동서양고(東西洋考 : 명나라 장섭(張燮)이 지음)』에,

"오대(五代) 때에 민(閩 : 복건성) 땅의 도순검(都巡檢) 임원지(林願之)의 여섯 번째 딸이 진(晉 : 후진)나라 천복(天福 : 고조 석경당(石敬瑭)의 연호, 936~943) 8년(943년)에 태어났는데, 옹희(雍熙 : 송나라 태종의 연호, 984~987) 4년(987년) 2월 29일에 신선이 되어 올라갔다. 그녀는 언제나 붉은 옷을 입고 바다 위로 날아다니기 때문에 동네 사람들이 사당을 지어 제사를 지내 주었다.

송나라의 선화(宣和 : 송나라 휘종의 연호, 1119~1125) 계묘년(1123년)에 급사중(給事中) 노윤적(路允迪)이 사신이 되어 고려(高麗)로 가는 도중에 태풍을 만났다. 이웃 배들은 모조리 빠졌으나, 다만 노윤적이 탄 배만 귀신이 돛대에 내려와 아무 탈이 없었다. 사신이 돌아와서 조정에 아뢰었더니, 특별히 순제(順濟)라는 묘호(廟號)를 내렸다."

라고 하였다.

지금 천주당(天主堂)의 천장에 붉은 옷을 입은 여인상(女人像)이 바다의 구름 사이로 날아다니는 모습을 그려 놓았는데, 아마도 그 귀신인 것 같다.

原文

順濟廟
순 제 묘

東西洋考 五代時 閩都巡檢林願之第六女 生于晉
동 서 양 고 오 대 시 민 도 순 검 임 원 지 제 륙 녀 생 우 진
天福八年 以雍熙四年二月二十九日昇仙 常衣朱衣
천 복 팔 년 이 옹 희 사 년 이 월 이 십 구 일 승 선 상 의 주 의
飛翻海上 里人祠之.
비 번 해 상 이 인 사 지

宋宣和癸卯 給事中路允迪 使高麗中流遇風 鄰舟
송 선 화 계 묘 급 사 중 노 윤 적 사 고 려 중 류 우 풍 인 주
俱溺 獨路舟神降于檣 無恙 使還奏于朝 特賜廟號
구 닉 독 로 주 신 강 우 장 무 양 사 환 주 우 조 특 사 묘 호
順濟.
순 제

今天主堂所畵朱衣女像 飛翻海雲間 似爲其神也.
금 천 주 당 소 화 주 의 녀 상 비 번 해 운 간 사 위 기 신 야

해인사(海印寺)

합천(陜川) 가야산(伽倻山)에 있는 해인사(海印寺)는 신라(新羅) 애장왕(哀藏王) 때에 창건되었다. 이름난 가람이나 큰 절들은 흔히 서로 이름을 그대로 따서 붙이는 수가 많지만, 이 절의 명칭만은 그렇지 않다. 중국 순천부(順天府 : 북경의 별칭) 서해자(西海子 : 동산 이름) 옆에는 예전에 해인사가 있었다고 한다.

명(明)나라의 선덕(宣德) 연간에 다시금 중건하여 대자은사(大慈恩寺)라고 이름을 고쳤다가 뒤에 철폐하여 헛간을 만들었다. 우리나라의 해인사는 곧 1,000여 년이나 된 고찰이니, 북경 안에 있던 해인사는 응당 신라 때 창건된 절보다 뒤에 세운 절일 것이라고 생각한다.

原文

海印寺
해 인 사

陜川伽倻山海印寺 創自新羅哀藏王時 名藍巨刹
합 천 가 야 산 해 인 사 창 자 신 라 애 장 왕 시 명 람 거 찰
多相沿襲號名 而此獨不然 中國順府西海子上 舊有
다 상 연 습 호 명 이 차 독 불 연 중 국 순 부 서 해 자 상 구 유
海印寺.
해 인 사

皇明宣德間重建 改名大慈恩寺 廢爲廠 我國海印
황 명 선 덕 간 중 건 개 명 대 자 은 사 폐 위 창 아 국 해 인
寺 乃千餘年舊刹 則燕中海印 想應在新羅所創之後
사 내 천 여 년 구 찰 즉 연 중 해 인 상 응 재 신 라 소 창 지 후
也.
야

4월 초파일 방등〔四月八日放燈〕

중국의 관등(觀燈)놀이는 정월 대보름날 밤으로, 14일부터 16일까지 한다. 그런데 우리나라의 관등놀이는 반드시 4월 초파일에 하는데, 이날이 부처의 생신이라고 하나 이는 아마 고려(高麗) 때의 풍속을 그대로 지킨 듯하다.

석가여래(釋迦如來)[1]는 천축국 정반왕(淨飯王)의 태자(太子)로 중국 주(周)나라 소왕(昭王 : BC.1052~1002) 24년 갑인(BC.1027) 4월 8일에 태어나서 42년 임신(BC.1008)에 그의 나이 19세[2]에 태자의 자리를 버리고 출가(出家)하여 도를 닦다가 목왕(穆王) 3년 계미(BC.996)에 이르러 도를 깨쳤다고 한다.

---

1) 석가여래(釋迦如來) : 석가모니(釋迦牟尼). BC. 623~544.

2) 19세에 결혼을 하고 29세에 출가했는데, 오류인 듯하다.

原文

四月八日放燈
사 월 팔 일 방 등

中原放燈 在上元夜 自十四至十六 我國放燈 必
중 원 방 등 재 상 원 야 자 십 사 지 십 륙 아 국 방 등 필
于四月八日 謂佛生辰 此似仍麗俗.
우 사 월 팔 일 위 불 생 신 차 사 잉 려 속

釋迦如來 淨飯王之太子 生於周昭王二十四年甲
석 가 여 래 정 반 왕 지 태 자 생 어 주 소 왕 이 십 사 년 갑
寅四月八日 四十二年壬申 太子年十九 棄位出家修
인 사 월 팔 일 사 십 이 년 임 신 태 자 년 십 구 기 위 출 가 수
道 至穆王三年癸未 道成.
도 지 목 왕 삼 년 계 미 도 성

다섯 현의 비파〔五絃琵琶〕

양염부(楊廉夫)[1]의 원궁사(元宮詞)에 이르기를,

북쪽 화림[2]에 거둥하니 천막도 장할시고	北幸和林幄殿寬
고려의 시녀들이 궁녀가 되어 시중드네	句麗女侍婕妤官
임금이 좋아라고 명비곡[3]을 부르실 제	君王自賦明妃曲
임께서 주신 비파 말 위에서 뜯는고녀	勅賜琵琶馬上彈

라고 하였다. 『고려사(高麗史)』 악지(樂志)에 실려 있는 내용을 상고해 보면,

"악기 비파(琵琶)는 줄이 다섯이다."

---

1) 양염부(楊廉夫) : 원(元)나라 문학가 양유정(楊維楨). 염부는 자이고, 호는 철애(鐵崖)이다.

2) 화림(和林) : 내몽고에 있는 지명으로, 화령(和寧)을 말한다.

3) 명비곡(明妃曲) : 한(漢)나라 때 호(胡) 땅으로 시집간 소군(昭君) 왕장(王嬙)이라는 궁녀를 두고 읊은 노래이다.

라고 하였으니, 그러면 첩여(婕妤 : 궁녀)들이 탔다는 비파는 죄다 다섯 줄일 것이다. —『온광루잡지(韞光樓雜志 : 호조봉(胡兆鳳)이 지음)』에 있다.

原文

五絃琵琶
오 현 비 파

楊廉夫元宮詞云　北幸和林幄殿寬　句麗女侍婕妤
양 염 부 원 궁 사 운　북 행 화 림 악 전 관　구 려 녀 시 첩 여

官　君王自賦明妃曲　勅賜琵琶馬上彈　按麗史樂志所
관　군 왕 자 부 명 비 곡　칙 사 비 파 마 상 탄　안 려 사 악 지 소

載　樂品琵琶絃五　則婕妤所彈　斯五絃矣－韞光樓雜志.
재　악 품 비 파 현 오　즉 첩 여 소 탄　사 오 현 의　온 광 루 잡 지

사자(獅子)

『철경록(輟耕錄)』[1]에 이르기를,

“나라에서 매양 여러 왕들과 대신들을 모아 잔치를 벌이는 것을 ‘대취회(大聚會)’라고 일렀다. 이날에는 여러 가지 짐승을 만세산(萬歲山)에 모두 끌어내어 범 · 표범 · 곰 · 코끼리 같은 짐승을 일일이 따로 내놓은 뒤에 비로소 사자가 나온다.

사자는 몸뚱이가 짧고 작아서 흡사 사람들이 집에서 기르는 금빛 털을 지닌 삽살개처럼 생겼는데, 여러 짐승들이 이를 보면 무서워서 엎드리고 감히 쳐다보지도 못한다. 기가 질리는 것이 이와 같다.”

라고 하였다.

내가 일찍이 만세산에 가 보았으나 기르는 짐승들이라고는 보지 못했으니, 이는 모두들 서산(西山)과 원명원(圓明苑)[2] 등

1) 『철경록(輟耕錄)』: 명나라 도종의(陶宗儀)가 지었다.

2) 서산(西山)과 원명원(圓明苑) 모두 북평(北平)에 있다.

여러 동산에 두었다고 한다. 그리고 열하에서 본 이상한 새와 짐승들도 적지 않았으나, 대부분 그 이름을 알 수 없었다. 날마다 길들인 곰과 집에서 기르는 범 같은 것을 보았으나, 모두 귀를 드리우고 눈을 감아 언제나 가련한 꼴을 하고 있었다. 더구나 사자를 못 본 것이 유감스럽다. 그런데 100년 이래로는 또한 사자를 가져다 진상한 자가 전혀 없었다고 한다.

原文

獅子
사 자

輟耕錄言　國朝每宴諸王大臣　謂之大聚會　是日盡
철 경 록 언　국 조 매 연 제 왕 대 신　위 지 대 취 회　시 일 진
出諸獸於萬歲山　若虎豹熊象之屬　一一別置　然後獅
출 제 수 어 만 세 산　약 호 표 웅 상 지 속　일 일 별 치　연 후 사
子至.
자 지

身才短小　絶類人家所畜金毛猱狗　諸獸見之　畏懼
신 재 단 소　절 류 인 가 소 축 금 모 노 구　제 수 견 지　외 구
俯伏　不敢仰視　氣之相壓也如此云.
부 복　불 감 앙 시　기 지 상 압 야 여 차 운

余嘗至萬歲山　不見所畜諸獸　則皆置之西山及圓
여 상 지 만 세 산　불 견 소 축 제 수　즉 개 치 지 서 산 급 원
明諸苑　而熱河所見奇禽獸不爲不多　然率不識其名
명 제 원　이 열 하 소 견 기 금 수 불 위 부 다　연 솔 불 식 기 명
日見馴熊豢虎類　皆帖耳闔眼　常作可憐之態　尤以未
일 견 순 웅 환 호 류　개 첩 이 합 안　상 작 가 련 지 태　우 이 미
見獅子爲可恨　然百年內　亦絶無來獻者云.
견 사 자 위 가 한　연 백 년 내　역 절 무 래 헌 자 운

강선루(降仙樓)

우리나라 성천(成川)에 있는 강선루(降仙樓)의 현판은 미만종(米萬鍾) 중조(仲詔)[1]가 쓴 글씨이다. 그의 필법은 미원장(米元章 : 원장은 미불(米芾)의 자)에 못지않을 뿐더러 그가 괴석(怪石)을 좋아하는 성벽은 그보다 더하였다.

『간재필기(艮齋筆記)』[2]에 보면,

"방산(房山 : 하북성에 있는 산 이름)에 현판 돌이 있는데, 길이가 세 자이고 넓이가 일곱 자이며, 빛깔이 푸르고 윤기가 났다. 중조가 이것을 작원(勺園 : 하북성에 있는 동산 이름)으로 끌어오려고 생각했다. 수레를 겹으로 하여 말 40마리에 메우

---

1) 중조(仲詔) : 명나라 만력 때의 서예가(書藝家)로, 미원장(米元章)의 후손이다. 만종은 이름이고, 중조는 자이며, 호는 우석(友石)·담원(湛園)이다.

2) 『간재필기(艮齋筆記)』 : 우동(尤侗)의 『간재잡기(艮齋雜記)』인 듯하다. 참고로 청나라 이징중(李澄中)이 지은 『간재필기』에는 이 내용이 없다.

고 인부 100명이 끌어서 7일 만에 비로소 산으로부터 나와 또 5일 만에 비로소 양향(良鄕 : 하북성에 있는 고을 이름)에 닿았다. 길에서 힘이 다해서 〈움직이지 못한 채〉 밭두둑 사이에 눕혀 놓고, 이를 담장으로 둘러싸고 초막으로 위를 덮었다. 이에 대해 오간 편지까지 있어서 한때는 아름다운 이야기가 되었다."

라고 하였다.

내가 북경을 구경할 때에 민(閩 : 복건) 지방에 살고 있던 오문중(吳文仲)이 미 태복(米太僕 : 미만종. 태복은 벼슬 이름)의 괴석을 그린 그림책 1권을 팔려고 온 자가 있었다. 하나는 영벽석(靈壁石)이요, 하나는 방대석(方臺石)이요, 하나는 영덕석(英德石)이요, 하나는 구지석(仇池石)이요, 하나는 연주석(兗州石)이었으며, 또 다른 이름의 비비석(非非石) · 청석(靑石) · 황석(黃石) 등이 있었는데, 모두 기기괴괴한 형상이었다.

그 책에다가 미만종 자신이 「담원시(湛園詩)」를 지어 붙였는데,

주인의 마음씨는 본디부터 맑고 맑아	主人心本湛
맑다는 이 뜻으로 담원 이름 지었세라	以湛名其園
때로는 여기 앉아 숨은 선비 되었다가	有時成坐隱
손님이 오실 제엔 술 항아리 열어 보네	爲客開靑罇
한가한 저 구름은 물가의 대나무로 돌아가고	閒雲歸竹渚
너울너울 지는 해는 소나무 문을 비치누나	落日映松門

높은 대에 다시 올라 산의 달을 맞이할 제　　登臺候山月
밝은 빛 흘러흘러 친구처럼 말하는 듯　　流輝如晤言

라고 하였다.

미만종(米萬鍾)이 벼슬살이로 사방에 다닐 때도 오직 괴석만을 모았을 뿐이라고 하니, 그렇다면 역시 명사(名士)일 것이다. 우리나라 사람들은 글씨는 오직 미원장만 있는 줄 알 뿐이요, 미중조(미만종)가 있는 줄을 모르기에 특별히 여기에 기록한다. 다만 '강선루(降仙樓)'라는 현판이 어떤 인연으로 여기까지 왔는지 모르겠으나, 역시 뒷날의 연구를 기다릴 일이다.

原文

降仙樓
강 선 루

我國成川降仙樓　米萬鍾仲詔所書　其筆法不下米
아 국 성 천 강 선 루　미 만 종 중 조 소 서　기 필 법 불 하 미

元章　而石癖則過之.
원 장　이 석 벽 즉 과 지

艮齋筆記　房山有石　長三尺廣七尺　色靑而潤　仲
간 재 필 기　방 산 유 석　장 삼 척 광 칠 척　색 청 이 윤　중

詔思致之勺園中　車重輪馬十駟　百夫曳之　七日始出
조 사 치 지 작 원 중　거 중 륜 마 십 사　백 부 예 지　칠 일 시 출

山　又五日始達良鄕　道上工力竭　因臥之田間　繚垣
산　우 오 일 시 달 양 향　도 상 공 력 갈　인 와 지 전 간　요 원

衛之　葭屋覆之　有往復報答之書　一時傳爲佳話.
위 지　가 옥 복 지　유 왕 복 보 답 지 서　일 시 전 위 가 화

余遊燕中　有以閩人吳文仲所畵米太僕奇石一卷來
여 유 연 중　유 이 민 인 오 문 중 소 화 미 태 복 기 석 일 권 래

賣者　一靈壁石　一方臺石　一英德石　一仇池石　一
매 자　일 영 벽 석　일 방 대 석　일 영 덕 석　일 구 지 석　일

兗州石　又有號非非石　靑石　黃石　皆奇形怪狀.
연 주 석　우 유 호 비 비 석　청 석　황 석　개 기 형 괴 상

有自題湛園詩　主人心本湛　以湛名其園　有時成坐
유 자 제 담 원 시　주 인 심 본 담　이 담 명 기 원　유 시 성 좌

隱　爲客開靑罇　閒雲歸竹渚　落日映松門　登臺候山
은　위 객 개 청 준　한 운 귀 죽 저　낙 일 영 송 문　등 대 후 산

月　流輝如晤言.
월　유 휘 여 오 언

萬鍾宦遊四方 所積惟石而已 則蓋亦名士也 東人
만 종 환 유 사 방 소 적 유 석 이 이 즉 개 역 명 사 야 동 인
惟知米元章 而不識米仲詔 故特記之 但未知樓額何
유 지 미 원 장 이 불 식 미 중 조 고 특 기 지 단 미 지 루 액 하
緣得到 亦俟後攷.
연 득 도 역 사 후 고

이영현(李榮賢)[1)]

『태학지(太學志)』[2)]를 보면,

“융경(隆慶) 원년(1567년)에 황제(목종(穆宗))가 국학(國學)에 거둥했는데, 조선의 배신(陪臣)으로 이영현(李榮賢) 등 6명이 각기 제 직품에 알맞은 의관을 갖추고 이륜당(彝倫堂) 박 문신들이 서는 반열 다음에 섰다.”

라고 하였다.

그 당시 반열에 참여했다면 응당 관(館)에 머문 사신일 터인데, 어째서 6명이나 그렇게 많이 참석했을 것인가? 지금으로서는 이영현이 누구의 조상인지도 모를 일이요, 또 따라 참석한 인원들도 성명을 상고할 수 없다. 선배 되는 이만운(李

1) 이영현(李榮賢)의 '榮'은 '英' 자를 잘못 표기한 듯하다. 이영현이 1567년에 명(明)나라 세종의 시호를 받은 것을 하례하기 위하여 북경에 갔었다.

2) 『태학지(太學志)』: 명나라 곽반(郭盤)이 편찬하였다.

萬運)[3]은 옛날의 일을 많이 아는지라, 우선 이것을 적었다가 한 번 물어볼 기회를 만들겠다.

3) 이만운(李萬運) : 조선 선조 때의 학자. 자는 원춘(元春)이고, 호는 묵헌(默軒)이다.

原文

李榮賢
이영현

太學志 隆慶元年 駕幸國學 朝鮮陪臣李榮賢等六員 各具本等衣冠 赴彝倫堂外 文臣班次之次.
태학지 융경원년 가행국학 조선배신이영현등륙원 각구본등의관 부이륜당외 문신반차지차

其時參班 當以使价留館 何至六員之多也 今莫識李榮賢爲誰家祖先 而隨參諸員 又無姓名可攷 先輩萬運 多識故事 姑錄之以待一訪.
기시참반 당이사개류관 하지륙원지다야 금막식이영현위수가조선 이수참제원 우무성명가고 선배만운 다식고사 고록지이대일방

왕월의 시권〔王越試券〕

왕월(王越)[1]의 과거 시험답지가 바람에 날려 우리나라에 와서 떨어졌다. 나라에서 그 답지를 주년사(奏年使) 편에 돌려 보냈더니, 중국에서는 기록하기를 '유구국(琉球國)'이라고 잘못 기록하였다. 당시 왕월은 풍력(風力)을 가지고 있다고 해서 사법기관의 직책에 발탁하여 썼다고 한다.

일찍이 『낭야만초(琅琊漫抄 : 명나라 문림(文林)이 지음)』에 보니,

"성화(成化 : 명나라 헌종의 연호, 1465~1487) 연간에 태감(太監) 왕고(王高)가 휴가를 받았을 때 병부상서(兵部尙書) 아무개가 찾아가서 알현하였더니, 때마침 도어사(都御史) 왕월과 호부상서(戶部尙書) 진월(陳鉞)도 와 있었다. 왕고가 이윽고 비로소 나와 여러 사람들에게 읍(揖)하고 앉아서 말하기를,

'지난날 왕진(王振 : 명나라 때의 관리)이 일을 처리하는데 여

---

1) 왕월(王越) : 명나라 때의 관리로, 자는 세창(世昌)이다.

섯 명의 대신들이 사사로이 찾아뵌 적이 많았기 때문에 사람들은 왕진이 권세를 독차지하여 정치를 제멋대로 전단한다고 뒷말을 하였습니다. 이제 여러분들이 이렇게 찾아오셨는데, 어찌 외인들이 나를 걸어 시비하지 않으리라고 장담할 수 있겠습니까? 또 여러분이 나를 방문하였는데 저를 어떤 사람으로 생각하는지 알지 못하겠습니다.'

라고 하니 병부상서는,

'귀공은 성인이십니다.'

라고 하였다. 왕고는 얼굴색을 변하면서,

'위대한 교화력을 지닌 이를 성인이라고 하므로, 공자(孔子)께서도 오히려 「내가 어찌 감히 〈성인이라고 할 수 있겠는가?〉」[2]라고 말씀했거늘, 내가 어떤 사람이건대 감히 성인이라고 일컬을 수 있겠습니까?'

라고 하니, 여러 사람들이 두려워서 숨도 내쉬지 못하였다."

라고 하였다.

그 당시 병부상서는 비록 자신의 이름을 숨긴다고 했으나, 〈잘못된 처신이라는〉 공론은 가릴 수 없었다. 그렇다면 소위 왕월의 '풍력(風力)'이라는 것이 어디에 있을 것인가?

---

2) 『논어』에 나오는 구절이다.

原文

王越試券
왕 월 시 권

王越試券　爲風所漂　飛落我國　以其券付奏年使
왕 월 시 권　위 풍 소 표　비 락 아 국　이 기 권 부 주 년 사
而中國記載　誤稱琉球　當時以越謂有風力　擢居憲
이 중 국 기 재　오 칭 유 구　당 시 이 월 위 유 풍 력　탁 거 헌
職.
직

嘗見琅琊漫抄　成化間　太監王高休沐　有兵部尙書
상 견 낭 야 만 초　성 화 간　태 감 왕 고 휴 목　유 병 부 상 서
某往謁之　會都御史王越　戶部尙書陳鉞　亦至　高良
모 왕 알 지　회 도 어 사 왕 월　호 부 상 서 진 월　역 지　고 량
久始出　揖諸公坐　謂曰　昔王振用事　六卿多通私謁
구 시 출　읍 제 공 좌　위 왈　석 왕 진 용 사　육 경 다 통 사 알
人以爲擅權　今諸公見訪　安知外人不議高耶　且諸公
인 이 위 천 권　금 제 공 견 방　안 지 외 인 불 의 고 야　차 제 공
訪高　不識以高爲何如人　兵部曰　公聖人也　高作色
방 고　불 식 이 고 위 하 여 인　병 부 왈　공 성 인 야　고 작 색
曰　大而化之之謂聖　孔子尙曰　則吾豈敢　王高何人
왈　대 이 화 지 지 위 성　공 자 상 왈　즉 오 기 감　왕 고 하 인
敢謂聖人　衆惴不能出氣云.
감 위 성 인　중 췌 불 능 출 기 운

其時兵部　雖隱其姓名　公議難掩　則至於王越所謂
기 시 병 부　수 은 기 성 명　공 의 난 엄　즉 지 어 왕 월 소 위
風力安在.
풍 력 안 재

천순 7년 회시 때 공원에서 난 불
〔天順七年會試貢院火〕

천순(天順 : 명나라 영종의 연호, 1457~1464) 7년(1463년) 2월에 회시(會試) 과거를 보는데, 때마침 공원(貢院 : 과거 시험장)에 불이 났다. 그러자 감찰어사(監察御史) 초현(焦顯)이 곧 시험장 문을 닫아걸어 출입할 수 없게 되는 바람에 불에 타 죽은 과거 응시자가 90여 명이나 되었다.

原文

天順七年會試貢院火
천 순 칠 년 회 시 공 원 화

天順七年二月　擧會試　値貢院火　監察御史焦顯
천 순 칠 년 이 월　거 회 시　치 공 원 화　감 찰 어 사 초 현

因鏁其門　不容出入　擧子焚死者　九十餘人.
인 쇄 기 문　불 용 출 입　거 자 분 사 자　구 십 여 인

신라호(新羅戶)

북경 동북방의 군현 중에도 '고려장(高麗莊)'이라는 이름이 많을 뿐만 아니라, 당(唐)나라의 총장(總章 : 당나라 고종의 연호, 668~670) 연간에도 신라(新羅) 사람이 많은 곳에 관아를 두었으니, 양향(良鄕 : 하북성 서남부에 있는 현 이름)의 광양성(廣陽城)이 바로 거기라고 한다.

原文

新羅戶
신 라 호

燕之東北郡縣 非但多高麗莊 唐總章中 以新羅戶
연 지 동 북 군 현 비 단 다 고 려 장 당 총 장 중 이 신 라 호

置僑治 良鄕之廣陽城.
치 교 치 양 향 지 광 양 성

증고려사(證高麗史)

주곤전(朱昆田)[1)]은 죽타(竹坨 : 주이준(朱彝尊)의 호)의 아들이다. 그의 말에 의하면,

“원나라 순제(順帝)가 북쪽으로 달아나 응창(應昌)에 와서 머물러 있을 때에 태자(太子) 애유지리달납(愛猷識里達臘)이 왕위를 이어서 수도를 화림(和林)으로 옮겨가 선광(宣光)이라고 연호를 고쳤다. 고려(高麗)에서는 그를 ‘북원(北元)’이라고 일컬으면서 신우(辛禑 : 우왕)는 일찍부터 그 연호를 받들었으니, 그때는 홍무(洪武 : 명나라 태조의 연호, 1368~1398) 10년(1377년)이다.

그 이듬해 두질구첩목아(豆叱仇帖木兒)가 즉위하자 북원은 고려에 사신을 보내어 이를 통고하였고, 이어서 또 연호를 ‘천원(天元)’이라 고친 후 고려에 통고하였다. 이런 사실들은

1) 주곤전(朱昆田) : 청나라 문학가로, 자는 서준(西畯) 또는 문앙(文盎)이다.

모두 정인지(鄭麟趾)의 『고려사(高麗史)』에 실려 있다. 그렇다면 순제(원나라의 마지막 왕)를 이어서 연호를 세운 것은 비단 선광(宣光)까지만이 아니다."

라고 하였다.

대체로 순제라는 칭호는 중국에서 부르는 이름이요, 혜종(惠宗)이란 묘호(廟號)는 망해가는 원(元)나라가 최후의 임금에게 붙인 시호(諡號)이다. 그 후에 겨우 선광의 시호가 소종(昭宗)이라는 것밖에 모르고 있었다면, 이는 천원(天元)이란 연호와 임금의 등극 사실에 대해서는 역사 편찬가가 생략한 것일 것이다. 그리하여 『고려사』에 의거하여 역사를 증명하려고 한 것일 것이다.

原文

證高麗史
증 고 려 사

朱昆田 竹坨之子也 其按 元順帝北走 駐蹕應昌
주 곤 전 죽 타 지 자 야 기 안 원 순 제 북 주 주 필 응 창
太子愛猷識里達臘嗣立 徙和林改元宣光 高麗稱爲
태 자 애 유 지 리 달 납 사 립 사 화 림 개 원 선 광 고 려 칭 위
北元 辛禑嘗奉其年號 時洪武十年也.
북 원 신 우 상 봉 기 연 호 시 홍 무 십 년 야

明年豆叱仇帖木兒立 北元遣使告高麗 繼又以改
명 년 두 질 구 첩 목 아 립 북 원 견 사 고 고 려 계 우 이 개
元天元 告高麗 具見鄭麟趾高麗史 則繼順帝而建元
원 천 원 고 고 려 구 견 정 인 지 고 려 사 즉 계 순 제 이 건 원
者 非止宣光矣.
자 비 지 선 광 의

蓋順帝之稱 中國所號 而惠宗廟號 殘元所謚 其
개 순 제 지 칭 중 국 소 호 이 혜 종 묘 호 잔 원 소 시 기
後僅識宣光之謚昭宗 則天元之立 史家之所略 而所
후 근 식 선 광 지 시 소 종 즉 천 원 지 립 사 가 지 소 략 이 소
以據麗史爲證也歟.
이 거 려 사 위 증 야 여

조선 모란(朝鮮牡丹)

『육가화사(六街花事)』[1]에 이르기를,

“하포모란(荷包牡丹)은 『본초(本草)』[2] 중에 일명 조선모란(朝鮮牡丹)이라 부르는데, 꽃은 승혜국(僧鞋菊 : 부자(附子)의 별칭)과 같고 짙은 자줏빛이다. 모란으로 이름을 붙인 것은 그 잎 모양이 서로 비슷하기 때문이다. 북경의 괴수사가(槐樹斜街)와 자인사(慈仁寺)·약왕묘(藥王廟) 등 꽃 저잣거리에서는 언제나 팔고 있다.”

라고 하였다.

소위 ‘하포’란 중국 사람이 수놓은 둥근 주머니를 서로 선사하면서 하포라고 하는데, 곧 주머니의 이름이다. 승혜국은 어떤 모양인지 모르겠으나, 요컨대 모두 일년초 꽃이다. 이름을

---

1) 『육가화사(六街花事)』 : 청나라 풍훈(馮勛)이 지었다.

2) 『본초(本草)』 : 이시진(李時珍)이 저술한 『본초강목(本草綱目)』을 말한다.

'조선모란'이라 했으나, 우리나라에서는 유독 볼 수 없음은 무슨 까닭일까?

原文

朝鮮牡丹
조선모란

六街花事云 荷包牡丹 本草一名朝鮮牡丹 花似僧
육가화사운 하포모란 본초일명조선모란 화사승
鞵菊而深紫色 其以牡丹名者 因其葉相類也 京師槐
혜국이심자색 기이모란명자 인기엽상류야 경사괴
樹斜街 慈仁寺藥王廟花市 恒有之.
수사가 자인사약왕묘화시 항유지

所謂荷包者 中國人以繡圓囊 相贈遺曰荷包 卽囊
소위하포자 중국인이수원낭 상증유왈하포 즉낭
名也 僧鞵菊 未知何狀 要之皆草花也 既名朝鮮牡
명야 승혜국 미지하상 요지개초화야 기명조선모
丹 而我東獨不見 何也.
란 이아동독불견 하야

애호(艾虎)

단옷날 공조(工曹)에서는 궁선(宮扇)과 애호(艾虎)[1]를 바친다. 『계암만필(戒庵漫筆)』[2]에는,

"단옷날은 서울에 있는 관료들에게 궁선을 하사하는데, 댓살에 종이를 붙여서 종이 표면에는 모두 새와 짐승을 그리고, 오색실로 애호를 둘렀다."

라고 하였으니, 단옷날 애호를 바치는 것은 곧 역시 중국의 오랜 풍속이다.

---

1) 궁선(宮扇)과 애호(艾虎) : 궁선은 궁중에서 사용하는 둥근 장식용 부채이고, 애호는 쑥으로 채색한 호랑이를 만들어 액막이용으로 사용하는 장식물이다.

2) 『계암만필(戒庵漫筆)』 : 명나라 이후(李詡)가 지었다.

原文

艾虎
애 호

端午日 工曹進宮扇艾虎 戒庵漫筆 端午賜京官宮
단 오 일 공 조 진 궁 선 애 호 계 암 만 필 단 오 사 경 관 궁

扇 竹骨紙面 俱畫翎毛 五色線纏繞艾虎云 端午艾
선 죽 골 지 면 구 화 령 모 오 색 선 전 요 애 호 운 단 오 애

虎 卽亦中國舊俗.
호 즉 역 중 국 구 속

십가소(十可笑)[1]

『대두야담(戴斗夜談 : 저자 미상)』에 이르기를,

“북경에 서로 전하는 말 중에 열 가지 가소로운 명물이 있다. 광록시(光祿寺 : 궁중의 요리를 맡은 관청)의 찻물〔茶湯〕, 태의원(太醫院 : 황제의 전속 의원)의 약방문〔藥方〕, 신악관(神樂觀 : 도교의 절과 음악을 연습하는 곳)의 기도와 푸닥거리〔祈禳〕, 무고사(武庫司 : 무기 보관을 맡아보던 관청)의 칼과 창〔刀鎗〕, 영선사(營繕司 : 토목 공사를 맡은 관청)의 일터〔作場〕, 양제원(養濟院 : 빈민을 구제하는 요양 기관)의 옷과 양식〔衣粮〕, 교방사(教坊司 : 음악을 맡은 관청)의 여자〔婆娘〕, 도찰원(都察院 : 최고의 검찰 기관)의 헌법 기강〔憲綱〕, 국자감(國子監 : 국립대학)의 공부방〔學堂〕, 한림원(翰林院 : 학예술원(學藝術院))의 문장(文章) 등이다.”

라고 하였으니, 이는 곧 한(漢)나라의 속담에 ‘<문장으로>

---

1) 십가소(十可笑) : 열 가지 가소로운 일.

수재(秀才)에 합격되었으나 글을 모르고, 효렴(孝廉)[2)]으로 뽑혀도 아버지와 따로 거처한다.'는 말과 같은 것이다.

우리나라 속담에도 '관청 돼지 배가 아프다'는 말이 있으니, 이것은 마치 '월(越)나라 사람이 진(秦)나라 사람의 야윈 꼴을 무관심하게 본다'는 말과 같다. 이들은 이름만 있고 실상은 없다는 의미이다. 한(漢)나라 시대의 효렴(孝廉)도 오히려 이렇거늘, 어찌 하물며 뒷세상의 일일까 보냐?

---

2) 효렴(孝廉) : 한나라 때 관리를 선발하는 과목의 하나이다.

原文

十可笑
십가소

戴斗夜談 京師相傳十可笑 光祿寺茶湯 太醫院藥
대두야담 경사상전십가소 광록시다탕 태의원약
方 神樂觀祈禳 武庫司刀鎗 營繕司作場 養濟院衣
방 신악관기양 무고사도창 영선사작장 양제원의
粮 教坊司婆娘 都察院憲綱 國子監學堂 翰林院文
량 교방사파낭 도찰원헌강 국자감학당 한림원문
章 猶漢世諺稱 擧秀才 不知書 察孝廉 父別居之
장 유한세언칭 거수재 부지서 찰효렴 부별거지
謂也.
위야

我東諺有云 官猪腹痛 猶言越視秦瘠也 其名存實
아동언유운 관저복통 유언월시진척야 기명존실
無 漢世孝廉猶然 何況後世乎.
무 한세효렴유연 하황후세호

자규(子規)—접동새

원(元)나라의 지정(至正) 19년(1359년)에 자규(子規 : 접동새, 소쩍새)가 거용관(居庸關)에서 울었다고 한다. 거용관은 황성(연경)과의 거리가 70리요, 연경의 팔경(八景) 중에서 '거용관의 첩첩이 쌓인 푸른 숲'이 그 하나이다. 원나라의 왕운(王惲)[1)]이 이르기를,

"진시황(秦始皇)이 장성(長城)을 쌓을 때에 역군들이 이곳에 자리 잡고 쉬었다 하여 곧 거용(居庸)이라고 일컬었다. 모용수(慕容垂)[2)]가 모용농(慕容農)을 열옹(蠮螉)의 요새로 내보냈다

---

1) 왕운(王惲) : 원(元)나라 때의 관리이자 문학가로, 자는 중모(仲謀)이고 호는 추간(秋澗)이다. 관직이 한림학사(翰林學士)와 지제고(知制誥)에 이르렀으며, 사람됨이 정직하고 청렴결백하여 일찍이 탐관오리를 탄핵하고 억울한 누명을 바로잡았으며 군대를 강화하였다. 또한 세조(世祖)·유종(裕宗)·성종(成宗) 등을 섬긴 충직한 간신이기도 하다.

2) 모용수(慕容垂) : 5호 16국 시대 후연(後燕)을 건국한 제1대 왕

고 했는데, 열옹은 곧 거용의 잘못 변한 소리라고 한다."
라고 하였다.

내가 일찍이 한 번 거용관에 가고자 했으나, 왕복 140리나 되고 보니 하루 동안에 다녀오기에는 어렵겠으므로 그만두었더니, 지금에는 한스러운 일이로다.

(326~396)으로, 자는 도명(道明)이고 시호는 무성 황제(武成皇帝)이다. 352년에 오(吳)나라 왕으로 봉해져 동진(東晋)의 침입을 물리친 공을 세웠으나, 숙부인 모용평(慕容評)의 시기를 받아 전진(前秦)으로 망명하였다가 386년에 독립하여 후연(後燕)을 세웠다.

原文

子規
자 규

元至正十九年 子規啼於居庸關 關距皇城七十里
원 지 정 십 구 년 자 규 제 어 거 용 관 관 거 황 성 칠 십 리
燕都八景 居庸疊翠 其一也 元王惲以爲始皇築長城
연 도 팔 경 거 용 첩 취 기 일 야 원 왕 운 이 위 시 황 축 장 성
時 居息庸徒於此地 遂稱居庸 慕容垂遣慕容農 出
시 거 식 용 도 어 차 지 수 칭 거 용 모 용 수 견 모 용 농 출
蠮螉塞 卽居庸之訛音云.
열 옹 새 즉 거 용 지 와 음 운

余嘗欲一至居庸 而往返爲一百四十里 則有難於
여 상 욕 일 지 거 용 이 왕 반 위 일 백 사 십 리 즉 유 난 어
一日中周旋 故止焉 至今爲恨.
일 일 중 주 선 고 지 언 지 금 위 한

경수사 대장경 비략(慶壽寺大藏經碑略)

“국가에서 불법(佛法 : 불교)을 숭상하고 신봉하여 큰 절을 짓고는 반드시 불경을 안치한다. 그리하여 천하의 글씨 잘 쓰는 자들을 모아서 황금가루를 이겨 불경을 베낌으로써 그 위엄을 보이고, 천하에 각자(刻字) 잘하는 자들을 뽑아 좋은 나무에 판각하여 보전함으로써 널리 전파하도록 한다.

북경에 있는 모든 절에는 날마다 밥을 먹여 기르는 중들이 단정하게 앉아서 때를 지어 불경을 외우고, 종을 치며 소라고동을 부는 소리가 밤낮으로 끊이지 않는다. 한 해에 또 한두 번은 칙사를 역마에 태워 보내어 향과 폐물을 바치되 온 천하를 골고루 돌아다니게 한다. 또한 이렇게 해야만 온 항하사(恒河沙)[1]의 세계가 모두 복을 받게 된다. 아아, 지극하도다.

고려(高麗)는 예로부터 시서(詩書)와 예의(禮義)의 나라로 불

1) 항하사(恒河沙) : 『금강경(金剛經)』에 나오는 말인데, 사물(事物)이 셀 수조차 없을 정도로 많음을 항하 모래의 숫자에 비유하였다.

려왔으므로 원나라가 천하를 차지하자, 세조 황제(世祖皇帝 : 홀필렬(忽必烈))는 은혜로 맺고 예법으로 대접함이 또한 유달랐었다. 부자(고려의 원종과 충렬왕)가 왕위를 이어서 모두 부마(駙馬)의 자리를 차지하였다.

지금 왕—충선왕(忠宣王)—은 또한 총명함과 충효로 황제와 황태후에게 사랑을 받게 되어, 대덕(大德 : 원(元)나라 성종(成宗)의 연호, 1297~1307) 을사년(1305년)에는 불경을 〈경수사(慶壽寺)에〉 시주하여 대경수사(大慶壽寺)에 넣고 황제께 영광을 돌려 보답하였다. 이 절은 유황(裕皇 : 원나라 성종의 별칭인 듯하다)의 복을 비는 곳으로써 수도의 여러 절 중에 가장 오래된 절이다. 황경(皇慶 : 원나라 인종의 연호, 1312~1313) 원년(1312년) 여름 6월에 황제께서 신에게 일러 이에 대한 글을 짓고 돌에 새기게 하였다.

충선왕의 이름은 장(璋)인데, 어진 사람을 좋아하고 착한 일을 즐겨 도덕과 문장을 갖추었다. 세조를 섬기게 되자, 황제의 생질로서 세자가 되어 숙위(宿衛)로 입직하여 포상을 받았고, 성종(成宗) 때에는 뽑혀서 공주에게 장가들었다. 또 대덕 말년에는 지금 황제(인종(仁宗))를 따라서 내란(內亂)을 평정하였고, 무종(武宗) 황제를 세우는 데 공로가 있어서 '추충규의협모좌운공신 개부의동삼사 태자태사 상주국부마도위 심왕정동행중서성우승상(推忠揆義協謀佐運功臣 開府儀同三司 太子太師 上柱國駙馬都尉 瀋王征東行中書省右丞相)'으로 삼아 고려국왕의 자리를 이어받게 하였고, 지금 황제가 즉위하여 책훈

(策勳)으로 태위(太尉)를 더하였다."

이 비문은 정거부(程鉅夫)[2]가 지은 것으로 『설루집(雪樓集)』에 실려 있는데, 그 사연을 보면 비난하고 풍자하는 말이 많았다. 대체로 외국 사람을 위해 저술한다고 빙자하여 약간 자기의 견해를 보인 것이다. 우리 『고려사(高麗史)』에는 반드시 실려 있지 않을 터이므로 그 대략을 끊어서 기록해 둔다.

2) 정거부(程鉅夫) : 원나라의 문학가 정문해(程文海). 거부는 자인데, 무종(武宗)의 이름을 휘해서 자를 이름으로 썼다. 호는 설루(雪樓)·원재(遠齋)이며, 저서에 『설루집(雪樓集)』이 있다.

原文

慶壽寺大藏經碑略
경 수 사 대 장 경 비 략

國家崇信佛法　建大佛寺　必置經藏　叢天下之工書
국 가 숭 신 불 법　건 대 불 사　필 치 경 장　총 천 하 지 공 서
者　泥黃金繕寫　以示其嚴　選天下之善鎪者　刊美木
자　이 황 금 선 사　이 시 기 엄　선 천 하 지 선 수 자　간 미 목
傳刻　以致其廣.
전 각　이 치 기 광

京師諸寺日飯僧　端坐群誦　撞鍾吹螺　晝夜不絶
경 사 제 사 일 반 승　단 좌 군 송　당 종 취 라　주 야 부 절
歲又一再遣使　乘驛奉香幣　徧天下　亦如之　斯盡恒
세 우 일 재 견 사　승 역 봉 향 폐　편 천 하　역 여 지　사 진 항
河沙界　並受其福　於虖至矣.
하 사 계　병 수 기 복　어 호 지 의

高麗古稱詩書禮義之國　皇元之有天下也　世祖皇
고 려 고 칭 시 서 예 의 지 국　황 원 지 유 천 하 야　세 조 황
帝結之恩待之禮　亦最優異　父子繼王　並列貳館.
제 결 지 은 대 지 례　역 최 우 이　부 자 계 왕　병 렬 이 관

今王－忠宣王　又以聰明忠孝　爲皇帝皇太后所親幸
금 왕　충 선 왕　우 이 총 명 충 효　위 황 제 황 태 후 소 친 행
大德乙巳　乃施經一藏　入大慶壽寺　歸美以報于上
대 덕 을 사　내 시 경 일 장　입 대 경 수 사　귀 미 이 보 우 상
寺爲裕皇祝釐之所　於京城諸刹　爲最古　皇慶元年夏
사 위 유 황 축 리 지 소　어 경 성 제 찰　위 최 고　황 경 원 년 하
六月　謂某爲文勒之石.
유 월　위 모 위 문 륵 지 석

王名璋 好賢樂善 有德有文 逮事世祖 以皇甥爲
왕명장 호현락선 유덕유문 체사세조 이황생위
世子 入宿衛 被賞識 成宗朝選尙公主 大德末年
세자 입숙위 피상식 성종조선상공주 대덕말년
從今上平內難 立武宗有功 爲推忠揆義協謀佐運功
종금상평내난 입무종유공 위추충규의협모좌운공
臣 開府儀同三司 太子太師 上柱國駙馬都尉 瀋王
신 개부의동삼사 태자태사 상주국부마도위 심왕
征東行中書省右丞相 嗣高麗國王 今上卽位 策勳加
정동행중서성우승상 사고려국왕 금상즉위 책훈가
太尉.
태위

碑程鉅夫所撰也 在雪樓集 辭多譏諷 蓋寓諸外國
비정거부소찬야 재설루집 사다기풍 개우저외국
撰述 以微見其志 麗史未必見載 故截錄其略.
찬술 이미견기지 려사미필견재 고절록기략

황량대(謊糧臺)

동악묘(東嶽廟)에서 5리를 못 미쳐 황량대(荒凉臺)라는 곳이 있는데, 이는 글자가 잘못된 것이다. 『장안객화(長安客話)』[1]에,

"당나라 태종(太宗)이 고구려(高句麗)를 정벌할 때 일찍이 군사를 이곳에 주둔하고 거짓으로 곡식 창고를 설치하여 상대방을 속였으므로, 세속에서는 이 땅을 황량대(謊糧臺 : 거짓 곡식의 축대)라고 불렀다."

라고 하니, 그 말이 옳을 듯하다.

---

1) 『장안객화(長安客話)』 : 명나라의 장일규(蔣一葵) 가 지은 책인데, 주로 역사와 지리에 관한 일화를 기록하였다.

原文

謊糧臺
황량대

未及東嶽廟五里 有荒凉臺 非也 長安客話 唐太
미급동악묘오리 유황량대 비야 장안객화 당태
宗征高句麗 嘗屯兵于此 虛設囷倉 以疑敵人 故俗
종정고구려 상둔병우차 허설균창 이의적인 고속
因呼其地曰 謊糧臺 其說似是.
인호기지왈 황량대 기설사시

호원이학지성(胡元理學之盛)
—오랑캐 원나라 이학의 성황

중국의 이학(理學 : 유가 철학 사상)이 융성하기로는 오랑캐 원(元)나라 시대보다 높은 적이 없었고, 또 두 가지 이상한 일이 있었으니, 원나라가 개국하던 초기에 도사이면서 유학(儒學)을 논하고, 승려이면서도 유학의 행실을 남긴 것이다.

장춘진인(長春眞人) 구처기(邱處機)[1]의 자는 통밀(通密)인데, 등주(登州) 사람으로 장춘은 그의 별호이다. 금(金)나라의 황통(皇統) 무진년(1148년) 5월 19일에 태어나서, 정우(貞祐 : 금나라 선종(宣宗)의 연호, 1213~1217) 을해년(1215년)에 금나라 임금이 그를 불렀으나 가지 않았고, 기묘년(1219년)에 송나라

1) 구처기(邱處機) : 원(元)나라의 도사(道士). 자는 통밀(通密)이고, 호는 장춘자(張春子)이며, 일명은 장춘진인(長春眞人)이다. 도교(道教)의 한 파인 전진교(全眞教)의 칠진인(七眞人) 가운데 한 사람이며, 칭기즈칸으로부터 초청을 받아 중앙아시아를 여행하면서 『장춘진인서유기(長春眞人西遊記)』를 남겼다.

에서도 사신을 보내어 불렀으나 역시 응하지 않았다.

이 해 5월에 몽고의 태조(칭기즈칸)가 내만(奈蠻 : 몽고의 별부(別部))에서 측근의 신하를 시켜 손수 쓴 조서를 보내 초청을 하니, 드디어 부름에 응하였다. 철문관(鐵門關)[2]을 넘어 수십 개 나라의 땅 10,000여 리를 지나 황제를 설산(雪山)에서 보게 되었다. 그는 첫째 "천하를 통일하는 방법에는 살인을 좋아하지 않는 데 있다"고 대답하였고, 대규모의 사냥을 말리며 말하기를,

"하늘의 도는 살리기〔生〕를 좋아한답니다."

라고 하였고 정치하는 방법에 대해서 물었더니,

"하늘을 공경하고 백성을 사랑하여야지요."

라고 대답하였다. 몸을 닦는〔修身〕 도리에 대해서 물었더니,

"마음을 맑게 하고 욕심을 적게 하소서."

라고 대답하였고 장생(長生)하는 약에 대해서 물었을 때에는,

"위생(衛生)하는 길은 있지만, 장생할 약은 없소이다."

라고 하였다.

그리하여 황제가 불러 자리에 나아가 앉을 때마다 황제에게 권하는 말은 모두 자애와 효도에 관한 이야기들이었다. 이것이 어찌 도사의 입에서 나온 유가의 말이 아니라고 하겠는가?

---

2) 철문관(鐵門關) : 지금의 러시아와 중앙아시아 접경에 있는 관문 이름이다.

이때에 몽고가 중원 땅을 유린하였는데, 하남(河南)과 하북(河北)이 더욱 심하였다. 백성들은 포로가 되어 살육을 당해도 목숨을 피할 곳이 없었다. 그러자 구처기는 연경으로 돌아가서 그 문도를 시켜 통첩을 가지고 전쟁 중에 유랑하는 자들을 불러 구제하였다. 이로써 남의 종이 되었던 자가 다시 양민의 신분이 되기도 하거니와, 죽을 지경에 있다가 갱생의 길을 얻은 이도 무려 2, 3만 명이나 되었다. 이 이야기는 『원사(元史)』에 나온다.

또 해운국사(海雲國師)의 이름은 인간(印簡)인데, 산서(山西) 영원(寧遠) 땅 사람이다. 나이 열한 살에 능히 대중 앞에서 강의를 하여 많은 악당들을 감화시켰다. 그리하여 금나라 선종(宣宗)은 그에게 통원광혜대사(通元廣惠大師)라는 호를 내렸다. 영원성이 〈몽고에게〉 함락되자, 그의 스승인 중관(中觀)과 함께 모두 사로잡혔다. 원나라의 성길사(징기즈칸) 황제 -원나라 태조-가 사신을 대사에게 보내어 말하기를,

"늙은 장로(長老)도 젊은 장로도 모두 좋습니다."

라고 하였다. 이로부터 세상에서는 모두 그를 '젊은 장로'라고 불렀다.

해운국사는 매양 대관인(大官人) 홀도호(忽都護)에게 이르기를,

"공자(孔子)는 성인이시니 마땅히 대대로 봉하여 제사를 받들게 할 것이요, 안자(顔子)·맹자(孟子)의 후손과 주공(周公)·공자의 학문을 배운 자는 마땅히 모두 부역(賦役)을 면제하여 그

학업에 부지런히 종사하도록 할 일입니다."
라고 하니, 〈홀도호는〉 그 말을 좇았었다.

이 이야기는 왕만경(王萬慶)이 지은 구급탑(九級塔)[3] 비문에 보인다. 이것이 어찌 승려로서 유가의 행세를 하는 것이 아니겠는가? 아울러 여기에 적어 둔다.

3) 구급탑(九級塔) : 경수사(慶壽寺)에 있던 9층 탑이다.

原文

胡元理學之盛
호 원 이 학 지 성

中國理學之盛 莫尙于胡元之世 而又有兩異事 元
중 국 이 학 지 성 막 상 우 호 원 지 세 이 우 유 량 이 사 원
開國之初 道士之儒言 釋氏之儒行也.
개 국 지 초 도 사 지 유 언 석 씨 지 유 행 야

長春眞人邱處機 字通密 登州人 長春其號也 生
장 춘 진 인 구 처 기 자 통 밀 등 주 인 장 춘 기 호 야 생
于金皇統戊辰五月十九日 貞祐乙亥 金主召 不起
우 금 황 통 무 진 오 월 십 구 일 정 우 을 해 금 주 소 불 기
己卯 宋亦遣使召之 又不起.
기 묘 송 역 견 사 소 지 우 불 기

是年五月 蒙古太祖自柰蠻 遣近侍持手詔致聘 遂
시 년 오 월 몽 고 태 조 자 내 만 견 근 시 지 수 조 치 빙 수
赴召 踰鐵門關 經數十國地萬餘里 見帝於雪山 首
부 소 유 철 문 관 경 수 십 국 지 만 여 리 견 제 어 설 산 수
以一天下者 在不嗜殺人爲對 諫止大獵 則曰天道好
이 일 천 하 자 재 불 기 살 인 위 대 간 지 대 렵 즉 왈 천 도 호
生 問爲治之方 對以敬天愛民 問修身之道 則對以
생 문 위 치 지 방 대 이 경 천 애 민 문 수 신 지 도 즉 대 이
淸心寡欲 問長生之藥 則曰有衛生之經 無長生之
청 심 과 욕 문 장 생 지 약 즉 왈 유 위 생 지 경 무 장 생 지
藥.
약

每召就坐 勸帝者皆慈孝之說也 豈非道士而儒言
매 소 취 좌 권 제 자 개 자 효 지 설 야 기 비 도 사 이 유 언

者乎.
자 호

是時蒙古踐蹂中原 河南北尤甚 民罹俘戮 無所逃
시 시 몽 고 천 유 중 원 하 남 북 우 심 민 리 부 륙 무 소 도

命 處機還燕 使其徒持牒 招求於戰伐之餘 由是爲
명 처 기 환 연 사 기 도 지 첩 초 구 어 전 벌 지 여 유 시 위

人奴者得復爲良 與瀕死而得更生者 毋慮二三萬人
인 노 자 득 복 위 량 여 빈 사 이 득 갱 생 자 무 려 이 삼 만 인

此出元史.
차 출 원 사

又海雲國師名印簡 山西之寧遠人也 年十一 能開
우 해 운 국 사 명 인 간 산 서 지 영 원 인 야 연 십 일 능 개

衆講義濟衆凶 金宣宗賜號通元廣惠大師 寧遠城陷
중 강 의 제 중 흉 금 선 종 사 호 통 원 광 혜 대 사 영 원 성 함

與其師中觀皆被執 元成吉思皇帝-元太祖 遣使語大
여 기 사 중 관 개 피 집 원 성 길 사 황 제 원 태 조 견 사 어 대

師曰 老長老小長老皆可好 自是天下皆稱小長老焉.
사 왈 노 장 로 소 장 로 개 가 호 자 시 천 하 개 칭 소 장 로 언

海雲每言于大官人忽都護曰 孔子聖人 宜世封以
해 운 매 언 우 대 관 인 홀 도 호 왈 공 자 성 인 의 세 봉 이

祀 顔子孟子之後 及習周公孔子之學者 宜皆免差役
사 안 자 맹 자 지 후 급 습 주 공 공 자 지 학 자 의 개 면 차 역

以勤服其業 從之.
이 근 복 기 업 종 지

此見王萬慶所撰九級塔碑文 豈非釋氏而儒行者歟
차 견 왕 만 경 소 찬 구 급 탑 비 문 기 비 석 씨 이 유 행 자 여

玆並錄之.
자 병 록 지

배형(拜荊)—가시나무에 절하다

내가 일찍이 풍윤현(豐潤縣)을 지날 때에 그 동북쪽에는 진왕산(秦王山)이 있는데, 다만 가시덤불이 떨기로 자라고 있을 뿐이었다. 전설에 의하면,

"당나라 태종(太宗)이 진왕(秦王)으로 있을 때 이 산에 올라 가시나무를 보고 놀라서 '이 가시나무는 우리 동리 훈장이 내게 글의 구절 떼는 법을 가르칠 때 쓰던 회초리이다.' 하고는 말에서 내려 절을 하였는데, 그때 가시나무들은 모두 머리를 땅쪽으로 드리우고 엎드리는 듯하였다."

라고 하는데, 지금에도 그 시늉을 내는 듯싶다.

原文

拜荊
배 형

余嘗過豐潤縣 其東北 有秦王山 惟荊叢生 相傳
여 상 과 풍 윤 현 기 동 북 유 진 왕 산 유 형 총 생 상 전
唐太宗爲秦王時 登此山 見荊 愕然曰 此里師授吾
당 태 종 위 진 왕 시 등 차 산 견 형 악 연 왈 차 리 사 수 오
句讀時 所用扑也 下馬拜之 荊皆垂首嚮地 如頫伏
구 두 시 소 용 복 야 하 마 배 지 형 개 수 수 향 지 여 부 복
狀 至今猶然.
상 지 금 유 연

환향하(還鄕河)

풍윤현(豊潤縣)과 옥전현(玉田縣) 사이에는 환향하가 있다. 이곳 물이란 물은 모두 동쪽으로 흐르는 터인데, 유독 이 강만은 서쪽으로 흐른다.

『연산총록(燕山叢錄)』[1]에,

"송나라 휘종(徽宗)[2]이 이 강의 다리를 건너고 나서 말을 세우고 사방을 둘러보면서 처량하게 하는 말이, '이 물을 지나면 점차 큰 사막이 가까울 것이다. 나는 어찌 이 강물처럼 고향으로 돌아갈 수 있을 것인가?' 하고는 식사도 하지 않고 갔다."

라고 하였다.

어떤 이는 이르기를,

"석소주(石少主)가 〈환향하라고〉 이름 지은 것을 사람들이

---

1) 『연산총록(燕山叢錄)』 : 명나라 서창조(徐昌祚)가 지었다.

2) 송나라 휘종(徽宗) : 금나라의 포로가 되어 죽은 황제이다.

지금까지도 그대로 부른다."
라고 하니, 석소주라는 사람은 아마도 석진(石晉)[3]의 젊은 임금인 중귀(重貴 : 석경당의 아들)로서 역시 거란의 포로가 되어 이 강을 지나갔을 것이다.

3) 석진(石晉) : 석경당(石敬塘)이 세운 후진(後晉)을 말한다.

原文

還鄕河
환 향 하

豊潤玉田之間　有還鄕河　凡水皆東流　而獨此河西流.
풍 윤 옥 전 지 간　유 환 향 하　범 수 개 동 류　이 독 차 하 서 류

燕山叢錄　宋徽宗過河橋　駐馬四顧　悽然曰　過此漸近大漠矣　吾安得似此水還鄕乎　不食而去云.
연 산 총 록　송 휘 종 과 하 교　주 마 사 고　처 연 왈　과 차 점 근 대 막 의　오 안 득 사 차 수 환 향 호　불 식 이 거 운

或曰　石少主所命之名　而人至今呼之　石少主者似是石晉少主重貴　而亦爲契丹所虜　當過此也.
혹 왈　석 소 주 소 명 지 명　이 인 지 금 호 지　석 소 주 자 사 시 석 진 소 주 중 귀　이 역 위 거 란 소 로　당 과 차 야

계원필경(桂苑筆耕)

『당서(唐書)』 예문지(藝文志)에 '신라(新羅) 최치원(崔致遠)의 『계원필경(桂苑筆耕)』 4권'이란 글이 적혀 있으나, 뒷날 책을 쓰는 사람들이 이 서목(書目)을 인용하였지만 그 내용은 보이지 않는다. 책이 없어진 지 오래된 모양이다.[1)]

1) 책이 …… 모양이다. : 『계원필경』은 없어진 것이 아니었으나, 다만 연암이 보지 못했던 것이다.

原文

桂苑筆耕
계 원 필 경

唐書藝文志 有新羅崔致遠桂苑筆耕四卷 而後來
당 서 예 문 지 유 신 라 최 치 원 계 원 필 경 사 권 이 후 래
著書家引用書目 無見焉 書亡當久.
저 서 가 인 용 서 목 무 견 언 서 망 당 구

천불사(千佛寺)

밀운(密雲)으로부터 덕승문(德勝門)으로 들어갈 때에 길이 무척 진데다가 또 양 떼들이 길을 막아 더 갈 수 없어서, 드디어 말에서 내려 역관(譯官) 홍명복(洪命福)과 함께 길가에 있는 천불사(千佛寺)에 들러서 잠시 쉬었다.

부처가 앉은 자리에는 1,000개의 연꽃이 둘러싸고, 연꽃은 1,000개의 불상을 둘러싸고 있었다. 천존불(天尊佛) 24구(軀)와 18나한(羅漢)은 모두 우리나라에서 바친 것이라고 한다. 이 사실은 명나라 사람 유동인(劉同人 : 유동(劉侗))의 『제경경물략(帝京景物略)』을 근거로 한 이야기이다. 그런데 『녹수잡지(淥水雜識)』[1]에는 이미 교응춘(喬應春)의 비문에 의거하여 〈부처는〉 태감(太監) 양용(楊用)이 주조(鑄造)했다고 하였으나, 모를 일이다.

---

1) 『녹수잡지(淥水雜識)』 : 청(淸)나라 납란성덕(納蘭性德)이 지은 『녹수정잡지(淥水亭雜識』의 약칭이다.

原文

千佛寺
천불사

自密雲入德勝門時 路甚泥濘 群羊且塞路 不可行
자 밀 운 입 덕 승 문 시 노 심 니 녕 군 양 차 색 로 불 가 행
遂下馬 與洪譯命福 入路傍千佛寺 少憩.
수 하 마 여 홍 역 명 복 입 로 방 천 불 사 소 게

佛座繞千蓮 蓮繞千佛 尊天諸佛二十四軀及十八
불 좌 요 천 련 연 요 천 불 존 천 제 불 이 십 사 구 급 십 팔
羅漢 皆我國所進云 此據劉同人景物略爲說 而殊不
나 한 개 아 국 소 진 운 차 거 유 동 인 경 물 략 위 설 이 수 불
識淥水雜識 已據喬應春碑 爲太監楊用所鑄也.
식 녹 수 잡 지 이 거 교 응 춘 비 위 태 감 양 용 소 주 야

9

황도기략(黃圖紀略)

황도(黃圖)란 본래 수도를 의미하는 말로, 여기에서는 북경(연경)을 뜻한다. 황도기략은 북경의 궁성을 비롯하여 명승고적(名勝古蹟)에 관한 기록이다.

황성 9문(皇城九門)—북경의 아홉 개 성문

황성(皇城 : 북경)의 둘레는 40리인데, 바둑판처럼 〈평평하고 네모반듯하게〉 생겼다. 성문이 9개 있는데, 정남쪽은 정양문(正陽門)이요, 동남쪽은 숭문문(崇文門)이요, 서남쪽은 선무문(宣武門)이요, 정동쪽은 조양문(朝陽門)이요, 동북쪽은 동직문(東直門)이요, 정서쪽은 부성문(阜成門)이요, 서북쪽은 서직문(西直門)이요, 북서쪽은 덕승문(德勝門)이요, 북동쪽은 정안문(定安門)이라고 부른다.

황성 안에는 자금성(紫禁城)이 있어 둘레는 17리인데, 붉은 담장을 두르고 지붕에는 황금빛 유리기와를 덮었다. 자금성에는 문이 4개 있는데, 북쪽을 지안문(地安門), 남쪽을 천안문(天安門), 동쪽을 동안문(東安門), 서쪽을 서안문(西安門)이라고 부른다.

자금성 안에는 궁성(宮城 : 황제가 거처하는 곳)이 있으며, 정남쪽은 태청문(太淸門)이요, 제2문은 곧 자금성의 천안문(天安門)이요, 제3문은 단문(端門)이요, 제4문은 오문(午門)이요, 제

5문은 태화문(太和門)이다. 궁성의 후문은 건청문(乾淸門)이요, 건청문의 북쪽은 신무문(神武門)이요, 동쪽은 동화문(東華門)이요, 서쪽은 서화문(西華門)이다.

황성 9개의 문루(門樓)는 모두 처마가 3겹이요, 문마다 옹성(甕城)이 붙어 있으며, 옹성에는 모두 2층 적루(敵樓 : 적을 감시하기 위해 만든 누각)가 있고, 쇠로 감싼 관문이 성문과 마주 보고 섰고, 좌우에는 모두 편문(便門)이 있다.

<황성의> 정남쪽 한 면은 외성(外城)인데 7개의 문이 났으니, 내성 9개의 성문과 만든 제도가 같다. 정남쪽이 영정문(永定門)이요, 남쪽의 왼편이 좌안문(左安門)이요, 남쪽의 오른편이 우안문(右安門)이요, 동쪽이 광거문(廣渠門)이요, 서쪽이 광녕문(廣寧門)이요, 광거문의 동쪽 모퉁이는 동편문(東便門)이요, 광녕문의 서쪽 모퉁이는 서편문(西便門)이라고 한다.

지안문 밖에는 고루(鼓樓)가 있고, 고루의 북쪽에는 종루(鍾樓)가 있다. <자금성에는> 각루(角樓)[1]가 6개요, 수관(水關)[2]이 3개이다. 황성을 두른 해자의 못물은 옥천산(玉泉山)에서 발원하여 고량교(高梁橋)를 지나 물은 두 갈래로 흩어진다. 한 갈래는 성 북쪽을 돌아 동쪽으로 꺾여 남쪽으로 흐르고, 한 갈래는 성 서쪽을 돌아 남으로 꺾여 동쪽으로 흘러가서 자금성에 들어가 태액지(太液池)가 되었다. 이 물은 9개의 문을

1) 각루(角樓) : 전망을 보거나 방어를 위해 담 위에 세운 누각이다.

2) 수관(水關) : 성벽을 뚫어 성 안으로 물을 끌어들이는 갑문이다.

감돌아 9개의 삽회(牐滙 : 수문(水門))를 지나서 대통교(大通橋)에 이르는데, 물이 흐르는 동서쪽 언덕은 모두 벽돌과 돌로 축대를 쌓았다.

9개 성문에 있는 해자(못물)에는 모두 큰 돌다리를 놓았다. 외성의 해자에 흐르는 못물도 역시 옥천산의 물이 갈라져 흘러 서쪽 각루(角樓)에 이르러 성을 감돌아 남쪽으로 흘러서 동쪽으로 꺾어 가다가 동쪽 각루(角樓)에 이르러 7개의 문을 거쳐 동쪽으로 운하(運河)로 들어가는데, 각기 다리 하나씩 걸쳐 있다.

내성에는 큰 거리가 16개에, 구역을 나눈 방(坊)이 24개 있다. 태청문의 동쪽은 부문방(敷文坊)이요, 서쪽은 진무방(振武坊)이요, 숭문문 안의 맞은편 방은 취일방(就日坊)이요, 선무문 안의 맞은편 방은 첨운방(瞻雲坊)이요, 동대구(東大衢) 사패루(四牌樓) 있는 곳이 이인방(履仁坊)이요, 서대구(西大衢) 사패루는 행의방(行義坊)이요, 태학(太學)의 동서로 마주보는 방은 성현방(成賢坊)이요, 부학(府學)의 동서로 마주보는 방은 육현방(育賢坊)이요, 제왕묘(帝王廟)의 동서로 마주보는 방은 경덕방(景德坊)이라고 한다.

똑바로 정양문을 나서서 10리를 가면 남교(南郊)인데, 원구(圜丘)[3]가 그곳에 있고, 정안문 밖으로 곧장 10리를 가면 북교(北郊)인데, 방택(方澤)[4]이 그곳에 있다. 조양문에서 줄곧

3) 원구(圜丘) : 천자(天子)가 동짓날 하늘에 제사 지내던 곳이다.

10리를 나가면 동교인데 아침 해가 여기에서 뜨고, 부성문에서 줄곧 10리를 나가면 서교(西郊)인데 여기에서 달이 진다.

태묘(太廟)는 대궐의 왼쪽에 있고, 사직(社稷)은 대궐의 오른쪽에 있고, 육과(六科)[5]는 단문의 좌우에 있으며, 육부(六部)와 모든 행정기구는 태청문 밖의 좌우에 있다.

내가 이미 중국으로부터 돌아와 지나온 곳을 매양 회상할 때마다 모두가 감감하여 마치 아침노을이 눈을 가리는 듯하고, 침침하기는 마치 넋을 잃은 새벽 꿈결인 양 싶어서, 남북의 방위를 바꾸기도 하고 명목과 실상이 헝클어지기도 하였다.

하루는 정석치(鄭石痴)[6]로 하여금 『팔기통지(八旗通志)』[7]를 참고하여 황성 전체가 나오도록 그려 달라고 하였다. 한번 지도를 펼쳐보니 황성의 성곽과 연못, 궁궐과 가방(街坊 : 거리와 동네), 부서(府署 : 관청)들이 마치 손금을 들여다보는 듯하고, 지상(紙上)에서 마치 신발 끄는 소리가 들리는 듯하기

---

4) 방택(方澤) : 하짓날 땅에 제사 지내던 곳이다.

5) 육과(六科) : 육부의 잘못을 살피고 감독하는 기관이다.

6) 정석치(鄭石痴) : 연암의 친구 정철조(鄭喆祚)인데, 그림에도 능하고 벼루도 잘 만들었으므로 호를 석치(石痴 : 돌에 빠진 바보)라고 하였다. 자는 성백(城白)이다.

7) 『팔기통지(八旗通志)』 : 북경의 명승지와 건축물을 비롯해 학문이나 예술 등 모든 분야에 걸친 사항을 종합적으로 해설해 놓은 책이다.

에, 드디어 요긴한 대목을 추려 이 편의 맨 앞에다가 기록하고, '황도기략(黃圖紀略)'이라 불렀다.

대체로 북경의 도시 제도가 앞은 조정이고, 뒤는 저자이며, 왼쪽은 종묘(宗廟)이고, 오른쪽은 사직이다. 9개의 문이 바르고 9개의 거리가 곧아서, 도성 하나가 바르게 되자 천하가 바로잡히게 되었다.

原文

黃圖紀略
황 도 기 략

皇城九門
황 성 구 문

皇城周四十里　若棊局然　九門　正南曰正陽　東南
황 성 주 사 십 리　약 기 국 연　구 문　정 남 왈 정 양　동 남
曰崇文　西南曰宣武　正東曰朝陽　東北曰東直　正西
왈 숭 문　서 남 왈 선 무　정 동 왈 조 양　동 북 왈 동 직　정 서
曰阜成　西北曰西直　北西曰德勝　北東曰定安.
왈 부 성　서 북 왈 서 직　북 서 왈 덕 승　북 동 왈 정 안

皇城之內　爲紫禁城　周十七里　紅墻覆黃琉璃瓦
황 성 지 내　위 자 금 성　주 십 칠 리　홍 장 복 황 유 리 와
門四　北曰地安　南曰天安　東曰東安　西曰西安.
문 사　북 왈 지 안　남 왈 천 안　동 왈 동 안　서 왈 서 안

紫禁城之內爲宮城　正南曰太淸門　第二卽紫禁城
자 금 성 지 내 위 궁 성　정 남 왈 태 청 문　제 이 즉 자 금 성
之天安門　第三曰端門　第四曰午門　第五曰太和門
지 천 안 문　제 삼 왈 단 문　제 사 왈 오 문　제 오 왈 태 화 문
後門曰乾淸　乾淸之北曰神武　東曰東華　西曰西華.
후 문 왈 건 청　건 청 지 북 왈 신 무　동 왈 동 화　서 왈 서 화

皇城九門樓　皆三檐　皆有瓮城　瓮城皆有二層敵樓
황 성 구 문 루　개 삼 첨　개 유 옹 성　옹 성 개 유 이 층 적 루
鐵裹門關　與城門相直　而左右皆有便門.
철 과 문 관　여 성 문 상 직　이 좌 우 개 유 편 문

正南一面爲外城　有七門　制同九門　正南曰永定
정남일면위외성　유칠문　제동구문　정남왈영정
南左曰左安　南右曰右安　東曰廣渠　西曰廣寧　廣渠
남좌왈좌안　남우왈우안　동왈광거　서왈광녕　광거
之東隅曰東便　廣寧之西隅曰西便.
지동우왈동편　광녕지서우왈서편

地安門外爲鼓樓　鼓樓之北爲鍾樓　角樓六　水關三
지안문외위고루　고루지북위종루　각루륙　수관삼
城壕　發源玉泉山　經高梁橋　河分兩支　一循城北轉
성호　발원옥천산　경고량교　하분양지　일순성북전
東　折而南　一循城西轉南　折而東　入紫禁城爲太液
동　절이남　일순성서전남　절이동　입자금성위태액
池　繞出九門　經九牐滙　至大通橋　而東西岸　皆甎
지　요출구문　경구삽회　지대통교　이동서안　개전
築石甃.
축석추

九門壕梁　皆置大石橋　外城壕河　亦自玉泉分流
구문호량　개치대석교　외성호하　역자옥천분류
至西角樓　遶城南流　折而東　行至東角樓　歷七門
지서각루　요성남류　절이동　행지동각루　역칠문
東入運河　各跨一橋.
동입운하　각과일교

內城十六街　有二十四坊　太淸門之東曰敷文　西曰
내성십륙가　유이십사방　태청문지동왈부문　서왈
振武　崇文門內之對坊曰就日　宣武門內之對坊曰瞻
진무　숭문문내지대방왈취일　선무문내지대방왈첨
雲　東大衢四牌樓曰履仁　西大衢四牌樓曰行義　太學
운　동대구사패루왈이인　서대구사패루왈행의　태학
東西對坊曰成賢　府學東西對防曰育賢　帝王廟東西
동서대방왈성현　부학동서대방왈육현　제왕묘동서

對防曰景德.
대 방 왈 경 덕

直正陽門十里爲南郊 圓邱在焉 直安定門十里爲
직 정 양 문 십 리 위 남 교 원 구 재 언 직 안 정 문 십 리 위
北郊 方澤在焉 直朝陽門十里爲東郊 朝日於此 直
북 교 방 택 재 언 직 조 양 문 십 리 위 동 교 조 일 어 차 직
阜成門十里爲西郊 夕月於此.
부 성 문 십 리 위 서 교 석 월 어 차

太廟在闕之左 社稷在闕之右 六科在端門左右 六
태 묘 재 궐 지 좌 사 직 재 궐 지 우 육 과 재 단 문 좌 우 육
部及百司 在太淸門外左右.
부 급 백 사 재 태 청 문 외 좌 우

余旣自中國還 每思過境 愔愔如朝霞纈眼 窅窅如
여 기 자 중 국 환 매 사 과 경 음 음 여 조 하 힐 안 요 요 여
曉夢斂魂 朔南易方 名實爽眞.
효 몽 렴 혼 삭 남 역 방 명 실 상 진

一日俾鄭石痴 就八旗通志 圖出皇城 一披圖而城
일 일 비 정 석 치 취 팔 기 통 지 도 출 황 성 일 피 도 이 성
池宮闕街坊府署 如覩掌紋 紙上如聞履屐聲 遂撮其
지 궁 궐 가 방 부 서 여 도 장 문 지 상 여 문 리 극 성 수 촬 기
要 書之卷首 爲黃圖紀略.
요 서 지 권 수 위 황 도 기 략

大約皇都之制 前朝而後市 左廟而右社 九門正而
대 약 황 도 지 제 전 조 이 후 시 좌 묘 이 우 사 구 문 정 이
九衢直 一正都而天下正矣.
구 구 직 일 정 도 이 천 하 정 의

서관(西館)—사신의 숙소

서관(西館)은 첨운패루(瞻雲牌樓) 안의 큰 거리 서쪽과 백묘(白廟)의 왼쪽에 있다. 정양문 오른쪽에 있는 것을 남관(南館)이라 일컫는데, 모두 우리나라 사신들의 숙소이다. 동지사(冬至使)가 먼저 와서 남관에 들었을 때 별사(別使)가 뒤미처 오게 되면 이곳 서관에 나누어 들게 된다. 혹자는 이르기를,

"이 집은 죄과로 몰수당한 것이다."

라고 한다.

서관 앞의 담장이 10여 칸으로 벽돌에 모란꽃을 새겨서 쌓았는데, 알록달록 물들인 무늬가 영롱했다. 정사(正使)는 정당(正堂)에 거처하고, 가운데뜰에는 동서 양당이 있어 부사와 서장관이 나누어 거처하고, 나는 앞채에 거처하였다.

原文

西館
서 관

西館在瞻雲牌樓內 大街之西 白廟之左 在正陽門
서 관 재 첨 운 패 루 내 대 가 지 서 백 묘 지 좌 재 정 양 문
之右者 稱南館 皆我國使館也 年至使先在南館 而
지 우 자 칭 남 관 개 아 국 사 관 야 연 지 사 선 재 남 관 이
別使踵至 則分處此館 或云被籍之家也.
별 사 종 지 즉 분 처 차 관 혹 운 피 적 지 가 야

前墻十餘間 甎刻牡丹而築之 嵌空玲瓏 正使處正
전 장 십 여 칸 전 각 모 란 이 축 지 감 공 영 롱 정 사 처 정
堂 中庭有東西堂 副使書狀分處 余處前堂.
당 중 정 유 동 서 당 부 사 서 장 분 처 여 처 전 당

금오교(金鰲橋)

태액지(太液池)를 걸터타고 돌다리를 놓았는데 동서가 200여 보요, 양쪽에는 백옥으로 난간을 설치했는데, 가운데는 두 자를 더 높여서 치도(馳道 : 천자나 귀인이 다니는 길)를 닦았고, 양엽 협도(夾道)에는 겹난간을 만들었다. 난간머리에 새긴 짐승 머리는 모두 480여 개나 되는데, 각각 모양을 달리하여 하나도 같은 것이 없었다.

다리의 양쪽 끝에는 두 방(坊)이 마주섰는데, 서쪽이 금오이고 동쪽이 옥동(玉蝀)이다. 수레와 말이 입구에 들어차서 울부짖고, 유람객들로 몹시 복잡하였다. 호수의 물결은 햇빛 아래서 반짝이고 티끌 하나 일지 않는데, 북쪽으로는 오룡정(五龍亭)이 바라보이고, 서쪽으로는 자금성이 바라다보였다.

깊은 숲은 자욱하게 우거졌고 층층의 누각과 겹겹의 궁전이 서로 가리고 마주 비추고 있으며, 오색의 유리기와는 햇빛에 따라서 어두웠다 밝았다 한다. 백탑사(白塔寺)의 부도(浮屠)와 정각(亭閣 : 정자와 누각)들의 황금 호로병(葫蘆甁) 꼭대기는 때로 나무숲 위로 솟아 있고, 수풀 저쪽으로 멀리 보이는 하늘빛은 한층 파란데, 맑디맑은 아지랑이는 보는 사람의 마음을 화창하게 만들어 마치 늦은 봄 날씨만 같았다.

原文

金鰲橋
금 오 교

跨太液池 架石橋 東西二百餘步 兩沿爲白玉闌干
과 태 액 지 가 석 교 동 서 이 백 여 보 양 연 위 백 옥 난 간
中爲馳道 增高二尺 夾道爲複闌 闌頭蚣□ 總爲四
중 위 치 도 증 고 이 척 협 도 위 복 란 난 두 공 하 총 위 사
百八十餘坐 各具情態 不一其形.
백 팔 십 여 좌 각 구 정 태 불 일 기 형

橋之兩端 對樹二坊 西曰金鰲 東曰玉蝀 車馬闐
교 지 양 단 대 수 이 방 서 왈 금 오 동 왈 옥 동 거 마 전
咽 遊人雜沓 而湖波漾日 一塵不動 北望五龍亭
인 유 인 잡 답 이 호 파 양 일 일 진 부 동 북 망 오 룡 정
西望紫禁城.
서 망 자 금 성

林樹葱蒨 層樓複殿 相掩相映 而五色琉璃瓦甍
임 수 총 천 층 루 복 전 상 엄 상 영 이 오 색 유 리 와 맹
隨日作陰陽 白塔寺浮圖及亭閣黃金葫蘆頂 時湧樹
수 일 작 음 양 백 탑 사 부 도 급 정 각 황 금 호 로 정 시 용 수
外 樹外天光深青 而澄煙澹霞 令人駘蕩 又似暮春
외 수 외 천 광 심 청 이 징 연 담 하 영 인 태 탕 우 사 모 춘
天氣.
천 기

경화도(瓊華島)

태액지(太液池) 복판에 있는 섬을 '경화(瓊華)'라고 부른다. 세상에 전하는 이야기에 의하면,

"요(遼)나라 태후(太后)가 화장하고 머리를 빗던 대(臺)이다."

라고 하였고, 원나라 순제(順帝)가 영영(英英 : 순제가 총애하던 궁녀)을 위해서 채방관(采芳館)을 이곳에 지었다고 한다.

섬까지 큰 돌다리를 걸쳐서 놓았는데, 제도는 금오교와 같았다. 다리 두 끝에는 역시 두 방(坊)을 세웠는데, 퇴운(堆雲)과 적취(積翠)라고 불렀다. 혹자는 이르기를,

"이 다리의 이름은 금해교(金海橋)라고 부른다."

고 한다. 호수 위에는 축대가 있어 옹성(甕城)과 같이 생겼고, 축대 위에는 전각이 섰는데 푸른 일산처럼 생겼다. 다리 위에서서 금오교를 둘러보니, 행인과 수레와 말들이 인간 세상과는 달라 보였다.

축대 아래는 금(金)나라 때 심은 오래된 소나무가 있어서

명나라 가정(嘉靖) 연간에 녹봉을 내리고, 호를 도독송(都督松)이라고 불렀다. 이 나무를 잣나무라고도 하고, 혹은 향나무라고도 했다. 명나라와 청나라 사이에는 〈이 나무를 소재로〉 많은 시구들을 남겨 놓았는데, 지금은 모두 꺾여서 없어지고 다만 두 그루의 썩은 나무둥치만 남아 마치 뼈다귀같이 빛은 허옇고 무슨 나무인지 분간할 수도 없었다.

原文

瓊華島
경 화 도

太液池中 有島曰瓊華 世傳遼太后粧梳臺 元順帝
태 액 지 중 유 도 왈 경 화 세 전 요 태 후 장 소 대 원 순 제
爲英英 起采芳館于此.
위 영 영 기 채 방 관 우 차

跨島有大石橋 制如金鰲 兩端亦樹二坊 曰堆雲
과 도 유 대 석 교 제 여 금 오 양 단 역 수 이 방 왈 퇴 운
曰積翠 或曰此名金海橋也 湖上有臺如甕城 臺上有
왈 적 취 혹 왈 차 명 금 해 교 야 호 상 유 대 여 옹 성 대 상 유
殿如翠蓋 立橋上 回看金鰲 行人車馬 又不類人間
전 여 취 개 입 교 상 회 간 금 오 행 인 거 마 우 불 류 인 간
世矣.
세 의

臺下有金時古松 皇明嘉靖間給俸 號爲都督松 或
대 하 유 금 시 고 송 황 명 가 정 간 급 봉 호 위 도 독 송 혹
云柏 或云栝 明淸間多記述詩 今摧殘 只存兩朽榦
운 백 혹 운 괄 명 청 간 다 기 술 시 금 최 잔 지 존 양 후 간
色白如骨 不可辨矣.
색 백 여 골 불 가 변 의

토원산(兎園山)

토원산은 일명 토아산(吐兒山)이다. 높이는 불과 대여섯 길이요, 둘레는 겨우 100여 보이다. 깎은 주춧돌이 군데군데 놓여 있어 옛날 전각의 축대가 있던 터 같기도 했다. 안으로는 흙을 쌓아 산을 만들고, 바깥에는 빙 둘러 태호석(太湖石)을 세워 알쏭알쏭 뚫어진 구멍이 영롱하게 푸를 뿐이고 다른 빛깔은 섞이지 않았다. 높이는 모두 한 길 남짓 되는데, 돌로서는 아주 다시없을 만큼 이상하게 생긴 돌이었다.

돌을 쌓아 작은 동굴을 만들었는데, 양쪽 머리에는 모두 홍예문(虹霓門 : 무지개문)을 달았다. 동굴을 빠져 나오면 또 기암괴석으로 길을 끼고 나선형으로 달팽이집처럼 틀어 올려 봉우리를 만들어 굽이굽이 돌아가는 모양을 하였으며, 그 위에는 몇 칸의 빈 누각을 세워 대궐을 굽어보도록 하였다. 또 수십 보를 가면 돌로 만든 용이 머리를 쳐들고 있고, 그 아래로는 네모난 연못이 있다. 벽돌로 도랑을 내어 구불구불 틀어지게 하였는데, 이는 흡사 유상곡수(流觴曲水)[1] 자리인 것만 같다. 그러나 기계를 돌려 물을 끌어대던 물건은 하나도 남은 것이 없었다.

산 앞에는 돌 평상과 옥 바둑판이 있고, 또 수십 보를 더 가니 3층으로 된 둥근 축대가 있는데 그 모양이 맷돌과 같았다. 그 아래에는 또 갓 허물어진 전각이 있었다. 산 속에 있는 돌이란 돌은 모두가 꼿꼿이 서서 기울어진 놈이라고는 하나도 없었는데, 허물어진 담장과 부서진 기와는 이곳저곳 흩어져 있었다.

내가 듣기로는, 황제가 서산(西山)에서 토목공사의 역사에 사치가 궁극하였다고 하는데, 유독 이곳은 금원(禁苑 : 궁궐)의 지척에 있건만 전혀 수리를 하지 않은 채 마치 황폐한 산과 황폐한 마을이나 다름없이 내버려두었음은 무슨 까닭일까?

---

1) 유상곡수(流觴曲水) : 술잔을 물에 띄워서 돌려가면서 마시는 놀이터이다.

原文

兎園山
토원산

兎園山　一名吐兒山　高不過五六丈　周勤百餘步
토원산　일명토아산　고불과오륙장　주근백여보

砌礎縱橫　似是舊臺殿基也　內築土爲山　外環立太湖
체초종횡　사시구대전기야　내축토위산　외환립태호

石　嵌空玲瓏　蒼翠綠碧　不雜他色　高皆丈餘　石之
석　감공영롱　창취록벽　부잡타색　고개장여　석지

至巧者也.
지교자야

壘石爲小洞府　兩頭皆爲偃虹門　旣出洞府　又以奇
누석위소동부　양두개위언홍문　기출동부　우이기

石夾道螺旋　作峰回路轉之勢　上置數楹虛閣　俯瞰城
석협도나선　작봉회로전지세　상치수영허각　부감성

闕　又行數十步　石龍昻首　其下爲方池　甃石爲溝
궐　우행수십보　석룡앙수　기하위방지　추석위구

屈曲蜿蜒　似是流觴之所　而轉機汲水之物　無一存
굴곡완연　사시유상지소　이전기급수지물　무일존

者.
자

山前有石牀玉枰　又行數十步　有三層圓臺　其制如
산전유석상옥평　우행수십보　유삼층원대　기제여

旋磨　其下　又有新踣殿閣　山中萬石崢嶸　無一傾側
선마　기하　우유신북전각　산중만석쟁영　무일경측

而壞墻敗瓦　在在愁亂.
이괴장패와　재재수란

吾聞皇帝於西山　窮極土木　而獨於禁苑咫尺之地
오문황제어서산　궁극토목　이독어금원지척지지

不加理葺　有若荒山墟落何也.
불가리즙　유약황산허락하야

만수산(萬壽山)

태액지(太液池)를 파서 <그 흙으로> 만든 산이 만수산(萬壽山)인데, 또 매산(煤山)이라고도 한다. 산 위에는 3층 처마로 된 전각이 있고, 4개의 법륜간(法輪竿)을 세웠으니, 여기가 명(明)나라의 의종(毅宗) 열황제(烈皇帝)가 순국(殉國)했던 곳이다.

나는 항주(杭州) 사람 육가초(陸可樵)와 이면상(李冕相) 등을 오룡정(五龍亭)에서 만났다. 두 사람이 함께 처음으로 북경에 와서 방향을 모르고 헤매는 것은 나와 다름이 없었다. 그들은 다만 옛사람의 기록이나 문서에 의거하여 때때로 그것을 호주머니 속에서 자주 끄집어내어 보면서 때로는 서로 보고 웃기도 하고, 때로는 둘이 마주보고 깜짝 놀라기도 하였다.

대체로 그들은 옛날 기록을 뒤적거려 보다가 맞힐 때도 있고 맞지 않을 때도 있다 보니, 자기도 모르게 기뻐할 적도 있으려니와 또 놀랄 때도 있었던 것이었다. 저들은 중국 사람이지만 보고 들은 것이 서로 어긋나고, 옛 기록이 때로는 오히려 이같이 착오와 거짓이 있거늘, 하물며 나 같은 외국인일까 보냐? 나도 이 때문에 나 자신 크게 깨달은 것이 있었다.

내가 처음은 만세산(萬歲山)을 만수산으로만 알았던 것이다. 대체로 중국 발음으로 만(萬)을 '완'이라 하고 세(歲)는 '수(秀)'와 '쇄(灑)'의 번절(翻切)인 '쉐이'이기 때문에, 만수나 만세는 음과 뜻이 함께 비슷하다 보니 산 하나를 두고 두 이름을 붙이게 된 줄로만 알았는데, 이제 두 사람들이 가지고 있는 옛 기록을 상고해 보면 과연 같은 산이 아니었다. 지난번에 구경한 토원산과 경화도가 곧 만세산이다. 비유하자면 사람이 자리를 마주앉아 얼굴을 보고 이름을 교환하고 나서 얼굴과 이름을 각각 서로 분간해 아는 것이나 다름없었다.

만세산은 금(金)나라 사람들이 송(宋)나라의 간악산(艮嶽山)[1]을 손수레로 실어 옮겨 만든 것으로, 당시에는 '절량석(折糧石)'[2]이라고 불렀었다. 원나라 세조(世祖)는 그 위에 광한전(廣寒殿)을 두었으니, 명나라 선종(宣宗) 황제가 지은 「광한전기(廣寒殿記)」가 바로 광한전을 두고 지은 것이다. 고려(高麗) 공민왕(恭愍王) 때에 원(元)나라의 태자(太子)는 고려 찬성사(贊成事) 이공수(李公遂)를 광한전에서 불러보았다고 하

1) 간악산(艮嶽山) : 송나라의 수도 개봉(開封)에 있던 산 이름이다.

2) 절량석(折糧石) : 당시에는 돌 하나를 옮기는 데에도 그만한 양식이 들어갔기 때문에 이를 비꼬아서 양식을 축낸다는 뜻으로 산 이름을 절량석이라고 하였다.

였으니, 곧 만세산이었다.

또 고려 원종(元宗) 5년(1264년) 9월에 왕은 연경으로 와서 10월에 만수산 옥전(玉殿)에서 황제를 작별했고, 또 신사전(申思佺)은 만수산 옥전을 두루 구경했다고 하였으나, 다만 옥전이라고만 말하고 전각의 이름은 말하지 않았다. 그러나 이미 만수산이라 불렀던 만큼 소위 옥전은 광한전이 아님은 분명하다. 수황정(壽皇亭)을 구경하고자 했으나, 파수꾼이 들여놓지를 않았다. 알지 못하겠다. 정자는 지금도 남아 있는지. 어허, 서글픈 일이로구나.

原文

萬壽山
만 수 산

鑿太液池爲山 曰萬壽 又曰煤山 山上有三簷殿閣
착 태 액 지 위 산 왈 만 수 우 왈 매 산 산 상 유 삼 첨 전 각
立四法輪竿 皇明毅宗烈皇帝殉社之地也.
입 사 법 륜 간 황 명 의 종 열 황 제 순 사 지 지 야

余與杭州人陸可樵李冕相 遇於五龍亭 兩生俱初
여 여 항 주 인 육 가 초 이 면 상 우 어 오 룡 정 양 생 구 초
至京師 其迷方昧向 無異於我 只憑古人記籍 時自
지 경 사 기 미 방 매 향 무 이 어 아 지 빙 고 인 기 적 시 자
衣帶間頻頻出視 或相視而笑 或兩相愕然.
의 대 간 빈 빈 출 시 혹 상 시 이 소 혹 양 상 악 연

蓋驗之古記 有中有不中 則自不覺其喜且驚也 彼
개 험 지 고 기 유 중 유 부 중 즉 자 불 각 기 희 차 경 야 피
以中州人 聞見之相爲乖左 紀述之時有訛謬 猶尙如
이 중 주 인 문 견 지 상 위 괴 좌 기 술 지 시 유 와 류 유 상 여
此 況余外國人乎 余且因此 有大自省悟者.
차 황 여 외 국 인 호 여 차 인 차 유 대 자 성 오 자

余初以萬歲山爲萬壽山 蓋華音萬是宛 歲音秀灑
여 초 이 만 세 산 위 만 수 산 개 화 음 만 시 완 세 음 수 쇄
翻 萬壽萬歲 音義俱似 則意一山而兩號也 今攷兩
번 만 수 만 세 음 의 구 사 즉 의 일 산 이 양 호 야 금 고 양
生所持古記 則果非一山 曩者所遊兎園璚島 乃萬歲
생 소 지 고 기 즉 과 비 일 산 낭 자 소 유 토 원 경 도 내 만 세
山也 譬如對席證交 名面各知.
산 야 비 여 대 석 증 교 명 면 각 지

萬歲山　金人輦運宋之艮嶽以成之　當時謂之折糧
만세산　금인련운송지간악이성지　당시위지절량
石　元世祖置廣寒殿于其上　皇明宣宗皇帝　御製廣寒
석　원세조치광한전우기상　황명선종황제　어제광한
殿記是也　高麗恭愍王時　元太子召見高麗贊成事李
전기시야　고려공민왕시　원태자소견고려찬성사이
公遂於廣寒殿　卽萬歲山也.
공수어광한전　즉만세산야

又高麗元宗五年九月　王至燕都　十月辭帝於萬壽
우고려원종오년구월　왕지연도　시월사제어만수
山玉殿　又申思佺遍觀萬壽山玉殿　但云玉殿而不言
산옥전　우신사전편관만수산옥전　단운옥전이불언
殿名　然旣稱萬壽山　則所謂玉殿　非廣寒亦明矣　欲
전명　연기칭만수산　즉소위옥전　비광한역명의　욕
觀壽皇亭　而守者不納焉　未知亭今尙在否也　嗚呼痛
관수황정　이수자불납언　미지정금상재부야　오호통
哉.
재

태화전(太和殿)

태화전은 명(明)나라 때의 옛 이름으로 황극전(皇極殿)이다. 3층 처마에 아홉 계단의 돌층계로 되었고, 지붕은 누런 유리기와를 덮었다. 월대(月臺 : 궁전이나 누각 앞에 두른 섬돌)는 3층이요, 높이는 각각 한 길이다. 각 층마다 백옥으로 난간을 둘렀는데, 모두 용과 봉황을 아로새겼고, 난간머리에는 모두 이무기 대가리를 만들어 밖으로 향했다.

축대 위에는 쇠로 만든 학을 세워 훨훨 날아갈 듯 춤을 추는 것만 같았다. 첫 축대 난간 속에는 솥 8개를 벌여 놓았고, 둘째 축대에는 난간 모서리에는 마주보게 솥 2개를 놓았고, 셋째 축대 난간 속에는 난간을 사이에 끼우고 각각 솥 1개를 우뚝 세웠는데, 솥의 높이는 모두 한 길 남짓 되었다. 뜰 가운데에도 역시 솥 30여 개를 늘어놓았는데, 그 물색의 뛰어난 귀신같은 솜씨는 옛날의 구정(九鼎)[1]이 혹시 이곳에 있지 않

1) 구정(九鼎) : 하우(夏禹)가 만든 황금 솥으로, 구주(九州)를 상징하

았겠는가 싶었다.

태청문(太淸門)으로부터 백옥 난간을 만들어 굽이굽이 연결하여 태화전까지 닿았다. 또 〈난간은 태화전을〉 빙 둘러 중화전(中和殿)에 이르고, 또 보화전(保和殿)에 이르러 모양이 마치 아자(亞字)처럼 되었다. 태화전 앞의 동쪽 전각은 '체인(體仁)'이요, 서쪽 전각은 '홍의(弘義)'라 부른다. 축대의 높이는 거의 태화전의 섬돌과 같으나, 다만 한 층대에 한 난간일 뿐이다.

대체로 태화전은 천자가 정치를 하기 위하여 나가 앉는 곳이지만, 그리 크지도 높지도 않게 보였다. 다른 사람들에게 물어보니 그들의 의견들도 대략 비슷하였다. 처음에 매우 의아해했더니 수역(首譯)이 웃으면서,

"이는 다른 이유가 없습니다. 지금까지 거쳐 온 수천 리 사이에 성읍과 민가가 그처럼 장엄하고도 화려했고, 사찰과 궁관(宮觀 : 도교사원)이 있는 곳마다 굉장하고도 사치하였던 만큼, 보는 안목은 날로 사치해지고 마음과 뜻은 점차 넓어져 태화전을 보기도 전에 벌써 머릿속에는 고대 청양궁(靑陽宮 : 주(周)나라의 궁전 이름)과 옥엽궁(玉葉宮 : 주나라의 궁전 이름) 같은 큰 명당(明堂)들이 천자가 정치하는 곳이리라고 생각했었고, 지금 좌우에 있는 낭무(廊廡 : 곁채)로부터 갑자기 태화전을 보니 그렇게 색다르게 보이지 않으므로 도리어 어리둥절해져

였다.

서 예상과 다르게 보였을 뿐입니다.

사람에게 비유한다면, 요(堯)임금과 순(舜)임금도 역시 보통사람과 같지만, 만일에 좌우에 보필하는 신하로서 원(元)[2]과 개(愷)[3]와 같은 여러 대신이 없이, 구차하게 직위를 채울 자로서 모두가 가축을 잡는 백정과 술을 파는 장사치와 나무꾼 따위뿐이라면, 아무리 요임금과 순임금 같은 성인이 있어서 해〔日〕·달〔月〕·별〔星辰〕·산(山)·용(龍)·꿩〔華蟲〕·분미(粉米)·마름〔藻〕·불〔火〕·범새끼〔宗彝〕·보(黼)·불(黻)[4] 등의 갖은 무늬를 수놓은 복장을 하고 영롱한 광채를 휘날리며 겹눈동자[5]를 희번덕거린다 하더라도, 저 혼자서 우뚝 외롭게 서서 어떻게 그 높디높고 넓디넓은 정치를 할 수 있었겠습니까?

그러므로 사찰이나 궁관은 비유하자면 당(唐 : 요임금)·우(虞 : 순임금) 시대의 악(岳)·목(牧)[6]과 같은 것으로서 어디나

2) 원(元) : 중국 상고 시대 이상적 인물로 꼽는 고신씨(高辛氏)의 재자(才子) 여덟 사람인 백분(伯奮)·중감(仲堪)·숙헌(叔獻)·계중(季仲)·백호(伯虎)·중웅(仲熊)·숙표(叔豹)·계리(季貍)이다.

3) 개(愷) : 고양씨(高陽氏)의 재자 여덟 사람인 창서(蒼舒)·퇴개(隤敳)·도연(檮戭)·대림(大臨)·방강(尨降)·정견(庭堅)·중용(仲容)·숙달(叔達)이다.

4) 해[日]·달[月] …… 불(黻) : 옛날 천자의 옷에 수놓던 12가지 무늬인 12장(章)을 말한다.

5) 겹눈동자 : 전설에 의하면 순(舜)임금의 눈동자가 둘이라고 하였다.

모두 제후(諸侯)에게 조공을 받아서 천하를 지닐 수 있을 것이요, 여염집들과 상점들은 비유하자면 요순 시대의 강(康) · 구(衢)[7]와 같은 것으로서 어디나 즐비하게 들어찬 연후에야 비로소 황제가 거처하는 곳의 굉걸한 모습을 알 수 있는 것입니다.

이제 이 3층 처마와 아홉 계단의 돌층대와 누런 유리기와는 일반 백성들로서는 참람히 하지 못할 물건이며, 기타 궁전의 제도도 모두 태화전을 닮지 않은 것이 없으니, 이것이 곧 태화전을 가장 사치하게 꾸민 까닭입니다. 그렇지 않다면 태화전 역시 오막살이 초가집이나 다를 것이 무엇이겠습니까?"
라고 하기에 내가,

"자네 말과 같다면 요 · 순과 같은 성군이 걸(桀)이나 주(紂)를 겸한 연후에야 비로소 자신의 뜻대로 뽐낼 만한 천자가 되겠구먼."
라고 하였더니, 옆에서 듣는 자들이 모두 크게 웃었다.

---

6) 악(岳) · 목(牧) : 4악(岳)과 12목(牧). 후세의 제후(諸侯)에 해당한다.

7) 강(康) · 구(衢) : 사통오달(四通五達)의 번화한 거리를 뜻하는데, 강은 오거리이고 구는 사거리이다.

原文

太和殿
태 화 전

太和殿 皇明時舊名皇極殿 三檐九陛 覆以琉璃黃
태 화 전 황 명 시 구 명 황 극 전 삼 첨 구 폐 복 이 유 리 황
瓦 月臺三層 各高一丈 每層爲白玉護闌 悉雕龍鳳
와 월 대 삼 층 각 고 일 장 매 층 위 백 옥 호 란 실 조 룡 봉
闌頭皆爲螭首外向.
난 두 개 위 리 수 외 향

臺上立鐵鶴 翩然欲舞 第一臺闌中 列置八鼎 第
대 상 립 철 학 편 연 욕 무 제 일 대 란 중 열 치 팔 정 제
二臺闌角 對峙兩鼎 第三臺闌中 夾闌各峙一鼎 鼎
이 대 란 각 대 치 양 정 제 삼 대 란 중 협 란 각 치 일 정 정
高皆丈餘 庭中亦列三十餘鼎 其出色神巧 古之九鼎
고 개 장 여 정 중 역 렬 삼 십 여 정 기 출 색 신 교 고 지 구 정
亦或在此也.
역 혹 재 차 야

自太清門爲白玉闌 連延曲折 至太和殿 又周匝至
자 태 청 문 위 백 옥 란 연 연 곡 절 지 태 화 전 우 주 잡 지
中和殿 又至保和殿 如亞字 殿前東曰體仁 西曰弘
중 화 전 우 지 보 화 전 여 아 자 전 전 동 왈 체 인 서 왈 홍
義 臺高幾與太和殿陛齊 而但一層一闌耳.
의 대 고 기 여 태 화 전 폐 제 이 단 일 층 일 란 이

大抵太和殿 乃天子出治之所 而不甚高大 問諸他
대 저 태 화 전 내 천 자 출 치 지 소 이 불 심 고 대 문 저 타
人 則所見略同 初頗訝之 首譯笑之曰 此無他 所
인 즉 소 견 략 동 초 파 아 지 수 역 소 지 왈 차 무 타 소

經數千里之間　城邑民居如彼壯麗　寺刹宮觀所在宏
경 수 천 리 지 간　성 읍 민 거 여 피 장 려　사 찰 궁 관 소 재 굉

侈　則眼目日奢　心意漸闊　未見太和殿　而先有靑陽
치　즉 안 목 일 사　심 의 점 활　미 견 태 화 전　이 선 유 청 양

玉葉　許大明堂　爲天子垂衣之所　今自左右廊廡　驟
옥 엽　허 대 명 당　위 천 자 수 의 지 소　금 자 좌 우 낭 무　취

看太和殿　不甚有異　故乃反憮然　而失圖耳.
간 태 화 전　불 심 유 이　고 내 반 무 연　이 실 도 이

譬之人　堯舜亦與人同　若使左右承弼　無元凱諸公
비 지 인　요 순 역 여 인 동　약 사 좌 우 승 필　무 원 개 제 공

而苟然充位者　無非屠沽蒭蕘　獨堯舜衣日月星辰山
이 구 연 충 위 자　무 비 도 고 추 요　독 요 순 의 일 월 성 신 산

龍華蟲粉米藻火宗彜黼芾絺繡之服　揚八彩而瞬重瞳
룡 화 충 분 미 조 화 종 이 보 불 치 수 지 복　양 팔 채 이 순 중 동

兀然孤立　惡能成巍巍蕩蕩之治化哉.
올 연 고 립　오 능 성 외 외 탕 탕 지 치 화 재

故寺刹宮觀　譬之唐虞之岳牧　則皆足以朝諸侯有
고 사 찰 궁 관　비 지 당 우 지 악 목　즉 개 족 이 조 제 후 유

天下　閭閻市廛　譬之康衢之民萌　則無非比屋可封
천 하　여 염 시 전　비 지 강 구 지 민 맹　즉 무 비 비 옥 가 봉

然後始見帝居之壯也.
연 후 시 견 제 거 지 장 야

今此三檐九陛琉璃黃瓦　有非齊民所得而僭者　而
금 차 삼 첨 구 폐 유 리 황 와　유 비 제 민 소 득 이 참 자　이

外此制度　莫不肖太和殿　乃所以侈太和殿也　不如此
외 차 제 도　막 불 초 태 화 전　내 소 이 치 태 화 전 야　불 여 차

則太和殿　亦何異草舍寒乞哉　余曰　如君言　則堯舜
즉 태 화 전　역 하 이 초 사 한 걸 재　여 왈　여 군 언　즉 요 순

兼桀紂　然後始做得意天子也　聞者皆大笑.
겸 걸 주　연 후 시 주 득 의 천 자 야　문 자 개 대 소

체인각(體仁閣)

내무부(內務府 : 황궁의 사무를 맡아보는 기관)의 관원이 통관(通官)과 함께 우리 역관을 입회시켜 우리나라에서 바치는 자주색 명주와 누런 모시를 상고하고 조사하여 체인각에 바쳤다.

때마침 〈체인각에서는〉 각로(閣老)로 있던 이시요(李侍堯)의 가산을 몰수해 들이고 있었다. 이시요는 운남 · 귀주의 총독(總督)으로 있던 해명(海明)으로부터 금 200냥을 받은 뇌물 사건이 적발되어 가산을 몰수당하게 된 것이다.

중국은 안팎으로 대소와 귀천을 막론하고 모두 일정한 봉급과 보수가 있지만, 지방관의 경우는 복잡하고 시끄러워 일정한 제도를 만들기 어려웠다. 만일 정한 금액 외에 사사로이 부과한 세금이 있든지, 혹시 뇌물을 받은 사건이 탄로나면 추징을 당한다. 비록 털끝만 한 범죄의 사실이 있더라도 살림과 뇌물을 모조리 몰수하는데, 다만 관직만은 박탈하지 않기 때문에 벌거숭이로 직위에 있다 보니 처자는 〈의지할 곳 없이〉 떠돌아다니게 된다. 이 법은 대개 명나라의 옛 법을 따른 것인데, 〈청나라로 들어와서〉 더욱 엄격해졌던 것이다.

내무부의 관원이 마주앉아서 받아들이는데, 몰수한 것들이 다른 물건은 없고 모두 부인네들이 입는 초피(貂皮 : 담비) 털옷 200여 벌이다. 그중 한 벌은 매우 길고, 털 가장자리에는 황금으로 용틀임 무늬를 그렸다.

原文

體仁閣
체 인 각

內務府官與通官 眼同我譯 攷納我幣之紫紬黃紵于體仁閣.
내무부관여통관 안동아역 고납아폐지자주황저우체인각

時方籍入閣老李侍堯家產 侍堯納雲貴總督海明金二百兩 贓發被籍.
시방적입각로이시요가산 시요납운귀총독해명금이백냥 장발피적

中國內外 無論大小貴賤 皆有養廉恒廩 外官則分煩衝疲 難爲之制祿 若額外私賦 或關節納賂 事發追贓 雖纖毫犯科 盡沒私贓 惟不奪官爵 故赤身帶職 妻子流離 此法蓋沿皇明之舊 而更嚴也.
중국내외 무론대소귀천 개유양렴항름 외관즉분번충피 난위지제록 약액외사부 혹관절납뢰 사발추장 수섬호범과 진몰사장 유불탈관작 고적신대직 처자유리 차법개연황명지구 이갱엄야

內務官對坐收納 而所籍無他物 皆婦人所著貂裘二百餘領 一裘頗長 而毫端金畵蟒龍.
내무관대좌수납 이소적무타물 개부인소착초구이백여령 일구파장 이호단금화망룡

문화전(文華殿)

옹화문(雍和門)[1]을 나서면 전각이 있는데 문화전(文華殿)라고 부른다. 누런 유리기와로 지붕을 덮었다. 명(明)나라의 고사(故事)에 의하면,

"문화전 동쪽 방에는 9개의 감실(龕室)[2]을 만들어 놓고 복희(伏羲)·신농(神農)·황제(黃帝)·요(堯)·순(舜)·우(禹)·탕(湯)·문왕(文王)·무왕(武王) 등의 신주를 모시고, 왼쪽 감실에는 주공(周公)을, 오른쪽 감실에는 공자(孔子)의 신주를 모셨다.

매일 천자가 문화전에 나와 강의를 개회하는데, 황제가 먼저 한 번 절하고 세 번 조아리는 예를 행하면, 각로와 강관들은 월대 위의 돌난간 왼편에 서서 기다린다. 그러다가 승지

1) 옹화문(雍和門) : 협화문을 잘못 표기한 듯하다.
2) 감실(龕室) : 석굴이나 고분 등의 벽면을 깊이 파서 석불(石佛)이나 신주(神主)를 모셔둔 곳을 말한다.

(承旨)가 '선생님 듭신다' 하고 외치면 각로와 강관들은 물고기를 꿰미에 꿰듯이 한 줄로 열을 지어 뒤를 따라 들어와 반을 나누어 자리에 든다. 이때는 여러 가지 대궐에서 쓰는 까다로운 예절을 생략하고, 강의하는 신하가 책상에 기대도록 편리를 보아 준다."

라고 하였다.

알지 못하겠다, 요즘에도 강의하는 좌석에서 이런 예법을 쓰고 있는지.

原文

文華殿
문 화 전

出雍和門　有殿曰文華　覆以黃琉璃瓦　皇明故事
출 옹 화 문　유 전 왈 문 화　복 이 황 유 리 와　황 명 고 사
文華殿東室　爲九龕　供奉伏羲神農黃帝堯舜禹湯文
문 화 전 동 실　위 구 감　공 봉 복 희 신 농 황 제 요 순 우 탕 문
武　左一龕周公　右一龕孔子.
무　좌 일 감 주 공　우 일 감 공 자

每日天子至文華殿開講　先行一拜三叩禮　閣老及
매 일 천 자 지 문 화 전 개 강　선 행 일 배 삼 고 례　각 로 급
講官　立候月臺上石闌之左　承旨唱先生來　閣老及講
강 관　입 후 월 대 상 석 란 지 좌　승 지 창 선 생 래　각 로 급 강
官　魚貫而進　分班入席　于時略堂陛之嚴　以便講臣
관　어 관 이 진　분 반 입 석　우 시 략 당 폐 지 엄　이 편 강 신
憑几.
빙 궤

今未知近世開講　亦用是禮否也.
금 미 지 근 세 개 강　역 용 시 례 부 야

문연각(文淵閣)

문화전 앞에 있는 전각을 문연각(文淵閣)이라 부르는데, 천자가 서적을 보관하는 곳이다. 명(明)나라 정통(正統) 6년(1441년)에 송(宋) · 금(金) · 원(元)나라 때부터 보관해 오던 모든 책들을 합하여 목록(目錄)을 만들었는데, 모두 43,200여 권이었다. 그 후 『영락대전(永樂大全)』[1]을 더 보태니 23,937권이 더 많아지게 되었다. 만일 그 뒤 다시금 근세에 와서 간행된 『도서집성(圖書集成)』[2]과 지금 황제가 편찬한 『사고전서(四庫全書)』[3]를 더 보태었다면, 아마도 서고는 다 차고 넘쳐서 밖에 쌓아 두었을 것만 같다.

1) 『영락대전(永樂大全) 』: 명나라 성조(成祖) 때에 칙명에 의하여 엮은 유서(類書)이다.

2) 『도서집성(圖書集成)』: 청조(淸朝)의 칙명에 의하여 엮은 총서(叢書) 『고금도서집성(古今圖書集成)』을 말한다.

3) 『사고전서(四庫全書)』: 청나라 건륭제(乾隆帝)의 칙명에 의하여 엮은 총서이다.

문을 채웠으므로 간신히 주렴 틈으로 대강 전각의 웅장하고 깊음을 바라보았으나, 천자의 풍부한 장서는 엿보지 못하였으니, 매우 한스러운 일이다. 일찍이 들으니, 옛날 우리나라 소현세자(昭顯世子)가 구왕(九王)을 따라 이 전각에 묵었다고 한다. 구왕이란 자는 청(淸)나라 초기 예친왕(睿親王)에 봉해진 다이곤(多爾袞)이다.

原文

文淵閣
문 연 각

文華殿前有閣曰文淵　天子藏書之所也　皇明正統
문 화 전 전 유 각 왈 문 연　천 자 장 서 지 소 야　황 명 정 통
六年　合宋金元所儲　而編定目錄　凡四萬三千二百餘
륙 년　합 송 금 원 소 저　이 편 정 목 록　범 사 만 삼 천 이 백 여
卷　增以永樂大全　多至二萬三千九百三十七卷　若復
권　증 이 영 락 대 전　다 지 이 만 삼 천 구 백 삼 십 칠 권　약 부
益以近世所刊圖書集成　今皇帝所輯四庫全書　則想
익 이 근 세 소 간 도 서 집 성　금 황 제 소 집 사 고 전 서　즉 상
應充溢露積於外耳.
응 충 일 로 적 어 외 이

門鎖　只從簾隙　略望殿閣之雄深　而末窺天子縹箱
문 쇄　지 종 렴 극　약 망 전 각 지 웅 심　이 말 규 천 자 표 상
之富　甚可恨也　曾聞昔我昭顯世子　從九王宿留此閣
지 부　심 가 한 야　증 문 석 아 소 현 세 자　종 구 왕 숙 류 차 각
云　九王者　淸初睿親王多爾袞也.
운　구 왕 자　청 초 예 친 왕 다 이 곤 야

무영전(武英殿)

협화문(協和門)[1] 밖에 무영전(武英殿)이 있는데, 제도는 문화전과 다름없었다. 옹화문(雍和門)과 서화문(西華門)이 서로 마주대하고, 협화문과 동화문(東華門)이 서로 마주대했는데, 무영전 앞에는 무연각(武淵閣)이 있다. 대체로 전각의 대문과 담장들은 어디고 서로 짝을 이루어 마주보지 않은 것이 없었다. 가운데뜰의 척수도 반드시 서로 맞아 조금도 차이가 나거나 다름이 없었다.

강한(江漢) 황경원(黃景源)[2]의 『배신전(陪臣傳)』에는,

"숭정(崇禎) 갑신년(1644년)에 살합렴(薩哈廉)[3]이 북경에 들어와 명나라 문무관들의 조하(朝賀)를 무영전에서 받았다."

1) 협화문(協和門) : 희화문(熙和門)을 잘못 표기한 것이다.
2) 강한(江漢) 황경원(黃景源) : 조선 영조(英祖) 때의 유신(儒臣). 강한은 호이고, 경원은 이름이며, 자는 대경(大卿)이다.
3) 살합렴(薩哈廉) : 청나라 태조의 손자이자 예친왕의 아들인데, 청나라 건국에 공을 세웠다.

라고 하였지만, 이는 잘못 전해진 소문이다.

살합렴이란 자는 패륵(貝勒)[4]인데, 일찍이 『시호록(諡號錄 : 저자 미상)』에 보면,

"살합렴의 시호는 무의(武毅)이다."

라고 하였으니, 문무관들의 조하를 이 전각에서 받은 자는 곧 다이곤(多爾袞 : 예친왕)이지 살합렴이 아니다.

갑신(1644년) 3월에 떠돌이 도적〔流寇〕[5]이 황성(북경)을 격파시키자, 이 해 5월에 다이곤이 황성에 들어갔다. 이때는 명나라가 망한 지 겨우 한 달쯤밖에 안 되어서 우리나라의 하급관리들이 무영전에 있는 천자의 화려한 댓돌을 보니 다만 박쥐의 똥만 남아 있을 뿐이므로 눈물을 흘리면서 서로 쳐다보았다고 한다.

지금은 우리의 역졸과 마부들이 무영전의 뜰이 미어지게 들어와 마음대로 유람을 하고 있다. 그들은 비록 〈명나라가 망하던〉 당시의 광경을 잘 모를 터이지만, 모두 청인(淸人)의 붉은 모자를 업신여기고 소매 좁은 마제수(馬蹄袖)를 부끄러워하지 않는 자가 없다. 제 스스로 의복이 남루한 누더기인 줄 알면서 오히려 비단옷을 입은 자들과 함께 버티고 서서 조금도 부끄러워하거나 기가 죽은 티가 없다.

4) 패륵(貝勒) : 황족(皇族)이란 뜻의 만주말이다.

5) 떠돌이 도적〔流寇〕 : 떼를 지어 떠돌아다니면서 약탈을 일삼는 도적이라는 뜻인데, 이자성(李自成)을 가리킨다.

이는 어찌 우리나라에서 오랑캐를 물리치고 중국을 높이는〔尊華攘夷〕 대의가 미천한 하급 노예에게도 뿌리 깊게 박혀 있다는 증거가 아니겠는가? 인간의 떳떳한 도리를 굳게 지키는〔秉彝〕 이념이 모두 같다는 것은 속일 수 없는 사실일 것이다.

原文

武英殿
무 영 전

協和門外 有武英殿 制如文華殿 雍和門與西華門
협 화 문 외 유 무 영 전 제 여 문 화 전 옹 화 문 여 서 화 문
相直 協和門與東華門相直 武英殿前 有武淵閣 大
상 직 협 화 문 여 동 화 문 상 직 무 영 전 전 유 무 연 각 대
約殿閣門墻 莫不對對相直 中庭步數 亦必相當 無
약 전 각 문 장 막 부 대 대 상 직 중 정 보 수 역 필 상 당 무
小差殊矣.
소 차 수 의

黃江漢景源陪臣傳 崇禎甲申 薩哈廉入京師 受明
황 강 한 경 원 배 신 전 숭 정 갑 신 살 합 렴 입 경 사 수 명
文武朝賀于武英殿 此傳聞之誤也.
문 무 조 하 우 무 영 전 차 전 문 지 오 야

薩哈廉者 貝勒 曾見謚號錄 薩哈廉謚武毅 受文
살 합 렴 자 패 륵 증 견 시 호 록 살 합 렴 시 무 의 수 문
武朝賀于此殿者 乃多爾袞 非薩哈廉也.
무 조 하 우 차 전 자 내 다 이 곤 비 살 합 렴 야

甲申三月 流寇破皇城 是年五月 多爾袞入皇城
갑 신 삼 월 유 구 파 황 성 시 년 오 월 다 이 곤 입 황 성
是時明亡僅閱月 而我國從人 見武英殿龍墀 只有蝙
시 시 명 망 근 열 월 이 아 국 종 인 견 무 영 전 룡 지 지 유 편
蝠矢 相視流涕.
복 시 상 시 류 체

今馹卒刷驅 充斥殿庭 恣意遊觀 雖不識當時光景
금 일 졸 쇄 구 충 척 전 정 자 의 유 관 수 불 식 당 시 광 경

亦莫不侮紅帽而羞蹄袖　自視衣袴鶉結　而猶與錦繡
역 막 불 모 홍 모 이 수 제 수　자 시 의 고 순 결　이 유 여 금 수

者排突　小無愧沮.
자 배 돌　소 무 괴 저

　豈非吾東尊攘之義　亦根於皁隸之賤　而秉彝之所
　기 비 오 동 존 양 지 의　역 근 어 조 례 지 천　이 병 이 지 소

同得　有不可誣也耶.
동 득　유 불 가 무 야 야

경천주(擎天柱)—하늘을 떠받치는 기둥

오문(午門) 밖의 좌우에는 몇 길 되는 돌사자를 세워 두었고, 단문(端門) 안의 좌우에는 큰 돌거북을 앉혀두었고, 그 위에는 여섯 모가 난 돌기둥을 세웠다. 기둥 높이는 예닐곱 길은 되고, 기둥몸에는 용과 이무기의 무늬를 둘러 새겼다. 기둥머리에 앉힌 동물은 무슨 형상인지 분별할 수 없으나, 모두 무엇을 잡아채는 형상이다. 천안문(天安門) 밖에도 역시 이런 것이 한 쌍 있었는데, 이는 아마도 돌문〔石闕〕[1)]인 듯싶다.

---

1) 돌문〔石闕〕: 돌을 쌓아서 궁궐이나 무덤 앞에 세우는 장식물이다.

原文

擎天柱
경 천 주

午門外左右　立數丈石獅　端門內左右　坐石屭屭
오 문 외 좌 우　입 수 장 석 사　단 문 내 좌 우　좌 석 희 희

建六稜石柱于其上　柱高六七丈　柱身遍刻龍螭　柱頭
건 륙 릉 석 주 우 기 상　주 고 륙 칠 장　주 신 편 각 룡 리　주 두

所坐之物　莫辨何像　而皆作攫挐之狀　天安門外　亦
소 좌 지 물　막 변 하 상　이 개 작 확 나 지 상　천 안 문 외　역

有一對　此似是石闕也.
유 일 대　차 사 시 석 궐 야

어구(御廐)—황제의 마구간

황실의 말을 관리하는 마방간은 전성문(前星門) 밖에 있다. 동서로 나무 울짱을 세워서 문을 만들었다. 말은 불과 300여 필밖에 안 되는데 모두 굴레를 벗고 제멋대로 있었다.

마침 대낮이 되어 말먹이꾼들이 울타리를 열고 채찍을 쳐들어 부르는 시늉을 하면서 지휘를 하니, 동서 양쪽 마구간에 있던 말들이 일제히 나와 머리를 가지런히 하고 좌우로 갈라섰다. 북쪽 담장 밑에는 큰 우물이 있고, 우물가에는 커다란 돌구유가 있었다. 사람 둘이 기계를 돌려 물을 길어 계속 구유 속으로 댄다. 말먹이꾼은 채찍으로 말을 10마리씩 한 무리로 갈라 순서대로 들어가 물을 마시게 했다. 앞 대열이 일제히 마시고 한꺼번에 물러나오면 뒤 대열이 이어 나가는데, 감히 서로 앞서려고 다투거나 순서를 어지럽히는 놈도 없이 들어가는 무리는 오른쪽으로 들어가고 나오는 무리는 왼쪽으로 나오는데, 제 발로 마구간으로 들어갔다.

내가 물어보기를,

"천자의 말이 이것뿐이냐?"
라고 하니 말먹이꾼은 웃으면서,

"천자는 만승(萬乘)이라 일컫는답니다. 서울이나 지방에 살고 있는 웬만한 부잣집이라도 이만한 수효는 가지고 있는 터에 하물며 만승천자이겠습니까? 창춘원(暢春苑)·원명원(圓明園)·서산(西山) 등지까지 치면 모두 10,000마리는 될 것입니다. 황제의 장원인 남해자(南海子)에도 역시 천리마(千里馬)가 있답니다. 이제는 천자께옵서 거둥을 했기 때문에 말들은 모두 준화주(遵化州)로 가고, 여기 남아 있는 말들은 모두 늙고 병들어 타기가 어렵다 보니 단문(端門) 앞에 의장으로 세우기 위해 갖추어 둔 것뿐입니다. 그러나 모두 나이는 6, 70살씩은 됩니다."
라고 한다. 그리고는 그중에서 누런 말을 가리키면서,

"이 말의 나이는 103살입니다."
라고 하면서 그 입술을 열어 보여주는데, 이가 단 2개만 남아 여물을 못 먹은 지가 벌써 30여 년이라고 한다.

낮에는 좋은 막걸리 두 동이를 먹이고, 아침저녁에는 엿밥과 보릿가루 두 되를 소주에 섞어 주면 구유에 대고 핥아 먹곤 하여 한 달에 3품의 급료를 받는다고 한다. 황제가 때때로 어찬을 내리면 반드시 두 무릎을 꿇고는 머리를 조아린다고 한다. 옹정(雍正) 때에는 오히려 하루 천 리를 갔다고 한다.

말의 털빛으로 보아서 정결하고 윤기가 흘러 그리 많이 늙어보이지는 않았으나, 다만 눈이 작고 눈곱이 흐른다. 두 눈동자는 맑고 푸르러서 마치 말갈(靺鞨) 사람 같았다. 두 눈썹에는 터럭 5, 6개가 남아 풀기 없이 아래로 늘어졌고, 귓속의 흰 털이 바깥까지 나와 마치 갈기처럼 생겼다. 다만 정강이만은 다른 말들보다는 아주 커서 젊었을 때는 힘이 세었을 것으로 상상이 되었다.

말먹이꾼의 눈치가 나에게 선물이라도 많이 바라는 것만 같고, 얼굴 생긴 꼴이 완악하고 더럽게 되먹은 것으로 보아 이 자가 하는 말을 믿어도 될지 모를 일이다. 해마다 삼복(三伏)에는 한낮에 귀인들이 황제의 행렬처럼 수레 차림으로 어마감(御馬監)이 관리하는 말들을 인도하여 덕승문(德勝門) 밖에 있는 적수담(積水潭)에서 목욕시킨다고 한다.

原文

御廐
어구

御廐在前星門外　東西樹柵爲門　馬不過三百餘疋
어구재전성문외　동서수책위문　마불과삼백여필
皆脫覊自在.
개탈기자재

方午　圉人開柵擧鞭　指揮若招呼之狀　東西廐馬皆
방오　어인개책거편　지휘약초호지상　동서구마개
出　齊首分左右立　北墻下　有大井　井邊有大石槽
출　제수분좌우립　북장하　유대정　정변유대석조
兩人轉機㪺水　連注槽中　圉人以鞭分十馬爲一隊　次
양인전기구수　연주조중　어인이편분십마위일대　차
第入飮　前隊齊飮齊退　則後隊方進　無敢爭先亂次者
제입음　전대제음제퇴　즉후대방진　무감쟁선란차자
入者從右　出者從左　自入于廐.
입자종우　출자종좌　자입우구

問　天子馬止此否　圉人笑曰　天子稱萬乘　京外富
문　천자마지차부　어인소왈　천자칭만승　경외부
室　尙多是數　況萬乘天子耶　暢春苑　圓明園　西山
실　상다시수　황만승천자야　창춘원　원명원　서산
俱有萬馬　皇莊南海子　亦有千里馬　今天閑上駟　盡
구유만마　황장남해자　역유천리마　금천한상사　진
往遵化州　今此所留皆老孱　不堪騎乘　只備端門立仗
왕준화주　금차소류개로잔　불감기승　지비단문립장
然俱壽六七十　就中指黃馬曰　此壽一百有三歲　披示
연구수륙칠십　취중지황마왈　차수일백유삼세　피시

其唇 只有兩齒 不食蒭荳 已三十餘年.
기순 지유양치 불식추두 이삼십여년

日中醇醪二甌 朝暮糖餌麥屑二升 調燒酒 臨槽舐吃 月受三品廩 皇帝時賜御饌 必雙跪叩頭 雍正時尙行千里云.
일중순료이구 조모당이맥설이승 조소주 임조지흘 월수삼품름 황제시사어찬 필쌍궤고두 옹정시상행천리운

馬之毛色潔澤 未見其甚老 但眼小眵流 而雙瞳瑩碧如靺鞨 兩眉五六根褭褭下垂 耳中白毫 出外如鬣 但脛大異他馬 想其少壯時多力者也.
마지모색결택 미견기심로 단안소치류 이쌍동형벽여말갈 양미오륙근뇨뇨하수 이중백호 출외여렵 단경대이타마 상기소장시다력자야

圉人要索厚幣 貌且頑鄙 未知其言爲信然否也 每歲三伏日中 貴人用鹵簿鼓吹 導迎御馬監所領 洗刷于德勝門外積水潭.
어인요색후폐 모차완비 미지기언위신연부야 매세삼복일중 귀인용로부고취 도영어마감소령 세쇄우덕승문외적수담

오문(午門)

오문(午門)의 홍예문(虹霓門 : 무지개문)이 셋인데 그윽하고 깊어서 마치 동굴 속에 들어가는 것 같고, 여럿이 떠드는 소리가 마주 쿵쿵 울려 쇠북소리처럼 요란하게도 웅성거렸다. 다리 5개는 모두가 백옥 난간이었다.

原文

午門
오 문

午門三虹門 幽深如行洞窟中 衆囂雄響 噌吰鏜鎝
오 문 삼 홍 문 유 심 여 행 동 굴 중 중 효 웅 향 청 횡 당 삽

橋五 皆白玉闌干.
교 오 개 백 옥 난 간

묘사(廟社)—종묘와 사직

6과(科 : 6부(部)의 감독기관)는 단문(端門) 안에 있고, 6부(部)와 모든 관청은 태청문(太淸門) 밖에 나누어 두었으니, 이것이 전조(前朝 : 자금성 앞의 조정)이다. 태액지(太液池) 북쪽의 신무문(神武門) 안을 후시(後市 : 자금성 뒤쪽의 시장)라고 하였다. 종묘(宗廟 : 태묘)는 대궐의 왼쪽에 있고, 사직(社稷)은 대궐의 오른쪽에 있어서 전후와 좌우의 배치와 설비가 균형이 잡혔으니, 이래서 임금으로서의 제도가 크게 갖추어지는 것이다.

일찍이 『수구기략(綏寇紀略)』[1]을 보니,

“숭정(崇禎) 16년(1643년) 5월에 북경에서 붉은 핏물비가 내리면서 하룻밤을 새도록 우레와 번개가 번쩍였고, 태묘(太廟)의 신주가 거꾸러지고 보정(寶鼎 : 솥)과 이기(彝器 : 제기)들이 모두 녹아내렸다.”

1) 『수구기략(綏寇紀略)』 : 청나라 오위업(吳偉業)이 명나라 말기의 사적을 기록한 책이다.

라고 하였고 또,

"6월 23일 밤에는 벼락이 봉선전(奉先殿) 묘문(廟門)에서 일어나 쇠 문고리가 모두 용의 발톱에 의하여 녹아내렸고, 묘 앞에 있는 돌 위에는 용이 누운 흔적이 있었다."

라고 하였으니, 아아, 슬프도다!

갑신년(1644년)에 일어난 떠돌이 도적〔流寇 : 이자성(李自成)〕의 난리는 천고에 없었던 것으로, 하늘이 무너지고 땅이 갈라지고 종묘가 뒤흔들리면서 드디어 각라씨(覺羅氏)[2)]의 판이 되고 말았으니, 어찌 이 같은 큰 변괴가 없을 수 있었겠는가?

---

2) 각라씨(覺羅氏) : 청나라 황제의 성씨인 애신각라씨(愛新覺羅氏)이다.

原文

廟社
묘 사

六科在端門之內　六部百司分置太淸門外　是爲前
육 과 재 단 문 지 내　육 부 백 사 분 치 태 청 문 외　시 위 전
朝　太液池北神武門內　是爲後市　宗廟在闕之左　社
조　태 액 지 북 신 무 문 내　시 위 후 시　종 묘 재 궐 지 좌　사
稷在闕之右　前後左右鋪置排設　無不匀敵　於是乎王
직 재 궐 지 우　전 후 좌 우 포 치 배 설　무 불 균 적　어 시 호 왕
者之制度大備矣.
자 지 제 도 대 비 의

曾見綏寇紀略　崇禎十六年五月　京師雨血　通夕雷
증 견 수 구 기 략　숭 정 십 륙 년 오 월　경 사 우 혈　통 석 뇌
霆　太室神主顚倒　寶鼎彝器皆融　又六月二十三日夜
정　태 실 신 주 전 도　보 정 이 기 개 융　우 유 월 이 십 삼 일 야
霹靂起奉先殿　廟門金鋪　皆爲龍爪所鎔化　廟前石上
벽 력 기 봉 선 전　묘 문 금 포　개 위 룡 조 소 용 화　묘 전 석 상
有龍臥痕　嗚呼.
유 룡 와 흔　오 호

甲申流寇之變　千古所未有也　天崩地坼　九廟震蕩
갑 신 류 구 지 변　천 고 소 미 유 야　천 붕 지 탁　구 묘 진 탕
而因爲覺羅氏觀德之所　則惡能無似此大變怪哉.
이 인 위 각 라 씨 관 덕 지 소　즉 오 능 무 사 차 대 변 괴 재

전성문(前星門)

체인각(體仁閣)으로부터 협화문(協和門)을 나와 동화문(東華門)을 곧장 마주보면 전각이 있는데 이것이 문화전(文華殿)이요, 그 동쪽에 있는 문을 전성문(前星門)이라고 한다. 지붕은 푸른 유리기와를 덮었고, 대문 안에는 또 겹문이 있었으나 모두 자물쇠를 채웠다. 겹문 안은 모두 푸른 유리기와집이었는데, 이것만 보아도 태자(太子)가 거처하는 궁전임을 알 수 있다.

혹자는 말하기를,

"태자가 거처하는 곳을 전심전(傳心殿)이라 하고 그 뒤에는 활 쏘는 정자가 있는데, 쇠로 빗돌을 만들어 청(淸)나라 황실 조상의 교훈을 새겨 묻었으므로 아무도 감히 이곳까지 이르는 자가 없다."

라고 한다. 또 전설에 의하면,

"강희(康熙)가 황제 자리에 너무 오래 있게 되자, 태자는 궁에서 일하는 자에게 말하기를, '세상에 어찌 머리가 하얗게 센 태자가 있을 수 있으랴?'고 하였는데, 그 말이 밖으로 새

나가서 태자는 폐출되었고 이로부터 다시는 태자를 미리 세우지 않았다."
라고 한다.

옹정(雍正) 원년(1723년) 8월 17일에 조서를 내리기를,

"우리 성조(聖祖) 인황제(仁皇帝 : 강희 황제)께옵서 나라를 위하시어 삼가 선택하여 짐(朕)에게 작년 11월 13일에 황위를 계승하라고 명하셨다. 이는 말 한마디로 국가의 대계를 정한 것이다. 나라의 내외를 막론하고 짐을 기쁘게 받들지 않는 자가 없었다. 이날 성조께서 두 형님의 일[1]로 인하여 몸소 매우 걱정하고 초췌하셨던 것은 천하가 다 들어 아는 바이다.

오늘 짐은 여러 아들들이 아직 어려서 반드시 상세하게 살피고 신중하게 해야 될 것이므로 특별히 이 일을 친히 기록하여 단단히 봉한 뒤 건청궁(乾清宮)의 정중앙에 있는 세조(世祖) 장황제(章皇帝)의 친필인 '정대광명(正大光明)'이라는 현판 뒤에 간직해 두었다. 곧 여기는 궁중에서 제일 높은 곳이므로 이로써 불의의 걱정에 대비하기 위한 준비로 삼는다. 따라서 여러 왕들과 대신들에게 이르니, 모두가 마땅히 이를 알도록 해야 할 것이다."
라고 하였다.

예부의 주사(主事) 육생남(陸生楠)은 소(疏)를 올려 태자를 미리 세울 것을 청했으나, 옹정은 조서를 내려 준절히 꾸

1) 두 형님의 일 : 태자를 두 번 세웠다가 폐한 일이 있었다.

짖기를,

"태자를 미리 세우지 않는 법은 곧 우리 황가에서 대대로 내려오는 법이다. 황자들로 하여금 각기 저마다 효도하고 우애하고 공손하고 검소함에 힘써서 하나같이 천명을 들을 뿐이요, 형제간에 시기와 의심과 참소와 간특한 마음을 끊게 하려는 것이다. 이 법이야말로 만대를 통하여 오래 두고 쓸 아름다운 법도이다. 명나라의 간신 왕석작(王錫爵)이 태자를 세울 것을 청원하자 어진 태자를 선택하지 않고 천계(天啓 : 명나라 희종(熹宗)의 연호, 1621~1627)를 세워 마침내 천하를 망쳤으니, 네가 왕석작을 본받으려 하는 것이냐?"

라고 하였다.

이로부터 천하에서는 감히 태자를 미리 세우자는 말을 다시는 입 밖에 내지 못하였으니, 전성문이 닫힌 지도 장차 100년이 될 것이다.

原文

前星門
전성문

自體仁閣出協和門 與東華門相直 有殿曰文華 其東有門曰前星 覆靑琉璃瓦 門內又有重門 而皆鎖重門之內 皆靑琉璃瓦甍 可知爲太子宮也.
자체인각출협화문 여동화문상직 유전왈문화 기동유문왈전성 복청유리와 문내우유중문 이개쇄중문지내 개청유리와맹 가지위태자궁야

或云 太子所居曰傳心殿 殿後有箭亭 鑄鐵爲碑刻淸家祖訓以埋之 人無敢至者 世傳康熙在位久 太子對宮僚言 世間寧有頭白太子乎 語泄坐廢 自是不復豫建.
혹운 태자소거왈전심전 전후유전정 주철위비각청가조훈이매지 인무감지자 세전강희재위구 태자대궁료언 세간녕유두백태자호 어설좌폐 자시불부예건

雍正元年八月十七日 詔曰 我聖祖仁皇帝 爲宗社愼擇 命朕纘承丕緖 於去年十一月十三日 一言而定大計 薄海內外 罔不欣戴 當日聖祖 因二阿哥之事身甚憂悴 天下共聞.
옹정원년팔월십칠일 조왈 아성조인황제 위종사신택 명짐찬승비서 어거년십일월십삼일 일언이정대계 박해내외 망불흔대 당일성조 인이아가지사신심우췌 천하공문

今朕諸子尙幼 必須詳愼 特將此事 親寫密封 藏
금짐제자상유 필수상신 특장차사 친사밀봉 장

于乾淸宮正中 世祖章皇帝御書 正大光明 扁額之後
우 건 청 궁 정 중 세 조 장 황 제 어 서 정 대 광 명 편 액 지 후
乃宮中最高之處 以備不虞 故玆諭告 諸王大臣 咸
내 궁 중 최 고 지 처 이 비 불 우 고 자 유 고 제 왕 대 신 함
宜知之云云.
의 지 지 운 운

禮部主事陸生柟疏請豫建 雍正下詔切責 以爲不
예 부 주 사 육 생 남 소 청 예 건 옹 정 하 조 절 책 이 위 불
豫建太子 卽我朝家法 俾皇子人人 各務孝友恭儉
예 건 태 자 즉 아 조 가 법 비 황 자 인 인 각 무 효 우 공 검
一聽天命 絶兄弟猜疑讒慝之心 此萬世久長之美法
일 청 천 명 절 형 제 시 의 참 특 지 심 차 만 세 구 장 지 미 법
也 明朝奸臣王錫爵 請建太子 不擇賢以立天啓 遂
야 명 조 간 신 왕 석 작 청 건 태 자 불 택 현 이 립 천 계 수
亡天下 爾欲效王錫爵耶.
망 천 하 이 욕 효 왕 석 작 야

自是天下莫敢復言豫建事 而前星之門 閉將百年
자 시 천 하 막 감 부 언 예 건 사 이 전 성 지 문 폐 장 백 년
矣.
의

오봉루(五鳳樓)

태화전(太和殿) 앞뜰의 면적은 거의 수백 보요, 축대의 높이는 한 길이 넘는데 백옥 난간을 둘렀고, 그 위에 태화문(太和門)이 있다. 문 위에는 3층 처마에 누런 기와를 이었으니, 이것을 오봉루(五鳳樓)라고 부른다.

황제가 큰 조회를 할 때 태화전에 거둥하여 나와 앉으면 흠천감(欽天監 : 기상대(氣象台)의 장)은 시간을 아뢰는 북을 누각 위에 설치하고, 교방사(敎坊司 : 음악을 맡은 관서)는 중화소악(中和韶樂)을 누각의 동서쪽에 배설한다.

통관 서종현(徐宗顯)의 말에 의하면,

"조회를 할 때는 금의위(錦衣衛 : 황제의 의복과 기구를 맡은 관서)는 노부(鹵簿)와 의장(儀仗)을 태화전의 뜰 동서쪽에 진열하여 북쪽을 향하게 하고, 길들인 코끼리를 오봉루 아래 동서쪽으로 마주대하여 세우며, 천자가 타는 수레들을 태화문의 붉은 섬돌 가운데 길에 북향으로 진열해 놓았다. 어마감(御馬監 : 황제의 말을 기르는 관서)은 의장마를 벌려 세우며, 금

오위(金吾衛 : 궁중의 경비를 맡은 관서)와 운휘사(雲麾司 : 황제의 거둥 때 의장을 맡은 관서)는 갑사(甲士)와 의장과 쇠북을 태화문 밖 오문(午門) 안의 붉은 섬돌에 벌려 세우고, 수도를 수비하는 장교 7만 명이 길을 끼고 깃대를 세우고는 바둑판 같은 거리를 호위하고 경계한다.

백관들은 단문(端門) 안의 경천주(擎天柱) 아래에서 시간을 기다리다가 오봉루 안에서 북소리가 처음 울리면 백관들이 반열을 정비하고, 북이 두 번째 울리면 반열을 나누어 태화문의 좌우 협문을 통하여 한 줄로 늘어서서 들어온다. 황제가 탄 수레는 보화전(保和殿)으로부터 중화전(中和殿)을 거쳐 태화전으로 드는데, 길잡이 하는 시위는 9개의 옥새(玉璽)와 인부(印符 : 인장과 부절)를 받들고 앞서 간다.

풍악은 「비룡인지곡(飛龍引之曲)」[1]을 연주하고, 대악(大樂)은 「풍운회지곡(風雲會之曲)」[2]을 연주한다. 이때 여러 문을 한목으로 열면 곧바로 정양문(正陽門)까지 툭 터져 내다보인다. 안팎이 〈먹줄로 친 듯〉 바르고 곧아서 조금도 숨기거나 굽은 데가 없다. 오봉루 안에서 연주하는 「경황도(慶皇都)」[3]와 「희승평(喜昇平)」[4] 등의 음악은 마치 하늘에서 울려오듯 들린

1) 「비룡인지곡(飛龍引之曲)」: 악곡 이름. 황제가 보위(寶位)에 오름을 축하하는 곡조이다.

2) 「풍운회지곡(風雲會之曲)」: 악곡 이름. 임금과 신하가 서로 제회(際會)를 얻음을 노래한 곡조이다.

3) 「경황도(慶皇都)」: 황도를 경축하는 음악이다.

다."

라고 한다.

또 예로부터 전해들은 이야기에,

"숭정(崇禎) 초년에 오봉루 위에서 하늘이 내린 글이라고 누런 보자기 열 벌을 얻었는데 바깥 제목에는 '천계(天啓)는 7년, 숭정은 17년, 복왕(福王)은 1년이다.'[5]라고 쓰여 있었다."

라고 하였으니, 이것은 비록 요망한 말이라 하더라도 이같이 큰 나라 왕조의 성쇠에 있어서 어찌 하늘이 정한 명수가 없을 것인가?

---

4) 「희승평(喜昇平)」: 태평성대를 기뻐하는 음악이다.

5) '천계(天啓)는 …… 1년이다.': 천계는 7년 만에 끝나고, 숭정은 17년 만에 끝나며, 복왕은 1년 만에 끝난다는 의미이다.

原文

五鳳樓
오봉루

太和殿前庭　面可數百步　臺高丈餘　護以白玉欄
태화전전정　면가수백보　대고장여　호이백옥란

上有太和門　門上爲三簷黃瓦　是謂五鳳樓也.
상유태화문　문상위삼첨황와　시위오봉루야

皇帝大朝會　駕坐太和殿　則欽天監設定時鼓于樓
황제대조회　가좌태화전　즉흠천감설정시고우루

上　敎坊司設中和韶樂于樓之東西.
상　교방사설중화소악우루지동서

通官徐宗顯言　朝會時　錦衣衛陳鹵簿儀仗于太和
통관서종현언　조회시　금의위진노부의장우태화

殿庭東西北向　立馴象于五鳳樓下　東西相向　陳大車
전정동서북향　입순상우오봉루하　동서상향　진대거

玉輅于太和門丹墀中道北向　御馬監設仗馬　金吾衛
옥로우태화문단지중도북향　어마감설장마　금오위

雲麾司　陳甲士儀仗金鼓于太和門外午門內丹墀　京
운휘사　진갑사의장금고우태화문외오문내단지　경

營將校凡七萬　夾道樹幟　護衛警嚴于碁盤街.
영장교범칠만　협도수치　호위경엄우기반가

百官候時于端門之內擎天柱下　五鳳樓中鼓初嚴則
백관후시우단문지내경천주하　오봉루중고초엄즉

百官整班　鼓二嚴則分班　由太和左右掖門　魚貫而入
백관정반　고이엄즉분반　유태화좌우액문　어관이입

皇帝駕自保和殿　由中和殿入太和殿　導駕侍衛　奉九
황제가자보화전　유중화전입태화전　도가시위　봉구

璽印符前行.
새 인 부 전 행

樂奏飛龍引之曲 大樂奏風雲會之曲 于時洞開諸
악 주 비 룡 인 지 곡 대 악 주 풍 운 회 지 곡 우 시 동 개 제

門 直至正陽門 豁達洞見 外內正直 無有隱曲 五
문 직 지 정 양 문 활 달 통 견 외 내 정 직 무 유 은 곡 오

鳳樓中 慶皇都喜昇平之樂 如出天上云.
봉 루 중 경 황 도 희 승 평 지 악 여 출 천 상 운

舊聞崇禎初載 於五鳳樓上獲天書 黃褓十襲 外題
구 문 숭 정 초 재 어 오 봉 루 상 획 천 서 황 보 십 습 외 제

曰天啓七 崇禎十七 福王一 此雖妖言 如此大基業
왈 천 계 칠 숭 정 십 칠 복 왕 일 차 수 요 언 여 차 대 기 업

亦豈無天定之數耶.
역 기 무 천 정 지 수 야

천단(天壇)

천단(天壇)은 외성(外城)의 영정문(永定門) 안에 있다. 담장의 주위는 거의 10리쯤 되고, 담장 아래는 세 층계로 되어 있으며, 그 위에서는 말이라도 달릴 수 있게 되었다.

안에는 원구(圜丘)[1]가 있다. 제1층 단은 넓이가 100여 보나 되고 높이는 넉넉히 한 길이 넘으며, 단의 바닥은 모두 푸른 유리벽돌을 깔았다. 난간의 네 둘레는 모두 초록색 유리로 기둥을 만들었고, 네 군데로 터진 층층대는 모두 아홉 계단으로 되었다. 계단의 넓이는 거의 두 발이나 되는데 역시 푸른 유리벽돌을 깔았다. 계단의 양쪽 난간도 역시 모두 초록색 유리로 된 기둥을 만들었다.

제2층 단의 바닥면은 두 발이 넘는데 층층대가 네 군데로 터졌고 층대는 아홉 계단이다. 단의 바닥면에는 푸른 유리벽

1) 원구(圜丘) : 임금이 동짓날 하늘에 제사 지내던 원형(圓形)의 단이다.

돌을 깔았고, 단의 아래 동아리와 네 둘레의 난간도 역시 다 초록색 유리로 된 기둥이다.

원구의 밖에는 또 누런 유리기와를 이은 담장으로 둘렀는데, 사면에 영성문(檽星門 : 하늘의 별자리문)을 만들었으되 원(元) · 형(亨) · 이(利) · 정(貞)으로 나누어 이름을 붙여 동 · 서 · 남 · 북의 방위에 짝을 맞추었다.

동쪽 제1단은 해를 제사하고, 서쪽 제1단은 달을 제사하며, 동쪽 제2단은 28수(宿)를 제사하고, 서쪽 제2단은 바람 · 구름 · 우레 · 비를 제사한다.

그리고 황궁우(皇穹宇 : 천신의 신위를 모신 곳)와 신악관(神樂觀 : 음악을 맡아보는 곳)과 태화전, 재궁(齋宮 : 재계를 하는 곳), 천고(天庫 : 물품을 맡아보는 창고), 신주(神廚 : 제사 음식을 장만하는 주방) 등은 모두 누런 유리로 된 기와지붕이다. 신악관은 평소에는 음악 · 무용을 연습시키는 곳으로 매번 큰 제사를 치를 때는 미리 태화전에서 예행연습을 한다.

제사에 쓰는 양 · 돼지 · 사슴 · 토끼 등을 기르는 축사와 우리가 있고, 북쪽 담장 아래로는 네모난 연못을 20여 군데나 파서 겨울이 되면 얼음을 캐어서 빙고에 저장한다. 제사에 소용되는 물건은 정결하게 갖추어 두고 무엇이나 이 속에서 가져다 쓰도록 되어 있음을 볼 수 있다.

정양문에 딸린 적루(敵樓) 아래의 정남향으로 된 문은 언제나 닫혀 있어서 이상하다 하였더니, 누군가 말하기를,

"황제가 친히 천단에 제사를 지내러 어가가 나올 때는 정남

향을 한 옹성문을 여는데, 기름 100섬을 부은 뒤에야 비로소 열린다."

라고 한다.

原文

天壇
천 단

天壇在外城永定門內 墻周幾十里 墻脚三級 其上
천 단 재 외 성 영 정 문 내 장 주 기 십 리 장 각 삼 급 기 상
可以走馬.
가 이 주 마

內爲圓丘 第一層壇 闊百餘步 高可丈餘 壇面皆
내 위 원 구 제 일 층 단 활 백 여 보 고 가 장 여 단 면 개
鋪用碧琉璃甎 闌干四周 皆以綠琉璃爲楹檻 四出陛
포 용 벽 유 리 전 난 간 사 주 개 이 록 유 리 위 영 함 사 출 폐
俱九級 陛濶幾二丈 亦鋪碧琉璃甎 護闌亦皆綠琉璃
구 구 급 폐 활 기 이 장 역 포 벽 유 리 전 호 란 역 개 록 유 리
楹檻.
영 함

第二層壇 面二丈餘 四出陛九級 壇面鋪碧琉璃甎
제 이 층 단 면 이 장 여 사 출 폐 구 급 단 면 포 벽 유 리 전
壇脚及四周闌干 亦皆綠琉璃楹檻.
단 각 급 사 주 난 간 역 개 록 유 리 영 함

圓丘外又繚以周垣 覆黃琉璃瓦 四面爲欞星門 分
원 구 외 우 료 이 주 원 복 황 유 리 와 사 면 위 영 성 문 분
元亨利貞 以配東西南北而爲號.
원 형 리 정 이 배 동 서 남 북 이 위 호

東一壇祀日 西壇祀月 東第二壇祀二十八宿 西第
동 일 단 사 일 서 단 사 월 동 제 이 단 사 이 십 팔 수 서 제
二壇祀風雲雷雨.
이 단 사 풍 운 뢰 우

皇穹宇及神樂觀 太和殿 齋宮 天庫 神廚 皆覆以琉璃黃瓦 神樂觀 平日敎習樂舞生之所 每值大享則先期演儀于太和殿.
황궁우급신악관 태화전 재궁 천고 신주 개복이유리황와 신악관 평일교습악무생지소 매치대향즉선기연의우태화전

羊豕鹿兎 俱有房舍圈柙 北墻下方池二十餘區 冬月鑿氷 以藏凌室 可見昭事之物 潔淨備具 無不取用於其中也.
양시록토 구유방사권합 북장하방지이십여구 동월착빙 이장릉실 가견소사지물 결정비구 무불취용어기중야

正陽門敵樓下正南一門 怪其常閉 或云皇帝親祀天壇 駕出方啓正南甕城門 而灌脂百斛 然後始開云.
정양문적루하정남일문 괴기상폐 혹운황제친사천단 가출방계정남옹성문 이관지백곡 연후시개운

호권(虎圈)—호랑이 우리

황제의 마구간 뒤에는 호랑이 우리가 있는데, 연대(煙臺)[1] 같이 성을 쌓고 그 위에는 '우물 정(井)' 자 모양의 들보를 걸치고 팔뚝만 한 굵기의 큰 철망을 덮었다. 그리고 담장에 붙여서 작은 구멍을 뚫고 쇠를 박아 울타리로 삼았다.

옛날에는 호랑이 두 마리가 있었는데, 한 마리는 최근에 죽었고 한 마리는 원명원(圓明園)으로 데리고 가 버려서 이제는 우리가 비어 있다. 황제가 어디로 거둥을 할 때는 반드시 호랑이 우리를 앞장세워 메고 가다가 못마땅한 생각이 들면 황제가 우리 앞으로 와서 친히 활을 쏜다고 한다.

---

1) 연대(煙臺) : 명나라 때에 왜구(倭寇)를 막기 위하여 쌓았던 낭연대(狼煙臺)이다.

原文

虎圈
호 권

御廐後爲虎圈 築城如煙臺 上架井字樑 覆以脘大
어 구 후 위 호 권 축 성 여 연 대 상 가 정 자 량 복 이 완 대

鐵網 傅墻爲小穽 樹鐵爲柵.
철 망 부 장 위 소 정 수 철 위 책

舊有二虎 一近斃 一往圓明園 今空圈 皇帝幸行
구 유 이 호 일 근 폐 일 왕 원 명 원 금 공 권 황 제 행 행

必檻虎前驅 心有不懌 則臨圈親射云.
필 함 호 전 구 심 유 불 역 즉 임 권 친 사 운

천주당(天主堂)[1]

내 친구 홍덕보(洪德保 : 홍대용(洪大容))는 일찍이 서양 사람들의 재주를 논하면서,

"우리나라의 선배 중에 김가재(金稼齋)[2]와 이일암(李一菴)[3] 같은 이들은 모두 식견이 탁월하여 후세 사람들로서는 따를 수 없는 바요, 더구나 중국을 잘 관찰한 점에서도 아주 잘 드

---

1) 천주당(天主堂) : 이 소제(小題)는 여러 본에는 풍금(風琴)으로 되어 있으나, 여기에서는 수택본에 의거하여 수록하였다.

2) 김가재(金稼齋) : 조선 중기의 문인 김창업(金昌業). 자는 대유(大有)이고, 호는 노가재(老稼齋)·가재(稼齋)이다. 형 김창집(金昌集)을 따라 연경에 다녀와서 기행문 「노가재연행일기」를 썼고, 저서로는 『노가재집』 등이 있다.

3) 이일암(李一菴) : 조선 숙종(肅宗) 때의 학자 이기지(李器之). 일암은 호이고, 자는 사안(士安)이다. 아버지 이이명(李頤命)이 세제(世弟 : 뒤의 영조) 책봉을 건의하다가 무고(誣告)를 받아 거제도로 귀양 가자, 이기지도 연루되어 유배와 고문 끝에 죽었다. 시문에 능하였고, 저서에 『일암집(一菴集)』 등이 있다.

러났다. 그러나 그들의 천주당(天主堂)에 대한 기록들은 오히려 유감이 없지 않다.

이는 다름이 아니라 사람의 생각으로는 잘 미칠 수 없는 것이고, 또 갑자기 얼핏 보아서는 알아낼 수도 없었던 것이다. 뒷날 계속해서 〈북경에〉 간 사람들의 경우에도 역시 천주당을 먼저 보지 않은 자가 없지만, 어리둥절하고 짐작하기 어려워 도리어 괴물 같이 알고 이를 배척하였으니, 이는 그들의 안중에 아무 것도 보지를 못한 까닭이다.

김가재는 천주당의 건물이나 그림에 대해서만 상세하였고, 이일암은 더욱이 그림과 천문 관측의 서양 기계에 대해서 자세하였으나, 풍금(風琴 : 파이프 오르간) 이야기에는 미치지 못했다. 대체로 두 분이 음률에 이르러는 그리 밝질 못했으므로 잘 분별을 못했던 것이다.

내가 비록 귀로는 소리를 밝게 들었고 눈으로는 만든 제도를 살폈다 하더라도, 이를 다시금 글로써 그 오묘한 곳을 다 옮길 수는 없고 보니 정말 이것이 유감스러운 일로 되었던 것이다."

라고 하면서 곧 김가재의 기록을 끄집어내어 함께 보았더니,

"천주당 안의 동편 벽에는 두 층계의 붉은 문이 달렸는데, 위에는 두 짝이요, 아래에는 네 짝이다. 차례대로 열리면서 그 속에는 기둥이나 서까래처럼 생긴 통(筒)이 총총하게 서 있는데, 크기가 같지 않았다. 모두 금은빛으로 섞어 칠을 발랐고, 그 위에는 철판을 가로 놓고 그 한쪽 가에는 수없이 구

멍을 뚫고 다른 한쪽 가에는 부채 형상으로 되어 있는데, 방위와 12시(時)의 이름을 새겼다.

잠시 보니, 해 그림자가 그 방위에 이르자 대 위에 놓인 크고 작은 종(鍾)이 각각 네 번씩 울리고 복판에 있는 큰 종은 여섯 번을 쳤다. 종소리가 겨우 그치자마자 동쪽 변두리 홍예문(虹霓門 : 무지개문) 속에서 갑자기 한 줄기 바람 소리가 쏴 하면서 여러 개의 바퀴를 돌리는 것 같았는데, 계속해서 음악이 연주되며 관 · 현 · 사 · 죽 등의 소리가 들렸다. 어디로부터 이 소리가 나는지 알 수 없다. 통관이 '이것은 중국의 음악입니다.'라고 말한다.

얼마 안 되어서 소리는 그치고 또 다른 소리가 나는데, 조회 때 들은 음악 소리와 같았다. '이는 만주의 음악입니다.'라고 말한다. 조금 있다가 이 소리도 그치고 또다시 다른 곡조가 들리는데, 음절이 매우 빨랐다. '이는 몽고의 음악입니다.'라고 말한다.

음악 소리가 뚝 그치고는 여섯 문짝이 저절로 닫혔다. 이는 서양 사신 서일승(徐日昇 : 포르투갈 선교사)이 만든 것이라고 한다."

라고 하였다. – 김가재의 기록이 여기에서 그쳤다.

홍덕보는 다 읽고 나서 한바탕 크게 웃으면서,

"이야말로 이야기는 하면서도 자세하진 못하다는 말이구려. '속에 기둥이나 서까래처럼 생겼다는 통'은 유기로 관을 만들었는데, 제일 큰 관은 기둥이나 서까래만 하여 빼곡히 들어차 있고 길이가 들쭉날쭉 가지런하지 않으니, 이는 생황(笙簧) 소리를 내기 위하여 크게 한 것이네.

'크기가 같지 않다'는 것은 차례대로 음률을 취하여 곱절로 더 보태고 8율(律)씩 띄어 곧장 상생(相生)케 한 것이니, 마치 8괘(卦)가 변하여 64괘(卦)가 되는 것과 같다네.

'금은빛을 섞어 발랐다'는 것은 거죽을 곱게 보이기 위함이요, 갑자기 한 줄기 바람 소리가 쏴 하면서 여러 개의 바퀴를 돌리는 것같이 난다는 것은 풍금의 땅골이 구불구불 서로 마주 통하게 되어 있어, 풀무질을 하여 입으로 바람을 불듯이 바람 기운을 보내는 것이요, '계속해서 음악이 연주되며'라는 것은 바람이 땅골을 통하여 성으로 들어가면 바퀴들이 핑핑 재빨리 돌아 생황의 쇠로 된 혀가 저절로 열리면서 여러 구멍에서 시끄럽게 소리가 나게 된다네.

풀무 바람을 내는 법식은 다섯 마리의 쇠가죽을 마주 붙여서 부드럽고 매끄럽기는 비단 전대처럼 만들고, 굵은 밧줄로 들보 위에 큰 종처럼 달아매어서 두 사람이 줄을 붙잡고는 몸을 솟구쳐 배 돛대를 달듯 몸뚱이가 매달린 채 발로 풀무 전대를 밟으면 풀무는 점차 내려앉으면서 바람주머니배는 팽창되어 공기가 꽉 들어찬다네. 이것이 풍금의 땅골로 공기를 몰아넣는다네. 그리하여 음률에 맞추어 구멍을 닫으면 어디고 바람은 밖으로 새어 나가지 않고 있다가 이에 쇠로 된 혀〔金舌〕를 치며 순차적으로 혀가 떨려 열리면서 여러 소리를 내게 되는 것이네.

이제 내가 대강 이렇게 말할 수 있으나, 역시 그 오묘한 데를 다 말할 수는 없다. 만일에 나라에서 돈을 내어 만들라고 명령을 내린다면 만들 수 있을 것도 같다네."

라고 하였다. — 덕보의 이야기는 여기에서 끝났다.

이제 내가 중국에 들어와서 풍금 만드는 법식을 생각할 때마다 언제나 마음속에 잊히지 않았다. 이미 열하로부터 북경으로 돌아와 즉시로 천주당(天主堂)을 찾았다. 선무문(宣武門) 안에서 동쪽으로 바라다보면 지붕 머리가 종처럼 둥글게 생겨 민가들 위로 우뚝 솟아 보이는 것이 곧 천주당이었다. 성 안의 사방에는 다 하나씩 천주당이 있는데, 여기에 있는 당이 바로 서천주당(西天主堂)이다.

'천주'라는 말은 천황씨(天皇氏)[4]니 반고씨(盤古氏)[5]니 하는 말과 같다. 다만 이 사람들은 역서(曆書)를 잘 꾸미며 자기 나라의 제도로 집을 지어 사는데, 그들의 학술은 부화(浮華)함과 거짓을 버리고 성실과 신의를 귀하게 여겨 하느님을 밝게 섬김으로써 으뜸을 삼고, 충효와 자애로써 의무를 삼고, 허물을 고치고 선(善)을 닦는 것으로써 입문(入門)을 삼으며, 사람이 죽고 사는 큰일에 준비를 갖추어 걱정을 없애는 것을 궁극의

---

4) 천황씨(天皇氏) : 중국 고대의 전설에 나오는 삼황(三皇)의 한 사람으로, 12형제가 각각 18,000년씩 왕 노릇을 하였다고 한다.

5) 반고씨(盤古氏) : 천지개벽 후에 세상에 나왔다는 중국 최초의 임금이다.

목적으로 삼고 있다.

저들로서는 근본되는 학문의 이치를 찾아내었다고 자칭하고 있으나, 뜻을 세움이 지나치게 고원하고 이론이 교묘한 데로 쏠린 나머지 도리어 하늘을 빙자하여 사람을 속이는 죄를 범하는 데로 귀결되고, 제 자신이 저절로 의리에 어긋나고 인륜을 해치게 하는 구렁으로 빠지고 있는 것을 모르고 있다.

천주당의 높이는 일곱 길이나 되고, 〈넓이는〉 무려 수백 칸인데, 쇠를 부어 만들거나 흙으로 구워 놓은 것만 같았다.

명(明)나라 만력(萬曆) 29년(1601년) 2월에 천진(天津) 지방의 세감(稅監)으로 있던 마당(馬堂)이 서양사람 이마두(利瑪竇 : 마테오 리치)의 서양 방물과 천주녀상(天主女像 : 성모 마리아상)을 바쳤더니 예부(禮部)에서 이르기를,

"대서양(大西洋)이란 『회전(會典)』[6]에 실려 있지 않으므로 참인지 거짓인지 알 길이 없으니, 적당히 참작해서 의관을 내려주어 본토로 돌아가게 하고, 몰래 북경에 들어와 살지 못하도록 하라."

라고 하고는 황제에게는 보고하지도 않았다. 그리하여 서양이 중국과 서로 통한 것은 대체로 이마두부터 시작되었다.

천주당이 건륭(乾隆) 기축년(1769년)에 헐렸으므로 소위 풍금이란 것은 남은 것이 없었고, 다락 위의 망원경과 또 여러 가

---

6) 『회전(會典)』 : 명나라 시대의 유신(儒臣)이 칙명을 받들어서 엮은 『명회전(明會典)』을 말한다.

지 서양의 표본기(천문 관측 기구)들은 창졸간에 연구를 할 수 없으므로 기록하지 않는다. 이제 홍덕보(洪德保)가 풍금의 제도에 관해 논했던 이야기를 추억하면서 서글픈 심정으로 이 글을 쓴다.

原文

天主堂
천주당

余友洪德保 嘗論西洋人之巧曰 我東先輩 若金稼
여우홍덕보 상론서양인지교왈 아동선배 약김가
齋 李一菴 皆見識卓越 後人之所不可及 尤在於善
재 리일암 개견식탁월 후인지소불가급 우재어선
觀中原 然其記天主堂 則猶有憾焉.
관중원 연기기천주당 즉유유감언

此無他 非人思慮所到 亦非驟看所可領略 至若後
차무타 비인사려소도 역비취간소가령략 지약후
人之繼至者 亦無不先觀天主堂 然恍忽難測 反斥幽
인지계지자 역무불선관천주당 연황홀난측 반척유
怪 是眼中都無所見者也.
괴 시안중도무소견자야

稼齋詳于堂屋畵圖 而一菴尤詳于畵圖儀器 然不及
가재상우당옥화도 이일암우상우화도의기 연불급
風琴 蓋二公之于音律 不甚曉解 故莫能彷彿也.
풍금 개이공지우음률 불심효해 고막능방불야

余雖耳審其聲 目察其制 然又文不能盡其妙 是爲
여수이심기성 목찰기제 연우문불능진기묘 시위
大恨也 因出稼齋所記共觀焉 堂之東壁 有二層朱門
대한야 인출가재소기공관언 당지동벽 유이층주문
而上二扉下四扉 次第開之 其中有筒如柱如椽者簇
이상이비하사비 차제개지 기중유통여주여연자족
立 大小不一 而皆金銀雜塗之 其上橫置鐵板 其一
립 대소불일 이개금은잡도지 기상횡치철판 기일

邊鎖穴無數　一邊如扇形　刻方位及十二時.
변쇄혈무수　일변여선형　각방위급십이시

俄見日影到其方位　則臺上大小鍾　各撾四聲　中央
아견일영도기방위　즉대상대소종　각과사성　중앙

大鍾　撾六聲　鍾聲纔止　東邊虹門內　忽有一陣風聲
대종　과륙성　종성재지　동변홍문내　홀유일진풍성

如轉衆輪　繼以樂作　絲竹管絃之聲　不識從何而來
여전중륜　계이악작　사죽관현지성　불식종하이래

通官言此中華之樂.
통관언차중화지악

良久而止　又出他聲　如朝賀時所聽　曰此滿州之樂
양구이지　우출타성　여조하시소청　왈차만주지악

也　良久而止　又出他曲　音節急促　曰此蒙古之樂也.
야　양구이지　우출타곡　음절급촉　왈차몽고지악야

樂聲旣止　六扉自掩　西洋使臣徐日昇所造云－稼齋
악성기지　육비자엄　서양사신서일승소조운　가재

記止此.
기지차

德保讀已大笑曰　是所謂語焉而不詳也　中有筒如柱
덕보독이대소왈　시소위어언이불상야　중유통여주

如椽者　鍮鑞爲管　其最大之管如柱椽　簇立參差　此
여연자　유랍위관　기최대지관여주연　족립참치　차

演笙簧而大之也.
연생황이대지야

小大不一者　取次律而加倍之　隔八相生　如八卦之
소대불일자　취차률이가배지　격팔상생　여팔괘지

變　而爲六十四卦也.
변　이위륙십사괘야

金銀雜塗者　侈其外也　忽有一陣風聲　如轉衆輪者
금은잡도자　치기외야　홀유일진풍성　여전중륜자

爲地道宛轉相通 而鼓槖以達氣如口吹也 繼以樂作
위지도완전상통 이고탁이달기여구취야 계이악작
者 風入城道 輪囷輥輾 而簧葉自開 衆竅噭噪也.
자 풍입성도 윤균곤전 이황엽자개 중규교조야

其鼓槖之法 聯五牛之皮 柔滑如錦袋 以大絨索懸
기고탁지법 연오우지피 유활여금대 이대융삭현
之樑上如大鐘 兩人握索奮躍 懸身若掛帆狀 以足蹋
지량상여대종 양인악삭분약 현신약괘범상 이족답
槖 槖漸蹲伏 而其腹澎漲 虛氣充滿 驅納地道 於是
탁 탁점준복 이기복팽창 허기충만 구납지도 어시
按律掩竅 則無所發洩 乃激金舌 次第振開 所以成
안률엄규 즉무소발설 내격금설 차제진개 소이성
衆樂也.
중악야

今吾略能言之 而亦不能盡其妙 如蒙國家發帑命造
금오략능언지 이역불능진기묘 여몽국가발탕명조
則庶幾能之云—德保所談止此.
즉서기능지운 덕보소담지차

今吾入中國 每思風琴之制 日常憧憧于中也 旣自
금오입중국 매사풍금지제 일상동동우중야 기자
熱河還入燕京 卽尋天主堂 宣武門內東面而望 有屋
열하환입연경 즉심천주당 선무문내동면이망 유옥
頭圓如鐵鐘 聳出閭閻者 乃天主堂也 城內四方皆有
두원여철종 용출려염자 내천주당야 성내사방개유
一堂 此堂乃西天主也.
일당 차당내서천주야

天主者 猶言天皇氏盤古氏之稱也 但其人善治曆
천주자 유언천황씨반고씨지칭야 단기인선치력
以其國之制 造屋以居 其術絶浮僞 貴誠信 昭事上
이기국지제 조옥이거 기술절부위 귀성신 소사상

帝爲宗地 忠孝慈愛爲工務 遷善改過爲入門 生死大
제 위 종 지 충 효 자 애 위 공 무 천 선 개 과 위 입 문 생 사 대

事 有備無患爲究竟.
사 유 비 무 환 위 구 경

自謂窮原溯本之學 然立志過高 爲說偏巧 不知返
자 위 궁 원 소 본 지 학 연 입 지 과 고 위 설 편 교 부 지 반

歸於矯天誣人之科 而自陷于悖義傷倫之臼也.
귀 어 교 천 무 인 지 과 이 자 함 우 패 의 상 륜 지 구 야

堂高七仞 無慮數百間 而有似鐵鑄土陶.
당 고 칠 인 무 려 수 백 칸 이 유 사 철 주 토 도

皇明萬曆二十九年二月 天津稅監馬堂 進西洋人
황 명 만 력 이 십 구 년 이 월 천 진 세 감 마 당 진 서 양 인

利瑪竇 方物及天主女像 禮部言 大西洋不載會典
이 마 두 방 물 급 천 주 녀 상 예 부 언 대 서 양 부 재 회 전

其眞僞不可知 宜量給衣冠 令還本土 勿得潛住京師
기 진 위 불 가 지 의 량 급 의 관 영 환 본 토 물 득 잠 주 경 사

不報 西洋之通中國 蓋自利瑪竇始也.
불 보 서 양 지 통 중 국 개 자 이 마 두 시 야

堂燬于乾隆己丑 所謂風琴無存者 樓上遠鏡及諸
당 훼 우 건 륭 기 축 소 위 풍 금 무 존 자 누 상 원 경 급 제

儀器 非倉卒可究 故不錄 追思德保所論風琴之制
의 기 비 창 졸 가 구 고 불 록 추 사 덕 보 소 론 풍 금 지 제

悵然爲記.
창 연 위 기

양화(洋畵)[1)]

무릇 그림을 그리는 자가 사물의 외형만 그리고 내면의 모습을 그릴 수가 없음은 자연스러운 형세이다. 사물이란 불거지거나 오목하고, 작거나 크고, 멀거나 가까운 형세가 있음에도 불구하고, 그림에 능한 자는 붓대를 대강 몇 차례 놀려 그 중간치를 그리는 데 불과하다. 그리하여 산에는 주름이 없기도 하고, 물에는 파도가 없기도 하고, 나무에는 가지가 없기도 하니, 이것이 이른바 〈사물의 형상보다는〉 화가의 마음을 묘사한다는 법〔寫意法〕이다.

두자미(杜子美 : 자미는 두보(杜甫)의 자)의 시(詩)에 이르기를,

---

1) 양화(洋畵) : 수택본에는 이 소제(小題)가 「천주당화(天主堂畵)」로 되어서 목차(目次)에만 실려 있고, 원전(原典)에는 소제의 「천주당화」는 물론이고, 뒤에 나오는 827쪽 주 2)에서 밝혔듯이 빠진 글자나 글귀가 많았다.

마루 위의 단풍나무 이것이 어인 일인고　　堂上不合生楓樹
강과 뫼에 연기와 이니 괴이기도 하여라　　怪底江山起煙霧

라고 하였으니, 대체로 '마루 위'란 나무가 날 곳이 아니요, '어인 일인고'란 말은 이치에 맞지 않음을 일컬었으며, 연기와 이니는 응당 강과 산에서 일어나겠지만 만일 병풍에서 일어난다면 매우 괴이쩍은 일인 것이다.

이제 천주당 가운데 바람벽과 천장에 그려져 있는 구름과 인물들은 보통사람의 지혜와 생각으로는 헤아려볼 수 없었고, 또한 보통 언어와 문자로도 형용할 수가 없었다.

내 눈으로 이것을 보려고 하는데, 번개처럼 번쩍이면서 먼저 내 눈을 뽑는 듯하는 그 무엇이 있었다. 나는 그들(화폭 속의 인물)이 내 가슴속을 꿰뚫고 들여다보는 것이 싫었다. 또 내 귀로 무엇을 들으려고 하는데, 굽어보고 쳐다보고 돌아보고 흘겨보는 그들이 먼저 내 귀에 무엇을 속삭였다. 나는 그것이 내가 숨기고 있는 것을 꿰뚫고 알아맞힐까봐서 부끄러워하였다. 내 입이 장차 무엇을 말하려고 하는데, 그들은 역시 깊은 침묵을 지키고 있다가 돌연 우렛소리를 내는 듯하였다.

가까이 가서 보니 성긴 먹이 허술하고 거칠게 묻었을 뿐, 다만 그 귀 · 눈 · 입 · 코 등의 간격과 터럭 · 수염 · 살결 · 힘줄 등의 사이는 희미하게 달무리가 지듯 구분지어 놓았다. 터럭끝만 한 치수라도 바로잡았고, 마치 산 사람이 꼭 숨을 쉬고 꿈틀거리는 듯 음양의 향배가 서로 어울려 저절로 밝고 어

두운 데를 나타내고 있었다.

그림에는 한 부인(성모 마리아)이 무릎에 5, 6세 된 어린아이(아기 예수)를 앉혀 두었는데, 어린아이가 병든 얼굴로 눈을 흘겨서 보니 부인은 고개를 돌리고 차마 바로보지 못하고 있다. 옆에는 시중꾼(천사들) 5, 6명이 병든 아이를 굽어보고 있는데, 참혹해서 머리를 돌리고 있는 자도 있었다.

새의 날개가 붙은 귀신 모양의 수레는 마치 박쥐가 빙빙 돌아 땅에 곤두박질치는 것 같다. 웬 신장(神將)이 발로 새의 배를 밟고, 손에는 무쇠 방망이를 쳐들고 새의 머리를 짓찧고 있었다. 또 사람 머리와 사람 몸뚱이에 새의 날개가 돋은 놈도 있으며, 백 가지가 기괴망측하여 무엇이 무엇인지 분간해 낼 수도 없었다.

좌우 바람벽 위에는 구름이 덩이덩이 쌓여 마치 한여름의 대낮 풍경 같기도 하고, 비가 갓 갠 바닷가 같기도 하며, 산골에 날이 새는 듯 구름이 끝없이 뭉게뭉게 피어오르고, 천 떨기 만 떨기의 구름 꽃봉오리가 햇발에 비치어 무지개가 뜨고, 멀리 바라보이는 데는 까마득하고도 깊숙하여 끝 간 곳이 없었다.

뭇 귀신들이 출몰하고, 갖은 도깨비가 나타나 멱살을 붙들고 소매를 뿌리치며, 어깨를 비비고 발등을 밟아서 갑자기 가까운 놈은 멀리 보이기도 하고, 얕은 데는 깊어 보이기도 하며, 숨은 놈이 드러나기도 하고, 가렸던 놈이 나타나기도 하여 뿔뿔이 따로 서 있으니, 모두가 허공에 떠서 바람을 모는 형세였다. 이는 대체로 구름이 서로 간격을 두어 이렇게 보이게 하는 것이었다.

천장을 우러러보니 수없이 많은 어린아이들이 채색 구름 속에서 뛰노는데, 허공에 주렁주렁 매달려 내려오는 것이 살결을 만지면 따뜻할 것만 같고, 팔목이며 종아리는 포동포동 살이 쪄서 끈으로 묶어놓은 것 같다. 갑자기[2] 구경하는 사람들이 눈이 휘둥그레지도록 놀라서 어찌할 바를 모르면서 손을 벌리고서 〈어린아이가〉 떨어지면 받을 듯이 고개를 젖혔다.[3]

---

2) 수택본에는 첫머리부터 여기까지가 모두 궐문(闕文)으로 되어 있다.

3) 구경하는 …… 젖혔다 : 수택본에는 '구경하는 사람들이'부터 여기까지가 앞에 나온 「천주당」의 끝에 별행(別行)으로 붙어 있었다.

原文

洋畵
양 화

凡爲畵圖者 畵外而不能畵裡者 勢也 物有隆坎細
범 위 화 도 자 화 외 이 불 능 화 리 자 세 야 물 유 륭 감 세

大遠近之勢 而工畵者不過略用數筆於其間 山或無
대 원 근 지 세 이 공 화 자 불 과 략 용 수 필 어 기 간 산 혹 무

皴 水或無波 樹或無枝 是所謂寫意之法也.
준 수 혹 무 파 수 혹 무 지 시 소 위 사 의 지 법 야

子美詩 堂上不合生楓樹 怪底江山起煙霧 堂上
자 미 시 당 상 불 합 생 풍 수 괴 저 강 산 기 연 무 당 상

非生樹之地 不合者 理外之事也 煙霧當起於江山
비 생 수 지 지 불 합 자 이 외 지 사 야 연 무 당 기 어 강 산

而若於障子 則訝之甚者也.
이 약 어 장 자 즉 아 지 심 자 야

今天主堂中墻壁藻井之間 所畵雲氣人物 有非心
금 천 주 당 중 장 벽 조 정 지 간 소 화 운 기 인 물 유 비 심

智思慮所可測度 亦非言語文字所可形容.
지 사 려 소 가 측 탁 역 비 언 어 문 자 소 가 형 용

吾目將視之 而有赫赫如電 先奪吾目者 吾惡其將
오 목 장 시 지 이 유 혁 혁 여 전 선 탈 오 목 자 오 오 기 장

洞吾之胸臆也 吾耳將聽之 而有俯仰轉眄 先屬吾耳
동 오 지 흉 억 야 오 이 장 청 지 이 유 부 앙 전 면 선 속 오 이

者 吾慚其將貫吾之隱蔽也 吾口將言之 則彼亦將淵
자 오 참 기 장 관 오 지 은 폐 야 오 구 장 언 지 칙 피 역 장 연

默而雷聲.
묵 이 뇌 성

逼而視之 筆墨麤疏 但其耳目口鼻之際 毛髮腠理
핍 이 시 지 필 묵 추 소 단 기 이 목 구 비 지 제 모 발 주 리
之間 暈而界之 較其毫分 有若呼吸轉動 蓋陰陽向
지 간 훈 이 계 지 교 기 호 분 유 약 호 흡 전 동 개 음 양 향
背 而自生顯晦耳.
배 이 자 생 현 회 이

有婦人膝置五六歲孺子 孺子病羸白眼直視 則婦
유 부 인 슬 치 오 륙 세 유 자 유 자 병 리 백 안 직 시 즉 부
人側首不忍見者 傍側侍御五六人 俯視病兒 有慘然
인 측 수 불 인 견 자 방 측 시 어 오 륙 인 부 시 병 아 유 참 연
回首者.
회 수 자

鬼車鳥翅 如蝙蝠墜地宛轉 有一神將 脚踏鳥腹
귀 거 조 시 여 편 복 추 지 완 전 유 일 신 장 각 답 조 복
手擧鐵杵 撞鳥首者 有人首人身 而鳥翼飛者 百種
수 거 철 저 당 조 수 자 유 인 수 인 신 이 조 익 비 자 백 종
怪奇 不可方物.
괴 기 불 가 방 물

左右壁上雲氣堆積 如盛夏午天 如海上新霽 如洞
좌 우 벽 상 운 기 퇴 적 여 성 하 오 천 여 해 상 신 제 여 동
壑將曙 蓬滃勃鬱 千葩萬朶 映日生暈 遠而望之
학 장 서 봉 옹 발 울 천 파 만 타 영 일 생 훈 원 이 망 지
則綿邈深邃 杳無窮際.
즉 면 막 심 수 묘 무 궁 제

而群神出沒 百鬼呈露 披襟拂袂 挨肩疊跡 而忽
이 군 신 출 몰 백 귀 정 로 피 금 불 메 애 견 첩 적 이 홀
令近者遠而淺者深 隱者顯而蔽者露 各各離立 皆有
령 근 자 원 이 천 자 심 은 자 현 이 폐 자 로 각 각 리 립 개 유
憑空御風之勢 蓋雲氣相隔而使之也.
빙 공 어 풍 지 세 개 운 기 상 격 이 사 지 야

仰視藻井 則無數嬰兒 跳蕩彩雲間 纍纍懸空而下
앙 시 조 정 즉 무 수 영 아 도 탕 채 운 간 누 루 현 공 이 하

肌膚溫然 手腕脛節 肥若緣絞 驟令觀者 莫不驚號
기 부 온 연 수 완 경 절 비 약 연 교 취 령 관 자 막 불 경 호

錯愕 仰首張手 以承其隳落也.
착 악 앙 수 장 수 이 승 기 휴 락 야

상방(象房)—코끼리 우리

코끼리 우리는 선무문(宣武門) 안 서성(西城) 북쪽 담장 아래에 있는데, 코끼리 80여 마리가 있었다.

<코끼리들은> 무릇 큰 조회 때 오문(午門)에서 의장으로 서기도 하고, 황제가 타는 가마와 의장을 갖춘 행렬에 모두 코끼리를 쓰기도 한다. <코끼리는> 몇 품(品)의 녹봉도 받고, 조회 때는 백관들이 오문으로 들어오기를 마치면, 코끼리가 코를 마주 엇대어 서 있어서 아무도 마음대로 출입할 수 없게 하였다.

코끼리가 때로 병이 나서 의장으로 서지 못할 때에는 억지로 다른 코끼리를 끌어내서 대체하려고 해도 말을 잘 듣지 않는다. 코끼리를 부리는 자가 병이 난 코끼리를 끌어다가 보여주어야만 그제서야 이를 곧이듣고 바꾸어 선다.

코끼리가 죄를 지으면 칙명을 선포하고는 매를 친다. −물건을 다치게 하거나 사람을 상하게 하는 따위이다.− 엎드려 매를 맞는 모습이 사람과 같다. 매를 다 맞고 나서는 일어나서 머리를 조아리고 사죄를 하며, 품계가 깎이면 벌 받은 코끼리의 대열에 물러가 선다.

나는 코끼리를 부리는 자에게 부채 한 자루와 환약 한 알을 주고서 코끼리에게 재주를 한 번 시키라고 했더니, 그는 이것이 적다고 하면서 부채 한 자루를 더 달라고 한다. 나는 당장 가진 것이 없으므로 꼭 더 가져다주겠으니 먼저 재주를 시켜 보라고 했더니, 그가 코끼리에게 가서 타일렀으나 코끼리는 눈웃음을 치며 마치 절대 할 수 없다는 시늉을 한다. 그제야 따라온 자를 시켜 코끼리를 부리는 자에게 돈을 더 주었는데, 코끼리는 한참 동안 눈을 흘겨보더니 코끼리를 부리는 자가 돈을 세어 주머니 속에 넣는 것을 보고서야 승낙을 하고, 시키지도 않는데 여러 가지 재주를 부린다. 머리를 조아리며 두 앞발을 꿇기도 하고, 또 코를 흔들면서 퉁소 부는 소리가 나듯 휘파람도 불고, 또 둥둥 북소리를 내기도 한다.

대체로 코끼리의 묘한 재주는 코와 어금니에 있다. 예전에 코끼리의 그림을 본 적이 있는데, 코끼리는 모두 두 이빨이 죽 바로 뻗어 곧추 무슨 물건이라도 찌를 듯하여 코는 늘어지고 이는 빼드러진 것인 줄 알았더니, 이제 코끼리를 보니 그렇지 않다. 이빨도 다 아래로 드리워져 막대기를 짚은 것만 같고, 갑자기 앞으로 향할 때는 칼을 잡은 것 같기도 하며, 갑자기 마주 사귈 때는 '예(乂)' 자 같이도 보여 그 쓰는 법이 한 가지가 아니었다.

당나라 명황(明皇 : 현종) 때에 코끼리 춤이 있었다는 말이 『사

기(史記)』에 있는 것을 보면서 마음속으로 의심을 했는데, 이제 보니 과연 사람의 뜻을 잘 알아차리는 짐승으로는 코끼리 같은 짐승이 없었다.

숭정(崇禎) 말년에 떠돌이 도적〔流寇 : 이자성(李自成)〕이 북경을 함락시키고 코끼리 우리를 지나갈 때에 뭇 코끼리들이 모두 눈물을 지으면서 아무것도 먹지를 않았다고 한다. 대체로 코끼리는 꼴은 둔해 보여도 성질은 슬기롭고, 눈매는 간사해 보여도 얼굴은 덕스러웠다. 혹자는 이르기를,

"코끼리는 새끼를 배면 다섯 해 만에 낳는다."

라고 하고 또는,

"새끼를 밴 지 열두 해 만에 낳는다."

라고 한다.[1)]

해마다 삼복날이면 금의위(錦衣衛) 관리와 장교들이 깃발을 늘이고 의장을 세우고 쇠북을 울리면서 코끼리를 맞이하여 선무문 밖을 나와 연못에서 목욕을 시키는데, 구경꾼이 늘 수만 명이나 된다고 한다. —또 별도로 「상기(象記)」가 <산장잡기(山莊雜記)에> 있다.[2)]

1) 코끼리의 임신 기간은 21~22개월이다.

2) 수택본에는 이 원주가 없다.

原文

象房
상 방

象房在宣武門內西城北墻下 有象八十餘頭.
상 방 재 선 무 문 내 서 성 북 장 하 유 상 팔 십 여 두

凡大朝會 午門立仗及乘輿鹵簿 皆用象 受幾品祿
범 대 조 회 오 문 립 장 급 승 여 노 부 개 용 상 수 기 품 록
朝會時 百官入午門畢 則象乃交鼻而立 無敢妄出入
조 회 시 백 관 입 오 문 필 즉 상 내 교 비 이 립 무 감 망 출 입
者.
자

象或病不能立仗 則强牽他象以代之 莫能屈也 象
상 혹 병 불 능 립 장 즉 강 견 타 상 이 대 지 막 능 굴 야 상
奴以病象詣示之 然後乃肯替行.
노 이 병 상 예 시 지 연 후 내 긍 체 행

象有罪 則宣勅杖之—觸物傷人之類 伏受杖如人 杖
상 유 죄 즉 선 칙 장 지 촉 물 상 인 지 류 복 수 장 여 인 장
畢 起 叩頭謝 貶秩則退居所貶之伍.
필 기 고 두 사 폄 질 즉 퇴 거 소 폄 지 오

余畀象奴一扇一丸 令象呈伎 象奴少之 加徵一扇
여 비 상 노 일 선 일 환 영 상 정 기 상 노 소 지 가 징 일 선
余以時無所携 當追給 第先使效伎 則象奴往諭象
여 이 시 무 소 휴 당 추 급 제 선 사 효 기 즉 상 노 왕 유 상
象目笑之 若落然不可者 使從者 增畀象奴錢 象睥
상 목 소 지 약 락 연 불 가 자 사 종 자 증 비 상 노 전 상 비
睨久 象奴數錢納囊中 然後象乃肯 不令而效諸伎
예 구 상 노 수 전 납 낭 중 연 후 상 내 긍 불 령 이 효 제 기

叩頭雙跪 又掀鼻出歗 如管簫聲 又塡塡作鼓鼙響.
고두쌍궤 우흔비출소 여관소성 우전전작고빈향

大約象之巧藝 在鼻與牙 曾見畫象 象皆雙牙直指
대약상지교예 재비여아 증견화상 상개쌍아직지

若將觸物者 謂其鼻垂而牙指 今視象 不然耳 牙皆
약장촉물자 위기비수이아지 금시상 불연이 아개

下垂若植杖 忽向前若握刀 忽互交若乂字 不一其
하수약식장 홀향전약악도 홀호교약예자 불일기

用.
용

唐明皇時 有舞象 觀史心常疑之 今果見善諭人意
당명황시 유무상 관사심상의지 금과견선유인의

者 莫象若也.
자 막상약야

崇禎末 流寇破京城 過象房 群象皆垂淚不食云
숭정말 유구파경성 과상방 군상개수루불식운

蓋形則蠢而性則慧 眼則詐而容則德 或云象孕子五
개형즉준이성즉혜 안즉사이용즉덕 혹운상잉자오

歲而產 或云孕十有二載乃產.
세이산 혹운잉십유이재내산

每歲三伏日 錦衣衛官校 列旗仗鹵簿金鼓 迎象出
매세삼복일 금의위관교 열기장노부금고 영상출

宣武門外壕中洗濯 觀者常數萬－又有象記.
선무문외호중세탁 관자상수만 우유상기

황금대(黃金臺)[1]

노이점(盧以漸) 군은 우리나라에서 일찍이 경술(經術)과 행실로 널리 알려진 사람이다. 평소에 중국을 높이고 오랑캐를 배격하는 춘추대의(春秋大義)에 엄격하였으므로 사행길에 중국 사람을 만나면 만주족이나 한족을 막론하고 한결같이 "되놈아!" 하고 불렀으며, 거쳐 온 산천이나 누대들은 모두 누린내 나는 고장이라 하여 구경도 하지 않았다.

그러나 황금대(黃金臺)나 사호석(射虎石)이나 태자하(太子河) 같은 고적은 길을 빙빙 돌아가거나 이름이 틀렸거나 따지지 않고 반드시 파고들어서 찾아내고야 만다.

어느 날 나와 함께 황금대를 찾아가기로 약속하였다. 나는 곧 사람들에게 널리 물었으나 아는 자가 없었다. 또 옛 기록을 찾아보았으나 이야기들은 다 같지 않았다.

『술이기(述異記)』[2]에 이르기를,

1) 황금대(黃金臺) : 수택본에는 「황금대」의 전문(全文)이 빠져 있다.

"연나라 소왕(昭王)이 곽외(郭隗)[3]를 위하여 쌓은 축대로서 지금의 유주(幽州) 땅인 연왕(燕王)의 옛 성 안에 있는데, 그곳 사람들은 현사대(賢士臺)라고 부르기도 하고, 초현대(招賢臺)라고도 한다."

라고 하였으니, 지금의 북경이 곧 기주(冀州) 땅이니 만큼, 연왕의 옛 성이란 데는 어느 곳에 있는지 나는 모를 일이다. 그런데 하물며 이른바 황금대일까보냐?

『태평어람(太平御覽)』[4]에는,

"연나라 소왕이 천금을 대 위에 두고 천하의 현사(賢士)를 초청했다 하여 황금대라고 불렀다."

라고 하였다. 그러면 뒷날 사람들이 다만 그 이름만 전할 뿐이요, 정말 대가 없었음은 알 수 있을 것이다.

어느 날 노군(盧君 : 노이점)이 몽고 사람 박명(博明)으로부터 얻었다는 『장안객화(長安客話)』 중에서 초록한 것을 나에게 보여주는데,

---

2) 『술이기(述異記)』 : 양(梁)나라 임방(任昉)이 지었다.

3) 곽외(郭隗) : 전국 시대 연나라 사람. 연나라 소왕이 현인을 구하는 방법에 대해 물었을 때에, 곽외가 소왕에게 천리마(千里馬)를 구하는 고사를 이야기하여 스스로 자신을 추천해 등용되었다. 곧 '평범한 자신부터 중용하면 자기보다 훨씬 나은 인재가 몰려 올 것이다' 라고 답하여 등용되었다고 한다.

4) 『태평어람(太平御覽)』 : 송(宋)나라 이방(李昉) 등이 칙명을 받들어서 엮은 유서(類書)이다.

"조양문(朝陽門)을 나서서 연못을 따라 남쪽으로 가다가 동남쪽 모퉁이에 이르면 높다랗게 솟아 있는 흙 둔덕이 있는데 바로 황금대라고 한다. 해가 뉘엿뉘엿 서산으로 넘어가고 사방이 아득하고 쓸쓸해질 때 옛일을 슬퍼하는 선비로서 이 대 위에 올라간 자는 갑자기 천고의 고사를 회상하면서 고개를 숙이고 거닐게 된다."
라고 하였다. 노군(노이점(盧以漸))은 이로 말미암아 서글퍼하면서 구경을 파하고, 다시는 황금대 이야기를 꺼내지 않았다.

쉬는 날 틈을 타서 노군과 함께 동악묘(東嶽廟)의 연극 구경을 가기 위해 같은 수레로 조양문을 나갔다가 돌아오는 길에 태사(太史) 고역생(高棫生)을 만났다. 고 태사는 사헌(簑軒) 능야(凌野)와 함께 수레를 탔는데, 황금대를 찾아가는 길이라고 했다. 능야는 본시 월중(越中 : 절강 지방) 사람으로 역시 기이한 선비였다. 북경에 처음 와서 고적을 구경하기 위해 나에게 동행할 것을 청하였다. 노군은 매우 좋아하며,

"하늘이 정해 주신 인연이야!"
라고 하였다.

그러나 가서 보니, 두어 길에 불과한 허물어진 흙 둔덕이 주인 없는 황폐한 무덤과도 같은데 억지로 이름을 '황금대'라고 불렀다. 별도로 이에 대한 기록을 남겼다.

原文

黃金臺
황 금 대

盧君以漸 在國以經行稱 素嚴於春秋尊攘之義 在
노 군 이 점 재 국 이 경 행 칭 소 엄 어 춘 추 존 양 지 의 재
道逢人 無論滿漢 一例稱胡 所過山川樓臺 以其爲
도 봉 인 무 론 만 한 일 례 칭 호 소 과 산 천 누 대 이 기 위
腥膻之鄕而不視也.
성 전 지 향 이 불 시 야

古跡之如黃金臺 射虎石 太子河 則不計道里之迂
고 적 지 여 황 금 대 사 호 석 태 자 하 즉 불 계 도 리 지 우
曲號名之繆訛 必窮搜乃已.
곡 호 명 지 무 와 필 궁 수 내 이

日約余同尋黃金臺 余乃博訪于人 而無知者 求之
일 약 여 동 심 황 금 대 여 내 박 방 우 인 이 무 지 자 구 지
古記 其說不一.
고 기 기 설 불 일

述異記以爲 燕昭王爲郭隗築臺 今在幽州燕王故
술 이 기 이 위 연 소 왕 위 곽 외 축 대 금 재 유 주 연 왕 고
城中 土人呼爲賢士臺 亦謂之招賢臺 今皇都乃冀州
성 중 토 인 호 위 현 사 대 역 위 지 초 현 대 금 황 도 내 기 주
之地 則燕王故城 吾不知在於何處 況所謂黃金臺
지 지 즉 연 왕 고 성 오 부 지 재 어 하 처 황 소 위 황 금 대
乎.
호

太平御覽云 燕昭王置千金于臺上 以延天下士 謂
태 평 어 람 운 연 소 왕 치 천 금 우 대 상 이 연 천 하 사 위

之黃金臺 則後世徒傳其名 而無其臺可知也.
지황금대 즉후세도전기명 이무기대가지야

而盧君一日得之於蒙古人博明 其所錄示曰 長安客話 出朝陽門 循壕而南 至東南角 巋然一土阜是也 日迫崦嵫 茫茫落落 弔古之士登斯臺者 輒低回睠顧 有千古之思云 盧君由是憮然罷行 不復言黃金臺.
이노군일일득지어몽고인박명 기소록시왈 장안객화 출조양문 순호이남 지동남각 규연일토부시야 일박엄자 망망락락 조고지사등사대자 첩저회권고 유천고지사운 노군유시무연파행 불부언황금대

暇日與盧 爲觀東嶽廟廠戲 同車出朝陽門 將歸逢高太史棫生 高與淩簑軒野同載 謂將尋黃金臺 淩是越中人 且奇士 初至燕 爲訪古蹟 要余偕行 盧大喜 謂有天緣.
가일여노 위관동악묘창희 동거출조양문 장귀봉고태사역생 고여능사헌야동재 위장심황금대 능시월중인 차기사 초지연 위방고적 요여해행 노대희 위유천연

旣至 不過數丈頹阜 如無主荒墳 强爲名之曰黃金臺 別爲之記.
기지 불과수장퇴부 여무주황분 강위명지왈황금대 별위지기

황금대 이야기〔黃金臺記〕[1]

조양문(朝陽門)을 나서서 연못을 따라 남쪽으로 가면 두어 길 되는 허물어진 둔덕이 있으니, 여기가 곧 옛날 황금대(黃金臺)였다고 한다.

세상에 전하는 말에,

"연나라 소왕이 〈여기에다〉 궁전을 짓고, 천금을 축대 위에 놓고, 천하의 어진 선비들을 맞이하여 강대국 제(齊)나라에 원수를 갚고자 하였다."

라고 하였다. 그러므로 옛일을 회고하고 슬퍼하는 인사들은 여기에 이르면 비창(悲愴)한 회포를 참지 못하고 감개가 무량하여 거닐면서 좀처럼 발길을 돌리지 못하곤 한다.

아아, 슬프도다. 축대 위의 황금은 없어졌건만 국사(國士 : 기다리는 선비)는 오지 않는구나! 그러나 세상 사람들이란 본래부터 아무런 원수가 없으면서도 원수를 갚으려는 자는 그칠

1) 황금대기(黃金臺記) : 수택본에는 「황금대」로 되어 있다.

때가 없고 보니, 이 축대 위에 놓였던 황금이 반드시 그대로 온 천하에 이어져 오지 않았다고 할 수는 없을 것이다. 〈나는 여기에서〉 지난 역사상 모든 원수를 갚았던 가장 큼직한 사건을 역력히 들어서 천하에 황금을 많이 쌓아 놓은 자에게 외쳐 고하련다.

진(秦)나라 때에 제후들의 장수에게 황금을 뇌물로 먹여서 그 나라를 모두 멸망시킨 것으로 보아서는 몽염(蒙恬 : 진시황 때의 명장)을 가장 유력하게 쳐 주어야 할 것이다. 그런데 이사(李斯 : 진시황 때의 정치가)는 원래 제후의 문객으로 제후를 위하여 원수 몽염에게 복수하였으니, 천하에 복수를 하려는 자는 여기에 와서 좀 멈칫해졌다.

얼마 뒤에 조고(趙高)[2]는 이사를 죽였고, 자영(子嬰)[3]은 조

---

2) 조고(趙高) : 진나라 이세(二世) 황제 호해(胡亥) 때의 환관으로서 사슴을 가리켜 말이라고 하였다. 441쪽 주 13) 참조.

3) 자영(子嬰) : 진시황의 장자(長子)인 부소(扶蘇)의 아들이다. 사마천의 『사기』에 "진시황이 전국을 순행하던 도중에 갑자기 병에 걸리자, 장남인 부소에게 황위(皇位)를 계승하도록 유언을 남기고 사구(沙丘)에서 붕어(崩御)했다. 하지만 간신 조고는 막내아들 호해를 황제로 옹립하기 위해 승상인 이사(李斯)와 짜고 유서를 날조했는데, 이 유서에는 호해가 황위를 계승하도록 하고, 장남인 부소와 명장인 몽염에게 자결하도록 명하는 내용이 담겨 있었다. 결국 조고는 시황제의 죽음을 비밀에 부친 채 시황제의 거짓 조서(詔書)를 보내 두 사람을 스스로 목숨을 끊게 한 뒤 호해를 황제로 옹립하였다."는 내용이 있다.

고를 죽였으며, 항우(項羽)[4]는 자영을 죽였고, 패공(沛公)[5]은 항우를 죽였는데, 패공이 항우를 죽일 때 황금 40,000근이 들었고,[6] 석숭(石崇 : 진(晉)나라 때 갑부)은 그 많은 재물도 생겨난 유래가 있었을 터인데도 도리어,

"이놈들이 내 재물을 탐내고 있다."

라고 욕질을 하였으니, 이 얼마나 어리석은가?

그러나 재물이란 구르고 굴러 서로 원수를 갚으면서 천 년이 지난 오늘날까지 그 금덩이가 아직도 어디고 그대로 있을 것이다. 어째서 그런 줄을 알 것인가?

원위(元魏 : 남북조 때의 북위) 이주조(爾朱兆)[7]의 난리 때 성양왕(城陽王) 휘(徽)는 황금 100근을 가지고 있었는데, 낙양령(洛陽令)으로 있던 구조인(寇祖仁)의 집안에서 나온 세 명의 자사(刺史)는 모두 자기가 발탁해 준 사람이기 때문에 그에게 가서 의탁하였다.

---

4) 항우(項羽) : 초패왕. 진(秦)나라 말기의 하상(下相) 사람으로, 자는 우(羽)이고 이름은 적(籍)이다. 진나라가 망하자 스스로 서초(西楚)의 패왕(霸王)이 되었고, 한나라 고조(高祖) 유방(劉邦)과 천하를 다투다가 패하여 오강(烏江)에서 자결하였다.

5) 패공(沛公) : 한나라 고조 유방(劉邦)이 천자가 되기 전의 봉호이다.

6) 패공이 …… 들었고 : 패공이 항적과 범증(范增)을 이간시키기 위하여 진평(陳平)의 계교를 써서 황금 40,000냥을 흩었다.

7) 이주조(爾朱兆) : 북위의 장수로 자는 만인(萬仁)인데, 반란을 일으켰다가 패배하자 자결하였다.

그러나 구조인은 집안사람들에게 말하기를,

"오늘날 우리 집의 부귀는 지극하다 할 수 있다."

하고는 휘에게 겁을 주어,

"잡으러 오는 장수가 장차 이를 것이다."

라고 하면서 휘에게 다른 장소로 도망가라고 한 뒤에 길에서 그를 맞이하여 죽여 버리고는 그 머리를 이주조에게로 보냈다.

이주조의 꿈에 〈죽은 성양왕〉 휘가 와서 말하기를,

"내게 금 200근이 있어 구조인의 집에 맡겼으니, 그대가 가지도록 하여라."

라고 하기에, 이주조는 구조인을 잡아서 꿈에 시킨 대로 금을 받으려고 했으나 얻지 못하자 구조인을 죽여 버렸다. 이것이 바로 복수하려던 그 황금이 아직도 남아 있는 것이 아닐까?

오대(五代) 때에 성덕절도사(成德節度使) 동온기(董溫琪)는 황금 수만 냥을 가지고 있었는데, 동온기가 거란에 포로가 되자 그 밑에 있던 지휘사(指揮使) 비경(秘瓊)이 동온기의 가족을 다 죽여 한 구덩이에 파묻고는 그 금을 빼앗았다.

진(晉)나라 고조(高祖 : 후진의 석경당(石敬瑭))가 왕위에 오르자 비경이 제주방어사(齊州防禦使)가 되어 부임하게 되었다. 〈비경이 동온기로부터 빼앗은〉 그 금을 싸 가지고 위주(魏州) 길로 나오는데, 범연광(范延光)이 국경에 복병했다가 비경을 죽이고 금을 몽땅 빼앗았다. 범연광은 끝내 이 금으로 인하여 양광원(楊光遠)에게 살해를 당하고, 양광원은 진나라 출제(出帝 :

석중귀(石重貴))에게 사형을 당했다.[8] 그리하여 양광원의 부하 관리인 송안(宋顔)이 그 금을 죄다 털어다가 이수정(李守貞)에게 바쳤다.

뒤에 이수정은 주(周)나라 고조(高祖)[9]에게 패하여 그의 처자식들과 함께 불에 타서 자살했으니, 그 금은 아직도 응당 인간 세상에 남아 있을 것이다. 어째서 그런 줄을 알 수 있을까?

옛날에 도적 세 명이 함께 남의 무덤 하나를 파서 금을 도적질하고는 저희들끼리 말하기를,

"오늘은 피곤하니, 돈도 많이 벌은 판에 어찌 술 한 잔 사오지 않겠는가?"

하니, 그중 한 명이 선뜻 일어나 술을 사러 갔다. 가는 도중에 스스로 〈마음속으로〉 축하하기를,

'하늘이 시키는 좋은 기회로구나. 금을 셋이 나누는 것보다는 내가 독차지하는 것이 낫겠지.'

하고는 음식에 독약을 타 가지고 돌아오자, 남아 있던 도적 둘이 갑자기 일어나서 그를 때려죽였다. 그리고는 먼저 술과 음식을 배불리 먹고 나서 금을 반분하려고 했는데, 얼마 안 되어 둘이 함께 무덤 곁에서 죽고 말았다.

아아, 슬프도다. 이 금은 반드시 길 옆에서 굴러다니다가

8) 오대(五代) 때에 …… 당했다 : 『자치통감』 권282에 나온다.

9) 주(周)나라 고조(高祖) : 후주(後周)의 태조 곽위(郭威)인 듯하다.

반드시 다른 사람이 주워 얻게 되었을 것이요, 이렇게 주워 얻은 자 역시 반드시 가만히 하늘에 감사를 드리면서도 이 금이 곧 무덤 속에서 파내어졌고, 독약을 먹은 자들이 남긴 것인지는 전혀 알지 못했을 것이며, 또 앞사람 뒷사람을 거쳐 몇 천 몇 백 명이나 독살했는지 몰랐을 것이다. 그런데도 세상 사람들은 돈을 좋아하지 않는 이가 없음은 무슨 까닭일까?

『역경(易經)』에 이르기를,

"두 사람이 마음을 합치면 그 이로움은 쇠라도 끊는다."

라고 하였으니, 이것은 반드시 이런 도적을 전제한 말일 것이다. 어째서 그런 줄을 알겠느냐? '끊는다'는 말은 '가른다'는 말이다. 가른다는 것이 금이라고 한다면, 마음을 합치는 것도 잇속이라는 것을 짐작할 수 있을 것이다. 그리고 '의리'를 말하지 않고 '잇속'이라고 말한 것을 보면, 불의의 재물인 것도 알 수 있을 것이다. 이것은 도적이 아니고 무엇이랴?

나는 바라건대 천하의 인사들은 돈이 있다 하여 꼭 기뻐할 것도 아니요, 없다고 하여 꼭 슬퍼할 것도 아니다. 아무런 까닭 없이 갑자기 돈이 앞에 닥칠 때는 천둥이 치는 것처럼 놀라고 귀신을 만난 것처럼 무서워하여, 길을 가다가 풀섶에서 뱀을 만난 듯이 머리끝이 오싹하여 뒤로 물러서지 않을 수 없을 것이다.

原文

黃金臺記
황 금 대 기

出朝陽門　循壕而南　有數丈頹阜　曰此古之黃金臺
출 조 양 문　순 호 이 남　유 수 장 퇴 부　왈 차 고 지 황 금 대
也.
야

世傳燕昭王築宮　置千金于臺上　招延天下之士　以
세 전 연 소 왕 축 궁　치 천 금 우 대 상　초 연 천 하 지 사　이
報强齊　故弔古之士至此　莫不悲懷感慨　彷徨而不能
보 강 제　고 조 고 지 사 지 차　막 불 비 회 감 개　방 황 이 불 능
去.
거

嗟乎　臺上之黃金盡　而國士不來　然天下之人本無
차 호　대 상 지 황 금 진　이 국 사 불 래　연 천 하 지 인 본 무
讐怨　而報仇者無窮已時　則未必非此臺之金　相仍於
수 원　이 보 구 자 무 궁 이 시　즉 미 필 비 차 대 지 금　상 잉 어
天下也　請爲歷數報仇之大者　以告海內之積金多者.
천 하 야　청 위 력 수 보 구 지 대 자　이 고 해 내 지 적 금 다 자

秦之時　以金啗諸侯之將　而盡滅其國　則蒙氏有力
진 지 시　이 금 담 제 후 지 장　이 진 멸 기 국　즉 몽 씨 유 력
焉　李斯本以諸侯之客　爲諸侯報仇蒙恬　天下之報仇
언　이 사 본 이 제 후 지 객　위 제 후 보 구 몽 염　천 하 지 보 구
者　玆可以少息矣.
자　자 가 이 소 식 의

旣而趙高殺李斯　子嬰殺趙高　項羽殺子嬰　沛公殺
기 이 조 고 살 이 사　자 영 살 조 고　항 우 살 자 영　패 공 살

項羽 其金四萬斤 石崇之富有自來 而乃反罵曰 奴
항우 기금사만근 석숭지부유자래 이내반매왈 노

利吾財 何其愚也.
리오재 하기우야

然轉傳相報 千載至今 而其金尙在也 何以知其然
연전전상보 천재지금 이기금상재야 하이지기연

也.
야

元魏爾朱兆之亂 城陽王徽齎金百斤 以洛陽令寇
원위이주조지란 성양왕휘재금백근 이낙양령구

祖仁一門三刺史 皆己所拔 往投之.
조인일문삼자사 개기소발 왕투지

祖仁謂其家人曰 今日富貴至矣 乃怖徽云 捕將至
조인위기가인왈 금일부귀지의 내포휘운 포장지

令徽逃於他所 邀於路而殺之 送其首於兆.
영휘도어타소 요어로이살지 송기수어조

兆夢徽告云 我有金二百斤 在祖仁家 卿可取之
조몽휘고운 아유금이백근 재조인가 경가취지

兆捕祖仁 依夢徵之不得 乃殺之 此不乃其報仇者尙
조포조인 의몽징지부득 내살지 차불내기보구자상

在乎.
재호

五代時 成德節度使董溫箕金鉅萬 溫箕爲契丹所
오대시 성덕절도사동온기금거만 온기위거란소

虜 則衙內指揮使秘瓊 盡殺溫箕家族 瘞之一穴 而
로 즉아내지휘사비경 진살온기가족 예지일혈 이

取其金.
취기금

晉高祖立 徙瓊爲齊州防禦使 槖其金 道出魏州
진고조립 사경위제주방어사 탁기금 도출위주

范延光伏兵境上 殺瓊悉取之 延光終以金爲楊光遠
범연광복병경상 살경실취지 연광종이금위양광원
所殺 光遠爲晉出帝所誅 而其故吏宋顔悉取其金 獻
소살 광원위진출제소주 이기고리송안실취기금 헌
之李守貞.
지리수정

後守貞爲周高祖所破 與妻子自焚 然其金當尙留
후수정위주고조소파 여처자자분 연기금당상류
人間也 何以知其然也.
인간야 하이지기연야

昔有三盜 共發一塚 相謂曰 今日憊矣 得金多 盍
석유삼도 공발일총 상위왈 금일비의 득금다 합
沽酒食來 一人欣然而去 沿道自賀曰 天假之便也
고주식래 일인흔연이거 연도자하왈 천가지편야
與其三分 寧專之 鴆其食而還 二盜突起格殺之 先
여기삼분 영전지 짐기식이환 이도돌기격살지 선
飽酒食 將兩分之 旣而俱死塚旁.
포주식 장양분지 기이구사총방

嗟乎 是金也 必將宛轉于道左 而必將有人拾而得
차호 시금야 필장완전우도좌 이필장유인습이득
之也 其拾而得之者 亦必將默謝于天 而殊不識是金
지야 기습이득지자 역필장묵사우천 이수불식시금
者 乃塚中之發 而鴆毒之餘 而由前由後 又未知毒
자 내총중지발 이짐독지여 이유전유후 우미지독
殺幾千百人 然而天下之人 無有不愛金者 何也.
살기천백인 연이천하지인 무유불애금자 하야

易曰 二人同心 其利斷金 此必盜賊之繇也 何以
역왈 이인동심 기리단금 차필도적지요야 하이
知其然也 斷者 分也 所分者金 則其同心之利 可
지기연야 단자 분야 소분자금 즉기동심지리 가

知矣 不言義而曰利 則其不義之財 可知矣 此非盜
지 의 불 언 의 이 왈 리 즉 기 불 의 지 재 가 지 의 차 비 도

賊而何.
적 이 하

我願天下之人 有之不必喜 無之不必悲 無故而忽
아 원 천 하 지 인 유 지 불 필 희 무 지 불 필 비 무 고 이 홀

然至前 驚若雷霆 嚴若鬼神 行遇草蛇 未有不髮竦
연 지 전 경 약 뇌 정 엄 약 귀 신 행 우 초 사 미 유 불 발 송

而卻立者也.
이 각 립 자 야

옹화궁(雍和宮)

옹화궁(雍和宮)은 옹정 황제(雍正皇帝)의 명복을 비는 절이다. 3층 처마의 큰 전각이 있고, 전각 안에는 금부처가 있다. 열두 개의 사닥다리를 밟고 올라가는 것이 마치 무슨 귀신 동굴로 들어가는 것만 같았다. 사닥다리가 다하면 누각에 오르게 되어 처음으로 햇빛을 보게 된다. 누각의 중앙은 네 둘레에 난간을 두르고 가운데는 우물처럼 둘러 파서 금으로 만든 부처의 아랫도리 절반까지 겨우 미치게 된다.

또 여기서부터는 사닥다리를 밟고 올라 마치 캄캄한 밤중에 가듯 한참 가야만 여덟 창문이 환하게 터진다. 누각 가운데 우물처럼 꺼진 모습이 아래층과 같아서 금부처의 허리와 등 절반이 겨우 보이게 된다.

또 다시금 어둠 속을 더듬어 발가늠으로 계단을 통해서 캄캄한 데를 올라가노라면 곧장 위층으로 나오게 되어 비로소 부처의 머리 정수리와 가지런히 서게 된다. 난간을 의지하고 밑을 굽어보니, 바람이 세차서 마치 10,000그루 소나무 숲이 우수수 불며 파도소리처럼 밀려오는 것과 같다.

이 절에 있는 중들은 모두가 라마승(喇嘛僧)으로 그 수가 3,000명이다. 생긴 꼴들이란 완악하고 더럽기 짝이 없으며, 모두 금실로 짠 가사(袈裟)를 질질 끌고 다녔다. 때마침 우중(禺中 : 오전 10시경)이라 여러 중들은 큰 전각 속으로 한 줄로 죽 들어간다. 다리가 짧은 책상을 늘어놓았는데, 책상은 바둑판과 같은 크기이다. 한 사람이 책상 한 개씩 차지하여 가부좌를 하고 앉는다. 중 하나가 종을 울리자 여러 라마승들이 일제히 염불을 한다.

다시 역관 이혜적(李惠迪)과 함께 대사전(大士殿)에 올라갔다. 마음속으로 '아마 아홉 개의 성문을 한 눈으로 바라다볼 수 있고, 즐비한 시가와 황성의 전체 모습이 눈 아래에 깔릴 것이리라.'고 행각했던 것이 급기야 창문을 열고 난간에 나서서 보니, 곳곳에 솟은 누대가 겹겹으로 둘러서서 막고 있었다. 난간을 한 바퀴 빙 돌고 보니 도리어 가슴이 답답함을 느끼게 되고, 아래를 내려다보니 다리가 덜덜 떨려 오래 서 있을 수 없었다.

原文

雍和宮
옹화궁

雍和宮 雍正皇帝願堂也 有三檐大殿 殿中塑金身
옹화궁 옹정황제원당야 유삼첨대전 전중소금신

踏十二級胡梯 如入鬼窟 梯盡得樓 始見天日 樓之
답십이급호제 여입귀굴 제진득루 시견천일 누지

中央 四圍闌干 坎虛如井 僅及金身下半截.
중앙 사위난간 감허여정 근급금신하반절

又自此踏梯 如行漆夜 良久乃得八窓洞然 樓中井
우자차답제 여행칠야 양구내득팔창통연 누중정

坎如下層 而金身要膂纔見其半.
감여하층 이금신요려재견기반

又暗摸拾級 信足冥升 乃出上層 始與佛頂平 據
우암모습급 신족명승 내출상층 시여불정평 거

闌俯視 風氣凜例 如萬松送濤.
란부시 풍기름례 여만송송도

所居僧 皆喇嘛三千人 頑醜無比 而俱曳織金禪衣
소거승 개라마삼천인 완추무비 이구예직금선의

時方禺中 群僧魚貫入一大殿中 列短脚牀 牀大如碁
시방우중 군승어관입일대전중 열단각상 상대여기

枰 一人一牀 跏趺而坐 一僧響鍾 衆喇嘛一時誦梵.
평 일인일상 가부이좌 일승향종 중라마일시송범

更與李譯惠廸 登大士殿 意謂通望九門 閭閻撲地
갱여이역혜적 등대사전 의위통망구문 여염박지

皇都全局 當在眼底 及開窓出臨欄干 處處樓臺 周
황도전국 당재안저 급개창출림난간 처처누대 주

遭重遮 巡欄一匝 反覺悶塞 而下視股栗 不可久居
조중차 순란일잡 반각민색 이하시고률 불가구거

矣.
의

대광명전(大光明殿)

서안문(西安門) 안에서 남쪽으로 작은 골목을 수백 보 가면 3층 처마에 12면으로 된 둥근 전각이 있다. 자줏빛 유리기와로 지붕을 덮고, 황금 호로병 모양의 꼭지를 달았는데, 현판에는 '대광명전(大光明殿)'이라고 쓰여 있다. 전각 안의 네 기둥에는 금빛용이 하나는 위로 올라가고 하나는 아래로 내려오는 모양을 그려 위로 지붕의 낙수받이에 닿아지게 했다.

가운데에는 상제(上帝)의 소상을 안치하고 빙 둘러 33좌의 소상을 세웠는데, 모두 곤룡포와 면류관에 홀(笏)을 잡고 있었다. 사면에는 작은 창들이 났고, 담장과 벽은 다 푸른 유리 벽돌이다.

아홉 개의 뜰 층대는 세 겹의 난간으로 되었다. 이 집 이름은 대현도(大玄都)라고 한다. 명(明)나라의 세종 황제(世宗皇帝)가 도 진인(陶眞人)을 맞아 대광명전에서 내단(內丹)[1]을 강의

1) 내단(內丹) : 도교에서 일종의 자신의 정기를 단련하는 수련술(修鍊

했다고 했는데, 그곳이 바로 여기이다.

청(淸)나라 순치(順治) 신축년(1661년)에 만주 대신 색니(索尼)·오배(鰲拜)·소극살합(蘇克薩哈)·알필륭(遏必隆)[2] 등이 세조가 죽을 때 내린 겨우 여섯 살에 임금이 된 어린 강희(康熙)를 보좌하라는 유명을 받고서, 이 네 명의 신하가 이 대광명전에 함께 이르러서 분향을 하고 팔뚝을 찔러 피를 내면서 상제께 맹세를 했다고 한다.

뒤에 있는 전각은 태극전(太極殿)인데, 삼청신(三淸神)[3]의 소상을 모셨고, 또 그 뒤에 있는 전각은 천원각(天元閣)인데, 도사 몇십 명과 함께 집을 지키는 태감(太監)이 있었다.

천원각과 대광명전의 동편 행랑을 중수(重修)할 때에 가재(稼齋) 김창업(金昌業)이 와서 보았는데, <당시 역군들이> 사닥다리를 놓고 기와를 벗기는 역사가 매우 장엄하더라고 했다. 그의 『일기(日記)』[4]에 의거하면 그때가 바로 강희 계사년(1713년) 2월 초9일이라고 했다. 지금 태극전과 천원각은 모두 황금색 기와와 누렇고 푸른빛의 단청이 찬란하게 번쩍이

術)을 말한다.

2) 색니(索尼) …… 알필륭(遏必隆) : 모두 청조(淸朝)의 훈신(勳臣)들이다.

3) 삼청신(三淸神) : 도교에서 받드는 세 신선인 옥청원시천존(玉淸元始天尊)·상청영보도군(上淸靈寶道君)·태청태상노군(太淸太上老君)을 말한다.

4) 『일기(日記)』 : 『노가재연행일기(老稼齋燕行日記)』.

고 있으니, 지금으로부터 계사년은 68년 전이지만 찬란한 모습이 처음 그대로인 듯하다.

고사기(高士奇)[5]의 『금오퇴식필기(金鼇退食筆記)』에,

"황제로부터 하사받은 제택(第宅)이 바로 이 전각 왼쪽에 있었다. 그때 바로 가을비가 처음 개고 푸른 하늘은 씻은 듯이 맑아 옷깃을 풀어헤치고 밖에 나와 앉으니, 높이 솟은 옥 같은 건물은 흘러내리는 밝은 달빛과 함께 마주 비치어 마치 광한궁(廣寒宮)[6]에 올라앉은 듯이 황홀함을 깨달았구나."

라고 하였다.

대체로 그가 거처하던 이 터가 조금만 더 앞이 터지고, 혹시라도 달 밝은 밤에 맑게 갠 경치라도 만나면 더욱 아름다웠을 것이다.

---

5) 고사기(高士奇) : 청나라 강희 때의 문학가. 자는 담인(澹人)이고, 호는 강촌(江村)이다.

6) 광한궁(廣寒宮) : 달나라의 궁전 이름으로, 광한전(廣寒殿)이라고도 한다.

原文

大光明殿
대 광 명 전

西安門內 南小衚衕 行數百步 有三檐十二面圓殿
서 안 문 내 남 소 호 동 행 수 백 보 유 삼 첨 십 이 면 원 전
覆紫琉璃瓦 黃金胡盧頂 題曰大光明殿 殿中四柱
복 자 유 리 와 황 금 호 로 정 제 왈 대 광 명 전 전 중 사 주
金龍一升一降 上承屋霤.
금 룡 일 승 일 강 상 승 옥 류

中安上帝像 環衛三十三像 皆袞冕擁圭 四面瑣窓
중 안 상 제 상 환 위 삼 십 삼 상 개 곤 면 옹 규 사 면 쇄 창
墻壁皆青琉璃甎.
장 벽 개 청 유 리 전

九陛三重闌干 此號大玄都 明世宗皇帝 迎陶眞人
구 폐 삼 중 난 간 차 호 대 현 도 명 세 종 황 제 영 도 진 인
講內丹于大光明殿 卽此也.
강 내 단 우 대 광 명 전 즉 차 야

清順治辛丑 滿州大臣索尼 鰲拜 蘇克薩哈 遏必
청 순 치 신 축 만 주 대 신 색 니 오 배 소 극 살 합 알 필
隆 受世祖顧命 輔幼主 康熙立纔六歲 四臣者共詣
륭 수 세 조 고 명 보 유 주 강 희 립 재 륙 세 사 신 자 공 예
此殿 焚香 刺臂血 設誓上帝.
차 전 분 향 자 비 혈 설 서 상 제

後殿曰太極殿 供三清神塑 又後殿曰天元閣 養道
후 전 왈 태 극 전 공 삼 청 신 소 우 후 전 왈 천 원 각 양 도
士數十人 有典守太監.
사 수 십 인 유 전 수 태 감

天元閣及大光明殿東廊重修時　金稼齋昌業　見其
천 원 각 급 대 광 명 전 동 랑 중 수 시　김 가 재 창 업　견 기

設梯撤瓦　甚壯之　按其日記　時康熙癸巳二月初九日
설 제 철 와　심 장 지　안 기 일 기　시 강 희 계 사 이 월 초 구 일

也　今太極殿及天元閣　皆黃瓦金碧璀璨　今距癸巳爲
야　금 태 극 전 급 천 원 각　개 황 와 금 벽 최 찬　금 거 계 사 위

六十八年　而煥然如新.
륙 십 팔 년　이 환 연 여 신

高士奇金鼇退食筆記言　其賜第在殿之左　時於秋
고 사 기 금 오 퇴 식 필 기 언　기 사 제 재 전 지 좌　시 어 추

雨初霽　碧天如洗　披襟露坐　覺巍巍瓊搆　與明月流
우 초 제　벽 천 여 세　피 금 로 좌　각 외 외 경 구　여 명 월 류

光相照　恍若置身于廣寒宮云.
광 상 조　황 약 치 신 우 광 한 궁 운

蓋其處地稍占敞豁　儻値月宵霽景則尤勝也.
개 기 처 지 초 점 창 활　당 치 월 소 제 경 즉 우 승 야

구방(狗房)—개 우리

개 우리에는 사냥개 몇 백 마리를 두었는데, 크기가 일정하지 않고 생긴 모양이 저마다 달랐다. 모두가 매우 여위었고, 더러는 눕기도 하고 더러는 웅크리기도 하여 거동이 한가해 보인다. 나른해서 졸음을 못 이기는 놈이 있는가 하면, 좋아라고 꼬리를 치는 놈도 있고, 일어나서 옷 냄새를 맡는 놈도 있다. 입을 벌리고 긴 하품을 하는데, 아래위의 잇몸 사이가 거의 한 자나 되었다.

우리나라 사람들 몇십 명이 갑자기 달려들어 소란을 피우니, 복장과 음성이 아마도 눈에 생소하게 보였을 터인데도 하나도 놀라거나 괴이하게 여겨 으르렁거리며 짖는 놈이 없었다.

따라온 하인이 육포를 꺼내어 개 조련사에게 주면서 개에게 재주를 시켜보라고 하였더니, 개 조련사가 육포를 두어 발 되는 장대 끝에 미끼처럼 매달고 개 한 마리를 불렀다. 그중에서 누런 개 한 마리가 냉큼 뛰어나오는데, 다른 개들은 발

돈움을 하고 서 있을 뿐 다투지도 않는다.

육포를 단 장대를 들었다 내렸다 하니, 개는 좌우로 껑충껑충 뛰다가 한 발을 치켜들고 잡아채려 한다. 조련사가 장대를 뿌리쳐 마치 뛰는 물고기가 공중으로 솟듯이 서너 길씩 올리니, 개도 역시 높이 뛰어올라 도리어 긴 장대를 뛰어넘는데, 날래기가 질풍과 같았다.

개 조련사는 그 개를 고함쳐 물리치고, 또 다른 개를 불러 순서대로 시험하곤 하였다. 개를 조련하는 법은 물건을 모두 공중에 던지면 개가 고개를 젖히고 뛰어올라 잡아채어서 먹게 하고, 땅에 떨어지면 먹지 못하게 하였다. 똥오줌 누이는 데가 따로 있어서 우리 안은 모두 정결하고 더럽지 않았다.

原文

狗房
구 방

獵狗數百餘頭 大小不一 形貌各殊 皆甚羸瘠 或
엽 구 수 백 여 두 대 소 불 일 형 모 각 수 개 심 리 척 혹
臥或蹲 動止閒逸 有不勝懶眠者 有喜而搖尾者 有
와 혹 준 동 지 한 일 유 불 승 라 면 자 유 희 이 요 미 자 유
起迎嗅衣者 有張口長欠 而上下斷齶之間 幾一尺有
기 영 후 의 자 유 장 구 장 흠 이 상 하 단 악 지 간 기 일 척 유
咫.
지

我人數十 突至鬧攘 而服着聲音 想應眼生 然無
아 인 수 십 돌 지 료 양 이 복 착 성 음 상 응 안 생 연 무
一驚怪狺吠者.
일 경 괴 은 폐 자

從隷出脯 與狗人使逞伎 狗人繫脯數丈長竿 若垂
종 례 출 포 여 구 인 사 령 기 구 인 계 포 수 장 장 간 약 수
餌 招一狗 就中一黃狗 颯然跳出 衆狗翹立不競也.
이 초 일 구 취 중 일 황 구 삽 연 도 출 중 구 교 립 불 경 야

點竿高下 則狗左右跳躑 以一蹄仰挐 狗人拂竿
점 간 고 하 즉 구 좌 우 도 척 이 일 제 앙 나 구 인 불 간
若挑魚飛空三四丈 狗亦竟高超騰 反踰長竿 捷若疾
약 도 어 비 공 삼 사 장 구 역 경 고 초 등 반 유 장 간 첩 약 질
風.
풍

狗人叱令退去 更招他狗 次第試之 其飼狗之法
구 인 질 령 퇴 거 갱 초 타 구 차 제 시 지 기 사 구 지 법

皆擲物空中 狗仰首騰挐而取之 落地則不食也 別有
개척물공중 구앙수등나이취지 낙지즉불식야 별유

矢溺之所 所居皆潔淨不穢.
시닉지소 소거개결정불예

공작포(孔雀圃)

푸른빛의 공작 두 마리와 붉은빛을 띤 공작 한 마리가 있는데, 깃털 꼬리 끝의 금빛 동전 모양의 무늬는 다 같았다. 붉은 놈이 몸을 한 번 돌리면 아주 새파란 빛깔로 바뀌고, 푸른 놈이 한 번 몸을 돌리면 또 짙은 붉은빛이 되는데, 금빛 동전 무늬는 금방 검은빛을 띤 푸른빛으로 변하였다. 사람의 기침 소리를 들으면 온몸의 깃과 털이 갑자기 빛깔을 잃어버렸다가 눈 깜짝할 사이에 번쩍하며 다시 처음 빛깔로 되돌아온다.

몸은 해오라기에 비하면 조금 작고, 꼬리의 길이는 석 자가 넘는데, 정강이와 발은 거칠고 더럽게 생겨 비단옷에 짚신을 신은 꼴이니 사람들을 부끄럽게 한다.

먹는 것이라곤 다만 뱀뿐이며 또 뱀과 흘레도 붙어 온 마당에 허연 것들이 남아 있어 자리가 몹시 더럽다. 공작포를 보살피는 사람이 우리 하인들이 맨발로 걷는 것을 보고 밟지 말라고 타이르기를,

“뱀의 아가미뼈가 살에 들어가면 살이 곧장 썩어문드러질

까 두렵다."

라고 하였다.

原文

孔雀圃
공 작 포

翠鳥二　朱鳥一　羽毛尾端金錢皆同　朱鳥轉身　還作深綠　翠鳥轉身　又作殷紅　金錢俄變鴉青　聞人咳聲　遍體羽毛　忽失光色　霎頃閃嫩　復還初魂.
취조이 주조일 우모미단금전개동 주조전신 환작심록 취조전신 우작은홍 금전아변아청 문인해성 편체우모 홀실광색 삽경섬눈 부환초혼

體比鷺鷥差小　而尾長過三尺　脛足麤鹵　錦衣菅屨　令人慚赧.
체비로사차소 이미장과삼척 경족추로 금의관구 영인참난

惟食蛇虺　又與蛇交　遍地遺白　處止至穢　圃人見我隸跣足行走　戒勿踐曰　恐蛇鰓入膚卽爛也.
유식사훼 우여사교 편지유백 처지지예 포인견아례선족행주 계물천왈 공사새입부즉란야

오룡정(五龍亭)

태액지(太液池) 연못가에서 서남쪽으로 향하여 물가에 채색 정자 다섯 채가 늘어서 있는데, 각각 징상(澄祥)·자향(滋香)·용택(龍澤)·용서(湧瑞)·부취(浮翠)라고 부르고, 통틀어서 오룡정(五龍亭)이라고 부른다.

맑은 물결 일렁이는 넓디넓은 연못에 누렇고 푸른 단청의 그림자가 어른거릴 때 멀리 바라다 보이는 금오교(金鰲橋) 위의 거마와 행인들이 까마득하게 신선이 살고 있는 곳같이만 보였다.

뒷날 오중(吳中 : 강소성) 사람들과 놀면서 서호(西湖)의 아름다운 경치를 물었더니 그들은,

"서호를 못 보셨다면 오룡정이 바로 그 일부입니다."

라고 대답하였다.

이 정자는 언제 창건되었는지는 모르겠으나, 명(明)나라 천순(天順 : 명나라 영종의 연호, 1457~1464) 연간에 태소전(太素殿) 뒤에 초가 정자가 있었다는데, 이제는 없어졌음으로 보아서

이곳이 그 옛 터인 듯싶다. 자광각(紫光閣)과 승광전(承光殿)은 자줏빛 기와로 이엉을 엮은 추녀가 숲속에 숨어 있으며, 붉은 담장 속에 채색 기와의 정자와 누각이 높고 낮고 겹겹이 주름 잡혀 있었다.

부사(副使), 서장관(書狀官)과 함께 왔을 때는 마침 석양 무렵이어서 엷은 아지랑이가 하느작거리는 광경은 더욱 기이하였다.

또 일찍이 어느 맑은 날 아침에 한 번 갔더니, 솟아오르는 햇살을 받아 더욱 아름다웠으나 정자 아래에 있는 수많은 연 줄기에 꽃이 없는 것이 한스러웠을 뿐이었다. 역관들의 말로는,

"오룡정의 광경은 비록 아침과 저녁으로 경치가 달라지지만, 그래도 한여름 연꽃 철만은 못하고, 여름 연꽃 철도 역시 깊은 한겨울의 얼음놀이보다는 못할 것입니다."
라고 하였다.

原文

五龍亭
오룡정

太液池上西南向 臨水列彩亭者五 曰澄祥 曰滋香
태액지상서남향 임수렬채정자오 왈징상 왈자향
曰龍澤 曰湧瑞 曰浮翠 總名五龍亭.
왈용택 왈용서 왈부취 총명오룡정

澄波萬頃 金碧蘸影 遙望金鰲橋上 車馬行人 渺
징파만경 금벽잠영 요망금오교상 거마행인 묘
若仙界.
약선계

後與吳中人遊 問西湖勝景 對不見西湖 則五龍亭
후여오중인유 문서호승경 대불견서호 즉오룡정
一面是也.
일면시야

不識亭創何時 而皇明天順間 太素殿後有草亭 今
불식정창하시 이황명천순간 태소전후유초정 금
無 此其舊基也 紫光閣及承光殿 紫瓦金殿 隱約林
무 차기구기야 자광각급승광전 자와금전 은약림
樹間 紅墻內彩瓦亭閣 高下襞疊.
수간 홍장내채와정각 고하벽첩

與副三价俱至 時值夕陽 微靄澹蕩 光景尤奇.
여부삼개구지 시치석양 미애담탕 광경우기

嘗又清朝一至 新旭鮮麗 恨未見亭下萬柄芙渠也
상우청조일지 신욱선려 한미견정하만병부거야
譯輩言 五龍亭光景 雖朝暮變態 猶不若盛夏蓮花時
역배언 오룡정광경 수조모변태 유불약성하연화시

蓮花時猶不若深冬氷戲云.
연 화 시 유 불 약 심 동 빙 희 운

구룡벽(九龍壁)

오룡정(五龍亭)을 거쳐 한 개의 조그만 둔덕을 돌아서 한 대문에 들어서면 문 앞에는 조장(照牆 : 장식용 가림벽)이 있는데, 높이가 대여섯 길은 되고 넓이는 여남은 발이나 되었다. 흰 사기로 구운 벽돌로 쌓고 아홉 마리의 용무니를 새겨놓았다.

용의 몸뚱이는 모두 몇 발씩이나 되고, 오색 빛깔 이외에 별도로 자줏빛, 초록빛, 남빛 등이 있었다. 양각(陽刻)으로 도드라져 구불구불한 것을 자세히 살펴보니, 용의 사지 · 몸뚱이 · 머리 · 뿔들을 한 켜 한 켜 구워내어 합쳐서 마주 붙였다. 오르고 내리고 나는 모습이 각기 자세를 갖추어 변화가 무쌍한데도 터럭끝만큼 이은 흔적을 찾을 수 없었다. 아주 세심하게 들여다보지 않는다면 알아챌 길이 없다.

조장이란 것은 옛날의 색문(塞門)[1]이나 다름없으니, 궁궐이나 관청이나 사찰 같은 데에 모두 있으며, 일반 여염집에서는

1) 색문(塞門) : 대문의 안과 밖을 가리는 차단막이다.

모두 대문 안쪽에 세운다.

原文

九龍壁
구룡벽

由五龍亭 轉一小阜 入一門 門前有照牆 高五六
유오룡정 전일소부 입일문 문전유조장 고오륙
丈 廣十餘丈 以白瓷甎築 錯以九龍.
장 광십여장 이백자전축 착이구룡

龍身皆數丈 五色之外 別有紫綠紺色 陽起蜿蜒
용신개수장 오색지외 별유자록감색 양기완연
細察之 龍之肢體頭角 段段燔造以合之 升降飛翥
세찰지 용지지체두각 단단번조이합지 승강비저
各具體勢 變化不測 無絲髮縫痕 非細心審視 莫能
각구체세 변화불측 무사발봉흔 비세심심시 막능
覺也.
각야

照牆者 猶古之塞門也 宮闕官府寺觀皆有之 閭閻
조장자 유고지색문야 궁궐관부사관개유지 여염
皆樹之大門之內.
개수지대문지내

태액지(太液池)

태액지는 서안문(西安門) 안에 있는데, 둘레가 몇 리나 되는지 알 수 없다. 내가 일찍이 동해를 구경할 때에 고성(高城) 삼일포(三日浦)[1]의 둘레가 10여 리나 되었는데, 지금 이 연못은 그만 못한 것만 같다. 옛날에는 '서해자(西海子)'라고 불렀다.

연못 가운데는 무지개다리를 걸터 놓았는데, 길이가 몇백 보요, 흰 돌을 깎아서 난간을 만들었고, 난간 밖에 또 흰 돌난간이 있다. 난간머리에는 산예(狻猊 : 사자(獅子)) 수백 마리를 새겼는데, 크기는 같으나 모양은 제각기 달랐다. 다리의 양쪽 머리에는 각기 패루(牌樓)를 세워 놓았다. 동쪽 머리에는 '옥동(玉蝀)'이라고 써 붙였고, 서쪽 머리에는 '금오(金鰲)'라고 써 붙였다.

또 북쪽으로 바라보면 다리 하나가 경화도(瓊華島)로부터

1) 삼일포(三日浦) : 관동팔경(關東八景)의 하나. 신라 때 4명의 신선(四仙)이 사흘 동안을 놀았다는 데서 이름이 붙여졌다고 한다.

나와 승광전(承光殿)까지 이어졌다. 이 다리 남북에도 역시 패루를 세워 놓았는데, 하나는 '적취(積翠)'요, 또 하나는 '퇴운(堆雲)'이라고 한다. 연못을 둘러싸고 있는 전각과 누대는 첩첩의 용마루와 엇물린 처마였고, 고목들은 홰나무와 버드나무가 많았다.

8월 초사흗날 나는 옥동 패루에 갔다가 월중(越中 : 절강성)에 살고 있는 능야(凌野)라는 사람을 만나 함께 오룡정에 이르렀다. 능야 역시 북경이 초행이고, 온 지가 아직 며칠이 되지 않았으므로 나에게 태액지 연못 위에서 열리는 얼음놀이와 북경의 팔경(八景)에 대해서 물었다. 그의 소탈하고 꾸밈없음이 이러하였다. 대체로 북경에서 멀리 만 리 밖에 있어서 북경으로 배우러 오는 사람이 드물기 때문이다.

내가 〈태액지에〉 5, 6일 전에 갔었더라면 이 연못의 늦게 핀 연꽃을 구경할 수 있었을 것이다. 작은 거룻배 수십 척이 마름 줄기 사이를 휘젓고 다니면서 연밥을 따고 있었다. 배를 탄 사람들은 모두 벌거벗어 몹시 흉해 보인다. 오색 빛깔의 물고기가 많이 있으며, 큰 물고기 세 마리가 보이는데, 모두 두 자 길이는 넘고 온 몸뚱이에 얼룩이 졌다. 막 부들대 밑에 와서 무엇을 먹기에 손뼉을 쳐서 놀라게 하였으나 아주 유유히 제멋대로 노닌다.

해마다 한여름이 되면 황제는 만주족과 한족 출신의 대신(大臣), 한림(翰林), 대성(臺省 : 중앙정부 기관의 벼슬아치)들에게 여기 태액지의 경도(瓊島 : 경화도)와 영대(瀛臺) 사이에서 뱃놀이 잔치를 베풀고 연뿌리와 연밥과 생선을 하사하였다. 얼음이 얼고 눈이 쌓이면 팔기(八旗)를 대오로 나누어 공차기와 얼음지치기 놀이를 하는데, 신 바닥에 모두 쇠로 된 징을 박아서 달리고 쫓음이 편하고 빠르도록 한다. 이때는 황제도 친히 나와 구경한다고 한다.

原文

太液池
태액지

太液池 在西安門內 周未知凡幾里 余嘗東遊海上
태액지 재서안문내 주미지범기리 여상동유해상

高城三日浦 周十餘里 今此池似不及也 舊稱西海
고성삼일포 주십여리 금차지사불급야 구칭서해

子.
자

池中跨起虹橋 長數百步 鐫白石爲欄 欄外又爲白
지중과기홍교 장수백보 전백석위란 난외우위백

石欄 欄頭狻猊數百 大小雖同 形態各異 橋兩頭
석란 난두산예수백 대소수동 형태각이 교양두

各樹牌樓 東頭題玉蝀 西頭題金鰲.
각수패루 동두제옥동 서두제금오

又北望 一橋起瓊華島 接承光殿 其南北 亦樹牌
우북망 일교기경화도 접승광전 기남북 역수패

樓 曰積翠 曰堆雲 環池殿閣樓臺 疊甍互簷 古木
루 왈적취 왈퇴운 환지전각누대 첩맹호첨 고목

多槐柳.
다괴류

八月初三日 余至玉蝀 逢越中人凌野 俱至五龍亭
팔월초삼일 여지옥동 봉월중인능야 구지오룡정

凌野亦初 至京師纔數日 詢余池上氷戲及皇都八景
능야역초 지경사재수일 순여지상빙희급황도팔경

其疏野類此 蓋遠京都萬里 北學者鮮.
기소야류차 개원경도만리 북학자선

余行差前五六日 足見一池晩荷也 有小艇數十 蕩
여 행 차 전 오 륙 일 족 견 일 지 만 하 야 유 소 정 수 십 탕
泳荇藻間採蘋藕 船上人皆赤身 殊不雅也 多五色魚
영 행 조 간 채 빈 우 선 상 인 개 적 신 수 불 아 야 다 오 색 어
有大魚三 長皆二尺餘 遍體斑爛 方來食蒲萑下 拍
유 대 어 삼 장 개 이 척 여 편 체 반 란 방 래 식 포 추 하 박
手驚之 悠然自適.
수 경 지 유 연 자 적

每歲盛暑 賜滿漢大臣翰林臺省 泛舟宴飮璚島瀛
매 세 성 서 사 만 한 대 신 한 림 대 성 범 주 연 음 경 도 영
臺之間 內賜藕芡鮮魚 凍氷積雪 分隊八旗 爲蹴毬
대 지 간 내 사 우 검 선 어 동 빙 적 설 분 대 팔 기 위 축 구
拖床之戲 履底皆着鐵齒 以習馳逐便捷 天子臨觀
타 상 지 희 이 저 개 착 철 치 이 습 치 축 편 첩 천 자 림 관
之.
지

자광각(紫光閣)[1]

태액지(太液池)를 돌아가면 지붕이 둥글게 생긴 작은 전각이 있는데, 위에는 누런 기와를 이었고, 처마는 푸른 기와를 사용하였으며, 이름은 자광각이다. 그 곁에는 백조방(百鳥房)이 있어 기이한 새와 짐승들을 기른다. 전각은 매우 높고도 넓으며 그 아래로는 말 달리고 활 쏘는 마당이 있는데, 옛 이름은 평대(平臺)이다.

숭정(崇禎) 경진년[2]에 계주 순무사(薊州巡撫使) 원숭환(袁崇煥)이 황제를 구원하러 들어왔으나 도리어 황제는 평대에

---

1) 자광각(紫光閣) : 명나라 때 건축된 2층 건물이다.

2) 원문에는 '庚辰'으로 되어 있으나, '庚午'를 잘못 표기한 것이다. 원숭환(袁崇煥)은 명나라 말기의 장군으로, 제갈량에 비견될 정도로 전략전술이 뛰어나서 요동과 요서에서 후금(後金)의 침략에 맞서 승리를 거두었으나, 모함을 당하여 북경의 서시(西市) 거리에서 온몸을 잘라내어 죽이는 능지형(淩遲刑)에 처해졌으니, 이 해가 바로 경오년(1630년) 9월 22일이다.

친히 나와 앉아서 원숭환을 찢어 죽였으니, 이곳이 곧 그 땅인 듯싶다.

原文

紫光閣
자광각

循太液池 有圓頂小殿 上覆黃瓦 簷用碧瓦 名紫
순태액지 유원정소전 상복황와 첨용벽와 명자
光閣 傍有百鳥房 畜奇禽獸 閣甚高敞 其下爲馳射
광각 방유백조방 축기금수 각심고창 기하위치사
之場 舊號平臺.
지장 구호평대

崇禎庚辰 薊撫袁崇煥入援 帝臨平臺 磔崇煥 此
숭정경진 계무원숭환입원 제림평대 책숭환 차
似其地也.
사기지야

만불루(萬佛樓)[1]

구룡벽을 거쳐서 몇 걸음만 더 가면 큰 전각이 나타난다. 벽으로 둘러쌓아 감실을 만들어서 작은 부처를 앉혔는데, 감실 하나에 부처가 하나씩 도합 10,000구(軀)이다. 또 여섯 길이나 되는 관음보살의 변상(變相)이 있는데, 머리 위에는 부처 10,000개를 둘러앉히고, 손이 1,000개이고, 눈이 1,000개이다. 간사한 귀신과 기이한 악귀, 흉악한 짐승과 독사 등이 요괴로 변하였으나 아직 불성(佛性)을 얻지 못한 것들을 발로 짓밟고 있었다.

그 앞에는 세 발 달린 큰 향로가 놓였는데, 높이는 한 길이 넘었다. 수많은 요괴들이 와서 솥의 발을 들고 있으며, 팔로 떠받들고 다리를 버티며, 눈을 부릅뜨고 입을 벌리고는 '어영차' '누구냐' 하고 무엇을 부르짖는 것이 마치 귀신의 자모(子母)

1) 만불루(萬佛樓) : 건륭 황제가 어머니의 80수(壽)를 기념하여 지은 누각이다.

가 유리발(琉璃鉢 : 유리로 된 바리때)을 떠받든 것과 같았다.

原文

萬佛樓
만 불 루

由九龍壁 行幾步 有大殿 遶壁龕置小佛 一龕一
유 구 룡 벽 행 기 보 유 대 전 요 벽 감 치 소 불 일 감 일

佛 合爲萬軀 又有丈六觀音變相 頭上遶坐萬佛 千
불 합 위 만 구 우 유 장 륙 관 음 변 상 두 상 요 좌 만 불 천

手千目 足踏神姦奇鬼 惡獸毒蛇 變化成精而未得佛
수 천 목 족 답 신 간 기 귀 악 수 독 사 변 화 성 정 이 미 득 불

性者.
성 자

前置大香爐 三足高丈餘 千妖百怪 來擧鼎足 撑
전 치 대 향 로 삼 족 고 장 여 천 요 백 괴 내 거 정 족 탱

臂支脚 弩目張口 許邪誰何 若鬼子母揭琉璃鉢.
비 지 각 노 목 장 구 허 야 수 하 약 귀 자 모 게 유 리 발

극락세계(極樂世界)

새로 지은 큰 전각이 있는데, 기둥이 몇백 칸 되고 지붕은 푸른 기와를 이었다. 방 안에는 침향(沈香)과 전단(旃檀 : 남방에서 나는 명향(名香))으로 중국 오악(五嶽)의 명산을 만들어 놓았다. 바위 솟은 봉우리와 깊숙한 골짜기들이 깎아 세운 듯 꼭꼭 숨어 있고, 사찰과 누각이 그 위에 펼쳐져 있으며, 비단을 오려 꽃을 만들고, 소나무와 전나무는 모두 구리와 쇠로 잎을 만들어 붙였는데 유달리 새파랗게 보인다.

몇 길 되는 폭포는 흰 눈을 뒤번지는 듯 물보라와 거품이 일어 사람으로 하여금 의심을 자아내도록 한다. 어떤 이는,

"얼음으로 새긴 것이다."

하고 또는,

"물결이 솟구쳐서 생기게 된 것이다."

하고 떠들어대나, 이는 대체로 유리를 녹여 만든 것들이다.

原文

極樂世界
극 락 세 계

有新創大殿 屋數百楹 覆靑瓦 屋中以沈香旃檀
유 신 창 대 전 옥 수 백 영 복 청 와 옥 중 이 침 향 전 단

爲五岳名山 巖巒洞壑 幽深巉峭 寺刹樓觀 羅絡其
위 오 악 명 산 암 만 동 학 유 심 참 초 사 찰 루 관 나 락 기

上 剪綵爲花 松栢皆以銅鐵爲葉 靑翠出色.
상 전 채 위 화 송 백 개 이 동 철 위 엽 청 취 출 색

數仞飛瀑 漚騰沫跳 雪飜鷺滾 令人滋惑 哄言鏤
수 인 비 폭 구 등 말 도 설 번 로 곤 영 인 자 혹 홍 언 루

氷也 又哄言激水也 蓋鎔琉璃爲之也.
빙 야 우 홍 언 격 수 야 개 용 유 리 위 지 야

영대(瀛臺)

영대는 태액지 못가에 있는데, 전각의 이름은 소화전(昭和殿)이요, 정자의 이름은 영훈정(迎薰亭)이라 하며, 모두 누런 기와를 이었다. 못가의 수목들은 모두 아름드리 고목으로 그윽하고도 깊숙하여 무지개다리를 덮어서 가렸고, 복도는 구불구불하게 수풀 나무 사이로 이어져 서로 통했다. 푸른 기와와 자줏빛 용마루는 연못 한가운데에 그림자가 거꾸로 박혔다. 때마침 연꽃은 갓 떨어지고, 갈대가 덮인 물가와 마름 덩굴 사이로는 가끔 작은 거룻배가 연밥을 따고 있었다.

原文

瀛臺
영 대

瀛臺臨太液池　有殿曰昭和　有亭曰迎薰　皆黃瓦
영 대 림 태 액 지　유 전 왈 소 화　유 정 왈 영 훈　개 황 와

岸際樹木　皆合抱　幽深掩映虹橋　複道宛轉　相通林
안 제 수 목　개 합 포　유 심 엄 영 홍 교　복 도 완 전　상 통 림

樹間　靑瓦紫甍　倒影湖心　時方芙蕖初落　蘆渚藻荇
수 간　청 와 자 맹　도 영 호 심　시 방 부 거 초 락　노 저 조 행

之間　時有小航收蓮房.
지 간　시 유 소 항 수 연 방

남해자(南海子)

숭문문(崇文門)을 나서서 남쪽으로 20리를 가면 큰 동물원이 있는데 남해자(南海子)[1]라고 부른다. 둘레가 160리나 되는데, 원(元)나라 때부터 천자가 사냥하던 곳이다. 명(明)나라 때에는 담장으로 둘러싸고 해호(海戶 : 관리자)를 두어 지키게 하였다.

북경의 안팎으로 새들이 매우 드물게 보이는 것은 대체로 짙은 숲이 없기 때문이다. 남해자를 못 미쳐 몇 리를 두고 울창한 숲이 끝없이 바라다 보이는데, 까치 · 솔개 · 해오라기 · 황새들이 벌써 하늘을 뒤덮고 있다.

역관(譯官) 조달동(趙達東)이 뒤에 따라와서 하는 말이,

"지금 해호들에게 역질이 크게 번지고 있어 발을 들여놓을 수 없고, 또 해도 저물어 미치지 못할 것 같습니다. 여기서 대홍교(大紅橋)까지가 20리요, 대홍교로부터 안응대(按鷹臺)까지

1) 남해자(南海子) : '海子'는 호수를 가리키는 말이다.

가 10여 리입니다. 남해자 안에는 큰 못 세 군데가 있어 넓은 못물이 가득차서 맑게 비치며, 72개의 다리가 놓여 있습니다. 전각과 누대는 길가에서 보던 것과 다를 것이 없고, 기른다는 기이한 새와 짐승들은 말을 달려가더라도 다 구경할 수 없습니다. 이제 여기서부터 빨리 되돌아가더라도 성문을 닫을 시각까지 닿기는 어려울 듯하옵니다."

라고 하며 한사코 말렸으므로 할 수 없이 서글픈 대로 수레를 되돌렸다.

천녕사(天寧寺)와 백운관(白雲觀)을 거쳐 바삐 수레를 몰아 정양문(正陽門)에 드니, 벌써 황혼이 지나 있었다.

原文

南海子
남 해 자

出崇文門　南行二十里　有囿曰南海子　方一百六十
출 숭 문 문 남 행 이 십 리 유 유 왈 남 해 자 방 일 백 륙 십
里　自元時　爲天子蒐獵之所　皇明時　繚以周垣　設
리 자 원 시 위 천 자 수 렵 지 소 황 명 시 요 이 주 원 설
海戶以守視.
해 호 이 수 시

皇城外內　絶罕鳥雀　蓋無林藪故也　未及海子數里
황 성 외 내 절 한 조 작 개 무 림 수 고 야 미 급 해 자 수 리
一望蒼蔚　而烏鳶鷺鶩　已蔽天矣.
일 망 창 울 이 오 연 로 추 이 폐 천 의

趙譯達東追至爲言　時方海戶癘疫大熾　不可投足
조 역 달 동 추 지 위 언 시 방 해 호 려 역 대 치 불 가 투 족
且日力短　此距大紅橋二十里　自大紅橋至按鷹臺　十
차 일 력 단 차 거 대 홍 교 이 십 리 자 대 홍 교 지 안 응 대 십
餘里　其內有三大澤　積水空明　有七十二橋　而行殿
여 리 기 내 유 삼 대 택 적 수 공 명 유 칠 십 이 교 이 행 전
樓臺　不過沿道所見　所養奇禽異獸　非走馬可竟　今
누 대 불 과 연 도 소 견 소 양 기 금 이 수 비 주 마 가 경 금
自此疾還　猶難及門限也　挽之甚力　遂悵然回轅.
자 차 질 환 유 난 급 문 한 야 만 지 심 력 수 창 연 회 원

歷天寧寺白雲觀　疾驅入正陽門　已踰黃昏矣.
역 천 녕 사 백 운 관 질 구 입 정 양 문 이 유 황 혼 의

회자관(回子館)[1]

회자관의 바깥 대문은 벽돌로 쌓았는데, 제도나 모양이 기이하기 짝이 없어 천주당(天主堂)에서 보던 것과도 달랐다.

문에 들어서서 겨우 몇 발자국을 옮겨놓자, 개 두 마리가 와락 뛰어나와 입을 벌리고 짖으며 으르렁거렸다. 깜짝 놀라 물러서니 회회(回回) 아이들 수십 명이 손뼉을 치면서 일제히 웃는다. 문 안쪽 좌우에는 큰 기둥을 마주 세우고 몇 발 되는 쇠사슬로 기둥 아래에다 개의 목을 비끄러매어 두고는 문을 지켰다. 개가 사람을 보면 비록 와락 달려들기는 하지만 쇠사슬 길이가 한계가 있어 언제나 사람 앞 몇 걸음의 거리에서 멈춘다. 그러나 그 형세는 매우 사납다.

회회 여자 10여 명이 나와서 보는데, 모두 남자처럼 건장했다. 볼은 붉고 광대뼈가 넓으며, 눈썹은 푸르고 눈동자는 붉었다. 그중의 한 젊은 여인이 두어 살 난 어린아이를 안고 섰

1) 회자관(回子館) : 회족들이 거처하는 곳이다.

는데, 얼굴이 꽤 고왔다. 모두 흰옷을 입었으며, 숱이 좋은 머리털을 여남은 가닥으로 땋아 등 뒤로 드리웠다. 머리 위에는 흰 모자를 얹었는데 마치 광대들이 쓰는 뾰족 모자와 같았고, 옷은 우리나라 철릭〔帖裏〕[2]과 비슷하되 소매는 좁았다.

2) 철릭〔帖裏〕: 무관이 입던 공복의 하나로, 깃이 곧고 허리에 주름이 잡히고 소매가 넓다.

原文

回子館
회 자 관

回子館外門甎築 制樣絶奇 非天主堂所見.
회 자 관 외 문 전 축 제 양 절 기 비 천 주 당 소 견

入門僅移數武 雙犬突至 張口狺狺 大驚卻立 回童數十 拍掌齊笑 門內左右 對值大柱 以數丈銕連鎖狗頸繫之柱下以守門 狗見人雖突起 限鎖長而止 常不及人數步 而其勢則甚怖凜也.
입 문 근 이 수 무 쌍 견 돌 지 장 구 은 은 대 경 각 립 회 동 수 십 박 장 제 소 문 내 좌 우 대 치 대 주 이 수 장 철 련 쇄 구 경 계 지 주 하 이 수 문 구 견 인 수 돌 기 한 쇄 장 이 지 상 불 급 인 수 보 이 기 세 즉 심 포 름 야

回女十餘人出視 皆壯健如男子 頰紅顴闊 眉青眼赤 其中一少婦 抱數歲嬰兒而立 頗有艶姿 皆白衣裳 總總綰髮 爲十餘辮髽垂背後 上加白帽 如優人突帽 衣如我國帖裏而袖窄.
회 녀 십 여 인 출 시 개 장 건 여 남 자 협 홍 권 활 미 청 안 적 기 중 일 소 부 포 수 세 영 아 이 립 파 유 염 자 개 백 의 상 총 총 관 발 위 십 여 변 좌 수 배 후 상 가 백 모 여 우 인 돌 모 의 여 아 국 첩 리 이 수 착

유리창(琉璃廠)

유리창은 정양문 밖의 남쪽 성 밑으로 가로 뻗치어 선무문(宣武門) 밖에까지 이르니, 곧 연수사(延壽寺)의 옛 터이다. 송나라 휘종(徽宗)이 북쪽으로 순행할 때에 정황후(鄭皇后)와 함께 연수사에서 묵었다.

지금은 공장이 되어서 여러 가지 빛깔의 유리기와와 벽돌을 만든다. 이 공장에는 사람의 출입을 금하고, 기와를 구워 만들 때면 더구나 금기하는 것이 많아서, 비록 전속 기술자라도 모두 넉 달 먹을 식량을 갖고 들어가되, 한번 들어가면 마음대로 나오지 못한다고 한다.

공장 바깥은 모두 점포로서 거기에는 재화와 보물이 넘치고 있다. 서점으로서 가장 큰 곳은 문수당(文粹堂) · 오류거(五柳居) · 선월루(先月樓) · 명성당(鳴盛堂) 등이다. 천하의 거인(擧人 : 과거시험을 준비하는 사람)들과 국내의 이름난 인사들이 많이들 이 서점들 안에서 묵고 있다.

原文

琉璃廠
유리창

琉璃廠 在正陽門外南城下 橫亘至宣武門外 卽延
유리창 재정양문외남성하 횡긍지선무문외 즉연
壽寺舊址 宋徽宗北轅 與鄭后同駐延壽寺.
수사구지 송휘종북원 여정후동주연수사

今爲廠 造諸色琉璃瓦甎 廠禁人出入 燔造時 尤
금위창 조제색유리와전 창금인출입 번조시 우
多忌諱 雖匠手 皆持四月糧 一入毋敢妄出云.
다기휘 수장수 개지사월량 일입무감망출운

廠外皆廛鋪 貨寶沸溢 書冊鋪最大者曰 文粹堂
창외개전포 화보비일 서책포최대자왈 문수당
五柳居 先月樓 鳴盛堂 天下擧人 海內知名之士
오류거 선월루 명성당 천하거인 해내지명지사
多寓是中.
다우시중

채조포(綵鳥鋪)

점포 안에는 온갖 새들이 지저귀고 있어 마치 산장(山莊)에서 창문을 열고 봄철의 새벽을 맞이하는 듯싶다. 모두 철사로 만든 작은 새장에 들어 있는데, 새장 하나에 새 한 마리씩 들어 있고, 간혹 두 마리씩이 들어 있는 것은 암수 한 쌍이다. 새들은 우리나라에도 있는 새들이지만, 그 이름은 알지 못하겠다.

새장 속에는 다들 작은 종지에 물을 넣어 두었고, 몇 줄기 조이삭을 걸어 두어 쪼아 먹고 마시도록 하였다. 빈 조롱을 갖고 온 자들이 어깨를 마주 비비고들 있었다.

그때에 한림(翰林) 초팽령(初彭齡)이 주 거인(周擧人 : 이름 미상)과 함께 각기 빈 조롱을 들고 점포에 와서 새 한 쌍이 든 조롱과 바꾸어 간다. 그 새는 곧 우리나라의 속명(俗名)으로는 뱝새[1]인데, 그렇게 기이하거나 희귀한 것이 아닌데도 값

---

1) '뱝새' 두 글자는 특별히 원전에 한글로 되어 있다. 뱁새.

은 50냥이나 된다.

금계(錦鷄)는 모양이 집닭과 비슷한데 볏이 없고, 턱살에 달린 쌍귀고리도 없다. 입부리와 목이 함께 붉고, 흰 꽁지가 두 가닥으로 길게 나 있는데, 그 끝은 조금 구부러졌으며 푸른 동전 모양의 무늬가 한 점 있었다.

큰 물통에 물을 채워 두고, 바깥에는 울을 두르고, 위에는 그물로 덮었는데, 그 속에 금계를 기르고 있다. 큰 쇠광주리 속에 흰 꿩을 두었는데, 크기는 까치만 하고 두 개의 꽁지는 금계와 같았다.

原文

綵鳥舖
채 조 포

鋪中百鳥啾喧 如山窓春曉 皆銕絲小籠 一籠一鳥
포 중 백 조 추 훤 여 산 창 춘 효 개 철 사 소 롱 일 롱 일 조

或兩鳥則雌雄也 鳥皆我東所有 然不識其名.
혹 양 조 즉 자 웅 야 조 개 아 동 소 유 연 불 식 기 명

籠中皆置小盒貯水 懸數莖粟穗 以資飮啄 持空籠
농 중 개 치 소 합 저 수 현 수 경 속 수 이 자 음 탁 지 공 롱

至者 肩相摩也.
지 자 견 상 마 야

初翰林彭齡與周擧人 各提空籠至舖中 易雙鳥籠
초 한 림 팽 령 여 주 거 인 각 제 공 롱 지 포 중 역 쌍 조 롱

鳥卽我俗所名밥새 無甚奇稀 而値錢五十.
조 즉 아 속 소 명 무 심 기 희 이 치 전 오 십

錦鷄形類家鷄 而無冠 胡亦無雙珥 咮頸俱丹 白
금 계 형 류 가 계 이 무 관 호 역 무 쌍 이 주 경 구 단 백

尾雙長 其端小彎 有翠錢一點.
미 쌍 장 기 단 소 만 유 취 전 일 점

置大槽貯水 外周柵 上覆網 養錦鷄其中 大鐵籠
치 대 조 저 수 외 주 책 상 복 망 양 금 계 기 중 대 철 롱

置白鷴 大如鵲 雙尾如錦鷄.
치 백 한 대 여 작 쌍 미 여 금 계

화초포(花草舖)

〈점포에 있는 꽃은〉 모두가 풀꽃들이다. 가장 많은 종류는 수구(繡毬 : 수국)와 가을 해당화(海棠花)와 철쭉이다. 여러 가지 꽃을 구색에 맞추어 꽃병에 벌여 꽂은 것은 모두 사계화(四季花)요, 푸르고 모난 꽃병에 한 송이의 붉은 연꽃을 꽂았는데, 꽃의 크기가 박꽃만 하고 잎은 손바닥 같았다.

때마침 가을 국화가 한창 피었는데, 다 우리나라에도 있는 것이고, 학령(鶴翎 : 국화의 일종)이 제일 많았는데, 줄기는 그리 길지 않다. 다만 금국(金菊)이라는 품종이 가장 특이한데, 꽃송이는 겨우 동전 크기만 하고 마치 새로 금박칠을 해놓은 듯 샛노랗다.

수선화(水仙花)는 아직 꽃이 피지를 못했고, 난초는 훤초(萱草)와 비슷하여 잔뜩 푸르기는 하나 맡을 만한 향기가 없었다.

原文

花草舖
화 초 포

皆艸花　最多繡毬　秋海棠石竹　諸色膽甁排揷者
개 초 화　최 다 수 구　추 해 당 석 죽　제 색 담 병 배 삽 자
皆四季花　翠觚揷一朶紅蓮　大僅匏花　葉如掌.
개 사 계 화　취 고 삽 일 타 홍 련　대 근 포 화　엽 여 장

時方秋菊盛開　皆我東所有　而最多鶴翎　而莖不特
시 방 추 국 성 개　개 아 동 소 유　이 최 다 학 령　이 경 불 특
長　獨金菊最異　花朶僅如錢大　而如新鍍金箔.
장　독 금 국 최 이　화 타 근 여 전 대　이 여 신 도 금 박

水仙未及開花　蘭似萱艸而深翠　無香可嗅.
수 선 미 급 개 화　난 사 훤 초 이 심 취　무 향 가 후

10

알성퇴술(謁聖退述)

알성퇴술은 '성인 공자를 알현하고 물러나 서술한다'는 의미로, 공자묘를 참배하고 북경의 학교 유적지와 여러 기관의 제도에 대한 내용을 다루고 있다.

순천부학(順天府學)

황성(북경)의 동북쪽 모퉁이 시시(柴市 : 땔나무 파는 시장)에 두 방(坊 : 동네)이 마주서 있는데, '육현방(育賢坊)'이라고 부른다. 두 방의 한가운데에 순천부학(順天府學)[1]이 있다. 영성문(欞星門 : 부학의 정문)에 들어가면 문 안쪽에 반달 모양의 연못을 팠는데, 이것이 반수(泮水)이다. 반수에는 세 개의 구름다리를 놓고 난간은 흰 돌로 둘렀다. 다리 북쪽에 세 개의 대문이 있는데, 한가운데가 대성문(大成門)이요, 왼쪽이 금성문(金聲門)이요, 오른쪽이 옥진문(玉振門)이다.

성전(聖殿 : 공자의 사당)의 바깥 편액에는 '선사묘(先師廟)'라고 했고 안으로는 '만세사표(萬世師表)'라고 썼는데, 강희 황제

1) 순천부학(順天府學) : 북경의 최고 학교로 공자의 사당이다. 본래 북경의 명칭은 북평(北平)에서 순천(順天)으로, 순천에서 북경으로 바뀌었다. 전국시대에는 연(燕)나라의 땅이었으므로 '연경(燕京)'이라고 한다. 부학(府學)은 한 지방 관아가 있는 곳의 최고 학교를 말한다.

(康熙皇帝)의 글씨이다. <공자의> 위패에는 '지성선사공자지위(至聖先師孔子之位)'라고 적혀 있고, 네 분의 제자를 배향했는데, 복성(復聖) 안자(顔子 : 안회(顔回))와 술성(述聖) 자사(子思 : 공급(孔伋))의 위패는 동쪽에 있고, 종성(宗聖) 증자(曾子 : 증삼(曾參))와 아성(亞聖) 맹자(孟子 : 맹가(孟軻))의 위패는 서쪽에 모셨다.

두 행랑채(동무(東廡)와 서무(西廡)) 사이에는 오래된 전나무들이 많은데 세상에 전하기를,

"노재(魯齋) 허형(許衡)[2]이 손수 심은 나무입니다."

하고 혹은,

"야율초재(耶律楚材)[3]가 심은 것입니다."

라고 한다.

명륜당(明倫堂)은 성전(문묘)의 동쪽에 있고, 계성사(啓聖祠)는 명륜당의 북쪽에 있으며, 규문각(奎文閣)은 명륜당의 동북쪽에 있고, 문승상사(文丞相祠)는 명륜당의 동남쪽에 있다. 중문 밖의 왼쪽은 명환사(名宦祠)요, 오른쪽은 향현사(鄕賢祠)이다.

이곳 순천부학(順天府學)은 옛날 보은사(報恩寺)로서 원나라 지정(至正) 말년에 유람하던 중이 호남(湖南) 지방에서 시주를

---

2) 노재(魯齋) 허형(許衡) : 원나라의 유학자. 노재는 호이고, 형은 이름이고, 자는 중평(仲平)이다.

3) 야율초재(耶律楚材) : 원(元)나라 학자로, 자는 진경(晉卿)이다.

받아서 절을 짓고, 불상을 채 안치하기도 전에 명(明)나라 군대가 북경에 쳐들어왔다. 명나라 군대가 군졸들에게 공자묘에 들어가지 말라고 경계하자, 중이 얼떨결에 나무로 만든 공자의 위패를 빌려다가 대웅전 속에 모셨다. 그 뒤에 〈이 위패를〉 감히 옮기지 못하게 되어 결국 북평(北平)의 부학이 되었다가, 명나라가 수도를 북경으로 옮긴 뒤에 곧 순천부학이 되었다고 한다.

原文

謁聖退述
알 성 퇴 술

順天府學
순 천 부 학

皇城東北隅柴市 對樹兩坊曰育賢 兩坊之中 爲順天府學 入欞星門 門內鑿池如半月 是爲泮水 爲三空橋 欄以白石 橋之北 有三門 中曰大成 左金聲 右玉振.
황 성 동 북 우 시 시 대 수 양 방 왈 육 현 양 방 지 중 위 순 천 부 학 입 영 성 문 문 내 착 지 여 반 월 시 위 반 수 위 삼 공 교 난 이 백 석 교 지 북 유 삼 문 중 왈 대 성 좌 금 성 우 옥 진

聖殿外扁曰先師廟 內題曰萬世師表 康熙皇帝書也 位牌題至聖先師孔子之位 四配曰 復聖顔子 述聖子思之位 在東 宗聖曾子 亞聖孟子之位 在西.
성 전 외 편 왈 선 사 묘 내 제 왈 만 세 사 표 강 희 황 제 서 야 위 패 제 지 성 선 사 공 자 지 위 사 배 왈 복 성 안 자 술 성 자 사 지 위 재 동 종 성 증 자 아 성 맹 자 지 위 재 서

兩廡之間 多古栢樹 世傳許魯齋衡手植 或云耶律楚材所植.
양 무 지 간 다 고 백 수 세 전 허 로 재 형 수 식 혹 운 야 율 초 재 소 식

明倫堂在聖殿之東 啓聖祠在明倫堂之北 奎文閣在
명 륜 당 재 성 전 지 동 계 성 사 재 명 륜 당 지 북 규 문 각 재

明倫堂之東北　文丞相祠在明倫堂之東南　中門之外
명 륜 당 지 동 북　문 승 상 사 재 명 륜 당 지 동 남　중 문 지 외

左爲名宦祠　右爲鄕賢祠.
좌 위 명 환 사　우 위 향 현 사

府學　故報恩寺也　元至正末　有遊僧募緣湘潭以造
부 학　고 보 은 사 야　원 지 정 말　유 유 승 모 연 상 담 이 조

寺　未及安像　而明師下燕　戒士卒毋得入孔子廟　僧
사　미 급 안 상　이 명 사 하 연　계 사 졸 무 득 입 공 자 묘　승

蒼黃借宣聖木主　置殿中　後不敢去　遂爲北平府學
창 황 차 선 성 목 주　치 전 중　후 불 감 거　수 위 북 평 부 학

遷都北京　則爲順天府學云.
천 도 북 경　즉 위 순 천 부 학 운

태학(太學)

황성(북경)의 동북쪽 모퉁이에 있는 곳을 숭교방(崇敎坊)이라 하고, 네 개의 패루(牌樓)가 서 있는 거리를 성현가(成賢街)라 하며, 패루 안에는 모두 '국자감(國子監)'이라고 적혀 있다.

영락(永樂) 2년(1404년)에 완성되었는데, 왼쪽은 공묘(孔廟 : 공자의 사당)가 있고 오른쪽에는 태학을 세웠다. 그리고 선덕(宣德) 4년(1429년) 8월에는 대성전(大成殿) 앞의 동무(東廡 : 행랑채)와 서무(西廡)를 수리하였다. 이에 앞서 태학이 원(元)나라에 의해 더럽혀졌다고 하여 이부주사(吏部主事) 이현(李賢)이 수리할 것을 아뢰어 그 말을 따랐던 것이다. 정통(正統) 9년(1444년) 1월에 태학이 완공되자, 천자가 친히 나와서 선성(先聖 : 공자묘)에 공손히 참배하고 석전례(釋奠禮)를 거행하고는, 이륜당(彝倫堂)에 물러나와 좨주(祭酒 : 태학에 속한 벼슬) 이시면(李時勉)에게 강의를 하라고 명령하였다.

홍치(弘治 : 명나라 효종(孝宗)의 연호, 1488)라고 연호(年號)를 고치고 나서는 황제가 태학에 거둥하였다. 이때에 『성가임옹록

(聖駕臨雍錄)』[1]을 만들었으니, 황제의 칙지(勅旨)와 장주(章奏), 의례(儀禮), 공문서, 강의(講義) · 관직(官職) 등에 관한 일이 빠짐없이 기록되었으므로 태학의 의례와 제도는 이에서 완전히 갖추어졌다.

만력(萬曆) 경자년(1600년)에는 성전의 기와를 유리기와로 바꾸었으니, 사업(司業) 부신덕(傅新德 : 국자감 교수)의 주청에 따른 것이었다. 그리고 숭정(崇禎) 14년(1641년)에 또 태학을 수리하였는데, 낙성이 된 뒤 8월에 천자가 태학의 벽옹(辟雍)에 거둥하였다. 좨주(祭酒) 남거인(南居仁)이 「고요모(皐陶謨 : 『서경』의 편명)」를 강의하였고, 사업 나대임(羅大任)은 『역경(易經)』의 「함괘(咸卦)」를 강의하였는데, 벼슬이 문(文) · 무(武) 3품 이상은 함께 앉아 청강하고 천자로부터 차를 하사받았다. 강의가 끝난 뒤 천자가 경일정(敬一亭)에 들러 세종(世宗)이 세운 정자(程子)의 사잠비(四箴碑)[2]와 석고(石鼓)[3]의 헐어진 글자를 보고는 다시금 수리하고 보고하라고 명령하였다.

---

1) 『성가임옹록(聖駕臨雍錄)』 : 명나라 주홍모(周洪謨)가 지은 책이다.
2) 사잠비(四箴碑) : 송나라 유학자 정이(程頤)가 『논어(論語)』의 비례물시(非禮勿視) · 비례물청(非禮勿聽) · 비례물언(非禮勿言) · 비례물동(非禮勿動)을 취하여 『사물잠(四勿箴)』을 지었는데, 이 글을 새긴 빗돌이다.
3) 석고(石鼓) : 주(周)나라와 진(秦)나라 때의 돌 북에 새긴 고문(古文)을 말한다.

『장안객화(長安客話)』[4]에는,

“국초(國初 : 명나라 초기)에 고려(高麗)에서 김도(金濤) 등 네 사람을 보내어 태학에 입학시켰는데, 홍무(洪武) 4년(1371년)에 김도가 진사(進士)에 급제하여 귀국하였다.”

라고 하였고, 『태학지(太學志)』[5]를 상고해 보면,

“융경(隆慶) 원년(1567년)에 천자가 국자감에 거둥하였는데, 조선(朝鮮) 사신 이영현(李榮賢) 등 여섯 사람이 각기 제 급수에 알맞은 의관(衣冠)을 갖추고 이륜당에 가서 문신(文臣) 반열의 다음에 섰다.”

라고 했다.

나는 부사(副使)와 서장관(書狀官)을 따라 뜰에서 재배례(再拜禮)를 행하였다. 내가 지난번에 참배한 열하의 태학은 제도가 북경의 태학과 같았다. 이제 두루 공묘의 제도를 살펴보니, 아마 명나라의 옛 제도를 그대로 본뜬 듯한데, 태화전에 비하면 비록 조금 모자라는 것 같기는 했으나 그 제도의 정제된 품은 비슷했다. 뜰과 섬돌의 넓이라든가 아랫집들의 둘레는 역시 동악묘(東嶽廟)에 비교할 바가 아니었다.

위패는 모두 독(櫝 : 함)을 덮어 감실 속에 넣고 누런 휘장을 드리웠다. 강희 연간에 주자(朱子 : 주희(朱熹))를 높여서 공문십철(孔門十哲)의 다음에 모셨다. 거문고 · 비파 · 종 · 북 등은 모

4) 『장안객화(長安客話)』 : 명나라 장일규(蔣一葵)가 지은 책이다.

5) 『태학지(太學志)』 : 명나라 곽반(郭鎜)이 지은 책이다.

두 대성전 안에 진열해 놓았다. 두 행랑채(동무와 서무)에는 무릇 100여 명이나 배향했는데, 위패의 모든 설치가 대성전과 다름없었다.

태학당(太學堂)에는 일곱 개의 윤리를 강론하는 장소가 있는데, 회강(會講)·솔성(率性)·수도(修道)·성심(誠心)·정의(正義)·숭지(崇志)·광업(廣業) 등이고, 모두 여러 생도들이 학업을 익히는 곳이라고 한다.

이륜당 앞에 심은 소나무와 전나무는 세속에서 전하기를,

"원(元)나라의 유학자 허형(許衡)이 손수 심은 것이다."

라고 한다. 사당의 문에는 석고(石鼓) 열 개를 늘어놓았는데, 주나라 선왕(宣王)의 엽갈(獵碣)[6]이다.

어떤 이가 이르기를,

"안노공(顏魯公)[7]의 「쟁좌위첩(爭座位帖 : 안진경의 서첩(書帖) 이름)」과 장평숙(張平叔)[8]이 쓴 「금단사백자(金丹四百字)」[9]

---

6) 엽갈(獵碣) : 수렵(狩獵)을 기념하기 위하여 세운 빗돌인데, 주나라 선왕의 수렵 내용을 새겨 놓았다.

7) 안노공(顏魯公) : 당나라 때의 정치가이자 서예가인 안진경(顏眞卿). 노공은 봉호인 노군개국공(魯郡開國公)의 준말이고, 자는 청신(淸臣)이다. 안녹산의 난을 평정하는 데 공을 세웠다.

8) 장평숙(張平叔) : 송나라의 도사(道士) 장백단(張伯端). 평숙은 자이고, 호는 자양(紫陽)이다.

9) 「금단사백자(金丹四百字)」 : 송나라 장백단이 유해섬(劉海蟾)으로부터 받았다는 연금술(鍊金術)의 비결(秘訣)이다.

와 조문민(趙文敏)[10]이 글씨본을 본떠서 쓴 왕우군(王右軍)[11]의 「악의론(樂毅論)」, 「황정경(黃庭經 : 도경(道經)의 일종)」, 「난정정무본(蘭亭定武本)」[12] 등 다섯 개의 비(碑)가 모두 이 태학 안에 있다."

라고 하나, 찾을 곳을 몰라서 구경하지 못하고 돌아섰다.

10) 조문민(趙文敏) : 원나라의 화가이고 서예가이며 문인인 조맹부(趙孟頫). 문민은 시호이고, 자는 자앙(子昂)이며, 호는 집현(集賢)·송설도인(松雪道人)이다.

11) 왕우군(王右軍) : 왕희지(王羲之). 동진(東晉)의 서예가로 해서·행서·초서의 각 서체를 완성하였다. 자는 일소(逸少)이고, 우군장군(右軍將軍)의 벼슬을 하였으므로 왕우군이라고도 불렀다.

12) 「난정정무본(蘭亭定武本)」 : 왕희지 자신이 지은 『난정기(蘭亭記)』를 쓴 서첩이다. 무정(武定)은 남북조(南北朝) 때 동위(東魏) 효정제(孝靜帝)의 연호이자 동위의 마지막 연호이다.

原文

太學
태 학

皇城東北隅 坊曰崇教 四牌樓 街曰成賢 牌樓內
황 성 동 북 우 방 왈 숭 교 사 패 루 가 왈 성 현 패 루 내
皆書國子監.
개 서 국 자 감

永樂二年成 左廟右學 宣德四年八月修大成殿前
영 락 이 년 성 좌 묘 우 학 선 덕 사 년 팔 월 수 대 성 전 전
兩廡 先是 太學因元之陋 吏部主事李賢 奏請修擧
양 무 선 시 태 학 인 원 지 루 이 부 주 사 이 현 주 청 수 거
從之 正統九年正月 太學成 天子臨視 祗謁先聖
종 지 정 통 구 년 정 월 태 학 성 천 자 림 시 지 알 선 성
行釋奠禮 退御彝倫堂 命祭酒李時勉進講.
행 석 전 례 퇴 어 이 륜 당 명 좨 주 이 시 면 진 강

弘治改元 駕臨太學 有聖駕臨雍錄 具載敕旨 章
홍 치 개 원 가 림 태 학 유 성 가 임 옹 록 구 재 칙 지 장
奏 禮儀 文移 講義 官職等事 太學儀制于時大備.
주 예 의 문 이 강 의 관 직 등 사 태 학 의 제 우 시 대 비

萬曆庚子 聖殿易琉璃瓦 從司業傅新德請也 崇禎
만 력 경 자 성 전 역 유 리 와 종 사 업 부 신 덕 청 야 숭 정
十四年 重修太學 成八月車駕臨雍 祭酒南居仁坐講
십 사 년 중 수 태 학 성 팔 월 거 가 림 옹 좨 주 남 거 인 좌 강
皐陶謨 司業羅大任講易咸卦 文武三品以上 俱坐聽
고 요 모 사 업 나 대 임 강 역 함 괘 문 무 삼 품 이 상 구 좌 청
賜茶 講畢 天子入敬一亭 觀世宗所立程子四箴碑
사 다 강 필 천 자 입 경 일 정 관 세 종 소 립 정 자 사 잠 비

石鼓殘闕　亦令察補進呈.
석 고 잔 궐　역 령 찰 보 진 정

長安客話云　國初　高麗遣金濤等四人　入太學　洪
장 안 객 화 운　국 초　고 려 견 김 도 등 사 인　입 태 학　홍
武四年　濤登進士歸國　按太學志　隆慶元年　駕幸國
무 사 년　도 등 진 사 귀 국　안 태 학 지　융 경 원 년　가 행 국
子監　朝鮮陪臣李榮賢等六員　各具本等衣冠　赴彝倫
자 감　조 선 배 신 이 영 현 등 륙 원　각 구 본 등 의 관　부 이 륜
堂　立文臣班次之次.
당　입 문 신 반 차 지 차

余從副使書狀　庭行再拜　余曩謁熱河太學　制視京
여 종 부 사 서 장　정 행 재 배　여 낭 알 열 하 태 학　제 시 경
學　今周瞻廟貌　想因明舊　而較之太和殿　則雖似少
학　금 주 첨 묘 모　상 인 명 구　이 교 지 태 화 전　즉 수 사 소
巽　然制度之整齊則大同焉　庭除之遼濶　廂廡之周匝
손　연 제 도 지 정 제 즉 대 동 언　정 제 지 료 활　상 무 지 주 잡
亦非東嶽廟之比矣.
역 비 동 악 묘 지 비 의

位板皆覆櫝龕垂黃帳　康熙中　陞享朱子于十哲之
위 판 개 복 독 감 수 황 장　강 희 중　승 향 주 자 우 십 철 지
次　琴瑟鍾鼓　皆陳設于殿中　兩廡從享凡百　位設一
차　금 슬 종 고　개 진 설 우 전 중　양 무 종 향 범 백　위 설 일
如聖殿.
여 성 전

太學堂有七彝倫　所以會講　率性　修道　誠心　正義
태 학 당 유 칠 이 륜　소 이 회 강　솔 성　수 도　성 심　정 의
崇志　廣業　皆諸生肄業之所云.
숭 지　광 업　개 제 생 이 업 지 소 운

彝倫堂前松柏　世傳元儒許衡手植　廟門列置石鼓
이 륜 당 전 송 백　세 전 원 유 허 형 수 식　묘 문 렬 치 석 고

共十枚 周宣王獵碣也.
공십매 주선왕엽갈야

或言顔魯公爭座位帖 張平叔金丹四百字 趙文敏
혹언안노공쟁좌위첩 장평숙금단사백자 조문민

臨右軍樂毅論 黃庭經 蘭亭定武本 五碑 俱在太學
림우군악의론 황정경 난정정무본 오비 구재태학

中 而莫適所鄕 不得見而歸.
중 이막적소향 부득견이귀

학사(學舍)

어제는 조교(助教 : 태학의 교관(教官)) 구양(歐陽)이란 자가 국자감 안팎의 학사 제도를 기록해서 보여주었다.

내호(內號) 학사는 광거문(廣居門)의 오른쪽에 있으며, 문 한 짝에는 퇴성(退省)이라고 적혀 있다. 학사는 사방으로 연결된 것이 모두 49칸인데, 남쪽에는 목욕탕과 화장실이 있다. 퇴성문(退省門)으로부터 점차 북쪽으로 꺾어져 서쪽으로 천(天)·지(地)·인(人)·지(知)·인(仁)·용(勇)·문(文)·행(行)·충(忠)·신(信)·규(規)·구(矩)·준(準)·승(繩)·기(紀)·강(綱)·법(法)·도(度) 등 모두 18호(號)의 학사가 있는데, 매 학사마다 21칸씩이다. 도(度) 자가 붙은 학사에는 북쪽에 보안당(保安堂)이라는 5칸이 있는데, 국자감 생도 중에 병에 걸린 자를 수용한다.

이륜당 뒤에는 격(格)·치(致)·성(誠)·정(正) 등의 번호를 붙인 4호의 학사가 있으며, 전체가 98칸인데, 가정(嘉靖) 7년(1528년)에 경일정(敬一亭) 밖에다 고쳐 세웠다.

동호(東號) 학사는 문묘(文廟)의 왼쪽에 있는데, 모두 34칸이다. 대동호(大東號) 학사는 거현방(居賢坊)의 새만백창(賽萬百倉) 서문가(西門街)에 있다. 문이 2개 있으니, 하나는 등준호(登俊號)인데 동서의 양쪽으로 잇달린 학사가 모두 40칸이었고, 또 하나는 집영호(集英號)인데 학사가 27칸이다. 신남호(新南號) 학사는 북성(北城) 두 갈래 길 동쪽 입구에 있는데, 문이 한 채에 동서로 방이 두 줄로 잇달려 모두 34칸이요, 남북으로는 4칸이다. 소북호(小北號) 학사는 거현방 거리에 있는데 문이 한 채요, 남북으로 방이 두 줄로 연결되어져 모두 80칸이다. 교지호(交趾號) 학사는 국자감의 남쪽에 있는데, 문이 한 채에 남북으로 방이 두 줄로 연결되어져 모두 28칸이다.

서호(西號) 학사는 성현가(成賢街)의 서북쪽에 있고 국자감과의 거리는 50보쯤 되는데, 옛날 운한사(雲閒寺) 절터이다. 작은 방이 10칸이고 또 2층 방은 모두 9칸씩인데, 국자감에 소속된 관원들이 번갈아 거처한다. 북쪽의 작은 방 4칸과 남쪽의 1칸과 서쪽에 가까운 작은 방 16칸이 있는데, 여기는 국자감생들만이 거처하는 휴식 공간이라고 한다.

밤에 박래원(朴來源)과 함께 계산을 해보니, 전부가 580여 칸이다. 그 밖에도 이륜당을 비롯하여 동서 양쪽의 강당, 서적고, 식량 창고, 모여서 식사하는 식당, 의원 약방, 종 치고 북 치는 다락, 부엌, 목욕탕, 범죄자를 취조하는 방, 박사(博士)가 거처하는 대청, 계성사(啓聖祠), 토지사(土地祠) 등이 얼마나 더 있는지는 알 수 없다고 하였다.

구양 조교의 이러한 기록은 아마도 〈학사의 규모를〉 외국 사람에게 자랑삼아 떠벌리는 것 같으나, 한(漢)나라, 당(唐)나라 때와 비교한다면 이미 저절로 초라하고 쓸쓸한 감이 있다.

송(宋)나라의 경력(慶曆 : 북송 인종의 연호, 1041~1048) 연간에 왕공진(王拱辰)이 국자감을 맡고 있을 때에 말하기를,

"한(漢)나라 태학의 학사는 1,800칸에 생도가 30,000명이나 되었고, 당(唐)나라에 이르러서는 6,200칸이나 되었다."

라고 하였으니, 당시 학사의 넓음과 생도의 수효가 많았던 것은 뒷날 세상에 비교할 바 아니다.

또 〈옛 일을〉 상고해 보면,

"명나라 홍무(洪武) 4년(1371년)에 천자의 명령으로 주(州)·부(府)·현(縣)에서 뛰어난 수재들을 뽑아 국자감에 입학시켰다."

라고 하였는데, 당시는 전쟁이 갓 평정되어 떠돌아다니는 이들이 아직도 돌아오지 않았을 무렵이었지만, 오히려 진여규(陳如奎) 등 2,782명이 입학하였고, 26년(1393년)에는 이미 국자감생으로 열자(悅慈) 등 8,124명을 얻게 되었으며, 영락(永樂) 19년(1421년)에는 방영(方瑛) 등 국자감생이 많게는 9,884명에 이르렀으나, 그래도 아직 10,000명을 채우지는 못했으니, 앞 시대〔前代 : 당나라, 송나라〕의 선비를 양성시키던 성대함에 비교해 보면 미치지 못할 뿐만이 아니다.

이제 청(淸)나라가 나라를 세운 지도 이미 오래되어 국내가 태평하고 문물과 교화가 혁혁하여 제 스스로 이르기를,

"한나라나 당나라보다야 낫겠지."
라고 자랑하지만, 오늘 내가 여러 학사를 돌아보니 십중팔구는 텅텅 빈 방뿐이요, 더구나 며칠 전에 간신히 석전(釋奠)을 지내는데 대성문(大成門) 왼쪽 극문(戟門)의 왼쪽 벽에 죽 써 붙여 둔 참례한 제생(諸生)의 명단을 보니 겨우 400여 명이었다.

그것 역시 모두가 만주인과 몽고인뿐이요, 한족은 하나도 없음은 무슨 까닭일까? 한인은 비록 벼슬을 하여 공경(公卿)에 이르렀다 하더라도 황성 안에서는 집을 얻을 수 없으니, 수도의 땅에는 유학하는 한족 선비도 감히 거처를 못함이었던가? 그렇지 않으면 중화의 민족이 스스로가 되놈의 종자와 한 책상에서 공부함을 치욕으로 여겨서 그런 것이었던가?

비록 그러하나 여기에서도 오히려 본받을 만하고 기뻐할 만한 일이 없지 않다. 이곳 서재와 학사들이 텅텅 비어 있다면 응당 먼지에 파묻히고 잡풀이 돋았을 터인데, 어디든지 씻고 닦아 맑게 정돈되지 않은 데가 없을 뿐만 아니라, 시렁과 탁자들은 가지런하고, 창호는 밝고 깨끗하며, 종이로 바른 지는 비록 오래되었으나 하나도 찢어지거나 떨어진 곳이 없었다. 이것은 비록 한 가지 조그마한 일이지만, 중국 법도의 대체를 짐작할 수 있겠다.

原文

學舍
학 사

昨有歐陽助敎者 錄示國子監內外學舍之制.
작 유 구 양 조 교 자 녹 시 국 자 감 내 외 학 사 지 제

內號之在廣居門右 門一座曰退省 號舍四連 共四
내 호 지 재 광 거 문 우 문 일 좌 왈 퇴 성 호 사 사 련 공 사
十九間 其南湢室與廁 自退省門 漸北折而西 爲天
십 구 칸 기 남 벽 실 여 측 자 퇴 성 문 점 북 절 이 서 위 천
地人知仁勇文行忠信規矩準繩紀綱法度 共十八號
지 인 지 인 용 문 행 충 신 규 구 준 승 기 강 법 도 공 십 팔 호
每號計二十一間 度字號北 有保安堂五間 以處監生
매 호 계 이 십 일 칸 도 자 호 북 유 보 안 당 오 칸 이 처 감 생
之有疾者.
지 유 질 자

彝倫堂後 有格致誠正四號 計九十八間 嘉靖七年
이 륜 당 후 유 격 치 성 정 사 호 계 구 십 팔 칸 가 정 칠 년
改建敬一亭外.
개 건 경 일 정 외

東號 在廟左 共三十四間 大東號 在居賢坊賽萬
동 호 재 묘 좌 공 삼 십 사 칸 대 동 호 재 거 현 방 새 만
百倉西門街 門二 一曰登俊號 舍東西二連共四十間
백 창 서 문 가 문 이 일 왈 등 준 호 사 동 서 이 련 공 사 십 칸
一曰集英號 舍二十七間 新南號 在北城二條衚衕東
일 왈 집 영 호 사 이 십 칠 칸 신 남 호 재 북 성 이 조 호 동 동
口 門一座 東西房二連共三十四間 南北四間 小北
구 문 일 좌 동 서 방 이 련 공 삼 십 사 칸 남 북 사 칸 소 북

號　在居賢坊衚衕　門一座　南北房二連共八十間　交
호　재거현방호동　문일좌　남북방이련공팔십칸　교
趾號　在監之南　門一座　南北房二連共二十八間.
지호　재감지남　문일좌　남북방이련공이십팔칸

　西號　在成賢街之西北　去監五十步　舊雲閒寺址也
　서호　재성현가지서북　거감오십보　구운한사지야
小房十間　又房二層　計九間　本屬官　遞居之　北小
소방십칸　우방이층　계구칸　본속관　체거지　북소
房四間　南一間　近西小房十六間　此只監生棲息之
방사칸　남일칸　근서소방십륙칸　차지감생서식지
所.
소

　夜與來源籌之　通計五百八十餘間　自彜倫以下東
　야여래원주지　통계오백팔십여칸　자이륜이하동
西講堂　典籍之庫　餼廩之倉　會饌之所　醫藥之房
서강당　전적지고　희름지창　회찬지소　의약지방
鍾鼓之樓　庖浴之室　繩愆之堂　博士之廳　啓聖土地
종고지루　포욕지실　승건지당　박사지청　계성토지
之祠　又莫知爲幾楹.
지사　우막지위기영

　則歐之此錄　意似誇示外國　然較之漢唐　已自落莫
　즉구지차록　의사과시외국　연교지한당　이자락막
矣.
의

　宋慶曆中　王拱辰判國子言　漢太學千八百間　生徒
　송경력중　왕공진판국자언　한태학천팔백칸　생도
三萬人　唐六千二百間　當時學舍之廣　生徒之盛　非
삼만인　당륙천이백칸　당시학사지광　생도지성　비
後代可比.
후대가비

又按皇明洪武四年 詔選州府縣諸生秀俊者 入國
우안황명홍무사년 조선주부현제생수준자 입국
子監 當時干戈甫畢 流離未還 而猶得陳如奎等二千
자감 당시간과보필 유리미환 이유득진여규등이천
七百八十二人 二十六年 則已得監生悅慈等八千一
칠백팔십이인 이십륙년 즉이득감생열자등팔천일
百二十四人 而至永樂十九年 監生方瑛等多至九千
백이십사인 이지영락십구년 감생방영등다지구천
八百八十四人 猶不滿萬 其視前代養士之盛 不啻巽
팔백팔십사인 유불만만 기시전대양사지성 불시손
下.
하

今清御宇既久 海內昇平 文教烜爀 自謂誇迭漢唐
금청어우기구 해내승평 문교훤혁 자위과질한당
而今余歷視諸舍 十空八九 又況日前纔過釋奠 大成
이금여력시제사 십공팔구 우황일전재과석전 대성
門左戟門左壁 列錄參享諸生 纔四百餘人.
문좌극문좌벽 열록참향제생 재사백여인

皆滿洲蒙古 無一漢人者 何也 漢人雖仕宦至公卿
개만주몽고 무일한인자 하야 한인수사환지공경
不得家城內 則首善之地 遊學之士 亦不敢居歟 抑
부득가성내 즉수선지지 유학지사 역불감거여 억
亦中華之族 恥與胡虜種落 齒學而然歟.
역중화지족 치여호로종락 치학이연여

雖然 亦有足法而可喜者 今此齋舍虛闃 想應塵埋
수연 역유족법이가희자 금차재사허격 상응진매
草鞠 而莫不汛治肅清 架卓齊整 窓戶明淨 紙塗雖
초국 이막불신치숙청 가탁제정 창호명정 지도수
舊 而無一綻缺 此雖一事 足見中國法度之槪焉.
구 이무일탄결 차수일사 족견중국법도지개언

역대의 비석〔歷代碑〕

반적(潘迪 : 원나라 학자)의 「석고음훈비(石鼓音訓碑)」는 대성문 왼쪽 극문(戟門)에 있다. 원(元)나라의 대덕(大德) 11년(1307년)에 세운 「가봉성호조비(加封聖號詔碑 : 공자에게 성인이라는 호칭을 내린다는 내용)」 한 개는 외지경문(外持敬門)에 있고, 지순(至順) 2년(1331년)에 세운 「가봉선성부모처병사배제사비(加封先聖父母妻並四配制詞碑 : 공자의 부모와 아내, 4명의 제자에게도 봉해준다는 내용)」 한 개는 대문 서쪽에 있다.

명나라 홍무(洪武) 3년(1370년) 「신명학제비(申明學制碑 : 태학의 제도를 밝힌 내용)」 한 개, 15년(1382년) 「칙유태학비(勅諭太學碑 : 태학에 내린 조칙을 적은 내용)」 한 개, 16년(1383년) 「정학규비(定學規碑 : 태학의 규정을 제정한 내용)」 한 개, 30년(1397년) 「흠정묘학도비(欽定廟學圖碑 : 문묘와 태학을 그림으로 그린 내용)」 한 개, 가정(嘉靖) 7년(1528년)에 지은 「경일정어제성유비(敬一亭御製聖諭碑 : 경일정을 세우고 황제의 뜻을 알린 내용)」 한 개, 정통(正統) 9년(1444년) 「어제중수태학비(御製重修太學碑 : 태학을 중수했다는 내용)」 한 개가 있다. 홍무 연간에 세운 네 개의 비는 응당 남태학(南太學)에 세웠던 것인데, 후세에 추가로 새겨 다시금 이 태학 가운데 세운 것으로 생각된다.

지금 청나라 인황제(仁皇帝)가 지은 「선성찬비(先聖贊碑 : 공자를 찬양한 내용)」 한 개와 「안증사맹찬비(顔曾思孟贊碑 : 안자, 증자, 자사, 맹자를 찬양한 내용)」 한 개는 모두 강희 28년(1689년) 윤 3월에 세웠다. 아로덕유(阿魯德猷)를 평정한 뒤에 황제가 지은 「어제헌괵비(御製獻馘碑 : <아로덕유의> 머리를 바친다는 내용)」 한 개는 강희 43년(1704년)에 세운 것이다.

역관(譯官) 조달동(趙達東)을 시켜 여러 비문들을 나누어 베끼도록 하였는데, 다 베낄 수가 없었다. 볼 만한 글이 많았으나 두루 열람을 못한 것이 유감스러울 뿐이다.

原文

歷代碑
역대비

潘廸石鼓音訓碑　在大成門左戟門　元大德十一年
반적석고음훈비　재대성문좌극문　원대덕십일년
加封聖號詔碑一通　在外持敬門　至順二年　加封先聖
가봉성호조비일통　재외지경문　지순이년　가봉선성
父母妻並四配制詞碑一通　在門西.
부모처병사배제사비일통　재문서

皇明洪武三年　申明學制碑一通　十五年　勅諭太學
황명홍무삼년　신명학제비일통　십오년　칙유태학
碑一通　十六年　定學規碑一通　三十年　欽定廟學圖
비일통　십륙년　정학규비일통　삼십년　흠정묘학도
碑一通　嘉靖七年　作敬一亭御製聖諭碑一通　正統九
비일통　가정칠년　작경일정어제성유비일통　정통구
年　御製重修太學碑一通　洪武四碑　想應南太學所樹
년　어제중수태학비일통　홍무사비　상응남태학소수
而後世追刻更立之此中也.
이후세추각갱립지차중야

今淸仁皇帝所撰先聖贊一通　顔曾思孟贊一通　俱
금청인황제소찬선성찬일통　안증사맹찬일통　구
康熙二十八年閏三月立　平阿魯德猷　御製獻馘碑一
강희이십팔년윤삼월립　평아로덕유　어제헌괵비일
通　康熙四十三年立.
통　강희사십삼년립

使趙譯達東分錄諸碑　而不能盡錄　文多可觀而未
사조역달동분록제비　이불능진록　문다가관이미

得遍閱 可歎也已.
득편열 가탄야이

명나라 진사 제명비〔明朝進士題名碑〕

국자감에서 진사과에 합격한 사람의 이름을 비석에 새긴 것은 명나라 선덕(宣德) 5년(1430년) 임진(林震)의 방(榜)으로부터 시작되어 숭정(崇禎) 13년(1640년) 경진년 위덕조(魏德藻)의 방까지 무릇 71개이다.

그 아래도 오히려 빗돌 2개는 더 세울 만했으나, 황제는 진사에 싫증이 나서 박대하였다. 그래서 과시에 낙제한 거인(擧人) 사돈(史惇)과 오강후(吳康侯) 등을 머물게 하고 특별히 임용하게 되자 사돈 등이,

"진사의 전례에 따라 성묘에 배알하고 석채례(釋菜禮)[1]에 참가할 것과 비석을 세워 이름을 기록코자 하옵니다."
하고 청원하였더니, 황제는 이를 승낙하였다.

---

1) 석채례(釋菜禮) : 문묘(文廟)에서 공자에게 제사 지내는 의식의 하나이다. 간소하게 예물을 올려 폐백으로 삼는다는 뜻에서, 제수는 야채만 올리고 음악은 연주하지 않는다.

태학사(太學士) 주연유(周延儒)[2]가 칙명을 받들고 글을 지어 경진년에 세운 비석 다음에 이를 세웠다. 그리고 가정 16년 계미(1643년)에 양정감(楊廷鑑)의 방 다음부터는 마침내 비석을 세울 만한 자리가 없어져서, 이로부터 명나라의 진사 제명비는 중지되었다고 한다.

지금 청나라의 과거 제도는 일체 명나라의 옛것을 본떠, 진사의 이름을 새긴 빗돌은 마치 파 이랑처럼 빽빽하게 들어서서 이루 다 기록할 수가 없었다.

만일 깨끗한 덕(德)이 향기롭고 나라의 운명이 한없이 뻗어나가거나, 또는 중국의 정통이 자주 갈리면서도 언제나 이곳을 황제의 수도로 삼아 태학에 비석을 세우는 옛 행사를 그대로 지킨다면, 나는 저 이무기 대가리와 거북 등의 흔한 빗돌들을 어느 땅에 다 세울지 모르겠다.

---

2) 주연유(周延儒) : 명나라 관리로, 자는 옥승(玉繩)이고 호는 읍재(挹齋)이다.

原文

明朝進士題名碑
명 조 진 사 제 명 비

國子監進士題名碑　始自皇明宣德五年林震榜　訖
국 자 감 진 사 제 명 비　시 자 황 명 선 덕 오 년 임 진 방　흘
崇禎十三年庚辰魏德藻榜　凡七十一通.
숭 정 십 삼 년 경 진 위 덕 조 방　범 칠 십 일 통

其下尙可容兩碑　而帝厭薄進士　將下第擧人史惇
기 하 상 가 용 양 비　이 제 염 박 진 사　장 하 제 거 인 사 돈
吳康侯等　盡留特用　惇等請援進士例　謁聖釋菜　樹
오 강 후 등　진 류 특 용　돈 등 청 원 진 사 례　알 성 석 채　수
碑題名　帝可之.
비 제 명　제 가 지

太學士周延儒奉勅撰文　立于庚辰碑次　而十六年
태 학 사 주 연 유 봉 칙 찬 문　입 우 경 진 비 차　이 십 륙 년
癸未　楊廷鑑榜後　遂無隙地可以樹碑　則明之進士題
계 미　양 정 감 방 후　수 무 극 지 가 이 수 비　즉 명 지 진 사 제
名碑　止此云.
명 비　지 차 운

今淸省闈之制　悉遵明舊　而題名之碑　密若葱畦
금 청 성 위 지 제　실 준 명 구　이 제 명 지 비　밀 약 총 휴
不可殫記.
불 가 탄 기

苟使淸德馨香　曆祚遐延　或凾夏迭興　恒爲帝都
구 사 청 덕 형 향　역 조 하 연　혹 함 하 질 흥　항 위 제 도
而太學樹碑　不廢故事　則吾未知螭首龜趺　更設何地
이 태 학 수 비　불 폐 고 사　즉 오 미 지 리 수 귀 부　갱 설 하 지

也.
야

석고(石鼓)—돌로 만든 북

석고(石鼓)[1]는 10개인데 천간(天干)에 따라 차례로 대성문 좌우 극문(戟門) 안에 각기 5개씩 벌여 두었다. 주나라 선왕(宣王)이 기산(岐山) 남쪽에서 사냥놀이를 크게 하고는 돌을 깎아 북을 만들어 그 사적을 기록한 것이다. 높이는 두 자 남짓하고, 지름은 한 자 남짓 되었다. 그 글씨는 사관(史官) 주(籒)[2]의 필적이요, 글은 풍(風)·아(雅)의 체와 같으며, 천자의 사냥을 찬송하는 노래이다.

<이 석고가> 처음에는 진창(陳倉 : 섬서성에 있던 옛 지명)의 들판에 있던 것을 당(唐)나라의 한유(韓愈)[3]가 박사로 있을 때,

---

1) 석고(石鼓) : 돌로 북 모양을 만들어 글자를 새겨둔 기념물이다.

2) 주(籒) : 주나라 선왕 때의 태사(太史)인데, 한자의 열 가지 서체 중 하나인 주문(籒文)을 만들었다. 서체에서 대전체를 뜻하기도 한다.

3) 한유(韓愈) : 당나라 때의 유학자이자 정치가이며 문장가이다. 자는 퇴지(退之)이고, 호는 창려(昌黎)이다. 선대(先代)가 창려(昌黎)에

좨주(祭酒)에게 청하여 둘러메어 태학에 가져다 두려 하였으나 뜻대로 되지 못했다. 재상(宰相)으로 있던 정여경(鄭餘慶)이 봉상부(鳳翔府 : 섬서성에 있던 옛 고을)의 장관으로 있을 때 이 북을 봉상의 공자묘에 가져다 두었다.

뒤에 오대(五代)의 난리통에 석고는 모두 흩어져 잃어버렸다. 송(宋)나라의 사마지(司馬池)가 봉상부의 장관으로 있을 때에 북을 찾아서 다시 봉상부의 태학에 두었으나, 한 개는 잃어버렸다가 황우(皇祐 : 북송 인종의 연호, 1049~1054) 4년(1052년)에 상부사(向傅師)가 잃었던 북 한 개를 찾아 드디어 10개를 마저 채웠다.

대관(大觀 : 북송 휘종의 연호, 1107~1110) 2년(1108년)에는 경조(京兆)[4]로부터 변경(汴京)[5]으로 옮기고, 황제가 금으로 그 글자 새긴 자국을 메우도록 명령하였다. 애초에는 태학에 두었

살았으므로 한창려(韓昌黎)라고도 불렀다. 3세 때 고아가 되어 형수의 손에서 성장하였으며, 31세 때 진사과에 급제한 것을 시작으로 52세 때 국자감 좨주를 거쳐 점차 이부시랑(吏部侍郎)에까지 올랐다가 57세에 병으로 죽었다. 819년 헌종(憲宗)이 불골(佛骨)을 궁중으로 맞아들이려 하자 「논불골표(論佛骨表)」를 올려 막으려 했으나, 헌종의 노여움을 사서 조주자사(潮州刺史)로 좌천당하기도 했었다.

4) 경조(京兆) : 한나라 때의 수도인 섬서성 장안(長安) 일대의 행정 구역이다.

5) 변경(汴京) : 하남성에 있으며, 북송(北宋) 때의 수도로, 지금의 개봉시(開封市)를 말한다.

다가 뒤에는 보화전(寶和殿)으로 옮겼다.

정강(靖康 : 북송 흠종(欽宗)의 연호, 1126~1127) 2년(1127년)에 금(金)나라 사람들이 변경을 함락시키면서 담요로 거듭 싸서 수레로 끌어 북경까지 가지고 왔다. 메웠던 금은 후벼 내버리고 왕선무(王宣撫)의 집에 두었다가 다시 대흥(大興)의 부학(府學)으로 옮겼다.

원나라 대덕(大德 : 원나라 성종의 연호, 1297~1307) 11년(1307년)에 우집(虞集)[6]이 대도(大都 : 북경)의 교수(敎授)로 있으면서 이를 풀숲의 진흙 속에서 찾아내어 비로소 국학에 두게 되었다. 그중에 기자고(己字鼓)는 민간에 굴러다니면서 그 머리 부분을 우묵하게 파서 확을 만들었기 때문에 새긴 글자는 더욱 닳고 이지러졌지만, 그래도 옛날 유적으로서 가장 이채로운 물건으로는 석고 같은 것이 없을 것이다.

내가 나이 18세 때 처음으로 창려(昌黎 : 한유(韓愈)의 봉호)와 동파(東坡)[7]의 「석고가(石鼓歌)」를 읽고, 그 글을 기이하게 여

---

6) 우집(虞集) : 원나라의 시인이자 학자로, 시와 서예에 뛰어났다. 자는 백생(伯生)이고, 호는 도원(道園)·소암(邵庵)이며, 시호는 문정(文靖)이다. 문종이 즉위하자 규장각을 창설하고 규장각시서학사의 관직에 종사하며 문종의 두터운 신임을 받았다. 저서에 『도원학고록(道園學古錄)』, 『도원유고(道園遺稿)』 등이 있다.

7) 동파(東坡) : 소식(蘇軾). 북송(北宋)의 문인으로, 자는 자첨(子瞻)이고 호는 동파(東坡)이다. 당송팔대가의 한 사람이고, 서화(書畵)에 뛰어났다. 저서에 『동파전집』 등이 있다.

긴 적이 있었으나, 다만 석고에 새긴 전문(全文)을 보지 못한 것을 한탄했었다. 오늘 내 손으로 석고를 어루만지면서 입으로 반적(潘迪)의 「음훈비(音訓碑)」를 읽고 보니, 외국 사람으로서 이 어찌 행복스러운 일이 아닐까 보냐?

原文

石鼓
석고

石鼓十枚 以十干爲第次 列置大成門左右戟門之
석고십매 이십간위제차 열치대성문좌우극문지
內 各五 周宣王大蒐岐山之陽 斲石爲鼓 以記其事
내 각오 주선왕대수기산지양 착석위고 이기기사
高二尺餘 徑一尺有奇 其文史籒之迹 其辭類風雅
고이척여 경일척유기 기문사주지적 기사류풍아
所以頌美天子之田也.
소이송미천자지전야

初在陳倉野中 唐韓愈爲博士時 請於祭酒 欲轝置
초재진창야중 당한유위박사시 청어좨주 욕여치
太學而未果 宰相鄭餘慶帥鳳翔 取鼓置鳳翔夫子廟.
태학이미과 재상정여경수봉상 취고치봉상부자묘

後値五代之亂 鼓皆散失 及宋司馬池知鳳翔 搜得
후치오대지란 고개산실 급송사마지지봉상 수득
鼓 復置府學 而亡其一 皇祐四年 向傅師得亡鼓
고 부치부학 이망기일 황우사년 상부사득망고
遂足十數.
수족십수

大觀二年 自京兆移之汴京 詔以金塡其字陰 初置
대관이년 자경조이지변경 조이금전기자음 초치
辟雍 後移寶和殿.
벽옹 후이보화전

靖康二年 金人陷汴 重氈輦至燕 剔其金 置鼓王
정강이년 금인함변 중전련지연 척기금 치고왕

宣撫家 復移大興府學.
선무가 부이대흥부학

元大德十一年 虞集爲大都敎授 得之草泥中 始置國學 其己鼓 因民間窪其頂爲臼 文字尤益漫漶 然蓋古蹟之最奇者 無如石鼓.
원대덕십일년 우집위대도교수 득지초니중 시치국학 기기고 인민간와기정위구 문자우익만환 연개고적지최기자 무여석고

余年十八 始讀昌黎東坡石鼓歌 奇其文辭 獨未見石鼓全文爲恨 今手撫石鼓 口讀潘廸音訓碑 豈非外國人厚幸也歟.
여년십팔 시독창려동파석고가 기기문사 독미견석고전문위한 금수무석고 구독반적음훈비 기비외국인후행야여

문 승상의 사당〔文丞相祠〕[1]

문 승상(文丞相)[2]의 사당(祠堂)은 시시(柴市 : 땔나무시장)에 있으니, 동네 이름은 교충방(教忠坊)이다. 사당은 세 칸으로 앞이 대문이 된다. 또 대문 앞으로 사당의 서쪽은 회충회관(懷忠會館)인데, 강우(江右 : 강서성 지방) 지방의 사대부들이 설에는 이곳에 모여 공(公 : 문천상)에게 제사를 드린다고 한다.

명나라의 홍무 9년(1376년)에 북평(北平)의 안찰부사(按察副使) 유숭(劉崧)이 비로소 사당을 짓자고 청원하였다. 영락(永樂) 6년(1408년)에 태상박사(太常博士) 유이절(劉履節)이 황제의

1) 수택본에는 「문승상사(文丞相祠)」의 전문(全文)이 없이 바로 뒤에 나오는 「문승상사당기(文丞相祠堂記)」라는 소제(小題)로 수록되어 있다.

2) 문 승상(文丞相) : 원나라 말기의 충신인 문천상(文天祥)을 가리킨다. 문천상은 원나라에 포로로 잡혀가서 끝까지 굴하지 않다가 순국했다.

명령을 받들고 제사에 대한 의례를 정리할 때에,

"문천상(文天祥)이 송(宋)나라 왕실에 충성을 다하였고, 연경은 곧 그가 절개를 바쳐 죽은 땅이오니 사당을 지어 제사를 지내줄 것을 청하옵니다."

하고 아뢰었더니, 황제가 이를 따랐다.

유악신(劉岳申)[3]의 『신공전(信公傳)』[4]을 상고해 보면,

"공(문천상)이 연경의 객사에 이르자 상빈(上賓)처럼 대우하여 장막을 치니, 공은 의리상 여기서 잠을 자지 못하고 앉아서 날을 밝혔다. 장홍범(張洪範 : 원나라에 투항한 한족 출신 장수)이 와서 그가 굴복하지 않던 진상을 상세히 아뢰자, 병마사(兵馬司)를 보내어 형틀을 채우고 빈 집 속에 가두었다가 10여 일 만에 결박을 풀고 형틀을 제거한 뒤에 4년 동안 감금하였다. 시를 지은 것이 『지남록(指南錄)』 3권과 『후록(後錄)』 5권, 『집두(集杜 : 두시(杜詩)에서의 집구(集句))』 200수가 있었는데, 모두 자신이 쓴 서문을 남겼다."

라고 하였다.

그리고 조필(趙弼)[5]의 『신공전(信公傳)』에는,

---

3) 유악신(劉岳申) : 원(元)나라 학자. 자는 고중(高仲)이고, 호는 신재(申齋)이다.

4) 『신공전(信公傳)』 : 신공은 문천상의 봉호인 신국공을 뜻한다.

5) 조필(趙弼) : 명나라의 학자이며, 자는 보지(輔之)이고, 호는 설항(雪航)이다. 문천상의 전기인 『신공전(信公傳)』을 지었다.

"공이 시시(柴市)로 끌려나오자 구경꾼이 10,000명이나 되었다. 공은 남쪽으로 향하여 두 번 절을 하였다. 이날에 거센 바람이 일어 모래를 날려 천지가 캄캄해지자 궁중에서는 촛불을 들고 다니게 되었다. 세조(世祖)가 장 진인(張眞人)[6]에게 까닭을 물었더니, 그는 '이는 아마도 문 승상을 죽였기 때문에 생긴 소치인가 봅니다.'라고 대답하였다.

황제는 곧 공(문천상)에게 특별히 '금자광록대부 개부의동 검교태보 중서평장정사 여릉군공(金紫光祿大夫 開府儀同檢校太保 中書平章政事 廬陵郡公)'이라 추증하고, 시호를 충무(忠武)라 하고는 추밀(樞密) 왕적옹(王積翁)을 시켜 신주를 쓰게 해서 시시(땔나무시장)를 깨끗이 청소하고, 단(壇)을 설치하여 제사를 지내게 하였다. 승상 발라(孛羅)가 초헌례(初獻禮)를 행할 때 별안간 회오리바람이 불어 신주를 구름 속으로 휩싸서 올라가 버렸다. 신주에 '전 송나라 우 승상〔前宋右丞相〕'이라 고쳐 썼더니 하늘이 비로소 맑게 개었다.

처음에 강남(江南)으로부터 10명의 의사(義士)가 와서 공의 시체를 거적에 싸서 둘러메고 남문(南門) 밖 한길 가에 장사를 지냈다. 대덕 2년(1298년)에 문천상과 의리로 맺은 아들 문승(文陞)이 〈연경에 왔을 때〉 비단을 짜는 집에 시집간 여인을 만났는데, 그는 곧 공의 옛날 몸종인 녹하(綠荷)였다. 그녀가

---

6) 장 진인(張眞人) : 송나라의 도사 장백단(張伯端). 자는 평숙(平叔)이고, 호는 자양(紫陽)이다.

문승에게 〈길가에 있는 문천상의 무덤을〉 알려주어 드디어 공의 시체를 여릉(廬陵)[7]에 반장(返葬)하였다. 선덕(宣德 : 명나라 선종의 연호, 1426~1435) 4년(1429년)에 북경의 부윤(府尹) 이용중(李庸重)이 사당을 짓고, 봄가을의 중간 삭일(朔日)에 유사(有司)가 제사를 차려 모시게 되었다."
라고 하였다.

따로 〈문천상에 대한〉 한 편의 기문(記文)을 남겼다.

7) 여릉(廬陵) : 강서성에 있던 옛 현(縣)의 이름으로, 문천상의 고향이다.

原文

文丞相祠
문 승 상 사

文丞相祠 在柴市 坊曰敎忠 祠三楹 前爲門 又前
문 승 상 사 재 시 시 방 왈 교 충 사 삼 영 전 위 문 우 전
大門 祠之西 爲懷忠會館 江右士大夫 歲時集此祭
대 문 사 지 서 위 회 충 회 관 강 우 사 대 부 세 시 집 차 제
公.
공

皇明洪武九年 北平按察副使劉崧 始請建祠 永樂
황 명 홍 무 구 년 북 평 안 찰 부 사 유 숭 시 청 건 사 영 락
六年 太常博士劉履節奉命正祀典 謂天祥忠于宋室
육 년 태 상 박 사 유 이 절 봉 명 정 사 전 위 천 상 충 우 송 실
而燕京乃其死節之所 請祠祀 從之.
이 연 경 내 기 사 절 지 소 청 사 사 종 지

按劉岳申信公傳 公至燕館 供帳如上賓 公義不寢
안 유 악 신 신 공 전 공 지 연 관 공 장 여 상 빈 공 의 불 침
處 坐達朝 張洪範至 具言不屈狀 送兵馬司械繫空
처 좌 달 조 장 홍 범 지 구 언 불 굴 상 송 병 마 사 계 계 공
宅中 十餘日 解縛去械 囚四年 爲詩有指南錄三卷
댁 중 십 여 일 해 박 거 계 수 사 년 위 시 유 지 남 록 삼 권
後錄五卷 集杜二百首 皆有自序.
후 록 오 권 집 두 이 백 수 개 유 자 서

趙弼信公傳言 公至柴市 觀者且萬人 公南向再拜
조 필 신 공 전 언 공 지 시 시 관 자 차 만 인 공 남 향 재 배
是日大風揚沙 天地晝晦 宮中秉燭行 世祖問張眞人
시 일 대 풍 양 사 천 지 주 회 궁 중 병 촉 행 세 조 문 장 진 인

對曰 此殆殺文丞相所致也.
대왈 차태살문승상소치야

乃贈公特進 金紫光祿大夫 開府儀同檢校太保 中
내증공특진 금자광록대부 개부의동검교태보 중
書平章政事 廬陵郡公 諡忠武 令樞密王積翁書神主
서평장정사 여릉군공 시충무 영추밀왕적옹서신주
灑掃柴市 設壇祀之 丞相孛羅行初奠禮 狂飇旋地
쇄소시시 설단사지 승상발라행초전례 광표선지
卷主入雲中 改書前宋右丞相 天始開霽.
권주입운중 개서전송우승상 천시개제

初江南十義士 舁公槀葬南門外道旁 大德二年 繼
초강남십의사 여공고장남문외도방 대덕이년 계
子陞 見織綾戶婦 公舊婢綠荷也 爲陞語 遂以歸葬
자승 견직릉호부 공구비녹하야 위승어 수이귀장
廬陵 宣德四年 府尹李庸重拓其祠 歲春秋仲朔 有
여릉 선덕사년 부윤이용중척기사 세춘추중삭 유
司陳設行祀.
사진설행사

別有一記.
별유일기

문 승상 사당 이야기〔文丞相祠堂記〕[1)]

문 승상의 사당을 경건하게 참배하러 갔다. 사당은 시시(柴市 : 땔나무 파는 시장)에 있었는데, 곧 선생이 장렬하게 순절한 곳이다. 동네 이름은 교충방(敎忠坊)이다.

원나라 시대에는 소상(塑像)의 옷을 선비의 옷으로 만들어 입혔더니, 명나라 정통(正統 : 명나라 영종의 연호, 1436~1449) 13년(1448년)에 순천부윤(順天府尹) 왕현(王賢)이 황제께 아뢰어 송(宋)나라 때 승상의 관복으로 바꾸었다. 제사를 올리기는 영락(永樂 : 명나라 성조의 연호, 1403~1424) 6년(1408년)에 처음으로 하였다. 매년 봄가을의 중간 삭일(朔日)에 천자가 순천부윤을 보내어 제사를 차리는데, 술이 세 종류요, 과일이 다섯 종류, 비단이 한 필, 양(羊)이 한 마리, 돼지가 한 마리였다.

나는 두 번 절하고 물러나면서 후유하고 한숨을 쉬고는 탄

1) 수택본에는 「문승상사당기(文丞相祠堂記)」라는 소제(小題)가 없고, 앞에 나온 「문승상사(文丞相祠)」 밑에 전문이 수록되어 있다.

식하여 말하기를,

"천고에 흥하고 망하는 판에는 하늘의 뜻이 무엇인지 확실히 알 수 있는 것이다. 그것들이 요망스러운 재앙과 상서로운 경사로 나타날 때에는 이를 반드시 쫓아내어 제거하기도 하고 알뜰하게 힘써 붙들기도 하여, 비록 부녀자와 어린아이라도 하늘의 뜻이 있다는 것을 뻔히 볼 수 있을 것이다.

그러나 충신(忠臣)이나 의사(義士)들이란 한갓 한 손으로 하늘에 버티다시피 하고 보니, 어찌 억지 놀음이 아니며 또 어려운 일이 아닐까 보냐? 천하를 얻을 수 있는 위엄과 무력이라도 한낱 지사의 절개를 꺾지는 못한다. 이야말로 지사 한 사람이 버티는 절개는 100만 명의 군중보다도 강한 것이요, 만대를 통하는 떳떳한 도덕규범은 한 시대에 나라를 차지하는 것보다도 소중할 것이니, 이 역시 천도(天道)가 거기에 깃들어 있는 것이다.

만약에 나라를 일으키는 임금이 충분히 자신의 역량을 살피고 천자의 지위를 얻었다면, 이는 하늘이 명한 것이라 하든가, 그렇지 않으면 자신의 힘으로 취했다고 보아야 할 것이다. 또 하늘이 이미 천자의 지위를 명하였고 자신의 힘을 들이지 않았다면, 역시 자신에게 천하의 책임을 맡기려 한 것이든가, 그렇지 않으면 천하를 가지고 자신에게 이롭게 하려는 데에 지나지 않을 것이다.

하늘이 이미 자신으로써 천하에 이익을 주고자 하는 것이라면, 천하에 이익을 주는 방법은 진실로 역시 어떤 원칙이 있을 것이니, 그것은 곧 자신이 하늘의 명령을 받들어 도탄 속에 빠진 백성들을 구해낼 따름일 것이다.

그러므로 무왕(武王)이 주왕(紂王)을 정벌한 것은 무왕이란 개인이 그를 정벌한 것이 아니라, 정의를 가지고 무도(無道)한 자를 정벌한 것이다. 그리하여 당당히 천하를 차지하고서도 무왕은 아무런 관계가 없었던 것이다. 그렇기 때문에 하늘에 대하여는 의심이 없고, 사람에 있어서도 기탄이 없었으며, 적국에 대하여는 원수가 없었고, 천하에 대해서는 '나'라는 것을 없애고, '도'가 있는 곳을 따라서 거기에 나아갔던 것이었다.

그러므로 무왕이 기자(箕子)를 방문한 것은 〈기자 개인을 찾아간 것이 아니라〉 그의 도를 찾은 것이요, 도를 찾아간다는 것은 그것이 천하에 이익을 줄 수 있었기 때문이다. 만일 무왕이 기자를 강박하여 신하를 삼았다면, 기자라는 사람으로서도 역시 구주(九疇)[2]를 껴안고 '시시(柴市 : 땔나무 파는 시장)'로 갔을 뿐이었을 것이다. 도가 전해지지 않는다고 자기에게야 무슨 손색이 있겠는가?

후세에 와서 천하를 차지한 자는 역시 하늘로부터 명령을 받았다고 하지 않는 사람은 없다. 다만 자기 자신의 역량을 정확하게 살필 수 없기 때문에 하늘을 믿지 않았고, 하늘을 믿지 않았기 때문에 사람을 꺼리지 않을 수 없게 되었다. 무

---

2) 구주(九疇) : 기자가 무왕의 물음에 응한 아홉 가지의 정치 요강(要綱). 곧 홍범(洪範).

릇 자기 힘으로써 굴복시킬 수 없는 자는 모두 자기의 강적일 것이므로, 언제나 그들이 정의의 군대를 규합하고 옛날의 것을 다시 회복할까 두려워하게 되니, 차라리 '그 사람'을 일찍이 죽여 후환을 없애는 것만 같지 못하다고 생각했던 것이다.

'그 사람'이란 자도 역시 자신이 한 번 죽음으로써 천하에 대의를 밝히고자 한다. 여기서 '그 사람'이란 자는 천하의 부형(父兄)이라 할 수 있을 것이니, 천하의 부형을 죽이고서 어찌 그 자제들의 원수가 됨을 면할 수 있으랴?

어허, 천하의 흥망이란 일정한 운수가 없지 않지만, 전조의 유민으로 문 승상 같은 분이 배출되지 않은 적이 없었던 것이다. 그러면 당시 하늘의 명령을 받았다는 임금으로서 이 같은 '그 사람'에 대하여는 어떻게 대처해야 될 것인가를 묻는다면, 나는 그를 백성으로 대하되 신하로 삼지 말고, 존경은 하되 직위는 주지 말며, 봉작도 조회도 하지 않는 반열에 둘 뿐이라고 일러 주리라.

그러면 원나라 세조(世祖 : 홀필렬(忽必烈))가 할 일은 친히 문 승상의 사관을 찾아가서 손수 그가 쓴 형틀을 깨버리고, 동쪽으로 향하여 그에게 절을 하면서 오랑캐를 중화로 변화시키는 방도에 대해 묻고, 천하의 백성들을 인솔하여 그를 스승으로 섬겨야 할 것이다. 그러면 이 역시 옛날 임금들의 아름다운 법도일 것이다.

백이(伯夷)의 좁은 성격이나 이윤(伊尹 : 은(殷)나라의 이름난 재상)의 책임지울 수 있는 그것은 곧 선생이 자유대로 택할 길이리라. 여릉(廬陵 : 문천상의 고향)의 100묘쯤 되는 밭을 떼어주고 세금을 물리지 않는다면, 봉록을 주지 않아도 먹을 수 있을 것이다.

아아, 저 황관(黃冠 : 농부가 쓰는 갓)을 쓰고 고향으로 돌아가겠다는 소망이란 곧 흰 말을 타고 동쪽으로 나가려는 뜻[3]이나 무엇이 다를 것이 있겠는가? 예악(禮樂)이란 언제나 사람이 응당 지켜야 할 윤리 도덕에서 나오는 것이니, 선생의 품은 뜻이 여기에서 벗어나지 않았음을 뉘라서 알리요?"
라고 하였다.

3) 동쪽으로 나가려는 뜻 : 기자가 주(周)나라의 신하가 되기 싫어서 흰 말을 타고 조선으로 나왔다는 고사이다.

原文

文丞相祠堂記
문 승 상 사 당 기

祗謁文丞相祠　祠在柴市　卽先生成仁之地也　坊曰
지 알 문 승 상 사　사 재 시 시　즉 선 생 성 인 지 지 야　방 왈
敎忠.
교 충

元時塑以儒服　明正統十三年　順天府尹王賢　奏改
원 시 소 이 유 복　명 정 통 십 삼 년　순 천 부 윤 왕 현　주 개
塑宋時丞相冠服　其登祀典　在永樂六年　每歲春秋仲
소 송 시 승 상 관 복　기 등 사 전　재 영 락 륙 년　매 세 춘 추 중
朔　天子遣順天府尹　設爵三果五帛一羊一豕一.
삭　천 자 견 순 천 부 윤　설 작 삼 과 오 백 일 양 일 시 일

余再拜而退　喟然嘆曰　千古興亡之際　天意斷可知
여 재 배 이 퇴　위 연 탄 왈　천 고 흥 망 지 제　천 의 단 가 지
矣　其見于妖孽禎祥　而爲之驅除　爲之扶植　必於其
의　기 현 우 요 얼 정 상　이 위 지 구 제　위 지 부 식　필 어 기
所篤而力焉　雖婦人孺子　灼見其天意之有在.
소 독 이 력 언　수 부 인 유 자　작 견 기 천 의 지 유 재

而乃忠臣義士者　徒欲以隻手與天抗　豈不悖且難
이 내 충 신 의 사 자　도 욕 이 척 수 여 천 항　기 불 패 차 난
歟　威武足以得天下　而不能屈一介之士　是一士之抗
여　위 무 족 이 득 천 하　이 불 능 굴 일 개 지 사　시 일 사 지 항
節　强於百萬之衆　而萬世之綱常　重於一代之得國
절　강 어 백 만 지 중　이 만 세 지 강 상　중 어 일 대 지 득 국
則是亦天道之攸寄也.
즉 시 역 천 도 지 유 기 야

若興王者 自知克審 而其得此大器也 天命之耶
약흥왕자 자지극심 이기득차대기야 천명지야
抑且吾以力取之也 天旣命此大器 而不容吾力焉 則
억차오이력취지야 천기명차대기 이불용오력언 즉
亦將使吾任天下之責耶 抑且以天下利吾身也.
역장사오임천하지책야 억차이천하리오신야

天旣欲以吾身利天下 則其利天下之術 固亦將有
천기욕이오신리천하 즉기리천하지술 고역장유
其道矣 吾受天之命 拯救斯民于塗炭之中而已矣.
기도의 오수천지명 증구사민우도탄지중이이의

故武王之伐紂也 非武王伐之也 以有道伐無道也
고무왕지벌주야 비무왕벌지야 이유도벌무도야
堂堂乎其有天下 而武王不與焉 是故 在天無疑 在
당당호기유천하 이무왕불여언 시고 재천무의 재
人無忌 在敵國無讐 在天下無我 隨道之所在而就
인무기 재적국무수 재천하무아 수도지소재이취
焉.
언

故武王之訪于箕子 訪其道也 訪其道 所以利天下
고무왕지방우기자 방기도야 방기도 소이리천하
也 若武王逼箕子而强臣之 則爲箕子者 亦將抱九疇
야 약무왕핍기자이강신지 즉위기자자 역장포구주
而赴柴市而已矣 道之不傳也 於我何有哉.
이부시시이이의 도지부전야 어아하유재

後世之有天下者 亦莫不受命于天 而惟其自知也
후세지유천하자 역막불수명우천 이유기자지야
不審 故不信乎天 惟其不信乎天 故不能不忌人 凡
불심 고불신호천 유기불신호천 고불능불기인 범
吾力之所不得以屈者 皆吾之强敵 而常恐其糾合義
오력지소부득이굴자 개오지강적 이상공기규합의

旅 興復舊物 則莫如殺斯人以除後患.
려 흥부구물 즉막여살사인이제후환

斯人者 亦以得一死 爲明暴大義於天下也 斯人者
사인자 역이득일사 위명폭대의어천하야 사인자
天下之父兄也 殺天下之父兄 而寧能止子弟之爲讐
천하지부형야 살천하지부형 이녕능지자제지위수
乎.
호

嗚呼 天下之廢興有常數 而遺民之如文丞相者 未
오호 천하지폐흥유상수 이유민지여문승상자 미
嘗不輩出也 當時受命之君 當如何處斯人也 曰 民
상불배출야 당시수명지군 당여하처사인야 왈 민
焉而不臣 尊之而無位 置之不封不朝之列已矣.
언이불신 존지이무위 치지불봉불조지렬이의

爲元世祖計 親造館而手破其械 東向而拜之 問用
위원세조계 친조관이수파기계 동향이배지 문용
夏變夷之道 率天下而師之 則是亦先王之道也.
하변이지도 솔천하이사지 즉시역선왕지도야

伯夷之隘 伊尹之任 惟先生所擇也 區廬陵百畝之
백이지애 이윤지임 유선생소택야 구여릉백묘지
田而不稅 則不祿而有其食矣.
전이불세 즉불록이유기식의

噫 黃冠故里之願 卽白馬東出之志歟 彝倫之所以
희 황관고리지원 즉백마동출지지여 이륜지소이
敍 禮樂之所由興 而安知先生之志不出於此也.
서 예악지소유흥 이안지선생지지불출어차야

관상대(觀象臺)

성에 붙여 쌓은 높은 축대가 성첩(성가퀴)보다 한 길 남짓 더 솟은 데가 있는데, 이를 관상대(觀象臺)라고 한다. 대 위에는 여러 가지 관측하는 기계들이 놓였는데, 멀리서 보면 〈실을 잣는〉 커다란 물레바퀴 같았다. 이를 이용하여 하늘의 별자리와 낮과 밤이 바뀌는 기후의 일체를 연구 관찰한다. 무릇 해·달·별과 바람·구름의 날씨가 변화하는 현상을 이 관상대에 올라가 예측을 한다.

그 관상대 아래에는 이 사무를 맡은 관청이 있는데, 이를 흠천감(欽天監)이라고 한다. 그 정당(正堂)의 현판에는 '관찰유근(觀察惟勤 : 관찰을 오직 부지런히 한다)'이라고 쓰여 있다. 뜰에는 여기저기에 관측하는 기계를 놓아두었는데, 모두 구리로 만들었다. 비단 이 기계들의 이름을 알 수 없었을 뿐 아니라, 만든 모양들도 모두 이상스러워서 사람의 눈과 마음을 얼떨떨하게 하였다.

관상대에 올라가니 성은 한 눈에 굽어볼 만하였으나, 그곳을 지키는 자들이 굳이 막으므로 올라가지를 못하고 돌아섰다. 대체로 관상대 위에 진열한 여러 기계들은 아마도 혼천의(渾天儀 : 천문 기구)와 선기옥형(璿璣玉衡 : 천문 기구) 종류일 것으로 보였다. 뜰 한복판에 놓여 있는 것들도 역시 내 친구인 정석치(鄭石痴 : 석치는 정철조(鄭喆祚)의 호)의 집에서 본 물건과 같았다.

석치는 일찍이 대나무를 깎아 손으로 여러 가지 기계를 만들었는데, 이튿날 보러 갔더니 벌써 부셔 없애 버렸다. 언젠가 홍덕보(洪德保 : 덕보는 홍대용(洪大容)의 자)와 함께 정석치의 집을 찾아갔는데, 두 친구가 서로 황도(黃道)와 적도(赤道), 남극(南極)과 북극(北極) 이야기를 하다가 때로는 머리를 흔들기도 하고 때로는 고개를 끄덕이곤 하였으나, 그 이야기들이 모두 까마득하여 알기 어려웠다. 나는 자느라고 듣지 못하였더니, 두 친구는 새벽까지 그대로 어두운 등잔을 마주대하고 앉아 있었다.

정석치의 말이 기억에 남는 것이 있는데,

"우리나라 강진현(康津縣) 북쪽 끝에 나온 곳은 북극의 몇 도에 나오는 지역인데, 황하(黃河)가 회수(淮水)에 들어오는 입구와 서로 직선으로 되어 있으므로 탐라(耽羅 : 제주)의 귤(橘)이 바다를 건너 강진에만 오면 탱자가 된다."

라고 하였다. 이 이야기가 근거 없는 소리는 아니리라.

原文

觀象臺
관상대

附城有高臺　出堞丈餘　曰觀象臺　臺上諸儀器　遠
부성유고대　출첩장여　왈관상대　대상제의기　원
望有似大紡車　以攷中星辰夜昏明之候　凡日月星辰
망유사대방거　이고중성신야혼명지후　범일월성신
風雲氣色之變異　登此臺占焉.
풍운기색지변이　등차대점언

其下爲府曰欽天監　正堂扁書觀察惟勤　庭中雜置
기하위부왈흠천감　정당편서관찰유근　정중잡치
儀器　皆銅造　非但不識其名　形製詭奇　駭人心目.
의기　개동조　비단불식기명　형제궤기　해인심목

上臺則可以俯瞰一城　而守者牢拒　不得上而歸　蓋
상대즉가이부감일성　이수자뢰거　부득상이귀　개
臺上諸器　似是渾天儀璿璣玉衡之類　而庭中所置　亦
대상제기　사시혼천의선기옥형지류　이정중소치　역
有似吾友鄭石痴家所見者.
유사오우정석치가소견자

石痴嘗削竹手造諸器　明日索之　已毁矣　嘗與洪德
석치상삭죽수조제기　명일색지　이훼의　상여홍덕
保共詣鄭　兩相論黃赤道　南北極　或擺頭　或頤可
보공예정　양상론황적도　남북극　혹파두　혹이가
其說皆渺茫難稽　余睡不聽　及曉　兩人猶暗燈相對
기설개묘망난계　여수불청　급효　양인유암등상대
也.
야

記鄭有言 我國康津縣 北極出地幾度 與黃河入淮
기정유언 아국강진현 북극출지기도 여황하입회

口相直 故耽羅橘渡海 只康津爲枳云 其說不爲無
구상직 고탐라귤도해 지강진위지운 기설불위무

據.
거

과거 시험장〔試院〕

시원(과거 시험장)의 담장 둘레는 거의 5리나 되는데, 벽돌로 쌓아 성과 같고, 미끄럽기가 도끼로 깎은 듯하였다. 높이는 두 길 남짓이나 되었는데, 위에는 가시를 올려놓았다.

한가운데에는 큰 집이 한 채 있고, 사방에는 한 칸 정도 되는 방이 수천 채가 있으며, 한 집 한 집 간격이 반 칸씩은 되었다. 좌우편은 창문을 내어 햇볕을 받아들이고, 앞에는 판자로 사립문을 내고, 가운데는 작은 온돌을 만들고, 부엌과 목욕탕까지 모두 갖추었다. 바깥은 벽돌담으로 처마가 묻히도록 쌓았는데, 한 집도 허물어진 데가 없었다. 안팎이 정결하여 비록 담장을 뚫고 부정행위를 하고 싶어도 담장이 철옹성처럼 튼튼하므로 어째해 볼 수 없을 형편이다.

어제 낙제한 거인(擧人)의 시권(試券 : 시험 답안지)을 보았는데, 길이는 두 자 남짓하고 넓이는 여섯 자인데, 항상 사용하는 책종이나 다름없었다. '우물 정(井)' 자 모양으로 칸에 붉은 줄을 쳤는데, 해자(楷字)로 가늘게 쓴다면 한 1,000여 자는 쓸 수 있겠다. 맨 첫머리에 붉은 도장으로 예부(禮部)라는 두 글자를 찍었고, 밑에는 봉미(封彌 : 시험관이 봉하는 자리)가 되어 있다. 아마도 예부에서 시험 답안지를 인쇄해서 응시자에게 나누어준 모양이다.

시험 답안지를 고열(攷閱)한 것을 보니, 마치 옛사람의 글을 비평하라는 논제(論題)가 있고, 그 밑에는 본방(本房)이라 하여 직함과 성명을 갖추고 몇 줄의 비평문이 있으며, 또 여러 고시관의 직함과 성명을 죽 나열하여 기록하였다. 평점란(評點欄)에는 모두 붉은 글자로 썼는데, '우물 정' 자 한 난(欄)에 한 글자씩 썼으며, 상(上) · 중(中) · 하(下)니, 차(次) · 외(外) · 경(更) 등의 등급을 매기지는 않았다. 비록 낙제한 시험 답안지라도 품평한 글이 친절하고 상세하여 응시자로 하여금 낙제된 연유를 똑똑히 알도록 하였다. 그 정성스럽고 간곡한 태도는 선생과 제자 사이에서 일깨우고 가르치는 화기애애한 뜻이 담겨 있다.

이에서 족히 큰 나라 시험장 제도의 간명하고 엄격한 점과 고시하는 절차의 상세하고도 주의 깊은 것은 과거보는 자로서 넉넉히 유감이 없도록 해 놓았음을 살펴볼 수 있었다.

原文

試院
시원

試院 牆周幾五里 甎築如城 滑如斤削 高二丈餘
시원 장주기오리 전축여성 활여근삭 고이장여
上加荊棘.
상가형극

中置大院宇 四周爲一間 屋數千區 一屋相距半間
중치대원우 사주위일칸 옥수천구 일옥상거반칸
左右爲疏窓以納明 前爲板扉 中爲小溫炕 庖湢畢具
좌우위소창이납명 전위판비 중위소온항 포벽필구
外面甎築沒簷 無一區壞墮 外內潔淨 雖欲穿窬作奸
외면전축몰첨 무일구괴타 외내결정 수욕천유작간
牆壁堅如鐵城 其勢末由也.
장벽견여철성 기세말유야

昨見落第擧人試券 長二尺餘 廣六尺 行用冊紙也
작견낙제거인시권 장이척여 광륙척 행용책지야
硃印井間 楷字細書 可容千餘言 上首硃印禮部二字
주인정칸 해자세서 가용천여언 상수주인예부이자
下爲封彌 似是禮部印札試紙 以頒應擧者也.
하위봉미 사시예부인찰시지 이반응거자야

其攷閱之蹟 如批評古人文 下方批曰本房 具啣姓
기고열지적 여비평고인문 하방비왈본방 구함성
有數行評語 又列書諸攷官啣與姓 俱爲評目皆硃書
유수행평어 우렬서제고관함여성 구위평목개주서
一井一字 無上中下次外更等第 雖在黜落之科 題品
일정일자 무상중하차외경등제 수재출락지과 제품
諄複 使作者 曉然知黜落之所以然 丁寧剴切 藹然有
순복 사작자 효연지출락지소이연 정녕개절 애연유

師弟子訓誨之意.
사 제 자 훈 회 지 의

可見大國場屋之簡嚴 攷試之詳謹 爲學業者足以不
가 견 대 국 장 옥 지 간 엄 고 시 지 상 근 위 거 업 자 족 이 불

恨.
한

조선관(朝鮮館)

조선의 사신들이 묵는 곳을 처음에는 옥하관(玉河館)이라고 이름하여 옥하교(玉河橋) 위에 있었다. 그런데 악라사(鄂羅斯 : 러시아의 음역어) 사람들이 차지하는 바람에 지금은 정양문 안 동쪽 성문 아래 건어호동(乾魚衚衕)의 조선관으로 옮겼는데, 한림의 서길사원(庶吉士院)과 담 하나를 사이에 두고 있다. 해마다 공물을 바치러 오는 사신이 먼저 와서 관에 머물게 되고, 다시 특별 사신이 왔을 때는 서관(西館)에 나누어 들게 되므로 여기를 '남관(南館)'이라고 이름붙였다.

작년에 창성위(昌城尉 : 황인점(黃仁點))가 사행으로 왔을 때 남관에 불이 났었다. 한밤중 삼경(三更)이나 되었는데, 남관 안은 물이 끓듯이 뒤집혀져 일행이 가졌던 폐백과 돈들을 성 밑에 쌓아둔 채 말 수백 필은 대문이 메이도록 먼저 뛰어나가려고 아우성이었다.

그런데 갑옷을 입은 군졸 수천 명이 철통같이 엄하게 둘러싸고, 물수레 몇십 대가 나란히 몰려 들어오는 모습이 벌써 보였다. 두 통씩 어깨에 둘러멘 물통이 뒤따라 연거푸 수레 물통 속에 물을 길어 붓는데, 한 방울의 물도 허비하지 않았다.

불 끄는 자는 죄다 전(氈)으로 만든 벙거지와 갖옷을 입었는데, 갖옷과 벙거지는 모두 물에 젖었으나 손에는 긴 자루가 달린 도끼 · 갈퀴 · 낫 · 창 등을 들고 불길을 무릅쓰고 마음대로 헐고 돌격하였다.

얼마 지나서 불이 꺼졌는데, 끽 소리 없이 조용하여 허투루 둔 물건들도 잃어버린 것이 하나도 없었다고 한다. 이것으로서 중국의 규율이 엄격함과 매사에 구차스럽거나 어렵게 여김이 없음이 이와 같음을 볼 수 있었다고 한다.

原文

朝鮮館
조 선 관

朝鮮館使之所 初名玉河館 在玉河橋上 爲鄂羅斯
조 선 관 사 지 소 초 명 옥 하 관 재 옥 하 교 상 위 악 라 사

所占 今在正陽門內東城牆下乾魚衚衕 翰林庶吉士
소 점 금 재 정 양 문 내 동 성 장 하 건 어 호 동 한 림 서 길 사

院隔牆 年貢使先至在館 而更有別使 則分處西館
원 격 장 연 공 사 선 지 재 관 이 갱 유 별 사 즉 분 처 서 관

故此名南館.
고 차 명 남 관

昨年昌城尉使行時 南館失火 夜方三鼓 館中鼎沸
작 년 창 성 위 사 행 시 남 관 실 화 야 방 삼 고 관 중 정 비

一行幣貨委積城底 馬數百匹闐門爭出.
일 행 폐 화 위 적 성 저 마 수 백 필 전 문 쟁 출

已見甲軍數千 嚴衛如鐵城 數十水車 幷驅而入
이 견 갑 군 수 천 엄 위 여 철 성 수 십 수 거 병 구 이 입

扁檐兩桶水 隨注車箱 無點水冗費 救火者皆着氈帽
편 첨 양 통 수 수 주 거 상 무 점 수 용 비 구 화 자 개 착 전 모

氈裘 裘帽皆漬水 手持長柄斧鉤鎌鎗 衝焰冒火 隳
전 구 구 모 개 지 수 수 지 장 병 부 구 겸 쟁 충 염 모 화 휴

突隨意.
돌 수 의

須臾火滅 寂無喧擾 物貨亂置者 無一闖失 可見
수 유 화 멸 적 무 훤 요 물 화 란 치 자 무 일 서 실 가 견

中國法度之嚴 每事之不苟艱如此云.
중 국 법 도 지 엄 매 사 지 불 구 간 여 차 운

11

앙엽기(盎葉記)

앙엽(盎葉)이란, '옛사람이 감나무 잎사귀에 글을 써서 항아리 속에 넣어 보관했다가 나중에 모아서 기록했다'는 고사에서 나온 말이다. 이 편에서는 북경 근처에 있는 사찰과 도교 사원, 기타 민간 신앙의 건물과 야소교의 유적들을 소개하고 있는데, 특징은 연암이 직접 현장을 답사하고, 그곳에 있는 유물의 내용을 직접 베껴 왔다는 것이다.

앙엽기서(盎葉記序)[1)]

황성(북경) 안팎에 있는 여염집과 점포들 사이에 있는 사찰이나 도교 사원 및 사당은 천자의 명령으로 특별히 건축한 것들만이 아니라, 모두 여러 왕족과 부마(駙馬) 및 만주족과 한족(漢族) 대신들에게 기증한 집들이 있었다. 또 부자들과 큰 장사꾼들이 반드시 묘당(廟堂) 하나를 새로 짓고, 자신들을 위한 명복(冥福)을 빌었는데, 천자와 더불어 사치하고 화려함을 경쟁하였다. 그러므로 천자도 새삼스레 건축을 일삼거나 따로 이궁(離宮)을 지을 필요가 없이 천자가 있는 도성을 사치스럽게 만들고 있었다.

명나라 정통(正統 : 명나라 영종의 연호, 1436~1449)과 천순(天順 : 명나라 영종의 연호, 1457~1464) 연간에는 황제가 직접 돈을 내어 세운 집이 200여 군데나 되었는데, 근년에 새로 지은 집

---

1) 앙엽기서(盎葉記序) : 여러 본에는 이 소제(小題)가 없었으나, 여기서는 주설루본에 의거하여 수록하였다.

들은 대부분 대궐 안에 있어 외부인으로서는 구경할 수가 없었다. 다만 우리나라 사신이 이르면 때때로 끌어들여 마음대로 구경을 하도록 허락해 주었다.

그러나 내가 유람한 곳이란 겨우 100분의 1이나 될까 말까 하다. 때로는 우리 역관들이 제지하기도 하고, 때로는 들어가기 힘든 곳을 문지기와 다투어 가면서 모처럼 그 안으로 들어가면, 바쁘고 총총하여 그저 시간이 부족하였을 뿐이었다.

건물을 세운 일화와 연혁은 비석에 새겨진 글을 상고하지 않고서는 어느 시대 어느 절인지도 알 길이 없었다. 겨우 빗돌 한 개만 읽는데도 언뜻 몇 시간씩 보내므로, 자개와 구슬처럼 찬란한 궁궐의 구경도 문틈으로 달리는 말이나 빠른 여울을 지나는 배처럼 대충 보는 격이다. 이 때문에 오관(五官)[2]이 함께 피로해지고, 사우(四友)[3]도 모두 바닥이 났다. 언제나 꿈에 예언서를 읽는 것만 같고, 눈에는 신기루(蜃氣樓)가 어른어른하여 희미하게 거꾸로 기억이 되고, 명승고적은 잘못 안 것이 많았다.

돌아와서 약간의 기록을 수습해 보니, 어떤 것은 종이쪽이 나비의 날개폭이나 될까 하고, 글자는 파리 대가리만큼씩이

2) 오관(五官) : 귀〔耳〕 · 눈〔目〕 · 입〔口〕 · 코〔鼻〕 · 혀〔舌〕를 일컫는다.

3) 사우(四友) : 지(紙 : 종이) · 필(筆 : 붓) · 연(硯 : 벼루) · 묵(墨 : 먹)을 말한다.

나 하니, 모두가 바쁜 와중에 빗돌을 얼른 보고 흘려 베낀 것들이었다. 마침내 이것을 엮어서 「앙엽소기(盎葉小記)」를 만들었다. 앙엽이란 말은 '옛사람이 감나무 잎사귀에 글자를 써서 항아리 속에 넣어두었다가 모아서 기록했다'는 일을 본받아서 붙인 것이다.

原文

盎葉記
앙 엽 기

盎葉記序
앙 엽 기 서

皇城外內閭閻廛鋪之間 所有寺刹宮觀 不特天子
황 성 외 내 여 염 전 포 지 간 소 유 사 찰 궁 관 불 특 천 자
勅建 皆諸王駙馬及滿漢大臣所捨第宅 且富商大賈
칙 건 개 제 왕 부 마 급 만 한 대 신 소 사 제 댁 차 부 상 대 고
必創一廟堂 以資冥佑 與天子競其奢麗 故天子不必
필 창 일 묘 당 이 자 명 우 여 천 자 경 기 사 려 고 천 자 불 필
更事土木 別置離宮 以奢天子之都也.
갱 사 토 목 별 치 이 궁 이 사 천 자 지 도 야

自皇明正統天順間 發帑所造者二百餘區 而比年
자 황 명 정 통 천 순 간 발 탕 소 조 자 이 백 여 구 이 비 년
所創 多在內 外人不得見 獨我使至 則有時引納
소 창 다 재 내 외 인 부 득 견 독 아 사 지 즉 유 시 인 납
恣其縱觀.
자 기 종 관

然余所遊歷 僅百分之一 或爲我譯所操切 或爭難
연 여 소 유 력 근 백 분 지 일 혹 위 아 역 소 조 절 혹 쟁 난
門者 方入其中 則顧影忽忽 惟日不足.
문 자 방 입 기 중 즉 고 영 총 총 유 일 부 족

而建置掌故 非攷碑刻 無以知何代何寺 纔讀一碑
이 건 치 장 고 비 고 비 각 무 이 지 하 대 하 사 재 독 일 비

輒移數晷 貝闕琳宮 隙駟灘船 是以五官幷勞 四友
첩이수귀 패궐림궁 극사탄선 시이오관병로 사우

俱瘁 恒如夢讀籙書 眼纈海蜃 顚倒依稀 名蹟多錯.
구췌 항여몽독록서 안힐해신 전도의희 명적다착

歸拾小錄 或紙如蝶翅 字如蠅頭 皆百忙閱碑所潦
귀습소록 혹지여접시 자여승두 개백망열비소료

草也 遂編爲盎葉小記 盎葉者 倣古人書柹葉 投盎
초야 수편위앙엽소기 앙엽자 방고인서시엽 투앙

中 集而爲錄.
중 집이위록

홍인사(弘仁寺)

홍인사의 맨 뒤에 있는 하나의 전각에는 관음보살(觀音菩薩)의 변상(變相)이 있는데, 1,000개의 손과 1,000개의 눈을 가졌으며, 손에는 각기 무엇인가를 쥐고 있었다.

불상 뒤에는 큰 족자 그림이 걸려 있는데, 그림에는 파도가 치솟는 큰 바다에 빈 배만 떴다 잠겼다 하고, 바다와 하늘에는 구름이 뭉게뭉게 피어올라 상서로운 오색구름으로 변하는데, 구름 속에는 금관과 옥대를 하고 어린아이를 껴안은 자가 있었다. 어린아이는 임금의 면류관(冕旒冠)과 곤룡포(袞龍袍)를 갖추었는데, 곱게 생겼으면서도 단정하고 근엄한 태도로 손으로 하늘을 가리키고 있었다. 몇 천 명이나 되는 사람의 무리가 구름 기운 속에 빙 둘러서서 옹위를 하였는데, 모두들 이마에는 부처의 원광이 둘러졌다. 바닷가 언덕 위에는 수많은 남녀들이 이마에 손을 대고 하늘을 쳐다보고 있어 거의 만 명 정도를 헤아릴 수 있었다.

그림을 그린 이의 성명도 없고, 그린 연도나 날짜와 낙관

(落款)도 없으니, 구경하는 이도 무슨 인연으로 그림을 시주한 것인지 분별할 수가 없었다.

나는 이 그림이 송(宋)나라의 육수부(陸秀夫)[1]가 임금을 안고 바다로 뛰어드는 것이라고 생각된다. 무엇으로 그런 줄을 안 것이냐고? 일찍이 송나라의 군신도상(君臣圖像 : 저자 미상)을 본 적이 있는데, 범 문정공(范文正公)[2]의 관과 옷이 이와 같았고, 어제 문 승상(文丞相)의 사당을 참배할 때에 본 소상(塑像)의 관과 허리띠가 대략 이와 비슷했다.

임금의 면류관과 곤룡포를 갖춘 어린아이는 틀림없이 송나라의 황제 병(昺 : 송나라의 마지막 황제)일 것이다. 빈 배가 출몰하는 것은 공(公 : 육수부)이 황제를 안고 바다에 떨어지자 배 안에 탔던 사람들이 다들 따라서 빠진 모습이요, 구름을 타고 하늘로 올라가고 이마에 불광(佛光)을 두른 자들은 곧 후세 사람들의 망상에서 나온 것일 테니, 그림을 그린 이가 고심(苦心)한 것이다.

이때는 송나라의 종묘사직이 넓은 바다 위에 떠 있어서 임

1) 육수부(陸秀夫) : 남송(南宋) 때의 충신으로, 자는 군실(君實)이다. 1276년 몽골군에게 남송이 패하자 왕실을 지키려고 익왕(益王)과 위왕(衛王)을 옹립하였으나, 1279년 원나라의 공격을 받자 처자식을 먼저 물에 빠뜨리고는 위왕을 업고 바다에 투신하여 죽었다.

2) 범 문정공(范文正公) : 북송(北宋) 때의 학자이자 정치가인 범중엄(范仲淹). 문정은 시호이고, 자는 희문(希文)이다. 저서에 『범문정공집(范文正公集)』 등이 있다.

금이나 신하나 위아래가 모두 하루살이 같은 생명을 고래등 같은 파도 속에 맡겼고 보니, 그야말로 물이 아니면 하늘인지라 갈 곳이 없었을 것이다. 그러나 그는 오히려 날마다 『대학장구(大學章句 : 주희(朱熹)가 지음)』를 써서 어린 임금을 가르쳤으니, 그 조용하고 한가하고 즐거워하는 품이 마치 전각 속의 털방석 위에서 강의를 하는 것만 같으니, 어찌 알 수 없는 수수께끼가 아니랴?

아아, 슬프도다! 충신과 의사들이란 나라가 망해 엎어진다고 해서 조금이라도 그 간절한 충군애국(忠君愛國)의 마음을 게을리하지 않는 사람들인 만큼, 진실로 천하와 국가를 위하는 근본은 오로지 뜻을 정성스럽게 해서 마음을 바로잡는 데 있을 것이다. 하루라도 이 같은 임금과 신하의 관계가 없다면 모르겠지만, 하루라도 이 같은 임금과 신하의 관계가 있다면 이런 과업은 그날그날의 급선무가 되어야 할 것이다.

다만 이러한 대의에 밝지 못하기 때문에 비록 만 리의 강토를 지니고 있더라도 오히려 천하에 국가가 없음이나 다름없게 되는 것이다. 만일 이런 대의를 앞세울 줄을 안다면 비록 조각배 속에서라도 천하를 다스리는 원리는 미상불 준비되었다고 볼 것이다.

밥이 없으면 죽고 군사가 없으면 망하지만, 성인도 오히려 죽고 망한 뒤에라도 신의를 지키고자 하였는데,[3] 하물며 당

3) 『논어』 안연(顏淵) 편에 나온다.

시에 문 승상은 밖에서 군사를 맡아 보고 등광천(鄧光薦)[4]은 안에서 군량을 감독하고 있는 그때이니만큼, 배 가운데 있는 천하라고 하더라도 오히려 법도만은 먼저 회복해야 할 참된 이치가 있었을 것이다.

4) 등광천(鄧光薦) : 남송(南宋) 말기의 명신으로, 자는 중보(中甫)이고 호는 중재(中齋)이다. 남송이 멸망하자 두 번이나 바다에 투신했으나 목숨을 건졌고, 이후 문천상과 함께 활동하던 중 포로로 붙잡혔다가 석방되었다.

原文

弘仁寺
홍 인 사

弘仁寺最後一殿 有觀音變相 千手千目 手各有執
홍 인 사 최 후 일 전 유 관 음 변 상 천 수 천 목 수 각 유 집
像.
상

後所懸大障 畫大海濤瀧 虛舟出沒 而海天雲氣騰
후 소 현 대 장 화 대 해 도 롱 허 주 출 몰 이 해 천 운 기 등
騰 化爲卿霱瑞曇 中有金冠玉帶扶擁小兒者 小兒具
등 화 위 경 휼 서 담 중 유 금 관 옥 대 부 옹 소 아 자 소 아 구
王者冕服 妙麗端嚴 以手指天 數千人團衛雲氣中
왕 자 면 복 묘 려 단 엄 이 수 지 천 수 천 인 단 위 운 기 중
皆頂繞佛光 岸上衆男衆女 頂手仰天者 殆以萬計.
개 정 요 불 광 안 상 중 남 중 녀 정 수 앙 천 자 태 이 만 계

無畫者姓名 亦無年月標題 觀者莫辨爲何緣舍施
무 화 자 성 명 역 무 년 월 표 제 관 자 막 변 위 하 연 사 시
也.
야

余謂此宋之陸秀夫抱帝赴海圖也 何以知其然也
여 위 차 송 지 육 수 부 포 제 부 해 도 야 하 이 지 기 연 야
曾見宋君臣圖像 范文正公冠服如此 昨謁文丞相祠
증 견 송 군 신 도 상 범 문 정 공 관 복 여 차 작 알 문 승 상 사
其所塑冠帶 略相彷彿.
기 소 소 관 대 약 상 방 불

小兒具王者冕服 必宋之帝昺也 虛舟出沒者 公抱
소 아 구 왕 자 면 복 필 송 지 제 병 야 허 주 출 몰 자 공 포

帝墮海而舟中之人 皆從而溺也 騰雲昇 頂繞佛光者
제 타 해 이 주 중 지 인 개 종 이 닉 야 등 운 승 정 요 불 광 자
乃後人之妄想 而畫者之苦心也.
내 후 인 지 망 상 이 화 자 지 고 심 야

當此時也 宋之社稷浮在大洋 君臣上下 共寄其蜉
당 차 시 야 송 지 사 직 부 재 대 양 군 신 상 하 공 기 기 부
蝣之命于颶濤鯨波之間 非水則天 無可往矣 然猶日
유 지 명 우 구 도 경 파 지 간 비 수 즉 천 무 가 왕 의 연 유 일
書大學章句 以斅少帝 雍容暇豫 有若論思於廈氈之
서 대 학 장 구 이 효 소 제 옹 용 가 예 유 약 론 사 어 하 전 지
上 豈非迂且惑歟.
상 기 비 우 차 혹 여

嗚呼 忠臣義士者 不以顚沛覆亡 而小懈其眷眷忠
오 호 충 신 의 사 자 불 이 전 패 복 망 이 소 해 기 권 권 충
愛之心 則誠爲天下國家之本 惟在於意誠而心正 一
애 지 심 즉 성 위 천 하 국 가 지 본 유 재 어 의 성 이 심 정 일
日無此君臣則已 若一日有此君臣 則此爲一日之先
일 무 차 군 신 즉 이 약 일 일 유 차 군 신 즉 차 위 일 일 지 선
務.
무

惟其不明乎此 故雖提封萬里 猶爲無天下國家也
유 기 불 명 호 차 고 수 제 봉 만 리 유 위 무 천 하 국 가 야
苟能先此 則雖扁舟之中 其治平之理 未嘗不素具
구 능 선 차 즉 수 편 주 지 중 기 치 평 지 리 미 상 불 소 구
也.
야

去食則死 去兵則亡 而聖人猶欲守信於死亡之後
거 식 즉 사 거 병 즉 망 이 성 인 유 욕 수 신 어 사 망 지 후
而況當時文丞相視師于外 鄧光薦督餉於中 則舟中
이 황 당 시 문 승 상 시 사 우 외 등 광 천 독 향 어 중 즉 주 중

之天下 猶有先復之理者乎.
지 천 하　유 유 선 복 지 리 자 호

보국사(報國寺)

보국사는 선무문(宣武門) 밖에서 북쪽으로 비스듬히 1리쯤 가서 있다. 매월 3일과 5일을 장날로 정했는데, 국내의 온갖 재화들이 몰려든다.

불당의 전각은 세 채가 있고, 행랑채가 빙 둘러 있으나, 절에서 거처하는 중들은 얼마 안 되었다. 모두가 수도와 외읍으로부터 몰려든 행상들로서 아주 장터나 다름없이 참선하는 절간 속이 버젓한 도회지처럼 되었다.

첫째 전각의 편액에는 '일진부도(一塵不到)'라 썼고, 셋째 전각 뒤에는 비로각(毘盧閣)이 있는데, 그 중간은 한 길이 나 있어 점포들이 쭉 늘어섰고 수레와 말들이 혼잡하고 시끄럽게 붐비니, 비단 장날만이 그런 것이 아니었다.

나는 다음과 같이 생각했다.

"『사기(史記)』에 소진(蘇秦 : 전국 시대의 변사(辯士))이 제(齊)나라 왕을 보고 설득하기를, '임치(臨淄 : 제나라의 수도)의 도로는 수레바퀴가 서로 부딪치고 사람들은 어깨를 마주 비비며, 땀을 뿌리면 비가 되고 옷자락을 잇대면 휘장이 된답니다.'라고 하였기에, 처음에 나는 너무 과장된 말이라고 여겼다. 그런데 이제 아홉 채 성문을 구경하고야 과연 사실임을 알았다.

또 보국사와 융복사(隆福寺) 같은 여러 절에도 모두 아홉 거리〔街〕나 다름없음을 본 연후에야 더욱이 옛사람들의 말이나 글이 그리 허튼소리나 과장이 아님을 알게 되었다. 춘추(春秋) 열국(列國) 시대로 말하면 날마다 전쟁판이었지만 도성들의 부유하고 번화함은 오히려 그와 같았거늘, 하물며 태평한 날 천자가 기거하는 수도일까 보냐?"

비로각에 올라가 보니, 전각은 35칸이요, 복판에는 문창성군(文昌星君)[1])을 안치하였고, 좌우로는 불상과 신장(神將)들을 늘어놓았다. 북쪽 바람벽으로부터 층층대 사다리를 밟고 비로각 꼭대기에 오르니, 캄캄하기가 칠흑과 같아서 층층대를 겨우 더듬어 가면서야 찾을 수 있었다. 일곱 길이나 올라가니 층층대는 끊어지면서 밝은 빛이 환하게 밝아졌다. 비로각의 꼭대기는 15칸인데, 큰 금부처가 11좌(座)나 있었다.

난간을 한 바퀴 돌아보니 황성의 아홉 성문의 안팎이 〈손금 보듯〉 자세히 보였다. 사람은 콩알만 하게 보이고 한 치 정도 되는 말이 티끌 뭉치 속에서 꾸물거렸다. 천녕사(天寧寺)의 영탑(影塔)은 구름하늘 속에 높이 솟았고, 태액지(太液池)는 맑

1) 문창성군(文昌星君) : 문창부(文昌府)를 맡았다는 귀신인 문창제군(文昌帝君)을 말한다.

게 툭 터졌는데, 구슬처럼 깨끗한 섬 가운데에 솟은 흰 탑은 수정을 깎아 세운 듯이 스스로 얼굴을 나타내었다.

이 절은 명나라 성화(成化) 초년(1465년)에 황태후의 명복을 빌기 위하여 창건하였는데, 한림시독학사(翰林侍讀學士) 유정지(劉定之)[2]가 지은 비문을 왕객(汪客 : 미상)이 썼다.

2) 유정지(劉定之) : 명나라의 문학가로, 자는 주정(主靜)이고 호는 매재(呆齋)이다.

原文

報國寺
보국사

報國寺 在宣武門外迤北一里 月三五爲市日 海內百貨輳集.
보국사 재선무문외이북일리 월삼오위시일 해내백화주집

佛殿三寮廂周遭 而居僧鮮少 皆京外商旅 無異闤闠 禪林中一大都會也.
불전삼료상주조 이거승선소 개경외상려 무이환궤 선림중일대도회야

第一殿扁曰 一塵不到 第三殿後 有毘盧閣 中間爲大路 廛鋪羅列 車馬鬧熱 不獨市日爲然也.
제일전편왈 일진부도 제삼전후 유비로각 중간위대로 전포나열 거마요열 부독시일위연야

余謂史記 蘇秦說齊王曰 臨淄之道 車轂擊 人肩磨 揮汗成雨 連袵成帷 始以爲過矣 今觀於九門信然.
여위사기 소진세제왕왈 임치지도 거곡격 인견마 휘한성우 연임성유 시이위과의 금관어구문신연

諸寺如報國隆福 皆如九街 然後益知古人言語文字 不爲虛辭夸炫也 列國之時 日尋干戈 而都邑之富庶 猶能若彼 況昇平天子之都乎.
제사여보국융복 개여구가 연후익지고인언어문자 불위허사과현야 열국지시 일심간과 이도읍지부서 유능약피 황승평천자지도호

上毘盧閣 閣三十五間 中安文昌星君 左右列佛像
상비로각 각삼십오칸 중안문창성군 좌우렬불상
神將 從北壁踏層梯 登其上閣 黑暗如漆 拾級惟謹
신장 종북벽답층제 등기상각 흑암여칠 습급유근
可揣六七丈 及梯盡 而白日昭明 上閣十五間 有大
가췌륙칠장 급제진 이백일소명 상각십오칸 유대
金佛十一.
금불십일

循欄一周 皇城九門外內纖毫皆見 荳人寸馬 蠕蠕
순란일주 황성구문외내섬호개견 두인촌마 연연
埃壒間 天寧寺影塔 高入雲霄 太液池一泓澄明 瓊
애애간 천녕사영탑 고입운소 태액지일홍징명 경
島白塔 晶直自表.
도백탑 정직자표

寺創于皇明成化初 爲皇太后祈福 翰林侍讀學士
사창우황명성화초 위황태후기복 한림시독학사
劉定之撰碑 汪客書.
유정지찬비 왕객서

천녕사(天寧寺)

보국사에서 천녕사로 왔다. 이 절은 원위(元魏 : 남북조 시대의 북위)나라 때의 이름은 광림사(光林寺)요, 수(隋)나라 때에는 홍업사(弘業寺)였고, 당(唐)나라 개원(開元 : 당나라 현종의 연호, 713~741) 연간에는 천왕사(天王寺)로 현판을 고쳤다. 금(金)나라 대정(大定 : 금나라 세종의 연호, 1161~1189) 21년에 만안선림(萬安禪林)이 되었다가 명(明)나라 선덕(宣德 : 명나라 선종의 연호, 1426~1435) 연간에 고쳐서 천녕사라 하였고, 정통(正統 : 명나라 영종의 연호, 1436~1449) 연간에 또 수리하여 만수계단(萬壽戒壇)이라고 불렀다.

한길 가에 닿아서 축대 2층을 쌓아 높이가 다섯 길이나 됨직하다. 축대 위에 집채들은 빙 둘러 잇닿아서 거의 몇 리나 되었고, 가운데에는 커다란 불전이 다섯 채나 있었다.

옛 이야기에,

"수나라 문제(文帝 : 양견(楊堅))가 인수(仁壽) 2년(602년) 정월에 황제가 아라한(阿羅漢)을 만나 사리(舍利) 한 주머니를 받았다. 이를 칠보함(七寶函)에 넣어서 기주(岐州 : 섬서성에 있는 고을 이름) · 옹주(雍州 : 섬서와 감숙 지방) 등 30개 고을에다가 보내고, 고을마다 탑 한 자리씩을 세우고 이를 간직하도록 하였다."
라고 하였는데, 지금 천녕사의 탑도 그중의 하나이다.

탑의 높이는 스물일곱 길 다섯 자 다섯 치라고 한다. 탑은 13층으로 여덟모가 났는데, 네 둘레에 방울을 단 것이 만 개나 되어 방울 울리는 소리가 끊어질 때가 없었다. 탑 꼭대기에 구리쇠 바퀴가 바람에 닳아서 번쩍번쩍 사람의 소매에까지도 비치어서 희락푸르락하였다.

옛 소문에,

"탑 그림자가 거꾸로 대사전(大士殿)에 들고, 해가 정오에 이르러 대웅전의 문을 닫으면 햇빛이 문틈으로 새어들어 탑 전체의 그림자가 돌 위에 비친다."
라고 하였다. 내가 이번에 왔을 때는 마침 날이 흐리고 흙비가 내려서 그 그림자는 구경하지 못했다.

대사상(大士像 : 불보살(佛菩薩)의 상) 뒤에 걸어 놓은 『화엄경(華嚴經)』 장자(障子 : 병풍)는 기교하기 짝이 없었다. 강희(康熙) 신미년(1691년)에 대흥현(大興縣 : 섬서성 장안현)에 있던 이지수(李之秀)의 처 유씨(劉氏)가 손으로 베낀 『화엄경』으로, 전부 81권에 60만 43자이다. 이것을 구불구불 구부려 접어서 5층 전각을 만들어 복판에는 불상을 두었다. 글자는 가늘기가 개미 대가리만큼씩한데, 한 점 한 획을 다 조심스럽게 긋고 삐친 글씨체가 가지런하여 한 군데도 허술하고 어지러운 곳이 없었다. 전각의 처마와 지붕과 격자창도 한 치수도 어긋남이 없고, 불상의 눈매는 마치 산 사람 같고, 옷자락의 구김살도 자연스러웠다.

어허! 한 여인의 마음과 손재간으로 만들었다고 말할 수 없을 만큼 이같이 신기롭거늘, 하물며 절간 전체를 만든 공력이란 천하의 모든 힘을 모아서 만들어 놓았음에랴. 절 가운데 있는 보물과 진기한 골동품들은 시간이 없어 다 구경하지 못하였다.

原文

天寧寺
천녕사

自報國寺 轉至天寧寺 元魏時名光林 隋時名弘業
자보국사 전지천녕사 원위시명광림 수시명홍업
唐開元中 改額天王寺 金大定二十一年 爲萬安禪林
당개원중 개액천왕사 금대정이십일년 위만안선림
皇明宣德中修之 曰天寧 正統中又修之 曰萬壽戒
황명선덕중수지 왈천녕 정통중우수지 왈만수계
壇.
단

臨大道築臺二層 高可五丈 臺上廂寮周遭 聯絡幾
임대도축대이층 고가오장 대상상료주조 연락기
數里 中有大佛殿五.
수리 중유대불전오

舊說隋文帝仁壽二年正月 帝遇阿羅漢 授舍利一
구설수문제인수이년정월 제우아라한 수사리일
囊 乃以七寶函 致岐雍等三十州 州建一塔以藏之
낭 내이칠보함 치기옹등삼십주 주건일탑이장지
今天寧寺塔 卽其一也.
금천녕사탑 즉기일야

塔高二十七丈五尺五寸云 塔凡十三簷八楞 懸鈴
탑고이십칠장오척오촌운 탑범십삼첨팔릉 현령
四周萬計 響無斷時 塔頂風磨銅輪 相晶瑩閃欻 映
사주만계 향무단시 탑정풍마동륜 상정형섬홀 영
人衣袂 翻靑掣白.
인의몌 번청체백

舊聞塔影倒入大士殿　日方中　闔殿門　光從門隙入
구 문 탑 영 도 입 대 사 전　일 방 중　합 전 문　광 종 문 극 입

見塔全影于石上云　此來適値陰霾　不見其影.
견 탑 전 영 우 석 상 운　차 래 적 치 음 매　불 견 기 영

大士像後　華嚴經障子　奇巧神出　康熙辛未　大興
대 사 상 후　화 엄 경 장 자　기 교 신 출　강 희 신 미　대 흥

縣李之秀妻劉氏　手寫華嚴　全部八十一卷六十萬四
현 이 지 수 처 유 씨　수 사 화 엄　전 부 팔 십 일 권 륙 십 만 사

十三字　曲折宛轉　作五層殿閣　中置佛像　字細如蟣
십 삼 자　곡 절 완 전　작 오 층 전 각　중 치 불 상　자 세 여 의

頭　而點畫謹嚴　撇拐齊整　無一毫糺棼　殿閣簷甍窓
두　이 점 획 근 엄　별 괴 제 정　무 일 호 규 분　전 각 첨 맹 창

櫺　無銖黍之錯　佛像眉眼如生　衣紋襞摺隨勢.
령　무 수 서 지 착　불 상 미 안 여 생　의 문 벽 접 수 세

噫　不謂一女子心手之用　若是其神　況全寺之功
희　불 위 일 녀 자 심 수 지 용　약 시 기 신　황 전 사 지 공

集天下之衆力　而爲之者哉　寺中寶器珍玩　有不暇悉
집 천 하 지 중 력　이 위 지 자 재　사 중 보 기 진 완　유 불 가 실

者矣.
자 의

백운관(白雲觀)

백운관(白雲觀 : 도교 사원)의 둘레는 장엄하고 화려한 품이 천녕사에 못지않았다.

도사 100여 명이 살고 있는데, 패루(牌樓)의 바깥 현판에는 '동천가경(洞天佳境)'이라 쓰여 있고, 안쪽 현판에는 '경림낭원(璚林閬苑)'이라 쓰여 있다. 홍예다리(무지개다리) 3개를 건너서 옥황전(玉皇殿)에 들어가니, 옥황상제는 황제의 복색을 갖추어 입었다.

전각을 돌아가며 삼십삼천(三十三天 : 불교에서 말하는 이상적인 세계)의 도교의 신을 세웠는데, 모두 홀(笏)을 잡고 면류관 술을 드리운 것이 옥황이나 다름없으며, 천봉신장(天蓬神將 : 하늘의 신)은 머리가 셋이고 팔이 여섯으로 각기 병장기를 지니고 있었다. 앞 전각에는 남극노인성군(南極老人星君)[1]이 흰 사

---

1) 남극노인성군(南極老人星君) : 28수 가운데 우두머리로, 인간의 행복과 수고(壽考)를 맡은 신이다. 남극노인성은 주로 전쟁이나 나라가

습을 탄 채로 안치되었고, 왼편의 한 전각에는 두모(斗母 : 선녀(仙女)의 하나)를 안치하였고, 오른편의 한 전각에는 구장춘(丘長春)[2]을 안치하였는데, 이는 원나라 세조(世祖)의 국사(國師)였다. 옥황전의 현판에는 '자허진기(紫虛眞氣)'라 쓰여 있고, 두모전(斗母殿)의 현판에는 '대지보광(大智寶光)'이라 쓰여 있는데, 이는 모두 강희 황제의 어필이다.

도사들이 거처하는 행랑채는 모두 1,000여 칸으로, 어디든지 밝고 깨끗하고 조용하여 티끌 한 점도 움직이지 않았다. 쌓아 둔 서적들은 모두 비단 두루마리 책에 옥으로 축을 만들어 집 안에 가득 차 있었다. 솥과 술잔과 제기 등의 기이하고 오래 묵은 그릇들은 예스럽고 기이했으며, 병풍이나 글씨나 그림들은 세상에서 드문 보물들이었다.

어지러울 때는 보이지 않다가 천하가 태평할 때만 보이기 때문에 사람들은 이 별자리를 보면 무병장수를 기원한다고 한다.

2) 구장춘(丘長春) : 원나라의 도사 구처기(丘處機)의 도호(道號)이다.

原文

白雲觀
백 운 관

白雲觀 周遭壯麗 不減天寧寺.
백 운 관 주 조 장 려 불 감 천 녕 사

道士百餘人居之 牌樓外扁曰 洞天佳境 內扁曰
도 사 백 여 인 거 지 패 루 외 편 왈 동 천 가 경 내 편 왈

璚林閬苑 渡三空橋 入玉皇殿 玉皇具帝者服.
경 림 낭 원 도 삼 공 교 입 옥 황 전 옥 황 구 제 자 복

遶殿三十三天帝君 拱圭垂旒 皆如玉皇 天蓬神將
요 전 삼 십 삼 천 제 군 공 규 수 류 개 여 옥 황 천 봉 신 장

三頭六臂 各擁兵器 前殿安南極老人星君 騎白鹿
삼 두 륙 비 각 옹 병 기 전 전 안 남 극 노 인 성 군 기 백 록

左一殿 安斗母 右一殿 安丘長春 元世祖國師也
좌 일 전 안 두 모 우 일 전 안 구 장 춘 원 세 조 국 사 야

玉皇殿扁紫虛眞氣 斗母殿扁大智寶光 俱康熙御筆.
옥 황 전 편 자 허 진 기 두 모 전 편 대 지 보 광 구 강 희 어 필

道士所居廊廡千餘間 皆明淨肅整 一塵不動 所儲
도 사 소 거 낭 무 천 여 칸 개 명 정 숙 정 일 진 부 동 소 저

書冊 皆錦卷玉軸 充溢棟宇 鼎彝敦卣 磊砢古奇
서 책 개 금 권 옥 축 충 일 동 우 정 이 돈 유 뇌 라 고 기

屛鄣書畫 往往絶世之寶也.
병 장 서 화 왕 왕 절 세 지 보 야

법장사(法藏寺)

천단(天壇)의 북녘 담장을 따라 동쪽으로 몇 리를 가면 법장사(法藏寺)가 있다. 이 절은 금(金)나라 대정(大定 : 금나라 세종의 연호, 1161~1189) 연간에 창건되었는데, 옛 이름은 미타사(彌陀寺)[1)]이다. 명나라 경태(景泰 : 명나라 대종의 연호, 1450~1456) 2년(1451년)에 중수하고는 지금의 이름으로 고쳤다.

제도는 천녕사 등 여러 절과 비슷하고, 탑은 7층으로 높이가 여남은 길이나 되었는데, 가운데는 텅 비었고 나선형으로 층층대를 만들어 놓았다. 한밤중같이 캄캄하므로 손으로 더듬어 발을 떼어 놓는데, 마치 귀신 동굴로 들어가는 것만 같았다. 벌써 한 층을 올라오고 보니, 8개의 창문이 활짝 터져 마음과 눈이 상쾌하고 시원해졌다. 7층까지 차례로 올라가는데, 한 번씩 꿈을 꾸었다 깨는 듯했다.

---

1) 미타사(彌陀寺) : 절 안에 흰 전탑이 있으므로 백탑사 또는 법탑사라고도 불렀다.

층대마다 여덟 면이요, 한 면마다 모두 창문이 나 있고, 창마다 모두 부처가 있어 무려 쉰여덟 개나 된다. 부처 앞에는 모두 등불 한 개씩을 놓아두었는데 어떤 사람이 말하기를,

"정월 대보름날 밤엔 탑을 둘러싸고 등불을 켜고는 번갈아 풍악을 연주하면 소리가 마치 하늘 위에서 나는 것만 같다."

라고 한다.

탑의 제1층에는 우리나라 김창업(金昌業) 공의 이름이 적혀 있고, 그 밑에는 또 내 친구 홍대용(洪大容)의 이름이 적혀 있는데, 먹빛이 금방 쓴 것 같았다. 서글프게 거닐다 보니 마음을 털어놓고 마주 이야기라도 할 것만 같았다.

난간을 의지하여 사방을 바라다보니 황성 지도의 전체가 역력히 눈 안에 들어왔다. 눈으로 실컷 보고 나니 심신이 흔들리고 머리칼이 오슬오슬하여 오래 머물 수가 없었다.

둘째 전각에는 빗돌 두 개가 서 있는데, 하나는 급사중(給事中) 오헌(吳獻)이 지은 글에 홍려시승(鴻臚寺丞) 고대(高岱)의 글씨였고, 또 하나는 국자좨주(國子祭酒) 호형(胡濙)이 지은 글에 태자빈객(太子賓客) 회음(淮陰) 김렴(金濂)의 글씨요, 좌도어사(左都御使) 고소(姑蘇) 진감(陳鑑)의 전자(篆字)이다.

原文

法藏寺
법 장 사

從天壇北牆 東行數里 有法藏寺 寺創于金大定中
종 천 단 북 장 동 행 수 리 유 법 장 사 사 창 우 금 대 정 중

舊名彌陀寺 皇明景泰二年修之 改稱今名.
구 명 미 타 사 황 명 경 태 이 년 수 지 개 칭 금 명

制視天寧諸寺大同 塔七層高十餘丈 中空 螺旋爲
제 시 천 녕 제 사 대 동 탑 칠 층 고 십 여 장 중 공 나 선 위

級 黑暗如夜 摹循置足 如入鬼窟 旣登一層 八窓
급 흑 암 여 야 모 순 치 족 여 입 귀 굴 기 등 일 층 팔 창

洞然 心目爽豁 比登七層 一夢一覺.
통 연 심 목 상 활 비 등 칠 층 일 몽 일 각

每層八面 面皆有窓 窓皆有佛 凡五十八佛 佛前
매 층 팔 면 면 개 유 창 창 개 유 불 범 오 십 팔 불 불 전

皆設一燈 或云上元夜 繞塔燃燈 迭奏笙簫 如出天
개 설 일 등 혹 운 상 원 야 요 탑 연 등 질 주 생 소 여 출 천

上.
상

第一層 有我國金公昌業題名 其下又有洪友大容
제 일 층 유 아 국 김 공 창 업 제 명 기 하 우 유 홍 우 대 용

題名 墨光如新 徘徊悵恨 如可晤語.
제 명 묵 광 여 신 배 회 창 한 여 가 오 어

憑闌四望 黃圖全幅 歷歷在眼 眼力旣窮 魄動髮
빙 란 사 망 황 도 전 폭 역 력 재 안 안 력 기 궁 백 동 발

雙 不可久居.
쌍 불 가 구 거

第二殿有兩碑 一給事中吳獻撰 鴻臚寺丞 高岱書
제이전유양비 일급사중오헌찬 홍려시승 고대서

一國子祭酒胡瀅撰 太子賓客淮陰金濂書 左都御使
일국자제주호형찬 태자빈객회음김렴서 좌도어사

姑蘇陳鑑篆.
고소진감전

태양궁(太陽宮)[1]

법장사(法藏寺)를 나와 서쪽으로 몇 백 보를 가면 태양궁이 있다. 참배하는 사람이 매우 많아서 수레와 말들이 빽빽이 모여든다. 안팎의 여러 전각과 좌우 행랑채는 복을 비는 남녀들이 하루에도 천만 명을 헤아릴 정도였다. 층계와 층계 사이에는 촛농이 봉우리처럼 쌓였고, 향불에서 떨어진 재가 눈같이 날렸다.

앞의 전각 한복판에는 자미성군(紫微星君 : 자미성의 신(神))이요, 동쪽에는 태양성군(太陽星君 : 태양신)이요, 서쪽은 태음성군(太陰星君 : 월신(月神))이요, 뒤에 있는 전각에는 구천성군성모(九天星君聖母 : 구천신(九天神))요, 왼편의 한 전각은 관제(關帝 : 관우(關羽))요, 오른편의 한 전각은 석가(釋迦)를 모셨다.

술과 음식, 꽃과 과일을 팔고, 새들을 놀리기도 하며, 온갖

---

1) 태양궁(太陽宮) : 건륭 황제가 햇빛이 비치는 모습에 감탄하여 태양궁이라고 명명했다고 한다.

재주와 요술을 보이고 파느라 야단법석을 하여 절집 안은 큰 도회지나 다름없었다.

原文

太陽宮
태 양 궁

出法藏寺　西行數百步　有太陽宮　香火甚盛　車馬
출 법 장 사　서 행 수 백 보　유 태 양 궁　향 화 심 성　거 마
騈闐　內外諸殿　左右廊廡　男女祈禱者　日千萬計
병 전　내 외 제 전　좌 우 랑 무　남 녀 기 도 자　일 천 만 계
階墄之間　燭淚成峯　香燼如雪.
계 척 지 간　촉 루 성 봉　향 신 여 설

前殿當中紫微星君　東太陽星君　西太陰星君　後殿
전 전 당 중 자 미 성 군　동 태 양 성 군　서 태 음 성 군　후 전
九天星君聖母　左一殿關帝　右一殿釋迦.
구 천 성 군 성 모　좌 일 전 관 제　우 일 전 석 가

販賣酒食花果　戲弄禽鳥　逞伎售術　輻輳雜沓　寺
판 매 주 식 화 과　희 롱 금 조　령 기 수 술　복 주 잡 답　사
觀中一大都會也.
관 중 일 대 도 회 야

안국사(安國寺)

숭문문(崇文門) 밖 서남쪽에 금어지(金魚池)가 있는데, 또 하나의 이름은 어조지(魚藻池)이다. 못을 작은 웅덩이로 구획하여 복숭아나무와 버드나무를 많이 심어 놓았다. 이곳에 살고 있는 사람들은 해마다 오색 금붕어를 키워서 파는 것으로 업을 삼고 있다. 금빛 붕어가 제일 많으므로 금어지라고 부른다.

해마다 단옷날이면 도성 사람들이 모두 떼 지어 나와 못 주변에서 말을 달린다. 못 웅달진 곳 일대는 정원과 정자들이 매우 많은데, 그중에서도 안국사(安國寺)가 가장 장엄하고 화려하다.

절 문 좌우에는 종각(鍾閣)과 고루(鼓樓)가 있고, 큰 전각 세 채가 있으며, 전각 앞의 동서 행랑채는 몇 백 칸인데 어디나 불상을 모셨고, 금색과 푸른색의 단청이 현란하여 무어라 형용할 수 없을 지경이었다. 전각 뒤에는 또 큰 누각 세 채가 있어서 금빛 난간에 수놓은 들창은 구름 속에 나풀거렸다. 다만 중 두 명이 마주 지키고 있을 뿐, 참배하는 자가 드문 것이 괴이한 일이었다.

原文

安國寺
안국사

崇文門外西南　有金魚池　一名魚藻池　界池爲塘
숭문문외서남　유금어지　일명어조지　계지위당
盛植桃柳　居人歲種五色魚　市易爲業　金色最多　故
성식도류　거인세종오색어　시역위업　금색최다　고
號金魚池.
호금어지

每歲端午　都人盡出　走馬池邊　池陰一帶　園亭甚
매세단오　도인진출　주마지변　지음일대　원정심
多　而安國寺最爲壯麗.
다　이안국사최위장려

寺門左右有鐘鼓閣　有大殿三　殿前東西廊廡數百
사문좌우유종고각　유대전삼　전전동서낭무수백
間　皆有像設　金碧炫耀　殆難名狀　殿後又有三大樓
칸　개유상설　금벽현요　태난명상　전후우유삼대루
金檻繡牖　縹緲雲霄間　而只有二僧相守　香火稀到
금함수유　표묘운소간　이지유이승상수　향화희도
是可怪也.
시가괴야

약왕묘(藥王廟)

천단의 북쪽에 약왕묘가 있는데, 무청후(武淸侯) 이성명(李誠銘)이 창건하였다.

전각 속에는 태호복희씨(太昊伏羲氏)를 모셨고, 왼쪽에는 신농씨(神農氏)를, 오른쪽에는 헌원씨(軒轅氏)를 모셨으며,[1] 역대의 이름난 의원들을 배향해 놓았다. 예를 들면 손 진인(孫眞人)[2] · 기백(岐伯)[3] · 편작(扁鵲)[4] · 갈홍(葛洪)[5] · 화타(華陀)[6] · 왕숙화(王叔和)[7] · 위 진인(韋眞人)[8] · 태창령(太倉令)[9] · 장중

1) 태호복희씨(太昊伏羲氏)와 신농씨(神農氏)와 헌원씨(軒轅氏)는 모두 중국 신화(神話) 속의 인물이다.
2) 손 진인(孫眞人) : 명(明)나라의 손사막(孫思邈).
3) 기백(岐伯) : 황제(黃帝) 때의 명의(名醫).
4) 편작(扁鵲) : 춘추 시대 정(鄭)나라의 명의.
5) 갈홍(葛洪) : 진(晉)나라의 도사. 자는 치천(稚川).
6) 화타(華陀) : 후한(後漢) 때의 명의.
7) 왕숙화(王叔和) : 진(晉)나라의 명의.

경(張仲景)[10]·황보사안(皇甫士安)[11] 등인데, 많아서 이루 다 기록할 수 없었다.

〈약왕묘의 배향과 제사 지내는 제도는〉 대체로 문묘(文廟) 종향(從享 : 제사)의 제도를 본뜬 것이다. 매월 초하루와 보름에는 남녀가 구름처럼 모여들어 질병 기도를 하는데, 촛농이며 향불 태운 재가 눈처럼 쌓였다. 방금도 한 여인이 화려하게 단장하고 머리를 조아리는데, 분 땀이 자리를 적셨다. 전각의 장엄하고 화려한 품은 태양궁과 거의 비슷하였다.

8) 위 진인(韋眞人) : 당나라의 위자장(韋慈藏).

9) 태창령(太倉令) : 한(漢)나라의 순우의(淳于意).

10) 장중경(張仲景) : 후한(後漢)의 명의 장기(張機). 중경은 자.

11) 황보사안(皇甫士安) : 진(晉)나라의 명의(名醫)이자 학자인 황보밀(皇甫謐). 사안은 자.

原文

藥王廟
약 왕 묘

天壇之北　有藥王廟　武淸侯李誠銘所建也.
천 단 지 북　유 약 왕 묘　무 청 후 이 성 명 소 건 야

殿中設太昊伏羲氏　左神農右軒轅　配以歷代名醫
전 중 설 태 호 복 희 씨　좌 신 농 우 헌 원　배 이 역 대 명 의

如孫眞人　岐伯　扁鵲　葛洪　華陀　王叔和　韋眞人
여 손 진 인　기 백　편 작　갈 홍　화 타　왕 숙 화　위 진 인

太倉令　張仲景　皇甫士安　多不能盡記.
태 창 령　장 중 경　황 보 사 안　다 불 능 진 기

槩倣文廟從享之制　每月朔望　士女雲集　祈禱疾病
개 방 문 묘 종 향 지 제　매 월 삭 망　사 녀 운 집　기 도 질 병

燭燼香灺　堆積如雪　方有一女子　盛粧叩頭　粉汗漬
촉 신 향 사　퇴 적 여 설　방 유 일 여 자　성 장 고 두　분 한 지

席　殿宇壯麗　殆與太陽宮相伯仲.
석　전 우 장 려　태 여 태 양 궁 상 백 중

천경사(天慶寺)

약왕묘와 담장 하나를 사이에 두고 천경사가 있다. 천경사에는 큰 전각 네 채가 있는데, 첫째가 사왕전(四王殿)이요, 둘째가 원통전(圓通殿)이요, 셋째가 대연수전(大延壽殿)이요, 넷째가 공상전(空相殿)이다.

공상전 가운데에는 한 치 남짓 되는 금부처 몇 천만 구(軀)를 주렁주렁 쌓아서 큰 불상을 만들어 놓았다. 불상의 눈매는 산 사람 같고, 이마의 주름살이나 옷의 주름도 모두 꼬마불상들을 가로세로로 세우고 눕혀 마치 그림붓으로 모방해 그린 듯이 만들었다. 이 같은 정성과 기술이라면 건축을 이룩함에 있어서나 단청의 화려함에 있어서 어떤 어려움이 있을 것인가?

이처럼 큰 절간에 단지 한 명의 늙은 중이 두세 명의 사미승(沙彌僧)[1]을 데리고 거처할 따름이요, 행랑채 사이에는 여

1) 사미승(沙彌僧) : 출가하여 십계(十戒)를 받고, 정식 승려가 되기 위

러 종류의 공장이들이 살면서 물건을 만드느라 법석이다. 서화의 긴 두루마리와 굴대, 배접과 표구 장식들을 모두 이곳에서 하고 있었다. 동북쪽 모퉁이에는 높은 누각이 있고, 그 속에는 13층 금탑을 세웠는데, 조각과 그림의 훌륭하기가 거의 귀신의 솜씨로 된 것만 같았다. 절은 명나라 천순(天順 : 명나라 영종의 연호, 1457~1464) 3년 기묘(1459년)에 세웠다.

한 구족계(具足戒)를 받기 위해 수행하고 있는 어린 승려를 말한다.

原文

天慶寺
천 경 사

藥王廟隔牆　有天慶寺　有四大殿　第一曰四王　第
약 왕 묘 격 장　유 천 경 사　유 사 대 전　제 일 왈 사 왕　제

二曰圓通　第三曰大延壽　第四曰空相.
이 왈 원 통　제 삼 왈 대 연 수　제 사 왈 공 상

空相殿中　以寸餘金佛數千萬軀　積纍成大佛像　眉
공 상 전 중　이 촌 여 금 불 수 천 만 구　적 류 성 대 불 상　미

眼如生　額紋衣皺　無非小佛像　橫縱竪倒　如畫筆所
안 여 생　액 문 의 준　무 비 소 불 상　횡 종 수 도　여 화 필 소

摹揩也　以此心手之巧　其於土木之功　丹雘之麗　何
모 개 야　이 차 심 수 지 교　기 어 토 목 지 공　단 확 지 려　하

難之有.
난 지 유

如此大寺刹　只有一老釋與數三小沙彌俱居　廊廡
여 차 대 사 찰　지 유 일 노 석 여 수 삼 소 사 미 구 거　낭 무

間百工居住　工作紛然　書畫長軸　裝潢標飾　皆就是
간 백 공 거 주　공 작 분 연　서 화 장 축　장 황 표 식　개 취 시

中　東北隅有高樓　中建十三簷金塔　刻鏤藻繪之盛
중　동 북 우 유 고 루　중 건 십 삼 첨 금 탑　각 루 조 회 지 성

殆出鬼手　寺建于皇明天順三年己卯.
태 출 귀 수　사 건 우 황 명 천 순 삼 년 기 묘

두모궁(斗姥宮)

천단의 서쪽에 두모궁(斗姥宮)이 있다.

대문 앞의 정면 거리에는 패루(牌樓) 세 개가 있는데, 남쪽 패루 바깥 현판에는 '여천동수(與天同壽)'라 쓰여 있고, 안쪽 현판에는 '만수무강(萬壽無疆)'이라 썼으며, 동쪽 패루 바깥 현판에는 '봉래심처(蓬萊深處)'라 썼고, 안쪽 현판에는 '동화주주(東華注籌)'라 썼으며, 서쪽 패루 안쪽 현판에는 '천축연상(天竺延祥)'이라 썼고, 바깥 현판에는 무엇이라고 쓰여 있는지 잊어버렸다.

세 개의 패루가 솥발처럼 서 있는데, 금색과 푸른색의 단청이 현란하여 눈을 바로 뜨고 볼 수 없었다. 첫째 전각 현판은 '북극전(北極殿)'이라고 써붙여 북두성군(北斗星君 : 북두성의 신(神))을 안치하고, 둘째 전각부터 다섯째 전각까지는 모두 자물쇠를 채워 사람들의 구경을 허락하지 않았다. 대체로 건축의 훌륭한 품이라든가 그림의 기교는 보통사람들의 슬기와 역량으로서는 미칠 바가 못 되었다. 좌우 행랑채의 바람벽 위에 그린 그림들은 모두 처음 보는 것들이나, 갈 길이 바빠서 상세히 보지를 못했다.

또 한 전각에 이르러 들창 틈 사이로 멀리 들여다보니, 무슨 보물과 골동품들인지는 모르겠으나 푸른 불빛이 귀신불처럼 반짝반짝 하고, 포개어 있는 꼴이 부처의 배처럼 옹기종기 하여 짐짓 알고자 해도 알 길이 없고, 마치 꿈결에 부적 읽는 것만 같았다. 또 한 방에 이르니 옛 서화를 많이 두었는데, 미불(米芾)[1]의 '천마부(天馬賦)'와 '산정목매도(山精木魅圖)'는 다만 그 표제자만을 보고 떠났다.

강희 때에 태감(太監) 고시행(顧時行)이 태황태후(太皇太后 : 강희 황제의 할머니)의 명복을 빌기 위하여 자기의 사재(私財)를 털어서 빗돌을 세웠다. 비문은 한림시독학사(翰林侍讀學士) 고사기(高士奇)[2]가 지은 것으로 강희 을해년(1695년)에 세웠다.

1) 미불(米芾) : 송나라의 서예가(書藝家)로, 자는 원장(元章)이다.

2) 고사기(高士奇) : 청나라의 문학가로, 자는 담인(澹人)이고 호는 병려(瓶廬)이다.

原文

斗姥宮
두 모 궁

天壇之西 有斗姥宮.
천 단 지 서 유 두 모 궁

門前正街 有牌樓三 南坊外額曰與天同壽 內額曰萬壽無疆 東坊外額曰蓬萊深處 內額曰東華注籌 西方內額曰天竺延祥 外額忘焉.
문 전 정 가 유 패 루 삼 남 방 외 액 왈 여 천 동 수 내 액 왈 만 수 무 강 동 방 외 액 왈 봉 래 심 처 내 액 왈 동 화 주 주 서 방 내 액 왈 천 축 연 상 외 액 망 언

三樓鼎峙 金碧璀璨 目難定視也 第一殿榜曰北極殿 安北斗星君 第二殿至第五殿皆鎖 不許人觀 大約土木之盛 藻繪之工 有非心智力量所到 左右廊廡壁上所畵 無非創覩 而行忙不得諦閱.
삼 루 정 치 금 벽 최 찬 목 난 정 시 야 제 일 전 방 왈 북 극 전 안 북 두 성 군 제 이 전 지 제 오 전 개 쇄 불 허 인 관 대 약 토 목 지 성 조 회 지 공 유 비 심 지 역 량 소 도 좌 우 낭 무 벽 상 소 화 무 비 창 도 이 행 망 부 득 체 열

又至一殿 從窓隙遙窺 雖未知何物寶玩 而熠熠靑碧如鬼火 礧砢錯落如佛腹 欲曉未曉 如夢讀籙字書 又行至一屋 多置古書畵 米芾天馬賦 山精木魅圖 只閱其標題而去.
우 지 일 전 종 창 극 요 규 수 미 지 하 물 보 완 이 습 습 청 벽 여 귀 화 뇌 라 착 락 여 불 복 욕 효 미 효 여 몽 독 록 자 서 우 행 지 일 옥 다 치 고 서 화 미 불 천 마 부 산 정 목 매 도 지 열 기 표 제 이 거

康熙時　太監顧時行爲太皇太后祈福　捐私財造建
강희시　태감고시행위태황태후기복　연사재조건

碑文翰林侍讀學士高士奇撰　康熙乙亥立.
비문한림시독학사고사기찬　강희을해립

융복사(隆福寺)

융복사의 장날은 매월 세 번, 1일마다 선다. 의주(義州) 상인 경찬(鏡贊)과 동행하였다. 이날이 바로 장날이라 수레와 말들이 더욱 붐벼서 절간 지척에서 그와 서로 잃어버리고는 할 수 없이 혼자서 다니면서 구경을 하였다.

비석에 기록하기를,

"경태(景泰 : 명나라 대종의 연호, 1450~1456) 3년(1452년) 6월 공부시랑(工部侍郎) 조영(趙榮)이 공사 역군 10,000명을 동원하여 5년(1454년) 4월에 준공하였다. 황제가 날을 골라서 거둥하려고 할 때 태학생(太學生) 양호(楊浩)와 의제낭중(儀制郎中) 장륜(章綸)이 함께 소장을 올려 간하자 그날로 거둥을 파하였다."

라고 하였다.

절 안에는 공경과 사대부들의 수레와 말이 연이어 이르러 손수 물건을 골라잡아 사곤 하였다. 온갖 물품이 뜰에 가득 차고, 주옥과 진귀한 보물들이 이리저리 발길에 채다시피 구르고 있어, 걷는 사람의 발길을 조심스럽게 하고 사람의 마음을 송구스럽게 하였으며 사람의 눈을 어리둥절하게 하였다.

섬돌 층대며 옥돌 난간에 펼쳐서 걸어둔 것은 모두 용과 봉황 무늬를 놓은 담요와 모직들이며, 담장을 둘러싸다시피 한 것은 모두가 법서(法書)와 명화(名畵)들이다. 이따금 장막을 친 채 징을 두드리고 북을 치는 사람은 재주를 부리고 요술을 부려서 돈벌이를 하는 사람이다.

지난해 이무관(李懋官 : 무관은 이덕무(李德懋)의 자)이 이 절을 유람할 때는 마침 장날이어서 내각학사(內閣學士) 숭귀(嵩貴)를 만났다고 했다. 숭귀는 손수 여우털 갖옷 한 벌을 골라서 옷깃을 헤쳐 보기도 하고 입으로 털을 불어보기도 하고 몸에 대고 길고 짧은 것을 재어 보고는 손수 돈을 끄집어내어 샀는데, 〈이덕무가〉 이를 보고 깜빡 놀랐다고 한다.

숭귀란 자는 만주인으로 지난해에 칙명을 받들어 우리나라에 왔던 자이다. 그의 벼슬은 예부시랑(禮部侍郎)이요, 몽고부도통(蒙古副都統)이다. 우리나라에서는 가난한 선비들로서 비록 부리는 하인 한 명 없는 집안일지라도 아직 자기 발로 장터에 나간 적은 없다. 〈장터에 나가서〉 막 굴러먹은 장사치들을 상대로 물건 값을 홍정하는 것을 추잡스럽고 좀스러운 일로 치는 터이니, 이런 광경이 우리나라 사람들의 눈을 깜짝 놀라게 한 것은 당연한 일일 것이다.

그러나 이제 내가 돌아다니면서 본 홍정꾼들은 모두 오중(吳中 : 강소성 지방)의 명사들이요, 특별히 소매상이나 거간꾼들은 아니었다. 유람차 온 자는 대체로 한림원의 서길사(庶吉

士) 같은 사람들이 많았으며, 친구를 찾아 고향 소식을 묻기도 하고, 겸하여 그릇과 의복을 사기도 하였다.

그들이 찾는 물건들이란 대개 골동품 술잔이나 솥, 새로 발간된 서적, 법서, 유명인의 그림, 관복, 조주(朝珠 : 염주), 향주머니, 안경 등으로서, 남을 함부로 대신 시켜 군색스러운 일을 하는 것이 차라리 자기 손으로 유쾌하게 척척 처리하는 것만 못하기 때문이다.

자신들이 직접 물건을 선택하면서 오가는 사이에도 역시 그들의 소박하고 솔직한 면을 볼 수 있으니, 이래서 중국 사람들은 저마다 물건 감정에 정통하고 제대로 감상한다는 것을 알 수 있었다.

原文

隆福寺
융 복 사

隆福寺市日　每月三一　與灣賈鏡贊同行　是日値市
융 복 사 시 일　매 월 삼 일　여 만 고 경 찬 동 행　시 일 치 시

車馬尤爲闐咽　寺中咫尺相失　遂獨行觀玩.
거 마 우 위 전 인　사 중 지 척 상 실　수 독 행 관 완

碑載景泰三年六月　工部侍郎趙榮　董工役夫萬人
비 재 경 태 삼 년 유 월　공 부 시 랑 조 영　동 공 역 부 만 인

五年四月成　車駕擇日臨幸　太學生楊浩　儀制郞中章
오 년 사 월 성　거 가 택 일 림 행　태 학 생 양 호　의 제 낭 중 장

綸　俱上疏諫　卽日罷行.
륜　구 상 소 간　즉 일 파 행

卿士大夫連車騎至寺中　手自揀擇市買　百貨盈庭
경 사 대 부 연 거 기 지 사 중　수 자 간 택 시 매　백 화 영 정

珠玉珍寶之物　磊落宛轉于履屐之間　令人足踖如也
주 옥 진 보 지 물　뇌 락 완 전 우 이 극 지 간　영 인 족 적 여 야

心怵如也　而視瞿瞿也.
심 출 여 야　이 시 구 구 야

階墄玉欄所布掛　皆龍鳳氈罽　而衣被牆壁者　盡是
계 척 옥 란 소 포 괘　개 룡 봉 전 계　이 의 피 장 벽 자　진 시

法書名畫　往往施帷幕　撞金伐鼓者　逞戲售術者也.
법 서 명 화　왕 왕 시 유 막　당 금 벌 고 자　영 희 수 술 자 야

前年李懋官遊此寺　値市日　逢內閣學士嵩貴　自選
전 년 이 무 관 유 차 사　치 시 일　봉 내 각 학 사 숭 귀　자 선

一狐裘　挈領披拂　口向風吹毫　較身長短　手揣銀交
일 호 구　설 령 피 불　구 향 풍 취 호　교 신 장 단　수 췌 은 교

易　大駭之.
역　대해지

　嵩貴者　滿洲人　往歲奉勑東出者也　官禮部侍郞
　숭귀자　만주인　왕세봉칙동출자야　관예부시랑

蒙古副都統　我國貧士　家雖乏無尺僮者　未嘗敢身至
몽고부도통　아국빈사　가수핍무척동자　미상감신지

場市間　與賈竪輩評物高下　爲鄙屑事也　宜其大駭於
장시간　여고수배평물고하　위비설사야　의기대해어

我人之目.
아인지목

　然今吾歷訪賣買者　皆吳中名士　殊非裨販駔儈之
　연금오력방매매자　개오중명사　수비비판장쾌지

徒　以遊覽來者　類多翰林庶吉士　爲訪親舊　問訊家
도　이유람래자　유다한림서길사　위방친구　문신가

鄕　兼買器服.
향　겸매기복

　其所覓物　類多古董彝鼎　新刻書冊　法書名畵　朝
　기소멱물　유다고동이정　신각서책　법서명화　조

衣朝珠　香囊眼鏡　非可以倩人爲皮膜苟艱事　莫若親
의조주　향낭안경　비가이천인위피막구간사　막약친

手停當爲愉快.
수정당위유쾌

　選擇去就之際　亦見其簡易質直　而所以中國人　人
　선택거취지제　역견기간이질직　이소이중국인　인

能有精鑑雅賞也.
능유정감아상야

석조사(夕照寺)

석조사로 유세기(兪世琦)를 찾아갔다. 절은 그리 크지는 않았으나 정갈하고도 그윽하여 이야말로 참으로 티끌 한 점 움직이지 않는다고 할 것이다. 이곳 사원 중에서 이처럼 맑은 곳은 처음 보았다.

중은 한 명도 없고 거처하는 사람들은 모두 복건(福建)이나 절강(浙江)에서 온 낙제한 수재들로서 고향으로 돌아갈 노자가 없어, 이곳에 많이들 묵고 있으면서 서로 글을 지어 발간하여 생활을 하고 있다. 이 당시 모두 서른한 명이 거처하고 있는데, 남의 글을 품팔이하기 위해 아침에 나가서 아직 돌아오지 않았으므로 절에는 한 사람도 없어 고요하였다. 거처하는 곳은 다들 정갈하고 자리들이 잘 정리되어 있어 사람으로 하여금 감회에 잠겨 거닐도록 하면서 발길을 돌리지 못하게 하였다.

『석진일기(析津日記)』[1]에 이르기를,

“연경(북경) 팔경(八景)[2] 중에 금대석조(金臺夕照)가 있으니,

이 절 이름도 여기에서 나왔다."
라고 하였다.

유군(兪君 : 유세기)은 원래 복건 사람인데, 섬서성 병비도(陝西省兵備道) 진정학(陳庭學)의 자형(姊兄)이 되었다가 금년(1780년) 2월에 아내를 잃고, 아들도 없이 네 살 난 젖먹이 딸을 그의 처가에 두고, 자기는 홀로 심부름하는 어린아이 하나를 데리고 이 절에 깃들어 살고 있다.

---

1) 『석진일기(析津日記)』 : 청나라 사람 주운(周篔)이 지었다.

2) 연경(북경) 팔경은 태액추풍(太液秋風), 경도춘음(瓊島春陰), 금대석조(金臺夕照), 계문연수(薊門煙樹), 서산청설(西山晴雪), 옥천수홍(玉泉垂虹), 노구효월(盧溝曉月), 거용첩취(居庸疊翠)이다.

原文

夕照寺
석 조 사

訪兪世琦于夕照寺　寺不甚宏傑　而精灑幽敻　眞乃
방 유 세 기 우 석 조 사　사 불 심 굉 걸　이 정 쇄 유 형　진 내
一塵不動　禪林中淨界　此爲初見也.
일 진 부 동　선 림 중 정 계　차 위 초 견 야

無一僧　居住皆閩越中落第秀才　無資不能歸　多留
무 일 승　거 주 개 민 월 중 낙 제 수 재　무 자 불 능 귀　다 류
此中　相與著書刻板以資生　時居共三十一人　爲人賃
차 중　상 여 저 서 각 판 이 자 생　시 거 공 삼 십 일 인　위 인 임
書　朝出未還　寂無一人　而所居皆淨潔　位置整齊
서　조 출 미 환　적 무 일 인　이 소 거 개 정 결　위 치 정 제
使人徘徊想咏不能去.
사 인 배 회 상 영 불 능 거

析津日記云　燕京八景　有金臺夕照　此寺之所由名
석 진 일 기 운　연 경 팔 경　유 금 대 석 조　차 사 지 소 유 명
也.
야

兪君本閩人　爲陜西兵備道陳庭學姊婿　今年二月
유 군 본 민 인　위 섬 서 병 비 도 진 정 학 자 서　금 년 이 월
喪妻　無子男　有四歲乳女　置婦家　身獨與小僮　棲
상 처　무 자 남　유 사 세 유 녀　치 부 가　신 독 여 소 동　서
息此寺中.
식 차 사 중

관제묘(關帝廟)

관제묘(關帝廟 : 관운장의 사당)는 천하에 어디든지 비록 궁벽한 변방이나 멀리 떨어진 외진 곳이라도 사람 몇 호만 사는 촌락이면 반드시 사치스런 건물을 떠받들어 지어 놓고, 제사에 대단한 정성을 들인다. 짐승 치는 목동이나 농가의 부녀자 할 것 없이 모두가 남에게 뒤질세라 무섭게들 모여든다.

책문(柵門)에 들어서면서부터 황성까지 2,000여 리 사이에 새로 지은 사당이나 묵은 사당이나, 혹은 크고 작은 관제묘가 곳곳에서 서로 마주 바라다보고 있었다. 그중에도 요양(遼陽)과 중후소(中後所)에 있는 관제묘가 가장 영험이 있다고 한다. 황성(북경)에 있는 것을 '백마관제묘(白馬關帝廟)'라고 하여 『사전(祀典)』에 실려 있는데, 곧 정양문 오른쪽에 있는 관제묘가 이곳이다.

매년 5월 13일이면 제사를 올리는데, 제삿날 10일 앞서 태상시(太常寺)가 본시(本寺)의 당상관(堂上官)을 보내어 예식을 집행한다. 이날은 민간의 참배가 더욱 극성스럽다.

대체로 나라에 큰 재앙이 있으면 제사를 지내고 고한다. 명(明)나라 만력(萬曆 : 명나라 신종의 연호, 1573~1620) 시대는 특히 '삼계복마대제신위원진천존(三界伏魔大帝神威遠鎭天尊)'으로 봉했으니, 이 지시는 궁중으로부터 나온 것이다. 우리나라의 남관왕묘(南關王廟)[1] 바람벽 위에 걸린 그림도 대체로 이곳의 것을 모방한 그림인 듯하다.

초횡(焦竑)[2]이 묘비문을 짓고, 동기창(董其昌)[3]이 글씨를 썼는데, 세상에서는 이를 이절(二絶 : 다시없는 두 가지 귀중한 것)이라고 일컫는다.

---

1) 남관왕묘(南關王廟) : 남대문 밖에 있던 관왕묘이다. 참고로 동대문 밖에 있던 관왕묘인 동관묘는 지금도 있다.

2) 초횡(焦竑) : 명나라 학자. 자는 약후(弱侯)이고, 호는 의원(漪園)이다.

3) 동기창(董其昌) : 명나라의 서예가. 자는 원재(元宰)·현재(玄宰)이고, 호는 사백(思白)·향광거사(香光居士)이다.

原文

關帝廟
관 제 묘

關帝廟遍天下　雖窮邊荒徼　數家村塢　必崇侈棟宇
관 제 묘 편 천 하　수 궁 변 황 요　수 가 촌 오　필 숭 치 동 우

賽會虔潔　牧豎饁婦　咸奔走恐後.
새 회 건 결　목 수 엽 부　함 분 주 공 후

自入柵至皇城二千餘里之間　廟堂之新舊　若大若
자 입 책 지 황 성 이 천 여 리 지 간　묘 당 지 신 구　약 대 약

小　所在相望　而其在遼陽及中後所　最著靈異　其在
소　소 재 상 망　이 기 재 요 양 급 중 후 소　최 저 령 이　기 재

皇城　稱白馬關帝廟　載於祀典　則正陽門右關帝廟是
황 성　칭 백 마 관 제 묘　재 어 사 전　즉 정 양 문 우 관 제 묘 시

也.
야

每年五月十三日致祭　前十日　太常寺題遣本寺堂
매 년 오 월 십 삼 일 치 제　전 십 일　태 상 시 제 견 본 시 당

上官行禮　是日　民間香火尤盛.
상 관 행 례　시 일　민 간 향 화 우 성

凡國有大災　則祭告之　皇明萬曆時　特封三界伏魔
범 국 유 대 재　즉 제 고 지　황 명 만 력 시　특 봉 삼 계 복 마

大帝神威遠鎭天尊　旨由中出　我國南關廟壁上所揭
대 제 신 위 원 진 천 존　지 유 중 출　아 국 남 관 묘 벽 상 소 게

蓋摹此筆也.
개 모 차 필 야

焦竑撰廟碑　董其昌書　世稱二絶.
초 횡 찬 묘 비　동 기 창 서　세 칭 이 절

명인사(明因寺)

들으니, 명인사에는 위촉(僞蜀)[1]의 왕연(王衍)[2] 시대에 관휴(貫休 : 전촉 때의 유명한 중)[3]가 그린 열여섯의 나한상(羅漢像)이 있는데, 기기괴괴한 그림이어서 세상에 전하는 것과는 다르다고 하므로 나는 한 번 보려고 생각했다. 자리를 함께한 한림(翰林) 초팽령(初彭齡)도 역시 나와 같은 생각을 가지고 있어서 드디어 날짜를 약속하여 함께 수레를 몰아 절에 닿았다.

절은 정양문 밖 3리 되는 강의 동쪽 언덕에 있는데, 그리 크거나 화려하지는 않았다. 다만 해소병 들린 중 한 명이 있었는데, 위인이 더럽게 무뚝뚝하여 굳이 이 그림이 없다고 기휘하면서 절 구경도 못하도록 했다.

초 태사(初太史)는 중을 향하여 재삼 조아리며 간청하였으

1) 위촉(僞蜀) : 오대 시대 왕건(王建)이 세운 전촉(前蜀)을 가리킨다.
2) 왕연(王衍) : 전촉의 후주(後主). 자는 화원(花源).
3) 관휴(貫休) : 전촉 때의 유명한 중인데, 그림을 잘 그렸다.

나 중은 완고하게도 점점 더 뻣뻣하여 머리를 들고 대답도 하려 하지 않더니, 조금 있다가는 고함을 치면서 큰 소리로 욕을 해 왔다. 초 태사는 얼굴을 붉히고 물러나와 심히 낙담하였다. 나를 이끌고 함께 돌아오는 길에 호국사(護國寺)를 거쳐 왔다.

原文

明因寺
명 인 사

聞明因寺 有僞蜀王衍時貫休所畵十六羅漢像 奇
문 명 인 사 유 위 촉 왕 연 시 관 휴 소 화 십 륙 나 한 상 기
奇怪怪 不類世間所傳 思欲一觀 座有初翰林彭齡
기 괴 괴 불 류 세 간 소 전 사 욕 일 관 좌 유 초 한 림 팽 령
亦同余思 遂約日共車至寺.
역 동 여 사 수 약 일 공 거 지 사

寺在正陽門外三里河東畔 不甚宏麗 只有一僧病
사 재 정 양 문 외 삼 리 하 동 반 불 심 굉 려 지 유 일 승 병
咳 且甚頑鄙 牢諱此畵 且不許遊覽.
해 차 심 완 비 뇌 휘 차 화 차 불 허 유 람

初太史向僧再三叩懇 而僧頑賴轉甚 不肯擧頭應
초 태 사 향 승 재 삼 고 간 이 승 완 뢰 전 심 불 긍 거 두 응
答 良久厲聲叱之 初赧然而退 殊甚敗意 引余同歸
답 양 구 려 성 질 지 초 난 연 이 퇴 수 심 패 의 인 여 동 귀
歷護國寺.
역 호 국 사

대륭선호국사(大隆善護國寺)

호국사(護國寺)를 도성 사람들은 천불사(千佛寺)라고 부르는데, 불상 1,000개가 있기 때문이다. 또 융국사(隆國寺)라고도 한다. 크고 작은 불전이 열한 군데나 있어서 비록 크기는 매우 굉장하나, 역시 많이 무너지고 파괴되어 있었다.

명나라 정덕(正德 : 명나라 무종의 연호, 1506~1521) 연간에 황제의 칙명으로 서번(西番)의 법왕(法王) 영점반단(領占班丹)과 저초장복(著肖藏卜) 등을 여기에 거주시켰다고 한다. 소위 반단이니 장복이니 하는 말은 지금 열하에 있는 반선(班禪)인 것 같다.

절이 언제 창건되었는지 모르겠으나 원(元)나라의 승상(丞相) 탈탈(脫脫)의 소상이 있는데, 머리에는 두건을 쓰고 붉은 옷을 입었으며, 수염도 길고 눈썹도 길고, 기품이 깨끗하고 엄숙해 보이고, 의관은 모두 중국 제도와 비슷했다. 원나라 때의 재상도 혹 머리를 깎지 않았던가? 좀 이상해 보였다. 곁에서 봉황관을 쓰고 붉은 치마를 입고 있는 노파가 있는데,

곧 탈탈의 처이다.

또 요광효(姚廣孝)[1]의 화상이 있는데, 얼굴이 맑고 점잖게 생겼으며 머리털을 깎고 가부좌를 틀고 앉았는데, 세상의 온갖 티끌과 인연을 끊은 것같이 보여 서호(西湖)에서 엉덩이를 치면서 혼자 시를 읊던 때와는 전혀 다르게 생겼다.

옛날 사마천(司馬遷)[2]은 장자방(張子房 : 자방은 장량(張良)의 자)의 얼굴이 여인과 같다고 했는데, 내가 이 그림을 보지 못했을 때에는 마음속으로 탈탈에게서 필시 하늘을 찌를 만한 살기(殺氣)를 띠고 있으려니 생각했는데, 지금 와 보니 그렇지도 않았다.

1) 요광효(姚廣孝) : 명나라 때의 승려이자 도사이며, 문학가로 이름이 높은 인물이다. 승명(僧名)은 도연(道衍)이고, 자는 사도(斯道)이다.

2) 사마천(司馬遷) : 전한(前漢) 때에 『사기(史記)』를 지은 문학가로, 자는 자장(子長)이다.

原文

大隆善護國寺
대 륭 선 호 국 사

護國寺　都人稱千佛寺　以其有千佛也　又名隆國寺
호 국 사　도 인 칭 천 불 사　이 기 유 천 불 야　우 명 융 국 사
有大小佛殿十有一區　雖甚宏傑　而亦多破敗.
유 대 소 불 전 십 유 일 구　수 심 굉 걸　이 역 다 파 패

皇明正德中　勑西蕃法王領占班丹及著肖藏卜等居
황 명 정 덕 중　칙 서 번 법 왕 영 점 반 단 급 저 초 장 복 등 거
住　所謂班丹藏卜者　如今熱河所置班禪也.
주　소 위 반 단 장 복 자　여 금 열 하 소 치 반 선 야

未知寺創何代　而有元丞相脫脫塑像　幞頭朱衣　髥
미 지 사 창 하 대　이 유 원 승 상 탈 탈 소 상　복 두 주 의　염
長眉脩　氣宇淸肅　衣冠皆似華制　元時宰相　或不開
장 미 수　기 우 청 숙　의 관 개 사 화 제　원 시 재 상　혹 불 개
剃歟　是可異也　旁有鳳冠　赤裳老嫗　乃脫脫妻也.
체 여　시 가 이 야　방 유 봉 관　적 상 노 구　내 탈 탈 처 야

又有姚廣孝畫像　姿容蕭灑　髠頂趺坐　萬緣俱空
우 유 요 광 효 화 상　자 용 소 쇄　곤 정 부 좌　만 연 구 공
不似西湖鼓臀獨吟時也.
불 사 서 호 고 둔 독 음 시 야

昔司馬遷　稱張子房貌類婦人　余於未見此像時　意
석 사 마 천　칭 장 자 방 모 류 부 인　여 어 미 견 차 상 시　의
其有滔天殺氣　今不然矣.
기 유 도 천 살 기　금 불 연 의

화신묘(火神廟)

화덕진군묘(火德眞君廟)는 북안문(北安門) 일중방(日中坊)[1]에 있다. 원나라 지정(至正 : 원나라 순제의 연호, 1341~1370) 연간에 지어졌으며, 명나라 만력(萬曆 : 명나라 신종의 연호, 1573~1620) 때에 고쳐 증축했으며, 천계(天啓 : 명나라 휘종의 연호, 1621~1627) 원년(1621년)에 명령을 내려 매년 6월 22일에는 태상시(太常寺)의 관원에게 화덕신(火德神)을 제사 지내게 하였다.

앞의 전각은 융은전(隆恩殿)이요, 뒤의 전각들은 만세전(萬歲殿) · 경령전(景靈殿) · 보성전(輔聖殿) · 필령전(弼靈殿) · 소녕전(昭寧殿)이다. 무릇 여섯 개의 전각은 모두 푸른 유리기와로 지붕을 이었으며, 섬돌 층층대도 모두 초록빛 유리벽돌을 깔았다. 전각 뒤에는 수정(水亭)이 호수를 굽어보고 섰는데, 금색과 푸른색의 단청이 비단 물결의 무늬 위에 비치어 번쩍였다. 장엄하고 화려하기는 약왕묘(藥王廟)와 거의 나란하겠지

1) 일중방(日中坊)의 '中'은 '충(忠)'을 잘못 표기한 듯하다.

만, 경치는 그보다 나은 것 같다.

빗돌 한 개는 주지번(朱之蕃)[2]의 글이요, 또 한 개는 옹정춘(翁正春)[3]의 글이다.

2) 주지번(朱之蕃) : 명나라의 문학가이며 서예가로, 자는 원개(元介) 또는 원승(元升)이다.

3) 옹정춘(翁正春) : 명나라의 고관(高官)으로, 자는 조진(兆震)이다.

原文

火神廟
화 신 묘

火德眞君廟 在北安門日中坊 元至正間建 皇明萬
화 덕 진 군 묘 재 북 안 문 일 중 방 원 지 정 간 건 황 명 만
曆時改增 天啓元年著令 以每年六月二十二日 太常
력 시 개 증 천 계 원 년 착 령 이 매 년 유 월 이 십 이 일 태 상
官祀火德之神.
관 사 화 덕 지 신

前殿曰隆恩 後殿曰萬歲 曰景靈 曰輔聖 曰弼靈
전 전 왈 융 은 후 전 왈 만 세 왈 경 령 왈 보 성 왈 필 령
曰昭寧 凡六殿 皆碧琉璃瓦 階墄皆綠琉璃甎 殿後
왈 소 녕 범 육 전 개 벽 유 리 와 계 척 개 록 유 리 전 전 후
水亭臨湖 金碧照映漣漪間 壯麗與藥王廟相並 而勝
수 정 림 호 금 벽 조 영 련 의 간 장 려 여 약 왕 묘 상 병 이 승
槩過之.
개 과 지

一碑朱之蕃撰 一碑翁正春撰.
일 비 주 지 번 찬 일 비 옹 정 춘 찬

북약왕묘(北藥王廟)

북약왕묘는 전각이나 모셔 둔 위패 같은 것이 남묘(남약왕묘)의 제도와 꼭 같다. 동쪽은 호숫가에 닿아 있고, 둑을 따라 수많은 버드나무를 심어 놓아서 호수 물가에 그늘이 짙은데, 노니는 사람들이 언제나 가득했다.

천계(명나라 휘종의 연호, 1621~1627) 연간에 위충현(魏忠賢)[1]이 세운 것이라고 한다.

1) 위충현(魏忠賢) : 명나라 말기의 간신(奸臣)인데, 본명은 위사(魏四)이다. 희종(熹宗)의 신임을 받아 동창(東廠)의 장관에 올랐으며, 정치를 농단하여 명나라의 멸망을 가져왔다.

原文

北藥王廟
북 약 왕 묘

北藥王廟 殿宇位設 一如南廟 而東臨海子 沿堤
북 약 왕 묘 전 우 위 설 일 여 남 묘 이 동 림 해 자 연 제
萬柳 陰濃湖濱 遊客常滿.
만 류 음 농 호 빈 유 객 상 만

天啓中 魏忠賢所建云.
천 계 중 위 충 현 소 건 운

숭복사(崇福寺)

숭복사는 본시 민충사(憫忠寺)이다. 당나라 태종(太宗)이 친히 요동을 정벌하고 돌아와 전쟁에서 죽은 장군과 병사들을 불쌍히 여겨 이 절을 짓고 명복을 빌었다고 한다.

두 개의 탑이 마주보고 서 있는데, 어떤 사람은 안녹산(安祿山)[1]이 세운 것이라고 하였고, 어떤 사람은 사사명(史思明)[2]이 지은 것이라고도 한다. 높이는 각기 열 길씩이나 된다. 이

1) 안녹산(安祿山) : 당나라 현종(玄宗) 때에 난을 일으킨 인물로, 현종의 신임을 받고 양국충(楊國忠)과 대립하다가, 자신과 현종의 사이를 이간질하려는 양국충을 제거해야 한다는 명분을 내세워 755년에 반란을 일으켰다. 이듬해 낙양(洛陽)에서 대연 황제(大燕皇帝)라고 칭하였으나, 둘째아들 경서(慶緖)에게 피살되었다.

2) 사사명(史思明) : 당나라 현종 때의 반신(叛臣). 안녹산의 난이 일어났을 때 동조했으며, 안녹산이 살해되자 당나라로 귀순했다가 다시 반기를 들어 안녹산의 아들 경서를 죽이고 대연 황제라 일컬었으나, 자신의 아들 조의(朝義)에게 살해되었다.

렇게 두 역적이 세웠음에도 불구하고 중국 사람들은 오히려 천년 고적이라 하여 그대로 남겨 두었다.

『송사(宋史)』에는,

“사첩산(謝疊山)[3]이 원(元)나라의 지원(至元) 26년(1289년) 4월에 연경에 이르러 사태후(謝太后)[4]의 빈소(殯所)와 영국공(瀛國公)이 있는 곳을 물어서 찾아가 두 번 절을 하면서 통곡하였다. 원나라 사람들이 그를 민충사에 보내어 두었더니, 벽 사이에 서 있는 조아비(曹娥碑)[5]를 보고 울면서 ‘한 여인으로도 오히려 이렇거늘’ 하고는 마침내 먹지 않고 굶어 죽었다.”

라고 하였다.

장불긍(張不矜 : 미상)이 사사명(史思明)을 위해 당나라 숙종(肅宗 : 이형(李亨))을 찬송한 비문을 짓고, 소령지(蕭靈芝 : 서예가)가 쓴 비석이 있다고 하여 찾았으나, 지금은 없어졌다. 그러나 이는 마땅히 주이준(朱彝尊)[6]이 변증한 것을 정

3) 사첩산(謝疊山) : 송나라의 충신 사방득(謝枋得). 첩산은 호이고, 자는 군직(君直)이다.

4) 사태후(謝太后) : 송나라 이종(理宗)의 황후로서 원나라에 붙잡혀 와서 살해당하였다.

5) 조아비(曹娥碑) : 후한(後漢) 때의 서예가 채옹(蔡邕)이 효녀 조아(曹娥)를 위하여 지은 비문이다. 조아는 물에 빠져 죽은 아버지의 시체를 찾다가 결국 슬픔을 이기지 못하고 자신도 물에 빠져 죽었다.

6) 주이준(朱彝尊) : 청나라의 학자로, 자는 석창(錫鬯)이고 호는 죽타

설로 삼아야 할 것이다.

『고려사(高麗史 : 정인지(鄭麟趾) 등이 지음)』에는,

"충선왕(忠宣王)이 대도(大都 : 북경)에 이르니, 황제가 머리털을 잘라서 석불사(石佛寺)에 두었다."

라고 하였는데, 어떤 사람은 바로 이 절이라고 하지만 자세히 알 수는 없다.

(竹垞)이다.

原文

崇福寺
숭복사

崇福寺 本憫忠寺 唐太宗還自征遼 哀憫戰亡將士爲建此寺以薦福.
숭복사 본민충사 당태종환자정요 애민전망장사위건차사이천복

兩塔對峙 或云安祿山所建 或云史思明所建 高各十丈 要之兩賊所建 而中國人猶以千年舊蹟 而不沒也.
양탑대치 혹운안녹산소건 혹운사사명소건 고각십장 요지양적소건 이중국인유이천년구적 이불몰야

宋史 謝疊山以元至元二十六年四月 至燕京 問謝太后櫕所及瀛國公所在 再拜慟哭 元人送置憫忠寺見壁間曹娥碑 泣曰 一女子尙爾 遂不食而死.
송사 사첩산이원지원이십륙년사월 지연경 문사태후찬소급영국공소재 재배통곡 원인송치민충사견벽간조아비 읍왈 일녀자상이 수불식이사

尋張不矜爲史思明頌唐肅宗碑 蘇靈芝所書 今無有 然當以朱彝尊所辨爲正矣.
심장불긍위사사명송당숙종비 소령지소서 금무유 연당이주이준소변위정의

高麗史 忠宣王至大都 帝祝髮置之石佛寺 或云此寺 未可詳也.
고려사 충선왕지대도 제축발치지석불사 혹운차사 미가상야

진각사(眞覺寺)

진각사는 속명으로 오탑사(五塔寺)라고 부른다. 또는 정각사(正覺寺)라고도 한다. 부도(浮圖 : 탑)의 높이는 열 길이나 되는데, 금강보좌(金剛寶座)라고 부른다. 그 안으로 들어가 캄캄한 속에 나선형 계단을 따라 꼭대기까지 올라갔다. 위에는 평평한 대가 되고, 그 위에 또다시 다섯 모가 난 작은 탑을 두었다.

세상에서 전하기를,

"명나라의 헌종 황제(憲宗皇帝 : 주견심(朱見深))가 살아 있을 때에 의관을 보관해 두었던 곳이다."

라고 한다. 이 절을 어떤 이는,

"몽고인이 세운 것이다."

라고 하고 어떤 이는,

"명나라의 성조 황제(成祖皇帝 : 주체(朱棣)) 때에 서번(西番)의 판적달(板的達)이 금부처 다섯 구(軀)를 바쳤으므로 이 절을 세워서 그를 맡겼다."

라고도 한다.

이제 우리나라 사람들은 처음으로 황금지붕의 전각 안에 들어앉아 있는 서번의 중들을 보고 마음속으로 크게 놀라지만, 중국은 역대로 반드시 이같이 떠받들었다. 그래서 세상 사람들은 모두 천자가 소일 삼아 쉬는 곳이며, 아울러 명복을 비는 곳으로 이용하는 것을 인정해 준다. 그렇기 때문에 이곳은 비록 지나치게 사치스럽게 꾸몄더라도 여러 신하들은 감히 손가락질하며 배척하지 못하고, 애오라지 서로 못 본 체하였던 것이다.

原文

眞覺寺
진 각 사

眞覺寺　俗名五塔寺　又名正覺寺　浮圖高十丈　號
진 각 사　속 명 오 탑 사　우 명 정 각 사　부 도 고 십 장　호
金剛寶座　入其內　從暗中螺旋以陟其頂　上爲平臺
금 강 보 좌　입 기 내　종 암 중 나 선 이 척 기 정　상 위 평 대
復置五方小塔.
부 치 오 방 소 탑

世傳皇明憲宗皇帝生藏衣冠處　寺或云蒙古人所建
세 전 황 명 헌 종 황 제 생 장 의 관 처　사 혹 운 몽 고 인 소 건
或云皇明成祖皇帝時　西蕃板的達所貢金佛五軀　爲
혹 운 황 명 성 조 황 제 시　서 번 판 적 달 소 공 금 불 오 구　위
創此寺以舍之.
창 차 사 이 사 지

今我人初見金屋蕃僧　大驚於心　然中國歷代　必有
금 아 인 초 견 금 옥 번 승　대 경 어 심　연 중 국 역 대　필 유
此等崇奉　則天下共許天子遊神暇豫之地　而兼資冥
차 등 숭 봉　즉 천 하 공 허 천 자 유 신 가 예 지 지　이 겸 자 명
佑　故雖極崇侈　所以群下不敢指斥　聊相假借之也.
우　고 수 극 숭 치　소 이 군 하 불 감 지 척　요 상 가 차 지 야

이마두의 무덤〔利瑪竇塚〕

부성문(阜成門)을 나와서 몇 리를 가니 길 왼쪽으로는 돌기둥 4, 50개를 쭉 늘어 세우고, 위에는 포도나무 시렁을 만들었는데 포도가 한창 무르익었다.

돌로 만든 패루(牌樓) 세 칸이 있고, 좌우에는 돌로 깎은 사자(獅子)가 마주보며 쭈그리고 앉았다. 그 안에는 높은 전각이 있는데, 지키는 사람에게 물어서 비로소 이마두(利瑪竇)[1]의 무덤인 줄을 알았다. 모든 서양 선교사(宣敎師)들의 무덤들이 동서 양쪽에 쭉 묻어져 모두 70여 분이나 되었다. 무덤 둘레는 정방형으로 담장을 쌓아 바둑판처럼 되어 있었는데 거의 3리나 되니, 그 안은 모두 서양 선교사들의 무덤이었다.[2]

---

1) 이마두(利瑪竇) : 마테오 리치. 이탈리아에서 중국으로 들어왔던 예수회 선교사인데, 자는 서태(西泰)이다. 84쪽 주 40) 참조.

2) 지금은 서양 선교사들의 무덤은 없어졌고, 이마두의 무덤만 남아 있다.

명나라 만력 경술년(1610년)에 황제는 이마두의 장지를 하사하였는데, 무덤의 높이는 두어 길이나 된다. 벽돌로 쌓고 석회로 떼운 봉분의 모양은 마치 대나무 홈통형의 기와 같이 생겼는데, 기와 모양이 사방으로 처마 끝까지 튀어나와 있었다. 멀리서 바라보면 마치 다 피지 못한 커다란 버섯처럼 생겼다. 무덤 뒤에는 벽돌로 높다랗게 쌓은 여섯모로 된 집이 서 있는데 마치 쇠로 된 종처럼 보였다. 삼면으로는 홍예문(무지개문)을 내었고, 속은 텅 비어 아무것도 없었다.

빗돌을 세워 글을 새기기를 '야소회사이공지묘(耶蘇會士利公之墓)'라 하였고, 왼쪽 옆에는 작은 글씨로,

"이 선생(利先生)의 휘(諱)는 마두이다. 자는 서태(西泰)이고, 대서양(大西洋) 이태리아국〔意大里亞國〕 사람으로서 어릴 때부터 참다운 수양을 하였다. 명나라 만력 신사년(1581년)에 배를 타고 처음으로 중화(中華)에 들어와 교를 널리 펴고, 만력 경자년(1600년)에 북경에 와서 만력 경술년(1610년)에 죽었으니, 세상을 누린 지가 쉰아홉 해이고, 야소에 있은 지는 마흔두 해이다."

라고 적었고, 오른쪽에는 또 서양 글자로 새겨 놓았다.

빗돌의 좌우에는 화표주(華表柱)[3]를 세우고, 양각(陽刻)으로 구름과 용의 무늬를 새겼다. 빗돌 앞에는 또 벽돌집이 있는

---

3) 화표주(華表柱) : 아름답게 조각한 돌기둥으로, 큰 길거리나 고을 앞에 세우는 기념비와 비슷한 구조물이다.

데, 위가 평평하여 돈대와 같았다. 구름과 용의 무늬를 새긴 돌기둥을 쭉 늘여 세워 석물로 삼았다. 제사 받드는 집이 있고, 그 앞에는 또 돌로 만든 패루와 돌사자가 있으니, 이는 탕약망(湯若望)[4]의 기념비(紀念碑)이다.

4) 탕약망(湯若望) : 독일에서 중국으로 들어온 예수회 선교사이다. 본명은 아담 샬(Adam Schall)이고, 자는 도미(道未)이며, 흠천감정(欽天監正)으로 있었다. 중국에 들어와서 과학 서적을 한문으로 번역하고, 『시헌력(時憲曆)』 등을 만들었다.

原文

利瑪竇塚
이 마 두 총

出阜成門行數里 道左列石柱四五十 上架葡萄 方
출 부 성 문 행 수 리 도 좌 렬 석 주 사 오 십 상 가 포 도 방
爛熟.
란 숙

有石牌樓三間 左右對蹲石獅 內有高閣 問守者
유 석 패 루 삼 칸 좌 우 대 준 석 사 내 유 고 각 문 수 자
乃知爲利瑪竇塚 而諸西士東西繼葬者 總爲七十餘
내 지 위 이 마 두 총 이 제 서 사 동 서 계 장 자 총 위 칠 십 여
塚 塚域築牆正方如碁局 幾三里 其內皆西士塚也.
총 총 역 축 장 정 방 여 기 국 기 삼 리 기 내 개 서 사 총 야

皇明萬曆庚戌 賜利瑪竇葬地 塚高數丈 甎築灰縫
황 명 만 력 경 술 사 이 마 두 장 지 총 고 수 장 전 축 회 봉
墳形如⿰⿱⺮甫瓦 瓦四出簷 遠望如未敷大菌 塚後甎築六稜
분 형 여 와 사 출 첨 원 망 여 미 부 대 균 총 후 전 축 륙 릉
高屋 如鐵鍾 三面爲虹門 中空無物.
고 옥 여 철 종 삼 면 위 홍 문 중 공 무 물

樹碣爲表 曰耶蘇會士利公之墓 左旁小記 曰利先
수 갈 위 표 왈 야 소 회 사 이 공 지 묘 좌 방 소 기 왈 이 선
生諱瑪竇 西泰大西洋意大里亞國人 自幼眞修 明萬
생 휘 마 두 서 태 대 서 양 의 대 리 아 국 인 자 유 진 수 명 만
曆辛巳航海 首入中華行敎 萬曆庚子來都 萬曆庚戌
력 신 사 항 해 수 입 중 화 행 교 만 력 경 자 래 도 만 력 경 술
卒 在世五十九年 在會四十二年 右旁又以西洋字刻
졸 재 세 오 십 구 년 재 회 사 십 이 년 우 방 우 이 서 양 자 각
之.
지

碑左右樹華表 陽起雲龍 碑前又有甎屋 上平如臺
비 좌 우 수 화 표 양 기 운 룡 비 전 우 유 전 옥 상 평 여 대
列樹雲龍石柱爲象設 有享閣 閣前又有石牌樓石獅
열 수 운 룡 석 주 위 상 설 유 향 각 각 전 우 유 석 패 루 석 사
子 湯若望紀恩碑.
자 탕 약 망 기 은 비

12

천애결린집(天涯結隣集)

「천애결린집」에는 연암 박지원이 북경에서 중국의 명사(名士)들을 만나 교유하면서 주고받은 편지 가운데 일부가 실려 있는데, 『열하일기』에는 빠져 있고 『연암산고(2)』에 필사되어 있다. '천애결린'이란 하늘 끝 멀리 중국에 있는 사람을 이웃처럼 교우관계를 맺는다는 뜻이다.

풍승건 편지〔馮乘騝書〕1)

1)

연암 선생께 올립니다. 청심환과 부채 각각 다섯 개를 하사하셨는데, 물리치자니 공손하지 못할 듯하고 받자니 실로 부끄럽습니다. 보내드린 책은 모두 쓸데없는 허세로 보낸 것이 아닐 뿐더러, 『원류지론(源流至論)』 전질은 더더욱 중국에서도 얻기 어려우므로 일부러 귀하고 소중히 여겨 저의 정성을 보냈던 것입니다.

그러나 진실로 학문으로 널리 알려져 명성이 높은 벼슬아치가 좁은 식견을 가지고 있고, 게다가 반드시 책도 100권 내외로 한정하라고 할 줄은 생각하지 못했습니다. 그렇다면 유리창(琉璃廠) 서문(西門)에 있는 오류거(五柳居)-문수당(文粹堂)도 훌륭합니다.-라는 서점에 소장하고 있는 신간서와 고서 중에

1) 풍승건(馮承騝)의 '騝'이 27쪽 「양매시화서(楊梅詩話序)」에는 '健'으로 되어 있다.

는 구하기 어려운 책이 매우 많으니, 만약 가격에 국한되지 않는다면 1만 권이라도 구할 수 있습니다. 거칠고 비루한 사람인 저를 버리지 않는 은혜를 받고서도 또 저의 정성을 다할 수 없으니, 안타까운 심정이 어떠하겠습니까?

이제 <특별한 일이 없더라도> 그냥 불쑥 만나자는 약속을 받들었으나 사정 때문에 문안을 드릴 수 없어 따로 시집 2종을 증정하는 것이니, 어르신 앞으로 전해지도록 부탁드리겠습니다. 만약 어제 받들어 올린 여러 가지 물건 중에서 그나마 쓸 만한 것이 있다면 즉시 알려주시기 바랍니다. 당연히 저의 구구한 정성을 다해서 유감이 없도록 하겠습니다.

선생께서는 정성으로 벗을 사귀셨고, 세속적으로 하시지 않았습니다. 중국의 갖가지 물건들이 이곳(북경)에 모두 있으니, 원하는 것을 손에 넣을 수 있습니다. 선생의 주옥 같은 휘호는 또 떠날 날이 촉박한데도 써 주시겠다는 하명조차 못 받았으니 정말 어찌하면 좋겠습니까?

천지 사이에 살고 있는 우리 인생은 홀연히 마치 먼 길을 떠나는 나그네와 같다고 했으니, 겨우 수십 년의 삶을 다툴 뿐입니다. 얼굴을 맞대고 만난다면 다행이겠고, 이별한다는 것도 아주 괴로운 일은 아닐 겁니다. 대체로 이 천지 사이에 그대로 엉겨 붙어 있을 수 없을 터입니다. 대충 말씀드리며 할 말을 다 여쭙지는 못합니다. 15일에 건일(健一)이 엎드려 절합니다.

2)

삼가 박연암 선생께 증정하는 4종의 책 중에 『경완(經玩)』, 『잡록(雜錄)』, 『괘도설(卦圖說)』은 모두 신간서이고, 『원류지론(源流至論)』은 송나라 판본 계열의 책입니다. 진귀한 책으로 여겨온 지 오래되었으나 아깝게 여기지 않고 나눔하여 선생께 바칩니다. 어제 헤어진 뒤에 또다시 얼큰하게 취하여 지금껏 문밖을 나갈 수 없습니다만, 내일은 당연히 떠나는 행차를 받들어 전송하겠습니다. 대충 아뢰며 예의를 갖추지 못합니다. 풍승건 올림.

3)

거질(巨帙)의 책 중에는 간혹 구매할 수 있는 것이 있습니다. 다만 갑작스럽게 마련하기는 어렵다보니 감히 부탁을 들어드리지 못합니다. 어제는 빛나는 휘호를 접할 수 있어서 행복하였습니다. 보내 주신 편지도 아름다운 옥과 같았습니다. 그 반쪽이 혹시 선생께서 계시는 곳에 남아 있는지요? 이제 별종의 책 2권을 편지와 함께 올리니, 살펴보시고 간직해 주시기 바랍니다. 이만 총총. 승건 올림.

추신 : 지금 술병이 났는 데다가 또 좌중에 오신 손님이 있으므로 몸을 빼서 즉시 가서 뵐 수가 없습니다.

原文

馮乘騝書
풍 승 건 서

燕岩先生左右　賜丸扇各五　却之不恭　受實愧也
연 암 선 생 좌 우　사 환 선 각 오　각 지 불 공　수 실 괴 야
所奉書並無客氣　而源流至論全　亟尤以中華難得　故
소 봉 서 병 무 객 기　이 원 류 지 론 전　극 우 이 중 화 난 득　고
故珍重輸誠.
고 진 중 수 성

未料至誠如文望上卿亦存俗見　且必限以百卷外內
미 료 지 성 여 문 망 상 경 역 존 속 견　차 필 한 이 백 권 외 내
云　然則琉璃廠西門之五柳居所存—文粹堂亦佳—　新舊
운　연 즉 유 리 창 서 문 지 오 류 거 소 존　문 수 당 역 가　신 구
難得書顆甚　如不限直　萬卷可得矣　蒙不棄荒陋　復
난 득 서 과 심　여 불 한 치　만 권 가 득 의　몽 불 기 황 루　부
不盡鄙人之誠　悵也奚似.
부 진 비 인 지 성　창 야 해 사

玆承白約　因事不得謀面　另呈詩集二種　托尊親面
자 승 백 약　인 사 부 득 모 면　영 정 시 집 이 종　탁 존 친 면
致　儻日昨所奉各種　尚有可用務　卽示知　當盡此區
치　당 일 작 소 봉 각 종　상 유 가 용 무　즉 시 지　당 진 차 구
區爲無憾.
구 위 무 감

先生與友以誠　不以俗　大邦種種此地　皆可得所望
선 생 여 우 이 성　불 이 속　대 방 종 종 차 지　개 가 득 소 망
者　珠玉揮毫　又以行促　不獲命　如何如何.
자　주 옥 휘 호　우 이 행 촉　불 획 명　여 하 여 하

人生天地間 忽如遠行客 僅爭數十年耳 會面其幸
인생천지간 홀여원행객 근쟁수십년이 회면기행
別離亦非甚苦 蓋不可沾滯於此中也 草草上達 不盡
별리역비심고 개불가첨체어차중야 초초상달 부진
不盡 十五日健一拜手.
부진 십오일건일배수

奉贈朴燕岩先生書四種 經玩 雜錄 卦圖說 皆新
봉증박연암선생서사종 경완 잡록 괘도설 개신
書 源流至論係宋版 珍之久矣 割愛上陳 昨別後又
서 원류지론계송판 진지구의 할애상진 작별후우
大醉 刻下不能出門 明日當奉送行旌也 草草達左右
대취 각하불능출문 명일당봉송행정야 초초달좌우
不備 馮乘騝頓.
불비 풍승건돈

巨帙可購者 或有之 但倉猝難辦 不敢奉敎 昨日
거질가구자 혹유지 단창졸난판 불감봉교 작일
以得接文光爲幸 盈尺之書 又璧 其半或貴處有存者
이득접문광위행 영척지서 우벽 기반혹귀처유존자
今附奉別種二卷 望鑒存此 復不一一 乘騝頓首.
금부봉별종이권 망감존차 부불일일 승건돈수
刻下病酒 又坐中有客 故未能脫身卽來又及.
각하병주 우좌중유객 고미능탈신즉래우급

선가옥 편지〔單可玉書〕

1)

갑자기 좋은 선물을 받고 보니 너무도 감사하기도 하고 또 부끄럽기도 합니다. 이에 음식 두 쟁반, 껍질 깐 호도 한 바구니, 꿀배 두 쟁반을 갖추어 삼가 바치니, 웃으며 받아주시기 바랍니다. 선가옥이 엎드려 절합니다.

2)

지난번 아이의 병에 대해서 가르침을 주시니 감사함을 다 말할 수 없습니다. 오직 사신의 행차가 너무도 빨리 출발하는 바람에 어르신의 가르침을 항상 들을 수 없음이 슬픕니다. 작은 쪽지에 병을 기록해서 보내드리니 보시고는 다시 던져버리시기 바랍니다. 가르침을 기다리겠습니다.

3)

헤어진 지 이미 한 달이 지났습니다. 삼가 살피건대 일상생

활이 편안하시리라 믿습니다. 사신의 행차가 북경에 이른 뒤부터 아이는 곧바로 처방에 따라서 약을 복용하고 있으나 아직 효험은 없습니다. 중국의 식물성 약재는 약초를 캐서 만드는 만큼 간혹 진짜가 아닌 것이 있습니다. 또한 생각건대 정해진 운수는 만류할 수 없어 사람의 힘으로는 미치기 어렵습니다. 마음 아파하며 간절하게 구원해 주시는 마음을 저는 오직 가슴에 새기고 잊지 않겠습니다. 그에 앞서 감사를 표하기 위해 응당 저녁에 달려가서 직접 찾아뵙도록 하겠습니다. 예의를 다 갖추지 못합니다. 고밀인(高密人) 선가옥이 엎드려 절합니다.

原文

單可玉書
선가옥서

俄承佳惠 感愧並深 茲備食物二盤 露瓤核桃一簍
아승가혜 감괴병심 자비식물이반 노양핵도일루
玻梨二盤 敬呈左右 哂入 是荷單可玉拜手.
파리이반 경정좌우 신입 시하선가옥배수

頃以兒病辱賜指示 感莫可喩 唯以旌車遄發 不獲
경이아병욕사지시 감막가유 유이정거천발 불획
常聆謦咳爲悵也 病錄小紙送 上閱復仍祈擲 賜爲
상령경해위창야 병록소지송 상열부잉기척 사위
禱.
도

別已經月矣 伏審興居諒備和暢 自旌車赴都 小兒
별이경월의 복심흥거량비화창 자정거부도 소아
卽照方服藥 尙無效驗 中華艸藥採製 或非其眞 且
즉조방복약 상무효험 중화초약채제 혹비기진 차
意定數莫挽 人力難施 殷殷拯捄之懷 僕唯有刻勤弗
의정수막만 인력난시 은은증구지회 복유유각근불
忘也 先此布謝 晩當走謁諸面 悉不備 高密人單可
망야 선차포사 만당주알저면 실불비 고밀인선가
玉拜手.
옥배수

유세기 편지〔兪世琦書〕

1)

박 노선생(老先生)의 휘하에 삼가 올립니다. 천지의 크기와 사해의 넓이를 어찌 계산하고 측량할 수 있겠습니까? 우리 중국은 사방 천 리가 되는 곳이 100군데이니, 길의 이수(里數)를 서로 계산해 보면 북경에서 먼 곳은 2, 3만 리나 되어서 언어가 통하지 않는 곳이 무릇 얼마나 되는지 알지 못합니다. 귀국(조선)은 비록 외국에 속하지만, 같은 문자를 쓰고 같은 윤리를 실천하고 있는 만큼 몇 차례의 통역을 거쳐야 하는 여러 나라와 비교해 본다면 어찌 형제와 같은 사이일 뿐이겠습니까? 만약 유학자의 가르침을 우리나라에 밝힌다면 천 년 뒤의 사람들이 그의 시를 암송하고 그의 책을 읽을 것이니, 성인의 가르침을 직접 받을 수 없었던 천 리 밖에 있는 우리 중국과는 처음부터 다르지는 않았을 것입니다.

선생께서 문자를 가지고는 성색정경(聲色情境)을 다 표현할 수 없다고 하시며 중국에서 읽을 책을 구하시니, 선생의 뜻은 독실하다고 하겠습니다. 대저 문자와 언어로는 모두 형상하기 어려우니, 선생께 하늘에 대해서 말해 보겠습니다. 대나무 대롱으로 하늘을 엿보고서 하늘을 작다고 말하는 것은 당연합니다. 넓고 한가한 들판에서 눈을 크게 뜨고 보더라도 하늘이 하늘 되는 까닭을 깊이 살필 수 없으며, 높은 산의 꼭대기에 올라가 조망하더라도 곧 하늘이 하늘 되는 까닭을 샅샅이 밝혀낼 수 없을 겁니다. 이것이 어찌 하늘을 보는 사람들이 모두 장님이어서겠습니까?

저는 책을 읽어도 그다지 깊은 이해를 구하지 않고, 글을 지어도 정해진 법도를 준수하지는 않습니다. 게다가 사람됨이 남과 어울리지도 못하고 얽매이지도 않기 때문에 우리나라 선비들 중에는 간혹 저를 보고 비웃기도 합니다. 그런데 뜻하지 않게도 족하께서는 정성스럽게 대해 주셨습니다. 어제 함께하는 여러 친구들을 만났더니 극구 칭찬을 하던데, 선생께서 편지에 쓰신 내용과 자못 맞아떨어지더군요.

어떤 친구는 직무상 일이 있어서 아직 찾아가서 뵐 겨를을 내지 못하기도 하고, 어떤 친구는 우리나라 선비로서 귀국 사람들과의 교제가 드물었기 때문에 자주 억측을 한 일도 있었답니다. 저는 기왕에 남을 붙좇지도 않았지만 또 남에게 강요하지도 않았습니다. 25일 아침에 혹시라도 저와 뜻을 같이하는 친구가 있다면 당연히 함께 찾아가 뵙고서 남은 회포를 풀겠습니다.

청심환은 이미 삼가 받았습니다. 정말 감사드립니다. 삼가 답장을 올리니 한 번 읽어 주시기 바랍니다. 세기는 머리를 조아리며 미중(美仲 : 연암의 자) 노선생의 휘하에 올립니다.

2)

보내 주신 안부 편지와 종이부채와 청심환 환약을 잘 받았습니다. 정성 어린 두터운 마음씨와 후한 정이 담긴 갖가지 선물을 어찌 감당하며 온통 마구 받을 수 있겠습니까? 28일 직접 뵙고 감사를 드리겠습니다. 이제 아침 문후를 여쭈며, 이만 줄입니다. 세기는 머리를 조아리며 미중 노선생의 발 아래에 바칩니다. 27일 진시(辰時 : 오전 7~9시).

原文

兪世琦書
유세기서

藉呈朴老先生麾下 天地之大四海之廣 何可計量
자정박노선생휘하 천지지대사해지광 하가계량
內地方千里者百 以道里相計 去都城遠者 可二三萬
내지방천리자백 이도리상계 거도성원자 가이삼만
里 語言不通者 不知凡幾 貴國雖列外邦 書同文行
리 어언불통자 부지범기 귀국수렬외방 서동문행
同倫 較之重譯諸邦 何啻骨肉 若以儒者之敎 昌于
동륜 교지중역제방 하시골육 약이유자지교 창우
我國 千載後人 誦其詩 讀其書 未始不同于千里外
아국 천재후인 송기시 독기서 미시부동우천리외
之不能親煮也.
지불능친자야

先生以文字 不能盡聲色情境 而求所讀於中國 先
선생이문자 불능진성색정경 이구소독어중국 선
生之志 則篤矣 夫文字話言 難以盡狀 請與先生言
생지지 즉독의 부문자화언 난이진상 청여선생언
天 管中窺天 以爲天小固也 放目于寬閒之野 未能
천 관중규천 이위천소고야 방목우관한지야 미능
究天之所以爲天也 登眺于高山之顚 仍未能究天之
구천지소이위천야 등조우고산지전 잉미능구천지
所以爲天也 豈視天者之盡盲乎.
소이위천야 기시천자지진맹호

僕讀書不求甚解 作文不准繩墨 而爲人也則落落
복독서불구심해 작문불준승묵 이위인야즉낙락

不羈 我國之士 或見而笑之 不意足下之拳拳也 昨
불기 아국지사 혹견이소지 불의족하지권권야 작
見諸同遊 極爲揄揚 頗契先生字札.
견제동유 극위유양 파계선생자찰

或以職司有事 未暇往謁 或以我朝人士 罕有與貴
혹이직사유사 미가왕알 혹이아조인사 한유여귀
國人交者 幾經猜度 僕旣不從人 亦不之强 廿五早
국인교자 기경시탁 복기부종인 역불지강 입오조
或有同調者 當偕往奉拜 以盡餘情.
혹유동조자 당해왕봉배 이진여정

丸已謹領 謝謝 藉此布復 伏唯淸鑒 世琦頓首 上
환이근령 사사 자차포복 복유청감 세기돈수 상
美仲老先生麾下.
미중노선생휘하

辱承存問並惠紙扇丸藥 厚意諄諄 隆情種種 何以
욕승존문병혜지선환약 후의순순 융정종종 하이
克當統容 廿八日面謝 此候朝安不具 世琦頓首 呈
극당통용 입팔일면사 차후조안불구 세기돈수 정
美仲老先生足下 廿七日辰刻.
미중노선생족하 입칠일진각

하란태 편지〔荷蘭泰書〕[1]

당신들의 버배〔白牌 : 백패 통사〕는 세 대신이 나에게 준 붓, 종이 등의 물품을 주었습니다. 모두 숫자대로 받았습니다. 삼가 감사드립니다.

만난 뒤에 다시 감사드리고 싶습니다. 많이 마음을 써 준 홍당(洪堂 : 홍명복(洪命福))에게도 감사했다고 전해 주기 바란다고 전해 주오.

---

1) 이 편지는 만주 문자로 되어 있으므로 김명호 교수의 『연암 문학의 심층 탐구』에 수록된 번역문을 그대로 여기에 옮겨 실었다.

原文

荷蘭泰書
하 란 태 서

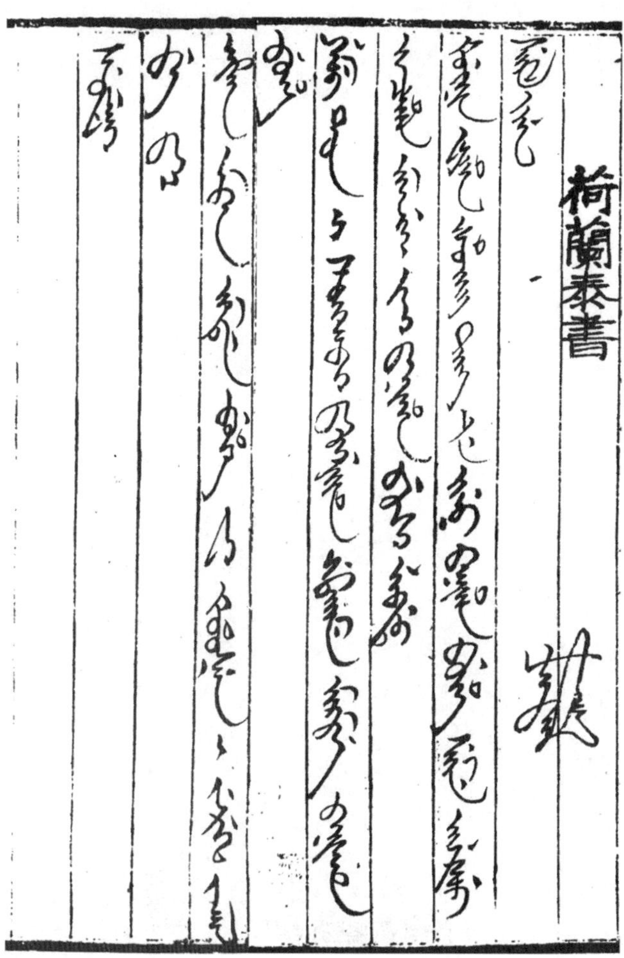

荷蘭泰書

13

한문소설(漢文小說)

마장전(馬駔傳)

'마장(馬駔)[1]과 사쾌(舍儈)[2] 따위들이 손바닥을 치면서 관중(管仲)[3]과 소진(蘇秦)[4]을 흉내내어 닭 · 개 · 말 · 소 등의 피를 마시고 맹세짓거리[5]를 한다' 하더니, 과연 그렇구나.

1) 마장(馬駔) : 말의 흥정을 붙이는 거간꾼. 그 당시 가장 천한 일에 종사하는 상민, 걸인들을 뜻한다.
2) 사쾌(舍儈) : 저잣거리에서 집 흥정을 붙이는 집 중도위를 뜻한다. 다른 말로 집추름, 가쾌(家儈)라고도 한다.
3) 관중(管仲) : 중국 춘추 시대 제(齊)나라의 정치가이자 법가(法家)인 관이오(管夷吾)로, 중(仲)은 자이다. 친구 포숙아(鮑叔牙)의 권유로 환공(桓公)을 섬겨 부국강병책을 추진하여 환공을 중원의 패자(覇者)로 만들었다. 포숙아와 우애가 돈독하여 관포지교(管鮑之交)라는 고사가 생겼다.
4) 소진(蘇秦) : 중국 전국 시대의 세객(說客)인 변사(辯士). 강한 진(秦)나라에 대항하여 6국을 합종(合從)하는 대업을 성사시켰다.
5) 맹세짓거리: 옛 중국에서 동맹을 맺을 때 천자는 입가에 말 · 소의 피를 바르고, 제후는 개 · 돼지, 대부 이하는 닭의 피를 발랐다.

대체로 '이별이 다가온다'는 말을 엿듣자, 가락지를 벗어던지며 수건을 찢어 버리고는 등잔불을 등진 채 바람벽을 향하여 머리를 숙이고 슬픈 목소리를 삼키는 것이야말로 믿음성 있는 첩이었고, 간을 토할 듯이 쓸개를 녹일 듯이 손을 잡고 마음을 맹세하는 것이야말로 믿음직한 벗이었다.

그러나 콧마루를 부채로 가린 채 양쪽 눈을 껌벅거리는 것은 장쾌(駔儈)[6]의 술수였고, 위협적인 말로 움직여 보기도 하려니와 정으로 꼬드겨 홅아 들이기도 하고, 꺼리는 곳을 건드리기도 하며, 강한 놈은 위협으로, 약한 놈은 억압으로, 같은 놈은 흩뜨림으로, 다른 놈은 합치는 것은 패자(覇者 : 천하를 다스리는 사람)나 변사(辯士 : 말솜씨가 능란한 사람)들의 열락 닫으락 하는〔捭闔〕[7] 권도(權道)[8]였다.

옛날에 심장병을 앓는 한 사람이 있었다. 그는 아내를 시켜 약을 달이게 하였더니, 약의 양이 많았다가 적었다가 해서 그 분량이 알맞지 않자 화를 내며 첩을 시켜 달이도록 하였다. 그녀의 약 달인 분량은 늘 한결같아서 그는 첩을 매우 기특히 여겼다. 그러던 어느 날 창구멍을 뚫고 엿보았더니, 약물이

6) 장쾌(駔儈) : 중도위. 거간꾼. 저잣거리에서 과일이나 나무 등을 거간하는 사람이다.

7) 패합(捭闔) : 전국 시대 때 귀곡자(鬼谷子)가 주장한 변론술(辯論術)이다.

8) 권도(權道) : 목적을 달성하기 위한 임기응변의 방편을 뜻한다.

많으면 땅에 쏟아버리고, 적으면 물을 더 타곤 하였다. 이것이 첩이 약의 양을 알맞게 하는 방법이었다.

그러므로 귀에 입을 대고 낮게 속삭이는 소리는 지극히 친절한 말이 아니었으며, '비밀을 흘리지 말라'고 부탁하는 것은 깊은 사귐이 아니었고, 정의 얕고 깊음을 나타내려고 애쓰는 것은 참다운 벗이 아니었다.

송욱(宋旭), 조탑타(趙闒拖), 장덕홍(張德弘)이 광통교(廣通橋)[9] 위에서 벗을 사귀는 방법에 대해 서로 논하였다. 조탑타가 말하기를,

"내 아침나절에 바가지를 두드리면서 구걸하러 가다가 어떤 시장 점포에 들렀었네. 점포 2층에 올랐더니 포목(布木)을 흥정하는 자가 있었네. 그는 포목을 골라 혀로 핥고 허공에 비추어 보더군. 값의 고하(高下)는 입에 달려 있는 것인데, 서로 먼저 부르기를 사양하더니, 얼마 안 되어서 그들 둘은 서로 포목에 대한 일은 잊어버렸다네. 그래서 포목 주인은 별안간 먼 산을 바라보며 노래를 부르는데 소리가 구름 위에 솟는 듯했고, 포목을 사려던 사람은 손을 뒷짐 진 채 설렁이며 벽 위에 걸린 그림을 바라보데그려."

라고 하자 송욱이,

9) 광통교(廣通橋) : 서울 무교동 근처에 있던 다리인데, 이곳에 주로 거지들이 많이 살았다고 한다.

"자네는 벗을 사귀는 태도는 그럴 법하나, 참된 도(道 : 벗 사귀는 방법)에 관해서라면 아직 아니네."
라고 하기에 장덕홍은,
"허수아비라도 장막을 칠 수 있으니, 그것은 끈으로 당길 수 있기 때문일세."
라고 했다. 송욱이,
"자네는 얼굴로 사귀는 것은 알았지만, 참된 방법에 관해서는 알지 못하는 것 같네. 대체로 군자의 벗 사귐[10]은 세 가지이고, 그 방법은 다섯 가지란 말야. 나는 그중에서 아직까지 한 가지도 능하지 못하기 때문에 나이가 서른이 되도록 참된 벗 하나 없는 것일세. 비록 그러하나 난 〈벗을 사귀는〉 참된 방법에 대해 들은 지 벌써 오래 되었네그려. 팔이 바깥으로 뻗지 않는 것은 술잔을 잡기 위해서 그렇다지."
라고 하자 장덕홍이 말하기를,
"그렇고말고. 시(詩)[11]에도 그것에 대한 말이 있는데, '저 숲 속에 학이 우니〔鳴鶴在陰〕, 그 새끼가 따라 우네〔其子和之〕. 내게 좋은 벼슬이 있으니〔我有好爵〕, 내 너와 함께 맺어보세〔吾

---

10) 군자의 벗 사귐: 사대부 양반 계층이 버릇처럼 외던 유교의 교의. 즉 '유교의 본뜻'을 말한다. 양반이 논하는 '우도(友道)'를 길거리 걸인들이 논하게 함으로써 당시의 상황을 꼬집은 내용이다.

11) 『역경』 중부(中孚)에 나오는 구절로, 시와 비슷하므로 '시'라고 하였다. "우는 학이 그늘에 있으니, 그 새끼가 이에 화답하고, 내게 좋은 술잔이 있으니, 내 너와 함께 취하리라."

與爾縻之]'라고 하였으니, 이를 두고 하는 말일세."

라고 하기에 송욱이,

"자네야말로 함께 벗에 대해서 논할 수 있겠구나. 내가 아까 그중 하나를 가르쳤더니 자네는 벌써 그중 둘을 아는구나. 천하 사람들이 좇아가는 것은 세력(勢力)이요, 서로 함께 꾀하려 하는 것은 명성과 이득이 있을 따름이야. 그러니까 술잔은 입과 꾀한 것이 아니지만, 팔이 저절로 굽어듦은 세력에 응하기 때문이지. 저 학(鶴)이 소리를 맞추어 우는 것은 명예를 위해서가 아니겠는가? 대체로 좋은 벼슬이란 역시 이(利)를 말하는 거야. 그러나 좇아오는 자가 많으면 세력이 나누어지고, 꾀하려는 자가 많으면 명성과 이득도 공이 없는 법이지. 그러므로 군자는 이 세 가지에 대하여 말하기를 싫어한 지가 오래되었다는 거야. 내 그러므로 짐짓 은어(隱語)[12]로써 자네에게 가르친 것인데, 자네는 곧바로 이를 알아채는구나.

자네가 남들과 사귈 적에 앞으로 더 잘할 것을 칭찬하지 않고 앞서 잘한 것만을 칭찬한다면, 그는 게을러져서 아무런 아름다움을 느끼지 않을 거야. 그리고 그가 미처 생각하지 못한 점을 깨우쳐 주지 말게나. 왜냐하면 그가 앞으로 그 일을 행해서 안다면 그는 반드시 무색할 수 있기 때문이야.

또 여러 친구들이나 많은 대중들이 모인 자리에서 어떤 한

12) 은어(隱語) : 직접적으로 그 사물을 말하지 아니하고 은연중에 그 뜻을 통하게 하는 말이다.

사람을 '제일가는 인물이라'고 칭찬하지 말아야 하네. 왜냐하면 '제일'이란 말은 보다 더 나은 것이 없음을 뜻하는 만큼 한자리에 모인 사람들이 모두 삭연(索然 : 쓸쓸한 모양)히 기운이 없어지게 되는 법이야.

그러므로 벗을 사귐에 <다섯 가지의> 방법이 있으니, 장차 그를 기리고자 할 때면 먼저 잘못을 드러내어서 책망할 것이며, 장차 기쁨을 보여주려면 먼저 노여움으로써 밝혀야 할 것이며, 장차 친절히 지내기로 한다면 먼저 내 뜻을 꿋꿋이 세우고 몸을 돌려 수줍은 듯이 해야 하고, 남들로 하여금 나를 믿게 하려면 짐짓 의심스러운 듯이 기다려야 하는 것이며, 대체로 열사(烈士 : 지조 있는 선비)는 슬픔이 많고 미인은 눈물이 많으므로 영웅이 잘 우는 까닭은 남의 마음을 움직이려는 것이야. 무릇 이 다섯 가지 방법은 군자의 비밀 계획인 동시에 처세(處世)하는 데 쓰는 아름다운 방법인 것이야."

라고 했다. 탑타가 <그 말을 듣고 나서> 덕홍에게 묻기를,

"대체로 송군(宋君)의 말은 그 뜻이 너무나 어렵고 은어(隱語)인 만큼 나는 알아듣지 못하겠네."

라고 하니 덕홍은,

"자네가 어떻게 이걸 충분히 안단 말이냐? 대체로 어떤 사람의 잘하는 것에 대해 소리쳐 가며 책망하면 그의 명예는 이보다 더 높을 수 없을 것이며, 또 노여움은 사랑에서 생기고 인정은 견책(譴責 : 나무람)에서 나는 법이었으므로 한집안 사람 사이에는 아무리 종알거려도 싫어하지 않는 법이야. 그리

고 이미 〈더 친할 나위 없이〉 친하면서도 더욱 성긴 듯이 한다면 그 친함이 이에서 더할 수 없겠으며, 이미 〈더 믿을 나위 없이〉 믿으면서도 오히려 의심스러운 듯이 한다면 그 믿음이 이에서 더할 수 없는 법이다.

술자리는 취하고 밤은 깊어 딴 사람들은 모두 쓰러져 자건만, 〈친한 벗 두 사람만이〉 말없이 마주 쳐다보며 취한 나머지의 흥에 겨워 강개(慷慨)한 빛을 띠고 있으면, 그 누가 처연(悽然)히 감동하지 않을 자가 있겠는가?

그러므로 벗을 사귐엔 서로 마음을 알아주는 것보다 더 고귀한 것이 없고, 기쁨엔 서로 마음을 감동시키는 것보다 더 지극한 것이 없는 거야. 그리고 성급한 자가 그의 노여움을 풀어주고, 사나운 자가 그의 원망을 풀어줄 수 있음에는 그저 울음보다 더 빠른 것이 없는 거야. 나도 남과 사귈 적에 가끔 울고 싶은 마음이 없는 것은 아니었지. 그런데 울려고 해도 눈물이 나지 않는 까닭에 이때까지 온 나라를 돌아다닌 지 서른한 해가 되었으나, 아직 참된 친구 한 사람도 없단 말이야."
라고 했다. 탑타가,

"그럼 충심으로 벗을 사귀며, 정의(情義)로써 벗을 얻는다면 어떻겠나?"
라고 하자 덕홍이 탑타의 얼굴에 침을 뱉으며 꾸짖기를,

"에이 더럽구나, 더러워! 자네는 그것도 말이라고 한단 말이냐? 자네는 〈잠자코〉 내 말을 들어봐라. 대체로 가난한 사람은 바라는 것이 많은 까닭에 제각기 정의를 한없이 그리워

하지. 이는 왜 그러냐 하면, 하늘을 쳐다보면 가물가물할 뿐인데도 오히려 곡식이 비처럼 쏟아져 내리길 생각하며, 남의 기침 소리만 들려도 목을 석 자나 뽑곤 한다네.

대체로 재산을 쌓아놓은 자는 인색(吝嗇)하다는 이름쯤이야 부끄러워하지 않는 법이니, 이는 남이 나에게 무엇을 바라는 생각조차 못 내게 하기 위함인 거야. 또 천한 사람은 아무 것도 아낄 것이 없으므로 그의 충성은 어떠한 어려운 일이라도 사양하지 않는 법이지. 이는 왜 그러냐 하면, 물을 건널 때 옷을 걷지 않음은 다 떨어진 고의(袴衣 : 바지)를 입고 있기 때문이요, 수레를 타는 사람이 가죽신 위에 덧버선을 신는 것은 오직 진흙이 스며들까 저어함이니, 저 신발 밑창도 오히려 아끼거늘 하물며 제 몸뚱이야 오죽하겠느냐?

그런 까닭에 '충(忠)'이니 '의(義)'니 하고 부르짖음은 가난하고 천한 자의 상투적인 구호(口號)에 지나지 않는 일이요, 저 부귀를 누리는 자들에게는 논할 바가 아닌 거야."

라고 하였다. 그제야 탑타는 초연(愀然)히 낯빛이 변하며,

"나는 차라리 한 평생에 벗 하나도 사귀지 못할지언정, '군자의 사귐'은 할 수 없네."

라고 하였다. 그제야 〈세 사람이〉 서로 붙들고 갓을 망가뜨리고 옷을 찢어 버리고는 때 묻은 얼굴, 쑥대머리, 그리고 허리에 새끼줄을 졸라매고 온 저잣거리를 쏘다니며 노래를 불렀다.

골계 선생(滑稽先生)[13]이 <이 말을 듣고> 「우정론(友情論)」이란 글을 지었는데, 그 글에,

"나무쪽을 맞대어 붙이는 데에는 내가 알기로는 부레풀(물고기 부레로 만든 풀)이 제일이요, 쇠를 붙이는 데에는 내가 알기로는 붕사(붕산나트륨의 흰 결정)를 녹여서 쓰는 것이 그만이요, 사슴이나 말의 가죽을 잇대 붙이는 데에는 찹쌀밥풀보다 좋은 것이 없으리라.

그리고 벗을 사귐에 이르러서는 '틈〔間〕'이란 것이 가장 중요하다. 연(燕)나라와 월(越)나라가 멀다 하나 그런 틈이 아니요, 산과 냇물이 그 사이에 막혔다 해도 그런 틈이 아니다. 다만 거기에는 둘이서 무릎을 서로 맞대고 자리에 나란히 앉았다 해서 '서로 밀접했다'고 할 수 없겠고, 어깨를 치며 소매를 붙잡았다고 해서 '서로 합쳤다'고 할 수 없을 만큼 그 사이에는 틈이 있을 뿐이다.

위앙(衛鞅)[14]이 이야기를 장황하게 늘어놓아도 진효공(秦孝公)은 못 들은 체 졸고 있었고, 응후(應侯)[15]가 아무런 노염을

---

13) 골계 선생(滑稽先生) : 해학을 잘하는 사람을 뜻하는 말로, 여기서는 연암 자신을 가리킨다.

14) 위앙(衛鞅) : 상앙(商鞅). 진나라 효공(孝公)을 도와서 부국강병의 방술을 행했다. 그가 처음 진나라 효공을 만나서 국사를 논할 때 효공은 때때로 졸고 듣지 않았다고 한다.

15) 응후(應侯) : 범저(范雎). 전국 시대 위(魏)나라 사람으로 자는 숙(叔)이고, 응후에 봉해졌다. 위나라 중대부(中大夫) 수가(須賈)의

겉으로 나타내지 않자 채택(蔡澤)[16]은 벙어리처럼 말을 못했다. 그러므로 마음에 있는 것을 겉으로 드러내서 남을 꾸짖음도[17] 반드시 그럴 사람이 있겠고, 큰 소리를 쳐가며 남을 배격하여 그로 하여금 노엽게 함도 반드시 그럴 사람이 있을 것이다.

공자(公子 : 제후의 자제) 조승(趙勝)[18]이 소개했을 뿐더러, 성안후(成安侯)와 상산왕(常山王)도 틈이 없는 사귐이었다.[19] 그러므로 한 번 틈이 나면 누구라도 그 틈을 어떻게 할 수 없는 법이다. 그러므로 사랑스러운 것도 틈이 없다고 할 수 있으

소개로 제(齊)나라 양왕(襄王)의 녹을 받다가 제나라의 재상 위제(魏齊)의 미움을 사서 진나라로 도주하여 장록(張祿)이라고 이름을 고쳤으며, 오랫동안 재상자리를 지켰다. 그 후 채택(蔡澤)이 '공을 이룬 사람은 물러나야 한다'고 하자, 응후는 그 뜻을 받아들여 채택에게 재상자리를 넘겨주었다.

16) 채택(蔡澤) : 채택이 진(秦)나라에 들어가서 자기가 재상 범저(范雎)의 자리를 대신하겠다고 선언하여 범저를 노하게 했으나, 범저는 노여움을 내색하지 않고 오히려 재상자리에 그를 천거하였다.

17) 진(秦)나라의 폐인(嬖人) 경감(景監)이 위앙에게 '잘못했다'고 꾸짖었다.

18) 조승(趙勝) : 조(趙)나라의 공자 이름. 조승이 노중련에게 신원연을 소개하였다.

19) 성안후(成安侯)는 진여이고, 상산왕(常山王)은 장이인데, 벼슬에 나가기 전 두 사람은 절친한 사이였으나, 틈이 벌어져 장이가 진여를 죽였다.

며, 두려울 만한 것도 틈이 없다고 할 수 있다. 아첨이란 틈을 타서 결합되며, 고자질이란 틈을 이용하여 결별(訣別)케 한다. 그러므로 사람을 잘 사귀는 자는 먼저 그 틈을 잘 타야 할 것이며, 사람을 잘 사귀지 못하는 자는 틈을 타려고 하지 않는 법이다.

무릇 곧은 사람은 곧바로 가버릴지언정 굽은 길을 따라 나아가지 않고, 뜻을 꺾어 가며 무슨 일을 하려고 하지 않는 법이다. 그리하여 한 마디 말에 서로 의견이 합하지 않는 것은 남이 그를 이간시킨 것이 아니라 제 스스로 앞길을 막은 셈이다. 그렇기 때문에 상스러운 속담에 이르기를 '열 번 찍어서 넘어가지 않는 나무가 없다.'고 하고, 또 '방구석 귀신에게 아첨하는 것보다 차라리 부엌 귀신에게 아첨하라.'[20]고 하였으니, 이를 두고 한 말일 것이다.

그러므로 아첨을 부리는 데에는 〈세 가지의〉 방법이 있다. 제 몸을 가다듬고 얼굴을 꾸민 뒤에 말씨도 얌전히 할 뿐더러 명리(名利)에 담박(澹泊 : 욕심이 없고 마음이 조촐함)한 듯이 하며 다른 사람들과의 교제를 싫어하는 체해서 자기의 아름다움을 자랑하는 것이 최고의 아첨이다. 그 다음은 곧은 말을 간곡히 해서 자기의 참된 심정을 나타내되, 그 틈을 잘 타서 자기의

20) 『논어』 팔일(八佾) 편에 나오는 내용인데, 매우 높은 직위에 있는 사람에게 아첨하는 것보다 심부름 맡은 사람에게 아첨하는 것이 이롭다는 뜻이다.

뜻을 이해시키는 것이 중간 아첨이다. 심지어는 말발굽이 닳도록 자리굽이 해어지도록 자주 찾아가서 그의 입술을 쳐다보며 얼굴빛을 잘 살펴서, 그가 말하면 덮어놓고 좋다고 하며 그의 행동을 무조건 아름답게만 여긴다면, <상대방이> 처음 들을 때는 기뻐하나 오래되면 도리어 싫어하고, 싫어하면 더럽게 여길 뿐더러, 그제야 '그가 자기를 놀리는 것이 아닌가' 하고 의심하는 것이니, 이는 가장 낮은 아첨이다.

무릇 관중(管仲)은 아홉 번이나 제후를 규합(糾合)했고,[21]

---

21) 『논어』 헌문(憲問) 편에 나온다.

♣ 이 글은 연암(燕巖) 박지원(朴趾源)의 『연암별집(燕巖別集)』「방경각외전(放璚閣外傳)」에서 뽑은 것이다. 이는 당시의 우도(友道)가 땅에 떨어졌음을 술회하여 쓴 것이다. 그의 자서(自序)에 이르기를 "벗이 오륜(五倫)의 끝에 자리를 잡은 것은 결코 낮은 위치에 둔 것이 아니라, 마치 흙이 오행(五行) 중에서 끝에 있으나, 실은 사시(四時)의 어느 것에 흙이 해당하지 않음이 없는 것과 같을 뿐이다. 그러므로 아무리 부자가 친함이 있고, 군신이 정의를 지니고, 부부가 분별이 있고, 장유가 차례가 있다 하더라도 붕우의 믿음이 없다면 안 될 것이다. 그리고 오륜이 제 자리를 잃었을 때에는 오로지 벗이 있어서 그를 바로잡아 줄 수 있는 것이다. 그러므로 벗의 위치가 비록 오륜의 끝에 있으나, 실을 그 넷을 통괄(統括)할 수 있는 것이다. 이제 송욱(宋旭)·조탑타(趙闒拖)·장덕홍(張德弘) 등의 세 광사(狂士)가 서로 벗을 삼아 속세에 몸을 뽑아내어 떠돌이 생활을 하면서도 그들이 저 아첨으로써 교도(交道)를 삼는 무리들에 대한 논평을 참으로 곡진(曲盡)히 묘사하여 그들의 행동하는 꼴이 눈에 선하게 보이는 듯싶었다. 나는 이에 이 「마

소진(蘇秦)은 여섯 나라를 연맹하게 했으니, 가히 천하의 가장 커다란 사귐이라고 할 수 있을 것이다. 그러나 송욱(宋旭)과 탑타(闒拖)는 길에서 음식을 빌어먹고 덕홍(德弘)은 저자에서 미친 듯이 노래를 부를지언정 오히려 말 거간꾼의 야비한 술수〔馬駔之術〕는 쓰지 않았다. 하물며 글 읽는 군자임에랴?"
라고 하였다.

一燕巖別集·放璚閣外傳

장전」을 쓰노라." 하였다. 그의 말을 음미해 본다면 당시 교도(交道)의 부패상은 소위 문인 학자들의 사귐이 말 거간꾼이나 집 중도위 따위들만도 못함을 통탄하지 않을 수 없었던 것이다. 원전(元典)이 몹시 어렵기 때문에 역자(譯者)가 적고 다만 이석구(李奭求)씨가 1947년 『양반전(兩班傳)』에 넣었던 것을 여기에 옮겨 실었다.

原文

馬駔傳
마 장 전

馬駔舍儈　擊掌擬指管仲蘇秦　鷄狗馬牛之血　信矣.
마장사쾌　격장의지관중소진　계구마우지혈　신의

微聞別離　抛彄裂帨　回燈向壁　垂頭呑聲　信妾矣　吐肝瀝膽　握手證心　信友矣.
미문별리　포구렬세　회등향벽　수두탄성　신첩의　토간력담　악수증심　신우의

然而界準隔扇　左右瞬目　駔儈之術也　動蕩危辭　餂情投忌　脅强制弱　散同合異　覇者說士　捭闔之權也.
연이계준격선　좌우순목　장쾌지술야　동탕위사　첨정투기　협강제약　산동합이　패자설사　패합지권야

昔者有病心　而使妻煎藥　多寡不適　怒而使妾　多寡恒適　甚宜其妾　穴窓窺之　多則損地　寡則添水　此其所以取適之道也.
석자유병심　이사처전약　다과부적　노이사첩　다과항적　심의기첩　혈창규지　다즉손지　과즉첨수　차기소이취적지도야

故附耳低聲　非至言也　戒囑勿洩　非深交也　訟情
고부이저성　비지언야　계촉물설　비심교야　송정

淺深　非盛友也.
천 심　비 성 우 야

宋旭趙闒拖張德弘　相與論交於廣通橋上　闒拖曰
송 욱 조 탑 타 장 덕 홍　상 여 론 교 어 광 통 교 상　탑 타 왈
吾朝日　鼓瓢行丐　入于市廛　有登樓而貿布者　擇布
오 조 일　고 표 행 개　입 우 시 전　유 등 루 이 무 포 자　택 포
而舐之　暎空而視之　價則在口　讓其先呼　旣而兩相
이 지 지　영 공 이 시 지　가 즉 재 구　양 기 선 호　기 이 량 상
忘布　布人忽然望遠山　謠其出雲　其人負手逍遙　壁
망 포　포 인 홀 연 망 원 산　요 기 출 운　기 인 부 수 소 요　벽
上觀畵　宋旭曰　汝得交態　而於道　則未也　德弘曰
상 관 화　송 욱 왈　여 득 교 태　이 어 도　즉 미 야　덕 홍 왈
傀儡垂帷　爲引繩也　宋旭曰　汝得交面　而於道　則
괴 뢰 수 유　위 인 승 야　송 욱 왈　여 득 교 면　이 어 도　즉
未也　夫君子之交三　所以處之者五　而吾未能一焉
미 야　부 군 자 지 교 삼　소 이 처 지 자 오　이 오 미 능 일 언
故行年三十　無一友焉　雖然其道　則吾昔者竊聞之矣
고 행 년 삼 십　무 일 우 언　수 연 기 도　즉 오 석 자 절 문 지 의
臂不外信　把酒盃也　德弘曰　然　詩固有之　鳴鶴在
비 불 외 신　파 주 배 야　덕 홍 왈　연　시 고 유 지　명 학 재
陰　其子和之　我有好爵　吾與爾縻之　其斯之謂歟
음　기 자 화 지　아 유 호 작　오 여 이 미 지　기 사 지 위 여
宋旭曰　爾可與言友矣　吾向者　告其一　爾知其二者
송 욱 왈　이 가 여 언 우 의　오 향 자　고 기 일　이 지 기 이 자
矣　天下之所趨者　勢也　所共謀者　名與利也　盃不
의　천 하 지 소 추 자　세 야　소 공 모 자　명 여 리 야　배 불
與口謀　而臂自屈者　應至之勢也　相和以鳴　非名乎
여 구 모　이 비 자 굴 자　응 지 지 세 야　상 화 이 명　비 명 호

夫好爵 利也 然而趨之者多 則勢分 謀之者衆 則
부호작 이야 연이추지자다 즉세분 모지자중 즉
名利無功 故君子諱言此三者 久矣 吾故隱而告汝
명리무공 고군자휘언차삼자 구의 오고은이고여
汝則知之.
여즉지지

汝與人交 無譽其善 譽其成善 倦然不靈矣 毋醒
여여인교 무예기선 예기성선 권연불령의 무성
其所未及 將行而及之 憮然失矣.
기소미급 장행이급지 무연실의

稠人廣衆 無稱人第一 第一 則無上 一座索然沮
조인광중 무칭인제일 제일 즉무상 일좌삭연저
矣 故處交有術 將欲譽之 莫如顯責 將欲示歡 怒
의 고처교유술 장욕예지 막여현책 장욕시환 노
而明之 將欲親之 注意若植 回身若羞 使人欲吾信
이명지 장욕친지 주의약식 회신약수 사인욕오신
也 設疑而待之 夫烈士多悲 美人多淚 故英雄善泣
야 설의이대지 부열사다비 미인다루 고영웅선읍
者 所以動人 夫此五術者 君子之微權 而處世之達
자 소이동인 부차오술자 군자지미권 이처세지달
道也 闒拖問於德弘曰 夫宋子之言 陳義聱牙廋辭也
도야 탑타문어덕홍왈 부송자지언 진의오아수사야
吾不知也 德弘曰 汝奚足以知之 夫聲其善而責之
오부지야 덕홍왈 여해족이지지 부성기선이책지
譽莫揚焉 夫怒生於愛 情出於譴 家人不厭時嗃嗃也
예막양언 부노생어애 정출어견 가인불염시학학야
夫已親而逾疏 親孰踰之 已信而尚疑 信孰密焉.
부이친이유소 친숙유지 이신이상의 신숙밀언

酒闌夜深 衆人皆睡 默然相視 倚其餘醉 動其悲
주란야심 중인개수 묵연상시 의기여취 동기비

思 未有不悽然而感者矣.
사 미유불처연이감자의

故交莫貴乎相知 樂莫極乎相感 狷者解其慍 忮者
고교막귀호상지 낙막극호상감 견자해기온 기자
平其怨 莫疾乎泣 吾與人交 未嘗不欲泣 泣而淚不
평기원 막질호읍 오여인교 미상불욕읍 읍이루불
下 故行于國中 三十有一年矣 未有友焉 闒拖曰
하 고행우국중 삼십유일년의 미유우언 탑타왈
然則忠而處交 義而得友 何如 德弘 唾面而罵之曰
연즉충이처교 의이득우 하여 덕홍 타면이매지왈
鄙鄙哉 爾之言之也 此亦言乎哉 汝聽之 夫貧者多
비비재 이지언지야 차역언호재 여청지 부빈자다
所望 故慕義無窮 何則 視天莫莫 猶思其雨粟 聞
소망 고모의무궁 하즉 시천막막 유사기우속 문
人咳聲 延頸三尺.
인해성 연경삼척

夫積財者 不恥其吝名 所以絶人之望我也 夫賤者
부적재자 불치기린명 소이절인지망아야 부천자
無所惜 故忠不辭難 何則 水涉不褰 衣弊袴也 乘
무소석 고충불사난 하즉 수섭불건 의폐고야 승
車者 靴加坌套 猶恐沾泥 履底尙愛 而況於身乎.
거자 화가분투 유공첨니 이저상애 이황어신호

故忠義者 貧賤者之常事 而非所論於富貴耳 闒拖
고충의자 빈천자지상사 이비소론어부귀이 탑타
愀然變乎色曰 吾寧無友於世 不能爲君子之交 於是
초연변호색왈 오녕무우어세 불능위군자지교 어시
相與毁冠裂衣 垢面蓬髮 帶索而歌於市.
상여훼관렬의 구면봉발 대삭이가어시

滑稽先生 友情論曰 續木 吾知其膠魚肺也 接鐵
골계선생 우정론왈 속목 오지기교어폐야 접철
吾知其鎔鵬砂也 附鹿馬之皮 莫緻乎糊粳飯.
오지기용붕사야 부록마지피 막치호호갱반

至於交也 介然有間 燕越之遠也 非間也 山川間
지어교야 개연유간 연월지원야 비간야 산천간
之 非間也 促膝聯席 非接也 拍肩摻袂 非合也 有
지 비간야 촉슬련석 비접야 박견섬메 비합야 유
間於其間.
간어기간

衛鞅張皇 孝公時睡 應侯不怒 蔡澤噤喑 故出而
위앙장황 효공시수 응후불노 채택금암 고출이
讓之 必有其人也 宣言怒之 必有其人也.
양지 필유기인야 선언노지 필유기인야

趙勝公子 爲之佋介 夫成安侯常山王 其交無間
조승공자 위지소개 부성안후상산왕 기교무간
故一有間焉 莫能爲之間焉 故可愛非間 可畏非間
고일유간언 막능위지간언 고가애비간 가외비간
諂由間合 讒由間離 故善交人者 先事其間 不善交
첨유간합 참유간리 고선교인자 선사기간 불선교
人者 無所事間.
인자 무소사간

夫直則逕矣 不委曲而就之 不宛轉而爲之 一言而
부직즉경의 불위곡이취지 불완전이위지 일언이
不合 非人離之 己自阻也 故鄙諺有之曰 伐樹伐樹
불합 비인리지 기자조야 고비언유지왈 벌수벌수
十斫無蹶 與其媚於奧 寧媚於竈 其此之謂歟.
십작무궐 여기미어오 영미어조 기차지위여

故導諛有術 飭躬修容 發言愷悌 澹泊名利 無意
고도유유술 칙궁수용 발언개제 담박명리 무의

交遊　以自獻媚　此上諂也　其次讜言款款　以顯其情
교 유　이 자 헌 미　차 상 첨 야　기 차 당 언 관 관　이 현 기 정

善事其間　以通其意　此中諂也　穿馬蹄　弊薦席　仰
선 사 기 간　이 통 기 의　차 중 첨 야　천 마 제　폐 천 석　앙

唇吻　俟顏色　所言則善之　所行則美之　初聞則喜
순 문　사 안 색　소 언 즉 선 지　소 행 즉 미 지　초 문 즉 희

久則反厭　厭則鄙之　乃疑其玩己也　此下諂也.
구 즉 반 염　염 즉 비 지　내 의 기 완 기 야　차 하 첨 야

夫管仲九合諸侯　蘇秦從約六國　可謂天下之大交
부 관 중 구 합 제 후　소 진 종 약 륙 국　가 위 천 하 지 대 교

矣　然而宋旭闒拖　乞食於道　德弘　狂歌於市　猶不
의　연 이 송 욱 탑 타　걸 식 어 도　덕 홍　광 가 어 시　유 불

爲馬駔之術　而況君子而讀書者乎.
위 마 장 지 술　이 황 군 자 이 독 서 자 호

<燕巖別集 . 放璚閣外傳>
연 암 별 집　방 경 각 외 전

예덕선생전(穢德先生傳)

엄 행수가 환경 미화하던 이야기

선귤자(蟬橘子)[1]의 벗에 '예덕선생(穢德先生)'[2]이란 사람이 있었는데, 그는 종본탑(宗本塔 : 서울에 있음) 동편에 살고

1) 선귤자(蟬橘子) : 이덕무(李德懋)의 별호. 이덕무는 조선 후기의 문인이자 실학자로, 자는 무관(懋官)이고 호는 형암(炯菴)이다. 문장과 글씨와 그림에 뛰어났고 학식도 높았으나, 서자(庶子)였기 때문에 높은 관직에는 오르지 못했다. 선귤자라는 별명은 그의 서실(書室)이 매미껍질〔蟬殼〕이나 귤껍질〔橘皮〕과 같이 좁고 작았기 때문에 붙여졌다고 하는데, '蟬(매미)'은 말똥구리의 화신이요, '橘(귤)'은 신선이 그 속에서 바둑을 두는 선과(仙果)이므로 두 가지를 따서 인격화(人格化)하였다. 이덕무는 자기의 집이 작은 것을 '옛 파(巴) 땅에서 어떤 사람이 귤을 쪼개 보니 두 신선이 귤 속에서 구부리고 장기를 두었다.'는 고사에 비유하기도 했다.

2) 예덕선생(穢德先生) : 더러운 것으로부터 참다운 덕을 쌓아가는 사람을 뜻한다. 『후한서(後漢書)』 동방삭전(東方朔傳)에 나오는 '정간사직 예덕사은(正諫似直 穢德似隱)'이란 구절을 인용한 것이다.

있었다. 그는 날마다 동네로 돌아다니면서 똥을 져 나르는 것으로 직업을 삼았다. 동네 사람들은 모두 그를 '엄 행수(嚴行首)'라고 불렀는데, '행수(行首)'[3]란 역부(役夫)들 중에서도 늙은이를 일컫는 말이고, '엄(嚴)'은 그의 성이었다.

자목(子牧 : 말이나 소를 기르는 사람)이란 제자가 선귤자(蟬橘子)에게 묻기를,

"전에 제가 선생님께 벗에 대하여 듣기를, '벗이란 동거하지 않는 아내요, 동기(同氣) 아닌 아우이다'라고 하셨는데, '벗'이란 이다지 중대한 것입니다. 세상의 유명한 사대부(士大夫)들이 선생님의 뒤를 좇아 하풍(下風 : 남의 지배 아래)에 놀기를 원하는 이가 많건만, 선생님께서는 아무도 받아들이지 않으셨습니다. 그런데 저 '엄 행수'란 자는 그야말로 어느 한 마을의 천한 사람으로서 역부와 같이 하류 계층에 처하여 치욕스러운 일을 행함에도 불구하고, 선생님께서는 자꾸만 그의 덕을 칭찬하여 '선생'이라 부르고 마치 머지않아서 친교를 맺어 벗으로 청하려고 하시니, 제자의 열(列)에 있는 저로선 이를 몹시 부끄럽게 생각하여 선생님의 문하를 떠나고자 하옵니다."

라고 하니 선귤자는 웃으면서,

"허허, 좀 앉거라. 내 너에게 '벗'에 대하여 이야기해 보겠다. 우리 동네의 속된 말에도 '의원이 제 병 못 고치고 무당이

---

3) 행수(行首) : 한 무리의 우두머리. 한량을 거느리는 우두머리.

제 춤 못춘다'고 했단다. 사람마다 모두 저 혼자만 좋아하는 취미가 있지만, 남들은 알지 못하고 딱하게도 자꾸만 그의 허물만을 발견하려고 애쓴단 말이야.

그러나 부질없이 칭찬하기만 하면 아첨에 가까워 멋대가리 없고, 오로지 단점만 지적한다면 비밀을 들추어내는 듯해서 인정이 없는 것이므로, 그제야 비로소 그의 아름답지 못한 것들에 널리 들어가서 그 변두리에서 설렁이되 깊이 스며들진 않는 법이지. 그렇게 하면 비록 그를 크게 책망하더라도 결코 노여워하지 않을 것이야. 왜냐하면 이는 아직까지 그의 가장 꺼리는 곳을 꼬집어 말하지 않았기 때문이야. 그러다가 우연히 그가 좋아하는 것을 발견하면 어떤 물건을 점쳐서 알아낸 듯이 마음속에서 감동의 물결이 이는데, 마치 가려운 곳을 긁는 것과도 같단 말이야. 그리고 가려운 곳을 긁는 것도 방법이 있는 거야. 등을 어루만지되 겨드랑이에 가까이 가지 말 것이며, 가슴패기를 만지더라도 목덜미까지는 침범하지 말 것이야. 그리하여 아무런 중요치 않는 곳에서 이야기가 그친다면 그 모든 아름다움은 저절로 내게 돌아올 것이니, 그제야 그는 기뻐서 〈내게〉 '참 나를 아는 벗이여'라고 말할 것이야. '벗'이란 그렇게 사귀면 되는 것이지."

라고 하였다. 자목(子牧)이 귀를 막고 뒷걸음질 치며,

"이것이야말로 선생님께서 제게 시정배(市井輩 : 시정의 장사치)나 머슴들의 행세를 가르치는 것뿐입니다."

라고 하니 선귤자는,

"그러면 자네가 부끄러워하는 것은 과연 이런 것에 있지 저런 것에 있음이 아니로세. 무릇 시정배가 사귀는 것은 이익으로써 하고, 얼굴로 사귀는 것은 아첨으로써 하는 법이야. 그렇기 때문에 비록 아무리 좋은 사이일지라도 세 번만 거듭 요청하면 틈나지 않는 이가 없고, 아무리 오래 묵은 원한이 있는 사이일지라도 세 번 도와주면 친해지지 않는 이가 없을 것이다. 그러므로 이익으로써 사귐은 계속되기가 어렵고, 아첨으로써 사귐은 오래가지 않는 법이야.

무릇 크나큰 사귐은 얼굴빛에 있지 않으며, 지극히 가까운 벗은 지나친 친절을 요하지 않는 법이다. 다만 마음으로 사귀며 덕으로 벗할지니, 이것이 곧 '도의의 사귐'인 것이다. 그리하여 위로는 아득한 옛날 사람을 벗하더라도 멀지 않을 것이며, 서로 만 리 밖의 머나먼 거리에 있더라도 소원하지 않게 된단다.

그런데 저 '엄 행수(嚴行首)'란 이는 일찍이 나에게 알고 지내기를 요구하지 않았으나, 나는 늘 그를 칭찬하고자 하는 마음이 간절하였지 싫어하지는 않았네그려. 그의 밥 먹는 모습은 느릿느릿하고, 그의 걸음새는 헤적헤적하고, 그의 조는 모습은 정신이 혼혼(昏昏)하고, 그의 웃음은 껄껄대고, 그의 살림살이는 바보처럼 되어 흙으로 벽을 쌓고 풀로 지붕을 이어 구멍문을 내어 놓고 들어갈 때는 새우등이요, 잠잘 때는 개주둥이꼴이였더구먼.

그래도 아침에는 부석거리며 기쁜 듯이 일어나서 흙삼태기를 메고 동네에 들어가서 뒷간을 쳐 나르는데, 구월에 비와 서리가 내리고, 시월에 살얼음이 얼어도 뒷간의 남은 찌꺼기와 말똥, 쇠똥, 횃대 밑에 떨어진 닭똥·개똥·거위똥이나, 입희령(笠豨苓 : 돼지똥)·좌반룡(左盤龍 : 사람똥)·완월사(玩月砂 : 닭똥)·백정향(白丁香 : 닭똥) 따위를 취하여 마치 주옥처럼 귀중히 여겼으나 이는 그의 청렴한 인격에는 아무런 손상이 없을 뿐더러, 홀로 그 이익을 차지했으나 정의로움에도 아무런 해로울 것이 없으며, 아무리 많이 탐내어 얻으려고 힘쓴다 하더라도 남들은 그에게 '사양할 줄 모른다'고 말하지 않는다네.

그는 때로 손바닥에 침을 뱉어 가래를 휘두르는데, 경쇠처럼 굽은 허리는 마치 날짐승의 부리처럼 생겼더군. 비록 문장의 찬란함이라도 그가 뜻을 두는 것이 아니며, 아무리 종고(鐘鼓 : 종과 북)의 즐거움이라도 거들떠보지 않는다네. 무릇 부귀란 사람마다 똑같이 원하는 바이건만, 원한다고 해서 얻을 수 있는 것이 아니므로 그는 부러워하지도 않는 거야. 그리하여 그는 남들이 자기를 칭찬해 주어도 더 영광스럽게 여기지 않고, 헐뜯는다 하더라도 더 욕되게 여기지도 않는 거야.

저 왕십리의 배추, 살곶이다리의 무, 석교(石郊 : 서대문 밖)의 가지·오이·수박·호박, 연희궁(延禧宮 : 연희동과 신촌 일대)의 고추·마늘·부추·파·염교, 청파(靑坡)의 물미나리, 이태인(利泰仁 : 이태원의 옛 이름)의 토란(土卵) 따위를 심는 밭들은 모두 그중 상(上)에 상(上)을 골라잡되, 그들은 모두 엄

씨(嚴氏 : 엄 행수)의 똥거름을 써서 기름지고 살찌고 평평하고 풍부해서 해마다 6,000냥이나 되는 돈을 번다는 것이야.

그렇지만 엄 행수는 아침에 밥 한 그릇 먹고도 만족한 기분을 지니고, 저녁이 되어 집에 들어와서는 또 밥 한 그릇에 쓰러져버리는 거야. 남이 고기를 권하면 사양하면서 '목구멍에 내려가면 나물이나 고기나 매한가지로 배부르면 그만이지, 맛 좋은 것만을 따져 무엇 한단 말이요?'라고 하며, 새 옷을 권하면 사양하면서 '저 넓디넓은 소매 돋이를 입는다면 몸에 만만치 않고, 새 옷을 갈아입는다면 똥을 지고 길가에 다니지 못할 것이잖우.'라고 한다네그려.

해마다 정월 초하룻날이 되면 그는 비로소 아침 일찍이 일어나서 갓을 쓰고, 허리띠 두르고는, 새 옷을 갈아입고, 새 신을 바꿔 신고는 이웃 동네 어른들에게 두루 돌아다니며 세배를 올리고, 돌아와서는 곧 전에 입던 옷을 입고는 다시금 흙 삼태기를 메고 동네 한복판으로 들어가더군. 엄 행수 같은 사람이야말로 자기의 덕행을 더러운 똥 속에다가 파묻어서 이 세상에 참된 은사(隱士)의 노릇을 하는 자가 어찌 아니겠는가?

옛글에 '본래 부귀를 타고난 사람은 부귀를 행하고, 본래 빈천을 타고난 사람은 빈천을 행한다〔素富貴 行乎富貴 素貧賤 行乎貧賤〕.'[4]라는 말이 있는데, 대체로 '본래〔素〕'란 것은 하늘이 정

4) 『논어』 안연(顏淵) 편에 "생사는 명에 달려 있고, 부귀는 하늘에 달

해 준 분수를 말함이었고, 또 『시경(詩經)』에 '아침 일찍부터 밤늦게까지 관가에서 일하니, 진실로 타고난 운명이 같지 않도다.〔夙夜在公 寔命不同〕'[5] 하고 읊었으니, '명(命)'이란 곧 '분수'를 말하는 것이야.

그러므로 무릇 하늘이 만백성을 낳으실 때 제각기 정해진 분수가 있으니, 그 누구를 원망할 수 있겠는가? 새우젓을 먹을 때는 달걀이 생각나고, 굵은 갈옷을 입고 나선 가는 모시옷을 부러워하는 법이지. 그리하여 온 천하가 이로부터 크게 어지러워지는 것이란다. 검수(黔首)[6]가 토지를 빼앗기면 논밭이 황폐해지는 것과 같은 것이지. 진승(陳勝)[7]·오광(吳廣)[8]·항적(項籍)[9]의 무리가 그 뜻이 어찌 호미나 극젱이[10] 따위를

려 있다〔死生有命 富貴在天〕."라고 했다.

5) 『시경』 국풍(國風) 소남(召南) 소성(小星)에 나오는 내용이다.

6) 검수(黔首) : 일반백성, 농민을 뜻한다. 관을 쓰지 않아 검은 머리가 보인다는 데서 유래하였다.

7) 진승(陳勝) : 진(秦)나라 말기의 농민반란군을 이끈 지도자로, 자는 섭(涉)이다. 진나라의 학정(虐政)에 반대하여 오광(吳廣)과 함께 '진승·오광의 난'을 일으켜 초왕(楚王)이 되었지만, 마부(馬夫)인 장고(莊賈)에게 살해되었다. 진승이 반란을 꾀하면서 '왕후장상의 씨가 따로 있다더냐?'라는 유명한 말을 남겼다.

8) 오광(吳廣) : 진나라 말기의 장군. 진승과 함께 반란을 일으켜 진승은 왕이 되고, 자신은 가왕(假王)이 되었다가 훗날 부장(部將)인 전장(田臧)과 이귀(李歸) 등에게 살해되었다.

9) 항적(項籍) : 항우(項羽). 적(籍)은 이름이고, 우(羽)는 자이다. 진나

들고 농사일에만 편안히 있겠는가?

『주역(周易)』에 이르기를 '짐을 짊어진 사람이 수레를 탄다면 도적을 만날 것이다〔負且乘 致寇至〕'[11]라고 하였으니, 이것을 일컫는 말일세. 그러므로 진실로 정의가 아니라면 비록 만종(萬鍾)[12]의 녹(祿)일지라도 더러울 뿐이지. 힘들이지 않고서 재산을 이룩하면 비록 소봉(素封)[13]과 어깨를 겨눈다

라 말기에 군사를 일으켜 진나라를 멸망시키고 초왕(楚王)이 되었으나, 한왕(漢王) 유방(劉邦)과 천하를 다투다가 해하(垓下)에서 패배하자 오강(烏江)에서 자살하였다. 이때 그가 사랑했던 여인 우희(虞姬)와 헤어지는 모습을 두고 패왕별희(覇王別姬)라는 고사가 전해진다.

10) 극젱이 : 곰방메. 논밭을 가는 데 쓰는 농기구의 한 가지. 쟁기와 비슷하나 술이 조금 곧게 내려가고 보습 끝이 무딘 특징이 있다.

11) 가난한 백성이 천한 일을 하여 짐을 짊어지고서 수레를 탄다면, 이는 과분하여 반드시 도적에게 물건을 빼앗기게 된다는 것을 말한다. 『주역』 계사 상(繫辭上)에 나오는 내용인데, "등에 짐을 지는 것은 소인의 일이요, 말을 탄다는 것은 군자의 기구(器具)이다. 소인이 군자의 기구를 타면 도적은 이것을 약탈하려고 한다. 윗사람이 게으르고 아랫사람이 횡포하면 도적은 이것을 치려고 한다. 간수함을 게을리 하면 도적질을 가르치는 것이요, 얼굴 화장을 난잡하게 하면 음탕한 짓을 가르치는 것이다."라고 공자가 해설하였다.

12) 만종(萬鍾) : 매우 많은 양(量). '鍾'은 양(量)을 뜻하는데, 6곡(斛) 4두(斗), 또는 8곡(斛)이다.

13) 소봉(素封) : 녹봉이나 작위는 없으나 제후 못지않은 큰 부자를 말한다.

하더라도 그의 이름을 더럽게 여기는 이가 있는 법이야. 그러므로 사람이 죽으면 구슬과 옥을 입에 넣는 것은 그의 깨끗함을 밝히려는 것이지.

무릇 엄 행수는 똥과 거름을 져 날라서 스스로 먹을 것을 장만하는 만큼 그를 '지극히 깨끗하다'고는 못하다고 말할 수 있겠다. 그러나 그의 먹을 것을 장만하는 방법은 지극히 향기로웠으며, 그의 몸가짐은 더할 나위 없이 더러우나 그가 정의(正義)를 지킴은 지극히 고항(高亢 : 뜻이 높아 남에게 굽히지 않음)하여 그의 뜻을 따져본다면 비록 만종(萬鍾)의 녹을 준다 하더라도 바꾸지 않을 거야.

이로 말미암아 살펴본다면 깨끗한 자 가운데도 깨끗지 못한 자가 있고, 더러운 자 가운데도 더럽지 않은 자가 있다는 말일세. 그러므로 나는 음식을 먹을 때마다 상차림이 너무나 먹을 수 없을 지경에 이르면 이 세상에선 나보다 더 못한 사

♣ 이 편도 연암 박지원의 『연암외집(燕巖外集)』「방경각외전(放璚閣外傳)」에서 뽑은 것이다. 그의 자서(自序)에 이르기를 "선비가 구복(口腹)으로써 몸을 더럽힌다면 여러 가지의 행실이 결핍될 것이며, 큰 솥에 많은 음식을 쌓아놓은 이는 음식 탐하는 자를 경계하지 않는 법이다. 이제 엄 행수(嚴行首)는 스스로 더러운 똥을 날라서 먹을 것을 장만하고 있다. 그의 자취는 비록 더러우나 그의 입은 조촐하기 짝이 없다. 나는 이제 이 예덕선생전을 쓰노라."라고 했다. 이는 당시 천농사상(賤農思想)을 지극히 배격한 작품이다. 이석구(李奭求)씨가 1947년 『양반전』에 이 편을 번역해 넣었던 것을 여기에 옮겨 실었다.

람이 있다는 것을 생각하지 않은 적이 없었네그려.

그러나 이제 저 엄 행수의 경지에 이른다면 무엇이라도 견디지 못할 바가 없겠지. 만약 누구라도 그 마음에 도적질할 뜻이 없다면 엄 행수의 행위를 갸륵하게 여기지 않을 이가 없을 거야. 그리고 그 마음을 미루어서 확대시킨다면 성인의 경지에 이를 수도 있는 것이지.

그러니까 무릇 선비는 가난한 기색이 얼굴에 나타난다면 이는 부끄러운 일일 것이요, 이미 뜻을 얻어서 영달했다 하더라도 그 교만이 온몸에 흐른다면 역시 부끄러운 일이니, 그들을 엄 행수에게 견주어 본다면 부끄럽지 않을 자가 드물 것일세. 그러므로 나는 엄 행수에 대하여 '스승'이라 이를지언정 어찌 감히 '벗'이라 이르겠는가? 때문에 나는 엄 행수에 대하여 감히 이름을 부르지 못하고, 그의 호(號)를 지어 바쳐 '예덕선생'이라고 하였다네."

라고 하였다.

— 燕巖外集·放璚閣外傳

原文

穢德先生傳
예덕선생전

蟬橘子 有友曰 穢德先生 在宗本塔東 日負里中
선귤자 유우왈 예덕선생 재종본탑동 일부리중
糞 以爲業 里中皆稱嚴行首 行首者 役夫老者之稱
분 이위업 이중개칭엄행수 행수자 역부로자지칭
也 嚴其姓也.
야 엄기성야

子牧 問乎蟬橘子曰 昔者 吾聞友於夫子曰 不室
자목 문호선귤자왈 석자 오문우어부자왈 불실
而妻 匪氣之弟 友如此其重也 世之名士大夫 願從
이처 비기지제 우여차기중야 세지명사대부 원종
足下 遊於下風者 多矣 夫子無所取焉 夫嚴行首者
족하 유어하풍자 다의 부자무소취언 부엄행수자
里中之賤人 役夫下流之處 而恥辱之行也 夫子亟稱
이중지천인 역부하류지처 이치욕지행야 부자극칭
其德曰先生 若將納交 而請友焉 弟子甚羞之 請辭
기덕왈선생 약장납교 이청우언 제자심수지 청사
於門 蟬橘子笑曰 居 吾語若友 里諺有之曰 醫無
어문 선귤자소왈 거 오어약우 이언유지왈 의무
自藥 巫不己舞 人皆有己所自善 而人不知 愍然若
자약 무불기무 인개유기소자선 이인부지 민연약
求聞過.
구문과

徒譽則近諂而無味 專短則近訐而非情 於是 泛濫
도예즉근첨이무미 전단즉근알이비정 어시 범람

乎其所未善 逍遙而不中 雖大責不怒 不當其所忌也
호기소미선 소요이부중 수대책불노 부당기소기야

偶然及其所自善 比物而射其覆 中心感之 若爬癢焉
우연급기소자선 비물이사기복 중심감지 약파양언

爬癢有道 拊背無近腋 摩膺毋侵項 成說於空 而美
파양유도 부배무근액 마응무침항 성설어공 이미

自歸 躍然曰知 如是而友 可乎 子牧掩耳卻走曰
자귀 약연왈지 여시이우 가호 자목엄이각주왈

此夫子敎我以市井之事 傔僕之役耳 蟬橘子曰 然則
차부자교아이시정지사 겸복지역이 선귤자왈 연즉

子之所羞者 果在此 而不在彼也 夫市交以利 面交
자지소수자 과재차 이부재피야 부시교이리 면교

以諂 故雖有至懽 三求則無不疏 雖有宿怨 三與則
이첨 고수유지환 삼구즉무불소 수유숙원 삼여즉

無不親 故以利則難繼 以諂則不久.
무불친 고이리즉난계 이첨즉불구

夫大交不面 盛友不親 但交之以心 而友之以德
부대교불면 성우불친 단교지이심 이우지이덕

是爲道義之交 上友千古 而不爲遙 相居萬里 而不
시위도의지교 상우천고 이불위요 상거만리 이불

爲疏.
위소

彼嚴行首者 未嘗求知於吾 吾常欲譽之 而不厭也
피엄행수자 미상구지어오 오상욕예지 이불염야

其飯也頓頓 其行也伈伈 其睡也昏昏 其笑也訶訶
기반야둔둔 기행야심심 기수야혼혼 기소야가가

其居也若愚 築土覆藁 而圭其竇 入則蝦脊 眠則狗
기거야약우 축토복고 이규기두 입즉하척 면즉구

喙.
훼

朝日熙熙然起 荷畚入里中除溷 歲九月天雨霜 十
조일희희연기 하분입리중제혼 세구월천우상 시
月薄氷 圊人餘乾 皁馬通 閑牛下 塒落鷄狗鵝矢
월박빙 청인여건 조마통 한우하 시락계구아시
笠豨苓 左盤龍 玩月砂 白丁香 取之如珠玉 不傷
입희령 좌반룡 완월사 백정향 취지여주옥 불상
於廉 獨專其利 而不害於義 貪多而務得 人不謂其
어렴 독전기리 이불해어의 탐다이무득 인불위기
不讓.
불양

唾掌揮鍬 磬腰傴傴 若禽鳥之啄也 雖文章之觀
타장휘초 경요구구 약금조지탁야 수문장지관
非其志也 雖鍾鼓之樂 不顧也 夫富貴者 人之所同
비기지야 수종고지락 불고야 부부귀자 인지소동
願也 非慕而可得 故不羨也 譽之而不加榮 毁之而
원야 비모이가득 고불선야 예지이불가영 훼지이
不加辱.
불가욕

枉十里蘿蔔 箭串菁 石郊茄蓏水瓠胡瓠 延禧宮苦
왕십리라복 전곶청 석교가라수호호호 연희궁고
椒蒜韭葱薤 青坡水芹 利泰仁土卵 田用上上 皆取
초산구총해 청파수근 이태인토란 전용상상 개취
嚴氏糞 膏沃衍饒 歲致錢六千.
엄씨분 고옥연요 세치전륙천

朝而一盂飯 意氣充充然 及日之夕 又一盂矣 人
조이일우반 의기충충연 급일지석 우일우의 인
勸之肉 則辭曰 下咽 則蔬肉同飽矣 奚以味爲 勸
권지육 즉사왈 하인 즉소육동포의 해이미위 권
之衣 則辭曰 衣廣袖 不閑於體 衣新 不能負塗矣.
지의 즉사왈 의광수 불한어체 의신 불능부도의

歲元日朝 始笠帶衣屨 遍拜其隣里 還乃衣故衣
세원일조 시립대의구 편배기린리 환내의고의
復荷畚入里中 如嚴行首者 豈非所謂穢其德而大隱
부하분입리중 여엄행수자 기비소위예기덕이대은
於世者耶.
어세자야

傳曰 素富貴 行乎富貴 素貧賤 行乎貧賤 夫素也
전왈 소부귀 행호부귀 소빈천 행호빈천 부소야
者 定也 詩云 夙夜在公 寔命不同 命也者 分也.
자 정야 시운 숙야재공 식명부동 명야자 분야

夫天生萬民 各有定分命之素矣 何怨之有 食蝦醢
부천생만민 각유정분명지소의 하원지유 식하해
思鷄子 衣葛羨衣紵 天下從此大亂 黔首地奮 田畝
사계자 의갈선의저 천하종차대란 검수지분 전묘
荒矣 陳勝吳廣項籍之徒 其志豈安於鋤耰者耶.
황의 진승오광항적지도 기지기안어서우자야

易曰 負且乘 致寇至 其此之謂也 故苟非其義 雖
역왈 부차승 치구지 기차지위야 고구비기의 수
萬鍾之祿 有不潔者耳 不力而致財 雖埒富素封 有
만종지록 유불결자이 불력이치재 수날부소봉 유
臭其名矣 故人之大往 飮珠飯玉 明其潔也.
취기명의 고인지대왕 음주반옥 명기결야

夫嚴行首 負糞擔溷 以自食 可謂至不潔矣 然而
부엄행수 부분담혼 이자식 가위지불결의 연이
其所以取食者 至馨香 其處身也 至鄙汚 而其守義
기소이취식자 지형향 기처신야 지비오 이기수의
也 至抗高 推其志也 雖萬鍾可知也.
야 지항고 추기지야 수만종가지야

繇是觀之 潔者有不潔 而穢者不穢耳 故吾於口體
유시관지 결자유불결 이예자불예이 고오어구체

之養 有至不堪者 未嘗不思其不如我者.
지 양 유 지 불 감 자 미 상 불 사 기 불 여 아 자

至於嚴行首 無不堪矣 苟其心無穿窬之志 未嘗不
지 어 엄 행 수 무 불 감 의 구 기 심 무 천 유 지 지 미 상 불

思嚴行首 推以大之 可以至聖人矣.
사 엄 행 수 추 이 대 지 가 이 지 성 인 의

故夫士也 窮居達於面目 恥也 旣得志也 施於四
고 부 사 야 궁 거 달 어 면 목 치 야 기 득 지 야 시 어 사

體 恥也 其視嚴行首 有不忸怩者 幾希矣 故吾於
체 치 야 기 시 엄 행 수 유 불 뉴 니 자 기 희 의 고 오 어

嚴行首 師之云乎 豈敢友之云乎 故吾於嚴行首 不
엄 행 수 사 지 운 호 기 감 우 지 운 호 고 오 어 엄 행 수 불

敢名之 而號曰 穢德先生.
감 명 지 이 호 왈 예 덕 선 생

<燕巖外集 . 放璚閣外傳>
연 암 외 집 방 경 각 외 전

민옹전(閔翁傳)

민영감이 도통했던 이야기

민옹(閔翁 : 민영감)이란 자는 남양(南陽 : 경기도 화성)에 살고 있던 사람이다. 무신년(1728년) 민란(民亂)[1]에 관군(官軍)을 따라 토벌에 가담해서 공로를 세워 첨사(僉使 : 절도사의 관할에 속한 벼슬)에 제수되었다. 그 뒤에 시골집에 돌아와서 다시금 벼슬하지 않기로 했다.

민영감은 어릴 적부터 매우 영리하고 총명하며 말 잘하기로 유명했다. 특히 옛사람의 기이한 절개나 거룩한 자취를 그리워하여 때로는 의기(義氣)에 북받쳐 흥분하기도 했다. 그리하여 그들의 전기(傳記)를 읽을 때마다 일찍이 탄식하고 눈물짓지 않은 적이 없었다.

---

1) 민란(民亂) : 조선 영조(英祖) 4년(1728)에 밀풍군(密豊君) 탄(坦)을 추대하기 위하여 이인좌(李麟佐) · 정희량(鄭希亮)이 공모하여 일으킨 난이다. 한때 그 세력이 청주 · 안성까지 이르렀으나, 토벌군에 의해 진압되고 난의 수괴들은 모두 주살(誅殺)되었다.

그는 일곱 살 때에 바람벽에다 커다랗게 써 놓기를,

"항탁(項橐)[2]은 이 나이에 남의 스승 노릇을 했다."

라고 하였고 열두 살에는,

"감라(甘羅)[3]는 이 나이에 장수가 되었다."

라고 썼으며 열세 살에는,

"외황아(外黃兒)[4]는 이 나이에 유세(遊說)했다."

라고 썼고 열여덟 살에는 덧붙여서,

"곽거병(霍去病)[5]은 이 나이에 기련(祈連)에 싸우러 갔다."

라고 썼으며 스물네 살에는,

"항적(項籍)[6]이 이 나이에 오강(烏江)을 건넜다."

---

2) 항탁(項橐) : 춘추시대의 사람으로, 7세에 공자의 스승이 되었다. 『전국책(戰國策)』에 나온다.

3) 감라(甘羅) : 춘추시대의 장수. 진시황(秦始皇) 때 명신인 감무의 자손으로, 나이 열둘에 장수가 되어 조나라로 출정하여 다섯 성을 빼앗아 진나라를 섬기게 했다.

4) 외황아(外黃兒) : 항우가 외황을 점령한 후 열다섯 살 이상의 사내를 흙구덩이에 파묻어 죽이려 하자, 현령 가신의 아들 구숙(仇淑)이 항우를 설득하여 모두 살렸다. 그 아이는 열세 살이었다.

5) 곽거병(霍去病) : 한(漢)나라의 장수. 외삼촌 위청과 함께 흉노를 정벌하여 표기장군에 올랐다. 18세 때에 기련산에 이르러서 많은 병사들을 포로로 잡았다.

6) 항적(項籍) : 초패왕(楚覇王) 항우(項羽). 항우는 숙부 항량과 함께 스무네 살 때 8,000명의 군사를 이끌고 안휘성에 있는 오강(烏江)을 건너 진나라를 쳤다.

라고 썼다. 그럭저럭 마흔 살에 이르렀으나, 그는 아무런 이름을 이루지 못했다. 그러면서도 크게 써 놓기를,

"맹자는 이 나이에 마음을 움직이지 않았다."

라고 했다. 이렇듯 해마다 이런 것들을 쓰기에는 더욱 더 게을리 하지 않았다. 그의 바람벽은 한 군데도 빈 곳이 없이 검은 먹빛으로 되었다.

나이 일흔 살이 되는 해를 맞이하자 그의 아내가 조롱하여 말하기를,

"영감님, 올해는 까마귀를 그리지 않으우?"

라고 하니 민영감은 기쁜 어조로,

"그래, 당신은 재빨리 먹이나 갈아 주구려."

라고 하고는 크게 쓰기를,

"범증(范增)[7]은 이 나이에 기이한 꾀를 좋아했다."

라고 했다. 그의 아내는 화를 발칵 내며,

"계책이 아무리 기이한들 장차 어느 때에 쓰려 하시우?"

라고 하자 민영감은 웃으며,

"옛날 여상(呂尙)[8]은 여든 살에 장수가 되어 새매처럼 드날렸다우. 이제 나는 여상에게 비하면 오히려 어린 아우뻘밖에 안

---

7) 범증(范增) : 항우의 모사. 항량을 돕다가 그가 죽자 항우를 도왔다. 그러나 항우로부터 버림받는다.

8) 여상(呂尙) : 주무왕(周武王)의 스승. 태공망(太公望). 문왕(文王)이 위수 가에서 만나 스승을 삼았으며, 뒤에 무왕을 도와 은나라를 멸망시키고 천하를 평정하는데 공헌했다.

되는 걸."

라고 하였다.

지난 계유년(영조 29년, 1753) · 갑술년(영조 30년, 1754) 사이에 내(연암) 나이는 열에 일고여덟 살이었다. 병에 오랫동안 시달리어 음악 · 서화(書畵), 예스러운 칼 · 거문고 · 골동품 등 모든 잡물을 제법 좋아했을 뿐더러, 더욱이 손님을 모아 놓고 익살스럽고 우스꽝스러운 옛이야기로 마음을 여러 모로 위안시켰지만, 그 깊숙이 스며든 울적한 증세는 트이게 할 수 없었다.

어떤 이가 말하기를,

"민영감은 그야말로 기이한 사람이죠. 그는 노랫가락도 잘하지만 이야기도 잘하지요. 그의 이야기야말로 재기(才氣)가 뛰어나고 괴이하기도 하며, 속임수를 쓰기도 하고 걸죽하기도 하답니다. 그래서 듣는 자 치고 누구나 마음이 상쾌히 열리지 않는 이가 없다더군요."

라고 했다. 나는 그 말을 듣고 몹시 기뻐서 그에게 함께 와 줄 것을 부탁했더니, 민영감이 나를 찾아왔다.

때마침 나는 사람들과 음악을 감상하고 있었다. 민영감은 인사도 서로 나누지 않고 퉁소 부는 사람을 가만히 들여다보더니 그의 뺨을 갈기며 크게 꾸짖기를,

"주인은 모처럼 즐겁게 놀자는 것인데, 너는 어째서 잔뜩 성난 꼴로 앉아 있어?"

라고 하기에 나는 깜짝 놀라서 그 영문을 물었더니 민영감은,

"저놈의 꼴을 좀 보세요. 눈알이 잔뜩 튀어나도록 사나운 기운을 품었지 않았어요? 그게 골낸 게 아니고 무엇이우?"
라고 한다. 나는 껄껄하고 크게 웃었더니 민영감은,

"어찌 퉁소 부는 놈만 화내는 것이겠어유? 저 피리 부는 놈은 얼굴을 해반닥 돌리고 우는 듯이, 장구를 치는 놈은 이마를 잔뜩 찌푸린 채 무슨 시름을 자아내는 듯이 하고 있지 않아요? 그러니까 온 좌석이 입을 다물고 마치 큰일이나 난 듯이 앉아 있고, 아이와 종놈들까지도 꺼려서 웃지도 못하고 말도 못하게 된 것이지요. 그러니 음악이 즐거울 수가 없는 것이라우."
라고 한다.

나는 곧 일어나서 그들을 헤쳐 보내고 민영감을 맞이하여 앉혔다. 민영감은 비록 키가 짧고 몸뚱이가 작으나 흰 눈썹이 눈을 덮었다. 그는,

"저는 이름이 유신(有信)이고, 나이는 일흔세 살입니다."
하고 스스로 소개했다. 그리고는 나에게 묻기를,

"당신은 무슨 병이 들었우? 머리가 아픈 거유?"
라고 하기에 나는,

"아니어요."
라고 했다. 그는 또,

"배앓이여유?"
라고 하기에 나는,

"아니어요."

라고 대답하니 그는,

"그렇다면 당신은 아픈 데가 없는 것이구려."

라고 하고는 곧 지게문을 열어젖히고 들창을 걷어 괴었다. 바람이 우수수 하고 들어온다. 나의 마음이 점차 시원해져서 예전과는 아주 다름을 확실히 느끼고 민영감한테 말하기를,

"나는 특히 음식을 싫어할 뿐더러, 밤이면 잠을 이루지 못하는 게 병이 되었나 봐요."

라고 했다. 그러자 민영감이 몸을 일으켜 나에게 축하를 한다. 나는 놀라서,

"영감님, 무엇을 축하하신단 말이오?"

라고 하니 그는,

"당신은 집이 가난한데 다행히 음식을 싫어하신다니 살림살이가 여유 있지 않겠소? 그리고 졸음이 없으시다니 낮밤을 겸해서 나이를 곱절 사시는 것이라우. 살림살이가 늘어가고 나이를 곱절 사신다면 그야말로 수(壽)와 부(富)를 함께 누리는 것이외다."

라고 했다.

잠시 후에 밥상이 들어왔다. 나는 이내 못마땅해서 얼굴을 찌푸리고 숟가락을 들기 전에 이것저것 골라 냄새만 맡을 뿐이었다. 민영감은 별안간 크게 화를 내며 일어나 가려고 했다. 나는 놀라서,

"영감님, 왜 노하십니까. 어디로 떠나시렵니까?"

라고 묻자 민영감은,

"당신이 손님을 청해 놓고선 함께 식사를 하지 않고 어찌하여 혼자서만 자시려고 하오? 이는 나를 대우하는 도리가 아니잖소."
라고 하기에 나는 사과하고 민영감을 만류했다. 그리고 한편으로는 빨리 밥상을 올리게 했다. 민영감은 사양하지 않고 팔뚝을 훌훌 걷어붙였다. 숟가락과 젓가락에 오른 음식이 몹시 풍성했다. 나는 저절로 입에 군침이 돌고 가슴이 열리고 콧구멍이 트이는 듯싶어서 그제야 밥이 옛날처럼 잘 먹을 수 있었다.

밤이 되자 민영감은 눈을 감은 채 꼿꼿이 앉았기에 나는 그에게 이야기를 붙였으나, 그는 더욱 입을 굳이 닫는다. 나는 몹시 무료했다. 이윽고 민영감은 별안간 일어나서 등불 심지를 긁어 돋우며 말하기를,
"내 나이가 젊었을 때에는 〈어떤 어려운 글이라도〉 눈으로 한 번만 스치면 번번이 외웠는데, 이제는 늙어 버렸다우. 당신과 약속컨대 평생에 보지 못한 책을 뽑아내어 각기 두세 번 눈으로 훑은 뒤에 외우되, 만일 한 글자라도 그릇될 때에는 약속대로 벌을 받기로 하세."
라고 한다. 나는 그가 늙었음을 얕보고 대뜸,
"그러지요."
라고 하고는, 곧바로 시렁 위에 꽂힌 『주례(周禮)』[9]를 뽑았다. 민영감은 고공(考工)[10]을 뽑았고, 나는 춘관(春官)[11]을 택

했다. 조금 후 민영감이 소리쳐 말하기를,

"나는 벌써 외웠소이다."

라고 한다. 나는 미처 한 번도 내려 훑지 못한 상태였다. 깜짝 놀라서 그에게 조금 더 기다려줄 것을 청했다. 그는 자꾸만 재촉하여 나를 곤경에 빠뜨렸다. 그럴수록 나는 점점 더 외울 수가 없었다. 그러는 차에 졸음이 퍼붓는 듯싶더니 곧 잠이 들어버렸다.

다음날 해는 이미 밝았다. 나는 그제야 민영감에게 묻기를,

"어제 외운 글을 아직도 기억하시오?"

라고 하니 민영감은 웃으면서,

"나는 애초부터 외우질 않았소이다."

라고 했다.

어느 날 저녁에 민영감과 이야기를 했다. 민영감은 같이 앉은 손님들에게 농담도 붙이고 꾸짖기도 했으나, 사람들은 아무도 어쩌지 못했다. 그중에 있던 한 손님이 민영감의 말을

---

9) 『주례(周禮)』: 십삼경(十三經)의 하나. 주공(周公)이 지었다고 전해진다. 주(周)나라 관제인 천관 · 지관 · 춘관 · 하관 · 추관 · 동관 등 육관(六官)을 분류 설명한 중국의 국가제도를 기록한 최고의 책이다.

10) 고공(考工) : 고공기(考工記). 『주례』의 편명(篇名). 궁실의 조영(造營) · 수레 · 악기 · 병기 등에 관한 기술서이다.

11) 춘관(春官) : 『주례』의 편명(篇名)이다.

꺾어 보리라 생각하고 그에게 말을 붙이기를,

"영감님은 귀신도 보았겠죠?"

라고 하니 그가,

"그럼, 봤구말구."

라고 하기에 내가,

"그러면 귀신은 어디에 있지요?"

라고 하자, 민영감은 눈을 부릅뜨고 가만히 들여다보았다. 한 손님이 등불 뒤에 앉아 있더니, 마침내 그를 향하여 크게 소리치며,

"귀신이 저기에 있소!"

라고 하자, 그 손님은 버럭 성을 내며 민영감에게 따지고 들었다. 민영감이 말하기를,

"무릇 밝은 곳에 있으면 사람이고, 어두운 곳에 있으면 귀신이 되는 법이거든. 지금 자네는 어둔 곳에서 밝은 곳을 살피며 얼굴을 숨긴 채 사람을 엿보니, 어찌 귀신이 아니겠는가?"

라고 하니 자리에 있던 사람들이 모두 웃었다. 손님은 또,

"영감님은 신선도 보았겠죠?"

라고 묻자 민영감은,

"보았구말구."

라고 하기에 내가,

"그럼, 신선이 어디에 있죠?"

라고 하니 민영감은,

"집이 가난한 사람이 곧 신선이라우. 부자들은 늘 속세를 그리워하는데 가난한 사람은 언제나 속세를 싫어하는 법이니, 속세를 싫어하는 자가 곧 신선이 아니겠나?"
라고 하였다. 내가,

"그럼, 영감님께서는 아주 오래 사신 사람을 보셨겠구려?"
라고 하니 민영감은,

"보았구말구. 내 오늘 아침 나절에 숲속에 들어갔더니, 두꺼비하고 토끼가 제각기 오래 살았다고 다투고 있더군. 토끼가 두꺼비에게 '내 나이는 옛날 팽조(彭祖)[12]와 동갑이니까 너야말로 후생(後生 : 후배)이야.'라고 하더군. 그러자 두꺼비는 머리를 숙이고 훌쩍훌쩍 울기만 합디다. 토끼가 깜짝 놀라 '너는 왜 그리 슬퍼하느냐?' 하고 물으니, 두꺼비는 '나는 저 동쪽 이웃집 어린이와 동갑이었는데, 그 어린아이는 다섯 살 먹었을 적에 벌써 글 읽을 줄 알았다네. 그는 아득한 옛날 목덕(木德)[13] 때에 태어나서 섭제(攝提)[14]에서 역사를 시작한 이

12) 팽조(彭祖) : 중국의 도가(道家) 전갱(籛鏗)의 별칭. 전욱(顓頊)의 현손(玄孫). 신선의 이름. 요임금의 신하로 은나라 말년까지 팔백 년을 살았다고 한다.

13) 목덕(木德) : 천황씨(天皇氏). 중국 고대의 전설 속에 나오는 삼황(三皇) 가운데 하나이다. 『사략(史略)』에 "태고에 천황씨는 목덕으로 왕이 되어 세성(歲星 : 목성)이 섭제 즉 인년(寅年)에서 역사를 시작하니, 애쓰지 않아도 일이 잘 이루어졌다."라고 하였다. 여기에 나오는 이웃집 어린이는 상고 시대로부터 주나라 때까지

래 수많은 왕(王)과 제(帝)를 거쳐서 <주(周)나라에 이르러서> 왕통(王統)이 끊어지자, 순수한 책력(冊曆) 하나가 이룩되었고, 이어서 진(秦 : BC.221~206)나라에서 윤달이 들고, 한(漢 : BC.206~AD.220)나라와 당(唐 : 618~907)나라를 거쳐 아침에는 송(宋 : 960~1270)나라, 저녁에는 명(明 : 1368~1644)나라가 되었는데, 모든 사변을 겪고 나니 이에는 기쁘고 놀랄 만한 일, 죽은 이를 슬퍼하고 떠나가는 이를 보내는 일 등에서 지루한 세월을 겪고서 오늘에 이른 것이라네. 그러나 오히려 귀와 눈이 총명하고, 이와 털이 날로 자라더란 말이야. 그러고 보면 나이가 많은 자 중에서 저 어린애에 비할 자가 없으리라고 생각되네그려.

그런데 팽조(彭祖)야말로 겨우 800살을 살고서 일찍 사라졌다니, 그는 세상을 겪은 게 많지 못하고 일을 경험한 지도 오래지 못한 만큼 나는 그를 슬퍼할 따름이지' 합디다. 그러자 토끼는 그제야 두 번 절하고 뒷걸음질 치며, '당신은 나에게 할아버지뻘입니다.'라고 합디다그려. 이로 말미암아 따진다면 글 많이 읽은 이가 가장 목숨이 긴 사람이라우!"

라고 하였다. 내가,

"그럼, 영감은 맛의 가장 아름다운 것도 보셨겠네요?"

라고 하니 민영감이,

의 정통 왕조의 역사를 읽었다는 소리이다.

14) 섭제(攝提) : 인년(寅年). 태세의 지지가 인(寅)인 해를 뜻한다.

"물론 보았구말구. 달이 스무 나절〔下弦 : 그믐께〕을 썩 지나쳐 썰물이 물러나면 바닷가의 흙을 갈아서 염밭을 만들되, 그 갯벌을 구워서 거친 것은 수정염(水晶鹽)을 만들고, 고운 것은 소금(素金)을 만든다네. 백 가지 맛을 맞출 때 소금이 없다면 무엇으로 하겠는가?"

라고 하니 모든 사람들이,

"좋소이다. 그렇지만 불사약(不死藥 : 먹으면 죽지 않는다는 선약(仙藥))이야 영감님이 결코 보지 못하셨겠지요?"

라고 했다. 민영감은 웃으면서,

"이것이야말로 내가 아침저녁으로 늘 먹는 것인 만큼 어째서 모르겠소. 저 크나큰 산골짜기에서 서리서리 굽은 소나무에 달콤한 이슬〔甘露〕이 떨어져 땅속으로 스며든 지 천년 만에 복령(茯苓)[15]이 된다네. 인삼(人蔘)은 신라 땅에서 나는 삼을 제일로 치는데, 모양은 단아하고 빛깔은 붉은 데다 사체(四體)가 갖추어졌으며, 쌍갈래로 땋은 머리는 어린아이처럼 생겼지요. 구기(枸杞)[16]는 천 년이 되면 사람을 보고 짖는다우.

---

15) 복령(茯苓) : 복령은 소나무를 벤 뒤에 그 뿌리에 생기는 버섯의 한 가지이다. 참고로 감로(甘露)는 하늘이 내린다는 상서로운 이슬이다.

16) 구기(枸杞) : 구기자. 일명 괴좆나무라고 하는데, 들이나 길섶에서 자라는 가지과(科)의 나무로서 여름철에 엷은 보랏빛의 꽃이 피고, 줄기는 가늘고 회백색이며, 붉은색의 열매는 약용한다.

내 일찍이 그 세 가지의 약을 먹고 나서 다시금 음식을 못 먹은 지 100일 만에 숨결이 가빠서 죽게 되었을 때, 이웃집 할미가 와서 보곤 '그대의 병은 굶주림에서 생겼구려. 옛날 신농씨(神農氏)[17]가 온갖 풀을 다 맛보고서 비로소 오곡(五穀)을 뿌렸다지. 대체로 병을 다스림에는 약을 쓰고, 굶주림을 고치는 데는 밥이 으뜸이니, <이 병은> 오곡이 아니고서는 장차 치료하긴 어려울 것이네' 하고 탄식하기에, 나는 그제야 쌀과 기장으로 밥을 지어 먹고는 죽기를 면했지. 불사약치고는 밥만 한 게 없으니, 나는 아침에 한 그릇, 저녁에 한 그릇씩 먹고서 이제 벌써 일흔 살 남짓까지 살았다우."
라고 하였다.

민영감은 언제나 말을 지루하게 늘어놓긴 하나 종말엔 이치에 들어맞지 않은 것이 없고, 게다가 속속들이 풍자를 머금었으니, 대체로 말솜씨가 매우 능란한 사람이었다.

그제야 그 손님은 물을 말이 막혀서 다시금 힐난할 수 없게 되자 화를 벌컥 내며,

"그럼, 영감님은 두려운 게 뭐예요?"

---

17) 신농씨(神農氏) : 옛 전설에 나오는 제왕(帝王)과 삼황(三皇)의 하나. 성은 강(姜)이다. 사람의 몸에 소의 머리를 가졌으며, 농사짓는 법을 처음으로 가르쳤다. 또한 2,000 종류의 약물과 6,000 가지의 처방전을 집대성하였다. 전설에 의하면 하루에 70종의 독초를 직접 맛보면서 효능을 가렸는데, 극독성의 단장초를 맛보다가 해독하지 못하고 장이 파열되어 죽었다고 한다.

라고 했다. 민영감은 잠자코 한참 있다가 별안간 성난 목소리로 말하기를,

"가장 두려운 것이라면 나 자신보다 더한 것이 없다네. 나의 바른쪽 눈은 용이요, 왼쪽 눈은 범이라우. 혀 밑엔 도끼를 간직했고, 꼬부라진 팔은 활처럼 생겼잖소. 그리하여 내 마음을 잘 가지면 어린이처럼 착할 게고, 까닥 잘못하면 오랑캐도 될 수 있거니와 삼가지 못한다면 장차 제 스스로 물고 뜯고 끊고 망칠 수도 있는 것이라우. 그러므로 성인도 '자기의 사욕을 극복하여 예법에 돌린다'[18]느니, 또는 '사심(邪心)을 막고 참된 마음을 갖는다'[19]느니 하였으니, 그들도 일찍이 자기 자신을 두려워함이 없었던 것은 아니라우."

라고 한다. 그리하여 민영감은 한꺼번에 여남은 가지의 질의를 받았으나, 그의 답변이야말로 메아리처럼 빨라서 마침내 그를 막히게 할 수 없었다. 그는 스스로 자랑하기도 하고 칭찬하기도 하며, 곁에 앉은 손님을 멋대로 조롱하기도 했다. 사람들은 모두들 허리를 잡고 웃었지만 민영감은 낯빛도 변치 않았다.

어떤 손님이 말하기를,

"해서(海西 : 황해도) 지방에서는 황충(蝗蟲)[20]이 생겨서 관

---

18) 『논어』에 나오는 내용이다.

19) 『역경』에 나오는 내용이다.

20) 황충(蝗蟲) : 메뚜기과에 속한 곤충으로, 떼를 지어 다니며 농사

가에서 백성들을 다그쳐 그것들을 잡는답니다."

라고 하자 민영감이,

"황충을 잡아선 무엇 한다던가?"

하고 물었다. 그가,

"이 놈의 벌레는 누에보다도 작은 놈이 빛은 알록달록 털이 돋쳤다우. 하늘을 날면 '명충(螟蟲)'[21]이 되고, 붙으면 '모적(蟊賊)'[22]이 되어서 우리들의 곡식을 해치되 거의 전멸시키다시피 하므로 장차 잡아서 흙에 묻어 버리려는 것일 따름이지요."

라고 하니 민영감이,

"이 조그만 벌레야 무엇을 걱정한다우? 내가 보기엔 종루(鐘樓)[23] 네거리에 한길 빽빽하게 오가는 것들이 모두 황충뿐이어유. 키는 모두 일곱 자가 넘고, 머리는 검고, 눈은 반짝반짝 빛이 나며, 입은 주먹 나들이로 큰데다가 돼먹잖은 소리를 지껄이잖소. 어찌나 출랑거리며 다니는지 발굽이 서로 닿고 궁둥이가 잇달리어 농사를 해치며 곡식을 짓밟음이 이 무

에 해를 끼치는 벌레이다.

21) 명충(螟蟲) : 사람을 해치는 인간의 비유. 벼 · 조 따위의 줄기 속을 파먹어 말라 죽게 하는 나방의 유충이다.

22) 모적(蟊賊) : 농작물 또는 묘목의 뿌리를 잘라먹는 해충의 총칭. 나쁜 인간을 비유하여 일컫는 말이다.

23) 종루(鐘樓) : 지금의 종로 거리. 사람의 왕래가 가장 빈번한 저잣거리를 대표하여 일컫는 말이다.

리보다 더한 것은 없을 것이오. 내 그놈들을 잡으려 하나, 큰 박덩이가 없음이 한스럽소그려."
라고 한다. 모든 사람들은 〈그 말을 곧이듣고〉 모두들 마치 참으로 이런 벌레가 생겼는가싶어 크게 두려워했다.

어느 날 민영감이 왔기에 나는[24] 그를 바라보며 은어로 말하기를,

"춘첩자(春帖子)[25] 방제(狵啼)."
라고 했더니 민영감은 웃으면서,

"춘첩자란 입춘 날 문(門)에다 붙이는 문(文)인 만큼 이는 나의 성 민(閔)을 말함이요, '방(狵)'이란 늙은 개인 만큼 이는 나를 욕하는 말이요. '제(啼 : 울 제)'는 곧 내 이빨이 빠져서 말소리가 어눌함을 듣기 싫다는 뜻이라우.

비록 그러나 당신이 만일 '방(狵)'이 두렵다면 '견(犬 : 犭)'변을 버리는 것만 못한 것이요, 또 '제(啼)'가 듣기 싫다면 그 '구(口 : 입 구)'를 막아 버리면 될 것이오. 그러면 대체로 '제(帝 : 제왕 제)'란 것은 조화를 말함이요, '방(尨 : 클 방)'이란 큰 사물〔大物〕을 말함이라오. 결국 제(帝)에다 방(尨)을 덧붙이면, '조화를 일으켜 크게 된다'는 뜻인 동시에 그 글자는 방(龐)이 되지 않겠우. 그렇다면 이는 당신이 나를 모욕한 게 아니고,

24) 연암 자신을 말한다.

25) 춘첩자(春帖子) : 입춘에 집이나 대궐 안 기둥에 써 붙이는 글이다.

도리어 나를 칭찬함이 되는 것이라우."
라고 하였다.

그 다음 해에 민영감은 세상을 떠났다.

"민영감은 비록 마음이 너무 활달하고 기이하고 얽매이지 않고 호탕하긴 하나, 성격은 굳고 곧았으며 평화롭고 어질었다. 『주역(周易)』에 밝았고, 노자(老子)[26]의 글을 좋아했으며, 글이라면 대체로 보지 않은 것이 없었다."
라고 사람들은 말한다. 그의 두 아들은 모두 무과(武科)에 올랐으나, 아직 벼슬하지는 못했다.

올해 가을철 들어 나는 병이 더욱 심해졌다. 그뿐만 아니라 민영감도 다시금 만나볼 수 없게 되었다. 드디어 나는 그와 함께 나눈 은어(隱語)와 회해(詼諧 : 해학(諧謔)) · 풍자(諷刺) 등을 모아서 이 「민옹전(閔翁傳)」을 쓴다. 때는 정축년(영조 33년, 1757년) 가을이다.

---

26) 노자(老子) : 노담(老聃)의 『도덕경(道德經)』을 말한다. 노자는 춘추 시대 초나라의 사상가이자 도가(道家)의 시조이다. 성은 이(李)이고, 이름은 이(耳)이며, 자는 담(聃)·백양(伯陽)이다.

♣ 이 편도 연암 박지원의 『연암외집(燕巖外集)』「방경각외전(放璚閣外傳)」에서 뽑은 것이다. 그의 자서(自序)에 "민옹은 사람을 곡식 축내는 벌레로 알 뿐더러 도(道)를 배워서 그의 조화는 용(龍)과 같았었고, 골계(骨稽)에다 취미를 붙여 이 세상을 비웃었으며, 그는 해마다 바람벽에 글을 써서 스스로 분발하였다. 나는 이에 「민옹전」을 쓴다."라고 하였다. 이석구(李奭求)씨가 1947년 『양반전』에 이를 번역해서 실었던 것을 여기에 옮겨 실었다.

나는 일찍이 시를 지어서 민영감을 슬퍼하기를,

아아, 민영감이시여!	嗚呼閔翁
괴상하고 기이하셨지요.	可怪可奇
놀랍고 어처구니없게도 하고	可驚可愕
기쁘고 노하게도 하셨고	可喜可怒
또한 얄밉고 밉살스럽게도 구셨지요.	而又可憎
저 바람벽 위의 까마귀는	壁上烏
아직껏 새매가 되지는 못했다오.	未化鷹
영감은 대체로 뜻있는 선비였건만	翁蓋有志士
마침내 늙어 죽도록 쓰이지 못했구려.	竟老死莫施
내 이제 이 전을 짓노니	我爲作傳
아아, 그는 오히려 죽지 않았구려!	嗚呼死未曾

라고 하였다.

一燕巖外集·放璚閣外傳

原文

閔翁傳
민옹전

閔翁者 南陽人也 戊申軍興從征 功授僉使 後家
민옹자 남양인야 무신군흥종정 공수첨사 후가

居 遂不復仕.
거 수불부사

翁幼警悟聰給 獨慕古人奇節偉跡 慷慨發憤 每讀
옹유경오총급 독모고인기절위적 강개발분 매독

其一傳 未嘗不歎息泣下也.
기일전 미상불탄식읍하야

七歲 大書其壁曰 項橐爲師 十二 書甘羅爲將 十
칠세 대서기벽왈 항탁위사 십이 서감라위장 십

三 書外黃兒遊說 十八 益書去病出祈連 二十四
삼 서외황아유세 십팔 익서거병출기련 이십사

書項籍渡江 至四十 益無所成名 乃大書曰 孟子不
서항적도강 지사십 익무소성명 내대서왈 맹자부

動心 年年書益不倦 壁盡黑.
동심 연년서익불권 벽진흑

及年七十 其妻嘲曰 翁今年 畫烏未 翁喜曰 若疾
급년칠십 기처조왈 옹금년 화오미 옹희왈 약질

磨墨 遂大書曰 范增好奇計 其妻益恚曰 計雖奇
마묵 수대서왈 범증호기계 기처익에왈 계수기

將幾時施乎 翁笑曰 昔呂尚 八十鷹揚 今翁視呂尚
장기시시호 옹소왈 석려상 팔십응양 금옹시여상

猶少弱弟耳.
유소약제이

歲癸酉甲戌之間 余年十七八 病久困 劣留好聲歌
세계유갑술지간 여년십칠팔 병구곤 열류호성가
書畫 古劍琴彝器諸雜物 益致客 俳諧古譚 慰心萬
서화 고검금이기제잡물 익치객 배해고담 위심만
方 無所開其幽鬱.
방 무소개기유울

有言 閔翁奇士 工歌曲 善譚辯 俶怪譎恢 聽者
유언 민옹기사 공가곡 선담변 척괴휼회 청자
人無不爽然意豁也 余聞甚喜 請與俱至 翁來.
인무불상연의활야 여문심희 청여구지 옹래

而余方與人樂 翁不爲禮 熟視管者 批其頰 大罵
이여방여인악 옹불위례 숙시관자 비기협 대매
曰 主人懽 汝何怒也 余驚問其故 翁曰 彼瞋目而
왈 주인환 여하노야 여경문기고 옹왈 피진목이
盛氣 匪怒而何 余大笑 翁曰 豈獨管者怒也 笛者
성기 비노이하 여대소 옹왈 기독관자노야 적자
反面若啼 缶者嚬若愁 一座默然若大恐 僮僕忌諱笑
반면약제 부자빈약수 일좌묵연약대공 동복기휘소
語 樂不可爲歡也.
어 악불가위환야

余遂立撤去 延翁坐 翁殊短小 白眉覆眼 自言 名
여수립철거 연옹좌 옹수단소 백미복안 자언 명
有信 年七十三 因問余 君何病 病頭乎 曰不 曰病
유신 연칠십삼 인문여 군하병 병두호 왈불 왈병
腹乎 曰不 曰然則君不病也 遂闢戶揭牖 風來颼然
복호 왈불 왈연즉군불병야 수벽호게유 풍래수연
余意稍豁 甚異昔者也 謂翁 吾特厭食 夜失睡 是
여의초활 심이석자야 위옹 오특염식 야실수 시
爲病也 翁起賀 余驚曰 翁何賀也 曰君家貧 幸厭
위병야 옹기하 여경왈 옹하하야 왈군가빈 행염

食 財可羨也 不寐則兼夜 幸倍年 財羨而年倍 壽
식 재가선야 불매즉겸야 행배년 재선이년배 수

且富也.
차부야

須臾飯至 余呻蹙不擧 揀物而嗅 翁忽大怒欲起去
수유반지 여신축불거 간물이후 옹홀대노욕기거

余驚問 翁何怒去也 翁曰 君招客 不爲具 獨自先
여경문 옹하노거야 옹왈 군초객 불위구 독자선

飯 非禮也 余謝留翁 且促爲具食 翁不辭讓 腕肘
반 비례야 여사류옹 차촉위구식 옹불사양 완주

呈袒 匙箸磊落 余不覺口津 心鼻開張 乃飯如舊.
정단 시저뢰락 여불각구진 심비개장 내반여구

夜翁闔眼端坐 余要與語 翁益閉口 余殊無聊 久
야옹합안단좌 여요여어 옹익폐구 여수무료 구

之 翁忽起剔燭 謂曰 吾年少時 過眼輒誦 今老矣
지 옹홀기척촉 위왈 오년소시 과안첩송 금로의

與君約 生平所未見書 各默涉三再乃誦 若錯一字
여군약 생평소미견서 각묵섭삼재내송 약착일자

罰如契誓 余侮其老 曰諾 即抽架上周禮 翁拈考工
벌여계서 여모기로 왈낙 즉추가상주례 옹념고공

余得春官 小間翁呼曰 吾已誦 余未及下一遍 驚止
여득춘관 소한옹호왈 오이송 여미급하일편 경지

翁且居 翁語侵頗困 而余益不能誦 思睡乃睡.
옹차거 옹어침파곤 이여익불능송 사수내수

天旣明 問翁 能記宿誦乎 翁笑曰 吾未嘗誦.
천기명 문옹 능기숙송호 옹소왈 오미상송

嘗與翁夜語 翁弄罵坐客 人莫能難 有欲窮翁者
상여옹야어 옹롱매좌객 인막능난 유욕궁옹자

問翁見鬼乎 曰見之 鬼何在 翁瞠目熟視 有一客
문옹견귀호 왈견지 귀하재 옹당목숙시 유일객

坐燈後 遂大呼曰 鬼在彼 客怒詰翁 翁曰 夫明則
좌등후 수대호왈 귀재피 객노힐옹 옹왈 부명즉

爲人 幽則爲鬼 今者處暗而視明 匿形而伺人 豈非
위인 유즉위귀 금자처암이시명 익형이사인 기비

鬼乎 一座皆笑 又問 翁見仙乎 曰見之 仙何在 曰
귀호 일좌개소 우문 옹견선호 왈견지 선하재 왈

家貧者 仙耳 富者常戀世 貧者常厭世 厭世者 非
가빈자 선이 부자상련세 빈자상염세 염세자 비

仙耶 翁能見長年者乎 曰見之 吾朝日 入林中 蟾
선야 옹능견장년자호 왈견지 오조일 입림중 섬

與兎爭長 兎謂蟾曰 吾與彭祖同年 若乃晩生也 蟾
여토쟁장 토위섬왈 오여팽조동년 약내만생야 섬

俛首而泣 兎驚問曰 若乃若悲也 蟾曰 吾與東家孺
면수이읍 토경문왈 약내약비야 섬왈 오여동가유

子同年 孺子五歲 乃知讀書 生于木德 肇紀攝提
자동년 유자오세 내지독서 생우목덕 조기섭제

迭王更帝 統絶王春 純成一曆 乃閏于秦 歷漢閱唐
질왕경제 통절왕춘 순성일력 내윤우진 역한열당

暮朝宋明 窮事更變 可喜可驚 弔死送往 支離于今
모조송명 궁사경변 가희가경 조사송왕 지리우금

然而耳目聰明 齒髮日長 長年者 乃莫如孺子.
연이이목총명 치발일장 장년자 내막여유자

而彭祖 乃八百歲蚤夭 閱世不多 更事未久 吾是
이팽조 내팔백세조요 열세부다 경사미구 오시

以悲耳 兎乃再拜卻走曰 若乃大父行也 由是觀之
이비이 토내재배극주왈 약내대부항야 유시관지

讀書多者 最壽耳 翁能見味之至者乎 曰見之 月之
독서다자 최수이 옹능견미지지자호 왈견지 월지

下弦 潮落步土 耕而爲田 煮其斥鹵 粗爲水晶 纖
하현 조락보토 경이위전 자기척로 조위수정 섬

爲素金 百味齊和 孰爲不鹽 皆曰 善 然不死藥 翁
위소금 백미제화 숙위불염 개왈 선 연불사약 옹

必不見也 翁笑曰 此吾朝夕常餌者 惡得而不知 大
필불견야 옹소왈 차오조석상이자 악득이부지 대

壑松盤 甘露其零 入地千年 化爲茯苓 蔘伯羅產
학송반 감로기령 입지천년 화위복령 삼백라산

形端色紅 四體俱備 雙紒如童 枸杞千歲 見人則吠.
형단색홍 사체구비 쌍계여동 구기천세 견인즉폐

吾嘗餌之 不復飮食者 蓋百日 喘喘然將死 鄰媼
오상이지 불부음식자 개백일 천천연장사 인온

來視 歎曰 子病饑也 昔神農氏 嘗百草 始播五穀
래시 탄왈 자병기야 석신농씨 상백초 시파오곡

夫效疾爲藥 療饑爲食 非五穀 將不治 遂飯稻粱而
부효질위약 요기위식 비오곡 장불치 수반도량이

餌之 得以不死 不死藥 莫如飯 吾朝一盂夕一盂
이지 득이불사 불사약 막여반 오조일우석일우

今已七十餘年矣.
금이칠십여년의

翁嘗支離其辭 遷就而爲之 莫不曲中 內含譏諷
옹상지리기사 천취이위지 막불곡중 내함기풍

蓋辯士也.
개변사야

客索問 無以復詰 乃忿然曰 翁亦見畏乎 翁默然
객삭문 무이부힐 내분연왈 옹역견외호 옹묵연

良久 忽厲聲曰 可畏者 莫吾若也 吾右目爲龍 左
량구 홀려성왈 가외자 막오약야 오우목위룡 좌

目爲虎 舌下藏斧 彎臂如弓 念則赤子 差爲夷戎
목위호 설하장부 만비여궁 염즉적자 차위이융

不戒則將自噉自齧自戕自伐 是以聖人 克己復禮 閑
불계즉장자담자설자장자벌 시이성인 극기복례 한

邪存誠 未嘗不自畏也 語數十難 皆辨捷如響 竟莫
사존성 미상부자외야 어수십난 개변첩여향 경막

能窮 自贊自譽 嘲傲旁人 人皆絶倒 而翁顔色不變.
능궁 자찬자예 조오방인 인개절도 이옹안색불변

或言 海西蝗 官督民捕之 翁問 捕蝗何爲 曰是虫
혹언 해서황 관독민포지 옹문 포황하위 왈시충

也 小於眠蚕 色斑而毛 飛則爲螟 緣則爲蟊 害我
야 소어면천 색반이모 비즉위명 연즉위모 해아

稼穡 號爲滅穀 故將捕而瘞之耳 翁曰 此小虫 不
가색 호위멸곡 고장포이예지이 옹왈 차소충 부

足憂 吾見鍾樓塡道者 皆蝗耳 長皆七尺餘 頭黔目
족우 오견종루전도자 개황이 장개칠척여 두검목

熒 口大運拳 咿啞傴旅 蹠接尻連 損稼殘穀 無如
형 구대운권 이아우려 척접고련 손가잔곡 무여

是曹 我欲捕之 恨無大匏 左右皆大恐若眞有是虫
시조 아욕포지 한무대포 좌우개대공약진유시충

然.
연

一日 翁來 余望而爲隱曰 春帖子狵啼 翁笑曰 春
일일 옹래 여망이위은왈 춘첩자방제 옹소왈 춘

帖子 榜門之文 乃吾姓也 狵 老犬 乃辱我也 啼
첩자 방문지문 내오성야 방 노견 내욕아야 제

則厭聞吾齒豁音嵲兀也.
즉염문오치활음얼올야

雖然 君若畏狵 莫如去犬 若又厭啼 且塞其口 夫
수연 군약외방 막여거견 약우염제 차색기구 부

帝者 造化也 尨者 大物也 著帝傅尨化而爲大 其
제자 조화야 방자 대물야 착제부방화이위대 기

惟龐乎 君非能辱我也 乃反善贊我也.
유방호 군비능욕아야 내반선찬아야

明年翁死 翁雖恢奇俶蕩 性介直樂善 明於易 好
명년옹사 옹수회기숙탕 성개직락선 명어역 호

老子之言 於書蓋無所不窺云 二子皆登武科 未官.
노자지언 어서개무소불규운 이자개등무과 미관

今年秋 余又益病 而閔翁不可見 遂著其與余爲隱
금년추 여우익병 이민옹불가견 수저기여여위은

俳詼言談譏諷 爲閔翁傳 歲丁丑秋也.
배회언담기풍 위민옹전 세정축추야

余誄閔翁曰 嗚呼閔翁 可怪可奇 可驚可愕 可喜
여뢰민옹왈 오호민옹 가괴가기 가경가악 가희

可怒 而又可憎 壁上烏 未化鷹 翁蓋有志士 竟老
가노 이우가증 벽상오 미화응 옹개유지사 경로

死莫施 我爲作傳 嗚呼死未曾.
사막시 아위작전 오호사미증

<燕巖外集 . 放璚閣外傳>
연암외집 방경각외전

양반전(兩班傳)
양반을 사고팔던 이야기

양반(兩班)[1]이란 사족(士族)[2]을 높여서 일컫는 말이다. 정선(旌善) 고을에 한 양반이 살고 있었다. 그는 어질고도 글 읽기를 좋아하였다. 매번 그 고을 군수가 새로 부임할 적마다 반드시 그 집에 몸소 나아가서 경의를 표하였다.

그러나 살림이 가난한 탓으로 해마다 관가에서 내는 환자(還子)[3]를 타 먹은 지 그럭저럭 여러 해가 쌓이다 보니 어느덧 천 섬이나 되었다. 어느 날 관찰사(觀察使)[4]가 여러 고을을 순

---

1) 양반(兩班) : 조선 중엽에 지체나 신분이 높은 상류 계급의 사람, 곧 세습적으로 문관이나 무관이 될 자격이 있는 사대부 계층을 말한다.

2) 사족(士族) : 문벌이 높은 집안, 또는 그 자손. 선비나 무인(武人)의 집안, 또 그 자손을 말한다.

3) 환자(還子) : 조선시대 각 고을에서 백성에게 꾸어 주었던 곡식인데, 봄에 빌려서 먹고 가을에 바쳤다. 환상(還上).

4) 관찰사(觀察使) : 외관직으로 문관의 종2품 벼슬 이름이다. 팔도의

행할 때 이곳에 이르러서 관곡(官穀 : 관가의 곡식)의 출납을 검열하다가 크게 노하여 말하기를,

"어떤 놈의 양반이 군량미〔軍輿〕[5]를 이다지도 축냈단 말이냐?"

하고는 명령을 내려 그 양반을 가두게 하였다. 그러나 군수는 마음속으로 '그 양반이 가난해서 갚을 방도가 없으니 딱하구나' 하고 생각하고, 차마 가둘 수는 없으나 〈상사의 명령 때문에〉 또한 어찌할 수도 없었다.

그러는 한편 양반은 밤낮으로 훌쩍훌쩍 울기만 하지 아무런 대책이 나지 않았다. 그의 아내가 욕을 하며 말하기를,

"당신은 한평생 글 읽기만 좋아하더니, 환자(還子) 갚기에도 아무런 효과가 없구먼요. 에라이! 양반 양반 하더니 이런 양반이야말로 한 푼어치 값도 못되는구려."

라고 하였다.

때마침 그 동네에 살고 있는 부자 하나가 집안 가족끼리 서로 의논하기를,

"'양반'이란 아무리 가난해도 그 위치는 늘 높고도 영광스러운 반면에 우리들이야 아무리 부자여도 항상 지체가 낮고 천

수직 · 민정 · 군직 · 재정 등을 통할하며, 관하의 수령을 지휘 감독하였다.

5) 군량미〔軍輿〕 : 먹으면 군사들의 사기(士氣)가 매우 왕성해진다는 뜻에서 일컫는 말이다.

하다 보니, 〈길을 다닐 때에도〉 감히 말 한 번 타보질 못할 뿐더러 양반만 보면 기가 푸욱 죽어서 굽실거리며, 엉금엉금 기어가서 뜰아래에서 절하고, 코가 땅에 닿도록 질질 끌며 무릎으로 기다시피 하여 우리네는 줄곧 이런 창피를 당하고 있다. 이제 저 양반이 마침 가난한 탓으로 환자를 갚을 길이 없어서 몹시 곤란한 모양이라니, 그 형편이 실로 그 양반의 자리를 더 이상 지닐 수 없을 것이야. 우리가 장차 그 양반이라는 것을 사서 가지도록 하자."

라고 하고는, 곧 양반의 집을 찾아서 대신하여 환자를 갚아주겠다고 청하였다. 양반은 크게 기뻐하여 승낙하였다. 이에 부자는 곧장 그 환자를 관가에 바쳤다.

이 사태를 본 군수는 깜짝 놀라 이상하게 여기고는 황급히 스스로 그 양반을 찾아가 위로하고, 우선 곡식을 갚게 된 정황을 물었다. 그런데 양반은 벙거지(양반가의 종이나 하인이 쓰던 모자)를 집어 쓰고 짧은 베잠방이를 입은 채 길바닥에 엎드려 뵈면서 '쇤네, 쇤네' 하며 감히 쳐다보질 못한다. 군수는 깜짝 놀라 내려와서 부축하며 말하기를,

"선생님, 어째서 이다지도 스스로 깎아내리며 욕되게 구시는가요?"

라고 하니 양반은 더욱이 황송하여 어쩔 줄을 몰라 하면서 머리를 조아리고 엎드려 말하기를,

"황송하외다. 쇤네가 감히 스스로 욕되게 하는 것이 아니외다. 저는 벌써 스스로 그 양반을 팔아서 환자를 갚았사오니,

〈이를 사간〉 이 동네의 부자가 곧 양반입니다. 그러니 쇤네가 어찌 다시금 뻔뻔스레 옛날처럼 양반 행세를 하여 스스로를 높이겠나이까?"

라고 하였다. 군수는 〈그 말을 듣고〉 감탄하여 말하기를,

"군자답구려, 부자시여! 양반답구려, 부자시여! 부자이면서도 아끼지 않음은 정의로운 일이고, 남의 어려움을 급선무로 돌봐줌은 어진 일이며, 낮은 것을 싫어하고 높은 자리를 그리워함은 슬기로운 일일지니, 이 분이야말로 참된 양반이로다. 아무리 그렇다지만 〈이런 귀중한 일을〉 둘이서만 사사로이 서로 사고 팔고도 아무런 증서를 만들지 않았으니, 이는 송사의 꼬투리가 될 것이다. 이제 내가 너와 함께 고을 사람들을 모아 놓고 증인을 세운 뒤에 증서를 만들어 〈모든 사람들이〉 믿게 해주되, 군수인 내 자신이 서명을 할 것이네."

라고 하였다.

이에 군수는 동헌(東軒 : 관아)으로 돌아와서 온 고을의 사족(士族)과 농민 · 공장이 · 장사치까지 모두들 불러 뜰에 모아 놓고, 부자는 향소(鄕所)[6]의 오른편에 앉히고 양반은 공형(公兄 : 서리의 별칭)이 있는 아래에 서게 하였다. 그리고는 증서를 작성하였는데,

"건륭(乾隆) 10년[7] 9월 모일에 다음과 같은 문권〔文段 : 증명

---

6) 향소(鄕所) : 향청(鄕廳). 유향소. 고려 말기와 조선 시대에 주·부·군·현에 두었던 고을 수령을 보좌하던 자문기관이다.

서]을 밝힘은 곧 양반을 싼 값으로 마구 팔아서 관가의 곡식을 갚은 일이 생겼는데, 그 값은 '천 섬'이라 한다. 오직 그 '양반'이란 것은 여러 가지 명칭과 일컬음이 있다. 글만 읽는 자는 '선비'라 하고, 정치에 종사(從事)하는 자는 '대부(大夫)'라 하고, 착한 덕이 있으면 '군자'라 한다. 그리고 무관(武官)의 계급은 서쪽에 늘어서 있고, 문관(文官)의 차례는 동쪽에 자리 잡았으므로 이들을 통틀어 '양반'이라고 한다.

이 중에서 네 멋대로 골라서 하되, 비루한 일일랑 깨끗이 끊어버리고, 옛사람을 본받아 뜻을 고상(高尙)하게 지녀야 할 것이다. 언제나 오경(五更 : 새벽 3시~5시)만 되면 일어나서 성냥을 그어 기름에 불을 붙이고, 눈으로 코끝을 슬며시 내려다 보며, 두 발꿈치를 한데 모아 볼기를 괴고 앉아서 『동래박의(東萊博義)』[8]를 마치 얼음판 위에 표주박 구르듯이 줄줄 외어야 하며, 아무리 배고픔과 추위에 시달리더라도 잘 참되, 자기 입으로 가난하다는 말을 내지 않는 법이다. 그리고 아래 윗니를 마주 부딪치어 똑똑 소리를 내며, 주먹으로 뒤통수를

---

7) 건륭(乾隆)은 청나라 제6대 황제 고종의 연호이고, 재위 기간은 1735~1795년이다. 그러므로 건륭 10년은 영조 21년(1745년)이다.

8) 『동래박의(東萊博義)』 : 송(宋)나라 여조겸(呂祖謙)이 지은 책으로, 『춘추좌씨전』을 논평한 주석서이다. 중요한 기사 168개 항목을 뽑아 각각 제목을 달고 역사적 사실에 대한 득실을 평가하였다. 고문에 대한 시문, 즉 과거문(科擧文)으로 씌어져서 문과 시험의 규범이 되었다.

두드리고, 가는 기침이 날 때마다 가래침을 지근지근 씹어 삼키고, 털감투를 쓸 때면 소맷자락으로 쓸어서 먼지를 떨어내어 물결을 일으켜야 한다. 세수할 때엔 주먹의 때를 비비지 말 것이며, 양치질을 하되 지나치게 하지 말 것이며, 여종을 부를 때엔 긴 목소리로 '아무개야' 하고 부를 것이며, 신 뒤축을 끌듯 느릿느릿 걸어야 한다. 그리고 『고문진보(古文眞寶)』[9]와 『당시품휘(唐詩品彙)』[10] 같은 책들을 마치 깨알처럼 가늘게 베끼되 한 줄에 100자씩 쓴다.

손엔 돈을 지니지 말 것이며, 쌀값을 묻지도 말 것이며, 아무리 날씨가 무더워도 버선을 벗지 말 것이며, 밥 먹을 때엔 맨상투꼴로 앉지 말 것이며, 밥을 먹을 때는 국물을 먼저 마시지 말 것이며, 혹시 마시더라도 훌쩍훌쩍하는 흘림소리를 내지 말 것이며, 젓가락을 내려놓아 맞출 때엔 방아 찧듯이 소리를 내지 말 것이며, 생파를 씹어서 냄새를 풍기지 말 것이며, 막걸리를 마신 뒤엔 수염을 쭉 빨지 말 것이며, 담배를 태울 적엔 볼이 오목 파이도록 연기를 빨아들이지 말 것이요, 아무리 화가 나더라도 아내를 때리지 말 것이며, 화를 돋운다

9) 『고문진보(古文眞寶)』: 장조(張肇) 또는 황견(黃堅)이 지은 것이라고 하나, 자세히 알 수 없다. 퇴계는 신안 진씨(新安陳氏)가 지었다고 했다. 중국 선진 이후 송대까지의 문(文)을 모은 책이다.

10) 『당시품휘(唐詩品彙)』: 명나라 고병(高棅)이 지은 책으로, 중국 당대(唐代) 시인들의 작품을 문체별로 분류하고 작가별로 품평하였다.

해도 그릇을 발로 차지 말 것이며, 맨주먹으로 어린아이와 여자들을 때리지 말 것이며, 종들이 잘못이 있더라도 족쳐 죽이지 말 것이며, 마소를 꾸짖되 팔아먹은 주인을 욕하지 말 것이며, 병이 들어도 무당을 부르지 말 것이며, 제사를 모실 때는 중을 청하여 재(齋)를 올리지 말 것이며, 아무리 추워도 화롯불에 손을 쬐지 말 것이며, 남과 이야기할 때는 침이 튀지 않도록 할 것이며, 소백정 노릇을 하지 말 것이며, 도박을 해서도 안 된다.

이러한 여러 가지 행위에서 어김이 있을 때에는 양반이 이 문서 기록을 갖고 가면 관청에서 옳고 그름을 따져 바로잡아 줄 것이다."

라고 하였다.

그리고는 성주(城主 : 고을 수령)인 정선 군수(旌善郡守)가 수결(手決)을 찍고, 좌수(座首)와 별감(別監)[11]이 증서로 서명을 했다. 이에 통인(通引 : 아전)이 여기저기 도장을 박는데, 그 소리는 꼭 엄고(嚴鼓)[12]치는 소리와 같았고, 그 찍어 놓은 꼴은

11) 좌수(座首)와 별감(別監) : 좌수는 조선 시대에 지방 수령의 자문 기관인 향청(鄕廳)의 우두머리이고, 별감은 향청에 속한 벼슬로 좌수에 버금가던 자리이다.

12) 엄고(嚴鼓) : 임금이 정전에 나오거나 거둥할 때, 백관이나 시위 군사가 제자리에서 대기하도록 큰 북을 울리던 일을 뜻하는데, 여기에서는 도장 찍는 소리가 엄하고 소리에 맞춘 듯 광광하며 소리 나는 것을 형용한다.

마치 북두성(北斗星)이 세로로 놓이고 삼성(參星)이 가로로 놓여 있듯이 벌여 있다.[13] 호장(戶長 : 고을 아전의 우두머리)이 증서를 다 읽고 나자 부자는 한참을 슬프게 멍하니 있다가 말하기를,

"양반이 겨우 이것뿐이란 말씀이우? 내가 듣기엔 '양반하면 신선이나 다름이 없다'더니, 정말로 이렇다면 관에서 너무도 억울하게 곡식만 몰수당한 것이라우. 아무쪼록 좀 더 잇속이 나도록 고쳐 주십시오."

라고 하였다.

이에 군수는 문서를 고쳐서 다시금 만들면서 말하기를,

"대체로 하늘이 백성을 내실 때, 그 갈래를 네(사(士)·농(農)·공(工)·상(商)) 분류로 나누셨다. 이 네 갈래의 백성들 중에서 가장 귀한 이가 '선비'이고, 이 선비를 '양반'이라 부르는데, 잇속으로 따지면 양반보다 더 큰 것은 없다. 그들은 농사도 짓지 않고 장사도 하지 않으며, 옛 글이나 역사를 대략만 알면 〈곧 과거를 치러〉 크게 되면 문과요, 작게 이루더라도 진사(進士)[14]는 되는 것이다. 문과의 홍패(紅牌)[15]야말로 그 길이

---

13) 삼성(參星)은 28수(宿) 중에 스물한 번째 별자리의 별 이름이다. 도장 찍는 모양이 마치 북두성이 세로로 놓이고, 삼성이 가로지른 듯 벌려져 있는 모양을 가리킨다.

14) 진사(進士) : 정식 과거인 대과(大科)를 보기 전에 예비적으로 치르는 시험인 소과(小科)에 합격한 자를 말한다.

15) 홍패(紅牌) : 옛 문과의 회시(會試)에 급제한 사람에게 주던 증서

가 두 자도 못되지만, 온갖 물건이 다 갖추어져 있어 이는 돈 자루나 다름없다.

그리고 진사에 오른 선비는 나이 서른에 첫 벼슬을 하더라도 오히려 이름 높은 음관(蔭官)[16]이 될 수 있고, 게다가 훌륭한 남인(南人)[17]을 잘 섬긴다면 <수령 노릇을 하느라고> 귀

로, 붉은 바탕의 종이에 성적·등급·성명을 적었다.

16) 음관(蔭官) : 과거에 의하지 않고 조상의 공이나 학행이 뛰어나 천거에 의해 내려진 벼슬을 말하는데, 남항(南行)이라고도 한다.

17) 남인(南人) : 정조(正祖) 때의 주류파 여당(與黨).

♣ 이 편도 역시 연암 박지원의 『연암외집』「방경각외전」에서 뽑은 것이다. 그의 자서(自序)에 이르기를 "선비란 것은 곧 천작(天爵)이었으며, 선비의 마음은 곧 '지(志)' 자가 되는 것이다. 그러면 그 뜻이란 어떠한 것인가? 첫째 세리(勢利)를 꾀하지 말 것이니, 선비는 몸이 비록 현달하더라도 선비에서 떠나지 않아야 할 것이며, 몸이 비록 곤궁하더라도 선비의 본분을 잃어서는 안 될 것이다. 지금 소위 선비들은 명절(名節)을 닦기에는 힘쓰지 않고 부질없이 문벌(門閥)만을 기화(奇貨)로 여겨 그의 세덕(世德)을 팔고 사게 되니, 이야말로 저 장사치에 비해서 무엇이 낫겠는가? 이제 나는 이 「양반전(兩班傳)」을 써 보았노라." 했다. 이는 실로 왕부(王裒)의 동약(僮約)을 본받아서 당시 소위 양반 계층의 갖은 추태를 아낌없이 폭로시킨 명작이다. 연암의 작품 중에 기문(奇文)이 비록 적지 않으나, 이 편은 특히 『열하일기』 중 허생(許生)·호질(虎叱) 등과 함께 여러 사람들의 입에 회자(膾炙)된 작품이었다. 이석구(李奭求)씨는 이 몇 편을 번역하여 1947년에 『양반전』이란 이름으로 출판했던 것을 또 1956년에 『연암선집(燕巖選集)』에 옮겨 실었고, 김기동(金起東)·임헌도(林憲道)는 1960년 『한문소설선집(漢文小說

바퀴는 일산(日傘) 바람에 해쓱해지고, 배는 하인들의 '예이' 하는 소리에 살찌게 되는 법이다. 뿐만 아니라 방안에서는 곱게 단장한 기생의 귀걸이를 어루만져 놀리고, 뜰에 쌓인 곡식에는 학(鶴)이 깃든다.

〈비록 그렇지 못해서〉 궁한 선비의 몸으로 시골살이를 하더라도 오히려 무력이나 억압을 써서 제 마음대로 할 수 있다. 이웃집 소를 몰아다가 자기 밭을 먼저 갈고, 동네 농민을 불러다가 김을 먼저 매게 한들 어느 놈이 감히 나를 괄시하랴? 저들의 코에 잿물을 붓고, 상투를 어지럽게 돌리며, 수염을 뽑더라도 감히 원망조차 못하리라."

라고 하였다. 부자는 증서가 반쯤 완성되었을 때 혀를 빼면서 말하기를,

"아이구 그만두시오, 그만둬. 참 맹랑합니다그려. 장차 나를 도둑놈이 되라 하시는 거요!"

라고 하고는 머리채를 휘휘 흔들면서 가 버렸다. 그리고 부자는 죽을 때까지 한평생을 다시는 '양반'이란 소리를 입에도 담지 않았다.

— 燕巖外集·放璚閣外傳

選集)』에 넣었으며, 필자 역시 1946년 「철마산장산고(鐵馬山莊散藁)」에 번역해서 기록했던 것이 1950년 ≪오륙도≫ 창간호에 실렸었다. 이제 이에 옮겨 실으며, 또 이 편의 원전에 상세한 주석을 붙여서 졸저(拙著) 『한문신강(漢文新講)』에 넣은 적도 있었다.

原文

兩班傳
양반전

兩班者 士族之尊稱也 旌善之郡 有一兩班 賢而好
양반자 사족지존칭야 정선지군 유일양반 현이호
讀書 每郡守新至 必親造其廬而禮之.
독서 매군수신지 필친조기려이예지

然家貧 歲食郡糴 積歲至千石 觀察使 巡行郡邑
연가빈 세식군조 적세지천석 관찰사 순행군읍
閱糶糴 大怒曰 何物兩班 乃乏軍興 命囚其兩班 郡
열조적 대노왈 하물양반 내핍군흥 명수기양반 군
守意哀其兩班 貧無以爲償 不忍囚之 亦無可柰何.
수의애기양반 빈무이위상 불인수지 역무가내하

兩班日夜泣 計不知所出 其妻罵曰 生平子好讀書
양반일야읍 계부지소출 기처매왈 생평자호독서
無益縣官糴 咄 兩班 兩班不直一錢.
무익현관적 돌 양반 양반부치일전

其里之富人 私相議曰 兩班雖貧 常尊榮 我雖富
기리지부인 사상의왈 양반수빈 상존영 아수부
常卑賤 不敢騎馬 見兩班 則跼蹜屛營 匍匐拜庭 曳
상비천 불감기마 견양반 즉국축병영 포복배정 예
鼻膝行 我常如此其僇辱也 今兩班 貧不能償糴 方
비슬행 아상여차기륙욕야 금양반 빈불능상적 방
大窘 其勢誠不能保其兩班 我且買而有之 遂踵門而
대군 기세성불능보기양반 아차매이유지 수종문이
請償其糴 兩班大喜許諾 於是 富人立輸其糴於官.
청상기적 양반대희허락 어시 부인립수기적어관

郡守大驚異之 自往勞其兩班 且問償糴狀 兩班氈
군수대경이지 자왕로기양반 차문상적상 양반전
笠衣短衣 伏塗謁稱小人 不敢仰視 郡守大驚 下扶
립의단의 복도알칭소인 불감앙시 군수대경 하부
曰 足下 何自貶辱若是 兩班益恐懼 頓首俯伏曰 惶
왈 족하 하자폄욕약시 양반익공구 돈수부복왈 황
悚 小人非敢自辱 已自鬻其兩班 以償糴 里之富人
송 소인비감자욕 이자죽기양반 이상적 이지부인
乃兩班也 小人復安敢冒其舊號而自尊乎 郡守歎曰
내양반야 소인부안감모기구호이자존호 군수탄왈
君子哉 富人也 兩班哉 富人也 富而不吝 義也 急人
군자재 부인야 양반재 부인야 부이불린 의야 급인
之難 仁也 惡卑而慕尊 智也 此眞兩班 雖然 私自交
지난 인야 오비이모존 지야 차진양반 수연 사자교
易 而不立券 訟之端也 我與汝 約郡人而證之 立券
역 이불립권 송지단야 아여여 약군인이증지 입권
而信之 郡守當自署之.
이신지 군수당자서지

於是 郡守歸府 悉召郡中之士族 及農工商賈 悉至
어시 군수귀부 실소군중지사족 급농공상고 실지
于庭 富人坐鄕所之右 兩班立於公兄之下 乃爲立券
우정 부인좌향소지우 양반립어공형지하 내위립권
曰 乾隆十年九月日 右明文段 斥賣兩班 爲償官穀
왈 건륭십년구월일 우명문단 척매양반 위상관곡
其直千斛 維厥兩班 名謂多端 讀書曰士 從政爲大
기치천곡 유궐양반 명위다단 독서왈사 종정위대
夫 有德爲君子 武階列西 文秩敍東 是爲兩班.
부 유덕위군자 무계렬서 문질서동 시위양반

任爾所從 絶棄鄙事 希古尙志 五更常起 點硫燃脂
임이소종 절기비사 희고상지 오경상기 점류연지

目視鼻端 會踵支尻 東萊博義 誦如氷瓢 忍饑耐寒
목 시 비 단 회 종 지 고 동 래 박 의 송 여 빙 표 인 기 내 한

口不說貧 叩齒彈腦 細嗽嚥津 袖刷毳冠 拂塵生波
구 불 설 빈 고 치 탄 뇌 세 수 연 진 수 쇄 취 관 불 진 생 파

盥無擦拳 漱口無過 長聲喚婢 緩步曳履 古文眞寶
관 무 찰 권 수 구 무 과 장 성 환 비 완 보 예 리 고 문 진 보

唐詩品彙 鈔寫如荏 一行百字.
당 시 품 휘 초 사 여 임 일 행 백 자

手毋執錢 不問米價 暑毋跣襪 飯毋徒髻 食毋先羹
수 무 집 전 불 문 미 가 서 무 선 말 반 무 도 계 식 무 선 갱

歠毋流聲 下箸毋舂 毋餌生葱 飮醪毋嘬鬚 吸煙毋
철 무 류 성 하 저 무 용 무 이 생 총 음 료 무 최 수 흡 연 무

輔窳 忿毋搏妻 怒毋踢器 毋拳毆兒女 毋詈死奴僕
보 유 분 무 박 처 노 무 척 기 무 권 구 아 녀 무 리 사 노 복

叱牛馬毋辱鬻主 病毋招巫 祭不齋僧 爐不煑手 語
질 우 마 무 욕 죽 주 병 무 초 무 제 부 재 승 노 부 자 수 어

不齒唾 毋屠牛 毋賭錢.
불 치 타 무 도 우 무 도 전

凡此百行有違 兩班持此文記 卞正于官.
범 차 백 행 유 위 양 반 지 차 문 기 변 정 우 관

城主旌善郡守押 座首別監證署 於是 通引搨印錯
성 주 정 선 군 수 압 좌 수 별 감 증 서 어 시 통 인 탑 인 착

落 聲中嚴鼓 斗縱參橫 戶長讀旣畢 富人悵然久之
락 성 중 엄 고 두 종 참 횡 호 장 독 기 필 부 인 창 연 구 지

曰 兩班只此而已耶 吾聞 兩班如神仙 審如是 太乾
왈 양 반 지 차 이 이 야 오 문 양 반 여 신 선 심 여 시 태 건

沒 願改爲可利.
몰 원 개 위 가 리

於是乃更作券曰 維天生民 其民維四 四民之中 最
어 시 내 경 작 권 왈 유 천 생 민 기 민 유 사 사 민 지 중 최

貴者士 稱以兩班 利莫大矣 不耕不商 粗涉文史 大
귀자사 칭이양반 이막대의 불경불상 조섭문사 대
決文科 小成進士 文科紅牌 不過二尺 百物備具 維
결문과 소성진사 문과홍패 불과이척 백물비구 유
錢之槖.
전지탁

進士三十 乃筮初仕 猶爲名蔭 善事雄南 耳白傘風
진사삼십 내서초사 유위명음 선사웅남 이백산풍
腹皤鈴諾 室珥冶妓 庭穀鳴鶴.
복파령낙 실이야기 정곡명학

窮士居鄉 猶能武斷 先耕隣牛 借耘里氓 孰敢慢我
궁사거향 유능무단 선경린우 차운리맹 숙감만아
灰灌汝鼻 暈髻汰鬢 無敢怨咨 富人中其券 而吐舌
회관여비 훈계태빈 무감원자 부인중기권 이토설
曰 已之已之 孟浪哉 將使我爲盜耶 掉頭而去 終身
왈 이지이지 맹랑재 장사아위도야 도두이거 종신
不復言兩班之事.
불부언양반지사

<燕巖外集 . 放璚閣外傳>
연암외집 방경각외전

김신선전(金神仙傳)

신선되려고 벽곡(辟穀)했다는 이야기

김신선(金神仙)의 이름은 홍기(弘基)이다. 나이 열여섯에 장가들어서 한 번 관계하여 아들 하나를 낳고는 마침내 다시는 아내를 가까이 하지 않았다.

그는 벽곡(辟穀)[1]을 하며 벽만 바라보고 앉아 참선(參禪)하더니, 두어 해만에 몸이 별안간 가벼워졌다. 국내의 이름난 산을 두루 찾아 노닐었는데, 늘 수백 리를 달린 뒤에 그제야 해를 쳐다보고는 이르고 늦음을 따졌다. 5년에 한 번 신을 바꿔 신었으며, 험한 곳을 만나면 걸음이 더욱 재빨랐다. 그는 일찍이 말하기를,

"물을 건널 때에 옷을 걷고 건너거나 뗏목을 타고 건너는

---

1) 벽곡(辟穀) : 도교(道敎)에서 신선이 되기 위한 양생술(養生術)의 하나로, 곡식 대신에 솔잎이나 대추 · 밤 따위를 날것으로 조금씩 먹고 살며 도를 닦는 수행법을 말한다. 원래는 낟알을 안 먹는다는 뜻이나, 우리나라에서는 생식만 한다는 것으로 되어 있다.

것은 반드시 나의 걸음을 더디게 만드는 것이다."
라고 하였다.

그는 밥을 먹지 않기 때문에 사람들은 그가 찾아오는 것을 싫어하지 않았으며, 겨울이 되어도 솜옷을 입지 않고 여름에도 부채를 흔들지 않으므로 곧 그를 '신선(神仙)'이라고 불렀다.

나는 일찍이 우울증이 있었다. 그때 마침 듣자니 '김신선의 방기(方技)[2]가 가끔 기이한 효과를 낸다'고 하기에 더욱 그를 만나보고 싶었다. 그래서 윤생(尹生)과 신생(申生)[3]을 시켜서 은밀히 그를 찾았으나, 서울 안에 열흘 동안 찾아다녔어도 보이지 않았다.

윤생이 말하기를,

"전번에 들으니, '홍기(弘基)의 집이 서학동(西學洞)에 있다'고 하기에 지금 가보니 그게 아니었습니다. 다만 그의 사촌 형제들 집에다 그의 처자식만 맡겨 두었답니다. 그래서 그의 아들에게 물었더니, '우리 아버지는 한 해 동안에 대체로 서너 번 다녀가시곤 합지요. 아버지 친구 한 분이 체부동(體府洞)에 사시는데, 그는 술을 좋아하고 노래도 잘 부르는 김 봉

---

2) 방기(方技) : 비방의 기술. 의원과 점쟁이를 칭하는 말이나, 여기에서는 의약의 기술을 뜻한다.

3) 윤생(尹生)과 신생(申生) : 연암의 심부름을 받고 김신선을 찾으러 다니는 사람이다.

사(金奉事)라고 합니다. 그리고 누각동(樓閣洞)에 살고 있는 김 첨지(金僉知)는 바둑 두기를 좋아하고, 그 뒷집의 이 만호(李萬戶)는 거문고 뜯기를 좋아하지요, 삼청동(三淸洞)의 이 만호(李萬戶)는 손님 치르기를 좋아하고, 미원동(美垣洞)의 서 초관(徐哨官)이나 모교(毛橋)의 장 첨사(張僉使)나 사복천(司僕川)에 살고 있는 변 지승(邊池丞) 등은 모두들 손님 치르기와 술 마시길 좋아하신답니다. 이문(里門) 안의 조 봉사(趙奉事)도 역시 아버지 친구이신데 그 집엔 유명한 꽃을 많이 심었고, 계동(桂洞)의 유 판관(劉判官) 댁에는 기이한 책들과 오래된 칼이 있기에 아버지는 늘 그 집들 사이를 오가시는 모양이니, 당신이 꼭 만나려거든 그 몇 집들을 찾아보시죠.' 합디다그려. 그러기에 다니면서 하나하나 다 들렸습니다만, 아무 곳에도 있지 않았습니다.

다만 저녁나절에 한 집을 들렀더니, 주인은 거문고를 뜯고, 두 손님은 잠자코 앉아 있었습니다. 머리가 허연데 갓도 쓰지 않고 있더군요. 그래서 저는 속으로 김홍기를 찾았다고 생각하고는 한참을 서 있다가, 거문고 곡조가 끝나자 나아가서 '감히 여쭙겠는데 어떤 어른이 김 선생이신가요?' 하고 물었습니다. 주인이 거문고를 놓고서 '이 자리엔 김씨는 없는데, 자네는 어떻게 묻는 겐가?' 하고 대답하기에, '소생은 벌써 몸을 깨끗이 한 후에 뵈러 왔사오니, 어르신은 숨기질 마소서.' 라고 하였더니, 주인이 웃으며 '그대는 김홍기를 찾아온 것이로구먼. 아직 오지 않았어.'라고 하기에 감히 '그럼, 언제 오시나요?' 하고 물었더니, '그이는 머물 때도 일정한 주인이 없고, 다닐 때도 일정한 곳이 없을 뿐더러, 여기 올 때도 미리 기일을 알리지 않고, 갈 때에도 약속을 남기는 법이 없이, 하루에 두세 번씩 지나칠 때도 있지만, 오지 않으려고 들면 해를 지나기도 한다네. 들으니 그는 주로 창동(倉洞)이나 회현방(會賢坊)에 있고, 또 동관(董關)·이현(梨峴)·동현(銅峴)·자수교(慈壽橋)·사동(社洞)·장동(壯洞)·대릉(大陵)·소릉(小陵) 사이에도 가끔 오고 가며 놀긴 하나 그 주인집의 이름은 모두들 알 수 없네. 다만 창동의 주인은 내 잘 아니, 그대는 그리 가서 물어보게.'라고 하기에 곧장 그 집을 찾아가서 물었더니, 대답하기를 '그이는 오지 않은 지가 벌써 여러 달이나 되었소. 내가 듣기엔 장창교(長暢橋)에 살고 있는 임 동지(林同知)가 술 마시길 좋아해서 날마다 김(金)과 더불어 누가 더 마시나 하고 내기를 한다니, 지금까지도 임씨네 집에 있는지 없는지 모르겠소.'라고 하기에 곧장 그 집을 찾아갔더니, 임 동지는 여든이 넘었는데 귀는 몹시 어두운 모양입디다그려. 그는 '쯧쯧, 어젯밤에 잔뜩 마시고 아침나절에 남은 취흥(醉興)에 겨워 강릉(江陵)으로 들어갔다우.' 합디다. 그래서 섭섭한 채 한참 있다가 '김 선생은 보통 사람과 다른 점이 있나요?' 하고 물었더니, 그는 '그냥 보통 사람인데 특히 밥을 먹지 않더군요.'라고 하기에 '그럼 생김새는 어떻습니까?' 하고 물었더니, 그는 '몸길이는 일곱 자가 넘고, 몹시 파리한 얼굴에 수염이 나고, 눈동자는 푸르스름하며, 귀는 길면서도 누렇더군요.'라고 하기에 '그럼 술은 얼마나 마시는가요?' 하고 물었더니, 그는 '한 잔을 마셔도 취하지만, 그렇다고 한 말을 마셔도 더 이상 취하지는 않더군요. 언젠가 술에 취해서 길바닥에 누운 것을 아전이 보고는 이렛날 동안 구금했으나 깨어나지 않자 곧 놓아주었던 적도 있다고 하더군요.'라고 하기에 '그럼 그의 말은 어떻던가요?'라고 물었더니, 그는 '남들이 말할 때는 문득 앉아서 졸다가도 이야기가 끝나면 곧 웃음을 그치지 않더군요.'라고 하기에 '그럼 몸가짐은 어떻던가요?' 하고 물었더니, 그는 '고요하기로 치면 마치 참선(參禪)하는 것과 같고, 조심하기로 치면 수절하는 과부와 같더군요.'라고 하옵디다."
라고 하였다.

나는 일찍이 '윤생(尹生)이 힘들여 찾지 않았는가?' 하고 의심한 적이 있었다. 그러나 신생(申生)도 역시 수십 집을 찾아보았으나 모두 만나지 못했을 뿐더러, 그의 말도 윤생과 똑같은 것이었다.

어떤 이는 말하기를,
"홍기의 나이는 벌써 100세가 넘었고, 그와 함께 노니는 이는 모두들 노인이더구먼."
라고 하고 또 어떤 이는,
"그렇지 않아, 홍기는 나이가 열아홉에 장가들어서 곧바로 아들을 낳았는데, 이제 그 아들이 겨우 약관(弱冠)이니 홍기의 나이는 이제 아마 쉰 남짓 되었을 걸요."

라고 하고 또 어떤 이는,

"김신선이 지리산(智異山)에서 약을 캐다가 벼랑에 떨어져 돌아오지 못한 지가 벌써 수십 년이오."

라고 하고 또 어떤 이는,

"어둠침침한 바위틈에 무엇인지 반짝반짝하는 빛이 나타난다는구먼."

라고 하고 또 어떤 이는,

"그것이 바로 그 노인의 눈에서 흘러나오는 눈빛이야. 그 산골짜기에서는 가끔 긴 하품소리가 들리더구먼."

라고 하였다. 그러나 이에 나타난 김홍기는 '다만 술을 잘 마실 뿐, 무슨 술법이 있는 것도 아니요, 오로지 '김신선'이라는 이름만을 빌려서 행세하는 것일 따름이다'라고들 한다.

그러나 내가 또 복(福)이라는 아이를 시켜서 그를 찾으러 보냈으나 결국 찾지 못하였으니, 그때는 곧 계미년(1763년)[4] 이었다.

그 이듬해(1764년) 가을에 나는 동쪽 해상(海上)에서 놀다가 해가 질 무렵 단발령(斷髮嶺)[5]에 올라서 금강산(金剛山)을 바라보았다. 그 봉우리가 12,000이라고 하는데, 그 빛이 하얗

4) 연암의 나이 27세 때이다.

5) 단발령(斷髮嶺) : 강원도(북한땅) 창도군과 금강군 경계에 있는 고개인데, 동쪽은 금강천의 상류 계곡으로 이어지고 서쪽은 북한강 상류로 이어진다. 신라 말기에 마의태자가 금강산에 입산할 때 중이 되고자 이곳에서 삭발했다고 하여 단발령이라고 부른다.

다. 산에 들어가니 많은 단풍나무가 바야흐로 붉게 물들고 있었다. 싸리나무 · 느릅나무 · 예장 따위가 모두 서리를 맞아 노랗게 되었으나, 삼나무와 노송나무는 더욱 푸르렀다. 그밖에도 사철나무가 많고, 산중의 온갖 기이한 나무들은 잎이 모두 노랗고 붉었다.

나는 둘러보며 기뻐하다가 남여(籃輿)[6]를 멘 스님에게 묻기를,

"산중에 도술(道術)을 통한 이상한 스님이 있다던데, 더불어 이야기할 수 있겠습니까?"

라고 하니 그가,

"그런 이는 듣지 못했습니다만, 들으니 선암(船菴 : 내금강 표훈사에 딸린 암자)에 벽곡(辟穀)하는 이가 있다고 하는데, 어떤 이는 영남(嶺南)에서 온 선비라고 하나 알 수 없을 뿐더러, 선암은 길이 험해서 그곳까지 이르는 자가 없답니다."

라고 하였다.

나는 그날 밤에 장안사(長安寺)[7]에 앉아서 여러 스님들에게 물었으나, 모두들 한결같이 대답하고는 이어서 말하기를,

"벽곡하는 이는 100일이 차면 떠나게 된다는데, 이젠 거의

---

6) 남여(籃輿) : 남여(藍輿). 대를 엮어서 만들었는데, 뚜껑이 없이 의자처럼 생긴 작은 가마이다.

7) 장안사(長安寺) : 우리나라에서 가장 화려하고 아름다운 절이었으나, 6·25 때 완전히 소실되었다.

90여 일이나 되었을 것입니다."
라고 한다. 나는 퍽 기뻐서 속으로 '아마 그이가 신선이겠지' 생각하고 밤에라도 곧 찾아가고 싶었다.

이튿날 아침에 진주담(眞珠潭)[8] 아래에 앉아서 같이 놀러 온 친구들을 기다렸다. 한참을 이리저리 보았지만, 모두 기약을 어기어 오지 않았다.

또 관찰사(觀察使)가 여러 고을을 순행하는 길에 마침내 산에 들어와서 여러 절간에 계속 묵고 있었다. 수령(守令)들이 모두 와서 모여 음식을 장만하고, 나가 놀 때마다 따르는 중이 100여 명이나 되었다.

그리고 선암(船菴)까지 이르는 길이 몹시 높고 험하여 나 혼자서는 갈 수 없으므로 늘 영원(靈源)과 백탑(白塔)[9] 사이에

8) 진주담(眞珠潭) : 금강산 내금강에 있는 못인데, 물방울이 진주처럼 떨어진다고 하여 이름이 붙여졌다.

9) 영원(靈源)과 백탑(白塔) : 내금강 망경대 구역에 있는 골짜기이다.

♣ 이 편도 연암 박지원의 『연암외집(燕巖外集)』「방경각외전(放璚閣外傳)」에서 뽑은 것이다. 그의 자서(自序)를 소개하면 "김홍기(金弘基)는 당세의 은둔가이다. 그의 둔세(遁世)는 주로 도시나 명산(名山)의 놀음에 두었다. 그의 처세(處世)는 청탁(淸濁)의 양자(兩者)에 짝짐이 없어서 남을 헐뜯지도 않으려니와, 남에게 아무런 요구도 없었다. 나는 이제 이 「김신선전」을 쓰기로 했다."라고 하였다. 그는 이에서 실로 김신선의 기이한 일을 줄기차게 서술했으나, 결론에는 신선에 대하여 명확한 개념을 밝혀서 종래 일종의 염세주의자(厭世主義者)들의 아무런 까닭 없이 신선을 그리워하는 신선사

만 오가곤 하노라니 마음이 우울하고 편치 않았다. 마침 비가 오래도록 내리므로 산중에서 엿새를 머문 뒤에야 선암에 이르게 되었다.

선암은 수미봉(須彌峯) 밑에 있었다. 내원통(內圓通)으로부터 20여 리를 가면 천 길이나 되는 커다란 바위가 깎은 듯이 서 있고, 길이 끊어질 때마다 쇠사슬을 잡고 공중에 매달려서 올랐다. 그곳에 이르니, 뜰은 텅 빈 채 새 울음소리조차 들리지 않았다. 탑 위엔 조그만 구리 불상이 있고, 밖엔 다만 신두 켤레가 놓여 있을 뿐이었다. 나는 못내 섭섭하여 배회하며 서서 바라보다가 곧 바위벽에 이름을 쓰고 한숨을 길게 뽑고는 떠났다. 그곳에는 늘 구름 기운이 둘러 있고, 바람이 쓸쓸했다.

혹은 이르기를,

"선(仙)이란 산(山)에 살고 있는 사람(人)이여."

라고 하고 또는,

"산(山) 속으로 들어가는(入) 것이 곧 선(仚)이야."

상(神仙思想)을 배격하였다. 이는 당시 유학계(儒學界)만이 썩은 것이 아니라, 선(仙)·불(佛)의 양가(兩家)에도 위학(僞學)이 자행되고 있음을 갈파했다. 그러므로 그는 이 세상에 벽곡(辟穀)을 하는 사람이라 해서 반드시 신선이 아니라, 그들은 당세에 불우(不遇)한 환경에 처한 자들임을 말했던 것이다. 이 편의 역문(譯文)으로는 1947년에 이석구(李奭求)씨가 이를 『양반전』에 넣었던 것을 여기에 옮겨 실었다.

라고 한다. 또 '선(僊 : 신선)'이란 선선(僊僊 : 춤추는 모양)히 가벼이 공중으로 치켜든다는 뜻인 만큼 벽곡(辟穀)하는 자가 반드시 신선은 아닐 것이요, 오로지 울울(鬱鬱 : 마음이 답답한 모양)히 뜻을 얻지 못한 자일 것이다.

— 燕巖外集·放璚閣外傳

原文

金神仙傳
김 신 선 전

金神仙 名弘基 年十六娶妻 一歡而生子 遂不復
김 신 선 명 홍 기 연 십 륙 취 처 일 환 이 생 자 수 불 부
近.
근

辟穀面壁坐 坐數歲 身忽輕 遍遊國內名山 常行
벽 곡 면 벽 좌 좌 수 세 신 홀 경 편 유 국 내 명 산 상 행
數百里 方視日早晏 五歲一易屨 遇險則步益捷 嘗
수 백 리 방 시 일 조 안 오 세 일 역 구 우 험 즉 보 익 첩 상
曰 褰而涉 方而越 故遲我行也.
왈 건 이 섭 방 이 월 고 지 아 행 야

不食 故人不厭其來客 冬不絮 夏不扇 遂以神仙
불 식 고 인 불 염 기 래 객 동 불 서 하 불 선 수 이 신 선
名.
명

余嘗有幽憂之疾 蓋聞神仙方技 或有奇效 益欲得
여 상 유 유 우 지 질 개 문 신 선 방 기 혹 유 기 효 익 욕 득
之 使尹生申生 陰求之 訪漢陽中 十日不得.
지 사 윤 생 신 생 음 구 지 방 한 양 중 십 일 부 득

尹生言 嘗聞弘基家西學洞 今非也 乃其從昆弟家
윤 생 언 상 문 홍 기 가 서 학 동 금 비 야 내 기 종 곤 제 가
寓其妻子 問其子 言父一歲中 率四三來 父友在體
우 기 처 자 문 기 자 언 부 일 세 중 솔 사 삼 래 부 우 재 체
府洞 其人好酒而善歌 金奉事云 樓閣洞金僉知 好
부 동 기 인 호 주 이 선 가 김 봉 사 운 누 각 동 김 첨 지 호

碁 後家李萬戶 好琴 三淸洞李萬戶 好客 美垣洞
기 후가리만호 호금 삼청동이만호 호객 미원동
徐哨官 毛橋張僉使 司僕川邊池丞 俱好客而喜飮
서초관 모교장첨사 사복천변지승 구호객이희음
里門內趙奉事 亦父友也 家蒔名花 桂洞劉判官 有
이문내조봉사 역부우야 가시명화 계동류판관 유
奇書古劍 父常遊居其間 君欲見 訪此數家 遂行歷
기서고검 부상유거기간 군욕견 방차수가 수행력
問之 皆不在.
문지 개부재

暮至一家 主人琴 有二客 皆靜默 頭白而不冠 於
모지일가 주인금 유이객 개정묵 두백이불관 어
是 自意得金弘基 立久之 曲終而進曰 敢問 誰爲
시 자의득김홍기 입구지 곡종이진왈 감문 수위
金丈人 主人捨琴而對曰 座無姓金者 子奚問 曰小
김장인 주인사금이대왈 좌무성김자 자해문 왈소
子齋戒 而後敢來求也 願老人無諱 主人笑曰 子訪
자재계 이후감래구야 원노인무휘 주인소왈 자방
金弘基耶 不來耳 敢問來何時 曰是居無常主 遊無
김홍기야 불래이 감문래하시 왈시거무상주 유무
定方 來不預期 去不留約 一日中 或再三過 不來
정방 내불예기 거불류약 일일중 혹재삼과 불래
則亦閱歲 聞金多在倉洞會賢之坊 且董關梨峴銅峴
즉역열세 문김다재창동회현지방 차동관이현동현
慈壽橋社洞壯洞大陵小陵之間 嘗往來遊居 然皆不
자수교사동장동대릉소릉지간 상왕래유거 연개부
知其主名 獨倉洞 吾知之 子往問焉 遂行 訪其家
지기주명 독창동 오지지 자왕문언 수행 방기가
問焉 對曰 是不來者 嘗數月 吾聞長暢橋林同知
문언 대왈 시불래자 상수월 오문장창교임동지

喜飮酒 日與金角 今在林否也 遂訪其家 林同知八
희음주 일여김각 금재임부야 수방기가 임동지팔

十餘 頗重聽 曰咄 夜劇飮 朝日餘醉 入江陵 於是
십여 파중청 왈돌 야극음 조일여취 입강릉 어시

悵然久之 問曰 金有異歟 曰一凡人 特未嘗飯 狀
창연구지 문왈 김유이여 왈일범인 특미상반 상

貌何如 曰身長七尺餘 癯而髥 瞳子碧 耳長而黃
모하여 왈신장칠척여 구이염 동자벽 이장이황

能飮幾何 曰飮一杯醉 然一斗 醉不加 嘗醉臥塗
능음기하 왈음일배취 연일두 취불가 상취와도

吏得之 拘七日不醒 乃釋去 言談何如 曰衆人言
이득지 구칠일불성 내석거 언담하여 왈중인언

輒坐睡 談已輒笑不止 持身何如 曰靜若參禪 拙如
첩좌수 담이첩소부지 지신하여 왈정약참선 졸여

守寡.
수과

余嘗疑尹生求不力 然申生 亦訪數十家 皆不得
여상의윤생구불력 연신생 역방수십가 개부득

其言亦然.
기언역연

或曰 弘基年百餘 所與遊皆老人 或曰 不然 弘基
혹왈 홍기년백여 소여유개노인 혹왈 불연 홍기

年十九娶 卽有男 今其子纔弱冠 弘基年 計今可五
년십구취 즉유남 금기자재약관 홍기년 계금가오

十餘 或言 金神仙 採藥智異山 隳崖不返 今已數
십여 혹언 김신선 채약지리산 휴애불반 금이수

十年 或言 巖穴窅冥 有物熒熒 或曰 此老人眼光
십년 혹언 암혈요명 유물형형 혹왈 차노인안광

也 山谷中時聞長欠聲 今弘基 惟善飮酒 非有術
야 산곡중시문장흠성 금홍기 유선음주 비유술

獨假其名而行云.
독가기명이행운

然余又使童子福 往求之 終不可得 歲癸未也.
연여우사동자복 왕구지 종불가득 세계미야

明年秋 余東遊海上 夕日登斷髮嶺 望見金剛山
명년추 여동유해상 석일등단발령 망견금강산
其峯萬二千云 其色白 入山 山多楓 方丹赤 杻梗柟
기봉만이천운 기색백 입산 산다풍 방단적 뉴경남
豫章 皆霜黃 杉檜益碧 又多冬青樹 山中諸奇木 皆
예장 개상황 삼회익벽 우다동청수 산중제기목 개
葉黃紅.
엽황홍

顧而樂之 問轝僧 山中有異僧 得道術 可與遊乎
고이락지 문여승 산중유이승 득도술 가여유호
曰無有 聞船菴有辟穀者 或言 嶺南士人 然不可知
왈무유 문선암유벽곡자 혹언 영남사인 연불가지
船菴道險 無至者.
선암도험 무지자

余夜坐長安寺問諸僧 衆俱對如初 言辟穀者 滿百
여야좌장안사문제승 중구대여초 언벽곡자 만백
日當去 今幾九十餘日 余喜甚 意者其仙人乎 卽夜
일당거 금기구십여일 여희심 의자기선인호 즉야
立欲往.
립욕왕

朝日坐眞珠潭下 候同遊 眄睞久之 皆失期不至.
조일좌진주담하 후동유 면래구지 개실기부지

又觀察使 巡行郡邑 遂入山 流連諸寺間 守令皆
우관찰사 순행군읍 수입산 유련제사간 수령개
來會 供張廚傳 每出遊 從僧百餘.
래회 공장주전 매출유 종승백여

船菴道絶峻險　不可獨至　嘗自往來靈源白塔之間
선암도절준험　불가독지　상자왕래영원백탑지간

而意悒悒　旣而　天久雨　留山中六日　乃得至船菴.
이의읍읍　기이　천구우　유산중륙일　내득지선암

在須彌峯下　從內圓通　行二十餘里　大石削立千仞
재수미봉하　종내원통　행이십여리　대석삭립천인

路絶輒攀鐵索　懸空而行　旣至　庭空無禽鳥啼　榻上
노절첩반철삭　현공이행　기지　정공무금조제　탑상

小銅佛　唯二屨在　余悵然徘徊　立而望之　遂題名巖
소동불　유이구재　여창연배회　입이망지　수제명암

壁下　歎息而去　常有雲氣　風瑟然.
벽하　탄식이거　상유운기　풍슬연

或曰　仙者山人也　又曰　入山爲仚也　又僊者　僊僊
혹왈　선자산인야　우왈　입산위선야　우선자　선선

然輕擧之意也　辟穀者　未必仙也　其鬱鬱不得志者
연경거지의야　벽곡자　미필선야　기울울부득지자

也.
야

<燕巖外集．放璚閣外傳>
연암외집　방경각외전

광문자전(廣文者傳)

거지가 출세하여 거부가 된 이야기

'광문(廣文)'이란 자는 비렁뱅이였다. 일찍이 종루(鍾樓 : 종로) 네거리 저자(시장)에 돌아다니며 밥을 빌었다. 그리하여 길거리에 다니는 뭇 비렁뱅이 아이들은 모두 광문을 패두(牌頭 : 우두머리)로 추대하여 그들의 보금자리인 구멍집(움집)을 지키게 했다.

날씨가 춥고 진눈깨비가 섞여 내리던 어느 날이었다. 모든 아이들이 서로 이끌고 함께 밥을 빌러 나가고 한 아이만이 병에 걸려 따라 나가지 못했다. 이윽고 아이는 오한이 점차 심하여 신음하는 소리가 유달리 구슬펐다. 광문은 홀로 매우 불쌍히 여기다가 구걸을 나가 밥을 얻어왔다. 장차 병든 아이에게 먹이려 했으나, 아이는 벌써 숨결이 지고 말았다.

이윽고 뭇 거지아이들이 돌아왔다. 그들은 광문이 그 아이를 죽인 것이라고 의심하여 서로 작당하여 광문을 두들겨 뭇매질하고 쫓아냈다. 광문은 〈하는 수 없이 도망하여〉 밤중에

엉금엉금 기어서 마을 안의 어떤 집으로 들어가자 그 집 개가 놀라서 짖어댔다. 〈개 소리에 잠을 깬〉 집주인이 광문을 붙잡아 묶었다. 광문이 소리쳐 말하기를,

"나는 원수들을 피해 온 몸이지, 감히 도둑질을 하기 위해 온 것이 아닙니다. 만일 주인 영감이 믿지 않는다면 내일 날이 밝거든 종루 저자에서 밝혀 드리겠습니다."

라고 하였다. 그의 말씨가 매우 순박해서 집주인은 마음속으로 광문이 도적이 아님을 알아채고는 새벽에 풀어 주었다.

광문은 감사를 드리고 거적때기를 얻어 갖고는 가 버렸다. 집주인은 끝내 괴이하게 여겨서 그의 뒤를 밟았다. 마침 뭇 비렁뱅이 아이들이 시체 하나를 이끌고 수표교(水標橋)[1]에 이르러서 다리 아래로 시체를 던져버리는 것을 바라보았다. 광문이 다리 속에 숨어 있다가 그 시체를 거적때기에 싸서 남몰래 지고 가더니 서문(西門) 밖 무덤 사이에 묻고 나서 울면서 무슨 말을 중얼거렸다. 그것을 본 집주인이 광문을 잡고 영문을 물었다. 광문은 그제야 그가 앞서 한 일과 어제 한 일들을 숨김없이 다 밝혔다. 집주인은 마음속으로 광문의 일을 의롭

1) 수표교(水標橋) : 조선 세종 때 청계천에 놓은 다리. 원래 종로구 수표동에 있었다가 장충단 공원으로 옮겨졌고, 이후 세종대왕 기념관으로 옮겨져 보관 중이다. 육각형의 큰 화강암 석재로 된 다리 기둥 위에 길게 모난 횃대를 걸치고, 돌을 깐 매우 진기한 수법의 다리였다. 돌기둥에 새긴 경(庚) · 진(辰) · 지(地) · 평(平)의 수위표(水位標)로 물 깊이를 재어 홍수에 대비했다고 한다.

게 여겨서 그와 함께 집으로 돌아와서 옷을 갈아입히고 모든 것을 후하게 대우하였다. 그리고 마침내 주인 영감은 광문을 약방 부자에게 추천하여 고용살이를 시켰다.

얼마 후 어느 날 약방 부자가 문 밖에 나섰다가 자꾸만 돌아보며 다시금 방에 들어가 자물쇠를 살펴보고, 또다시 문을 나서면서도 그의 얼굴엔 몹시 기쁘지 않은 기색이 역력했다. 그는 이윽고 돌아와서 깜짝 놀라더니 광문을 눈독 들여 바라보며 무엇을 말할 듯하다가 얼굴빛이 변한 채 그만두고 말았다.

광문은 실로 이유조차 모르는 채 매일 잠자코 일만 했을 뿐 감히 하직하고 떠나버리지도 못했다. 그런 지 며칠이 지났다. 부자의 처조카가 돈을 갖고 와서 부자에게 돌려주며 말하기를,

"지난번에 제가 아저씨께 돈을 꾸러 왔는데, 마침 아저씨께서 계시지 않으시기에 제 스스로 방에 들어가서 갖고 갔습니다. 아마 아저씨께선 모르셨겠죠."

라고 하였다. 그제야 부자는 광문에게 크게 부끄러워하며 광문에게 사과하기를,

"나는 소인(小人 : 간사하고 도량이 좁은 사람)이야. 이 일로 점잖은 사람의 마음을 상하게 하였네그려. 내 장차 무슨 낯으로 자네를 대하겠나."

라고 하였다. 그리고는 그가 알고 있는 모든 친구들에게는 물론이요, 다른 부자와 큰 장사치들에게까지 '광문이야말로 정

의로운 사람일세.' 하고 널리 칭찬하였다. 그는 또 모든 종실(宗室 : 왕실(王室))의 손님들과 공경(公卿)[2]의 문하에 다니는 이들에게도 광문을 과분하게 칭찬하였다. 이리하여 공경의 문하에 다니는 이들과 종실의 손님들이 모두 이것을 이야깃거리로 삼아서 밤이면 그들의 베갯머리에서 들려주었다. 그리하여 몇 달 사이에 사대부들은 광문의 이름을 옛날 성현들의 이야기인 양 모르는 이가 없었다. 당시에 한양성에 사는 사람들은 모두 칭송하기를,

"광문을 전에 후하게 대우하던 집주인이야말로 참 어질고도 사람을 잘 알아보았지."

라고 하였다. 그들은 더욱이,

"약방 부자야말로 점잖은 사람이야."

라고 칭찬이 자자했다.

이때 성안에 돈놀이꾼이 많았다. 그들은 대체로 머리 장식품이나 구슬 · 비취옥(翡翠玉), 옷가지, 그릇붙이, 주택, 전답, 남녀종 등의 문서를 갖고 밑천을 계산해서 전당을 잡히는 것이 일반적이었다. 그러나 광문은 남의 보증을 해주되 전당물을 따져 묻지도 않고 1,000냥이라도 대번에 승낙해 주었다.

광문의 위인을 말한다면 생김새가 몹시 추하고, 그의 말주

2) 공경(公卿) : 3공(公)과 9경(卿). 조선 시대 때 영의정·좌의정·우의정 삼정승과 의정부우참찬·의정부우참찬, 육조 판서, 한성 판윤을 말한다.

변머리도 남의 마음을 움직일 수 없으며, 입이 특히 넓어서 두 주먹이 한꺼번에 여유 있게 들락날락하였다. 그는 또 만석(曼碩) 중놀이[3], 철괴(鐵拐)춤[4]을 잘 추었다. 당시 나라 안의 아이들이 서로 헐뜯는 말로써 '너의 형님이야말로 달문(達文)이지.' 하는 말이 유행되었는데, '달문'이란 말은 광문의 또 다른 이름이었다.

광문은 길에서 싸움하는 이들을 만나면 자기도 역시 옷을 벗어젖히고는 함께 싸움판에 끼어들어서는 말을 중얼거리며, 머리를 숙여 땅에 금을 그으면서 마치 그들의 옳고 그름을 따지는 척했다. 그러는 꼴을 본 온 저잣거리 사람들은 모두 웃음보를 터뜨렸다. 그러면 싸우던 이도 역시 웃지 않을 수 없어 모두 화해하고 가는 것이었다.

---

3) 만석(曼碩) 중놀이 : 음력 4월 초파일에 개성 지방에서 공연되었던 우희(優戱)의 일종인 무언 인형극놀이로, 만석중, 용, 사슴, 노루, 인어 모양의 인형을 조정하며 즐겼다. 황진이의 미모와 교태에 빠져 파계한 지족선사(知足禪師)를 조롱하기 위하여 만들었다는 설과 지족선사가 불공 비용을 1만 석이나 받아먹은 것을 흉보기 위해 공연했다는 설이 있다. 타락중놀이. 흔히 가면극으로 했으나 못난 표정으로도 사람들을 웃겼다.

4) 철괴(鐵拐)춤 : 춤의 일종으로 일명 '쇠지팡이를 짚은 이씨'라는 뜻인데, 철괴리는 늘 헝클어진 머리칼과 때가 낀 얼굴을 한 절름발이 거지 형상으로 사람들에게 나타났고, 언제나 쇠목발 하나를 짚고 다녔기 때문에 '철괴리'라고 불렀다. 곱새춤, 등신춤이라고도 한다.

광문은 나이가 마흔이 넘었는데도 오히려 머리를 땋고 다녔다. 사람들이 장가들기를 권하면 그는 곧,

"도대체 예쁜 아가씨는 누구든지 그리워하는 법이지. 그러나 이는 사내만이 그런 것이 아니라, 저 여인들도 마찬가지인 게야. 그러므로 나처럼 못생긴 놈은 스스로도 용납할 수 없는데 〈어떻게 장가를 들 수 있단 말인가?〉"

라고 하였다. 사람들이 혹시 그에게 살림살이를 차려 주려 하면 그는 사양하면서,

"나는 부모도 아니 계시고, 형제 처자식마저 없는 인간이니 무엇으로 살림살이를 한단 말이냐? 뿐만 아니라 나는 아침나절이면 노래 부르며 저자로 들어갔다가 해가 저물면 부귀한 집의 문턱 밑에서 잠을 자잖소. 그리고 한양성에는 8만 호의 집이 있으니 내가 날마다 그 처소를 바꾼다 해도 내 나이가 장수할 때까지 골고루 다니진 못할 게요."

라고 하였다.

한양의 이름 높은 기생들은 모두들 아리땁고 예쁘고 말쑥했다. 그러나 그들도 모두 광문이 소리를 맞추어 불러주지 않는다면, 그들은 한 푼어치의 가치도 논할 수 없었다.

일전에 우림아(羽林兒)[5]와 각전(各殿)[6]의 별감(別監)[7]들, 부

---

5) 우림아(羽林兒) : 궁궐 호위와 의장(儀杖)의 임무를 맡은 근위병.

6) 각전(各殿) : 왕과 왕비가 머무르는 전각의 총칭.

7) 별감(別監) : 액정서(掖庭署)에 딸린 벼슬아치. 대전(大殿)·중궁전

마도위(駙馬都尉 : 임금의 사위)들이 시종들을 거느리고 소매를 나란히 하여 운심(雲心)을 찾았다. 운심은 이름난 기생이었다. 대청 위에는 술자리를 벌이고 비파를 뜯으며 운심의 춤을 감상하려 했다. 그러나 운심은 짐짓 시간을 늦추고는 춤을 추려 하지 않았다.

(中宮殿)·세자궁(世子宮)·처소(處所) 별감의 구별이 있다.

♣ 이 편도 연암 박지원의 『연암외집(燕巖外集)』「방경각외전(放璚閣外傳)」에서 뽑은 것이다. 그의 자서(自序)에 이르기를 "광문은 당세에 불우(不遇)하여 밥비렁뱅이 노릇을 했다. 그는 이름이 비록 그의 실상에 지나친 점이 없지 않으나, 그 역시 이름을 좋아한 자는 아니었다. 그러나 광문을 몰라주는 야비한 비렁뱅이 아이들은 그를 죽이려고 했다. 하물며 그가 한 때에는 도적의 혐의를 받았으나, 한 번도 변명하지 않았다. 나는 이제 이에 느낀 바가 있어서 이 「광문자전(廣文者傳)」을 썼노라."라고 했고, 그는 또 이 편의 뒤에 「서광문전후(書廣文傳後)」를 써서 본전(本傳)에 갖추지 못했던 것을 갖추었다. 여기에서는 할애하여 싣지 않았다. 이 글 가운데 가장 재미있는 장면은 바로 그의 남녀 동등(同等)의 주장이다. 이때까지 남녀의 관계에 있어서 여자는 오로지 남자의 부속물로 간주하였음에 반하여 노총각인 광문은 그가 장가들지 않은 이유를 설명한 장면에 '대체로 아름다운 색은 누구든지 좋아하는 것이다. 그리하여 여기에 대해서는 유독 남자만이 그런 것이 아니라, 여자 또한 그럴 것이다. 그러므로 나는 얼굴이 누추하여 어떻게 할 수 없노라.'라고 하였다. 이 글의 번역문으로는 이석구(李奭求)씨가 1947년 『양반전』에 넣었던 것을 1956년 『연암선집』에 옮겨 실었고, 김기동(金起東)·임헌도(林憲道)씨가 1960년 『한문소설선집(漢文小說選集)』에 실었는데, 여기에 옮겨 싣는다.

광문이 〈이 소문을 듣고〉 밤에 운심의 집을 찾아가서 대청 아래에서 바장이다가 곧장 들어가 그들의 윗자리에 서슴지 않고 앉았다. 광문은 비록 해어진 옷에 그 행동거지가 창피하긴 하나 그의 뜻은 몹시 자유로웠다. 그리고 눈이 짓물러서 눈곱이 끼인 채 거짓으로 술에 취한 듯이 트림을 해대며, 양의 털처럼 생긴 머리카락으로 뒤통수에다가 상투를 틀었다. 자리에 앉은 이들은 모두들 깜짝 놀랐다. 서로 눈짓해서 광문을 두들겨 몰아내려 했다. 그러나 광문은 한층 더 앞으로 다가앉아서 무릎을 어루만지며 가락을 뽑아 콧노래로 장단을 맞췄다. 그제야 운심(雲心)은 부랴부랴 일어나서 옷을 갈아입고 광문을 위해서 칼춤을 추었다. 자리에 앉은 모든 사람들이 기뻐했다. 그들은 다시금 광문에게 벗하기를 청하고는 가 버렸다.

—燕巖外集·放璚閣外傳

原文

廣文者傳
광 문 자 전

廣文者 丐者也 嘗行乞鍾樓市 道中群丐兒 推文
광 문 자 개 자 야 상 행 걸 종 루 시 도 중 군 개 아 추 문

作牌頭 使守窠.
작 패 두 사 수 과

一日天寒雨雪 群兒相與出丐 一兒病不從 旣而
일 일 천 한 우 설 군 아 상 여 출 개 일 아 병 부 종 기 이

兒寒專纍 欷聲甚悲 文甚憐之 身行丐得食 將食病
아 한 전 류 희 성 심 비 문 심 련 지 신 행 개 득 식 장 식 병

兒 兒業已死.
아 아 업 이 사

群兒返 乃疑文殺之 相與摶逐文 文夜匍匐入里中
군 아 반 내 의 문 살 지 상 여 박 축 문 문 야 포 복 입 리 중

舍 驚舍中犬 舍主得文縛之 文呼曰 吾避仇 非敢
사 경 사 중 견 사 주 득 문 박 지 문 호 왈 오 피 구 비 감

爲盜 如翁不信 朝日辨於市 辭甚樸 舍主心知廣文
위 도 여 옹 불 신 조 일 변 어 시 사 심 박 사 주 심 지 광 문

非盜賊 曉縱之.
비 도 적 효 종 지

文辭謝 請弊席而去 舍主終已怪之 踵其後 望見
문 사 사 청 폐 석 이 거 사 주 종 이 괴 지 종 기 후 망 견

群丐兒 曳一尸 至水標橋 投尸橋下 文匿橋中 裹
군 개 아 예 일 시 지 수 표 교 투 시 교 하 문 닉 교 중 과

以弊席 潛負去 埋之西郊之墦間 且哭且語 於是
이 폐 석 잠 부 거 매 지 서 교 지 번 간 차 곡 차 어 어 시

舍主執詰文　文於是　盡告其前所爲　及昨所以狀　舍
사주집힐문　문어시　진고기전소위　급작소이상　사
主心義文　與文歸家　予文衣厚遇文　竟薦文藥肆富人
주심의문　여문귀가　여문의후우문　경천문약사부인
作傭保.
작용보

久之　富人出門　數數顧　還復入室　視其扃　出門而
구지　부인출문　삭삭고　환부입실　시기경　출문이
去　意殊怏怏　旣還大驚　熟視文　欲有所言　色變而
거　의수앙앙　기환대경　숙시문　욕유소언　색변이
止.
지

文實不知　日默默　亦不敢辭去　旣數日　富人妻兄
문실부지　일묵묵　역불감사거　기수일　부인처형
子　持錢還富人曰　向者　吾要貸於叔　會叔不在　自
자　지전환부인왈　향자　오요대어숙　회숙부재　자
入室取去　恐叔不知也　於是　富人大慚廣文　謝文曰
입실취거　공숙부지야　어시　부인대참광문　사문왈
吾小人也　以傷長者之意　吾將無以見若矣　於是　遍
오소인야　이상장자지의　오장무이견약의　어시　편
譽所知諸君　及他富人大商賈　廣文義人　而又過贊廣
예소지제군　급타부인대상고　광문의인　이우과찬광
文諸宗室賓客　及公卿門下左右　公卿門下左右　及宗
문제종실빈객　급공경문하좌우　공경문하좌우　급종
室賓客　皆作話套　以供寢　數月間　士大夫　盡聞廣
실빈객　개작화투　이공침　수월간　사대부　진문광
文如古人　當是時　漢陽中　皆稱廣文前所厚遇舍主之
문여고인　당시시　한양중　개칭광문전소후우사주지
賢能知人　而益多藥肆富人長者也.
현능지인　이익다약사부인장자야

時殖錢者 大較典當首飾璣翠 衣件器什 宮室田僮
시식전자 대교전당수식기취 의건기십 궁실전동

奴之簿書 參伍本幣 以得當 然文爲人保債 不問當
노지부서 참오본폐 이득당 연문위인보채 불문당

一諾千金.
일낙천금

文爲人 貌極醜 言語不能動人 口大幷容兩拳 善
문위인 모극추 언어불능동인 구대병용양권 선

曼碩戲 爲鐵拐舞 三韓兒 相訾傲稱 爾兄達文 達
만석희 위철괴무 삼한아 상자오칭 이형달문 달

文又其名也.
문우기명야

文行遇鬪者 文亦解衣與鬪 啞啞俯劃地 若辨曲直
문행우투자 문역해의여투 아아부획지 약변곡직

狀 一市皆笑 鬪者亦笑 皆解去.
상 일시개소 투자역소 개해거

文年四十餘 尙編髮 人勸之妻 則曰 夫美色 衆所
문년사십여 상편발 인권지처 즉왈 부미색 중소

嗜也 然非男所獨也 唯女亦然也 故吾陋而不能自爲
기야 연비남소독야 유녀역연야 고오루이불능자위

容也 人勸之家 則辭曰 吾無父母兄弟妻子 何以家
용야 인권지가 즉사왈 오무부모형제처자 하이가

爲 且吾朝而歌呼入市中 暮而宿富貴家門下 漢陽戶
위 차오조이가호입시중 모이숙부귀가문하 한양호

八萬爾 吾逐日而易其處 不能盡吾之年壽矣.
팔만이 오축일이역기처 불능진오지년수의

漢陽名妓 窈窕都雅 然非廣文聲之 不能直一錢.
한양명기 요조도아 연비광문성지 불능치일전

初羽林兒 各殿別監 駙馬都尉 傔從垂袂過雲心
초우림아 각전별감 부마도위 겸종수메과운심

心名姬也 堂上置酒鼓瑟 屬雲心舞 心故遲 不肯舞
심 명 희 야 당 상 치 주 고 슬 속 운 심 무 심 고 지 불 긍 무

也.
야

文夜往 彷徨堂下 遂入座 自坐上坐 文雖弊衣袴
문 야 왕 방 황 당 하 수 입 좌 자 좌 상 좌 문 수 폐 의 고

擧止無前 意自得也 眦臙而眵 陽醉噫 羊髮北髻
거 지 무 전 의 자 득 야 자 농 이 치 양 취 일 양 발 북 계

一座愕然 瞬文欲毆之 文益前坐 拊膝度曲 鼻吟高
일 좌 악 연 순 문 욕 구 지 문 익 전 좌 부 슬 도 곡 비 음 고

低 心卽起更衣 爲文劍舞 一座盡歡 更結友而去.
저 심 즉 기 경 의 위 문 검 무 일 좌 진 환 갱 결 우 이 거

<燕巖外集 . 放璚閣外傳>
연 암 외 집 방 경 각 외 전

광문전 뒤에 붙이다〔書廣文傳後〕

내 나이 18세 때 일찍이 병을 몹시 앓으면서 밤에는 언제나 우리 집의 오래된 하인들을 불러서 민간에서 떠도는 기이한 이야기에 대해서 물었는데, 그들의 이야기가 대부분 광문의 일이었다. 나도 어렸을 때 한번 그 얼굴을 본 적이 있거니와 아주 추하게 생겼었다. 그때 내가 글짓기를 공부하고 있던 참이라 이 이야기를 써서 여러 어른들에게 돌려 보였다. 나는 갑자기 고문을 잘 짓는 사람으로 크게 칭찬을 받게 되었다.

그때 광문은 이미 남쪽의 충청과 영남지방의 여러 고을로 돌아다니며 이르는 곳마다 명성이 있었고, 서울로 다시 돌아오지 않은 지는 수십 년째이다. 바닷가 거지 아이 하나가 일찍이 개령(開寧 : 지금의 김천의 개령면)의 수다사(水多寺)로 밥을 빌어먹으러 들어갔다. 밤에 중들이 모여 앉아 광문의 사적을 한가로이 이야기하면서 모두들 사모하고 감탄하면서 그를 한번 만나보고 싶어 했다.

그때 거지 아이는 〈말을 듣고〉 울음을 터뜨렸다. 여러 중들이 괴이하게 여겨 왜 우느냐고 물었더니, 이에 그 거지 아이는 목멘 소리로 제가 광문의 아들이라고 하였다. 중들은 모두 깜짝 놀랐다. 그 전에는 바가지 쪽에다가 밥을 담아 주더니 그가 광문의 아들이란 말을 들은 후로는 사발을 씻고 밥을 담고 숟가락, 젓가락에 나물과 장을 갖추고 매번 소반을 받쳐 대접하였다.

그 당시 경상도 지방에는 역적질을 하려고 음모하던 요망한 자가 있었다. 그 자는 거지 아이가 이처럼 성대한 대접을 받는 것을 보고 잘 이용해서 사람들을 속이려고 생각하였다. 그래서 몰래 그 거지 아이를 꾀기를,

"네가 다니며 내가 작은 아버지라고만 부르면 좋은 수가 생길 수 있다."

라고 하였다. 그리고는 광문의 아우로 행세하면서 이름도 광문과 항렬을 맞추어 광손(廣孫)이라고 하였다.

어떤 이는 광문이 제 성도 알지 못하고 평생 독신으로 형제나 처첩이 없었는데, 지금 어디서 갑자기 장성한 아우와 다 큰 아들이 나왔느냐고 의심해서 마침내 관가에 고발하였다. 〈관가에서 광문 이하〉 모두 잡아들여 대질도 시키고 심문도 한 결과 서로 얼굴도 알지 못하는 터였다. 이에 그 요망한 자는 목을 베고 거지 아이는 귀양을 보내버렸다. 광문이 옥에서 풀려나오자 늙은이와 젊은이들이 모두 보러 가는 바람에 서울 장안이 며칠 동안 텅 비었다고 하였다.

광문이 표철주(表鐵柱)[1]를 가리키면서 말하기를,

"네가 그래 사람 잘 치던 표망동이가 아니냐? 이제는 늙어서 기운을 못 쓰겠구나!"
라고 하였다. 망동이란 것은 표철주의 별명이다. 다시 그 동안의 지내 온 일을 이야기하면서 서로 위로하던 것인데 광문이 묻기를,

"영성군(靈城君)[2]과 풍원군(豊原君)[3]은 무고들 한가?"
라고 하니 그가,

"벌써 다 세상을 떠났네."
라고 하였다. 또,

"김경방(金擎方)[4] 군은 지금 무슨 벼슬을 하고 있나?"

---

1) 표철주(表鐵柱) : 조선조 18세기 중기의 폭력배 두목인 듯하다. 별명이 표망동이라고 했다.

2) 영성군(靈城君) : 박문수(朴文秀, 1691~1756). 조선조 문신으로, 자는 성보(成甫)이고 호는 기은(耆隱)이며 시호는 충헌(忠憲)이다. 이인좌(李麟佐)의 난에서 전공(戰功)을 세워 영성군에 봉해졌고, 벼슬은 영남 암행어사, 예조참판, 호조참판, 도승지, 병조판서, 동지사, 함경도관찰사, 세손사부, 예조판서, 우참찬 등을 역임했다.

3) 풍원군(豊原君) : 조현명(趙顯命, 1690~1752). 조선조 문신으로, 자는 치회(稚晦)이고 호는 귀록(歸鹿)·녹옹(鹿翁)이며 시호는 충효(忠孝)이다. 이인좌의 난을 진압한 공으로 풍원군에 책봉되었고, 벼슬은 대사성, 대사간, 도승지, 경상도관찰사, 전라도관찰사, 공조참판, 어영대장, 부제학, 이조·병조·호조판서, 우의정, 좌의정, 영의정, 한성판윤, 좌참찬 등을 지냈으며, 탕평책을 주장했다. 저서에 『귀록집』이 있고, 『해동가요』에 시조 1수가 전한다.

라고 하니 그가,

"용호장(龍虎將)이라네."

라고 하기에 광문이 말하기를,

"그 녀석이 아주 미남자더니, 몸이 비록 비대해도 기생을 안고 담을 훌훌 뛰어 넘고 돈을 흙덩이 같이 쓰고 있더니, 이제는 귀인이 되어 만나 보지도 못하겠다. 분단(粉丹)이는 어디로 갔나?"

라고 하자 그가,

"벌써 죽었네."

라고 하니 광문은 한탄하면서,

"옛날에 풍원군이 밤에 기린각(麒麟閣)에서 잔치를 치르고 나서 분단이만을 붙들어 재운 일이 있었네. 새벽에 일어나서 대궐 안으로 들어가려는 판인데 분단이가 촛불을 잡고 있다가 실수로 초피 모자를 태우고선 황송해서 어쩔 줄을 몰라하니, 풍원군이 웃으면서 '네가 부끄러우냐?' 하고는 곧바로 부끄럼 풀이로 돈 5,000원을 주었단 말일세.

그때 나는 너울과 여벌옷을 싸가지고 시꺼머니 귀신처럼 난간 아래에 서서 기다리고 있자니까, 풍원군이 창문을 열고 침을 뱉다 말고 분단이에게 몸을 기대면서 귓속말로 '저 시꺼먼 게 무어냐?'고 물었지. '천하에 누가 광문을 모르겠습니까? 하고 대답하니, 풍원군은 웃으면서 '네 후배(後陪)[5]로구나' 하

4) 김경방(金擎方) : 미상이나 광문이 때 어영대장을 지낸 듯하다.

고는 나를 불러서 커다란 잔으로 술 한잔을 주고, 풍원군도 스스로 홍로(紅露)[6] 일곱 잔을 따라 마시더니 초헌(軺軒)[7]을 타고 가더군. 이게 모두 옛날 이야기가 되고 말았네. 지금 서울 안에 고운 계집으로서 누가 제일 유명한가?"

라고 하니 그가,

"작은 아기일세."

라고 하기에 광문이,

"그 조방군(助房軍)[8]은 누군가?"

라고 하자 그가,

"최박만(崔撲滿)일세."

라고 하였다. 광문이,

"아침나절 상고당(尙古堂)[9]에서 사람을 보내서 내 안부를

---

5) 후배(後陪) : 관에서는 벼슬아치를 보호하며 뒤따르는 하인들을 말한다. 민간에서는 혼인 때 신랑이나 신부를 따라가는 상객을 뜻하는데, 일명 후행, 또는 후위(後圍)라고 한다.

6) 홍로(紅露) : 18세기의 고급술로 평양산 소주이다.

7) 초헌(軺軒) : 종2품 이상의 고위 관직자가 타던 수레로, 가운데 바퀴 한 개만 있고 사람이 끌었다.

8) 조방군(助房軍) : 기생의 선전이나 소개 등을 맡아서 하던 일종의 기생. 주옥의 소개인.

9) 상고당(尙古堂) : 김광수(金光遂, 1696~1770). 조선 후기의 문인이자 서화가로, 자는 성중(成仲)이고 상고당(尙古堂)은 호이다. 벼슬은 진사와 군수를 지냈으며, 서화를 잘하고, 고서화와 골동품 등을 수집한 수집가이다.

묻더군. 들으니 원교(圓嶠)10) 아래로 이사를 갔다지. 마루 앞에 벽오동 나무가 있는데, 항상 그 아래에서 손수 차를 끓이고 있으면서 철돌(鐵突)을 시켜서 거문고를 탄다더군."
라고 하자 그가,
"철돌이 형제가 한참 들날리는 판일세."
라고 하기에 광문이,
"옳거니, 그게 김정칠(金鼎七)의 아들이렸다. 내가 제 어른과는 자별나게 지냈단 말이야."
라고 하고는 다시 서운한 기색으로 있다가 한참 만에 말하기를,
"이건 다 내가 떠난 이후의 일일세그려."
라고 하였다.

광문의 머리털이 모지라졌으나마 오히려 쥐꼬리만 하게 땋아 늘였는데, 이가 빠지고 입이 오물아 들어서 주먹을 넣을 수 없었다고 한다. 표철주에게 또 말하기를,
"이제 자네는 늙은 몸인데, 어떻게 먹고 사나?"
라고 하니 그는,
"살기가 어려워서 집거간 노릇을 하네."
라고 하였다. 광문이,

10) 원교(圓嶠) : 서울특별시 서대문구 충정로2가에 있는 금화산(金華山)을 말한다. 봉우리의 모양이 둥글다는 데서 둥그재라고 하고, 이를 한자로 원교라고 표기한 것이다.

"자네가 이제야 그나마도 오래지는 못할 것일세. 아, 예전에는 자네 재산이 몇거만〔累鉅萬〕[11]이라고 해서 당시에 자네를 황금투구라고들 불렀는데, 지금 그 투구가 어디 있나?"

라고 하자 그가,

"이제 나도 세상맛을 아네."

라고 하기에 광문이 웃으면서,

"자네야말로 재주를 배우자 눈이 어두운 격일세그려."

라고 하였다. 그 이후 광문이 어떻게 된 것은 세상에서 알지 못한다고 한다.

— 燕巖外集·放璚閣外傳

11) 거만(鉅萬)은 만의 곱절이라는 뜻으로, 매우 많은 수를 비유한다.

♣ 이 편도 연암 박지원의 『연암외집(燕巖外集)』「방경각외전(放璚閣外傳)」에서 뽑은 것이다.

原文

書廣文傳後
서광문전후

余年十八時 嘗甚病 常夜召門下舊傔 徵問閭閻奇
여년십팔시 상심병 상야소문하구겸 징문여염기
事 其言大抵廣文事 余亦幼時 見其貌極醜 余方力
사 기언대저광문사 여역유시 견기모극추 여방력
爲文章 作爲此傳 傳示諸公長者 一朝以古文辭 大
위문장 작위차전 전시제공장자 일조이고문사 대
見推詡.
견추후

蓋文時已南遊湖嶺諸郡 所至有聲 不復至京師數
개문시이남유호령제군 소지유성 불부지경사수
十年 海上丐兒 嘗乞食於開寧水多寺 夜聞寺僧閒話
십년 해상개아 상걸식어개령수다사 야문사승한화
廣文事 皆愛慕感嘆 想見其爲人.
광문사 개애모감탄 상견기위인

於是丐兒泣 衆怪問之 於是丐兒囁嚅 遂自稱廣文
어시개아읍 중괴문지 어시개아섭유 수자칭광문
兒 寺僧皆大驚 時嘗予飯瓢 及聞廣文兒 洗盂盛飯
아 사승개대경 시상여반표 급문광문아 세우성반
具匙箸蔬醬 每盤而進之.
구시저소장 매반이진지

時嶺中妖人 有潛謀不軌者 見丐兒如此其盛待也
시령중요인 유잠모불궤자 견개아여차기성대야
冀得以惑衆 潛說丐兒曰 爾能呼我叔 富貴可圖也
기득이혹중 잠세개아왈 이능호아숙 부귀가도야

乃稱廣文弟　自名廣孫以附文.
내 칭 광 문 제　자 명 광 손 이 부 문

或有疑　廣文自不知姓　生平獨　無昆弟妻妾　今安
혹 유 의　광 문 자 부 지 성　생 평 독　무 곤 제 처 첩　금 안
得忽有長弟壯兒也　遂上變　皆得逐捕　及對質驗問
득 홀 유 장 제 장 아 야　수 상 변　개 득 축 포　급 대 질 험 문
各不識面　於是遂誅其妖人　而流丐兒　廣文旣得出
각 불 식 면　어 시 수 주 기 요 인　이 류 개 아　광 문 기 득 출
老幼皆往觀　漢陽市數日爲空.
노 유 개 왕 관　한 양 시 수 일 위 공

文指表鐵柱曰　汝豈非善打人表望同耶　今老無能
문 지 표 철 주 왈　여 기 비 선 타 인 표 망 동 야　금 로 무 능
矣　蓋望同其號也　因相與勞苦　文問靈城君豐原君無
의　개 망 동 기 호 야　인 상 여 노 고　문 문 영 성 군 풍 원 군 무
恙乎　曰皆已下世矣　金君擎方何官　曰爲龍虎將　文
양 호　왈 개 이 하 세 의　김 군 경 방 하 관　왈 위 용 호 장　문
曰此兒美男子　體雖肥　能挾妓超墻　用錢如糞土　今
왈 차 아 미 남 자　체 수 비　능 협 기 초 장　용 전 여 분 토　금
貴人不可見矣　粉丹何去　曰已死矣　文嘆曰　昔豐原
귀 인 불 가 견 의　분 단 하 거　왈 이 사 의　문 탄 왈　석 풍 원
君夜讌麒麟閣　獨留粉丹宿　曉起將赴闕　丹執燭　誤
군 야 연 기 린 각　독 류 분 단 숙　효 기 장 부 궐　단 집 촉　오
爇貂帽惶恐　君笑曰　爾羞乎　卽與壓羞錢五千.
열 초 모 황 공　군 소 왈　이 수 호　즉 여 압 수 전 오 천

吾時擁首帕副裙　候闌干下　黑而鬼立　君拓戶唾
오 시 옹 수 말 부 군　후 난 간 하　흑 이 귀 립　군 척 호 타
倚丹而耳曰　彼黑者何物　對曰　天下誰不知廣文也
의 단 이 이 왈　피 흑 자 하 물　대 왈　천 하 수 부 지 광 문 야
君笑曰　是汝後陪耶　呼與一大鍾　君自飮紅露七鍾
군 소 왈　시 여 후 배 야　호 여 일 대 종　군 자 음 홍 로 칠 종

乘軺而去 皆昔年事也 漢陽纖兒誰最名 曰小兒 其
승초이거 개석년사야 한양섬아수최명 왈소아 기

助房誰 曰崔撲滿 曰朝日尙古堂 遣人勞我 聞移家
조방수 왈최박만 왈조일상고당 견인로아 문이가

圓嶠下 堂前有碧梧桐樹 常自煑茗其下 使鐵突鼓琴
원교하 당전유벽오동수 상자자명기하 사철돌고금

曰鐵突昆弟方擅名 曰然 此金鼎七兒也 吾與其父善
왈철돌곤제방천명 왈연 차김정칠아야 오여기부선

復悵然久之曰 此皆吾去後事耳.
부창연구지왈 차개오거후사이

文髮短猶辮如鼠尾 齒豁口窳 不能內拳云 語鐵柱
문발단유변여서미 치활구유 불능내권운 어철주

曰 汝今老矣 何能自食 曰家貧爲舍儈 文曰 汝今
왈 여금로의 하능자식 왈가빈위사쾌 문왈 여금

免矣 嗟乎 昔汝家貲鉅萬 時號汝黃金兜 今兜安在
면의 차호 석여가자거만 시호여황금두 금두안재

曰今而後吾知世情矣 文笑曰 汝可謂學匠而眼暗矣
왈금이후오지세정의 문소왈 여가위학장이안암의

文後不知所終云.
문후부지소종운

<燕巖外集 . 放璚閣外傳>
연암외집 방경각외전

우상전(虞裳傳)

우상이 일본을 구경한 이야기

일본의 관백(關白)[1)]이 새로 정권을 잡은 때였다. 그는 많은 물자를 저축하여 두고, 궁전과 관사 건물을 수선하며, 선박을 수리하고, 관할하는 여러 섬들을 자기의 소유로 만들었다. 그리고 뛰어난 재주를 지닌 이〔奇材〕, 칼 쓰는 이〔劍客〕, 야릇한 기교를 부리는 이〔詭技〕, 교묘하게 속이는 재주를 지닌 이〔淫巧〕, 서화(書畵)나 문학(文學)에 뛰어난 선비 등을 그들 도읍에 모아서 그 지닌 재주를 단련시켜 완전히 갖추게 하였다. 그러한 지 수년 만에 그제야 우리나라에 사신을 파견해 줄 것을 청하되, 마치 상국(上國)의 조명(詔命)[2)]을 기다리는 듯 공손했

---

1) 관백(關白) : 당시 일본에서 천황을 보좌하여 나라를 다스리던 지위로 막부(幕府)라고 하는데, 천황 밑에서 당시 전 일본을 통솔했다. 지금의 총리에 해당한다.

2) 조명(詔命) : 조서(詔書). 임금의 선지(宣旨)를 일반에게 널리 알릴 목적으로 적은 문서이다.

다.

이에 우리 조정(朝廷)에서 문신(文臣) 중 삼품(三品 : 정3품과 종3품) 이하를 골라 뽑아서 삼사(三使)[3]를 갖추어 보냈다. 그 수행원에 뽑힌 이들도 모두 글이 훌륭하고 학식이 풍부한 사람들이어서 천문(天文) · 지리(地理) · 산수(算數) · 복서(卜筮 : 길흉화복을 미리 예측하는 자) · 의술(醫術) · 관상(觀相) · 무력(武力) 등에 능한 사람에서부터 퉁소 부는 이, 거문고 뜯는 이, 해학을 잘하는 이, 우스운 이야기를 잘하는 이, 노래 잘 부르는 이, 술을 잘 마시는 이, 장기와 바둑을 잘 두는 이, 말타기와 활쏘기를 잘하는 이들까지 하나의 기술로 국내에서 이름을 날리는 이는 모두 함께 따라가게 하였다.

그러나 그들 중에서도 사장(詞章)과 서화(書畵) 잘하는 사람을 가장 중시하였다. 왜냐하면 그들은 조선 사람의 작품 중에서 한 글자만 얻어도 양식을 싸지 않고도 천 리나 먼 길을 갈 수 있기 때문이었다.

그들(조선 사신)이 거처하는 집들은 모두가 푸른빛의 구리기와로 지붕을 이었고, 감문석(嵌文石 : 글씨나 무늬를 새겨 넣은 돌)으로 층계를 쌓았다. 기둥과 난간은 붉은 칠을 하였고, 휘장엔 화제(火齊 : 구슬의 일종) · 말갈(靺鞨 : 보석의 일종) · 슬슬(瑟瑟 : 푸른색의 구슬) 등으로 꾸몄으며, 밥그릇도 모두 금 · 은을 도금하

---

3) 삼사(三使) : 사신의 우두머리 정사(正使)와 부사(副使), 그리고 기록을 담당하는 서장관(書狀官)을 말한다.

여 사치스럽고 화려하고 기괴하고 고왔다.

조선 사신들이 천리를 가는 사이에 이따금 기이하고 교묘한 구경거리를 설치해 놓았다. 심지어 포정(庖丁 : 소를 잡는 백정)이나 역부까지도 평상에 걸터앉아 비자통(枇子桶 : 비파 열매를 우려서 담은 물로 향기로움)에 발을 담그고는 꽃저고리 입은 아이들로 하여금 씻기곤 하였다. 그들이 겉으로 허영심에 날뛰는 꼴이 대체로 이러하였다.

그런데 우리나라 통역(通譯)이 호랑이 · 표범 · 초서(貂鼠 : 담비)의 가죽이나 인삼 등의 금물(禁物)을 갖고 남몰래 아름다운 구슬이나 보배로운 칼을 바꿔친다든가, 또는 장쾌(駔儈 : 중도위. 거간꾼)들이 이문을 엿보아서 재물을 결사적으로 탐낸다면, 왜놈들은 겉으론 거짓 경의를 표하는 체하긴 하나 다시금 문화국에서 온 신사로서 대우하진 않았다.

그중에 우상(虞裳)[4]은 한어(漢語) 통역관으로 따라가서 홀로 문장으로써 일본에 이름을 크게 떨쳤다. 그러므로 나라의 이름 높은 승려나 귀족들은 모두들,

"운아선생(雲我先生)[5]이야말로 둘도 없는 국사(國士 : 한 나라에 제일가는 선비)이시다."

하고 칭찬하였다.

---

4) 우상(虞裳) : 이언진(李彦瑱)의 자이다. 우상이 사신의 일행으로 일본에 간 것은 1763년의 일이다.

5) 운아선생(雲我先生) : 우상의 호(號)이다.

그리하여 대판(大阪 : 오사카) 동쪽으로 승려들이 기생처럼 많고, 사찰들은 객사(客舍)처럼 벌여 있었다. 사람들은 우상에게 시문을 재촉하길 마치 도박(賭博)을 하듯이 하여, 수전(繡牋 : 수놓은 고급 종이)과 화축(花軸 : 꽃무늬가 있는 지질이 좋은 두루마리)을 다퉈가며 바치되 평상과 책상에 무더기로 쌓아놓았고, 대체로 모두가 어려운 시제(詩題)나 맞추기 어려운 운(韻)으로써 그를 궁지(窮地)에 빠뜨리려 하였다.

우상은 매번 창졸간에 입으로 읊곤 하였는데, 마치 평소에 읽어둔 것처럼 줄줄 외는 듯하고, 운(韻)을 단 것이 모두 순조롭고도 차근차근하였다. 사람들이 자리를 뜨기까지 아무런 피로한 빛도 없거니와 초라한 문장 따위는 찾아볼 수 없었다.

그의 해람편(海覽篇 : 바다 유람)에는,

이 땅덩이 안에는 수많은 나라들이	坤輿內萬國
별과 바둑알인 양 펼쳐 있어라	碁置而星列
우월[6] 사람은 북상투 머리요	于粵之魋結
천축(인도) 사람은 머리를 깎았네.	竺乾之祝髮
제와 노 사람 겨드랑이 꿰맨 옷 입고,	齊魯之縫腋
호와 맥[7] 사람은 털옷 입어	胡貊之氈毼
깨끗하고 아담한 그 차림	或文明魚雅

6) 우월(于粵) : 춘추 시대의 월나라. '于'는 발어사이다.

7) 호(胡)는 중국 북쪽에 살던 만족(蠻族)을 말하고, 맥(貊)은 요동반도 부근에서 한반도 북부에 걸쳐 살던 부족을 말한다.

요란하고 지껄이는 그 소리　或兜離侏俅
무리들을 끼리끼리 모은다면　群分而類聚
온 누리 가득하리.　遍土皆是物
일본이란 나라는　日本之爲邦
물결 따라 얄랑이네.　波壑所蕩潏
그 숲은 부상이요　其藪則榑木
그 곳은 해돋이를[8]　其次則賓日
무늬 비단 길쌈이요　女紅則文繡
귤과 유자 토산품을　土宜則橙橘
장거고기 괴이하고　魚之怪章擧
소철나무 기이코녀　木之奇蘇鐵
그 진산은 방전[9]인데　其鎭山芳甸
그 별은 구진이라오.　句陳配厥秩
남북은 봄가을 다르고　南北春秋異
동서는 밤낮이 바뀐다네.　東西晝夜別
그 복판은 엎어 놓은 대야　中央類覆敦
빈 곳에는 해 묵은 눈 가득.　嵌空龍漢雪
소를 덮은 큰 나무요[10]　蔽牛之鉅材
까치 옥은 아름다워[11]　抵鵲之美質

---

8) 일본은 자기 나라를 부상(扶桑)이라고 했다. 부상(榑桑)은 동쪽 바다 속 해가 돋는 곳에 있다는 전설상의 신목(神木). 또는 그 신목이 있는 나라를 뜻한다.

9) 방전(芳甸) : 일본의 부사산(富士山)을 가리킨다.

10) 『장자(莊子)』 인간세(人間世) 편에 나오는 내용이다.

단사와 황금과 주석은	與丹砂金錫
가끔 산속에서 나는구나.	皆往往山出
대판은 큰 도회라	大坂大都會
온갖 보물 간직했네.	環寶海藏竭
향불에 용연[12]을 사르고	奇香爇龍涎
보석은 아골[13]처럼 쌓였고나.	寶石堆雅骨
상아는 코끼리의 입속에서 뽑았고	牙象口中脫
서각은 물소의 머리 위에서 끊는다오.	角犀頭上截
파사[14] 사람 눈 휘둥그레지고	波斯胡目眩
절강 저자[15] 무색도 하이.	浙江市色奪
바다로선 지중해라	寰海地中海
온갖 어류 생동하네.	中涵萬象活
큰 게[16] 등성엔 배 떠 있고	鱟背帆幔張

11) 『남화경(南華經)』에 나오는 내용이다. 까치가 괴실(槐實 : 홰나무의 열매)을 쪼아서 옥이 맺힌 것을 작옥(鵲玉)이라고 한다.

12) 용연(龍涎) : 용연향(龍涎香). 말향고래에서 채취하는 송진 같은 향료인데, 사향(麝香)과 비슷한 향기가 있다.

13) 아골(雅骨) : 보석의 일종인 듯하다.

14) 파사(波斯) : 페르시아. 이 나라에는 각국의 보물들이 몰려들었다.

15) 절강(浙江) 저자 : 물자가 많고 교역이 번창하여 중국에서 가장 부유한 고장이다.

16) 큰 게〔鱟〕: 게의 일종으로 암놈이 항상 수놈을 업고 다니는데, 눈은 등에 있고 입은 배 밑에 있으며, 등 위에 뼈가 있어 바람을

추어 꼬리[17]엔 깃발이 팔랑이네.	鰌尾旌旗綴
높은 보루인 양 굴집이 엉기고	堆壘蠣粘房
세찬 거북 굴 지키네.	贔屓龜次窟
산호 바다 변할 때는	忽變珊瑚海
불기운이 타는 듯이	煜耀陰火烈
검푸른 바다 이룩되니	忽變紺碧海
구름 노을 찬란하고,	霞雲衆色設
수은 바다 화할 때는	忽變水銀海
수많은 별 흩어졌고	星宿萬顆撒
온 둘레를 물들이니	忽變大染局
비단 천 필 펼쳐 있네.	綾羅爛千匹
큰 도가니 됐을 때는	忽變大鎔鑄
오색 금빛 피어난다.	五金光迸發
하늘 가르며 용이 날 때[18]	龍子劈天飛
온갖 뇌성 호통하네.	千霆萬電戛
검누른 머리 마갑주[19]는	髮鱓馬甲柱

만나면 이 뼈가 돛처럼 펴져서 잘 간다고 한다.

17) 길이가 수천 리나 되며, 바다 속에서 구멍을 뚫고 사는 특징이 있다.

18) '용〔龍子〕이 난다'고 함은 일본 풍속에 용이나 잉어를 천으로 만들어 장대에 매달아 바람에 펄럭이는데, 이를 '잉어 오르기'(고이노보리)라고 한다. 대개 벽사진경의 습속이다.

19) 발선(髮鱓)은 새우의 일종인데, 바다새우라고 한다. 누런 바탕에 검은 무늬를 하고 도마뱀처럼 생겼다고 한다. 마갑주(馬甲柱)는

괴상타 못해 황홀해지네. 秘怪恣恍惚
발가숭이에 갓만 얹고 其民裸而冠
밖을 쏘되 독하기도 하이. 外螫中則蝎
일 생기면 고라니처럼 들끓다가 遇事則麋沸
남 해칠 땐 쥐같이 교활코야. 謀人則鼠黠
잇속 위해 물여우처럼 쏘고[20] 苟利則蜮射
작은 일로도 돼지처럼 충돌하네. 小拂則豕突
여인들은 깔깔대며 농지거리 婦女事戲謔
아이들은 너나없이 노리개를. 童子設機括
조상 등지고 귀신 섬기며 背先而淫鬼
살상 즐겨 부처 괴네. 嗜殺而佞佛
글씨는 괴발개발이요 書未離鳥虼
시는 때까치 혀[21]인 듯. 詩未離鴃舌
암수 놀음 사슴 같고 牝牡類麀鹿
친구 사귐 자라떼 같네. 友朋同魚鱉
말이라곤 새가 지저귀듯 言語之鳥嚶
통역자도 다는 모른다네. 象譯亦未悉
초목이 기괴하니 草木之瓌奇

조개기둥. 마갑은 장거(章擧)처럼 괴이하게 생긴 조개로, 해월(海月)이라고도 한다.

20) 역사(蜮射)란 물여우가 모래를 입에 물었다가 사람에게 뿜어 쏘아서 해친다고 한다.

21) 때까치 혀〔鴃舌〕: 때까치의 지저귀는 소리처럼 알아들을 수 없이 지껄이는 말을 뜻한다.

나함[22]이 책을 사르고	羅含焚其帙
온갖 샘물 모여드니	百泉之源滙
역생[23]은 하루살이네.	酈生瓮底蠛
가지가지 물고기들은	水族之弗若
그림으로 설명코자	思及闞圖說
칼에 새긴 글자들도	刀劍之款識
정백[24]이 다시 기록하겠지.	貞白續再筆
지구의 같고 다름	地毬之同異
해도의 갑과 을에선	海島之甲乙

22) 나함(羅含) : 진(晉)나라의 문인(文人). 초목이 너무나 기이하여 그의 문장 솜씨로도 어쩔 수 없는 듯하다.

23) 역생(酈生) : 역도원(酈道元). 남북조 시대 북위(北魏)의 지리학자로, 자는 선장(善長)이다. 벼슬은 어사중위(御史中尉)를 지냈으며, 중국 각지의 하천을 기록한 지리서 『수경주(水經注)』를 지었다.

24) 정백(貞白) : 도홍경(陶弘景)의 시호. 남북조 시대 양(梁)나라의 의약학자이자 도가(道家)로, 자는 통명(通明)이고 호는 은거(隱居)이다. 유(儒)·불(佛)·도(道) 삼교(三教)에 능통했으며, 특히 음양오행(陰陽五行)·의술본초(醫術本草)·지리(地理)·물산(物產) 등에 밝아 국가의 대사(大事)에 자문역할을 했으므로 산중재상(山中宰相)이라고도 불렸다. 아버지가 첩에게 살해되었기 때문에 평생 동안 결혼하지 않았고, 37세 때 관직에서 물러나와 강소성 구곡산(句曲山)에 들어가 스스로를 화양도인(華陽道人)이라 칭하고 수도 생활을 했다. 저서에 『신농본초경(神農本草經)』, 『본초경집주(本草經集注)』, 『양생경(養生經)』, 『효험방(效驗方)』, 『진고(眞誥)』, 『등진은결(登眞隱訣)』 등이 있다.

서양의 이마두[25]는	西泰利瑪竇
실을 짜듯 칼로 베듯	線織而刃割
비부가 이 시 읊으니	鄙夫陳此詩
속될망정 진실이라.	辭俚意甚實
이웃 사귐 꾀 있으니	善鄰有大謨
평화 맞아 잃지 마오.	羈縻和勿失

라고 하였다. 우상(虞裳)이야말로 어찌 이른바 '나라의 명예를 빛내는 이'가 아니겠는가?

신종(神宗) 만력(萬曆) 임진년(1592년)에 왜인 수길(秀吉 : 임진왜란을 일으킨 자)이 남몰래 군사를 이끌고 우리나라에 쳐들어와 우리나라의 삼도(三都 : 경주 · 서울 · 개성)를 짓밟고, 우리나라 동포들의 코를 베어서 모욕을 주었으며, 그들의 철쭉[26]과 동백을 우리 삼한(三韓) 땅에 옮겨다 심어 놓았다.

우리나라 소경대왕(조선 선조(宣祖))께옵선 용만(龍灣 : 의주)으로 피난 가셔서 천자(명나라 황제)에게 사실을 알리셨다. 황제가 크게 놀라서 천하의 군대를 징발하여 동쪽으로 구원케 하였다. 대장군(大將軍) 이여송(李如松)과 제독(提督) 진린(陳璘) · 마귀(麻貴) · 유정(劉綎) · 양원(楊元) 등은 모두 옛 명장(名將)의

25) 이마두(利瑪竇) : 마테오 리치. 이태리 사람으로 17세기에 중국에 와 있던 선교사이며, 세계지도를 만들었다. 84쪽 주 40) 참조.

26) 외국에서 나는 초목을 우리나라에 옮겨 심음으로써 우리나라를 왜국의 속국으로 만들려는 의도가 있었음을 일컫는다.

기풍이 있고, 어사(御史) 양호(楊鎬)[27] · 만세덕(萬世德)[28] · 형개(邢玠)[29] 등은 재주가 문무를 겸비하며, 귀신도 놀랄 지략을 지녔다. 그들의 군사는 모두 진(秦) · 봉(鳳) · 섬서 · 절강 · 운주 · 등주 · 귀주 · 내주 등지에서 뽑은 말 잘 타고 활 잘 쏘는 병사들이었다. 대장군의 가동(家僮 : 집에서 부리던 종)이 1,000명 중에 유주(幽州)와 계주(薊州)의 검객(劍客)들이었다. 그리하여 마침내 왜적과 더불어 기세가 얼추 같아 겨우 놈들을 우리 국경에서 몰아냈을 뿐이었다.

---

27) 양호(楊鎬) : 명나라의 장수로, 정유재란 때 구원군을 거느리고 참전했다가 울산 도산성(島山城) 전투에서 대패했는데 승리했다고 허위보고했다가 들통 나서 파면되었다. 1618년 청나라가 침략하자 다시 기용되어 요동에 나가서 맞서 싸웠으나 또 대패하여 사형을 받았다.

28) 만세덕(萬世德) : 명나라의 무인(武人)으로, 자는 백수(伯修)이고 호는 구택(邱澤) · 진택(震澤)이다. 1568년에 진사에 합격하고 남양지현(南陽知縣)을 지냈으며, 병법에 능하고 말타기와 활쏘기에 뛰어났다. 정유재란 때 명나라의 경리(經理 : 참모)로 조선에 파견되어 왜군을 물리치는 데 전력을 다했다.

29) 형개(邢玠) : 명나라의 정치인으로, 자는 식여(式如)이고 호는 곤전(崑田)이다. 1571년에 진사에 합격하고 밀운지현(密雲知縣)·절강도어사(浙江道御史)·감숙순안어사(甘肅巡按御史)·산서우참정(山西右參政)·우도어사(右都御史)를 지냈다. 정유재란 때 조선에 파견되어 참전했으며, 울산 도산성 전투에서 제독 마귀(麻貴)와 순무 양호(楊鎬)의 전공(戰功)으로 왜적을 대파하여 승리했다고 거짓 보고를 한 장본인이다.

그 뒤 수백 년 사이에 사신들 행차가 여러 차례 강호(江戶 : 일본의 수도 동경)에 이르렀다. 그러나 〈일본인들은 대체로〉 체모(體貌)를 삼가며 사신 맞이를 엄격히 하는 까닭에 진정한 그들의 풍요(風謠) · 인물(人物) · 험새(險塞) · 강약(强弱) 등의 정세(精勢)에 대해선 마침내 하나의 털끝만큼도 정탐치 못하고, 한갓 빈손으로 오갔을 뿐이었다.

이제 우상(虞裳)은 그의 힘이 능히 부드러운 붓끝도 이기지 못하는 듯싶지만, 그의 온몸에 지녔던 정화(精華)를 뽑아서 만리 밖 섬나라(왜국)의 서울로 하여금 나무를 말라죽게 하고 냇물이 마르게 하였다. 그야말로 '그는 붓끝으로 산천(山川)을 뽑았다'라고 하더라도 옳을 것이다.

우상의 이름은 상조(湘藻)이다. 그는 일찍이 자기의 화상(畵像 : 초상화)에 글을 써놓았는데,

> 공봉(供奉) 백(白)[30]과 업후(鄴侯) 필(泌),[31]
> 그리고 철괴(鐵拐)[32]를 합쳐서 창기(滄起)가 되었구나.

---

30) 공봉(供奉) 백(白) : 일찍이 문학으로 한림원에 공봉이 되었던 이백(李白)을 말한다.

31) 업후(鄴侯) 필(泌) : 문장가이자 고결한 선비로 당나라 때 업후였던 이승휴(李承休)이다. '鄴'은 후한(後漢) 말기 위(魏)나라의 수도이다.

32) 철괴(鐵拐) : 옛 신선의 이름. 세속에 전하는 팔선(八仙) 가운데 하나. 『견포집(堅匏集)』에 "철괴의 성은 이씨(李氏)인데, 그가 일찍

옛 시인(이백), 옛 신선(이철괴), 옛 산사람(이필)은 모두 들 성이 '이씨(李氏)'로다.

라고 하였다. 이(李)는 그의 성이요, 창기(滄起)는 또 그의 호(號)이다.

무릇 선비라 함은 자기를 알아주는 이에게는 뜻을 펼 수 있으나, 자기를 알아주지 못하는 사람들에게는 뜻을 굽히는 법이다. 교청(鵁鶄 : 해오라기)이나 계칙(鸂鶒 : 뜸부기)은 날짐승 중의 하찮은 존재이지만, 오히려 스스로 제 날개와 털을 사랑하여 물 속에 그림자를 비춰보고 섰다가 돌아 살펴본 뒤에야 모여든다. 사람이 가지고 있는 문장(文章)이야말로 어찌 〈저 새 따위의〉 날개나 털의 아름다움에 그칠 뿐이겠는가.

옛날 경경(慶卿)[33]이 밤에 검술을 논할 때 합섭(蓋聶 : 검객

이 이로군(李老君)을 찾으러 화산(華山)으로 갈 때 그 벗에게 '내 몸은 이에 있으나 내 영혼이 7일 동안 돌아오지 않거든 내 몸을 불사르라' 했다. 그 벗이 별안간 어머니의 병으로 말미암아 6일 만에 돌아왔으므로 그를 화장했다. 그가 7일 만에 돌아왔으나 영혼이 의탁할 곳이 없어 한 굶어 죽은 시신에 붙어살았다. 그리하여 그는 절름발이에 얼굴이 몹시 추악했다"라고 하였다.

33) 경경(慶卿) : 위(衛)나라의 검객인 형가(荊軻)의 자이다. 형가는 독서를 좋아하고 칼을 잘 썼으나, 진나라 시황이 위나라를 복속시키자 연(燕)나라로 가서 의탁하던 중에 연나라의 태자 단(丹)을 위해 진나라 시황을 암살하려 했다가 실패하고 마침내 살해되었다.

(劍客)의 이름)이 노하여 눈을 부릅뜨고 보았고, 그 뒤에 고점리(高漸離)[34]는 축(筑)을 치고, 형가(荊軻)는 노래로 화답하였다. 그러다가는 이윽고 서로 울되, 마치 주위에 아무도 없는 것처럼 하였다.

대체로 기쁨이 또한 극도에 달하였던 것인데, 다시금 우는 것은 무슨 까닭일까? 마음이 감격하여 슬픔이 어디로부터 오는지를 알지 못하는 만큼, 비록 직접적으로 그에게 묻는다 하더라도 역시 스스로 무슨 마음으로 그렇게 되었는지를 알지 못할 것이다. 그렇다면 사람이 문장으로써 서로 존중함이야 말로 어찌 구구하게 칼 쓰는 자들의 한 가지 기술에 그치겠는가?

우상은 그 역시 불우한 자이다. 어째서 그의 말이 이다지도 슬픔이 많단 말인가?

불그레한 닭 벼슬은 갓처럼 높다랗고 鷄戴勝高似幘
늘어진 소 멱미레는 전대인 양 벌름거리네. 牛垂胡大如袋
집안에서 늘 보는 세간붙이야 기이할 리 없건마는 家常物百不奇
크게 놀랍고 괴이할세, 저 낙타의 우뚝 솟은 등마루를. 大驚怪橐駝背

34) 고점리(高漸離) : 형가의 벗으로, 축(筑 : 거문고 비슷한 현악기)을 잘 쳤다.

〈그리하여 우상은〉 일찍이 자기의 문장이 평범치 않음을 알았으렷다. 그는 병이 깊어서 장차 죽으려 할 때 그의 초고(草藁)를 모두 불태우며,

"누가 다시금 이걸 알아준단 말이냐?"

라고 하였으니, 그의 뜻을 어찌 슬퍼하지 않았겠습니까?

공자께서 말씀하시기를,

"재주를 얻기가 어렵다더니[35] 어찌 그렇지 않겠는가? 관중(管仲)의 그릇됨이야말로 작기만 하구나.[36]"

라고 하니 자공(子貢)[37]이 묻기를,

"저는 어떤 그릇입니까?"

라고 하기에 공자께서 말씀하시기를,

"너는 '호련(瑚璉)'이니라."[38]

라고 하였다. 이는 〈그의 재주를〉 아름답게 여기면서도 너무나 조그마함을 의미함이었다. 그러므로 덕은 비유하자면 그

---

35) 『논어』에 나오는 내용이다.

36) 『논어』 팔일(八佾) 편에 나오는 내용이다. 관중(管仲)은 제(齊)나라의 명신(名臣)인 관이오(管夷吾)이다. 제나라 환공(桓公)을 도와 제후 중에 패자(霸者)가 되게 하였다.

37) 자공(子貢) : 공자의 제자인 단목사(端木賜)의 자이다.

38) 『논어』 공야장(公冶長) 편에 나오는 내용이다. 호련(瑚璉)은 종묘 제사에서 서직(黍稷)을 담는 그릇인데, 옥으로 장식하였으므로 그릇 중에서 귀중하고 화려한 것이다.

릇이요, 재주는 비유하자면 그릇 안에 담기는 물건이었다.

『시경』에 이르기를,

아름다운 옥잔이여 瑟彼玉瓚
누런 술이 차 있고녀! 黃流在中

라고 하였고,[39] 『역경(易經)』에도,

세 발 솥이 발 꺾이니 鼎折足
그 안의 음식이 엎어지네. 覆公餗

라고 하였으니,[40] 덕만 있고 재주가 없으면 덕이란 빈 그릇이 될 것이며, 재주만 있고 덕이 없으면 재주를 담을 곳이 없을 뿐더러, 그 그릇이 얕은 경우에는 넘치기가 쉬운 법이다.

사람이 천지 사이에 참가하여 삼재(三才)[41]가 되었으므로

---

39) 『시경』 소아(小雅)에 나오는 구절로, 옥돌 술잔 가득히 흐르는 듯한 임금의 복록을 노래한 내용이다.

40) 『주역』 정괘(鼎卦) 구사효(九四爻)에 나오는 내용이다. 솥의 세 발은 임금을 돕는 삼공을 뜻하며, 꺾였다고 함은 삼공이 제대로 보좌를 못해서 나라가 어렵게 된 것을 뜻한다. 참고로 『역경(易經)』은 삼경(三經)의 하나인 『주역』을 말하는데, 주(周)나라 초기에 지어진 책이다.

41) 삼재(三才) : 하늘과 땅과 사람을 뜻한다. 3극(極). 3원(元).

귀신이 재주라면 천지는 커다란 그릇일 것이다. 그리고 저 지나치게 조촐한 자는 복이 붙을 곳이 없으며, 남의 정상(情狀)을 잘 엿보는 자에겐 사람이 잘 붙지 않는 법이다.

문장이란 천하의 지극한 보물이다. 조화의 기틀을 발견하며, 숨은 진리를 형체도 없는 곳에 더듬어 음양(陰陽)을 누설(漏洩)하면 귀신이 분노할 것이다.

무릇 나무가 재(才 : 재목(材木))가 될 만하면 사람은 벨 것을 생각하고, 자개〔具〕가 재(才 : 재화(財貨))로서의 가치가 있다면 사람은 빼앗으려고 생각하는 법이다. 그러므로 '재(才)'라는 글자는 안으로 삐침(오른쪽 위에서 왼쪽 아래로 굽게 삐친 획)이 있을망정 바깥으로 날림(왼쪽 위에서 오른쪽 아래로 내리긋는 획)은 없는 것이다.

우상은 일개 통역관이다. 국내에 있을 때에는 그의 명예가 마을을 벗어나지 않고, 사대부들이 그의 얼굴을 아는 이가 없었는데, 하루아침에 그의 이름이 해외 만리의 먼 나라에서 떨쳐져 빛난 것이다. 그의 몸은 온갖 곤경룡타(鯤鯨龍鼉)[42]의 집에 출입하여 손으로는 해와 달을 씻어 빛나게 하였고, 기운은 무지개와 신기루처럼 뻗쳤다. 그러므로 "물건 간직함을 소홀히 하면 이는 도적을 가르치는 것이다."[43] 하였으니, 물고

---

42) 곤경룡타(鯤鯨龍鼉) : 몸집이 큰 생물인 곤이·고래·용·악어를 말하는데, 일본인 중에서 지체 높은 귀인들을 비유한다.

기는 연못을 벗어나서는 안 되고, 보배로운 그릇은 남에게 내보이지 말아야 하는 만큼, 경계하지 않을 수 있겠는가?

그(우상)가 승본해(勝本海 : 일본의 작은 어촌의 앞바다)를 지날 때 시를 지어 읊기를,

발 벗은 되놈들의 꼴씨는 도깨비요	蠻奴赤足貌魑魅
오리 빛 옷 등짝에는 별과 달을 그렸고나	鴨色袍背繪星月
색동저고리 계집애는 재빨리 문을 날 제	花衫蠻女走出門
빗던 머리 그만 두었는지 머리칼 뭉쳤고나	頭梳未竟鬈其髮
아이 울어 목이 쉬니 젖어미 젖먹일 제	小兒號嗄乳母乳
손으로 등을 치니 목소리 껄떡이네	母手拍背嗚嗚咽
잠시 후 북을 치자 관가 사람[44] 오신다니	須臾擂鼓官人來
수많이 모여들어 산 부처가 나온 듯이	萬目圍繞如活佛
오랑캐 벼슬아치는 절하며 구슬드릴 제	蠻官膜拜獻厥琛
산호와 큰 구슬을 소반 위에 받쳤고나	珊瑚大貝擎盤出
피차가 벙어리라 주인과 손님이 나눠 앉아	眞如啞者設賓主
눈치로 말 알아채고 붓 끝으로 혀 놀리네	眉睫能言筆有舌
오랑캐 관아에도 정원 가꾸는 취미 있어	蠻府亦耀林園趣
종려(棕櫚)와 파란 귤 뜰 안에 심어져 있네.	栟櫚青橘配庭實

라고 하였고, 배 안에서 치질(痔疾)을 앓으며 누워서 매남노사

43) 『주역(周易)』 계사전(繫辭傳)에 나오는 내용이다.

44) 일본인이 우리나라 사신을 가리킨 말이다.

(梅南老師)[45]의 말을 추억하고 시를 곧 지어 읊었는데,

선니[46]의 도와 마니[47]의 교야말로　　宣尼之道摩尼教
세상을 바로잡아 일월처럼 밝아 있네.　　經世出世日而月
서양의 사람들도 오인도[48]에 이르렀으니　　西士嘗至五印度
과거나 현재나 부처님뿐이라네.　　過去現在無箇佛
선비들집에 비천한 장사치가 없지 않아　　儒家有此俾販徒
붓끝을 얄랑대며 말들을 신기롭게　　筬弄筆舌神吾說
털 헤치고 뿔을 인 채 저 지옥에 떨어지네　　披毛戴角墜地犴
이 몸이 주검 되니 인률[49]을 속인 탓이라.　　當受生日欺人律
독살스런 그 불꽃이 진단[50] 동쪽까지 미쳤다오
毒焰亦及震旦東

---

45) 매남노사(梅南老師) : 우상의 스승이자 명승(名僧)인 이용휴(李用休)의 호이다. 그는 남인이었으므로 박지원은 좋아하지 않았다.

46) 선니(宣尼) : 공자(孔子)를 가리킨다. 한(漢)나라 평제(平帝) 때에 추시(追謚)한 것이다.

47) 마니(摩尼)의 교 : 3세기 페르시아(이란) 사람 마니가 만든 종교. 조로아스터교에 불교와 기독교 등의 교의를 섞어 만든 교인데, 중국에서는 배화교(拜火教)라고 한다. 미륵신앙과 접목되어 '백련교(白蓮教)'라는 이름으로 교세를 확장했다.

48) 오인도(五印度) : 오천축(五天竺). 고대 인도는 동서남북과 중앙의 다섯 개로 나뉘어져 있었다.

49) 인률(人律) : 인간이 지켜야 할 법칙.

50) 진단(震旦) : 고대 인도 사람들이 중국을 일컫던 말로, 범어(梵語) Chinasthâna의 음역어이다.

절들이 날로 불어 도시까지 늘어서 있고 精藍大衍都鄙列
섬나라 백성들이 화복을 두려워하여 睢盱島衆怵禍福
향불 사르며 쌀 바칠 제 쉴 사이 없었다오. 炷香施米無時缺
비유컨대 남의 아들 죽여 놓고서는 譬如人子戕人子
그 부모를 돌본다면 기뻐할 이 있겠느냐? 入養父母必不說
육경[51]이 광명하여 중천에 들날리건만 六經中天揚文明
이 나라 사람들은 하나같이 까막눈일세. 此邦之人眼如漆
해돋이나 지는 곳이 무슨 이치 다르리오? 暘谷昧谷無二理
이치를 따르면 성인이요 거스르면 악마되리 順之則聖背檮杌
스승님 주신 말씀 뭇 사람에 전하고자 吾師詔吾詔介衆
이 시를 지어 읊어 목탁(木鐸)[52]을 삼으려네. 以詩爲金口木舌

라고 하였는데, 이 두 편의 시는 모두 전할 만한 작품이었다. 급기야 '그가 돌아오는 길에 앞서 지났던 곳에 이르자, 그의 시는 벌써 가래나무 판목(版木)에 인쇄되어 나왔다.'라고 하였다.

나는 일찍이 우상과는 서로 알지 못했으나, 우상은 자주 사람을 통해서 그 시를 내게 보여주면서,

"이 세상에선 다만 이 사람이 나를 알아 줄 수 있겠지."

51) 육경(六經) : 『시경(詩經)』·『서경(書經)』·『예기(禮記)』·『악기(樂記)』·『역경(易經)』·『춘추(春秋)』.

52) 목탁(木鐸) : 교화(敎化)의 선전을 일컫는다. 세상 사람들을 가르쳐 올바르게 인도하는 말을 가리킨다.

라고 하였다기에 나는 농담으로 시를 전하는 사람에게,

"이건 저 오(吳) 땅[53] 놈의 가는 침이야. 너무 자질구레해서 보잘것이 없어."

라고 하니 우상이 화를 내며,

"미친놈이 남의 기(氣)를 올리네."

라고 했다. 그리고는 한참 있다가 한숨을 쉬며,

"내 어찌 이 세상에 오래 지탱할 수 있겠는가!"

라고 하고, 이내 두어 줄기의 눈물을 흘렸다. 나 역시 이 말을 듣고 슬퍼했다.

그리고 얼마 되지 않아서 우상은 세상을 떠났다. 그의 나이는 스물일곱이었다. 그의 집안사람의 꿈에, 한 술 취한 신선이 검은 구름이 드리운 곳에 푸른 고래를 타고 가는데, 우상이 머리털을 헤치고 뒤를 따르더니 이윽고 우상이 죽었다고 한다. 어떤 사람은 이르기를,

"우상은 신선이 되어 간 거야!"

라고 한다.

아아, 슬프도다. 내 일찍이 마음속으로 혼자서 그의 재주를 사랑하였지만, 〈'보잘것없다'는 몇 마디 말로써〉 그의 기운을 꺾어 버렸다. 이는 〈내 딴에는〉 '우상은 나이가 아직 젊으니 바른 길에 들어서길 힘쓴다면 훌륭한 글을 지어서 이 세상에

---

53) 오(吳) 땅 : 오(吳)는 남쪽 지역으로 남인(南人)을 가리킨다. 우상이 남인인 혜환(惠寰) 이용휴(李用休)의 문인이므로 이른 말이다.

전할 수 있으리라'라고 생각했던 것이다. 이제 생각하니 '우상은 반드시 내가 자기를 기뻐하지 않았다'고 생각했으리라.

어떤 이[54]가 그에게 만사(輓辭)[55]를 지어 노래하였는데 첫 번째 노래는,

아롱다롱 이상한 새	五色非常鳥
지붕 위에 모여들 제	偶集屋之脊
뭇 사람 다투어 구경터니	衆人爭來看
깜짝 놀라 날아간 데 없네.	驚起忽無跡

라고 하였고 그 두 번째 노래는,

까닭 없이 천 냥 돈 생기면	無故得千金
그 집엔 필히 재앙 드나니	其家必有災
하물며 이 희대의 보물을	矧此稀世寶
어찌 오래 빌릴소냐.	焉能久假哉

라고 하였고 그 세 번째 노래는,

54) 혜환(惠寰) 이용휴를 가리킨다. 연암과 당파의 관계가 있으므로 이름을 들지 않았다.

55) 만사(輓辭) : 만장(輓章). 죽은 이를 슬퍼하여 지은 글. 장사지낼 때 비단이나 종이에 적어서 기(旗)를 만들어 상여 뒤를 따라 들고 간다.

자취가 묘연한 한 지아비도　　渺然一匹夫
죽으니 사람들 빈자리를 깨닫겠지.　　死覺人數減
빗방울마냥 사람들 많건마는　　豈非關世道
어찌 세상 도리에 관계치 않으랴.　　人多如雨點

라고 하였고 또 노래하기를,

그 쓸개는 둥근 박덩이　　其人膽如瓠
그 눈매는 밝은 달　　其人眼如月
그 팔뚝엔 귀신 놀고　　其人腕有鬼
그 붓 끝엔 혀가 돋쳤네.　　其人筆有舌

라고 하였고 또 〈그 뒤를 이어서〉 노래하기를,

남들은 아들에게 전하건만　　他人以子傳
우상은 아들 하나 못 전하네　　虞裳不以子
목숨이야 다하는 때 있으련만　　血氣有時盡
높은 이름 그칠 날 없으리로다.　　聲名無窮已

라고 하였다.[56]

---

56) 이용휴의 작품집인 『혜환시고(惠寰詩稿)』에는 10수의 만사(輓辭)가 실려 있는데, 여기에서는 5수만 소개하였다.

♣ 이 편도 연암 박지원의 『연암외집(燕巖外集)』「방경각외전(放璚閣

나는 늘 우상을 한 번도 만나보지 못했음을 항상 한스럽게 여겼다. 또 그의 문장은 벌써 불살라져 남은 것이 없으니, 세상에는 더욱이 그를 알아줄 자 없을 것이다.

이제 상자 속에 오래 간직했던 것을 꺼내어 그가 일전에 나에게 보여준 시 겨우 두어 편을 발견했다. 이것을 모두 빠뜨림 없이 써서 「우상전(虞裳傳)」을 만드노라.

—燕巖外集·放璚閣外傳

外傳)」에서 뽑은 것이다. 그의 자서(自序)에 이르기를, "아리따운 저 우상(虞裳)이 옛 문장(文章)에 전적으로 힘을 쏟았다. 고례(古禮)를 상고할 곳이 없을 때엔 오히려 야인(野人)에게 구하는 법이다. 나는 이제 이에 느낌이 있어서 이 『우상집』을 쓰기로 했다." 하였다. 우상은 역관(譯官)의 미천한 신분을 지닌 사람이지만 그의 일세를 경동하는 문장은 사랑하지 않을 수 없음을 못내 슬퍼한 것이다. 야인은 곧 우상을 가리킨 말이다. 이 글은 끝에 약간 결문(缺文)이 있으나, 우상에 대한 이야기는 다 끝난 것인 듯싶다. 졸장(拙藏)『계서본(溪西本)』에는 이 글이 누락되어 있다. 풍고(楓皐) 김조순(金祖淳)의 『고향실소사(古香室小史)』에는 「이언진전(李彦瑱傳)」이 있고, 우선(藕船) 이상적(李尙迪)의 『은송당집(恩誦堂集)』에도 「이우상선생전(李虞裳先生傳)」이 실려 있다.

原文

虞裳傳
우 상 전

日本關白新立 於是 廣儲蓄 繕宮館 理舟檝 刮屬
일 본 관 백 신 립 어 시 광 저 축 선 궁 관 이 주 즙 괄 속
國諸島 奇材劍客 詭技淫巧 書畵文學之士 聚之都
국 제 도 기 재 검 객 궤 기 음 교 서 화 문 학 지 사 취 지 도
邑 練肄完具 數年然後 乃敢請使於我 若待命策之
읍 연 이 완 구 수 년 연 후 내 감 청 사 어 아 약 대 명 책 지
爲者.
위 자

朝廷極選文臣三品以下 備三价以送之 其幕佐賓
조 정 극 선 문 신 삼 품 이 하 비 삼 개 이 송 지 기 막 좌 빈
客 皆宏辭博識 自天文地理 算數卜筮 醫相武力之
객 개 굉 사 박 식 자 천 문 지 리 산 수 복 서 의 상 무 력 지
士 以至吹竹彈絲 謔浪戲笑 歌呼飮酒 博奕騎射
사 이 지 취 죽 탄 사 학 랑 희 소 가 호 음 주 박 혁 기 사
以一藝名國者 悉從行.
이 일 예 명 국 자 실 종 행

而最重詞章書畵 得朝鮮一字 不齎糧而適千里.
이 최 중 사 장 서 화 득 조 선 일 자 부 재 량 이 적 천 리

其所居館 皆翠銅甍 除嵌文石 而楹檻朱漆 帷帳
기 소 거 관 개 취 동 맹 제 감 문 석 이 영 함 주 칠 유 장
飾以火齊韎鞨瑟瑟 食皆金銀鍍 侈靡瑰麗.
식 이 화 제 말 갈 슬 슬 식 개 금 은 도 치 미 괴 려

千里往往設爲奇巧 庖丁驛夫 據牀而坐 垂足於枇
천 리 왕 왕 설 위 기 교 표 정 역 부 거 상 이 좌 수 족 어 비

子桶 使花衫蠻童洗之 其陽浮慕尊如此.
자통 사화삼만동세지 기양부모존여차

而象譯持虎豹貂鼠 人蔘諸禁物 潛貨璣珠寶刀 駔
이상역지호표초서 인삼제금물 잠화기주보도 장

儈機利殉財賄如鶩 倭外謬爲恭敬 不復衣冠慕之.
쾌기리순재회여무 왜외류위공경 불부의관모지

虞裳以漢語通官隨行 獨以文章 大鳴日本中 其名
우상이한어통관수행 독이문장 대명일본중 기명

釋貴人 皆稱 雲我先生 國士無雙也.
석귀인 개칭 운아선생 국사무쌍야

大坂以東 僧如妓 寺刹如傳舍 責詩文如博 進繡
대판이동 승여기 사찰여전사 책시문여박 진수

牋花軸 堆床塡案 而類爲難題强韻 以窮之.
전화축 퇴상전안 이류위난제강운 이궁지

虞裳每倉卒口占 如誦宿搆 步押平妥從容 席散無
우상매창졸구점 여송숙구 보압평타종용 석산무

罷色 無軟詞.
파색 무연사

其海覽篇曰.
기해람편왈

坤輿內萬國 碁置而星列 于粵之魋結 竺乾之祝髮
곤여내만국 기치이성렬 우월지추계 축건지축발

齊魯之縫腋 胡貊之氈毼 或文明魚雅 或兜離侏佅
제로지봉액 호맥지전갈 혹문명어아 혹두리주매

群分而類聚 遍土皆是物 日本之爲邦 波壑所蕩潏
군분이류취 편토개시물 일본지위방 파학소탕휼

其藪則榑木 其次則賓日 女紅則文繡 土宜則橙橘
기수즉부목 기차즉빈일 여공즉문수 토의즉등귤

魚之怪章擧 木之奇蘇鐵 其鎭山芳甸 句陳配厥秩
어지괴장거 목지기소철 기진산방전 구진배궐질

南北春秋異 東西晝夜別 中央類覆敦 嵌空龍漢雪
남북춘추이 동서주야별 중앙류복돈 감공룡한설

蔽牛之鉅材 抵鵲之美質 與丹砂金錫 皆往往山出
폐우지거재 저작지미질 여단사금석 개왕왕산출

大坂大都會 環寶海藏竭 奇香爇龍涎 寶石堆雅骨
대판대도회 환보해장갈 기향열용연 보석퇴아골

牙象口中脫 角犀頭上截 波斯胡目眩 浙江市色奪
아상구중탈 각서두상절 파사호목현 절강시색탈

寰海地中海 中涵萬象活 鱟背帆幔張 鰌尾旌旗綴
환해지중해 중함만상활 후배범만장 추미정기철

堆壘蠣粘房 屭贔龜次窟 忽變珊瑚海 煜耀陰火烈
퇴루려점방 희비귀차굴 홀변산호해 욱요음화렬

忽變紺碧海 霞雲衆色設 忽變水銀海 星宿萬顆撒
홀변감벽해 하운중색설 홀변수은해 성수만과살

忽變大染局 綾羅爛千匹 忽變大鎔鑄 五金光迸發
홀변대염국 능라란천필 홀변대용주 오금광병발

龍子劈天飛 千霆萬電戛 髮鱓馬甲柱 秘怪恣恍惚
용자벽천비 천정만전알 발선마갑주 비괴자황홀

其民裸而冠 外螯中則蝎 遇事則糜沸 謀人則鼠黠
기민라이관 외석중즉갈 우사즉미비 모인즉서힐

苟利則蜮射 小拂則豕突 婦女事戲謔 童子設機括
구리즉역사 소불즉시돌 부녀사희학 동자설기괄

背先而淫鬼 嗜殺而佞佛 書未離鳥鳦 詩未離鴃舌
배선이음귀 기살이녕불 서미리조을 시미리격설

牝牡類麀鹿 友朋同魚鱉 言語之鳥嚶 象譯亦未悉
빈모류우록 우붕동어별 언어지조앵 상역역미실

草木之瓌奇 羅含焚其帙 百泉之源滙 酈生瓮底蠛
초목지괴기 나함분기질 백천지원회 역생옹저멸

水族之弗若 思及閟圖說 刀劍之款識 貞白續再筆
수족지불약 사급비도설 도검지관지 정백속재필

地毬之同異 海島之甲乙 西泰利瑪竇 線織而刃割
지구지동이 해도지갑을 서태이마두 선직이인할
鄙夫陳此詩 辭俚意甚實 善鄰有大謨 羈縻和勿失
비부진차시 사리의심실 선린유대모 기미화물실

如虞裳者 豈非所謂華國之譽耶.
여우상자 기비소위화국지예야

神宗萬曆壬辰 倭秀吉 潛師襲我 躪我三都 劓辱
신종만력임진 왜수길 잠사습아 인아삼도 의욕
我髦倪 躑躅冬柏植於三韓.
아모예 척촉동백식어삼한

我昭敬大王 避兵灣上 奏聞天子 天子大驚 提天
아소경대왕 피병만상 주문천자 천자대경 제천
下之兵東援之 大將軍李如松 提督陳璘麻貴劉綎楊
하지병동원지 대장군이여송 제독진린마귀류정양
元 有古名將之風 御史楊鎬萬世德邢玠 才兼文武
원 유고명장지풍 어사양호만세덕형개 재겸문무
略驚鬼神 其兵皆秦鳳陝浙雲登貴萊 驍騎射士 大將
약경귀신 기병개진봉섬절운등귀래 효기사사 대장
軍家僮千人 幽薊劍客 然卒與倭平 僅能驅之出境而
군가동천인 유계검객 연졸여왜평 근능구지출경이
已.
이

數百年之間 使者冠蓋 數至江戶 然謹體貌 嚴使
수백년지간 사자관개 수지강호 연근체모 엄사
事 其風謠人物 險塞强弱之勢 卒不得其一毫 徒手
사 기풍요인물 험새강약지세 졸부득기일호 도수
來去.
래거

虞裳力不能勝柔毫 然吮精嘬華 使水國萬里之都
우상력불능승유호 연연정최화 사수국만리지도

木枯川渴 雖謂之筆拔山河可也.
목고천갈 수위지필발산하가야

虞裳名湘藻 嘗自題其畵象曰 供奉白 鄴侯泌 合
우상명상조 상자제기화상왈 공봉백 업후필 합

鐵拐 爲滄起 古詩人 古仙人 古山人 皆姓李 李其
철괴 위창기 고시인 고선인 고산인 개성리 이기

姓也 滄起又其號也.
성야 창기우기호야

夫士 伸於知己 屈於不知己 鵁鶄鸂鶒 禽之微者
부사 신어지기 굴어부지기 교청계칙 금지미자

也 然猶自愛其羽毛 暎水而立 翔而後集 人之有文
야 연유자애기우모 영수이립 상이후집 인지유문

章 豈羽毛之美而已哉.
장 기우모지미이이재

昔慶卿 夜論劍 蓋聶怒而目之 及高漸離擊筑 荊
석경경 야론검 합섭노이목지 급고점리격축 형

軻和而歌 已而相泣 旁若無人者.
가화이가 이이상읍 방약무인자

夫樂亦極矣 復從而泣之何也 中心激 而哀之無從
부락역극의 부종이읍지하야 중심격 이애지무종

也 雖問諸其人者 亦將不自知其何心矣 人之以文章
야 수문저기인자 역장부자지기하심의 인지이문장

相高下 豈區區劍士之一技哉.
상고하 기구구검사지일기재

虞裳其不遇者耶 何其言之多悲也 鷄戴勝 高似幘
우상기불우자야 하기언지다비야 계대승 고사책

牛垂胡 大如袋 家常物 百不奇 大驚怪 橐駝背 未
우수호 대여대 가상물 백불기 대경괴 탁타배 미

嘗不自異也 及其疾病且死 悉焚其藁曰 誰復知者
상 부 자 이 야 급 기 질 병 차 사 실 분 기 고 왈 수 부 지 자

其志豈不悲耶.
기 지 기 불 비 야

孔子曰 才難 不其然乎 管仲之器 小哉 子貢曰
공 자 왈 재 난 불 기 연 호 관 중 지 기 소 재 자 공 왈

賜何器也 子曰 汝瑚璉也 蓋美而小之也 故德譬則
사 하 기 야 자 왈 여 호 련 야 개 미 이 소 지 야 고 덕 비 즉

器也 才譬則物也.
기 야 재 비 즉 물 야

詩云 瑟彼玉瓚 黃流在中 易曰 鼎折足 覆公餗
시 운 슬 피 옥 찬 황 류 재 중 역 왈 정 절 족 복 공 속

有德而無才 則德爲虛器 有才而無德 則才無所貯
유 덕 이 무 재 즉 덕 위 허 기 유 재 이 무 덕 즉 재 무 소 저

其器淺者易溢 人參天地.
기 기 천 자 이 일 인 참 천 지

是爲三才 故鬼神者才也 天地其大器歟 彼潔潔者
시 위 삼 재 고 귀 신 자 재 야 천 지 기 대 기 여 피 결 결 자

福無所寓 善得情狀者 人不附.
복 무 소 우 선 득 정 상 자 인 불 부

文章者 天下之至寶也 發精蘊於玄樞 探幽隱於無
문 장 자 천 하 지 지 보 야 발 정 온 어 현 추 탐 유 은 어 무

形 漏洩陰陽 神鬼嗔怨矣.
형 누 설 음 양 신 귀 진 원 의

木有才 人思伐之 貝有才 人思奪之 故才之爲字
목 유 재 인 사 벌 지 패 유 재 인 사 탈 지 고 재 지 위 자

內撇而不外颺也.
내 별 이 불 외 양 야

虞裳一譯官 居國中 聲譽不出里閭 衣冠不識面目
우상일역관 거국중 성예불출리려 의관불식면목

一朝名震耀海外萬里之國 身傾側鯤鯨龍鼉之家 手
일조명진요해외만리지국 신경측곤경룡타지가 수

沐日月 氣薄虹蜃 故曰 慢藏誨盜 魚不可脫於淵
목일월 기박홍신 고왈 만장회도 어불가탈어연

利器不可以示人 可不戒哉.
이기불가이시인 가불계재

過勝本海 作詩曰 蠻奴赤足貌鱤魪 鴨色袍背繪星
과승본해 작시왈 만노적족모감개 압색포배회성

月 花衫蠻女走出門 頭梳未竟髽其髮 小兒號嗄乳母
월 화삼만녀주출문 두소미경좌기발 소아호사유모

乳 母手拍背鳴嗚咽 須臾擂鼓官人來 萬目圍繞如活
유 모수박배명오인 수유뢰고관인래 만목위요여활

佛 蠻官膜拜獻厥琛 珊瑚大貝擎盤出 眞如啞者設賓
불 만관막배헌궐침 산호대패경반출 진여아자설빈

主 眉睫能言筆有舌 蠻府亦耀林園趣 栟櫚青橘配庭
주 미첩능언필유설 만부역요림원취 병려청귤배정

實 病痔舟中 臥念梅南老師言 乃作詩曰 宣尼之道
실 병치주중 와념매남노사언 내작시왈 선니지도

摩尼教 經世出世日而月 西土嘗至五印度 過去現在
마니교 경세출세일이월 서사상지오인도 과거현재

無箇佛 儒家有此俾販徒 篏弄筆舌神吾說 披毛戴角
무개불 유가유차비판도 감롱필설신오설 피모대각

墜地犴 當受生日欺人律 毒焰亦及震旦東 精藍大衍
추지안 당수생일기인률 독염역급진단동 정람대연

都鄙列 睢盱島衆怵禍福 炷香施米無時缺 譬如人子
도비렬 휴우도중출화복 주향시미무시결 비여인자

戕人子 入養父母必不說 六經中天揚文明 此邦之人
장인자 입양부모필불열 육경중천양문명 차방지인

眼如漆 暘谷昧谷無二理 順之則聖背檮杌 吾師詔吾
안여칠 양곡매곡무이리 순지즉성배도올 오사조오
詔介衆 以詩爲金口木舌 詩皆可傳也 及旣 還過所
조개중 이시위금구목설 시개가전야 급기 환과소
次 皆已梓印云.
차 개이재인운

余與虞裳 生不相識 然虞裳 數使示其詩曰 獨此
여여우상 생불상식 연우상 삭사시기시왈 독차
子庶能知吾 余戲謂其人曰 此吳儂細唾 瑣瑣不足珍
자서능지오 여희위기인왈 차오농세타 쇄쇄부족진
也 虞裳怒曰 傖夫氣人 久之歎曰 吾其久於世哉
야 우상노왈 창부기인 구지탄왈 오기구어세재
因泣數行下 余亦聞而悲之.
인읍수행하 여역문이비지

旣而 虞裳死 年二十七 其家人夢見仙子 醉騎蒼
기이 우상사 연이십칠 기가인몽견선자 취기창
鯨 黑雲下垂 虞裳披髮而隨之 良久 虞裳死 或曰
경 흑운하수 우상피발이수지 양구 우상사 혹왈
虞裳仙去.
우상선거

嗟呼 余嘗內獨愛其才 然獨挫之 以爲虞裳年少
차호 여상내독애기재 연독좌지 이위우상년소
俛就道 可著書垂世也 乃今思之 虞裳 必以余爲不
면취도 가저서수세야 내금사지 우상 필이여위부
足喜也.
족희야

有輓之者 歌曰 五色非常鳥 偶集屋之脊 衆人爭
유만지자 가왈 오색비상조 우집옥지척 중인쟁
來看 驚起忽無跡 其二曰 無故得千金 其家必有災
래간 경기홀무적 기이왈 무고득천금 기가필유재

矧此稀世寶 焉能久假哉 其三曰 渺然一匹夫 死覺
신 차 희 세 보 언 능 구 가 재 기 삼 왈 묘 연 일 필 부 사 각

人數減 豈非關世道 人多如雨點 又歌曰 其人膽如
인 수 감 기 비 관 세 도 인 다 여 우 점 우 가 왈 기 인 담 여

瓠 其人眼如月 其人腕有鬼 其人筆有舌 又曰 他
호 기 인 안 여 월 기 인 완 유 귀 기 인 필 유 설 우 왈 타

人以子傳 虞裳不以子 血氣有時盡 聲名無窮已.
인 이 자 전 우 상 불 이 자 혈 기 유 시 진 성 명 무 궁 이

余既不見虞裳 每恨之 且既焚其文章 無留者 世
여 기 불 견 우 상 매 한 지 차 기 분 기 문 장 무 류 자 세

益無知者.
익 무 지 자

乃發篋中舊藏 得其前所示 纔數篇 於是 悉著之
내 발 협 중 구 장 득 기 전 소 시 재 수 편 어 시 실 저 지

以爲之傳虞裳.
이 위 지 전 우 상

<燕巖外集 . 放璚閣外傳>
연 암 외 집 방 경 각 외 전

열녀함양박씨전(烈女咸陽朴氏傳)

열녀의 고독과 고뇌

제(齊)나라 사람[1])의 말에,

"열녀는 두 사내를 섬기지 않는 것이니라."

하였으니, 이는 『시경(詩經)』의 백주(柏舟)[2])와 같음을 일컬음이었다. 그러나 국전(國典)[3])에는 "개가한 여자의 자손에게는

1) 제나라의 충신 왕촉(王蠋)을 가리킨다. 그는 연(燕)나라 군대가 쳐들어 왔을 때 귀순하기를 강요하니, '충신은 불사이군(不事二君)하고 열녀는 불사이부(不事二夫)한다'며 자결했다.

2) 백주(柏舟) : 편명(篇名). 위(衛)나라의 세자 공백(共伯)이 일찍 죽자 그 아내 공강(共姜)이 수절하여 개가를 거절한 내용의 시이다. 백주(柏舟)는 잣나무로 만든 배를 뜻한다. 부모가 수절하려는 뜻을 빼앗아 개가를 시키려고 하니 공강은 맹세코 이를 허락하지 않았다.

3) 국전(國典) : 나라의 전장(典章)과 제도(制度). 『경국대전(經國大典)』과 『대전통편(大典通編)』을 말하는 것으로, 이 율법에 의하면 개가한 여자의 자손은 정상적인 벼슬을 주지 않기로 되어 있다.

정직(正職)[4]을 주지 말 것이다."라고 하였다. 이 법은 어찌 저 모든 일반 백성을 위해서 설정한 것이겠는가?

그럼에도 불구하고 우리나라 400년 이래로 백성들은 벌써 오랫동안 내려오는 교화에 젖어서 여자들은 계급의 귀천도 없이, 겨레의 높낮음도 없이, 과부의 절개를 지키지 않는 이가 없었다. 마침내는 이것이 풍속이 되었으니, 옛날 '열녀'라 부르던 것이 이제는 '과부'에게 있게 되었다.

그리하여 저 밭집[5]의 젊은 아가씨나 위항(委巷 : 뒷골목)의 청상과부(나이 젊은 과부)들에 이르기까지 부모가 억지로 개가시키는 것도 아니요, 자손의 맑은 벼슬길이 막히는 것도 아니었건만, 그들은 '과부로 늙은 것만으로써는 족히 절개를 지켰다고 할 수 없다'고 여긴다. 그리하여 가끔 광명한 햇빛을 싫어하고 남편을 따라 저승길 걷기를 원하여 물불에 몸을 던지거나, 또는 짐술[6]을 마시거나, 끈으로 목을 졸라매거나 해서

4) 정직(正職) : 실제로 업무를 맡아보는 문무관(文武官)의 벼슬.

5) 농사짓는 데 편리하도록 논밭 가까운 곳에 간단하게 지은 집으로, 일반 백성의 집을 뜻한다.

6) 짐술 : 무서운 독기가 있는 짐새의 술. 중국 광동성(廣東省) 지방에 사는 짐새는 크기가 25cm 내외이며, 몸은 붉은빛을 띤 검은색, 부리는 검붉은 색, 눈은 검은색, 깃털은 녹색이다. 뱀과 야생하는 칡을 먹고 사는데, 온몸에 독기가 있어 사람이 이 새의 깃이 잠긴 술을 마시거나 깃털에 술잔이 스치기만 해도 이를 마시는 사람은 즉사한다고 한다. 『관자(管子)』에 "연안(宴安)은 짐새의 독과 같다."는 말이 있다.

마치 극락의 땅을 밟는 듯이 하니, 그들의 모진 것이야말로 더할 나위 없이 모질건만, 어찌 너무 지나친 것이 아닌가!

옛날 어떤 형제가 이름 높은 벼슬을 하고 있었는데, 장차 어떤 사람의 맑은 벼슬길을 막으려 하여 그 어머니에게 의논을 드렸다. 어머니가,

"무슨 흠이 있기에 그의 벼슬길을 막으려는 것이냐?"

라고 물으니 아들이 대답하기를,

"그의 선대에 과부가 있었답니다. 바깥 소문이 제법 소란스럽습니다."

라고 하였다. 어머니는 깜짝 놀라며,

"여인의 방안에서 일어난 숨은 일을 어떻게 안단 말이냐?"

라고 하니 아들이 대답하기를,

"그저 풍문으로 들었습니다."

라고 하였다. 어머니가,

"바람이란 소리만 들리지 아무런 형체가 나타나질 않아서 눈을 뜨고 살펴도 보이지 않고, 손을 벌려 잡으려 하여도 잡히지 않고, 저 빈 공중에서 일어나 능히 온갖 물건을 떠다니게 하나니, 어찌하여 이렇듯 형체 없는 일로써 남을 떠다니는 가운데 두고 논평할 수가 있단 말이냐? 뿐만 아니라 너희들도 과부의 아들이니, 과부의 아들로서 무슨 과부를 논할 수 있겠느냐? 너희들은 잠시 있거라. 내 너희들에게 보여줄 게 있어."

라고 하고는 품 속에 간직했던 동전 한 닢을 꺼내 보이면서,

"이 돈에 테두리가 있느냐?"

라고 하니, 〈아들은〉

"없습니다."

라고 하여, 〈어머니가〉

"그럼, 이에 글자가 있느냐?"

라고 하자, 〈아들은〉

"없습니다."

라고 하였다. 어머니가 눈물을 흘리면서,

"이것이야말로 네 어미가 죽음을 참아온 부적이다. 내 이걸 10년 동안이나 손으로 문질러서 다 닳았구나. 대체로 사람의 혈기는 음양에 근본을 두고, 정욕은 혈기에 모여져 있으며, 그리움은 고독에서 생기고, 슬픔은 그리운 생각으로 인하여 일어나는 법이지. '과부'란 고독한 신세로 살며, 슬픔으로선 지극할 것이다. 그리고 혈기는 때를 따라 왕성하니 어찌 과부라 해서 정욕이 없겠느냐?

가물가물한 등불이 외로운 그림자를 마음 아파하고 슬퍼하는 듯이 고독한 밤은 새지도 않더구나. 또는 저 처마 끝에 빗방울 소리가 처렁처렁할 때나, 창가에 비치는 달이 흰빛을 흘리거나, 오동잎 하나가 뜰에 나부끼거나, 외기러기 먼 하늘에서 끼룩끼룩 울거나, 먼 마을에서 닭 우는 소리 없고, 어린 종년은 코를 깊이 고는데 가물가물 졸음도 없는 그 깊은 밤이면 누구에게 나의 고충을 하소연하였겠느냐?

나는 그때마다 이 동전을 끄집어내어 굴리기 시작했는데, 〈동전은〉 두루 방안을 돌아다니며 둥근 놈이 잘 다름질치다가도 자릿굽을 만나면 그치곤 하는 거야. 내 이를 찾아서 다시금 굴려 하룻밤에 늘 대여섯 번이나 굴리고 나면 하늘도 역시 먼동이 트더구나. 그리하여 10년 사이에 해마다 그 번수가 줄어들었고, 10년 뒤에는 닷새 밤 걸러 한 번씩 굴리기도 하고, 열흘 밤을 지나 한 번씩 굴리기도 했고, 혈기가 쇠진해지고 나서는 나는 다시금 이 동전을 굴리지 못했던 게야. 그러나 나는 오히려 이 돈을 열 번이나 싸서 간직한 지도 벌써 스무남은 해를 지난 것은 그 공을 잊지 않으려고 하기 때문일 뿐더러, 가끔 이것을 보며 스스로 깨우치기도 한단다."
라고 하고는 마침내 모자가 서로 껴안고 울었다.

군자들이 이 이야기를 듣고 말하길,

"이야말로 '열녀'라고 이를 수 있겠구나!"
라고 하였다.

아아, 슬프도다. 괴롭게 지킨 절개와 깨끗한 행실이 이와 같건만, 당시에 그의 소문이 드러나지 않고, 그의 이름조차 사라진 채 뒷세상에 전해지지 않았음은 무슨 까닭일까? 과부가 절개를 지킨다는 것은 곧 온 나라 사람의 보통 있는 일인 만큼, 한 번 목숨을 끊지 않는다면 뛰어난 절개가 과부의 집에선 나타나지 않는 까닭이라 하겠다.

내 일찍이 안의(安義 : 경남 함양) 고을 일을 보살피던 그 다음해인 계축(癸丑 : 정조 17, 1793) ○월 ○일이었다. 밤이 장차 새려 할 즈음에 내가 잠이 약간 깨어 들으니, 청사(廳事) 앞에서 몇 사람이 목구멍속 말로 가만가만 속삭이는 소리가 나다가 또 슬피 탄식하는 소리가 들렸다. 아마 무슨 급한 일이 생겼으나, 나의 잠을 깨울까 두려워하는 듯싶었다.

나는 그제야 소리를 높여,

"닭이 울었느냐?"

라고 물었더니 곁에 있던 사람이 대답하기를,

"벌써 서너 홰나 쳤는뎁쇼."

라고 한다. 〈내가〉

"그런데 바깥에 무슨 일이 생겼느냐?"

라고 하니, 〈그들이〉

"통인(通引)[7] 박상효(朴相孝)의 조카딸이 함양(咸陽)으로 시집가서 일찍 과부가 되었답니다. 지아비의 삼년상을 마치자 바로 약을 먹고 죽게 되었기로 급히 와서 구해 달라고 하나, 상효가 지금 숙직 당번이었으므로 황공하여 감히 맘대로 가지 못하고 있었습니다."

라고 대답하기에 나는 '빨리 가라'고 명하였다.

날이 저물 무렵에,

---

7) 통인(通引) : 옛날 고을 원이 양가(良家)의 소동(小童)을 곁에 두고 심부름을 시켰다. 곧 관아(官衙)의 관장(官長)에 딸려 잔심부름을 하는 사람을 가리킨다.

"함양 과부가 살아났느냐?"

하고 물었더니 곁에 있는 사람들이 말하기를,

"들으니 벌써 죽었답니다."

라고 한다. 나는 한숨을 쉬고 길게 탄식하며,

"아아, 모질구려, 이 사람이여!"

라고 하고는 모든 아전들을 불러서 묻기를,

"함양에 열녀가 났다지. 그는 본래 안의(安義) 사람이라니 그 열녀의 나이는 지금 몇이며, 함양 뉘 집에 시집갔느냐? 어릴 때부터 행실이 어떠했던가? 너희들 중에 아는 이가 있느냐?"

라고 하니 여러 아전들이 흐느끼며 두려워하면서 아뢰기를,

"박씨의 딸로 집안은 대대로 이 고을 아전이었으며, 그 아비의 이름은 '상일(相一)'이라고 합니다. 그는 일찍이 세상을 떠나고 다만 이 딸이 있었습니다. 그의 어미도 역시 일찍 죽었으므로 어릴 때 그의 할아버지와 할머니의 손에서 자라났는데 효도가 극진했고, 나이 열아홉이 되자 함양 임술증(林述曾)의 아내가 되었답니다.

임술증도 역시 집안 대대로 함양의 아전이었는데, 그는 본래부터 몸이 여위고 약하더니 그와 한 번 초례(醮禮 : 혼인예식)를 치르고 나서 돌아가 반 년이 채 못 되어 죽었답니다. 박씨는 남편의 초상에 예법대로 다하고 시부모를 섬기는 데에도 며느리의 도를 다했으므로 두 고을 친척과 이웃이 그의 어짊을 칭찬하지 않는 자가 없더니, 이제 과연 그의 행실이 나타

났구먼요."
라고 하였다. 그중 늙은 아전 하나가 감격한 어조로 말하기를,
"그녀가 시집가기 몇 달 전 일입니다. 어떤 이가 전하기를, '술증의 병이 골수에 들어 살 길이 만무한데, 어찌 혼인날을 물리지 않느냐?'고 했답니다. 그리하여 그의 할아버지와 할머니가 가만히 그녀에게 알렸는데도 그녀는 묵묵히 대답이 없었답니다.

기일이 다가오자, 신부의 집에서 사람을 보내어 술증을 보니, 술증이 비록 얼굴은 아름다우나 폐병이 들어 기침을 하며, 마치 버섯이 서 있는 듯 그림자가 걸어 다니는 듯하였답니다. 그 집에선 크게 두려워하여 다른 중매인을 초대하려 했더니, 그녀는 얼굴빛을 가다듬고 '앞서 바느질한 옷은 누구의 몸에 맞게 한 것이며, 또 누구의 옷이라 불렀습니까? 전 처음 지은 옷을 지키렵니다'라고 하더랍니다. 그래서 그 집에선 그의 뜻을 알아채고 마침내 약속대로 사위를 맞이했으니, 그는 '비록 명색이 혼인의 합근(合巹)[8]을 했다지만 실제는 빈 옷만 지켰을 뿐이었다'는 것입니다."
라고 한다.

얼마 안 되어 함양군수 윤후(尹侯)[9] 광석(光碩)이 밤에 이상

8) 합근(合巹) : 결혼식. 전통혼례에 있어서의 예식 절차의 하나인데, 신랑 신부가 서로 잔을 주고받는 일을 말한다.

한 꿈을 꾸고 감동하여 『열부전(烈婦傳)』을 지었고, 산청현감(山淸縣監) 이후(李侯) 면제(勉齊)도 역시 전(傳)을 지었고, 거창(居昌)에 살고 있는 신돈항(愼敦恒)은 글을 쓰는 선비였는데 박씨를 위해서 그 절의를 서술하였다.

박씨는 그 마음이 시종 한결같았으니, 어찌 스스로 '이다지 나이가 어린 과부로서 오래도록 이 세상에 머문다면, 끝없이 친척들이 불쌍하게 여기겠지만 이웃 사람들의 망령된 생각도 면치 못할 것이니, 빨리 이 몸이 없어져야 되겠다.' 하고 생각하지 않았으랴?

아아, 슬프도다. 성복(成服)[10]이 끝나도 죽음을 참는 것은 장례를 치러야 하기 때문이요, 장사가 끝난 뒤에 죽음을 참는 것은 소상(小祥)[11]이 앞에 있기 때문이요, 소상이 끝나고도 죽음을 참는 것은 대상(大祥)[12]이 앞에 있기 때문이로다. 이

---

9) 윤후(尹侯) : '후(侯)'는 고을을 다스리는 원(員)을 높이는 말이다. 아래에 나오는 이후(李侯)의 '侯'도 같은 뜻이다.

10) 성복(成服) : 초상이 났을 때 상복(喪服)을 처음 입는 일을 말한다.

11) 소상(小祥) : 사망한 지 1년 만에 지내는 제사인데, 연제(練祭)·연상(練祥)·기년제(朞年祭)·일주기(一週期)라고도 한다. 다만 아버지가 살아계시고 어머니가 먼저 돌아가신 경우와 처상(妻喪)에는 11개월 만에 지낸다.

12) 대상(大祥) : 사망한 날로부터 만 2년이 되는 두 번째 기일(忌日), 곧 초상이 난 후 25개월 만에 지내는 제사이다.

♣ 이 편은 연암 박지원의 『연암집』 「연상각선본(烟湘閣選本)」에서 뽑은 것이다. 서울 양반 가정에서 나타난 열부(烈婦)로서 국가의

제 대상이 끝나서 상기(喪期)를 마치자, 같은 날 같은 시각에 지아비를 따라 죽음으로써 마침내 그 처음의 뜻을 이룩했으니, 그는 어찌 열부가 아니겠는가?

一燕巖集卷一·烟湘閣選本

표창과 정려(旌閭)를 받은 「호질(虎叱)」의 여주인공 동리자(東里子)는 성이 각기 다른 아들 다섯 명이 실존하고 있었던 반면에, 함양의 박씨야말로 참다운 열녀였지만 그의 신분이 미천한 시골 아전의 아내였으므로 세상에서 아는 자가 적음을 연암은 못내 슬퍼하였다. 그는 박씨의 고절(苦節)을 설명하기 위하여 어떤 늙은 과부가 아들 둘을 앞에 앉히고 자기가 평생 겪어온 뼈저린 고통과 눈물겨운 행장(行狀)을 솔직히 고백한 장면은 더욱 기이한 사건에 기이한 문장이 아닐 수 없겠다.

原文

烈女咸陽朴氏傳
열녀함양박씨전

齊人有言曰 烈女不更二夫 如詩之柏舟 是也 然
제인유언왈 열녀불경이부 여시지백주 시야 연
而國典 改嫁子孫 勿叙正職 此豈爲庶姓黎甿而設
이국전 개가자손 물서정직 차기위서성려맹이설
哉.
재

乃國朝四百年來 百姓旣沐久道之化 則女無貴賤
내국조사백년래 백성기목구도지화 즉녀무귀천
族無微顯 莫不守寡 遂以成俗 古之所稱烈女 今之
족무미현 막불수과 수이성속 고지소칭열녀 금지
所在寡婦也.
소재과부야

至若田舍少婦 委巷青孀 非有父母不諒之逼 非有
지약전사소부 위항청상 비유부모불량지핍 비유
子孫勿叙之恥 而守寡不足以爲節 則往往自滅晝燭
자손물서지치 이수과부족이위절 즉왕왕자멸주촉
祈殉夜臺 水火鴆繯 如蹈樂地 烈則烈矣 豈非過歟.
기순야대 수화짐환 여도락지 열즉렬의 기비과여

昔有昆弟名宦 將枳人淸路 議于母前 母問 奚累
석유곤제명환 장지인청로 의우모전 모문 해루
而枳 對曰 其先有寡婦 外議頗喧 母愕然曰 事在
이지 대왈 기선유과부 외의파훤 모악연왈 사재

閨房 安從而知之 對曰 風聞也 母曰 風者有聲 而
규방 안종이지지 대왈 풍문야 모왈 풍자유성 이
無形也 目視之 而無覩也 手執之 而無獲也 從空
무형야 목시지 이무도야 수집지 이무획야 종공
而起 能使萬物浮動 奈何以無形之事 論人於浮動之
이기 능사만물부동 내하이무형지사 논인어부동지
中乎 且若 乃寡婦之子 寡婦子 尙能論寡婦耶 居
중호 차약 내과부지자 과부자 상능론과부야 거
吾有以示若 出懷中銅錢一枚曰 此有輪郭乎 曰無矣
오유이시약 출회중동전일매왈 차유윤곽호 왈무의
此有文字乎 曰無矣 母垂淚曰 此汝母 忍死符也
차유문자호 왈무의 모수루왈 차여모 인사부야
十年手摸 磨之盡矣 大抵人之血氣 根於陰陽 情欲
십년수모 마지진의 대저인지혈기 근어음양 정욕
鍾於血氣 思想生於幽獨 傷悲因於思想 寡婦者 幽
종어혈기 사상생어유독 상비인어사상 과부자 유
獨之處 而傷悲之至也 血氣有時而旺 則寧或寡婦而
독지처 이상비지지야 혈기유시이왕 즉녕혹과부이
無情哉.
무정재

殘燈弔影 獨夜難曉 若復簷雨淋鈴 窓月流素 一
잔등조영 독야난효 약부첨우림령 창월류소 일
葉飄庭 隻鴈叫天 遠鷄無響 穉婢牢鼾 耿耿不寐
엽표정 척안규천 원계무향 치비뢰한 경경불매
訴誰苦衷.
소수고충

吾出此錢而轉之 遍模室中 圓者善走 遇域則止
오출차전이전지 편모실중 원자선주 우역즉지
吾索而復轉 夜常五六轉 天亦曙矣 十年之間 歲減
오색이부전 야상오륙전 천역서의 십년지간 세감

其數 十年以後 則或五夜一轉 或十夜一轉 血氣既
기수 십년이후 즉혹오야일전 혹십야일전 혈기기
衰 而吾不復轉此錢矣 然吾猶十襲而藏之者 二十餘
쇠 이오불부전차전의 연오유십습이장지자 이십여
年 所以不忘其功 而時有所自警也 遂子母相持而
년 소이불망기공 이시유소자경야 수자모상지이
泣.
읍

君子聞之曰 是可謂烈女矣.
군자문지왈 시가위열녀의

噫 其苦節淸修 若此也 無以表見於當世 名堙沒
희 기고절청수 약차야 무이표현어당세 명인몰
而不傳 何也 寡婦之守義 乃通國之常經 故微一死
이부전 하야 과부지수의 내통국지상경 고미일사
無以見殊節於寡婦之門.
무이현수절어과부지문

余視事安義之越明年癸丑月日 夜將曉 余睡微醒
여시사안의지월명년계축월일 야장효 여수미성
聞廳事前 有數人隱喉密語 復有慘怛歎息之聲 蓋有
문청사전 유수인은후밀어 부유참달탄식지성 개유
警急而恐擾余寢也.
경급이공요여침야

余遂高聲問 鷄鳴未 左右對曰 已三四號矣 外有
여수고성문 계명미 좌우대왈 이삼사호의 외유
何事 對曰 通引朴相孝之兄之子之嫁咸陽 而早寡者
하사 대왈 통인박상효지형지자지가함양 이조과자
畢其三年之喪 飮藥將殊 急報來救 而相孝方守番
필기삼년지상 음약장수 급보래구 이상효방수번

惶恐不敢私去　余命之疾去.
황공불감사거　여명지질거

及晩　爲問咸陽寡婦　得甦否　左右言　聞已死矣　余
급만　위문함양과부　득소부　좌우언　문이사의　여

喟然長歎曰　烈哉　斯人　乃招群吏而詢之曰　咸陽有
위연장탄왈　열재　사인　내초군리이순지왈　함양유

烈女　其本安義出也　女年方幾何　嫁咸陽誰家　自幼
열녀　기본안의출야　여년방기하　가함양수가　자유

志行如何　若曹有知者乎　群吏歔欷而進曰　朴女家世
지행여하　약조유지자호　군리허희이진왈　박녀가세

縣吏也　其父名相一　早歿　獨有此女　而母亦早歿
현리야　기부명상일　조몰　독유차녀　이모역조몰

則幼養於其大父母　盡子道　及年十九　嫁爲咸陽林述
즉유양어기대부모　진자도　급년십구　가위함양임술

曾妻.
증처

亦家世郡吏也　述曾素羸弱　一與之醮　歸未半歲而
역가세군리야　술증소리약　일여지초　귀미반세이

歿　朴女執夫喪　盡其禮　事舅姑　盡婦道　兩邑之親
몰　박녀집부상　진기례　사구고　진부도　양읍지친

戚鄰里　莫不稱其賢　今而後　果驗之矣　有老吏　感
척린리　막불칭기현　금이후　과험지의　유노리　감

慨曰　女未嫁時　隔數月　有言　述曾病入髓　萬無人
개왈　여미가시　격수월　유언　술증병입수　만무인

道之望　盍退期　其大父母　密諷其女　女默不應.
도지망　합퇴기　기대부모　밀풍기녀　여묵불응

迫期　女家使人覸述曾　述曾雖美姿貌　病勞且咳
박기　여가사인간술증　술증수미자모　병로차해

菌立而影行也　家大懼　擬招他媒　女斂容曰　曩所裁
균립이영행야　가대구　의초타매　여렴용왈　낭소재

縫 爲誰稱體 又號誰衣也 女願守初製 家知其志
봉 위수칭체 우호수의야 여원수초제 가지기지

遂如期迎婿 雖名合巹 其實竟守空衣云.
수여기영서 수명합근 기실경수공의운

既而 咸陽郡守 尹侯光碩 夜得異夢 感而作烈婦
기이 함양군수 윤후광석 야득이몽 감이작열부

傳 而山淸縣監 李侯勉齊 亦爲之立傳 居昌愼敦恒
전 이산청현감 이후면제 역위지립전 거창신돈항

立言士也 爲朴氏 撰次其節義.
입언사야 위박씨 찬차기절의

始終其心 豈不曰 弱齡嫠婦之久留於世 長爲親戚
시종기심 기불왈 약령리부지구류어세 장위친척

之所嗟憐 未免隣里之所妄忖 不如速無此身也.
지소차련 미면린리지소망촌 불여속무차신야

噫 成服而忍死者 爲有窀穸也 既葬而忍死者 爲
희 성복이인사자 위유둔석야 기장이인사자 위

有小祥也 小祥而忍死者 爲有大祥也 既大祥 則喪
유소상야 소상이인사자 위유대상야 기대상 즉상

期盡 而同日同時之殉 竟遂其初志 豈非烈也.
기진 이동일동시지순 경수기초지 기비렬야

<燕巖集卷一 . 烟湘閣選本>
연암집권일 연상각선본

찾아보기

ㄱ

ㄴ

ㅇ

ㅈ

ㅊ

ㅍ

ㅎ

열하일기熱河日記 下

초판 인쇄 2023년 10월 20일
초판 발행 2023년 10월 27일

지은이 朴趾源
옮긴이 李家源
발행자 金東求
교 정 강경희
발행처 명문당(1923. 10. 1 창립)
주 소 서울시 종로구 윤보선길 61(안국동)
국민은행 006-01-0483-171
전 화 02)733-3039, 734-4798, 733-4748(영)
팩 스 02)734-9209
Homepage www.myungmundang.net
E-mail mmdbook1@hanmail.net
등 록 1977. 11. 19. 제1~148호

ISBN 979-11-91757-94-1 (04810)
ISBN 979-11-91757-91-0 (세트)

30,000원